范伯群 著

填平雅俗鸿沟

范伯群学术论著自选集

江苏教育出版社
JIANGSU EDUCATION PUBLISHING HOUSE

图书在版编目(CIP)数据

填平雅俗鸿沟 / 范伯群著. — 南京:江苏教育出版社,2013.4

ISBN 978-7-5499-2774-6

Ⅰ. ①填… Ⅱ. ①范… Ⅲ. ①中国文学-近代文学-文学评论②中国文学-现代文学-文学评论③中国文学-当代文学-文学评论 Ⅳ. ①I206.5

中国版本图书馆 CIP 数据核字(2013)第 054215 号

书　　名 填平雅俗鸿沟—范伯群学术论著自选集
作　　者 范伯群
策划编辑 章俊弟
责任编辑 周敬芝
出版发行 凤凰出版传媒股份有限公司
江苏教育出版社(南京市湖南路 1 号 A 楼　邮编 210009)
苏教网址 http://www.1088.com.cn
照　　排 南京前锦排版服务有限公司
印　　刷 常熟市华通印刷有限公司 (电话:0512-52391383)
厂　　址 常熟市虞山高新园阳光大道 28 号 (邮编 215557)
开　　本 787 毫米×1092 毫米　1/16
印　　张 46.75
版　　次 2013 年 4 月第 1 版　2013 年 4 月第 1 次印刷
书　　号 ISBN 978-7-5499-2774-6
定　　价 99.00 元
网店地址 http://jsfhjy.taobao.com
邮购电话 025-85406265,85400774 短信 02585420909
E - mail jsep@vip.163.com
盗版举报 025-83658579

作者像

与恩师贾植芳合影，左起范伯群、贾师母任敏、贾植芳、曾华鹏。

1993年《冰心评传》出版后与曾华鹏一起拜访冰心。

“建构中国现代文学史多元共生新体系暨《中国现代通俗文学史（插图本）》学术研讨会”于2008年6月22日在复旦大学光华楼召开，左起栾梅健、陈思和、王德威、章培恒、黄霖、范伯群、张未民、王尧。

1955年大学毕业前夕，因胡风冤案受审查后被戴上“帽子”，即将告别上海，天各一方。与曾华鹏在上海南京路照相馆合影留念，誓将相互搀扶前行，为回归自己心爱的文学事业岗位而奋进。

范伯群及好友曾华鹏、徐斯年与范伯群部分弟子、再传弟子合影于复旦大学。

部分中国现代文学研究者“第二代”欢聚在中国现代文学馆。自左至右：范伯群、严家炎、樊骏、孙玉石、吴福辉、朱德发。

踏遍青山，发全白，心年轻，人未老。

灯塔、渔网、破浪快艇，驶向文学大海洋，探测那历史沉舟的方位。

《中国近现代通俗文学史》的两种版本（江苏教育出版社2000年初版、2010年修订版）。该书系国家“七五”社会科学重点项目，曾获第三届全国高等院校人文社会科学研究优秀成果一等奖、中国现代文学研究会第二届王瑶学术奖优秀著作一等奖；修订版于2011年获中华人民共和国新闻出版总署“第三届‘三个一百’原创出版工程”证书。该书又于2013年荣获“第四届中华优秀出版物奖”。

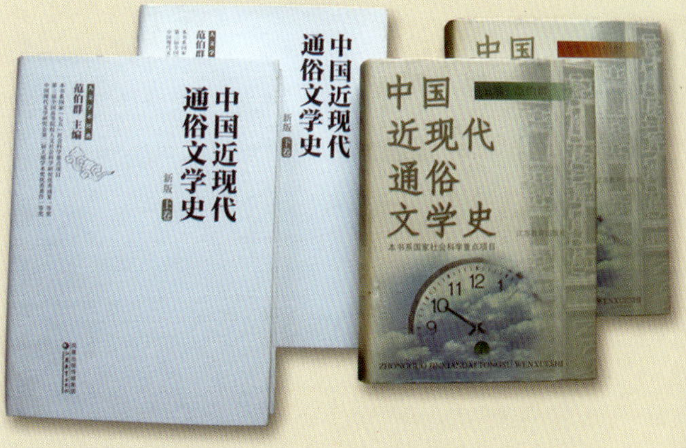

与曾华鹏合著的五本专著：《王鲁彦论》（上海文艺出版社1980年版）、《现代四作家论》（人民文学出版社1981年版）、《冰心评传》（人民文学出版社1983年版）、《郁达夫评传》（百花文艺出版社1983年版）、《鲁迅小说新论》（人民文学出版社1986年版）。

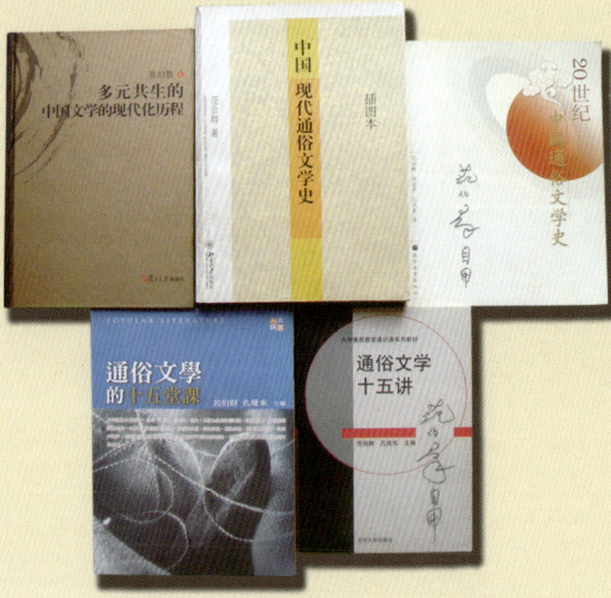

70岁退休后出版的作品：《中国现代通俗文学史（插图本）》（北京大学出版社2007年版，该书于2008年入选中华人民共和国新闻出版总署“第二届‘三个一百’原创出版工程”）、《多元共生的中国文学的现代化历程》（论文集，复旦大学出版社2009年版）、《20世纪中国通俗文学史》（范伯群、汤哲声、孔庆东著，高等教育出版社2006年版）、《通俗文学十五讲》（范伯群、孔庆东主编，北京大学出版社2003年版）、《通俗文学的十五堂课》（该书系《通俗文学十五讲》的台湾版，五南图书出版股份有限公司2008年版）。

与朱栋霖合作主编的《1898—1949中外文学比较史》（江苏教育出版社1993年初版、1997年新版，该书曾获首届全国哲学社会科学基金项目优秀成果奖、首届全国高等院校人文社会科学研究优秀成果奖）、与吴宏聪合作主编的《中国现代文学史（1917—1986）》（该书系全国高等教育自学考试教材，1991年武汉大学出版社初版）。

范伯群、金名主编：《1840—1919中国近代文学大系·俗文学集》（上海书店1993年版）。

贾植芳任主编，曾华鹏、范伯群任副主编的《中国现代文学社团流派》（江苏教育出版社1989年版）。

为庆贺范伯群80华诞暨学术生涯60周年，由陈思和、王德威二位教授主编并出版《建构中国现代文学多元共生体系的新思考》论文集（复旦大学出版社2012年版）。

范伯群编的《冰心研究资料》的两种版本，芮和师、范伯群、郑学弢、徐斯年、袁沧洲合编的《鸳鸯蝴蝶派文学资料》的两种版本。

范伯群主编的四卷本《周瘦鹃文集》（文汇出版社2011年版）。

两岸先后出版的鸳鸯蝴蝶派部分代表作家作品丛书各十册。范伯群编台湾业强出版社1993年版，范伯群、范紫江编江苏文艺出版社1996年版。

范伯群主编的《中国近现代通俗作家评传丛书》第一辑，共十二册（南京出版社1994年版）。

鸳鸯蝴蝶派作品选的四种版本。人民文学出版社1991年初版—2011年“中国文库版”。

《礼拜六的蝴蝶梦》（人民文学出版社1989年版），该书由台北国文天地杂志社改名为《民国通俗小说鸳鸯蝴蝶派》于1990年出版繁体字版。

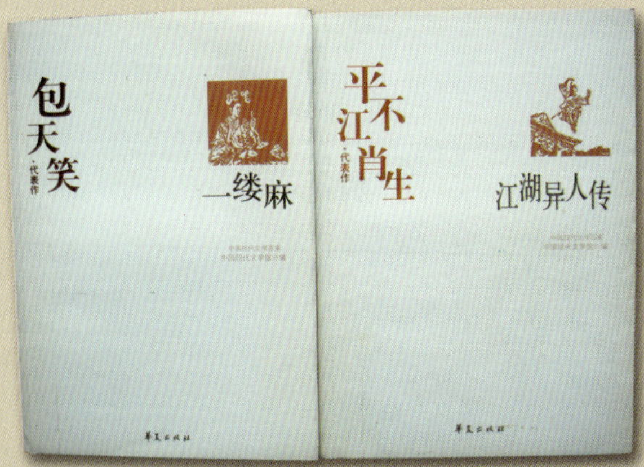

范伯群编选的包天笑、平江不肖生中短篇名作选，华夏出版社2008—2009年版。

目　次

通俗文学史论

多元共生论

学术自述

附录

自 序

在耄耋之年为自己编一本“自选集”实际上是一次“自我盘点”，是人生进入第四季度时对自己生命的前三季度的学术成果进行一次自查与自评，选出其中相对像样一点或尚有点代表性的拙作，坦呈在专家和读者们座前，诚请评估、鉴定与打分。如果能不吝指出疏漏与缺陷，我或许还来得及在人生第四季中作堵漏与补正的工作，那么倒不失为“亡羊补牢”；如果有更大的失误，在有生之年已来不及纠其偏颇，那么只好留下“终生遗憾”，但至少或可作“来者之鉴”。

就我的人生前三季度自查而言，我觉得自己经历了治学的“三部曲”——“起步”、“转移”与“回归”。我是从研习新文学“起步”的，在起步阶段，我写过一些知识精英作家的“作家作品论”，与我的同窗好友曾华鹏合作撰写过《郁达夫评传》、《冰心评传》和《鲁迅小说新论》等专著；也协助我的恩师贾植芳教授，参与编著过《中国现代文学社团流派》等论集。但是出于一个偶然的机缘，使我来了一次学术研究的阵地“转移”。在20世纪70年代末80年代初，社科院文学研究所牵头要编一套大型的“中国现代文学运动·论争·社团资料丛书”，分工给苏州大学现当代文学教研室的任务是编一本《鸳鸯蝴蝶派文学资料》。由于这一流派中苏州籍的作家较多，对挖掘本地的有关地方史料我们负有义不容辞的职责，因此我只好从头学起，坐了三年图书馆作科研上的“转轨”准备与实践。这次重点的转移花去了我和我的同事以及部分研究生的近20年中的主要精力。我们对这个近现代文学中的通俗文学流派作一次严肃的“学术性”的考察，像过去研究新文学作家一样有一个正规的“科研流程”，在国家社科重点项目经费的资助下，先是编出资料集，其次编选他们的代表作品选，再次编撰该流派主要作家的作家论，然后根据这一流派的特点编写社会言情、武侠、侦探和演义等“类型史”，最后合成一部《中国近现代通俗文学史》。至此，我认为第二部曲的重点“转移”程序基本完成。在这个阶段中我还协助两位学者编著了两部作品。一是参与了朱栋霖教授为主的一个国家项目，与他合作主编了一部《1898—1949 中外文学比较史》；又受二位前辈钱谷融、徐中玉老师之嘱，协助吴宏聪教授主编了一部作为“全国高等教育本科自学考试统编教材”的《中国现代文学史（1917—1986）》；加上我所主编的“通俗文学史”，这是一次学习编著多种类型文学史的配套工程。我觉得或许可以进入第三部曲的“回归”历程了。那就是我既懂得了一点精英文学的知识，又粗通了通俗文学的门道，还旁涉了中外的双向交流，我是否可以“回归”到整体的中国现代文学史的宏观审视中来，或许能提出一些不成熟的或“另类”的文学史观，供同行专家质疑与批评，请同行专家与读者指教，并共同进行探讨与切磋。

我的文学史观是：中国的现代知识精英文学与市民大众通俗文学不是对立而是互补的，曾被称为鸳鸯蝴蝶派的通俗文学流派不是中国现代文学史中的“逆流”，也不是现代文学史中的“陪客”和“附庸”，而是中国现代文学中的一个有机组成部分，它与知识精英文学组成了现代文学的雅俗两翼。“双翼”才能展翅高飞，因此，一度被称为“两个翅膀论”。但是这仅是一个“比喻”性的形象化称谓。我既想改变中国现代文学史的“一元化”的独步局面，又觉得用“多元共生”的提法更显得“学术化”。我认为，现代通俗文学在时序的发展上，在源流的承传上，在服务的对象上，在作用与功能上，均与知识精英文学有所差异，根据上述的理由它当然能成为“多元共生”中的一“元”；而在中国现代文学的整个时段中也的确是一个多元共生的结构，而“一元独生”的现代文学史，倒是人为的描述，不如称为“新文学史”来得确切。就中国通俗文学而言，在明代农业文明的城市繁荣中，产生了像冯梦龙这样的通俗文学大师，他曾提出“话须通俗方传远，事必关风始动人”。而被称为鸳鸯蝴蝶派的通俗文学是在工商文明的都市中，承续了冯梦龙的通俗文学的衣钵；而到的 20 世纪与 21 世纪之交，网络类型小说是通俗文学的接班人。冯梦龙——鸳鸯蝴蝶派——网络类型小说是一个从古至今的市民大众文学的“文学链”。冯梦龙时期的印刷是木刻版，鸳鸯蝴蝶派时期的媒体是机械化，而现在的网络类型小说已进入去油墨化的时代。据 2011 年年末的统计，全国网络文学用户已达一亿九千四百万，网络作者有一百多万人。一些在市民中受宠的作品，随着在网上的巨量点击率而“网而优则纸”，由出版社出版；或者“网优而‘触电’”，在银屏上热播，大众通俗文学自有“后来人”。而过去的中国现代文学史中不给市民大众通俗文学以地位，或者受到无情的打压，是一个重要的失误。而将市民大众文学命名为鸳鸯蝴蝶派实际上也是一种蔑称。他们的作品中也有文学性很强的精品；他们有不少人身兼作家与报人两重身份，作为报人，他们在自己所编的副刊上发表过许多政论与杂感，他们的这种文体，自有其艺术特色，而且每每能站在“社会良知”和“市民喉舌”的立场上发出正义的声音。因此，鸳鸯蝴蝶派不能概括他们的文学内涵和社会能量，我们应该赋予他们以“市民大众文学”称号。我以为他们的优秀和较优秀的作家向社会中下层市民提供了精神食粮。同时由于市民大众文学的通俗性，它也能在粗通文字的农民中传播，受到他们的欢迎与得到他们的共鸣。

我原打算写了“通俗文学史”后，与原课题组的成员合作写一部雅俗双翼的文学史。但退休后，班子就无形散掉了。我成了名副其实的单干户。个人也只撰写了一部《中国现代通俗文学史（插图本）》，除了补充若干新资料外，将过去《中国近现代通俗文学史》的类型板块式，即分社会言情、武侠会党、侦探推理等八个板块去论述，改为从整体上考察与描绘现代通俗文学的周期性起伏与发展历程，作为通俗文学史研究的“第二期”工程；其次是出版了一本《多元共生的中国文学的现代化历程》的论文集，均为退休后所写的论文。自我感觉是，就目前耄耋之年的精力而言，写单篇论文尚可，如果要再搞一个较大的项目，就力不胜任了。这才真正是叫做“时不我待”，很有点“老大徒伤悲”的意味了。回顾这治学“三部曲”，我大概只是为中国现代通俗文学在“中国现代文学史”中报了一个正式“户口”，也许它不再是“黑户”了；再有就是在雅俗鸿沟中填了几铲土而已。但作为一个教师，大概最能懂得“江山代有才人出”，因此“伤悲”也是大可不必“徒”的。填平这条鸿沟的艰巨而细致的工程也自有后来人。过去常在“夕阳无限好”之后，紧接着加上“只是近黄昏”的轻轻的一声叹息。但我坚信，在“夕阳无限好”时，一轮“明月正东升”。“日月光华，旦复旦兮。”填平有期，填平必定！

现当代作家作品论

《冰心评传》* 选辑

第一章　在海隅、书林奔游的孤寂的孩子

一

冰心，原名谢婉莹。1900 年 10 月 5 日（农历庚子年闰八月十二日）诞生于福州市，原籍福建长乐县。这位“世纪同龄人”在 1919 年步上文坛。在很短的时期内，就以她出众的才华和独特的风格，成为当时首屈一指的女作家。到 20 世纪 80 年代，她已在文学园圃中辛勤耕耘了 60 多个春秋，为我国人民创造了宝贵的艺术财富，而且以她的丰饶的文学硕果，成为世界读者瞩目的知名人物。冰心之所以能成为我国现代文学史上最享盛名的作家之一，原因是多方面的。其中包括时代的哺育、环境的陶冶……但早在她并未立志要成为作家的童年时代，她已作了许多“不自觉的努力”。这些努力虽然只能说是“不自觉”的，但与时代的哺育和环境的陶冶相糅合相融和，就成为一位独具风致的作家的最丰富的“原始积累”。那么就让我们先从探索她童年的原始积累的珍贵宝藏，来作为我们这本评传的开端吧……

冰心是这样回顾她诞生时，我们祖国和人民所遭受的屈辱和艰苦的岁月的：“我呱呱坠地，就坠在帝国主义所造成的创痕斑驳的中国大地上！我是 1900 年生的，这是八国联军进逼北京的一年，中国人民的生命和财产，遭到了空前的浩劫……”[①]帝国主义入侵的炮火，中华民族危亡的灾难，在冰心的家庭中也打下了深深的烙印，那就是冰心的父亲谢葆璋先生在甲午海战中几遭阵亡的惨痛经历。

---

* 《冰心评传》，1983 年人民文学出版社版。

① 冰心：《最痛快的一件事》，《樱花赞》，百花文艺出版社 1962 年出版。

甲午中日海战之役，她的父亲是威远舰上的枪炮二副，参加了海战。这艘军舰在大东沟决战时被击沉了。她的父亲泅水到了大东沟，赤足走到刘公岛，从那里又回到了福州。冰心的母亲常常对她谈到那一段忧心如焚的生活：

> 甲午海战爆发后，因为海军里福州人很多，阵亡的也不少，因此我们住的这条街上，今天是这家糊上了白纸的门联，明天又是那家糊上白纸门联。母亲感到这副白纸门联，总有一天会糊到我们家的门上！她悄悄地买了一盒鸦片烟膏，藏在身上，准备一旦得到父亲阵亡的消息，她就服毒自尽。祖父看到了母亲沉默而悲哀的神情，就让我的两个堂姐姐，日夜守在母亲身旁。家里有人还到庙里去替我母亲求签，签上的话是：
>
> 筵已散，
> 堂中寂寞恐难堪，
> 若要重欢，
> 除是一轮月上。
>
> 母亲半信半疑地把签纸收了起来。过了些日子，果然在一个明月当空的夜晚，听到有人敲门，母亲急忙去开门时，月光下看见了辗转归来的父亲！母亲说："那时你父亲的脸，才有两个指头那么宽！"①

当冰心还没有出生之前，时代的大波已使这个家庭掀起了惊涛骇浪。她父亲谢葆璋被帝国主义炮击落水泅海返回祖国大地时的一腔仇恨，她母亲杨福慈买了鸦片痛下自尽决心时的满怀怨愤，在冰心的幼小的心灵上布下这民族危亡、生灵涂炭的种子，她的心田中萌发的是爱国主义的幼芽。

在冰心诞生时，谢葆璋先生已从昔日"威远号"上的枪炮二副升迁为"海圻"巡洋舰的副舰长。但是这位海军军官给冰心的不仅仅是爱国思想，而且还培育了冰心的怜念贫苦的善良心地，那是因为谢葆璋原本也是出身于一个家徒壁立的贫寒之家。翻开他们的家史，就知道他们是一位受欺侮的农民裁缝的后代。冰心曾叙述过这个贫寒的家世：

> 原来我的曾祖父以达公，是福建长乐县横岭乡的一个贫农，因为天灾，逃到了福州城里学做裁缝。

---

① 冰心：《我的故乡》，《福建文艺》1979 年第四、五期合刊。

> ……
>
> 那时做裁缝的是一年三节，即春节、端午节、中秋节，才可以到人家去要账。这一年的春节，曾祖父到人家要钱的时候，因为不认得字，被人家赖了账，他两手空空垂头丧气地回到家里，等米下锅的曾祖母听到这不幸的消息，沉默了一会，就含泪走了出去，半天没有进来。曾祖父出去看时，原来她已在墙角的树上自缢了！他连忙把她解救了下来，两人抱头大哭；这一对年轻的农民，在寒风中跪下对天立誓：将来如蒙天赐一个儿子，拼死拼活，也要让他读书识字，好替父亲记账、要账。但是从那以后我的曾祖母却一连生了四个女儿，第五胎才来了一个男的，还是难产。这个难得出生的男孩，就是我的祖父谢子修先生，乳名“大德”的。[①]

冰心曾经带着浓厚的感情成分来叙述这段惨痛的家史。她说：“假如我的祖父是一棵大树，他的第二代就是树枝，我们就都是枝上的密叶；叶落归根，而我们的根，是深深地扎在福建长乐横岭乡的田地里的。我并不是‘乌衣门第’出身，而是一个不识字、受欺凌的农民裁缝的后代。”[②]幼小的冰心是从她祖父和父亲的口中，知道横岭乡是极其穷苦的。农民世世代代在田地上辛勤劳动，过着蒙昧贫困的生活，只有被卖去当“戏子”，才能逃出本土。后来，在1920年，冰心就根据她父亲在1911到1912年还乡祭祖的事实，写成小说《还乡》，小说中的怜念贫苦的思想就是她父亲给她的一笔精神遗产。

冰心诞生后7个月就离开故乡福州，来到了上海。其时是1901年5月。她的母亲事后曾向冰心回溯过这段婴儿的生活：

> 母亲凝想地，含笑地，低低地说：
>
> “不过有三个月罢了，偏已是这般多病。听见端药杯的人的脚步声，已知道惊怕啼哭。许多人围在床前，乞怜的眼光，不望着别人，只向着我，似乎已经从人群里认识了你的母亲！”
>
> ……
>
> “浓睡之中猛然听得丐妇求乞的声音，以为母亲已被她们带去了。冷汗被面地惊坐起来，脸和唇都青了，呜咽不能成声。我从后屋连忙进来，

---

① 冰心：《我的故乡》。

② 同上。

> 珍重地揽住。经过了无数的解释和安慰。自此后，便是睡着，我也不敢轻易地离开你的床前。”
>
> 这一节，我仿佛记得，我听时写时都重新起了呜咽！[1]

冰心度过的是病弱的婴儿时代，但也是一个享受着最富足的母爱的幸福童年。1903—1904年，她父亲奉命到山东烟台去创办海军军官学校，他们全家搬到了烟台。

烟台芝罘，这是冰心成为著名作家的一只摇篮。蔚蓝的大海是冰心的保姆。金钩寨农民的孩子六一姊是冰心的伴侣。营房、旗台、炮台、码头，和周围的海边山上，是冰心童年活动的舞台。

> 这是我童年活动的舞台上，从不更换的布景。我是这个阔大舞台上的“独脚”，有时在徘徊独白，有时在抱膝沉思。我张着惊奇探讨的眼睛，注视着一切。在清晨，我看见金盆似的朝日，从深黑色、浅灰色、鱼肚白色的云层里，忽然涌了上来；这时，太空轰鸣，浓金泼满了海面，泼满了诸天……在黄昏，我看见银盘似的月亮，颤巍巍地捧出了水平，海面变成一道道一层层的，由浓墨而银灰，渐渐地漾成闪烁光明的一片……
>
> 这个舞台，绝顶静寂，无边辽阔，我既是演员，又是剧作者。我虽然单身独自，我却感到无限的欢畅与自由。[2]

童年的冰心就以海洋为师，以星月为友，受着海的女神的陶冶。海，赋予冰心以最丰富最神奇的想象力；海，赠予冰心以最灵动的画意，最华美的诗情；赐予冰心以博大宽阔的心胸和广袤无边的智能。在她的心灵的慧眼中，海是有生命有感情的，这女神“住在灯塔的岛上，海霞是她的扇旗，海鸟是她的侍从；夜里她曳着白衣蓝裳，头上插着新月的梳子，胸前挂着明星的璎珞；翩翩地飞行于海波之上……”[3]海，她温柔沉静；海，她超绝威严；海，她神秘有容；海，她虚怀广博。海的陶冶使冰心希望长大后成为一个“海化”的青年；在青年时代，又使她决心做

---

① 冰心：《寄小读者·通讯十》，开明书店1933年5月出版。

② 冰心：《海恋》，《人民文学》1962年10月号。

③《往事·十四》，《小说月报》十三卷十号，1922年10月10日。

一位“海化”的诗人。她作为一个作家，“每次拿起笔来，头一件事忆起的就是海。”①即使是在祖国受到空前浩劫的“史无前例”的岁月中，“当我忧从中来，无可告语的时候，我一想到大海，我的心胸就开阔了起来，宁静了下去！”②

面对烟台的大海，冰心的父亲告诉她：“我们的北方大港，不止一个烟台呵，但是你看——”父亲指着地图给她看：“大连是日本的，青岛是德国的，秦皇岛是英国的，都被他们强占去了。现在只有……只有烟台是我们自己的了！”冰心后来说：“因此，我从小，只知道热爱童年所在地，‘我们自己的烟台’……”③烟台的大海啊，不仅使冰心成为一位“海化”的诗人，而且是一位爱国主义的诗人。

正因为冰心的父母有爱国思想，也比较开明，所以当她长大成人后，他们也从不阻止她参加学生运动。即使在创作中，冰心的父母也曾给她以帮助：“我的父亲对于抗日救国尤其热心，有时还帮我修改词句。例如在我写的《斯人独憔悴》里，那个爱国青年和他的顽固派父亲的一段对话，就有好几句是我父亲添上的！我们是一边写，一边笑，因为那个老人嘴里的话，都是我所没有听到过的，我觉得很传神。”④

烟台的大海，不仅给幼年的冰心以爱国主义的教育，而且还让幼小的冰心朦胧地看到当时的残酷的现实——海边的渔民的毫无保障的苦难的生活。有时，傍晚还是白帆点点，渔舟出海，但夜半忽起大风，挟着暴雨，海上白浪滔天。

> ……海边上那座小小的、门上贴着“群生被泽，四海安澜”的龙王庙，不断的有哭哭啼啼的妇女们出来进去。过了几天，几乎整个村里人家的门上都糊上白纸，那一夜翻了有一二百只的渔船！不久以后，我在海边玩耍，看见退潮的沙滩上有个头颅骨，一只小小的螃蟹，在雪白空洞的眼眶间出入……那一两个月中，我们一家人都吃不下鱼鲜去！⑤

作为在甲午海战中坠水不死，泅回岸上的海军军官的女儿，难道不对这些死难的渔民深表沉痛悼念吗？自己的母亲，看到邻里贴上白门联，就买了鸦片烟，准备一旦听到丈夫阵亡的噩耗就自尽；那么，幼小的冰心难道不将心比心，

---

① 冰心：《往事·十四》。

② 冰心：《我的童年》，《晚晴集》，百花文艺出版社 1980 年出版。

③ 冰心：《人民坐在“罗圈椅”上》，《樱花赞》。

④ 冰心：《回忆“五四”》，《文艺论丛》第八辑，1979 年 9 月。

⑤ 冰心：《〈海市〉打动了我的心》，《文艺报》1961 年第 6 期。

对死难者的家属深表无限同情吗？冰心曾说，她从父亲口中“得知横岭乡是极其穷苦的。……我联想到我所熟悉的山东烟台东山金钩寨的穷苦农民来，我心里涌上了一股说不出来难过的滋味！”①福建家乡故土父老的贫困，东山金钩寨渔民的苦难，在冰心幼小的心灵里汇成了对劳动人民深厚的同情心！

海，不仅是冰心的保姆，而且是冰心的循循善诱的教师，而且还是与冰心耳鬓厮磨的童年友伴。海，是丰富想象力的发源地；海，是爱国反帝思想的媒介；海，是翻腾着的劳苦渔民的泪水……大海对作家冰心的恩赐是太巨大而充裕了。

二

从四岁起，冰心便跟着母亲认字片，也缠着母亲和乳娘讲“老虎姨”、“蛇郎”、“牛郎织女”、“梁山伯祝英台”。五岁的时候，她的舅舅每天晚上给她讲《黑奴吁天录》，黑奴的惨痛命运，使冰心在每天晚上听毕故事，“总是紧握着眼泪湿透的手绢，在枕上翻来覆去，久久不能入寐。”②后来，她的舅舅又给她讲《三国演义》，听得她晚上舍不得睡觉。她舅舅公务一忙，讲书便常常中断，冰心便急得热锅上的蚂蚁一般，天天晚上，在舅舅的书桌边徘徊，然而舅舅并不接受她的“暗示”。“至终我只得自己拿起《三国志》来看，那时我才七岁。”“我囫囵吞枣，一知半解的，直看下去。许多字形，因为重复呈现的关系，居然字义被我猜着。我越看越了解，越感着兴趣，一口气看完《三国志》，又拿起《水浒传》和《聊斋志异》。”③童年的冰心，除了接受家长的教育和大海的陶冶之外，很早地闯进说林书海，手不释卷，博览群书。在海天无际的小说传奇的汪洋中航行遨游，她简直看得入了迷，“头也不梳，脸也不洗；看完书，自己嘻笑，自己流泪。母亲在旁边看着，觉得忧虑；竭力地劝我出去玩，我也不听。有一次母亲急了，将我手里的《聊斋志异》卷一，夺了过去，撕成两段。我趑趄地走过去，拾起地上半段的《聊斋》来又看，逗得母亲反笑了。”④冰心沉醉于书籍中，接受着文艺女神的熏陶。优美的文学作品使幼小的冰心感到它与大海一样奇丽多姿，波澜迭起。这些书中的各式人物，在她童年的海隅山陬的舞台上交错混杂地活动开了，《水浒》中的人物跑进了《三国》，《聊斋》中的鬼魅又和《三国》中的人物发生了瓜葛……这种仰天遐想，抱膝凝思的生活，激发了冰心的最初的创

① 冰心：《我的故乡》。

② 冰心：《悼杜波依斯博士》，《世界文学》1963年9月号。

③④《冰心全集·自序》，北新书局1933年出版。

作欲望，她把脑海中编纂的神奇故事，搬到了纸页上：

> 这时我自己偷偷的也写小说。第一部是白话的《落草山英雄传》，是介乎《三国志》、《水浒传》中间的一种东西。写到第三回，便停止了。因为“金鼓齐鸣，刀枪并举”重复到几十次，便写得没劲了。我又换了《聊斋志异》的体裁，用文言写了一部《梦草斋志异》。“某显者，多行不道”，重复的写了十几次，又觉得没劲，也不写了。①

这是后来成为著名的作家的冰心的最早的创作“演习”。童年岁月的这种“预演”，不过是孩提时代的一种“摹仿”而已。在文艺女神的熏陶下，童年的冰心也学会在文艺领域中“摆小人家家”了。这种创作不可能期望她成功，但确实可以钦佩她的勇敢的尝试精神。日后，“五四”时代风暴的激励和这种勇敢的尝试精神的结合，就是一位女作家的诞生。

文艺之神的感化不仅借着说林书海的魔力，而且也通过戏剧的魅力。在山巅水涯的孤寂的童年中，冰心看戏的机会是屈指可数的。在《六一姊》中，冰心忆及童年在金钩寨看社戏的情景，但是，“实话说，对于社戏，我完全不感兴味，往往看不到半点钟，便缠着要走……”不过冰心确也有看戏看得忘却自我，进入角色的时候。那是逢年过节，她父亲带她到烟台市上去，参加天后宫里海军军人的聚会演戏。她曾神采飞扬地回叙她的一次看戏的经过：

> 我小时候住在天连海、海连天的一个寂静的山角——烟台东山；因为没有游伴，看书的时候就很多，我七岁就开始看《三国演义》……把书中人物记得逼真，故事也记得烂熟。有一次，父亲的一位朋友请我们到烟台市去看戏，从一个久住山沟的孩子看来，上市是一件多么大的事啊！这次看戏，给我的印象极深。我还记得这座戏园叫做“群仙茶园”，那天正好是演全本《三国志》，从《群英会》、《草船借箭》起，到《华容道》止，正是《三国演义》中最精彩最热闹的一段！看到我所熟悉所喜爱的人物，一个个冠带俨然地走上台来，我真是喜欢极了。我整整地伏在栏杆上站了几个钟头，父亲从后面拍我肩头和我说话，我也顾不得回答。②

① 《冰心全集·自序》，北新书局 1933 年出版。

② 冰心：《京戏和演京戏的孩子》，《我们把春天吵醒了》，百花文艺出版社 1960 年出版。

这些与冰心神交已久的书中人物，今天与她直面相逢，使仰慕已久的冰心，能亲睹他们的风采。这些典型形象将更活跃于她的心灵的排练场上。冰心就是这样看书看戏，看了就偷偷地练着写——按照她童稚天真、无边无垠的幻想，去打扮他们，驱使他们……在她的锣鼓喧天的心灵的排练场里。写得写不下去了，她就“又尽量的看书”。到了 11 岁时，“我已看完了全部《说部丛书》，以及《西游记》、《水浒传》、《天雨花》、《再生缘》、《儿女英雄传》、《说岳》、《东周列国志》等等。”①

冰心从嗜书——一般的小说，到偷读“禁书”。她的小舅舅每次来过暑假，都带来一些书，有些书是不让她看的，越是不让看，她就越想看，于是就偷来看，原来都是《天讨》之类的“同盟会”的宣传册子。她偷偷地看了之后，又偷偷地赶紧送回原处。冰心在 40 年代曾回顾道：

> 母亲对于政治也极关心。三十年前，我的几个舅舅，都是同盟会的会员，平常传递消息，收发信件，都由母亲出名经手。我还记得在我八岁的时候，一个大雪夜里，帮着母亲把几十本《天讨》，一卷一卷的装在肉松筒里，又用红纸条将筒口封了起来，寄了出去。不久收到各地的来信说：“肉松收到了，到底是家制的，美味无穷。”我说：“那些不是书吗？……”母亲轻轻的捏了我一把，附在我的耳朵上说：“你不要说出去。”②

在冰心的家庭中，那种“驱除鞑虏，恢复中华”的民族运动、爱国革命的氛围已经是很浓郁了。不久，海军军官学校中长期蕴积的满汉学生之间的矛盾也爆发了，发生了很猛烈的风潮。有人向北京清政府密告谢葆璋是“乱党”。证据是海校学生中有许多同盟会员，图书室中订阅《民呼报》之类为同盟会宣传的报纸。有人好意劝谢葆璋主动辞职，免得落个“撤职查办”。这样，谢葆璋等递了辞呈，告别了自己一手创办的海军军官学校。冰心也告别了朝夕相对、耳鬓厮磨的大海，回到故乡福州。冰心，就在这样的家庭遭遇下，在返回故乡的仆仆风尘中，迎来了辛亥革命。“辛亥革命时，我们正在上海，住在租界旅馆里。我的职务，就是天天清早在门口等报，母亲看完了报就给我们讲。她还将她所仅有的一点首饰，换成洋钱，捐款劳军。我那时才十岁，也将我所仅有的

---

① 《冰心全集·自序》。

② 冰心：《我的母亲》，《关于女人》，开明书店 1945 年出版。

十块压岁钱捐了出去,是我自己走到申报馆去交付的。”[①]“收条的上款还写有‘幼女谢婉莹君’字样”。[②]

回到福州,冰心最心爱的乐园是她祖父的书房。她祖父谢子修老先生是个教书匠,在城内的道南祠授徒为业。这位农民裁缝的儿子是谢家第一个读书识字的人。冰心祖父的书房里满屋满架的书,吸引着她一得空就钻进去翻书看。冰心十分有兴趣地读着祖父的老友林琴南翻译的线装的法国名著《茶花女遗事》,这也是冰心阅读西方文学作品的开始。

1912 年,冰心考上了福州女子师范学校预科。这是她第一次过学校生活,开始接触了种种浅近的科学知识。她的祖父常常摸着她的头说:“你是我们谢家第一个正式上学读书的女孩子,你一定要好好地读呵。”冰心在福州女子师范学校预科,读了两个学期。

回到福州的冰心,由于环境和友伴的改变,她的性格也发生了一些变化。她曾说过:“因着幼年环境的关系,我的性质很‘野’,对于同性的人,也总是偏爱‘精爽英豪’一路。小时看《红楼梦》,觉得一切人物,都使我腻烦,其中差强人意的,只有一个尤三姐,所谓是‘冰雪净聪明,雷霆走精锐’者,兼而有之。”[③]冰心曾男装到 10 岁,跟随父亲身畔的五六年生活,无意中将她训练得颇像一位矫健的小军人。她穿着黑色带金线的军服,佩着一柄短短的军刀,骑在高大的白马上,在海岸边缓辔徐行。父亲的朋友们都以为她是男孩,夸奖她是“好英武的一个小军人!”现在,她告别了青郁的山,无边的海,蓝衣的水兵,灰白的军舰,嘹亮的口令,晨昏的喇叭。有生以来,第一次和这个大家庭中的十来个姊妹接触。

> 这调脂弄粉,添香焚麝的生活,也曾使我惊异沈迷。新年,元夜,端午,中秋的烛光灯影,使我觉得走入古人的诗中![④]

10 岁回到故乡,她换上了女孩子的衣服,在姊妹群中,学到了女儿情性。她觉得这也是很新颖、很能造就她的环境,将她从“性质很‘野’”的小军人,蜕变成细腻、温柔的小姑娘。直到成为作家后,冰心还在忆恋着“横刀跃马”的烟

---

① 冰心:《我的母亲》。

② 冰心:《我的童年》。

③ 冰心:《二老财》,《青年界》第 9 卷第 1 号,1936 年 1 月。

④《冰心全集·自序》。

台生活,她吁叹自问:“童年,只是一个深刻的梦么?”

民国成立后,海军部长黄钟瑛来了电报,要谢葆璋去北京任职。1913年,他们全家跟着父亲来到北京。从此冰心与北京结下了不解之缘,除了抗日内迁或身在异域,北京就是她的定居之地了。

刚到北京的一年,她没有正式读书。她母亲订阅的《妇女杂志》、《小说月报》之类的书刊,就成了冰心的“课本”。

> 等到弟弟们放了学,我就给他们说故事。不是根据着书,却也不是完全杜撰。只是将我看过的新旧译著几百种的小说,人物布局,差来错去的胡凑,也自成片段,也能使小孩子们,聚精凝神,笑啼间作。
>
> 一年中,讲过三百多段信口开河的故事。写过几篇从无结局的文言长篇小说——其中我记得有一篇《女侦探》,一篇《自由花》,是一个女革命家的故事——以后,1914年的秋天,我便进了北京贝满女中。[①]

孩提时的冰心,是个饥渴地要听故事的人,每天急得像热锅上的蚂蚁似的在舅舅书桌前徘徊。但到了十三四岁,冰心已从听故事的人一变而为说故事的人,她扮演着“舅舅”的角色,把弟弟们置于她昔日的地位。她听舅舅讲悲惨的故事时,总是眼泪湿透手绢;现在她竟也能令弟弟们“笑啼间作”。当然,这种故事仅仅是一种“拼凑”。但是它毕竟不是“照本宣读”,因为“拼凑”中有着“塑造”的因素,也有着“虚构”的成分。鲁迅曾说他的“模特儿不用一个一定的人,看得多了,凑合起来的”[②]。拼凑与缀合,杂取和合成,的确是进行创作的人的一种本领。但作家是从生活中杂取种种,而少年时的冰心还缺乏比较丰富的生活,她还只是杂取书本上的种种人物,作为她的故事的原料。但在一年间讲了三百多段故事的事实告诉我们,少年的冰心正在不自觉地勤奋地为她今后的创作做好准备工作。我们曾将她童年时偷偷地写小说称之为“演习”和“预演”,那么,她少年时代的编纂故事,对今后的创作说来,简直像是“实弹射击”了。一旦冰心的生活比较充实,能用心灵的耳朵听到伟大时代的召唤,这种经过“实弹射击”训练的初生之犊,就会跃出壕堑,进入冲锋搏斗的实战阶段。少年的冰心已经走到了文学创作的大门前了,只待时机成熟,她就要伸手去叩文学的大门。

---

① 《冰心全集·自序》。

② 鲁迅:《二心集·答北斗杂志社问》。

进了贝满女中的冰心，由于课程的繁重，读课外书的机会少了，“家庭故事会”的时间也被整天做功课的重负所侵占。但是贝满女中时期的冰心受到了两方面的重要的影响，一方面是她初次参加了爱国学生运动。她回忆道：

> 我记得当1915年，日本军国政府向正想称帝的袁世凯，提出二十一条要求之后，那时我还是中学一年级的学生，我和贝满女中的同学们列队到中央公园（现在的中山公园）去交爱国捐，我们的领队中，就有李德全同学，那时她是四年级生，她也上台去对大家演讲。那天，社稷坛四围是人山人海，我是第一次看到那样悲壮伟大的场面……①

另一方面，冰心也曾告诉我们，中学四年之中，“因着基督教义的影响，潜隐的形成了我自己的‘爱’的哲学。”②这两个方面，在她今后的作品中也常“差来错去”，此起彼伏；有时甚至汇流在一起，构成了一个作品的两个侧面。

从冰心呱呱坠地到进贝满女中的15个年头中，正是八国联军进逼北京到日本军国政府提出“二十一条”的日子，冰心的童、少年时代是中国人民浴血于屈辱的深渊的苦难的岁月，也是旧民主主义革命进入高潮，先驱者期望在民族民主斗争中创造一个新局面的时日。那时，冰心正告别了她的孤独而又富足的童少年时代，并且带着她在童少年时代所攒积的思想财富跨进了人生最充满希望的青年时代，冰心是肩负着神圣的责任感的。

童年的冰心在海隅山陬中终日奔游的生活也许是单调的，但是这种孤寂单调的生活，并没有将她与时代隔断。冰心的童年与海结为莫逆，而海这位神秘的朋友却首先使她感到时代的波涛与潮汐。

像甲午海战这样的祖国的奇耻大辱，像祖国的海港一个个被帝国主义所鲸吞，都是海所带来的讯息，使冰心的反帝爱国思想成为童年时代蕴蓄凝集的最宝贵的财富。在这方面，她童年所得的教养可说是富足的。她对帝国主义列强是痛恨的，特别是对日本帝国主义，更是切齿。青年时代的冰心为祖国前途忧心如焚：“我们的日历上一年到头有许许多多的国耻纪念日”，如果再不扑灭列强侵略的凶焰，“将来我们的日历上，有国耻的日子将多于没有国耻的日

① 冰心：《回忆“五四”》。

②《冰心全集·自序》。

子了”[1]。这就是来自童年的宝库中的神圣的责任感。

海风给冰心吹来了渔妇们惨痛的哭号，金钩寨的穷苦渔民的生活，使童年的冰心产生了同情劳动人民际遇的人道主义思想的萌芽。在大海边，冰心也结识了像六一姊那样的农民的孩子，这种童年的友谊使冰心喊出了：“乡下孩子也是人呀”[2]的真挚可贵的声音。帝国主义列强的侵略和中国人民的苦难，使跨进青年时代的冰心脑海里产生了一个个带有时代色彩的问号，她的神圣的责任感要她去探究人生的底蕴。这些是冰心的“问题小说”之所以会诞生的最初的动力。

海，还给冰心以神奇多彩的想象力。这种文学家的素质与冰心的另一个童年的良友相结合，为将冰心造就成一个杰出的作家，做了许多的悉心的准备工作。那另一位友伴就是“书”。“书”给“海”的教育与陶冶又加上了一味强化剂。《黑奴吁天录》、《天讨》等书籍强化了冰心在民族民主革命的大义方面的感性知识；《三国》、《水浒》、《聊斋》一类书籍使海赋予她的奇幻想象，附丽于最生动真切的形象之上。冰心在孤寂的童年中之所以富足，是因为除了家庭的教养之外，还有两位看不见的乳娘，那就是海的女神与文艺的女神。冰心在她们的哺育下成长；这两位乳娘循循善诱地教冰心做各种有益的游戏，而其中最好的一种“模拟游戏”就是“偷偷的也写小说”，以及“差来错去的胡凑”、“信口开河”地讲故事。

当冰心刚跨进青年时代，她心胸中的许多人生“问题”在开始蕴积，而她编撰“小说”的本领也渐次熟习。它们就是冰心即将登上文坛的“问题小说”的胚芽。只等时代的召唤，它们就会像各带正负电荷的云朵在祖国的上空撞击，发出耀眼的光彩，于是一位杰出的作家即刻降生。而这时，祖国地平线的天边正滚动着“五四”风暴的隆隆雷声。

第二章　“五四”惊雷“震”上文坛的新星

一

冰心曾不止一次说过：“‘五四’运动的一声惊雷把我‘震’上了写作的道

① 冰心：《最痛快的一件事》。

② 冰心：《六一姊》，《冰心选集》，人民文学出版社 1979 年出版。

路；”[①]的确，没有伟大的“五四”运动，中国就不可能有一位笔名叫做冰心的作家，或许，却有一位名叫谢婉莹的“名医”。冰心的初志是希望自己成为一个医生。她回顾道：

> 那时知识女子就业的道路很窄，除了当教师，就是当医生，我是从入了正式的学校起，就选定了医生这个职业，主要的原因是我的母亲体弱多病，我和医生接触得较多，医生来了，我在庭前阶下迎接，进屋来我就递茶倒水，伺候他洗手，仔细地看他诊脉，看他开方。后来请到了西医，我就更感兴趣了，他用的体温表、听诊器、血压计，我虽然不敢去碰，但还是向熟悉的医生，请教这些器械的构造和用途。我觉得这些器械是科学的，而我的母亲偏偏对于听胸听背等诊病方法，很不习惯，那时的女医生又极少，我就决定长大了要学医，好为我母亲看病。父亲很赞成我的意见，说：“古人说，‘不为良相，必为良医’，东亚病夫的中国，是需要良医的，你就学医吧！”[②]

为要实现当医生的志愿，冰心在贝满女子中学毕业后，就进了北京协和女子大学理预科。“五四”运动时期，她正是这个女子大学理预科的一年级生。是伟大的“五四”运动把冰心“卷出了狭小的家庭和教会学校的门槛”，使她与社会接触，使她呼吸到新潮中的时代气息，又使她走上了文学的道路，从而改变了她的初志。她回忆“五四”运动爆发对她的生活道路的巨大影响时说：

> 在“五四”的头几天，我已经告假住在东交民巷德国医院，陪着我的二弟为杰——他得了猩红热……黄昏时候又有一个亲戚来了，兴奋地告诉我说北京的大学生们为了阻止北洋军阀政府签订出卖青岛的条约，聚集起游行的队伍，在街上高呼口号撒传单，最后涌到卖国贼章宗祥的住处，火烧了赵家楼，有许多学生被捕了。我听了又是兴奋，又是愤慨，他走了之后，我的心还在激昂地跳……
>
> 第二天我就同二弟从医院回家去了，到学校销了假。学生自治会里完全变了样，人人站在院子里激昂地面红耳赤地谈话，大家都投入了紧张的工作。我被选做了文书。我们学生会是北京女学界联合会之一员。……

---

① 冰心：《从“五四”到“四五”》，《文艺研究》1979 年第 1 期。
② 同上。

……一向修道院似的校院，也成了女学界联合会代表们开会的场所了。同时学生们个个兴奋紧张，一听到有什么紧急消息，就纷纷丢下书本涌出课堂，谁也阻挡不住！我们三五成群地挥舞着旗帜，在街头宣传，沿门沿户地进入商店，对着怀疑而又热情的脸，讲着人民必须一致起来，反对日本帝国主义的侵略压迫，反对军阀政府的卖国行为的大道理。我们也三三两两抱着大扑满，在大风扬尘之中，荒漠黯旧的天安门前，拦住过往的洋车，请求大家捐助几个铜子，帮我们援救慰问那些被捕的爱国学生。我们大队大队地去参加北京法庭对于被捕学生的审问，我们开始用白话文写着各种形式的反帝反封建的文章，在各种报刊上发表。①

在“五四”运动的狂飙巨澜中，冰心是一朵蕴着时代精神的浪花，欢快地随着汹涌的激流奔跃着。作为学生自治会的文书，又是北京女学界联合会宣传股的股员，冰心就有写宣传文章的职责与义务。

联合会还叫我们将宣传的文字，除了会刊外，再找报纸去发表。我找到《晨报副刊》，因为我的表兄刘放园先生，是《晨报》的编辑。那时我才正式用白话试作，用的是我的学名谢婉莹，发表的是职务内应作的宣传的文字。②

现在我们能看到的冰心的最早的文章是北京《晨报》1919年8月25日发表的《二十一日听审的感想》，下面署名是“女学生谢婉莹投稿”。按照《晨报》的惯例，凡属外稿，都尽可能注明来稿者身份，并在作者姓名下加上“投稿”二字，以示与内稿和特约稿之区别。

这次北京审判厅开庭公判大学生案件是北洋军阀的一个有计划的阴谋。当时操纵北洋军阀大权的段祺瑞以安福系为御用工具，对抗以孙中山先生为首的革命势力；而北京的如火如荼的爱国学生运动，则又是他们身旁的心腹大患，因此千方百计加以破坏，欲置于死地而后快。安福系在学校收买走狗，制造事端，逮捕学生，无所不为。在《晨报》1919年7月29日第二版上，就刊载这样一条新闻，标题是：《北大学生竟被捕矣，已有三名被逮，此外尚有八人》。主

① 冰心：《回忆“五四”》，《我们把春天吵醒了》。
② 《冰心全集·自序》。

要内容云：

前因安福部欲破坏大学，利用许有益、俞忠奎等在法科大学秘密开会，商议实行破坏之手段。事为该校干事会所闻，群起质问，许等佯为悔过，自具悔过书而退。翌日复受人鼓动，遂恼羞成怒，通电各处并诉诸警厅，皆以被打受伤为词，此前数日事也。乃昨早忽有北京大学生鲁士毅、王文彬、朱耀西等三人被法庭拘捕之事，此外尚有孟寿椿等八人亦在票拘之列。

北洋军阀眼看其走狗密商破坏学生运动之事败露，就用“贼喊捉贼”的伎俩，反诬革命学生向其走狗“行凶”，通电于前，逮捕于后，开庭宣判，公然镇压，摆出一副杀鸡儆猴的架势，妄图一举扑灭学生爱国运动的熊熊之焰。为了粉碎北洋军阀的阴谋，革命学生一方面积极进行营救活动，另一方面在法庭上与北洋军阀的法官展开合法斗争。

冰心所写的第一篇文章《二十一日听审的感想》就是营救活动的一种手段。文章如实地反映了这场法庭斗争，它正是“我们大队大队地参加北京法庭对于被捕学生的审问”之后，振笔疾书，诉诸社会；是要求公众主持正义，营救爱国学生的“呼吁书”；同时也是揭露北洋军阀的法庭与北洋军阀指使的“原告”串演双簧戏的“起诉书”。冰心写道：

刘律师辩护的时候，……同时又注意到四位原告，大有“踧踖不安”的样子，以及退庭的时候，他们勉强做作的笑容，我又不禁想到古人一句话“哀莫大于心死”。唉！可怜的青年！良心被私欲支配的青年！

…………

自升庭至退庭一共有八点钟。耳中心中目中一片都是激昂悲惨的光景……充满了感慨抑郁的感情。

晚饭以后，我在家里廊子上坐着……

忽然坐在廊子那一边的张妈问我说“姑娘今天去那里去了一天？”这句话才将我从那印象中唤出来。就回答她说：“今天我在审判厅听审。”随后就将今天的事情大概告诉她一点。她听完了就说：“两边都是学生，何苦这样。”又说：“学生打吵，也是常事。为什么不归先生判断，却去惊动法庭呢！”我当时很觉得奇怪。为何这平常的乡下妇女，能有这样的理解。

> 忽然又醒悟过来说，不是她的理解高深。这是公道自在人心，所以张妈的话，与刘律师的话如出一辙。
>
> 我盼望改天的判决，就照着他们二人所说的话，因为这就是“公道”，这就是“舆论”。

我们之所以要比较详尽地介绍冰心的最早的作品，是因为从这篇作品中可以管窥她在当时的政治态度。冰心在“五四”时期是坚决地站在革命阵营中，反对北洋军阀迫害爱国学生的暴行。她所说的“我们应当怜悯那几个‘心死的青年’”，实际上是出于极度的义愤，而对走狗们投以蔑视的一瞥，宣判这些走狗们已丧失了“人心”，取消了“人”的资格，从而让人们感到北洋军阀的倒行逆施和人心向背。

有些评论家往往以“闺秀派作家”[①]这顶“华盖”罩在冰心的头上；也有评论家认为，读冰心的作品，“一望而知是一个没有出过学校门的聪明女子的作品”。[②] 这些都属以偏概全，没有真正了解冰心的不妥之论。在“五四”的狂飙突进的岁月里，她走出家门与校门，她观察过社会，虽然入世不深，但她的作品还是具有一定的时代气息的。是伟大的“五四”运动使冰心拿起笔来；而在当时，她的笔也是为“五四”运动而拿起来的！

她的笔的确是为了“五四”而举起的。冰心不仅不是“闺秀派作家”，而是以她的“问题小说”步上文坛的。要估量冰心的“问题小说”在社会上所引起的反响，或许可以用“出乎意料的强烈”来加以形容。

“五四”时期，伟大的革命给沉滞腐朽的旧社会带来了新机运、新觉醒，铁屋子里的一部分人醒悟了，他们冲决着，同时也思索着：封建势力数千年的统治，帝国主义几十年来的侵略，使这个半封建半殖民地社会的问题成堆：有国难问题，有劳工问题，有青年问题，有妇女问题，有家庭问题……总之，外交内政，内忧外患，举目四顾，无处不暴露出种种问题，潜藏着众多的亡国灭族的危机。在当时的报章杂志上，不仅将上述种种问题列为专栏，加以研讨；而且在这些总的论题下产生若干分支，如讨论劳工问题而涉及人力车夫问题，从讨论妇女问题而涉及娼妓问题，从讨论青年出路问题而涉及青年的厌世自杀问题……如此等等。所以冰心说：

---

① 毅真：《闺秀派的作家——冰心女士》，见李希同编《冰心论》，北新书局 1932 年出版。

② 陈西滢：《冰心女士》，见李希同编《冰心论》。

这奔腾澎湃的划时代的中国青年爱国运动，文化革新运动，这个强烈的时代思潮，把我卷出了狭小的家庭和教会学校的门槛，使我由模糊而慢慢地看出了在我周围的半封建半殖民地的中国社会里的种种问题。这里面有血，有泪，有凌辱和呻吟，有压迫和呼喊……我只想把我所看到听到的种种问题，用小说的形式写了出来。[①]

"五四"时期的冰心不仅是一个追随时代思潮欢跃奔腾，去接触社会问题的冰心；也是一个面对种种问题沉思默索的冰心；也是一个清夜人静时笔不停挥地写作"问题小说"的冰心。在评论她的"问题小说"之前，我们应先为那位"沉思默索"的冰心画个像。这就须先论及她在1920年写的一篇小说《一个忧郁的青年》[②]中的彬君的形象。彬君不一定是冰心的"自画像"，但至少，在这个形象中闪露着冰心的身影。

《一个忧郁的青年》中的彬君原是一个性情活泼，有说有笑，轻易不表露愁容的青年学生，近一年来却显得忧郁静寂，同学们都很怪讶，称他为"方外人"，认为他已变成一个悲观主义者。可是当"我"去叩探彬君的心灵秘密时，才知道彬君并不是什么悲观主义者。彬君说：有忧郁性的人和悲观者是大不相同的："我想悲观者多是阅世已深之后，对于世界上一切的事，都看做灰心绝望，思想行为多趋消极；忧郁性是入世之初，观察世界上的一切事物，他的思想，多偏于忧郁，然而在事业上，却是积极进行。"原来彬君是受了"五四"思潮的冲击，脑海里产生了种种问题，使他终日不可平静。他外表是孤寂沉思的，内心却汹涌着巨大的感情的潜流。彬君对"我"说：

从前我们可以说都是小孩子，无论何事，从幼稚的眼光看去，都不成问题，也都没有问题，从去年以来，我的思想大大的变动了，也可以说是忽然觉悟了。眼前的事事物物，都有了问题，满了问题。比如说："为什么有我？"—"我为什么活着？"—"为什么念书？"下至穿衣，吃饭，说话，做事；都生了问题。从前的答案是："活着为活着"—"念书为念书"—"吃饭为吃饭"，不求甚解，浑浑噩噩的过去。可以说是没有真正的人生观，不知道人生的意义。——现在是要明白人生的意义，要创造我的人生观，要解决一

① 冰心：《从"五四"到"四五"》。

② 婉莹：《一个忧郁的青年》，《燕京大学季刊》第一卷第三期，1920年9月1日。

切的问题。所有的心思，都用到这上面去，自然没有工夫去谈笑闲玩，怪不得你们说我像一个“方外人”了。

小说中的“我”婉劝彬君：“即或是思索着要解决一切的问题，也用不着终日忧郁呵。”这又引起彬君的一席话，比前面这一段话有更深的发挥，从而也使我们借此更了解冰心的内心世界：

……世界上一切的问题，都是相连的。要解决个人的问题，连带着要研究家庭的各问题，社会的各问题。要解决眼前的问题，连带着要考察过去的事实，要想象将来的状况。——这千千万万，纷如乱丝的念头，环绕着前后左右，如何能不烦躁？而且“不入地狱，不能救出地狱里的人”。——“不失丧生命，不能得着生命。”不想问题便罢，不提出问题便罢，一旦觉悟过来，便无往而不是不满意，无往而不是烦恼忧郁。先不提较大的事，就如邻家的奴婢受虐，婆媳相争。车夫终日奔走，不能养活一家的人。街上的七岁孩子，哄着三岁的小弟弟；五岁的女孩儿，抱着两岁的小妹妹。那种无知，痛苦，失学的样子；一经细察，真是使人伤心惨目，悲从中来，再一说，精神方面，自己的思想，够不够解决这些问题是一件事；物质方面，自己现在的地位，力量，学问，能不能解决这些问题，又是一件事。反复深思，怎能叫人不忧郁！

介绍了这位彬君，就可使我们更了解冰心。彬君与冰心，至少是有着共同之点，即受到“五四”运动的启发，他们从“浑噩”走向了“苦闷”。记得茅盾在忆及他的中学生时代，有一段很深刻精辟的论述，对我们去理解彬君与冰心，可以大有启迪。茅盾在谈及辛亥革命前夕的学生们的精神状况时说：“那时我们亦无所谓‘苦闷’，苦闷的人是有福的，因为这是思想展开到某种程度的征象。因为通过了这一时期的苦闷，他的思想就会得确定，他将无往而不勇敢，而不愉快。我们的中学生时代却只有浑噩……”[①]这一段话当然不能说是茅盾当时的自况，它一方面是对封建教育的强烈不满与控诉，但另一方面至少反映出辛亥革命前的一般中学生的思想概貌。

现在时代进展到了揭开新民主主义革命序幕的“五四”时期。按照茅盾所

---

① 茅盾：《印象·感想·回忆》，文化生活出版社1936年10月出版。

说的,“苦闷的人是有福的”。那么彬君和冰心都是有福的青年,时代使他们脱离了“浑噩”的境界,时代赋予了他们“苦闷”的权利!而况彬君还说:“忧郁是第一步,奋斗是第二步。因着凡百不满意,才忧郁;忧郁之极,才想去求那较能使我满意的,那手段便是奋斗了。现在不过是一个忧郁时期,以后便是奋斗时期了,悲观者是不肯奋斗,不能奋斗的,我却不是悲观者呵!”

冰心在1920年写成的《一个忧郁的青年》还不能算是一篇成熟的小说。在艺术上它自始至终都通过两个人的对话,以“我”的提问与“彬”的作答为主要手段。但是这篇作品的重要性是在于通过彬君的自我剖白,它像一只听诊器一样,使我们清晰地听到了冰心的心音。彬君说要“奋斗”,怎么奋斗呢?作品中并没有告诉我们;冰心的“奋斗”,我们却是看到了,那就是“我抱着满腔的热情,白天上街宣传,募捐,开会,夜里就笔不停挥地写‘问题小说’……”[①]这就是冰心的奋斗,时代激励着冰心以文学为奋斗的武器,在奋斗中她终于与文学结了不解之缘,而不得不向她的初志“告别”。

我们介绍了她1920年所写的《一个忧郁的青年》,就可以倒叙和回溯她在1919年起始所写的“问题小说”。

冰心的第一篇小说是《两个家庭》,连载于1919年9月18至22日的《晨报》上。从这篇小说起,她才正式有了一个笔名:冰心。“用冰心为笔名。一来是因为冰心两字,笔画简单好写,而且是莹字的含义。二来是我太胆小,怕人家笑话批评;冰心这两个字,是新的,人家看到的时候,不会想到这两字和谢婉莹有什么关系。”[②]“而在《晨报副刊》上登出来的时候,在‘冰心’之下,却多了‘女士’二字!据说是编辑先生添上的,我打电话去问时,却木已成舟,无可挽回了。”[③]

如果她的《两个家庭》发表后,反响还不甚明显的话,那么她在1919年所写的另外三篇“问题小说”,即《斯人独憔悴》、《秋雨秋风愁煞人》和《去国》,却给冰心带来极大的声誉,其反响的强烈,恐怕也出乎冰心自己的意料。

《斯人独憔悴》发表于1919年10月7日至11日《晨报》。写的是一场具有一定时代意义的父与子的冲突,它反映了被顽固的父亲所禁锢,而不能参加爱国学生运动的青年的苦恼。小说发表了一个星期后,在北京《国民公报》的

① 冰心:《从“五四”到“四五”》。
②《冰心全集·自序》。
③ 冰心:《从“五四”到“四五”》。

《寸铁栏》中就有短评说："我的朋友在《晨报》上看见某女士作的《斯人独憔悴》那篇小说，昨天又看见本报上李超女士的痛史，对我蹙眉顿足骂旧家庭的坏处，我以为坏处是骂不掉的，还请大家努力改良，就从今日起。"①但是更大的影响是在于，小说发表不到三个月，就被学生剧团改编为话剧在舞台上演出。据《晨报》1920年1月13日的止水的《观学生团演剧底私论》中告诉我们，从1920年1月9日，学生团在北京新明戏院演剧，第一天上演的第一个剧目就是《斯人独憔悴》。该剧评云：

> 《斯人独憔悴》是根据《晨报》上冰心女士底小说排演的，编制作三幕，情节都不错，演的也好。……这剧里明明演的"五四"的故事……

《斯人独憔悴》是直接以"五四"运动的一个生活侧面为其题材的。学生剧团将它改编为话剧上演，是因为当时不少青年都处在与作品中的颖铭、颖石两兄弟的同样处境，遇到了类似的父子之间的保守与革新的矛盾冲突。《斯人独憔悴》在当时是有一定的典型意义的，而且也确实产生了一定的社会反响。

冰心的《秋雨秋风愁煞人》被编辑冠以"实事小说"的头衔发表于1919年10月30日至11月3日的《晨报》上。小说中写了淑平、英云、冰心三个同班好友的不同命运。她们三人都有相似的抱负与理想。但淑平不幸病逝；英云在中学毕业时，就被迫和一个富家子弟结了婚，过她所不愿的"少奶奶"生活，从而断送了她的一生。在小说中，英云向冰心凄凉地诉说着：

> ……去年回家以后，才知道我的父母，已经在半年前，将我许给我的表兄士芝。便是淑平死的那一天下的聘……所有的希望都绝了……姨母家里的光景，我都晓得的，是完完全全的一个旧家庭。但是我的父母总是觉得很满意，以为姨母家里很从容。我将来的光景，是决没有差错的。并且已经定聘，也没有反复的余地了。

作者之所以将英云定聘与淑平病逝构思在同一天，是因为她想通过这一"巧合"来强调："你以为肉体死了，是一件悲惨的事情，却不知希望死了，更是悲惨的事呵！"

---

① 载《国民公报》1919年10月17日《寸铁》栏，署名晚霞。

小说的结尾是，作品中的人物冰心在一个凄风苦雨的秋天，在一本《绝妙好词笺》中翻到了英云与她分手前夕偷偷夹在书中的诀别信，勾起了她对往事的回忆，恍惚中似乎英云就站在她面前泣诉一般："敬爱的冰心呵！我心中满了悲痛，也不能多说什么话。淑平是死了，我也可以算是死了。只有你还是生龙活虎一般的活动着。我和淑平的责任和希望，都併在你一人的身上了。你要努力，你要奋斗……你要记得我们的目的是'牺牲自己服务社会'。"在这秋雨潺潺秋风瑟瑟的凄清中，读了这封悲楚欲绝的信，怎么不令读者感到"秋雨秋风愁煞人"呢？

这篇小说一发表，冰心就收到一封旧同学的来信，信中说："从《晨报》上读尊著小说数篇，极好，但何苦多作悲观语，令人读之，觉满纸秋声也。"这下可使冰心也非得像《一个忧郁的青年》中的彬君不可，急于要作"自我剖白"了。她写了一篇《文艺剩言》，题名《我做小说，何曾悲观呢？》：

> ……至于悲观两个字，我自问实在不敢承认呵。
>
> ……我做小说的目的，是要想感化社会，所以极力描写那旧社会旧家庭的不良现状，好叫人看了有所警觉，方能想去改良，若不说得沉痛悲惨，就难引起阅者的注意，若不能引起阅者的注意，就难激动他们去改良。何况旧社会旧家庭里，许多真情实事，还有比我所说的悲惨到十倍的呢。①

冰心的剖白，可以使我们知道，她写"问题小说"的目的是让读者与她一同"痛恨"旧社会旧家庭，让读者与她一道去"努力改良"，这"便是我做小说所要得的结果了。这样便是借着'消极的文字'，去做那'积极的事业'了"。

冰心在1919年11月22日至26日的《晨报》上发表了《去国》。《去国》中的青年主人公英士在美留学七年，成绩名列前茅，他学成归国，很想施展抱负："中国已经改成民国了，虽然共和的程度还是幼稚，但是从报纸上看见说袁世凯想做皇帝，失败了一次，宣统复辟，又失败了一次，可见民气是很有希望的。以我这样的少年，回到少年时代大有作为的中国，正合了'英雄造时势，时势造英雄'那两句话。我何幸是一个少年，又何幸生在少年的中国，亲爱的父母姊妹！亲爱的祖国！我英士离着你们一天一天的近了。"可是回国以后，冷酷的

① 《晨报》1919年11月11日。

现实将他的热情的理想击成碎片；他株守半年，一事无成，反倒要他抛却真才实学，去学那奴颜婢膝的行为。他坚决不肯随波逐流，沾染恶习，最后只好再次“去国”，他痛苦地喊出了：“可怜呵！我的初志，决不是如此的，祖国呵！不是我英士弃绝了你，乃是你弃绝了我英士呵！”

对冰心说来，《去国》也是来自切切实实的生活体验。在当时，她的父亲所在的衙门里就有许多留学归国的青年，他们学非所用，牢骚满腹；壮志雄心，消磨殆尽。这些青年的痛史使冰心写就了《去国》，作品同情这些爱国青年的遭遇，怒斥北洋军阀毁灭人才的罪行。文章发表仅一星期，《晨报》上就刊登了鹃魂投稿的《读冰心女士的〈去国〉的感言》①。这篇“感言”的篇幅较长，从第七版一直转版到第八版。《晨报》的第八版是广告版，让出篇幅刊登此文，真可算是极少数的例外。这篇“感言”倾诉了不少留学生归国后种种惨痛的际遇：

> 那时为生计的打算，也只得学些运动的法子，为联络的起见，也只好学些嫖赌的嗜好了。那么一来，也就是“攸攸忽忽”的过去了，只衣其愈趋愈下罢了。所谓“久而不闻其臭”，日子也就不觉得难过了，到了那个时候，也没有甚么“爱国热忱”了，也没有什么“忧时愤世”了。所有的专门学问，也就一天一天的忘记完了，甚么麻雀、泼克、胡同、戏院，也就一天比一天的研究得精深了，说的都是“及时行乐”，做的都是“酒地花天”，不过在那赌场花丛里头，又添一分子罢了。这样看来，那可不是就葬送了几十年的攻苦！毁了国家的一个人材吗！但是如像这样的人材，试问中国还少吗？
>
> ……所以我对于这篇《去国》，我决不敢当他是一篇小说，我以为他简直是研究人材问题的一个引子。我所说的，并不是借此发发自己的牢骚，吐吐个人的酸气，不过是把我所曾经见过的事实，合那现在社会的状况，大声急呼，痛哭流涕的写出来，与大家作为研究这国家人材根本问题的材料罢了！我想这位冰心女士，做那篇《去国》的时候，一定也有无限的怀抱！所以才做得那样的沉痛，那样的恳切，也是具有醒世的苦心！所以我很希望阅者诸君，万勿当做普通小说看过就算了，还要请大家起来研究研究才好。

至此，我们已经考察了冰心在1919年中所写的几篇“问题小说”。我们可以

① 《晨报》1919年12月4日。

清晰地看到：冰心的“问题小说”是植根于当时社会现实的沃土之中的，她的“问题小说”是比较尖锐地触及了当时的时政的，涉及的社会面还是较为广泛的。从家庭问题到爱国运动中发生的问题；从妇女问题到国家毁灭专门人才问题，冰心都是通过自己的小说沉痛陈言，具有很大的醒世作用。正如她自己所说的：“这里面有血，有泪，有凌辱和呻吟，有压迫和呼喊……”所以才能使一部分读者产生了强烈的共鸣，一道起来大声疾呼，痛哭流涕地诉说自己的遭遇。他们认为冰心的小说“万勿当做普通小说看过就算了，还要请大家起来研究研究才好”。像这样的小说的确不起什么消遣作用，却可以作为研究当时某一社会问题的重要材料，是地地道道的“问题小说”。这种“问题小说”在当时对那些忧国忧民的青年说来，是具有强烈的吸引力的。正如那位鹃魂所说的：“我本来对于小说，不大很注意，但我见了这题目，是很新鲜的，想来必定有些趣味，我就从头看去，愈看愈是高兴，那知道正在高兴的时候，它就完了，没有法，只有再等第二天的报来续看，所以我这几天，等到报一来了，我头一个就是看这篇小说。”只要翻开六十年前的报章杂志，我们就会知道，像鹃魂这样的人，在读者中比比皆是。例如，当时报上有一篇题名为《自杀回想记》的文章，一开头就写道：“我是一个自杀未遂的人……”他为什么要自杀呢？就是因为他“对于人生问题，国家问题……想了五年，不能解决”，悲愤之余走上自杀的道路。自杀未遂后，朋友劝他放下这些问题，让哲学家去替我们解决吧。他写道：我“也想放下，但是这个心总放不下……”[①]萦绕在心头的问题使有责任感的青年日夜焦虑。又例如，在当时的《妇女问题》栏中也有这样的来信，一开头就写：“列位编辑先生：这原来是一纸绝命书”。“我××一人，又何足惜，但是我们中国这二万万的女同胞，不是时时刻刻望着有心人来援助么？若是列位先生再能注意这个‘妇女问题’……将来我们这二万万的女同胞就或者可以得睹天日呵！”[②]在当时，有多少人流淌着血泪被种种问题所折磨，又有多少人奔走呼号，探求种种社会问题的解答。这就是冰心的“问题小说”得到如此强烈反映的社会基础。

在当时，关于文艺作品的评论或读后感之类的文章在报刊上是很少见的。冰心，作为一个新进的作家，她的作品能被改编成话剧，也有一些人来加以评论，这实在是罕见的。“冰心”这个笔名在1919年9月才初见于报端，但是仅仅3个月的时间，仅仅发表了4篇“问题小说”，就受到文坛瞩目。其主要原因

① 灵光：《自杀回想记》，《晨报》1920年1月10日。

② 杨莼英：《希望中华民国九年再没有一个像我这样可怜的女子》，《晨报》1920年1月11日。

是她应顺时代潮流而生，她的作品的内容能引起读者的强烈共鸣；当然，其时女作家少也是一个引人注目的原因，但毕竟是一个次要的原因。

1919 年 12 月 1 日是《晨报》创刊一周年纪念，在这一周年的纪念特刊的版面上，就可以知道冰心是如何受到报界的重视。在这期《晨报周年纪念增刊》上刊登了 4 篇文章：第一篇是胡适的《周岁》(祝晨报一年纪念)，第二篇是冰心的《晨报……学生……劳动者》，第三篇是鲁迅的《一件小事》，第四篇是启明(即周作人——作者注)译的《圣处女的花园》。在当时，周氏兄弟和胡适都是鼎鼎大名的学者和作家，而冰心这位不满 20 岁的女青年能厕身于名流之间，这对她可说是莫大的荣誉吧！

当然，在称颂冰心作品的"影响之大"、"反响之强"的同时，我们也应看到这些小说所存在的弱点。作为一位年轻而入世不深的作者，冰心是尽着最大的努力，搜寻了自己视野所及的问题，以小说的形式陈诉于社会。但是，她的"问题小说"的功绩是在于提出了问题。至于她在"怎样去解决这些问题"的问题面前，还是无能为力的。作为"问题小说"，作家很难向读者宣告，我只管提问题，我不负解答问题的责任。因为小说的"结尾"，往往是：不是答案的答案，即使是并不圆满的或错误的答案。

冰心的《两个家庭》否定了封建官僚家庭培育出来的女子，她们游手好闲，不事家政，影响丈夫的事业，摧残丈夫的身心；但冰心所肯定的也不过是受过一点资产阶级教育的治家教子有方的女子亚倩。而这个亚倩却是一个镀上一层薄薄的西方文明的金液的中国封建式的贤妻良母主义者。正如冰心曾写过的："……看到或听到'打倒贤妻良母'的口号时，我总觉得有点逆耳刺眼"。文艺评论家阿英曾对冰心的"五四"时期的作品有过一席较为中肯的评价：

> 反映在作品中的冰心的思想，显然是一种反封建的，但同时也多少带一些封建性；这就是说，她的倾向是反封建的，但在她的观念形态中，依然有封建意识的残余。这情形，正是在新文化运动初期，青年中普遍的情形。在旧的理解完全被否定，新的认识又还未能确立的过渡期中，青年对于许多问题是徬徨无定的，是烦闷着的。冰心作品所表现的，正是这种情形，她抓住了读者的心。①

① 阿英：《谢冰心小品序》，见《现代十六家小品》，光明书店 1934 年出版。

阿英的评论既让我们看到了冰心作品的影响为什么会如此之大，又让我们看到了她在反封建的同时在作品中也反映出封建的残余思想。《两个家庭》可算是个适例罢。

我们还应看到，冰心一再声言她的写作目的是为了改良社会，因此，她的“问题小说”往往是“矛盾”虽较深刻，“冲突”却非常平缓。要在她的作品中找到“斗争”两个字是很不容易的。《斯人独憔悴》中的矛盾确是深刻，但冲突的结果是两个爱国青年像两朵鲜花一样被幽闭在没有阳光的“家”的牢笼中“憔悴”了。《秋雨秋风愁煞人》中的英云，在父母为她定聘之后，就觉得没有丝毫“反复的余地了”，她只好驯服地走进那只用金丝织成的鸟笼中去，默默地寄期望于冰心：“我和淑平的责任和希望，都并在你一人的身上了，你要努力，你要奋斗……”冲破这家庭的“象牙牢笼”，在颖铭兄弟和英云们说来，是非分之想，不，连想也没有敢想。在《去国》中，这位英士当然也只好被迫再次“去国”，而不会从看到军阀政府的腐败无能而开始寻求拯救祖国之路。凡此种种，都是冰心的四周生活中所未触及的，是她视野中所未见的，是她静思默索中所未考虑的。这就形成了冰心的影响极大的“问题小说”中的不足之处。

二

冰心在纪念《晨报》一周年的《增刊》上所载的《晨报……学生……劳动者》一文中，歌颂了迎着晨曦、朝阳奔向各自岗位的学生和劳动者：“街上走的都是上学的学生，和劳动的工人，喜喜欢欢，勤勤恳恳的起身做自己的事业，不比那老爷先生们，还在那里酣睡。可敬可爱的学生，可钦可佩的劳动者，除了你们，别人也不能享受不配享受这明耀的朝阳、清新的空气。”冰心在这篇短文中视学生和劳动者为“今日国家和世界的主人翁，进化潮流的中心点”。

这篇文章与鲁迅的《一件小事》是在同天同版的《晨报》上发表的。如果加以比较，那么在对待劳动者的态度上，鲁迅的认识要比冰心的深刻。在鲁迅看来，这位人力车夫的高大后影对那位知识者“我”，产生了“一种威压，甚而至于要榨出皮袍下面藏着的‘小’来”。在这里，人力车夫是教育者，“我”是受教者。在冰心文中，我们看到她是将学生、劳动者与老爷先生们相对立的，对学生和劳动者是颂赞的，她对劳动者是十分尊重的。但作为一个“五四”时期经常上街宣传的学生，在她的脑海中，学生毕竟要高于劳动者，这不光是看文中位置的排列，她总是将学生置于劳动者之前；而且在思想深处，她也是认为学生是宣传者，而劳动者是被宣传者；学生是教育者，劳动者是受教育者。在当时，冰心对劳动者的处于水深火热的生活底层，表露出无限同情，但她觉得，他们是被救者，而像她这样的热血的青年知识分子正是义不容辞的救人者。冰心，是一位人道主义者。当然，人道主义在“五四”时期仍然有其一定的进步作用，因为反帝反封建的伟大历史任务中，这种人道主义在反对封建制度的吃人礼教上，在揭露封建军阀的横征暴敛中，在仇视帝国主义的侵略奴役上，都能发挥一定的战斗作用。

在“五四”运动以后的岁月中，冰心在日常生活中就是恪守着这种人道主义的信条，在她的作品中也就反映了这种人道主义的色调。

1920 年，北方五省受到严重旱灾的侵扰，冰心就以这样一种人道主义者的姿态和燕大女校（协和女大此时已改名燕大女校）的同学一道，热情地投入了赈灾工作。当时，燕京大学青年会编印了一本《赈灾报告》集，这个集子的《发刊词》[①]就是出自冰心的手笔。她写道：

> 我们为甚么要刊行这本报告书呢？因为要纪念燕京大学的学生——我们的同学，半年以来，服务北五省一千五百万灾黎的工作。
>
> 实地服务的工作，不单是发几句悲悯的言词，挥几行同情的眼泪；或是散放几斗的粮米，捐助几块的金钱，就完了事的。是要完全的抛掷自己在他们中间，分担他们的忧患，减少他们的疾苦，牵扯他们到快乐光明的地上来。

“完全的抛掷自己在他们中间”，这就是冰心和许多同学当时救灾的心愿，也是她们的行动准则。她们不仅用演剧——演出比利时著名作家梅德林克的剧本《青鸟》——募捐救灾，而且在 1920 年 12 月 18 日举行救灾大会，会后上街劝募。冰心在《旱灾纪念日募捐记事》[②]一文中详述了这次与风尘搏斗而取得战果的劝募活动。

> 这时街上布满了学生，都挥着旗子，抱着罐子，走过北河沿一带，街上有许多的行人，都胸前挂着纪念章，随风飘展着。穿过天安门，看见不少的学生，四下瞭望着，又追着车儿奔走，我心中不禁起了一种异样的感觉，

① 谢婉莹：《发刊词》，见燕大青年会《赈灾专刊》，1921 年出版。
② 谢婉莹：《旱灾纪念日募捐纪事》，燕京大学青年会《赈灾专刊》。

> 这是可喜的现象呵！几十年或十几年前的中国，有几个丰衣足食的人，肯在朔风怒号的街上，替灾民奔走呢？
>
> ……
>
> 那时候风越大了，街上又遇着好几面燕京大学的旗子，同学们风尘满面，站在街上，还是精神百倍，可敬呵！中国的将来，都在这些青年人身上。
>
> 走到东长安街风推着我们走，对面说话都听不见，抱罐的手也僵了，“风呵再大一点，我要请你试一试青年的精神，风呵，再大一点，我们要藉着你，预备和万恶的社会奋斗”……

冰心还走了好几个学校去募捐，在“孔德学校”中，她正在对几个学生作劝募谈话时，“有一女校役，提着茶壶走过，谁也没有注意她和她说甚么劝捐藉的话，她忽然自己站住了，往里投了一个铜子，‘大家都是苦人呵！’她说着叹了一口气自己走了。我们连忙追上她，恭恭敬敬的送她一个纪念章，我们注目看着她，半天——”直到回校之后，冰心还在想着：“咳！孔德学校的一个铜子，女高附小的几百个铜子！这价值是自有金钱历史以来未有的价值！”

冰心的《旱灾纪念日募捐记事》使我们可以从几个角度看到“五四”时期她的思想风貌。首先，冰心在当时虽然积极地参加了“五四”时期的街头宣传，散发传单，沿门沿户进入商店宣讲抵制日货等活动。但当时可惜都没有留下文字记载，好让我们从当时的“原始”记载细致地看她当时的思想面貌，那么现在可以聊借此文来弥补这个“遗憾”了。《旱灾纪念日募捐记事》翔实地描写了当时青年“抛掷自己”，服务社会的可贵热情，我们借此可以推想冰心全心投入学生运动的积极姿态。其次，从文中我们可以看到冰心对劳动者是尊敬的，同情的。无论是《二十一日听审的感想》中的张妈，还是在本文中提及的孔德学校的女校役，她都认为她们是主持公道，发扬正义，纯洁无私的；冰心对灾民不仅是无限同情，而且是以实际行动投入紧急救助的。第三，但劳动者在她心目中毕竟是被宣传、被教育和被救助的对象。她将中国的未来，寄托在这些青年人身上。她认为丰衣足食而肯在朔风怒号的街上，替灾民奔走的青年学生的心灵是最崇高的。

在某种意义上说，包括冰心在内的这些热血青年也的确做过一些“抛掷自己在他们中间”的工作。在冰心所写的《女校纪事》①中有一节《望都县的赈济所》：

---

① 《女校纪事》，《燕京大学季刊》第二卷第一、二期合刊，1921 年 6 月 1 日。此篇未署名，但在同期刊物上女校科长麦美德说明：女校方面的纪事由谢婉莹担任。

我们募得了这些款项，如何能直接用在灾民身上，方不负买票诸君的热心呢！我们拿定了主意，对于灾民是要牺牲到底的，所以我们费了许多的周折，找着了望都县——保定道内一个灾区——为我们设立赈济所的地点，我们在那里亲自管理，亲自授以普通知识……现在我们有二百零八个孩子，今年秋麦若仍是不好，我们还要接续办呢！

从上述记载的内容看来，以人道主义为信条的冰心在当时的确起过一定的积极作用。但是正因为她是站在施舍者、救助者的地位，不时地为青年学生的肯"抛掷自己在他们中间"的牺牲精神，流露出"优越感"，这种思想上的局限性必然会反映到"五四"时期冰心的"问题小说"中去。

冰心的"问题小说"的第二方面的题材是以人道主义为主轴，去同情劳动人民的不幸和惨苦。《最后的安息》和《还乡》等作品就是糅杂了这种人道主义的积极面和消极面的混合物。

《最后的安息》控诉了封建社会的童养媳制度的残酷性。这个残酷的制度不知坑埋了多少劳动人民的贫弱女儿。这也是一个寄同情于劳动人民的"问题小说"的好题材。但是冰心除了抒写童养媳翠儿的无限悲苦之外，主要是塑造了一个具有"慈怜温蔼"的"赐予者"惠姑的形象。冰心以诗的笔触描写惠姑满蕴着泪水，轻轻摩抚着翠儿的伤痕。"一片慈祥的光气，笼盖在翠儿身上。她们两个的影儿倒映在溪水里，虽然外面是贫、富、智、愚，差得天悬地隔，却从她们的天真里发出的同情，和感恩的心，将她们的精神，连合在一处，造成了一个和爱神妙的世界。"在这个"和爱神妙"的境界里，施舍者和感恩者的界限是分得非常清楚的。这就是"丰衣足食"的热血青年"分担他们的忧患，减少他们的疾苦，牵扯他们到快乐光明的地上来的"理想化成了小说中的形象。

发表在 1920 年 5 月《晨报》上的《还乡》[①]，也是以满腔悲愤同情劳动者的疾苦的小说，主人公以超空怀着要解救他们出离苦海的一腔热血，却找不到半点行动的头绪。

……谈论之下，以超才晓得他们的生活，是很苦的，连妇女孩童都是终年忙碌，遇见荒年，竟有绝食的时候……至于医药一切，尤其不方便，生死病苦，听之天命，以超十分的可怜，眼泪几乎要落了下来。

---

① 冰心：《还乡》，《晨报》1920 年 5 月 20—21 日。

……以超才慢慢的自己走到他曾祖墓前，坐在树下，这时那山村野地，在那月光之下，显得荒凉不堪，以超默默的抱膝坐着……一时百感交集，忽然又想将他的族人，都搬到城里去，忽然又想自己也搬回这村里来，筹划了半天——一会儿又想到国家天下许多的事情，对着这一抔一抔的祖先埋骨的土丘，只觉得心绪潮涌，一直在墓树底下，坐到天明……

在冰心的作品中，她对如何解决劳动人民的疾苦和不幸的问题，是无法回答的；但她也是老老实实地作了如实的回答，那就是：忧心如焚，“坐到天明”，悲天悯人，一筹莫展。

但是在冰心的反映劳动人民的生活的“问题小说”中，她对劳动者的态度也是一以贯之的，这里不仅仅是一点同情与尊敬，而且还刻画他们的善良纯正，歌颂了他们的铮铮骨气，即使有涉及所谓“愚昧”和“不开化”处，她也把这些作为旧社会的压榨镌刻在他们身上的烙印来加以处理，从而更深邃地揭露了旧社会的残酷。这在当时也确算难能可贵了。在《三儿》中冰心写了一群失学的拾荒孩子，为了活命竟到靶场上去拾弹壳。结果三儿中了弹，“连人带筐子，打了一个回旋，便倒在地上”。而那个军官却对哀伤的母亲说：“这牌上不是明明写着不让闲人上前么？你们孩子自己闯了祸，怎么叫我们偿命？谁叫他不认得字！”但是三儿是很有骨气的孩子，他既不乞求，也懂得这是个不讲理的世界，他“咬着牙，挣扎着站起来，将地上一堆的烂纸捧起，放在筐子里；又挣扎着背上筐子，拉着他母亲说，‘妈妈我们家……家去！’”而当一个兵士送来 20 块钱，说是连长叫送来的时候。“三儿挣开了眼，伸出一只满了血的手，接过票子来，递给他母亲，说，‘妈妈给你钱……’他母亲一面接了，不禁号啕痛哭起来。那兵丁连忙走出去，那时——三儿已经死了！”旧社会用失学、贫困作凶器，杀了劳动人民的孩子。他们哪里是在“拾荒”，简直是在饥饿线上“卖命”。冰心通过这个惨绝人寰的故事，对旧社会进行了最强烈的抗议。在她“五四”时期反映劳动人民生活的“问题小说”中，《三儿》是最为出色的一篇。

三

冰心在“五四”时期所写的另一类“问题小说”是强烈地反对军阀混战的作品。作为一位爱国青年，冰心对“五四”前后的直、皖、奉各派军阀的混战所造成的生灵涂炭、民不聊生的景象是深为愤懑的。她的这类“问题小说”主要是写在 1920 年，当时正是直皖战争的时候。冰心既然同情于民间的疾苦，那么在追根寻源中必然会触及军阀争权夺地的战火是制造人民流离失所、饥荒贫困的重大原因。另外，对这类问题的锐敏，还有一个冰心个人所特有的因素，那就是作为一个海军军官的女儿，冰心对战争的态度从幼年起就比一般人更为敏感。在她的作品中也涉及这根敏感的神经："有我的时候，勇敢的父亲，正在烈风大雪的海上，高唱那'祈战死'之歌，在枪林炮雨之下，和敌人奋斗。年轻的母亲，因此长日忧虑。"①这种母亲忧虑的感染，使冰心在童年时代就萌发着一种反战思想。因此，这两种思想因素的相化合，使反对军阀混战成了冰心的"问题小说"的另一重大题材。在这类题材中冰心又结合她自己的生活实感，在这些作品的篇幅中较多地反映了下级官兵的生活和愿望。这在当时同类作品中是少见的。冰心自小就接触这些下级官兵，她感到他们是亲切的，纯朴的，淳厚的。冰心在回顾童年的印象时写道：

> 那时，父亲的朋友，都知道我会看《三国志》。觉得一个七岁的孩子，会讲"董太师大闹凤仪亭"，是件好玩有趣的事情。每次父亲带我到兵船上去，他们总是把我抱坐在圆桌子当中，叫我讲《三国》。讲书的报酬，便是他们在海天无际的航行中，唯一消遣品的小说。我所得的大半是商务印书馆出版的林译说部。如《孝女耐儿传》，《滑稽外史》，《块肉余生述》之类。从船上回来，我欢喜的前面跳跃着；后面白衣的水兵，抱着一大包小说，笑着，跟着我走。②

这些兵舰上的军官，这些普通的水兵，在冰心的眼中，都是友爱和善的长辈和"朋友"，要把这样的人描写成奸淫掳掠的凶神恶煞，在冰心确实是不可想象的，也是感情上所不允许的。因此，在冰心的反对军阀混战的"问题小说"中，她往往是很有分寸地将发动战争的罪责归之于"主战者"，她的作品的矛头指向发动战争的罪魁祸首——封建军阀；而将同情献给下级官兵。她深情地为这些无辜的"炮灰"唱着凄凉的挽歌。冰心的这类作品的基调在当时确实是罕见的。

在《一个军官的笔记》中的那位年轻军官原想为国效死而从军："当年的想象，以为军人为国效死，临敌的时候，不定是怎样的激昂奋发，高唱入云；死在疆场，是怎样的有荣誉；奏凯回来，是怎样的得赞美"。结果却发现自己"出

---

① 《烦闷》，《冰心小说集》，北新书局 1933 年出版。

② 《冰心全集・自序》。

师无名”，不过为“少数主战者”卖命，“分明是军阀的走狗；我素日的志趣那里去了，竟然做这卑贱的事，如何对得起我的朋友，也如何对得起我自己——”冰心对这位受骗而又觉醒了的青年军官，抱着多么深情的惋惜；但他已在弥留之际，悔之晚矣。这使我们更看到他的无辜，和更激起对封建军阀的仇视。

在《一个兵丁》中，冰心写一个普通的士兵思家心切的情景。他将驻地的孩子小玲当成自己的“胜儿”，使小玲从害怕兵丁到体会到他的一副温蔼慈怜的心肠。作品的确能给读者以凄然深思的力量。在《一个不重要的军人》中写一个农民出身的淳厚的士兵每看到别的士兵白吃东西和白坐车子时，总是主动代同伴偿还“债务”。在营里，“人人都拿他当做笑话的材料，他依旧是这样做，依旧是这般喜欢。”最后，他因劝阻同伴殴打老百姓而被误伤，终于死去。冰心在作品的结尾写道：“他是一个不重要的军人，没有下半旗，也没有什么别的纪念，只从册上勾去他的名字……”冰心写这篇小说难道不是在他坟墓的一抔黄土前竖起一块庄严静穆的纪念碑？后来冰心在1923年写的著名散文《到青龙桥去》，也是属于上述题材的同类作品。冰心在这类题材的“问题小说”中所建立的功绩是反对某些人不分青红皂白地去仇视披着“老虎皮”的兵丁。他们或被强征为壮丁，或被生活所迫“拘囚”于反动军阀的行伍中，但他们还保留着一颗淳朴、诚实的劳动者的心，他们是清白善良的。

事隔十多年后，1932年，瞿秋白在《老虎皮》一文中还能忆及冰心在1920年写这类题材在文坛上的深刻影响，他说：

> 记得还是十年前，北京《晨报》上发表了一篇冰心的小说，她说：那些披着“老虎皮”的兵士和警察其实也是人呢，他们一样的有一颗人的心，一样的有爸爸，有妈妈，甚至于有娘子……为什么大家对他们这样痛恨？
>
> 那时候，正是“打倒军阀”的口号流行了不久。的确，一些资产阶级的政客造作了些“有枪阶级”的名称，把一切小兵都当“军阀”看待。这样的观念居然传播得很广，胡里胡涂的影响了很多的人。这是很能够引动一般市侩的“学说”。那些主张“文人政治”的政客，自己勾结着真正的军阀，却来散布这种厌恶痛恨小丘八的情绪——这是多么无耻和下贱呵。固然，冰心那种自由主义的伤感的口气，证明她自己也只是一个市侩。然而对于兵，对于战争的态度，她总算提出了新的问题。
>
> 披着“老虎皮”的小丘八也是人，而且正是被帝国主义和中国的绅商

剥削得走投无路的人！他们是种过田的，做过工的，他们对于战争的态度是清清楚楚的：为着吃饭所以来打仗的，所以来当兵！①

瞿秋白肯定了冰心在1920年左右所写的这类题材的问题小说提出了“新的问题”，给予一定的历史评价；同时，也对冰心的这类作品中的不足之处提出了他的看法。瞿秋白认为当时新文艺界的一些反战小说中“只有厌恶战争，只有婆婆妈妈的和平主义，只有些安居乐业的‘理想’……至多，只有‘为着不要打仗而反对军阀’的态度是反映出来的”。当然，冰心的这类题材的部分作品中也存在着上述所提的某种不足。她在揭露军阀混战带来的民不聊生的恶果之外，有时会流露出这样的思绪：人类呵，不要自相残杀吧。即使在《一个军官的笔记》这样态度较为明朗的作品中，也让垂死的军官留下这样的遗言：“可怜的主战者呵！我不恨你们，只可怜你们！”这就大大减低了作品的控诉力量。在《鱼儿》中也反映了只要没有战争，世界就清明洁静了等等的思想，这些大概都出自一种“安居乐业的‘理想’”吧。

我们已经考察了冰心从1919年发表处女作开始，到1920年间的重要作品。她的“问题小说”的题材大致可以分为三类，即对封建制度、封建家庭的不满；对劳动人民生活际遇的同情；对军阀混战给人民带来的厄运的强烈控诉。我们毫不怀疑地说，是伟大的“五四”运动使冰心成为一个引人瞩目的作家，没有“五四”，就没有一位名叫冰心的文学家。

但是，从另一方面，我们也不得不看到，冰心是带着她“自己”来参加“五四”运动的。她的作品中当然有着她“自己”。这“自己”里既有“五四”时代激浪对她的教育和赐予，化成了她的血肉；但也包括她的较为富裕而极为温暖的家庭对她的教养，以及教会学校给予她的教育和熏染。上述这两方面的积极和消极的因素糅和在一起表现在冰心的作品中。

冰心的同时代人茅盾是十分了解冰心的，他非常中肯地评价道：“是那时的人生观问题，民族思想，反封建运动，使得冰心女士同‘五四’时期所有的作家一样‘从现实出发’！然而‘极端派’的思想，她是不喜欢的……”②那“极端派”在这里指的是什么呢？一般说来是指当时最先进的革命思想和革命理论。在冰心的“作品”中是有着崇尚“改良”而“不喜欢”所谓“极端派”的思想的。但

① 《老虎皮》，《瞿秋白文集（一）》，人民文学出版社1953年出版。

② 茅盾：《冰心论》，《文学》第三卷第二号，1934年8月。

问题是在于她具体的是崇尚些什么东西。

在1919年8月25日，她发表了《二十一日听审的感想》后，在9月4日的《晨报》上，又发表了一篇《“破坏与建设时代”的女学生》的较长的文章，署名也是“女学生谢婉莹投稿”。在这篇文章中比较典型地集中地表现了她崇尚的是些什么。冰心把中国自有女学生以来的历史划分为三个时期：第一个时期是“崇拜女学生的时期”，当时的女子“参政选举”、“男女开放”等口号得到社会的羡慕惊叹。但随即出现了一些“推翻中国妇女的旧道德，抉破中国礼法的藩篱”等“种种嚣张的言论行为”，于是“闹出种种可怜可笑的事实”。这样就转入了第二个时期，即“厌恶女学生的时代”。她认为女学生要“从空谈趋到实际”，她们的“‘言论’‘行为’渐渐的从放纵趋到规则”，才能达到第三个时期，她命名为“破坏与建设时代”。于是冰心开出一些如何算是达到第三时期的女学生的“标准”和“条目”来。我们想略花篇幅，将这些“条目”罗列于后，以便弄清冰心的所谓“建设”的具体内容：一、服饰不能“飞扬妖冶”，而应“稳重”、“雅素”；二、“要避去那些‘好高骛远’、‘不适国情’的言论，因为这种言论，社会已经从‘第一时代女学生’的口中听得厌烦了”，“因此我们要挑那‘实用的’‘稳重的’如‘家庭卫生’‘人生常识’‘妇女职业’这种的题目，去开导那些未得着知识的社会妇女，不但可以收实效，并且也是积极的治本办法”；三、不到“剧场”、“游艺园”等“喧嚣华靡”、“光怪陆离”的地方去；四、要以“学术演讲会”、“音乐会”、“古物陈列所”来增进我们的修养；五、要以《新中国少年之模范》等书籍作课外读物；六、要关心“世界和国家的大事”，注意“欧美近代女子教育的趋势”以及“我国妇女界今日的必需”等问题；七、要学会欣赏“天然的美”；八、注意“交友”；九、对“男女‘团体’和‘个人’的交际”，若没有必要的时候，“似乎不必多所接近”；十、要做好“普及教育”、“改良家庭”等事项，注意“家事实习”、“儿童心理”、“妇女职业”等课题。在摆出了这些要第三时期的女学生去争取达到的“条目”之后，冰心呼吁：“‘敬爱的第三时代女学生’呵！我们从今日起，要奋斗！要开始和社会厌恶‘女学生’的心理奋斗。”

我们之所以要概略地介绍这篇文章，是因为它比较集中地让我们看到了冰心的“改良思想”的一面，不喜欢“极端派”的一面。她把当时的有些革命理论看做是“好高骛远”、“不适国情”的言论，她把“改良家庭”、“家庭卫生”、“人生常识”、“妇女职业”、“普及教育”等看做是解决妇女问题的积极而有实效的“治本办法”。

应该说，当时冰心的思想上是的确存在着矛盾的。她的“问题小说”中有

“挣扎”有“呼号”，有着革命的因素，但是她心目中的奋斗目标和手段，又有许多改良的色彩。那么她既要听从时代的召唤而前进，又要思考改良的方案而后顾。她的心中当然不免时时要激起矛盾的旋涡。她在1920年所写的一些“杂感”都往往透露出这种矛盾的心情。《圈儿》①、《解放以后责任就来了》②和《我》③等都是这种心灵中矛盾旋涡的产物。在《圈儿》中她要劈开那个罩住自己的黑暗、苦恼、悲伤的圈儿，去寻求圈子外的“光明、快乐、自由”。但在《解放以后责任就来了》中，冰心说：“我们只管挣扎，只管呼号，要图谋解放，要脱去种种的束缚。”但是“只有破坏，没有建设，解放运动的进行，要受累不浅了”。这篇短文，又令我们想起了“女学生谢婉莹投稿”时代的那种要求“改良”的条目，就是冰心要“建设”的内容。她心目中的“解放”是时时受这种“改良条目”的制约的；否则，她就认为“解放运动”会使社会“受累不浅”了。那大概是指会出现“种种嚣张的言论行为”和“闹出种种可怜可笑的事”来了吧？在冰心的这些短文中，特别要算《我》这篇杂感，更明白地宣泄了她自己的这种矛盾的心理。她说：

> 照着镜子，看着，究竟镜子里的那个人是不是我。这是一个疑问！在课室里听讲的我，在院子里和同学们走着谈着的我，从早到晚，和世界周旋的我，众人所公认以为是我的：究竟那是否真是我，也是一个疑问！
>
> …………
>
> 这疑问永远是疑问！这两个我，永远不能分析。
>
> 既没有希望分析他，便须希望联合他。
>
> 周旋世界的我呵！在纷扰烦虑的时候，请莫忘却清夜独坐的我！
>
> 清夜独坐的我呵！在寂静清明的时候也请莫忘却周旋世界的我！
>
> 相顾念！相牵引！拉起手来走向前途去！

在前面，等待着这位年轻的女作家的将是一个“五四”运动后的落潮时期。这两个“我”能“相顾念！相牵引”地“拉起手来走向前途去”？在这个即将到来的低潮时期，这颗因“五四”惊雷而“震”上文坛的新的行星，在时代的太空中将循着什么轨道运行呢？

---

① 《燕京大学季刊》第1卷第4期，1920年12月1日，署名婉莹。

② 《燕京大学季刊》第1卷第3期，1920年9月1日，署名婉莹。

③ 《燕京大学季刊》第1卷第4期。

我爱我的祖国　我爱我的母亲*

——重读冰心《寄小读者》新感

在1923年7月24日的北京《晨报副刊》上新辟了《儿童世界》这一栏目。就在这期“创‘栏’号”上，有一《记者按语》说：“冰心女士提议过好几回，本刊上应该加添一栏儿童的读物。记者是非常赞成的……从今天起，我们添设儿童世界一栏……”设专栏的第二天，冰心就以她特有的亲切温婉的笔调写下了《寄小读者·通讯一》：“似曾相识的小朋友们：我以抱病又将远行之身，此三两月内，自分已和文字绝缘；因为昨天看见《晨报副刊》上已特辟了《儿童世界》一栏，欣喜之下，便藉着软弱的手腕，生涩的笔墨，来和可爱的小朋友，作第一次的通讯。”其时，这位《儿童世界》专栏的创议人，刚毕业于燕京大学。她以优异的成绩，获得了学校奖以金钥匙的荣誉，并且得到燕京大学的姊妹学校美国威尔斯利大学的奖学金。通讯上说的“又将远行”就是指的这年8月她将赴美留学。冰心的29篇通讯结集而成的《寄小读者》大多记录了这次游学的足印，它可算是一本旅美通讯集。这些通讯先单篇在《儿童世界》栏刊载，待到冰心得文学硕士学成归国的1926年出版单行本。据很不完全的统计，到1935年已发行21版，平均每5个月发行一版，可见其影响之深广。我们现在的青少年的祖辈和父辈中，有不少人就是《寄小读者》的昔日的忠实小读者。

一

读完这本旅美通讯集，掩卷回溯，我们就会发现，作者在她的篇章中，从不渲染这个金元世界的“物质文明”，从不依恋资本主义制度；相反，通讯中时时

---

* 本篇首刊于《语文教学通讯》（山西）》1980年第9期，试图探索对冰心作品中的母爱、童心、自然是否可作重新评价。后由《新华文摘》1981年第2期全文转载。

激荡着“我爱我的祖国”的一往情深。

诗人闻一多比冰心早一年留美，也比冰心早一年归国。闻一多在美国时写了许多著名的爱国诗篇。他的《太阳吟》就是一阕思乡曲：“太阳啊，刺得我心痛的太阳，又逼走了游子底一出还乡梦，又加他十二个时辰底九曲回肠！……”闻一多的特色是火山爆发般的熔岩的热情。而冰心的爱国思想又以她特有的女性的至情，有时像透亮的清泉淙淙，有时像蔚蓝的海波翻腾：她抒写着“离开了可爱的海棠形的祖国，在太平洋舟中”的凄恋思念；她叙述途经日本时在“游就馆”中看到“中日战胜纪念品”等日本侵华的罪证，俨然作为战利品陈列其间，“我心中军人之血，如泉怒沸”；刚踏上美国领土，她自诉：“正不知北京怎样，中国又怎样了？怎么在国内的时候，不曾这样的关心？”她才深切彻悟：直至到了海外，在不相识的人中间旅行，祖国呵，远离故土的游子才知道应该付与祖国的是何等样的爱。从此，身在客中的冰心时时泛起乡愁，为了安慰这种思念之苦，她有时刻意追求如何使自己能紧贴祖国温暖的心房：如那时她喜好诵读《历代名人词选》，吟唔着“乡梦不曾休”的词句，眷恋着“可爱可敬的五千年的故国”！有时在异域触景生情，她的胸膛中又久久回荡着惦念故土的情思，如她仰望迢迢银河之侧的织女星时，又猛忆起今天是故国的七月七夕，于是她就如数家珍般地罗列祖国的佳节。祖国的每一个富有民族传统节期，都附有温柔高洁的故事，惊才绝艳的诗歌，使远客他乡的冰心对古国文明的自豪感油然而生。而当她“弱游”归来时，航轮刚进入祖国领海，她看着“片片祖国的帆影之后，我已不能再睡觉”，在这不眠之夜中，祖国的海波，一声声地洗淡了她心中的“杨柳岸，晓风残月”的悲哀。当她的脚踏着了祖国的田野，她迸出了感谢与欢欣的泪花！冰心从开始游学之日到学成返国之时，哪一天不在思念祖国的乡愁之中度过？思乡对她说来不但是灵魂上的悲哀，而且甚至是肉体上的痛苦。她在《往事・二》中诉说：“乡愁麻痹到全身；我掠着头发，发上掠到了乡愁；我捏着指尖，指上捏着了乡愁。是实实在在的躯壳上感着的痛苦，不是灵魂上浮泛流动的悲哀！”

正是因为怀有这种深挚的对祖国的爱，所以冰心告诉小读者说：“小朋友，我不是一个乐而忘返的人，此间纵是地上的乐园，我却仍是‘在客’。”她假设道：故国“纵是一无所有，然已有了我的爱。有我的爱，便是有了一切。”冰心在美国也游历过许多繁华的城市，但她毫不欣慕那里的豪华与奢侈，这些在她眼中不过淡淡“如过眼云烟”。她在华盛顿时曾感到：“两年半美国之寄居，我不曾觉得她是一个庄严的国度。”虽然仅有一次她“倏忽的惊叹了国会的白楼”的景色，但这惊叹仅是因为“我到美国以来第一次……寻到了华京与北京相同之点了！我突起的乡思，如同一个波澜怒翻的海！”面对客旅中的种种景色，只有从中觅到与祖国江河的共同之处，嗅到与祖国山川的相类风味时，才更能勾起冰心的爱悦与恋慕。但当这种爱慕之情使她刚进入“梦中不知身是客”的境界时，她又常常忆起陆放翁的“唤作主人原是客，知非吾土强登楼”的诗句，面对异乡的良辰美景，她的意兴又渐渐萧索。冰心对祖国万分依恋的细腻而真切的感情潮汐，是她的《寄小读者》中最珍贵的情操。

二

除了对祖国的深沉的爱，在《寄小读者》中发挥得最淋漓尽致的是对母爱的颂扬，童心的放歌，自然的礼赞。过去有些评论对冰心在《寄小读者》中抒发母爱、童心、自然的伟美，往往较为苛求地持否定的态度。但是今天重读这些篇章，再度权衡，觉得对这三方面不能采取简单的排斥态度，而必须将其积极面和消极面作恰如其分的剖析。

无产阶级并非不讲亲子之爱，亲人之间如无特殊的阶级对抗的因素，这种血缘之间的爱是无可厚非的。鲁迅在《答客诮》中说过：“无情未必真豪杰，怜子如何不丈夫”，也就是他对亲子之爱的首肯。鲁迅在《为了忘却的记念》中谈及柔石返回故乡住了好些时，上海的朋友责怪他。柔石“悲愤的对我说，他的母亲双眼已经失明了，要他多住几天，他怎么能够就走呢？我知道这失明的母亲的眷眷的心，柔石的拳拳的心”。这是鲁迅对亲子之爱的赞颂。但是也是“左联”五烈士之一的殷夫，却遇到了与上述截然不同的情况，亲人之间走上了无法调和的阶级对抗的道路，于是他写下《别了，哥哥》这首著名的诗篇，表示了阶级大义高于手足同胞之爱。以上事例，就是无产阶级对亲子之爱的两个缺一不可的侧面。我们就是用这样的观点来考察冰心《寄小读者》中颂扬的母爱。在冰心的笔下，母爱是深浓的，沉挚的，永久的。她的母亲对她毫无半点溺爱之情，而是处处表现出悉心的忘我的抚育，时时令她享受父母教养的恩慈。冰心的这种对母爱颂赞的感情基本上是值得肯定的。特别是慈母与游子相隔万里，离情别绪更增加了对亲人的怀念。她母亲的“眷眷的心”和冰心的“拳拳的心”飞越重洋，在梦中紧贴着一起跃动，这是亲子之爱的柔美甘淳的诗章。但是冰心在《寄小读者》中无限夸大了母爱的作用，她在《通讯十》和《通讯十二》等篇中把母爱说成是支撑世界的柱石，是改造世界的动力：若是将这种母爱推而广之，遍施人类，人间将不再有悲凉和眼泪。由此冰心认为制度阶级是人为的产物，而在母爱面前却人人平等。“鸿濛初辟……当时人类在母亲的爱光之下，个个自由，个个平等。”将母爱的哲学作为解救当时黑暗社会的济世良方，则是冰心《寄小读者》中的严重局限性。直到1931年写《分》时，冰心才感知，这位劳动妇女要为自己的新生婴儿哺乳的权利也无法得到，贫困逼迫她只好到富家去做奶妈，世界上竟有母亲欲爱儿子而不可得的时候，到此时，冰心的这种母爱观才开始有了转机。

冰心对童心的赞美也须作具体的分析。在20年代初期，冰心以一种平等和诱导的教育方式来启发儿童，这对封建的注入式、填鸭式、棍棒式的教育方式是一种否定。如果把童心的一个方面理解为重视儿童的心理特点和年龄特征，那么冰心的这种教育方式无疑是取得了极大的成功。《寄小读者》之所以有如此深广的影响，甚至在半个多世纪以后还使鬓发如霜的当年的儿童由衷感激，就是因为作者以“童心来复”的情愫，像一位知心贴意的大姐姐一样与他们娓娓而谈，产生心弦和鸣的效果。例如《通讯二》中所写的痛惜忏悔的事，其实不过是为了“伤害”了一只小鼠所引起的内心谴责。鼠子是危及人类的害物，“伤害”了一只小鼠又何足痛惜？但冰心从儿童特点出发将小鼠人格化了，对儿童进行了应该同情弱小、珍惜生命的教育。这只小鼠在儿童的心目中就变得和鲁迅童年时喜爱那只隐鼠相类似了。在《寄小读者》中，冰心按照儿童的特点反复进行这种同情弱小，怜念贫病的教育。她同情红色人种被白色殖民者残杀的悲痛命运，那么富有诗意地述说戚叩落亚的民间传说；她对美国黑人描写得如此温存善良；她笔下几位年轻的病友是如此值得万里之外的儿童的遥念与祝福……这一切都在儿童天真纯洁的心灵中播下了爱的种子。

我们还应看到冰心在《寄小读者》中一再用最纯真优美的词句来赞颂童心，也反映了她对当时国内黑暗现实的失望。“五四”热浪掀起时，冰心曾全身心地投入青年爱国运动，又笔不停挥地写了若干有影响的“问题小说”。但是自从“五四”落潮，在军阀混战，悬民水火的社会现实面前，冰心感到惶惑烦闷。在《通讯六》中对成人的“是非观”的讽嘲就是这种不满现实的心绪的折光反射。就在这种找不到出路的摸索中，她更欣赏“童心的来复”。关于这一点是有其进步的一面，却也同时暴露出她政治上的稚嫩：以为孩子个个都善良可爱，而当他们长大后就起了质变，成为小读者的讽嘲对象，这岂不是等于承认人类和世界的前途是永远黯淡的吗？正因为她认为制度阶级是人为地制造的，所以就阻滞了她不能较快地探寻到先进阶级——无产阶级的真理，而只能暂时陶醉在对童心的顶礼膜拜中。也正因为她缺乏阶级观点，连她对弱者的同情也往往表现出两面性。在《通讯十八》中很典型地反映了这种两面性:一方面她同情被侵略者被压迫者,憎恨霸道的帝国主义行径,这无疑是正义的;但她又将同船的白俄当做被侮辱与被损害的人,将他们视为贫困者而伸出友爱的手,却又是政治上的无知行为。

在《寄小读者》中有着大量的对自然美景的描绘。冰心这位用文字代替色彩的超等画家,展现在我们面前的是一幅幅令人神往的山水长卷。在《通讯三、四》中,她在由北京奔向上海的火车上,那么灵巧地抓住了北国和江南景色的不同特点,情、景、诗交融汇合,使小读者像与冰心屏窗共览这祖国壮丽秀美的河山一般。在《通讯七》中她描绘了绮丽的海上风光。特别是到了美国不久,冰心因病到青山沙穰疗养院休养了 7 个月,更是"完全来与'自然'相对。以读书、凝想、赏明月、看朝霞为日课",过着"止水浮云"的生活。"自然"成了冰心的形影不离的莫逆之交,她笔下的自然画图更是绚丽多彩,千姿万态。尽管她有时常说,"文字竟是世界上最无用的东西,写不出这空灵的妙景!"有时她在神奇瑰丽的自然美景面前,竟感动得泪泉奔涌,哽咽无言。但是冰心还是发挥了以文字绘景的最大的潜力,她试揭自然的帘幕,引领小读者蹑足走入仙宫。冰心的另一种帮助小读者欣赏大自然的妙法是精选古人的诗句词章,与眼前的自然图画相映成趣,使小读者既像画中人一般步入自然画幅之中,又使他们领会了古诗的意境,启迪了他们的睿智。正如冰心所说:"小朋友,愿你们用心读古人书,他们常在一定的环境中,说出你们心中要说的话。"

对于冰心笔下的母爱、童心和自然,不要作简单化的否定,而应给予恰如其分的评价,以便吸取其中的精华和营养。

三

这次人民文学出版社重印《冰心选集》,当我重读《寄小读者》,又深深受到另一种思绪的冲击。我想,如果羁旅于海外异域的侨胞,如果与大陆隔水翘望的台湾同胞,他们现在也在读这本作品,那么,这温暖得像一池春水的《寄小读者》,一定会在他们的心灵中激起巨大的感情波澜。他们一定会击节赞赏《寄小读者》这一千古感人的乐章中的主题:"我爱我的祖国,我爱我的母亲!"《寄小读者》中的思乡曲调就会像一位白衣天使引领他们的"梦魂常向故乡驰"。我想,这就是《寄小读者》的巨大现实意义了。鲁迅在别离故乡时也同样有类似的乡愁的悲哀:"嗟乎! 登楼陨涕,英雄未必忘家;执手消魂,兄弟竟居异地!深秋明月,照游子而更明;寒夜怨笳,遇羁人而增怨。此情此景,盖未有不悄然以悲者矣。"思故乡忆亲人,又何尝不是崇高的感情呢?那么,就让《寄小读者》这本爱国思家的优美隽智的诗篇在完成祖国统一大业中发挥它的作用吧!

《寄小读者》是一本旅美通讯。在写作意图上冰心本不打算侧重反映美国人民对一位中国游学者的友情。但也正因为只是无意中流露这种友善的情谊,所以才使读者感到不造作,不矜持;也正因为是自然的本色的几笔,所以才使读者觉得真实感人。当冰心在美患病住院时,她的师长和闲璧楼的96位多种国籍的同学对她的无微不至的关怀,读来能令人共享这温存与亲切;她迁居疗养院后,那里的8个国籍的病友相互扶持慰藉,相互体恤照拂,令人产生一种战胜病苦和孤寂的力量;中国的七月七夕是女儿节,几位美国的教授长者或挂中国玉佩,或著中国绸衣,来邀请冰心度女儿节,他们要"为全中国的女儿祝福",致使冰心感到,虽在故国已有10年不过此节,却于离家万里,孤身作客的美国,"过起软款温柔的女儿节来,真是突兀!"冰心是崇尚"君子之交淡如水"的,唯其如水,这友情才绵远流长。那么就让我们藉着《寄小读者》这面镜子重温20年代中美人民的传统友谊吧,因为这本作品勾勒了中美人民友谊的一个真实的侧影。

茅盾在1934年写《冰心论》时说:"指名是给小朋友的《寄小读者》和《山中杂记》,实在是要'少年老成'的小孩子或者犹有童心的'大孩子'方才读去有味儿。在这里,我们又觉得冰心女士又以她的小范围的标准去衡量一般的小孩子。"这是茅盾对这本作品的一点批评:冰心将自己的三位弟弟及其十几位少年朋友的理解能力和阅读水平,去衡量一切少年,有些片段无论在思想和文字上都略微深奥了一些。这就说明,当少年读者阅读时,就更需要师长的指导。但从另一个角度来看,这本指名给小朋友的通讯集也可以使青年,甚至长了胡须的"大孩子"得到精神上的享受。无怪它曾如此感动过著名作家郁达夫,他评价道:"对父母之爱,对小弟兄小朋友之爱,以及对异国的弱小儿女,同病者的爱,使她的笔底有了像温泉水似的柔情。"而郁达夫对冰心散文的风采更是推崇备至:"冰心女士散文的倩丽,文字的典雅,思想的纯洁,在中国算是独一无二的作家了。"

陆文夫论*

亲爱的读者们，请容许我向你们介绍一位曾经经历过"三起两落"的曲折艰辛的创作道路的作家——陆文夫。他是才华横溢的小说家，在他的创作生命渐臻成熟时，茅盾曾称誉他是一位"力求每一短篇不踩着人家的脚印走，也不踩着自己上一篇的脚印走"①的小说家。他不仅有创作的才华，还有一段不算太短的写作经历。他现在五十挂零②，如果粗略一估，也有了 28 年的创作史。提起他的创作成果，却与他的"才华"与"创龄"不大相称，可是这又决不是他主观上的疏懒怠惰。原因就在于"三起两落"。他说："我在'文化大革命'前大约发表了 30 多个短篇，印有《荣誉》、《二遇周泰》两个短篇小说集。作品不多，质量不高，道路有点曲折。写作的时间很短，只有五六年。下放劳动的时间很长，计有十五六年。虽然失掉了一些时间，少写了一点作品，但有幸能长期深入生活，经受了一些锻炼，事物都有它的两面。"③他的自述是既谦虚又真实，十分得体。纵观陆文夫的创作道路，大致可分三段：一、自 1953 年习作到 1956 年（他正式发表作品始于 1955 年）可称为从事新闻记者工作时的业余创作阶段；1957 年春他刚离开记者岗位去从事专业创作时，便因《探求者》一案而"惹了大祸"，于是下放到苏州机床厂当学徒。二、1960 年下半年至 1964 年，他在江苏省文联创作组，可称之为专业创作阶段；1964 年 6 月，开展文艺整风，他又成为重点对象受到批判，第二次回苏州，在苏纶纱厂做了 5 年机务工；"文革"期间，"全家下放到黄海之滨的射阳县去了 9 年"。三、1978 年，他又回到苏

---

* 本篇首刊于《文学评论丛刊》第十辑《当代作家评论专号》1981 年 8 月出版。

① 茅盾：《读陆文夫的作品》，见《文艺报》1964 年第 6 期。

② 陆文夫于 1928 年阴历闰二月初二，出生于江苏省泰兴县四圩村。

③《1978 年优秀短篇小说作者答本刊编者问》，见《语文教学通讯》1979 年第 6 期。

州，进了苏州市文化局创作组。1957年《探求者》错案，1964年文艺整风中的批判，都得到了平反与改正。姑且称之为“文革之后”阶段吧。这就是陆文夫的曲折道路的轮廓，“三起两落”的概况。本文想探讨的就是陆文夫在这个波澜叠起的经历中，他所取得的成果与经验，以及我们从促进文学事业的繁荣和关心作家的成长出发，在他的“三起两落”中应该汲取哪些有益的教训。

一

陆文夫自幼就爱读小说。他的童少年时代曾居住在江苏省靖江县的一个水陆码头——夹港。码头上的来往客商，三教九流，各色人等，又使他“读”着一部部“活小说”。1949年起，他在《新苏州报》做了8年新闻记者，各行各业，新人新事，又被一一拍摄进他的广角镜头。在当时，年轻的陆文夫对生活的理解虽还缺乏深度，但他所接触的生活面是异乎寻常的阔大。也恰恰就是蒸蒸日上的生活“蒸气”产生了强劲的推动力将他“推”上了创作道路。他说：“那时我没有想到要以创作为业，也不知道文艺有那么多可变的法则。因为做新闻记者，又处在解放后那个蒸蒸日上的时期，新人新事不断地涌现，工作之余，心潮难平，常想：某人某事如果那样发展，这样结局，岂不更美！于是便想到要用小说来表现。”[①]陆文夫小说创作的第一个起点是由于“生活的诱发”，新人新事激励得心潮难平；生活推动了他，他又想法推动生活。他希望事物向更好的方向发展，有更圆满的结局。他的小说就是为了使蒸蒸日上的生活变得“更美”而斗争。这一时期陆文夫作品的特点是，反映的生活面极为宽广，基本上是新人新事的颂歌，结合解放初期的时代特色，在新旧交替之中，他更多地是抒写旧的躯壳中蜕变而出的新的灵魂。作为一位新闻记者的业余创作，陆文夫所涉猎的题材可说是五花八门，使读者有一种琳琅满目、应接不暇之感。在农村方面，有新春禁赌易旧俗的《移风》，有合作化育新人的《“风波”》。在工交方面，他触及许多行业工种。有写在平凡岗位上创建伟美业绩的《平原的颂歌》，有写在白热化的阶级搏斗中破获敌特的《火》，有写在春节的雪冻冰封中将温暖送给人民的《节日的夜晚》，有写在学艺与恋爱“矛盾”喜剧中的轻松纠葛的《只准两天》……这些多姿多彩的题材，有的将镜头正面对准工厂车间的一角，写工人阶级对待社会主义事业的严肃态度；有的是选取生活的某一独特的侧面，写8小时之外的“私人生活”中新型的道德准则。这一时期陆文夫的代表

① 《小巷深处·后记》，上海文艺出版社1981年版。

作《荣誉》与《小巷深处》正好代表了这两种类型的作品。而这两篇代表作的共同的成功经验是深邃地开掘人物的心灵世界，在剧烈的思想搏斗中，蜕下了束缚自己的旧的表皮——沉重的旧思想的负载，显露出茁壮的新生命的机运。这种新人发展和结局，符合作家的写作的愿望——使人生变得“更美”。

《荣誉》对一位初学创作的作者说来，的确是下了一番“硬功夫”的。他刻画了一位先进工作者在正确对待荣誉问题上的一场思想苦斗，主动向组织上讲了在评比结束之后才发现的两匹次布的事故，不仅战胜了潜在虚荣思想的作祟，更表现了一种“忠实无私”的美德。陆文夫初露锋芒，运用多种手段：如落后分子的挑唆，小学生访问劳模，俱乐部里人们无心的交谈对主人公心灵的刺痛等等，陪衬或加剧方巧珍的思想斗争，显示了一种“心灵交锋的美”。心灵交锋的胜利，旧的表皮的蜕化，主人公的形象就显得“更美”。茅盾评论道：“《荣誉》的酣畅的心理描写，确使读者如饱餍甘腴”①。陆文夫的另一篇代表作《小巷深处》就与《荣誉》的遭遇不大相同，对它的评论毁誉不一，褒贬各异。但它在《萌芽》上发表后，赢得了广大的读者；“陆文夫”这个名字之所以能印烙于读者的脑际，与《小巷深处》是分不开的。这是陆文夫的成名作。娼妓是旧制度必然犯患的一颗脓疮。1952 年，人民政府把所有的妓女都收进了妇女生产教养院，治病，诉苦，学习生产技能。小说主人公——年轻、敏慧、灵巧的徐文霞从失去人的尊严的枷锁下解放出来，成了勤大纱厂的工人。但是问题彻底解决了吗？徐文霞真正解放了吗？陆文夫通过描写她的爱情生活的波折告诉我们：没有！作者并非为写爱情而写爱情，他感到只有通过爱情生活，才能更无情地撕开一种伪善的道德观的外衣，才更能戳痛封建思想的神经中枢。在徐文霞这样的姑娘身上还压着一座无形的千钧万吨的贞节牌坊。妓女与失贞是可以画上等号的，而千百年来的传统观念对失去贞操——不管她如何失贞的——是决不宽恕的。不节者只有成为烈妇，才能挽回其名誉之万一。鲁迅写《我之节烈观》距当时已近 40 个年头，但这个问题并未得到应有的解决，即使是在解放之后。这种封建的传统观念蕴藏在千百万人的心里，也同样像一个噩梦绕在徐文霞的脑海中，噩梦又引来了厉鬼，那就是解放前占有过她的肉体的朱国魂。这一段屈辱的经历也绞痛了爱她的人的心……唉，有形的枷锁砸碎了，无形的铁镣紧缠着。《小巷深处》之所以能赢得读者的注目，激动人们的心灵，就因为作者写了一次“冲决”，要解脱笼罩着徐文霞的无形的罗网。张

① 茅盾：《读陆文夫的作品》，见《文艺报》1964 年第 6 期。

俊的“捏起拳头拚命地敲门”是因为他要代表一种新的道德准则去彻底医治徐文霞的心灵的创伤。他要使徐文霞成为一个“真正的人”。社会主义道德准则向封建观念的冲决的结果，显示了新社会贴心的温暖，新思想无比的优越，而曾经是最羞辱、最下贱的徐文霞也因得到双重的解放而显得“更美”！

陆文夫成功的经验正好反过来证实了他初期创作中失败的教训。他的这一时期的创作中有些作品正与《荣誉》、《小巷深处》的成就相反，只罗列了生活的广度而缺乏生活的深度；只热衷叙说新鲜的事件，而忽视人物形象的塑造，往往形成一种“有事无人”的局面，因此也就显得比较概念化。他的第一个短篇小说集《荣誉》[①]，共有8个短篇，在1980年他自编《小巷深处》短篇集时，只留下了《荣誉》一篇。这正说明了作家成长后的一种“自知之明”。他在《后记》中说：“那时有一部分作品，实属文艺通讯之类，如今已失去重印的意义。”[②]当然，文艺通讯这种体裁并不比小说创作“矮人一头”，作者也并不因为写了类似文艺通讯的作品，而无法存留。但这里告诉我们一个“大浪淘沙”的事实，这“大浪”是时代洪涛的冲蚀，是艺术碧波的淘洗。

当陆文夫出版了《荣誉》集和发表了《小巷深处》、《平原的颂歌》等短篇，得到赞扬时，他于“1957年的春天，便离开了新闻工作岗位，到江苏省文联创作组，从事专业创作。既然专业，便要钻研。几个小伙子一合计觉得文艺必须干预生活，探求人生，并企图创办一个同人刊物《探求者》”[③]。《“探求者”文学月刊社启事》宣称：“社会主义制度是目前世界上最好的制度……目前，中国的社会主义制度刚建立不久，如果说建成社会主义的道路还在探索，需要不断地积累经验，吸取教训；那么，在建成社会主义过程中，人生的道路就更为复杂，更需要多方面进行探讨。”[④]但由于经费和人力的种种困难，拟议中的《探求者》月刊成了尚未形成便流了产的胎儿。可是这个胎儿却种下祸殃，《探求者》终于被打成反党集团。在当时，唱“颂歌”是许可的，但决不容许“探求”。其实，“颂歌”和“探求”并不是对立的，恰恰相反，处理得正确，这两者是目标一致，相辅相成的。过去陆文夫业余创作的目的是要使生活变得“更美”。他在反映“真善美”时，并不等于没有看到生活中“假恶丑”的一面。而几个小伙子合计的要

---

①《荣誉》，新文艺出版社1956年版。

②《小巷深处·后记》，上海文艺出版社1980年版。

③《1978年优秀短篇小说作者答本刊编者问》，见《语文教学通讯》1979年第6期。

④《“探求者”文学月刊社章程和启事》，见《雨花》1957年第10期。

“干预”这些“假恶丑”,目的也是为了使人生变得“更美”。“可是,万万没有想到,就为这个尚未成形便流产了的胎儿,我们这些人用了22年的时间来偿还一笔沉重的债务。就像莫泊桑著名的短篇小说《项链》中的女主人公那样。由于一个偶然的过失,经受了长期的痛苦,等到明白这些痛苦其实是无须经受的,额头上已经留下了深深的皱纹,头发也已经花白了。”①陆文夫刚崭露头角,却又很快地跌入了“错误”的深渊。创作组解散了。1958年1月,陆文夫被下放到苏州机床厂当学徒。劳动作为一种思想改造的手段,或是惩罚错误者的工具,有时是很不易分清的。

二

生活是错综复杂的,事物都有它的两面性。

当年的陆文夫不必戴着一顶“探求者”的帽子去工厂进行改造,但当年改行成为学徒的陆文夫很需要深入生活。两年半的“徒工生活”不仅使他破格成了一位三级车工,更重要的是,点面纵深相结合,使这位有着广阔视野的新闻记者一头扎到了苏州机床厂,从而又有了一定的生活深度。这正可谓“无意插柳柳成荫”了。插者虽然无意,柳树却是有心。在新的环境中,陆文夫是个“有心人”,他发挥了化消极为积极的主观能动性。《葛师傅》、《二遇周泰》、《介绍》等优秀作品就是在这种可贵的主观能动性的浇灌下萌发的。当陆文夫跌入生活的渊谷时,却又是他的创作再度冒尖的准备。1960年江苏省文联再次成立创作组时,陆文夫被认为“改造得还可以”而调回去搞专业了。这就进入了他的“二起二落”的阶段。

由于陆文夫向生活纵深开掘的结果:“这时候写小说就和以前有点不同了,以前常常是要找些材料来写,或者是被一件什么事情感动了,觉得我要来歌颂它。这时候却常常有另一种感觉,觉得忍不住要站出来说几句话。有人说现在写的劳动模范不稀奇,太平淡,不像古代的英雄那么神奇。我听了不服气,现代的英雄哪有那么简单?于是便写了《葛师傅》。有人说,文艺作品中不要写机器,看了叫人头痛,我听了很难受,难道机器竟是叫人头痛的东西么!便写了篇《介绍》,专门来介绍介绍机器,看看那‘黑不隆冬’的东西中蕴藏着多少感情和哲理。”②二进创作组的陆文夫当时潜心钻研的是所谓“如何写好社会

---

① 叶至诚:《“探求者”的话》,见《雨花》1979年第5期。

② 《给〈文艺报〉编辑部的一封信》,见《文艺报》1964年第6期。

主义工业题材”。

《葛师傅》在《人民文学》上发表之后，赢得了一致的好评。茅盾认为《葛师傅》是陆文夫创作上的“一次跃进，也是一个里程碑”。茅盾全面地将《葛师傅》与往昔的《荣誉》作了比较：“葛师傅的先踌躇而后毅然敢为，没有夹杂丝毫的个人打算，处处以国家为重。方巧珍的思想斗争中却夹杂着个人打算，虽然她终于坚定了正确的立场。两个同是先进人物，然而其思想品质的深度不同。葛师傅比方巧珍更高一步。”在艺术成就上，茅盾认为《荣誉》的心理刻画令人“饱餍甘腴”，“然而《葛师傅》两次巧车大活塞的惊雷掣电的笔墨却使读者拍案叫绝。而且，就文学语言看来，前者华赡而后者质朴，华赡故时或伤于纤巧，质朴故时时伴着豪放。”①茅盾对这两篇作品的对比，几乎使我们鸟瞰了陆文夫50年代与60年代上半期的创作上的长足的进展。

在60年代初期有一种论调，认为写工厂色调易于单一，不如农村生活那般绚烂多姿。工人进车间就守在车床旁，集中高度注意力操纵机器飞转，一下班就各自回家休息，活动范围太窄。因此工业题材容易写得枯燥，吃力不讨好。陆文夫有感于此，在《葛师傅》中不露斧凿痕迹，毫不让读者觉得有“教训主义”色彩，通过人物对话发了一顿感慨：师兄广德令“我”把厂里的新鲜事编几段评弹，“我”说：“师兄，说书这一行，还有点窍门！你听武松打老虎那一段，说起来多神！多险！那有个情节；眼前这厂里的事情，多是技术名词，太淡。”广德说：“这话不对，你要透过技术名词看人。”“透过技术名词看人”，这就是《葛师傅》成功的重要经验。既然要写工人，总往往要或多或少，或正面或侧写地涉及工人的生产问题，即使以工人的家庭生活、社会活动和厂礼拜为题材，有时也不能与生产全然绝缘。所以既不必有意回避，又不必繁琐抄录生产过程，而是要通过生产活动来看工人们从中流露的思想感情与个性特征。葛师傅在两次巧车活塞的过程中，当然会碰到许多技术问题，但陆文夫并不热衷于此，不过以此为由头，借“题”发挥而已。在旧社会巧车活塞时，他大刀阔斧，神乎其神，其实不过是武松的“人不打虎虎伤人”的境界，在旧社会生活毫无保障的情况下，巧车活塞如果成功，就能在苏州多吃几年饭；如果失败，就再漂泊他乡，重闯码头。这个情节虽然貌似惊人，颇有当年武松打虎之勇，但实际上是葛师傅与贫困生活的一场殊死角力。在第二次巧车活塞时，表面上显得磨磨蹭蹭，如履薄冰，貌似失却了当年的威风与勇力，实质是不拿社会主义的利益

① 茅盾：《读陆文夫的作品》，见《文艺报》1964年第6期。

去冒险。但是当他知道在没有精密量具的情况非要把大活塞车出来以应付当前生产之急需时，又毫不计较个人的得失，作好万一失败的一切补救善后准备，在扣人心弦的情景中车了这最关键的一刀，作品情节戛然而止，可是在读者脑海中却掀起了动人心魄的浪涛，从而使人们感到新时代的英雄人物所遇到的问题要比旧时代的豪杰所碰到的关卡更复杂得多。从葛师傅的两次巧车活塞中让我们看到了陆文夫的这两年半时间中，毫不讨巧地下了一番苦功，他在生活中正在测量和把捉社会主义制度下，工人阶级伟大的心胸。用他自己的话说，深入生活的结果，使他“开始认识了劳动，并且开始热爱劳动和劳动人民——工人，从而想歌颂他们，保护他们的利益”①。

在这一阶段中，陆文夫在短篇小说的技巧上也作了一番精心的探究。他认为短篇小说之所以“短”，就是用最精炼最经济的笔墨写好最精彩最闪光的“起伏一浪头”②。短篇虽短，但它切忌太露太直，使读者看了开头就知结尾，一览无余，兴味索然。所以它应该起伏有致，如大海之波浪，让读者感到曲折变幻，跌宕多姿，抑扬顿挫，波澜起伏，这样才耐看，经得起咀嚼。但是，它毕竟是短篇，所以只能是大海中的典型的“一浪头”，而不允许波澜叠起，旁生枝节，头绪繁多。这样才能体现出短篇之“短”。《葛师傅》就是这种“起伏一浪头”艺术见解的一次很成功的实践。作品的构思自始至终以两次巧车活塞为主干。这两个典型的情节，几乎使读者了解了葛师傅的一生。读来感到干净利落，一气呵成，没有旁枝和累赘，真是起伏曲折而又不故弄玄虚，主线分明而又不平板单调。《介绍》是一篇别开生面、轻灵风趣的短篇，但究其内在结构，倒也是“起伏一浪头”的产物。介绍人二婶再三叮嘱国祥初次与姑娘见面“千万不能再谈机器呀，那东西黑古隆冬的，谈了人家不懂”，但是一见面，场面尴尬得“像两个老和尚打坐”。这是小说处于“伏”的阶段。从一阵风吹来一片杨花，小伙子情不自禁地谈起了“吸风机”就像滴水不漏的水闸升起一样，小伙子一发而不可收，滔滔奔泻，眉飞色舞地大谈特谈机器。说来也神奇，那种发自心窝里的对机器的爱，在嘴上表达时，简直成了一曲最美妙迷人的乐曲，拨动了姑娘的心弦，而小伙子也就变成了一位歌颂劳动美的出色的作曲家。这对“一见倾心”的恋人的介绍人与其说是二婶，倒不如说是“黑古隆冬”的机器。这是小说中的“浪头”陡然升起的旋律。

---

① 《给〈文艺报〉编辑部的一封信》，见《文艺报》1964 年第 6 期。

② 范伯群：《年轮》，见《雨花》1961 年第 12 期。

这一时期的陆文夫的短篇在技巧手法上，借鉴苏州评弹的成功经验方面的痕迹就更为明显。读他的小说，有时感觉很像评话的一个“段子”，也很像传统戏剧中的一个“折子”。评话中很讲究有吸引听众的“扣子”，陆文夫的小说中很讲究抓住读者的“悬念”。《葛师傅》中就很巧妙地运用了这种“悬念”。随着情节的展开，我们一会儿“替他担斤两”，一会儿又都为他“松了口气”；一会儿凝神屏息，替他“助劲”，一会儿“一片欢叫……一颗心从喉咙里落下肚去”。陆文夫的短篇小说中的“扣子”先叫人们摸不着头脑，不知他葫芦里卖的什么药，一旦将底牌揭开，就使读者拍案叫绝，觉得他不是故弄玄虚，令人感到奇巧而又可信，口服心服。《修车记》中的修车工王恒在石师傅眼中是个“悠悠幌幌”、“噜噜苏苏”的“无事拱”。那“吊儿郎当”的样子叫石师傅满头火，一肚气。但王恒“闲串”串够了，“闲扯”扯完了，却能几榔头敲“活”石师傅的坏车床。他的这手“绝招”直叫石师傅称奇。作品的结尾，作家将“扣子”一解，读者与石师傅一道恍然大悟。原来他的闲串和噜苏都是在深入细致地了解情况，顺藤摸瓜，直到他如实诊断出车床损坏的病根，才对症下药。所以王恒愈是“闲串”和“噜苏”，修复工作就干得愈快愈好，于是他就愈加像个“无事拱”。两千字的一篇《修车记》，也不使你感到平淡单薄，也像听个“段子”那样令人感觉出神入化。

在这一个阶段中，陆文夫在研究如何反映社会主义工业题材和塑造社会主义新人形象上都下了一番工夫。在思想和技巧上都有了自己的特色。但也正因他曾为“探求”而挨过棍子，所以在他的作品中往往不敢去触及矛盾，习惯于写单一性的“歌颂”作品，或是好与更好，新与更新的“矛盾”。有时，虽然也触及了某些矛盾，如《龙》等。但用的是“阶级演绎法”或是“职位推理法”，如工人等于无私坚定，知识分子、技术员等于畏难动摇，党支部书记等于高瞻远瞩，老工人等于苦大仇深，永不变色，青年工人容易身在福中不知福，或好了伤疤忘了痛。但即使有这些不足之处，也无法掩盖陆文夫取得的出色成绩。

1964年茅盾在《文艺报》上发表了篇幅可观的《读陆文夫的作品》的评论，同期刊物上还登载陆文夫《给〈文艺报〉编辑部的一封信——谈在工厂参加劳动的情况和体会》，他还出版了第二个短篇集《二遇周泰》[1]。陆文夫又登上了一个新的高度。谁又能想到茅盾对他的好评却是他跌进更深的渊谷的“跳台”？陆文夫又挨批了。这次受批判是有着深刻的政治背景和社会背景的，但

---

① 《二遇周泰》，上海文艺出版社1964年版。

是请诸君暂不追根究源吧。这里只提一提他的两个公开的罪状：一、他将在批判“探求者”时连同批判过的小说又“塞”进了《二遇周泰》集；二、他在致《文艺报》编辑部的信中，将受处分下放劳动“俨然”说成“体验生活”。一句话，陆文夫“翻案”了。如果用今天的话来说：他为不成其案的“错案”翻案。这就是陆文夫在“二起”之后“二落”的罪状。其时正是“开展文艺整风，新账老账一起算，我受到了彻底的批判。第二次下放回苏州，在苏纶纱厂做了5年机务工。到了‘文化大革命’期间，虽然我已投笔从工，但仍无法漏网，行礼如仪，第三次下放，从工厂下放到农村。这一次比较彻底，全家下放到黄海之滨的射阳县去了九年。”①这一次陆文夫该是一蹶不振了吧？消息传来，他已成为种菜老圃，他的菜园竟然使农民都纷纷前来参观，取经者络绎不绝；又听说他已拜鲁班为师，家中短缺的家具，全由自己打成。这也是一种创作——创造性的劳作。陆文夫大概永别文坛了……

三

在粉碎“四人帮”的欢庆锣鼓声中，在为“四化”进军的新征途中，我们又读到了陆文夫的《献身》，而且还荣获了1978年度评选的全国优秀短篇小说奖。但是《献身》除了作品的成就之外，更重要的意义在于，陆文夫宣告，虽然几经打击，横遭干涉，“两起两落”，但他还是要为人民的文学事业“献身”：“九灾十八难，不死还要干！”②老战友、老同行在会议上重新聚首时，相互戏谑对方是“死抱住文学不放的人”。像陆文夫这样一辈中年作家，都是在党的培育下在新社会中成长，应该对人民的命运、甘苦，负有义不容辞的忠实反映的职责。

《献身》是陆文夫第三次起步的一个良好的开端。它及时反映了人民与“四人帮”的殊死的搏斗，呼喊出人民的心声。当时，对这位搁笔14年的作家说来，因与他的老朋友——小说——久违而不免感到有点生疏。所以他得找一个与这位老友对话的熟悉的“基点”。他找的是将《献身》建筑在唐琳的回忆和思想斗争的“基点”上。作品中的女主人公回忆往昔岁月和自我心灵的交锋，是陆文夫曾经惯用的手法，《荣誉》中的方巧珍，《小巷深处》中的徐文霞，都得力于这种手法。今天以唐琳在回顾中自我斗争为作品的“基点”而取得成功，也是一种“老马识途”的表现。如果“横挑鼻子竖挑眼”，那么我们觉得卢一

① 《1978年优秀短篇小说作者答本刊编者问》，见《语文教学通讯》1979年第6期。

② 江苏省文学艺术工作者第四次代表大会《简报》第33期之二。

民和黄维敏的形象就略逊一筹。卢一民是像土壤本身一样浑厚的人物，他的心胸像大地一样宽博。可是他的言行有时竟有点“学生腔”。就以黄维敏“钓鱼”，卢一民“上钩”为例，政治上就显得不够成熟。在“四人帮”这些自封为“真理专卖公司”的法庭上是“辩白”得清楚的吗？卢一民在牛棚里研究土壤学，是“壕堑战”；在这个“辩论会”上却成了许褚第二了。至于黄维敏，倒是“逍遥派”的底子，他之成为造反派的头头，其来龙去脉还有待进一步的梳理。

除了《献身》之外，陆文夫还写了《崔大成小记》①。他不仅塑造了一个甘愿卖身投靠“四人帮”的小丑崔大成，同时，让我们看到在粉碎“四人帮”后，他又摇身一变，保持了他的既得利益，他又在窥探方向，准备再“标卖”自己。崔大成是一只猴子，他的本能就是爬树。高局长这棵树倒了不要紧，他另找机会爬别的树就是了。

在撰写以揭露“四人帮”给人民带来的浩劫和灾难为题材的作品之外，陆文夫还在做另一件工作，那就是“总结过去”。一是将他过去的《荣誉》集和《二遇周泰》集编选成一本短篇集，题名《小巷深处》。二是发表了他在1962年写成的“抒情中篇”《有人敲门》②。这是一个形式上很奇特的中篇，作者“想用散文来写一个中长篇，不取其矛盾冲突，不借助于故事情节”③。总结过去，在我们的文学史上的作家群中是不乏其人的。鲁迅在《坟·题记》中说：“这总算是生活的一部分的痕迹，所以虽然明知道过去已经过去，神魄是无从追蹑的，但总不能那么决绝，还想将糟粕收敛起来，造成一座小小的新坟，一面是埋藏，一面也是留恋。至于不远的踏成平地，那是不想管，也无从管了。”殷夫学习鲁迅编《坟》的精神，编了《孩儿塔》。在《〈孩儿塔〉上剥蚀的题记》中说：“我的生命，和许多这时代中的智识者一样，是一个矛盾和交战的过程，啼，笑，悲，乐，兴奋，幻灭……一串正负的情感，划成我生命的曲线，这曲线在我诗歌中，显得十分明耀。……现在时代需要我更向前，更健全，于是，我想把这些病弱的骸骨送进《孩儿塔》去。”前辈作家的“总结过去”，一是为了埋藏和留恋，二是为了更向前，更健全。而陆文夫的将旧作送进《小巷深处》和《有人敲门》，又是为了什么呢？他在《小巷深处·后记》中写道：

> 这些作品在发表后的若干年间，风波不息，有时被认为是正品，有时

① 发表于《钟山》1979年第1期。
② 连载于《钟山》1980年第1、2期。
③《有人敲门·前言》，见《钟山》1980年第1期。

> 被认为是毒品，而我自己始终认为是小品。我未能写出高大的形象和具有深刻思想内容的东西，只是写了些“善男信女”、师傅徒弟，这是受我的生活范围、思想水平和审美观点等等束缚而成的。有人说我的作品好像苏州盆景，案头清供而已。此话实乃过誉之词。苏州盆景收山林竹石于一盆之间，有清奇古怪，有江村野趣，华朴相错，生意盎然，艺术要达到此种境界，谈何容易！我不过是用粗糙的泥盆种下几棵小草而已。当年也曾左冲右突，企图有所长进，不期祸从帮降，搁笔十年！但愿在新长征的道路上能有所进步，献几栽像样的盆景于读者诸君之案头！

陆文夫的目的，一是为了将这些“风波不息”的旧作呈献于读者之前，“是非曲直，由读者评议”；二是为了在新长征的道路上能有所进步。陆文夫打算怎样前进呢？他下决心要用文艺去“探求着未来的道路”：“写什么和怎样写要各人自己来探索，这从道义和责任上来讲都是陡然增添了千斤重负。”①

在第三个起点上，陆文夫要开始探求了。从 1957 年受批判和不准探求以后，陆文夫是绝了探求的望的，他只能“歌颂”。尽管他们当时想的“探求”并不是要离马列主义之经，叛社会主义之道，这种“探求”是与“歌颂”异曲同工的。现在，他要重新像《探求者》启事上所说的那样：“在建成社会主义的过程中，人生的道路就更为复杂，更需要多方面进行探讨。”这是“旧事重提”，也是“朝花夕拾”。陆文夫的探求的实绩已经初露端倪，那就是《小贩世家》、《特别法庭》、《往后的日子》②等短篇。在陆文夫的第一个起点上，他喜欢写新旧交替中，旧的躯壳中蜕变而出的新的灵魂；在第二个起点上，他悉心研究如何反映社会主义工业题材的问题，但是由于当时就“心有余悸”，他更多地写新与更新的“矛盾”；今天，他的几篇新作告诉我们，有一些貌似新人新事的东西，30 年来，我们一直受其假象的蒙欺，真心实意地向它顶礼膜拜，可是，经过时代大波的冲洗，露出了旧的尊容。揭开假面，还其庐山真貌，使真真假假各归其位，这也是为了使我们的生活“更美”。

在前一个时期的文坛上，有些人想相互比赛调门之高和题材之险，而陆文夫却想比“深沉”。读他的《小贩世家》和《特别法庭》，掩卷沉思，好像有一种力量在催促，“让我好好想一想，我得细细思量思量”。作家的沉思和探求，通过

---

① 《奇特的问候》，见《雨花》1980 年第 1 期。

② 《小贩世家》，见《雨花》1980 年第 1 期；《特别法庭》，见《上海文学》1979 年第 6 期；《往后的日子》，见《雨花》1980 年第 8 期。

作品,传染给读者。但是作品并不使人灰心丧气,而是使我们有所彻悟。

《小贩世家》绝不仅仅为小贩请命。这些年来,我们不看事物的性质,人民的需求,在有些领域中“卡得过头”,“统得太死”,连那一位能利己利人的个体劳动者朱源达也无法幸免。一旦我们重尝到了生活的苦果而想允许他的存在时,朱源达却像受到炮烙似的惊叫起来:“那是小资本主义,要消灭的,我差点儿把命都送在黑窝里!”他原来为了养活一家八口,所以并不想拿这只“铁饭碗”,可是我们四面包抄,逼其就范。现在他孩子大了,他就满足于“五只铁饭碗月月会满起来的!”唉!这才像个真正的“无事拱”(不像王恒那种“无事拱”),诚诚恳恳,兢兢业业地犯着错误:“这些年来我和别人都伤害过他,打击过各种各样的个人努力。到头来大家都想捧只铁饭碗,省心思,省力气。那铁饭碗到月也不会太满吧,可那锅子里的饭却老是不够分的!”当然,朱源达不是英雄人物,他不过是为了生活自发地为人们制造一点方便;他也不会有什么至死不渝的人生信条要律守,随着我们政策的调整,他觉得小贩生涯比铁饭碗中的饭可以盛得更满一点,他还会挑起这副担子。如果《小贩世家》是为了小贩请命,那么它有多长的生命力呢?我们觉得,读了《小贩世家》的最大的好处是能促使我们去思考问题,重新权衡,变得聪明。要真正估价这篇小说的意义,倒应该将评论的聚光灯打在这位从“高先生——高同志”的“我”身上。

“我”是陆文夫笔下的“善男信女”的形象之一。他从解放前的“分一点粉笔灰下的余尘”到解放后的有了职业,成为“教育部门的干部”。这种翻身感使他对新社会铭感在心,对各种新理论钦佩折服。所以他对“右倾”分子颇有义愤;但是,对那种“左”得可爱的一些理论,例如要消灭朱源达的小馄饨担之类的宏论,从良心上,觉得于心不忍,因为朱源达的馄饨担在“寒夜”中给过他温暖,他们还在穷愁中结下过那么一点友谊;从常识上,觉得“如果我算是无产阶级的话,他这个资产阶级怎么会比我还要穷和劳累?”但这位“善男信女”的可爱又在于他会时时警告自己,说服自己,决不许“恋旧”:“社会主义应该整齐划一,不应该有个资本主义的小贩深夜游转在街头。”于是,他一方面说服自己要批判朱源达,另一方面,在批判之后,他又同情他。但是,他的同情往往是放在内心深处的,朱源达并未受到丝毫精神上的温暖;而他的批判倒是面对面的实实在在的“指指戳戳”,朱源达倒是实际地感受到的。直到“文化大革命”中,朱源达被“捣黑窝战斗队”触及皮肉之后,“我”才偷偷去看过朱源达一次,但是在皮鞭和铁棒的“说服”下,没有等他开口慰问,朱源达就向他表白自悔没有早点接受他的“指指戳戳”,因为如果早点接受了这“语言的批判”,就再也不必接受那“武器的批判”了。“善男信女”的“我”，决不是什么“风派”，我们只能称他为“时代的产物”。我读《小贩世家》时，常常觉得“我”是一面镜子，在他的瞳孔中有时照见了我自己。我想，葛师傅是我学习的标尺，我向他学习对待社会主义事业的高度责任感；而高同志则是一面镜子，我以他的心灵的内疚为教训，今后千万不要人云亦云。标尺和镜子都是我们所需要的，各有各的用处，文学的形象是不能也不必划一的。陆文夫在最近也为此发过感慨，他希望作品能“迎面扑来的是一股真实的气息，觉得人物是真的，故事是真的，很少有那种矫揉造作，刀砍斧凿的痕迹”。过去我们有些文学作品中塑造出来的英雄人物、正面人物，“总使人觉得是只存在于纸面上，不存在于土地上，不是从生活中走出来的”①。故事和人物“贵在于真”，这是陆文夫在开始探求时在塑造人物时所追求的境界。他那篇名为《特别法庭》中的人物也并不“特别”，而是“从生活中走出来的”，与我们天天见面的“不相识的熟人”。

有人说：批判会上无好人，追悼会上无坏人。在追悼会上人们的面容是一律沉痛的。这个“特别法庭”上倒往往是平等的。但是，陆文夫将汪昌平这个角色拉到这篇小说中倒是进了“庄严肃穆的法庭”。

汪昌平从一个店员到“屁股后面冒烟”——成为一位坐汽车的局长，他“提拔得很快，连连加薪晋级”。他教训师弟说：“要好好地爱惜啊！说实话，你和许立言就是不爱惜自己。”“爱惜自己”这是他的诀窍。这两位师弟比他参加革命要早，为找寻革命还冒了风险；汪昌平是革命革到家门口之后，再经过启发，才参加革命。汪昌平参加了革命，可是他不忘“店员本色”：“见到领导垂手哈腰，大气也不敢透；对待下级，嘿嘿，嘻嘻，不批评任何人的错误，也不解决任何人的问题。他把领导当成了老板，把群众当成了顾客，得罪了老板他怕保不住饭碗，得罪了顾客又怕作不成生意。只有对犯了错误的人不讲情面，像赶叫花子似的！”另一位截然不同的许立言却得到了截然不同的待遇和下场，他对革命事业是赤诚的，就是“这张嘴巴好像在刀砖上磨过的”那样锋利，他被划为“右派”，下放到小煤矿里去拉煤。如果说，汪昌平的人生信条是“爱惜自己”，那么他工作的奋斗指标就是“不能犯错误，不能出问题”。正因为许立言缺乏汪昌平的那么一点处世哲理，所以“一个坐汽车，一个拉板车”。尽管“我”知道这两位昔日的师兄弟的“才能、品质和魄力”是如此不同。

作家在介绍了这三个师兄弟的关系和经历之后，主要是通过两次“雨夜剪

① 闻夫：《贵在于真》，见《雨花》1979年第9期。

春韭”的促膝谈心来开启汪、许这两个人物的心灵的。许立言与“我”的深谈使我们看到他像一粒有许多棱角的闪光的钻石；汪昌平与“我”的交谈，使我们感到他是那样圆滑顺溜，光洁得没疤没点没蛀眼的水果。所以一旦要提拔干部，“十个桃梨中挑一个，当然是挑那个没疤没点没有蛀眼的。其实老农都知道，有蛀眼的桃梨倒往往是最甜的！”

《特别法庭》和《小贩世家》的题材是大不相同的，一篇为小贩立传，一篇为局长树碑。但有一个共同之点，就是作家用自己的“探求”，促使读者“深思”，去检点我们过去走过的路，目的是为了和我们自己的“缺点”告别，共同探索“往后的日子”中我们将如何更健步地前进，更奋勇地登攀。

在陆文夫的第三个起点上，他的题材又趋向于第一个起点那样阔大了，昔日对三教九流，三百六十行的形形色色的积累，又都调动起来了。但是他的作品的深度却非昔日可以比拟了。在这几篇新作品，他还喜欢借助于“起伏一浪头”的手法，两次雨夜谈心是《特别法庭》的一起一伏的波澜；花痰盂套上头到取下这该死的痰盂，是《往后的日子》的起伏主线。那痰盂套上去的“啪嗤”，“嘓笃”，那痰盂取下来时的“提中有转，转中有提，‘啪’……”等等的手法，简直活像评弹演员的精彩表演，有时要你捧腹大笑，有时令你无声悲哀。但是，现在陆文夫的短篇更重视敲开人物的心扉。高尔基说文学就是人学，那么文学就应该写人的“灵魂和命运”。文学应该也是“灵魂学”、“命运学”。他让我们看到了朱源达、高同志、汪昌平、许立言、赵德田的灵魂，并各各关注他们的命运。“探求”并非要作家在作品中写“哲理讲义”，或站出来做文明戏中的“言论小生”。作家应该通过人物的灵魂和命运去启迪人们的睿智。

亲爱的读者们，我已尽了我的微力介绍了这位“三起两落”的作家的成就与经验。如有谬误歪曲之处，请诸君多多指教。在文章的开端，我还“大言不惭”地说：从促进文艺事业的繁荣和关心作家的成长出发，还要从他的创作经历中吸取应得的教训。这教训是什么呢？综观他的创作成果，他的作品有毒吗？无；他的作品仅仅是“无害”吗？不；陆文夫的作品是有益的。那么批判的棍子为什么一而再地落到他身上呢？为什么过去一定要四面包抄，非要逼得他一而再地离开文坛而后快呢？纵观他的创作历史，陆文夫是懂得文艺领域的“王法”的，那么，要吸取的教训似乎只剩下一句非说不可的话：他已经“三起”，但愿不使他“三落”。

三论陆文夫*

一 论“功能观”

陆文夫曾以《特别法庭》这一短篇的题目，为他的小说集命名。可见，他对这篇作品是颇为自许的。但如果深究下去，又不尽然。他以此命名，还有他对作品的“功能观”的独到见解：“我写小说就是这样，把一些人物拉到一个‘特别法庭’上来审判。……当然这个‘特别法庭’从来不判罪，判刑的事是法庭干的。我们是触灵魂的，灵魂只好审判，不好判刑的。”①每个作家都会通过自己的作品显示文学的某种功能。而同一作家对自己作品功能的认识，有时也会逐渐演变。“我开始创作时都是歌颂……因为解放初期新旧社会的对比强烈，情不自禁地要歌颂，根本就没有想到要批判。”②所以，在当时，陆文夫的文学“功能观”是“表彰先进”。但在创作实践上，他逐渐感到，文学不能老是在新旧对比中兜圈子。“拿新社会的人与人、事与事相互比较，那就不是每一点都值得歌颂而不应该批判的……”③那时陆文夫的文学“功能观”有所演变：“文学必须‘干预生活’。年轻的时候总欢喜走极端，把‘干预生活’仅仅解释为对生活的批判。”④他想在作品里开“批判会”。结果呢？作品里的批判会还没有开始，作家自己倒进了批判会的会场。因此，当他在60年代第二次拿起笔来时就颇费踌躇了。光开“表彰会”，文学的功能是发挥得不全面的，而单一是与单调分不开的。要涉及批判，更是谈虎色变。于是他只能走“曲线”：“想到批判而不

---

* 本篇首发于《文学评论》1986年第1期。

① 《陆文夫就〈小贩世家〉等谈创作体会》，载《苏州大学学报》1984年第3期。

② 陆文夫：《却顾所来径》，载《江海学刊》1984年第3期。

③ 同上。

④ 同上。

能明写，却也发现了歌颂与批判的另一层关系，即有目标的正面歌颂，它的本身就是对反面现象的一种有力的批判。”[①]这种“发现”可以理解为“只能‘等因奉此’地委曲求全”，否则你就不能提笔，也无法落墨。这种如“中国象棋”中的“炮”的步法——隔山打子——由此及彼式的反面文章正面写，也是不会“有力”的。此种“舍车取炮”的做法——不敢“直截了当”而只能“旁敲侧击”，不能算作他的文学功能观，而是作家在当时当地只能接受的一种“条款”。但即使在这种苛刻的“条款”下，陆文夫也写出了一些较为成功的作品。“当时的社会生活中应该受到批判的主要是浮夸，所以在我当时的作品中大都贯彻着两个字：求实”。[②] 用求实的精神来对浮夸进行批判，似乎是有力的。但当时更尖锐的矛盾是浮夸者对求实者的蛮不讲理的批判和迫害。这样的问题是无法用“隔山打子”的写法来满足的。但即使用委曲求全的“舍车取炮”，“后来被人看出来了，又对我的批判进行了批判……”[③]粉碎“四人帮”后，作家第三次拿起笔来。陆文夫“又发现了60年代所未曾发现的逆定理，即批判的总体存在实际上也是歌颂……进一步思考，发现这歌颂与批判截然分开，就只能出现好人与坏人，反映不了事物本身的多样化与复杂性，人物也难以丰富多彩。这时候我才感到有点儿‘自在’，各种生活，各种人物才有可能不那么勉强地走到作品中来”[④]。只有当作家超脱了“歌颂为主，还是暴露为主”的具体配方，从“表彰先进”、“干预生活”和“舍车取炮”等等的“茧子”里“咬”了出来，才感到从“自为”走向“自在”。丰富的生活，复杂的人生需要冲破这些条条框框，形成新的文学观念。只有在目前这么一个好的形势和条件下，陆文夫才能提出自己的新的功能观，“特别法庭”的作用才应运而生。

“特别法庭”，首先是对歌颂或暴露的“百分比”的一种超脱：“当有人再提出‘歌德与缺德’的时候，也就不那么介意了。觉得歌德也不一定都好，批判也不一定都是缺德的，问题在于作者的出发点。”[⑤]陆文夫的“出发点”就是触灵魂的精神审判，一听到法庭或许有人马上与“批判”、“暴露”划上等号。法庭上审判的不都是“坏人”吗？当然，法庭上被审判的有精神“罪犯”，但也有人是审判到最后才知是“冤假错案”。更何况在法庭上有主持正义的审判长，有据理力

---

① 陆文夫：《却顾所来径》，载《江海学刊》1984年第3期。
② 同上。
③ 同上。
④ 同上。
⑤ 同上。

争的律师，有见义勇为的证人，有百折不挠的原告，同样也允许被告申辩。“我觉得这个法庭十分热闹，可以群贤毕至，少长咸集；大者可以发人深省，小者也可有点意味；有的可以催人泪下，有的叫人捧腹不已”。①

读陆文夫的新作《门铃》、《临街的窗》和《井》，与过去的《特别法庭》、《小贩世家》、《围墙》和《美食家》相比，其共同点就在于作家的“出发点”都是在“特别法庭”的名义下展开情节的。但既然是“特别法庭”，也总会有一个侧重点。我认为陆文夫的这个法庭的侧重点是在于探究某种社会现象之所以产生的“病理学”，在探明“病理”的基础上，也在研究新的“血清”和“抗菌素”。在《围墙》中，吴所长和几位建筑流派的专家患的“通病”是“清谈误国”症。相对而言，马而立的体内有着“埋头实干”的“抗菌素”。但我们不必据此而推理，在小说中一定要找出谁是“病菌”、谁是“血清”。这是一种变相地将“人物”分成好人和坏人的手法。人，是复杂的，一个人的体内，往往都存在着某种病菌和某种抗体。它们随时随地相生相克，处于相对平衡、不平衡或绝对优势、劣势的多种多变状态。陆文夫的“特别法庭”中，虽然不能也不必去测定歌颂和暴露的百分比，但他的“法庭”的侧重点在于研究社会上客观存在的“病理学”。我认为一篇作品真正能按照艺术的内在规律表现我们社会上存在的某种亟待注目的问题，也就很不错了。难道一篇研究“病理”的作品非要表现一点医治此病的“血清”和“抗素”的成分吗？这是不可能的，有时也是不必要的，甚至也不是一个完整的艺术机体中必不可缺的组成部分。《临街的窗》中剖析了汪局长的“换汤不换药”的改革，这是“病理”。“抗体”却并不明显。《井》中写了封建思想和“左”的思潮的余毒“卡”住了徐丽莎的脖子，它以悲剧的形式结束了。我们读后都得到了极大的启发和满足。我们没有在看了作家的艺术病理解剖报告后，又向作家伸出手来说：“药方呢？”作家可以不负开药方的责任，有些社会病的药方还在实践中实验着呢！越是疑难杂症，越是社会综合征，越是要耐心地去寻求解决的道路。作家能有本领在一篇小说中来个“药到病除”吗？这样要求作家是不现实的，甚至是可笑的。

作为一位“特别法庭”的筹建者，陆文夫的解剖病理，往往是选择典型的病例，而且尽量注意到“多角度”地反映我们机体上的痈疽。例如，陆文夫也注目于“改革题材”，但从他的“特别法庭”的性质出发，他很少把笔墨花在塑造某一改革者身上。仅仅这一点，与他“十七”年中的作品里常出现技术革新能手的

---

① 陆文夫：《却顾所来径》，载《江海学刊》1984 年第 3 期。

"歌颂型"作品就有很大的不同了，例如，《门铃》和《临街的窗》都谈改革问题，但《门铃》的侧重点是开掘徐经海的心灵世界，改革者孟得怡是透视徐经海的"钡餐"，而作家敏锐的目光则是一架X光机。《临街的窗》中似乎是写姚大荒和范碧珍的"白发红颜相映成趣"的生活，可是"不改革的改革者"汪局长的调整领导班子，也点燃了他们的改革的愿望。但是最后他们才意识到，汪局长的改革对他们而言只有一个结果：打破他们的怡然生活，带来了这一老一少生活的新的不平衡。

如果要用最概括精炼的语言来表达徐经海对改革的看法，只需用三个字，那就是"乱套了"。如果也用最贴切中肯的语言来评价汪局长的所谓"改革"，我们愿借用姚大荒的脱口而出："糟啦，又是老一套。"这"乱套"和"老一套"，就是作家对同一课题的多角度的探讨。

被陆文夫拉上"特别法庭"的徐经海，是个表面一切正常，甚至伪装得非常积极的人。可是他的灵魂却已经被"左"的习惯势力扭曲得严重畸形了。例如，他已经"习惯于用运动来记人、记事、记年；各种运动的名称便是记忆的索引"。他在人与人的相处关系上已经形成条件反射："清早登门，总是有事相求的"等等。特别通过他的自以为聪明的"摸底"，却真正使他"露了馅"——"透底"：这是一个"学干禄"的权欲、利欲熏心的人。他对高官厚禄垂涎三尺，因此他反对"乱套"，他不容许在"法器"声中的26年修炼毁于一旦，他眼看就成"正果"——熬成一尊坐软席住单间的"菩萨"。他诅咒，也坚信"那些不走正道的家伙总有一天还要翻车的！"他至今还在"和尚的法器"摇头晃脑中念他那本老掉了牙的"真经"。

"特别法庭"另一次开庭审判《临街的窗》中的汪局长，却是从另一个角度展开的。鲁迅曾说："谁说中国人不善于改变呢？每一新的事物进来，起初虽然排斥，但看到有些可靠，就自然会改变，不过并非将自己变得合于新事物，乃是将新事物变得合于自己而已。"[①]汪局长就是一个"将新事物变得合于自己"的"改革者"。他"授权组阁"——把领导班子加以调整，说到底只有一个秘诀："关键是要增加个把十分年轻的人，那平均年龄便能降低，年纪大的人便可以向年纪轻的人分寿。"然后他再利用"十分年轻的人"的幼稚，向他言传身教，这样就可以"继承他苦心经营了半辈子的事业"。汪局长和徐经海的不同在于后者在等待"改革"的翻车，而前者却是将改革的"列车"扳道扳到他的轨道上去。

---

① 鲁迅：《华盖集·补血》。

但他们也毕竟有从一个娘胎里生出来的酷似的共同点，那就是只求工作“不出纰漏”，只有这样才能保住乌纱帽，还能熬出更大的乌纱帽来。用姚大荒的话说，他们是干什么的？他们是“管乌纱帽的”！在“特别法庭”上，作家的内心是愤慨而蔑视的。在“磨戏”这一段中，陆文夫甚至将其情节“荒诞化”，以流露他的感情色彩。他好像在对读者说：这是“临街的窗”，请你透过窗口看一看，汪局长在搞什么“改革”呀！

通过这两篇新作，我们是不难看到陆文夫为自己规定的作品的“功能观”是有一定威力的，它能引领我们对社会进行“面面观”，引起我们的沉思和默索。

二　论“突破”

陆文夫是一位十分注意“突破”自己原有水平的作家。相对而言，他的作品的数量并不多，与多产作家比较，他可算是一位“少产”作家。就数量与质量相比，陆文夫更关心和追求自己作品的优质问题。他的确不轻易下笔，他要反复掂量自己“构思中的作品”的分量才肯动手。茅盾赞誉他“力求每一短篇不踩着人家的脚印走，也不踩着自己上一篇的脚印走”①。平心而论，要做到茅盾的这个“力求”，对任何一位作家来说，都是很不易达到的。但至少茅盾已摸准了陆文夫的脉搏：这是一位力图写出新意和时刻留意不断“突破”的作家。用一个词不达意的说法，就是陆文夫是一位“少产多变”的作家。“少产”并非怠工，而是指他写作态度的严肃性和对自己作品的严格性。“多变”并非“变色龙”，而是指他力求创新，力求变革，不断“突破”自己原有水平和尽最大努力向艺术王国的高峰登攀！

我和陆文夫也常探讨“突破”问题。他认为一个作家一生的创作历程就是要“突那么几突！”每一“突”就是攀登上一个新高度和越过一条新的水准线。正所谓“人生难得几回‘突’！”究竟几回呢？这要看作家自己的努力了，当然也要有允许作家去“突”的客观环境——特别是良好的政治民主和艺术民主的环境。“突”到“突”不上去时，就老老实实地不必硬挤硬写，而是乐意于看“后来人”远远地超越自己：“作家没有了作品，可以看做是个人艺术生命的死亡、职业的停顿。其中有些人是因为年事已高，力不从心。这不是艺术的死亡，而是

① 茅盾：《读陆文夫的作品》，载《文艺报》1964年第6期。

艺术的离休，他自己无可自责，社会也会尊重他在艺术上曾经作出的贡献。”①后来，他将这一段议论写进了“随感录”《快乐的死亡》。可见，陆文夫认为，创作就是“突”在其中，“乐”在其中。且不说陆文夫在“十七年”中的作品，就是在新时期的创作中他更在不断不倦地寻求新的“突破”。

他以《献身》为起点，到《小贩世家》就展现了创作阶段的新貌；到《美食家》的发表，读者公认他的作品有了可喜的新姿；而在第四次作家代表会议之后，陆文夫发表了《井》，人们又感知，这作品里又包含了新的素质和新的信息。凡此种种，都说明陆文夫的连续“突破”的势头正处于黄金季节。

《小贩世家》给我们的启示是：陆文夫笔下的“凡人小事”竟有如此大的威力，竟使我们看到30年中，我们习惯性的折腾，竟会酿造出如此可怕的“酸酒”来，而这一池“酸酒”竟要我们自己去喝干。并非是陆文夫过去没有写过“凡人小事”，而是我们还不能想象，“凡人小事”题材还会有如此巨大的潜力，它可以总结我们的沉重的历史教训。陆文夫之所以能使“凡人小事”的《小贩世家》写得如此感人，如此经得起咀嚼，当然是因为他对生活的丰富的积蓄和深刻的开掘。但更重要的是他懂得了不再去信“题材决定论”的邪。首先是在于“突破”这个文艺理论上的顽堡。陆文夫说：“若干年来对于题材议论得更多，诸如重大题材、凡人小事、家务事、儿女情等等……其实，题材和风格有着密切的联系，它不是由个人的主观愿望所决定的，而是由作者的生活经历、性格爱好、审美习惯等等所决定的。如果叫曹雪芹去写《三国演义》，恐怕是不行的。我写的大多是些‘小巷人物’，属于‘凡人小事’之列。这也不是我故意如此，从我的主观愿望来说，我真想写一些叱咤风云的人物，真想写一些扭转历史进程的大事件。无奈，我没有这方面的生活或者是相近似的经历……我知道历史是由人民创造的，但是历史的记载对人民是不公平的。不平凡的人可以进入史册，名不出闾巷的人在史册里是找不到的。……这个问题历史学家解决不了，文学家倒可以略助一臂之力，即让更多的、普通而平凡的人活在文学作品里，用以补充历史记载之不足……在确定这种任务的同时，也就提出了一个难题，即你如何能在普通而平凡的人与事中找出和历史的有机联系？如果找不到，那你前面所说的话都是空的，只是仅仅记下了一点凡人小事而已。”②在陆文夫看来，以“小巷人物”为题材和“记下一点凡人小事”是根本不可比拟的。以小巷

① 陆文夫：《快乐的死亡》，载《文艺报》1985年4月20日试刊号。
② 陆文夫：《却顾所来径》，载《江海学刊》1984年第3期。

的“凡人小事”为题材，必须要解决平凡的人和事与历史的有机联系；而记下一点凡人小事，就必然就事论事，琐琐碎碎，游离于时代之外，入不了历史的洪流。陆文夫说，他在这个题材问题上“徘徊了多年”。《小贩世家》的成功和读者热烈的反响，坚定了陆文夫的信念，于是他就说出上述我们所引的一段对题材问题的精辟见解。从此，陆文夫更“自在地”认识了自己，找到了具有“陆文夫特色”的题材、语言与风格。《小贩世家》之所以是作家的“突破”之作，是因为他从此进入了“自在的艺术”，“自由”的境界。从理论上和实践上都使他感到，不必再徘徊了，他可以“心安理得”地以“凡人小事”为题材，他也应该力争将凡人小事挤入补历史之不足的“人物形象博物馆”的殿堂中去。

《美食家》显然是继《小贩世家》“突破”之后的又一新的台阶。如果说它是脍炙人口、风靡一时是绝不过分的。“人生难得几回‘突’”。但是当作家找对了自己的路子，在一定的良好政治气候下，他就能如鱼得水般地多“突”几回。有时一个作家由于种种因素，半辈子也进展甚微，甚至原地踏步，有的作家的处女作不仅是他的代表作，也是他的最佳作。但陆文夫从写《小贩世家》到《美食家》，不满三年就跨了一步。

陆文夫写《美食家》这样一个题材，令人不胜惊讶。常有人问他：你这个题材是从哪里“挖”出来的？这简直是“凡人小事”中的“废人琐事”了。但这个题材又找到了那么广泛的共鸣点，那么普遍的历史感。原因只有一个，那就是人人都有一只像朱自冶一样的喜爱美食的“嘴”，读过《美食家》的人，大都对朱自冶这个“酒囊饭袋”是颇为反感的。可是反感归反感，初次来苏州的读者非要光顾朱鸿兴面馆不可，但结果又往往大失所望。既反感为什么自己又要去光顾，而且又为没有享受到朱自冶般的口福而不快？还是请丁大头来解释这个问题吧：“我只是想告诉你一个奇怪的生理现象，那资产阶级的味觉和无产阶级的味觉竟然毫无区别？”这是一个多么简单而又复杂的问题啊！高小庭先以简单化的办法解决这个简单的问题，结果连有着同样味觉的无产阶级也向他提意见，颇有四面楚歌之悲凉；只有当用复杂的多层次的办法去满足人民的食欲的需求，这个简单问题的解决才露出了一点端倪。这就是作品的历史感——在催促人们回顾我们的工作得失方面，它具有“触类旁通”的社会效应。聪明而深沉的作家的作品应起“灵犀”的作用。

但《美食家》的成就的主要标志是为我们当代文学的不算很多的人物画廊增加了一个“典型形象”。一个“奥勃洛莫夫”式的形象。告子曰：“食色，性也。”如果说，西门庆将“色欲”发展到极度，那么朱自冶将“食欲”推向了顶峰。

这是一个"吃客"的典型，这个"饕餮之徒"既令人厌恶，又令人神往。厌恶他，是因为"他这人是宜兴的夜壶，独出一张嘴"。思考的脑、劳动的手、跋涉的脚，都可以退化，只要留一张嘴把世界吃个精光。神往，是因为我们都有他一样的一张嘴和一只胃。他已有"实惠"而我们还未有此种口福。每当我们在盛宴中品评佳肴颇为得体时，马上要被称为"美食家"，被评者也从未勃然变色，往往是笑纳了这一美誉，无怪陆文夫在最后要添上一笔——小孩子喜爱巧克力。他只是再次提醒我们：美食，天性也。

李准说："《美食家》是可以传下去的。"[①]这样的褒赞是很多的。《美食家》刚发表时，作协江苏分会主席艾煊读毕立即写信向陆文夫表示祝贺，认为这一佳作是陆文夫成熟的标志。当我们在1984年初筹备召开"陆文夫作品讨论会"时，我打算写一篇《论成熟》，探讨陆文夫走向成熟之路。不少同志都赞成，唯独陆文夫反对。他说："成熟就是瓜熟蒂落，就是接近完蛋和死亡，我怕听成熟两字。"于是我将题目改为各方面都能接受的《再论陆文夫》。[②]但通过此事，我知道陆文夫在不断和不倦地登攀和突破之路上是颇有新的抱负的。

正因为《美食家》的反响极为热烈，陆文夫正式打出了"小巷文学"的招牌。他的作品集定名为《小巷人物志》（第一集），读者是可以拭目以待他的第二集，第三集的。他的新作《井》又标以《〈小巷人物志〉之十五》的副题。

读了《井》，对徐丽莎的死有一个直感式的评语："一只手是卡不死人的，要两只手才能卡死她。"也就是徐丽莎的死是出自封建思想和"左"倾思想的合谋。但是谁的手上又都没有血迹，不过我们毕竟有现代化的侦破工具，我们是按照徐丽莎的脖子上留下的指纹去找到"凶手"的——封建思想对徐丽莎的迫害是可以想象的，但"左"的思想会如此凶残地通过我们同志的手，将一个知识分子推入自沉的深渊，是令人怵目惊心的。

历史的误会是从两人成分的颠倒开始的。世家子弟——大少爷朱世一的家庭出身被划成城市贫民，本人成分却变成了工人；被家庭遗弃，由女仆领大的徐丽莎，却是"十足"的资产阶级大小姐，这种"胎记"使一个成了勋爵，一个成了脸刺金印的囚徒。是极"左"思潮的蹲苗将徐丽莎顺顺当当地推进了朱世一的怀抱；又是由封建思想和极"左"思潮的勾结，将徐丽莎当"倒头光"处理，

① 李准：《文学的黄金时代到来了吗？》，载《文艺报》试刊号。

② 发表于《苏州大学学报》1984年第3期。

剥夺了她的经济自主权。这封建思想和极“左”思潮的联袂，就像张开大口的井，作家意味深长地感慨——“一口古老而又很难干涸的井”呵！

《井》的思想是深邃的。但是它与《美食家》相比，有没有显示作家追求突破的新的素质？有。说得形象一点，在陆文夫式的糖醋现实主义中必要地羼和了些辣椒。或者说，入嘴时是糖醋的，但回味有明显的辛辣味道。我认为，光是这样一种悲剧性的结尾，在陆文夫过去的作品中就是绝无而仅有的。当然一个仅有的例外结尾还不能说明问题的实质。作家在这里主要是涉及一个极为尖锐的问题：党的十一届三中全会的春风吹“活”了徐丽莎，使“冰冻美人鱼”解了冻，精神焕发地为“四化”作出积极贡献。可是就在这大好春光下，封建思想和极“左”思潮的魔风还能卡住一个善良正直的知识分子的咽喉。在某些角落里气温还在零度以下，是春天里的冬天——充满夫权思想的朱世一用了“文革”中的鬼蜮伎俩往徐丽莎身上泼脏水；“好心”的组织又将这些脏水搅成浑水。作家在走笔行文中让读者懂得，封建思想与极“左”思潮有时是同盟军，有时却是“一家人”——极“左”思潮往往又是封建思想的变种。作品中的何书记不是在抱怨吗：他们“说我老左、封建”。他的思想中的确羼杂着两者的杂烩。

那个富有象征意义的东胡家巷，展示了中国像汪洋大海一般的市井阶层的面影。他们不仅嫉妒徐丽莎的成就，而且赏玩她的痛苦。使我们感到《祝福》中的柳妈和闲人还活着。而徐丽莎不过是大学毕业的祥林嫂。

我总感到，《井》是陆文夫参加第四次作家代表大会后写成的第一篇作品——他该是带着大会的丰硕的收获去思考去融会的。这是又一次思想解放的产儿，这是珍惜创作自由而充分发挥现实主义威力的结晶。在这篇新作中，陆文夫除了昔日的含蓄深沉的玑珠之外，又添了敏锐的锋芒的逼人之光。

我们已初步分析陆文夫在新时期的“突破”之路上的足印。这些足印当然都要经过历史的检验：是登山队员镌刻在磐石上的铁趾，还是戏浪儿在沙滩上浮泛的屐痕。陆文夫并非是为“突破”而“突破”，而“突破”也决不是挖空心思的矫造。为“突破”而“突破”也往往造成作家的紧张心理，容易陷入苦闷深渊而无法自拔。因此，陆文夫自说，不是要设计一座高过一座的高层建筑，而是园林式的建筑群，亭榭楼阁，各具韵味。陆文夫的“突破”又是一种经心刻意而又恬静放松的竞技状态。

三　论“深层结构”

陆文夫的小说在读者的眼中是千姿百态的，它们的题材是多样的，就以作家的创作发展“三阶段”[①]的代表作《小巷深处》、《葛师傅》和《美食家》而言，它们呈现了各异的色彩。陆文夫的小说愈来愈使人有琳琅满目、美不胜收之感。但是透过那五光十色的活图像，我们可以找到它们内在的基本结构轨迹。例如，他过去说过：他的短篇小说就是“起伏一浪头”[②]。那么他的中篇小说呢？陆文夫的中篇还不多，目前已发表的有《美食家》和《井》，都是写主人公的半生命运，基本上是以命运发展的曲折为主干的单线结构形式。但与短篇的不同在于“多浪头的起伏”。朱自冶就是经历了一个“有吃”、“无吃”的不断反复而又一浪高于一浪的起伏过程。从解放前和刚解放时的遍尝美食，到“鸣鼓而攻”时的懊丧；但他不久就“化险为夷”，在孔碧霞家中领略更精美、淡雅的烹调艺术；在困难年代他为了吃南瓜而不得不去推板车；但是时过境迁，“士别三日”，他从“吃客传经”进而成立美食家协会了。这岂非多层次的波浪形推进法吗？至于《井》，是徐丽莎的“死”了又“活”，“活”了又“死”，直至投井自戕的命运多舛的生命过程。分配到制药厂，接受蹲苗是“死”，找到了体贴关怀备至的朱世一是“活”，结了婚迫不得已钻进婆婆与丈夫的戒规是“死”，粉碎“四人帮”后的埋头实干，春风得意是“大活”，直到丈夫的造谣、组织的干预才“真死”。当然其中还有高莉莉点燃“爱的烈火”，是徐丽莎的“想活”；而童少山的“懦怯”的“不敢去爱”，又是徐丽莎的“心死”。这位带着“50 年代”局限性的女子只能向 80 年代的青年留下自己的遗言与祝愿：“冲不动了，孩子，那春天毕竟是你们的……”不管是短篇的“起伏一浪头”，还是中篇的“多层次逐浪高”，陆文夫习惯于采用纵向单线体。这是他的小说在形式方面的深层结构。

陆文夫小说在内容方面的深层结构也是值得我们去探讨的。某一艺术家的作品尽管表层五光十色，丰富多彩，但如果对它们的深层的骨架进行透视，往往能找到它们内部的共同特征。正如人体，可以说是千人千面，但内部的骨骼同样是 206 块（畸形者例外）。我认为陆文夫小说内容的深层结构是“对比换位”。《荣誉》和《小巷深处》是这种结构方式。《荣誉》是虚荣思想与忠诚老实之间的对比，方巧珍终于从虚荣走向忠诚，换到新的标位上来。《小巷深处》

---

① 参看拙作《陆文夫论》中的创作分期论点，载《文学评论丛刊第 10 辑 · 当代作家评论专号》。

② 参看拙作《年轮》，载《雨花》1961 年第 12 期。

是新旧社会对于娼妓问题的对比，徐文霞终于从出卖肉体的奴隶“换位”而成建设国家的主人。《葛师傅》和《介绍》也是“对比换位”。《葛师傅》是在“我”的心目中的“对比换位”，但是“活神仙巧车大活塞”和磨磨蹭蹭畏畏缩缩不敢下刀的对比，而在对比中显示了葛增先的“换位”：从拎着饭碗闯江湖的雇佣劳动者到处处以国家利益为重的领导阶级的代表。《介绍》是介绍人千叮万嘱告诫切勿谈“黑不隆冬”的机器，与小伙子眉飞色舞、神采激昂地大谈机器的对比，结果是小伙子实现了化被动为主动的换位。《小贩世家》、《特别法庭》、《唐巧娣翻身》、《围墙》、《万元户》、《美食家》……皆莫不是“对比换位”。《小贩世家》中的“我”自问：“如果我算是无产阶级的话，他这个资产阶级怎么比我还要穷和劳累？”这是一种对比，结果朱源达这个资产阶级的小贩，完成了向无产阶级“铁饭碗”过渡的“换位”。《唐巧娣翻身》是“一字不识，工资八十”的唐巧娣与多灾多难的知识分子“我”的对比，结果是唐巧娣正在吃没有文化的“二遍苦”，这也是“换位”……

这内容和形式的深层结构是有内在联系的。一起一伏就意味着对比。不管是先起后伏，还是先伏后起，总会形成比较的格局。而作家要告诉我们的就是在起伏自如间的出乎意料的换位。

如果上述所论证的“对比换位”是不无道理的，那么我们想进而探究，陆文夫小说从开始的“情不自禁地要歌颂”的“表彰先进”型，到后来的“审判灵魂”的“特别法庭”型，在具体处理“对比换位”时又有各种型号的不同的特色和基调。“歌颂”型的对比换位是向一种高尚品德的升华式，是弹奏制度优越的旋律。《荣誉》和《葛师傅》都表现了主人公的高尚品质，而《小巷深处》则属于社会制度优越性的颂歌。由于作家不是通过说教而是具有不同程度的艺术感染力，这就鼓励读者在这对比中自动去站位，显示自己的倾向性，这就是文艺的潜移默化的作用。“特别法庭”型的对比换位就有所不同了。它侧重深化和开掘，着力去剖析一种社会病理学而发现一个问题，引导读者去思考。《小贩世家》就是通过对小贩的“围追堵击”，从否定“个人努力”引向对“铁饭碗”的思索：“到头来大家都想捧只铁饭碗，省心思，省力气，那铁饭碗到月也不会太满吧，可那锅子里的饭却老是不够分的！”这个问题提得多么中肯。它能深化读者对“社会病理”的认识。现在通过作家对问题的开掘，使我们联想到，这绝不是一个单纯的“小贩”命运问题，而是在社会主义制度下，在大目标一致的前提下，对各种“个人努力”要作充分的肯定。曾经，我们把“铁饭碗”与制度的优越性画上等号。直到渐渐发现这种铁饭碗使人变懒，它还助长平均主义，它还伤害个人的积极性和主观能动性，直至认识它使国家背了一个沉重的大包袱……这种“特别法庭”型的作品是能使读者对某一社会问题的认识达到升华的程度。深化问题最终也是为了升华，但这是与歌颂型不同的升华。

我们在上面还论述过，“特别法庭”型的作品是对歌颂或暴露的“百分比”的一种超脱。所以在《围墙》这类作品中，一方面暴露了“清谈误国症”，另一方面又歌颂了马而立的埋头实干精神。结果又是对比换位，清谈者纷纷争功，有功者却默默地做着无名英雄的工作。像这类小说，既有对病理的解剖，又有对品质的歌颂。《美食家》也相类似。一方面是开掘“民以食为天”的社会问题，另一方面也是对高小庭知错必改，改之有效的肯定。

纵览陆文夫小说的“对比换位”的深层结构，我们归纳出三大类别，即“歌颂型”的，“问题型”的以及两者兼备的“综合型”的。这三类相比较，不存在孰优孰劣的问题。是生活信息提供给作家各种素材，按照素材的原型加工成各类成品。如果一定要分出一个优劣，又是落入了歌颂或暴露单一配方的窠臼之中了。

对陆文夫小说的深层结构，还有一点意见需稍加发挥，即愈来愈清晰的迹象表明，陆文夫的小说离不开“我”字结构。有的小说是公开的“我”作为故事中的人物活动在其间；有的小说是隐蔽的“我”出来“插嘴”，真可谓是“我”魂不散。陆文夫说：“这个法庭既审判别人，也审判自己。有时候我既当原告又当被告，也当法官，并兼管勤杂与扫地。”①他又说：“我审判谁呀？我审判我，审判我自己。我的小说里，凡是被批判的人都是我；只好是我，批判谁，谁都不开心。我写朱自治的对立面——高小庭，高小庭就是我。他的经历跟我差不多。”②通过他的自述，我们可以相信，作品中的“我”是往往羼杂着他自己的。例如《葛师傅》、《特别法庭》、《小贩世家》、《唐巧娣翻身》和《美食家》中的“我”。这类“我”不等于是陆文夫，但内中有着他的素质。而隐蔽的“我”在他的小说中愈来愈多而又恰到好处地出现。就以《井》为例，这种作家像说话人一样，站在一旁插话，表达某种社会见解的句段，是俯拾皆是的。例如介绍徐丽莎的先进事迹时，作家插话道：“这好像是一种惯例，能做出成绩的知识分子都是不吃、不睡、不看病，不死也得脱层皮，死了倒又很可惜。”在讲到老阿姨们还要加点儿催化剂，说徐丽莎不规矩时，作家又发感慨：“在中国的社会中，所谓不规

---

① 陆文夫：《却顾所来径》，载《江海学刊》1984 年第 3 期。

②《陆文失就〈小贩世家〉等谈创作体会》，载《苏州大学学报》1984 年第 3 期。

矩是对女人最致命的打击，因为这规矩是老祖宗传下来的，谁不规矩就要遭到普遍的反对和轻蔑，而这不规矩的含义又很广泛，从言行不慎，喜爱交际，到乱搞男女关系等等都包括在内。”所谓愈来愈多是指与初期创作的《荣誉》、《小巷深处》相比，“我”的从旁插话的比重显然加多了；但这个“多”还是注意分寸的，要恰到好处，要插在“刀口上”，有使读者不知不觉地接受的适度感。陆文夫承认，这是学的评弹演员的“说表”艺术，说中有表，表中带评。这“评”就是隐蔽的“我”巧妙地出现。这不露形迹的“我”就是保持作家在“特别法庭”中的“审判”权。为什么陆文夫的隐蔽的“我”的出现，次数不少，却又不引起读者的反感呢？原因就在于陆文夫谙熟读者心理，善于找到与读者的“共鸣点”，每当读者产生了共鸣时，就不会认为这是一种噪音，而是自己的心声，只不过自己说不出、说不全、说不对，而作家为之代言了。他们只会边阅读边频频颔首，而不会怪怨或指责，说是作家的饶舌。因此，陆文夫的小说的“说表”结构，公开的“我”和隐蔽的“我”的出场都能受到读者的欢迎。从这一角度去看，陆文夫对读者的“接受美学”是颇有研究的。

1985 年 7 月于苏州

宏观着眼　微观落笔*

——论《美食家》

陆文夫的中篇小说《美食家》(载《收获》1983年第1期)发表后,引起读者的浓烈的兴趣,也得到论家们的好评。当有人问起陆文夫的创作体会时,他说了八个字:"'宏观'着眼,'微观'落笔。"我想,这就是陆文夫在近期创作中所刻意追求、力争达到的境界:一个成熟的作家,是不会满足于去罗列一大堆浮光掠影的生活表象的。在探寻生活的真谛时,他不仅要对生活矿藏作深入的勘测,而且还要循着历史的长河,对它的源流作必要的追溯,这种广度和深度,大概就可称从"宏观"着眼。但是当作家在具体构思作品时,就要求他对生活有最细致的观察与体验,在他的生活库存中需要有最富于特征性的人物、场景和细节。缺乏"微观"的形象,光凭抽象的理念是无法落笔的。如果我们用上述的这样一个"高标准"来权衡《美食家》,我们是完全可以颁发"合格证"的。应该说,《美食家》是陆文夫在创作道路上所登上的又一新的制高点。

在粉碎"四人帮"后,陆文夫以《献身》重返文坛,接着又写出了《小贩世家》、《特别法庭》等好作品。其时,文坛上有些人想互相比赛调门之高和题材之险,陆文夫却想比"深沉",他想用自己的"探求"去促使读者"深思",从而检点我们过去走过的道路和展望我们未来的征途。陆文夫的努力是有成效有起色的。当我们读到《一路平安》和《唐巧娣翻身》等作品时,也感到每篇都有新意,但是又觉得它们与《小贩世家》和《特别法庭》相比较,跨步并不大,缺乏更上一层楼的气度,它们是同一平面图上的不同的亭台与楼阁。其时,文坛上有些人正乘上了"短篇不过夜,中篇不出周"的特快列车纵横驰骋,可陆文夫却搁笔了许久。但是,当我们读到他的中篇《美食家》、短篇《围墙》和《万元户》时,我们才知道,陆文夫的"搁笔"是为了总结经验教训,继续探索创新。一句话,

---

* 本篇首刊于《文学评论》1983年第6期。

为了追求更上一层楼的新的突破。

《美食家》反映的是三百六十行中所没有的一“行”——吃客生涯。作品可读性强,吸引力大,风土味浓。主人公之一的朱自冶以吃为业,因吃成家。他的笑料不少,可是作品的格调又极高。你会觉得,它不是廉价的通俗食品,你享受的是一顿不可多得的文学美餐。这里的奥秘恐怕就在这“宏观”着眼和“微观”落笔的美妙结合之中。

有的苏州人对陆文夫说,你没有将苏州××名菜写进去,可惜可惜。但陆文夫的回答是,你仔细去看看,我放手渲染的菜肴并不多,就数那么几只而已。的确,《美食家》并非以食谱取胜,而是反映一位经历了曲折,逐渐走向成熟的名菜馆经理与吃客朱自冶的种种瓜葛,从中引出令人感慨系之的教训,让我们都和“我”——高小庭一起去思考:“我从拆到造也不是简单的重复;内中有改进,有发展,这就叫不破不立。遗憾的是从破到立竟然花去了二十多年,我的心里也是不好受的。”高小庭发自肺腑地叹息道:“唉,一切实用主义的工作方法都是自搬石头自砸脚,有的随搬随砸,有的从搬到砸要隔几十年!”以一个不足道的“美食家”的命运的浮沉变幻,与这样严肃的课题联系起来,乍看令人瞠目。但正像朱自冶所说,一只名菜,“进口是什么味道,余味又是怎么样的……你别笑,吃东西是要讲究余味的,青橄榄有什么吃头?不甜不咸,不酥不脆,就是因为吃了之后嘴里有一股清香,取其余味。”《美食家》进口什么味道?哈哈大笑;余味却咀嚼出苦涩的历史教训!如果作家不从“宏观”着眼,即使是姑苏名菜陆陈,令人馋涎欲滴,也不过是菜谱的盗印本而已。

高小庭对纸醉金迷的糜烂的旧苏州有着正义的憎恶。而他脑子里的寄生者的标本和化身就是朱自冶。他是为冲击和洗刷旧世界而投身革命的。当他很快地随军渡江南下重返苏城时,他就有力量对朱自冶的寄生虫式的生活鸣鼓而攻之了。在冲击和洗刷时,他以个人好恶作为荡涤的标准,他把憎恨寄生享乐生活与革除苏州古老的传统、特色混为一谈。为了限制朱自冶的“食不厌精,烩不厌细”,竟波及人民的正常的交谊宴请,实际上是对人民的生活也横加干涉了。他的确有“为大众”的主观愿望,可是,他实行“大众化”的结局却又达到了单调化、划一化的客观效果,最终只能导致贫乏化。他的“为大众”的目的并不能为大众所接受。大众的生活在变迁,他们的需求也随之水涨船高。“我只知道忘记了过去就等于背叛,却不知道忘记了变化也和背叛是差不多的,同样是违反了人民的心意。”高小庭真可谓“始料未及”,他将朱自冶的寄生生活与苏州的古老传统、特色一起清算的结果,他将“大众化”理解为单调划一的结果，却对朱自冶升格为“美食家”帮了大忙。这种“左”倾幼稚病将某种有特色的传统文化夷为平地之时，也正是朱自冶“东山再起”的前夜；当人民对这种单一化不满之时，沉渣也就乘机泛起，使你奈何不得：“硬是有那么一个因好吃而成家的人，像怪影似的在我的身边晃荡了四十年。我藐视他，憎恨他，反对他，弄到后来我一无所长，他却因好吃成精而被封为美食家！”

但高小庭的失策还不止于此。他的简单化的改革遭到抵制时，他又从实用主义出发，培养了左右逢源的变形虫包坤年。直到“文化大革命”包坤年“把我打得半死”时，高小庭才“觉得包坤年握着的刀柄，有一半儿是我做成的”。而更使他受到反面教育，痛心疾首的是，在“文化大革命”中，包坤年“把我当初的改革发展到登峰造极”的地步，达到了肆意毁灭文明的极致，简单粗暴到无与伦比的程度。当高小庭重新复职，力图拨乱反正时，他又懂得了一个浅显的道理：使事物逆转，质量下降极为省力，要将“逆转”重行拨正，由乱至治，谈何容易。这正叫“逆转容易拨正难”啊！失策带来教训，教训使人清醒。高小庭从简单毛糙到郑重深思的长进，从出气发泄到学会不扩大化的分寸，从盲目改革到不“一刀切”的领导技巧，从自以为立场坚定到真正学会把关的本领，都使我们从中得到启示与共鸣。原来这篇表面上大讲“吃经”的小说，竟如此巧妙地让我们从一个特殊角度的“窗口”作观察点，纵览了 30 多年工作中“左”倾幼稚病和实用主义的不可低估的危害性。正因为作家站在“宏观”全局的高度，才能在貌似无足轻重的“吃客生涯”的“微观”中，洞察到具有如此普遍意义的深刻的历史教训。

“你把苏州的名菜弄得一塌糊涂，你你，你对不起苏州！”此话纯属事实，不无道理。“你你……你对不起我！”酒后吐真言，朱自冶露了馅。像破译密码一样，这两句话联系起来应理解为：“你对不起苏州就等于对不起我，因为苏州这个天堂是为我的尽情享乐而存在的。”朱自冶是一个地道的寄生虫，他懒到竟然要别人帮他作被动式运动，以增进肠胃的消化。他的人生职责就是“从天上吃到地下，从河里吃到海里”。在新社会中，他是合法的残渣；他居然对新社会还歌颂了几句，这是因为社会治安情况良好，宽心吃喝才能发福体胖。高小庭想对付他，却又缺乏“投鼠忌器”的本领，结果是“鼠躲器毁”，只能出榜招贤，高价征求“修器”专家。于是，“鼠”就出来拍胸脯：“我会修！”俨然以专家自居了。这难道不是莫大的讽刺吗？或许有人说，朱自冶是有“一技之长”的，应该受到尊重，但我们认为，与其说他有“一技之长”，倒不如说他“有长无技”。他的“长”就在于味觉敏锐，能够品出那滋味中千分之几的差别。杨中宝传授技能时是能实际操作表演的;成立烹饪学学会时,孔碧霞硬是能烧出一桌令人馋涎赞叹的酒席,朱自冶却只会吹牛,讲那种放了半天也没有放下去的“放盐”绝招。朱自冶的“传经”,不过是故作高深,借以吓人。他总是追求第一笔的惊人效果,令人深浅莫测。弄得高小庭也感叹不已:“世界上的事情会做的往往不如会吹的,会烧的也不如会吃的!”但有一点他是慢慢“吃准”了:朱自冶这样的人,指导消遣,也未尝不可;指导工作,你休想钻营。说得苛刻一点,可以“废物利用”;但如果硬要戴上学者的桂冠,编些东抄西袭、错误百出的菜谱讲义,那不过是铜锣声中的“猴子骑羊”的把戏而已。莫看高小庭的“席未终而人先溜”的“狼狈”样子,却比当年煞有介事的“鸣鼓而攻”高明得多。这盛宴是一个“圈套”,他们以“关系学”拉起来的学会,今天又成了“沐猴而冠”的交易所。高小庭的逃席使朱自冶想登上名菜馆技术指导的宝座的美梦,成了“一枕黄粱”:“美食家,让你去钻门子吧,只要我还站在庙门口,你就休想进得去!”我们为高小庭的严格把关精神叫好!

高小庭付了高额的“学费”,“学制”又不短——是 20 多年一贯制呢!但他终于学得卓有成效。他的“逃席”,就可看做是一篇出色的毕业论文。几十年来,他辛辛苦苦,勤勤恳恳,犯过错误;但是,他是正派人,反右中他没有大捞政治资本,更不踩着别人的“政治尸体”作进身之阶;在困难年代,作为名菜馆经理,他清清白白,近水楼台不得月;在“文革”中他沉痛思索,在“文革”后他清醒长进。在他身上,我们能联想起一句话:有缺点的战士终究是战士;在美食家身上,我们也能联想起一句话:完美的苍蝇毕竟是苍蝇。有的评论家说,高小庭才是中篇《美食家》的主人公,不无道理。

《美食家》中的民俗学色调与作品的内容,很和谐地融汇交织在一起:“苏州的吃太有名了,是千百年来劳动人民创造出来的文化,如果把这种文化毁在你手里,你是要对历史负责的!”这是丁大头对高小庭的开导和叮嘱。小说中也一再写道“苏州菜有它一套完整的结构”,又谈及苏州菜的“体系是高度的物质文明和文化素养的结晶”。于是一股浓郁的地方色彩在小说中徐徐回荡,正像闻到美食的香味一样,叫读者的“读书欲”胃口大开。但是,将《美食家》中的民俗风情的特色放到当今文坛上去进行比较,还有这么一层特定的意思值得重视。目前有一种说法是,写民俗风情可以“离生活近一点,离政治远一点”,这样的文学作品才能达到永恒不凋的程度;另一种见解是,生活中处处都含蕴着政治的因子,靠近生活并不因此能远离政治,更不必要将民俗风情与政治色素生硬地割裂开来。作品的生命力的一根重要支柱,就是看它的时代感是否浓烈，当然还要具备必不可少的其他文学素质。陆文夫的观点，通过《美食家》得到了充分的体现。他是属于后者而不属于前者。高小庭想使朱自治成为一个“自食其力”的人，可是他的办法不是教育改造，而是向朱自治嗜好的苏州民俗开火，这本身就是一种政治性的失误。在《美食家》中涉及文学作品与民俗学的关系，还远远不止上述这一问题。民俗学与作品的知识性关联密切，而民俗知识又往往有较丰厚的趣味性。民俗学，知识性，趣味性都是值得珍爱的东西，但是如果不能正确处理，就会影响格调。有的作品以此作为饶舌卖弄的本钱，读来觉得格调浅露低下，雕虫小技而已。《美食家》的可读性强，吸引力大，与这民俗味淳是极有关系的，但正因为作家是在“宏观”的基础上去考察一切，所以他笔下的民俗、知识和趣味，就不是“庸俗笑料的酵母”，反而显示出将民俗学和深刻的历史教训相互糅合的高超技艺。当然，我们并不一般地反对“笑料”，但我们认为，笑料的格调的高尚或卑下是大有讲究的。

陆文夫写小说还惯用顺带一笔的“扫描”手法，貌似轻轻一幌，并不像上手术台那么紧张，可是社会的“病灶”已深烙在他的作品之中。例如在烹饪学学会的成立宴会上，出现了一个叫高小庭为“小高”的老首长。解放初期，“在我的印象中他是个不苟言笑，要求严格，对知识分子有点不以为然的人。我们那一伙‘小资产’在他的面前都装得十分规矩而谨慎。”可是，在当天的场合中，他说的话似乎都不大中听，在这席想做交易的宴会上，他认为最合适作朱自治的“说项”者，当然非他莫属：“你为什么不说话呀，像朱老这样的人材你以前一点儿也不知道吗？”“那你为什么不请他去指导指导，把你们的饭店搞搞好。”几十年来，他渐渐地找到了与朱自治共同的兴趣，颇觉气味相投了。在作品中，他既没有名字，也未道及他的职务，我们姑且称他为“红色美食家”吧。在最后一节《巧克力》中触及了独生子女问题：“一个娃娃可以有六个大人在他的身上花费物力和精力”，因此，硬糖不吃要吃巧克力，“长大了又是一个美食家”。从“宏观”的角度，这一老一小，似乎也并非画蛇添足。

陆文夫的行文称得上老辣爽脆。但这“辣”又不是四川湖南菜的风味，使人额头热汗淋漓，而是苏州菜中多加了点胡椒。这种老练辛辣和爽口直捷的风味是很能下饭的。但如果严格要求，像《美食家》中也并非没有败笔。例如第三节《快乐的误会》中，部长分配工作，在哄笑中决定命运的一段描写，就有欠缺之处：

轮到我的时候便糟了，我怎么也想不起最欢喜什么，除掉反对好吃之外，我好像对什么都欢喜。我没有任何特长，连唱起歌来都像破竹子敲水缸。

部长等得不耐烦了："难道你一样事情都不会干？"

"会会，部长，我会替人家买小吃，熟悉苏州的饮食店。"我决不能承认万事不通呀，可这一通便出了问题！

"挺好，干商业工作者，苏州的食品是很有名的。"

这"我会替人家买小吃"的回答，出自高小庭之口，即使是在惶急之中，口不择言，也不会如此轻描淡写。这段经历对他说来是一种屈辱，是丧失人的尊严的忍气吞声的"特殊叫花子"的生活。他在此情此景中，是不可能化屈辱为一笑的。如果这句话出自"丁大头"之口，"他会替人家买小吃"，就符合身份，恰到好处。或许他曾向丁大头说起过这段"汗颜满面"的屈辱史，当全场活跃地哄堂大笑说丁大头"他什么都懂，可以随便"时，丁大头有可能再"随便"一次，使高小庭的命运在又一阵哄笑中决定了。由此可见，"微观"落笔也需处处推敲，精益求精，永无止境的。

1983 年 9 月于香山别墅枫林村

高晓声论*

一

1979年仲夏，高晓声在《雨花》召开的座谈会上讲了一则简隽的小故事，题名《摆渡》。故事的“尾声”曰：“作家摆渡，不受惑于财富，不屈从于权力；他以真情实意享渡客，并愿渡客以真情实意报之。过了一阵之后，作家又觉得自己并未改行，原来创作同摆渡一样，目的都是把人渡到前面的彼岸去。”忽然有一个念头在我的脑海中闪出：这岂不是《探求者》启事的“续篇”？时隔22年，这位《探求者》启事的执笔者似乎比过去要深沉和成熟得多。昔日的“探求者”今天以“摆渡人”自比，其实探求的目的就是为了摆渡，探求是摆渡人为了摸清航路的底细：流速缓急，潮汐涨落，漩涡浅滩，暗礁险阻，从而不管酷暑严寒，风紧浪高，要“把人渡到前面的彼岸去”。在《探求者》启事中他还宣称：“我们将勉力运用文学这一战斗武器，打破教条束缚，大胆干预生活，严肃探讨人生，促进社会主义。”今天，沉默了22年复出的高晓声又有了新补充：文学的职责在于“干预灵魂”，她只能通过“干预灵魂”，将人的灵魂塑造得更美，同时又去挽救那些变坏了的灵魂，才能间接地影响我们的生活。

其实在发表“摆渡宣言”之前，高晓声早已背着人们在暗中探索着这渡口和航路。在1978年的盛夏酷暑中他就挥笔不已，将22年中亲历的农民的苦难、欢乐、斗争、希望，涌流倾泻于笔端。他蛰居于低矮黝暗的农舍，为了抵御蚊虫的侵袭，脚下是一桶井水(像冰箱)，头上是一盏沼气灯(像火炉)，坐在用千把块碎木拼凑镶嵌而成的写字台前，半夜半夜地在这冷热夹攻中忍受着煎

---

* 本篇首刊于《文艺报》1982年第10期。后由《新华文摘》转载时删去第三节，现用《新华文摘》所刊文字。

熬，简直置生命于度外，废寝忘食，如癫似狂，结撰了一批短篇，他决心以握了22年锄头钉耙的手来酿制“灵魂营养品”。在这种强烈的创作冲动下，他立下一个宏愿：“一个作家应该有一个终身奋斗的目标，有一个总的主题。就我来说，这个总的主题，就是促使人们的灵魂完美起来。”他要做一位“超渡”灵魂的“摆渡人”。

就在高晓声发表“摆渡宣言”的同时，他的成名作《李顺大造屋》和《“漏斗户”主》相继问世。《李顺大造屋》荣获1978年短篇评奖一等奖，《陈奂生上城》又于1980年短篇评奖中名列前茅。在广大读者中，在粉碎“四人帮”后的文坛上，激起了一股“高晓声热”。深情怀念人民作家赵树理的广大农民奔走相告：老赵复活了，老赵回来了。是的，赵树理不会死，但他又明明是老高。

作为描绘中国农村生活的杰出画师，赵树理、周立波、柳青……都是高晓声的先行者。赵树理是以“文摊”作家的身份，带着葱郁的中国作风和中国气派，赢得广大农民的拥戴，在党领导下的中国农民刚刚冲破旧社会浓黑云翳的时代，引吭欢歌抗日民主根据地的光明图景。他是带着微笑去看生活，去反映小二黑、小芹、“小字辈”们如何开始掌握自己的命运。周立波是怀着强烈的革命责任感，全心全意投入土改这场具有历史意义的气势磅礴的阶级大搏战，他要创作的是新民主主义革命时期农村暴风骤雨般的宏伟斗争的历史长卷。柳青既是一位县委副书记，又是一位普通社员。他沉迷而深邃地注视着合作化运动中，一个新制度是怎样诞生的：蛤蟆滩过去没有影响的人有影响了，过去有影响的人没有影响了。旧的让位了，新的占领了历史舞台。他用满腔热情和艺术遐思去探索小生产者的改造问题。高晓声却大不相同。他经历的是1958年的“自家人拆烂污”；经历的是1960年后的三年自然灾害，“深感饿肚皮的滋味实在不好受”；经历的是1966年后的“史无前例”中饱览过“红色治安分部”网砖上的“天然图画”；当然，他也经历了“探求者”错案得到纠正，看到那“拔光了毛的翅膀这一回又会长出毛来高飞了”的新农村。他为农民的屡经磨难的命运真有操不完的心。他是流着眼泪“既流了痛苦的眼泪，也流了欢慰的眼泪”，诉说着农民的坎坷不平、曲折起伏的命运。

高晓声不仅与赵树理、周立波、柳青的经历不同，而且身份也极不相同：他一不像赵树理那样，是党的宣传文化干部；也不像周立波那样，是一位参加土改工作队的知名文化人和作家；更不像柳青那样，是县委副书记。他是在反右斗争扩大化中被撤下去的。他的身份是一个回乡的劳改对象，但又像捐过门槛的祥林嫂，得不到人们的承认。他与下乡体验生活的作家相比，有着本质的区别。

赵树理深入生活的经验是“久”:久则亲,久则全,久则通,久者约。周立波深入生活的体会是“换”:“心是需要用心换的”。柳青深入生活的结果是“化”——农民化:站在关中庄稼人堆里,是分辨不出他竟是作家;而高晓声“揿入”生活的不足为训的经验是“死”:“青年作家早已矣,一个老农活忒忒;雄心壮志尘与土,二尺田垟云和月……自以为乐莫大于心死。”“死”指的是曾经“死了创作的这条心”。他之所以还想做“摆渡人”,是因为党的十一届三中全会的春风,竟使他发现自己还并不是一堆死灭了的冷灰,竟使他发现自己内心隐蔽处还保存着一星火种,“现在,这火种像得到了充分的氧气,哗啦啦旺发起来,燃烧成一片火,生命的意义,生命的意义回复了……”高晓声是置之死地而后生的,是从毁灭后的新生中,发奋重操摆渡旧业,二次登上文坛的。

作为一个置之死地而后生的作家,在高晓声的眼睛中,农民并不是其他作家腕底笔下的歌颂或改造对象。农民——首先是他大难不死,赖以生存下来的一根“精神支柱”。他对农民,由衷地敬仰与感激,“我能够正常地度过那么艰难困苦的20多年岁月,主要是从他们身上得到的力量。正是他们在困难中表现出来的坚韧性和积极性成了我的精神支柱”。在这样的前提下,才再谈得上去深刻解剖农民,深刻解剖自己:李顺大、陈奂生身上还背负着沉甸甸的因袭的重担。

上述这一系列的对比,使我们粗略地看到了高晓声的独特性和传奇性。他就是带着他自己的这些特性,提起笔来,首先急于要向广大读者倾诉的是从50年代末期到80年代初期这20多年中农民的苦辣酸甜。他的生活经历决定他要谱写的是这一马鞍形时代的农民命运交响曲。

二

读了高晓声的作品,有人说他是个悲观主义者,但我们则认为高晓声是个坚定不移的现实主义者。高晓声自命为“乐观派”,铁证之一是,他能活下来,活到今天,既不怀沙自沉,也不悬梁而逝,还不算乐观?同时,在我们这个社会中,作为一位执着的现实主义者,也决不会悲观。通过“四人帮”的被粉碎,通过现代化道路的被确认,又一次证实了我们的民族是有希望的民族,所以,现实主义者高晓声也必然是充满希望的。高晓声说:“形势这个东西不要往上看,不要听哪个说了一句话,哪一股风又吹来了……你要看就看人民。”“假如我们多看看这方面的事情,我们就会乐观。”与农民有根“系心带”紧紧相连着的高晓声，以人民的希望为希望，以人民的乐观为乐观。他也就必然会成为一个“向前看”的作家。

说到现实主义，又可略略追溯历史渊源。在高晓声执笔的《探求者》启事中，就只承认“典型环境和典型人物统一的现实主义创作原则”，而对“空谈社会主义现实主义的洋洋宏论，我们认为毫无道理”。这在当时是高晓声的一大罪状。但是，时隔22年，他还是保持着这种真知灼见。开除“文籍”22年的“好处”之一是，使高晓声没有受到“左”的文艺思潮的污染：他既没有受“粉饰太平的现实主义”的污染，也没有受“天花乱坠的浪漫主义”的污染。“这空白也使我高兴，因为它帮助我排除了僵化的、已经走入死胡同里的极左文艺的影响。当我一旦提起笔，我依旧是现实主义者。”这位现实主义者坚信：是生活干预作家，在他的作品中，是生活自己在说话。“小说要在读者中起作用，首先使读者看了相信。”只有以活生生的现实作为起点，才能将今天的生活引渡到美好的彼岸。所以高晓声说：“我既不曾美化也不曾丑化。”

但是，作为一位现实主义者，他面对李顺大、陈奂生身上背负着的沉重的因袭重担，是深沉的浩叹的。这是压在我们民族脊背上的一座无形的大山。作为一位“干预灵魂”的愚公，只有“毫不动摇，每天挖山不止”，才能将灵魂塑造得更美。因此，高晓声的作品里乐观中有叹息，叹息后他毕竟又乐观，看看我们在治愈创伤，重建家园，他是乐观的；看看鲁迅常讲的“国民性”，他不免叹息。他的《李顺大造屋》和陈奂生系列小说都是这两种情绪汇合的现实主义的产物。

当《李顺大造屋》刚发表，作品的深刻和尖锐简直令人吃惊，不仅其真实性令人折服，而且其艺术力量也令读者叹为观止。我们感到最为钦佩的是，作品在大胆开掘生活的同时，具有一种精当的分寸感，因此，私下虽有人嘁嘁喳喳地说：《李顺大造屋》“是攻击我们社会主义制度的”，但始终摆不到桌面，写不上纸面。矢忠于生活的高晓声告诉读者们，李顺大要造三间屋的“雄心壮志”是“只有到解放后才能产生”，能产生这一动机的本身就足够伟大了，新社会毕竟使李顺大有了翻身感。但“雄心壮志”成了“苦难历程”的媒介，而这是“自家人拆烂污”的路线错误所引起的恶劣效果，即使效果如此恶劣也没有动摇李顺大作为一个忠心耿耿的“跟跟派”的品性，他对那“赐予他伟大动机”的人是始终感恩的，即使他已变成眼泪簌簌的“跟跟派”。李顺大产生跟不下去之感是在“史无前例”之时，“四人帮”及其爪牙当道又怎么能跟得下去？于是他唱起了很有点“反动嫌疑”的《稀奇歌》，而这支《稀奇歌》却是他与一位真正的共产党人刘清的“共鸣点”:“刘清央求他再唱一遍《稀奇歌》,他毫不犹豫地唱起来,那悲惨、沉重、愤怒的声音使空气也颤抖,两人都流下了眼泪。”在粉碎“四人帮”后,还是这位刘清,不仅“邀请”《稀奇歌》的作者与他一同去改变社会上的歪风邪气;同时又帮他得到了实现“雄心壮志”的物质基础——砖头。刘清要净化社会风气的宏愿,也使在歪风中变得有点眼红的李顺大的灵魂更纯净,使他半夜扪心自责:“唉,呃,我总该变得好些呀!”《李顺大造屋》的分寸感是无懈可击的,其最根本的经验是作家严格遵循现实主义的创作原则,作品的成功再一次显示了现实主义的伟大胜利。这篇作品既不美化也不丑化,它真正来自生活,那恰到好处的分寸感是现实主义的必然产物。这种忠实于生活的优良传统的恢复,也启示读者去向前看,使我们展望“彼岸”:莫看李顺大小屋即将落成,它使我们用心灵的眼睛看到了社会主义大厦的建成也大有盼头了。《李顺大造屋》的成功,也说明了那些喊喊喳喳者倒是掩耳盗铃的编谎家。

与《李顺大造屋》这篇成名作相媲美,而被高晓声放置在更广阔的生活背景上展示农村图景的是系列小说:《“漏斗户”主》、《陈奂生上城》、《陈奂生转业》、《陈奂生包产》。这组系列小说加上《柳塘镇猪市》、《水东流》、《崔全成》等作品,基本上将1978年以后的中国农村在政治经济上的进展和变化反映了出来,但它们又不是报陈年流水账,而是通过对人物的精神风貌的细腻的刻画,摄录下社会迈步的足音和人物灵魂的演进。

《“漏斗户”主》中的陈奂生是一架可怜的“饿着肚皮的产粮机”。敢于写种粮人的“饥肠辘辘”,这是连《稀奇歌》中也找不到的歌词,却是“十年来颠三倒四”时代的真实。陈奂生是70年代初期“吊足胃口,骗饱肚皮”的政策培养成功的“新生的缺粮户”。“漏斗户”的可恶的帽子在陈奂生身上产生了一系列的恶性连锁反应。在有些人眼里“漏斗户”就是贪吃懒做的窝囊废,而有些人对他的口吻,不亚于昔日的地主在嘲弄佃户。“你就只晓得我粮食不够吃,却不晓得我一生出了多少力!”这是陈奂生忿怒的辩白和沉痛的抗议,但一切都无济于事。他本来就缺乏主人翁应有的翻身感,现在更被逼成一个“自卑的看客”,他大概只会反复地说一句话:“看看再说吧”,“还是再看看吧”,“再饿一年看”。他似乎对任何政策也失去了信仰,性格变得“越来越沉默了,表情也越来越木然”。他真是饿得连心都发了凉。使陈奂生心灵中的坚冰解冻的是十一届三中全会后“三定”政策兑现的暖流。这篇小说既大胆反映了农民的苦难,又充分表达了作家的乐观情绪:春风吹醒了农村,春风吹活了农民。有了足够的口粮,就意味着摘掉了“漏斗户”的帽子。陈奂生在畅怀欢笑中热泪奔迸。

作家是流着眼泪写下这个激动人心的剧变的："这里的眼泪，既是陈奂生和大家的，也有我的。"他在作品中破例地站出来向我们预告：你们"将马上发现我们伟大的农民无一不是耍弄粮食的超级杂技演员，能够用他们各自特有的方式将它变出千百万种无穷无尽的奇珍异宝。"这兴高采烈的预言实际上是开启《上城》、《转业》、《包产》这几篇作品的一把钥匙。

陈奂生这位"耍弄粮食的超级杂技演员"的第一套节目是上城卖油绳。这位"漏斗户"主已不是为卖五斤黑市米换盐而偷偷摸摸，似乎见不得人；今天是"自家的面粉，自家的油，自己动手做成的"油绳，冠冕堂皇，悠然自得。物质变精神，吃饱穿暖使陈奂生无忧无虑，他简直"满意透了"。过去沉默寡言得像哑巴，今天他为自己的笨口拙舌感到难过。我们为陈奂生庆幸，同时也为这种小生产者目光短浅的自满自足感到焦虑，这实际上是一种"灵魂近视症"。作家笔下的陈奂生上城就是陈奂生奇遇记。正在他踌躇满志时，生活奇遇为他安排了吴书记对他的"高级关心"，陈奂生在这样的高级招待所的床上感激得自惭形秽。可是当他知道要五元住一夜，而又受到服务员的冷淡后，他为自己的被耍弄被嘲讽所激怒了，他再回高级房间时就对皮沙发和新枕巾表现了报复的敌意。陈奂生的这种忿愤发泄是来自"差距"：为什么"困一夜做七天还要倒贴一角"？吴书记虽然是个好干部，但他竟对这种差距显得很茫然，"高级关心"得到如此的效果也表现出一种隔膜。就陈奂生来说，他虽然用老祖宗传下来的精神胜利法治愈了"破财心疼病"，但毕竟大开了眼界，他又被推上台去表现新的杂技节目，目的当然是为了缩小他已经看到的"城乡差距"，"官民差距"，系列小说被推进到《转业》的情节中去。

陈奂生的"转业"做采购员，是要令人惊奇得瞠目结舌的.但高晓声从这偶然中看到了必然性。因为农民要增加收入，弥补在"上城"中表现过的巨大生活差距，必须走多种经营的道路。而搞社队工业与种庄稼相比，在农民看来，简直是一本万利。可是办社队工业有多条通道。《柳塘镇猪市》中的公社书记张炳生就说了他们那里的两种做法："把国家工厂需用的原料开后门挖出来，让自己生产废品，别说前途，我看后途也没有。我们办工厂，应该为农副产品加工，搞手工业制品，你看我们公社，绣品厂不垮，粮食加工厂不垮，机床厂、汽车配件厂都垮了，经验教训不明摆着！我看搞荤食品工厂好，符合实际。"但是，有人不信张炳生的一套。八仙过海，各显神通嘛。于是有的社队就把一切可以搞到机器设备、加工原料的关系和门路都应用了起来，真可谓"人尽其才"，调动了一切"积极因素"。简直掀起了一个大规模的磕头求拜运动，将粮食杂技表演中变出来的鸡鱼蛋肉作为贿赂，真是十八般武艺啊！而对某些干部说来，这宛如一次大腐蚀攻势。陈奂生也就昏昏然地被这股旋风卷了进去。用一名勉强过了河的卒子去对付地区管工业的主帅吴楚，这是大队干部和厂长们的精心策划，真可谓“出奇制胜”。他们知道，作风正派的吴书记是一把保险柜上的保险锁，他们得找一把对号钥匙，这把特制的钥匙名叫陈奂生。结果，陈奂生“战胜”了吴楚，得到了四吨紧张万分的原料。陈奂生用来“征服”吴楚的武器不是什么“贿赂”，而是他的“老实“和“勤劳”，是一种单纯的、真挚的、深沉的感情。读完《转业》简直令人拍案叫绝。陈奂生得了六百元奖金，“陈奂生却比以前更沉默了，他认定这一笔飞来横财不是他的劳动所得。他拿了，却想不出究竟有哪些人受了损失。”从“漏斗户”主的沉默，到“班师回朝”的采购员的沉默，陈奂生的灵魂更敞开在我们面前了，从他被自己演出的魔术吓呆了的表情中，我们更感到他的可爱。

作为一位现实主义作家，高晓声非常坦率地告诉读者，他对《转业》这样的题材，是“只能把问题显示出来”，却“无法解决”。但是在《转业》的续篇《包产》中，对陈奂生何去何从，他倒是放手让人物自己作出了抉择。

《包产》中勾勒了一幅 80 年代第一春的江南农村春节的生活图画，这里的人们真是酒酣心畅啊！陈奂生却心事重重既视采购员的行当为畏途，又在包产责任制面前不敢举步。多年来跟着队长的指挥棒转惯了，他的翅子已经麻痹，何况还怕练习飞翔时会遇到鹰和猫呢？陈奂生只差说一句，我习惯捆住手脚跳舞，求求你，千万不要为我松绑。这又多么的令人悲哀！但是陈奂生尽管迟钝，缺德的事他是不干的。厂长开导他：“看准了，就要蚂蟥叮螺蛳；就是石头，也要钻它一条缝。”但蚂蟥他是不做的，更不能去吸吴书记的血，所以堂兄陈正清说他：“你想发财叫别人犯错误，这不是缺德！?”陈奂生哭了。他肚皮饿得咕咕叫时也没落一滴泪，但想到他做采购员的本身，就是叫吴书记犯错误，此时此刻落下的几滴泪要比政策兑现时的热泪奔迸得更宝贵。陈奂生不是做采购员的料子，干包产才是他的正道。

上述这一组系列小说，紧锣密鼓地揭示了目前农村的现状，这就是 1978 年后农民的命运交响曲。用《水东流》中刘兴大的话说：“这样的光景，只要太太平平过三年五年，漏碗也能盛满水。”作家在这组系列小说中活龙活现地刻画了陈奂生这个典型形象。有的评论家说，高晓声对他笔下的李顺大和陈奂生是“爱其善良，悯其坎坷”的；作家也一再说：“我敬佩农民的长处，也痛感他们的弱点。”他在《且说陈奂生》中说了陈奂生的许多好品质，但在写小说时，将陈奂生的弱点也暴晒于光天化日之下。一句话，在应该做主人的时代，却还不是一块做主人的料子。他的阿Q性时时有所流露。住了五元钱一夜的高级房间，他就吹牛皮，似乎从末路到了中兴。在责任制的更多自主权面前他也总觉得站不直，像阿Q一样，“身不由己地蹲了下去，而且终于趁势改为跪下了”。所以在高晓声作品的字里行间，恐怕还有“痛其浑噩，促其更新”。当然，在高晓声笔下也有新人，如《崔全成》中的崔全成。但读来总还觉得没有像李顺大、陈奂生那样真实而可信。至于《水东流》中的李才良和李松全父子是不是农村中的“当代英雄”，作家也没有为此花多少笔墨，这一对次要人物大概也属于“只可显示，不能定论”的。但有一点是肯定的，小农经济田园牧歌式的生活已经结束，刘兴大的治家之道的算盘打得太陈旧了。别看那双鞋子的细节，它宣布了几千年为农民所笃信的价值、坚固、耐久、实用的经济信条逐渐让位于灵巧、美观、赏心、悦目等带有精神享受的生活美学准则。李顺大的住、陈奂生的吃、朱谷的烧之类的问题解决后，刘兴大的老伴就要想到看（电影），他们的女儿刘淑珍就要想到听（收音机），这是一场要改变几千年来的生活和生产方式的巨大而深刻的变化，犹如大江东去水东流。沉默了22年复出的高晓声躬逢其盛，怎么能不为这巨变献出他的交响诗的乐章！？

当我们欣赏了这些精美乐章时，我们真会感到高晓声不愧是一位高明的作曲家。他善于在乐曲的第一小节就定准了整个作品的调子，他能按照主人公的命运和他对这种命运的特定情绪找准这个基调。例如《“漏斗户”主》的开端是这样写的：“欠债总是要还的。现在又该考虑还债了。有得还，倒也罢了，没有呢？”这个开头引出了“投煞青鱼”陈奂生走投无路的命运和作家对其爱莫能助的同情。起首的调子定准了，乐曲才能以起伏有致的旋律演奏着。《上城》的开端是：“‘漏斗户主’陈奂生，今日悠悠上城来。”这就看出了“投煞青鱼”时来运转的端倪。作家的情绪也随人物命运的好转而显得欢快；同时也还包孕这一种契机：他悠悠上城，还要“悠”出一幕令人捧腹的喜剧来，在欢快中不免掺和着善意的嘲讽。《转业》的开端是：“哈哈，这世界真是万花筒，千变万化，好看煞人。”这就从“上城奇遇记”发展到“转业历险记”了，陈奂生简直像个牵线木偶人，他的命运简直离奇得出格，作家在这场出奇制胜的“点将”趣剧面前惊诧莫名。《包产》的开端则写陈奂生班师还朝时，贵有自知之明，晓得采购员这饭碗不是他端的，准备重操本行——种田、卖油绳。他毕竟没有忘乎所以，作为一个本色的农民，命运与他开玩笑，他可不拿命运去押宝。

高晓声对笔下的人物是“烂熟于心”的，一旦调子定准后，他就能委婉舒徐地铺叙人物的种种遭遇，引人入胜地精心布置情节的跌宕起伏，很自然得体地倾注作家的喜怒哀乐。他的格调是细密深沉，风趣诙谐的。放得开，也收得拢：在造屋中旁涉到拆屋，在“转业”中插入其他采购员的侧影，高晓声都将他们一一融会到有机整体中去。随着情节的展开，矛盾的激化，作品到最后就形成一股冲力或气浪，它们有时使读者忍俊不禁地卷入强烈的感情旋涡，如《“漏斗户”主》和《包产》；有时则能引起耐人寻味的咀嚼和久久不能忘怀的遐想，如《上城》和《转业》。当陈奂生因坐过吴书记汽车和住过高级房间之后，他的身份显著提高，连大队干部对他的态度也友好得多，我们会有何感触？打个不伦不类的比喻，像阿Q从城里回到乡下，“在未庄人眼睛里的地位，虽不敢说超过赵大爷，但谓之差不多，大约也就没有语病了。”唉，这阿Q的子孙们，要改也难！作为一个要把人的灵魂塑造得更美丽的“摆渡人”，高晓声这位现实主义者在乐观之余，也知道这抑浊扬清的启蒙工作是多么艰巨呵！

恽铁樵论*

鲁迅的"弃医从文"是大家所熟知的：他在仙台医专看了日军砍我同胞的头颅以"示众"的幻灯片之后，哀我围观同胞的麻木神情，"觉得医学并非一件紧要的事，凡是愚弱的国民，即使体格如何健全，如何茁壮，也只能做毫无意义的示众的材料和看客，病死多少是不必以为不幸的。所以我们的第一要著，是在改变他们的精神，而善于改变精神的是，我那时以为当然要推文艺，于是想提倡文艺运动了。"①就在这一弃一从间，走出了周树人成为以后的伟大作家鲁迅的第一步。至此，本文的文题的前半"鲁迅的弃医从文"已经说清楚了。其实本文主要想说的是"恽铁樵的弃文从医"，可为什么要以伟大的鲁迅做其"陪衬"呢？就因为鲁迅与恽铁樵有过特殊的关系：鲁迅的第一篇印成铅字的小说是在恽铁樵手中签发的，而且加了许多批语，盛赞这位新进作者的撰文功力。这些盛赞的评点，使恽铁樵成为中国第一位"评鲁"的学人。也许有人以为，鲁迅的《怀旧》这篇文言小说发表时用的是笔名"周逴"，因此恽铁樵不能算首位评鲁者。可是我认为，既然将《怀旧》收进了《鲁迅全集》，称他为评鲁的第一人，顺理成章。恽铁樵不是一个没有眼力的人：他写这些佳评时无法预知这位"周逴"将来是要成为中国的超一流文学大师。有人撰文称恽铁樵是"慧眼伯乐"，②我觉得并非过誉。可是我取这个文题的着眼点是，在日后，鲁迅在文学界的地位是一路走高；而恽铁樵也非无能之辈，可是他在文学界因种种原因，越来越举步维艰，以致弃文从医，所幸他在医学上能放一异彩，成为中国改革中医的先锋人物之一。我想，他的一弃一从也不是无所收获的。本文想讲的

---

* 本文首发表于《复旦大学学报(社科版)》2005 年第 1 期。

① 鲁迅：《呐喊·自序》，《鲁迅全集》第 1 卷，人民文学出版社 1963 年版，第 5 页.（下引鲁迅语如不特别注明，皆出于该版本）。

② 陈江，《慧眼伯乐——恽铁樵》，商务印书馆 1992 年版，第 598 页。

是从恽氏这一弃一从中应体悟出些历史变迁的教训来。

一

恽铁樵(1878—1935),名树珏,以字行,别署焦木、冷风、黄山民,江苏武进人。其先人大云(子居)为桐城派古文家。他幼承家学,刻苦自励,亦长于古文。1903年,考进南洋公学(交通大学前身),1906年毕业,其间精通了英语。1911年入商务印书馆任编译员。1912年,因《小说月报》编辑王蕴章赴南洋,由他接任主持,至1917年卸任。在这五六年间,可说是恽铁樵在文学事业上最辉煌的时期。他最突出的贡献就是作为一个编辑,热心奖掖后进,培养人才,以致在中国的文学编辑史上可以获取一席之地。

在他主持《小说月报》的这一时段中,是"五四"新文学的酝酿期,许多后来的新文学作家尚未冒头,却已经进入了练笔期,而后来被视为"鸳蝴派"的作家也在找寻题材与体裁上的新的"生长点"。恽铁樵正掌握着一个有全国影响力的大刊物,在一批成长期的文学青年或新进作者看来,他身居"要津";而他却又如此敬业,甘为他人作嫁衣裳,使《小说月报》真正成为一个文学作者们的"公共园地"。

最可称的是他对鲁迅小说"处女作"的高度"赏识"。他为《怀旧》这篇文言小说作了10则夹注式的批语,还加一则总评。当然他主要是从古文的义理章法上去加以评断的。不妨引几条品味一下:"一句一转","接笔不测从庄子得来","用笔之活可作金针度人","转弯处俱见笔力","写得活现真绘声绘影","不肯一笔平钝,故借雨作结,解得此法行文直游戏耳","状物入细","三字妙,若云睡去便是钝汉","余波照映前文,不可少"等等;总评是"实处可致力,空处不能致力,然初步不误,灵机人所固有,非难事也。曾见青年才解握管,便讲词章,卒致满纸饾饤,无有是处,亟宜以此等文字药之。(焦木附志)"。恽铁樵是将《怀旧》作为青年作文的典范来加以表彰的,但我们也从中可以悟出作为一位编辑的不凡眼力。遗憾的是恽铁樵在生前并不知道鲁迅的第一篇小说是经由他的手编发的。恽铁樵是1935年7月26日病逝的。鲁迅向杨霁云透露自己的第一篇小说是《怀旧》的那封信写于1934年5月6日:"现在都说我的第一篇小说是《狂人日记》,其实我的最初排了活字的东西,是一篇文言的短篇小说,登在《小说林》上。那时恐怕还是在革命之前,题目和笔名,都忘记了,内容是讲私塾里的事情的，后有恽铁樵的批语……”[1]时隔20多年，事情已经淡忘，连题目与笔名也记不清了，时间也从民国二年(1913)推前到清末光绪三十三或三十四年(1907—1908)，只有“恽铁樵”这个名字没有记错。但当时，这些信是并不公开发表的。待到由杨霁云搜集、由许广平编定的《集外集拾遗》出版，已是1938年的事了。

恽铁樵还发过另一位后来成为新文学大家的青年作者叶圣陶的小说。叶老曾回忆：“《旅窗心影》原来是投给《小说月报》的，当时主编《小说月报》的是恽铁樵。恽铁樵喜欢古文，有鉴赏眼光，他认为有可取之处，可是刊登在《小说月报》还不够格，就收在他主编的《小说海》里。他还写了一封长信给叶老，谈论这篇小说的道德内容。”[2]叶圣陶在回忆时还提及恽铁樵对鲁迅的《怀旧》的评语，说恽“指出他所见到的妙处”。言谈中充满着对恽铁樵的敬意。但叶圣陶在《小说海》发文的笔名是叶允倩。恽铁樵生前是否知道这位叶允倩就是后来鼎鼎大名的叶圣陶？还有待于进一步考证。

恽铁樵与后来被称为“鸳蝴派”的作家也有许多交往。首先应该提到的当然是张恨水。与《怀旧》发表的同年，张恨水也向《小说月报》投稿。张恨水回忆道：他看到《小说月报》有征求稿件的启事，“我很大胆的，要由这里试一试。……在三日的工夫里，我写了两个短篇，一篇是《旧新娘》，是文言的，约莫有三千字；一篇是《桃花劫》，是白话的，约四千字。前者说一对青年男女的婚姻笑史，是喜剧。后者写了一个孀妇自杀，是悲剧。稿子写好了，我又悄悄地付邮，寄去商务印书馆《小说月报》编辑部。……事有出于意外，四五天后，一个商务印书馆的信封，放在我寝室的桌上，我料着是退稿，悄悄地将它拆开。奇怪，里面没有稿子，是编者恽铁樵先生的回信。信上说，稿子很好，意思尤可钦佩，容缓选载。我这一喜，几乎发了狂了。我居然可以在大杂志上写稿，我的学问一定很不错呀！我终于忍不住这阵欢喜，告诉了要好的同学，而且和恽先生通过两回信。”[3]后来稿件虽未发表，但恽铁樵对张恨水的鼓励，与张后来走上创作道路是不无关系的。但恽铁樵是否知道这位投稿者就是后来的通俗小说大家张恨水呢？也待考。似乎那次投稿所用的姓名是“张心远”而并非“张恨水”。据《张恨水小传》中说：“张恨水原名张心远。1914年给汉口小报投

---

① 鲁迅：《致杨霁云》，《鲁迅全集》第10卷，第215页。

② 吴泰昌：《艺文轶话》，安徽人民出版社1981年版，第197页。

③ 张占国、魏守忠：《张恨水研究资料》天津人民出版社版，第21页。

稿时，从南唐李后主《乌夜啼》词‘自是人生长恨水长东’一句截取‘恨水’二字作笔名，此后，恨水便成为他的正式名字。”[①]而向《小说月报》投稿是在取张恨水为笔名的前一年(1913)的事。

从上述恽铁樵与鲁迅、叶圣陶和张恨水的交往中，有若干细节令人感动。如他给青年作者叶圣陶写“长信”，讨论改发在《小说海》上的原委。给张恨水的回信，仅仅隔了“四五天”。而对鲁迅的《怀旧》的处理，亦何其神速：“1912 年 3 月，鲁迅离开绍兴到南京教育部任职，5 月随部迁到北京。同年 12 月 6 日，在绍兴的周作人给这篇小说‘加了一个题目与署名，寄给《小说月报》’。12 日就收到主编恽铁樵的复信，28 日收到稿费 5 元，并于 1913 年 4 月出版的《小说月报》第 4 卷第 1 号上刊出。”[②]这都表现了一种认真的态度与敬业的精神，而且对素不相识的青年或新进作者皆有一颗炽热的培育之心。

在 1935 年恽铁樵逝世时，报上有不少曾受他扶持的作家的悼念文章。如顾明道说：“忆余与铁樵初通尺素时，铁樵方在商务印书馆任编辑，主编《小说月报》，而余方在中学读书也。……铁樵颇谦抑，不惮琐屑答复。”[③]顾明道因病足而残疾，但意志坚强，在恽铁樵的培养下，不倦地努力创作，后来他的小说有的还改编成电影，或是搬上舞台，皆得一定好评。程小青也在悼亡辞中说：“青幼年尝获先生青睐，勖勉有加，知己之感，没齿难忘。”[④]他很快成为杰出的侦探小说家。后来成为“问题小说”专家的张舍我在 1916 年还只是个 20 岁的青年。恽铁樵为了支持他，与他一起提倡“问题小说”，在《小说月报》第 7 卷第 6 号上与他合译国外的“问题小说”名篇《金钱与爱情》，还一定要张舍我的名字在前，由他殿后。紧接着在第 8 号上发表《妒之研究》(一译名为“女欤虎欤”)，还悬赏征求“问题小说”的答案。以致张舍我日后专门从事问题小说的创作与研究，被誉为“张问题”。像顾明道、程小青、张舍我等人都是当年通俗小说界的主干人物，而问题小说与侦探小说都是通俗小说的新的生长点，恽铁樵为培养这些青年灌溉了自己的心力。

正因为恽铁樵所处的岗位，有时他的一个“动作”就能使一位年轻作者受到广泛的注目。程瞻庐是通俗小说界的多面手，他的文章一度被《红》、《红玫

① 程小青：《悼恽铁樵先生》，《新闻报》1935 年 8 月 1 日。

② 陈江：《鲁迅与商务印书馆——鲁迅在商务印书馆出版的著译》，《商务印书馆 90 年》，商务 1987 年版，第 546 页。

③ 明道：《伤逝琐言》，《新闻报》1935 年 8 月 8 日。

④ 程小青：《悼恽铁樵先生》，《新闻报》1935 年 8 月 1 日。

瑰》等杂志“包”下来。编辑刊登启事，说是程瞻庐作品均在本刊披露，其他杂志一概谢绝投稿。就像以后世界书局老板曾将向恺然和张恨水包下来一样，致使程瞻庐在这两个刊物上，发了 6 部长篇，200 多篇短篇小说和 500 多篇小品随笔。但程瞻庐的受文坛的注目与恽铁樵也大有关系。当时《小说月报》大力倡导新体弹词，认为这是比通俗小说更贴近民众的文艺样式。程瞻庐写了《孝女蔡蕙弹词》，恽氏付了 40 元稿酬，发表后他又重读一遍，觉得实是上佳作品，又给程补上一笔稿费，并写信致歉：“尊著弹词，已印入《小说月报》中，复校一过，不胜佩服，觉前次奉酬 40 元，实太菲薄。如此佳稿，无论如何经济恐慌，亦须略酬著作劳苦，兹特补上《蔡蕙》篇润 14 元，即希察收。前此愦愦，因省费之故，竟将大文抑价，实未允当，心殊悔之，公当能谅其区区，勿加以僇笑也。”①一时传为美谈，而程瞻庐的作品也就更受到多方的关切。恽铁樵办《小说月报》是贯彻了他的质量第一的原则：“佳者虽无名新进亦获厚酬，否则即名家亦摈弃而勿录。”②林纾原是他极为敬仰的文坛前辈，但他对林纾 1913 年后的译作质量下降，就颇有微词。恽曾在与钱博基的通信中说及：“以我见侯官文字，此为劣矣。”③当然，林纾的稿件用与不用，他是作不了主的，这得由商务上层决定。在张元济日记中就多次为此事伤脑筋，如 1917 年 6 月 12 日日记写道：“竹庄昨日来信，言琴南近来小说译稿多草率，又多错误，且来稿太多。余复言稿多只可收受，惟草率错误应令改良。”④

恽铁樵编《小说月报》，出于文心，重视质量，把关甚严；他也出于公心，从来没有什么门派观念，特别热心扶持文学青年，悉心指导，真正使《小说月报》成为一个有全国影响力的内容纯正的文学大刊，作为一个公共领域，开放门户，欢迎八方文学来客，将前期《小说月报》划为“鸳蝴派”刊物是极不公正的偏见。当然，用今天的眼光看来，即使是“鸳蝴派”刊物，也应作具体分析。那种以“鸳蝴派”为政治帽子的时代，已经一去不复返了。但“不是就是不是”。不过一般地说“不是”，还缺乏说服力，应以恽铁樵的编辑思想为例，才能以正视听。

---

① 郑逸梅：《恽铁樵奖掖后进》，《郑逸梅选集》第 2 卷，黑龙江人民出版社 1991 年版，第 187 页。
② 转引自陈江：《慧眼伯乐——恽铁樵》，《商务印书馆 95 年》，商务 1992 年版，第 600 页。
③ 东尔：《林纾与商务印书馆》，《商务印书馆 90 年》，商务 1987 年版，第 541 页。
④ 同上，第 540 页。

二

在《小说月报》第4卷第1号上，恽铁樵趁刊物刊登特别广告之机，再次强调了王蕴章的一些编辑思想，并有自己的一番更新：

本报自本期起，封面插图，用美人名士风景古迹诸摄影，或东西男女文豪小影，其妓女照片，虽美不录，内容侧重文学，古诗文词，诸体咸备。长短篇小说，及传奇新剧诸栏，皆精心撰选，务使清新隽永，不落恒蹊。间有未安，皆从割爱，故能雅训而不艰深，浅显而不俚俗，可供公余遣兴之需，亦资课余补助之用。比来销数日益推广，今特增加内容益事改良。虽资本较重，在所不计。……①

如果讲得更概括一点，恽铁樵办刊物，惟雅洁是取，重视审美，娱乐性与教育性兼顾。也即"公余遣兴"与"课余补助"缺一不可。他认为"小说对于社会有直接之关系，对于国家有间接之关系"。② 因此当使小说有永久的生存力。于是很多文艺界的朋友都说他将"小说"当做"大说"写。这话最早是姚鹓雏说的。姚鹓雏也是一位很有理论修养的作家，他是早期京师大学（北京大学前身）的高材生。后期京师大学的高材生在写《小说学概论》时论及南洋公学的高材生的"小说观"："数年前，常州恽铁樵主商务《小说月报》，多为庄论，不佞尝戏目其所编为'大说'。斯言固戏，然可知凡为小说，必有所以别于'大说'者。"③在文中姚氏认为"小说"在古代虽为记录"街谈巷语，道听途说"之类的"小道"，可是小说作者是不能"自待菲薄"，所谓"托体既卑，无以语高也"。看来，他与恽铁樵的重视"教诲"也并无多大矛盾。不过由于姚氏这一说，文艺界有不少朋友总以为恽氏过分强调了教育作用。那么究竟是这班朋友们强调娱乐作用过头了，还是恽铁樵强调教育作用过头了？恽铁樵曾以编者的身份，在一封《答某君书》中回答了这一问题：

所贵乎小说者，为其设事惩劝，可以为教育法律宗教之补助也。惟如

① 《本报特别广告》，《小说月报》第4卷第1号封2，1913年4月5日出版。
② 《本社函件撮录：翰甫君与恽铁樵通信》，《小说月报》第6卷第5号，1915年5月25日出版，第3页。
③ 姚鹓雏：《小说学概论》，《半月》第3卷第5号，1923年11月22日出版，第1页。

是必近情著理，所言皆眼前事物。善善恶恶，皆针对社会发挥，然后著者非浪费笔墨，读者不虚掷光阴。我国小说家竟无有能与此数者。《红楼梦》自是佳作，然亦不尽此意。曹雪芹之宗旨，在自己文字之寿世，不在当时社会之改良。故才大如海，若论有益于社会，终让欧美小说名家一筹也。阁下若能敛才入细，描写纤细事物，使之有味，委婉曲折，引人入胜，复能寓褒贬于言外，则可以层出不穷。欢迎足下笔墨者，又岂独敝社已哉？①

从这席话中我们可以感受到，恽铁樵已与20世纪初梁启超的文艺观大有不同了。梁氏一心想“发表区区政见”。而恽氏对文艺发挥教育作用要在“近情著理”的前提下，做到“使之有味”“委婉曲折”“引人入胜”“寓褒贬于言外”，也就是说要使教化功能与文学的优美性相结合。这是很大的进步，可是从他对《红楼梦》的评价，可以看出他的“文以载道”的古文家思路，还是非常固执的。因此，一不小心，那“多为庄言”就不免要冒出头来。在这一问题上，恽铁樵的进步性与局限性并存。

那么恽铁樵到底想通过小说寓什么东西在言外呢？其实在当时——民国元年向“五四”的过渡期中，要提出教诲作用的重点，也是颇令人踌躇的。辛亥革命的内容也是不大好写的，因为这个革命所产生的变革不大，而且像商务印书馆这样一个中国民间最大的出版机构，对政治表态也特别慎重，有时甚至是态度暧昧的。因此恽铁樵即使想反映，也只能从侧面去触及这一题材。例如他主持第一期的《小说月报》，即第3卷第1号，首篇就发了自己的短篇小说《新论字》，写一个落魄的拆字先生与“余”在茶馆里的一席精彩的对话。我问，能卜时局否？这位拆字先生说“能”。我连续提了三个问题：一、革命能成功否？二、清朝之命运若何？三、今联军攻金陵克否？每提一问，就随手写一个字，叫他拆来。（因为当时皆繁体字，难于复述情节。）但此人有急才，“余”写一个字，他就边拆边侃，间不容发，对答如流；受他的吸引，围观者渐多，对他的妙答，竟报以掌声。这哪像是拆字？简直是一场巧构的革命宣传。这是恽铁樵借这样一次“街谈巷语”反映民心民意，表达了一种明确的倾向性。《小说月报》在民国元年对革命的态度大概就掌握在这个分寸上。

当时，欧风美雨已浸润中国，对中国的固有道德有所冲击，恽氏是搞翻译

① 编者：《答某君书》，《小说月报》第8卷第2号，1917年2月25日出版，第20页。

起家的，对外来道德的若干优异处，当然不抱抵触，可是由于人们理解的不同，有时对中国的某些民族美德出现践踏现象，或者学欧不成反生出许多副作用，恽铁樵是感慨的，甚至是义愤的。他属于中国民族伦理美德的捍卫派。他为什么会对程瞻庐的《孝女蔡蕙弹词》如此欣赏？就是因为它符合编者素重对中国伦理美德的颂扬。所以恽铁樵评价它是“选材道学而不腐，修词明爽而深隐，尤妙在曲折如志，应有尽有”。特别在最后一段中，程瞻庐肯定“孝”不仅是中国的传统美德，而且是人类共同应遵守的道德准则。他举了外国孝女耐儿等为例，指出今天“一般巾帼效西欧，设解文明与自由，观念不离新世界，家风拚弃旧神州”。程瞻庐认为“孝思到处人崇拜，不问中华不问欧，孝女弹词今唱毕，水源木本细研求”。程瞻庐在做学生时就是名校苏州高级中学的中文学长，毕业后又长期在苏州景海女子师范（教会办）任教，对欧西道德中的进步因素，还是有所了解的，所以他能“道学不腐”。所谓“道学”在这里应指中华传统美德，“腐”就是理学头巾气，腐儒的头巾气也是恽铁樵所反对的。恽氏在译《堕落》这篇小说后加了一个“跋语”：小说材料“以含有伦理学意味乃为上选，虽吾此篇译笔未必能餍饫读者，然明眼人当许我选材之精当也。”[①]他还在《本社特别启事》中征求此类稿件：

> 本报同人本历年经验，确认小说与国风有密切关系。用自 8 卷 1 号起，就伦理方面着笔，选材力求有味，立言期能感人。写英雄儿女之情，发爱众新仁之旨，此亦小说界空前之特色也。[②]

对伦理的探讨与追求，在欧美道德规范与中国传统美德之间进行比较，进一步作借鉴与融合，这是一个很难解决也很难掌握分寸的课题，恽铁樵不可能把握得恰如其分，可是这是一个很人性化的课题，他自觉地要去探究，值得肯定。

除了对伦理题材的重视之外，当时正值第一次世界大战，因此，恽铁樵很愿在小说中宣扬军国民主义。中国在庚子之后，鉴于“屡挫于外敌”的血的教训，一批先进的知识分子重提“尚武”精神。梁启超在 1904 年编著出版了《中

---

① Henrywood 原著，铁樵译：《堕落·译后识语》，《小说月报》第 7 卷第 11 号，1916 年 11 月 25 日出版，第 16 页。

②《本社谨启·本社特别启事》，《小说月报》第 7 卷第 12 号，1916 年 12 月 25 日出版，第 4 页。

国之武士道》，蔡锷（奋翮生）发表长篇论文《军国民篇》，而与之相呼应的有鲁迅的《斯巴达之魂》……这次，恽铁樵又借欧战之机，重提军国民主义，以鼓动同胞的爱国情怀。在这方面，恽铁樵自己连续译了若干篇欧战小说，借他人的酒杯，浇自己的块垒。从第7卷第1号起，恽铁樵接连翻译了《沙场归梦》、《爱国真诠》、《吾血沸矣》、《与子同仇》、《献身君国》、《战事真相》等小说。《献身君国》写英国民众的卫国参军热情。在《献身君国篇书后》中谈了自己的译后感，因为篇中写到英国女子的参军义勇制，而中国则因宗法社会遗毒而阻力重重，“军国民与宗法绝不相容”，[①]言下他甚至对造成中国封建宗法的孔子与周公也进行了讥刺。与这种战事小说相映衬的是他所辑的《武侠丛谈》，无不是以养成尚武精神，实行爱国主义为宗旨，认为救吾国力孱弱，生气消沉的对症药方之一就是“军国民”、“武士道”、“武侠”、“尚武”之提倡。

在编《小说月报》时，恽铁樵也注意言文一致的通俗教育。“文字以浅显能逮下为贵，浅至弹词，浸浸乎言文一致矣，言文一致，传播文明之利器也，白话小说虽亦言文一致，而无韵之文，总不如有韵之文入人之深，故我主张弹词。古近体诗，境界太高，自不待言，旧有之弹词，亦有韵之文，且所以感人者力量至伟。然天雨花、凤双飞之类，总不能使满意。故勿论其窥墙待月之不足为训；即措辞较雅饬者，要不外状元宰相之思想。我国人无平等观念，其大原因即此种思想为之历阶……故主张新体弹词。新体弹词者，利用言文一致与有韵之便利，排除淫亵与自大之思想，发实行通俗教育也。”[②]这就是恽铁樵在他编辑的《小说月报》上大力提倡新体弹词的原因，作为一种通俗教育的手段。他对白话小说的助推力，就远远逊于新体弹词。他也有一套自己的理论，那就是针对吴曰法的《小说家言》中说的“以俗言道俗情者，正格也；以文言道俗情者，变格也。”[③]恽铁樵的“理论”就在此文的跋语中：“小说之正格为白话，此言固颠扑不破。然必如《水浒》、《红楼》之白话，乃可为白话。换言之，必能为真正之文言，然后可为白话。必能读得《庄子》、《史记》，然后可为白话。若仅仅读《水浒》、《红楼》，不能为白话也，……无古书为之基础，则文法不具，不知所谓提挈顿挫，烹炼垫泄；不明语气之扬抑顿坠。”[④]可见，恽铁樵对用白话作小说

---

① 铁樵：《献身君国篇书后》，《小说月报》第8卷第2号，1917年2月25日出版，第20页。

② 铁樵：《孟子齐人章演义（新体弹词）后之征稿广告及例言》，《小说月报》第6卷第9号，1915年9月25日出版，第2—3页。

③ 吴曰法：《小说家言》，《小说月报》第6卷第5号，1915年5月25日出版，第3页。

④ 同上，第4页。

的要求是极高的。他在1915年发表的这一观点，几乎与鲁迅在1926年所批评的朱光潜的观点类似："要做好白话，须读好文言。"鲁迅说："但自己却正苦于背了这些古老的鬼魂，摆脱不开，时常感到一种使人气闷的沉重。"[①]可是我认为，这1915年与1926年的情况是有些不同的。在1915年，那时的白话文，大多带有一种"写话式"的稚嫩。到1926年，那时文学革命已经过了10个年头，白话文经历了10年历练，已趋于成熟。正像鲁迅在同一篇文章中所说的"去年我主张青年少读，或者简直不读中国书"一样，那是有时代背景的，如果将鲁迅这句话当做放之四海皆准的真理，那不就成了民族虚无主义者了吗？对白话的规范，恽铁樵的要求是非常苛酷的。他希望当时作为美文的白话文，要"提挈顿挫，烹炼垫泄"，"扬抑顿坠，轻重疾徐"，就像他做的古文一样，能经得起朗诵。他常自叹，自己不能操普通话，是写不好白话小说的又一障碍。正由于恽铁樵的这种"语言观"，在他编《小说月报》时，对白话文的倡导与对弹词的重视是不成比例的。不过我们还应该看到，自从林译说部丛书在中国大流行以后的一段时期内，林琴南式的"史汉体"的古文畅行一时。而这种畅行与恽铁樵的"语言观"是合拍的：要么用"史汉体"的古文，要白就白到弹词，那种达不到他要求的白话就只好"靠边站"了。从中我们也看到恽氏在这一问题上的差误。

（三）

恽铁樵在著译方面也有他的成就。他是靠翻译步入文坛的，当时他译的全是言情小说，由于他选择的小说的可读性强，他的译笔又好，于是一举成名。周瘦鹃就有如下的回忆："最初读了《小说时报》中的长篇小说《豆蔻葩》，醰醰有味，觉得他的一枝译笔和林畏庐先生有异曲同工之妙。后来又读了《黑衣娘》、《波痕荑因》诸书，对于他老人家的印象更深。他所译的几乎全是英国却尔斯佳维的作品，全是悱恻缠绵的言情小说。"[②]周瘦鹃自己也是一位著名的译家，而且也译过却尔斯佳维的小说，行家评赞应该是很有分量的。曾有一位名叫冯玉森的香港读者，读了恽铁樵的短篇《情魔小影》、《出山泉水》等多篇译作，非常赞赏他的译笔，就邮寄莫泊桑的原著小说给恽，并附信说："吾每以《海滨杂志》与足下所译对照观之，辄觉译文为优。动译名家小说当更有可观。"当然是希望他译莫泊桑的佳作。恽氏果然译了，他的跋语实际是给冯君的回信：

---

① 鲁迅：《写在〈坟〉后面》，《鲁迅全集》第1卷第363—364页。

② 周瘦鹃：《悼念恽铁樵先生》，苏州《明报》1935年8月7日。

"冯君嗜痂,增我惭恧,重违其意,画此依样葫芦。夫文之佳者,必其中有我。今处处为原本束缚,不佳可知。冯君将何以教之?"①这位冯君也不是一般的读者,对照原文,经过研究,才作出评价:"辄觉译文为优"。恽氏的回答是,虽是译文,"必其中有我"。在这里我们跳开"信雅达"之类的标准,恽氏的译文有时的确令读者觉得他的文采不凡。如却尔斯维佳的《Just a Girl》,他译为《豆蔻葩》:一朵豆蔻年华的奇葩,译得如此之雅,使人们钦佩不已。在译到女主人公伊瑟姆初遇男友示爱时,他动用四六骈体:"辟开情窦,梅花性早,著花岂待春风;豆蔻含葩,烘开宁须午日。观下文伊瑟姆之由来,便是证明。"②此类文字当然是他的意译,甚至是他的译意。但是,在当时的许多文士看来,就是属于他的极有文采的译风了,也是他所说的"必其中有我"。

当年正是中国青年争取婚姻自主而奋斗之时,应该说,恽氏是极重言情的:"小说以言情为要素,否则必不动目";可是他又补充说:"吾侪为小说,不能不写情欲,却不可专写情欲。"③他将言情视为创作的要素,可是有一个很值得注意的现象,恽铁樵在编《小说月报》时,是非常"排斥"言情创作的。他之所以少登言情小说是因为当时创作的言情小说质量实在不高。1912年徐枕亚的《玉梨魂》出版以后,风行一时。于是"东施效颦"者纷起,形成一股写"哀情小说"的潮流,而且愈写愈雷同。恽铁樵对此很不满意。他说:"爱情小说所以不为识者欢迎,因出版太多,陈陈相因,遂无足观也。去年本报上几屏弃不用,即是此意。……多用风云月露、花鸟绮罗等字样,须知此种字样有时而穷。试取清乾嘉时骈文大家如北江、瓯北诸集为精密之分析,其所引典故,也不过洋装两厚册而止。今之小说,层出不穷,即尽以两厚册装置胸中,以有涯应无涯,犹且涸而可待。……宜乎换汤不换药,如一桶水倾入一桶水,而读者欲睡也。"④他甚至提出"言情小说撰不如译"的观点:"外国言情小说,层出不穷,推原其故,则彼邦有男女交际可言,吾国无之;彼以自由婚姻为法,我国尚在新旧嬗变之时。……是故欧洲言情小说,取之社会而有余;我国言情小说,搜索枯肠而不足。"但是他也并非一概否定言情创作,而是积极为它开拓新路,提出了"社

① 铁樵:《情量·跋语》,《小说月报》第6卷第3号,1915年3月25日出版,第6页。

② 铁樵译:《豆蔻葩·第5章·搜孤》,《小说月报》第1年第3号,1910年1月11日出版,第15页。

③ Henrywood原著,铁樵译:《堕落·译后识语》,《小说月报》第7卷第11号,1916年11月25日出版,第16页。

④ 铁樵:《答刘幼新论言情小说书》,《小说月报》第6卷第4期,1915年4月25日出版,第1页。

会言情小说"这个概念:"言情不能不言社会,是言情亦可谓为社会。"[①]他将那些搜索枯肠的陈陈相因的所谓"纯情小说"引向社会言情小说的广阔天地中去。我认为恽铁樵是当时真正懂得文坛上言情小说千篇一律的病根的人。

在翻译小说的原本的选择上,恽铁樵尤喜外国的"巧构小说",在短短的篇幅中极尽构思巧妙之能事。这可以他所译《贪魔小影》为代表。恽铁樵的创作的数量要比翻译小说少,大家过去只知他在1913年11月就写过《工人小史》,描写一位很有骨气的工人的悲苦生活现状。大概是从"题材决定论"出发,因此,即使是极"左"的酷评家也没有敢公开批这篇小说。可是就艺术而言,这篇小说还是不及《新论字》和《村老妪》等小说。《新论字》也属"巧构小说"的佳作。《村老妪》是通过一个村老妪的目光,看民国初年的基层选举的种种弊端,极具讽刺性。恽铁樵除了自己善于创作短篇小说外,还以编者的身份,为来稿作润色,甚至是改写、重译或校订。编务工作搞得特别细致。原作者是谁,他均一一注明,自己作了润色加工甚至改写后,还要加上跋语。如修改小说《七十五里》后,他加跋语评点说:"是篇得自投稿,原文意有未慊,删润一过,仍嫌直致。惟中叙朋友交谊,不无一二血性语,不欲以文字之致,竟弃置也。"[②]恽铁樵是编、译、著皆能的全才。

四

在简叙了恽氏的编、译、著的成就之后,才有了剖析他的弃文从医的悲剧因由。他并非是在文学上没有出路,才去改行从事他业的。不过每遇一个社会的大转折时期,总会有人被时代列车的惯性摔出轨道去的,或者是被同乘者挤出车门之外的。"五四"时期是这样,解放战争后期或开国时,均有这种现象。但恽铁樵并不是在文学界生存不下去的人。他对"五四"青年爱国运动也是积极响应的。1919年6月,他还上街散发罢课公启。据张元济1919年6月7日日记:"恽铁樵又有公启。逼人罢课。梦与伯俞来商,余意只可听人自由",[③]不予干涉。那时,他虽解脱了《小说月报》的工作,但仍在商务印书馆编译所任职。"民国九年庚申(1920),先生四十三岁,6月辞商务书馆《小说月报》主编之职(此处有

① 铁樵:《论言情小说撰不如译》,《小说月报》第6卷第7号第2页,1915年7月25日出版。
② 《铁樵改写之·七十五里·跋语》,《小说月报》第3卷第8期第9页,1912年11月出版。
③ 《张元济日记(下)》,1919年6月7日日记,河北教育出版社2001年版,第789页。

误,主编之职是 1917 年底辞去的——引者注),始悬壶问世。”[①]

关于恽铁樵弃文从医的原因,过去一直认为是他的孩子因病误于庸医,才奋志研究医学:鲁迅因父亲的病误于庸医,而立志学医;而恽铁樵是因儿子误于庸医而弃文从医,情况似乎近似,其实这仅是恽氏原因之一端。“民国五年丙辰,先生三十九岁,长公子阿通年十四病白喉殇,先生乃奋志治医。”[②]“其时他的子女数人,因病误于庸医,他愤极了,就自己研究医学。博览群书,艺乃大进。后来他的幼子,忽得重症,中西名医都回绝了。他自己试开一方,果然一帖而愈。最初他并不悬牌,后来一般亲友前来求医的渐多了,他才宣告以医济世。他的医学很有精密的见解。对于幼科更有心得。钝根、芙荪家的孩子病重已到最危险的地步,都经他在死神手中把两条小性命夺了回来。”[③]但是我们不得不看到,在 1920 年后,恽铁樵也深感自己在文学界已不再适合于生存了。首先是在商务印书馆内部,他渐渐地被视为“顽固派”,至少是一个“保守分子”。后来的事实也证明了这一点,茅盾从 1920 年《小说月报》第 11 卷“半革新”开始,就认为:“《小说月报》的半革新从 1920 年 1 月出版那期开始,亦即《小说月报》第 11 卷开始,这说明:10 年之久的一个顽固派堡垒终于打开缺口而决定了它的最终结局,即第 12 卷起的全部革新”。[④] 此话虽然是茅盾在 20 世纪 70 年代末所说的,但当年的气氛是可以想见的。恽铁樵在 1920 年 6 月就离开商务印书馆,也是走得其时,因为 1923 年《小说世界》出版时,疑古(钱玄同)的调子与做法更为激烈,在《〈小说世界〉与新文学》的文章中,“不但把《小说世界》第 1 期出现的那些牛鬼蛇神,骂了个狗血喷头,也把商务当局冷嘲热讽,看得一文不值,说他们刚做了几件像人做的事,就不舒服了,‘天下竟有不敢一心向善,非同时兼做一些恶事不可的人!’”[⑤]这种谩骂式的言语,当然也与恽氏的一贯作风不同。他在编《小说月报》时宣称:“本报宗旨,不主张骂人,含沙射影,尤所深戒。”[⑥]所以恽铁樵还是走的好。

我们从这一角度去论述,是否就是说,是新文学作家将恽铁樵“逼”走的呢?我认为按恽氏的性格,逼是逼不走的。他如果仍然坚持在文学界,即使是

---

① 章巨膺:《恽铁樵先生年谱》,《药庵医学丛书・第 1 辑・文苑集》,新中医出版社 1948 年版,第 17 页。

② 同上。

③ 芙荪编撰:《全国小说名家专集・恽铁樵》,云轩出版社 1923 年版,第 1—2 页。

④ 茅盾:《我走过的道路(上)》,人民文学出版社 1981 年版,第 173 页。

⑤ 同上,第 215 页。

⑥ 恽铁樵:《某三・编者跋语》,《小说月报》第 6 卷第 7 号第 6 页,1915 年 7 月 25 日出版。

一些新进的作家反对他，他也会像以“中医”对待“西医”的态度一样，改进自己，将逆境视为动力。他说过：“中医与西医同化，应受影响而改良，而不应被征服。”①恽氏对某些西医对中医的反对，是视为促进中医改良的动力：“西医反对亦不足为患。凡学术之进步，都在逆境，不在顺境。所以孤蘖多达，忧患多生。西医之反对适足玉成中医。惟自身败坏，却是膏肓痼疾，足以致命之点。”②恽铁樵是有原则、有气魄的。如果在文学界，他会改良自己，但决不会被征服；他会将新进作家的反对，看成是一种“玉成”他的“忧患多生”。但他的与文学界断绝关系，还有其它的原因：

> 他自从悬牌应诊以后，对于文学早已搁笔，偶然有兴，有了什么新著，大家都当是吉光片羽，珍贵非凡。去年某旬刊出版，编者好不容易托人出来，向先生索了一篇《妃坡小传》，等到出版的时候，原题易为《快活之王》。先生很不高兴。从此宣言，不愿多做小说了。先生的近著，除掉这篇以外，还有《半月》第一卷上，一篇白话小说《无名女士》，却是瘦鹃再三以交情恳请而得的。此外的书报上，却不再见他的只字了。③

查《半月》上的《无名女士》是发表在第1卷第2号上的，1921年11月出版。而某旬刊即《快活》，《妃坡小传》发表在创刊号上，时间是1922年1月。也就是说，恽铁樵是1920年6月弃文从医的，到1922年1月后，他就与文学界基本上断绝了文字往来。他的文章题目并非一定不能改，但将《妃坡小传》改为《快活之王》纯粹是一种“噱头”，他极为不满。

新进作家是容不下他的，而自己过去的某些“文友”又不大长进，他可以说是“两间余一卒”，但他“荷戟不彷徨”。他为什么能“不彷徨”？他的“戟”指向何方？那就是革新中医。恽铁樵精通古文，又懂英文，他既在博览古代医典的基础上，对中医学理溯本求源，又能用外语参证西医医理，他下大工夫在改革中医的事业上，因此被誉为“我国医学革命之创导者”，④他“诊余著述甚勤，晚

---

① 恽铁樵：《今后中医改良之途径》，转引自陈犁樵：《恽氏医学观》《铁樵医学月刊》第2卷第4期第7页，1935年4月15日出版。

② 药庵（恽铁樵）：《我们医学的将来》，《铁樵医学月刊》第2卷第2期第1页，1935年2月15日出版。

③ 同上。

④ 何公度：《悼恽铁樵先生》，《铁樵医学月刊》第2卷第8号《恽铁樵先生哀挽续号》第1页，1935年10月15日出版。

年所著尤多。学说多折衷中西，凡所发明，皆有实验。形能之说，卓然成一家之言。近年来国医日处于风雨飘摇之中，同人咸知革新以应潮流。先生实为之先导。一介寒儒，卒成医林一代宗匠，不亦伟哉！”①恽铁樵留下来的医学著作比他的小说译著多得多，有 8 大卷的《药庵医学丛书》，有 20 期《铁樵医学月刊》，有 1 册《国医馆与恽铁樵往来之文件》……

我们是学文学的，也不妨读两段恽铁樵的医学论文：

> 予之医学，是创作的，其实是刷新的。中国医学可贵处在验方，而受人指摘所在，在无标准。盖无标准则虽有千万验方，不能用之适当；用之不当，虽有千万方，等于无方。乃不成为其医学矣。标准二字，非易言者，必须学理，所谓学理，不但是病理，尤当明生理。欲明生理，则非参用西学不可。然又非依样葫芦可以济事。……②

话说得非常透彻，说明中医要学习西医的必要性；可是他也敢于批评那些对中医采取民族虚无主义的人：

> 但世有学习西医之人，对于中国国粹毫不爱惜，甚至谓轩岐杀人已四千年于兹。如此者其人神经实太躁急，得吾说而存之，亦一剂安脑药也。③

恽氏对中医改革的另一个大功劳是，两次创办中医函授学校。1925 年第一次创办“铁樵中医函授学校”，受业者 600 余人。一时医学界风气丕变，但亦为守旧者所忌，于 1928 年停办。大凡称“学校”，是要经过当局批准，因此很容易被守旧者勾结当局勒其停办。1933 年复办“铁樵函授医学事务所”。这事务所就不易勒令停办了。受业者从 1933 年的 364 人，至 1936 年的 753 人（恽逝世后，曾由他的学生与子女续办了 1 年多）。为配合函授，他还于 1934 年 1 月，创刊《铁樵医学月刊》，至 1936 年 1 月停刊。他的办学是卓有成效的。我们不懂医学，但不妨抄两段有关学员的情况，以了解概貌。一则是一位学员的

① 章巨膺：《恽铁樵先生年谱》，《药庵医学丛书·第 1 辑·文苑集》，新中医出版社 1948 年版，第 15 页。
② 恽铁樵：《近来之感想》，《铁樵医学月刊》第 1 卷第 1 号第 3 页，1934 年 1 月 15 日出版。
③ 恽铁樵：《宣言一》（恽铁樵 1925 年旧作），载《铁樵医学事务所三周年纪念特刊》第 6 页，1936 年 11 月出版。

家长，是位老中医，读了他儿子所发到的恽氏函授讲义，也深有心得，主动给恽氏写信：

> 学员谢逸民君之尊人焕棠先生来函，称颂恽师医学。有“理贯天人，学通中西”两语。先生可以当之无愧。又有“棠读医书垂二十年，结果疑难山积，无可自慰。今读讲义未久，恍如黑夜逢灯，渐能认识路径”等语。①

可见恽氏对中国古代医学典籍的解释，自有心得，令人钦服。再抄一位北平协和医大的学生，也来报考铁樵中医函授学堂后，恽铁樵与他的通信：

> 学员刘伟通君，系北平协和医大学生。西学根柢极深，所作第一次课艺，解释“营卫”二字，及今后中医改进之途径二篇，洞中肯綮。恽师复函嘉奖之。中有“今后中医界，安得如我兄者，为之整理亭毒，使得扫阴霾而见天日乎”等语。②

抄书抄到这里，我感慨万千。这像一个“顽固派堡垒”的守门神的嘴脸吗？在文学界是“顽固派”，但到了医学界，能突然放一异彩？这样提出问题，有人也许觉得太尖锐了。那么还是心平气和地评说几句。恽氏正当是辛亥革命后，民国元年主持《小说月报》，到文学革命初兴那年中止《小说月报》编辑之职。他在任此职期间，的确可称得上“慧眼伯乐”，他编、译、著皆能。他能将当时的《小说月报》办成从事文学创作者的公共园地，是难能可贵的，可是他也有自己的局限性。不过在这时段中，写小说的人要像“五四”以后的作家有那么新的思想，恐怕也难。鲁迅的《怀旧》与叶圣陶的《倚闾之思》、《旅窗心影》的立意也不过如此。以《怀旧》与《狂人日记》相比，不啻是一种飞跃。当恽铁樵领教了那些自认为“唯我独革”的新文学作家们某些言行（“唯我独革”并非从“文革”始，在我们某些新文学作家身上早有所表现，也是酿成新文学界自搞无谓争斗的风景线的动力），又由于自己有志于医学，也就自愿退出了文学舞台。

① 庄时俊：《本所三年大事记》，1935 年 3 月条，第 15 页。本所即指“铁樵医药事务所”，载《铁樵医药事务所三周年纪念特》。

② 庄时俊：《本所三年大事记》，1933 年 9 月条，第 12 页。本所即指“铁樵医药事务所”，载《铁樵医药事务所三周年纪念特》。

他悬壶济世后,看到中医处于“飘摇风雨”中,“其一是政府中人反对。其二是西医反对。其三是自身败坏。”[1]于是挺身而出,要改革中医。他在医学界的许多做派,是从文学界移植过去的。办杂志,办函授,著书立说,都与过去文学根底有着因缘关系。文学虽能改变人们的精神,但他在医界竟也参与拯救国医这一民族瑰宝。无论在文学界或医学界,我对恽铁樵的建树,只能用四个字来表达:“肃然起敬”。

① 药庵(恽铁樵):《我们医学的将来》,《铁樵医学月刊》第2卷第2号,1935年2月15日出版,第1页。

周瘦鹃论*

一

周瘦鹃，1895年生于上海。16岁，他还是中学生时就试探着走上写作之路，他的第一篇作品发表于清朝末年——辛亥革命前夕的1911年6月。不久，民国肇始，上海的都市化进程呈更快速推进的态势，一个国际性大都会的雏形已巍立于黄浦江之滨。第一次世界大战爆发后，趁着西方列强忙于战事，无暇旁顾，上海民族企业迎来了持续发展的“黄金时期”。经济的繁荣为丰富多元的文化事业提供了广阔的发展空间。而上海市民社会的初步形成，使晚清的文人情趣也正在被市民情趣所替代；一批从“文士”的旧卵中破壳而出的知识分子则更将传播西学和为市民大众文化事业效力视为当务之急。新型的文化事业运用商业经营模式成为现代都市生活的重要组成部分。周瘦鹃生逢其时，也生逢其地，他抓住这个大好时机，从业余创作而正式“下海”成为职业作家，凭借着现代媒体的优势与伟力，以他多产的著、译、编，很快就在上海市民大众文坛上“声誉益隆，几乎红得发紫”。②

周瘦鹃常常自称是“文字劳工”：“吾们这笔耕墨耨的生活，委实和苦力人没有甚么分别，不过他们是自食其力，吾们是自食其心罢咧。”③他的自况也得到同行们的公认，许廑父就说他“平生无嗜好，每日治事，至15小时，常自称曰文字之劳工”。④ 这样的话在论述周瘦鹃的评论文章中常被人们所引用，可是还有一句话也应该引起我们足够的重视，那就是周瘦鹃自述的，他又是一个“文字上的公仆”。这当然是指编辑生涯而言：“不幸我所处的地位，恰恰做了

* 本篇首刊于《中山大学学报（社科版）》2010年第4期，收入《周瘦鹃文集》，为“代前言”，于2011年1月由文汇出版社版。

② 郑逸梅：《记紫罗兰庵主人周瘦鹃》，香港《大成》第108期，1982年11月1日出版。

③ 周瘦鹃：《噫之尾声》，《礼拜六》第67期，1915年9月1日发行。

④ 许廑父：《周瘦鹃》，《小说日报》1923年1月1日第1版。

人家文字上的公仆。一天到晚，只在给人家公布他们的大文章，一天百余封信，全是文稿……”[①]他做公仆可说是夙夜匪懈，尽其所能为他人作嫁衣裳，被同道们誉为“好好先生”。因此他除了创作上的“自食其心”之外，在编辑工作中，他还得“鞠躬尽瘁”，有时他要同时编五六种刊物，他自加压力，乐此不疲，这种苦干精神也令人钦服。

在上海市民大众文坛上，周瘦鹃可说是最有代表性的作家。纵观20世纪初，上海市民大众文学界，著、译、编三者“齐头并进”而可与周瘦鹃媲美的有包天笑、严独鹤。包天笑是提携周瘦鹃步上文坛的前辈之一，又是编过许多报刊的名主笔，可是到1922—1923年编了《星期》之后，他就很少涉足编务活动了；而周瘦鹃的编辑工作几乎是与民国相始终。包天笑的外文还不足以流畅地独立从事翻译工作，他大多是以合译的成果在译界取得一席之地；而周瘦鹃的译作甚至享誉新文学界。严独鹤也是编、著、译样样皆拿得起的能手，他是周瘦鹃的同辈好友，当时严是《新闻报·快活林》的主持人，而周瘦鹃则在《申报·自由谈》当家，两个著名副刊在上海市民社会中皆享威望，文坛上有“一鹃一鹤”之美称。就编龄而言，严的起步要早于周，但严独鹤著、译的量逊于周。就作家、翻译家和出色的市民大众文学的“组织家”而言，称周瘦鹃是上海大众文学中的最有代表性的作家，甚至将他列为“前三甲”，是并不过分的。

正因为他是上海市民大众文学的代表人物，所以周瘦鹃又“首当其冲”地受到某些知识精英主流作家的猛烈批评。应该说，其中有的批评也对周瘦鹃有一定的帮助，但也有不少批评是由于这些主流作家对上海市民的文化需求认知不足所造成的。因此，在知识精英文学家与市民大众文学家之间往往会发生激烈的争辩。可是在这种批判面前，周瘦鹃又是如何反应的呢？他曾在文章中自述他的一贯态度：“在下本来是个无用的人，一向抱着宁人骂我，我不骂人的宗旨。所以无论是谁用笔墨来骂我，挖苦我，我从来不答辩。”[②]在与知识精英文学家的论争中，市民大众文学作家当然可以答辩，而且那些敢于答辩的作家，往往都是对中外文学包括对中国的新文学有一定知识的人，他们甚至精通外语，能了解世界文坛的近况，否则他们无从与知识精英作家去辩难。我们知道，周瘦鹃是最具备此类条件的人，但他没有

① 周瘦鹃：《几句告别的话》，《上海画报》三日刊第431期第2版，1929年1月12日出版。
② 周瘦鹃：《辟谣》，《上海画报》第125期第2版，1926年6月26日。

因此分散他的注意力，更谈不上有失态的举措。在他的一生中，对内，他是“好好先生”；对辩难的对方，他说自己是“无用的人”。他还是专心致志做他的“劳工”与“公仆”。

除了著、译、编的成就之外，周瘦鹃还是一位杰出的园艺盆景专家。他热爱生命，热爱美艺。20世纪30年代，他定居苏州。他的“周家花园”几乎成为苏州一景，他开放这个私家花园，供国内外人士参观欣赏。他也以园艺盆景为“作品”，成为传播“美”和“艺”的亲善使者。

综观他的一生，他为人热情、善良、正派、富于正义感。许廑父说他“平生无嗜好”，那是讲他的一生中与烟（鸦片）、赌、嫖无缘，他洁身自好。他翻译过托尔斯泰的《黑狱天良》，后来收进《欧美名家短篇小说丛刻》时，改题名为《宁人负我》，这或许带有一点以此自勉的成分吧？他编过一本杂志，名曰《乐观》，他是个乐观的人。那么他在“文革”中怎么会如此悲惨地结束自己的生命的呢？当我在写这篇《周瘦鹃论》时要去瞻仰这位“优秀的文人和作家”①的那一刻，我觉得我们过去若干文学批评中对他的评价是苛刻而过分的。如果我们去回顾历史，要总结这方面的经验与教训，应该说是教训多于经验，这就值得我们去作文学史的反省。那么我们今天是否应从这些教训中走出来，在历史的反思中画出一个真实的周瘦鹃来？

二

周瘦鹃，原名祖福，字国贤，笔名瘦鹃，后以笔名为正名；他尚有泣红、紫兰主人、怀兰、鹃、五九生等笔名。他出生在一个小职员的家庭中，父亲是上海招商局江宽号轮船上的会计。生三子一女。他排行第二。周瘦鹃可能也不会料到，就在这样一个普通的家庭中，由于他父亲的早逝，家庭产生了变故，使他在未正式踏进社会时，就试图用投稿去减轻家庭的困境；当他初获成功后又毅然决然地去从事职业写作，藉此维持一家的生计，不仅如此，这个家庭在他身上产生了一系列的连锁反应，甚至规定了他今后写作的题材，框范了他作品的主题。

1900年，周瘦鹃6岁时，父亲因病逝世。其时，正当八国联军肆虐中国，入侵天津后又攻陷北京。关心国事的父亲在病榻上愤激填膺，在昏迷时还呓语高呼：“兄弟三个，英雄好汉，出兵打仗！”这是他父亲在生命尽头迸发出来的爱国情怀。周瘦鹃一生中将它视为父亲的遗嘱。他虽然没有照老人家的遗念去

---

① 熊月之主编：《上海通史》第10卷，《民国文化》，上海人民出版社1999年版，第195页。

做卫国的士兵，可是那种爱国主义的情愫深烙在他的作品之中。由于他父亲平生喜挥霍，病中求医又卖尽当绝，连他父亲的一口棺木也是由亲戚们凑了钱买来的。家中可谓一贫如洗。那时他们一家生活，简直比黄连还苦啊！有的亲戚不是没有向他母亲提过改嫁的事，可是他母亲就是以没日没夜地为人缝补针黹来作为回答。从此这位慈爱而坚韧的母亲就是凭着十指，含辛茹苦地将子女抚养成人，她不仅撑持了这个家庭，而且还一定要让儿子读书求学。他常含泪教育子女："爸爸死得早，要好好读书，要争气，立志向上。"于是母亲的"苦做"激励着周瘦鹃的"苦学"。他由私塾而小学而中学，都是做的苦学生，从没有出过学费。他是靠自己的优异成绩和良好品德感动校方或老师的爱才之心。正因为有这样的家庭背景，因此，周瘦鹃对母亲的守节抚幼的感恩连锁地遍施于对其他"节妇"的尊敬。在他的初期的小说创作与编辑发稿时常对"节烈"抱有好感。而他的辛劳的母亲对他的爱又使周瘦鹃回报以"孝思孝行"，成了他作品中理直气壮地反复宣扬孝道的动力。这一切与其说是儒学的熏陶，倒还不如说是苦难家庭生活炮烙的深深印痕。凡此都曾受到知识精英作家的批判，认为这是"思想的反流"："《礼拜六》的诸位作者的思想本来是纯粹中国旧式的……同时却又大提倡'节'、'孝'。……想不到翻译《红笑》、《社会柱石》的周瘦鹃先生，脑筋里竟还盘据着这种思想。"①应该说，在"节"、"孝"之类的传统观念上，周瘦鹃是有一个思想发展与变化的过程，乃至既划清了与封建思想的界线，又承传了我们民族传统美德的精华。至于做了十多年的"苦学生"，则使他在日常生活中既有自卑自谦的心态，又有自强不息的精神。他曾说自己是个"无用的人"，他特别能"忍让"。多年的"苦学生"的弱势地位使他不习惯去与人"争辩"，遇事只能用自己的不屈的苦干精神，去开拓出自己的一番新业绩。"苦"他不怕，"苦干"他能胜任。他常说，他是"苦出身！"以上这些品性，难道不是这样一个贫困而不屈的家庭所磨炼出来的吗？

周瘦鹃也是一位"多情种"、"至性人"。他的"可歌可泣的恋史"更证实了这一点。这一段的恋情即使在家庭中也是公开的：他的夫人是他的"最亲"，而不是他的"最爱"。周瘦鹃到晚年还对她女儿说："瑛儿，你总也知道我早年那段刻骨伤心的恋史，以后二十余年间，不知费了多少笔墨，反对封建家庭和专制婚姻。我的那些如泣如诉的抒情作品中，始终贯串着紫罗兰一条线，字里行间，往往隐藏着一个人的影子。"为此，《小说月报》最早的主编王西神还为他写

① 西谛：《思想的反流》，《文学旬刊》第4期第2版，1921年6月10日出版。

了一首长诗《紫罗兰曲》，其中有“周郎二十何堂堂”、“三生自是多情种”等句。更有张恨水以周瘦鹃为原型撰写的长篇小说《换巢鸾凤》15回，因抗战《春秋》停刊而中断。郑逸梅则多次在文中涉笔此事。周与“紫罗兰”即周吟萍相识是他在民立中学执教时，一次在务本女校观看演出，对演出中的周吟萍产生强烈的爱慕之心。在通信往还中他们相互热恋，可是双方贫富悬殊，对方父母不会将女儿许配给穷书生，况且女方自幼就订有婚约。周瘦鹃的苦恋相思使他有紫罗兰癖，也使他“一生低首紫罗兰”：

> 我之与紫罗兰……刻骨倾心，达四十余年之久，还是忘不了。只为她的西名是紫罗兰，我就把紫罗兰作为她的象征，于是我往年所编的杂志，就定名为《紫罗兰》、《紫兰花片》，我的小品集定名为《紫兰芽》、《紫兰小谱》，我的苏州园居定名为“紫兰小筑”，我的书室定名为“紫罗兰庵”，更在园子的一角叠石为台，定名为“紫兰台”。每当春秋佳日紫罗兰盛开时，我往往痴坐花前，细细领略它的色香；而四十年来牢嵌在心头眼底的那亭亭倩影，仿佛从花丛中冉冉地涌现出来，给我以无穷的安慰。[①]

周瘦鹃甚至在自己创办的个人小杂志《紫兰花片》上，每期汇集前人词中有“银屏”二字的，辟专栏为“银屏词”，就是为周吟萍而设的。他有时在自己的文章署名时，用“屏周”、“瘦鹃”，似乎是两个人合作的作品，这位神秘的“屏周”不知何许人也。实际上就是嵌在心头眼底的那亭亭倩影与他“合作”的产品。郑逸梅文章中讲过周瘦鹃与周吟萍的生死不渝而又难成眷属的爱情故事。郑在晚年还专门为周氏的《爱的供状——附:〈记得词〉一百首》写了一篇文章《周瘦鹃——伤心记得词》，他读周瘦鹃的这一百首绝句，真感到回肠荡气，恨不得与他同声一恸。同时也觉得周吟萍这位女性是值得周瘦鹃如此深情地爱恋的。郑逸梅还提供了这样一个事实，1946年，周瘦鹃的谪室“凤君逝世，而周吟萍亦已守寡，瘦鹃颇有结合意，奈吟萍却以年华迟暮，不欲重堕绮障……”[②]她是那样的动情，曾对周瘦鹃说，将她看做是永远的“未婚妻”吧；她又是那样的理智，两人都已年过半百，而周瘦鹃这样一个具体的家庭，中馈需人，她又非持家能手，她难能胜任。她这一决定，也恐怕出自为周瘦鹃的晚年的幸福着

---

① 周瘦鹃:《一生低首紫罗兰》,《拈花集》,上海文化出版社1983年版,第304页。
② 郑逸梅:《周瘦鹃——伤心记得词》,香港《大成》第202期,1990年9月1日出版。

想吧！

与周吟萍的“一生相守，无期结缡”的哀情悲剧是周瘦鹃“哀情小说”之源，也是他的泪泉。在他的小说中滔滔汩汩，永无尽头。他在《情》这篇小说开端说道：“周瘦鹃曰：两年以还，予尝撰哀情小说三十有九，译哀情小说二十有三，而吾为此捐弃眼泪亦六十有二度矣……挽近之世，一情字为人玷辱殆尽，实则肉欲，美其曰情爱，须知情爱之花，决不植于欲田之中。肉欲之外，尚有所谓精诚者在，精诚之爱，能历万古而不磨，天长地久之一日……”[①]最后几句直是他自己与吟萍恋情的写照。周瘦鹃写哀情小说时常以泪洗面，“朋友们往往称我为小说界林黛玉，我也直受不辞。”[②]

他的“家庭”与“恋情”构成了他创作初期的小说中的“爱国”、“孝道”、“哀情”等“情结”，而民立中学对他的培养为他的创作和翻译作了充分的准备。他自述16岁时，踏进了当时上海有名的学府民立中学。在《上海通史》中对民立中学有这样的介绍：“1903年苏本立昆仲奉父遗命创办。……该校以英文功底扎实著称，毕业生除进大学深造外，多在海关、银行、邮政等部门工作。1918年曾在江苏省教育会（其时上海属江苏省——引者注）列表调查中荣居第一。”[③]当时的海关、银行、邮政都属“金饭碗”。但民立中学也培养出了像周瘦鹃和郑正秋[④]那样著名的文艺界才俊。在民立中学，周瘦鹃受到语文老师孙经笙（南社社员）和校方的器重，他仍是不出学费的“苦学生”，但他已能如饥似渴地阅读欧美名作家的原著，并开始习作小说和试译外国作家的佳作。就在毕业的前夕，他大病一场。连毕业考试也未能参加。但校方鉴于他平时成绩优秀，破例给他发了毕业证书。“苏校长留我在本校教预科一年级的英文（相当于初一的程度——引者注），给了我一只饭碗。”可见民立中学待周瘦鹃不薄。可是，“那班学生都是我的同学，有的是富家子弟，有的年纪还比我大，因此有意欺侮我这初出茅庐的小先生，常常要我陪他们‘吃大菜’（学生们戏称犯规后被校长召去训斥为“吃大菜”——原注）。我挨了一年，天天如坐针毡，真的是怨天怨地，于是硬硬头皮，辞职不干了……我一出校门，就立刻正式下海，干起笔墨生涯来，一篇又一篇地把创作或翻译的小说、杂文等，分头投到这些刊物和报纸

---

① 周瘦鹃：《情》，《春声》第4期，1916年5月2日出版。

② 周瘦鹃：《红楼琐话》，《拈花集》第93页。

③ 熊月之主编：《上海通史》第10卷，《民国文化》，上海人民出版社1999年版，第151—152页。

④ 郑正秋（1888—1935）：早期著名戏剧评论家，新剧艺术家，中国电影事业的重要奠基人。

上去，一时稿子满天飞，把我‘瘦鹃’这个新笔名传开去了。”①应该感谢民立中学使周瘦鹃的语文和英语程度迅速提升之功，为他的“下海”打下了扎实的功底；但是也要“感谢”那些班上的顽童们，他们用自己的顽皮去欺侮这位初出茅庐的小先生，逼出了一位著名的市民大众文学的优秀作家、翻译家和编辑家。

三

周瘦鹃正式发表的第一篇作品是刊于《妇女时报》创刊号（1911 年 6 月 11 日出版）上的小说《落花怨》；但他的处女作是《爱之花》（8 幕改良新剧），连载在《小说月报》第 2 卷第 9—12 号上（1911 年 11 月—1912 年 2 月）。那就是说，短篇小说《落花怨》创作于《爱之花》之后，却发表在《爱之花》之前。而周瘦鹃却非常看重他的处女作。他多次提到这个 8 幕话剧的创作过程，以及发表时带给他与全家的大欣喜。商务印书馆的《小说月报》在当时可算是全国性的一流刊物。他能在这样级别的刊物上发表作品，大大增强了他对未来写作事业的信心。他之所以会“硬硬头皮，辞职不干了”，是因为他自知在这要“下”的“海”中他有几分把握成为一个“弄潮儿”。更何况客观上当时正是文艺刊物风起云涌之时，有广阔的平台可以让这位还不满 20 岁的青年去闯荡文坛。

他的处女作的创作经历值得一提：周瘦鹃 16 岁那年暑期中，偶尔在城隍庙的冷摊上“淘”回一本《浙江潮》，那是革命党同盟会的浙江籍会员在东京出版的刊物。在其中他“读到一篇笔记，记的是法国一位将军的恋爱故事，悲感动人，引起了我的爱好，……于是日夜动笔，用了一个月的工夫，编了一个 5 幕（记忆有误）的剧本，取名《爱之花》。并且取了一个笔名，叫做‘泣红’，……我就瞒着家里人，偷偷地把这个剧本寄了去，……隔了不多久，好消息来了；《小说月报》的编者王蒪农先生回了我一封信，说是采用了。……并送了银洋 16 元，作为报酬。这一下子，真使我喜心翻倒，好像买彩票中了头奖一样。我祖母的欢喜更不用说；因为那时的 16 块大洋钱是可以买好几石米的。我那 50 年的笔墨生涯，就在这一年上扎下了根。”②在《小说月报》发表后，也似乎没有哪位研究者去查对过，究竟是根据一篇什么样的“笔记”改编成剧本的，大概也由于《浙江潮》这本刊物难于找到吧。原来周瘦鹃当时在旧书摊上买到的是《浙江潮》第 8 期（1903 年 10 月出版，周瘦鹃“淘”到时，已是出版了 8 年的旧刊

---

① 周瘦鹃：《笔墨生涯五十年》，香港《文汇报》1963 年 4 月 24 日《姑苏书简》专栏。

② 同上。

了)。其中有一位笔名叫“依更有情”的作者发表了两篇小说。一篇题名《恋爱奇谈》,里面包含3则笔记,第一则题名《情葬》,只有730个字。周瘦鹃就是根据它改编成8幕剧《爱之花》的。“依更有情”的另一篇小说题为《爱之花》,小说也是以法国为背景——在《浙江潮》第6至第8期连载,一共是3回。这篇小说写得实在不高明。但是周瘦鹃借用了他的题目,将自己的剧本也叫做《爱之花》。《情葬》的故事情节是:“柯泌卿云者,当时一英飒青年……无端与茀鲁卿之夫人结不解之孽缘。”后来柯泌在战争中英勇牺牲,临终前嘱其侍者将自己的心脏赠茀鲁夫人。后此心脏竟落入其夫茀鲁之手。他即令厨师作羹以飨夫人,然后才告诉夫人:

> 是卿最恋爱钟情人之宝贝心肝也。……夫人骇极,情根欲断,红泪如沸,气几绝复苏。忽解颐谢良人曰:“幸君成全情魔之结果。妾实爱此心脏,妾实爱此心脏,有无量之价值;而忧世界无此珍重之墓以葬之。今君能代相此珍重心脏之坟墓于妾腹中,君之多情更甚于妾。”言竟即日幽于室,绝食既四日,夫人一缕情魂遂于柯泌卿续未了缘于泉台。①

周瘦鹃就将这一情节作为戏骨。这8幕剧后来被郑正秋、汪优游搬上舞台,易名《英雄难逃美人关》,票房看好。以后还摄制成电影。在1913年,周瘦鹃之所以敢于下海,大概就是因为剧本的改编成功,使他信心倍增,他甘“冒风险”为此一搏。

周瘦鹃步上文坛之初,是靠翻译起家的。他曾说:“在我这五十年笔墨生涯中,翻译工作倒是重要的一环。”②在1914年6月6日《礼拜六》杂志创刊之前,周瘦鹃以《妇女时报》和《小说时报》为发表基地,扶持他的是包天笑与陈景韩(冷血)。他1911年开始在《妇女时报》上发表第一篇文章,当时该刊主持人就是包天笑。当包天笑从书信中知道周瘦鹃在1912年大病一场,又知他家庭清寒,便预支一笔稿费给他,并在信中说,以后只要他的稿件一到,不论发表与否,即优先付酬。周瘦鹃第一次到《时报》馆拜访包天笑却是在两年后的1913年9月。包天笑那种悉心培养“素不相识”的后学青年的精神,真可传为文坛美谈。后来他们成了忘年交,对周瘦鹃说来,包天笑可谓亦师亦友的长者。而

① 依更有情:《情葬》,《浙江潮》第8期,1903年10月10日出版,第1—2页。

② 周瘦鹃:《笔墨生涯鳞爪》,香港《文汇报》1963年6月17日,《姑苏书简》专栏。

《小说时报》起始是由陈景韩与包天笑轮值编辑的。而这位陈景韩后来出任《申报》总主编，也就是他将周瘦鹃推荐给《申报》老板史量才，让年轻的周瘦鹃入主《申报·自由谈》。在《礼拜六》创刊前，据不完全统计周瘦鹃在刊物上发表了58篇文章。其中刊登在《妇女时报》上的为37篇，在《小说时报》上发表的为11篇，他在《时报》系统发文总计48篇；只有10篇文章发在《小说月报》、《东方杂志》和《中华小说界》等也是很有影响的刊物上。在这58篇文章中，翻译或根据外国材料经他编纂的共计46篇，这还不包括他常用《闺秀丛话(杂谈)》形式，连续刊登的一组组文章中的若干外国小故事。因此，说周瘦鹃是"靠翻译起家"是有充分根据的。除了他的自我努力之外，也使我们不得不想起"民立(中学)效应"。1914年6月起他成了《礼拜六》周刊的台柱。他在《礼拜六》创刊号上的文章也是翻译小说《拿破仑之友》。在前后期《礼拜六》周刊200期中，在147期中有他的供稿，共刊152篇，创作计83篇，翻译计69篇。在"前百期"中有12篇翻译小说后来经他作了校订，收入他的《欧美名家短篇小说丛刻》之中。

《欧美名家短篇小说丛刻》是周瘦鹃翻译工作，甚至是他一生文字生涯中的一个"亮点"。那是因为鲁迅对他的翻译予以极高的评价。可是这个"亮点"一直被"遮蔽"着。他只"莫名其妙"地收到了一张教育部的奖状。北洋军阀教育部的一张奖状，所"值"又几何呢？却不知奖状背后矗立着一个巨人的身影，而且还有他亲自的嘉许。遗憾的是周瘦鹃迟至1950年才知道奖状是出自鲁迅的推荐，那是因为在一张小报——《亦报》上有鹤生的一篇《鲁迅与周瘦鹃》，周瘦鹃后来知道这位鹤生就是周作人的化名。文中值得注意的有三点：一、对该译作"批复甚为赞许，其时鲁迅在社会教育司任科长，这事就是他所办的"。二、批语已记不清了，"大意对于周君采译英美以外的大陆作家的小说一点，最为称赞，只是可惜不多"。三、"《域外小说集》早已失败，不意在此书中看出类似的倾向，当不胜有空谷足音之感吧。"①其时是解放初期，是还来不及去评价周瘦鹃这类作家的时候，这篇文章并未引起文坛的注意。连周瘦鹃本人也是友人寄给他"剪报"才知晓的。直到1956年10月5日，周作人以周遐寿为笔名在《文汇报》上发表《鲁迅与清末文坛》再重提此事，才有了反响。周作人的文字不多，但分量却不轻："总之他(指鲁迅——引者注)对于其时上海文坛的不重视乃是事实，虽然个别也有例外，有如周瘦鹃，便相当尊重，因为他所译的

---

① 鹤生：《鲁迅与周瘦鹃》，转引自周瘦鹃《一瓣心香拜鲁迅》，《花前续记》，江苏人民出版社1956年版。

《欧美小说丛刊》三册中，有一册是专收英美法以外的作品的……他看了大为惊异，认为‘空谷足音’，带回会馆来，同我会拟了一条称赞的评语，用部的名义发表了出去。”①紧接着周瘦鹃在《文汇报》的10月13日发表了《永恒的知己之感》。其时正当周瘦鹃又迎来一个发表文章的高峰，两相映衬，才使文坛又对周瘦鹃“刮目相看”。

《域外小说集》的“失败”对鲁迅说来是一个“心结”。第一集和第二集只分别卖出了21和20本。由于寄售处的一场大火，使这些心血化为灰烬。周氏兄弟原想卖出了书收回成本，再陆续出下去的愿望也成了一个美丽的梦。从1909年至1917年之间可以说是翻译小说集的近10年的空白期。“不意在此书中看出类似的倾向”，一位青年有志于“接班”，一次就推出上、中、下三卷的成果，怎么不使鲁迅有“空谷足音”之感呢！出于兴奋的心情，他将此书带回绍兴会馆，与一位共同经受失败的合作者周作人分享这种喜悦。他和周作人是行家，因此在周瘦鹃所译的14国的小说中，能指出“其中意、西、瑞典、荷兰、塞尔维亚，在中国皆属创见，所选亦多佳作”。评语这样开头也就令人折服。“又每一篇署著者名氏，并附小像略传。用心颇为恳挚，不仅志在娱悦俗人之耳目，足为近来译事之光。”中国早期的译作，不写明原作者，更不标姓氏的外文者是一个较为普遍的弊端。周瘦鹃的译作则极为规范，甚至可供学者作研究之用，更何况有些原作者的“略传”在中国也是第一次作介绍，也属首创。批语作结说，“然当此淫佚文字充塞坊肆时，得此一书，……则固亦昏夜之微光，鸡群之鸣鹤矣。”评语最后建议：“复核是书，搜讨之勤，选择之善，信如原评所云，足为近来译事之光，似宜给奖，以示模范。”②此后，周瘦鹃在1947年又出版了《世界名家短篇小说全集》(全四册)。他后来在翻译上所下的功夫，曾由胡适给予评价。

就我们所看到的材料，胡适涉及周瘦鹃的译作曾有两次谈话。第一次是在一个宴会上，而在宴会上“欢谈未畅，重申后约”；第二次谈话是周瘦鹃对胡适的专访。在两次叙谈中重点是切磋翻译问题。

在1928年3月，胡适与周瘦鹃在一次宴会上相遇。“胡适博士健于谈，语多风趣……承齿及本报(按：即指《上海画报》——引者注)谓每期必读拙作，而尤激赏丹翁之诗……继又道及拙编《紫罗兰》半月刊与往岁中华书局出版之拙

---

① 周遐寿：《鲁迅与清末文坛》，上海《文汇报》1956年6月5日第3版。

② 鲁迅、周作人评语，据《教育公报》第4年第15期，1917年11月30日。

译《欧美名家短篇小说》谓为不恶。愚以大巫当前，不期为之汗下数升焉。已而愚谈及二十年前之《竞业旬报》中有博士诗文杂作，署名铁儿，已斐然可诵。博士谓所化之名，当不止此。当时共同合作者，有丹翁、君墨诸君。故至今尚珍藏数十册，以资纪念云。"[①]这虽然是在宴会上的谈话，但也是周瘦鹃与胡适的一次"叙旧"：你谈我 1917 年出版的《欧美名家短篇小说丛刻》，我就谈你 1906 至 1909 年所编的白话报《竞业旬报》。各人皆知对方的老底，岂非叙"旧"？因为是周瘦鹃自己写的文章，"谓为不恶"是出于自谦，实际上是"不错"或"很好"之谓也。而周瘦鹃说当时胡适之的文章"已斐然可诵"，就是称赞他在 1906 年时，白话文也已经写得很好的了。否则仅是评说当年胡适文章已写得"斐然可诵"，岂非贬低了"大巫"吗？而胡适当然也知道，就在他发表《文学改良刍议》的次月出版的《欧美名家短篇小说丛刻》已有很多篇小说用的是非常流畅的白话文译成的(该书的 50 篇译文中有 18 篇是白话文——引者按)。

1928 年 10 月，周瘦鹃又在胡适寓所书房中畅谈两小时。谈及翻译文学作品时，胡适拿出一本《新月》杂志送给周瘦鹃。并"指着一篇《戒酒》道：'这是我今年新译的美国欧·亨利氏的作品，差不多已有六七年不弹此调了。'我道：'先生译作，可是很忠实的直译的么？'胡先生道：'能直译时当然直译，倘有译出来使人不明白的语句，那就不妨删去。即如这《戒酒》篇中，我也删去几句。'说着，立起来取了一本欧·亨利的原著指给我瞧道：'你瞧这开头几句全是美国土话，译出来很吃力，而人家也不明白，所以我只采取其意，并成一句就得了。'我道：'我很喜欢先生所译的作品，往往是明明白白的。'胡先生道：'译作当然以明白为妙。我译了短篇小说，总得先给我的太太读，和我的孩子们读。他们倘能明白，那就不怕人家不明白咧。'接着胡先生问我近来做甚么工作。我道：'正在整理年来所译的短篇小说，除了莫泊桑已得 40 篇外，其余各国的作品，共 80 多篇，包括 20 多国，预备凑成 100 篇，汇成一编。'胡先生道：'这样很好。功夫着实不小啊！'我道：'将来汇成之后，还得请先生指教。'"[②]那就是指后来出版的 4 册《世界名家短篇小说全集》了。

这第二次谈话是两位对译技的一次交流，其中尤其是论及直译问题。因为在译《欧美名家短篇小说丛刻》时，周瘦鹃还是常用意译的方法。这是中国早期译风的一种"弊端"。但那时不少译者不以为怪。在陈蝶仙为"丛刻"写

---

① 周瘦鹃：《记许杨之婚》，《上海画报》第 334 期第 3 版，1928 年 3 月 21 日出版。

② 周瘦鹃：《胡适之先生谈片》，《上海画报》第 406 期第 2 版，1928 年 10 月 27 日出版。

"序"时还表扬了这种译风:"欧美文字绝不同于中国,即其言语举动亦都捍格不入,若使直译,其文以供社会,势必如释家经咒一般,读者几莫名其妙。等而上之,则或如耶稣基督之福音,其妙乃不可言。小说如此,果能合于社会心理否耶?要不待言矣。……欧美小说,使无中国小说家为之翻译,则其小说亦必不传于中国,使译之者而为庸手,则其小说虽传,亦必不受社会之欢迎。是故同一原本,而译笔不同,同一事实,而趣味不同,是盖全在译者之能参以己意,尽其能事。……人但知翻译之小说,为欧美名家所著,而不知其全书中,除事实外,尽为中国小说家之文字也。"[①]这是一则比较典型的倡导意译的文字。但大概从1918年后,周瘦鹃在翻译时,用直译的手法逐渐占了上风。这也是由于中国译界逐渐从早期译风走向较为成熟的直译手法的影响所致。因此,在周瘦鹃与胡适谈话时就请教了胡适翻译短篇小说的经验,可作自己"整理年来的短篇小说"时的借鉴。

据不完全统计,周瘦鹃一生的译作是418篇。[②] 在这个统计中已经扣除了周瘦鹃"自暴其假"的数字:周瘦鹃在《游戏杂志》第5期(1914年4月)发表小说《断头台上》时,有"瘦鹃附识":"系为小说,雅好杜撰。年来所作,有述西事而非译自西文者,正复不少。如《铁血女儿》、《鸳鸯血》、《铁窗双鸳记》、《盲虚无党员》、《孝子碧血记》、《卖花女郎》之类是也"。但目前几本主要书目工具书中都将以上创作归类于译作,这是编者没有看到《游戏杂志》的"瘦鹃附识"的缘故。应该指出,这也是19世纪末20世纪初,中国有些作者常用的手段之一,他们将自己的创作冠于译作拿出去发表;或者将译作戴上创作的桂冠。但是他们不像周瘦鹃那样"自暴其假",竟"以假乱真"。但研究这几篇的"假"也可以从中看出周瘦鹃"作假"的目的(他集中造假的年代是1912—1913年),在《孝子碧血记》中他想说明外国也有孝子,因此中国今天更不应该"非孝",如此等等。但是他后来觉得这样做不好,还是"坦白"为上。

综观周瘦鹃的翻译成就,他在中国早期译界是功劳卓著的。在解放以后,"我不再从事翻译,因为没有机会读到英美进步作家的作品;其他各国的文字,又苦于觌面不相识,那就不得不知难而退了。"[③]

周瘦鹃的译作为我们打开了一扇照进"外部"阳光的世界天窗,同时他也

① 天虚我生:《欧美名家短篇小说丛刊·序》,见该书《序二》,中华书局1917年版,第1—2页。

② 根据禹玲博士在她博士学位论文中的统计,未刊稿,特此致谢。

③ 周瘦鹃:《我翻译西方名家短篇小说诉回忆》,《雨花》1957年6月号,1957年6月1日出版。

通过翻译吸取异域的营养，将“取经”所得的收获运用到自己的创作中去，以提高自己的写作水平。因此他说过：“吾们做小说的人，一见了欧美名家的著作，仿佛老饕见了猩唇熊掌，立刻涎垂三尺。”①他的创作是与他的翻译同步成长的。

四

周瘦鹃的创作在市民读者群中影响巨大。从1911年他发表第一篇小说《落花怨》起，到20世纪40年代，可以说他与几代市民读者结为“知友”。他从19岁正式“下海”从事专业创作，“一时稿子满天飞”，当时就被称为多产作家；他还先后担任几个大报大刊的特约撰稿人和编辑、主编，市民大众文坛有足够的空间供他驰骋，也吸引大批市民成为他的忠实读者。1944年他编后期《紫罗兰》时，曾刊登这样的读者来信：“（上略）母亲不大看小说，但是当我说起您的大名时，他却知道，在我看来，这真是一个奇迹！但据母亲告诉我，十几年前，她正是您的一个忠实读者。还有我的祖母也爱读您的作品，在乡下我们旧屋的板箱里，藏着您编的许多书，祖母还将您在报上发表的文章，剪下来订成本子（这些都是我母亲告诉我的，或者有些含糊，只恨我生得太晚了，没瞧见）。在我们家里，从祖母至我，读您文章的已是三代了。（下略）”周瘦鹃的感言是：“一家三代读我那些拙劣的文字，孙女士要不是在哄我，那我真该感激涕零啊！”②发表这样的读者来信当然有自我标榜之嫌，可是对编者而言，只要不是虚假的，“标榜无罪”，谁不想自己编的杂志拥有广大的读者群呢？而且这样的来信也决不是“孤证”。张爱玲第一次见周瘦鹃时也谈到她母亲喜读周瘦鹃的小说，周瘦鹃转述道：“据说她的母亲和她的姑母都是我十多年前《半月》、《紫罗兰》和《紫兰花片》的读者，她母亲正留法学画归国，读了我的哀情小说，落过不少眼泪，曾写信劝我不要再写了，可惜这一回事，我已记不得了。”③张爱玲的叙述应该是真实的，可作为有力的“旁证”。周瘦鹃收到此类“劝告”恐怕也太多了，多到无法记忆。有的人还当面婉言相劝，他的至友陈小蝶甚至多次在文中请他“节”哀。周瘦鹃有时也“作秀”地做一篇《喜相逢》的“大团圆”小说，说他也要“破涕为笑”了。但他在小说结尾又自讽道：“这一篇圆满的小说正不让

① 周瘦鹃：《噫之尾声》，《礼拜六》第67期，1915年9月1日发行。
② 周瘦鹃：《写在〈紫罗兰〉前头》，后期《紫罗兰》第11期，1944年2月出版。
③ 周瘦鹃：《写在〈紫罗兰〉前头》，后期《紫罗兰》第2期，1943年5月出版。

‘私订终身后花园，落难公子中状元’的老套。”实际是他根本不想“改弦易辙”，相反，像张爱玲母亲这样的“劝告”从另一个角度去看，是对作家的“鼓励”与“褒奖”。他的小说能对读者有如此强烈的震撼效应，这正是作家要获取的理想效果，他肯“善罢甘休”？

周瘦鹃确是一位“哀情巨子”。他的言情小说“辄带哀音”，这当然与他的身世有关，于是，“瑟瑟哀音，流于言外，滔滔泪海，泻入行间”。而这种受封建家庭和专制婚姻之害的情节在当时的市民社会中具有典型意义。像周瘦鹃这些哀情小说是很能引起上海里弄居民的共鸣的，他们会觉得这些哀情小说就像他们邻里间发生的悲剧，甚至是自己亲尝的身世的生动再现。他们会用自己的亲历、亲见与亲闻去丰富周瘦鹃的哀情小说，从而将他视为自己的“知心人”。周瘦鹃的那篇《留声机片》所得到的反响是截然不同的，新文学家批判他，有的青年却视他为知己。严芙孙介绍了这样一件实事：“《礼拜六》108期上登的那篇《留声机片》是一篇刻骨伤心之作，大凡略有一些情感的人，看了无不情动于衷的。武进梁女士，遇人不淑，恹恹成病，临死前几天，读了《留声机片》，私语伊的同学道，瘦鹃真是我的知己，居然把我的心事借他的一枝笔衬托出来了，我死可以无憾了。”[①]这其实是一篇“非写实小说”，周瘦鹃是专为那些“失恋的同道”们写的。他有他的“构思”：“《西厢记》云：‘治相思无药饵’。是以古往今来，人之患相思病者，往往不治。此病根荄，每在心坎深处，有触即发，苦痛万状，与麻疯病、肺痨病同足制人死命。今之仁人君子，有设麻疯病院、肺痨病院者矣。其亦能别设一相思病院，以拯彼浮沉孽海中之苦众生乎？”[②]这篇“非写实小说”就是周瘦鹃“幻想”中的“相思病院”。当时他家中正好买了“新玩意儿”留声机，他就用留声机片来帮情劫生向情人倩玉传情，也是他们的最后的诀别。“相思病院”终于没有治好情劫生的致命伤。而武进梁女士也患上了这种“不治之症”，她对那位“束手无策”却又“同病相怜”的“医生”周瘦鹃表示了由衷的感激。

除了周瘦鹃的善唱“生命的哀歌”和读者用自己的心声与哀歌“共鸣”之外，使他的作品能受到如此热烈欢迎的还有一个原因，那就是在民初的年代里，当人们从辛亥革命的振奋与冲击中回到原来的生活正常状态中来时，感到新与旧的纷争中的许多问题都未能得到解决，于是又充满了失望与沮丧；而青

① 严芙孙：《周瘦鹃》，转引自王智毅《周瘦鹃研究资料》，天津人民出版社1993年版，第168页。

② 周瘦鹃：《相思话》，《紫罗兰》第2卷第3期之《紫罗兰画报》（单页，不标页码），1927年1月18日。

年人最敏感的爱情、婚姻、家庭等问题，传统势力所制造的阻力还是那样强劲。于是“民初的上海，人们在文化上都希望寻求新的东西。一般市民的文化兴趣也同晚清有了明显不同，无论是小说还是戏剧，哀情缠绵的东西比以前更受欢迎。鸳鸯蝴蝶派小说、家庭伦理新剧等在这个城市中有了更多的爱好者，当然这种情形和正在变化着的市民结构也有莫大的关系”。① 历史学家认为在民初弥漫着失望情绪，于是哀情是一种存在于广大市民中的“时代色调”。而当在“五四”时期，历史学家还发现了“周瘦鹃们”处在一个相当微妙的“尴尬”境地：“在‘五四’时期的新文化运动人士眼里‘鸳鸯蝴蝶派’主要是指民初的艳情小说（当时对哀情小说的另一种称呼——引者注）。他们对‘鸳鸯蝴蝶派’小说的批判主要是基于道德上的，认为这类小说‘贻误青年’、‘陷害学子’。对于民初艳情小说一些保守的人士早在新文化运动以前就提出了批判，他们认为艳情小说是‘青年之罪人’：‘近来中国之文人，多从事于艳情小说，加意描写，尽相穷形’，‘一编脱稿，纸贵洛阳’，青年子弟‘慕而购阅’，结果‘毁心易性，不能自主’。艳情小说造成了：‘今之青年，诚笃者十居二三，轻薄者十居七八’。新旧人士一样反对艳情小说，只是新文化人士认为那是复古的祸害，旧派人士认为那是趋新的弊端。”②复古保守派的指责是不难理解的，那么新文学界怎么会与复古保守派同调的呢？这是由于他们不懂得“哀情”风靡一时，是因为当时西洋的悲剧理论刚传入中国，经过王国维等人的鼓吹，它成为了一种悲情新类型，他们以为国民通过悲情的强刺激，反而可以振作精神，去探寻改变现实之路。周瘦鹃等人所写的“哀情小说”拨动了青年们在爱情与婚姻上的反封建的敏感的神经，在民初，他们是与时代合拍的，也表现出了民初时期的“现代性”。“哀情小说”在市民中得到广泛的响应，市民认为这是他们“自己的文学”，甚至几代人都成为它的固定的读者群体。这也就是新文学界对哀情小说虽然进行如此严厉的打压，而这些作品仍然能成为现代都市文学的“滥觞”，畅销不衰。

周瘦鹃的“哀”也不光表现在爱情与婚姻问题上，他还有一定的政治敏感性。那就是他“哀”国家之贫弱，贫弱到将要被列强“瓜分”的边缘。这种“哀”的最强烈的表现就是他的爱国小说。从他的第一个短篇《落花怨》中，我们就看到外国人指着我们的鼻子，骂我们是“亡国奴”。在这方面，周瘦鹃有一种“超前的危机感”：“在那国难重重国将不国的年代里，我老是心惊肉跳，以亡国

① 熊月之主编：《上海通史》第10卷，《民国文化》，上海人民出版社1999年版，第5页。
② 同上，第61页。

为忧,因此经常写作一些鼓吹爱国的小说和散文,例如《亡国奴日记》、《卖国奴日记》……皆在唤醒醉生梦死的国人,共起救国。此外还写过假想中日战争的《祖国之徽》和《南京之围》,后来'八一三事变'发作竟不幸而言中……"[①]在写《亡国奴日记》之前,他曾研究了韩、印、越、埃、波、缅的亡国史,在这本书的封面上印着"毋忘5月9日"——那是袁世凯承认丧权辱国"二十一条"的国耻日。在"跋语"中他写道:"吾岂好为不祥之言哉!将以警吾醉生梦死之国人,勿应吾不祥之言陷入奴籍耳。尝忆十年前英国名小说家威廉·勒苟氏草《入寇》一书,言德意志之攻陷英国。夫以英之强,苟氏尚为危辞警其国人,今吾祖国之不振如是,则此《亡国奴之日记》乌可以不作哉?"在1919年5月4日后,他请中华书局重印此书,一天就销去四千余册,并一再再版,销数达四五万册之多。许多学校向学生推荐,作为课外读物。"五四"运动中他又写了《卖国奴日记》,痛斥曹汝霖、陆征祥等的卖国行径,语多激烈。当时没有出版社敢印,他于1919年6月自费出版。1919年6月4日北洋政府为镇压学生运动,实行大逮捕,关押了1 150名学生。周瘦鹃于6月11日的《申报》上发表题为《晨钟》一文,声援被捕学生;文章是"为北京幽囚中的学子作"。他将北京的学子比做"晨钟",这"晨钟"是"少年中国的福音,唤大家牺牲一切,救这可怜的中国,……我们少年精神不死,中国的精神永永不死"。在这些爱国作品中以《亡国奴日记》为最佳,不仅有对"矮子兵"种种暴行的揭露与控诉,还有中国人民不屈的反抗与斗争。因此,我们不应该将周瘦鹃的"哀"仅仅限于反封建家庭与专制婚姻,他也将这个"哀"扩大到国族的被屠戮与被凌迟,他的"哀"与"痛"摩擦出了爱国主义耀眼的火花。

在上海进入工商社会与资本积累的初始期中,旧的传统道德正在被遗弃,而资本社会的新型商业伦理又尚未建立,在那时,周瘦鹃还"哀"万商之海中的人们的"义利观"的失衡,社会上普遍地存在一种信仰危机和物欲私念的失度膨胀,周瘦鹃通过《旧约》、《最后一个铜元》等小说企望建构一种新的价值理性与法理观念。1921年周瘦鹃发表《旧约》时,正值上海遭受"信交风潮"之时,这一风潮不仅在经济史上留下了重重一笔,连《辞海》中也为此立了专条:"1921年上海发生的一次金融风潮,是年初,投机商人先后集股开设几家交易所和信托公司,以其本身所发股票,在交易所上市买卖,并在暗中哄抬股票价格,获取暴利。……仅在当年夏秋间的几个月内,即成立交易所一百四十五家,信托公

① 周瘦鹃:《笔墨生涯鳞爪》,香港《文汇报》1963年6月17日,《姑苏书简》专栏。

司十多家，一时股票大量上市，形成投机狂潮。不久市面银根日紧，股票价格暴跌，交易所信托公司纷纷倒闭，酿成严重金融风潮。”周瘦鹃在那年9月上旬，在《礼拜六》上发表此文之日，正值交易所大发展之时，他已预感到危机的临近。他就用小说中的胡小波的濒于身败名裂的处境警告那些狂热的投机市民们，正如书中的洪逵一所训示的：“你为甚么也妄想发财，陷到这个陷阱中去？要知我们既在这世界中做人，应当劳心劳力的去做事，得那正当的血汗代价……”胡小波悔悟后，兢兢业业工作，诚诚恳恳守信，终于事业上有了大发展。作为一位市民作家，他关心的是市民的“民生议题”，他发挥民间导向，在义利失衡时传播一种市民的新型商业伦理价值观。在《最后一个铜元》中的“我”穷到乞食为生，但他不偷不抢，还是用出卖自己的力气，好使久饿的肚子换得一顿饱饭，他还用剩余的钱帮助丐友，最后靠了“最后一个铜元”，为自己找到一个自食其力的差使。在建立新型义利观的议题中，周瘦鹃“哀”的是人们迷失了终极价值，而他就用一种励志的正面形象去激发良知，以社会的新型责任伦理加以制衡。

但是一个“哀”字概括不了周瘦鹃，作为一位都市小说的初期代表作家，他还是一位绘制新型都市空间蓝图的能手。例如，他的一篇3 300字的短篇小说《对邻的小楼》就因形式创新、空间感强、视角独特而在国外引起了热议。这还得从笔者主编的一套《中国近现代通俗作家评传丛书》(12册)说起，这套丛书介绍了46位通俗作家，每位作家都附有他们的代表作。其中就有周瘦鹃的7个短篇。哈佛大学李欧梵教授选了其中若干篇代表作作为研究生的教材。他在一篇文章中写道：“即以通俗小说为例，内中不少作品是可以细读的。我在哈佛任教时曾用范教授主编的《中国近现代通俗作家评传丛书》中所选的晚清民初通俗小说代表作作为教材，与研究生在课堂上详细讨论某些‘文本’之中的形式创新，甚至包括其中都市空间意识和叙事者的视角，周瘦鹃的短篇小说——《阁楼小屋》(即《对邻的小楼》，在国外译为《阁楼小屋》)——被我们视作此中的‘经典’，……我认为更重要的是这些小说对于都市日常生活的大量描述，像是一个万花筒，其本身就是一个巨幅图像……”[①]这篇小说的题材就发生在周瘦鹃的身边——他在一篇文章中曾介绍说：“北窗外有对邻的小楼。我在《半月》杂志中曾做过一篇短篇小说，叫做《对邻的小楼》，即是指此而言。”[②]

① 拙著《中国现代通俗文学史(插图本)·李序》，北京大学出版社2007年版，第9页。
② 周瘦鹃：《我的书室》，《申报》1924年12月17日第17版。

细读这篇作品，我们就可对周瘦鹃小说的都市空间意识和叙事者的视角有一种新的感受。可见，我们对周瘦鹃小说的研究还有许多可以进一步挖掘开拓的广阔领域。

周瘦鹃的小说在当年受到新文学家的严厉批评，如《父子》。认为他宣扬“愚孝”，还有的小说鼓吹妇女“从一而终”。但是随着时代的进展，周瘦鹃也在小说创作中逐渐清除了这种封建意识。在《说伦理影片》一文中，他写道：“平心而论，我们做儿子的不必如二十四孝所谓王祥卧冰、孟宗哭竹行那种愚孝，只要使父母衣食无缺，老怀常开，足以娱他们桑榆晚景，便不失其为孝子。像这种极小极容易做的事，难道还做不到么？”[①]在这里他很明确地划清了“孝”与“愚孝”的界限。在周瘦鹃的脑中，对“从一而终”本来有着两种思想的起伏碰撞。在《礼拜六》第110期他签发陈小蝶的《赤城环节》时，加了按语，说黄节妇实有其人也实有其事。“叔季之世，伦常失坠，坚烈如黄节妇，百世不易觏也。……于戏节妇，可以风矣。”可是事隔半月，在112期上他自己写了一篇《十年守寡》，对小说中的王夫人的“失节”表示了充分的同情：“王夫人的罪，是旧社会喜欢管闲事的罪，是格言‘一女不事二夫’的罪。王夫人给那铜罗铁网缚着，……我可怜见王夫人，便蘸着眼泪做这一篇可怜文字……”可见他既歌颂节妇，也同情“失节”的妇女，思想上不无矛盾。但是到他写《娶寡妇为妻的大人物》时，他已明确地跳出了自相矛盾的境地：“娶寡妇为妻，在我们中国是一件忌讳的事，而在欧美各国，却稀松平常，不足为奇。”他举出“美国的国父华盛顿”、“法国怪杰拿破仑”、“英国海军中第一伟人奈尔逊”和“美国前总统威尔逊”等多人，都是娶寡妇为妻，这“既无损于本人的名誉，也无碍于本人的事业。我国只为人人脑筋中有了不可娶寡妇的成见，而寡妇也抱了不可再蘸的宗旨，才使许多‘可以再嫁’的寡妇都成了废物，……与其如此，那何妨正大光明的再蘸呢？然而要寡妇再蘸，那么非提倡男子娶寡妇为妻不可。”[②]在此文中周瘦鹃不仅根除了封建残余思想，而且为破除千年迷信说项。

在周瘦鹃的创作中，散文是他常用来抒发自己感情或与读者倾心交流的工具。作为一位园艺盆景大师，周瘦鹃散文以他写四时花序为顶尖佳品；同时以他的丰富阅历和掌故知识，撰成四季民俗佳节，也斐然可诵；而他笔下的游记小品，能引领读者进入大自然的恬静世界，读者可以在书房中凭借这些优秀

---

① 周瘦鹃：《说伦理影片》，《〈儿孙福〉特刊》，1926年9月15日，大东书局出版。

② 周瘦鹃：《娶寡妇为妻的大人物》，《上海画报》第109期第2版，1926年5月10日出版。

的散文卧游于山水胜景之间。这三组题材，可说是周瘦鹃的散文中“三绝”。而在解放之后，他的散文的基调是欣然乐观的：“祖国获得了新生，国恨也一笔勾销了。到如今我已还清了泪债，只有欢笑而没有眼泪，只有愉快而没有悲哀。”[①]在他的花花草草的散文中，在在都以他的一颗爱心作为“文之精魂”：“我性爱花木，终年为花木颠倒，为花木服务；服务之暇，还要向故纸堆中找寻有关花木的文献，偶有所得，便晨钞暝写，积累起来，作为枕中秘笈。”[②]他常说自己“爱花若命”，他爱花，也爱那些颂花的诗词，他在“晨钞暝写”之余，还要“在花前三复诵之，觉此花此诗，堪称双绝，真的是花不负诗，诗不负花了。”[③]因此，周瘦鹃的散文满蕴着文化色彩与知识味汁。具备了这些内涵之后，他的写花木的散文才会在相同的深层结构中显示那百花争艳的精彩：他写一种花，往往从这花有多少别名说起，然后，此种花又包含着多少品种，再从那的美的形状、艳的色彩与沁人的香味着笔，在这叙述中他又镶嵌着晶莹剔透的诗词，而最后他总要说到“我苏州园子里”，“吾家紫罗兰庵南窗外”，“吾园弄月池畔”……说出自己的许多栽培的心得来。

周瘦鹃“因爱好花木而进一步爱好盆景，简直达到了热恋和着迷的地步，以盆景为好朋友，为亲骨肉，真有‘不可一日无此君’之感”[④]。他之所以成为一个盆景迷是因为在园艺盆景中可以发挥他的“创造美的天性”。他用笔创造美，用自己的所编的刊物创造美之外，他还要用盆景的“肢体语言”和“郁勃生命”创造出一幅幅活色生香的“立体画”来。那也是一种“创作”，是一种对美丽生命的潜心追求和顶礼膜拜，他要把大自然的美浓缩到一个小小的盆子中去，成为一件“缩龙成寸”的艺术珍品。盆景对周瘦鹃而言是一种业余爱好，但作为一个业余的盆景爱好者能达到如此高的造诣，这是和周瘦鹃的“胸有丘壑，腹有诗书”的境界是分不开的。除了要对种树栽花有丰富的知识与技能之外，他认为还要取法乎上：“一方面是自出心裁的创作，一方面是取法乎上，依照古今人的名画来做，求其有诗情，有画意，例如明代沈石田的‘鹤听琴图’，唐伯虎的‘蕉石图’，近代齐白石的‘独树庵图’等，也有参考近人摄影来做的，例如延安的‘宝塔山’一角，‘珠穆朗玛峰’一角等，我曾取毛主席沁园春名句‘江山如

---

① 周瘦鹃：《红楼琐话》，《拈花集》第 93 页。
② 周瘦鹃：《花木的神话》，《拈花集》第 274 页。
③ 周瘦鹃：《绰约婪尾春》，《拈花集》第 312 页。
④ 周瘦鹃：《诗情画意上盆来》，香港《文汇报》1963 年 5 月 10 日《姑苏书简》专栏。

此多娇'作为总题。当我做这些山水盆景时，总有一个愿望，就是要在一个小小的浅浅的盆子里，表现祖国的锦绣河山，是多么的伟大，多么的美丽！"[①]他不仅创作美，而且还要传播美，他将自己的"周家花园"开放，向所有愿意鉴赏和领受这种美的人敞开大门。"一年四季，我的园地上，参观的来宾络绎不绝，我的文章未必为工农兵服务，而我的盆景倒真的为工农兵服务了，甚至有二十个国家的贵宾，先后光临，给与太高的评价。尤其觉得荣幸的，国家领导人如董必武副主席、周恩来总理和夫人、陈毅、陆定一、李先念、薄一波、谭震林、乌兰夫六位副总理，班禅副委员长一家以及刘伯承、叶剑英元帅等，也纷纷登门观赏，蓬荜生辉。叶元帅先后来了三次，更为难得，曾在我那《嘉宾题名录》上题句道：'三到苏州三拜访，周园盆景更新妍。'"[②]后来，朱德委员长也光临周家花园，而且还赠送给他两盆名贵的兰蕙。周瘦鹃不是一个以盆景为禁脔而孤芳自赏的"创作家"。盆景对他来说，不仅是发挥他的"创作欲"的载体，他也从中宣泄着自己的爱国情怀。那是在解放之前，他参加"中西莳花会"的那一段经历。他参加过 1939—1940 年春秋各两次"莳花会"，第一次得了第二名，有外籍参观人士还以为这是日本人的作品，周瘦鹃挺身而出，说明是中国人，他们连忙握手道歉。第二、三次，皆夺得总冠军；正当他想"三连冠"时，由于外国评判员的不公，想方设法要阻止中国人取得"三连冠"的美誉而将他压低为"亚军"。周瘦鹃愤而退出莳花会，并在上海静安寺开设"香雪园"，展出精心栽培、制作的花卉、盆景，以示与外籍人士操纵的莳花会抗衡，参观者络绎不断，一时传为美谈。在解放后，他的盆景的照片与介绍文字译成英、俄文流传国外，还摄成电影，在国内外播映。

无论是小说、散文，旁及他的业余爱好盆景，都显示了周瘦鹃的创造性的才能。

五

周瘦鹃还是一位编辑大家。在民国时期，编新文学刊物最多的要算苏州人叶圣陶，而编通俗文学报刊最多的要数苏州人周瘦鹃。他在 1913 年 19 岁正式下海成为职业作家后，1914 年《礼拜六》创刊，他几乎每一期都刊载一篇著译。1916 年 21 岁，他受聘于中华书局，任《中华小说界》和《中华妇女界》撰述

① 周瘦鹃：《诗情画意上盆来》，香港《文汇报》1963 年 5 月 10 日《姑苏书简》专栏。

② 同上。

与英文翻译。1918年因中华书局改组而脱离。在这期间,他除出版译作《欧美名家短篇小说丛刻》外,又与严独鹤等合译了《福尔摩斯侦探案全集》,共44案,分12册发行。这期间,他还在《新申报》与《新闻报·快活林》兼任特约撰述。从1916年11月至1919年1月在《新申报》发表文章133天次共计95篇;在1917年1月至1918年3月在《快活林》发表文章133天次共计123篇。在1919年5月起任《申报》特约撰述,从1919年5月31日起至1920年3月31日止,他在《申报·自由谈》发表文章194篇。经过《申报》几乎近一年的考察,从4月1日起,史量才就"量才"录用,正式聘任他主持《自由谈》。正如周瘦鹃晚年所回忆的:"我得意洋洋地走马上任,跨进了汉口路申报馆的大门,居然独当一面地开始做起编辑工作来。……这在我笔墨生涯五十年中,实在是大可纪念的一回事。"①

他称编《自由谈》时是"神仙编辑",每天只要花两小时即可,看小样大样都由其他人分工承担。于是他又兼任了1921年复刊的《礼拜六》周刊的主编,那年的6月份起,他又与赵苕狂合编《游戏世界》;同年9月他自掏腰包,创刊了半月刊《半月》;从1922年6月起他还别出心裁创办了他的个人小刊物《紫兰花片》月刊,精致玲珑的64开本,每期刊登20多篇文章,全是他个人的著译;而在那时,他还兼任先施公司所办的《乐园日报》的主编。如此算来,在1922年,他身负五六个报刊的主编确是实情。另外的一个编刊高潮是1925—1926年,同样是在《自由谈》任内,他主持过《上海画报》;那年9月,他又任《紫葡萄画报》(半月刊)编辑;1925年《半月》改名《紫罗兰》;他每次创办杂志或为杂志改版,皆力图以全新面貌出现;在1926年2月他又被《良友》画报聘为主编,不过他主持《良友》的时间很短。他在这一波高潮中又同时担任过五种杂志的主编。周瘦鹃真可称得上是一代"名编"。

周瘦鹃最得心应手的是编《自由谈》副刊以及《半月》和《紫罗兰》一类的刊物。在副刊方面最显出他功力的是他在正式进《申报》前的将近一年"考察"期内,稿件的质量皆比他在《新申报》和《快活林》中的文章要高出一筹。《申报》是当时全国的第一大报,但它是一张民营报纸,走的当然是商业路线,广大市民是它的衣食父母。它需要吸引市民读者,从自己口袋里主动掏出钞票来买它,它追求的是最高的公众覆盖率和认同率。作为副刊的编辑也得要从知识性、休闲性、娱乐性与可读性的角度考虑市民读者的需求;作为一个大报,在这

① 周瘦鹃:《笔墨生涯五十年》,香港《文汇报》1963年4月24日《姑苏书简》专栏。

些方面既要有磁力而又不可低俗。在这将近一年中，周瘦鹃动足脑筋开了几个不定期的“专栏”。例如，他连载了15篇《影戏话》，这是中国最早的系列影评。在当时，中国的“本土电影”基本上处于“余兴”阶段，大多是一种片段的5分钟短片，离艺术片还有一大段距离。但周瘦鹃已看出电影这种新兴的综合艺术有着巨大的发展潜力。因此，他认真借鉴外国电影的经验，加以倡导。他在《影戏话(一)》中开宗名义提出：“盖开通民智，不仅在小说，而影戏实一主要之锁钥也。……美英诸国，多有以名家小说映为影戏者，其价值之高，远非寻常影片可比。……吾人读原书后，复一观此书外之影戏，即觉脑府中留了绝深之印象，甫一合目，解绪纷来，书中人物，似一一活跃于前，其趣味之隽永，有非言可喻者。”(1916年6月20日刊)他在这15篇《影戏话》中，对侦探片、滑稽片、言情片一一作了介绍，如卓别林的成名史，名导格里菲斯的导演风格，名演员丽琳·甘许的演技等等都作了推荐。他专文(《影戏话·十三》)介绍格氏的《世界之心》，说明其主旨是写欧洲大战之惨状，斥德国统治者之残酷。格氏率全体演员亲赴前线，在药云弹雨中，险乃万状，历时18个月才摄成此片。演之世界各大都会，备受欢迎。英国首相称此片实为“人道之保障”，使人人知“爱国爱家忧人之义”！这又是周瘦鹃对历史巨片的高度赞扬。他还开设《小说杂谈》专栏，共刊登17篇文章。他历数外国诸文豪，指出：“凡此诸子，均与一代文化有莫大之关系，心血所凝，发为文章，每一编出，足以陶铸国民新脑。今日欧美诸邦之所以日进文明，未始非小说家功也。”(《小说杂谈(一)》1919年5月31日刊)他对小说家的社会责任也有所论及：“小说家之笔，犹社会中之贤母，往往能产出一二英物，为世称颂。”(《小说杂谈(六)》1919年7月2日刊)其他专栏如《艺文谈屑》、《紫罗兰庵随笔》等均有佳作。其时，社会上正在讨论男女“社交公开”、“恋爱自由”之新风尚，周瘦鹃开了两专栏，一是《名人风流史》，一是《情书话》。这里的“风流”，是“数风流人物”之“风流”，介绍的是欧美名人如雨果、拜伦、白朗吟(英国大诗人)、伊丽莎白(俄罗斯女王)、惠林顿(英国名将)等人的恋爱史；而《情书话》则介绍伏尔泰、拿破仑、雨果等人的“情书”，也大受当时青年之欢迎。看这些专栏，觉得格调还是很高尚的，对社会风俗之转型，对新风的传播，也有一定的作用。

1920年4月1日周瘦鹃正式主持《自由谈》，他日后在《自由谈》上除了常写短小精悍的杂感外，其他的文类就很少发表了。但是他“独当一面”的第一天——4月1日这一期却特别值得注意。我们且称它为“紫罗兰颂歌”之“专号”。他以紫兰主人为笔名写了一篇《花生日琐记》：“生平于花中，独爱紫罗兰。花小色紫，幽艳异常卉，尝谓其足以奴视玫瑰，婢蓄茶花，不为过也。……考希腊神话，谓此花为女神维纳司 Venus(司爱情与美丽者)情泪所化。维有夫远行，相与把别，泪珠入地，忽生萌蘖，入春花发，则紫罗兰也。予旧有句云：'野花撩乱扑阑干，生爱萧郎陌路看，毕竟巫云谁得似，以他惟独紫罗兰。'吾知紫兰，紫兰当亦知吾也。"这最后的一句，就像密电码一样，是发给正在寂寞中的周吟萍。更有意思的是他从这一天起至 4 月 4 日连载了一篇哀情小说《玫瑰小筑》，几乎可说"预示"了他的一生：作家一冰的恋爱因女方家长阻挠而告失败，他的意中人的名字中有一"玫"字，因此他特别钟爱玫瑰。一冰决心日写万言，得十年所积，建一华厦，并设小圃，遍种玫瑰，以杀相思之苦。十年后他果然如愿在郊外构筑华屋并设玫瑰园，其中设备皆作玫瑰状，室内均为玫瑰色。一冰后来因思念"玫"而疯癫，放一把火烧毁这座华厦，而自己则"登楼入玫斋，抱玫小影而卧。明日，人有过玫瑰小筑者，第见一片瓦砾，白烟尚迷漫未散，而圃中玫瑰，犹向人作可怜红也。"中国有句老话叫做"一语成谶"，周瘦鹃在第一天做主编就"一文成谶"。他果然用十年稿费所积，在苏州购地建紫兰小筑，他后来也自戕于紫罗兰庵内，不是自焚而是自沉，不是由于情爱而疯癫，而是由于"文革"的迫害。

周瘦鹃在《自由谈》编辑任上 12 年又 7 个月。他调离《自由谈》去就任《春秋》编辑是大时代转轨中的必然。1929 年 10 月，西方资本主义国家经济开始大萧条。"不少人对资本主义产生怀疑，而把实行与西方不同制度的苏联，看作是另一种希望，这就促使了世界思潮的变化。虽然，与西方不同，中国的经济在 30 年代表现出比较健康的发展势头，但是，上海文化界依然显示出左倾和激进的倾向，这种倾向无疑受到了整个世界左倾思潮的影响。……《申报》本以稳健和守旧著称的，《自由谈》是《申报》历史悠久的副刊，王钝根、陈蝶仙、周瘦鹃先后出任过该副刊的主编，长期以来它的倾向是同他们主编的趣味是一致的。1932 年，《申报》起用黎烈文担任《自由谈》的主编，黎当时仅 28 岁，先后留学过日本和法国。他主编《自由谈》后，在当时如火如荼的形势下，大胆革新，并邀请许多左翼文化人士为《自由谈》撰稿，使得该副刊在社会上十分引人注目。《自由谈》的趣味的变化，实际上是社会思潮、社会趣味的变化，是时代在一份报纸上留下的烙印。"①《上海通史》作这样的解释是非常合情合理的。史量才是非常会"量才"的老板，他知道要周瘦鹃转这个弯是不合适的。而黎烈文刚从法国回来，史与黎家又是世交，他对黎有一定的了解。于是他将一个

① 熊月之主编：《上海通史》第 10 卷，《民国文化》，上海人民出版社 1999 年版，第 30、36 页。

名牌副刊让给了这股世界左翼思潮，以示他并非不想跟上时代。可是他也绝对不会“抛弃”市民读者，因此，他另辟《春秋》，让周瘦鹃去发挥他的专长。史量才对周瘦鹃说的话，其中四个字最为重要：希望两个副刊能“各显神通”。

为这次周瘦鹃的撤离《自由谈》，在以后的中国现代文学史中就尽情地对周瘦鹃主持的《自由谈》扣了不少帽子，例如热衷于“茶余饭后的消遣”、专喜“奇闻轶事的猎奇”、有“鸳鸯蝴蝶的游泳与飞舞的黄色倾向”等等。这些论调都只能算是“受蒙蔽的抄袭”行为。当时上海的经济正有着健康发展的势头，中间阶层生活相对安定，“茶余饭后的消遣”就是今天的所谓“休闲”，算不得是一种罪状；副刊对奇闻轶事的兴趣，也是一种承续古代“拍案惊奇”的传统，正如朱自清所说的：“先得使人们‘惊奇’，才能收到‘劝俗’的效果，所以后来有人从‘三言二拍’里选出若干篇另编一集，就题为《今古奇观》，还是归到‘奇’上。这个‘奇’正是供人们茶余酒后消遣的。”[①]男女社交公开，恋爱自由等等，正是当年的热门话题；至于一张全国性的大报怎能让“黄色”大行其道呢？看到这些帽子在中国现代文学论文中“飞舞”倒使我们感到权威者的误导，比反面人物的造谣更加危险。

周瘦鹃主持的《自由谈之自由谈》、《随便说说》、《三言两语》等专栏，皆发表了不少时评，短短一二百字，嬉笑怒骂，令人忍俊不禁。1923 年 1 月到 1926 年 6 月，周瘦鹃在《自由谈》中开辟了《三言两语》专栏，他上至总统，遍及各地军阀，旁涉国会议员，都敢于指名道姓地进行讽刺和抨击，体现了当时相对的“言论自由”。例如在 1923 年 12 月 21 日，他尖锐讽刺吴佩孚喜恬不知耻地唱高调：

如今吴大头也像煞有介事的说起殉国家殉法律殉国会死而无憾的话来了，不知怎样总觉得有些不配。我看大头要是真有这种烈性，就请他殉一下子，让全国的国民来给他立铜像开追悼会罢。

对当时曹锟演出的贿选丑剧，周瘦鹃对“猪仔”议员们也极尽讥刺之能事，他将被收买的国会议员比做妓女：

我听说上海卖淫的妓女，有长三、么二、雉妓三等之分。不过，我们所

① 朱自清：《论严肃》，《中国作家》1947 年创刊号。

谓神圣的国会议员，有人收买，也把他们分做了三等：六千、四千、三千，不是个小数目。料他们得了这笔钱，少不得要打情骂俏，曲意献媚了。唉，国会议员啊，你们可要去拿这笔钱么，可还要挂着神圣的招牌么？

在“五卅惨案”后，1925年6月1日他在《三言两语》栏中写道：“地上一抹一抹的血痕，被一夜雨水冲洗去了，但愿我们心上的所印悲惨的印象，不要也和血痕一样淡化。”他对惨案发生的愤慨言论绝不止于这一篇。对北京女师大事件，周瘦鹃也发表自己的看法：

> 章士钊为了女师大女生厮守着学堂不肯走，他一时倒没有法儿想。这也是他福至性灵，斗的计上心来，便召集了三四十个壮健的老妈子，浩浩荡荡杀奔女师大而去。末了儿毕竟马到成功，奏凯而归。这种雷厉风行的手段，我们不得不佩服他。但是女学堂不止女师大一所，起风潮亦在所难免，照区区愚见，不如组织一个常备老妈子队，专为应付女学堂风潮之用，免得临时召集，或有措手不及之虞……但不知密司脱章可能容纳我这条陈么？”(1925年8月29日刊)

在“三一八惨案”后，周瘦鹃又写道：“我看了北京惨案中死伤的调查表，不禁吓了一跳，想段大执政的手段，委实可算得第一等辣了。任是那震动中外的‘五卅惨案’，也没有死伤这样多的人啊！唉，外边人要杀，自己人又要杀，这真是从哪里说起？”(1926年3月27日刊)凡此种“三言两语”都可说是代表了上海市民的民意。“受蒙蔽的抄袭者”读过之后，或许会觉得他们得先去看看《申报》原件，再下断语了。

当时还有一种说法，就是周瘦鹃私心太重，老是登熟人的文章，所以要请他“下台”。首先，周瘦鹃也为此种情况苦恼。他曾说自己做了“文字公仆”，一天到晚为他人作嫁衣裳，“又为朋友太多，不能不顾到感情，只好到处讨好，而终于不能讨好，偶一懈怠，责难立至，……在我已觉得鞠躬尽瘁，而在人还是不能满意。唉，好好先生做到这个地步，可已做到山穷水尽的地步了。”[①]只要稿子质量达到要求，采稿中有照顾朋友之嫌，也是不能避免的，他自承有此倾向。可是也不能一概而论，张爱玲并不是他的熟人，凤兮当时也是一位素不相识的

① 周瘦鹃：《几句告别的话》，《上海画报》三日刊第431期第2版，1929年1月12日出版。

文学青年；至于秦瘦鸥的稿件，当时他还名气不大，很难上大报，秦的朋友告诉他："最重要的是要先请'自由谈'编辑周瘦鹃过目，希望他在编辑委员会议时说几句好话，否则很难通过……后来，申报编辑部会议时，周瘦鹃是出名的好好先生，竭力推荐……"[①]可见他也培养了一些新进的作家。20世纪20年代，《申报·自由谈》刊登毕倚虹的《人间地狱》，成为上海人的"樽边谈片"，是30年代《快活林》刊登张恨水《啼笑因缘》的预热；而40年代，《申报·春秋》发表秦瘦鸥的《秋海棠》是《啼笑因缘》热的延伸，都曾被编辑界传为美谈的。台湾有位作家认为张爱玲找周瘦鹃是找错了门。我们却说是找对了门。周瘦鹃不仅给予她高度评价，而且能指出她受了中国的哪部作品的影响，而又喜爱哪位外国作家的风格。"我把这些话一说，她表示心悦神服，因为她正是S. Maughm作品的爱好者，而《红楼梦》也是她所喜读的。"[②]像一名医生，把过脉后说得如此准确，岂非找对了门吗？

周瘦鹃作为编辑大家，在中国现代文学编辑史中应该有他的地位。以上仅就《申报·自由谈》为中心说说他的编辑工作的概况。至于他编的《半月》和《紫罗兰》等均是通俗期刊中的精品。[③]

解放以后，在有关领导的关怀下，他又拿起笔来，用散文抒发他的欢愉心情。如果要用最简洁的两个字来概括，那就是一心一意地"歌德"。即使是在"政治挂帅"和"政治标准第一"的年代里，他的作品也是经得起挑剔的。可是在"文化大革命"中他受到如此残酷的待遇，多次轮翻批斗、抄家、游街……人格受尽侮辱，肉体屡遭摧残，令人寒心。他爱花如命，他将盆景视为亲骨肉。可是这些他的"最爱"毁于一旦。在"文革"充满兽性的世界里，1968年他含冤而死。一个热爱生命，热爱美的作家，非得接受如此悲惨的下场，至今人们还深感痛惜和哀悼，今天我们也不可能为他说更多的愤慨而不平的话语。他投井自沉前，一定回顾了他的一生，担心过他活着的亲人以后如何度日；他也会盘算过，这个世界怎么会使他如此大起大落，哪些是假象，哪些才是真容。总之我们无法去了解他当时的思绪。我们只能借用他生前曾写过的一段话表达他诀别人世时的心声："我本来是幻想着一个真善美的世界的，而现在这世界

---

① 陈存仁：《我与秦瘦鸥》，香港《大成》第18期，1975年5月出版。

② 周瘦鹃：《写在〈紫罗兰〉前头》，后期《紫罗兰》，第2期。

③ 可参看拙著《中国现代通俗文学史（插图本）》第9章第3节《〈礼拜六〉的复刊及〈半月〉、〈星期〉、〈紫罗兰〉的创办》，北京大学出版社2007年版。

偏偏如此丑恶，那么活着既无足恋，死了又何足悲？”①

周瘦鹃没有熬到拨开乌云见青天的日子。在粉碎“四人帮”和清算极左路线之后，以经济建设为中心，市场经济的商业伦理重新定位与市民社会的逐步回归就像是一对孪生子，而市民社会的回归也就是“个体本位”在一定范围内的得到承认。市民们今后就可以用多元价值与自主权利去进行适度的自由选择。人人都说“上海人怀旧”，前几年所谓“海上旧梦”大行其道，其实这“旧梦”就是新社会人人早就应该享受的权利，那就是：每个人都是一个个体，每个个体在法律允许的范围内都是自由的。这怎么是“怀旧”呢？那才是真正的“盼新”。于是过去周瘦鹃在市民社会中从事的事业和积累的经验，就有了新的价值。说得更透彻一点，那就是周瘦鹃的成功经验又部分地“复活”了。他过去办过《礼拜六》杂志，遭到过多少的非难与谴责，可是现在有那么许多“周末版”。我们难道连“周末”就是“礼拜六”这个常识也不懂吗？周瘦鹃的某些经验不是就“复活”在今天的“周末版”之中？

《上海通史》是这样估价当年的上海的：上海“客观上充当了世界文明输入近代中国的桥梁……上海以市场消费为本质特点的都市生活方式，成为民国时期‘上海生活’的魅力所在……由各地移民组成的近代上海人既参与创造了上海，也被上海所塑造。他们是都市文化的结晶。他们的眼界、梦想、思考和行为方式，代表了近代中国人突破传统文化围城，面向世界的勇气和雄心……人类文明成果的传播已突破地域自闭状态，全球一体化的潮流已不可阻挡；中国融入世界文明演进主流，推进工业化、都市化进程的发展方向已不可逆转。”②在当年，周瘦鹃活跃于上海滩，他是输入文明、共同塑造都市化的上海的最积极的“媒体人”。说得再直白一点，周瘦鹃用媒体、用他的文艺作品宣扬了“时尚”的上海生活。他对“人类文明成果的传播已突破地域自闭状态”，作出了贡献。他的“大时尚”就是他翻译了《欧美名家短篇小说丛刻》等众多的外国优秀作家的作品，他步鲁迅、周作人的后尘，在“五四”之前就努力突破中国的自闭状态，将国外的文明引进中国来。他还有许多介绍“小时尚”的作品，过去不为我们所理解，认为这是他的“玩物丧志”。但实际上这些也是“民国时期‘上海生活’的魅力所在”。在周瘦鹃的作品中有着许多时尚元素。例如他对电影的推广，甚至涉及现在时常谈到的热门话题“贺岁片”；他在自己的报导中

---

① 周瘦鹃：《杨彭年手制的花盆》，《拈花集》第276页。

② 熊月之主编：《上海通史·第9卷·民国社会》第438—439页。

对跳舞热、时装表演、宠物展览都一一作过恰如其分的报导，从而增添了都市的“摩登”气息。更不必说那花卉与盆景的专攻了。讲到跳舞，在上世纪二三十年代，曾是上海一大新景观。某报报导过这股热潮：“今年（指 1928 年——引者注）上海人的跳舞热，已达沸点，跳舞场之设立，亦如雨后之春笋，滋茁不已。少年淑女竞相学习，颇有不能跳舞，即不能承认为上海人之势。”[①]可是因此却惹出了许多桃色事件，本埠新闻中也天天报导，当时有一本名为《如此天堂》的影片，提出舞厅是“天堂欤，地狱欤?”实际上将舞厅比做“地狱”，若干通俗作家仅从道德层面上去加以谴责，只有周瘦鹃说得既与“世界文明接轨”，又要大家“警惕野蛮之风”。他解释道：“其实跳舞并非坏事，欧美的上流社会，以跳舞为社交上必要之事，国家的庆祝大典中，也总得有跳舞之一项，并且是极庄严郑重的。不幸跳舞一到了上海，就被认为罪恶，实在也为的上海一般以营业为目的跳舞场，大半为荡子妖姬所盘据。”[②]在周瘦鹃的散文中已有《新装斗艳记》、《云裳碎锦录》（分别刊 1926 年 12 月 21 日、1927 年 8 月 15 日《上海画报》）等关于时装表演的文章，虽然当时还不是走 T 台，但恐怕是上海最早举行的时装表演了；而后者是写陆小曼与人合伙开“云裳时装公司”的报导。《上海画报》是 3 日刊，周瘦鹃每期都发表一篇文章，就像现在某名人 3 天发表一篇“博客”一样，1926 年 3 月 4 日《上海画报》中，他在《樽边偶拾》一文中讨论过“贺岁影片”，今天此种类型的影片已司空见惯，当年却是个时髦话题；在 1926 年 5 月 7 日的《上海画报》中谈上海最早的宠物比赛《狗赛会中》；而在 1926 年 6 月 30 日则介绍《美国之模特案》，讲的是分清艺术与淫秽之区别。除此之外，作为一位市民大众文学的代表人物，周瘦鹃的文章时刻顾及客观、公正、真实、及时、有趣的原则，在他的文中有一种对世俗的关怀，他重视市民中的民生课题，也在社会转型中对新伦理观作反复的探讨。他欣赏时尚，同时也尊重中国传统美德，他游走于现代与传统之间，这是市民最能接受的道德尺度与生活准则。而新文学家中不少人住的是亭子间，市民是他们的邻居，可是他们以为四周都是庸俗不堪的“俗众”，与他们在精神上格格不入。他们对市民社会的认识空缺，对市民社会的许多现代性内涵，显得冷淡与漠视，这或许是某些新文学家的历史的局限性。我们反观今天现实中的市民们的一切时尚元素，难道我们不觉得周瘦鹃所报导与抒写的时尚，又部分“复活”了吗？我们今天的媒

① 转引自熊月之主编《上海通史 · 第 9 卷 · 民国社会》第 177—178 页。
② 周瘦鹃：《发人深省的〈如此天堂〉》，载《〈如此天堂〉特刊》，大东书局 1931 年 10 月出版，第 1 页。

体人，正在自觉或不自觉地运用周瘦鹃的成功经验。

在本文开端，我们就认定在“上海市民大众文坛上，周瘦鹃可说是最有代表性的作家”。我们之所以连“之一”这样的字眼也不加，是因为他的代表性经由鲁迅等文学巨匠钦定的。在1936年，鲁迅等21人签名于《文艺界同人为御侮与言论自由宣言》上时就确认包天笑与周瘦鹃为“鸳鸯蝴蝶派”作家中的代表人物。1936年，包天笑61岁，周瘦鹃42岁，他们代表着市民大众文坛上的两代作家。无可争议，周瘦鹃当时可算是市民大众文学少壮派的代表人物。他的著、译颇有成就，特别是作为一位“名编”，在民国期间，他几乎撑起了上海市民大众文坛的“半爿天”；而在当前，市场经济复苏与市民社会逐步回归中，周瘦鹃成功经验的“复活”现象也日益明显，他的经验的影响力随着时间的推移将会更进一步凸现！

2009年12月31日于苏州

朱瘦菊论

“最近看了《歇浦潮》，认为‘美不胜收’；又看包天笑的《上海春秋》，更是佩服得五体投地。……很想写篇文章，讨论那些上海小说。”

夏济安（已故旅美学者）——转引自夏志清《爱情·社会·小说》，纯文学出版社（台北），1970年版第232—233页。

“我告诉她最近看了《歇浦潮》，叫好不置（止）。很少碰到这样好的小说。她说听到你这样说，高兴极了，因为一直没有人提过这本书，应该有人提一提。……真的，《歇浦潮》是中国‘自然主义’作品中最好的一部……她说，真高兴你看到这些，真该写下来，比你写我更要好，更值得做。”

旅美学者水晶夜访张爱玲，与张爱玲的对话，引自《蝉——夜访张爱玲》，转引自子通、亦清主编《张爱玲评说60年》，中国华侨出版社2001年版第148—149页。

“所谓‘鸳鸯蝴蝶派’的小说大约可说是中国近代发生的产物，是市民文化的代表。……在‘鸳鸯蝴蝶派’小说中，有一支叫‘社会小说’，《歇浦潮》是其间有代表性的一部。”

王安忆《上海的故事——读〈歇浦潮〉》，引自《王安忆读书笔记》，新星出版社2007年版第64页。

小　引

国内外都有人常提及朱瘦菊，每一谈起，总对朱瘦菊百万字的长篇小说《歇浦潮》有所褒赞或承认其在市民文学中具有突出的代表性。据我所知，在粉碎“四人帮”后，至少已有四个出版社重印了这部百万字的长篇：即1991年上海古籍出版社版、1998年湖南文艺出版社版、2000年中国戏剧出版社版和2010年上海文艺出版社版。而后两个版本特别值得注目：中国戏剧出版社所印的《歇浦潮》是涵盖在一套大型的《皇家藏书》中，此书共32卷，有介绍说，这套《皇家藏书》是对历代帝皇藏书的一次总结，装帧极为精心，高档进口面料包脊，丝网精印，封面烫金与烫银结合，精制书盒，老字号荣宝斋精心装裱，总售价8 800元。但奇怪的是这套丛书中竟有三部民国市民通俗小说，即《歇浦潮》、《人海潮》、《广陵潮》，介绍中说明为（清）溥仪藏书。可见这位废帝在空闲时读过这三部小说，大概想藉此了解民国的"民间潮流"。而2010年的上海文艺出版社版是上海作协和上海文学发展基金会在上海世博会期间面向世界推出的整套130卷大型丛书——"海上文学百家文库"："凡是从19世纪初期到20世纪中叶，曾经在上海生活、工作并在文学史上取得重要成就或产生过较大影响的已故作家均可入选。"一般是一位作家占一卷，也甚至是几位作家合一卷；其中占两卷的，新文学家有4位，即鲁迅、郭沫若、茅盾和巴金；而市民通俗作家也是4位，即李伯元、吴趼人、朱瘦菊和周天籁。这并不是说，朱瘦菊与鲁迅等人可以并驾齐驱，而是说明《歇浦潮》有助于我们去透视清末民初的上海社会，或者说，要了解辛亥革命后的上海的某一社会侧面是绕不过这部百万字的长篇的。但是每当国内外学者论及朱瘦菊时往往都有一种相近似的遗憾："朱瘦菊也许是目前鸳鸯蝴蝶派重要作家中存世资料最少的几位之一，连他的生卒年，目前都只能暂付阙如。"[①]我在2000年的"《中国近现代通俗文学史》国际学术研讨会"上，宣读过一篇《关于海上说梦人——朱瘦菊》，也谈及朱瘦菊忽然于20世纪30年代在文坛上"失踪"的事，到处搜索，只在郑逸梅的文章中找到过一小段文字："他后来废弃小说家言，从事电影导演，自从大中华、百合影片公司停止业务后，他却长袖善舞，做钢铁生意，现在不知怎么样了。"[②]我的这篇稿件宣读后印成油印稿，因为觉得资料不全，未敢公开正式发表。但国外的论朱瘦菊的文章[③]中，已转引了我的这段文字，并注明范伯群"未发表手稿"。我在文中也提及因找不到朱瘦菊的后人或有关的文字资料而感到遗憾。我当时在文中说，或许有一天竟在"踏破铁鞋无觅处"时，竟会有"得来全不费工夫"的机会！这一天却在我10年的等待后降临了。我寻觅不到他的家属，他的后人竟主动光临寒舍了。谁说天上不会落下馅饼！有时也会的吧！现在我可以较全面地讲述这位市民大众文学作家的生平，进而试论他的主要作品的价值。

---

① 袁进：《朱瘦菊卷·后记》，上海文艺出版社2010年版，见下卷第1300页。

② 郑逸梅：《说林掌故录》，《上海生活》第4年第2期，1940年2月17日出版。

③ Theodore Huters: Bringing the World Home: Appropriating the West in Late Qing and Early Republican China (Honolulu: University of Hawai'i Press. 2005) 胡志德：《把世界带回家——西学中用在晚清和民初中国》（火奴鲁鲁：夏威夷大学出版社2005年版。）书中的第9章为《关注大众视野：〈歇浦潮〉和都市观》，可参看。

“填补”朱瘦菊生平的“空白”

朱瘦菊(1892—1966)[①]原名朱俊伯,朱瘦菊、海上说梦人均是他的笔名;后将朱瘦菊“升格”为本名。祖籍江苏启东吕四港,祖上为渔民,后发家从事沙船业。沙船是一种平底大型帆船,遇沙滩不易搁浅,是内河和近海的重要运输工具。上海吴淞港是沙船帆樯林立的集散地,因此朱瘦菊的祖父就携全家迁居上海。朱瘦菊自小就读于书塾,16 岁进报馆做练习生。凭着他刻苦自学的精神,不仅在笔墨上得到长进,而且通过补习夜校还掌握了英语。报社是以眼观四路,耳听八方为“专业”,而朱瘦菊就凭着他敏锐的感应神经,对上海的三教九流、五光十色的社会探幽索奇,深得其奥。王钝根说他“丰度潇洒,爱交游,多闻上海社会诙秘之事”。[②]培养朱瘦菊开始练笔和做编辑工作的是撰写《海上繁华梦》的著名前辈作家孙玉声(海上漱石生)。我们现在能看到朱瘦菊的最早的文字是 1914 年在孙玉声主编的大型月刊《繁华杂志》上,该杂志虽然仅出版了 6 期,但朱瘦菊在每期上均有多篇文章,除一些短文和滑稽故事外,也开始撰写短篇小说,翻译探险小说和福尔摩斯的侦探小说《赤环党》等;该杂志的最后一栏是“游戏专栏”,几乎是由朱瘦菊和他的朋友钱香如“唱双簧”,每期这一专栏就由他们二人全包了下来,用各种需动小脑筋的游戏取悦于读者,这也说明了朱瘦菊才能的多面性与他灵动善巧思的智慧。同年,他在孙玉声编的周刊《七天》中任编辑,同时连载他的第一部中篇小说《欢场三月记》。他在《礼拜六》上发表的短篇小说,为主编王钝根所赏识。当王钝根主持《新申报》副刊时就约他撰写长篇连载小说,在《新申报》创刊后的第 4 天——也即 1916 年 11 月 23 日开始连载长篇小说《歇浦潮》,由于它的内容精彩,可读性极强,小说连载了 5 年之久,至 1921 年发表到 90 回时,才因读者的呼声极高而将全书结集由新民图书馆出版单行本。正当因《歇浦潮》的连载使朱瘦菊的声名大震时,他的另一狂热的愿景也得到了兑现,作为影迷,他不仅热衷于看外国电影,也想为国产电影的最初学步贡献自己的力量。在 1920 年,朱瘦菊与友人但杜宇等人创办上海影戏公司,还任上海影戏研究会负责人。实际上,他对影剧的编

---

① 朱瘦菊于 1892 年 9 月 21 日生于上海,这一确切日期是他的外孙朱正心先生通过无锡市公安户卡查实的;于 1966 年 12 月 30 日在武汉逝世。这是朱瘦菊的另一位外孙王卫先生通过武汉市公安户卡查实的。

② 王钝根:《歇浦潮·序二》。

导技艺研究有助于他小说创作中的人物塑造的细腻灵动，在结构调度上更进退有度；而他小说创作的经验，也会为他研究电影编剧的情节设置提供借鉴，更有助于掌握起伏张弛的节奏。他在文艺上的双栖角色构成了良性互动和相辅相成的促进。

这正是朱瘦菊年富力强、多头竞发的岁月。他在连载《歇浦潮》的同时，于1917年出版长篇小说《此中人语》及该书的“续编”，在封面上还标明内容是“拆白党之黑幕”。这部作品出现的背景是在1916至1918年《时事新报》用大量的篇幅发表“黑幕征答”，报章书刊界掀起了一股黑幕狂潮。写《歇浦潮》的朱瘦菊当然也会赶趁这个商业行为的潮头，以黑幕小说相号召。《此中人语》是写一个拆白党浪子的诈骗过程及其落魄后的自忏。1917年先由上海游戏书社出版，1918年又以“警世小说”的名义由新民图书馆发行。1918年起，他又与另外三位市民大众文学界的巨子有了更密切的合作。他先在包天笑主编的《小说画报》上连载长篇小说《市井梼杌史》，但刚发表了五章，初显题材上的崭新苗头时，就因杂志停刊而夭折，以后也未见赓续。1921年他在周瘦鹃主编的《半月》杂志创刊号上，开始连载另一部长篇《剩粉残脂录》，这部小说连载到1924年1月——《半月》第3卷第9号的第46回时也戛然中断；但这与《市井梼杌史》的中断不同，其原因复杂，也极有趣，我们待下面分别剖析小说时再详谈。1922年他在严独鹤、施济群主编的《红杂志》上连载《新歇浦潮》，长篇全书90回，近60万言。

1924年对朱瘦菊说来是个“重点转移”的年份。如果说在1924年前他的着力点还在小说创作上；那么在1924年后，他发起成立百合电影公司，而将主要精力转致于电影事业中去。最初上海影戏公司的主打影片《海誓》，他因倾力于小说创作而未任编导。但到了1925年，为了扩充实力，百合电影公司又与大中华电影公司合并，改组为大中华、百合影片公司，朱瘦菊时任总经理兼剧务股第三组导演。这副重担也使他成为一位文艺家兼企业家的角色。他一生编剧、导演或编导双兼的电影故事片共24部。还曾与顾肯夫、程步高合作主编《电影杂志》，这是20世纪20年代中期最主要的电影刊物之一。1930年该影片公司改组，于是他“淡出”电影界。其时朱瘦菊突然有资金可以从事“实业救国”了，从文艺家兼企业家发展为创办钢铁厂的工商企业家。他之所以能创办美艺钢铁厂与他的第二次婚姻颇有关系，因此我们得转而简叙他的家庭状况。

朱瘦菊第一位夫人张桂珍为他生育了二子一女。但当《歇浦潮》畅销后，却又发生了一段罗曼史。有一位女“粉丝”俞时芬(又曾用名朱慧英),简直以朱瘦菊为她的偶像级的崇拜对象。一定想要见一见这位小说家。经人介绍后,见了风度翩翩的朱瘦菊,二人竟发展成一对情侣,女方虽比朱瘦菊小24岁,但竟非朱瘦菊不嫁。女方的家庭是苏州洙泗巷的巨富,结婚时陪嫁丰厚。据说后来女方分家时,要他们在三五百亩土地和相同值的工厂股票间作出选择时,有掌控企业经验的朱瘦菊鼓动妻子选择股票。写作品和拍电影为朱瘦菊所产生的“价值”是有限的,妻子的丰厚陪嫁和分得的股票却能辅助他,可做工商企业家的资本。1941年出版的《现代工商领袖成名记》一书对朱瘦菊创办的美艺钢铁厂还赞许有加:

> 美艺钢铁公司,是朱瘦菊先生在民国19年独资所创办的。……美艺公司在初创的二年中,他的出品,还是要经手于外商的,所以他就自设发行所,而改良厂内的出品。该厂所出品的家具,不但经济美观,并且非常的耐用,因此各公司都纷纷采用,同时他所出品的档案箱、纪录箱更是科学管理上的不可缺少的工具。……他为应付真正的提倡国货的需要,而熔合实业与艺术为一体。他的贡献真可说是真正脚踏实地工作的了。①

其实,在赞许他的工厂时,美艺早已在抗战之初内迁重庆了,除生产原有的产品外,还生产军队所需的军用刺刀。因此,对他的这种表扬也或许是有弦外之音的吧。抗战之初,朱瘦菊凭着他的一股爱国热情,毅然将工厂迁往重庆。在他的指挥下,由他的长子与次子具体操作。长子毕业于商科,次子学成的是工科,二人就在重庆经营。而朱瘦菊就隐居于上海租界。他又重整笔墨,在周瘦鹃主编的(后期)《紫罗兰》上连载长篇《金银花》。在太平洋战争爆发后,因为他是名人,敌伪维持会一再来动员他“出山”,均被他一一回绝了。申言他只在家作“寓公”,吃老本,连小说也不再写了。胜利后,工厂在重庆当地卖去后,准备再到上海来投资,可是除发放工人的迁散费外,由于儿子社会经验欠缺,余资被人卷逃一空,这在经济上是一大打击。其时他又出山为国泰电影公司编写了《美人血》和《吕四娘》两部电影。

上海解放后,由于敌人的海上封锁,物资供应困难,于是政府动员市民向农村疏散。在敌伪时期,朱瘦菊曾在上海市郊朱家角由亲戚代其经营过一个

---

① 徐鹤椿著:《现代工商领袖成名记》,上海新风书店1941年版,第34—35页。

农场。而解放后无锡太湖边上的仁慈疗养院歇业，登报招请办农场合伙人，朱瘦菊就去函应征。而这位疗养院的主人是过去上海《文华》图书月刊的发行人陆步洲。二位文化人谈得投机，朱瘦菊就毅然出售上海愚谷村（愚谷村里弄现为上海保留的“优秀历史建筑”）的三上三下的家宅，作为农场的投资。在1949年8月11日的上海《亦报》上，刊登了一则《朱瘦菊无锡办农场》的报导：其中有“文化人下乡办农场，是很好的工作表演（现），朱瘦菊能够远离都市，亲事耕耘，这是值得其他的文化人向他学习”等语。合同是土地所有者投资土地，由朱瘦菊先独资开垦三年，如有效益，土地所有者再投资金。但农场第一年还得雇工开荒，后种500棵桃树，还种植乌臼树，据说乌臼子能提炼高级航空油料。谁知土地主人的成分被划为工商地主，国家按政策征收其土地。朱瘦菊所下的大量血本，还未得收益，就搬出了农场，暂居无锡张巷。他过去曾认识冯雪峰，写信求援。于是预支了部分稿费，请他撰写太平天国题材的长篇小说。但编辑阅稿后说内容思想反动。由于原稿散失，我们也无法判断。不过有一点倒可以肯定，作为一个写《歇浦潮》一类小说的旧文人，要写好当时能看得上眼的“太平天国”长篇小说，实在是缘木求鱼。朱瘦菊的贫困清苦生活一直坚持到1962年，夫妻二人决定暂时“解散”家庭。其时长子已逝世，朱瘦菊到武汉去投靠次子生活。妻子和她亲生的儿女靠在纺织厂工作的儿子的微薄工资生活。他的次子原是武汉轧钢厂总工程师，因在1957年反右中受到冲击，也只能在工厂里借一间小屋给朱瘦菊栖身。至1966年冬，朱瘦菊因避寒，总是趁轧钢工人未下班时先到工厂浴室泡身取暖。12月30日那天一个人在浴室中昏厥，也无人在身旁扶救，待工人下班时，才在浴池中发现这位昔日的畅销小说家和电影编导的尸体。晚年的朱瘦菊生活是凄凉而令人惋叹的。其时在“文化大革命”中，他的在常州工作的儿子朱文钟暂将骨灰盒深埋在他的妻弟的自留地中。但那块自留地几经重划变迁后成了别人家的宅基地，在建房挖墙基时见是骨灰盒就另地掩埋了。最后在一大片新建的房屋中，也无法辨认掩埋的所在。现在常州横山桥清明山公墓中与夫人合葬的仅是朱瘦菊的衣冠冢。

论朱瘦菊的代表作《歇浦潮》

一部长篇小说能在一个报纸上连载5年之久，且长盛不衰，在中国可算是特例。稍后，张恨水在北京《世界晚报》上连载《春明外史》和在《世界日报》上连载《金粉世家》也曾获此种“长寿”的殊荣。[①]至于《歇浦潮》的读者，有著名的教授和作家，对其佳评甚多；在“特殊”读者中竟还有末代皇帝；在普通读者中，居然还因此找到了红颜知己。它出版后，在16个月中就再版了4次，也可谓是畅销了。它受《广陵潮》之启发而定名为《歇浦潮》，影响之大却不低于《广陵潮》，这是因为除了自己的艺术才华之外，朱瘦菊抢占了一个时代“冲浪”运动的最佳海域——上海。“歇浦”即黄歇浦，那是黄浦江的一个别名——相传战国时楚春申君黄歇疏凿此浦而得名；上海称为“申城”也就因它是春申君的封地。既然《广陵潮》不称“扬州潮”，那么朱瘦菊也就用古称取名了。但正因为黄浦江在开埠以后，新潮迭起，波澜壮阔，再加上朱瘦菊这位弄潮儿妙笔生花，能跳腾于龙门之上，发挥了抢占的地域优势之利，这就比以扬州为主要背景的《广陵潮》更加叫座了。

夏济安教授因病逝而没有写出他对那些上海通俗小说的评价。但水晶夜访张爱玲时，张爱玲对《歇浦潮》的盛赞以及水晶对小说的评价是很值得关注的：

> 我告诉她最近看了《歇浦潮》，叫好不置(止)。很少碰到这样好的小说。她说听到你这样说，高兴极了，因为一直没有人提过这本书，应该有人提一提，同时我又指出，《怨女》里“园光”一段，似是直接从《歇浦潮》里剪下来的，她立刻承认有这样一回事，并没有因此不豫。……她还记得书中写的最好的是贾少奶、贾琢渠、倪人俊的姨太太无双，这和我的看法一致。我还说我喜欢作者塑造的吴四奶奶、君如玉、贾宝玉、玉玲珑、媚月阁，以及钱如海的太太薛氏，开变相“堂子”的白大块头等人，她听了莞尔一笑。真的，《歇浦潮》是中国“自然主义”作品中最好的一部，我说，可惜作者的“视景”(vision)不深，没有如《红楼》那样悲天怜人，也不像《海上花》的温柔敦厚。所以作者所看到的，只是人性狭隘的一面，也就是性恶的一面，使人觉得这本书太过cynical(愤世嫉俗，嘲骂讥刺——引者注)了，不能称作伟大。她说，真高兴你看到这些，真应该写下来，比你写我更要好，更值得做。我说《歇》书的海上说梦人已经等了40年，让他再等几年不迟。

---

① 当然也有更长的，如瀏缨的365万字的《新新外史》在天津《益世报》连载了12年(1920—1932)。

看来，我们不能让朱瘦菊再等下去了。他们对话中所说作品的优点及不足还是恰如其分的，而他们重点谈及的是对人物形象的塑造，我们将留在下面再作分析。这里想先介绍的是，在这部丰富多彩、头绪纷繁的百万字的长篇中，朱瘦菊从政治、经济和文化三个领域中展开了小说的 4 大线索及其内在关联，以显示辛亥年间“歇浦海域”中的几股有特色的“潮头”。在政治方面虽然提到了当时还存在宗社党的复辟踪影，但更主要的是通过暗杀宋教仁事件，引起二次革命为一大线索，反映了国民党与袁世凯的明争暗斗，既揭示了国民党内部的复杂性，又暴露了袁氏的特务恐怖统治。在经济上，不法商人利用新生的商业增长点进行疯狂的诈骗活动，这一线索以钱如海为典型人物，用富国水火人寿保险公司这个中国人自办的新兴行业，利用一般商人还不懂正常行规的疏漏，处心积虑得以监守自盗的伎俩，获取巨额不义之财。就文化领域而言，在这辛亥年间新旧交替之时，旧中有“新”，新中有“旧”，也分出两条线索，其一是以汪晰子为主席的“旧学维持会”，远远一嗅就觉酸气扑面，这些遗老遗少又因科举制度的废除而无法施展自己的抱负，但求官心切，就又混入了国民党内成立了一个国民党第三分部，披上了一层新的外衣；其二是以新的面貌出现的文明戏由于混进了拆白、流氓分子而趋向堕落，有的剧团竟起了质变。这 4 条线索又往往相互纠缠交错，于是展现了辛亥年间的上海社会中多侧面的畸变形态。例如，旧学维持会竟会在政治舞台上像变形虫一样地游走于国民党与袁世凯之间，寻求做官的捷径。而商业投机家又与一群官僚政客、赌棍拆白、纨绔子弟、荡妇淫娃沆瀣一气。其实这 4 大线索的交汇是可以写成一部史诗式的巨著，但是朱瘦菊将其写成一部“自然主义”的杰作。将“人性恶”的一面写得淋漓尽致，极尽讥刺嘲骂之能事。凭着这 4 大线索及其多姿多彩的变异形态，加上小说中人物的栩栩如生，使名教授与大作家亦觉其社会意义与艺术价值之所在；但是朱瘦菊也要使小市民读者与它天天晤对，欲罢不能。他趁写《歇浦潮》时，在第 62 回中就曾宣告自己写小说也是为了娱乐读者：“我们做小说的空口白嚼，无非为博看的人赏心乐意。若教人花钱买了小说看，反要耽愁受闷，如何说得过去。所以我常说一班做哀情小说的没有心肝，就是这个意思。”

在人物塑造方面，朱瘦菊笔下有许多鲜活的形象，不过最成功的形象倒不一定是政界或商界的人物，而是一些上海的小市民与灰色人物。张爱玲随口报出来的贾少奶、贾琢渠和无双，水晶又加添上的一串名字，就都是此类人物。贾少奶是个连姓名也没有的人，只知她是贾琢渠的妻子，但在小说中要算她最会翻手为云,覆手为雨了。她为了掩盖自己有外遇,就得将别个知道她的秘密丑事的人也拉下水。媚月阁这位"一心想从良"的妓女就被她引进由她设计的圈套,可是一旦发现这个圈套将要套不住媚月阁时,她又借魏少奶之口,将"套中人"媚月阁"现行"的见不得人的事当众揭露出来,使媚月阁颜面扫地;然后贾少奶为了将自己洗刷得干干净净,毫无嫌疑,又去鼓动媚月阁报复,使魏少奶也当众受到奇耻大辱,以致让媚月阁将她当做最知心贴意的益友。整个过程设计之精巧,每能手到擒来,百发百中。于是她就在张爱玲记忆中成了"鲜活"的第一号人物。至于她的丈夫贾琢渠,朱瘦菊的评语是"高级拆白党":"这种高级拆白党也没有职业,在赌与骗中捞好处。"小骗处处得利,大赌可以在短期内捞取五万元的巨款。朱瘦菊称他与贾少奶"倒是天造地设的一对"。在上海这个资本社会的夹缝中,这样的"游手好闲"的角色竟然得以悠游自得、堂而皇之地挂上贾公馆的招牌,真可令人啧啧称奇。

小说写政界、商界和文界人物也并非不成功,例如商界的钱如海,实际上是这部长篇的头号要角。从第 1 回起至第 36 回断断续续地写他将自己在堂子里的相好无双转让给租界大亨倪人俊做姨太太;而当他看到美丽、善良且有贞操观念的小孤孀邵氏时,就馋涎欲滴地下了水磨工夫,不仅自己装成有情有义、善解人意的男子,而且动员了"业余媒婆"张妈与邵氏相依为命的婆婆一起,攻下了有防守之心的邵氏这座"碉堡",服服帖帖地租了"小房子",做他的猎物。但这只是他在生活上的"牛刀小试";朱瘦菊主要要将他塑造成商界巨奸。

钱如海是在上海这个"海"中如鱼得水的冒险家,他先是靠开药房善于卖假药起家,但觉得这个局面还太小,施展不开;特别是他所购进的二三十万的橡胶股票被牢牢套住,甚至有变成一堆废纸的危险,他将彻底破产时,更需求得解脱。在有人逼债时,他就造了一种专盛鸦片的特制的木箱,以伪装的假大烟作为抵押品,过了第一个难关。但总不能这样长久地混下去吧。这时他的谋士——药房副账房杜鸣乾为他献策:"我看上海各种营业,都没有开保险公司的好。虽然外国人创设已多,不过中国人仿办的还少。"杜鸣乾算了一笔账给钱如海听,例如水火保险,收人家数十两银子,要承担赔几千两的风险。殊不知一千户中难得有一二户失事:人寿保险亦然,入了此类保险,要定期追加付费,不能延宕拖欠。富人们总要千方百计使自己的财产固若金汤,他们又将自己的性命看得最值钱,保险公司只要多联络富户,"每月可坐收数万保费,有这笔巨款,岂不可以大大做些卖买。本钱由别人出,赚头却是自己得"。说得钱如海心中热乎乎的，马上发起创办一个“富国水火人寿保险有限公司”。收了90余万股金，自己虽说是投资10万，但这仅是虚报之数，实际做的是无本生意。不过他用此新兴行业的正当途径赚钱还觉不解渴，最后用非常恶劣的“监守自盗”的手法，将自己的30箱“假大烟”，在自己保险公司投保，然后放一把火将仓库烧毁，向自己的公司索赔。在这场他与杜鸣乾精心策划的火灾中还烧死了一个小伙计，真是伤天害理，当“大功”告成后，他得了40万元赔款，补损橡胶股票的亏损而有余。他知道自己的圈内人与德国银行无交易出入，就将钱存入德国银行中。可是当晚钱如海触电身亡。后来他的谋士杜鸣乾就与他的夫人薛氏成了姘头，家财就掌控在杜鸣乾手中。而国民党中有一批败类以伪造的“讨逆司令部”的名义要敲诈杜鸣乾，遭杜的拒绝，就在他家丢了一个假炸弹，这种东洋甩炮只使杜鸣乾受了点皮外伤，可是将他吓成个神经病患者，终身不治。40万元的存折对薛氏说来不过是一张洋文花纸，不知为何物，束之高阁，任它虫蚀鼠咬。在第一次世界大战中，因对德宣战，银行也就撤回德国去了。作者的结论是：“其来不正，其去异常。”

在张爱玲与水晶的对话中，他们对薛氏形象也颇感兴趣。也真可谓有其夫必有其妻。她在对钱如海与邵氏所租的“小房子”的处理真是另有一功。当她探得具体地址后，就去“拜访”，甜言蜜语说得滴下糖汁来。第二天还搬来许多家中的新式家具，帮同布置；还派她的心腹佣人来服侍邵氏婆媳二人。以后又以家中缺人照顾而劝邵氏搬回她大房中去，并将家用账目交给邵氏经管，使邵氏成了有实权的主人。善良的邵氏哪里知道她的阴谋，在半年时间内她不断背地里向丈夫诉说邵氏的坏话，终于将邵氏逼到尼姑庵里去削发为尼。当杜鸣乾患神经病后，她将杜丢给了杜的发妻，自己与对门的邻居——台基咸肉庄的鸨母白大块头结为良友，她本来就只有一个“恶毒的灵魂”，现在就跟着白大块头出卖自己和女儿的肉体了。

在旧学维持会的一条线索上，作者轮番运用夸张和写实的笔法揭露这班丑类的既迂腐又狡诈还无耻的行径。他们作为“圣人之徒”的面貌出现时，当然是迂腐得可笑的，因此不免可以夸张一番。但他们个个视金钱与仕途为第二生命，因此什么卑鄙无耻的手段都使得出来。其中又以旧学维持会会长汪晰子与最活跃的骨干卫运同为典型。汪晰子为了吞没女儿的未婚夫的五万元遗产，就不惜令女儿抱牌位结婚。为了竞选议员，卫运同出点子说可以卖通“乡愚”来投票。每人发一张汪晰子的名片，还附赠一张面票，嘱他们按名片上的名字填选票。汪晰子看到国民党的势力不小，就将旧学维持会改成了国民党第三分部。在二次革命中，上海冒出了一些“野鸡司令部”，汪晰子与卫运同就混入其一，任参谋长和军需官，拿了募捐簿到处敲诈勒索，化为私肥。等到“二次革命”失败就又千方百计将这个司令部的名册骗出来，一把火烧掉后，就买了不少犒赏品到盘踞在制造局内的北军司令部进行慰劳。汪、卫二人听到北京有杨度提出改国制问题：拥护袁世凯称帝。据说做了上海头名“劝进者”可作知县甚至省长，他就马上将国民党第三部的党员召集起来，以旧学维持会的名义起草电报，发电“劝进”。可是卫运同匆匆赶来密报会长，头功已被商会会长抢去，并因发电报而做了道尹，于是汪晰子就上台慷慨激昂地演说，反对帝制、拥护共和。黄万卷等会员怪汪晰子变得太快，调子与昨天商议的大不同，他却说，你们思想太旧，我昨天是试试你们的，看你们到底是什么货色。至于卫运同后来见袁世凯的势力占了统治地位就干脆做了袁家密探，捉到一个党员按党内的地位高低可得巨额奖金，于是他就专以卖党为生了。这就是朱瘦菊笔下的旧学维持会的一班小丑及他们和政治挂钩后的种种表现了——都是令人不齿的变形虫。

小说从第40回开始，涉及国民党的篇幅就较多，特别是第44回发生了宋教仁被刺案之后。自从袁世凯获取政权之后，在他的利诱下国民党内部也必然会发生分化，有些投机分子原以为辛亥革命以后，做了“草字头”是可以飞黄腾达，做官发财。殊不知袁世凯上台之后，“大总统却是国民党的劲敌。表面上虽常以和衷共济为言，暗中无一日不张牙舞爪图谋挫折国民党中势力，以固自己根本，所以各地都派着侦探，而且侦探之外还有秘密侦探，……故上海国民党的一举　动，北京政府无不知道，讲到上海国民党，乃是一个总名，内中分子极其复杂。”（第41回）在1916至1921年《歇浦潮》连载时，国民党还是孙中山先生领导的革命政党，可是朱瘦菊一贯按照通俗文学“存真”的写作态度，对国民党就有自己的看法：因为同盟会在辛亥革命中也利用了会党的力量，在转化成为国民党时也有小党派的加入，成分当然是相当复杂的。而朱瘦菊笔下所写的国民党员却正好是那些“复杂分子”。其中若干人不必经过分化就是天然的投机者，例如汪晰子国民党第三分部麾下的卫运同。他在租界内找到了民党分子尤仪芙，先是试探，后是利诱，这席对话是非常精彩地步步深入摸底盘算的，看他是不是真肯“卖党”，然后交给他的任务就是将党员诱出租界，袁世凯的爪牙就可以在华界逮捕他们，处以极刑。因为当时党员都利用租界的“缝隙效应”，在租界内活动。按照西方的法律，在租界内只要不私藏军火和制造炸弹之类，言论是自由的，并受法律保护，宣传革命也不例外，因此，民党分子都避居租界，决不涉足华界。而袁氏的侦探要抓捕他们就得千方百计将他们诱入华界。不过如有盗案等罪犯，租界当局捕获后才肯移交给华界政府处置。卫运同卖身投靠袁世凯的侦探机构之后，策反尤仪芙，命他将党人诱出租界。袁政府政府的重赏价目表是分三等："重要党人拿获一名赏洋一千，其次六百元，又次三百元。"如有所获，则由二人分赃。在《歇浦潮》中就有声有色地写了几场诱捕，诱捕不成又用栽赃的办法，诬良为盗，蒙骗捕房，将民党分子引渡到华界去处置。在第 50 回中作者借书中人物谈国魂之口说："我知道内地侦探，因我们都是民党中人，贪功图赏，意欲将我们卖与政府，又因我们身在租界，无法逮捕，才生出诬良为盗的法儿，想蒙蔽捕房，当做盗案办理，允许他们引渡，说什么请解清江浦归案，只消一到内地，就可由他们做主了。"这些情节，一方面看到当时南北政治斗争的尖锐复杂，另一方面将当年的租界的两面性中的"缝隙效应"也如实地写了出来。但作者也写了有些国民党人，不去利用这种"缝隙效应"，积极展开革命活动，进行革命宣传，而是投机革命，干了许多坏事。在小说中写道："我说的这班革命党，都是口头革命党，不是政治革命党，他们也同做生意一样，存的金钱主义。设如探知某人财产富有，胆小怕事，便写封信给他，请他助些军饷。"他们仗着自己不住在中国官场的势力范围之内，爽性掮出革命党的头衔，又因自己是无名小卒，于是就盗用党中伟人的名义，自称"讨逆司令部"，向富商大贾"筹措"军饷，一开口极少就是三千五千，遇到胆大不予理睬的，就再写警告信，甚至用东洋甩炮冒充炸弹，进行恫吓；有身价的人，谁不爱惜性命，自然不敢再抵抗，只好就范。在朱瘦菊的小说中，也常提到革命伟人的名字，但他们都是不出场的人物；而在小说中出场活动的大多是些口头革命党，或是在斗争尖锐时，消极颓丧的灰色人物。即使设法惩办叛徒尤仪芙的民党分子，也不是为了崇高的革命目的，而是着眼于你千方百计要出卖我们的性命，我们也非得让你活不成才安逸。其中只有谈国魂的妹妹谈国英，当他哥哥丧失斗志时，她虽无民党的身份，却凭着她的勇敢与机智，将叛徒尤仪芙引到民党分子的伏击地杀死了他。这当然也是大快人心的事，可惜他们在主观上仅是以报复为目的而已。案发后，这几个也没有少干坏事的民党分子经商量就逃往日本。到日本以后何以为生？他们计议，可以像在国内一样，用国人骗国人的手法，生活一样会过得逍遥自在。在小说中对这几个民党分子评价是："这班人犹如白露时节的雨，到一处坏一处。他们赴东之后，自然又有许多离奇光怪的事迹，不过与我《歇浦潮》中无涉，我也何用烦絮。"朱瘦菊在小说中的民党分子并无突出的人物，仅是"群像"而已。他接触不到民党革命伟人，所见的大多是口头革命分子和投机叛变分子，因此对国民党的整体是并不看好的。

朱瘦菊一方面写出租界的“缝隙效应”，但在他笔下租界又是一个藏污纳垢的场所。许多伤天害理、骇人听闻的事，皆在租界中发生。而小说在这方面的主线之一就是写若干文明戏演员的腐朽生活，以及他们作为社会腐蚀力的可怕后果。他笔下的吴美士、王漫游和裘天敏三人堪称对女界的“强烈腐蚀剂”。可惜的是作者没有写出原意是传播文明的新剧种，它怎么会如此迅速的堕落以致不可救药。他只是简单地提及，当时上海娱乐圈里多出了一个新生儿，名目叫做文明新剧，“这新剧二字，并不是初次发现，不过早几次创办的人都是些留学生，自命高尚，剿袭日本戏剧的皮毛，演来不合沪人心理，故此都不免失败而去。此番却是个善于投机之人发起，收罗了一班大胆老面皮的人物，况且不论他程度资格，只消讲几句死话，便可粉墨登场。”作者并不着墨于早期文明戏启迪民智的历史作用，也不涉及它的堕落过程。由于这种新剧没有一定的程式也不必有唱功做功的训练，因此演艺的门槛是很低的，这样就容易混入一班无赖子弟，内容就会走“迎合”低级趣味的路子。于是像郑正秋和徐卓呆等文坛先进就“退出”这一领域，不肯与之为伍，前者成为开拓中国的电影事业的先锋，后者则从事专业写作而成为著名的通俗作家；而“进入”这一圈子的人则每况愈下，以至于形成了《歇浦潮》中的那种腐化堕落的局面。戏院里只要有了这帮善吊膀子的演员，妓女和姨太太就如蝇逐臭般地被吸引皆前来捧场。最后一直写到文明戏演员在上海开“男堂子”的丑行。小说中对这般的乌烟瘴气，只能常用这样的说词：“做书的干干净净的一枝笔，不愿意写他们龌龌龊龊的现象。”因此，我们也无需去多加分析了。不过仔细分辨一下，他的笔下的人物倒也不是类型化的，他们情况各别，性格有异，手法也常常出新。这是与有的庸俗笔墨不同的地方。

以上的四大线索时而分叉，时而汇合，形成色彩斑斓的潮汐与旋涡，大海中有碧波与浪花，但朱瘦菊让我们饱览的是歇浦潮涌向上海滩涂的泡沫、泥沙和沉渣。这是他内心愤世嫉俗的感慨在小说中的呈现。

至于这一代表作的艺术含量当然是可以得到相当肯定的。夏济安所评价的“美不胜收”，想来有两种含意。一是开阔了他的视野，一般说来作为著名教授，他对日常的民间生活是隔阂的，对小市民生活也并不会有很多了解，因此小说对这一社会层面的全景式的展现他是会感到特别的享受，这是社会意义上的“美不胜收”；同时也相信他对艺术欣赏方面也会与张爱玲有共同的感爱，那就是人物塑造的鲜活性。张爱玲是喜欢以“小市民”自居的：“每一次看到‘小市民’的字样，我就局促地想到自己，仿佛胸前佩着这样的红绸字条。”但凭她对小市民社会的了解，凭她对艺术性的感悟，她也觉得朱瘦菊对人物的刻画是质量上乘的。她也承认受过朱瘦菊的影响，曾经套用过他小说中“园光”的情节。张爱玲开过一张她曾熟读的小说的名单，其中就有《歇浦潮》。因此，他们的见解有时是不谋而合的。例如，张爱玲认为，“婊子无情”并不一定是“常理”：“当时至少在上等妓院……破身不太早，接客也不太多……女人性心理正常，对稍微中意点的男子是会有反应的。”而在《歇浦潮》第 80 回中，做过高等妓女的林红钰也说：“当初做堂子生意名为卖淫其实却重在应酬一道，嫖客来了，务使他们流连忘返，乐不思蜀……至于留客人住夜，每月中难得一二次，不比近来一班倌人，专靠皮肉吃饭。”因此在有的狭邪小说中，“妓院”与“肉林”是并不同日而语的。朱瘦菊笔下即使像无双和媚月阁这样的人，也是有血有肉的形象，她们有过堕落，也不时清醒，要回复自己“人”的样子。而《歇浦潮》的情节架构看得出也是受过韩邦庆的《海上花列传》的“穿插藏闪”手法的影响的。在情节结构上能做到擒纵自如，调度有方，使四大线索中的种种事件穿插游走于百万言长篇之中，毫无呆滞之感。不过在“藏闪”的技巧上，与韩邦庆相比，好像还稍欠火候。韩邦庆的情节安排往往能“劈空而来”但又留有悬念，接着是逐步释放后续情节，直到小说全体尽露，乃知前文并无半个闲字。就这种“藏闪”手法而言，朱瘦菊毕竟还没有达到韩邦庆的炉火纯青的境界。《歇浦潮》的结尾，可说是草率而笨拙的，它最后匆匆地用一个婢女之口，交代了许许多多的人物的下场。在这一点上，韩邦庆就高明得多了。当读者希望知道韩邦庆笔下的人物的结局时，他却说，我已将他们的性格向你们和盘托出了，你们难道还不能预测他们的未来吗？然后他只在“跋”中略为轻轻点拨几句，却将想象的余地交给了读者，韩邦庆“撤退”得多么潇洒自如。而《歇浦潮》到 90 回后还在推出新的人物、叙述新的事件，朱瘦菊恨不能将他知道的种种上海的怪诞故事都告诉读者，但又想将每个人物的下场很落实地告诉大家，以致最后匆促结尾，不免成为整部作品中的败笔。

《歇浦潮》出版之后，不仅畅销，而且引起了读者纷纷对书中的人物的“对号入座”；且有一位以“我亦潮中人”为笔名的人见诸文字了，于是朱瘦菊就赶快写了一篇《对于〈歇浦潮〉索隐的话》，在《晶报》连载了 4 天。他写道：“我做这一部《歇浦潮》信手拈来，原不曾有什么人影射，偏劳一班读者们大费猜测，不好了，现在居然跳出个‘我亦潮中人’来索隐了……我们东涂西抹，原无成心……固不必果有其事,亦何尝实有其人。"[1]一般说来,作为作者总喜欢发表类似的声明。但有人作为原型也是作家常常所借重的必需,这是不必讳言的。例如,《歇浦潮》书前有4篇"序言",其中第一篇的写序者是袁克文(寒云),他就是书中第21回至第31回的重要人物"方振武"。影射的是袁世凯的次子,民国4公子之一,也是一位书酒风流的才子(他的书法是出众的),他与上海的通俗文坛中人来往甚密。我在读这10回书时,很佩服朱瘦菊的"秉笔直书",写方振武在沪上的放浪形骸以及被一班吮痈舐痔者所包围的生活。哪知袁克文很坦率地承认了,而且就写在"序一"之中:"不佞曾遭冤谤,遁迹南游,俯仰湖山,流连风月。著愁无地,遣怨当时。伧伶之徒,偶从征逐。说梦人状怪之余,不佞亦经牵帅,间有乖实,差非过诞。其所记予素知者,音容则若晤焉,言动之微,靡或遣谬。不佞知者既若是,其不知者亦必非妄言虚构者比也。且纪述行事重于劝惩,丁兹道德坠微,赖有此以警济尔!"袁克文自认当时受父兄的冤屈,因内心苦闷,曾过着放浪不羁的生活,描写虽或有出入者,但也并不过分。他有着与"伧伶"之间的来往。读小说时,这些人丑态宛如就在眼前。他认为这样的小说重在"劝惩",实有益于社会道德的提升。这正与朱瘦菊在小说第1回开端所写的"满腹牢骚,一腔热血,意欲发一个大大愿心,仗着一枝秃笔,唤醒痴迷,挽回末俗"是一致的。袁克文不仅为其写序,而且还为《歇浦潮》题写了书名。

论《新歇浦潮》及其他

《新歇浦潮》是在《红》杂志上连载的一部90回57万字的长篇小说。乍一看来,似乎与《歇浦潮》不可同日而语。《歇浦潮》的4大线索都有显著的社会意义,而《新歇浦潮》主要是写一群纨绔子女们的朝秦暮楚的"爱情游戏"。好像是一部缺乏起码的社会价值的社会小说。但如果细读并加以思索,我们或许能感到为什么朱瘦菊还要沿袭《歇浦潮》这一"旧"名,再敢加上一个"新"字。用我们今天的话来说,实际上朱瘦菊在这部小说中所关心的是人们的"意识形态"问题。上海是欧风东渐登陆的"滩头阵地",当这股西风强劲地吹到中国时,上海的青年在意识形态上会引起潮涌,他们对"文明"、"自由"等过去陌生的新名词有哪些新的反应?因此名之曰《新歇浦潮》是相称的。小说的主角是张大小姐,一位东方养尊处优、无所事事的大家闺秀,她对文明自由作了歪曲

---

① 海上说梦人:《对于〈歇浦潮〉索隐的话》,见《晶报》1923年10月15日—24日(第2版)。

的理解，就率性而为；与此同时，她妹妹张二小姐，是位女学生，她对文明自由有正确的理解，作为主角的陪衬，我们就知道朱瘦菊对这股新潮是有他自己的恰如其分的判断的。这一点是很可贵的。在许多通俗小说中往往是在写女学堂或新式学校时，总是乱象丛生，对当时的女学生也易于采取讽刺的态度。例如李涵秋的《广陵潮》中，就写新派女学生的自由无边，解放过渡；张恨水在《春明外史》中写到爱美戏剧学校也确实有点乌烟瘴气。但朱瘦菊笔下的张二小姐，是想将她塑造成一个很正派的女学生的形象。

这本《新歇浦潮》还竟有一个德文译本。先是由日本学者神谷麻利子提供了一张德译本的封面和扉页的照片，后由定居在比利时的朱瘦菊的孙女，买到了1931年出版的德文本。大概是因为《歇浦潮》的书名不知如何翻译是好，因此就将书名译为《张小姐》，副题是《今日中国的女孩》，译者系弗兰士·库恩。译者称其为“上海风情小说”。那么我们也就将二位主角张大小姐和张二小姐作为我们的主要分析对象。

张小姐们皆是“阀阅千金”，她父亲在北京交通部当一个司长，所生姐妹二人居沪奉母。张大小姐算是个旧式女性，她家居无所事事，每日与一般女友太太小姐们斗衣衫、炫装饰、泡牌桌、进戏院，挥霍无度。但是趁着社会风气的变更，借着文明自由的欧风登陆，她率性而为，干出旧式女子所无法想象的事来。她幼年时就由父母为她订了婚约，她不反抗，却将婚约丢在一边，弃置脑后；又随时结交男友，而且多次主动向男友求婚，还觉口说无凭，非要男友立下笔据。可是这些男友都是“绣花枕头”，连写个笔据的文化也不具备。她的唯一的求偶标准就是帅气“美少年”。她的求婚对象之一周少雄，虽然是个学生，却将书包丢在自备汽车后箱里，天天在外胡作非为。而且他的女友又不止一人，自从少雄与T T勾搭上了之后，张大小姐竟敢到少雄家中去向他的父亲周树雄告状。周树雄原是清朝的总督大人，标准的铁杆遗老，就反而责问她：“你是女，他是男，你留他在家玩耍，究竟存着什么意思？用的是何名义？……你若是堂子中的姑娘，倒也不必说了，偏偏你是位千金小姐，常言千金之子不逾越，照你这般年纪，更当深藏闺中，不见外人才是正理。却来插身干预别家男子的事，哈哈！这是哪里说起呀?”歪曲理解文明自由的张大小姐被正宗的封建卫道士的一番言论打得狼狈逃窜。她的另一位求婚对象，因为争风吃醋而被打成重伤，只得作罢。她在火车包厢中认识了一位大少爷，二人很有“发展前途”，这男友却又被仇人打了三枪，躺在医院中养伤。而她的婚约对象，却由北京来沪，准备入赘她家。此人虽然也出巨族，但因是“小七子”，他家也就愿意屈就。

可是有人告诉张大小姐，未来的丈夫是个“黑麻子”。这如何让喜欢“美少年”的张大小姐能够忍受？由他母亲出面向他父亲张上达“核实”，回答是幼年时是好好的，后来生过天花，才有缺陷。但阀阅之家的婚约是要讲“信用”的，赖婚是万万不可的。好一个敢作敢为的张大小姐，她亲自出马，自我介绍是“张二小姐”，到男家所暂居的旅馆中去讨回“庚帖”，那时她用的就是欧风传入后的理直气壮的“自由结婚”的招牌：“我家姐和府上的一位少爷订婚这件事，原是家父在京时候与贵府面洽的，依着古礼既有父母之命、媒妁之言，当然没有什么反对的余地了；只是现在民国时代，不比前清，在上者专制称雄，在下者惟能委屈从命。此刻国事尚且要征求民意，何况这等婚姻大事，焉能不先取两方面的同意，无论父母、媒妁都不能擅专。想你老伯素号开通，谅于这句话也表同情的了。”然后她步步紧逼，也说得冠冕堂皇，说是先解除婚约，让他们二人从朋友做起，然后相互了解对方，此时才水到渠成等等之类。最后只好将庚帖还给她。这一回与上次到周府告状可不同了，张大小姐凯旋班师。

然而父亲张上达不答应，坚决要与她脱离父女关系。这时张大小姐的“文明”举动就是采取父女平等式的谈判。脱离父女关系可以，先得给她十万元。她去找个好丈夫再来认父母；或者将十万元直接划到尼庵中去，她削发为尼。在母亲的干预下父亲打消了原来的念头，不脱离父女关系了，但她说十万元还是不可少的：你在北京，万一有个三长两短。就有外人来归宗认祖，接受遗产，女儿不得分产，我们两姐妹就一无所有了（这讲的又是封建古礼）。母亲一听也觉有理，变得马上要张上达立刻写下遗嘱。遗嘱写好后只好先给她二万元现款。于是张大小姐除了再去找“美少年”之外，又满足了她久久所存的另一桩心愿，那就是一辆崭新款式的名牌汽车。她家中原有一辆马车她是坚决不坐的，像她这样漂亮人物，没有汽车出风头就与身份太不相符了。她最后闹到与一位外国商人为一颗10克拉火油钻的戒指，多次收到法院的传票，弄得到处躲藏。张上达就干脆将上海的家撤掉，将妻子与张大小姐带到北京去了。朱瘦菊写上海小说有个“规则”，凡是离开了上海，就不在“歇浦”的“潮”中了，一走了之，就不必再交代后续的情事了。在塑造张大小姐时，朱瘦菊也不是一味将她贬损，并非用画“脸谱”的手法，她也有敢作敢为到令人觉得不失为戆直的一面。他自己出马去与“准公婆”谈判，而且将“庚帖”现拿到手，这个场面读来令人忍俊不禁，觉得她办事也干脆利落。而她要诈父亲十万现款，他父亲讽刺她说，你钱再要多些，“恐怕你连最高问题也想运动运动，还打算做中华民国女总统哩”，她的回答是“有了钱，也许要干一干呢”（当时的总统是要用钱贿选的)。她就拿这股不知天高地厚的架势与她父亲对垒。另外如她在自己要挥霍的钱也很紧张时,能以"一念之仁"借100元给堕落的李少奶,让李少奶到广东去与丈夫团聚,重新做人,也使我们感到她对并无多大交情的朋友还是肯讲义气的。因此,张大小姐也不是一个"邪恶"的少女化身。家庭教育的缺失,母亲的宠爱,交友的不慎,对文明自由的曲解,再加上个性的张扬,使她成了一个只会挥霍的寄生物,在混浊的海潮中随波逐流。但她在我们心目中是一个鲜活的形象。

朱瘦菊笔下的张二小姐的性格却与姐姐截然不同:"二小姐却省俭异常,粗服乱头,布裙革履,往来的大抵女学生之流。自己也在女学堂中读书,平常颇反对她姐姐的行为,无奈母亲钟爱,许其挥霍,二小姐也无可如何,故此大小姐请客也没有她的名分,然而请了她也不肯来呢。"但她的容貌超过张大小姐万倍。周少雄可看得呆了,想弃其姐而就妹,可是连边也靠不上去。不过她也有苦闷,她的恋爱对象因学校中来了一位时尚的G G而移情别恋了。她对这个恋人的品格有了新的认识,就与之解除了婚约(此类婚约大概也不通过父母,而是自由恋爱的结晶),这其中的心情当然是很不愉快,竟致抱了"独身主义"。在小说中写到当时的女学堂,当然也有些解放过度的学生,她的同学吴国良受人欺骗,腹中结了个"自由果儿"。二小姐和同学魏丽娟却肯仗义挺身而出为她找医生打胎。她们三人同时请了一星期的假。可是有人想陷害她们三人,写了一张明信片到学校。那时寄到女校的札信,都是要经过校长的检查才能到收信人的手中。校长发现了其中的疑窦,三人就有被开除或受严厉处分的危险,好不容易才被她们一一化解。最后吴国良也在深得教训后成了一位很正派的数学老师。朱瘦菊处处拉大她与姐姐的不同品性。最后她的一位姓黄的幼年同伴,外地负笈归来,此人的学问品行都是二小姐素来所钦佩的,而且家道小康,不比豪门儿郎的浮华奢侈。他追求二小姐,而二小姐也不愿放弃自己所抱的宗旨,定想独善其身,一再婉拒。最后对方竟要以死相拼了。二小姐内心缠斗了良久,觉得对方是个规规矩矩的少年,态度也极诚挚,自己对他的"性情学艺,两无批评",算得上是天定良缘,应称美满了。于是也就放弃了她所抱的"独身主义",喜结连理了。"不过还有一桩美中不足,就是这姓黄的本身虽新,他家庭中却很顽固。二小姐过门之后,新旧不相容,只可搬出来另组新家庭,这是后话"。这其实也是二小姐有新思想的表现,她是不肯受什么"三从四德"的束缚的。不过按朱瘦菊的设定,她是作为张大小姐的"对比物"而存在,给她的笔墨毕竟是不多的。

在《新歇浦潮》中，也有其他次要的线索，甚为精彩动人，否则仅有姐妹二人的对比也写不成一部近60万字的长篇。总要在她们二人身上直接间接派生出其他种种事端。在这里我们限于篇幅，只说明在欧风登陆的前沿阵地，对文明自由的两种不同的理解与态度。我们的论述只要能证实，这乃是朱瘦菊要写的意识形态之“潮”在沪上的泾渭分明的表现就够了。

朱瘦菊的短篇极少，他的其他6部中长篇中，在艺术上最成熟的大概要算是1943年在周瘦鹃所编的(后期)《紫罗兰》上的长篇《金银花》了。这“金银花”，据说能治百病；但它并非是药名，乃是“金镑、银洋、美女”的缩写代称。洋行小职员石品三认为这三样东西乃是“人生的真意义”。他自尊心极强，工作也很努力，但是在洋行中他只是个最起码的“小写”，天天被高级职员“王大写”呼来喝去。他幻想的是如何早日飞黄腾达，能满足这人生的真意义。他最恨他的舅舅徐少卿，他舅舅过去曾受过他父亲的提携，父母在他幼年时曾与舅舅有过口头婚约：将来长大后，与他表妹美娟结为夫妻。可是现在舅舅成了巨富，而他父亲早逝，家道中落。两家门第悬殊，现在也就势利万分了。但有一天他舅舅突然光临寒门，重提了这件早年有约的婚事，这使他喜出望外，舅舅还将他银行的庶务主任之职留给了他。“金银花”喜从天降。可是在这场速战速决的婚事的当天，她昔日的表妹，今天的妻子，在新房中考问他对爱情的忠诚之后，就告诉她，自己与有妇之夫发生过性关系而肚子里已有4个月的身孕。以后他也只为“人生的真意义”而在养尊处优、作福作威的表妹之下，甘受种种屈辱，直至看到表妹与那有妇之夫的“死灰复燃”。万分苦闷的心情与他的自尊心天天相搏，最后神经崩溃而被送进了精神病院，“金银花”没有包治百病。美娟与他离婚后，他在精神病院中度他的残生。“人生的真意义”究竟是什么，朱瘦菊向青年们提出了一个大问号。这篇作品只有12章，线索较为单纯，但具有较高的艺术性。也能算是不做企业家之后，朱瘦菊回归作家生涯的结晶。

朱瘦菊不像某些通俗作家，未完成的作品比有首有尾的还多。他总是有始有终地写完他的中长篇。但是也有两部未竟之作，值得我们作一番探讨。其一是《市井梼杌记》，本是一个很可关注的好题材。那就是写上海开埠不久，外国骗子拟在中国商界设下偷天换日的骗局。这的确是当时沪地的一个特殊的题材。上海原称“冒险家的乐园”。“据工部局1864年9月的报告，英美租界内有360名‘下流的外国人’，……他们蔑视一切法律与权威，来上海的唯一的目的就是尽快发一笔横财，……一位在上海发迹的外国强盗说：‘我爱上海，甚至超过我的祖国。'其原因就是'上海使我成为一个体面的绅士，而在故乡我只是一个一文不值的坏家伙。'"[①]这是一部很值得期盼的长篇小说，可是因包天笑的《上海画报》的停刊，而中途夭折了。

另一部《剩粉残脂录》在周瘦鹃的《半月》上连载，但写了46回，作者和编者都没有说明任何原因，就突然无疾而终了。在小说的开端作者写道，人人都爱娇花嫩蕊，怎么我倒写起剩粉残脂的半老佳人来了呢？这是因为"虽说已是脂粉飘零，珠黄人老，然而风流遗韵，轶事正多"。小说的男主人公陈大贵虽然出身望族，但父亲管教甚严，自己手边只有八十两银子，却想去嫖沪上第一名妓花笑红。他事先作了设计：一是与一班朋友约了到花笑红处打牌，筹码十两的要喊作一千两，余此类推，显得豪阔万分，至于打牌的头钱由他一人支付；二是他先到花笑红妓院附近的钱庄上存五十两银子，说明天只要来条有他的签名，就照付不误。第二天牌战方毕，他就用抽水烟的纸媒捏灭了拆开，草草写上"即付来人纹银五十两"，然后签上大名，龟奴一会儿工夫，果然取来一锭元宝。陈大贵就以此为赏给下人作了头钱。这下可一鸣惊人，比一班用了成千上万的嫖客更受恭维。不日他这只"纸老虎"被一双慧眼的花笑红看穿了。可不仅不厌弃他，反觉此人是能混出名堂来的"当代英雄"，日后一定大有作为。她愿意嫁给陈大贵，而且拿出自己的大笔私蓄来让他到北京去买官。陈大贵知道虽然父亲也有老相识在北京，但"官场重钱财不重交情"；二是"官场走脚路，走老爷的不如走太太的更为便捷"。他得知最红的章中堂的最得宠的七姨太是上海妓院出身，与花笑红的养母相熟，就自己假造一封花笑红的信去求见，将花笑红让他来京作运动费的价值钜万的珍珠翡翠献上，他的孤注一掷果然收到奇效，章中堂委了陈大贵好几任优差。陈大贵又上条陈，说是泰西轮船火车为当代交通便捷之利器，于是章中堂就任他为总办。后来他又趁庚子之乱后，两宫回銮，他又花十余万两银子进贡，大得西太后赏识，就此一日三迁，官陞不次。可是花笑红实在没有福气，她竟在陈大贵"天天向上"时因病一命归天。于是陈大贵就有另娶续弦太太之意。这才是轮到"剩粉残脂"出场了。真所谓"无谎不成媒"。这位续弦来历不凡。她原是一位书塾教书匠的女儿，年龄也并不小了。为了促成这一桩婚姻大事，先造了一张与陈大贵命相极相配的假八字，算命先生果然说是"天作之合"。但陈大贵一定要见一见女方本人。她不过是中人之貌，但邀了一位美女，约定陈大贵在几时几刻经过她家门

① （英）爱狄密勒著，包玉珂译：《冒险家的乐园》，上海文化出版社1956年版，第12页，第214页。

口，她在门前相候。当然，那时未婚女婿要登堂入室是不允许的，在门前一睹芳容，已是破例之举了。那天她请美女立在门前正面，自己倒只是背门而站，二人装作亲切交谈，她只能让陈大贵看个背影。陈大贵还以为此美人才是张氏，满心欢喜。成婚之后，张氏知道老太爷在家中有绝对权威，就拚命取悦于老太爷，陈大贵倒颇有孝心，也就既成事实，一切从命便了。张氏既有这点心计手腕，也就慢慢收拾二位陈大贵的宠妾，从此在陈府就一统天下，为所欲为了。这些情节的可读性简直能对读者产生一股"震慑力"。可是故事发展到第13回后，情节就离开了陈公馆，渐渐去写那些娇花嫩蕊、浓脂艳粉了。这使读者甚为不解，善于掌控线索发展的朱瘦菊怎么像学生作文般地"走题"了？虽然情节还是很吸引读者，令人眼花缭乱。例如，沪上的时髦人每年总要在春天到西湖一游。杭州禁烟极严，这使富家瘾君子甚感不便，但住进某尼庵，就像有"治外法权"一般，比住湖滨大饭店还舒适。杭城火车站出口处查夹带鸦片极为厉害，可是尼姑可引你走绿色通道；如在外面犯了事，尼庵主持与警察局长相熟，如逢局长在牌桌上，她就给省长得宠的三姨太通话，啥事也能摆平。朱瘦菊并不写什么僧尼之间的淫乱等老套；尼庵成了一股政治潜势力，比法力无边的菩萨更能保佑上海来的老爷太太们。可是"剩粉残脂"又在哪里呢？直到第40回，才又重写陈公馆里的光景与"剩粉残脂"的紧张活动。那时陈大贵已病入膏肓，张氏正在搜索，陈大贵有无秘密遗嘱。陈大贵在临终前又见许多冤魂向他索命，自知曾祸国殃民，因此说要将自己的遗产的一半做慈善事业。这一下可急坏了张氏，计谋自己主动出击，成立妇女慈善会，省得损失巨额的一半家产；而且又听说，做慈善事业最能赚钱。这妇女慈善会的锣鼓刚敲响，小说就中断在第46回上。据郑逸梅说：这部小说"似乎隐射某巨家的闺阁秘事"。[①]被影射的巨家当然是极为不快的。据朱文钟先生告诉笔者说，写到第46回，连朱瘦菊夫人俞时芬也对朱瘦菊说，你们这些作家怎么能这样呢？将人家的隐私也登在报上出人家的丑。朱瘦菊连忙辩解说，我也是有虚构的。夫人就说，这样就真真假假都算到人家的账上去了。人家对你也是不错的呀！这巨家某些事恐怕是有盛宣怀府上的影子，而朱瘦菊与盛家也是有来往的。不仅巨家会记恨在心，就是家庭内部也有人"造反"了，朱瘦菊还能写下去吗？而从第14回至第39回，朱瘦菊的"走题"也就找到了原因，他认定这一巨族之中的某些事加以生发，是写一部长篇的好材料，但正因为有来往，既想写又不

① 郑逸梅：《说林掌故录》，《上海生活》第4年第2期，1940年2月17日出版。

敢放笔大写，犹抱琵琶半遮面。本来内心就有矛盾，夫人一表反对，这部小说成了永远无法竣工的“烂尾楼”。

国产电影筚路蓝缕的开拓者

朱瘦菊是我国国产电影筚路蓝缕的拓荒者之一。在有关的电影史上，记载了他1920年和但杜宇合作成立上海影戏公司，拍摄了一部文艺片《海誓》，是当时三部国产电影长片之一。同年他还组织了“上海影戏研究会”，成为该学术团体的负责人。在正式出版的文字资料上我们仅能看到这些简略的文字。但是最近由他的家属向我提供了一份8 000字的朱瘦菊的《述上海影戏公司创立经过》的原稿，此稿写于1957年8月，这可能是朱瘦菊应中国电影杂志之请所写的一篇回忆录。此件信封上的寄发邮戳是8月1日，北京收到的邮戳是8月3日。但当时正是从大鸣大放过渡到反右的转折时期，这篇稿件是发不出的了。不过倒使我们看到了今天仅存的唯一一份朱瘦菊的手稿。文中他自述当年是“戏影迷”。还经常和友人、擅画月份牌的美术家但杜宇议论看过的各种中外影片。“杜宇认为中国影戏必须由中国人自己掌握，才能希望进步。”因为外国人投资办电影公司目的就是为了投机，甚至拍一些有损于中国国体的、越丑恶越好的片子到外国去赚大钱，比如缠脚、斩首等等。那时仅有的亚细亚公司是美国人投资的，演员是请的文明戏演员来扮演，拍的是《打城隍》一类的闹剧。因为是“默片”，因此比舞台上演得更做作。两人谈得起劲就想自己来拍电影。朱瘦菊是位摄影爱好者，有几个钱就花在摄影器材上，照相设备一应齐全，不过就是没有看到过“活动影片机”。后来经人介绍，有人愿将自己从美国带回来的一架“爱脑门”业余摄影机出让，连同千余尺底片一共要价350元。他们二人就合买了这架机器。由于底片有限，只能由但杜宇一人摸索试镜头。到1920年秋，他们就决定开拍第一部影戏，最低成本是暂定1 000元，5人合股，每股200元。那时《歇浦潮》已与新民图书馆订约，他就预支了200元稿费；又介绍但杜宇为这100回小说各画一幅插图，每幅2元，这样但杜宇的股金也就有了。另外是准备演男主角的周国骥算一股，再邀了两位友人各各承担。过去的国产电影，女主角均是男扮女装，他们坚决要找一位女子扮演女主角。由于封建思想在当时甚为严重，即使女子自己愿意，家庭也不同意，光为找女演员就经过了几个月的折腾，最后总算找到了一位年轻美丽、聪明活泼、还受过中等教育的殷明珠。她由于婚姻上的挫折很希望能冲破旧礼教的束缚，自己闯出一条奋斗之路来。她也爱看电影，还喜阅读电影杂志，很企慕外国女明星在事业上的成就。由于殷明珠的参加，但杜宇重新调整了电影故事，以求适合女角的个性，并将片名定为《海誓》。几乎是用了一年时间，影片才告完成，因为那时拍片要由天气来决定，全凭强烈的天光才能开拍。除了外景，其他都在但家的天井中拍摄，布景全由自己动手制作，木匠泥瓦匠就是自己。影片于1922年1月23日假座“夏令配克大戏院”上映，观众均有好评，特别认为摄影技术有上乘的表现。这也算是中国第一部文艺长片。就在这一年，后来成为著名导演的史东山也放弃了他的电报局练习生的职业，成为上海电影公司的演员。他们有时找不到合适的女演员，就拍“童星片”，因为那时外国电影中一度曾是“童星片”的流行期。公司拍片到一定阶段，就觉得这架业余机容量太小，在拍外景时换片很不方便，那时有人愿将一部较大容量的机器出让，索价1 100元。朱瘦菊就将《歇浦潮》的版权卖断给世界书局老板沈知方，得800元，大家一凑，就更新了摄影机。总之，朱瘦菊说，上海影戏公司没有一天不在艰难困苦中挣扎。我们用“筚路蓝缕”的四个字形容他们的起步阶段是完全配得上的。

1924年春，由朱瘦菊发起，由颜料商吴性裁投资成立百合影片公司。据《民国影坛》一书中的记载，1925年6月百合公司又与大中华电影公司合并，改组为大中华、百合影片公司，“朱瘦菊任总经理，合并后以人材济济和组织有方而闻名。……‘大中华、百合’的拍片组合方法也与众不同，在总经理朱瘦菊之下，制片部门分作三组，每组导演两人，实行编导合一，导演兼提供剧本，两个月拍完电影，轮流工作，各有休息和慎重编著剧本的机会，各组出品的影片均标有组名。这种特殊的方式是‘大中华、百合’的首创。”[①] 1926年末和1927年，影坛曾掀起一股“古装片热”，其中不乏粗制滥造者。但“也有少数公司的部分古装片的制作是比较精心和负责的……特别值得一提的是1927年‘大中华、百合’拍摄的《美人计》和‘上海影戏’拍摄的《杨贵妃》。前者取材于《三国演义》中的刘备渡江赴甘露寺相亲的故事。由朱瘦菊编剧，陆洁、朱瘦菊、王元龙、史东山联合导演……公司不惜投下巨资，历时一年方告完成，该片是这一时期古装片制作最认真，艺术质量也最好的一部。”[②]从《民国影坛》的文字中，我们可以知道朱瘦菊不仅为国产电影的拓荒作出过贡献，而且作为著名的小说作家，通过电影拍摄的实践活动，成为中国早期国产电影的著名的编导。随

---

① 朱剑、汪朝光编著：《民国影坛》，江苏古籍出版社1997年版，第40页。

② 《民国影坛》第46页。

后通俗作家参与编剧和为“默片”写说明的也大有人在，但是能作为导演，活跃于电影圈的，恐怕极为个别。而作为作家，最早能编剧并胜任导演的，朱瘦菊为国内第一人；后来徐卓呆与汪优游成立“开心影片公司”时，也曾导演过几部滑稽片，但他与汪优游的联袂，各有分工的侧重，徐卓呆以编剧为主，而汪优游则主要任导演。由此可见，朱瘦菊不但是小说家，也擅电影编导；而作为大中华、百合公司的总经理，他又是一位文艺企业家，他得为公司的正常经营和企业的赢亏承担责任。值得称道的是他在领导“大中华、百合公司”时，这个文艺企业还是较为符合电影艺术的生产规律的。从1923年起至1930年，朱瘦菊共编剧或编导电影22部，1948年他又导演了两部电影，他的电影生涯共出品24部电影。在1934年出版的《中国电影年鉴——1934》①中有一张很详细的《电影从业员调查》，从中可以知道，自从1930年大中华、百合公司与联华影片公司合并改组后，电影从业员中就再也没有出现过朱瘦菊的名字了。他既然改行成为工商企业家，一度远离了文艺圈，当然连郑逸梅这样的“文坛百事晓”也就难于查考到他的下落了。直至敌伪时期，他隐居上海，再为他老友周瘦鹃所编的刊物写过连载小说《金银花》；抗战胜利后又短暂地回到过电影界任编剧。那时的电影编导大多是新的一辈人马了，因此，在报纸上介绍朱瘦菊时，提及他为国泰公司编《吕四娘》一剧时，就称他为“老一辈剧作者中硕果仅存的一个”了。

至于朱瘦菊所拍的电影，现在只能在《中国电影大典》中看到一些故事梗概。在北京的国家电影资料馆中，也只存有一部无片头的残缺不全的《儿孙福》。这部影片，是由朱瘦菊编剧，史东山导演，曾在上海轰动一时，大东书局还为它出版过单行本的特刊，赞扬有加。但是朱瘦菊编导的一部《风雨之夜》，在近期内意外在日本东京“现身”，这部片长9本的电影，在日本也只存其中的8本，所缺的也是片头的一本拷贝。日本学者佐藤秋成曾在东京国立近代美术馆附属电影中心观览过。据他说是日本已故著名导演衣笠贞之助的收藏品，现由他的后裔于2006年捐献给该电影中心。佐藤秋成曾发表过文章，介绍《风雨之夜》。佐藤秋成评论说：“电影史上历来将朱瘦菊划入小市民电影的范围内来探讨，认为他的作品偏重于传统道德宣传，以区别于他的同事陆洁、顾肯夫的‘欧化倾向’，这与朱氏出身‘鸳鸯蝴蝶派’不无关系。”佐藤秋成查阅了

① 这部年鉴由中国教育电影协会出版，南京正中书局发行，它并不只是局限于1934年的中国影事，其中也有1934年之前的许多资料。

《申报》对《风雨之夜》的评价是“一部绝妙的社会影片，谓朱氏的影片如同其社会小说，颇能将社会上的种种怪现状描绘出来，绘声绘色……”而《新闻报》中的评论却以为“观后却‘乐而不淫，哀而不伤’”。但秋成自己则认为朱瘦菊还是受到好莱坞“刘别谦笔触”的影响：“刘别谦(Ernst Lubitsch)是荷李活(好莱坞的又一种音译——引者注)电影史上最重技巧的导演之一，所谓‘刘别谦笔触’，李欧梵说，是指刘氏‘人间喜剧’的诙谐、幽默和机智，实可谓点睛之笔也！朱瘦菊对影片人物的刻画以及对小道具的处理，颇有刘氏风格。其塑造的几个‘惧内’的小市民形象，不仅体现了上海男人的特点，还与刘别谦笔下的人物有着异曲同工之妙。……中国早期的无声电影大多毁于战灾与人祸，所剩寥寥无几，而‘鸳蝴派’作家编导的影片更属珍稀可贵，《风雨之夜》尘封异国80余载，侥幸免于灾难，可称奇迹！该片保存良好，影像清晰，状态极佳。至于该片何以东渡扶桑，至今仍然是个谜。”[①]现存的这8本拷贝可以放映1小时30分钟。

在过去中国的某些电影史上，对通俗作家所编导的电影，批判极为苛严。认为是鸳鸯蝴蝶派作家所编制的影片是反映了帝国主义和封建买办阶级的思想意识，并扣上了“逆流”的帽子。朱瘦菊编导的电影当然也不能幸免。这当然是极“左”思潮在中国电影史上的表现。在中国早期电影中当然有庸俗的东西，但有些是属于“幼年性”的表现，其中也有优秀和较优秀的产品。其实中国早期电影纯粹是一种市民文艺，是一种广大市民的都市娱乐。作为一种文化产业，它是要靠票房的赢余回笼资金，才有再生产的条件。中国早期的电影的“原始积累”就是要靠市民“掏钱”养育它，才能将这个呱呱坠地的婴儿喂大。当时，中国的知识分子对国产电影是不感兴趣的，而上海的一批大电影院都是外国电影的地盘。如果查一查《鲁迅日记》，他看《夏伯阳》等一类的苏联片，也看美国好莱坞娱乐片等。但在他的日记中恐怕查不到看过国产片的记载。因此，中国早期的电影工作者就觉得出路是在于和通俗作家合作，拍出符合市民兴趣的影片来，扩大受众面，降低经营风险，才不致使新生儿因断奶而饿死，剩下的只是一只空摇篮。在这一过程中，朱瘦菊应该算是这批通俗作家中“触电”的先行者，包天笑等一大批人还在其后发挥作用。中国的电影要直到20世纪30年代初，在“九·一八”和“一·二八”之后，在国难声中民众群情激昂，

---

① 秋成：《朱瘦菊与他的电影作品〈风雨之夜〉——中国无声电影东京鉴定手记》，载(香港)《明报》2011年第6期。

而左翼文化人也开始认识到电影作为意识形态利器的巨大作用，这才很快步入了一个左翼电影的主流期。但即使我们要将左翼电影比做一位健全的青年，我们也不应否定电影过去的童少时期，历史是不容割断的，特别是作为电影这样技术含量特高的综合艺术领域。空摇篮里是跳不出一个茁壮的青年小伙子来的。

简单的结语

朱瘦菊对旧社会的现实是极端不满的。他在写《新歇浦潮》的第 1 回时，发出了对当时社会丑恶面的谴责，我们可以将它看做是作者要写百万言的《歇浦潮》的一个总结：

> 纵目社会，在在黑幕高张，商界则机诈万端，女界则怪诞百出，政界则蝇营蚁附，军界则虎噬狼吞，以视当年有加无已。“信义”两字，何须计及，“廉耻”一道，久已无存。作者蒿目时艰，忧怀如焚，心长力短，为之奈何！不得以再整秃颖，重翻旧案。岂是鲰生好事，故以饶舌争长；实缘世变多端，聊托刍言寓讽，所谓欲罢不能，因而再为冯妇。

他虽深恶痛绝，但“也无非希望书中人悟其已往之非，与以自新之路”。因此，他从写《歇浦潮》起，才开始用“海上说梦人”这一笔名。①他曾对儿子朱文钟解释道，“海上说梦人”的意思是人们都在做梦，有的梦金钱，有的梦升官，有的梦美女，我就将他们的梦演成小说；但“说梦”是为了“醒梦”，是为了让梦中人“梦醒”。他将芸芸众生者的梦串演成小说，人们看了当然会感到“赏心乐意”，他却希望“仗着一枝秃笔唤醒痴迷”，起点惩劝作用，也许让读者也会反恭自问，我是否也是梦中人？

那么，朱瘦菊在“劝善惩恶”时所用的武器是什么呢？他每当写到一个恶人受到惩罚时，就要说一番“因果报应”的道理。例如，在《歇浦潮》第 69 回的回目是“富贵由天金易得，死生在数命难逃”中，作者写到钱如海触电身亡后，就历数他的罪孽：“计诱邵氏，始乱终弃，和此番起意纵火，伤害无辜，这两桩便是他莫大的罪孽，所以得此结果。正是：善恶到头终有报，只争来早与来迟。”

---

① 他原名朱俊伯，在开始与文字打交道时，以“瘦菊”为笔名。在《繁华杂志》发表多篇著译均用瘦菊，在《七天》上连载《欢场三月记》时亦然。正式用“海上说梦人”是始于《歇浦潮》。

其实钱如海的触电身亡，纯属偶然，仅是作家为了宣扬“因果报应”的刻意安排。又如在第88回：“孽报难逃恶奴结局”中，写杜鸣乾发神经病终身不治，作者就说“所以为人在世，金钱不可强求，富贵穷通，都是前生注定。非分谋来，反容易遭丧身之祸。如海、鸣乾二人，便是世间贪多务得的殷鉴。正是：万事俱由天做主，一身都是命安排。”特别是在第100回的结末一章，更是作了一番强调：

> 好才书中的许多老奸巨猾，都已得到了报应，足以昭示来者。至于一班奸淫造孽的新剧家，虽然还未有令人快心的结果，但善恶到头终有报，恶迹既彰，老天未必能轻与容恕。目前快意，日后饿鬼道中，舍此谁属。诸君不必性急，尽可拭目以俟。还有那些名门闺眷，恣意风狂，浑忘廉耻。别人羡她称心，我却以为即是她们的报应。家主居官不正，误国殃民，故老天使她妻女秽德日彰，丑声四布，此非恶报而何？

在朱瘦菊的小说中，这种“天道好还”的言论比比皆是。“天道好还”，典出《老子》；当然，作恶多端，中国古代就认为“多行不义则自毙”。因此在劝善书之类的《太上感应篇》中，就有“祸福无门，惟人自召。善恶之报，如影随形”的说法。应该承认，“因果关系”是客观存在的，即所谓“种瓜得瓜，种豆得豆”。但要靠老天爷来“施报不爽”，这种思想也未免太“传统”了。中国历来就存在着这种带有迷信成分的古老教义：“天地有司过之神，随人所犯轻重，以夺其算。”可见，朱瘦菊还是有“劝善无力，惩恶靠天”的陈旧观念，这在他小说中乃是一种局限性的表现。不过朱瘦菊倒并不相信“轮回”之说，他认为做官的在千万人头上盘剥来的钱，被子女穷奢极欲浪吃浪用，弄得恶声四播就是“天公报施不爽”的“现世报”。

朱瘦菊写的是“在在黑幕高张”的社会，因此，有人就认定他写的是“黑幕小说”，因而就否定他的小说的社会意义，当然也就认为无艺术价值可言。笔者以为对黑幕小说是不能一概加以否定的。在1916年10月到1918年11月的25个月中，上海《时事新报》有一专栏，名曰“黑幕征答”，还在征答过程中搞什么“黑幕大悬赏”，一度搞得“热火朝天”，于是又出笼了一批《绘图中国黑幕大观》之类的书籍。笔者翻阅这25个月的报纸，也浏览了此类《大观》的东西，我觉得这些并非是小说，而是一些“答案”式的简单的叙事文，根本不属于文学类；至于“诋毁私敌”的小说，也不一定叫黑幕小说，有的就可算是“造谣小说”。

我认为"黑幕"与"曝光"是一组相互依存的对立词语。即使在现在听到"曝光"二字，还是很有威慑力的。因此凡是能将黑暗的事物暴露于光天化日之下，而又具有一定的艺术性的小说，就是优秀的揭黑小说。现在的某些揭穿官场暗箱操作，贪腐累累的小说，何尚不是"黑幕小说"，不过我们名之曰"官场小说"而已。因此，在中国文学界的那种"谈黑色变"是一种不正常的现象。我们应该为那些优秀的揭黑的"黑幕小说"撑腰；而对朱瘦菊的揭露黑幕的小说也应持肯定态度。[①]我认为朱瘦菊的小说虽有其"天道好还"之类的局限，但还是瑕不掩瑜，而应该给予充分肯定的。当年就有人评论，说他的《歇浦潮》"将与孙玉声先生之《海上繁华梦》同传不朽"。[②]但我觉得《歇浦潮》的价值与艺术性是超越了《海上繁华梦》的。虽然朱瘦菊的起步是由孙玉声所培养的，但他青出于蓝而胜于蓝。《海上繁华梦》情节浅露直白，伏笔太嫌明显，人物性格又单调，主要是写杜少牧如何跌入花丛陷阱，他周边的圈内人又如何施展各种诈骗手段等等，在社会价值与艺术性上是不能与《歇浦潮》相比的。但水晶评价《歇浦潮》时，还是将它放在一个恰当的"档次"上的："《歇浦潮》是中国"自然主义"作品中最好的一部"，他提出它的不足之后，有说服力地指出它却"不能称作伟大"。但笔者认为《歇浦潮》可与《广陵潮》媲美，或者可说是"毫不逊色"。过去我们一直对《广陵潮》评价较高，认为其他"潮"字尾的小说都是《广陵潮》的模仿之作。其实朱瘦菊不过在书名上借用了这个"潮"字，但它的社会意义和艺术性与《广陵潮》相比，绝不会在《广陵潮》之下的；再说他所选定的"海域"又远比李涵秋所选的更具特色。一个是"扬人写扬"，另一个是"沪人写沪"。他们倒是写各具地方特色的能手。因此，李涵秋的身影是罩不住朱瘦菊的身躯的。笔者还以为如果这部百万字的作品，不学李涵秋的以地方古称为书名，就叫它为"黄浦潮"，恐怕更能引起现今读者的注目(现在能知道"歇浦"即"黄浦"者恐怕并不多)。夏济安和张爱玲的赞扬使我们可以对他的成名作和代表作《歇浦潮》刮目相看；而王安忆起步时是知青作家，当她回到上海，需要扩充她的题材面时，也将《歇浦潮》定为浏览作品之一。如果我们要了解近百年前的上海的某一侧面时，恐怕也应该去阅读这部百万长卷，将会得到更多的感性的知识。

当张爱玲希望水晶去评论《歇浦潮》时，水晶说："《歇》书的海上说梦人已

① 笔者论黑幕小说的文章《黑幕征答·黑幕小说·揭黑运动》一文刊登在《文学评论》2005年第2期，较详细地发表对此问题的拙见。

② 王钝根：《〈歇浦朝〉·序二》。

经等了40年,让他再等几年不迟。”以后也不知水晶写过有关《歇浦潮》的评论否,但是再过4年,就是朱瘦菊开始连载《歇浦潮》的百周年纪念了。难道还能让他再如此久久地等待吗？那么2012年正值朱瘦菊诞辰120周年,我们就趁他在120岁的生日之际,为他写下以上的文字,以纪念他对市民大众文学和国产电影所作出过的贡献!

2012年10月15日脱稿于苏州

此文蒙朱瘦菊的外孙朱正心先生供给许多珍贵的资料,又蒙朱瘦菊的哲嗣朱文钟先生介绍朱瘦菊的生平,特表谢忱。

鲁迅小说论

奇妙的双轨逻辑和象征主义手法的运用*

——论《狂人日记》

《狂人日记》是经过了鲁迅独自的长期苦闷和探索之后，将久久蓄积的熔岩，化作第一次火山喷发式的呐喊。按照作家所把握的深广的生活内蕴，它本可流成一条滚烫的岩浆长河——即使写长篇三部曲，也不一定包孕他富有的积累；但是鲁迅偏要以短篇体裁出之。这就形成了小说落笔前的规定情景："厚积薄发"。这"厚"和"薄"的矛盾必然要求作品以浓缩铀的形式呈现在读者面前；这规定情景又迫使鲁迅要按照内容的特殊需要，作相应的手法的选择。只要我们将鲁迅的第一篇小说《狂人日记》和第二篇小说《孔乙己》作整体比较，就能知道，鲁迅是按作品的内容来选配相应形式和手法的圣手。《狂人日记》按鲁迅的自述是给人一种"逼促"感，而《孔乙己》的笔触又令人感到"从容不迫"的舒徐。它们的手法也是有显著的差异的。

本文想求索和阐发的是：一、鲁迅富有的蓄积——他为《狂人日记》的诞生大致作过哪些方面的充分准备；二、为什么《狂人日记》的高度浓缩法相应会连带产生"逼促"感；三、鲁迅为选择创作手法作过哪些考虑，为什么目前运用的手法可说是最佳方案。在论述过程中，我们也想旁及若干历来争论的问题，但这一点毕竟不是我们文章的主旨；我们关注的核心是研究《狂人日记》的孕育，构思和创作过程。

论《狂人日记》的准备

细细咀嚼《狂人日记》，在钦服之余，真会感到这虽是鲁迅第一次创作白话小说的"尝试"，可他实在是一位有充分思想准备和艺术准备的成熟和老练的

---

* 本文首刊于《苏州大学学报（社科版）》1986 年第 4 期，收入《鲁迅小说新论》，1986 年 10 月人民文学出版社版。

作家。鲁迅自己也曾谈起有关《狂人日记》的创作“准备”:“但我的来做小说，也并非自以为有做小说的才能，只因为那时是住在北京的会馆里的，要做论文罢，没有参考书，要翻译罢，没有底本，就只好做一点小说模样的东西塞责，这就是《狂人日记》。大约所仰仗的全在先前看过的百来篇外国作品和一点医学上的知识，此外的准备，一点也没有。”①这段自述中颇多自谦成分;同时，为了说明当时“客观条件”极差，只能靠“不要准备的准备”，搞起创作来。这“不要准备的准备”是指心灵中早已蓄积的现成“材料”。鲁迅讲了两方面的准备。“看过的百来篇外国作品”是指艺术上的准备;而“一点医学上的知识”是指科技上的准备。《狂人日记》没有这种医学科技知识的准备，要取得目前如此巨大的成就，也是难于想象的。“此外的准备一点也没有”这句话表面上是“不确切”的。因为至少还须有思想上的充分准备和生活上的富有积累。或者鲁迅认为，这是不言而喻的;或许鲁迅在此只想涉及技艺上的准备。在下文中才谈到抱着“启蒙主义”的目的去写小说，而“取材”是“多采病态社会不幸的人们”等等思想和生活方面的准备。

这火山的岩浆在地壳中运行，不能说与鲁迅的日本留学时代以前的岁月毫无关系，但是比较正式的蓄积期是从在日本研究国民性问题开始的;而仙台学医正好是写《狂人日记》的“不自觉”的科技准备的开端;直到弃医就文，在东京更多地涉猎了艺术上的准备。这种种的准备的“汇合”，再经历了回国后，特别是北京的“内心沉默发酵期”，直到钱玄同的拉稿，才形成了火山喷发口。

从鲁迅写《狂人日记》的思想、生活、艺术、科技这四方面准备来看，研究者对第一、二方面的准备谈得较多，较为忽视鲁迅自己提出过的艺术和医学方面的准备。就时期阶段而言，则对东京的求索亢奋期研究得较多，而对北京的沉默颓唐期研究得较少;就国界地域而言，则对外来影响论述得较多，而对北京时期的“回到古代去”②的作用估价不足。

就思想准备而言，从东京到北京，表面上虽然不同，前者为亢奋，后者为沉抑，但实质上是一以贯之的。其核心就是与封建传统实行最彻底的决绝，破坏和扫荡旧轨道，重新估定一切价值。《摩罗诗力说》是借欧洲 19 世纪积极浪漫主义诗人来批判中国的“固有而陈旧的文明”，呼唤的是“求精神界之战士”，鲁迅是摩罗式的“东方文明”的叛逆者。在《破恶声论》中，鲁迅提出“夫人历进化

---

①《南腔北调集·我怎么做起小说来》。

②《呐喊·自序》。

之道涂，其度则大有差等，或留蛆虫性，或猿狙性，纵越万祀，不能大同”。而在北京时期，鲁迅经过沉思默索，又指出，现在的“人”，仅不过是从“类人猿”发展到了“类猿人”①的阶段。可见他的思想线索的筋络是一脉相承的。

在日本，鲁迅“别求新声于异邦”；在北京，鲁迅花了大量的时间“使我回到古代去”。可是“上穷碧落下黄泉”，所得的结论却是“异曲同工”。在《嵇康集》的校勘中，他为嵇康的论文“思想新颖，往往与古时旧说反对”②，而觉得自己为此所下的苦功颇有价值。他钦佩嵇康的学识和勇气，在《与山巨源绝交书》中提出的“非汤武而薄周孔”的精辟论点虽“于生命有危险”而不顾。这难道不是与尼采的否定一切偶像的“确固不拔的自信”的精神相通的吗？为了准备《中国文化史》和《中国字体变迁史》，鲁迅浏览和研究了碑帖、墓志、造像、拓片、壁画；他对以雄浑、简练取胜的汉像和以精巧、圆润著称的唐刻等的高超艺术，惊叹不已。但是从另一方面来看，他越“回到古代去”研究中国的社会史、文学史、美术史，越随时觉得有一个巨大的幽灵在中国大地上笼罩着，那就是“礼教”在吞噬民族的灵魂。鲁迅看清了一个最大的悲剧，“礼教”的“食人性”偏偏是深深植根于民族的整体封建文化传统的土壤之中，而封建礼教“食人”的最好筵席恰恰是摆设在温情脉脉的每个家族之中，中国的根深蒂固的家族制度竟然使亲人们互啖。“别求新声于异邦”和“使我回到古代去”，都向鲁迅发出同一个问号，我们几千年的“食人”的“旧账何时勾销”？

鲁迅发现这一民族的最大悲剧，是他曾经变得一度“颓唐”的首要原因。鲁迅的青年时代的“慷慨激昂”，和步入中年时的一度“失望颓唐”也是“一脉相承”的。《摩罗诗力说》是“慷慨激昂”时代的表现形态，而《狂人日记》则是标志他已发展到“深刻沉重”的阶段。由于他已深刻地发现民族文化传统中的致命伤，那种不治之症的癌细胞的种种征兆硬是将鲁迅的情绪向“绝望”的胡同拖曳。对这种“颓唐”情绪，鲁迅曾作过“注释”：“俄国的文学，从尼古拉斯二世以来，就是‘为人生’的，无论它的主意是在探究，或在解决，或者堕入神秘，沦于颓唐，而其主流还是一个：为人生。”③正因为鲁迅在“失望颓唐”时也执着“为人生”的主流，所以他才有“绝望之为虚妄，正与希望相同”这种充满深邃哲理的思想。也可以说，当鲁迅看清中国不过是人肉筵宴的偌大厨房时，他是苦闷而

---

① 《热风·随感录四十一》。

② 《而已集·魏晋风度及文章与药及酒之关系》。

③ 《竖琴·前记》。

颓唐的，但是这种苦闷的颓唐，正乃是思想大突破的前夜。正如认识到中国是“一间铁屋子”，而且“是绝无窗户而万难破毁”的“铁屋子”，怎么能令人不苦闷而颓唐呢？颓唐而不甘灭亡者，就会抱着希冀于万一的心情，大嚷起来，惊醒了较为清醒的几个人，共同捣毁这铁屋。《狂人日记》是厨川白村所说的“生命力受了压抑而生的苦闷懊恼乃是文艺的根柢”①的产物；是追溯历史，纵观现实，博览世界，思想上有大发现，大发现又带来大苦闷的产物。但是他能将这种“大苦闷”的良知留在纸上，而不“甘心使他们和我的脑一同消灭在泥土里”②，这是大奋起的心声。所以应该说《狂人日记》的思想准备是经过了“大发现——大苦闷——大奋起”的历程的。是不在沉默中灭亡，就在沉默中爆发的两者必居其一的抉择后的鲁迅的第一声呐喊和战叫。古与今、中与外的多种影响的汇合，绝望与希望，颓唐与崛起的种种情绪的冲击，使《狂人日记》成为一篇讨伐中国封建礼教和家族制度弊害的檄文。

《狂人日记》当然有丰富的生活作为直接与间接的素材的。在1907年，当徐锡麟因刺杀恩铭，起义未遂，连心也被恩铭的亲兵“炒食净尽”时，鲁迅对这种兽行的残暴是“人心很愤怒”③的。在过了11年以后，当他写《狂人日记》时，就用到了“一直吃到徐锡麟”的事件；在作品中还写了用油煎炒了心肝而食之的情节。秋瑾女士在绍兴被杀的惨烈，也深烙在鲁迅的心间，以致作品中也写入“去年城里杀了犯人，还有一个生痨病的人，用馒头蘸血舐”的情节；还以这一事件为背景，塑造了一个夏瑜，写出了另一名篇《药》。可见，这些吃人的事实都是构成《狂人日记》的远因与间接素材。这种现实的“兽行”与历史上的“兽行”又扭结在一起，使鲁迅在“偶阅《通鉴》”时产生一种大彻大悟的思想：“乃悟中国人尚是食人民族，因成此篇。此种发现，关系亦甚大，而知者尚寥寥也。”④在这里，鲁迅的思想深度，产生了一个大飞跃。从古今的“吃人”事实，肯定中国是食人民族；从真的“人吃人”的惨象忽然引渡到令人更毛骨悚然的不流血的屠戮人的灵魂，在封建礼教的荼毒和家族制度的弊害下，全民族几乎无一幸免地、自觉或不自觉地被吞食。这的确是一个“知者寥寥”——应理解为绝无仅有的大发现。这个大发现就像中子打入原子核，形成核裂变，释放出巨

---

①《苦闷的象征·引言》。

②《呐喊·自序》。

③《朝花夕拾·范爱农》。

④ 1918年8月20日《致许寿裳》。

大的能量，它的腾空而起的蘑菇云，就成了文学的一座新的里程碑。

但是，《狂人日记》的核心素材则是阮久荪的有关狂人的生活。作家将这些变形的奇特的生活摄入头脑，在构思小说时又将它上升到主干地位，主人公的音容笑貌也大致以此为模特儿。如果没有阮久荪这样一类疯子供鲁迅作为临摹的模特儿，提供典型化的素材，光凭“一点医学上的知识”，他笔下的人物是不可能如此真切和有立体感的。鲁迅也许远不止研究过一个疯子，但是只有阮久荪一人有幸在《鲁迅日记》中出现 27 次，属于撰写《狂人日记》之前的共有 13 次。关于阮久荪发疯时的种种言行，不少鲁迅研究者都提供了生动的描述；阮久荪发狂时给母亲和姐姐的信，至今还保存在北京鲁迅博物馆。在他给母亲的信中写道：“繁峙县张知事性柔弱，寻常事大抵哥哥代定主意，是以受恨者甚多。此次系繁邑绅商各界密议决定，设计陷害，各捐资金，沿途贿嘱，竟将哥哥与弟致之死地。”这是一种典型的“迫害狂”患者的敏感脆弱又固执冥顽的心理特征。他给姊姊的信中坚信：“哥哥迟弟一日到京，亦闻被逮诬服，想必与弟先后同行。”这大概是指与他哥哥同赴泉台之路吧。从《鲁迅日记》可知鲁迅与阮久荪三度相会，其中两度是在写《狂人日记》之前。1915 年 8 月 31 日记：“晨阮久荪来……午后约久荪来谈，晚至广和居饭。”这次想必是尚未发病的。在 1916 年的一次见面，应该是《狂人日记》的主要原料之一了。10 月 30 日记：“午后往警署。晚又往警署。久荪到寓。”大约是为疯子可能做出意外举动，鲁迅须至警署备案？据说，鲁迅留他住在会馆后，第二天清晨，鲁迅还未起床，他就惊恐万状地来敲鲁迅的窗户，说是今天就要被杀头了，声音十分凄惨。鲁迅 10 月 31 日记：“下午久荪病颇恶，至夜愈甚，急延池田医生诊视……旋雇车送之入池田医院，并别雇工一人守视。”从 11 月 1 日至 6 日，鲁迅记六次“赴池田医院”，其中 2 日未去，3 日去两次。直至 11 月 6 日，鲁迅记：“雨。黎明起，赴池田医院将久荪往车驿，并令蓝德送之南归。”在这些天中，鲁迅将“一点医学上的知识”和实际的细致观察相结合相印证，感受一定是良多的。但当时他还不知道日后要写一篇《狂人日记》的小说，因此，阮久荪不过是一个“候补模特儿”存留在他的记忆仓库之内。日记中的第三度相见是在 1919 年 12 月鲁迅返里时，7 日记：“上午阮久荪来。”以后阮久荪与鲁迅亦有书信往来，鲁迅也收到过阮久荪的两次馈赠。可见阮久荪以后也病愈了。但这些都属不叙的后话了。

以上所列举的是鲁迅写《狂人日记》的丰厚的生活准备。从历史的背景材料到间接直接的生活素材，直至对模特儿的接触和细致的观察。

鲁迅写《狂人日记》的艺术准备也是可以追溯到东京留学时期的。周作人说:“在东京的这几年是鲁迅翻译及写作小说之修养时期。”[①]鲁迅自己也一再说过,他所“仰仗”和“取法”的大抵是外国的作家。而在东京时期正是他大量阅读和译介域外小说的时期。这种养料的吸取是复杂而广泛的。有的很能看出直接的师承影响关系,但更多的是潜移默化的。因此很难说一篇《狂人日记》是受了哪些作家作品的影响而成的;但从多方探求亦能找出它与若干作家作品的千丝万缕的关系痕迹,不过这种“拿来主义”总是经过自己的咀嚼消化而融为自己的血肉的,不是生吞活剥和东施效颦式的仿制品。例如鲁迅自述当时“最爱看的作者”是果戈理、显克微支、夏目漱石和森鸥外。但是他们只是在某一侧面对鲁迅产生影响。正如周作人所说:“豫才后日所作小说虽与漱石作风不似,但其嘲讽中轻妙的笔致实颇受漱石的影响。而其深刻沉重处乃自果戈理与显克微支处来也。”[②]显然,如果谈到《狂人日记》的格调,那么是侧重于受果戈理和显克微支的熏陶。如果从广阔的视野去搜求,《狂人日记》就有融汇《斯巴达之魂》的热情呼号呐喊;也取《月界旅行》以奇想托之说部的“经纬”;还吸取了安特莱夫的“消融了内面世界与外面表现之差”,以达到“灵肉一致的境地”;还参照了迦尔洵悲世之深,发病狂时的“自记其状”;在语言中,又渗透着尼采式的“箴言”——格言诗式的深邃的哲理……在这众多的潜移默化的影响交汇中,鲁迅又选中了果戈理的《狂人日记》式的外壳,又以自己的思想准备和生活积累为作品独创性的内核,孕育成前无古人的“忧愤深广”的主题,创作出内容全新的千古杰作。

就在《月界旅行·辨言》中,鲁迅称赞作者儒勒·凡尔纳“学术既覃,理想复富。默揣世界将来之进步,独抒奇想,托之说部。经以科学,纬以人情”[③],创作出“理想为因,实行为果”的作品。随之鲁迅发挥了他的科学或哲理与形象相互渗透和糅合的“小说观”:“盖胪陈科学,常人厌之,阅不终篇,辄欲睡去,强人所难,势必然矣。惟假小说之能力,被优孟之衣冠,则虽析理谭玄,亦能浸淫脑筋,不生厌倦……故掇取学理,去庄而谐,使读者触目会心,不劳思索,则必能于不知不觉间,获一斑之智识,破遗传之迷信,改良思想,补助文明,势力之

---

① 知堂:《关于鲁迅》,载《宇宙风》第29期,1936年11月16日出版。

② 知堂:《关于鲁迅之二》,载《宇宙风》第30期,1936年12月1日出版。

③《月界旅行·辨言》。

伟，有如此者！"[①]这种"托之说部""析理谭玄"的小说观，正是在《狂人日记》中得到了创造性的发挥！其"势力之伟"也在作品的强烈而经久不衰的社会效果中得以证明。

鲁迅受安特莱夫的影响是至深至显的。如果说《药》中有安特莱夫的"阴冷"，那么，安特莱夫对《狂人日记》的影响，主要是手法选择上的揣摩参照，即是"使象征印象主义和写实主义相调和"的问题。鲁迅翻译了迦尔洵的《四日》，并介绍他所写的《绛花》（现译为《红花》）是迦尔洵在疯病愈后的"自记其状"。对鲁迅写作《狂人日记》是有启迪作用的。据周作人回忆，鲁迅"《扎拉图斯忒拉如是说》常在案头，曾将序说一篇译出登杂志上，这大约是《新潮》吧"。[②]尼采在《序言》第三节中说："你们已经走了从虫豸到人的路，在你们里面还有许多份是虫豸，你们做过猴子，到了现在，人还尤其猴子，无论比那一个猴子。"这种思想是深深嵌入《狂人日记》的筋骨之中的。鲁迅指出，尼采喜用"标征"："鹰与蛇都是标征：蛇表聪明……鹰表高傲……"[③]那么，《狂人日记》中的"陈年流水簿子"也是一种"标征"，经鲁迅的自我注释"史书本来是过去的陈账簿"[④]，更得以确证；而"吃人"也是一种"标征"，是指封建礼教对人的灵魂的虐杀以及公然摆设的人肉筵宴。但鲁迅最为赏识的是："尼采的文章既太好；本书又用箴言（Sprueche）集成，外观上常见矛盾，所以不容易了解。"[⑤]鲁迅是希望读者透过艰深的"外观"去理解其精辟的哲理的。

上述种种，都是通过"仰仗""取法"而发挥其"综合效果"，为鲁迅作好写《狂人日记》的充足的艺术准备。

科技——医学知识的准备是显示《狂人日记》逼真性的根柢，也是鲁迅自如地运用象征手法的基石。《狂人日记》与鲁迅其他多篇小说的不同是：生活积累和科技知识的有机结合。没有阮久荪作主干模特儿不行，但光有模特儿，不懂"一点医学上的知识"也不行，作家敢于将人物和主题向纵深开掘，是有充分的科学根基的。而不参考一点"精神病学"，评论家分析《狂人日记》也容易隔靴搔痒。因为不了解作家的这方面的"准备"，也不易全面理解作家的"成品"——小说。例如多年流行的"战士说"，其论据之一是"知所患盖'迫害狂'

---

① 《月界旅行·辨言》。

② 知堂：《关于鲁迅之二》，载《宇宙风》第 30 期，1936 年 12 月 1 日出版。

③ 《察拉图斯忒拉的序言·译者附记》。

④ 《华盖集·这个与那个》。

⑤ 《察拉图斯忒拉的序言·译者附记》。

之类”。望文生意，迫害狂即是受封建势力的迫害而发狂的，因此，未狂时是战士，发狂后更纵情地说真理。

其实，迫害狂并不是因迫害而致狂的。迫害狂的另一学名为“偏执狂”。这种偏执狂往往以“被迫害的幻想”为病人的主要特征。患者总觉得自己遭受着种种迫害，对他布下的罗网往往是“集团性”的阴谋。如阮久荪的“绅商各界密议决定，设计陷害……沿途贿嘱”即是，其实这种“迫害”是出自一种极其夸张的“假想敌”。偏执狂的妄想大都具有系统性和逻辑性的特征，而且以一个错误判断为核心（狂人是以“吃人”的判断为核心），不断地进行不现实的不正确的推理，然后将这许多“莫须有”的新内容依附于这一核心周围，达到牢不可破和不容动摇的固执程度；往往还进而作“逆转性的扩散”：把病前的生活也用这种妄想来解释（对狂人来说就想到“四五岁时”和“妹妹死掉”的情景）。

这种患者的性格往往是固执、主观、敏感、多疑，自尊心特强；而在病程中又总是焦虑不安，按照妄想的既定轨迹作奇特的思想奔逸。鲁迅笔下的狂人，都是符合这些临床病例的症候的。

只有以上这四方面的准备——思想、生活、艺术和科技——都达到水准线以上，甚至登上精湛和深刻的峰巅，才能使生活的广袤与认识的透辟相互促进，以至产生质的飞跃——一个新的主题——礼教吃人，吃人礼教——的诞生；加之有多方的艺术借鉴足以去娴熟地驾驭这一题材，淋漓尽致地表达这一主题；而这一切又要有相应的科技知识，才能产生如虎添翼的效能。这四个方面的条件既已具备，单等某一客观情况的出现，在沉默的火山中奔突的岩浆就喷薄而出，这一客观的促成因素就是“金心异”的拉稿。

奇妙的双轨逻辑和象征主义手法的运用

在《狂人日记》中并没有奇特的场景，只是通过狂人的“眼”去看一系列的围观、尾随、禁闭、看书、诊病等等的普普通通的狂人生活的“变形”。这位狂人既不是战士也不是什么英雄人物。在日记中，我们看到他在病前或病中，都对弱者存有同情心：“他们——也有给知县打枷过的，也有给绅士掌过嘴的，也有衙役占了他妻子的，也有老子娘被债主逼死的……”字里行间是有所愤懑的。他看来也不轻信与盲从，在20年前，他“把古久先生的陈年流水簿子，踹了一脚”；在病中，他也诘责道：“从来如此，便对么？”当他觉得“吃人”是一件残忍的事，他就真心诚意去“劝转”。但更激烈的情绪还看不出，更强劲的叛逆思想也并不存在。

关于狂人发疯的原因，在《小序》中并未介绍，他自己的日记更说不清。他患的是“迫害狂”，从偏执妄想中，他觉得人们要害他，这陷害的阴谋是“集团性”的：“晓得他们布置，都已妥当了”；“他们大家连络，布满了罗网，逼我自戕”。鲁迅将他笔下的主人公写成一个心理上生理上都是病态的形象。作为一个狂人，他是沿着偏执狂的系统性和逻辑性的荒谬妄想向前推理的。“吃人”这两个字在他的日记中决不是对礼教的自觉控诉，而是从“假想敌”的集团性谋害中得出的一个“错误判断”，他的推理是愈来愈不正确的和根本是“莫须有”的。这一切都依附于一个核心的概念——吃人，而这个核心概念又作“逆转性的扩散”，将病前的生活解释得十分离奇可怖。但是作品除了偏执狂患者的荒谬的逻辑轨迹之外，还有一种经作者严密遥控的富有哲理的内在逻辑轨迹，让读者能在字里行间领略一种闪光的真理。这就是鲁迅《狂人日记》奇妙的双轨逻辑，使看起来不能并列在一起的两股轨道，奇迹般地铺设在一起，将读者思考的列车，驶入一个全新的思想与艺术境界。

日记的主人公既然是一位心理和生理上都是病态的人，要去解释清楚日记的每一句话的内涵是不可能的，但作为一个偏执狂的病人，鲁迅也根据医学知识，为他设计了一套妄想的逻辑。为了使狂人肯定别人早有布置地想“吃”他，先从第二节的“其中最凶的一个人，张着嘴，对我笑了一笑”开始，进而是街上的女人打儿子：“‘老子呀！我要咬你几口才出气！’他眼睛却看着我”。接着是狼子村的佃户讲吃人吃心肝的事，使他得出一个“推理”：“他们会吃人，就未必不会吃我。”而当狂人进一步联想“那女人‘咬你几口’的话，和一伙青面獠牙人的笑，和前天佃户的话，明明是暗号”时，“吃人”的“判断”才在他头脑中正式肯定下来。当他翻历史书时，得到更确切的旁证：在他的幻觉中，“从字缝里看出字来，满本都写着两个字是‘吃人’！”于是他得出一个不容动摇的结论：“我也是人，他们想要吃我了！”这就是偏执狂的具有系统性和逻辑性的妄想线索。从此，狂人就以这一错误的判断为核心，将许多荒谬的推理内容依附在这一“核心”的周围。例如医生诊病，他就肯定是“揣一揣肥瘠”；而医生对他哥哥说：“赶紧吃罢！”原意是指“赶紧吃药”，而他却又“发现”“合伙吃我的人，便是我哥哥！”如此等等，不一而足。于是他“逆转性扩散”的症状就愈来愈严重。如大哥讲书时的“易子而食”，“食肉寝皮”都用上了。“子”也易得，何况是兄弟呢？

如果上述都属狂人的错误的推理判断，那么他对抗这种非人的残暴手段就是“诅咒”和“劝转”了。研究者在“劝转”上做了许多文章。他们往往热衷于从“劝转”去解剖鲁迅的局限性，似乎狂人就等于鲁迅。《狂人日记》就等于“鲁迅日记”。我们认为，既然是小说，作家总要根据主人公的思想脉络、性格特征、所处的具体环境等等因素去进一步开展情节。所谓“劝转”是指狂人脑子里构成了一个牢不可破的“人吃人”和“他们想要吃我了”的概念之后，所采取的“对策”。他要“诅咒”，同时要实行“劝转”。结果是“劝转”无效，这才将情节进一步深化，鲁迅的创作意图是由此进一步“揭露家族制度和礼教的弊害”。我们认为，不能把小说中人物的思想强加在作者身上，然后再去“批评”作者。对“劝转说”无休止的“批评”，实际上是希望鲁迅塑造一个十全十美的狂人——高大战士的形象。但鲁迅笔下只能产生一个“低调”的“劝转”者。诚然，鲁迅当时还没有接受马列主义，他的弃医就文，倡导改造国民性的“思想革命”的本身就有“劝转”的成分在内。但在我们看来，提倡“暴力革命”和“思想革命”是相辅相成的，否则中国似乎不必产生鲁迅这么一位作家。或者说鲁迅的手不应该握笔，而只应该握枪。

当我们梳理了狂人的偏执妄想脉络和解释了“劝转”乃狂人的对策之后，我们就应再从奇妙的双轨逻辑的一侧，看鲁迅如何通过狂人的妄想向读者传达真理的信息。作家的“奥秘”可以引用《狂人日记》中的一句原话来说明：“从字缝里看出字来”。狂人从历史书的“字缝里看出字来”；读者却从《狂人日记》的“字缝里看出字来”。鲁迅就是要通过狂人的妄想向读者暗示一种“离经叛道”的思想。茅盾读《狂人日记》的最初印象是常被我们引用的，但在这读后感中也让我们知道，茅盾对鲁迅通过小说传给他的信息是“默契”地心领神会的。茅盾还进而设想：“我想当日如果竟有若干国粹派读者把这《狂人日记》反复读至五六遍之多，那我就敢断定他们（国粹派）一定……要把恶骂来欢迎它（《狂人日记》）的生辰了……中国人一向自诩的精神文明第一次受到了最无赖的怒骂……”[①]即使昏庸的国粹家再迟钝，茅盾也想象，读至五六遍总会读懂的，随之就是“暴跳如雷”。那就证实了奇妙的双轨逻辑，还是能通过作家的“暗示”，将作家的本意清晰地传达出来。在第三节中，作家通过狂人的谵妄“暗示”使读者去思考一个问题：历史上的满纸“仁义道德”是否就是“吃人”的代名词？而将这一问题提到读者面前时，作家一再用“凡事总须研究，才会明白”，“从来如此，便对么？”等等的否定一切偶像和重新估价一切的精神来武装读者，期望读者像自己一样得出肯定的结论。在第四节，狂人有一个“大发见”：“合伙吃

---

① 雁冰：《读〈呐喊〉》，载1923年10月8日《时事新报》副刊《文学》第91期。

我的人，便是我的哥哥！”这就将温情脉脉的封建家族制度的吞食幼小者的弊害给点了出来。鲁迅曾对这种家族制度进行无情的攻击：“中国娶妻早是福气，儿子多也是福气。所有小孩，只是他父母福气的材料，并非将来的‘人’的萌芽……”[①]所谓“福气的材料”就是供驱使的“办酒的材料”。当狂人的“劝转”碰壁时，他的“逆转性扩散”告诉他，五岁的“妹子是被大哥吃了”。又怀疑“我未必无意之中，不吃了我妹妹的几片肉”。从自觉“吃”延伸到不自觉也会“吃”，于是就出现了似乎难于理解的“四千年来时时吃人的地方”和“有了四千年吃人履历的我”等等的句子。虽然费解，但我们毕竟也能意识到，鲁迅指的是封建礼教统治下的中国乃是一个屠场，而当你受了封建礼教的荼毒之后，也会无意中去“吃人”，去用那杀人不见血的软刀子。在封建礼教的培育下，只能产生有四千年吃人履历的兽，而不能孕育“人”的萌芽——也就是“真的人”。鲁迅在《随感录·四十》中希望能“完结了四千年的旧账”——“旧账如何勾销？我说，‘完全解放了我们的孩子！’”这就是《狂人日记》的“救救孩子”的激越呼声的最好诠释！

那么这奇妙的双轨逻辑的真理闪光的一面是靠什么传达给读者的呢？靠象征主义！我们往往不大愿意将鲁迅与象征主义联系起来。但是这样的疑虑是大可不必的。早在1923年，茅盾就指出，《狂人日记》“这奇文中冷隽的句子，挺峭的文调，对照着那含蓄半吐的意义，和淡淡的象征主义的色彩，便构成了异样的风格……”[②]在解放后，对《狂人日记》的“象征主义色彩”就很少触及了。明确地提出《狂人日记》不是现实主义手法而是采用象征手法的，是陈涌。他在1979年发表的《鲁迅与“五四”文学运动的现实主义问题》一文中写道：“过去有些人把《狂人日记》的狂人当做现实主义的人物来分析，在那里谈论什么鲁迅创造的‘英雄形象’，这就是因为不去区分象征的方法和现实主义的方法。其实，狂人不过是一个象征，鲁迅并不是把他作为一个现实主义的正面人物或英雄人物来创造的。否则，这个狂人为什么的确具有病理学上的狂人的特点，便成了不可解释的了。”[③]冲破了这个《狂人日记》与象征主义关系的“禁区”，给研究这篇划时代的丰碑小说带来了新的生机。

在我们国内虽然存在着《狂人日记》与象征主义毫无关系的空白期，但在

① 《热风·随感录二十五》。
② 雁冰：《读〈呐喊〉》，载1923年10月8日《时事新报》副刊《文学》第91期。
③ 陈涌文载《文学评论》1979年第3期。

国外的鲁迅研究中，却常常涉及这个问题。荷兰 D. 佛克马说："鲁迅的《狂人日记》既可以当做个人遭遇的故事来读，又可以理解为对人生的象征性的解释，还可以看做一篇政治讽刺文章。其中任何一种解释，在其他两种解释已存在的前提下仍具有意义……鲁迅的许多作品，都可以从政治意义或象征意义两方面加以解释。这种模棱两可的特点，赋予作品以更丰富的含义。"①美国的特里克・哈南在《鲁迅小说的技巧》一文中说："《狂人日记》的核心就是一个单一的、象征的概念……果戈理的小说缺少系统的象征，而这却是鲁迅的《狂人日记》的主要之点……鲁迅在《狂人日记》中使用的复杂方法是找不出什么明确先例的……只有在象征的意义上，才能把狂人洞见的东西看成真情。"②有的国外评论家的意见我们不敢苟同，例如将《狂人日记》看成"政治讽刺文章"等等。他们的共同之点——认为《狂人日记》的主要之点是象征主义却是应该得到肯定。而且这种值得尊重的意见就在我国的那段"空白期"中发表的。

那么，我们为什么会出现这样一个较长的"空白期"呢？主要原因在于"现实主义"的"不断看涨"，而一提象征主义，就令人联想到"19 世纪末叶在法国兴起的颓废主义文艺思潮中的一种主要流派"③。但鲁迅对象征主义的见解要比上述的"结论"宽泛得多。鲁迅早期受安特莱夫的影响极深。他赞赏安特莱夫的作品"神秘幽深，自成一家"④。在 1921 年，鲁迅又进一步解释和发挥道："安特莱夫的创作里，又都含着严肃的现实性以及深刻和纤细，使象征印象主义与写实主义相调和。俄国作家中，没有一个人能够如他的创作一般，消融了内面世界与外面表现之差，而现出灵肉一致的境地。他的著作是虽然很有象征印象气息，而仍然不失其现实性的。"⑤正因为鲁迅对象征主义和现实主义"相调和"的杂交品种颇有好感，所以当鲁迅翻译了厨川白村《苦闷的象征》之后，在《引言》中表达了他对厨川白村《创作论》中的某些论点的共鸣。鲁迅引用了这样的话："所谓象征主义者，决非单是前世纪末法兰西诗坛的一派所曾经标榜的主义，凡是一切文艺，古往今来，是无不在这样的意义上，用着象征主义的表现法的。"⑥可见，从 1908 年鲁迅译《谩》和《默》等作品，认为安特莱夫"自成一

---

① 〔荷〕D. 佛克马：《俄国文学对鲁迅的影响》，译自《"五四"时代的中国现代文学》。

② 此文译自《哈佛亚洲研究学报》1974 年第 34 期。

③ 见《辞海》"象征主义"条目，上海辞书出版社 1979 年 9 月版。

④《域外小说集・〈默〉译后附记》。

⑤《现代小说译丛・〈黯淡的烟霭里〉译者附记》。

⑥《苦闷的象征・引言》。

家”，到1921年译《黯淡的烟霭里》和《书籍》，鲁迅进一步解释了其“自成一家”的经验：“象征印象主义和写实主义相调和”和“消融了内面世界与外面表现之差，而现出灵肉一致。”鲁迅不仅对安特莱夫的小说甚为欣赏，连带他的独特的手法，也觉得应该借鉴。对象征主义也作了相应的肯定，特别是对象征主义与写实主义的“嫁接”颇为好感。直到1924年，鲁迅在译介厨川白村的遗作时，用厨川白村的话一再表白了自己对象征主义的看法。我们不想过多地用鲁迅写《狂人日记》之后的著述来说明他写《狂人日记》之时的主导倾向。但梳理一下鲁迅对象征主义的见解，以及他对安特莱夫作品的评价，有助于我们去解决两个问题，一是鲁迅借鉴了安特莱夫的经验，特别是在创作手法的选择上是否有过参照；二是可以解除我们对象征主义的一般恐惧心理。

我们认为鲁迅在选择《狂人日记》的创作手法时，是非常出色地“使象征印象主义与写实主义相调和”，娴熟地运用了这种“嫁接法”。就现在的客观效果看，要达到“厚积薄发”，要将一个“上下数千年，纵横几万里”的宏大主题，浓缩锤炼到以短篇出之，用这种手法来表达，可说是“最佳方案”。鲁迅既大胆地展示了奇妙的双轨逻辑，同时又“消融了内面世界与外面表现之差”，使作品的“灵肉”达到水乳交融的地步。这“肉”当然是狂人的种种感受凝成的日记，这是作品的“实体”；而“灵”是作家对封建礼教和家族制度弊害的血泪控诉，这是作品的“精神”。

鲁迅在构思《狂人日记》时，他一方面采用现实主义的手法，微观地、如实地刻画狂人惊恐万状，焦躁不安的细部；另一方面，又用象征主义的手法，宏观地纵览历史的真实，民族的特性。这宏观着眼、微观落墨的有机交汇，使狂人的逼真的形象与作家内心诗的呼号如此合拍地相互渗透，以致像地壳的变化一样，在文学史上隆起了一座巍巍的巨峰，成了中国近代文学发展为现代文学的伟大的界碑。而且为礼教进行了前所未有的“加冕典礼”，给它冠以“吃人”的头衔。这在中国思想史上也值得大书一笔。

问题还在于，既是现实主义的，又是象征主义的，就《狂人日记》而言，哪一种手法居主导地位，起着左右局势的作用。我们认为是象征主义手法。也就是说，能调和和消融“灵”和“肉”的主要关键是取决于象征主义的运用。用现实主义手法来反映“吃人礼教”的途径是多种多样的。在我国现代文学的领域中，巴金的《家》、《春》、《秋》这《激流三部曲》就也涉及封建礼教和家族制度的吃人本质。鲁迅的途径却以短篇出之。他们是“殊途而同归”。不过我们不妨设想一下，如果仅仅是刻画狂人的病态心理和生理，即使是纤细逼真，也不过成为一张供医生研究的病历表,可作为"临床病例"的典型症状,给实习医生作为参考。那么《狂人日记》就只有躯壳而缺乏三魂六魄。现在,作家在构思时,在这一棵果树上"嫁接"一根象征部分的枝条。它使这棵果树的品种起了变化,使它的果实的味道增加了很多的糖分。那么,我们千万不能轻视这根"嫁接"的枝条,它无疑起了主导地位和左右全局的作用。象征主义手法在《狂人日记》之中实在是全文的魂魄和主宰。

正因为象征主义起了核心的作用,所以能不能读懂或领会《狂人日记》的主旨,关键在于读者能不能"破译"作者注入狂人之口的"密码"——象征寓意。而《狂人日记》的最大特色,也就是在于这象征主义的"密码"抓住了宏观的历史真理,而不在于微观的细节真实。

与果戈理的《狂人日记》相比,鲁迅的《狂人日记》的独创性,主要不在于"忧愤深广",这仅是程度上的不同而已。而是在于果戈理的《狂人日记》是以现实主义为主的作品,鲁迅的《狂人日记》则主要是象征主义手法的出色运筹。果戈理笔下的狂人波布里希钦喊出了被侮辱被损害的小人物的痛苦和悲愤:"世界上一切最好的东西,都让侍从官或者将军霸占去了。""我好几次想研究明白,为什么人要分成许多等级。"这呼号所传达出来的批判倾向是典型的现实主义手法的产物。所以我们上文曾引用哈南的话,指出果戈理的小说缺乏系统象征,而系统象征恰恰是鲁迅《狂人日记》的主要之点。只有用这一点来区别两篇《狂人日记》的相异,才是真正抓住了关键性的不同之处。美国学者林毓生在《鲁迅的复杂意识》一文中有一个节段题名《"整体性的反传统思想"和〈狂人日记〉》,其中有些意见颇有参考价值。他写道:"但鲁迅的《狂人日记》的主题完全是独创的,其中运用寓意的技巧和狂人语言的双重意义,更是果戈理作品中完全没有的。用现代医学中的精神分裂症的精神状态描写狂人有系统的幻觉,使故事从表面上看完全是写实,实际上却是作者为控诉中国传统而作的寓意的构思。他的控诉也绝不限于某一个特殊方面,而是扩展到整个中国历史。"①

鲁迅的《狂人日记》与他自己的第二篇小说《孔乙己》相比,它们的区别也在于象征主义手法和现实主义手法的不同。《狂人日记》既然想用一个小的实体,通过象征主义的手法,扩展为对整个中国历史所形成的封建传统的控诉,

① 此文是他的专著《中国意识的危机》中的第六章。〔22〕〔23〕〔28〕均转引自乐黛云编的《国外鲁迅研究论集(1960—1981)》,北京大学出版社 1981 年 10 月版。

达到实体虽小，容量无穷的构思意图，当然容易产生“逼促感”；本来，这样富有概括性的哲理，又通过“心灵呼号”的日记体形式出之，很容易犯“概念化”的毛病，但是鲁迅采用的是一个偏执狂患者的系统性的妄想逻辑的生活片段，这种跳跃式的思想奔逸，这种受到正常生活的“干扰”所引起的意念飘忽，这种内心焦灼而“动中形外”的赤诚呼号，反而变得极为真实可信，因此抹掉了“文学切忌说概念”的危险，特定的狂人形象大大冲淡了作品的逼促感，弥补了概念大于形象的倾向。不妨设想，一个正常的人与这些哲理的呼号，要构成一篇小说，而又不犯概念化的绝症，几乎是难以想象的，从这里我们也可体察到，鲁迅为什么要“套用”一下果戈理的《狂人日记》外形的必要性：用系统妄想逻辑的生活实感，用象征主义的手法，就既能免除“说概念”的嫌疑，又能最大限度地扩大作品的内在容量，经得起读者的吟诵咀嚼。《孔乙己》则与《狂人日记》有较大的不同。这篇小说不能说没有涉及“吃人”的事实，但与《狂人日记》比较，相对来说，这是具体的“吃人”，或者说，吃一个具体的人。当然这“具体”的人也有很大的概括力，但与《狂人日记》相比，容量就小得多。例如，很多研究者认为，这是科举制度吞食了孔乙己。这就变得非常具体而落实了。况且创作《孔乙己》时，科举制度早已废除，那么从“现实意义”上来说，鲁迅的《孔乙己》是“马后炮”，恐怕还敌不上《儒林外史》的“范进中举”有现实针对性。鲁迅的构思《孔乙己》的意图是“描写一般社会对于苦人的凉薄”。吃人的远不止于科举制度和丁举人，以孔乙己的潦倒为茶余酒后的取笑的谈资的，又何尝不在分一杯羹。这是深刻的，与《狂人日记》中的“四千年来时时吃人的地方”和“我未必无意之中，不吃……几片肉”的思想是极为关联的。但相对而言，《孔乙已》的容量要比《狂人日记》小。根据内容的需要，鲁迅运用了现实主义的笔调，舒徐地展开孔乙己的在酒店中的几个场面，作家没有也不需求助于象征主义手法，形成了一种与《狂人日记》特定题材、特定主题、特定手法不同的效果，产生了一种虽然篇幅不长，但游刃有余，笔墨酣畅的从容感。

如此看来，鲁迅选择象征主义手法来架设奇妙的双轨逻辑的确是一个非常成功的艺术经验，也正因为这条双轨的独创性，也使他的作品有别于果戈理的《狂人日记》和他自己以后所写的若干小说创作。

我们的研究专家们写了许多极为深刻地论述《狂人日记》的文章，但较少涉及《狂人日记》的构思过程中鲁迅的生活准备和手法选择等问题。但是今天来讨论这些问题，除了深入地研究鲁迅之外，也存在着一定的现实意义。例如，我们强调深入生活，做创作前的充分的生活准备，但往往忽视知识准备（生活当然也是知识的一方面，不过这里是指科技知识而言的）。如果鲁迅写《狂人日记》缺乏医学知识的准备，恐怕是寸步难行的，他不可能如此大胆地去驾驭偏执狂的系统性妄想逻辑，这就无疑会削弱作品的深度，不可能达到目前的“石破天惊”的效果。在我们的现实生活中，作家当然更有做一点科技准备的必要。过去我们非常害怕，作家有了科技知识，就会使作品变成技术操作的讲义。这是一种多余的担心，《狂人日记》并没有变成《精神病学》讲义。

在创作手法上，我们过去实际上只承认现实主义，连浪漫主义也仅是现实主义的附庸，对象征主义则是谈虎色变了。其实，我们现代文学史的第一篇划时代之作，就是以象征主义为主的，现实主义倒是一种陪衬性的手法。国外的鲁迅研究者认为“鲁迅在《狂人日记》中使用的复杂方法是找不出明确先例的”。鲁迅的成功艺术经验，他所使用的复杂的艺术方法是很值得我们进一步深入探究的。

风波中泛起的沉渣*

——论《风波》

1920年10月，鲁迅在“感慨系之”地“呻吟”出一篇《头发的故事》之后，意犹未尽，紧接着又在同一个月中写了“头发的故事”的“续篇”，那就是《风波》——“辫子的风波”。

据周遐寿回忆：“曾见民国七年北京大学日刊上所载的《歌谣选》(每日载一则，刘半农选注，后未辑集印行)，有一则云：不剃辫子没法混，剃了辫子怕张顺。这大概是河北乐亭一带的歌谣，记得是李守常君所录寄的。还有注云：张顺盖系张勋之讹，勋字念作上声，便近于顺字了。”又说：“入民国来、乡间盛传此谣。张顺殆张勋之讹。”①

这则李大钊同志录寄的民谣，鲁迅有没有读过呢？我们不得而知，无法肯定。但他至少是与河北乐亭一带盛传的民间歌谣相“巧合”，以江南水乡作为小说的背景，写了一则江南无辫农民“怕张顺”的故事。

张勋复辟仅是短命的12天，其时鲁迅正在北京。他亲睹了这幕丑剧。他愤然辞去教育部的职务，拒到教育部上班，以示抗议。鲁迅回顾道：“然而辫子是又可以种起来的，我曾见他的辫子兵在北京城外布防，对于没有辫子的人们真是气焰万丈。幸而不几天就失败了……张勋的姓名已经暗淡，‘复辟’的事件也逐渐遗忘，我曾在《风波》里提到它，别的作品上却似乎没有见，可见早就不受人注意。”②要鲁迅反映河北农村的生活是不大可能的，《风波》的背景非要搬到离“震中”北京数千里外的江南鲁镇不可。凭着鲁迅对江南农村的熟稔程度，他可以有充分的把握去驾驭这一题材，去虚构一场“小风波”——张勋复辟

---

* 本篇首刊于《齐鲁学刊》1986年第5期。后收入《鲁迅小说新论》，人民文学出版社1986年版。

① 周遐寿：《鲁迅小说里的人物・二五〈怕张顺〉》，1954年4月上海出版公司初版。

② 《且介亭杂文・病后杂谈之余》。

的震波是怎样传到遥远的江南的。由于远离“震中”，“震级”当然不大，但它照样震撼了我们读者的心灵，像看了一出以闹剧形式出现的深刻的悲剧。

二

在清末，剪辫子，对人们来说是很严肃很激烈的反清立场，要冒极大的风险。直到1935年，鲁迅还回顾道：“现在二十左右的青年，大约很少有人知道三十年前，单是剪了辫子就会坐牢或杀头的了。然而这曾经是事实。”①在国外的留学生虽可不受清朝律令的约束，但清廷还可施加种种压力，例如学监们一再告诫留学生要保存“国粹”，“大官说保存国粹，是教留学生不要去剪辫子的意思。”②当然还会以取消官费或者押送回国相威胁。所谓押送回国岂非等于绑上断头台吗？所以留学生的剪辫，也是慷慨激昂的义举。鲁迅到日本的次年，就毅然剪掉象征清朝统治的辫子，而且是江南班中的第一人。还郑重其事地拍了“断发小照”，热血沸腾地赋诗一首。《自题小像》中的“我以我血荐轩辕”已成千古佳句。但是作为一次大规模的民族民主革命——辛亥革命，结果只革掉了脑袋上的一撮毛发，鲁迅是甚为失望的。他认为：辛亥革命“竟没有历史上定例的开国之初的盛世，只枉然失去了一条辫子，就很为大家所不满了。以后较新的改革，就著著失败，改革一两，反动十斤……”③

七斤剪辫可丝毫没有清末留学生的慷慨激昂的影子。他是“造反的时候……他偏要死进城去，滚进城去，进城便被人剪去了辫子”。不是叛逆的奋进，而是顺大流和被动的“断发”。当然更不会赋《自题小像》七绝一首。但倒有过“她题小像”，那就是七斤嫂在没有任何压力之下说过的“没有辫子倒也没有什么丑”。七斤嫂不像N先生，不大了解中国人为头发所受的种种痛苦，也不知道头发的历史。倒也不像“假洋鬼子”的“母亲大哭了十几场，他的老婆跳了三回井”。因为“假洋鬼子”的母亲坚信她儿子不被剪辫就能做大官。而七斤虽有“飞黄腾达”之意，但七斤嫂是还不存非分之想的。在“造反”时，剪了辫子就有进城的“自由”，七斤以撑航船为业，少了一条辫子，就能挣钱给一家老小吃松花黄的米饭和好香的干菜。况且在辛亥大潮中，进城被剪辫子的也绝不止七斤一个。“秀才因为上城报官，被不好的革命党剪了辫子”就是一例。

---

①《且介亭杂文·忆刘半农君》。

②《热风·随感录三十五》。

③《二心集·习惯与改革》。

但七斤和七斤嫂都是“伟大的现实主义者”，只要保住这米饭和干菜，不会像赵太爷一样全家“号咷”的。他们对辫子没有特别的好恶，七斤嫂看顺了眼，为七斤作“她题小像”。

七斤仅仅革掉了脑袋后面的一撮毛发，而脑袋里的思想是依旧的。虽然也算是鲁镇的一条重要新闻渠道，在他的嘴里没有半点革新色彩的“时事”，却显出一副骄傲模样传播些“雷公劈死了蜈蚣精”，“闺女生了一个夜叉”之类的莫须有的街谈巷语。但是即使是这么一个浑浑噩噩的人，还是要被这次“复辟”风波作为重点打击和清算的对象。这真不知从何说起。这只能说明，挂着民国招牌的鲁镇，仅仅是七斤“枉然失去了一条辫子”，其他是任何改革也没有的。现在张大帅保驾清皇帝重登龙座，皇帝就要辫子。为什么仅仅向臣民要辫子呢？因为革命就仅仅革掉了一条辫子。现在如果让辫子一律重新“种”起来，皇帝就感到什么也不缺了。

鲁迅通过《头发的故事》告诉我们，烈士的鲜血被人们踏灭了，“以血的洪流淹死了一个敌人，以同胞的尸体填满了一个缺陷”①，以前仆后继的牺牲，革掉一小撮头发，是大大失算和亏损了。而通过“头发的故事”的续篇，说明即使是七斤式的剪辫，也不能相容，辫子是还要“种”起来的。鲁迅曾忧郁地叹息：“可惜中国太难改变了，即使搬动一张桌子，改装一个火炉，几乎也要血；而且即使有了血，也未必一定能搬动，能改装。”②桌子与火炉难搬难改，头发当然更是难革。《风波》的表现形态是闹剧，骨子里却是沉痛的愤激。在鲁迅看来，当时中国现实的浓重的黑暗，竟是他始料所未及。民国之初，鲁迅曾以为：“民国既经成立，辫子总算剪定了，即使保不定将来要翻出怎样的花样来，但目下总不妨说是已经告一段落。”③可是这个“告一段落”的结论是太乐观了，而“保不定将来要翻出怎样的花样”的疑虑，倒成了现实，这真是不幸而言中了。果然翻出了一个张勋复辟来，把一个毫无改革之心的七斤置于“不剃辫子没法混，剃了辫子怕张顺”的尴尬境地。而更可悲哀的是，这场“小风波”在鲁镇竟像是一阵“龙卷风”，许多人都晕头转向，各各显露出国民的劣根性。这就不仅仅是沉痛了，而且令人感到苦涩。难言的苦涩，这该是十分逗人的《风波》内里的基调。

---

①《〈华盖集〉续编・空谈》。
②《坟・娜拉走后怎样》。
③《坟・从胡须说到牙齿》。

二

赵七爷这个人物历来被某些论家抬高到了“张勋”代理人的吓人的高度，在“史无前例”中，他的大名竟成了可怕的一顶“帽子”，“赵七爷”这顶帽子与地富反坏右是毫无区别的。这是一种历史的怪现象，这里姑且勿论。但当我们看到有些论家将赵七爷作为《风波》中的大反面人物来评价时，总觉得有“拔高”之嫌。鲁迅在《风波》这个小闹剧的背后潜藏着那么巨大的忧心忡忡，是从整体国民性上来考虑问题的。赵七爷们，九斤老太们，七斤和七斤嫂们构成的社会是很难见到希望之光的。

虽然皇帝又坐了龙庭，而且“皇帝要辫子”，七斤嫂从直觉上觉得情况似乎有些不妙。但她毕竟是“伟大的现实主义者”，她对七斤说：“还是赶快吃你的饭罢！哭丧着脸，就会长出辫子来么？”在七分责备中究竟还带着三分安慰。鲁镇是“天高皇帝远”的穷乡僻壤，皇帝要辫子，他能自己来要么？至少现在还可存再“混”一次的侥幸心理。

赵七爷就是在这种侥幸心情中出场的。他“粉碎”了这种侥幸心理，所以是很有皇帝或张勋“代理人”之嫌的。其实，赵七爷不过是一个乡村小酒店的主人，从《三国演义》中接受和加固了正统思想。现在张勋也没有发委任状给他，他却自动地出来做“义务索辫员”，可笑可憎之状可掬。但令人感到深深悲哀的就在于这“义务”两字。这一点连好心的八一嫂也在直感中有所觉察。她说：“况且衙门里的大老爷也还没有告示……”这使赵七爷十分难堪。言下之意你赵七爷不过是“民间”的“义务”分子而已。大老爷未出告示之前就瞎起劲。所以他会“满脸油汗”地“两手同时捏起空拳，仿佛握着无形的蛇矛模样”，“瞪着眼，准对伊冲过来”。

就个性而言，赵七爷是有“报复癖”的。这一点连七斤嫂也了如指掌。“赵七爷的这件竹布长衫，轻易是不常穿的，三年以来，只穿过两次：一次是和他呕气的麻子阿四病了的时候，一次是曾经砸烂他酒店的鲁大爷死了的时候；现在是第三次了，这一定又是于他有庆，于他的仇家有殃了。”其实这种报复也是很“乏”的。不过是在仇家得病和死亡时“精神上庆祝一番”而已。“七斤嫂记得，两年前七斤喝醉了酒，曾经骂过赵七爷是‘贱胎’，所以这时便立刻直觉得七斤的危险，心坎里突突地发起跳来。”这一回确实是三次中最为声色俱厉了，而且也是威慑力量最大的一次。他用七斤和七斤嫂听不懂的，其实是南辕北辙的“古典”宣判了七斤的“死刑”，但是他没有执法行刑的权力，他对八一嫂的威胁，不过是“无形的蛇矛”，自己象征性地扮演想象中的张大帅的骁勇。最后，他自动撤离，“扬长去了”。

这是“报复癖”加上封建正统奴性的大发作。这位穷乡僻壤中的学问家，凭着他从《三国演义》中得来的一点知识，想象张勋是燕人张翼德的后代，而自己当然是荡平乱世的常山赵子龙的子孙。他主动而义务地出来威胁一下无辫的异端分子七斤，是责无旁贷的了。但他最后也只得到“精神上的满足”也就扬长而去了。

有的论家曾以鲁迅杂文中的话来为赵七爷画像：“革命终于起来了，一群臭架子的绅士们，便立刻皇皇然若丧家之狗，将小辫子盘在头顶上……伏到民国二年下半年，二次革命的时候，就突出来帮着袁世凯咬死了许多革命人……”[①]其实，赵七爷还不属“臭架子的绅士们”中的一员。他也不是咬死人的恶狗。他不过是复辟势力的社会基础，从他的立场出发，发泄他的“幸灾乐祸”的感情而已。小说结尾中，赵七爷又盘上辫子念《三国》了。有的论家认为：“殊不知它何尝真是落水，巢窟是早已造好的了，食料是早经储足的了，并且都在租界里……他日复来，仍旧先咬老实人开手。”[②]这些话形容张勋之流的官僚士绅是确切的，也是鲁迅从实际斗争中以深邃的观察所得的结论。但以此来评价赵七爷就成了“张冠赵戴”了。

封建正统的“忠”君观念是当时国民思想中沉重的历史负载，赵七爷就是背着保皇忠君历史包袱的代表之一，加上了报复癖的个性，和只求“精神上的满足”的愿望，就演出了一幕令人发笑的闹剧。

三

九斤老太也是一个“争议人物”。像赵七爷一样，他们都曾经成为某种运动中被任意“化装”的牺牲品。“四人帮”要阴谋打倒重新工作的邓小平同志，就用“辫帅”和“赵七爷的辫子”来隐射攻击，为这一阴谋“制造舆论”。而“四人帮”为了掩饰他们倒退复辟的本质，就拼命骂“九斤老太”，似乎只有骂倒九斤老太的“一代不如一代”的名言，“四人帮”就成了“历史前进的火车头”。可是，“四人帮”粉碎之后，又有论家认为，这九斤老太的“一代不如一代”，正是指出了帝国主义侵略中国之后，我们正在节节走下坡路的现实。于是九斤老太又

① 《坟·论“费厄泼赖”应该缓行》。
② 同上。

被化装成“时评家”和“预言家”了。“四人帮”是借鲁迅笔下的人物“为我所用”，实行“肢解”和“歪曲”。另一种人却把九斤老太“拔高”为不自觉的“时评家”，同样也不能符合鲁迅的创作的原意。当时，鲁迅作为一个信奉进化论的人，对“一代不如一代”的咒诅，从总体上肯定是无法相容的。

“一代不如一代”用现在的话来翻译就是“今不如昔”的论调。赵七爷也“常常叹息说，倘若赵子龙在世，天下便不会乱到这地步了”。这也是一种“今不如昔”论。鲁迅对待九斤老太也像对待赵七爷一样，是从挖掘国民性的守旧和愚昧的根性上去考察，然后再进行精心的塑造。如果说，赵七爷的塑造，侧重于义务的忠君思想，发泄一种恋君的哀痛和怨气，那么九斤老太却有一种莫名其妙的“好古”癖，形成了一种无法理喻的对现实的不平。

鲁迅说：“自大与好古，也是土人的一个特性。”①我们无意于在张勋和赵七爷之间划等号；但说九斤老太是“土人”，她有盲目的“自大与好古”癖，还是恰当的。还由于九斤老太深居穷乡僻壤，她的“自大与好古”更是滑稽可笑。九斤老太蔑视儿孙，蔑视现实只有三大资本，那就是“年龄”、“衰老”和“体重”。她开口就是“我活到七十九岁了”。“人生七十古来稀”，她的“见多识广”当然为子孙所望尘莫及。这种“自大”就形成了一个“好古”的公式，即带着责询的语调说：“从前的××这样的么？”二是随着年龄增长而同步的“衰老”。体质的衰老这个自然规律一定会带来许多新的不适应。岂知这新的不适应竟成了她蔑视现实的新论据。她总觉得年轻的时候“天气没有这般热，豆子也没有现在这般硬”。几十年中，气候的变化也许会有差异，正像大陆以人们所不能觉察的速度，在增大一样。但九斤老太每天并不记录气温，也没有丰富的资料积累。她的结论是来自她的体质的衰老而对高温的抗衡力锐减。豆子更硬当然是因她的牙齿蛀蚀和脱落。但她反怪“现在的时世是不对了”。第三笔资本更离奇，那就是以自己丈夫诞生时的体重作傲慢的本钱，以此作为“一代不如一代”的铁证。九斤老太诞生时几斤几两，作家没有披露。我们只好存疑。但九斤老太的逻辑是：“何况六斤比伊的曾祖，少了三斤，比伊父亲七斤，又少了一斤，这真是一条颠扑不破的实例。所以伊又用劲说，‘这真是一代不如一代！’”她嫁给九斤，开始当然命名为“九斤嫂”，就像嫁给七斤的七斤嫂一样。随着年龄的增大，渐渐地从九斤嫂变为九斤老太。如果七斤嫂寿长一点，做七斤老太的前途是完全有保障的。

---

①《热风·随感录四十二》。

年迈和衰老是不可逆转的自然规律，诞生时的体重又属先天，何况还有后天的可塑性。但九斤老太一概不予理会。如果说，鲁迅刻画了赵七爷的报复癖，那么他又侧重勾勒了九斤老太的“老年性执拗”。鲁迅说：“可惜有一种人，从幼到壮，居然也毫不为奇的过去了，从壮到老，便有点古怪，从老到死，却更奇想天开，要占尽了少年的道路，吸尽了少年的空气。”[①]九斤老太“奇想天开”的潜力是不大的，最多不过是些天热豆硬之类的怪论。道路和空气也是占不尽、吸不完的。但从古怪到固执，是显而易见的。这种“老年性执拗”使她成为“不平家”：“九斤老太自从庆祝了五十大寿以后，便渐渐的变了不平家。”这种“不平”是对现实的不平，再加上她的固执，就显得格外的愤恨，而且是咬牙切齿的愤恨了。她骂六斤是“败家相”，理由是“立刻就要吃饭了，还吃炒豆子，吃穷了一家子！”照我们的理解，七斤家中还不至于吃了几颗豆子就变穷了。主要原因还是出于九斤老太的“挑剔”和按自己的习惯标准去限定少年该走什么“路”：既然豆子这么硬，还喜欢吃，这副馋相非吃穷家底不可。她大概已经忘记她自己在“双丫角”时的食欲和爱好了。鲁迅说过：“记性不佳是有益于己而有害于子孙的。”[②]九斤老太的健忘不仅有害于子孙，而且带来了许多“说不清”。说不清还要固执己见地说下去，就简直到了莫名其妙的地步。例如，连“造反”的“长毛”也是从前的好：“从前的长毛，这样的么？”而王爷裹头的究竟是黄缎子还是红缎子，说不清；连“从前的钉”也与现在的似乎不同，但究竟是“怎样”的，还是说不清。

固执、健忘而又说不清，那么剩下来只能成为“愤恨家”和“不平家”了。鲁迅说：“中国现在的人心中，不平和愤恨的分子太多了。不平还是改造的引线，但必须先改造了自己，再改造社会，改造世界；万不可单是不平。至于愤恨，却几乎全无用处。”[③]九斤老太当然既谈不上改造自己，更谈不上改造社会和世界。她只会单是不平，单是愤恨。在作品结尾，她“早已做过八十大寿，仍然不平而且康健”。她一天到晚只是说，“我活够了”。她每天是“一副恨恨而死的脸孔，其实并不恨恨而死”。[④]

鲁迅感到悲哀的是，九斤老太的特有的“老年性执拗”和莫名其妙的“复旧

---

① 《热风·随感录四十九》。
② 《坟·娜拉走后怎样》。
③ 《热风·随感录六十二》。
④ 同上。

顽症”还在中国的大地上，健康地活着，而且时时地不平和愤恨于现在，梦游般地执着于怀恋过去。

四

说七斤是“伟大的现实主义者”，似乎不妥，他不是“早有些飞黄腾达的意思”了吗？但这是永远也无法实现的“浪漫主义”。以三代不捏锄头柄之手，去捏撑航船的竹篙，是腾飞不起的。当然，我们以“伟大的现实主义者”的称号，为七斤夫妇命名，是有特定的涵义的。例如，在赵七爷的“清算”的强大火力之下，七斤觉得自己有了“杀身之祸”。他被这猛烈的炮火压得抬不起头来。这时六斤打破了一只碗(严格地说，这是七斤嫂打破的)。照理即将“身首异处”的七斤大可以不必为此再作计较了。小小一只碗岂非身外之物？可是七斤像在火海中不怕自我牺牲去抢救伤员一样：“七斤直跳起来，拾起破碗，合上了检查一回，也喝道，‘入娘的！’一巴掌打倒了六斤。”他真是将个人生死置之度外，他的眼睛里只看到破碗的大缺口，顾不得自己颈上会出现一个“大缺口”。这不是“伟大的现实主义者”是什么？在他看来，杀头是以后的事，但要补好六斤打破的碗，却是当务之急。他第二天照常撑航船进城，而且把破碗补好了，而且也心疼“一总用了四十八文小钱”。一只现实的实实在在的破碗，与未来要杀头的可能性相比，补碗是头等大事。

但七斤是个浑浑噩噩的现实主义者。他的特色是爬行的和短视的。一切要他接受的现实，他都毫不动一动脑筋地承诺了。革命党说要剪辫，他只好剪；皇帝要辫子，他只好等死。一旦危急，他“非常忧愁”。他的脑子里的弦如一团乱麻，理也理不清，拨也拨不响。“他心里但觉得事情似乎十分危急，也想想些方法，想些计划，但总是非常模糊，贯穿不得：‘辫子呢辫子？丈八蛇矛。一代不如一代！皇帝坐龙庭。破的碗须得上城去钉好。谁能抵挡他？书上一条一条写着。入娘的！’……”就像一只摔得粉碎的碗，拼也拼不起来，而“方法”和“计划”之类也与他无缘。在他的脑门里是混沌的一片。

如果说七斤是浑噩的现实主义，那么七斤嫂就是精明的现实主义者。别以为七斤嫂是穷乡僻壤的女流之辈。当她的灵犀受一点而通达之后，她的特点是敏锐。在七斤告诉她“皇帝要辫子”之后，她“从直觉上觉得事情似乎有些不妙了”。而当赵七爷以其特殊的打扮光临土场时，她不过“偶然”抬头一瞥，“心坎里便禁不住突突地发跳”。根据她对赵七爷的了解，加上辫子由盘顶到放下，她已觉察形势之严峻。这一切果然不出她所料。

七斤嫂既能敏锐地觉察祸祟的从天而降，也就能敏锐地感知紧急警报解除的信号。浑浑噩噩的七斤虽然天天进城，但还丝毫未能轧出苗头，可是七斤嫂却像气象观测哨一样地预感政治气候的变幻。她用来测定政治气候变幻的仪器还是赵七爷头上的辫子。由盘顶到放下，绢光乌黑，就是紧急警报的信号；而从放下到再次盘顶，就是警报解除的信号。作家写道："过了十多日，七斤从城内回家，看见他的女人非常高兴，问他说，'你在城里可听到些什么？'"可是浑噩的七斤却一概不知。那一番对话是这对夫妇性格的绝妙写照。七斤嫂用了各种问题启发七斤，七斤却启而不发。最后只好由七斤嫂自己来揭晓谜底，这谜底是她自信"一定"准确的判断："我想皇帝一定是不坐龙庭了。我今天走过赵七爷的店前，看见他又坐着念书了，辫子又盘在顶上了，也没有穿长衫。"七斤嫂毕竟要比浑噩的七斤高明得远。

可是精明的七斤嫂性格中的"巧滑"也是国民劣根性的一大弱点。这使她要比"心肠最好"的八一嫂格调低得多。她的随机应变，耍赖卑怯，指桑骂槐和强词夺理，都是这种"巧滑"的性格的具体表现。她知道在此时此地，应该对赵七爷"竭力陪笑"，于是她只好曲意奉承。但是赵七爷并不为此所动，而是严肃地宣告了七斤的"死刑"；七斤嫂在绝望之余，就迁怒于七斤。七斤却说："你今天说现成话，那时你……"那时你不是也说"没有辫子倒也没有什么丑"？犹言我七斤虽为主犯，但你也犯过"纵容罪"、"姑息罪"。但没有等七斤将话说完，七斤嫂马上以强大的炮火，将七斤刚要出口的话，硬顶回喉咙里去："你这活死尸的囚徒……"可是她万万没有想到，东面揿下去，西面却冒了出来。好心的八一嫂在劝解中无意地揭了她的底。这"揭短"使七斤嫂"两个耳朵早通红了"，可见她是说过的。但她的"巧滑"的性格又发生了作用："八一嫂，我自己看来倒还是一个人，会说出这样昏诞胡涂话么？那时我是，整整哭了三天，谁都看见；连六斤这小鬼也都哭……"七斤嫂的耍赖编造技术是第一流的。她意存卑怯，只好无中生有地向赵七爷表白了。接下去的指桑骂槐的战术，更令人不敢领教了。她反应是如此迅速，只在六斤要添饭的瞬间，她的灵感就来了一次大爆发："谁要你来多嘴！你这偷汉的小寡妇！"直把好心的八一嫂"气得抱着孩子发抖"。七斤嫂不仅善于指桑骂槐，还精于强词夺理。她在批驳九斤老太时，真能用强辩把九斤老太的"颠扑不破的实例"牵扯得七零八落："六斤生下来的时候，不是六斤五两么？你家的秤又是私秤，加重秤，十八两秤；用了准十六两，我们的六斤该有七斤多哩。我想便是太公和公公，也不见得正是九斤八斤十足，用的秤也许是十四两……"气得九斤老太直翻眼，连连用劲说："一代不如一代!”按照九斤老太的公式,犹言“从前的媳妇,这样的么”?

作家对自己笔下的七斤的浑噩,是颇为悲哀的。还亏他捏了个象牙嘴白铜斗六尺多长的湘妃竹烟管,显出骄傲的模样。但作家对敏感而巧滑的七斤嫂,也持一定的保留态度。对她的敏感,鲁迅不无赞赏之意,她的巧滑和卑怯,虽不作漫画化,却实有讽刺之意。

那么,在一场“风波”中难道只有一个八一嫂值得称道吗?也不完全。八一嫂说的“衙门里的大老爷没有告示”,固然是旁敲侧击地怪怨赵七爷多管闲事;但另一方面她也毕竟是以“衙门里的大老爷的告示”为准的“顺民”。而鲁镇的众生也大都与七斤相类:“村人们呆呆站着,心里计算,都觉得自己确乎抵不住张翼德,因此也决定七斤便要没有性命。七斤既然犯了皇法,想起他往常对人谈论城中的新闻的时候,就不该含着长烟管显出那般骄傲模样,所以对于七斤的犯法,也觉得有些畅快。他们也仿佛想发些议论,却又觉得没有什么议论可发。”直到七斤熬过“无辫之灾”,他们才又“给他相当的尊敬……大家见了,都笑嘻嘻的招呼”。《风波》难道不是国民劣根性的“点”“面”结合构图的大展览吗?

五

“头发的故事”、“辫子的风波”都表达了鲁迅对辛亥革命后的现状的高度失望。在“复辟”事件之后,张勋的姓名虽已暗淡,但千年的沉渣原封未动,令人触目惊心:这忠君的遗臭,复古的衰朽,浑噩的愚昧,巧滑的卑怯……鲁迅说过:“最初的革命是排满,容易做到的,其次的改革是要国民改革自己的坏根性,于是就不肯了。所以此后最要紧的是改革国民性,否则,无论是专制,是共和,是什么什么,招牌虽换,货色照旧,全不行的。”①一夜风波,难道不是显露了“货色照旧”的国民坏根性在飘荡吗?在共和招牌挂了六年之后我们的国民劣根性的幽魂,不是还在大地上的每个角落里游晃吗?

我们常说:辛亥革命仅仅是赶跑了一个皇帝,剪掉了一根辫子。但鲁迅认定,旧皇帝赶跑了,新的挂着共和招牌的皇帝又登基了。“我觉得革命以前,我是做奴隶;革命以后不多久,就受了奴隶的骗,变成他们的奴隶了。”②鲁迅只承认辛亥革命赐给他的唯一好处是解除了“无辫之灾”;可是他实在觉得自己过

---

①《两地书·八》。

②《华盖集·忽然想到》。

于乐观了。无辫有灾，无辫有罪的日子，在民国六年不是又君临于祖国大地上了吗？连远离“震中”的国民也在演出一幕闹剧，这幕闹剧虽然早已闭幕，“别的作品上却似乎没看见，可见早就不受人注意”，但鲁迅感到一种切肤之痛的失望。通过一幕闹剧表达的是刻骨铭心的沉痛和愤激之情。鲁迅曾对许广平说：“你好像常在看我的作品，但我的作品，太黑暗了，因为我常觉得惟‘黑暗与虚无’乃是‘实有’，却偏要向这些作绝望的抗战，所以很多是偏激的声音。”①要说黑暗，《风波》展示的图景，倒是近乎“漆黑一片”的。不仅国民劣根性是“货色照旧”的，就是在七斤熬过了“无辫之灾”之后，前景也是暗淡的。鲁迅为我们勾勒了鲁镇的最新世态：“现在的七斤，是七斤嫂和村人又都给他相当的尊敬，相当的待遇了……九斤老太早已做过八十大寿，仍然不平而且康健。六斤的双丫角，已经变成一支大辫子了；伊虽然新近裹脚，却还能帮同七斤嫂做事，捧着十六个铜钉的饭碗，在土场上一瘸一拐的往来。”七斤似乎熬过了“无辫之灾”，可是六斤却无法逃掉“缠足之祸”啊！在九斤老太的“不平”声中，一个新裹脚的姑娘，捧着十六个铜钉的破碗，一瘸一拐的往来——这就是“风波”后的残破的鲁镇的典型写照。要说“黑暗”的确是够“黑”的了：“我觉得仿佛没有所谓中华民国……我觉得什么都要从新做过。”②但这貌似“偏激的声音”的目的是要读者起而“抗战”，即使是“绝望的抗战”。

鲁迅就是在这场“小风波”中，发现了许多值得注视的大问号，以此为起点求索下去，才探寻到“小风波”中泛起的积垢沉渣，是要靠“大风涛”的冲洗的；才懂得关键不在于国民肯不肯改造自己的坏根性，而是首先要洗刷这个“民国”，只有在“立国”的基础上，才能“立人”。所以他后来说：“须到无产阶级革命的风涛怒吼起来，刷洗山河的时候，这才能脱出这沉滞猥劣和腐烂的运命。”③这怒吼的“立国”的“抗战”是孕育着大生机和大希望的。

① 《两地书·四》。

② 《华盖集·忽然想到》。

③ 《二心集·“民族主义文学”的任务和运命》。

毁墙找路的求索精神*

——论《故乡》

每读《故乡》，总令人想起鲁迅的《自题小像》：

灵台无计逃神矢，风雨如磐闇故园。
寄意寒星荃不察，我以我血荐轩辕。

这首七绝简直就像是《故乡》的“写作提纲”：萍飘蓬转的游子“梦魂常向故乡驰”，他的心是无法逃脱眷恋故乡的“神矢”的；但一旦回到久别的乡土，却又只看到“苍黄的天底下，远近横着几个萧索的荒村”，不禁深有“风雨如磐”的悲凉；“辛苦麻木而生活”的闰土再也不能理解“我”的心情，我们之间“隔了一层可悲的厚障壁”；但是“我”不惜献出自己的生命去探索解救祖国的道路。

这首七绝简直就像揭示了《故乡》的主题。鲁迅的《故乡》就是立足于“风雨如磐闇故园”的认识基点上，站在“我以我血荐轩辕”的思想高度，以1919年返回故乡迁家北上为“触机”，动员了与这一题材有关的全部生活素材，加工锤炼成中国现代文学史上千古不朽的杰作。“故乡”，这个深情的字眼，在鲁迅的心目中绝不单指浙江绍兴，“故乡”可以也应该读作“祖国”——辛亥革命之后，日趋凋敝的半封建半殖民地的中国。《故乡》写出了闰土们身受超经济剥削和残酷的精神虐杀的血泪史；《故乡》塑造了一位找寻“新的生活”的探求者的形象；《故乡》以深邃的哲理向读者激情地召唤：希望之路的起点就在探求者们的脚下！

---

* 本篇首刊于《苏州大学学报(社科版)》1983年第2期，后收入《鲁迅小说新论》1986年10月人民文学出版社版。

一

1916年12月9日，鲁迅在致许寿裳的信中谈及他前两天返回故乡时的沿途观感："七日晨抵越中，途中尚平安。虽于所见事状，时不惬意，然兴会最佳者，乃在将到未到时也。故乡景物颇无异于四年前，臧否不知所云。"

《故乡》的开端就是从一个游子返乡将到未到时写起，《故乡》的开端就贵在"云"出一个"臧否不知所云"的莫可名状的心境。鲁迅以深情沉郁的笔调写这游子的归来：他羁旅于"远哉遥遥的异地"，度过了"久哉悠悠的岁月"，今天他回到时时萦绕于梦中的故乡，看到的却是苍凉萧索的荒村，心情是多么矛盾啊："故乡全不如此"，"故乡好得多了"；但故乡"仿佛也就如此"，"故乡本也如此"。这岂非"臧否不知所云"的莫衷一是吗？在惆怅之余，"我"将这种矛盾的心情归咎于内因："这次回乡，本没有什么好心绪"。因为这次"回乡"的目的是为了"永别"故乡，这或许是他最后一次瞻仰自己的诞生地，最后一次回乡追忆儿时的旧影；"搬家到我在谋食的异地去"，这就意味着用自己的手挖掉"我"在故乡的"根"。这种悲凉的心绪描写得如此浓郁而细腻，以至他与母亲见面后，像避讳一样，"且不谈搬家的事"，似乎谁也不敢去触动这心灵上的伤疤，免得又相互勾起"永别"故土的创痛。但现实毕竟回避不了，他们又"终于谈到搬家的事"，不得不触及那个并非出于自愿而为生活所迫的"走"字。

但是就在这怅然若失的情愫里，在这苍茫阴晦的色调中，当母亲一提起"闰土"这个名字，作品的笔调顿成亮色。像一个阴郁黝暗的舞台上，忽然灯光通明，深蓝色的天幕上出现了一轮金黄的圆月，下面是海边一望无际碧绿的西瓜田。就在这童话般的神奇绚丽的背景下，"我"的理想中的"小英雄"——智慧而勇敢的少年闰土亮相了——项戴银圈，手捏钢叉，是那样生气蓬勃，机灵无畏！作品开端的怅惘和哀愁为之一扫，希望的火炬点燃了："现在我的母亲提起了他，我这儿时的记忆，忽而全都闪电似的苏生过来，似乎看到了我的美丽的故乡了。"闰土——在"我"的心目中简直就是"美丽的故乡"的象征。是的，故乡的"好得多了"就是有一位大智大勇的童年友伴，就是有一种三十年阔别也无法磨损的友谊。闰土是"我"最景仰的"小英雄"，也是"我"希望的寄托！不管故乡的现状是怎样的"萧索"，"没有一丝活气"，但只要生气勃勃的闰土还在，只要他还有当年用钢叉向猹尽力刺去的勇气，还有当年装弶捕雀的智慧，只要"我"这个有改革现状要求的游子和勇敢机智的闰土的友谊尚存，"我"就不会感到心的"悲凉"，因为故乡总还存在着充满"活气"的种子。这就是为什么母亲一提闰土，作品的色彩会从沉郁陡然变得明丽的缘故。

正因为这样，所以“我”就十分关注闰土的现状，当母亲告诉“我”，闰土的“景况也很不如意”时；当过了几天一个瑟索而劳瘁的闰土站在“我”面前时，“我”不仅没有颓伤，而是显得那样兴奋。是的，这不过是艰难生活折磨的烙印罢了。生活的“不如意”并不要紧，只要不逆来顺受，仍然拿出童年时代使“我”钦佩得五体投地的智勇向逆境搏击，只要瑟索劳瘁的外形中的心脏仍像昔日似的跃动，就能在坎坷中迎来坦途。直到闰土称“我”为“老爷”时，“我”才“打了一个寒噤”，像一盆冰水劈头盖脸地淋下来，使“我”从希望的高峰跌入失望的深渊。闰土已不是昔日的闰土了，他不光外形变了，这个昔日的“小英雄”在“多子，饥荒，苛税，兵，匪，官，绅”的压榨下，已变成了“木偶人”。原本，“我”的希望是寄托在自己和闰土携手“在一气”的基础上，开辟那荆棘塞途的道路，可是今天“我们”之间“已经隔了一层可悲的厚障壁了”。

既然少年闰土以及闰土和“我”的友谊是故乡“美丽”的象征，那么现在闰土变了，“我”和闰土的不可逾越的隔膜产生了，故乡也就显得黯然失色，无所留恋了。当游子“永别”故乡时，船在前行，“老屋离我愈远了”，在这将离未离之际，该会百感交集吧？“但我并不感到怎样的留恋”。这岂非反常？那是因为“我觉得我四面有看不见的高墙，将我隔成孤身，使我非常气闷……”过去，在游子的心目中，故乡是那样的萧索，又是那样的美丽；可是今天的故乡不仅萧索、凄凉，而且沉郁得又令人产生被关进密不透风的铁屋子中去的感觉。在“臧否不知所云”中，“臧”的幻象消逝了，只剩下了“否”的现实。是啊，“那西瓜地上的银项圈的小英雄的影像，我本来十分清楚，现在却忽地模糊了”。

“我”虽感苦闷和悲哀，但失望是没有变成绝望的；“我”虽被“隔成孤身”，却又不甘寂寞。“我”所能得到的安慰是“我们的后辈还在一气，宏儿不是正在想念水生么”。但是在残酷的现实的教育下，“我”知道不能光满足于宏儿与水生还想在一气，像“我”与闰土在童年时一样。历史的教训不能再让它重复。“在一气”并非目的，而是手段。他们“在一气”应该是为了“新的生活”。“我”感到要建立这种“新的生活”，虽然征途茫远，但是希望在前，千里之行，始于足下：“希望是本无所谓有，无所谓无的。这正如地上的路；其实地上本没有路，走的人多了，也便成了路。”希望的本身就是探求者所缔造，万里长征之路是无畏的跋涉者们的脚板所踩成。

因此，《故乡》的思想脉络就是从“臧否不知所云”中落笔，依次从失望（故乡的萧索和老屋的颓败）——希望（回忆中闪出大智大勇的闰土）——更大的失望(闰土的变化与小英雄影像的模糊)——更顽强的希望(路是靠人走出来的)。这个思想脉络就成了《故乡》两起两伏的结构骨骼的框架。《故乡》是以“风雨如磐闇故园”始,以“吾将上下而求索”终。

二

童年的闰土为什么有如此巨大的魅力,使“我”在二三十年后,还将他作为美丽与希望的象征?只要当母亲一提起闰土,脑中就映像出瑰丽如童话般的美景。这个“小忙月”为什么能使一个“小少爷”如此怀念和神往?

这是因为童年的闰土是一位帮着“小少爷”拆墙的英雄,引领他的心灵飞向广阔的天地中去翱翔。在未结识闰土之前,这位封建家庭的“少爷”“只看见院子里高墙上的四角的天空”。“我”就被监禁在这四堵高墙筑成的“牢狱”之中。在这种“精神禁锢”中,“长辈的训诲于我是这样的有力,所以我也很遵从读书人家的家教。屏息低头,毫不敢轻举妄动。两眼下视黄泉,看天就是傲视,满脸装出死相,说笑就是放肆。我自然以为极应该的,但有时心里也发生一点反抗。”[①]在这样的高楼深院之中,又加上封建“家教”的精神枷锁的束缚,这个“少爷”岂不是一只井底蛙吗?正是这个“小忙月”帮他拆掉了“井壁”,将他带进了“海阔天空”的新境界。

当童年的“我”和闰土还未见面时,“我”之盼望闰土到来,只不过是两点:一是“知道他和我仿佛年纪”,二是“他是能装弶捉小鸟雀的”。在结识的第二天,“我便要他捕鸟”,可是就从这话题开始,闰土给“我”打开了一个崭新的世界。在闰土面前,“我”简直显得有点无知无能,甚至自己也感到有点笨拙可笑。闰土讲的东西,简直是“我”闻所未闻,见所未见,连发挥最丰富的想象力也无法想象得到的。“我”的许多要求和设想都一一被闰土否定了,连“我”自己也感到,自己说的是十足的外行话:“我”要求闰土捕鸟,所得的回答是“这不能。须大雪下了才好”。于是“我”就顺着闰土的指点,眼巴巴地盼望下雪。闰土说,晚上和“我”一起去管西瓜。“我”设想是防贼,可所得的回答是“走路的人口渴了摘一个瓜吃,我们这里是不算偷的”。好个奇妙的地方,好大气派的乡亲们!当闰土用伶俐的口齿绘声绘色地描叙“捉猹”的情景时,“我”一定凝神屏息,侧耳倾听:先,如闻窸窣之声;后,又像见到状如小狗而很凶猛的猹。于是“我”害怕了:“他不咬人么?”但这时的闰土又显得如此沉毅勇敢:“有胡叉

---

① 《华盖集·忽然想到(五)》。

呢。”啊，多么新鲜的“新鲜事”，无论是生活常识、生产知识，还是风土人情，都那么能拓宽眼界，启迪睿智。连一个西瓜也有这样危险的经历，小少爷“先前单知道他在水果店里出卖罢了”。当“我”为闰土心里有着无穷无尽的稀奇的事而佩服得五体投地时，“我”简直否定了“我往常的朋友”，他们都是像自己一样的“井底蛙”：“他们都和我一样只看见院子里高墙上的四角的天空”。闰土，是“我”所有伙伴中最聪明最能干的伙伴，是最懂事最渊博的益友，是童年时代帮“我”拆开高墙的四壁，打开一个阔大神奇世界的启蒙者。在这样深厚友谊的信赖的基础上，在这种赞叹不已的钦服的感情中，在这颗第一次冲破封建家教的高墙的心灵里，在辛苦辗转于异地的游子思忆故土时，闰土，怎么不会成为一颗故乡的闪光的明珠，是故乡的美丽的象征，希望的寄托！

但是二三十年后，这位童年哥弟相称的友伴竟站在“我”的面前，“分明的叫道：‘老爷！……’”难道读者不也陪着“我”一起“打了一个寒噤”，难道我们会不觉得悲哀吗？

“老爷”，世界上恐怕再也找不到这样简洁的概括，这样深刻透辟地表达闰土精神的剧变的字眼了。我们不得不佩服作为语言艺术大师的鲁迅，能如此精粹而深邃地构思了这个震撼人心的场面。它是如此质朴简洁，却又如此充满着丰富的潜台词：

“我”看到闰土的外形改变得难以辨认时，“不由的非常出惊”，这变化似在意外，实在意中，“我”仍“很兴奋”，只是一时不知说什么话才好，竟憋出一句辞不达意的话来：“啊！闰土哥，——你来了？……”这句话等于什么都没有说：人不来怎么会站在你眼前的呢？但又等于什么都说了：啊，我思念你二三十年了，闰土哥呀，你总算来了，我们终于又见面了！当时“我”的嘴里想涌出许多童年的趣事，可是他们脸上的皱纹像一道道无情的栅栏，挡住了这些童稚的话题。

闰土也憋了半天。先是“脸上现出欢喜的凄凉的神情；动着嘴唇，却没有作声”。“欢喜”的是友伴久别重逢；“凄凉”的是不堪回首话当年；别后的景况是如此不如意，所受的折磨是如此不堪言状。他动着嘴唇，似乎想亲热地叫声“迅哥儿”，可是这位童年的友伴能接受一个“卑贱者”的亲昵的称呼吗？反动统治者和封建礼教对闰土的精神虐杀使他懂得了一套“规矩”，按照这套“规矩”的格局，“他的态度终于恭敬起来了，分明的叫道：‘老爷！……’”这恭敬就意味着疏远，闰土已把“我”供入上流社会的神龛里去了。啊，当“我”是“少爷”时，闰土不当“我”是少爷，而当“我”是萍飘蓬转的谋食者，并非是“老爷”时，却叫“我”做“老爷”,这难道不令人感到莫大的哀痛吗?

当母亲建议他们仍以哥弟相称时,闰土竟说:“这成什么规矩。那时是孩子,不懂事……”是的,闰土是变了。一个曾经帮助“我”拆墙,将“我”引向海阔天高的新境界中去的闰土,自己却被封建礼教的尊卑贵贱的精神锁链上了铐。如果说童年的闰土戴的是银项圈,那么现在的闰土所戴的就是无形的镣枷。于是,他对什么是“懂事”,什么是“不懂事”的理解就完全颠倒了。在“我”看来,童年的闰土是最懂事的,比其他友伴都懂事;可是今天的闰土却以童年的智勇敏慧为“不懂事”,而以今天的精神上的麻木为“懂规矩”,这不是闰土的剧变吗?这剧变就意味着反动统治者和封建礼教对广大人民的精神虐杀,而虐杀的结果是在“我”和闰土之间,筑起了一堵无形的高墙——不易攻破的厚障壁。

当“我”问起他的景况时,昔日口齿伶俐、善于绘声绘色的闰土,变得像“石像”和“木偶人”一般。“他只是摇头……只是觉得苦,却又形容不出”。但从他那几句断断续续的笨嘴拙舌的话中,却也透露出在“多子,饥荒,苛税,兵,匪,官,绅”的超经济剥削下的痛苦。“第六个孩子也会帮忙了,却总是吃不够……种出东西来,挑去卖,总要捐几回钱,折了本;不去卖,又只能烂掉”。折本与烂掉的结局是一样的,它们都只能使农民债台高筑,如牛负重,这真是“老牛破车重载,喘息挣扎蹒跚”了。闰土陷入了难于言状的窘境:劳力少固然不行,劳力多却是嗷嗷待哺的口更多;收成坏固然要引起饥荒,收成好也因“挑去卖”的机会增多而折本的可能更大。这重重矛盾都勾划出一个残酷的现实。

如前所说,闰土在“迅哥儿”和“老爷”之间选择了“老爷”这个称呼,那么现在他又面临了第二次抉择:“母亲对我说,凡是不必搬走的东西,尽可以送他,可以听他自己去拣择”。闰土要了几样东西,同时也选择了“一副香炉和烛台”。闰土的父亲曾为他“在神佛面前许下愿心,用圈子将他套住了”;而闰土自己难道不也希望冥冥之中的神佛庇护,使他逢凶化吉,摆脱厄运吗?在闰土身上压着的不光是穷困,比穷困厉害万倍的是那沉重的因袭的负荷。一个昔日高叫过“有胡叉呢……看见猹了,你便刺”的小英雄,一个要帮“我”拆墙的智勇兼备的少年,今天却被反动统治者和封建礼教“筑墙”幽禁了。在这“古训所筑成的高墙”的圈围中,闰土们“却就默默的生长,萎黄,枯死了,像压在大石底下的草一样,已经有四千年!”①

---

①《集外集·俄文译本〈阿Q正传〉序及著者自叙传略》。

实际上,《故乡》中写了两堵墙:一堵是使“我”成为井底蛙的有形的高墙,另一堵是用古训筑成的无形的高墙,鲁迅说:“中国各处是壁,然而无形,像‘鬼打墙’一般,使你随时能‘碰’。”[①]这“鬼打墙”使“我”感到和闰土已被隔开,“我”觉得像被禁锢在密封的铁罐头中一样,艰于呼吸视听。因此,作为一位“我以我血荐轩辕”的战士,鲁迅写《故乡》的目的,是为了“毁墙找路”。如果我们要概括《故乡》的思想内容,就要从“我”与闰土的前后关系中去提炼。为了比较精炼地叙述《故乡》的主旨,我们不妨将它归纳为“拆墙,筑墙,毁墙,找路”八个大字。

三

作品在召唤人们“毁墙找路”的过程中,“我”否定了三种生活,既不能让后辈“都如我的辛苦展转而生活”,不能让后辈“都如闰土的辛苦麻木而生活”,也不能让后辈“都如别人的辛苦恣睢而生活”。这“别人”两字,是指得非常广泛的,但我们认为,那个开豆腐店的杨二嫂大概可算是其中的一种类型吧?

杨二嫂年轻时曾以“姿色容貌”吸引过一些买豆腐的主顾,所以“那时人说:因为伊,这豆腐店的买卖非常好”。现在呢?“人老珠黄不值钱”了,生意是否今非昔比了?她是否正在以一种“不择手段”的手段捞取小利,来弥补这种“亏损”?她用胡吹瞎捧,顺手牵羊,诬陷他人,虚夸己功等等的手段来猎取蝇头私利。这对她那样的每况愈下的“小户人家”或许略有补偿。杨二嫂还大发感慨:“阿呀阿呀,真是愈有钱,便愈是一毫不肯放松,愈是一毫不肯放松,便愈有钱……”这牢骚也不无道理,但她看错了对象。这牢骚固然也表现了她对“有钱人”的不平,但她自己对“钱”又何尝不是垂涎三尺,寸利必争,贪得无厌。如果她的愤愤不平的情绪是恨有钱人的吝啬,那么她更恨的是自己的钱太少了。于是,她就采用“愈是一毫不肯放松,便愈有钱”的“公式”,为自己敛财。她是一个见钱眼开,一毫不肯放过,渴望自己有更多钱财的市侩。因此,鲁迅最后还描写她如何从灰堆里掏出十多个碗碟,一口咬定闰土所为,据此表功请赏,“便拿了那狗气杀,飞也似的跑了,亏伊装着这么高底的小脚,竟跑得这样快”。这种为了蝇头微利而在“不择手段”的路上,细脚伶仃地飞奔,也可算是“辛苦恣睢而生活”的某一表现形态了。“我”对闰土的麻木表示了极大的惋惜和悲哀,对杨二嫂却是采取了讽刺的态度,但细细咀嚼起来,在可笑之外还羼

---

① 《华盖集·“碰壁”之后》。

和着可悯的成分。

当“我”否定了这三种生活之后，他向往着一种“新的生活，为我们所未经生活过的”，但是这“未经生活过的”生活究竟是“新”在何处呢？在当时，鲁迅只有朦胧的憧憬，热烈的追求，而无实际的蓝图，施工的程序。因此，在作品的结尾只能是出现一幅美丽憧憬的图像：“我在朦胧中，眼前展开一片海边碧绿的沙地来，上面深蓝的天空中挂着一轮金黄的圆月。”这似乎是重复了闰土“亮相”时的背景，但“小英雄的影像”现在已经“忽地模糊了”，这美景还有什么再现的必要？鲁迅之所以要第二次展现这幅绚丽图景，是因为这次在广阔澄碧的地平线上升起了是一个伟大的哲理。它的“亮相”将比闰土的出现更壮美！

在写《故乡》的前夕，在 1919 年的《随感录六十六·生命之路》中，鲁迅就阐述了这个伟大的哲理：“什么是路？就是从没路的地方践踏出来的，从只有荆棘的地方开辟出来的。”鲁迅就以这个伟大的哲理作为《故乡》的结尾。正因为“我”是一个要“毁墙找路”的知识分子，所以作为他的主观感受，这一结尾是非常熨帖而深远悠长的。而且鲁迅非常精巧地阐释了这“路”与“走”与“人多”之间的关系。这一伟大的哲理启示我们：要“毁墙找路”，关键在于“不尚空谈”，而是以“韧的战斗”在铁蒺藜中一步一个血印地“走”；不是孤军奋战地“走”，而是要“人多”，靠志同道合者“一气”闯，前赴后继地踏出一条生命之路。这就是鲁迅决心以“我以我血荐轩辕”的精神为之终身奋斗的伟大的哲理。

四

《故乡》是以 1919 年返回故乡迁家北上为“触机”动员了与这一题材有关的全部生活素材加工锤炼而成的。至此，我们已可以大致排出《故乡》生活原型的概貌，从中，我们能看出鲁迅对生活原型的取舍、调度和提炼。

一、1893 年，鲁迅与章运水结识，相处十分亲密；二、1909 年初，鲁迅从南京回家，春节时运水来访，鲁迅还同他上街去玩了两天；[①]三、1903 年，在日本作《自题小像》；四、1916 年 12 月 9 日给许寿裳的信，谈及返乡途中之观感：“臧否不知所云”；五、1919 年 11 月 1 日出版的《新青年》第六卷第五期上，刊登鲁迅的《随感录六十六·生命的路》；六、1919 年 12 月 24 日日记：“晚抵绍兴城，即乘轿回家”；同年 12 月 23 日日记：“午后画售屋押”；同年 12 月 24 日日记：“下午以舟二艘奉母偕三弟及眷属携行李发绍兴”。可惜的是在这一次家居二

① 详见周启明《鲁迅的青年时代》第 14—16 页。

十天中没有提及与运水的会面，也无此种有关的回忆录资料。但从上述的六条素材看来，《故乡》的构思过程的轮廓也大致辨析得出来。

鲁迅是借用自己在1916年12月返乡途中的观感作为《故乡》的开端，而以1919年发表的《生命的路》中的哲理作为《故乡》的结尾，起了押住阵脚的作用。《故乡》的主要人物当然是以他和运水的关系为生活原型的。从《自题小像》看出的端倪是，《故乡》的主题思想早已孕育在鲁迅的心灵之中，但生活积累不足以及鲁迅还无搞创作的欲望，使他无法构成小说。他只是以诗歌的形式先抒发了这种崇高的心灵境界，直到生活有了一定的积累，而又受到机缘的“触发”，鲁迅才写成了这千古传诵的名篇。也许鲁迅在写小说时压根儿没有和《自题小像》联系起来，但《自题小像》的诗魂竟潜移默化地渗透满溢于《故乡》的机体之中。

在构思过程中，鲁迅充分运用了虚构的“自由”对生活原型作了取舍和调度。在《故乡》中，鲁迅对时间和人物都作了必要的虚构。鲁迅从1899年离绍兴去南京求学，至1921年1月写《故乡》，的确有“二十余年”，但在其间他曾多次回乡探亲。现在他将这位“游子”设计为“我冒了严寒，回到相隔二千余里，别了二十余年的故乡去”。于是思乡之切与故乡变异之大的味汁就在文中更为浓密。他与运水在这二三十年中间，曾有小叙数天的经历，现在他舍弃了这一生活原型，就是为了“强化”阔别重逢后的剧变，使感慨万千的情绪在作品中回流激荡。

当鲁迅构思《故乡》时，游子刚回故乡的苍凉的心绪使作品处于“伏”的势态，而闰土在回忆中出现时，是“陡起”；当闰土称“我”“老爷”时则是“陡落”，直到游子离乡时，作品的调子是很低沉闷郁的。如果就此煞尾，《故乡》是阴暗而颓伤的。这对一位“听将令”的作家确实是个难题，而鲁迅屡抒衷情，他写作小说的目的是：“聊以慰藉那在寂寞里奔驰的猛士，使他不惮于前驱。”因此，《故乡》的结尾当然不能处于“陡落的伏势”。当鲁迅在构思中闪出借用《生命的路》的哲理作为结尾时，我们可以想象，他一定会为这个出色的点子而感到欢欣与激动。在“陡落的伏势”中，有这么一个“押得住阵脚”的结尾，使作品在沉郁中见得更为热烈。这个伟大的哲理显示了“力透纸背”的力度，阴霾的氛围为之一扫，却又不是廉价的乐观。如果读者读到第二次美景展现时，也许要为作者捏一把汗，这岂非重复，且看你如何收梢？但当读到这个非常符合人物内心世界的有力度的结尾时，或许会先拍案叫绝，然后掩卷沉思；或者先凝眸遐想，然后在心灵中响起经久不息的掌声！当鲁迅奉母携眷离乡时，不知他有何感慨，但将《生命的路》中的哲理，调度到离乡时产生，这确像一位下棋的国手，想出了一着“绝招”，于是“全盘皆活”。

在研讨《故乡》的创作构思过程中，我们俨然已将鲁迅和作品中的“我”合二而一。当然，按照文学常识，创作中的“我”是并不等于作者自己的。但我们认为，《故乡》中的“我”也不必与鲁迅截然分开。作为一位伟大的革命民主主义者，当写到“拆墙”时的愉悦，“筑墙”时的沉痛，“毁墙找路”时的勇毅，都有着鲁迅生活经历中的喜怒哀乐在。即使《故乡》中存在的局限性，也与鲁迅在未曾成为共产主义战士之前的局限性是一致的。

《故乡》的局限性在于对闰土的精神剧变看得太绝对。这与鲁迅早期对人民群众的消极面估计过于严重的思想局限有关。在《故乡》中，母亲对“我”说：“还有闰土，他每到我家来时，总问起你，很想见你一回面。”这加了着重号的词，正说明了在闰土的心中，他们童年的友谊是“活”着的。“很想见你一回面”正是闰土向往重温童年友谊的热切愿望。他总不致“很想”找一位“老爷”来尊称一番，以显示自己精神的卑下。及至见了面，他“脸上现出欢喜和凄凉的神情；动着嘴唇，却没有作声”。他也毕竟还有“欢喜”的一面，“动着嘴唇”想叫声“迅哥儿”的一面。闰土作为“珍珠”的侧面还在，只是因为反动统治者和封建礼教涂饰在他身上的污垢太深了，积聚在他身上的尘土太厚了。鲁迅在写作小说时，往往为了强调精神虐杀的创伤，而忽视闰土童年热情的余温尚存。像《自题小像》一样，“寄意寒星荃不察”，对“荃”的估价偏低了。

读完《故乡》使我们感到鲁迅作为伟大的革命民主主义者的“毁墙找路”的求索精神，也自然联想到鲁迅发展为共产主义战士之前的局限性。鲁迅与《故乡》中的“我”的思想言行、精神气质是如此的近似，以致使我们常常追问自己，《故乡》中的“我”难道不是鲁迅在 1921 年初，以小说形式来展现自己的又一帧《自题小像》？

精神胜利法——自暴自弃的弱者哲学*

——论《阿 Q 正传》

《阿 Q 正传》问世不久，茅盾就曾多次推崇备至。其中有两个论点是：一、阿 Q 是“中国人品性的结晶”①，这与鲁迅自述的“国民性”和“国人的魂灵”的说法是相通的；二、茅盾又进而推测，“‘阿 Q 相’未必全然是中国民族所特具，似人类的普通弱点的一种”②。不妨称之为 20 年代权威评论家对阿 Q 的“第一印象”。但这两个论点，特别是后者，渐渐为论家所不取。

随着时日流逝，阶级观点被引用来剖析阿 Q 这一典型，阿 Q 是一个活生生的人，理应有其阶级属性，我们可以也应该用阶级分析法来透视这个不朽的形象。

但是，在否定 20 年代的“第一印象”过程中，也产生了简单化的倾向。有人感到颇为不满足的是，阿 Q 既是贫无立锥之地的雇农，理应是革命闯将，为什么又在他身上集中表现出极其腐朽消极的精神胜利法？似乎阿 Q 的无可辩驳的典型性与无处不在的阶级性产生了严重矛盾。因此，不少文章都从“毒害说”（深受封建统治者的毒害）和“革命论”（论述阿 Q 有其革命潜力的侧面）中找根据。另外，为了解决这一矛盾，有些文章还过多地谈论鲁迅前期的局限性对这一形象的不可估量的影响：他的“国民性”的理论正好证明了他当时还不是阶级论者。似乎鲁迅塑造的阿 Q，只要出身于剥削阶级或属知识分子成分，就可额手称庆，万事大吉。特别是 50 年代后期，对“国民性”的提法是讳莫如深的。

鲁迅前期的世界观的局限性应该予以关注，但具体落实到阿 Q 这个形象

---

* 本篇首发于《鲁迅研究》第 9 辑，后收入《鲁迅小说新论》，人民文学出版社 1986 年 10 月出版。

① 雁冰：《通信》，见《小说月报》第 13 卷第 2 号。

② 雁冰：《读〈呐喊〉》，见《文学周报》第 91 期。

身上,它究竟产生了哪些消极影响,似乎还缺乏有说服力的论证。根据上述的这种见解,我们不禁要发出疑问:鲁迅如果也用这种简单化的阶级模式来指导自己的创作,中国现代文学史上能否出现阿Q这样的立于世界典型之林而毫无愧色的塑像?结论是否定的。于是阿Q压根儿就无法诞生,人们也决不会意识到这一巨大的损失,简单模式论者尽可以陶醉在“一阶级一典型”的清一色局面的精神胜利之中。

为此,近年来论坛上有一种强烈的呼声:要正确运用阶级分析方法研究《阿Q正传》,首先就要从作品中的具体的活生生的人物分析出发,而不应从简单的、先验的、“阶级性”的概念出发。这是很值得大家倾听的呼声。这里试图遵循这一意愿,从作品的实际出发,实事求是地探求如下三个问题,希冀就正于行家和读者。

精神胜利法与阶级性

为什么鲁迅要选中阿Q这么一个赤贫的落后农民,作为精神胜利法的典型人物,一直是众说纷纭的。他难道不能作别的抉择吗?例如有的学者曾经设问:鲁迅这位现实主义的巨匠,为什么不采取一个别的人,譬如一个普通的官吏或一个外交官,一个地主或一个士大夫的子弟,一个得意的买办或一个能干的西崽,一个什么教授或一个什么学者……?问得好。我们感到,早在日本游学时期,鲁迅就深切探究国民性的弱点和病根,多年的生活积累使他有足够的素材库存,去选择别的人来扮演精神胜利法的主角。关于这个“假设”,我们毋需去找大量的证据,只要提及1918年所写的《随感录三十八》就有足够的说服力,那“甲、乙、丙、丁、戊”的五派论者,就是活脱的别的“阿Q相”的人物。但是为什么鲁迅没有选中他们呢?那位设问者回答道,这和鲁迅的启蒙主义思想有密切关系,他十分关心农民的觉醒与发动问题。这当然是一个重要的原因,却不是最主要的原因。我们认为,鲁迅在这几许“候选人”中选择了未庄的阿Q,其最主要原因只能是为了他表现出来的精神胜利法最为典型。

在当时的社会中,为习惯势力拘宥的人们总想以金钱、权势、物质、勇力为“实力政策”的坚强后盾,战胜对手而取得实质性的胜利。当然,除了这钱、权、物、力之外,还有智慧或者是诈骗也可取得实益的收获,如古人所云“吾宁斗智,不能斗力”者是。即使是阿Q也不例外,他也会“估量了对手,口讷的他便骂,气力小的他便打”。但遗憾的是胜利的次数太少了,吃亏的机会太多了:他成了王胡手下的败将;和小D,他打成平手,没有占到便宜;仅仅在小尼姑面前成了绝对冠军。“天有十日，人有十等”，他大概属于最末一等的“台”，“‘台’没有臣，不是太苦了么？无须担心的，有比他更卑的妻，更弱的子在”①。但可悲的是将近“而立之年”的阿Q还是光棍一条，没有更卑弱的妻和子供他奴役和驱使，他要凭借权势和实力取得胜利的机缘实在太渺茫了。偏偏阿Q“又很自尊”，而且“更自负”，于是他不得已而充分发展“精神胜利法”的“威力”，使他在毫无实力的情况下“以如是等等妙法克服怨敌”。如果选择一位虽有“阿Q相”的出色演员，但他还不乏相当的地位和实力，恐怕他求助于精神胜利法的机会要比阿Q少一些，运用的范围要窄一些，克敌的“妙法”也许不会如此离奇，也不会具有如此层出不穷的独创性。鲁迅是像导演挑选物色演员一样，在千百个“应征者”中，经过周密的考察，多方的比较，细致的权衡，最后量才录用。阿Q是能将精神胜利法表演得淋漓尽致的最理想的天才A角。当然，在选定最典型的人物的构思过程中，鲁迅是会将他的启蒙主义方向融合、渗透，直到满溢于行间字丛中的。

鲁迅曾介绍过斯密斯的《中国人气质》，书中认为“支那人的重要的国民性所成的复合关键，便是这‘体面’”②。但得到“体面”的途径，也应是多种多样的。阿Q可以用精神胜利法来保全体面，赵太爷也可以通过实力政策来夺得体面。当阿Q自称姓赵，原是赵太爷的本家时，赵太爷以为有这样的“本家”大失体统，于是他满脸溅朱，暴跳如雷，给了阿Q一个嘴巴，吼道：“你那里配姓赵！”这其实是非常可笑的。人的姓氏，是代代相承的，关键在于阿Q究竟“是不是”姓赵，却不存在“配不配”姓赵的问题。但是赵太爷凭借“实力政策”，横蛮地剥夺了阿Q姓赵的“可能性”，充分显示其莫名其妙的优越感。赵太爷得到了精神上的满足——精神胜利，却并不是用的精神胜利法。《阿Q正传》的《第一章·序》中，就描写了赵太爷的炙手可热的“实力”，看来精神胜利法与赵太爷是无缘的了。且慢下这个论断，这还要视具体情况而定。例如，当阿Q“中兴”之后，他手中有了货物，这“物”就是某种实力的坚强后盾。为了购得便宜货，赵太爷反而有求于阿Q，不得不托邹七嫂去寻他，但阿Q似乎有了“架子”，灯油干了不少，却不见阿Q的人影。这时赵太爷想起了春天所订的“不平等条约”，其中第三款为：“阿Q从此不准踏进赵府的门槛。”一想起这一款，今天请阿Q上门，赵太爷似乎就有自己打自己的嘴巴之嫌。于是赵太爷解释道，

① 《坟·灯下漫笔》。

② 《华盖集续编·马上支日记》。

这是不足虑的,“因为这是‘我’去叫他的”。这语气显得极为自尊,此句的重音明确落在“我”字上,足以自我解嘲。这自我解嘲其实就是精神胜利法的一种表现形态。当赵府上并未捞到便宜货,秀才对阿Q的懒洋洋的漫不经心是颇为忿忿不平的,于是从怀疑阿Q的货物的来路到要驱逐阿Q“出境”。但赵太爷“以为不然,说这也怕要结怨”。为什么在不许阿Q姓赵时,如此大刀阔斧地一记耳光,那时怎么不怕结怨?说到头来,是因为今天手中有货的阿Q,其实力背景对赵太爷而言,尚深浅难测。他还是以小心谨慎为上策。不久,辛亥革命的风暴又席卷而来,使赵太爷像遭了瘟一样。阿Q的得意昂首“直唱过去”的姿态,更使赵太爷对阿Q的靠山摸不着底,可谓“神龙见首不见尾”。“‘老Q,’赵太爷怯怯的迎着低声的叫”,似乎阿Q忽然高大了许多,而自己骤然矮了半截。他没话找话地搭讪:“‘老Q,……现在……’赵太爷却又没有话,‘现在……发财么?’”这灵机一动的硬逼出来的“发财么”这三个字,倒是与不久前阿Q“手中有货”的现状很有连续性的探询。如果在赵太爷低声下气之际,阿Q严正声明,“我姓赵,我们原是本家。”赵太爷一定会承认,过去乃是一场“误会”。与昔日的威风相比,赵太爷简直是太有点“自轻自贱”,想在与阿Q拉关系、向阿Q探口风中找寻“自我安慰”,使“惶惶不可终日”的心灵找到一种凭借和依托。结果,阿Q并不买账,使赵太爷他们都“怃然”了。其实,“自我安慰”也是精神胜利法的一种表现形态。鲁迅在小说中没有必要将赵太爷的结局告诉我们,但在《大团圆》一章的末尾也提示道:“从这一天以来,他们便渐渐的都发生了遗老的气味。”可以预料,以清廷旧臣自居的人是不可一日离开精神胜利法的。时代的前进,社会的革新,都会使遗老发出阵阵哀叹,幻想复辟大清的遗孤只能用精神胜利法来安慰自己抱恨终天的灵魂。

如果上述的分析还不算离谱的话,那么赵太爷在居于某种劣势之下,也会乞灵于精神胜利法的。可见,精神胜利法并不是某个阶级的专有物,这是众所周知的。许多评论《阿Q正传》的文章,曾经列举许多史实或各个阶级的人们运用精神胜利法的种种表现,作为佐证。鲁迅在《说“面子”》一文中就曾指出:“面子”是“中国精神的纲领,只要抓住这个,就像二十四年前的拔住了辫子一样,全身都跟着走动了。相传前清时候,洋人到总理衙门去要求利益,一通威吓,吓得大官们满口答应,但临走时,却被从边门送出去。不给他走正门,就是他没有面子;他既然没有面子,自然就是中国有了面子,也就是占了上风了”①。

---

①《且介亭杂文·说“面子”》。

这不是清朝统治者地地道道的精神胜利法吗？由此看来，精神胜利法是各个阶级的人，在某种境遇下都可能去运用的一种方法。说它有阶级性，或是统治阶级的专有物，是统治阶级毒害了阿Q，阿Q才成为精神胜利法的典型等等，都是与客观实际不符。人们弃置还是运用精神胜利法的分界，是在于他是强者还是弱者，当前他处在优势还是劣势。是弱者或处于劣势，又不承认自己的败绩或失势，又不去蓄积力量争取胜利，转化为优势，还非要“面子”不可，于是他只好求助于精神胜利法的这个法宝。

总之，凡是弱者在强者手下屡遭败北而要掩藏其败绩，贫者在物质欲无法解决时为了骗取需求心的满足，处于劣势地位而不甘寂寞，想寻求精神上的平衡和依托，落伍者在时代大潮面前为了矫饰自己的哀鸣和悲叹等等的情况下，为了求得自我麻痹，自我欺骗，自我陶醉，自我解嘲，自我安慰，自我扩张，就会去运用精神胜利法的“武器”，这种“武器”是取得体面的“捷径”。因此，精神胜利法是一种自暴自弃的弱者的哲学。

精神胜利法作为一种方法虽无所谓阶级性可言，但是各个阶级的人在使用这种方法时，所采取的具体方式，所表现的某种形态，或者各人自定的胜负的标准尺度，又会有所不同。鲁迅认为这是一个非常复杂而微妙的问题：

> 但“面子”究竟是怎么一回事呢？不想还好，一想可就觉得胡涂。它像是很有好几种的，每一种身份，就有一种“面子”，也就是所谓“脸”。这“脸”有一条界线，如果落到这线的下面去了，即失了面子，也叫做“丢脸”。不怕“丢脸”，便是“不要脸”。但倘使做了超出这线以上的事，就“有面子”，或曰“露脸”。而“丢脸”之道，则因人而不同，例如车夫坐在路边赤膊捉虱子，并不算什么，富家姑爷坐在路边赤膊捉虱子，才成为“丢脸”。但车夫也并非没有“脸”，不过这时不算“丢”，要给老婆踢了一脚，就躺倒哭起来，这才成为他的“丢脸”。这一条“丢脸”律，是也适用于上等人的。这样看来，“丢脸”的机会，似乎上等人比较的多，但也不一定，……①

这篇文章是写于1934年10月4日，当时，作为一位马克思主义者的鲁迅之所以说“一想可就觉得胡涂”，是因为这个问题的确没有很简明的内在规律的界限。一方面应该看到“每一种身份，就有一种‘面子’”，从中也有一定的界

---

①《且介亭杂文·说“面子”》。

限区分;但另一方面也不能忽视,下等人的“丢脸”律,有时也适用于上等人的阶级共性。鲁迅严格地从生活实际出发,进行剖析;而不去用简单的模式或先验的结论,生吞活剥,照搬硬套。

关于不同阶级运用精神胜利法的表现形态略有差异的论点,过去已为有些论家所重视。例如,统治阶级运用精神胜利法时,在自欺欺人时,有时要侧重于欺人;而阿Q之辈则往往仅是满足于自欺。清朝统治者在洋人面前是弱者,所以需要自欺;但他们在中国百姓面前还须维持其统治地位,当然要多方设法欺人。在《阿Q正传》中,假洋鬼子的母亲曾到处宣扬,他儿子的“这辫子是被坏人灌醉了酒剪去的。本来可以做大官,现在只好等留长再说了”。这除了自欺,还颇有欺人的力量。当人们想起他儿子一旦留长了发辫,就能做大官,是颇有威慑力量的。假洋鬼子对赵白眼和三个闲人大谈其“洪哥!我们动手罢”。这既是精神胜利法中的自我扩张术,又很有欺人的“魅力”。阿Q却非常之蠢,他的一套精神胜利法根本骗不了人,不仅一眼就看得穿,而且很快被引为笑谈,以致闲人们先发制人:“阿Q,这不是儿子打老子,是人打畜生。自己说:人打畜生。”统治阶级运用精神胜利法时往往涂上许多厚厚的文饰;而阿Q却是赤裸裸的,以致更衬托出他外形的瘦骨伶仃。可见,在各阶级都有可能运用精神胜利法的前提下,在具体表现形态和手法上,“它像是很有好几种的”。

现在再回顾茅盾20年代时的“第一印象”,所谓“中国人的品性”。这个结论,是颇有道理的。当鲁迅掌握了科学的阶级分析法后,他也还是认定,“面子”是“中国精神的纲领”。“面子”对中国人是极其重要的,是中国人国民性的“复合关键”。外国人在这方面或许没有这样看重,或许不会如此死要面子。但即使是安冈秀夫的《从小说看来的支那民族性》的《绪言》中,也不想为中国以外的民族开脱干净:“这样的也不仅支那人,便是在日本,怕也有难于漏网的。”但是“一测那程度的高下,和范围的广狭,则即使夸称为支那的民族性,也毫无应该顾忌的处所。”[①]当外国人处于弱者和劣势而又自暴自弃时,大概也有乞求于阿Q主义的吧?法国著名作家罗曼·罗兰在谈及《阿Q正传》时说:“在法国大革命时期,也有过类似阿Q的农民。”[②]在1956年鲁迅逝世二十周年纪念大会上,危地马拉作家说:阿Q“这个可耻的人物的天才的创造越过了

---

① 《华盖集续编·马上支日记》。

② 戈宝权:《鲁迅在世界文学上的地位》,陕西人民出版社1981年7月版。

所有的国界，可以应用到我们美洲的许多别的民族上去……"①印度作家也说"阿Q只是名字是中国的，这个人物我们在印度也看到过"②。那么，"'阿Q相'未必全然是中国民族所特具，似人类的普通弱点的一种"这个论点，也不应该轻易地予以否定的。

但是既然这种可以"夸称为支那民族性"之一的精神胜利法在中国国民性的血液中浓度如此之高，那么鲁迅早年站在改造国民性的启蒙主义思想的峰峦上，以高屋建瓴的势态，唤起人民的觉醒，塑造阿Q这一不朽的典型，这对我们民族实在是一个伟大的贡献。当时鲁迅还不是阶级论者，但他涉猎的形象原本就是具有某种共性的形象，现在他按照其国民性的本来面目作深邃的揭示，那与他的还不是阶级论者的局限性又有多大关系呢？这也正好是一种扬长避短吧。难道因为写阿Q是一个赤贫的农民，就在中国的贫雇农脸上都抹上一层黑漆？一个伟大的民族，一个先进的阶级，不许人们指出它实有的缺点，只许描绘它的"高、大、全"的圣像，本身就是阿Q主义的精神胜利法。鲁迅从改造国民性的高度来鞭笞我们确实存在的一种国民弱点，这只能说明他目光犀利，钻研精深，这只是显示了他有的放矢的高超技艺。《阿Q正传》是鲁迅长期探索和构思的产物。正如他自己所说："终于归结到传阿Q，仿佛思想里有鬼似的。"在这悠长的创作过程中，鲁迅先是普遍考察探究，继而是重点落实定型，"终于归结到传阿Q"在头脑中定型——阿Q的形象在心目中活起来了——之后，作家才能下笔。但正因为先是通过"普遍考察探究"，所以塑造阿Q时，也会联系到普遍考察对象之间的共通气质。这样，他写出的作品，必然引起读者的广泛联想："我记得当《阿Q正传》一段一段陆续发表的时候，有许多人都栗栗危惧，恐怕以后要骂到他的头上。"③其原因盖出于鲁迅构思过程中，在重点定型时有着广泛联想，这种广泛联想产生了一种使人"无法推诿"，难以置之度外的"胶着力"，令人感到这是自己人格的某种变奏，自己是"身在其中"的。"普遍考察探究——重点落实定型——广泛联想共性"是鲁迅创作过程中的一个重要的成功艺术经验。

阿Q与阿Q主义

过去有些论家的关于寄植体或拟人化等等类似的说法，都有碍于将阿Q

① 米盖尔·安赫尔·阿斯德里亚斯的讲话，见《文艺报》1956年第20期附册。

② 班纳吉的讲话，见《文艺报》1956年第20期附册。

③ 涵庐：《闲话》，见《现代评论》第4卷第89期。

看成一个活生生的形象,而将他看成一个抽象精神的演绎体,多种成分的归纳物,某种概念的图解。我们认为阿Q是一个活生生的赤贫农民。阿Q身上最具有特征性的东西是阿Q主义——精神胜利法。他的精神胜利法的实质是善于"从奴隶生活中寻出'美'来"。鲁迅说:

> 一个活人,当然是总想活下去的,就是真正老牌的奴隶,也还在打熬着要活下去。然而自己明知道是奴隶,打熬着,并且不平着,挣扎着,一面"意图"挣脱以至实行挣脱的,即使暂时失败,还是套上了镣铐罢,他却不过是单单的奴隶。如果从奴隶生活中寻出"美"来,赞叹,抚摩,陶醉,那可简直是万劫不复的奴才了,他使自己和别人永远安住于这生活。就因为奴群中有这一点差别,所以使社会有平安和不安的差别……①

鲁迅在这段话中,为我们透露出阿Q主义不仅是弱者的哲学,更典型的往往是表现在弱者中属于奴才一类人的身上。试想,能从奴隶的生活中寻出"美"来,而且还赞叹,抚摩,陶醉,其精神胜利法的运用,可谓是达到炉火纯青的高度了。而阿Q呢,恰恰是对精神胜利法的运筹调度,自如到出类拔萃的地步。

阿Q的具有独特个性的精神胜利法的表现形态真是五花八门,令人目不暇给。例如,想象打他的闲人是他的儿子,煞有介事地感慨:现在的世界真不像样,世风日下,人心淡薄,竟然儿子打起老子来。这是假设法。他还将自己和别人对换,打了自己即等于打了别人。这是掉包法。为了取得"太牢"的资格,先投到赵太爷门下认"本家",后投到假洋鬼子麾下做"革命党"。这是攀附法。他将"自轻自贱"减去,只剩下"第一个",于是俨然以状元自居。这是先用省略法,后用扩张法。他从不许闲人说"光"、"亮"之类,发展到把癞疤视为光荣标志,化腐朽为神奇,将美丑对调。这是从消极的避讳法转而运用积极进攻的颠倒法。其他手法尚多,如解嘲法、宿命法等等,不再列举。在生活现实中,阿Q无不处于最低下的社会底层,但他运用如此多样化的奇特手段,却在精神上享受到种种崇高的荣誉。真可借用一句话来作不伦不类的比附:"心比天高,命如纸薄。"而登上那高高云端的天梯的,就是这不必费举手之劳的种种手段。阿Q也并非没有普通人的感情,被打之后总也是"忿忿"的,其实这"忿忿"

①《南腔北调集·漫与》。

之情是奋起抗争的火苗，但随之而来的是千奇百怪的精神胜利法的绝招，这精神胜利法真像自动灭火机一般，将他的“忿忿”的火苗扑灭了，反而“渐渐的得意起来”，于是就会安住于这生活，天下随之太平。

为了运用多样手段而保证达到无往不胜的结果，阿Q还有其习惯性的思路程序。只要略加注意，就可发现阿Q的思路中“似乎”、“仿佛”、“好像”特别多。例如，“似乎打的是自己，被打的是别一个自己，不久也就仿佛是自己打了别个一般……”每逢这种情况，用几个“似乎”、“仿佛”一过渡，这“好像”就成了千真万确的事实。可是他还有另一种用法的“似乎”：他“赶紧抽紧筋骨，耸了肩膀等候着，果然，拍的一声，似乎确凿打在自己头上了”。“他冲出厨房门，仿佛背上又着了一下似的”。“确凿”的事为什么又会“似乎”的呢？原来这“似乎”、“仿佛”会将这“确凿”变得依稀模糊，终而至于“忘却”。“似乎”在阿Q的大脑信息储存器入口不啻是一个筛选机：一切需转败为胜的“似乎”都一一得以畅通无阻进入储存器而永驻不忘。对一些“确凿”的耻辱，通过筛选机时，电路突然中断，通道马上关闭，大脑屏幕根本不予显示，一切都化为子虚乌有，从此烟消云散。这种习惯性的思路对阿Q的无往不胜起了可靠的保证作用。

阿Q不仅通过“似乎”来向“两极分化”，取其所需，而且还有一套奇妙的逻辑，能使不等式变幻为等式。不必经过努力争取，只要辗转相等，他的自尊癖马上会超额完成。例如他想：“我的儿子会阔多啦！”可是老婆还不知在何处，哪来儿子？这太渺茫了。不要紧的，自从遭赵太爷打了嘴巴，他说“儿子打老子”，于是阿Q不必经过婚配嫁娶、生儿育女等一切繁文缛节，一眨眼间，马上有了一个现成的儿子，而且是威风凛凛的阔儿子，从此他唯恐赵太爷不“高人一等”，唯恐皇上停考，秀才跌价。他的等式如下：赵太爷打他耳光＝儿子打老子＝赵太爷是他儿子＝“我的儿子阔多啦”愿望实现＝果然大家仿佛格外尊敬他＝此后倒得意许多年。对阿Q说来，使南辕与北辙调和，只需几个等号而已。再列一式如下：我是虫豸＝第一个自轻自贱的人－（减）自轻自贱＝第一个＝状元＞举人＞秀才＝即使不长秀才三辈也在功名上高三层台阶。这不等式到等式的变幻莫测，简直令人眼花缭乱，瞠目结舌。阿Q像坐上直升机一样飘然上天。

鲁迅写出了阿Q这一典型人物的富有个性特征的精神胜利法的多种表现形态、习惯思路、奇妙逻辑和系列等式。身在猪窝般的泥淖里的阿Q，心却像天鹅在蓝天翱翔，他在“丑”中寻觅到“美”，赞叹、抚摸和陶醉，显示出那万劫不复的奴才相。鲁迅在鞭挞“阿Q相”时，深感哀切和痛心。

《阿Q正传》刚在《晨报副镌》上连载完毕，周作人于1922年3月19日在《晨报副镌》上发表了《自己的园地之八：〈阿Q正传〉》的评论。周作人自称"因为约略知道这著作的主旨，或者能够加上一点说明，帮助读者去了解他的真相"。这话或许是可信的。当时根据周作人对鲁迅的了解程度，他的评论应该是能帮助读者去了解作品的主旨和创作的内情的。这与兄弟两人分道扬镳以后，周作人曾对鲁迅作过一些攻击和歪曲，是不可混为一谈的。周作人的评论谈及：

> 著者本意似乎想把阿Q痛骂一顿，做到临了却觉得在未庄里阿Q还是唯一可爱的人物，比别人还要正直些，所以终于被"正法"了……他想撞倒阿Q，将注意力集中于他，却反将他扶起了，这或者可以说是著者的失败的地方。至于或者以为讽刺过分，"有伤真实"，我并不觉得如此，因为世间往往"事实奇于小说"，就是在我的灰色的故乡里，我也亲见到这一类脚色的活模型，其中还有一个缩小的真的可爱的阿桂，虽然他至今还是健在。[①]

所谓"这或者可以说是著者的失败的地方"，用我们现在的话来说，可视为"现实主义的胜利"。鲁迅是那样痛楚地针砭阿Q主义，可是越写下去越觉得，即使像阿Q这样一个人，他也不能"修炼"成彻头彻尾的阿Q主义者的。鲁迅毫无拔高阿Q之意。他只是感到，阿Q虽然已形成了自己的精神胜利法的一整套"完美"的体系，但是阿Q无法用精神胜利法闯过人的本能的两大关口，那就是"食"和"色"。告子曰："食色，性也。"[②]阿Q在这两个本能需求上备尝了失败的苦涩。他先是在"色"上酿成了"恋爱的悲剧"。由于在"色"的问题上摔了一个大筋斗，连带而来的是"生计问题"。在"食"的问题上更来不得半点精神胜利法。鲁迅说过："人类有一个大缺点，就是常常要饥饿。"[③]阿Q也不能例外。他也懂得用"画饼充饥"的精神胜利法是无法解救自己的饥肠辘辘的。如果一味去想华屋中的盛宴，恐怕更会吊足胃口，虚火攻心。所以用阿Q自己的语言说，肚子饿"这委实是一件非常'妈妈的'的事情"。"妈妈的"而又"非

---

① 仲密：《自己的园地之八·〈阿Q正传〉》见1922年3月19日《晨报副镌》。

② 《孟子·告子章句(上)》。

③ 《坟·娜拉走后怎样》。

常”，可见万灵法宝精神胜利法只好承认自己的失灵。

《阿Q正传》的第一至第三章，比较集中地描绘阿Q的精神胜利法的独特而完美的体系，从第四章开始，阿Q当然还是一副阿Q相，但细细品味起来，似乎又增添了些新的东西。这东西就是精神胜利法的典型人物竟然也自叹“护身符”的失效。而这失败的起端竟然是在阿Q战胜小尼姑而成为绝对冠军时种下的祸祟。这真是始料所未及的。它打破了阿Q事事陶醉于精神胜利法的一统天下。

阿Q凭着实力大获全胜，他的勋业又得到酒店里的人的赏识，如此机会不但难得，而且绝无仅有。可是小尼姑狼狈逃遁时无意中回头射出一箭，却打中了阿Q的要害：“这断子绝孙的阿Q。”阿Q已将近“而立之年”，当时又不实行晚婚，他的确得有一个“女人”了。“阿Q的耳朵里又听到这句话。他想：不错，应该有一个女人，断子绝孙便没有人供一碗饭，……应该有一个女人。”这女人问题是不好用精神胜利法的单相思来解决的。而阿Q向吴妈求爱也可说是“名正言顺”的。他找的是吴妈，也是个出卖劳力的妇女，也似乎没有违反“门当户对”的封建条律。他的求爱方式和目的，也无法苛求，他的爱的真谛，不过是“性”而已，与动物的本能无多大区别。但怎么又会酿成悲剧的呢？想来不外乎，一、阿Q搞的不是明媒正娶，而很类似自由恋爱；二、孤孀吴妈大概恪守三从四德；三、最大问题是出自赵太爷和秀才，认为这行动的本身发生在他府第，就是一种严重的挑衅：“你反了，……你这……”这流产的恋爱既成了剥削的借口，又成了诬蔑的把柄。订立五款“不平等条约”是残酷的剥削，而他们又趁此诬蔑通过正常途径求爱的阿Q是调戏、强奸妇女的色狼。何以知道他们将阿Q的“恋爱”歪曲为“强奸”呢？最有力的旁证是未庄的女人们见了阿Q就纷纷躲藏，而阿Q去询问人家要不要雇工时，“一定走出一个男人来，现了十分烦厌的相貌，像回复乞丐一般的摇手道：‘没有没有！你出去！’”（着点号引者加）因此，由恋爱悲剧引起了未庄居民的“坚壁清野”，而且发生了更严重的后果，那就是阿Q的“生计问题”。阿Q本来是“贫而乐”、“劳而不怨”的奴隶，可是现在贫到断炊而乐不起来的程度了。“劳而不怨”却成了“不劳而怨”。对阿Q这样一个赤贫的农民来说，要彻头彻尾地实行阿Q主义，实在也难。精神胜利法的失灵，逼得阿Q只好出门求食。鲁迅用了过分严肃的笔调写道：

> 他在路上走着要“求食”，看见熟识的酒店，看见熟识的馒头，但他都走过了，不但没有暂停，而且并不想要。他所求的不是这类东西了；他求

的是什么东西，他自己不知道。

进了城的阿Q在偶然的机缘中做了窃贼的助手，在正手失利中居然独得了一个包袱，使他骤然变得手中有货，腰里有钱。作为一个精神胜利法的典型，恐怕这是他第一次尝到掌握钱、物之后的甜头。他将满把银的和铜的往酒店柜台上一扔："现钱，打酒来！"即使神态和语气也是实打实的。阿Q居然也有了一点小小的物质胜利。这无疑是阿Q的"中兴"。

偷窃使阿Q在未庄全面恢复了名誉，未庄的妇女们再也不把他当做瘟神，他的大名传遍了未庄的闺中，妇女们不但见了他不再躲避，有时阿Q已经走过了，也还要追上去叫住他。王胡等闲人再也不敢造次，连赵太爷也请他登堂入室。在未庄人的口碑上，"阿Q这时在未庄人眼睛里的地位，虽不敢说超过赵太爷，但谓之差不多，大约也就没有什么语病的了"。可见这不仅仅是全面恢复名誉，而且还得到了更大的新敬畏。这新敬畏并非来自精神胜利法，而是来自金钱和物质的实力后盾。那么中兴的阿Q又怎么会走上末路的？看来阿Q只有一点失策，那就是不敢再偷。不敢再偷的偷儿，就"斯亦不足畏也矣"。阿Q，因做贼而中兴，因不敢再偷而走上末路。当他将"大搭连"也卖给了赵白眼时，象征着阿Q的彻底"破产"。

鲁迅在刻画阿Q沉浸在小小的物质胜利之中时，并没有使阿Q的"阿Q相"消逝。如他并非出自反抗，而无端蔑视举人，这和昔日对赵太爷、钱太爷"独不表格外的崇奉"，而觉得两位"文童"也"不值一笑"是同出一辙的。他"最近观察所得"的城里人的缺点，和"偶有大可佩服的地方"等等评价，与过去的"条凳"与"长凳"、"葱末"与"葱丝"一般模样。鲁迅说，"中国人几乎都是爱护故乡，奚落别处的大英雄，阿Q也很有这脾气"。[①]

但鲁迅在研究精神胜利法时，他也深深悟到，在这物质的世界上，要找彻头彻尾的精神胜利法的实行者，恐怕是徒劳的。例如清朝统治者在帝国主义面前是表现为具有奴性的羊，但对本国的被统治者他们是残暴的凶兽。他们尽可以用钱、权、物、力来镇压人民。而被鲁迅"重点落实定型"而选中的阿Q，也有人类所共有的"大缺点"——常常要饥饿。上述这些对象都不可能是彻头彻尾的精神胜利法者。这真叫做"各有各的难处"了。说得更确切些，在世界上纯而又纯的精神胜利法实行者是不存在的。

---

①《且介亭杂文·答〈戏〉周刊编者信》。

我们所说的阿Q主义，当然是就精神胜利法而言。这是我们的主人公的最突出的主要品性，所以这“主义”就因他而得名，也应冠以他的大名为牌号。但是作为一个活生生的赤贫农民阿Q身上，还会有别的素质。他有想彻底实行阿Q主义而不可得的“悲哀”，他更不会拒绝金钱、货物为他所带来的小小的胜利。如果鲁迅只写阿Q的最主要的品性——精神胜利法，那么第一至第三章的格局也就大致差不多了。但作为一个伟大的现实主义者，他是不得不写第四、五、六章的。鲁迅在写《恋爱的悲剧》和《生计问题》时，增添了一点对阿Q的同情成分。是的，为什么连这人的最起码的本能，阿Q也无权享受？在写到阿Q因偷窃而全面恢复名誉，又因不想再偷而走上末路的时候，鲁迅也透露出他的愤懑。但是更主要的是，鲁迅在写出了阿Q的主要品性精神胜利法之后，他还告诉我们，阿Q主义不等于阿Q的全部品性。阿Q主义和阿Q全人之间，最好也不要画上简单的等号。

革命与流寇主义

在阿Q的“中兴”期，他已经初步品尝了物质胜利的小小甜头，但“可悲”的是他不敢再偷，这小小的物质胜利宛如一场短暂的春梦。阿Q又彻底破产而走上了末路。当把阿Q生活的另一侧面向读者作了充分展示后，人物的性格也似乎到了尽头。这真是“山重水复疑无路”的架势，但鲁迅又别开生面，为我们开启一个阿Q活动的全新机运，将主人公放到辛亥革命的风潮中，在这复杂的全新的境界中，将人物的性格推进到更动人心魄的高潮，表现了作者的不凡身手，对读者说来也得到了“柳暗花明又一村”的高度艺术享受。

有的论家喜欢用阿Q无师自通得样样合乎圣经贤传，来证明精神胜利法是统治阶级的特产，而阿Q不过是受传染和受毒害而已。我们认为合乎圣经贤传并不主要显示在精神胜利法的运用上，而是主要表现在对革命的深恶痛绝，对男女之大防的力主严守，以“不孝有三，无后为大”为人生大哀等等的见解上。

受封建统治者的毒害，阿Q对革命是一向“深恶痛绝”的。但是阴错阳差，他忽然又在恭行自己先前所憎恶的革命，正好像他有时也无法彻底实行精神胜利法一样。真的“一切不以人们意志为转移”了。促使阿Q响应辛亥革命的媒质是：大搭连的出卖标志着阿Q的“生计问题”又像一个怪影般地踯躅在他的身边：“阿Q近来用度窘，大约略略有些不平。”所以他大嚷“造反”的原因之一是想改变自己赤贫的生活现状。而他看到百里闻名的白举人对革命的惧怕和未庄人士对革命的惊恐，使他朦胧中意识到辛亥革命也许能改变自己卑微的社会地位。更何况他曾经尝到过小小物质胜利的实益。通过他所能理解的“革命”，物质的闪光在前面向他招手。“革命也好罢，”阿Q想：“革这伙妈妈的命，太可恶！太可恨！……便是我，也要投降革命党了。”这“便是我”三个字是充满着潜台词的：“便是我这样一向深恶革命的人也要去投了”，“连我这样的忠贞之士也要去革了，可见这伙妈妈的可恶可恨的程度了”，如此等等。这样，阿Q运用了解嘲法将“深恶”和“要投”之间的矛盾的渊谷给填平了，他从此“革”得理直气壮！他的“似乎”律又起了作用，“不知怎么一来，忽而似乎革命党便是自己，未庄人却都是他的俘虏了”——阿Q的“革命”也有那么一副“阿Q相”。但正如我们在上文所引的鲁迅的话：那些“不平着，挣扎着，一面‘意图’挣扎以至实行挣脱的”人，总会得到鲁迅的肯定。阿Q只是“意图”挣扎而还没有“实行挣脱”，但至少他在奴隶的末路中没有寻出生活的“美”来，而是不平于生活的境遇，想改变赤贫的生活现状，即此一端就是与精神胜利法相对立的。既有阿Q相，又有与精神胜利法对立的因素，两者统一于阿Q这个活生生的人身上，使我们感到鲁迅所刻画的阿Q式的革命是这两个方面的复合体。

要证明阿Q的革命是“复合体”，并不乏例证。当赵白眼惴惴地问：“阿……Q哥，像我们这样的穷朋友是不要紧的……”阿Q的回答是非常正视现实和承认现状的：“穷朋友？你总比我有钱。”在往昔，阿Q就不愿这样回答，因为他一直陶醉在“我们先前——比你阔得多啦”，“我的儿子会阔得多啦”之中。今天他能承认自己不阔而最穷，这是对精神胜利法的叛逆。他之想革命，就是要改变那穷窘的现状。可是，阿Q对革命的理解，是从传统的所谓“草莽英雄，打家劫舍，大块吃肉，论斗分金”的模式出发的。他的革命的“纲领”是“我要什么就是什么，我欢喜谁就是谁”。于是，赤贫者一跃而为万贯家财的豪富，卑微者一眨眼变为独霸一方的草头王。这是流寇主义的思想。阿Q在土谷祠中红烛像元夜似的闪闪光耀下的一段“狂想交响曲”，是典型的流寇主义的产物，同时也是精神胜利法的高扬。“造反？有趣，……来了一阵白盔白甲的革命党……走过土谷祠，叫道：‘阿Q！同去同去！’于是一同去。”从此阿Q就快活地走上“革命”——流寇的征途。他对自己在未庄独霸一方的勋业的畅想，虽是一种海市蜃楼式的幻影，但也确是平日狭隘生活的一种折光反射。如“第一个该死的是小D和赵太爷”。赵太爷该死犹可说，打过他耳光，还不准他姓赵。可小D呢？这是因为在阿Q被诬为强奸未遂时，未庄人“有事都去叫小D”。而在阿Q的小生产者的狭隘观点看来，显然是“这小子竟谋了他的饭碗去”，于是曾经在钱府的照壁前“仇人相见分外眼明”过的。他将小D排在罪魁祸首之列是因为他认定他的生计会发生问题，就在于世界上竟多生了一个小D。可是阿Q也不一定马上执行极刑的，因为在“狂想曲”中还有叫小D搬东西的一幕。总之，这是一种狭隘的报复主义的产物。又如：“东西，……直走进去打开箱子来：元宝、洋钱、洋纱衫……秀才娘子的一张宁式床先搬到土谷祠。”因为他在“中兴”时已尝到物质胜利的甜头，“狂想曲”中当然会有占有欲和享乐主义的一个乐章。这“直走进去”的大摇大摆的样子，也是他的狭隘生活经验的“理想化”境界。在城里做“助手”时，他“不但不能上墙，并且不能进洞”。阿Q爬静修庵的低土墙时，脚尚且索索地抖，更何况高墙坚壁？至于掘了壁洞，又非扭曲身子钻进去不可。啊，现在阿Q借革命的光，能“直走进去打开箱子来”，堂哉皇哉，这真是梦寐以求的理想境界。至于“狂想曲”中的“选妃”一节，当然更毋庸我们赘析了。但阿Q毕竟是愚蠢而老实的，东西往土谷祠搬干什么？难道他的宫殿还设在土谷祠的陋室？他只要将赵太爷“扫地出门”不就更直捷吗？但这首“狂想交响曲”是流寇主义、报复主义、享乐主义搅拌而成的混杂物，也是精神胜利法的极致。

有些论家也指出，阿Q的革命的目的是想爬上赵太爷、钱太爷的宝座。也即是：赵、钱太爷的今天就是我的明天。这是符合作品实际的。但往往由于太强调了这个“极终目标”，将阿Q还值得肯定的部分动机，也一概抹煞。阿Q当然不会像项羽那样，早就觊觎着秦始皇的威风，存着“彼可取而代也”的雄图。阿Q也不是野心家。与其说这是阿Q的一种野心，倒不如说是因为阿Q的愚蠢。阿Q不过出自一种因袭的观念，在他想象的“黄金世界”中只有一条上天孔道，即像赵、钱太爷一样成为Q太爷。他的脑子里没有第二条道路，他无法比较。鲁迅不止一次说过：“他们间接受古书的影响很大，他们对于乡下的绅士有田三千亩，佩服得不得了……”[①]“我们的乡下评定是非，常是这样：‘赵太爷说对的，还会错么？他田地就有二百亩。’”[②]有如此的财富，又有如此的威望，阿Q就以此为奋斗目标。假设阿Q一旦真的爬上了赵、钱太爷的宝座：这时，“奴才做了主人，是决不肯废去‘老爷’的称呼的，他们摆架子，恐怕比他的主人还十足，还可笑”。[③] 这是可由阿Q的“畅想”作为旁证的。

---

①《而已集·革命时代的文学》。

②《集外集·通信(复未名)》。

③《二心集·上海文艺之一瞥》。

有些论家评论阿Q的"革命"的言动时，过分地将他放在近现代革命史上对农民主力军的要求来考察、比较、参照，然后得出相应的结论。我们认为这是可以的，但不是唯一的，甚至恐怕不是主要的评定标准。鲁迅的作品是从生活出发进行构思的，当然要经得起生活、历史的检验。毛泽东在《关于纠正党内的错误思想》一文，就指出了当时革命队伍中存在的流寇主义、享乐主义、报复主义等非无产阶级思想，并指出，"由于红军中游民成分占了很大的数量和全国特别是南方各省有广大游民群众的存在，就在红军中产生了流寇主义的政治思想"。[①] 第二次国内革命战争尚且有此类情况，辛亥革命时的阿Q更不足为怪。不过我们由此可以知道，鲁迅《阿Q正传》中游民阿Q对革命的理解，及其巨大的消极性，也是经得起近现代革命史的检验的，鲁迅反映了历史的真实。

但是我们认为阿Q是一个艺术典型。当鲁迅塑造阿Q时，也还没有认识到中国的革命关键是农民问题，农民是中国革命的主力军等等问题。作为一个艺术的典型，鲁迅更关注的是，阿Q的"革命"与他的主要品性精神胜利法的错综复杂的关系问题。他主要是通过《阿Q正传》探究"国民性"，写出"国人的魂灵"。我们认为，鲁迅从一至三章写了阿Q的"优胜记略"，也即比较集中地刻画其精神胜利法；从四至六章，鲁迅又深一层开掘了阿Q要彻底贯彻他的主义时的不可逾越的障碍。他在生活中开始感知实"力"的威势，虽然他也不时流露出阿Q相；那么从七至九章是鲁迅将这两个方面统一于阿Q的"革命"的言动之中，写出了阿Q的"革命"必然是一个混杂的复合体；写出阿Q既有向精神胜利法叛逆的一面，又有属于精神胜利法高扬的一面；既有想夺取更大的物质胜利的一面，又有只是想象中的暴发户的一面，这两者争斗着、共存着、归并着，完美地统一在一个活生生的典型人物身上。于是在这个复杂的时代旋涡中，阿Q的性格冲激起比前面两大块生活更迸跳翻腾的浪花，最后完成阿Q性格的塑造。阿Q是一个复杂的典型人物，而不是革命史上农民积极面与消极面的定性分析，更不是某种概念演绎成的瘦得仅有几条筋的"瘪三"。

"流寇主义"在今天是非彻底清除不可的。但在历史上，多少封建地主阶级政权，被农民的流寇主义打得人仰马翻，举朝震悚，又曾费了多少心机和运用残暴武力，才将它招降过去或镇压下去。当然阿Q的流寇主义的确有极大的消极性，但更主要的是他还不过仅有一点流寇思想而已。如果一定要说他

---

① 毛泽东：《关于纠正党内的错误思想》。

有过行动，那么唯一的一次流产的“预演”是他“有意无意”地走到静修庵。这又仅仅是他最内行的向弱者开刀，也勉强算是他初露流寇主义的锋芒。阿Q要受“招安”是太容易了，他去“投”假洋鬼子，不是自动送上门去的一次“招安”吗？可假洋鬼子不受。但我们也应看到，正当辛亥革命掀起风暴之际，阿Q的“造反了，造反了”的呼声，也很搅动了赵太爷之流的酣梦。于是，“赵太爷父子回家，晚上商量到点灯”，父子密谋之后，接着是赵秀才和假洋鬼子的“会谈”。这密谋和“会谈”的内容之一当然是怎样对付危险分子阿Q。因为这决不是对付偷儿，“只要自己夜里惊醒点就是了”。眠榻之侧，岂容他人酣睡？危险分子就不存在结怨与否的事了，这是非要置之死地而后快的。阿Q无疑已经渐渐走上死路了。而以赵家遭抢为契机，阿Q的死期也就不远矣。秀才上城报官，就会像昔日诬蔑阿Q居心不良，强奸未遂一样，至少是要将阿Q列入主要嫌疑对象的，证据是不少的：一、阿Q过去就是做过“这路生意”的人；二、阿Q曾公开宣称“发财？自然。要什么就是什么”；三、如果要联系历史罪行，他还是强奸能手，又曾“犯上作乱”，说“这举人老爷实在太‘妈妈的’了”等等。如果不把阿Q描绘成一个剽悍强横、十恶不赦的盗匪，县里还会派出一队兵，一队团丁，一队警察，五个侦探，还架好机关枪，来对付赤手空拳，呼呼酣睡的阿Q吗？更何况还重金悬赏，雇了敢死队逾垣而入，里应外合，才生擒活捉了阿Q呢？

当阿Q被抓进监狱之后，他的既不满于现状，又作精神胜利的畅想的两个侧面，最后又统一在什么基点上呢？鲁迅是将阿Q的两面统一于精神胜利法这一主要品性之上，阿Q还是阿Q，阿Q毕竟阿Q！

当假洋鬼子不准他革命之后，阿Q以为他所有的抱负、志向、希望、前程，全被一笔勾销了。而被抓进监狱之后，莫说前程，就是性命也要被勾销了，阿Q还有什么改变现状，取得物质胜利的可能？于是他的精神胜利法又有所发展，甚至达到了登峰造极的高度。在监狱中他的精神胜利法的升华的标志是当“他突然感觉到了：这岂不是去杀头么”的时候。上文我们引用过鲁迅的话：“一个活人，当然是总想活下去的……”正因为阿Q也是活人，他想活下去，所以当他知道要杀自己的头时“他一急，两眼发黑，耳朵里嗡的一声，似乎发昏了”。可是，作家又写道：“然而他又没有全发昏，有时虽然着急，有时却也泰然。”他的“泰然”并非视死如归，而是精神胜利法在治疗着他的发昏的神经。这时，阿Q的精神胜利法的特征是严重的宿命论思想。鲁迅三次用一个“公式”来揭示阿Q的思想：“似乎觉得人生天地间，大约本来有时要抓进抓出”；“人生天地间，大约本来有时也未免要杀头的”；阿Q有了这一公式，作家也就大胆推理道："人生天地间，大约本来有时也未免要游街示众罢了。""似乎"、"大约"、"未免"成了一种发昏时的镇静剂。这种"精神安慰法"实质上就是精神胜利法的表现形态。阿Q竟然用精神胜利法麻醉自己，达到了生死无差别境界，这难道不是古往今来精神胜利法的极致吗？

当阿Q看到了昔日追求的恋爱对象吴妈时，阿Q忽然很羞愧自己没志气，为了向自己追求过的异性表现一点英豪之气，在百忙之中，"无师自通的喊出了'过了二十年又是一个……'"这是阿Q一生的最后的遗言，颇有一点造反气概的，虽然"好汉"两字未出口，但似乎不愧为好汉。但这恰恰又是最没有志气的一种自我陶醉的精神胜利法。鲁迅说："穷人们是大抵以为死后就去轮回的，根源出于佛教。佛教所说的轮回，当然手续繁重，并不这么简单，但穷人往往无学，所以不明白。这就是使死罪犯人绑赴法场时，大叫'二十年后又是一条好汉'，面无惧色的原因。"①阿Q又用佛教的轮回之说，寻出了杀头之中的"美"来！在他的临终之时，难道不又一统于精神胜利法了？

其实，这"过了二十年又是一个……"还不是阿Q的最后遗言。阿Q的最后遗言是他想说而没有来得及说的"救命，……"当阿Q死到临头时，鲁迅又一次用了过分严肃的笔调写出群众——戏剧的看客们的冷漠。阿Q感到"这些眼睛们似乎连成一气，已经在那里咬他的灵魂"。这时使尽了精神胜利法的解数的阿Q，想说一句真话："救命。"他老老实实向读者呼吁：救救阿Q，切莫像这群戏剧的看客那样冷漠。是的，我们不妨可以看成是阿Q临死前没有来得及喊出的、世界上最简洁老实的"遗嘱"。这倒确是震撼人心的。狂人的"救救孩子"的呼声，曾经震撼着读者的心灵；难道在"救救阿Q"面前，读者却无动于衷吗？阿Q的一生是以精神胜利法为主要品性的，岂知他临死前需要读者救他，这总不是一种精神胜利法的表现吧？"过了二十年又是一个……"与"救命，……"显然是矛盾的。但使阿Q死不瞑目的是竟然来不及喊出，这是他一生中的最大遗憾？但毕竟有鲁迅为他代书了这份"遗嘱"。鲁迅似乎想通过代书"遗嘱"而让读者去思考：在这场悲喜剧面前，我们应该去做些什么？鲁迅当然不要求读者去劫法场，而是要我们面对这么一个"国人的魂灵"，探究怎样去为"他"解脱那精神的镣铐——改造国民性！

---

①《且介亭杂文末编·死》。

在丑的现实中追忆永远失落的美*

——论《社戏》永久魅力的奥秘

我们过去对《社戏》作了较多的阶级分析和环境剖视，只要恰如其分，不失为一种研究成果；许多论家又对《社戏》作过颇有见地的艺术分析，这无疑是对鲁迅小说赏析的一种贡献。但由于主客观的多方原因，我们较少去探索一个关键问题——为什么《社戏》具有无可争辩的"永久的魅力"？作家的诗情的手指如何会在读者心灵深层搅起潜流、水涡和波澜？为什么我们在小学或初中阶段读《社戏》时，觉得那么抒情欢畅——为迅哥儿的童年的欲求得到超额的满足而感到庆幸；但今天作为成人，甚至两鬓染霜，也还百读不厌，深深咀嚼，嘴角总有浓密的味汁流出。这永久的魅力之奥秘究竟何在……

一

如果我们说，奥秘在于作品的深刻的思想性和高超的艺术手段，那是不错的，却又是不够全面的。除了这思想和艺术"两性"之外，还有一种"举足轻重"的因素，作家就是凭借这一因素，使《社戏》能在"代复一代"的读者中产生强大的心灵冲击波。这种力量是来自一种心理因素，我们姑且称之为"人生经验通感"。

当我们读到《社戏》的结尾一句："真的，一直到现在，我实在再没有吃到那夜似的好豆——也不再看到那夜似的好戏了。"我们都会受到这种怅然若失的情愫的感染。作品会使我们联想起自己的永远失落了的童年，搅动我们心灵深层的波澜。我们——作为一个读者，人人都会用自己的人生经验去补充和生发这个感人肺腑的结尾，赋予这个失落感以"美质"。我们会把这种"美好的追忆"，算在《社戏》的气质美和艺术美的"账"上——是她"启动"我们追忆的航天飞机，再一次遨游已逝的童年的太空。

---

* 本文收入《鲁迅小说新论》，1986 年 10 月人民文学出版社版。

我的乡土是茅盾哺育《春蚕》的摇篮。我的童少年时期是在敌伪铁蹄下度过的。每当桑椹结实时，同学们冒着被关在城门外过夜的危险，相约到郊外吃桑椹。我们常常作不用手采吃桑椹的比赛，或引颈踮踵，或跳跃口就。即使是红而未紫的小酸果，也吃得津津有味。时隔30多年，身在"五·七"囹圄之中，地驻桑树遍野的蚕种场，共同劳动的养蚕姑娘采了上好的饱绽乌紫的桑椹"请客"。能吃到这童年时的"上品"，可谓"口福不浅"，也算"苦中作乐"。孰知其味寡淡，不过尔尔。这时我就想起《社戏》，默吟着她的结尾的佳句。作品又一次点燃了我追寻童年足迹的情感之火。这就是"人生经验通感"。人人都具备这种"通感"的燃烧点。

童年——对每个成人来说，都是永远地一去不复返地消逝了，每每忆及，总会有一种惆怅的失落感。但人们对永远失落和不可重复的事态总会去找寻出它的美感，再用感情镀上金色的光泽！我们称它为"永远失落的美"。《社戏》就是抓住了这种"永远失落的美"，又借助于"人生经验通感"的传导，抓住了读者的心。

但鲁迅觉得这样还不"解渴"，为了使这种"美感"发挥到极致的程度，他又用"丑的现实"来进行对比和陪衬。没有这个对比和陪衬，效果是大不一样的。这就决定了鲁迅的构思中要撷取一段与之对衬和类比的"丑的现实"。首先，两者同是看戏；其次，一在戏园，一在野外，地点虽不同，但对比的重点还不在此；第三，戏剧的内容也与看戏的地点一样，也不去列入对照的范围之内；第四，作者要着重对比的是在不同场合中的人际关系。在"丑的现实"中，人际关系充满着一种势利感，表达出一种自私性。而在追忆的境界中，则处处显露出纯真感，友情之间的真朴性满溢于字里行间。所以说，鲁迅的《社戏》的成功，在很大程度上，就是靠这种"人生经验通感"的心理因素。

鲁迅笔下的北京戏园虽然名角丛聚，但由于台下的人际关系的冷漠，因此，就从这一点上去揭示其"丑"。如果在别的作家笔下，从另一个角度抒写，例如去写谭叫天和龚云甫的高超的技艺，就可以写得很美。而鲁迅在平桥头的生活，主要的篇章是在家庭"从小康人家而坠入困顿"的时日，扮演"乞食者"的角色，其实也是很"伤心"的。但是鲁迅截取了他与童年伙伴"月夜泛舟看社戏"的一段，这就产生了"美不胜收"的效果。总之，鲁迅的构思促使他选择特定的角度，以完成他的"在丑的现实中追忆永远失落的美"的意图。

这"丑的现实"是一个美学上评价，它不等于我们日常生活中所说的"丑恶的世界"和"黑暗的社会"之类的一般性的揭露。以我们今天的社会现实来说，我们当然是在向“四化”作胜利的进军，我们正在艰辛地迈步，我们的前景无限光明。但就美学意义而言，不文明的阴暗事物，也是“丑的现实”。而我们有些中老年作家回忆的美好图像，恰恰是在旧社会中的童年生活；或是“文革”中的受迫害受侮辱岁月中的点滴；他们从一个角度和一个侧面“追忆永远失落的美”，同样也可以写出优美的文学作品来。“在丑的现实中追忆永远失落的美”是作家常用的一个带有普遍性的作品的深层结构，但因为作家的生活是各具特色和个性的，所以相同的深层结构的外部表现，是五光十色，千姿百态的。

人们总应该是执着现实而奋进的。可是从另一方面，我们在奋进的现实中常会产生一种心灵深处的烦腻感，觉得她是艰辛而单色调的。相反，追忆中却常常浮现美感，即使回溯苦难的历程，也会觉得“苦中有乐，乐在其中”。特别还因为对过去的事物会有一种情不自禁的留恋——它已无法重演，消逝不返的“失落感”会使“旧梦”变得更美。所以人们总想在现实的烦腻感中解脱出来，去寻找美丽的“旧梦”，赋予斑斓的神奇色彩，好像“时距”会派生亲切感似的。这也是一种“人生经验的通感”，在这“通感”之中会使鲁迅的《社戏》在人人心灵中找到共鸣点，使作品更具“永恒的魅力”！

过去我们对这种客观存在的“通感”，讳莫如深，守口如瓶，更不敢去承认它的“永恒的魅力”。可是，鲁迅说：“我有一时，曾经屡次忆起儿时在故乡所吃的蔬果：菱角，罗汉豆，茭白，香瓜。凡这些，都是极其鲜美可口的；都曾是使我思乡的蛊惑。后来，我在久别之后尝到了，也不过如此；惟独在记忆上，还有旧来的意味留存。他们也许要哄骗我一生，使我时时反顾。”[①]这种“思乡的蛊惑”，凡是有良知良能者，都是具备的吧！那么让这种“通感”来“哄骗我一生”吧！在我们的“时时反顾”中共同品味《社戏》的永恒美吧！

二

《社戏》作为一篇现实主义的作品，都是源于作家的生活实感，不少情节都有原型可循。例如到北京后的第二次看戏，在《鲁迅日记》中就有记载：1914 年 12 月 30 日：“下午助湖北赈捐二元，收观剧券一枚。”1915 年 1 月 1 日：“晚季上来，饭后同至第一舞台观剧，十二时归。”这二则记载与《社戏》中的捐款目的，捐款数目，看戏剧院，归家时间，完全相符。这些生活原型当然要经过作家

---

①《朝花夕拾·小引》。

的艺术加工。其加工的手段是用讽刺的笔调制造一种畸形的压抑感。例如第一回观剧，戏园的“领座”，将“我”领到边厢后排，指定了一个位置。鲁迅用夸张的笔法简捷地揭示其畸形感：

> 这所谓地位者，原来是一条长凳，然而他那坐板比我的上腿要狭到四分之三，他的脚比我的下腿，要长过三分之二。我先是没有爬上去的勇气，接着便联想到私刑拷打的刑具，不由的毛骨悚然的走出了。

读着这些幽默尖刻的语调，我们好像进入了鲁迅的杂文世界。经他的夸张性的形容，再加上“私刑拷打的刑具”和“毛骨悚然”这样具有讽刺色彩的“定性”的语言，与他原先的“兴致勃勃”来“欣赏”戏剧的心绪形成鲜明对照。这使我们想起了《热风》随感录中，鲁迅嬉笑怒骂、入木三分的格调。

《社戏》的上半篇，鲁迅用了很多的杂文笔法，但是在下半篇明显地改用了优美的散文笔致，又使我们仿佛是在读鲁迅日后写成的《朝花夕拾》的华章。即就上文所引述的结尾“追忆失落美”的惋叹为例，在《朝花夕拾》中几乎每篇都用了这种“追忆”的韵味。《阿长与〈山海经〉》中的“仁厚黑暗的地母呵，愿在你怀里永安她的魂灵”！充分显示了这种“追忆永远失落的美”。《五猖会》中的“我至今一想起，还诧异我的父亲何以要在那时候叫我来背书”。这一举措虽然令人费解，但“伸出许多铁钳”把二三十行《鉴略》背出的“急智”，却又是值得“追忆的失落的美”。《从百草园到三味书屋》、《父亲的病》、《范爱农》等都以这种情愫收梢。可谓“余音绕梁，三日不绝”。

如此看来，《朝花夕拾》就是由鲁迅的小说名篇《故乡》和《社戏》这两条溪流汇聚形成的明澈见底的水潭。但是另换一个角度去考察，《故乡》和《社戏》中的确有着《朝花夕拾》般的优雅的散文美。鲁迅这位伟大的杂文家和杰出的散文家，将他拿手的杂文笔法和散文风致汇流在《社戏》中，构成了作品高超的艺术美。这种艺术美使“通感”插上了飞翔的翅膀。“通感”能使人产生共鸣，而艺术美像小提琴的弦索上奏出小夜曲，这名曲又在“通感”的共鸣箱中回荡！

谈到《社戏》的艺术美，还应提及作品中最精巧最灵动的“感觉顺序”。我们先来分析这一段有“顺序感”的文字：

> 戏文已经开场了，在外面也早听到冬冬地响。我们挨进门，几个红的绿的在我的眼前一闪烁，便又看见戏台下满是许多头，再定神四面看，却

见中间也还有几个空座，挤过去要坐时，又有人对我发议论，我因为耳朵已经嗡嗡的响着了，用了心，才听到他是说"有人，不行！"

在戏园外"先闻其声"是自不待言的。可是"挨进门"后的一刹那间，最惹眼的当然是台上的"几个红的绿的在我的眼前一闪烁"，此时还无心欣赏，得找寻座位："便又看见戏台下满是许多头"，颇有"人满为患"之感。于是"定神"四顾，"却见中间也还有几个空座"。这就将一个"迟到者"从仓惶到凝神的感觉顺序绘形绘色地画了出来。在"初见"赵庄戏台和"告别"赵庄戏台时的一刹那间的感兴，也兼得神形之妙。

最惹眼的是屹立在庄外临河的空地上的一座戏台，模糊在远处的月夜中，和空间几乎分不出界限，我疑心画上见过的仙境，就在这里出现了……不多时，在台上显出人物来，红红绿绿的动，近台的河里一望乌黑的是看戏的人家的船篷。

这里不仅有"感觉顺序"，而且这"顺序"又兼顾到"光照部位"和"背影部位"，更何况融合了"大欣喜"的主观感情色彩。鲁迅是最善于精巧地表现这种刹那间的"感觉顺序"的。而且愈运用愈纯熟，简直出神而入化。例如《弟兄》中写久待普悌思医生甚为难耐时，忽然"看见伙计提着风雨灯，灯光中照出后面跟着的皮鞋，上面的微明里有一个高大的人，白脸孔，黑的络腮胡子。这正是普悌思"。在近光处仅是一双"皮鞋"，可这皮鞋却是一个"信号"，在主人公尚未确认前已有预感，这预感还来不及深思，就"急切"地在依稀中辨认出一个高大身影；此时行进中的身影愈来愈近，白脸孔和黑胡子也看得分明。于是一个欣喜的判断跳出心际："这正是普悌思！"

除了"感觉顺序"的敏锐合辙的抒写之外，作者还将沿途的风光的自然美，赋以生命和活力，将自己心神向往的戏台在幻觉中尽量仙境化，使戏台在月色下成了画中的琼楼玉宇。

两岸的豆麦和河底的水草所发散出来的清香，夹杂在水气中扑面的吹来；月色便朦胧在这水气里。淡黑的起伏的连山，仿佛是踊跃的铁的兽脊似的，都远远地向船尾跑去了……

静静的田野动态化了。朱自清写过《荷塘月色》，而鲁迅笔下则出现了一幅“月色原野”的美景。它好似“山舞银蛇，原驰蜡象”，将自然景色生物化、动态化了。在朦胧的月色下，群山如“踊跃的铁的兽脊”，“都远远地向船尾跑去”，反衬了行舟之神速。至于在返航中“船头的激水声更其响亮了，那航船，就像一条大白鱼背着一群孩子在浪花里蹿……”这简直令人想起一幅幅“年年有余”、“五子登科”和“鲤鱼跳龙门”的民间年画了。几个大头娃娃骑在一条特大的鲤鱼上，十分逗人喜爱。而“归心似箭”的航速也跃然纸上了。

总之，用杂文笔调制造的局促压抑感和散文风韵描绘的舒展奋飞的欢跃感，构成了《社戏》的起伏有致、浓淡得体的格局。而精妙的“感觉顺序”，赋予自然景色以生命活力，将神往的处所美化为幻觉仙境……这些高超的技艺，使作者“在丑的现实中追忆永远失落的美”更具有感人的魅力！

三

如果中青年辈不了解鲁迅笔下的20年代前后的北京戏园的情景，不妨可以去读读张恨水著的《春明外史》。当我们读了《春明外史》，在许多的感想中就有这么一条：以《春明外史》为背景参考资料，对鲁迅的《社戏》中的前半篇生活原型，会有一点感性的认识。因为这部百万字的通俗小说用大量的篇幅对北京20年代前后的戏园和妓院生活作了直接的和间接的描绘。《社戏》中的“我”虽然自述“二十年中，只看过两回中国戏”，但他似乎对当时戏园的陋习，也叙述得较得要领。这也反衬鲁迅对戏剧界的乌烟瘴气，并非一无所知。他通过“我”的遭遇的情节，点出了这些问题。例如当时的“捧角”歪风是鼎盛一时的。为了“捧角”，有的老爷和少爷要包定前面的几排座位，馈赠亲友，像出钱“雇”一队啦啦队，专门为被捧者喝彩。这种座位有时是包月的。所以当“我”挤过去要坐时，会有人“发议论”说：“有人，不行！”“领座”也就将“我”带到了边厢。在《春明外史》中居然有“捧角家”这专门名词。其中又有捧旦角、捧小生、捧坤伶、捧童伶等花样。也有无聊文人办了“敲金报”，专门敲诈演员，有的无聊文痞还可月月到演员家中去拿“捧角费”。真可谓荒唐已极。《春明外史》将捧角的风气和种种内幕写得淋漓尽致，不厌其详。无怪乎为“募集湖北水灾捐”而“扮演的多是名角”时，“第一舞台”要挤得水泄不通。鲁迅后来在杂文中写道：“崇拜名伶原是北京的传统。……先只有谭叫天在剧坛上称雄，都说他技艺好，但恐怕还夹着一点势利，因为他是‘老佛爷’——慈禧太后赏识过的。”[①]在当时，有的名伶是宫中禁脔，有的被封建士大夫罩上玻璃罩，做起紫檀架，成为“活摆设”，千方百计使他们与“俗众”离得愈远愈好。不管他愿意不愿意，总要逼名伶就范：或为官绅帮闲，或为商贾帮忙。像小叫天这样的名伶，既有高超的技艺，又夹杂一点势利，当然会被视为“奇珍”。“我”等之再四，“从九点多到十点，从十点到十一点，从十一点到十一点半，从十一点半到十二点，——然而叫天竟还没有来。”作者像时钟报点一样，不厌其烦地每隔半小时报一次，表明了“我”对捧角过分的一种愤怒。但“我”旁边“挤小”了的胖绅士，虽然“吁吁的喘气”，却有这般的毅力和耐心，他看来是个“崇拜名伶”而甘愿自我牺牲的“雅士”。所以当“俗众”问他，出台的和尚是何“名角”所扮时，“他很看不起似的斜瞥了我一眼，说道，‘龚云甫！’”竟使读者会联想起杨二嫂的“显出鄙夷的神色，仿佛嗤笑法国人不知道拿破仑，美国人不知道华盛顿似的”。这位胖绅士虽然不一定能称得上“捧角家”，但说他“相去无几”大概是不会冤枉他的。

我们并不想拿张恨水的《春明外史》和鲁迅的《社戏》上半篇进行类比。我们只是说，由于我们许多人缺乏20年代前后北京戏园生活的感性知识，而张恨水的《春明外史》的特点是将当时的社会新闻小说化，对世态人情、民俗风情自有一番报道。他不仅让我们看戏台的前台，也写包厢中的肮脏的勾当，还能领我们到后台去看看背阴面的阴私。他用大量篇幅写捧角，用这些感性知识去对照《社戏》上半篇，我们觉得鲁迅虽然亲临戏园的机会甚少，但对北京的这一侧面的社会相，还是通过间接的渠道，摸准了“脉门”的。鲁迅提出了捧角旧传统，又描摹了狂热的捧角场面，是非常真实的。

在《春明外史》第二十八回“惜玉笑量珠舞衫扑朔，献花同染指捷径迷离”中有这样两个情节。军阀政府的总长们在某旦角家打了一夜牌，输赢之大简直惊人，牌局收场就送了某旦角价值数千元的一辆小汽车。接着是陈伯儒将牛萧心之妹献给某总长，以此为交换得了十五万元河工款，五万元用与河工，贪污十万元。为了掩人耳目，陈伯儒马上叫《应声报》刊登水灾严重的新闻，读了这些有一定揭露性的情节，再来分析《社戏》上半篇，我们可以想象，这赈灾大会串的背阴面，又将是些什么私货呢？“我”忘却“鼙喤之灾”又去受这份罪的主客观原因，文中作了实事求是的交代。但是那些胖绅士们难道也在怜悯

① 《花边文学·略论梅兰芳及其他（上）》。

滔滔洪水中的灾民？在这里难道不存在民不聊生与尽情享乐的鲜明对比？这的确是旧社会的一种典型的怪现象：越是大旱大涝，蝗虫遮天，灾荒连年，哀鸿遍野，官绅商贾们越可囤积居奇，哄抬物价，高利盘剥，落井下石，牟取暴利，敲骨吸髓。且不说以赈灾捐款中饱私囊了。另一方面又以慈善的美名，声色犬马，荒淫无度，醉生梦死，捧角挟妓，隔岸观火。所以以《社戏》为开端，鲁迅在作品中一再接触到这个问题。在杂文中他不止一次揭露过：绅商们在报上登了“看救命去”之类的离奇广告，其实“还是照例的‘筹赈水灾游艺大会’，看陈皮梅沈一呆的独脚戏，月光歌舞团的歌舞之类”；还冠冕堂皇地声称：“化洋五角，救人一命……一举两得，何乐不为”①。后来鲁迅又曾揭示“国难声中的兴奋剂”之类的社会相，打着“爱国歌舞表演”的招牌，说是“民族性的活跃，是歌舞界的精髓，促进同胞的努力，达到最后的胜利”。鲁迅说：“倘有知道这立奏奇功的大明星是谁么？曰：王人美，薛玲仙，黎莉莉。”②鲁迅对饿殍遍地、白骨森森、丧权辱国和土地沦亡中的载歌载舞是颇为感慨系之的。

如果我们不从这些背景材料着眼，要深入理解《社戏》的上半篇，就比较困难。我们就不易确认其内涵的丰富性和情节的真实性，于是往往浅尝辄止。

但是有一点也须特别提出：鲁迅对北京戏园中的剧目内容未作详细的描绘或简略的评介。只是说：“我费尽思量，才疑心他或者是目连的母亲。”此中的原因是：鲁迅只想突出上半篇的对比性镜头。而剧目的内容就不在此列了。因为看社戏的小朋友们主要是为了看热闹，对内容是毫不挑剔的。所以读者对北京戏园演出剧目的内容不必去追根究源，也不必与下半篇作对比的考察。更何况“我”在童年乡间看戏到日后在北京看戏，虽相隔数十载，但中国戏剧的内容是没有什么大不同的。鲁迅在杂文中也为我们提供了为什么不在《社戏》中涉及剧目内容的旁证：“当我在家乡的村子里看中国旧戏的时候，是还未被教育成‘读书人’的时候，小朋友大抵是农民。爱看的是翻筋斗，跳老虎，一把烟焰，现出一个妖精来，对于剧情，似乎都不大和我们有关系。大面和老生的争城夺地，小生和正旦的离合悲欢，全是他们的事，捏锄头柄人家的孩子，自己知道是决不会登坛拜将，或上京赴考的。”③在这篇杂文中，我们还可以知道，他在家乡看的旧戏中，甚至有《斩木诚》这样的所谓“义仆戏”，即是农民代主子

---

① 《且介亭杂文二集·逃名》。

② 《二心集·沉滓的泛起》。

③ 《准风月谈·电影的教训》。

(地主)伏法的剧目。但鲁迅说:“对于剧情,似乎都不大和我们有关系。”鲁迅强调的不是观剧的内容,而是一起看戏的人,以人际关系这一点为基准,进行美丑对比,“在丑的现实中追忆永远失落的美”!

四

不论鲁迅如何集杂文和散文笔法的精粹之大成,但《社戏》毕竟是小说。这篇杰作的“美”的归结点是塑造了双喜和阿发这样具有“美”的心灵的农村少年形象。

双喜在鲁迅的笔下是这群农村少年的自然领袖。少年群中大抵是会自然涌现出有威信的头领来的。鲁迅写双喜之所以具有自然向心作用的魅力,是因为他有一颗“最能体贴人意”的心。他也善于把握开启人们心扉的机关,能感知同伴们心绪的火候。当少年们因“我”看不到社戏而深表同情并为之叹息时,双喜把这种“同情”和“叹息”转化为能去看夜戏的办法,使“我”能“于无所希望中得救”:“我高兴了。”可是“我”乐观得太早了。因为外祖母和母亲还有一些出于“合情合理”的迟疑。“在这迟疑之中,双喜可又看出底细来了”,于是他站出来“写包票”。双喜的“包票”中话虽不多,但一条条都能解开外祖母和母亲的“迟疑”的结。“外祖母和母亲也相信,便不再驳回,都微笑了。我们立刻一哄的出了门。”于是就由少年劳动能手双喜导演了一出永不褪色的“月夜泛舟看社戏”的优美的活剧。还是双喜,知道吁气和呵欠声是同伴经受不起老旦“折磨”的信号。于是提议“还是我们走的好罢”。他的“建设性的意见”表达了大家都想表达而又不敢首先“发难”的情绪。踊跃得竟像开船时一样。在“偷”罗汉豆时,这位少年自然领袖也是很善于发扬“民主”的:“阿阿,阿发,这边是你家的,这边是老六一家的,我们偷那一边的呢?”阿发往来摸索了一阵说:“偷我们的罢,我们的大得多呢。”这在私有制的社会中,是多么奇特的声音呵!于是大家各摘了一大捧;这时“双喜以为再多偷,倘给阿发的娘知道是要哭骂的”,他不能叫阿发为难啊。他要同伴“适可而止”。作为一个少年领袖,令人“勇往直前”易,懂得“适可而止”难。没有“最能体贴人意”的品质者,是只会“忘乎所以”,而不会“适可而止”的。

“都回来了!那里会错。我原说过写包票的!”双喜在船头上忽而大声的说。

我向船头一望,前面已经是平桥。桥脚上站着一个人,却是我的母亲,双喜便是对伊说着话。

这又是多么令人动情的一幕。我们可以解释为双喜的"眼尖",但他难道不懂得在夜色深沉中,外祖母和母亲翘首以待的盼归之心吗?船近平桥,远远望去,母亲伫立于桥畔的夜露月色之中。为了安慰母亲的心,双喜老远呼叫,第一句话只四个字,却报了平安:"都回来了!"这"都"字当然包括母亲的儿子——迅哥儿。啊!伟大的母爱;啊!一颗"最善于体贴人意的心"!

"最善于体贴人意"的心,将成为中华民族最可宝爱,也最迫切需要的优秀品质。恕我们破例,在这里饶舌说几句今天不为人们所欢迎的"作品的现实意义"。随着独生子女的增多,儿童在家庭中的地位俨然成为"中心"。往往有六个大人——父母、祖父母和外祖父母——围绕着一个小小的"轴心"转动。客观上往往会养成"唯我独尊"的儿童心理。在学校的群体生活中,若干"唯我独尊"者碰在一起,就像蜂巢中只能有一个蜂王存在一样,就会发生争斗。这时有"领袖欲"的"家中王"们往往要通过武力来确认他的地位。因此对孩子们进行必要的有针对性的教育,是我们贯彻少生优生方针的继续。优生还必须优育优长。我们应该提倡一种"双喜性格"。要教育我们的儿童少年具有"最善于体贴人意"的品质。这种"双喜性格"将是我们民族未来最迫切需要的"国民性"!这样来理解《社戏》的现实意义,大概不能算是杞人忧天吧?

双喜阿发们还有其他方面的品性,例如他们都不愿将自己的白篷船与乌篷船为伍,对乌篷船里的土财主们相当蔑视。关于这点是读者易于发现的,这里不多赘述了。

在《社戏》中除了双喜的包票之外,还有一张包票,就是六一公公的包票,他夸奖迅哥儿说:

小小年纪便有见识,将来一定要中状元。姑奶奶,你的福气是可以写包票的了。

听了这一张包票的内容却又令人愕然沉思。这不禁使我们想起《故乡》中的闰土。闰土在童年时不是很像双喜阿发们吗?可是年长以后,不是也自认过去"不懂规矩"吗?闰土的称"迅哥儿"为"老爷",岂不是等于六一公公希望《社戏》中的"迅哥儿"将来一定"中状元"吗?高中头名状元,岂非特大的老爷吗?那么今天的双喜(捏锄头柄人家的孩子,自己知道是决不会登坛拜将,或上京赴考的)会不会变成明天的老六一(希望迅哥儿高中榜首,而自悔童年时嘲笑迅哥儿不会放牛是不懂规矩)?这恐怕是鲁迅当时深为忧虑的问题。鲁迅是唯恐双喜们钝化为老六一的,真像他惋惜闰土的钝化,要去找寻饱含希望的新路一样。

希望双喜们永远虎虎有生气,千万不要失落这优秀的品质,但不知如何使其永葆青春,当时的鲁迅正受着这一个问题的"折磨"。《故乡》与《社戏》的区别之一,就是前者对这一种"折磨"表现得露骨,而后者通过两张包票的隐约对比,表露得含蓄而已。这也是鲁迅在《社戏》中暗示的另一层的唯恐"永远失落的美"吧!

逃、撞、捐、问——对悲剧命运的徒劳挣脱*

——论《祝福》

鲁迅在《中国小说的历史的变迁》中，曾经指出《三国演义》的缺点之一是："写好的人，简直一点坏处都没有；而写不好的人，又是一点好处都没有。其实这在事实上是不对的，因为一个人不能事事全好，也不能事事全坏。譬如曹操他在政治上也有他的好处；而刘备、关羽等，也不能说毫无可议，但是作者并不管它，只是任主观方面写去，往往成为出乎情理之外的人。"而在论述《红楼梦》的艺术价值时，鲁迅则认为，"其要点在敢于如实描写，并无讳饰，和从前的小说叙好人完全是好，坏人完全是坏的，大不相同，所以其中所叙的人物，都是真的人物"。

《中国小说的历史的变迁》是鲁迅1924年7月在西安暑期讲学时的讲演。上面这两段话，分别比较评论了两部著名的中国古典小说在人物塑造上的得失，而这同时也从一个角度反映了鲁迅的小说美学观。他认为，在小说人物形象创造中，只有从客观生活出发，毫无讳饰地揭示人物性格的全部复杂性，才有可能写出具有真实性的人物；相反，如果离开客观生活的复杂性，只凭作家主观去叙写，那只能塑造一些出乎情理的形象，而这种形象是不真实、不可信的。鲁迅在小说的创作中，他自己也正是根据这一认识来刻画人物的。一般地说，他的作品中的主人公，单一型的性格较少，复杂型的性格较多。他总是努力展现人物深邃的灵魂世界，充分揭示人物性格的丰富性和复杂性。我们从《呐喊》、《彷徨》里是不难找到这方面的范例的。就以他在赴西安讲学的同一年（1924年）写作的小说《祝福》来说，它在揭示人物性格的丰富性与复杂性方面，同样也为我们提供了十分有益的经验。

---

* 本篇首刊于《扬州师范学院学报（社科版）》1985年第3期，后收入《鲁迅小说新论》，1986年10月人民文学出版社版。

一

马克思主义认为，任何个人，都是“在一定历史条件和关系中的个人，而不是思想家们所理解的‘纯粹’的个人”[①]。历史和现实社会总是呈现出异常复杂的面貌，人物性格的复杂性主要是由这种复杂的历史条件和人物关系造成的；文学作品只有深刻地描绘出复杂的时代背景，真实地表现社会环境对形成人物性格的作用，它所刻画的复杂性格才能具有坚实的基础。鲁迅在《祝福》里，就是十分重视描写影响人物命运、铸造人物性格的复杂环境的。

长期以来，许多研究者在分析《祝福》时都喜欢引用毛泽东在《湖南农民运动考察报告》中的一段话来说明主人公祥林嫂悲剧的社会原因。毛泽东说：“政权、族权、神权、夫权，代表了全部封建宗法的思想和制度，是束缚中国人民特别是农民的四条极大的绳索。”这些研究者认为，祥林嫂的悲剧命运正是这四条绳索的捆缚所造成的。这种分析从理论上说当然是正确的。但是从《祝福》这篇小说的实际描写来看，研究者将现成结论套用于文学作品的做法，似乎有点简单化，它不能把特定时空条件下环境的独特性与复杂性完全揭示出来。例如在《祝福》里，鲁迅并没有直接描写封建政权对祥林嫂的政治压迫，鲁四老爷也很难说就是反动政权的代表人物；而有些对祥林嫂的不幸命运起着重要作用的因素，则又并不完全包含在四条绳索之中。因此，我们有必要从作品的实际艺术描写出发，重新来探讨鲁迅所要着重表现的形成祥林嫂悲剧命运和复杂性格的若干重要的客观原因。

鲁迅在《祝福》里，对 20 世纪最初一二十年间的鲁镇及其附近的环境，着重表现的是以下几个侧面：

一、鲁镇是一个封闭式的社会。在这里，保留着许多古老的传统习俗，而封建的等级关系则仍旧是天经地义的观念：祝福前女人忙于准备“福礼”，祝福时“拜的却只限于男人”；婆婆为了赚钱，可以用买卖方式将新寡的媳妇强行再嫁；主人也可以任意摆布女佣的命运。男尊女卑，长尊幼卑，上尊下卑的封建等级关系在鲁镇的人与人之间是被异常严格地遵守着的。另一方面，20 世纪初年兴起在中国大地上的变革的飓风，暂时还没有影响到鲁镇这个地方，辛亥革命、“五四”运动这些震动全国的事件，似乎并没有在鲁镇人们心灵的湖面上吹起半点漪澜，以致直到 20 年代，虽然那个曾经参加维新变法的康有为早已

① 《马克思恩格斯选集》第 1 卷第 84 页。

成为拥护帝制的保皇党了,但鲁四老爷还把他当做“新党”在斥骂。民主革命的风吹不到鲁镇的上空,一切封建旧物都没能受到冲击与洗刷。因此,当“我”离开了五年之后重又回到鲁镇时,最强烈的感觉是一切“都没有什么大改变”。可见鲁镇是一个停滞的、凝固的、封闭的地方,它是当时中国偏僻而落后的一个角落。

二、鲁镇受到理学严密的思想统制。祥林嫂的主人鲁四老爷是一个“讲理学的老监生”。所谓理学,就是把“三纲五常”等封建礼教奉为“天理”,宣传“存天理,去人欲”的主张,为了维护封建礼教的权威性,应该去掉个人的任何欲念。在婚姻关系上,它就要求女子从一而终,提出“饿死事极小,失节事极大”的理论,以牺牲妇女的幸福为代价来维护“夫为妻纲”的神圣法则。因此,寡妇祥林嫂的再嫁,在讲理学的鲁四老爷看来就是“败坏风俗”,理应受到歧视。鲁迅在《我之节烈观》一文里曾分析那些违背礼教的“不节烈的人”在当时中国社会里的命运:“中国从来不许忏悔,女子做事一错,补过无及,只好任其羞杀。”这种“不许忏悔”正是理学不同于其他宗教的一种特殊要求,因而祥林嫂即使捐门槛赎罪,也仍然未能得到鲁四老爷的承认和饶恕,她始终被看成是“不干不净”的浊物。而这正是造成祥林嫂悲剧的致命因素。

三、鲁镇弥漫着浓厚的迷信气氛。在年终时,鲁镇的人们家家忙碌,都在“致敬尽礼,迎接福神,拜求来年一年中的好运气”。应该认为,这里反映了鲁镇人们追求幸福生活的愿望。虽然他们也服从某些封建伦理法则的要求,却不能真正做到“去人欲”,他们还是盼望能改变自身的命运。这种对人的权利的肯定是直接有悖于理学的。然而,我们同时也看到,鲁镇人们这种对人欲的肯定,这种对人间幸福的追求,并不是寄希望于人的力量和人的斗争,而是寄托在对神的祈求。因而这种追求幸福的合理愿望是包裹在各种散发着浓厚的迷信色彩的活动中的。另一方面,鲁镇人们的宗教迷信思想有时又同某些理学说教融会起来,赋予某些封建礼教以宗教的力量。例如鲁四老爷家的女佣柳妈对寡妇再嫁的祥林嫂说,嫁两个丈夫是“一件大罪名”,“你将来到阴司去,那两个死鬼的男人还要争,你给了谁好呢?阎罗大王只好把你锯开来,分给他们”。在人世,根据理学的要求,女子是丈夫的奴隶;在阴间,执行的也还是理学的法则,对于犯有“失节事极大”罪行的妇女,还要处以极其残酷的刑罚。这种理学同宗教迷信的交融,又强化了某些理学原则的威慑力量。可见,弥漫在鲁镇的迷信气氛,它有时透露出某些有悖于理学法则的正常的“人欲”;有时又对某些窒息“人欲”的理学法则起了强化的作用,它所蕴含的内容是极其复杂的。

四、鲁镇群众对受苦人表现出令人战栗的凉薄与冷漠。祥林嫂所叙述的关于阿毛遭狼的故事，最初似乎在鲁镇人们中也有一些反响："男人听到这里，往往敛起笑容，没趣的走了开去"，而女人们"还要陪出许多眼泪来"。然而这是从内心深处流淌出来的真正的同情吗？不是的。这些人只不过是把祥林嫂丧子的故事当做一出情节悲惨的戏曲在观赏罢了。你看，"有些老女人没有在街头听到她的话，便特意寻来，要听她这一段悲惨的故事"。听完以后，"叹息一番，满足的去了，一面还纷纷的评论着"。果然，当大家的好奇心得到满足，戏剧的故事看熟以后，那些唏嘘的叹息声听不见了，眼泪也没有了，"便是最慈悲的念佛的老太太们，眼里也再不见有一点泪的痕迹"；相反的，读者看到的是这些群众的烦厌与鄙视，是又冷又尖的嘲弄与戏笑，是回避犹恐不及的疏远。正如鲁迅所写："她的悲哀经大家咀嚼赏鉴了许多天，早已成为渣滓，只值得烦厌和唾弃。"这是一种彻骨穿心的冷漠，是一种失去人的良知的精神麻木。鲁迅在写《祝福》前一个多月在一次演讲中曾十分痛心地说过这样一段话："群众——尤其是中国的——永远是戏剧的看客。……北京的羊肉铺前常有几个人张着嘴看剥羊，仿佛颇愉快，人的牺牲能给与他们的益处，也不过如此，而况事后走不几步，他们并这一点愉快也就忘却了。"①而《祝福》里所描写和鞭挞的，难道不正是这样一群赏玩牺牲的精神麻木的看客吗？他们给举目无亲的祥林嫂带来的是精神上的透骨的严寒。

五、祥林嫂还遭到一些非社会性的灾害。伤寒病夺走了她的第二个丈夫，使她那暂时"交了好运"的平静的家庭之舟倾覆了；而儿子阿毛不久又被狼叼去，这等于毁灭了她的全部希望。这种接二连三的厄运，并不是旧社会任何人都会遭遇到的，然而对于祥林嫂来说，这些沉重的打击，却使她的命运发生根本的转折。

以上五个方面，构成了《祝福》里人物活动的典型环境。这里有阶级斗争环境，也有非阶级斗争环境；有社会环境，也有自然环境。而且，这个典型环境本身就呈现出非常复杂的状态：整个中国激荡着民主革命的潮流，鲁镇却是时代风雨中的一个封闭的角落；这里的人遵守着尊卑贵贱的封建等级的理学法则，但又背离理学"去人欲"的要求而执著地追求幸福生活；宗教迷信既反映了人们有悖于理学的对于美好日子的憧憬，但又对惩罚再嫁寡妇的那种窒息人

---

①《坟·娜拉走后怎样》。

的欲念的理学法则起了强化作用；人们对于受苦人表面上流露出同情，然而内心里是冰霜似的冷淡；不满意的婚姻意外地建立起美满的家庭，但这个家庭又意外地毁于自然灾害的旋风之中。这些相互矛盾、相互对立着的因素交织成一个极其复杂的网络，就是这个网络，成为作品中环绕着人物并促使他们行动的环境，它的每一个层面、每一条线索都对人物性格和人物命运产生了程度不同的影响。

二

复杂的环境熔铸出复杂的性格。在《祝福》里出现的几个主要人物：祥林嫂、鲁四老爷和“我”，他们的性格都不是单一的，而是比较复杂的。

长期以来，研究者对《祝福》的主人公祥林嫂常常是作这样的基本评价：她是一个想依靠自己劳动来争得人的生活权利的妇女，可是这种愿望被政权、族权、神权、夫权四条绳索所扼杀；她并不屈服，一次又一次地进行挣扎与反抗，然而终于抵挡不住强大的封建势力的压迫而悲惨死去。我们认为，对祥林嫂的这个基本评价是不错的，问题在于，作品里的祥林嫂，由于环境影响、生活经历，以及觉悟程度等方面的原因，她的追求和抗争往往不是一下子能看清楚的，它常常蕴藏在极其复杂的生活形态之中；而且，在她身上，积极的东西与消极的东西，进步的因素与落后的因素又经常是掺杂在一起的。因此她的性格不是单色调的，而是呈现出斑驳的杂色。

如果我们较深入地考察祥林嫂一生命运的发展过程，就可以发现，她的追求和抗争，大致是由逃、撞、捐、问四个层次构成的，而这四个层次都是蕴蓄着十分丰富复杂的内容的。

第一层次：逃。祥林嫂最初的婚姻就是不幸的。不合理的封建婚姻制度使她嫁给一个“比她小十岁”的丈夫，丈夫死后，严厉的婆婆的虐待，逼得她只好逃出来做工，这样她就第一次由卫老婆子带到鲁四老爷家里来了。在笼罩着浓重的封建思想的旧社会，一个普通的劳动妇女，敢于冲破家族统治的囹圄，独自逃出来，依靠劳动度日，这无疑是一种维护人的尊严的抗争，它充分反映祥林嫂勇于追求美好生活与反抗不公平待遇的倔强性格。因此祥林嫂的“逃”闪烁着反封建的亮光。但是，祥林嫂的“逃”也带有很大的局限性。她逃的只是封建家长的专制，而不是整个封建思想制度。她在鲁四老爷家里当女佣，“食物不论，力气是不惜的”，“实在比勤快的男人还勤快”，年底的繁重的劳务，“全是一人担当”。这实际上是一种为地主老爷出卖劳动力的奴隶生活。

“然而她反满足，口角边渐渐的有了笑影，脸上也白胖了”。这时她已不想再逃，甚至有点留恋这个主子的家了。鲁迅说过，中国历史上只有两种时代：“一，想做奴隶而不得的时代；二，暂时做稳了奴隶的时代。”“实际上，中国人向来就没有争到过‘人’的价格，至多不过是奴隶”①。祥林嫂正是这样，她的反抗，并没有争到“人”的价格，最多只是暂时做稳了奴隶，然而她反而满足于这种奴隶地位。祥林嫂的缺乏觉悟大大限制了她以“逃”来反抗的彻底性。

第二层次：撞。祥林嫂第一次在鲁家只做了一段时间，就被婆婆和夫家的堂伯抢回去，并以八十千的价钱卖到深山野墺里去，再嫁贺老六。在成亲那天，祥林嫂闹得“真出格”，“她一路只是嚎，骂，抬到贺家墺，喉咙已经全哑了。拉出轿来，两个男人和她的小叔子使劲的擒住她也还拜不成天地。他们一不小心，……她就一头撞在香案角上，头上碰了一个大窟窿，鲜血直流”，从此额角上就留下了一块伤疤。祥林嫂这种异乎寻常的吵闹，奋不顾身的冲撞，表现出她对于自己像牛马似的被买卖的遭遇的强烈抗议，这仍然可以看做是一场捍卫人的尊严的斗争，它是具有一定的反封建意义的。但是，祥林嫂的这一“撞”也显示了她的落后的一面。她的这种同别人不一般的表现，正如人们所议论的，“大约因为在念书人家做过事，所以与众不同”。这就是说，这里面还含有对“失节事极大”的理学法则的遵从，她宁可撞死，也不再嫁。因此，祥林嫂的“撞”的行动，反封建的因素和封建思想的因素是杂糅在一起的。

第三层次：捐。三年以后，祥林嫂因丈夫和儿子都相继死去而第二次来到鲁四老爷家里。寡妇再嫁再寡，这在讲理学的鲁四老爷心目中，既是败坏风俗，又是不干不净，所以在祭祀时他不准祥林嫂去拿祭品。起初她并不明白这是怎么一回事，在柳妈给她讲了阴司对待嫁过两个男人的妇女的酷刑后，她才感到极大的恐怖，并按照柳妈指出的办法，辛苦劳作一年，捐了一条门槛，代替她给“千人踏，万人跨”，以此来赎自己的罪孽。祥林嫂的捐门槛，反映了她希望能甩掉压在身上的沉重的包袱，洗刷身上的污秽，让自己能像一个正常的人那样生活，享有人的一切权利。这是一种要求摆脱非人地位的挣扎，是对正常的人的生活权利的渴望，这些都是富有积极意义的。但是，祥林嫂的捐门槛也同样显示了她的愚昧的一面。她所追求的并不是真正的人的权利，仍然只是希望能做稳奴隶，因为她所不满的是在鲁四老爷祭祀时她“终于没有事情做”，只能“坐在灶下烧火”的地位，所要争取的是能够像别的奴隶那样，理直气壮地

---

①《坟·灯下漫笔》。

出卖自己的劳动力；她本身并无罪孽，然而她屈从于理学的法则而承认自己犯了大罪；她要求摆脱非人地位的努力采取的又是封建迷信的方式。可见祥林嫂的“捐”门槛，也是积极因素与消极因素相互交融的。

第四层次：问。祥林嫂虽捐了门槛，鲁四老爷仍然不承认她的赎罪，冬至祭祖时四婶再一次不准她拿祭品，她的非人地位没有丝毫的改变，依旧未能争取到人的生活权利。她的全部希望都破灭了，从此她发生了很大变化，成为一个木偶人，最后沦为乞丐。几年以后，祥林嫂向刚回到鲁镇的“我”提出“一个人死了之后，究竟有没有魂灵的？”“那么，也就有地狱了？”“死掉的一家的人，都能见面的？”等一系列问题，并带着这些疑问死去。作品里写道：“这里的人照例相信鬼，然而她，却疑惑了，——或者不如说希望：希望其有，又希望其无。”祥林嫂的“问”，表现了她对现存秩序的大胆怀疑，对天经地义的神权统治的挑战。这是勇敢的叛逆，同时这里也洋溢着一种热烈的希望。一个妇女承受了如此沉重的压迫，在一切都绝望的时候，还敢于希望，在沉沉黑夜中点燃起希望之火，这一切都是应该肯定的。但是祥林嫂的希望同样也掺杂着消极的色调：她希望其有，死后一家人可以团圆，她仍把希望寄托于迷信；希望其无，免得经受在地狱里被锯成两半的酷刑，她依旧在受到阴司恐怖的严酷折磨。这种深刻的矛盾，又说明她无论生前死后，对于前途都感到十分茫然。

祥林嫂的逃、撞、捐、问，反映了她命运发展的基本历程。作者就是这样从外部到内部，从生前到死后，一层深一层地揭示了她的性格的丰富和灵魂的深邃，并且把生活的全部复杂色调呈现在读者面前，从而层次清晰地完成了一个性格复杂的艺术形象的塑造。

《祝福》里的鲁四老爷和“我”的性格色调同样也不是单一的，虽然作者着墨不多，但也基本勾勒出他们的复杂性格。鲁四老爷的形象并不概念化，他的性格是充满矛盾的，他是讲理学的老监生，处处笃信理学法则，但是他自己也未能执行理学“去人欲”的要求，在每年祝福的时候总是虔诚地祈求来年的好运；他虽知道“鬼神者二气之良能也”，但又非常迷信，各种忌讳很多，似乎又相信确有鬼神的存在；他的个人品质并不恶劣，对受苦人有时还会给予“可怜”，对祥林嫂也没有从政治上加以压迫或在经济上敲骨吸髓，然而他所信奉和宣扬的理学，却是从灵魂上拷问并处死祥林嫂的杀人不见血的罪恶力量。鲁四老爷的形象塑造说明，鲁迅在探究封建势力的罪恶时，并不完全着眼于个别人的个人品质的优劣，而是更加强调整个封建伦理道德的思想体系的残酷性。《祝福》中的“我”也是一个充满矛盾的人物。这个离开五年后重回鲁镇的知识分子，由于受到民主思想的洗礼，鲁镇的沉闷、凝固的气氛使他不能忍受，决计马上要离开。他十分同情祥林嫂的不幸遭遇，回答她提出的问题时再三斟酌，生怕“增添末路人的苦恼”，回答以后又“心里很觉得不安逸”，担心答话于她有危险，然而随后他又自笑，用“说不清”的妙方来诓慰自己；他牵挂祥林嫂的命运，“说不清”的妙方并不能使他得到安宁，仍“总觉得不安”，但他又想以进城吃福兴楼价廉物美的清燉鱼翅这种玩世不恭的态度来使自己摆脱内心的困扰；祥林嫂的死使他感到震惊，但“随着就觉得要来的事，已经过去”，“心地已经渐渐轻松”。“我”的性格的这种复杂形态，是小资产阶级知识分子不满黑暗现实而又无力改变现状的深刻矛盾的反映，它表现了这类人物孤独、苦闷、沉思的本质特征。

三

在考察了《祝福》的人物塑造的基本情况以后，我们从中可以得到一些有益的启示：

第一，性格的复杂性与丰富性是受环境的复杂性影响的；而环境是不断运动的，它的不同层面对性格都会产生不同的作用。从横向看，《祝福》写了鲁镇的封闭迷信、鲁四老爷的理学说教、群众对受苦人的麻木冷淡，以及一些非社会性的灾害。它们所表现的复杂形态赋予祥林嫂性格以异常复杂的面貌。从纵向看，祥林嫂的性格是随着时空的运动而发展的：她在鲁四老爷家受到理学的愚弄；在卫家山受到封建家长的虐待与出卖；在贺家墺遭到的是疾病、狼祸等自然因素之灾；回到鲁镇又受到人们冷若冰霜的凉薄。时空的运动促使性格的流动变化，从而加强了祥林嫂性格的丰富性。

第二，人物性格的形成除了客观环境的影响外，和本人的阶级出身、生活经历又有着密切的联系。正因为这样，复杂性格的组合是呈现出多种多样的形态的。祥林嫂性格的复杂性在于它既显示出农民阶级的勤劳、淳朴、倔强的品质特征，但又烙印着理学法则和封建迷信的影响。鲁四老爷性格的复杂性在于他所信奉的禁欲主义的理学与本人的物质欲望有着深刻的矛盾；同时，他虽没有什么恶迹劣行，但他所宣扬的理学能置人于死地。“我”的性格的复杂性更多是由于他所出身的阶级本身所固有的内在矛盾。因此，复杂性格的组合构成并不是一个固定模式所能限制的。

第三，人物性格虽然复杂，但总有其体现本质的主导方面的；人物性格虽有杂色，但也有其鲜明的主色。黑格尔说，人物性格“必须是一个得到定性的形象，而在这种具有定性的状况里必须具有一种一贯忠实于它自己的情致所显现的力量和坚定性，如果一个人不是这样本身整一的，他的复杂性格的种种不同的方面就会是一盘散沙，毫无意义”①。《祝福》里尽管人物性格都比较复杂，但祥林嫂的追求与反抗、鲁四老爷的保守与蛮横、“我”的富于同情心和正义感，始终是闪耀在人物性格上的最明亮的色调。

第四，刻画复杂的人物性格，并不是为复杂而复杂，它是为了反映生活本身的复杂性，从而更深刻地为作品的主题表现服务的。《祝福》的环境，主要是着重描写笼罩着人物的封建思想、封建伦理道德观念的网络；而被围困其中的祥林嫂虽然也拼命地挣扎，但由于她本身也背负着封建思想的沉重包袱，心灵上受到封建伦理道德观念的严重戕害，因而她没有力量冲破笼罩住她的封建网络，只能带着自己无法解答的问题悲惨地死去；描写鲁四老爷的复杂性也是为了说明封建势力的罪恶不在于个别人，主要在于整个残酷的思想体系。这样就从两个侧面揭露与控诉了封建思想体系的罪恶，从而强调进行反封建的思想革命的重要性与迫切性。

鲁迅在《我之节烈观》一文的结束时热情地呼喊：“我们追悼了过去的人，还要发愿：要除去于人生毫无意义的苦痛。要除去制造并赏玩别人苦痛的昏迷和强暴。”“我们还要发愿：要人类都受正当的幸福。”《祝福》是对悲惨地死在封建思想的束缚下的祥林嫂的深切悼念，也是对活着的人的真诚的祝福。

---

① 黑格尔：《美学》第1卷第298页。

创新——不断突破自己铸成的模型*

——论《头发的故事》、《白光》、《长明灯》和《示众》

鲁迅的《呐喊》、《彷徨》这两本小说集，有二分之一以上的作品常常被评论家誉为千古名篇，视为艺术瑰宝。但鲁迅自己对这 25 篇小说取一视同仁的态度，以致要他选一本《自选集》时，还颇为踌躇了一阵："因为我向来就没有格外用力或格外偷懒的作品……"①可见，他对自己的每一篇创作确实别有一番甘苦在心头。我们在这里想剖视的《头发的故事》、《白光》、《长明灯》和《示众》，从一个特定的角度——在形式和技巧上不倦探索和刻意创新——来看，就会使我们感到鲁迅的独运的匠心。

茅盾曾说："一个已经发表过若干作品的作家的困难问题也就是怎样使自己不至于粘滞在自己所铸成的既定的模型中。"②因此，作家总要呕心沥血地追求题材的扩大、思想的提高、艺术的创新。在这一不断"突破"的过程中，作家往往要审视胸中题材的独特性而侧重于施展自己的某些相应的独特手法，以测试自己在运用技巧上的笔力，从而获取创作的经验。鲁迅的这四篇小说，正是为我们展现了一位伟大艺术家在刻意创新上的永无止境的博大心胸。《头发的故事》可称之为"独白体"，它基本上是写一个人物的内心独白的奔迸；《白光》可称之为"独角戏"，鲁迅作了一个短篇中只出一个人物的尝试，这是一篇比"意识流"更"意识流"的小说；《长明灯》的特技似乎与《头发的故事》相反，整篇小说的主要手段是通过对话；而《示众》则又与《白光》殊异，它写了 18 个连姓名也没有的萍聚云散的陌路人，姑且称之为"群像体"。将这四篇小说联系对照，鲁迅的"独出心裁"的创新精神，会对我们这些"创作后代"有莫大启迪。

---

* 本篇首刊于《延河》1981 年第 9 期，后收入《鲁迅小说新论》1986 年 10 月人民文学出版社版。

① 《南腔北调集·〈自选集〉自序》。

② 茅盾：《〈宿莽〉弁言》，《宿莽》大江书铺 1931 年 5 月初版。

一

《头发的故事》写成于1920年双十节前几天。当时，许钦文的妹妹许羡苏因来京投考女高师而寄寓于鲁迅府上，可因她是短发女子而未被录取。鲁迅受这件事的"触发"，引起了他对"头发事件"和"辫子问题"的种种联想，"于是乎'感慨系之矣'了，随口呻吟了一篇《头发的故事》"。[①] 这"感慨系之"的"呻吟"正说明了鲁迅在抚今思昔，意绪万千中深感切肤之痛：难道一场轰轰烈烈的辛亥革命只换得了"一块斑驳陆离的洋布"——国旗，和剪掉了男子头顶的一撮毛发——辫子？何况是连女子剪发还不在其内。在总结辛亥革命的失败教训时，鲁迅曾说，"我觉得许多烈士的血都被人们踏灭了……我觉得什么都要从新做过"。[②] 鲁迅根据自己的遭遇和见闻，孕育了一个经历过辛亥革命的前辈的形象。这就是嗣后"呻吟"成的《头发的故事》中的一位民主主义者N先生。这是一个活在鲁迅脑海中的具有鲜明个性的形象：他的最大的性格特征是冷中见热。在凛若冰霜中见忧心如焚，在冷话反语中有热情焦灼；苦闷情绪的郁积使他显得似乎"怪辟"，总结了革命失败的教训而又一时找不到出路，使他"时常生些无谓的气"，而他的不妥协地要与旧社会抗争的决心似乎令人觉得他固执而"不通世故"。一句话，这是一个外冷内热的爆炸型的人物。要以他为主角来发挥对辛亥革命的"宏论"，是很有意义的题材。鲁迅审视了这一特定的题材和估量了孕育于心中的具有个性的人物，大胆地决定了用"独白"来作为这篇小说的主要艺术手段。这篇小说中设置的配角"我"，不过是为了显示两代人之间的隔膜，更引起读者莫可名状的悲哀。

《头发的故事》的情节设计是极其简单的，不过是揭去了一张日历，引出了一席牢骚。这张日历的揭去，犹如巨大感情闸门的打开，于是N牢骚的激流奔泻迸流，一发而不可收。但是这简单中又有复杂，那就是N先生的感情潮汐的起伏有致，迂回曲折，跌宕多姿。是一种心理矛盾错综到难于言状的复杂。

长篇独白的局限往往是在于缺乏外力的推波助澜，要能起伏得自然，波动得没有做作的痕迹，是极为不易的。鲁迅的经验是，独白者内心的感情波澜是他长篇独白的主要原动力，只要对N这个有个性的形象的感情脉搏把握得准确，将他由激愤到沉痛，由沉痛到得意，由得意到诘责的感情层次过渡得令人

---

① 《坟·从胡须说到牙齿》。

② 《华盖集·忽然想到(一至四)》。

信服，那么通篇几乎是内心独白的小说，是能抓住读者，引起共鸣的，作品是能成立的。

“我”撕下了一张10月9日的日历，发觉对双十节毫无记载，这使N不满现实的郁积冲口而出，纪念双十节只剩下了挂一块斑驳陆离的洋布的仪式，这怎么不叫N的久郁于心的苦闷，爆发为激愤的语言呢：“他们忘却了纪念，纪念也忘却了他们！”但是一提起“忘却”，先烈的形象反会浮现在眼前，昭昭宛如日月。他抚今思昔，不堪回首，感情由愤激转化为沉痛：烈士们都“在社会的冷笑恶骂迫害倾陷里过了一生，现在他们的坟墓也早在忘却里渐渐平塌下去了”。可是沉痛发展到“不堪纪念”时，N就故作欢快。这是一种将泪水强咽到肚里去的强颜欢笑。大谈辛亥革命给自己带来“昂首露顶”的权利，“得意”之状溢于言表：“我最得意的是自从第一个双十节以后，我在路上走，不再被人笑骂了。”但是，一场壮烈的革命，收效极微，只争得了剪辫的自由，岂不令人怅然若失，不禁又沉下脸来，变为对粉饰现实的“理想家”和不着边际的“预言家”的诘难和责问。N虽然不知今后的出路何在，但他希望改革志士们要口长“毒牙”，要有致旧社会以死命的剧毒的牙齿。正因为鲁迅对N的感情波澜的四个层次的内蕴，能洞幽察微，深入腠理，所以这通篇的内心独白是极为成功的。

鲁迅使人物的长篇独白获得成功的另一个经验是，利用人物内心的剧烈矛盾，撞击出耀眼的火花。这在第三个感情层次——“得意”中运用最为成功。为了渲染这无辫之苦而反衬辛亥革命后的“露顶之乐”，他先讲述了头发的历史，从古代的轻视“髡刑”，到清初的“留发不留头”的律令；接着讲自己留学归国时的“无辫之灾”。在极度苦恼中，他竟专为痛殴笑骂者而准备了一根手杖。他在形式上竟像帝国主义者多本静六的所作所为，这使他又是多么的悲哀；同时，这种被迫的自卫又反映了民众的健忘和麻木，这又使他多么的痛心。但他毕竟制止了笑骂，得到了耳朵清净的“胜利”。可是刚免“笑骂灾”，又遭“冷遇祸”，而这种同事之间的冷遇是无法用“自卫棍”去解决问题的。于是当学生要仿效他而断发时，他只好言行不一，口是心非地力劝学生不要剪辫。这一切都达到了“反常”和“违心”的程度，简直把人煎迫到精神分裂的边缘。鲁迅就是利用如此深刻的内心矛盾，作为“独白”的原动力。作家使我们从得意中见沉郁，从喜中见悲。这种欲抑先扬、扬中见抑的艺术辩证法，使N的独白更显得舒徐顿挫，有着起伏的节奏感。

这段长篇独白之所以成功第三个原因是，N的语言中时常涌溢出隽语和格言，令人觉得耐读，经得起咀嚼。

《头发的故事》的内容是深刻的，通过N的一席牢骚，鲁迅向读者、向社会提出了一个大问号：我们“现在”怎么办，难道再去重复革辫子的命的“革命”？鲁迅发问于“五四”的后一年，是有着巨大的现实意义的。同时，作品在形式和技巧上，也是刻意创新的。形式新，新在通篇几乎就是独白；技巧新，新在为写好独白呈现了有益的经验。

二

如果说《头发的故事》主要是仰仗独白，那么《白光》简直是“独角戏”了。鲁迅吝啬到连一个配角也不肯给。或者有人说：小说中毕竟有七个摇头晃脑地念书的学童。但这七个学童不过起了像“一群鸡”或“下巴骨”那样的道具的作用。

《白光》是写一个妄想重振祖业的封建地主阶级的破落子弟的可悲下场和可鄙结局。作品写了一个狂人的一日，却概括了这个狂人的一生。与《狂人日记》中的狂人相比，陈士成有着质的不同。前者的身上充满了反封建吃人礼教的叛逆素质，后者却是封建地主阶级的孝子贤孙；前者患的是迫害狂，而后者患的却是妄想狂。从陈士成的屡试不第来说，他似乎与孔乙己类似。但孔乙己毕竟只是个清末的下层知识分子，他只是被科举制度灌醉了迷汤的牺牲品；而陈士成的祖宗却是巨富大户，他是自觉地、顽固地想要荣宗耀祖，恢复显赫的身世。孔乙己是被丁举人之流的封建官僚地主活活折磨而死；而陈士成却是幻想托庇祖宗荫德，利禄熏心地走上发狂的道路，以致自取灭亡。在陈士成的脑海中是清晰地安排好了自己的前程的：“隽了秀才，上省去乡试，一径联捷上去了，……绅士们既然千方百计的来攀亲，人们又都像看见神明似的敬畏，深悔先前的轻薄，发昏，……赶走了租住在自己破宅门里的杂姓——那是不劳说赶，自己就搬的，——屋宇全新了，门口是旗竿和扁额，……要清高可以做京官，否则不如谋外放。”莫看他现在那么寒酸，一旦高中，也必然是个炙手可热的酷吏。可是当他十六次县考皆名落孙山，榜上无名时，他的面前还有一条不不是路的“路”——掘藏。他妄想从“掘藏”中使自己这个破落户一跃而为暴发户。他妄想掘出县考中未能捞到的豪绅的威严来，掘出独霸一方的资本来。他在童年时就听祖母说他们家原是巨富，屋子里埋着无数银子，只是现在还没找到。小说之所以命名为“白光”，是因为旧时迷信传说，地下有财宝的地方会出现一道白光。陈士成在怔忡后的幻觉中看见这摇曳飘忽的白光，引领着他去“掘藏”，是十分符合生活的内在逻辑的。鲁迅审视了这个特定的题材，觉得人物沿着失魂落魄——怔忡(出现幻听幻觉)——完全疯狂的轨迹行进,按着异乎普通人的思想脉络走向归宿,是完全可以大胆地用“独角戏”形式来表达这一内容的。

这台“独角戏”之所以演出成功,是因为作品一开始,客观事实就粉碎了陈士成朝思暮想的金黄色的幻梦。鲁迅在这出“独角戏”中就是靠这种当头棒喝的外界强刺激推动了作品情节的开展。那就是从看榜到进入神志恍惚的阶段。在鲁迅笔下,陈士成不愧是看榜老手:他先寻陈字,陈字“争先恐后地跳进他眼睛里来”,其实,字是不会“争先恐后地跳”的,只不过是反映了陈士成希望隽秀才的愿望是多么迫不及待,心境是如此急不可耐。待到他变成“细细地搜寻”时,已经是强按住惶恐万状之心,反倒希望自己方才粗心大意,竟至看漏了自己的大名。这落榜是把人物打得晕头转向的一棒。这第一个强刺激,使人物产生了幻听和幻觉。没有任何人来劝慰他和分忧他的悲痛,只有寒夜的月光为他的掘藏提供了合理的根据。这“寒冷的光波”使他眼花缭乱,而幻觉和幻听又在他的“涣散了的身躯”里注入了一种兽性的冲动,使他陡然似“狮子似的”勇猛。可接踵而至的是第二个强刺激——掘藏中的“下巴骨”的出现,增添了恐怖的气氛。由于“下巴骨”在幻觉中笑吟吟地宣告:“这回又完了。”他栗然大怖,由怔忡发展到极度的癫狂,完全失去了自我控制。像输急了的赌徒,他遥望月下的西高峰,这白光怂恿他去“山中探宝”,而当他冲出家门后,万流湖里的月光又引诱他去“水中捞月”,他终于向这一片银辉扑去,变成水中捞月的浮尸。

综观《白光》的成功经验,是在于用强刺激使官迷心窍者产生幻觉幻听,而幻觉幻听所诱发的行动又给财迷心窍者带来了新的强刺激,直至癫狂而自取灭亡。鲁迅只通过“看榜”和“掘藏”让陈士成这个独角演出一幕绘声绘色的活剧。鲁迅的创造性的情节设计和新颖独到的构思艺术,真是令我们拍案叫绝。在没有次要角色的配合下,就让陈士成自己把自己推上死路。这样的“独角戏”是小说体裁中最出色的艺术创新!

三

在《长明灯》中,鲁迅写了一个别于陈士成的狂人。与《头发的故事》不同,《长明灯》的主要艺术手段在于对话,在小说的四个场面中,每个场面都是四五个人的对话。

《长明灯》中的“疯子”继承了他父亲的“不安分”的叛逆传统,想冲破保古势力的图圄。这位“疯子”既有异于正常人的神色的一面,又有清醒而执着地向保古势力挑衅的一面。鲁迅描叙的围绕“长明灯”的这场斗争是富有象征意义的。

鲁迅在《未有天才之前》中说:“自从新思潮来到中国以后,其实何尝有力,而一群老头子,还有少年,却已丧魂失魄的来讲国故了,他们说,‘中国自有许多好东西,都不整理保存,倒去求新,正如放弃祖宗遗产一样不肖’。”①《长明灯》要揭露的就是这样的“一群老头子,还有少年”。他们惶惶不可终日地要保存他们的国粹——“屯粹”——长明灯。而吉光屯也正是当时北洋军阀统治下的旧中国的缩影。在写《长明灯》的同一个月里,鲁迅还写了著名杂文《再论雷峰塔的倒掉》。他大声疾呼,我们需要“轨道的破坏者”,希望这些“轨道的破坏者”“不单是破坏,而且是扫除,是大呼猛进,将碍脚的旧轨道不论整条或碎片,一扫而空……”②鲁迅就是欢呼这个象征封建偶像的雷峰塔倒塌,也决意要将那盏象征衰老的僵硬传统的“长明灯”吹熄。他审视了自己面前这一特定的题材,觉得既然要画出“一群老头子,还有少年”的“丧魂失魄”地保存国粹的丑态,那么用“群体对话”的艺术手法,不失为一个可取的设计方案。

鲁迅在第一个茶馆场面中,通过茶客等的你一言他一语的凑合对榫,把传说中的梁武帝点燃的长明灯等的历史渊源,到“疯子”家三代人对长明灯和佛像的态度,以及吉光屯的居民对“疯子”的“公愤”之类的复杂情节交代得一清二楚。对话在这里不仅起着“介绍历史和现状”的作用,而且还靠它来推动情节的发展。茶客们正在煞费苦心地商议对策,无意中听到灰五婶说一句:“午后他就走过这里, 定又上庙里去了。”方头等茶客就一哄而出,要到庙前去看一看。这就进入了庙门前“疯子”舌战群少的场面。而“疯子”的一声“我放火”,使他们更是觉得大祸临头,天下从此要毁灭了。这样,使情节自然过渡到“神圣”得“不易瞻仰”的四爷客厅上来。而这“一群老头子,还有少年”的密谋策划,由四爷一锤定音:“……关起来,免得害人”,就又使吉光屯“天下泰平”,情节又被推进到儿童们在庙里怡然自得地玩乐的场面。

《长明灯》的艺术特色之一,还在于通过对话巧妙地表现人物的个性,即使是几个人物一起七嘴八舌,也能各各显现其性格。就“疯子”而言,他不怕威胁:人们说,“你的伯伯会打断你的骨头”,他答道,“必须吹熄”;他不被欺骗:人们说,“我替你吹,你过几天来看就知道”,他答道,“我自己去熄,此刻去熄”;他

---

① 《坟·未有天才之前》。

② 《坟·再论雷峰塔的倒掉》。

不受吹捧:人们赞他"一向懂事",希冀他能退让一步,但他答道,"我就要吹熄他,自己熄"。这种寸步不让的执着精神,使鬼蜮们无所施其技。当他们紧闭庙门,不让他去吹熄时,他才沉静地说出了"就用别的法子来",这法子就是"我放火"! 莫看他是个"疯子",这种不馁怯、不妥协的态度是值得称颂的。虽然他要吹熄的是只具象征意义的长明灯,他要放火焚毁的只是青面獠牙的泥塑木雕,但在吉光屯,他就成了一个大逆不道的"轨道破坏者",长明灯是吉"光"屯的象征,是吉"光"屯的骄傲,是吉"光"屯的命根。至于吉光屯中的最高统治者——劣绅四爷的形象,则是在诚恳得语音都发抖的对话中露出了他"趁火打劫"的强盗嘴脸。在这次"捍卫"长明灯的搏斗中,他既下令将"疯子"关在庙里的空房里,又巧取豪夺了"疯子"的最后的财产——一所房子,而且为了确保产权,他不无杀机,他将手在桌上轻轻一拍:"这种子孙,真该死啊! 唉!"他之不采用阔亭的建议——聚众打死"疯子",这只是由于有碍于他的伪善。他将"疯子"关起来,以便"兵不血刃"地将他逼死,这才符合这位劣绅的性格。

无论是"茶馆商谈"或是"厅堂议事",尽管人多嘴杂,鲁迅却让每个人物都有自己的音符和音色,都有表达自己性格的特定的音调。方头在茶馆商谈中的见解似乎高人一筹,在庙前舌战中也似乎振振有词,而在厅堂议事中他的诡计也被乡绅所采纳。这是一个狡诈多端的狗头军师。在日常生活中,他也是个放荡堕落子弟。他关心阔亭"昨天的牌风可好",他调笑灰五婶"现在也还是粉嫩粉嫩"。为了躲赖付茶资,他会紧接着灰五婶没有说完的话音,冠冕堂皇地说:"我们还是先到庙前去看一看",轩昂地摇出了茶馆。在这群茶客中要数三角脸最为迟钝和吝啬。当这批茶朋赌友都一一溜走后,他才悟到自己的上当。"三角脸走得最后,将到门口,回过头来说道——'这回就记了我的账! 入他……'"真是心痛懊丧之状可掬。阔亭是个献计献策老说不到点子上的草包,他一会儿要去告"疯子"忤逆,一会儿要大家一起打死"疯子":只要"大家一口咬定说是同时同刻,大家一齐动手,分不清打第一下的是谁,后来什么事也没有"。可见,他倒是会打第一下的暴虐的刽子手。如果说方头是奸猾的狗头军师,阔亭只能做凶残的狗腿子。而庄七光则是个只会瞎嚷嚷的蠢货,他的特点是脑子里灌满了别人装给他的破烂,他的职责就是做传声筒。不仅是茶客们,即便是在庙里玩耍的孩子们,鲁迅也让读者能分出他们的性格来。从孩子们玩乐的场面中,读者可以清晰地感到吉光屯又可悲地"天下泰平"了。

以《狂人日记》与《长明灯》相比,前者撰于"五四"前夜,侧重于揭露吃人礼教;后者写于1925年复古读经甚嚣尘上之际,着力于鞭挞保古主义者。前者用日记体的第一人称；后者是第三人称的客观描叙。前者从狂人的眼睛观察评价世界；而后者是从逼害“疯子”的角度去展现世界。前者是狂人的直抒胸臆；后者是主要借助对话，通过对话精巧编织情节，通过对话精心表现性格。

四

如果说《白光》是“独角戏”，那么 18 个人物一拥而上的《示众》当然是“群像体”了；如果说《长明灯》主要是靠对话构成，那么《示众》就像一出无言的独幕塑像剧。

《阿 Q 正传》的“示众”是刑场斩首，而《示众》是不流血的惩戒。可是读完之后，往往觉得比“杀人如草”的刑场更惊心动魄，更令人感到恐怖阴森。鲁迅写的是盛夏酷暑，却使我们不寒而栗。《示众》的主要特色是刻画群像，烘托气氛。这 18 个人物都是只有外貌特征，而没有姓氏行状的萍聚云散的陌路人。他们大都是“首善之区”西城马路上的来去匆匆的过客，他们汇集到一处看“示众”，可他们并不知道自己也被一位名叫鲁迅的作家示了众。通过鲁迅写下的这次“集体示众”，鲁迅为我们揭示了一种典型的“社会病”，那就是比心肌梗塞更可怕万倍的灵魂麻痹症。为了表现这种当时的社会流行病，采用“群像体”的写法也不失为一个有效途径。

我们先来试剖鲁迅的精湛构思，这是《示众》的重要特色之一。《示众》中的示众者是何等人物，作者为我们提供的暗示是极少的。作者似乎悭吝到连他的“罪状”是什么也不肯告诉我们。我们只听到秃头老头子“嗡，都，哼，八，而……”地念了一通，大概他也未必读懂了，因此连最聪明的读者也未必能得到最微小的启示，这些正是鲁迅别具一格的匠心。据我们推断，这个示众者大概比阿 Q 还要“乏”。他除了一点所谓怕羞耻之心之外，是什么表情也没有的。他恐怕是买通了巡警，允许他戴一顶新草帽，还有意将新帽檐弄得四面下垂，遮住了眼睛的一带，只让人看到半个鼻子，一张嘴和尖下巴。他的面部既无愤怒，又无怨恨，更无蔑视，只是木然看着那些看客们的畸形的躯体。这样的“罪犯”恐怕是不属于反抗者的类型的，但他大概又触犯了统治者的所谓律法。鲁迅认为，在这个场合中去公布“罪状”纯属多余。他说过：“试看路上两人相打，他们何尝没有是非曲直之分，但旁观者往往只觉得有趣；就是绑出法场去，也是不问罪状，单看热闹的居多。”[①]在《示众》中，鲁迅就是为了表现这样的境界。

① 《且介亭杂文二集 · 七论“文人相轻”——两伤》。

在小说中也曾有一个工人似的粗人低声下气地向秃头老头子请教:“他,犯了什么事啦?”可是秃头不做声,单是睁起了眼睛看定他,而且别的人也似乎都睁了眼睛看定他。“他于是仿佛自己就犯了罪似的局促起来,终至于慢慢退后,溜出去了。”这简直是一批不愿分清“是非曲直”的看客,他们已麻木到不问“为什么”的状态,只是拣“有趣”和“热闹”看。基于上述的构思意图,我们才知道鲁迅为什么只用一个为人们熟视无睹的场景——这样的围观场面在当时是每时每刻都可能在街头巷尾出现的,又用一个没有掀起轩然大波的事件,却敢于罗列一堆不知姓甚名谁的看客,还只肯给他们一个同一的基本动作:默默无言地呆看。这样才能表现“灵魂麻痹症患者”的严重病况。如果在作品中一公布其“罪状”,这样就扼杀了《示众》的主题思想。读者是不会怪作者“打哑谜”的,作者用心之良苦,读者在咀嚼回味之后,是能理解的。

但是,除了灵魂麻木的共性之外,我们虽不敢说人人都有其个性,可至少能说他们是各有特点,甚至也勾画出他们的内心世界的。鲁迅采用的技法是,用各人的肖像特征,加上除了基本动作(呆看)之外的个别的行动举止,使他们各具特定的风貌。例如,秃头的老头子口中念念有词地读白背心上的罪状,自己读不懂又不承认不懂,还不许旁人询问,看来他只是为了“有趣”和“热闹”而去读罪状,是一个决不想找“答案”的麻木者。那个赤膊的红鼻子胖大汉,在他那过于横阔的身躯上,我们看到的是“强壮的体格”和“麻木的神情”。他又显得极其自私。他在前排要冲地位这么一站,就成为伟大的“障碍物”,小学生想钻进去,他不让;小伙计被掌柜打了一巴掌,想从他腿旁逃走,他不救,使小伙计像小鼠落在捕机里似的仓皇。这是一个决不给人家方便,更不给人家“让路”的麻木者。那个“挟洋伞的长子”在这群看客中颇为“高人一等”,以洋伞为标志,他在这群人中算是细人了。他很有优越感地厌恶“死鲈鱼”嘴里呼出来的热气。直到车夫仆地,他才凭着两条长腿,捷足先得地奔趋过去。这是一个“有戏可看”时决不甘落后的麻木者。总之,这一伙围观者们你“推”我“挤”,你“占”我“钻”地争斗着,强者把弱者一挤,男子将妇孺一推,于是小学生“碰壁”,老妈子“跄踉”,胖孩子如入“捕机”,颇有点生存竞争、弱肉强食的味道。他们甚至对一个出力卖血汗钱的车夫仆地也不扶助,反而齐声“喝彩”,简直达到了“损人而不利己”的程度。在这次“集体示众”中我们难道没有听到鲁迅深沉的叹息声?

为了突现“集体示众者”的灵魂麻痹症的可怕,鲁迅还用出色的气氛描写来作烘托,并且达到了不易企及的高度。盛夏的威力使沙土闪烁生光,热浪横行肆虐，黄狗拖出长舌，乌鸦张嘴喘气。但是看了这个“示众”的场面，不禁使我们想引用《热风·题记》中的一句话来表达自己的心情：“我却觉得周围的空气太寒冽了。”这是一种冷彻骨髓的寒冽，是一种灵魂麻木的死静。这个汗渍的躯体里，凝结着坚冰。但是在这寒冽和死静的氛围中却又搏动着作者的一颗炽热的心。

五

鲁迅的这四篇小说不仅有其深刻的思想内容，而且在形式和技巧上有着更独到的特色。创新——总是文艺家倾心追求的境界，但如果光在形式和技巧上着眼，有时这个“新”就会沦为“怪”。将“创新”变质为“创怪”，这就进入了“艺术的死胡同”。鲁迅在形式和技巧上的刻意创新的经验告诉我们，首先要审视内容和题材的独特性，然后在内容需求的“弹性限度”之内去追求新的形式和新的技巧。不可能叫《示众》中的一拥而出的 18 个人物一起去听《头发的故事》中的 N 先生的长篇独白——这就成了演讲会；也不可能叫《长明灯》中的茶客去帮《白光》中的陈士成掘藏，如果这样，那么在一无所获时，陈士成可能就被方头、阔亭等人拖去作通宵方城之战，他怎么还会去“水中捞月”？鲁迅的成功经验是在于，在内容需求的前提下，敢于大胆创新，不使自己的作品被自己先前的模型所套住，使读者感到作品的面目常新，艺术领域是“海阔凭鱼跃，天高任鸟飞”的广垠的国土，学习鲁迅刻意创新的经验，将会为我们的文艺迎来更繁茂的百花盛开的春天！

鲁迅的创新又包含着测试自己在运用技巧上的笔力。写《头发的故事》的目的之一，是为了测试自己把握人物独白的能力，取得这方面的有益经验；写《长明灯》的目的之一，是为了测试自己以众多人物的对话为手段，去展开情节、突显个性如此等等。一旦获得了新的技术素养，鲁迅还善于将它们融化到别篇小说的创作中去，但因为他“融”得灵活，“化”得巧妙，使读者看不出斧凿和搬移的痕迹。例如《头发的故事》中的“独白”的功力很灵巧得法地运用到了《在酒楼上》这篇小说中去，吕纬甫的长篇独白就与 N 先生的独白有渊源的关系。而在陈士成身上，作者干净利索地用了“看榜”和“掘藏”两件事，以概括他的一生；而在《在酒楼上》这篇小说中，鲁迅也只写了吕纬甫回乡“迁葬”和“送花”两件事，以显示他的巨大的变化。创作技巧也是需要在借鉴、渗透、融会中不断创新，这也是鲁迅自己向自己学习和取经。任何一位伟大的作家都有一个测试自己笔力和尝试新技能的过程，也有一个积累艺术经验的过程。鲁迅这种不断的勇于进取的精神，也是值得我们效法的。后来，他自谦地称《离婚》等作品是“技巧稍为圆熟，刻画也稍加深切”[①]之作，这也就是间接说明了艺术经验需要日积月累的重要性。我们也应该像鲁迅一样，不断地测试自己的笔力，不断地给自己出难题，不断地去创拓新形式，把握新技巧，不断地积累艺术经验。在学习中有革新，在借鉴中不模仿，不仅自己不重复别人的脚印走，而且自己也不踏着自己的脚印走！

---

① 《且介亭杂文二集·〈中国新文学大系〉小说二集序》。

作家与读者间的最良导体——人生经验通感*

——从《社戏》和《朝花夕拾》谈起

一

“真的，一直到现在，我实在再没有吃到那夜似的好豆——也不再看到那夜似的好戏了。”鲁迅的名篇《社戏》的结末一句，不知勾起了多少读者的神思遐想。为什么我们会受作品中的这种怅然若失的情愫的强烈感染呢？因为这结末一句话伸出她的纤巧的手指拨动了我们的心弦，使我们联想起自己永远失落了的童年，从而搅动我们心灵深层的积淀，引起“心弦的共振”。人人都会用自己的人生经验去补充和生发这种“失落感”，并且会赋予这种一逝不返的失落感以“美质”。

假设将《社戏》的结束一句话删去，我想作品的感染力就大为逊色。如果我们深究一下这句话为什么会有如此感人肺腑的“魅力”，那么其奥秘就在于：鲁迅用这句话激起了读者的“人生经验通感”。“她”能点燃我们追忆童年的情感之火，而且人人都具备这种“通感”的燃点。

童年——对每个成人来说，都是永远无法重现地消逝了。每每忆及，总会有一种惆怅的失落感，而人们对永远失落和不可重复的岁月总会去追寻出它的美感来，再用感情镀上金色的光泽。即使是忧患的童年，也会因时距而寻觅出忧患余生中的“忧患美”。《社戏》的结尾，就是诱导人们追忆这种“永远失落的美”，又借助于“人生经验通感”的“导体”，抓住了读者的心。

过去，我们对这种客观上存在的人与人之间的“人生经验通感”，讳莫如深，守口如瓶；我们对这种“接受美学”中的“最良导体”，缺乏必要的冶炼和运用。这种“人生经验通感”能使作者和读者的感情熔于一炉，迸射出耀眼的火

---

* 本篇发表在《名作欣赏》1986 年第 4 期。

花。能找到这种“人生经验通感”的作家，他就是找到了征服读者心灵的“秘密武器”。鲁迅就是善于掌握这种“秘密武器”的圣手。他在《朝花夕拾》的《小引》中说：

> 我有一时，曾经屡次忆起儿时在故乡所吃的蔬果：菱角、罗汉豆、茭白、香瓜。凡这些，都是极其鲜美可口的；都曾是使我思乡的蛊惑。后来，我在久别之后尝到了，也不过如此；惟独在记忆上，还有旧来的意味留存。他们也许要哄骗我一生，使我时时反顾。

的确，这“思乡的蛊惑”，这对儿时的反顾，这记忆中的“旧来的意味”，实际上并不如想象中的那样美。但我们是自觉地去受“哄骗”的，而且甘愿“终身受骗”。这是一种多么神妙而无法言表的感情呵！也许是鲁迅已经自觉地发现了《社戏》结末一句的震慑的威力，所以作家才会在《朝花夕拾·小引》中再旧事重提。而且又非常自如地娴熟地在《朝花夕拾》中运用这种使人们“心灵相通”的技巧。要论及“人生经验通感”这个大题目，涉及的领域是无限宽泛的，我们这里只想谈谈“思乡的蛊惑”和儿时的反顾这一课题。因为《朝花夕拾》就是鲁迅永别故乡后的蛊惑的情思，就是在流离颠沛中，对儿时童心的追忆。这是有良知良能的人的最基本的“通感”之一吧？

《从百草园到三味书屋》的结尾，有着浓郁的《社戏》式的风致。鲁迅用“荆川纸”影写了一大本绣像，“因为要钱用，卖给一个有钱的同窗了”。结末写道：“他的父亲是开锡箔店的；听说现在自己已经做了店主，而且快要升到绅士的地位了。这东西早已没有了吧。”这也是一种惆怅的失落感。这是童年时带着最美好的情趣描摹的“心艺”，又何况是一大本呢！这是纯正的童心的结晶。可叹的是“明珠暗投”了。真情被铜臭所沾污，这是莫大的痛惜。这个已做了店主的“准绅士”，与北京戏园中“很看不起似的斜瞥了我一眼”的胖绅士是类似的。“这东西早已没有了吧”——童年的鲁迅是爱书的。当长妈妈为他买到“三哼经”时，他好像遇着了一个霹雳，“全体都震悚起来”，他说：“这四本书，乃是我最初得到，最为心爱的宝书。书的模样，到现在还在眼前。”那么，对搜集绘图的书几乎成癖的童年时的鲁迅来说，难道不更宝爱自己搜集和影写的图画吗？更何况还有“最成片段的是《荡寇志》和《西游记》的绣像”。它的模样，难道不也会“到现在还在眼前”浮现吗？那是在三味书屋就读时童心被艺术征服的活见证，可是“这东西早已没有了吧”，所传达给我们的却是童年高尚情趣的“灰飞烟灭”，是一种超常形态的怅然若失。

二

这种访旧、反顾、追忆的意绪，在《阿长与〈山海经〉》中，鲁迅是以永恒的怀念感来作结的：“仁厚黑暗的地母呵，愿在你怀里永安她的魂灵！”这又可看做运用“通感”的一例，让读者以自己的经历当主干，去思怀，去祈念永别的亲人和密友。

对鲁迅说来，忆念长妈妈是有自己独特的思路的。他对辛劳了一生，连一个名字也没有给她服侍的“哥儿”留下的“保姆”，表示了永恒的怀念。她所留下的“长妈妈”的“长”字，不过是“顶替”了周家前一个女工的高大的身躯的“代号”而已。在周家，其实她仅是”阿长二世”罢了。鲁迅落笔写了大半，给我们的印象是一个粗手笨脚的“黄胖而矮”的愚妇人的形象。迅哥儿并不理解她，对她的敬意是一直没有牢固树立起来的。但当迅哥儿“渴慕”绘图的《山海经》，而且遍求不得时，长妈妈却“与众不同”地记挂在心上。“我”在寝食无味的渴求中，“得来全不费功夫”：就是因为这个愚妇人在告假回家的匆忙间隙中，进了她这个两眼摸黑的人从未进过的书店：“我给你买来了。”这一切的总根就在于“爱”。这“爱”的果实就是迅哥儿的“久旱逢甘霖”的童心的巨大的满足。

> 这又使我发生新的敬意了，别人不肯做，或不能做的事，她却能够做成功。她确有伟大的神力。

这“神力”是以“爱心”为坚强后盾的。当我们用这种“爱心”再去重新估价长妈妈的若干言行时，就会得到一种从所未有的“良性反应”。她对迅哥儿的爱心有时仅是爱得不大得法而已。

当作家写《阿长与〈山海经〉》时，这“最为心爱的宝书”，“已经记不大清是什么时候失掉了”。而这种“童心的巨大的满足”，却是永久印烙在心灵之上的；这深藏在粗陋外形下的“爱的深井”，是永远也不会枯竭的。于是鲁迅按照自己永恒的忆念，深情地呼喊道：“仁厚黑暗的地母呵，愿在你怀里永安她的魂灵”。

作为读者，我们当然是顺着作家的思路去作心灵的漫游的。但是除了循着作家的心轨运行之外，还会有一种联想，这联想的推动力就是“人生经验通感”，这“通感”使我们也像作者一样，忆念我们的永别了的亲人故友，久久沉浸在思绪万千之中。如果这篇文章删去了结末的一句，能有如此强劲的联想效果吗？

与《阿长与〈山海经〉》相仿的是《范爱农》。鲁迅写此文距范爱农失足淹死已有 14 个年头了。对好友的惨死，鲁迅不仅赋诗悼亡，而且与几个友人“想集一点钱做他女孩将来的学费的基金，因为一经提议，即有族人来争这笔款的保管权，——其实还没有这笔款，大家觉得无聊，便无形消散了。”这样，对亡友的追怀自然化为对遗孤的惦念。这结末的一句是：“现在不知他唯一的女儿景况如何？倘在上学，中学已该毕业了罢。”读到这里，贫困的故友坎坷的一生和猝然死亡，令人不胜悲悼；孤儿寡妇的命运又令人无限关注。在这苍茫人海之中，她们像涓滴之水，又在何处流淌呢？本想为亡友做点切实的纪念工作，倾注一点友情在遗孤身上，但竟无法以微力作为薄奠；人世变迁，行踪飘忽，竟至不知所终了。按照最好的估计，14 年后，这亡友的唯一的幼女“中学已该毕业了罢”。这是一种对亡友的怀念的延伸，也是悼亡感情的归宿，是对不知所终的遗孤的祝祷。

这结末的一句，也同样可以激起一种“人生经验通感”。它的公式是：“现在不知××景况如何？倘在……，……已该……了罢。”这个公式对读者来说，是可以产生多种联想的。不仅用于悼亡，也可用于久别而音讯阻隔的亲朋。

三

如果说《阿长与〈山海经〉》和《范爱农》感染读者勾起悼亡怀念之情；那么《父亲的病》则能引出一种无穷的悔恨感。这是一种永恒的再也无法弥补的悔恨感。这种悔恨感来自他在父亲临终前的大声叫喊。指使者是衍太太，而“我”在当时是不会感到自己的错处的。当“我”大声叫“父亲”时，鲁迅写道：

> 他已经平静下去的脸，忽然紧张了，将眼微微一睁，仿佛有一些苦痛。
> “叫呀！快叫呀！”她催促说。
> “父亲！！！”
> “什么呢？……不要嚷。……不……。”
> 他低低地说，又较急地喘着气，好一会，这才复了原状，平静下去了。
> “父亲！！！”我还叫他，一直到他咽了气。

但是随着时间的流逝，年龄的增长，阅历的积添，“我”愈来愈觉得这是一种深重的罪愆，以至在《父亲的病》的结末一句，“我”用忏悔的语气说：“我现在还听到那时的自己的这声音，每听到时，就觉得这却是我对于父亲的最大的错处。”“我”终于懂得：即使是与世长辞，他也没有能让父亲无所牵挂地离开世界。他的叫声使“平静下去的脸”变得紧张而痛苦，还急促地喘息。他“听”到了人世的“召唤”，儿子的呼叫声使他感知还未完成的责无旁贷的人间责任。还有比这更使他留恋而痛楚的吗？想到自己的这种叫嚷声使父亲不安地向世界诀别，于是引起了一种愧悔交加的负债感。

这种愧悔交加的负债感是能引起读者的“人生经验通感”的。一个人在自己的生命道途上有时难免要犯错误，能弥补的，当然能以补救减轻自己的内疚，以求得心灵的平静；不能的呢？那只有空留这嗟叹和自责而遗恨终生的了。这是一笔永远也无法偿还的债，不时撞击着一个永远不安的灵魂。

在《朝花夕拾》中，另一篇以父亲为题材的是《五猖会》。如果说《父亲的病》是表达一种悔恨自责感、是“我”对父亲所犯的最大的错误的话；那么《五猖会》是流露出一种大惑不解感，是旧式家长无可理喻的对童心的摧残。当“我笑着跳着”要去看盛大赛会时，忽然父亲要他背书，“我似乎从头上浇了一盆冷水”。虽然靠强记过了这一关，博得“工人将我高高地抱起，仿佛在祝贺我的成功一般”。可是，“我”对这途中的风景、盒里的点心、赛会的盛况，均已索然无味了。鲁迅写道：“直到现在，别的完全忘却，不留一点痕迹了，只有背诵《鉴略》这一段，却还分明如昨日事。”这结末的一句是：“我至今一想起，还诧异我的父亲何以要在那时候叫我来背书。”真是令人百思不得其解呵！

在《五猖会》中，有着家长绝对权威的命令，有着母亲、工人、阿长的无法营救的爱莫能助的同情。但是，另一个侧面则是对自己强记的急智的自豪和欣慰：“在百静中，我似乎头里要伸出许多铁钳，将什么‘生于太荒’之流夹住。”但是这种侥幸的自豪和欣慰立即被一种对童心的摧残所笼罩：他“听到自己急急诵读的声音发着抖，仿佛深秋的蟋蟀，在夜中鸣叫似的”。这是一种颤栗的可怖。一分钟前还是童心的舒畅的欢跃，一刹那间马上化为在深渊中孤寂无援的哀号。鲁迅在结末一句使人们想起封建家长制的特有的施教方式：孩子的天真的欢乐被看成是一种“放肆”，疗救这“放肆”的药方就是强令“背书”使他现出“死相”来。因为在封建读书人家的家教中，孩子应该“屏息低头，毫不敢轻举妄动。两眼下视黄泉，看天就是傲视，满脸装出死相，说笑就是放肆”[①]。

① 《华盖集·忽然想到（五）》。

去看赛会好比是参加大宴，在这之前先叫“我”吞嚼一个肥皂头。为什么在参加大宴之前非要举行这苦涩的仪式？在大惑不解中我们看到了童心的摧折。这也能以“人生经验通感”诱发我们的感慨。

从《社戏》到《朝花夕拾》的若干篇章，我们感到鲁迅规律性地运用一种“秘密武器”，那就是“人生经验通感”。所谓“人生经验通感”，即利用读者常会遇到的相似同类的人生经历，诱发读者一种“联想”，当这种“联想”引起读者“共鸣”时，在不知不觉中，读者就参加了一种创作活动，这种创作活动就是用自身的人生经历去补充和证实作家作品的可信性。作家愈能调动读者积极参与作品的创造，就说明作家的作品已在更高层次上为读者所理解和接受。在这里，参与联想创造，与深刻理解和接受是同义的，成正比的。作家与读者之间的“心灵相通”的“最良导体”就是“人生经验通感”。当读者以这种“通感”参与创造时，他才觉得这位作家的作品是和谐而完美的，代表他说出了他自己想说的话。

本文并不想一般地谈论文章结尾的写作技巧。“人生经验通感”也不是只靠结末一句才发挥自己的威力。它可以在行文中无处不在，渗透全文。但鲁迅还能在读者即将要放下书本时，使他们欲罢不能。手中的书本放下了，心里的人生经历的书本却又翻开了。我们不得不钦服鲁迅是善于把握这种“人生经验通感”的圣手！

通俗文学史论

独立是为了整合*

——《中国现代通俗文学史·绪论》

我们首先有必要为中国现代通俗文学史建立独立的研究体系，将它作为一个独立自足的体系进行全面的研究，在此基础上再将它整合到中国现代文学史的“大家庭”中去。这样做的必要性在于过去的中国现代文学史是“知识精英话语”占主导地位，中国现代通俗文学或被作为“逆流”加以批判，或被作为“配角”而充当陪客。说它是“逆流”显然是一种诬蔑；而先验地叫它扮演陪客，也不一定恰如其分。只有在对它作了全面的摸底、盘查，再进行科学的审视与研究后，它的地位与价值才能真正地浮出水面，然后再进行另一道新的工序——探讨如何将它整合到中国现代文学史中去，它的定位也许会更精确些。理由之二是，中国现代通俗文学在时序的发展上，在源流的承传上，在服务对象的侧重上，在作用与功能上，均与知识精英文学有所差异。如果不看到这一点，那么中国现代通俗文学的特点也就会被抹杀，它就只能作为一个“附庸”存在于中国现代文学史中，这就不能科学地还中国现代文学以历史的全貌。

过去的中国现代文学史总是以1917年肇始的文学革命为界碑，可是中国现代通俗文学步入现代化的进程要比这个年代整整提早了四分之一世纪。因此，在发展时序上，中国现代通俗文学就不可能削足适履地纳入中国现代知识精英文学历史的框范中去。

在源流承传上也显然有所不同。鲁迅对知识精英文学的源流有过非常直率的坦陈：“现在的新文艺是外来的新兴的潮流，本不是古国的一般人们所能轻易了解的，尤其是在这特别的中国。”[①]那就是说，就源流而言，中国知识精英的主流文艺是借鉴了外国的文艺思潮，特别是它们的精华部分，在中国发起了

---

* 本文系《中国现代通俗文学史·诸论》，北京大学出版社2007年1月出版。

① 鲁迅：《关于〈小说世界〉》，《鲁迅全集》，第7卷，人民文学出版社1963年版，第308页。

一场文学革命，要使中国的文学与世界的先进文化接轨，争取成为自立于世界文学之林中的佳木。茅盾曾表达过这样一个愿望："我敢代国内有志文学的人宣言：我们的最终目的，是要在世界文学中争个地位，并作出我们民族对于将来文明的贡献。"[①]

知识精英文学侧重于"借鉴革新"，而中国现代通俗文学则侧重"继承改良"。它主要还是继承中国古典小说中志怪、传奇、话本、讲史、神魔、人情、讽刺、狭邪、侠义等小说门类，随着时代的进展而加以改良和发展，并进行新的探索与开拓。

至于现代通俗文学的服务对象，当然是对知识精英文学不易了解的"古国一般的人们"，尤侧重于市民大众。而它的功能则是"极摹世态人情"，"主在娱心，而杂以惩劝"。[②] 鲁迅一直认为古代的话本和传奇的作用与功能是主在"娱目悦心"[③]，他对明人的拟宋人小说就有这样的批评："宋市人小说，虽亦间参训谕，然主意则在述市井间事，用以娱心；及明人拟作末流，乃诰诫连篇，喧而夺主。"[④]因此，鲁迅在《中国小说的历史的变迁》中进一步发挥说："但文艺之所以为文艺，并不贵在教训，若是把小说变成修身教科书，还说什么文艺。"[⑤]以上是鲁迅对古代市人小说的作用与功能的精辟论述，而反观现代通俗文学，也基本上继承了这一传统。

现代通俗文学既然在时序、源流、对象、功能上均与知识精英文学有所差异，那么当然有建立独立的研究体系的必要，而这种研究又是不能脱离现代通俗文学的内在发展规律的，是在它自身的历史发展的过程中去探索它的成功经验与失误教训，总结出它的健康发展之路，考察它是否与知识精英文学具有互补性，从而确定它在中国现代文学史"大家庭"中的地位与价值。我们这部《中国现代通俗文学史》就是想勾勒出现代通俗文学历史的发展的线索，在此基础上，试图回答上述的种种问题；它的"插图"部分能使读者更形象化地认识

① 茅盾：《我走过的道路（上）》，人民文学出版社 1981 年版，第 187 页。

② 鲁迅：《中国小说史略·第 12 篇·宋之话本》，《鲁迅全集》第 8 卷，人民文学出版社 1963 年版，第 90 页。

③ 鲁迅：《中国小说史略·第 20 篇·明之人情小说（下）》，《鲁迅全集》第 8 卷，人民文学出版社 1963 年版，第 159 页。

④ 鲁迅：《中国小说史略·第 21 篇·明之拟宋市人小说及后来选本》，《鲁迅全集》第 8 卷，人民文学出版社 1963 年版，第 166 页。

⑤ 鲁迅：《中国小说的历史的变迁·第 4 讲·宋人之"说话"及其影响》，《鲁迅全集》第 8 卷，人民文学出版社 1963 年版，第 331 页。

这些作家与作品的“音容笑貌”，就像面对面地与他们对话与交流一样，从感性与理性的双重感应中回顾这段近60年的历史。

我们将《海上花列传》定为中国现代通俗文学的开山之作。韩邦庆使通俗文学走上现代化之路当然是不自觉的，但唯其是自发的，也从另一个角度说明了中国通俗文学的现代化是中国社会推进与文学发展自身的内在要求，是中国文学运行的必然趋势，是中国社会的阳光雨露催生的必然结果——由于现代工商业的繁荣与发达，大都市的兴建以及社会的现代化，民族文化必然要随着社会的转型而进行必要的更新，也必然会有作家对它有所反映与回馈。《海上花列传》就是这种反映与回馈的优秀的文学作品。知识精英文学是受外来新兴思潮的影响而催生的；但中国通俗文学则证明了即使没有外国文学思潮的助力，我们中国文学也会走上现代化之路，我们民族文学的自身就有这种内在动力。

其实，李伯元另辟蹊径的上海小报与《海上花列传》是有着内在联系的，它们的内容基本相近，只是形式上一者是小说，而另一者是现代化的报刊媒体而已。在这些小报上开始连载谴责小说，而谴责小说实际上是社会通俗小说，是中国社会通俗小说现代化的开端。继而是梁启超掀起的中国现代文学期刊第一波，他想以高屋建瓴的姿态使“文艺为政治服务”，但是他没有一支精英的写作队伍去贯彻他的意图，到《新小说》的第8期，他实际上就将他“搭建”的《新小说》的舞台让给通俗小说家吴趼人去“唱戏”了。在《新小说》中影响最大的还是吴趼人的《二十年目睹之怪现状》等社会通俗小说。在《新小说》的影响下，李伯元主持的《绣像小说》等刊物在上海登台亮相了。在中国文学期刊第一波这一现代化媒体的大潮中，可以说是以现代社会通俗小说——谴责小说为“主菜”的。

在清末民初这个社会动荡与剧变时期，文学作品在现代化媒体的推波助澜中出现了三大潮流：一是上文所说的起自1903年的谴责小说潮，这些新型的社会小说主要是揭露清末统治者的无能以及在他们掌控下的社会的腐朽。二是写情小说与哀情小说潮，这是青年们要冲击封建罗网之前发出的不绝于耳的哀怨之声，1906年符霖在《禽海石》中就喊出了“孟夫子”害了“我和我的意中人”，“他说世界上男婚女嫁，都要凭父母之命，媒妁之言，否则父母国人皆贱之。咦！他全不想男婚女嫁的事，以男女两面都有自主之权，岂是父母媒妁所能强来干涉的”。小说认为孟子这些话是“无情无理”的。而到1912年，徐枕亚的《玉梨魂》等作品都是希望解决青年自身这一迫切问题。三是由于辛亥革命推翻了清廷，许多宫廷内部的权势之争的历史宫闱事件都开始“解密”，许多过去悄悄口口相传的“秘闻”现在可以公开传播了，因此从清朝宫闱一直到袁世凯龙驾归天、张勋复辟的失败等等的内幕，都大白于光天化日之下，因此就形成了一股“经久不息”的历史宫闱小说潮，几乎每一种报刊都有津津乐道于此类题材的笔记体小说。它们是正史的补充与参考。应该说在“五四”之前的20年间，现代通俗文学界就是这三大潮流在激荡着。我们这部通俗史的前几章的主要篇幅就让给它们。在这近20年中，还有一些文坛大事，如《小说时报》所提出的“催醒”——也即启蒙问题，《小说月报》在1916年引进“问题小说”等等，我们也给予了一定的关注。

在“五四”前夕，以“海归知识分子”为骨干的知识精英文学的队伍开始在大都市结聚，他们对中国现代通俗文学的批判始于“黑幕小说”，可是由于他们没有分清报刊上的“黑幕征答”所汇编的“黑幕书”与“黑幕小说”的不同，前者并非是文学作品，因此，周作人等人对“黑幕小说”的批判，和“黑幕征答”者的路子的不正，形成了第一次交锋中的“双错”现象。这些历史的“悬案”是到了应该有一个“说法”——也即是“澄清”——的时候了。

“五四”时期知识精英文学作家对现代通俗作家的批判是相当猛烈的，其中《文学旬刊》上批判的火力是非常集中的，以致在《文学旬刊》改刊为《文学》时，发表了《本刊改革宣言》，其中的宣战的语调十分明显：“以文学为消遣品，以卑劣的思想与游戏态度来侮辱文艺，熏染青年头脑的，我们则认他们为‘敌’，以我们的力量，努力把他们扫出文艺界以外。抱传统的文艺观，想闭塞我们文艺界前进之路的，或想向后退去的，我们则认他们为‘敌’，以我们的力量，努力与他们奋斗。”这两点当然是直指中国现代通俗作家的。知识精英作家对中国通俗作家的正确的批评对通俗作家是有所推动与促进的，但因为是被定性为“敌我矛盾”，所以通俗作家们宁愿暗暗改正，而似乎不能公开承认，以致“长他人志气”。但是就“宣言”中的两点而言，是站不住脚的，其一是反对通俗文学的功能之一：“娱目悦心”或“主在娱心”；其二是对中国传统缺乏继承意识。对现代通俗作家来说，他们是意识到当时形势的严重性的。在“五四”之前他们是一统文坛天下的，说它是“庞然大物”也不为过。可是在“五四”以后，外来新兴思潮的文艺理论锐不可当，按照通俗作家的幼稚的理论水平与它们相抗衡简直不是对手。在舆论上他们是极为被动的，当时，确有一批通俗作家就因此而“搁笔”、“转业”了，他们觉得并不一定要在这个“是非之地”中去“讨饭吃”，受这份“闲气”，如陈冷血、恽铁樵、叶小凤等人；而不转业的“死抱住文学不放的人”，他们觉得要不被“扫出文艺界”，对他们这些中国第一代职业作家而言，目前的当务之急，不是去争领导权、争做中心、争当主流，而是争取读者。对职业作家说来，读者是上帝，是衣食父母，只要有广大的读者群，这些中国第一代职业作家就能在与知识精英作家的“相克”中“相生”。怎样才能争取更广大的读者群呢？那就是要尊重自己特定的阅读对象的阅读需求与阅读习惯，同时要沿着这条民族化的道路“求新求变”。“求新”是找寻新的生长点，“求变”就是在民族化的基础上实行现代化。20世纪20年代是中国现代通俗文学“求新求变”的重要时机：他们在继承狭邪小说的衣钵时，渗进了“人情”与“人道”之光，像毕倚虹的《人间地狱》就脍炙人口；他们为民国武侠小说作了奠基，平江不肖生的武侠小说风行一时；他们趁知识精英作家还在钻研短篇小说精进之际，推出了一批为都市传真留影的社会小说；他们在一批知识精英作家写回忆故乡风物的乡土小说的同时，把“都市乡土小说”作为自己的强项，向市民大众推介；他们与中国早期电影工作者合作，共同培育中国早期电影；他们继承了吴友如们的画报事业，掀起了一股图文并茂的“画报热”；他们最终将从外国引进的侦探小说“中国化”，培养了一批“霍迷”(《霍桑探案》迷)。20世纪20年代是中国通俗文学现代化“百花齐放”的10年，是他们在知识精英作家的“相克”中求得“相生”的艰难与光辉的历程。

20世纪30年代，由于张恨水过去只限于北方一隅而现在成为有全国影响的通俗作家，由于还珠楼主李寿民和天津刘云若登上文坛“献艺”，中国现代通俗文学进入了“第二高度”。他们三位发迹于北方，因此过去通俗文坛上有“王气北移”之说。本来知识精英文学与通俗文学的读者群之间是有一个较为固定的边界线的，但是张恨水作品的全国走红使这些作品开始“蚕食”知识精英读者群的边界。由于当时日寇侵略的魔影已经笼罩全国，抗日氛围日浓，抗日统一战线的提出，使得知识精英作家对通俗文学的批判有所缓解。

在抗日战争时期，原以为在日寇占领的沦陷区是不会有什么好作品出现的。可是就在这样的恶劣的特定环境中却诞生了白羽的《十二金钱镖》和王度庐的《卧虎藏龙》这样的武侠小说精品；而张爱玲这样的超越雅俗的作品也使人耳目一新。在上海，秦瘦鸥的《秋海棠》和大后方的徐讦、无名氏的与抗战有关的超越雅俗的作品也轰动一时，而且出现了中国通俗文学作家向外国通俗小说学习的苗头，这应该是一个非常可喜的现象。如果没有20世纪40年代末和50年代初的人为的断层的出现，金庸、梁羽生、琼瑶之类通俗大家也可能出现在中国内地。现在只能由台港血脉承传通俗文学的担子，20世纪50年代后，也只能让台港的通俗文学专美于前了。

以上勾画了近60年的中国通俗文学的历史轮廓，我们这部《中国现代通俗文学史》就是根据这条历史线索进行发挥的。行文至此，我们还想突出两点，因为这两点往往是会被人们所忽视的。

第一，中国现代通俗文学作家在19世纪末到“五四”之前是中国启蒙主义的先行者。在中国，文学的现代化之路是与启蒙主义有着内在联系的。将通俗文学与启蒙主义联系起来，乍听似乎是一种“痴人说梦”；但是我们认为中国早期社会通俗小说——谴责小说就已经有了启蒙的因素。鲁迅认为这些小说就是表示当时的“有识者则已翻然思改革”，这是“特缘时势要求”[①]而出现的一股创作潮流。鲁迅在肯定它们的同时，也对其中的艺术性的粗糙提出了批评。胡适在1927年为《官场现形记》写序时，事先已读过鲁迅的《中国小说史略》，他除了同意鲁迅的意见外，也补充了相当有益的见解。他认为李伯元的《官场现形记》中有几回小说是大有《儒林外史》的讽刺韵味的，但他为了应“浅人社会的要求”，“不得不牺牲他的艺术而迁就一时的社会心理”，写成了现在的谴责小说的路子。“……当时中国屡败之后，政制社会的积弊都暴露出来了，有心的人都渐渐肯抛弃向来夸大狂的态度，渐渐肯回头来谴责中国本身的制度不良、政治腐败、社会龌龊。故谴责小说虽有浅薄、显露、溢恶种种短处，然它们确能表示当日社会的反省的态度，责己的态度。这种态度是社会改革的先声……我们回头看那班敢于指斥中国社会的罪恶的谴责小说家，真不能不脱下帽子来向他们表示十分敬意了。”[②]胡适对《官场现形记》的评价既然认为这种“反省的态度”是“社会改革的先声”，那就是说，其中有着“启蒙”的因素在内了，因此他认为应该对那些谴责小说家脱帽致敬，他是在向“翻然思改革”的先行者表示自己的敬意。

1904年，狄葆贤（楚卿）创办《时报》，由陈景韩（冷血）出任主笔。1909年又创办《小说时报》，由陈景韩与包天笑联袂主编。这一报一刊就颇有改革的锐意。胡适带着深厚的感情色彩，甚至用“爱恋”两个字来回顾《时报》对他的“启蒙”：《时报》的“内容与办法也确然能够打破上海报界的许多老习惯，能够开辟许多新法门，能够引起许多新兴趣……我那年只有14岁，求知的欲望正

① 鲁迅：《中国小说史略·第28篇·清末之谴责小说》，《鲁迅全集》第8卷，人民文学出版社1963年版，第239页。

② 胡适：《〈官场现形记〉序》，《胡适文存》第3集，黄山书社1996年版，第393页。

盛,又颇有一点文学的兴趣,因此我当时对于《时报》的感情比对于别报都更好些。我在上海住了6年,几乎没有一天不看《时报》的。……我当时把《时报》上的许多小说诗话笔记长篇的专著都剪下来分粘成小册子,若有一天的报遗失了,我心里便不快乐,总想设法把它补起来。……《时报》在当日确能引起一般少年人的文学兴趣。……《时报》出世以后每日登载'冷'或'笑'译著的小说,有时每日有两种冷血先生的白话小说,在当时译界中确要算很好的译笔。他有时自己也做一两篇短篇小说,如福尔摩斯来华侦探案等,也是中国人做新体短篇小说最早的一段历史。……自从《时报》出世以来,这种文学附张的需要也渐渐的成为日报界公认的了"。[①] 后来陈景韩和包天笑主编《小说时报》,这一刊物不用"发刊词",在首期首篇发表了陈景韩的一篇小说《催醒术》,这篇小说我们可以称其为"1909年发表的'狂人日记'"。陈景韩的"催醒"乃是"启蒙"的同义词。他用象征的手法,写出了当时的一位先进分子觉醒后的孤军奋战与内心苦闷的"窘境"。世人反而笑他是狂人,说他患了"神经病"。这篇小说内容的深刻度与艺术性的高下当然不及鲁迅1918年发表的《狂人日记》,可是他的立意是表示自己办《小说时报》的目的是"催醒"——他是以"启蒙者"的姿态办这样的一个文艺刊物的。另外,中国现代通俗文学中的社会小说与言情小说,都有若干启蒙之作,《文明小史》、《恨海》和《禽海石》都可称得上佳作。

中国现代通俗文学就源流而言,虽然是继承中国古代小说的传统,但它在向现代化迈步时,也绝不是排外的。梁启超所办的《时务报》于1896年9月27日出版的第6册上,刊登了张坤德翻译的《英包探勘盗密约案》之后,柯南道尔笔下的福尔摩斯从此东来,引发了侦探热。这比日本首译柯南道尔的作品还早了3年。对外来引进的侦探小说,知识精英作家后来对它绝无兴趣,他们将这一小说门类拱手让给了通俗作家。可是在19世纪末20世纪初,中国现代通俗作家却嗅到了这种小说门类为中国吹进了一股"科学"与"民主"的新风。吴趼人的亲密合作者、翻译家周桂笙在1902年就说:

> 侦探小说,为我国所绝乏,不能不让彼独步。盖吾国刑律讼狱,大异泰西各国,侦探之说,实未尝梦见。互市以来,外人伸张治外法权于租界,设立警察,亦有包探名目。然学无专门,徒为狐鼠城社。会审之案,又复瞻徇顾忌,加以时间有限,研究无心。至于内地谳案,动以刑求,暗无天日

① 胡适:《十七年的回顾》,《胡适文存》第2集,黄山书社1996年版,第284—286页。

者，更不必论。如是，复安用侦探之劳其心血哉！至若泰西各国，最尊人权，涉讼者例得请人为辩护，故苟非证据确凿，不能妄入人罪。此侦探学之作用所由广也。而其人又皆深思好学之士，非徒以盗窃充捕役、无赖当公差者所可同日语。①

在周桂笙的脑海中，侦探小说被联想到两个词语，那就是“人权”与“科学”——重证据的科学的“侦探学”对中国无疑是有极大的启蒙作用的。那么中国的读者是如何来欢迎这种新兴类型的小说的呢？他们读了之后又有何感想呢？吴趼人做过“调查”：“访诸一般读侦探案者，则曰：侦探手段之敏捷也，思想之神奇也，科学之精进也，吾国之昏官、聩官、糊涂官所梦想不到者也。吾读之，聊以快吾心。或又曰：吾国无侦探之学，无侦探之役，译此者正以输入文明。而吾国官吏徒意气用事，刑讯是尚，语以侦探，彼且瞠目结舌，不解云何。彼辈既不解读此，岂吾辈亦彼辈若耶！”②这就是中国读者在当时的反应。奇怪的是，当时的中国读者首先不是着眼于故事的新奇与巨大的吸引力，而是首先对“科学之精进”与“输入文明”有兴趣，而对中国黑暗的甚至是地狱般的司法现状提出了严厉的质询。其实，中国读者并非对侦探小说的内容不感兴趣，可是他们更关心的还是社会的公平与正义，他们最迫切需要的是“人权”。其次，他们才受到这类小说情节磁石般的强劲吸力的牵引，对它趋之若鹜。由此看来，中国的作家和读者都能从启蒙视角来看待这种新引进的小说门类，同时也将它作为通俗文学吸引广大读者的一个新的“生长点”。

在文学语言的运用与革新方面，中国现代通俗作家也大多承传中国古代白话小说的传统。包天笑很早就说过：“小说以白话为正宗。”

盖文学进化之轨道，必由古语之文学变而为俗话之文学。中国先秦之文多用俗话，观于楚辞、墨、庄，方言杂出，可为证也。自宋而后，文学界一大革命即俗话文学之崛然特起。③

---

① 周桂笙：《歇洛克复生侦探案·弁言》，《新民丛报》第55号，1904年10月23日出版。

② 中国老少年（吴趼人）：《〈中国侦探案〉弁言》，上海广智书局1906年版；转引自陈平原主编《20世纪中国小说理论资料·第1卷》，北京大学出版社1989年版，第194页。

③ 包天笑：《小说画报·短引》，《小说画报》创刊号第1页，1917年1月出版。

因此，他在 1917 年 1 月创办《小说画报》时，在《例言》中说："小说以白话为正宗，本杂志全用白话体，取其雅俗共赏，凡闺秀、学生、商界、工人，无不咸宜。"①就在《小说画报》创刊的同年同月，胡适发表《文学改良刍议》于《新青年》上，而陈独秀则为发表《文学改良刍议》一文加了跋语："白话文学，将为中国文学之正宗，余亦笃信而渴望之。吾生倘亲见其成，则大幸也。"而《新青年》则是在第 4 卷第 5 期，即 1918 年 5 月 15 日发行的这一期(鲁迅的《狂人日记》刊于此期)才全部改用白话。

以上我们几乎是按着时序排列了通俗文学在"五四"之前所做的与启蒙有关的重要事例，说明中国现代通俗文学作家无论在创作和翻译上，在办报办刊上，在文学语言的革新上，都有显示它曾是先行者和启蒙者的实绩。可是它也有其不足之处，它不像"文学革命"在提出后，紧接着有"五四"新文化运动时潮的推波助澜，形成巨大的洪流；而在通俗作家作为先行者和启蒙者的时段内，没有这样大好的机遇，他们只是较为分散地星星点点地做着艰苦的工作，而辛亥革命也没有在文化启蒙上给它以多少助力。

第二，"五四"以后，知识精英作家高举"德先生"、"赛先生"的大旗，通俗作家已不属启蒙主流了，但他们的另一个职能却被凸现了出来，那就是"承传"。通俗作家一贯在内容上以中国的传统心理机制为核心；在形式上也继承了中国古代小说的传统模式；在功能上侧重于趣味性、知识性与娱乐性，同时也顾及"寓教于乐"的惩恶劝善效应。这种"承传"在 19 世纪末 20 世纪初可以说是通行无阻的，谁也不会去反对他们。可是在"五四"之后，情况就不同了，他们受到了空前严峻的挑战。那么中国现代通俗作家的对策是什么呢？我们认为是"坚持承传"，而在承传的前提下吸取合理的意见，适度地扬弃传统中的封建性的糟粕。我过去对包天笑所说的"拥护新政制，保守旧道德"的评价不高。现在觉得"旧道德"中当然会有封建糟粕的成分，但其中也有中国的传统美德的精华。对照包天笑的作品，我觉得他不是一个坚持封建糟粕的作家。他主要是认为，中国现代通俗作家对"孝"和"义"等中国传统美德应该坚守，而对"节烈"等思想也是逐渐扬弃的。这里，我们仅以坚守传统美德中的"孝"为例，说明中国通俗作家在承传中的不可磨灭的功绩。

在"五四"以后的文坛上，对"孝"出现过几场论争。在 1921 年 5 月 21 日发行的第 110 期《礼拜六》上，周瘦鹃发表了一篇《父子》，写一个功课好、运动又好的新派青年，他的父亲虽然打骂他，他还是能顺受不忤。他父亲因为车祸

---

① 包天笑：《小说画报・例言》，《小说画报》创刊号，1917 年 1 月出版，第 1 页。

而需要输血，他就将自己的鲜血输给他父亲，结果是父亲得救了，他自己却因血管破裂而死。小说写得并不好，有说教的味道，周瘦鹃只想表明在“非孝声中还有一个孝子在着”。这篇小说受到了郑振铎和郭沫若的批踞评。郑振铎写道：“想不到翻译《红笑》、《社会柱石》的周瘦鹃先生，脑筋里还盘据着这种思想。”①至于学过医的郭沫若则主要批评周瘦鹃缺乏医学常识。而在《礼拜六》第117期上，王钝根又写了一篇《嫌疑父》讽刺那些批评小说《父子》的人，并加了按语：“瘦鹃做了一篇小说《父子》，写一个儿子，把自己的血，补救老子，就有人大骂瘦鹃，不该提倡行孝。我想在这非孝的时代，瘦鹃还是说孝，真是太不识时务，所以特地做这一篇，替瘦鹃忏悔。”周瘦鹃确是一个孝行的宣教者，在“五四”前后曾写过多篇以“孝”为主旨的小说。他一贯重视用自己的作品颂扬中国的传统美德。随着时间的发展，在1926年，他在评论一部中国伦理片《儿孙福》时说：“平心而论，我们做儿子的不必如二十四孝所谓王祥卧冰、孟宗哭竹行那愚孝，只要使父母衣食无缺，老怀常开，足以娱他们桑榆晚景，便不失其为孝子。像这样极小极容易做的事，难道还做不到么？”②周瘦鹃在文章中不只是宣扬孝道，而且明确指出要分清“孝”与“愚孝”的不同。

中国的知识精英作家中也有不少孝子，这里只举两位，那就是胡适与鲁迅。他们的孝心的表现“最突出地表现在个人婚姻上。以鲁迅为例，他很不愿意同完全没有感情基础的朱安女士结婚，牺牲了自己的个人幸福以满足母亲的要求。……同样的情形在胡适身上也发生了。这位被人们视为‘五四’时期反传统的领袖人物，也遵从母亲之命同江冬秀女士在1918年初（或1917年底）结婚。他在1918年5月2日给少年时代朋友胡近仁的信中说：‘吾之就此婚事，全为吾母起见，故从不曾挑剔为难（若不为此，吾决不就此婚事。此意但可为足下道，不足为外人言也）。’”③鲁迅说过，朱安是他母亲送给他的礼物，他不能不接受；可是说得更确切一点，这也是他回赠给母亲的孝礼。母亲还很年轻时就守寡，将他们兄弟三人拉扯成人是很不容易的，现在儿子远离故乡，不能事孝，就让朱安陪伴在她老人家身边吧。鲁迅、胡适各用自己的行动写了一篇《我们现在怎样做儿子》，他们在行动上不失为孝子。但胡适还写了一首《我

① 西谛：《思想的反流》，1921年6月10日《文学旬刊》第4号；转引自魏绍昌编《鸳鸯蝴蝶派研究资料》，上海文艺出版社1962年版，第31页。

② 周瘦鹃：《说伦理影片》，《〈儿孙福〉特刊》，大东书局1926年版，第2页。

③ 严家炎：《论“五四”作家的西方文化背景与知识结构》，《上海鲁迅研究》第16期，上海文艺出版社2005年版，第15—16页。

们现在怎样做父亲》的诗。1919 年 8 月他发表了一首《我的儿子》,诗云:“我实在不要儿子,/儿子自己来了。/‘无后主义’的招牌,/于今挂不起来了!/譬如树上开花,/花落天然结果。/那果便是你,/那树便是我。/树本无心结子,/我也无恩于你。/但是你既然来了,/我不能不养你教你,/那是我对人道的义务,/并不是待你的恩谊。/将来你长大时,/这是我所期望于你:/我要你做一个堂堂的人,/不要你做我的孝顺的儿子。”①这当然是一个“开明”父亲的形象。知识精英作家是从来不敢用文字正面去宣扬“孝”的,他反而“劝”儿子,“不要你做我的孝顺儿子”。这实际是一种“矫枉过正”,是一种矫正过去的“愚孝”变为“非孝”的“矫情”。周瘦鹃却不同意这种“矫情”:“然而做父母的,抚养子女到长大成人,供给他们衣食住,以及求学问题、婚嫁问题,样样都要操心,而幼稚时代的提携保抱,更足使为母的耗尽心力,做子女的受了这样的深恩,难道竟可以一辈子孤(辜)负而不知图报么?有人说,这是父母的应尽的义务,说不上深恩的。我说姑且撇开深恩二字,但是尽了义务,也应当享受权利,父母尽了这么大的义务,子女也应当给他们享受权利啊!”②周瘦鹃的这一段话不是针对胡适讲的,但却好像是与胡适的《我的儿子》商榷而说的。再说,作为一位高级知识分子,胡适敢于这样说;可是如果是一个靠出卖体力劳动的劳动者,他就不敢讲这样的话,当他一旦年迈而丧失劳动力时,在社会保障还不完善的情况下,他是要靠子女来赡养的。也许有人会说,既然儿子成了一个“堂堂正正”的人,是否要孝顺父母,他是会自己判断的。也许还有人会说,儿子与父母有一种天生的血缘关系,你不要子女孝顺,他们也会善待自己年老的父母的。但根据中国目前(目前是 21 世纪!)又大力重提“孝”的教育来看,“孝”的品质并不会随着乳汁的哺入而自然产生。由于中断了中国传统美德的教育,使“老无所养”成了一个严重的社会问题;而独生子女若不经过民族美德教育,则容易将自己视为“小皇帝”,父母、祖父母和外祖父母 6 位尊长仅是他不需出钱雇用的“保姆”。传统美德只有在加强教育中,在形成一种社会的良好氛围时,才能代代相传。关于“孝”的论争,我们还是举孙中山先生在 1924 年的一次演讲中的话来作结:“一般醉心新文化的人,便排斥旧道德,以为有了新文化,便可以不要旧道德,不知道我们固有的东西,如果是好的当然要保存,不好的才可以放弃”;“讲到孝字,我们中国尤为特长,尤其比各国进步得多”;“所以孝字更是

---

① 胡适:《我的儿子》,《每周评论》第 33 号,1919 年 8 月出版。

② 周瘦鹃:《说伦理影片》,《〈儿孙福〉特刊》,大东书局 1926 年版,第 2 页。

不能不要的”。[1] 他从“孝”的积极意义上肯定了对于传统孝文化的继承的必要性。

现在距“五四”已有80多年了。回顾在19世纪20世纪之交，中国现代通俗作家曾以文学现代化的先行者和启蒙者的姿态出现，而到了“五四”时期，则被视为“保守派”、“顽固派”，其中的部分原因就是因为他们珍视传统美德，虽然他们开始在某些领域中还一时分不清精华与糟粕，但他们也随着时代的前进，在不断提高、改良自己。从整体而言，他们坚持承传民族美德的大方向是正确的。相反，在怎样对待中国的传统美德上，却是知识精英作家的“软肋”，是他们的局限性。这“软肋”，这局限性，也只有到20世纪、21世纪之交，才逐渐被人们看得更清。

看来，要写出一部承认文学的多元性的中国现代文学史，是很不容易的。我们要从过去以“知识精英话语”为主导视角的中国现代文学史中，打破这种长期积累的、根深蒂固的思维定势，转而为多元性的中国现代文学立史。阐明知识精英文学与大众通俗文学的“互补性”，恐怕也不是一蹴而就的事。因此，我们要为中国现代通俗文学史建立独立的研究体系，将它作为一个独立自足的体系进行全面研究的建议，恐怕还是一道必要的工序，然后才能谈得上将它整合到中国现代文学史的整体中去的问题，这样才能更为公正、客观、全面、实事求是地得出科学的历史的结论。

---

① 孙中山:《民族讲义》第六讲,《孙中山选集》,人民出版社1984年版,第681页。

中国现代通俗小说开山之作*

——《海上花列传》

我们考察中国文学的线路图，从文学的古典型转轨为现代型时，是要有一个鲜明的转轨标志的。正如从电车或地铁的某号线路到达某一站点时，要换乘到另一条新的线路上去一样，它要给乘客一个提示，要给大众一个醒目的信号。文学的列车亦然。经过反复的勘测与论证，我们选定《海上花列传》就是这样的一个新站点。那就需要拿出若干可信而实证的根据来，显示它就是文学列车从古典型驶向现代型的转轨换乘交接点。下面我们列举《海上花列传》的六个"率先"，说明它在文学创作上具有的开创性的意义。

一、《海上花列传》是率先将频道锁定、将镜头对准"现代大都会"的小说，不仅都市的外观在向着现代化模式建构，而且人们的思想观念也在发生着深刻的变异，这是一部现代通俗小说的开山之作。二、上海在开埠后成为一个"万商之海"，小说以商人为主角①，也以商人为贯串人物；在封建社会中，商人为"士农工商"的"四民之末"，而在这个工商发达的大都市中，商人的社会地位

---

* 本文首发于《中国现代文学研究丛刊》2006年第3期，收入《多元共生的中国文学现代化历程》，复旦大学出版社2009年8月出版。

① 说到以商人为主角的问题，《谭瀛室笔记》中说："书中人名，大抵皆有所指。熟于同光间上海名流事实者，类能言之。"接着点出了书中人物在现实生活中的10个名流的姓名。日本平凡社出版的《中国古典文学大系(49)〈海上花列传〉》的译者太田辰夫按图索骥地找到了其中8个人的传记，除小柳儿是京剧名武生外，其他7人的背景皆与商业有密切的关联。在这里我们不想指出真名实姓，对小说的原型作考证，也不宜一一坐实，因此下面只作介绍，说明原型的某些背景，使读者有所参照。如黎篆鸿乃"红顶"巨商，曾得钦赐黄马褂；王莲生从事外事工作，担任过招商局长；李鹤汀是财界大亨，曾任邮传部大臣；齐韵叟官至安徽巡抚、两江总督；高亚白博学而擅长诗词，辞官后客居上海，与《申报》有关系；方蓬壶，诗人，曾是《新闻报》总主笔；史天然，京师大学堂总办，参议院议长，辞官后隐居天津。译者在最后说道：作者在例言中讲到"'所载人名事实俱系凭空捏造，并无所指，如有强作解人，妄言某人隐某人，某事隐某事，则不善读书不足与谈者矣。'……有人认为，正因为是原型小说，才放这样的烟幕弹来蒙混过关"。

迅速提升，一切以“钱袋”大小衡量个人的身份，在这部小说中已初步看清资本社会带来的阶级与阶层的升沉浮降；在鲁迅提到的狭邪小说中，它率先打破了该类题材“才子佳人”的定式，“才子”在这部小说中不过是扮演“清客”的陪衬角色。三、在当时的小说中，它是率先选择“乡下人”进城这一视角：在世界步入资本化时代，许多国家的著名作家都曾以“乡下人进城”作为自己的题材，这是资本社会的一个具有世界性的题材，本书率先涉及了农村的式微，使贫者涌向上海；即使是内地的富者，也看好上海，将资本投向这块资本的“活地”；作品以此为切入点，反映了上海这个新兴移民城市的巨大吸引力，以及形形色色的移民到上海后的最初的生活动态。四、《海上花列传》是吴语文学的第一部杰作，胡适曾认为其在语言上是“有计划的文学革命”，吴语当时是上海民间社会的通行语言，特别是上层社会或知识分子的通用方言，人们以一口纯粹的“苏白”以显示自己的教养与身份，这部书也就成了学习和研究吴方言的“语言教科书”。五、作者曾“自报”他的小说的结构艺术——首先使用了“穿插藏闪”结构法，小说行文貌似松散，但读到最后，会深感它的浑然一体，在艺术上也是一部上乘甚至是冒尖之作。六、韩邦庆是自办个人文学期刊第一人，连载他的《海上花列传》的《海上奇书》期刊又利用新闻传媒为他代印代售，他用一种现代化的运作方式从中取得脑力劳动的报酬。

这六个“率先”，以一股浓郁的现代气息向我们迎面扑来，《海上花列传》从题材内容、人物设置、语言运用、艺术技巧，乃至发行渠道等方面，都显示了它的原创性才能。作为中国文学转轨换乘的鲜明标志，它可以当之无愧。

韩邦庆(1856—1894)，江苏松江(今属上海市)人，字子云，号太仙，别署大一山人、花也怜侬。父宗文，颇有文名，官刑部主事。邦庆少小时随父居京师。他资质聪慧，读书别有神悟。约20岁时，回籍应童子试，为诸生。次年岁考，列一等，食饩廪。屡应乡试不第。曾尝一试北闱，仍铩羽而归。那是1891年，当时孙玉声与他同场赶考，又同舟南归，两人在船上已互换阅读《海上花列传》和《海上繁华梦》的部分初稿。孙玉声的这段回忆极为重要：

> 辛卯年(1891)秋应试北闱，余识之于大蒋家胡同松江会馆，一见有若旧识。场后南旋，同乘招商局海定轮船，长途无俚，出其著而未竣之小说稿相示，题曰《花国春秋》，回目已得二十有四，书则仅成其半。时余正撰《海上繁华梦初集》，已成二十一回。舟中乃易稿互读，喜此二书异途同归，相顾欣赏不止。惟韩谓《花国春秋》之名不甚惬意，拟改为《海上花》。

而余则谓此书通体皆操吴语，恐阅者不甚了了；且吴语中有音无字之字甚多，下笔时殊费研考，不如改易通俗白话为佳。韩乃言：“曹雪芹撰《石头记》皆操京语，我书安见不可以操吴语?”并指稿中有音无字之“覅”、“勠”诸字，谓“虽出自臆造，然当日仓颉造字，度亦以意为之。文人游戏三昧，更何况自我作古，得以生面别开?”余知其不可谏，斯勿复语。逮之两书相继出版，韩书已易名曰《海上花列传》，而吴语则悉仍其旧，使客省人几难卒读，遂令绝好笔墨竟不获风行于时。而《繁华梦》则年必再版，所销已不知几十万册。予以慨韩君之欲以吴语著书，独树一帜，当日实为大误。盖吴语限于一隅，非若京语之到处流行，人人畅晓，故不可以《石头记》并论也。①

孙玉声毕竟还只能是孙玉声，他还看不出韩邦庆的定见之深意。孙玉声确有他的一定的成就，但他在文学史上还无法与韩邦庆并肩。正如陈汝衡对孙的这段有些沾沾自喜的话所作的评语：“孙漱石所言，未必可信。《海上繁华梦》虽能邀誉于一时，而文学上之价值自远逊于《海上花列传》。今日孙氏之书已少人读，其描写之引人入胜，尚在狭邪小说《九尾龟》之下，韩子云之《海上花列传》，则文艺批评界久许为有数之晚清现实小说矣。”②韩邦庆有着一种“不屑傍人门户”的气势。在某种意义上说，他觉得自己在“原创性”上，要有那种与仓颉、曹雪芹平起平坐的开拓式“冲动”。但孙玉声的这段笔记，却为我们留下了极可珍贵的文学史料，至少对这位具有开创性的作家的个性、气质与抱负，有了立论的根据；同时也告诉我们，他的小说的创作进程。例如说他在 1891 年已有初稿 24 回。到 1892 年农历二月初一，韩邦庆出版第 1 期《海上奇书》。第 1 期至第 10 期为半月刊，以后 5 期为月刊，共出版了 15 期。每期刊登《海上花列传》2 回，应刊登至 30 回止（胡适说共出版 14 期，共刊 28 回）。③ 那么

① 孙玉声：《退醒庐笔记·〈海上花列传〉》，山西古籍出版社 1995 年版，第 113—114 页。

② 陈汝衡：《说苑珍闻》，上海古籍出版社 1981 年版，第 91 页。

③ 魏绍昌主编：《中国近代文学大系史料索引集（1）》，第 46—47 页：“花也怜侬（韩子云）于上海创办《海上奇书》……本年出版 15 期，前 10 期为半月刊，后 5 期为月刊，点石斋石印，申报馆代售。……《海上花列传》，自撰的吴语长篇小说，每期刊 2 回，共刊 30 回……”而胡适则在《〈海上花列传〉序》中说：“《海上奇书》共出了 14 期，《海上花列传》出到第 28 回。先是每月初一、十五，各出一期的；到第 10 期以后，改为每月初一日出版一期，直到壬辰（1892）十月朔日以后才停刊。”（《胡适文存》第 3 集，黄山书社 1996 年版，第 359 页）笔者在上海图书馆仅看到第 1—10 期，因此姑存二说。

就是说，韩邦庆南旋后，他又写了40回；其中1891年所写的24回初稿经修订后再加6回，是先在期刊上刊出的。到1894年出版时，未经连载的新回目有34回。其实他胸有成竹，《海上花列传》的续集也已有腹稿。可惜在出版全书的当年，韩邦庆就因贫病而与世长辞，年仅39岁。这确是中国文学的一大损失。

《海上花列传》以妓院为基点，用广阔的视野写上海的形形色色社会众生相。刘复说：

> 花也怜侬在堂子里，却是一面混，一面放只冷眼去观察，观察了熟记在肚里，到了笔下时，自然取精用宏了。……不但是堂子里的倌人，便是本家、娘姨、大姐、相帮之类的经络，与其性情、脾气、生活、遭遇等，也全都观察了；甚至连一班嫖客，上至官僚、公子，下至跑街、西崽，更下以至一般嫖客的跟班们的性情、脾气、生活、遭遇，也全都观察了。他所收材料如此宏富，而又有极大的气力足以包举转运它，有极冷静的头脑足以贯穿它，有绝细腻绝柔软的文笔足以传达它，所以他写成的书虽然名目叫《海上花》，其实所有不止是花，也有草，也有木，也有荆棘，也有粪秽，乃是上海社会中一部分“混天糊涂”的人的“欢乐伤心史”。明白了这一层，然后看这书时，方不把眼光全注在几个妓女与嫖客身上，然后才可以看出这书的真价值。[①]

《海上花列传》在中国文学史上可说是光芒四射的。至少有四位大师级的文学家——鲁迅、胡适、张爱玲以及上面已引用了他一大段话的刘半农——都给予了它高度的评价。

最先评价它的是鲁迅。鲁迅在《中国小说的历史的变迁》中写道：“到光绪中年，又有《海上花列传》出现，虽然也写妓女，但不像《青楼梦》那样的理想，却以为妓女有好，有坏，较近于写实了。到光绪末年，《九尾龟》之类出，则所写的妓女都是坏人，狎客也像无赖，与《海上花列传》又不同。这样，作者对于妓家写法凡三变，先是溢美，中是近真，临末是溢恶。”[②]这里的“真”与“写实”，还得应该用鲁迅的“甚得当时世态”[③]的话来作解。就是说，韩邦庆笔下人物的个性

---

① 刘复：《半农杂文·第1册·读〈海上花列传〉》，星云堂书店1934年版，第241页。

② 鲁迅：《中国小说的历史的变迁》，《鲁迅全集》第8卷，人民文学出版社1963年版，第351页。

③ 鲁迅：《中国小说史略》，《鲁迅全集》第8卷，人民文学出版社1963年版，第226页。

与当时的世态是密切相关的，是转型环境中的转型性格。例如在第23回，姚二奶到卫霞仙堂子里去向卫“讨”姚二少爷，大兴问罪之师的一段，简直可称得上通俗小说中的经典“唱段”。

姚二奶奶是姚季莼的正室夫人。这位“半老佳人，举止大方，妆饰入古”，乘一顶轿子，带了娘姨丫环，“满面怒气，挺直胸脯踅进大门”，一见卫霞仙劈头盖脸地责问：“耐拿二少爷来迷得好，耐阿认得我是啥人？”看样子今天只有卫霞仙低头服输，作出保证，从此不许姚季莼再踏进门来，才能罢休。否则姚奶奶一声喝打，不但自己受辱，连这房间也有被砸得落花流水的危险。大家七嘴八舌劝解之际，被卫霞仙一声喝住道：

> “覅响，瞎说个多花啥！”于是卫霞仙正色向姚奶奶朗朗说道：“耐个家主公末，该应到耐府浪去寻啘。耐啥辰光交代拨倪，故歇到该搭来寻耐家主公？倪堂子里倒勿曾到耐府浪来请客人，耐倒先到倪堂子里来寻耐家主公，阿要笑话？倪开仔堂子做生意，走得进来总是客人，阿管俚是啥人个家主公。耐个家主公末，阿是勿许倪做嗄？老实搭耐说仔罢：二少爷来里耐府浪，故末是耐家主公。到仔该搭来，就是倪个客人哉。耐有本事，耐拿家主公管牢仔，为啥放俚到堂子里来白相？来里该搭堂子里，耐再要想拉得去，耐去问声看，上海夷场浪阿有该号规矩？故歇覅说二少爷勿曾来，就来仔，耐阿敢骂俚一声，打俚一记！耐欺瞒耐家主公勿关倪事，要欺瞒仔倪个客人，耐当心点！二少爷末怕耐，倪是勿认得耐个奶奶啘！”①

卫霞仙一席话说得姚奶奶大哭而回。胡适称赞卫霞仙的“口才”，说她一席话说得“轻灵痛快”，吴方言中就叫做“刮辣松脆”。作者当然是将这个妓女的“鲜明个性”写了出来，可是我们还应该看得更深一层，那就是“当时世态”，即卫霞仙所说的“耐去问声看，上海夷场浪阿有该号规矩”。夷场即洋场，洋场上的“规矩”是妓院要交捐纳税，然后发经营牌照，这是一种受法律保护的“生意”，是一种“正当”营业。你管得牢你丈夫就是你“狠”，你管不牢你丈夫，就是你无能，你丈夫有他进堂子的自由。这里就有一个观念的改变问题，卫霞仙懂这个“规矩”，她有恃无恐。这位“妆饰入古”的姚奶奶在封建社会中有权兴师问罪，在这个洋场资本社会中，就是她“理亏”，只好哭着“落荒而逃”。通过这

---

① 韩邦庆：《海上花列传》，百花洲文艺出版社1993年版，第192—193页。

个例子，我们可以体会在这“写实”中不仅写出了人的个性，而且写出了当时人们的思想观念的变化。

但鲁迅对《海上花列传》的最高评价，往往为人们所忽略。鲁迅说韩邦庆“固能自践其‘写照传神，属辞比事，点缀渲染，跃跃如生’（第 1 回）之约者矣”，这才是最高的评价。也就是说，韩邦庆在第 1 回中自定要达到这 16 个字的艺术水准，鲁迅认为他已经不折不扣地“自践其约”了。也即是在人物塑造上，在事件描写上，在情节设置上，皆能发挥到淋漓尽致的程度，以致达到了“跃跃如生”的神境。鲁迅还说小说写得“平淡而近自然”①，这是将它提到中国传统美学观的高度来加以鉴赏。“平淡”决非平庸与淡而无味之谓。在中国的传统美学范畴中，平淡就是王安石所说的“看似平常最奇崛，成如容易却艰辛”。而苏东坡则说：“大凡为文，当使气象峥嵘，五色绚烂，渐老渐熟，乃造平淡。其实是非平淡，乃绚烂之极也。”②而“自然”当然应作“浑然天成”解。

继鲁迅之后，刘半农在 1925 年 12 月所写的《读〈海上花列传〉》对其人物塑造与方言运用也大为钦服。他提出了“平面”和“立体”两个概念，认为韩邦庆笔下的事事物物“好像能一一站立起来，站在你面前”，他笔下的人物确有立体感。作为一位语言学大师，刘还盛赞小说在语学上的贡献：“若就语学方面说，我们知道要研究某一种方言或语言，若靠了几句机械式的简单例句，是不中用的；要研究得好，必须有一个很好的本文（Text）做依据，然后才可以看得出这一种语言的活动力，究竟能活动到一个什么地步。如今《海上花》既在文学方面有了代表著作的资格，当然在语学方面，也可算得很好的本文；这就是我的一个简单的结语了。”③

第三位大师就是 1926 年为《海上花列传》（东亚版）作序的胡适了。为了作序，胡适先“内查外调”考证韩邦庆的生平。鲁迅写《中国小说史略》涉及韩的作品时，还只看到蒋瑞藻《小说考证》中所引的《谭瀛室随笔》资料一条。而胡适知道孙玉声与韩相熟，正要拜访时，就读到刚出版的《退醒庐笔记》。当胡适再请孙玉声深入开掘时，由于孙的打听，却引出了颠公的《〈海上花列传〉之著作者》一文。这些珍贵的作者生平资料皆一一收入了胡适的序中，如说韩：

---

① 以上所引用均出自鲁迅《中国小说史略》第 8 卷，人民文学出版社 1963 年版，第 224—226 页。

② 这里对“平淡”、“自然”的理解，皆参照英国汉学家卜立德的《一个中国人的文学观——周作人的文艺思想》，陈广宏译，复旦大学出版社 2001 年版中的《“平淡”与“自然”》章节，第 100—102 页。

③ 刘复：《半农杂文 · 第 1 册 · 读〈海上花列传〉》，星云堂书店 1934 年版，第 247 页。

“为人潇洒绝俗，家境虽寒素，然从不重视‘阿堵物’；弹琴赋诗，怡如也。尤精于弈；与知友楸枰相对，气宇闲雅，偶下一子，必精警出人意表。至今松人之谈善弈者，犹必数作者为能品云。作者常年旅居沪渎，与《申报》主笔钱忻伯、何桂笙诸人暨沪上诸名士互以诗唱酬。亦尝担任《申报》撰著；顾性落拓不耐拘束，除偶作论说外，若琐碎繁冗之编辑，掉头不屑也。”可以说，胡适的序是既有资料，又包举了鲁迅与刘半农的论点，还有许多自己的见解。特别是胡适认为“《海上花》是吴语文学的第一部杰作”，其论证颇详：

> 但三百年中还没有一个第一流文人完全用苏白作小说的。韩子云在三十多年前受了曹雪芹的《红楼梦》的暗示，不顾当时文人的谏阻，不顾造字的困难，不顾他的书的不销行，毅然下决心用苏州土话作了一部精心结构的小说。他的书的文学价值终究引起了少数文人的赏鉴与模仿；他的写定苏白的工作大大地减少了后人作苏白文学的困难。近二十年中遂有《九尾龟》一类的吴语小说相继出世。……如果这一部方言文学的杰作还能引起别处文人创作各地方言文学的兴味，如果从今以后有各地的方言文学继续起来供给中国新文学的新材料，新血液，新生命，——那么，韩子云与他的《海上花列传》真可以说是给中国文学开一个新局面了。①

而几乎令人不可思议的是，张爱玲在晚年用了将近 10 年时间，二译《海上花列传》，先是将它译成英语，以后又将它译成“国语”——普通话。通过这两次“翻译”，可以说，张爱玲将《海上花列传》的每一个字进行了“掂量”。与鲁迅、刘半农、胡适不同的是，他们是“评价”、“推崇”《海上花列传》，而张爱玲则侧重于“理解”、“阐释”《海上花列传》。张爱玲说，《海上花列传》的“主题其实是禁果的果园”。这“禁果的果园”五个字，可说是道尽了书中的奥秘。张爱玲解释说：“盲婚的夫妇也有婚后发生爱情的，但是先有性再有爱，缺少紧张悬疑，憧憬与神秘感。”在男女禁隔的社会里，只有未成年而情窦初开的表兄妹之间才能尝到恋爱的滋味，“一成年，就只有妓院这脏乱的角落里也许有机会”。早婚的男子对性已失去神秘感，他们到妓院中去，有人是想品尝“红粉知己”赐予的“恋爱”的滋味。“‘婊子无情’这句老话当然有道理，虚情假意是她们的职

① 以上所引胡适的话均出自胡适《〈海上花列传〉序》，《胡适文存》第 3 集，黄山书社 1996 年版，第 352—369 页。

业的一部分。不过就《海上花》看来，当时至少在上等妓院——包括次等的幺二——破身不太早，接客也不太多……女人性心理正常，对稍微中意点的男子是会有反应的。如果对方有长性，来往日久也容易发生感情……”[1]这种剖析，才是真正的“理解”与“阐释”。可是在这种地方品尝“恋爱之果”是有危险性的。人类的老祖宗在伊甸园里受了诱惑，吃了禁果，被上帝赶出伊甸园。上帝对亚当说：“你必终身劳苦，才能从地里得吃的。地必给你长出荆棘和蒺藜来，你也要吃田间的菜蔬，你必流汗满面才得糊口……”[2]在禁果的果园中摘果子吃是要付出代价的。在《海上花列传》中，这些吃禁果的人“概莫能外”。黄翠凤该算是有情有义的侠妓了吧，可是她在权衡鸨母与罗子富利害轻重之间，还是选择了帮助鸨母敲了罗子富一个大竹杠，她得最后为鸨母赚一笔养老钱。至于其他如王莲生、朱淑人之类，就更不在话下了。人说妓女是“卖笑生涯”，可是王莲生买到的是什么？是“气”，是“泪”，是“累累伤痕”。他常常是“长叹一声”，“无端吊下两点眼泪”，还时不时被沈小红用“指甲掐得来才是个血”，他简直是花钱买“私刑”。而朱蔼人本来想施行他的特殊教育法，带他年轻的弟弟到社会上来“历练历练”，好让他的弟弟日后见怪不怪，可是经过他弟弟的一“劫”，他“始而惊，继而悔，终则懊丧欲绝”。即使是像陶玉甫和李漱芳那一对具有“天长地久，海枯石烂”忠贞之心的爱侣，结局也是如此悲惨，他们双双食了苦果；所不同的是仅仅剩下受人敬佩的“吊唁”而已。看来为了品尝恋情的滋味而拚死食禁果，这也是当时中国男子的矛盾人生吧！因此，作者开宗明义就说：“此书为劝诫而作，其形容尽致处，如见其人，如闻其声。阅者深味其言，更返观风月场中，自当厌弃嫉恶之不暇矣。”[3]这话倒不属“头巾气”的说教。但也像“围城”一样，在风月场中尝到禁果的苦涩的人冲城而出；而在城外的人还想夺门而进，想去领略园中的旖旎风光。

韩邦庆的作品之所以能取得如此高的成就，与他熟悉花丛的生活当然有关，但孙玉声的熟悉程度绝不在韩之下，为什么孙玉声小说的成就比较低呢？关键在于韩邦庆有见解，有深入洞悉文艺奥秘的见解。而这些见解在今天看来就是很深刻的文艺理论。例如他说写“列传”有三难：

---

① 张爱玲：《国语本〈海上花〉译后记》，上海古籍出版社 1995 年版，第 636 页。

② 《圣经 · 创世记 · 第 3 章》，南京爱德印刷有限公司 1988 年版，第 3—4 页。

③ 《海上花列传 · 例言》，《海上花列传》，百花洲文艺出版社 1993 年版，第 3 页。

合传之体有三难：一曰无雷同，一书百十人，其性情言语面目行为，此与彼稍有相仿，即是雷同。一曰无矛盾，一人而前后数见，前与后稍有不符，即是矛盾。一曰无挂漏，写一人而无结局，挂漏也；叙一事而无收场，亦挂漏也。知是三者而后可与言说部。①

这前两难韩邦庆果然是解决了。这第三难恐怕就不易解决了。可是当他阐明了自己的"见解"后，似乎也"迎刃而解"了。他说比如游太行、王屋、天台、雁荡、昆仑、积石诸名山，尽情欣赏它们的美景，走到大半时——

于是足疲体惫，据石少憩，默然念所游之境如是如是，而其所未游者，揣其蜿蜒起伏之势，审其凹凸向背之形，想象其委曲幽邃回环往复之致，目未见而如有见焉，耳未闻而如有闻焉。固已一举三反，快然自足，歌之舞之，其乐靡极。噫，斯乐也，于游则得之，何独于吾书而失之？②

可见要做韩邦庆的读者也是不容易的。一般读者，也就看一个故事；但读者是分层次的，能够体会他的"一举三反"才能深得其中三昧。真所谓"外行看热闹，内行看门道"了。"雅俗共赏"果然是不错的，但雅俗所得也是不平等的。世界上恐怕找不到对每一位读者都"平等"的雅俗共赏的作品。

至于小说的结构，韩邦庆更有自己独到的见解，这种见解指导下的小说结构艺术当然会优胜于前人：

全书笔法自谓从《儒林外史》脱化出来，惟穿插藏闪之法，则为从来说部所未有。一波未平，一波又起，或竟接连起十余波，忽东忽西，忽南忽北，随手叙来，并无一事完全，却并无一丝挂漏；阅之觉其背面无文字处尚有许多文字，虽未明明叙出，而可以意会得之，此穿插之法也。劈空而来，使阅者茫然不解其如何缘故，急欲观后文，而后文又舍而叙他事矣；及他事叙毕，再叙明其缘故，而其缘故仍未尽明；直至全体尽露，乃知前文所叙并无半个闲字，此藏闪之法也。③

---

① 《海上花列传·例言》，百花洲文艺出版社 1993 年版，第 5 页。

② 《海上花列传·跋》，百花洲文艺出版社 1993 年版，第 525 页。

③ 《海上花列传·例言》，《海上花列传》，百花洲文艺出版社 1993 年版，第 3—4 页。

从穿插法而言，书中的五组主要人物是作品波澜迭起之源。一、王莲生与沈小红、张蕙贞；二、罗子富与黄翠凤、蒋月琴；三、陶玉甫与李漱芳、李浣芳；四、朱淑人与周双玉；五、赵二宝与史公子、癞公子。而又以洪善卿与赵朴斋甥舅两人为串线。作者就是靠这五组人物之间的瓜葛，掀起了一波未平、一波又起的动感，指挥着忽南忽北、忽东忽西的调度。至于藏闪之法，因为是"劈空而来"，真有使人"防不胜防"之感。例如沈小红人还未出场，韩邦庆就为她定了"调子"：当洪善卿到沈小红堂子里去访王莲生时，扑了个空，连沈小红也不在，说是"先生（妓院中的下人称妓女为"先生"——引者注）坐马车去哉"（第3回），从此"坐马车"就成了"轧姘头倒贴"的代名词。张蕙贞在王莲生耳边影影绰绰揭沈小红倒贴姘头，说她"常恐俚自家用场忒大仔点"。王莲生还不大在意地茫然答道："俚自家倒无啥用场，就不过三日两头去坐坐马车。"说明他当时还对沈小红是深信不疑的；后来略有觉察时，曾向洪善卿探问沈小红是否有姘贴？洪"沉吟半晌"，才吞吞吐吐地说："就为仔坐马车用场大点。"（第24回）直到第33回，王莲生亲眼看见沈小红与小柳儿"搂在一处"，才像一道闪电，照亮了以前的一切暧昧情节。包括第9回中，向沈小红报信，使沈与张蕙贞大打出手的，皆是小柳儿所为（小柳儿为京剧武生，当时嫖界皆以妓女姘贴"戏子"与"马夫"为大忌，视为是对恩客的奇耻大辱——引者注）。因此韩邦庆说："此书正面文章如是如是；尚有一半反面文章藏在字句之间，令人意会，直须阅至数十回后方才能明白，恐阅者急不可待，特先指出一二。……写沈小红，处处有一小柳儿在内。"[①]这样的"藏闪"之法，在作品中形成若干"暗纽"，直到作者在关键时刻为我们点亮，才知全文之丝丝入扣。无怪胡适对韩邦庆的文学技巧如此钦服，以致说《红楼梦》"在文学技巧上，比不上《海上花》"。[②] 张竹坡在给《金瓶梅》写回评时说："做文如盖造房屋，要使梁柱榫眼，都合得无一缝可见；而读人的文字，却要如拆房屋，使某梁某柱的榫，皆一一散开在我眼中也。"[③]韩邦庆的确想做到"合得无一缝可见"；可是反复阅读，而又二译《海上花列传》的张爱玲就怕自己还不能将这些"榫"一一散开在她眼中，更生怕读者读而未懂。因此她的《译后记》以调侃自己的方式出现："《海上花》两次悄悄地自生自灭之后，有点什么东西死了。虽然不能全怪吴语对白，我还是把它译成国

① 《海上花列传·例言》，《海上花列传》，百花洲文艺出版社1993年版，第4页。
② 胡适：《胡适〈红楼梦〉研究论述全编》，上海古籍出版社1988年版，第290页。
③ 张竹坡评点《金瓶梅》，第2回回评，齐鲁书社1991年版，第40页。

语。这是第三次出版，就怕此书的故事没完，还缺一回是：张爱玲五详《红楼梦》/看官们三弃《海上花》。”[①]但这次恐怕是不会的了，当我们发现《海上花列传》这六个“率先”，而且尊之为现代通俗小说的开山之作时，实际上就将它提到了中国现代文学的开山祖的高度，因为知识精英的文学丰碑还要等20多年才诞生，而通俗小说早已踏上了中国文学现代化的途程。

① 张爱玲：《国语本〈海上花〉译后记》，上海古籍出版社1995年版，第684页。

1903:晚清谴责小说“启动”年*

一　讽刺　谴责　黑幕

在《中国小说史略·第28篇·清末之谴责小说》中被鲁迅论述的4部小说,一直被学者们抬举为“四大谴责小说”。如果我们查一查它们连载的起始年月,就会惊异地发现一个“巧合”:它们均诞生于1903年。《官场现形记》起于1903年《世界繁华报》,《二十年目睹之怪现状》起于1903年《新小说》,《老残游记》起于1903年《绣像小说》,而《孽海花》则起于1903年在日本出版的《江苏》。其实,这是一个偶然中的必然,也或许可称是必然中的偶然。所谓“偶然中的必然”,鲁迅有过解释:“有识者则已翻然思改革。”[1]因此,这是“特缘时势要求”而产生的一股创作潮流,“光绪庚子(1900)后,谴责小说之出特盛”。可是为什么它们就像事先约好似的,崭齐地在1903年涌现,则又是必然中的偶然。

“谴责小说”作为一种题材门类,是由鲁迅命名而存在于文学史上的。鲁迅之所以为它特取一个门类“学名”,是因为他对这类小说抱有一种一分为二的评价。就积极方面而言:

> 盖嘉庆以来,虽屡平内乱(白莲教、太平天国、捻、回),亦屡挫于外敌(英、法、日本),细民暗昧,尚啜茗听平叛武功,有识者则已翻然思改革,凭敌忾之心,呼维新与爱国,而于“富强”尤致意焉。戊戌变政不成,越二年即庚子而有义和团之变,群乃知政府不足与图治,顿有掊击之意矣。其在小说,则揭发伏藏,显其弊恶,而于时政,严加纠弹,或更扩充,并及风俗。

---

* 本文系《中国现代通俗文学史》之第4章第1—3节,北京大学出版社2007年1月出版。

① 鲁迅:《中国小说史略·第28篇·清末之谴责小说》,《鲁迅全集》第8卷,人民文学出版社1963年版,第239页(以下有关鲁迅的引文,如不加注明者,均在这一篇内,页码为第239—250页)。

这显然是一股进步的时潮，其影响之大，也为鲁迅所论及："特缘时势要求，得以为快，故《官场现形记》乃骤享大名；而袭用'现形'名目，描写他事，如商界学界女界亦接踵也。"据学者统计，从1905年到1911年，以"官"或"官场"命名的小说，至少有16部；而以"现形记"命名的小说，也至少有16种。[1] 在谈及吴趼人的《二十年目睹之怪现状》时，鲁迅也说他"名于是日盛……尤为世间所称"。但是鲁迅认为，这类小说的缺点也是很明显的——

> 虽命意在于匡世，似与讽刺小说同伦，而辞气浮露，笔无藏锋，甚且过甚其辞，以合时人嗜好，则其度量技术之相去亦远矣，故别谓之谴责小说。

正因为小说存在这一缺点，所以鲁迅为它单独命名，以免与讽刺小说相混。所以他在论及《官场现形记》时，指出它"然臆说颇多，难云实录，无自序所谓'含蓄蕴酿'之实，殊不足望文木老人后尘。况所搜罗，又仅'话柄'，联缀此等，以为类书；官场伎俩，本小异大同，汇为长编，即千篇一律"。而鲁迅对《二十年目睹之怪现状》也有同样的批评："全书以自号'九死一生'者为线索，历记二十年中所遇，所见，所闻天地间惊听之事，缀为一书，始自童年，末无结束，杂集'话柄'，与《官场现形记》同。"那么，既然有如此大的缺点，怎样又会在群众中受到如此热烈的欢迎呢？这里就有一个读者对象的问题。鲁迅是从精英的美学审视角度加以评定的，而"浅人社会"却对"话柄"并不反感，对他们来说，好像这并不是什么缺点，相反，它倒是一个"看点"，对书商说来可能更是一个"卖点"。但是从鲁迅的精英审美视角看来，这些"过甚其辞"是为了"以合时人嗜好"。这乃是一种"迎合"，或者可以理解为"媚俗"。

在1927年，胡适写《官场现形记·序》时，他是读过鲁迅的《中国小说史略》的，他也同意鲁迅对这两部谴责小说的艺术性不足的批评。可是胡适从另一个角度谈了他自己的看法。今天我们将这两位"超一流的文学大师"对同一部作品的"同而不同"的意见进行对比研究，是可以从中受到很多教益的。在评价《官场现形记》时，胡适劈头第一句就说：

> 《官场现形记》是一部社会史料。它所写的是中国旧社会里最重要的

---

① 林瑞明：《〈官场现形记〉与晚清腐败的官场》，《晚清小说研究》，台湾联经出版社1988年版，第236页。

一种制度与势力——官。它所写的是这种制度最腐败，最堕落的时期——捐官最盛行的时期。①

胡适表明自己不从“纯文学”的或精英审美视角去评价这部长篇，而是从“社会史料”的角度去考察它的价值。于是胡适就有了这样的见解：“虽然有过分的描写与溢恶的形容，虽然传闻有不实不尽之处，然而就大体上论，我们不能不承认这部《官场现形记》里大部分的材料可以代表当日官场的实在情形。那些有名姓可考的，如华中堂之为荣禄，黑大叔之为李莲英，都是历史上的人物，不用说了。那无数无名的小官，从钱典史到黄二麻子，从那做贼的鲁总爷到那把女儿献媚上司的冒得官，也都不能说是完全虚构的人物。故《官场现形记》可算是一部社会史料。”李伯元虽然没有做到“含蓄蕴酿”，可是他做到了“酣畅淋漓”。胡适认为小说的第43—45这3回写一大群“佐杂小官”，是全书的最精彩的部分；而就现在的长篇的整体而言，风格、意境是不高的。胡适觉得李宝嘉的成绩不应该这么坏，终觉得他不曾充分用他的才力。于是胡适用一种“惋惜”而又“同情”的设身处地的态度，全面评价了《官场现形记》的优势及其不足，这种考虑了多种内外因素而作的综合的评估是值得我们咀嚼品味的：

他在开卷几回里，处处现出模仿《儒林外史》的痕迹。他似乎是想用心做一部讽刺小说的。假使此书用赵温与钱典史做全书的主人翁，用后来描写湖北佐杂小官的技术来叙述这两个人的宦途历史，假使作者当日肯这样做去，这部书未尝不可以成为一部风趣的讽刺小说。但作者个人生计上的逼迫，浅人社会的要求，都不许作者如此做去。于是李宝嘉遂不得不牺牲他的艺术而迁就一时的社会心理，于是《官场现形记》遂不得不降作一部摭拾话柄的杂记小说了。

讽刺小说之降为谴责小说，固是文学史上大不幸的事。但当时中国屡败之后，政制社会的积弊都暴露出来了，有心的人都渐渐肯抛弃向来夸大狂的态度，渐渐肯回头来谴责中国本身的制度不良，政治腐败，社会龌龊。故谴责小说虽有浅薄，显露，溢恶种种短处，然他们确能表示当日社会的反省的态度，责己的态度。这种态度是社会改革的先声。……我们

① 胡适：《官场现形记·序》，《胡适文存》第3集，黄山书社1996年版，第384页（以下有关胡适的引文，如不加注明者，均在这一篇内，页码为第383—393页）。

回头看那班敢于指斥中国社会的罪恶的谴责小说家，真不能不脱下帽子来向他们表示十分敬意了。（着重号是原有的）

胡适说这些话的标尺当然不是从艺术评判的视角出发的，他是以社会效益、史料价值和平民视角为基点的。而胡适对《儒林外史》也有他自己的看法，认为它只是在“文人社会”里流行，在浅人社会中是没有什么影响的：“况且书里的人物又都是‘儒林’中人，谈的什么‘举业’‘选政’都不是普通一般人能了解的。因此，第一流小说之中，《儒林外史》的流行最不广，但这部书在文人社会里的魔力可真不少！……《儒林外史》没有布局……这个体裁最容易学，又最方便。因此，这种一段一段没有总结构的小说体就成了近代讽刺小说的普通法式。”[①]那也就是说，由于清末这样的特定的境遇，面对这样一个腐败的政府，这样一个污浊的官场，用“婉而多讽”已经无法贴近老百姓的“期待视野”了。而这些谴责小说深入中下层社会，动员市民关心政局，起到了梁启超们倡导政治小说想达到而未曾达到的效果。鲁迅用“掊击”与“纠弹”确是说出了当时的“流行色”，由讽刺走向怒斥的小说，在特定时势下产生一种火辣辣的烧炙感，我们可以别谓之“谴责小说”；而“辞气浮露，笔无藏锋”只是《官场现形记》和《二十年目睹之怪现状》一类具体作品的缺点，像《老残游记》和《孽海花》一类作品是不在其内的。

通过对两位“超一流文学大师”评论同一部作品的比较，我们感到鲁迅的风格是“率直尖锐”；而胡适的风格是“曲折圆通”，他能在同意鲁迅的艺术分析的前提下，曲曲折折地说出一番令人很中听的道理来，多角度地审视《官场现形记》。其实鲁迅的“特缘时势要求”、“以合时人嗜好”这 12 个字的容量是非常大的，可以作为《官场现形记》等小说的定评。但“嗜好”这个词从精英视角与大众视角的不同基点去体认，感觉是可以各异的：这里有着“媚俗”与“适俗”的分别，前者有贬意而后者是褒词。“嗜好”一般是指不良的特殊爱好，如嗜烟酗酒；但现在是“嗜书”、“嗜‘谴责小说’”，又当别论。《世界繁华报》上有《官场现形记》的连载，每天就要去买来看，不看若有所失，这就是上了“瘾”。老百姓会自掏腰包来买这种文化商品，上海的现代文化市场中的文学板块就是这样孕育发展起来的。笔者看到过《官场现形记》的光绪癸卯（1903）世界繁华报社

① 胡适：《五十年来中国之文学》，载《最近五十年——申报馆五十周年纪念》，上海书店 1987 年影印本版，第 16 页。

版和光绪甲辰(1904)粤东书局版,均为小巧玲珑的袖珍本,比64开本还要小一点,这种书是让人放在口袋里便于携带和随时阅读的,显然是面向市民而不是给文人雅士在书斋中密圈密点去研读的。这说明我们的现代化的文化市场也在迎适各类读者的需求,在外观形式上也品种多样化了。李伯元与吴趼人这些通俗作家对建构现代化的文化市场也是有过贡献的。

鲁迅在《中国小说史略·第28篇·清末之谴责小说》中是将同一大类的作品按照它们的艺术水准分成3个档次,最佳者为讽刺小说,次之为谴责小说,而"其下者乃至丑诋私敌,等于谤书;又或有谩骂之志而无抒写之才,则遂堕落而为'黑幕小说'"。对黑幕小说的分析,我们将设专章进行讨论。

二 官场小说的史料价值与现实意义

《二十年目睹之怪现状》中所揭露的怪现状也是以官场怪现状为主的,究其原因,官场是一切怪现状之首之源。所谓"之首"是指数量,《二十年目睹之怪现状》第47回中吴继之说,"官场上面的笑话,车载斗量",要写是取之不尽、用之不竭的。所谓"之源",就像九死一生的姐姐所说,做官就"先要学的卑污苟贱,灭绝天良",于是一切怪现状皆受官场传染,或为官场所逼迫出来的。胡适说:

> 其实当时官场的腐败已到了极点,这种材料遍地皆是,不过等到李伯元,方才有这一部穷形尽相的"大清官国活动写真"出现,替中国制度史留下无数绝好的材料。①

如果从"制度史"的角度去研究,这两部书是确有永恒的保留价值的。它们比较宽阔的视域揭露了封建没落时期的官场。但是只要封建的残余还存在,官不是公仆,不是公务员,而是只对上面负责,是代表当局来统治百姓的工具,那么这两部小说还是有巨大的现实意义的。茂苑惜秋生在1903年为《官场现形记》所写的《序》中就深刻地指出:"盖官者有士农工商之利,而无士农工商之劳也。天下爱之至深者,谋之必善;慕之至切者,求之必工。"而在结末的第60回,再一次强调、重复了这个"利"字:"统天底下的买卖,只有做官利钱顶

① 胡适:《五十年来中国之文学》,载《最近五十年——申报馆五十周年纪念》,上海书店1987年影印本版,第16页。

好，所以拿定主意，一定也要做官。”利钱最厚，而做官又不难，举手之劳，就能有丰厚的回报，何乐而不为呢？在《二十年目睹之怪现状》第100回的“回评”中就讲了一个做官容易的故事：

曾闻诸人言，合肥李文忠恒詈人曰：“天下最易的是做官，连官也不会做，真是无用的东西了。”昔者闻而疑之，何文忠之轻视做官，一至于此！今观此回，以一蠢如鹿豕之人，仅在官署当仆役数年，即能抱笏登场，俨然人上；始信文忠之言为不谬也。以不通一进而为不知羞，即可做官，是殆作者之微言欤。

这个故事是流传得很广的：李鸿章每问被保荐来的人，有何专业；如有专业，他就给他分派相关专业的工作，如果说什么也没有学过，他就说：那就做官去！因此，在《官场现形记》和《二十年目睹之怪现状》中开头就着重写“跑官买官”。在《二十年目睹之怪现状》第50回，九死一生说：“至于拿官当货物，这货只有皇帝有，也只有皇帝卖。”然后当然是逐级按价一层层卖将下去。如在《官场现形记》第4回中就出现了这样精彩的描写：

他这人生平顶爱的是钱，自从署任以来，怕人家说他的闲话，还不敢公然出卖差缺，今因听得新抚台不久就要接印，他指日也要回任，这藩台是不能久的，他便利令智昏，叫他的幕友官亲，四下里替他招揽买卖（原批：贿赂公行，不成世界）。其中以一千元为码，只能委个中等差使。顶好的缺总得头二万银子。谁有银子谁做，却是公平交易，丝毫没有偏枯。

无独有偶，下面所引则是《二十年目睹之怪现状》第5回所写的卖官的景况：

他在怀里掏出一个折子来递给我。我打开一看，上面开着江苏全省的县名，每一个县名底下，分注了些数目字，有注一万的，有注二三万的，也有注七八千的。我看了虽然有些明白，然而我不便就说是晓得了，因问他是什么意思。他此时炕也不坐了，拉了我下来……他附着了我的耳边，说道：“这是得缺的一条捷径。若是要想那一个缺，只要照开着的数目，送到里面去，包你不到十天，就可以挂牌。”

他们两人所写的作品几乎是同时进行的，不存在哪一个套用另一人的小说情节的问题。这只能说明因为是“天下乌鸦一般黑”，才使他们二人的情节“撞了车”。既然做官利最厚，做官的自己爱钱，而他的官又是花大价钱买来的，他到任后的搜刮当然更是凶狠，因此，《官场现形记》里至少两次提到做官“七字诀”是“千里为官只为财”，那么老百姓受盘剥的苦况就可想而知了。李伯元甚至用很愤激的语言讽刺天下贪官之多。他在第14回借用妓女龙珠之口说：“能够瞒得过我吗？做官的人得了钱，自己还要说是清官，同我们吃了这碗饭，一定要说清倌人，岂不是一样的吗？”（原批：暮鼓晨钟，发人清醒）所谓清倌人，就是说自己是处女，是干净身体。这真是很刻毒的讽刺。胡适说：

向来人民对于官，都是敢怒而不敢言；恰好到了这个时期，政府的纸老虎是戳穿的了，还加上一种傥来的言论自由——租界的保障——所以受了官祸的人，都敢明白地攻击官的种种荒谬、淫秽、贪赃、昏庸的事迹。

清廷的文字狱向来很残酷的，但是这些谴责小说大多出现在上海，“晚清上海，本是中国骂官的最好的场所，允许骂，有人听。《官场现形记》骂得痛快淋漓，全面，解恨，因此出版以后，纸贵一时，影响空前。模仿之作，风起云涌”[①]。因此在小说中着实放手写了一些“大冤案”。从《官场现形记》的第11回到第22回是写浙江官场，其中的重要事件之一是胡统领严州剿匪记。他专门捡没有土匪的地方进兵，乡民听说官兵把他们当“匪”剿，纷纷逃避。于是十室九空，任官兵洗劫抢掠，奸淫妇女，焚烧村庄，还纷纷传出“捷报”。老百姓上告，他们又官官相护，软硬兼施，压服苦主，把一切杀人放火的罪行往土匪头上一推，还逼苦主给他们献“万民伞”。他们得胜回朝，报功请赏；一个土匪也没有剿掉，却虚报军费六七十万。一群群老百姓披麻戴孝，焚烧纸锭，号啕痛哭：“官兵就是强盗，害得我们好苦呀！”告状的行列在愤怒中行进，可是所得到的是官家的马棒与鞭子的弹压！读了这些篇章，才更懂得什么叫做“暗无

① 熊月之主编：《上海通史·第6卷·晚清文化》，上海人民出版社1999年版，第517页。

天日”。其他如黄河决口，河工总办大发其财，然后将河工上贪污到的钱大把大把地送到京城里去买官，而黄胖姑却又千方百计从中渔利等等。此类事件，当然也自古有之，但是市民读者眼界有限，他们不会想到此乃“千篇一律”。

在这两部书中，官员的“恐洋症”也得到了充分的暴露。《官场现形记》第9回至第10回中写山东巡抚胡理图的哀叹是十分典型的：“这都是兄弟命里所招。兄弟自从县令起家，直到如今，为了洋人，不知道害我花了多少冤枉钱，叫我走了多少冤枉路，吃了多少苦头。我走到东，他跟到东，我走到西，他赶到西，想来是我命里所招。看来这把椅子又要叫我坐不长远了”；“将来兄弟这条命，一定送在外国人手里。诸公不要不相信，等着瞧吧”。原批中有8个字“惊弓之鸟”、“杯弓蛇影”。怕到这个份上，这样的官不丧权辱国才怪呢。无独有偶，在《二十年目睹之怪现状》第84到第85回中有这样的描写：外国人花了40元，从中国的一个和尚与一个流痞手里买下了庐山牯牛岭。事情闹到总理衙门，总理衙门的一个大臣写信给处理此事的抚台说：“台湾一省地方，朝廷尚且拿它送给日本，何况区区一座牯牛岭，值得什么！将就送了他吧！况且争回来，又不是你的产业，何苦呢！”原批中说，受处分或革职的总是中国的下级官吏。如果脑袋还没有掉，那么又得像那位胡理图一样，再花冤枉钱去买官。

胡适认为李伯元写得最好的是一群“佐杂小官”，他的理由是李伯元对大官的生活不了解，也没有直接的接触。如果他写一部长篇的“佐杂现形记”，或许能与《儒林外史》媲美。但一部“佐杂现形记”在当时能否有如此大的反响，我们就无法保证了。胡适说李伯元靠的是间接的第二手材料，倒是确实的。据包天笑回忆：

> 其时正当清末，人民正痛恨那些官场的贪污暴虐，这一种谴责小说，也正风行一时，李伯元笔下恣肆，颇能侦得许多官僚丑史，……我当时也认识他，在张园时常晤见。所谓张园者，又名“味莼园”，园主张叔和（名鸿禄，常州人，广东候补道，曾办招商局，亏空公款，被参革职，以其宦囊，在上海造了那座张园）与李伯元为同乡，所以我知《官场现形记》中的故事，有大半出自张叔和口中呢。[①]

① 包天笑：《钏影楼回忆录》，大华出版社1971年版，第445页。

李伯元不熟悉高层官吏的生活，这是他的局限性。但对吴趼人来说，他也有自己的局限。他要将20年来的“稀奇古怪”、“千奇百怪”的奇闻，让一个九死一生的人说出来，而且还靠他的“目睹”，这简直是不可能的。因此，他的小说的题目就是站不住脚的，于是就不得不再补之“耳闻”。为了这目睹与耳闻，他自己想方设法地“自圆其说”。他靠着作品中的吴继之给他派定的“差使”，开阔他的视界：

我催你回来，不为别的。我这个生意，上海是个总字号，此刻苏州分设定了，将来上游芜湖、九江、汉口，都要设分号；下游镇江也要设个字号，杭州也是要的。你口音好，各处的话都可以说，我要把这件事烦了你。你只要到各处去开辟码头，经理的我自有人。将来都开设定了，你便往来稽查。这里南京是个中站，又可以时常回来，岂不好么？

吴继之只少说了一句话：这有便于你写“目睹”之怪现状。吴趼人还要在书中一再向读者“解释”他的怪现状的来历：我“只欢喜打听古怪事，闲事是不管的”（第70页）。人家又说他“你欢喜黝人家说新闻故事”（第174页）。他自己又常常为自己的丰收高兴：“又被我听了不少故事。”（第536页）而且他还写到自己准备了一本日记本，专记此类故事（第443页，以上所注明的页码皆见《中国近代文学大系·小说3集·〈二十年目睹之怪现状〉》，上海书店1990年版）。而且吴趼人得随时向读者解释“我”写人家的如此秘密的事，“我”是怎么会知道的。他真是动足了脑筋，想方设法去填补种种漏洞。关于他的小说的来源，包天笑曾经请教过他：

我就问他：“《二十年目睹之怪现状》中，先生何以得这许多材料？所谓目睹者，难道真是亲眼目睹吗？”吴先生笑着，给我瞧一本手抄册子，很像日记一般，里面抄写的，都是每次听得友人们所谈的怪怪奇奇的故事。也有从笔记上抄下来的，也有从报纸上剪下来的，杂乱无章地成了一巨册。他笑说：“所谓目睹者，都是从这里来的呀。”我说：“这些材料将如何整理法呢？”吴先生道：“就是在这一点上，要用一个贯穿之法。大概写社会小说的，都是如此的吧。”①

① 包天笑：《钏影楼回忆录》，大华出版社1971年版，第445页。

这是吴趼人的局限。他很简便地找个九死一生来贯穿全书，今天看来像是个故事"大杂烩"。可是在当时来说，找一个九死一生——"我"，也是很值得称赞的。胡适说：

> 但吴沃尧曾经受过西洋小说的影响，故不甘心做那没有结构的杂凑小说。他的小说都有点布局，都有点组织。这是他胜过同时一班作家之处。《怪现状》的体例还是散漫的，还含有无数短篇故事；但全书有个"我"做主人，用这个"我"作布局纲领，一切短篇故事都变成了"我"二十年中看见或听见的怪现状。即此一端，便与《官场现形记》、《文明小史》不同了。
>
> 但《怪现状》还是《儒林外史》的产儿；有许多故事还是勉强穿插进去的。后来吴沃尧写小说的技术进步了，他的《恨海》与《九命奇冤》便成了有结构有布局的新体小说。①

可见一个"我"字结构在当时就很有点创新的意味了。一篇小说应该放回到当时的创作环境与当地的时代背景中去加以考察，才能恰如其分呢！

三　两部未竟之作却成了清末小说之翘楚

清末小说中《老残游记》和《孽海花》这两部未竟之作，在若干评家口碑上是进得了晚清几部拔萃的小说的名录的。

《老残游记》的作者刘鹗(1857—1909)，字铁云，别署洪都百炼生。江苏丹徒人。他因科举失利，发奋专攻杂学，将自己锻造成一个"不守绳墨，勇于作为"②的人。胡适则称赞他道："他是一个很有见识的学者，同时又是一个很有识力和胆力的政客。"③夏威夷大学教授马幼垣说他是"'小说家、诗人、哲学家、音乐家、医生、企业家、数学家、藏书家、古董收藏家、水利专家和慈善家'。……设若再冠以甲骨学家、印学家、碑版学家、文字学家、书法家、钱币收藏家、旅行家、改革家，乃至太谷学派研究家，亦未尝不可"④。这说明刘鹗所涉猎的杂学之广。但是刘鹗作为一位"很有识力和胆力的政客"的潜力没有能充分发挥出来，尽管他

---

① 胡适：《五十年来中国之文学》，载《最近五十年——申报馆五十周年纪念》，上海书店 1987 年影印本版，第 17 页。

② 严薇青：《老残游记·前言》，齐鲁书社 1985 年版，第 7 页。

③ 胡适：《老残游记·序》，《胡适文存》第 3 集，黄山书社 1996 年版，第 396 页。

④ 陈玉堂：《刘鹗散论·序》，《刘鹗散论》，云南人民出版社 1998 年版，第 3 页。

的确有这方面的才能，也具备着足够的识力与胆力。他能在庚子年间自动携款进京，和帝国主义侵略者谈判，办理平粜、放赈等，就显示了他有这方面的气质与素养。他是一位“谤言满天下不觉稍损，誉言满天下不觉稍益”①的我行我素者。如果他生逢其时，他一定是一位改革开放的急先锋和敢作敢为的实践家。他在《老残游记》的第 1 回中就知道，当他呈上向盘与纪限仪时，就有人会说，“他们用的是外国向盘，一定是洋鬼子差遣来的汉奸！”正如《孽海花》第 18 回中通过人物之口所说：“那时中国风气未开，有人讨论西学，就是汉奸。”刘鹗还是个好发表政见的人。他的反对“北拳南革”曾作为反动的铁证，使他的人和书都成为批判对象。“北拳”给民族造成如此大的灾害，不言而喻。反对“南革”倒是一个倾向性问题，可“南革”也并没有成功，但当时正是挽救中国的道路是改良还是革命为佳的剧烈论争期间，他偏执自己的见解，对革命有误解，我们不能以此去否定他的整部作品的成就。他的政见集中发表在第 8 回至第 12 回。鲁迅在《中国小说史略》中评论的是文学，对政见的问题也略而不论。胡适在指出“《老残游记》的预言无一不错”之后，告诉我们“《老残游记》在中国文学史上的最大贡献却不在于作者的思想，而在于作者描写风景人物的能力”②。这种将政见与文学鉴赏分离的态度，应该是写文学史者的一种应有的规范。

鲁迅与胡适不约而同地看重第 16 回的“原评”，同时引用了下述的话：

> 赃官可恨，人人知之；清官尤可恨，人多不知。盖赃官自知有病，不敢公然为非；清官则自以为我不要钱，何所不可？刚愎自用，小则杀人，大则误国。吾人亲目所睹，不知凡几矣。……作者苦心愿天下清官勿以不要钱便可任性妄为也。历来小说，皆揭赃官之恶。有揭清官之恶者，自《老残游记》始。

这的确是“言人所未尝言”，也正是《老残游记》的深刻处。而且小说对清官之所以作恶的心理分析也是入骨三分的。那位玉太尊，有才，又急于想做大官，于是就要政绩，他的“政绩工程”就是“杀人”，“多杀人”，杀出一个“路不拾遗”的“清平世界”来，杀得人人噤若寒蝉，相互告诫说：“明天倘若进城，千万说话小心。”书中写老残“复到街上访问本府政绩，竟是一口同声说好，不过都带

---

① 刘鹗致黄归群函中语，转引自严薇青《老残游记·前言》，齐鲁书社 1985 年版，第 17 页。
② 胡适：《老残游记·序》，《胡适文存》第 3 集，黄山书社 1996 年版，第 406 页。

有惨淡颜色，不觉暗暗点头，深服古人‘苛政猛于虎’真是不错”。《老残游记》中的这些分析官场的话，如上面所引的“官箴”皆出于第6回，而最后老残的总结真可谓令人不寒而栗：

> 我说无才的要做官很不要紧，正坏在有才的要做官。你想，这个玉太尊不是个有才的吗？只为过于要做官，且急于做大官，所以伤天害理的做到这样。而且政声又如此奇好，怕不数年之间就要方面兼圻的吗。官愈大，害愈甚：守一府则一府伤，抚一省则一省残，宰天下则天下死！

鲁迅与胡适所共感的另一方面是作品的叙景状物的成就。鲁迅认为作品“叙景状物，时有可观”。而胡适觉得这方面的描写更是令人叹为观止，因此，分析得也更细腻。他认为：“《老残游记》最擅长的是描写的技术；无论写人写景，作者都不肯用套语滥调，总想熔铸新词，作实地的描画。在这一点上，这部书可算是前无古人了。”[①]这种写景状物达到个性化的程度完全是作者自己有意为之，是一种自觉的艺术锻造，这可用第13回的“原评”作证：

> 止水结冰是何情状？流水结冰是何情状？小河结冰是何情状？大河结冰是何情状？河南黄河结冰是何情状？山东黄河结冰是何情状？须知前一卷所写是山东黄河结冰。

经过了这样细致的观察，要写出这样个性化的有地域特色的景物来，“套语滥调”就无能为力了，必须自己“熔铸新词”。前无古人的深入细致的观察，前无古人的细腻的白描，前无古人的熔铸新词，这是刘鹗的一种自觉的艺术追求。否则，一部未竟之作怎么能吸引人而被视为清末小说之翘楚？至于第2回的王小玉的唱书更堪称经典。描写她的音调之美、音域之宽固然不易，就是写一上台的“台型”就令人觉得不同凡响。刘鹗的别开生面就在于用文字让人凝神屏息地“听”一回“千古绝唱”，而且余音绕梁三日不绝。可以说，这是文学史上运用“通感”技术最成功的一个示范。

> 这一段写唱书的音韵，是很大胆的尝试。音乐只能听，不容易用文字

---

① 胡适：《老残游记·序》，《胡适文存》第3集，黄山书社1996年版，第407页。

写出，所以不能不用许多具体的物事来作譬喻。白居易、欧阳修、苏轼都用过这个法子。刘鹗先生在这一段里连用七八种不同的譬喻，用新鲜的文字，明了的印象，使读者从这些逼人的印象里感觉那无形象的音乐的妙处。这一次的尝试算是很成功的了。

刘鹗借鉴了白居易、欧阳修和苏轼的成功经验，但即使这三位大师复生，也会对刘鹗的“尝试”甘拜下风的。

刘鹗的《老残游记》也并非是一味谴责的，即使是对官场。官场中固然有玉贤、刚弼之流的酷吏清官，也有史观察那种“只因但会读书，不谙世故，举手动足便错”的官吏，也有听了史观察的治河方略，知道“总有十几万家”的身家性命沉入一片汪洋之中，居然“还落了几点眼泪”的庄抚台，更有那“就事论事，细意推求”，把一件冤案翻了过来的白子寿。因此不能以纯粹的谴责小说目之。

《孽海花》是一部出色的历史小说。1903 年开始刊载在东京出版的留学生杂志《江苏》上，作者是金天翮(1873—1947)，又名天羽，字松岑，别署金一、爱自由者、天放楼主人，但他只写了 6 回。后来才由曾朴(1872—1935)续写。兹将他们自述的“交接班”过程及两人各自的写作动机，介绍如下：

余以中国方注意于俄罗斯之外交，各地有“对俄同志会”之组织，故以使俄之洪文卿为主角，以赛金花为配角，盖有时代背景，非随意拉凑也。余作六回而辍，常熟丁芝孙、徐念慈、曾孟朴创小说林书社，商之余，以小说非余所喜，故任孟朴续之，第一、第二两回原文保存较多，其预定之六十回目，乃余与孟朴共同酌定之。[①]

他发起这书，曾做过四五回。我那时正创办小说林书社，提倡译著小说，他把稿子寄给我看。我看了，认为是一个好题材。但是金君的原稿，过于注重主人公，不过描写一个奇突的妓女，略映带些相关的时事，充其量，能做成了李香君的《桃花扇》，陈园园的《沧桑艳》，已算顶好的成绩了，而且照此写来，只怕笔法上仍跳不出《海上花列传》的蹊径。在我的意思却不然，想借用主人公做全书的线索，尽量容纳近三十年来的历史，避去正面，专把些有趣的琐闻逸事，来烘托出大事的背景，格局比较的廓大。

① 曾孟朴：《谈〈孽海花〉》，《〈孽海花〉资料》，上海古籍出版社 1982 年版，第 146 页。

当时就把我的意见，告诉了金君，谁知金君竟顺水推舟，把继续这书的责任，全卸到我身上来。我也就老实不客气的把金君四五回的原稿，一面点窜涂改，一面进行不息，三个月功夫，一气呵成了二十回。①

上述所引极为重要。这么一部杰作，乃由金一发起，或称创意，由曾朴续成。金一曾自撰广告称它为“政治小说”，而到出版单行本时则改称“历史小说”。金一的功劳在于能发现这么一个好题材，这么一个好的贯串人物；而曾朴能将这一好的题材和好的贯串人物扩大为“尽量容纳近三十年来的历史”，而且是荟集“有趣的琐闻逸事，来烘托出大事的背景”，这一构思才是正宗小说的格局。应该说，这是金、曾的珠联璧合。当然，曾朴的“执行”是出色的，在好的创意之外，有着自己“执行”中的新开拓。“一出版后，意外的得到了社会上大多数的欢迎，再版至十五次，行销不下五万部，赞扬的赞扬，考证的考证，模仿的，继续的……”②当年中国文坛真是因此书热闹了一阵。

这部原拟 60 回的书，写到 35 回就中止了，未成完璧。连戊戌政变、百日维新也没有写到，后面的谭嗣同（戴胜佛）慷慨就义，八国联军进京，赛金花（傅彩云）与德军统帅瓦德西重逢均是大家想见到的重要情节。可是在这 35 回书中，即使是从第 9 回金雯青奉旨出国，到第 18 回回国这 10 回书中也不断地插叙国内的有关情节，不忘通过一些琐闻逸事，将国家政坛的重要动态烘托出来，因此鲁迅说这书的优点是“结构工巧，文采斐然”。说到结构，也是真正摆脱《儒林外史》所造成的结构上的无主干的缺陷。《官场现形记》不必说，《二十年目睹之怪现状》一个九死一生，不能解决这结构上缺乏“脊梁”的毛病。《老残游记》还没有解决根本问题，因为老残是“游行”式、“访问”式的人物，他的身份不过使他比“九死一生”略为自然一些。中国的四大古典小说《三国演义》、《水浒传》、《西游记》和《红楼梦》都有主干人物，《水浒传》也写一个一个英雄的个人的身世，但“逼上梁山”成为一块磁铁，将他们汇在一起。只有《儒林外史》在结构上造成了不良影响，使以后通俗小说中的“结构懒汉”们找到了粗制滥造的借口，它们不学“儒林”之长，却一个劲儿地往它的缺陷中钻。民国通俗小说中存在大量的“儒林”结构，但是，《孽海花》作者很自豪地介绍了他的经验，而且他的哲嗣曾虚白也对此大加发挥：

① 曾孟朴：《谈〈孽海花〉》，《〈孽海花〉资料》，上海古籍出版社 1982 年版，第 128—129 页。
② 同上，第 129 页。

> 然组织法彼此截然不同。譬如穿珠,《儒林外史》是直穿的,拿着一根线,穿一颗算一颗,一直穿到底,是一根珠练;我是蟠曲回旋着穿,时收时放,东西交错,不离中心,是一朵珠花。譬如植物学里说的花序,《儒林外史》等是上升花序或下降花序,从头开去,谢了一朵,再开一朵,开到末一朵为止;我是伞形花序,从中心干部一层一层的推展出各种形象来,开成一朵球一般的大花。①
>
> 《孽海花》这样珠花式的结构,当然比《儒林外史》珠练式的结构,容易呈现时间发展的全貌。这朵珠花的"波澜起伏"、"前后照应"、"擒纵"、"顺逆"、"蟠曲回旋"、"时收时放",永远不离一个中心。这中心是洪文卿与赛金花生活故事的进展。作者在《孽海花》中经常写了一段洪、赛的生活,就像放风筝一样,借着一根线把话头放到另一节故事中去。令人最钦佩作者组织能力的是:不论这只风筝放得怎样远,有时天南地北,放到了不知哪个外国去,作者总会找另一根线,把这只风筝带转话头又拉回原中心,继续追叙他洪、赛生活的故事。就这样一收一放的运用,作者的摄影机就能以珠花的组织形态,把整个时代发展的全貌,呈现在作者眼前。这绝不是《儒林外史》珠练式的组织法,所能做得到的了。②

赛金花如果没有洪文卿,即便"能量"多么大,也无法与政坛保持密切的联系。即使洪文卿死了,她还得靠洪文卿的"遗荫"在社会上自抬身价。赛金花作为贯穿人物的作用靠洪文卿才能伸出她的触角。但用曾虚白的说法,他们两人实际上是"中心"人物,这也是说得过去的。问题是对这两个形象,作者是否塑造得成功。作为人物形象,金雯青与傅彩云还是塑造得成功的。

金雯青在社会上与事业上皆是成功者:中状元又复奉旨出使,乃大成功;在家庭与爱情上也是成功者,英雄美人,而他的夫人张氏却又是如此贤惠,乃大幸福。可是金雯青又是两方面的失败者:一张地图,使他的处境如此逆转;一个小妾,他为她而一气身亡。但他在生活中还是一个要"上进"的人:中了状元,自己还觉得"那科名鼎甲是靠不住的,总要学些西法,识些洋务,派入总理衙门当一个差,才能够有出息哩"。因此,他读《瀛环志略》、《海国见闻录》、《海国图志》,渐渐通了外务。他不能算昏庸吧?到了外国他"杜

① 曾孟朴:《谈〈孽海花〉》,《〈孽海花〉资料》,上海古籍出版社1982年版,第130页。
② 曾虚白:《小凤仙与赛金花》,(香港)《大成》第127期,1984年6月1日出版,第26页。

门谢客，左椠右铅，于俎豆折冲之中成竹素馨香之业，在中国外交官内真要算个人物了”。他出巨资卖那张给自己“掘墓”的地图，他的主观动机是无可非议的：“我好容易托了这位先生，弄到了这幅中俄地图。我得了这图，一来可以整理整理国界，叫外人不能占据我国的寸土尺地，也不枉皇上差我出洋一番；二来我数十年心血做成的一部《元史补证》，从此都有了确实证据，成了千秋不刊之业，就是回京见了中国著名的西北地理学家黎石农，他必然也要佩服我了。”可是这位书呆子出身的大使最缺乏的是在错综复杂的国际交往中缺少一根警惕之弦——帝国主义侵略我国的多种手段：武的、文的、骗的，无所不用其极。就他的家庭结构而言，他以为能满足于傅彩云的一切了，可是他不懂得自己有不能满足这位“放诞美人”的东西。于是他一再震惊于傅彩云的放诞。可是每当他为此震怒时，傅彩云连表面上的忏悔也不给他，而是向他“摊牌”——她的出身他不是不知道，她本性如此，她本性难移。他终于在内外夹攻中命丧黄泉。这是一位煊赫外表的胜利者、幸运儿，实际上是钻在内外两个“圈套”中的连自己也“莫名其妙”的失败者、可怜虫。

傅彩云美丽、聪明，但是放荡。她懂得金雯青对她的爱，她利用他的懦弱，于是她有恃无恐。从她向金雯青的“摊牌”中和她在金去世后向张夫人与金的好友们的摊牌中，显示了她的爽直而厉害的个性，她坦率地说出她天生就是这副德性，“事到临头，自个儿也做不了主”，要她就范，除非杀了她，“我是斩钉截铁的走定的了”。连几个帮同调解家庭难题的大官们，也只好背着她“伸伸舌头道：‘好厉害的家伙’”。她能对付孙三儿这样带有流氓气的“丈夫”，她充分利用她的美丽、聪明，征服和利用对方，以满足她的放诞的性格。说到底，她就是这么一个人。对她与金雯青之间的描写，倒也不存在“恶谑”，这是作者为了塑造这两个人物形象的正常手段。

前 20 回出版后，好评如潮，林纾说：“方今译小说者，如云而起，而自为小说者鲜。纾日困于教务，无暇博览，昨得《孽海花》读之，乃叹为奇绝。”①他又说：“所恨无迭更司其人，如有人能举社会中积弊著为小说，用告当事，或庶几也。呜呼！李伯元已矣，今之健者，惟孟朴与老残二君，能出其绪余效吴道子之写地狱变相，社会之受益，宁有穷耶？谨拭目俟之，稽首祝之。”②

① 林纾：《红礁画桨录・译余剩语》（英・哈葛德原著），商务印书馆 1912 年版，第 5 页。
② 林纾：《〈贼史〉序》（英・迭更司原著），商务印书馆 1908 年版；转引自薛绥之、张俊才编《林纾研究资料》，福建人民出版社 1982 年版，第 107 页。

通俗社会小说的更新与发展*

1902 年开启的中国文学期刊第一波与 1903 年掀起的谴责小说潮的影响是巨大的。在这一热潮中，传承、更新和发展的态势使中国的通俗文坛出现了一个百花齐放的局面。下面想选择三种有代表性的不同类型作品，扫描一下当时小说多样化的盛况。

论《市声》

姬文的《市声》则在谴责小说的基础上有所发展了。姬文生平不详。小说不像是作者给《绣像小说》投的稿，它从第 43 期（1905 年 2 月）至第 47 期（1905 年 4 月）刊第 1 至第 5 回，中断了 3 个月后，又从第 55 期（1905 年 7 月）连载到第 72 期（1906 年 4 月），也即《绣像小说》终刊，共 25 回。1908 年由商务出版单行本，共 36 回。以上作这样的交代是想说明两个问题，一是这位作者是否用的真实姓名，由于李伯元与欧阳钜源的早逝及当时少有小说研究者，因此，似乎绝传了，生平也就无法考究，这是很可惜的。二是从第 1 回至第 5 回虽与下面的 20 回有若干联系，但关系并不紧密，而第 6 回出现扬州大豪商李伯正才是小说的主干情节，可见中断 3 个月是作者在重新考虑小说的布局，虽非重起炉灶，但读来也有前后脱节之感。《市声》在当时是一部有特色的长篇小说，艺术上的成就并不突出，但就取材而言，“历来写商人的小说是很少见的。在晚清，只有姬文这一部《市声》”①。当然写工商业家的作品还是有的，但《胡雪岩外传》是写大兴土木建豪宅和家庭生活，而《商界现形记》则是以写工商界为名而重点放在叙述欢场生活上。

《市声》不仅在于题材新颖，物以稀为贵；而最可称的是小说还着力写了几个想为国家争气、与外国进行商战的中国工商资本家及工程技术人员的形象。

---

* 本文选自《中国现代通俗文学史》第 4 章第 4—5 节，北京大学出版社 2007 年 1 月出版。

① 阿英：《晚清小说史》，人民文学出版社 1980 年版，第 64 页。

这是很了不起的设计，这些人虽以失败告终，但留给读者的思考是有深意的。

小说开头有一个类似“楔子”的第 1 回，叙宁波大商人华兴在上海经商，有志于“要和洋商争胜负”，终于失败，几近破产，过年时收拾残局回家，感慨无限。他的管账先生却叫他认输：

> 东翁，你开口闭口的，要和洋商斗胜负，这是个病根。如今洋人的势力还能斗得过吗？杭州的胡雪岩，不是因此倒下来的么？东翁，你那本钱，及不来他十分之一，如何会不吃苦头呢？如今做生意是中国人赚中国人的钱，还要狠狠地拿些本事出来哩，那能赚到外洋人的钱？难怪要折本哩。（第 1 回）

这是典型的恐洋症。可是华兴并不服气，他不仅自己要“充电”，还“开了个商务学堂，想培养几位商界通材，改革历来的弊病，这是后话”。可是后来也没有华兴的“话”了，使这一情节成了一个“引子”。从第 6 回上，出来了一位大豪商李伯正，代替了华兴位置：

> 如今扬州府出了一位大豪商，家私有个几千万两，诚心和外国人做对，特地放出价钱收买茧子。自己运了西洋机器来，纺织各种新奇花样丝绸等类，夺他们外洋进来的丝布买卖。（第 6 回）

这是一位有远见卓识的民族资本家，从小名师授业，曾考中“第一名商籍秀才”，以后专心务商，没有再参加乡试；平时喜看“新翻译出的书”，因此，他的所作所为倒并非心血来潮，而是出于他的爱国事业心。他为了对抗外国人的抑价损农而提高茧价是有一番用心的：“我这收茧子，难道不吃亏么？原要吃亏才好！我这吃本国人的亏，却教本国人不吃外国人的亏，我就不算吃亏了。”他对茧子廉价被外国人收去，“把些生货贩出去，等他外国制造好了，再来取我们的重利，一年一年拖下去，哪有活命？”他要自己来进行“深加工”，利益不外流，“我所以开茧行，替中国小商家吐气，每担只照市价加五两收下，我有用处”。（第 6 回）因此第 6 回实际上是这部书的一个重新开始，也是姬文的作品停顿后以一个新面貌出现。

从第 13 回起，小说又出了一个重要人物——工程技术人员刘浩三。他在外国工业学校学习过三年，自己造过织布机。回国到北京，拜见几位当道名公，很受赏识，就是无法给他安排。听说湖广总督樊云泉督帅讲究制造，就慕名投奔。这位樊帅好像爱才若渴，甚至叫他搬进衙门里住。结果将他“撩”在一边，候了几个月也没有下文。后来樊帅调署两江总督，干脆叫他到南京去等着。他这才回家看妻子，妻子还以为他死在外国了。刘浩三穷到将祖产房子卖掉到上海找活路。此人去投奔范慕蠡，范是李伯正的合伙人，由范介绍给李，从此派上了大用场。不仅做工程师主持丝绸厂技术工作，而且还办工艺学校培训技工，一定要使国货赶上洋货，“合欧美人抵敌”。他与李伯正可谓一拍即合。

小说中写樊帅也很有章法，作者不像李伯元那样容易将官僚漫画化。樊帅先拿到刘浩三呈上的《汽机述略》就撩在一边，还以为姓刘的是个外国回来的“无业游民”。后来经幕僚再三推荐，才翻看这本书，第一章就是考据汽机的来源。这樊帅最喜“考据”之学，就看得有兴趣起来。又看到“绝精工的一张五彩图”，原来的“无业游民”就一变而为“一个维新大豪杰”，他真的险些“沧海遗珠”，马上要请他搬进衙门来住，“我好随时请教”。可是在武汉见不到他的面，他的幕僚干脆叫刘到南京去坐等。这樊帅早将他放在脑后了，开始先将《汽机述略》“撩”在一边，后来却将人也“撩”在一边。作者通过一个“撩”，将樊帅的爱才与热情，他的“讲究制造”的真面貌娓娓道出，煞是好看。刘浩三向樊帅的幕僚发牢骚，这腐败官场是逼他去做外国人奴隶。可他的幕僚说了一句：“还只云帅有点儿意思；要是别的督抚，只怕理也不理你。”一句话给中国的官场以一个“全景镜头”。在这里作者是将樊帅与李伯正做了对比。

对李伯正的合伙人范慕蠡的描写也很有意思，书中这样概括介绍了这一人物：“原来慕蠡本是富家公子，平时嫖赌吃喝，没一件歹事不干的，这时遇着几位有学问有思想的人，谈的都是正大话，渐渐把他旧习惯暗中移换了，专意研究实业。”作者写他择善而从，做了许多好事。他与李伯正、刘浩三、余知化、杨成甫一帮人，学习外国的“工品陈列所”、“工业负贩团”，成立“商界助工会”、办半工半读的“尚工学堂”，这都得到他的积极支持。特别是当李伯正由于多种原因，南北两个绸厂年年亏本，支撑不下去的时候，他还是在上海积极活动着，而且取得了步步的胜利。作者这样处理，好处是不把一个人写得一成不变、脸谱化；坏处是这个人物最后越写越虚，生活中这样的事例也太少了，作者只能靠自己的编造——我们美其名曰“浪漫主义”来处理小说的结局了。

李伯正的失败因素是多方面的：一是诈骗小人的居间中饱私囊，在他面前装得忠心耿耿，背后却无所不为；二是滑头掮客的哄抬价格，如土地掮客出售建厂的土地时大捞一把；三是投机奸商的从中牟取暴利；四是中国商人之间不能抱成团体，各自为政……总之，像他这样的爱国"真商"处处受阻，而无所不用其极的奸商，甚至是卖假药坑害百姓的，反而大发其财。而范慕蠡怎么能成功的呢？据作者认为，他能听有知识的人的建议，能从小事做起，能抱团体、开公司，甚至要创种田公司等等。其实这些条件李伯正也是基本具备的。因此，作者结尾的处理是不能令人信服的。他只能拉出一个农民出身的余知化来，说他很有智慧，自己发明和制造了割稻机和舂米机，余知化又点化了许晴轩，加上刘浩三等一帮人，努力数年，大有成效：

自从中国人也知实业上的好处，个个学做。要知我国人的思想，本自极高明的，只要肯尽心做起，哪有做不过白人的理？却被一个穷极无聊的刘浩三，一个乡愚无名的余知化，提倡实业，工商两途，大受影响，外国来货，几至滞销，都震惊得了不得。市上的现象这般好，做书人也略慰素心，不须再行絮聒了。（第36回）

长篇也就在"不须再行絮聒"中结束了。在整个长篇中，作者也写出了不少好办法，例如厂商联合体，茶家搞茶（园）商联合体，从中减少剥削层次；工艺学堂的优秀产品一边陈列在工艺品陈列馆内，一边又由负贩团走遍穷乡僻壤去推广、推销。但是始终没有看到外国人怎样来对付我国商民的举措，外国人怎样给要自立的中国商民施加压力。因此这些中国人想出来和实行起来的小点子只能"治标而不能治本"。作品的一大缺点就是"只讲治标，不触及治本之方"。商战，商战，只见我方治标之法，而缺乏相互的对抗。其实这也是作者所不能办到的，当时的现实生活没有向他提供这种生活实例，而我国如果在当时政府的统治下，真要与外国真刀真枪地决战起来，也必败无疑。因此，他只能提供我们一个"虚假的胜利"的结局。作者心有余而力不足，我们只好予以谅解了。

在艺术上，作者常"旁枝逸出"，为了对比真商与奸商，为了对比官府与民间……就常常将镜头摇开，大讲与主线关系不大的情节，致使全书显得非常松散。

《市声》想跳出谴责小说的势力范围，可是它到最后深感无门可入，因为生活不给它开方便之门。作者有见解而缺乏生活实例，缺乏情节与细节。他虽有一番雄心，但这样的结尾，难道不令他感到很痛苦吗？不过，一位有见解的作者，难道连自己在说假话也不知道吗？假话他是说了，但他的理想我们也看到了。我们的前辈作者的内心是痛苦的，因为他们处在理想与现实的夹攻之中。

论《新中国》

1908年，姬文在理想与现实夹攻的痛苦中百般无奈，可是到1910年，在陆士谔的笔下，姬文式的痛苦却被他"迎刃而解"。他的《新中国》令读者兴奋不已，出版以后，销路特畅，当年就得以再版。陆士谔标的就是"理想小说"，他跳脱现实，紧紧抱住理想。他想在他的科幻和理想小说创作中找一条新路。他的《新中国》不会像梁启超的《新中国未来记》那样写不下去，他的《新中国》是一部不会半途而废的"新中国未来记"。

陆士谔（1876—1943），江苏青浦（现属上海市）人。早年学中医，悬壶济世。因当时小说备受世人欢迎，他一度在上海从事小说出租业，自己也遍览小说，研究写作规律，并从事业余小说创作。后又因结识小说家孙玉声及书商老板沈知方，使他在行医与创作上均享盛名，不仅小说创作很有成就，在医学方面也著述颇丰。他以写社会小说与武侠小说著称，但在早期的科幻小说和社会理想小说创作中，也算得上是一位佼佼者。

即使我们今天读他的《新中国》，还会感到极大的兴趣，特别是当看到我们的现实生活已经实践了陆士谔的理想时，我们会觉得这个在1910年（宣统二年）出版的中篇，实在是一部未卜先知式的小说。不妨先述情节一二，以引起我们对小说的好感。小说中主人公陆云翔随着好友李友琴女士参观上海时，发现过去经常肇事的电车已移到了地道里去行驶了："把地中掘空，筑成隧道，安放了铁轨，日夜点着电灯，电车就在里头飞行不绝。那电车在地道里行走，共有两便：一免得碰撞行人车辆，二免得让避人家，一竟可开快车。"到了黄浦滩站，走出车站一瞧，不觉大惊：

> 见一座很大的铁桥，跨着黄浦，直筑到对岸浦东。忙问女士："这大铁桥几时建造的？"女士道："足有二十年光景了。宣统二十年，开办万国博览会，为了上海没处建筑会场，特在浦东辟地造屋。那时上海人因往来不便，才提议建造这桥的。现在，浦东地方已兴旺的与上海差不多

了。中国国家银行分行，就开在浦东呢！浦东到上海，电车也通行的。”（第3回）

原来在1910年的小说中，陆士谔就为我们“开发”了浦东，而且筑好了海底隧道，读来怎么不令人兴奋不已呢？我们才体会到，陆士谔在当时，不仅从理想出发，而且是懂得许多国外的地铁、海底隧道等等的科学知识的。因此，这是一部社会理想兼科学幻想的小说。

小说开端是写宣统二年正月初一，周围还是一片“恭喜发财”之声，吉利话与赌博声相交错，陆云翔觉得无聊，喝酒后随来访的李友琴女士外出，竟是一片新气象，使他大吃一惊。李告诉他今天已是宣统四十三年（按推算应是1951年），于是就对这位什么也不懂的陆云翔介绍和解释40多年来的巨变。

上街的第一印象是马路上英捕与印捕一个也不见了，外国人也很客气和善，不像以前那样傲慢与横冲直撞。原来租界已经收回，治外法权已经废除。李女士告诉他，宣统八年，召开了国会，中国成了立宪国，国会的第一桩议案就是收回租界，收回租界，中国的疆域才是完整的；裁革领事裁判权，中国的法律才是独立自主的。在这里我们如果不去追究立宪乃改良主义，走立宪道路乃否定即将到来的辛亥革命之类的政治上的论争，单就陆士谔的理想而言，那么他是希望我们未来的新中国是独立的有主权的国家，因为在他看来，独立是富强之源。在小说的第5回，他借李女士的嘴说：“中国人勤俭耐劳、平和谦让，本非他邦人所及得上。智慧聪明，又远胜于他国人。当时所以委靡不振者，都缘政体不良之故。”解决政体乃治本之道。在国强之策上，他写了当时中国的海军已经强大为世界一流，在他看来，自己有实力才能与外国讲世界公理，外国人也只好交还各种攫取的非法权益。有了实力后盾，外国气焰顿消。然后小说才写还清国债，留学生全回国做技师，集资开厂，国货赶上洋货，进而国货淘汰洋货。陆云翔走了许多路，竟不见一家洋货店。在此基础上，中国才“患在过富”，“想要把钱运到外国去，做一番事业”。用我们今天的话说，就是“海外投资”了。

在政体、国力问题得到解决之后，作家用很多笔墨写建设新貌。前面提到的市政建设就是其中的内容之一。过去的跑马厅已改成了新式的大剧院，里面不仅有自动舞台，而且演出十本连台本故事剧：《甲午战争》、《戊戌变法》、《庚子拳乱》、《预备立宪》、《请开国会》、《筹还国债》、《振兴实业》、《创立海军》、《召集国会》、《改订条约》。而参观交大的前身南洋公学，才知道学校已有了26

个专科院，有2万6千多名大学生，还有3千多名外国留学生。全世界文字，汉语势力最大，几成公语。他们又参观了华兴工厂，管账先生都是女子。这使陆云翔非常惊奇，李女士告诉他，“女子也是个人”，“各行号、各店铺的账房，也都是女子。为因女子气静心细，弄账没有错误……此外，如小学校教习、公医院医生，大半也是女子充当。因为女子对付小孩、对付病人，都比男子熨帖”。从工厂的小工“差不多个个都是小康”谈起，李女士说出这样一个观点来，利己主义不是“真利”，只顾利己，就会贫富不均，就会造反；只有利群主义，才是“真利”，“福则同福，祸则同祸，差不多已行着社会主义了，怎么还会有均贫富风潮?”

小说写人民富有之后，个个讲诚信，国民的素质就大大提高了。从小说第1回到第5回，皆是陆问李答，或是陆难以理解，而李为其详细解释，手法比较单一。从第6回开始，李要到总会去玩。陆以为总会是藏污纳垢之所，是赌博猖獗的地方，可是李告诉他，赌博早已没有了，现在的总会是“国民游憩所”。他随去之后，发现里面还有一个组织锦文社，是文艺爱好者的团体，还慕名他这位老作家，特邀请他演讲40年前的上海风俗习惯，可是大家听了觉得匪夷所思：“只见台下众人，很露出不信的样子。”小说里加了一位锦文社书记员胡咏棠女士，以她为代表，反要求陆云翔来解释许多他们不理解的事，小说手法就为之一变。例如，讲到妓女，咏棠就问，妓女是植物，还是建筑物？待到她弄懂怎么一回事之后，觉得人不可能去操此没廉耻的营业，一定是文人在小说中捏造出来的。讲到缠足，她也不能理解，认为连最愚蠢的禽兽也不会伤残自己的肢体，“难道这时光的人，比了禽兽，还要愚蠢不成?”她听到吸鸦片上瘾，就问什么叫“上瘾”，“知道它毒，为甚还要去吸食?”通过加入这么一位年轻的女子的询问，一方面作家对中国的陋习，进行了痛斥；另一方面让大家知道在新中国这些东西早已绝迹，以至青年一代难于理解。

如果我们懂得1910年前的一些社会背景，就会知道陆士谔是在对当时社会上的一些大事及人们观念的变化作出自己的好恶判断。例如立宪问题，今天看来是一条改良道路，可是从1905年1月29日东京中国留学生向清廷请愿立宪，而清廷一再阻止，于是国内各界又一再请愿，一直到1908年8月27日，清廷才被迫宣布9年内颁布宪法，召开议会。以后请愿者一再要提前，清廷一再不准。这两种势力的较量，成了当时的一个热点。一直到辛亥革命，清廷想立宪也为时晚矣。陆氏把它作为一个重头戏来写，也等于表明了自己与时代共进的态度。又如革除陋习，自从1898年8月13日康有为上书请禁缠足，在 1905 年前后就有人创“天足会”，从此也就成了每个先进的中国人关注的问题。又例如，小说中提到西藏已经建省，作家就提到“宣统二年，西藏事情正闹得不可开交呢！”查历史我们就知道 1910 年 2 月 26 日英国进兵西藏对我国的入侵。

中篇是在海军大演习与“立宪四十年普天同庆，大会廿三国决议弭兵”这一“高潮”中结束的。小说一再讲到，其时中国军力强盛，小说中借一位海军提督的话说：“我国的海陆两军，杀出去，哪一国挡得住！……但是，我国人最喜和平的，只要保住自己疆土，不再有什么奢望了。倘使这点子兵力，移在别个国度里，恐怕世界就不能这么太平了！”（第 6 回）这个思想在小说中一再出现。而小说结束时，写到在庆祝立宪 40 周年时，还由我国提议，世界 23 个主要国家设立“弭兵会”和成立了“万国裁判衙门”，设想以后的世界“也许像日耳曼联邦政体似的，由各小邦，联成一大邦。异日世界各国，或者嫌那国界、种界不便，由各大邦、小国，自愿合并成功一个世界国呢！”作者抱着一个“进化无止境”的思想，“一路进化，一路进化得上”。由此可知陆士谔不断地讲社会主义，说明他受到过空想社会主义的影响，也受到过进化论的影响，更明显的是受到康有为的《大同书》的影响。

在小说结束时，他睁开眼来，发现自己睡在榻上，李友琴正站在榻前，原来是一场“春梦”。他讲给李听，李女士说：“我与你都在青年，瞧下去，自会知道的。”表现了对未来的憧憬。

陆士谔的社会小说和武侠小说固然在通俗小说中可占一席之地，但从承传、创新和发展的角度看，这部《新中国》完成了梁启超在《新中国未来记》中没有完成的任务。当然，他们的路子不同。梁启超是要通过他的政论，要大家信服他的政纲，然后去实践他的政纲。那不是小说可以完成的任务，他是硬要小说去做它力所不能及的事，就像要男人生孩子一样。陆士谔只是用理想小说的形式展示他对未来的理想。如果有人责怪他是乌托邦，他只是一笑置之，也不会置辩。如果告诉他说，路不是这样走的，非经过革命不可，那么他也许会回答，这是政治家的事，革命实践家的事，他只是 1910 年的小说家而已。

论《广陵潮》

胡适曾说：“民国成立时，南方的几位小说家都已死了，小说界忽然又寂寞起来。这时代的小说只有李涵秋的《广陵潮》还可读；但他的体裁仍旧是那没有结构的《儒林外史》式。"[1]这是一位新文学界的权威人士，对"旧文学"作品的有保留的评价。在胡适笔下得"还可读"三字，也该心满意足的了。《广陵潮》最早是在1909年武汉的《公论新报》等报上连载，原名《过渡镜》，后来又在上海《大共和日报》和《神州日报》上连载，并在1914年由震亚图书局分集陆续出版单行本，仅就震亚资料统计，至1939年它们已出版到第16版，其他翻印亦屡屡不绝。在1946年，百新书店又隆重推出改版本，恭请张恨水、刘云若、严独鹤等一批通俗小说名家为其写序。《广陵潮》拥有众多读者，以至连鲁迅也不得不与它打交道。在1917年12月31日的鲁迅日记中就记载："上午寄家信并本月用泉五十，附二弟三弟妇笺各一枚，又寄《广陵潮》第七集一册。"这当然是因为周太夫人爱读的缘故。

李涵秋（1874—1923），名应漳，以字行，别署沁香阁主、韵花馆主等，扬州人。他从小就喜读中国古典小说。贡少芹回忆他幼年就酷爱扬州评话：

> 涵秋幼时最喜听讲，且成癖焉。顾天资极颖慧，一经入耳，悉不遗忘，归即摩肖书中人之姿态与口吻，于祖母及其母前复述之，颇得其仿佛。更能历举书中之情节脱漏处，语极中肯。祖母戏谓之曰："待汝长成，将使汝习评话业也。"厥后君为当代第一小说家，所取材料，半基于此。[2]

李涵秋自幼受扬州评话精湛艺术的熏陶，成长后果然成了用笔"讲"评话的小说家。李家清贫，他17岁设帐授徒。同乡李石泉在武汉为官，聘他为西席。客居中为武汉《公论新报》写稿，于1905年创作的小说《双花记》，为其处女作；1909年连载的《过渡镜》已是他的第10部小说了。1909年他返回家乡，历任中小学教师。1921年应邀至上海主编《小时报》及后期《小说时报》，并兼任世界书局《快活》旬刊编辑主任。因不习惯沪滨生活，于1922年返扬，1923年因脑溢血暴卒，终年50岁。"君从事撰述界自32岁起，迄50岁止，计十有八年，所著小说文言10种，白话23种，字数都一千万余言。其余如诗词谐文短评（曾载上海《大共和报》、《新申报》及天津《华北新闻》）等杂作尚不在此数，

① 胡适：《五十年来中国之文学》，载《最近五十年——申报馆五十周年纪念》，上海书店1987年影印本版，第18页。

② 贡少芹：《李涵秋》，上海震亚图书局1923年版，第2页。

可成蔚然大观矣。”①

《广陵潮》以百万字的篇幅反映鸦片战争直至“五四”前夕中国社会一隅的风貌。其实它的原名《过渡镜》倒是耐人寻味的。这是一个中国从近代过渡到现代的复杂而多彩的社会。求幸福斋主何海鸣说：“此书最初实刊诸汉口《公论报》、《趣报》，原名《过渡镜》，先生善于描写过渡时代之中国社会，论者亦目先生为过渡时代之好小说家，此《过渡镜》之所以为名著也。”②1909年，何海鸣也正好活跃于武汉军界与报界，算得上是《过渡镜》初刊时受读者拥戴盛况的亲历者和见证人。《过渡镜》的历史背景是从英人犯我广东写起，历经中法战争、上书变法、百日维新、武昌起义、洪宪帝制、张勋复辟，直到“五四”前夕的抵制日货、国民演讲大会结束。这正是一个中国从旧民主主义革命到新民主主义革命的过渡阶段。能涉及如此众多的历史事件的小说，一般有两种类型，一种是史诗文献型，使读者看到众多历史性的画面；另一种是轶事逸闻型，李涵秋曾作这样的自我介绍：“我这《广陵潮》小说是个稗官体例，也没有工夫记叙他们革命历史，我只好就社会上的状态夹叙出他们些事迹……”所以《广陵潮》热衷于反映的是街谈巷语、道听途说、闾里风俗、遗闻旧事。是“小说”而非“大说”。这种“稗官体例”以维扬风尚、掌故为描摹对象，正是“二十四桥之风物，犹跃然纸上”。李涵秋将《过渡镜》改名为《广陵潮》也有它的深意在。就全国而言，这可称是一个特定的过渡阶段，可是就这部小说的个性而言，则是以维扬地方风尚与潮汐为特色。“广陵国”与“广陵郡”乃千年名邑、文化古城扬州的先名，用“广陵潮”更能显示小说所反映的内容的地方个性与特色，这要比广而泛之的“过渡镜”更加贴切而有地域韵味。而就表现形式而言，它借鉴人们所喜闻乐见的扬州评话的特点，使叙述语言更有“广陵风味”。正如张恨水所说：“据一个扬州朋友告诉我，扬州人说书，就是这个作风。那末《广陵潮》的技术方面，还有地方性存在了。”③

《广陵潮》以云家为中心，以姻亲为串线或以师生之谊为纽带，串联了伍家、田家、何家、富家的婚恋关系，借此反映扬州在时代潮汐中的社会百态。在这过渡时代中又着重塑造了一个过渡性的人物——云麟。

在第39回，这新旧风潮就在扬州交汇冲撞形成风口浪尖、激荡不已了。青年志士富玉鸾借史公祠向人们作演讲，许多言辞虽有刚入世的青年的“幼年

① 贡少芹：《李涵秋》，上海震亚图书局1923年版，第40页。

② 何海鸣：《悼涵秋先生》，载《半月》第2卷第20号，1923年6月出版，第14页。

③ 张恨水：《广陵潮·序》，《广陵潮》，百新书店1946年6月改版第1版，第5页。

性”，但的确能中肯地表达当时中国的现状和他那寻求探索的决心：

诸君呀，诸君，知道我们中国的大势呀！诸君看看我们这中国外面好像如花如火，其实内里已经溃烂了……北美西欧，谁也不想来瓜分这中国？……第一要劝诸君中明白事体的，从速将那无用八股决意抛弃，专心在实业上用功。以我们中国同胞的聪明，也断不让与外人。只是二千余年以来，转被那咬文嚼字的腐儒弄坏了。像日本目下敬重圣人，又不是这样，只不过取孔圣人书中大意，可行的便照他去做；不可行的就把来放在一旁，何尝去寻章摘句，一味牵强附会呢！

“富玉鸾说到此，那眉棱眼角早露着无限热诚的意思，云麟不觉为他也有些感动起来……猛听那场里东南角上惊天动地起了一片哭泣之声”，大家还以为富玉鸾的演说着实感动了人，哪知这是云麟的老师、腐儒何其甫的“捶胸顿足”、“慷慨痛哭”：

我把你这少不更事的小生，上刀山，下油锅！用阎王老爷面前一架大秤钩子挑你的牙！滴你的血！入十八层阿鼻地狱，万世不得人生！你侮蔑圣经，妖言惑众，该当何罪？八股乃历代圣贤立言，我朝自开国以来，便以此得的天下。文官武将，大都从此中出身。有我辈，然后国可以兴；无我辈，然后国可以败。你是哪一国的奸细，得了洋人几多贿赂，叫你来说这亡国的话？况且你说的话，漏洞正多，既说中国溃烂，为何又说外国要求瓜分，外国难不成转看上这溃烂的瓜？我们不为你这无知小子惜，我转替我们堂堂大圣人伤心。阿呀呀！讲到此，我肝肠已是痛碎的了！

接下来，同他一起来的腐儒们“都是擘踊哀号，如丧考妣”。这一段长篇痛号，不仅是属于腐儒腔调，而且是非常纯粹的扬州评话风味，也活现地刻画出了那何其甫的个性。当他看到学生云麟也在场时，就责问：“你也在此听这大逆无道的说话么？”云麟眼看躲不掉，只好勉强答道：“学生不知道这里演说是讲的这些话，早知道如此，不该来了。学生心里此时却十分懊悔得很！”也刻画出了剧烈碰撞的过渡时代的一个模糊软弱的过渡人。在富玉鸾眼中，云麟无疑是一个“好人”，可是在尖锐的斗争中，富玉鸾知道他是一个“脓包”。后来富玉鸾在南京壮烈牺牲，他去收尸时，看到街上的人都没有“豚尾”了：

自惭形秽，也就命淑仪替他铰去了一半头发，还留其一半头发，盘着瘦辫子，藏在帽子里面。好在天气严寒，头上总戴着帽儿，也没有人瞧得出来。他的意思，以为大清反正，我这半条辫子，总算是忠心于故君，就使天命已绝，竟由君主变成共和，我那时候再斩草除根，还他个新朝体制，也不为迟。所以打从民国成立以来，他事未遑，便这人人头上一把烦恼丝，那时候真个费人万分踌躇，百端斟酌呢！

那么云麟就是一个“顺民”？也不，李涵秋写的是扬州人所说的“扬虚子”的性格。怕事，遇事心里就先发虚的“虚子”。他心中好恶是有的，是非也基本上能分清。他知道老师何其甫之腐，但他觉得必须服从“师道尊严”；他也知道清廷之腐，但他惧怕专制统治之剑。有时他也发些议论，被人誉为“新派”或“新学家”。洪宪称帝之前，他有过一番“警告”；而对张勋之复辟，他也预言其下场必然不妙，议论不为不“精辟”：

大势所趋，怕将来这君主政体，未必能存立世界。那时候万一有人暗干天位，恐怕不能安然无事，少不得反对的又要高揭义旗起而对抗，弄得兵连祸结，民不聊生，列强耽耽，再借清乱为名瓜分中土，真是鹬蚌相争渔翁得利，那才危险呢。

即使他（指张勋——引者注）达到了目的，也不过如袁世凯的83天皇帝，昙花一现，断断不能持久。何以呢？在前清时代，在人民脑筋中，尚不知共和为何物，虽受了专制之毒，惟敢怒而不敢言。而今政体既改了共和，又复行专制，人民即无实力与之反抗，我逆料那些爱国的伟人必有提一旅义师殄此小丑者。到了那时，“复辟”二字，怕不是就此烟消火灭么？

可见他倾向性还是有的，只是觉得自己“无实力与之对抗”，他只能寄希望于“爱国伟人”的“义师”。这些情节与言论，为我们刻画出了一个胆小怕事的“过渡人”的形象。

在日常生活中，云麟是一位有修养有学问的词章家。他是雅儒，是名士，更确切地说，是一个“情种”。“情种”是古代雅儒的“专利”，也是名士活得“潇洒”的“表征”。他有青梅竹马的伍淑仪，有端庄明礼的发妻柳氏，有冰姿侠骨的青楼名妓出身的红珠。他从柳氏这位“女博士”身上，学会了相敬如宾的礼让；他从美丽的红珠处体会到名士的“艳福”，而且还有嫁奁供他小康；他曾与表妹伍淑仪两小无猜，本是天生的一对，竟然受到封建包办婚姻的摧折，而伍表妹的丈夫富玉鸾又遭不测，使他与表妹见面时又含有一股淡淡的哀情。"情种"没有这"淡淡的哀情"的点缀，似乎也少了一个用情之处，他真可谓应有尽有了。李涵秋就是以他为中心，串联一切，把这位温柔敦厚的"老好人"放到各种势力构成的漩涡中去，让他浮沉翻腾于广陵潮汐之中，趁此请这位介乎新旧之间的"道德之士"评价一切。云麟在《广陵潮》中的全方位的折腾也是够辛苦的。到第100回，他母亲秦老太太"飞升"佛国之后，他完成了孝子的任务，从此他"教子读书，诗文自娱。与伍、秦诸家，时常往还，云麟又介绍何其甫的女儿，给晋芳做了媳妇，结为秦晋之好。从此《广陵潮》告一结束，著书的人也就搁笔了"。有人说云麟是作者李涵秋的"自况"，这还需作进一步的对比考证；如果说是"气质相通"，我看是不会有什么不妥的。

李涵秋对腐儒的刻画的深刻程度恐怕是不亚于《儒林外史》的。当然，他的广度不及《儒林外史》，但就何其甫这个形象而言，厕身于《儒林外史》，人们会感到异曲同工之妙。何其甫者，何其腐也。作者对他的笔伐能使他成为一个典型形象立于现代文学史人物画廊之中。他将何安插在云麟的开蒙老师的位置上，以便随时可以拿他出来示众。他组织的"惜字会"、"文言统一研究会"，使他在文化上的倒行逆施，暴露无遗。他平时道貌岸然，但写到他到南京去参加科举时，在船上的性欲冲动达到了走火入魔的程度，又显示了他的伪善本性。而第65回的"明伦堂腐儒大会，净慧寺泼妇飞来"，写何其甫等5个腐儒为表示自己是大清国的忠臣，要在明伦堂上当众自缢：

> 大家看见明伦堂上，已有学官里的门斗替他们在二梁上依次悬上五根麻绳，绳子底下通通打着五个大圈儿……已经设了一张极长的香案，上面香烛已点得通光透亮。他们五个人，果然肃恭敬谨，齐齐排列，向北行礼。从人声嘈杂之中，还隐约听见他们嘴里念念有词。说是："皇上圣明，列祖列宗，在天之灵，秘鉴微臣何其甫、严大成、龚学礼、汪圣民、古慕孔等孤衷，于今年8月15日午时三刻，同在本城明伦堂殉节，微臣等生不能匡弼圣清，死当为厉鬼以杀共和而击民国！"

你推我让，先以岁数大小来排列上吊的次序，后来又要用拈阄来决定悬梁的早迟。看热闹的人山人海，评价是"这哪里是殉节？简直是在这里挨命"。这纯粹是一幕沽名钓誉的丑剧。《广陵潮》中的怪事甚多，但这些怪事并非出自作者的夸大或生造，而是当时生活的一种呈现。刘云若对这种种怪相的典型意义，说出了自己的看法："洎余涉世日深，阅人日多，所遇之奇形怪状，滔滔者皆《广陵潮》中人也；若扩而充之，亦可言全社会之秦镜，不得以狭义而小之……"[①]李涵秋将何其甫的死安排在张勋复辟失败之后，也是极为恰当的时机。张勋复辟消息传来，何其甫觉得自己应该赶快"操练操练"八股，好让自己考那优贡时笔底下不致生涩。后来听说张勋失败，逃进荷兰大使馆去了，他就倒在床上，失声痛哭，从此一病不起。

《广陵潮》中对封建包办婚姻的控诉，也是极为深刻的。云麟与伍淑仪原是天生一对，地设一双。就是因为算命先生说云麟乃"克妻"的"三妻之命"，迷信葬送了他们的良缘。美娘嫁给何其甫，绣春嫁给流氓田福恩，读来令人忿恨，为这两个好女子的苦命而不平。作者一而再、再而三地关注这种包办婚姻所造成的人生悲剧，道来令人痛心疾首！

《广陵潮》虽然没有正面写历史的大事件，为历史人物树碑，可是李涵秋写的逸事轶闻，充盈着文化积淀，哪怕是写"开蒙"、"缠足"、"冲喜"都令人回到往昔的氛围中去。就是写云麟母亲为绣春缠足这一段，母女的痛苦呻吟、哭成一团的惨景，令读者也为之心酸。因此，张恨水将《广陵潮》称为清末民初民俗的"活化石"："我们若肯研究 30 年前的社会，在这里一定可以获得许多材料。"[②]而这些堪称"活化石"的资料，皆得之日积月累的实地观察，以至烂熟于心，笔下也自然惟妙惟肖。俞牖云说："先生于无聊时，每缓步市上，于以觇社会上之种种情状，以为著述之资料，所谓实地观察也。"[③]而阿杏又笑谈李涵秋构思小说的专心致志：李涵秋"一日乘骡走乡间，叉于两树间，骡自胯下逸去，而先生方穷思小说资料不觉也"[④]。到今天，在我眼前好像还有一位浮悬在空中苦苦构想的李涵秋，而写作时却是脚踏着坚实的大地的李涵秋。

---

① 刘云若：《广陵潮·序》，见《广陵潮》，百新书店 1946 年 6 月改版第 1 版，第 3 页。

② 张恨水：《广陵潮·序》，见《广陵潮》，百新书店 1946 年 6 月改版第 1 版，第 5 页。

③ 俞牖云：《涵秋轶事》，载《半月》第 2 卷第 20 号，1923 年 6 月出版，第 25 页。

④ 阿杏：《李涵秋轶事》，载《半月》第 2 卷第 20 号，1923 年出版，第 27 页。

1906年后:写情小说与哀情小说的涌现*

一　冲击"礼防"与更定"婚制"的呼吁

1906年,在中国的新小说界出现了两个令人瞩目的中篇,它们的篇幅有限,但在小说界,它们是两个影响深远的"海"。《恨海》的作者是当时鼎鼎大名的吴趼人,他的《二十年目睹之怪现状》曾给时代留下了深刻的印记。可是他的《恨海》问世后,有人把它和李伯元的《文明小史》、曾朴的《孽海花》与刘鹗的《老残游记》并称为中国近代小说的四大杰作①,弄得《二十年目睹之怪现状》与《官场现形记》很尴尬。从作品的艺术成就而言,它的确有超越《二十年目睹之怪现状》的优长。另一部中篇《禽海石》的作者符霖,我们并不熟悉,也不了解他的身世,只知他的真名叫秦如华②。可是这个在小说史上难得出现的人也着实有不俗的表现。这两个中篇,前者标"写情小说",后者标"哀情小说"。它们在外表上有若干巧合,例如它们皆是10章的中篇;又例如,它们都没有经过刊物的连载,是直接出版的单行本;等等。可是它们的内在的东西也有若干共同点,例如,这两部作品都是以庚子为背景,都将"拳民"与"八国联军"的历史事件与男女私情相融,而且作为扼杀男女至情的"杀手"来进行定性的。更令人感到不约而同的是,两位作者在作品的开首,就将这个"情"字大大地作了一番渲染:

> 要知俗人说的情,单知道儿女私情是情,我说那与生俱来的情,是说先天种在心里,将来长大没有一处用不着这个"情"字。但看他如何施展

---

* 本文系《中国现代通俗文学史》第5章之第1、3两节,北京大学出版社2007年1月出版。

① 蒋瑞藻:《小说考证(下)》,转引《侗生丛话》,上海古籍出版社1984年版,第729页。

② 据陈玉堂编著《中国近现代人物名号大辞典》:"秦如华:(咸丰至光绪间)笔名符霖(著《禽海石》署名,光绪三十二年〔1906〕群学社刊)。"浙江古籍出版社2005年版,第962页。

罢了。对于君国施展起来便是忠,对于父母施展起来便是孝,对于子女施展起来便是慈,对于朋友施展起来便是义。可见忠孝大节无不是从“情”字生出来的。至于这儿女之情只可叫做痴。更有那不必用情、不应用情,他却浪用其情的,那个只可叫做魔。还有一说,前人说的守节之妇——心如槁木死灰,如枯井之无澜,绝不动情的了。我说并不然,他那绝不动情之处,正是第一情长之处。俗人但知儿女之情是情,未免把这个“情”字看得太轻了,并且有许多写情小说,竟然不是写情,是在那里写魔;写了魔还要说是写情,真是笔端罪过。(《恨海》第1章)

曩闻谭浏阳言,造物所以造成此世界者,只有一“仁”字。余窃以为不然。盖“仁”字之范围甚褊,未足于组织乾坤,纲为宇宙也。余以为造物之所以造成此世界者,只是一“情”字。……兹编为言情小说,可与天下有情人共读之。读之而能勃然动其爱同种、爱祖国之思想者,其即能本区区儿女之情而扩而充之者也。若如谭浏阳所言则造物不仁以为人为刍狗之说,余当起浏阳于九原,请其下一转语。著作识。(《禽海石·弁言》)

吴趼人不愧是位道德说教者,大道理说了一大篇,甚至将封建礼教不人道的对待孀妇之枷,硬说成是“守节之妇”的“第一情长之处”。不过在小说《恨海》中,他处处反对自己,他主要写的还是儿女之情,因此,他不自觉地将作品写成了“写痴小说”。那位符霖虽也提到将情“扩而充之”的问题,但他希望读者有“爱同种、爱祖国之思想”,如此看来,他倒是一位民族、民主主义者,至于他的民主主义的表现,我们在下文再加以发挥。不过这两篇小说同时出现却预示着一个写情小说,甚至是写哀情小说的时期的到来,这也是在西学东渐之中,中国青年男女欲争取婚姻自主的先声。

《恨海》写北京一个大院中三家同住,三家“联姻”,三家的六位家长将四个小儿女撮合成两对,却终成悲剧的故事。作品结局是六位家长中,死了四位,还有一位王娟娟的母亲作品没有提起,但大概也是死了,否则她不会让女儿沦落为妓女,那么实际上所剩的也只有在上海做生意的张鹤亭了。四个小儿女,两个出家为尼为僧,一个堕落而死,一个沦为妓女。这才叫做“恨海”,真是“恨海难填”啊！这两对小儿女本来可以有很美满的婚姻,过幸福的生活;因为他们虽是父母之命,但媒妁是用不到的,他们从小在一个家塾中同学,可说青梅竹马。作者认为这悲剧是庚子之乱酿成的,主要是“拳民”起始,“而这场乱事,实是王公大臣所召”(第7回)。在庚子之乱来临时,北方,特别是北京人,就存在一个逃难的事。陈戟临的两个儿子，长子陈伯和是个有情人，他护送岳母与未婚妻张棣华逃难，途中处处体贴照顾岳母和未婚妻。可是他的未婚妻为“避嫌”而处处讲那种不合人性人情的“礼防”，例如不能坐同一辆车，谨守“男女授受不亲”的戒规。陈伯和只能跟在车后徒步，结果在大乱中失散了。于是张棣华时时触景生情，时时责怪自己，“我害了他”，“我再也不避嫌疑了”，可是再也来不及了——悲剧的根已经种下。从此，这“我害了他”成为张棣华思想活动的“主旋律”，文中有6处写这“我害了他了”。全书一共10章，开始第2章到第6章主要以张棣华的心理活动为主。她虽然处处“避嫌”，似乎“冷若冰霜”，可是她的内心还是缠绵多情的。吴趼人调动了种种艺术手段，非常细致地写她的内心世界。她处处怕“越礼之罪”，实际上是对旧道德的尖锐控诉。这种旧道德竟是那样无可理喻地扼杀人性人情，才使这对可以成为恩爱夫妻的青年，最终一个走向堕落，一个出家为尼。但是到他们失散重逢之时，伯和因受“损友”的引诱而堕落，但张棣华还是觉得这是起因于她的“避嫌”，致使一个有情青年走到这般地步。直到伯和病重时，她就不顾一切，所谓“含羞冒耻”，口对口给伯和“哺药”。伯和临终时，她对他的最后一句话是“陈郎！奴害得你苦也”。而这位“浪子”临终的一句话是“姐姐！我负你！”这是浪子的忏悔辞。张棣华的出家为尼，当然有“从一而终”的礼教规范在做主。但她没有去想这些，她是自觉地去补偿自己因“避嫌”而欠陈伯和的“债”。只有在这样的“心灵境界”之下，才使许多读者为她流下同情之泪。因为那时的张棣华，不是封建礼教的顽固信徒，而是封建礼教的受害者，是一个后悔莫及的牺牲品。她的走上牺牲的祭坛，使读者看到封建礼教定下的“越礼之罪”的残酷性，同时对这位无辜少女的被屠的青春表示无限的痛惜。吴趼人的道德说教于是显得苍白。

陈戟临的次子，也即伯和的弟弟，不仅“纯孝”，而且“多情”。父母一而再、再而三要他逃难南回，他为了保护父母死也不肯离开北京。直到他出外打探消息时，回家看到父母双双被义和团所杀，几经曲折，扶柩回乡，偶遇未婚妻已成妓女，把他原定的寻未婚妻成婚的念头击得粉碎，他也散尽大笔家财，入山为僧，不知所终了。但吴趼人写来有主有次，他只是在7、8、10回露一露面就消失了，在情节上为读者留下一大片空白。

留下这一大片空白的用意就是作者要据此对义和团作出评价。义和团的口号是“扶清灭洋”。这是反帝的口号吗？义和团的“反帝”就是“烧教堂！烧使馆！杀毛子！杀二毛子！”而这种革命行动又为“王公大人所召”。他们实际上是“授人以柄”，为虎视眈眈的帝国主义提供大开杀戒的借口，从而造成了民族的空前浩劫。还是看看吴趼人是怎样通过人物之口批判义和团的：

> 又过了两天，京报上载了一道上谕，足有六百多字，无非是痛骂洋人，奖励义和团。戟临叹道："照这上谕所说，欺凌我国家，侵犯我土地，洋人固然可恨。但何不商量一个对付之法，振刷起精神来，力图自强，自立于不败之地，然后再同他计较。徒然召些乱民，要与他徒手相搏，又有何益处呢？"（第7回）

这位工部的官员，头脑还是清醒的。而义和团中为首的则是些神道设教者，受他们欺骗的老百姓虽是无辜的，但在他们的领导之下，也就成了"乌合之众"。如果反帝就是"烧教堂！烧使馆！杀毛子！杀二毛子！"那么反帝也就是太容易、太简单的事了。在这一点上，吴趼人有他的深刻性。至于艺术上的成就，如主要人物张棣华的塑造，情节的主次分明，结构的紧凑，特别是心理活动的细致刻画，皆达到了吴趼人作品的顶峰。吴趼人自己也弄不大懂，作品竟有如此魅力："作小说令人喜易，令人悲难。令人笑易，令人哭难。吾前著《恨海》，仅十日而脱稿，未尝自审一过，即持以付广智书局。出版后，偶阅之，至悲惨处，辄自堕泪，亦不解当时何以下笔也。能为其难，窃用自喜。"[①]其实吴趼人的确不懂：感人的力量不是来自他的说教，人物没有完全按照他的"道德调度"。他虽然设计"棣华守贞入庵"，可是读者从头至尾听到的是棣华的"我害了他了"。直到她最后遇到仲蔼时还说："这是我命犯孤辰寡宿，害了你哥哥，所以出家忏悔，想起来兀自心痛。"她这一生的幸福就是葬送在吴趼人喜欢说教的"礼防"之中的，她的最可贵处也是最后用实际行动打破了这种"礼防"，想以不"避嫌"来挽救伯和的生命，可是为时已晚。她最光彩照人的高度就是再也不去顾忌人家的"窃窃私议。有个说难得的，有个说不害臊"，她再也不怕犯"越礼之罪"，她粉碎了这"礼防"之枷，"以赎前罪"。这种"境界"，与其说是"守贞"，不如说她冲击了"礼防"之防。正因为越出了作者的"道德禁区"，才会使今天的读者也同声一恸。这一"写痴小说"虽只"区区十回，独能压倒一切情书，允推杰构"[②]。在戏剧舞台中则有民鸣社的《恨海》，有越剧《恨海》，有1931年郑正秋改编的上海明星公司摄制的默片《恨海》，有1947年柯灵改编的话剧《恨海》，等等。

《禽海石》作者在"弁言"中自述"言情小说"，但是由群学社刊行时，标

---

① 吴趼人：《说小说》，转引自《吴趼人研究资料》（魏绍昌编），上海古籍出版社1980年版，第8页。

② 寅半生：《小说闲评》，转引自《吴趼人研究资料》，上海古籍出版社1980年版，第134页。

“哀情小说”。从书名看也是寓“精卫填海”的意思，实际上与《恨海》同调，也是取“恨海难填”的主旨。这个中篇也是别开生面、下笔不凡之作。作者的下笔不凡在于一开始就严厉指责孟子。作品中的“我”为自己的意中人之死，以及自己一病也已到了死亡之边缘时刻，“揪”出了害他们这对恋人的“罪魁祸首”：

> 看官，可晓得我和我的意中人，是被哪个害的？咳！说起来也可怜，却不想是被周朝的孟夫子害的。看官，孟夫子在生的时到了现在，已是两千几百年了，他如何能来害我？却不想孟夫子当时曾说了几句无情无理的话，传留至今。他说世界上男婚女嫁，都要凭父母之命，媒妁之言，否则，父母国人皆贱之。咦！他全不想男婚女嫁的事，以男女两面都有自主之权，岂是父母媒妁所能强来干涉的。……我真不解孟夫子这样一个专讲平权的人，如何一时心地糊涂，说出这几句无情无理的话来。自从有了孟夫子这几句话，世界上一般好端端的男女，只为这件事被父母的专制所压伏，弄得一百个当中倒有九十九个成了怨耦。不论是男是女，因此送了性命，到枉死城中去的，这两千余年以来，何止恒河沙数。（第 1 回）

虽然“我”有意冲淡气氛，说孟子是“专讲平权自由的人”，“一时心地糊涂”，可是在 1906 年，能如此直率，几乎是指着鼻子斥责，也算是石破天惊的举动了。无怪“眉批”写道：“恨不以明太祖手段待孟子。”《禽海石》开端的“起点”是很高的，可是小说却不是一部“高头讲章”，读来饶有趣味。秦如华（字镜如）从小与同塾的女孩顾纫芬青梅竹马，在情窦未开时就建立了难分难舍的友情。后来虽因家庭迁徙而有过分离，可是辗转至北京却又因同租住一个院子而重逢。由于有这个有利条件，他们可说是过着一种“自由恋爱”的生活。这“自由”其实也来之不易。顾纫芬要秦如华做好两篇“文章”——也就是克服两个阻力：纫芬的姨娘（一个孀妇），此人好搬弄是非；另一阻力是纫芬的姐姐漱玉，她心高气傲，根本不把如华看在眼里，当然也不会给予妹妹“方便”。小说写如华如何收服这两人花了两章篇幅，如华是聪明人，“三下五除二”，就很顺利地将他们“收在八卦炉中”，犹如太上老君之对付孙悟空，得到了纫芬的称赞：“孺子可教。”他可以登堂入室，到闺房中去幽会。“自昏达旦，是为这一年之中，我与纫芬最为欢适的时候。后来漱玉疑心我们两人已经有了什么私情……其实我与纫芬彼时的交情，却是以情不以淫，在情性上相契，不在肉欲上相爱”（第 6

章)。后来由于孀妇要“逼奸”如华,他们两人觉得万全之策是赶快得有一个公开的名分,才能阻止姨娘的非分之想。为了要让家长向女方求亲(当时子女是不可以自己提出来的),于是又动足了脑筋,甚至两人都为此大病一场。秦父爱子心切,也就同意求亲并获得了成功。可是他们想马上结婚的愿望,却因秦父以年龄太小为由、非等到 17 岁才能完婚而未能如愿。这时,义和团将北方弄得局势十分紧张。秦家要南回避乱,顾父是属于官员中亲义和团的一派,不肯离京。后来秦父听说顾家全家殉难,为如华忘却失去未婚妻的悲痛,又草草为他与一位姓毕的小姐订了一门亲事。事实是顾父的确死了,纫芬与母亲逃到上海,姨娘勾结歹徒将纫芬卖给妓院,纫芬自杀被救后又绝食。等如华赶到相救时,纫芬只来得及说一句:“我今天见了你一面,我心愿已了。哥哥你放手让我……”就撒手西去。“我”因这一刺激,也已到了死亡的边缘。他要在临死前写下他与纫芬的恋爱经过,好让“万古千秋痴情儿女”凭吊:

然而我不怪我的父亲,我也不怪拳匪,我总说是孟夫子害我的。倘若没有孟夫子那“父母之命,媒妁之言”的老话,我早已和纫芬自由结婚,任从拳匪大乱,我与纫芬尽管携手回南,……到如今只落得孤馆寒灯,愁增病剧,一身如寄,万念俱灰,不但害我父亲忧愁悲苦,还要害了那毕家的小姐,为我担了个虚名,我甚望我中国以后更定婚制,许人自由,免得那枉死城中添了百千万亿的愁魂怨魄,那就是不可思议不可称量的功德。(第 10 回)

文章可读性强,几乎是一气呵成。以一年多“最为欢适的时候”反衬那生离死别的痛苦,的确很有控诉的力量。他“不怪”这,“不怪”那,其实“这”与“那”都是可怪而应怪的。但他直接要提出的是“更定婚制”,要从总体上高瞻远瞩地解决根本问题。这在 1906 年是个了不起的“呼吁”。

小说在艺术上也有新意,那就是第一人称的自如运用:

正是在这个意义上,我充分肯定《禽海石》、《断鸿零雁记》等自叙体小说的革新意义。1906 年群学社刊行符霖的《禽海石》,在中国文学史上第一次用章回小说的形式描述自我的生活经历,把第一人称叙事方法真正运用于“新小说”创作中……作者把传统的全知叙事改为第一人称叙事,给读者“事事从身历处写来,语语从心坎中挟出”的感觉,连评论家都“读竟不禁为之废书一叹”。①

1906年这两个中篇的问世，预示着写情小说、哀情小说涌现的先声，而探讨“更定婚制”可是一个长期而艰巨的任务；可是问题既已提出，天下再也不会像过去那样太平了，问题总会有“更定”的一天。

二　鼎足而立的哀情骈俪名作

符霖已在1906年以他的哀情小说对“更定婚制”作了一次猛烈的抨击。他的矛头直指亚圣孟子的语录：“不待父母之命，媒妁之言，钻穴隙相窥，逾墙相从，则父母国人皆贱之。”（《孟子·滕文公下》）这是一个对男女婚龄青年的严重警告，两千多年来，使所有的婚龄青年胆战心惊。可是到了19世纪末20世纪初，欧风东渐，自由婚姻的“诱惑”，必然会与中国固有的孟氏“规则”发生冲撞，就像冷暖气流在高空交汇，发生强对流天气，会有暴风雨与冰雹一样。可是那时的欧风东渐还不够强劲，而“父母国人皆贱之”的高压中心，还可用烈日烤炙得青年们只能躲到父母与媒妁的荫蔽之下。符霖式的一次冲击是无法撼动两千年的铁律的，于是就有一股新的创作潮流出现，他们的调子远远不及符霖的高，但是他们比较真实地写出了在老旧婚制下的青年们的终生痛苦，同时也反映出他们在千年铁律下的胆战心惊的内心世界。他们描绘的是中国当时大多数青年的思想现状，倒反而引起了共鸣与共振，虽然他们是懦弱的一群，但是至少向外间传达出一个信息：在旧婚制深渊中有多少青年等待勇敢的人们去救助。他们就是徐枕亚笔下的何梦霞、白梨影们，吴双热笔下的王可青、薛环娘们，李定夷笔下的刘绮斋、史霞卿们。

徐枕亚（1889—1937），常熟人。原名觉，别署泣珠生、东海三郎等，南社社员。他的《玉梨魂》亦真亦幻。“真”是指小说有他自己的较多的自叙成分，“幻”是指在几个关键情节上，又经过了他的虚构。1909—1911年，他在无锡鸿山脚下西仓镇鸿西小学堂任教，借寓于离校很近的名书家蔡荫庭故家，并兼任他家的家庭教师。蔡家的寡媳陈佩芬出身书香门第，她的儿子梦增从徐氏读。徐枕亚与陈佩芬从相互倾慕到发生热恋，暗中常有书信往来与诗词酬答。尽管当时礼防甚为森严，可是他们的有利条件是以陈佩芬的8岁儿子为传递信

① 陈平原：《中国小说叙事模式的转变》，上海人民出版社1988年版，第78页。陈文中所提到的评论家是寅半生。

札的青鸟。不过碍于封建礼教的束缚，不仅是为了陈氏的名节，也为儿子梦增的前途计，终于不敢仿效司马相如和卓文君的“叛逆”行为。为了报答徐枕亚的爱情，陈佩芬用“接木移花之计，僵桃代李之谋”，千方百计促成小姑蔡蕊珠与其结婚。在这一段自传的基础上，徐枕亚作了重要的情节虚构：梨娘以身殉情，小姑筠倩因不满梨娘所介绍的夫婿而郁郁殒亡，梦霞阵亡于辛亥武昌之役。这三位主要人物的结局的改变，使这部小说成为一个彻头彻尾的悲剧，它的控诉力量就大大增强了。梨娘是一位美丽的至情人，但当时的社会却只能让她空耗她的如沸的至情，直到烧干她的美丽的躯体。小姑筠倩是一位过去中国文学中所没有的形象，“从思想上来说，要说有一点新东西，那就是女主人公的小姑，是个女学生，她迁就嫂嫂的要求，订了婚，但她觉得在这个事情上，丧失了独立的人格，因此她觉得痛苦，最后她死掉了，这一种觉得自己丧失了独立人格因而痛苦的思想，是传统的文学里面所没有的，这是一种新的思想……”[①]而梦霞的殉国，当然更为“崇高”。这三位主人公死得精光，使当时的许多青年同声一恸。我们不得不钦佩徐枕亚“炮制”哀情的本领。

常熟近代文学研究专家时萌近年来对《玉梨魂》的原型与本事有重大发现，曾撰文《〈玉梨魂〉真相大白》[②]。时萌说：“鸳蝴派老作家范烟桥在《民国旧派小说史略》中竟断言这部小说多虚构夸张之词，而徐枕亚在《玉梨魂》续篇《雪鸿泪史》序中言：‘余著是书……脑筋中实未有“小说”二字，深愿读者勿以小说眼光误余之书。’”其实，就基干本事而言，当然徐枕亚是对的；可是从三位主人公的大结局的虚构而言，范烟桥也没有错。而且从这些虚构情节中，也的确看出了徐枕亚的结撰小说的才能。正因为有这样的虚构，在文坛上出现了为当时要探求的社会热点——婚姻问题而专门设置了一类哀情小说，它有别于苏曼殊的永恒的哀情；它调门没有符霖的《禽海石》高，却比符霖的小说冲击力大。从《玉梨魂》出版至今，80多年过去了，《〈玉梨魂〉真相大白》中的材料，的确为我们提供了一个生动的真实与虚构的例子，下面摘引其中的数段：

> 最近从一徐姓藏家处发见徐枕亚与青年寡妇陈佩芬的往来书札唱和诗词93页，经对照《玉梨魂》，考核内容，对照徐枕亚流传于世的笔迹，并以宣纸上所印的宣统的年号，无锡北门塘经纶堂刷印字样为佐证，可以确证这些旧件乃

① 章培恒：《古代与现代：有倾向性差异但无截然分界》，《中华读书报》，2000年9月20日。

② 时萌：《〈玉梨魂〉真相大白》，载《苏州杂志》，1997年第1期，第55—57页。

《玉梨魂》故事蓝本，也可以认定这确是纪实性文学，是一篇人性受扼的血泪史。

《玉梨魂》中有梦霞啮指挥血作书以表深情之举，两人信札中确也有之，陈氏含泪向爱弟作复之札云：“昨午接血书，如摘我心肝，见字此时心实痛难止，不如速死……”又云：“午得手书，悉欲我从，岂有不肯相从之理，感情不弃，后为久聚。亦有一言，须梦儿成婚，不死当从。忆昔至今，两情愿不是独活的局面了，再加各存血迹，作可算铁证，此生血书惟尔能得，手迹更为独取，身亦为誓有，心为情死，何事不可。”

然而，实有人物陈佩芬，年轻寡居而渴求情爱，倒更属人之常情。从陈氏致徐函中可见其企盼与情侣见面之情若大旱之望云霓，诗云：“步步凝寒露滴垣，可怜归路暗黄昏。残月虽明恐易散，候到三更未掩门。”信云：“君情既若此，我何忍乎……我处早已妥排，老姑小女宿外处，夜则无人在内，惟一主一婢，若蒙文星光临，我门户不扃”；“君必欲相见，不难，假日开后门，我可到你处”……之后幽会增多，恋情益炽，从陈氏诗中可窥见消息，如：“深夜相逢阳气和，谁知巫峡梦是多。若能同剪西窗烛，再托阳台赴飞蛾。”又如：“相敬相爱两情真，携手频头笑语亲。一双暗渡谁知觉，伤心不是莲枝人。”又如：“死生为我意中人，此度欢心足算真。漫望云行何处聚，从今鱼鸟永相亲。”还有一些信函涉及两人帏秘之事，亦足见他们敢冒天下大不韪之勇气。他们以相如文君自比，信誓旦旦，从陈氏信札中常见这些坚持不渝的表白……

宣统二年(1910)冬，徐枕亚与蔡蕊珠结婚。这段孽缘似未了，又总算结局了。一大堆故纸记录了一段血泪情缘，深埋于尘海八十几年。而今揭开真相，已是换了人间。

在生活中他们“暗度陈仓”，是属于司马、文君的“地下状态”。这也是他们对封建礼教的一种“叛逆”，虽然不是公开的。总没像在小说中一再强调的，而且是非常一本正经地宣扬“发乎情止乎礼”。问题是徐枕亚为什么一方面在生活中并不是“发乎情止乎礼”，而在小说中要如此“道学腔”呢？这是他的“虚伪”，还是出于其他因由的“需要”？我觉得我无法回答徐枕亚是否是个“虚伪”的人，因为我没任何根据，不能妄评。但从当时的环境而言，他恐怕是出于一种应付外界压力的“需要”。他的小说在“发乎情”方面已经写到了极限，他一定要在“止乎礼”方面取得一种“平衡”，才能使他的书公之于世。《禽海石》的调子唱得再高，它在这方面还是有所顾忌的，因此要一再声明："其实我与纫芬彼时的交情，却是以情不以淫，在情性上相契，不在肉欲上相爱……"在当时，在"性"的一层纸是无论如何不能捅穿的。否则在当时的中国，真要成为"父母国人皆贱之"的了。因此，生活中的陈佩芬敢于捅破这层纸，是准备以生命相搏的。她既然说了"身亦为誓有，心为情死，何事不可"这样的话，说明她是有了思想准备的。

这里引用当年的一封读者来信，表示当时的社会的氛围与外界的气压：

> 比来小说杂志，树立风行。裨益社会者固不少，而病毒社会者，则令人痛心疾首，而莫可补救，迹其病根，率由于投恶社会之嗜好，顺劣少年之要求，一面图营业之发达，一面博下流之虚誉，以致日趋日下，人心风俗，因以偷诈，青年儿女，堕入迷途。在家为败子，在社会为蠹物，在国家为民贼。……夫小说之所以毒人者，其最要之原因，莫如借情之美名，行欲之事实，为祸之烈，有非言喻。盖人非木石，孰能无情。情本乎天，欲本乎人，而人每为欲所胜，天生之情遂一变而为欲矣。近世之小说，每蹈此弊，忧时之士，欲杜此弊……今欲从根本之补救，吾以为小说仍当言情。言情当本乎爱，而首当绝欲，欲绝则无私而不淫，爱真则益人而济世，……使今后情欲的文字，不复为害青年，一面又以有兴味有裨益圣洁之爱情文字，唤醒青年固有之天真，培植其天赋之道德，展发其应有之智慧，竭尽其所有之能力，加以男女爱情之补助，以福利我中国，日趋文明，为世界大同之先锋……①

看来这位读者的来信还不是太"道学"和"冬烘"的，他还是要文学作品反映青年的纯洁之爱情的，并不是提倡"父母之命，媒妁之言"者。但是他这么"情"呀"欲"呀地说了一大通，试问，这标准又何在呢？又以什么为界限呢？一谈起情，他就"本乎天"、"本乎爱"地称颂一番；一说到欲，他就咬牙切齿地咒之曰"败子"、"蠹物"、"民贼"。看来当时作品涉及爱情题材时，都应"宁紧毋松"为好，就像以前我们遵循的"宁左毋右"一样。因此，不必去问徐枕亚的主观动机是什么，写寡妇恋爱，当比青年男女之爱情，更应当把持得"紧"些，再"紧"些。见面只能是"两次"，见了面连一根小指头也不能碰一碰，以表示其是"止乎礼"的典范。但读者读到的是什么呢？是他们的"情之奔放"与"爱之受抑"，那么综合其社会性效果来看，这种哀情小说还是能取得广大读者的同情和认可的，而且会在读者

① 陈攸序：《来函》，载《小说时报》第27号，1916年7月出版。

心中存下一个大问号的，直等一位勇者来发表《我之节烈观》!

"《玉梨魂》一书，既轰动社会，上海明星影片公司把这部小说，由郑正秋加以改编，搬上银幕，摄成十本。张石川导演，王汉伦饰梨娘，王献斋饰梦霞……演来丝丝入扣，且请枕亚亲题数诗，映诸银幕上，女观众有为之揾涕。既而又编为新剧，演于舞台，吸引力很大。那《玉梨魂》一书，再版三版至无数版，竟销三十万册左右。"[①]但是由于当时徐枕亚在《民权报》编辑新闻，为附刊写稿纯属义务，出版单行本后，亦未得到利益，几经交涉，收回版权，但翻刻者又甚多。后来徐枕亚灵机一动，托言发现了何梦霞的亲笔日记，实际上是由他执笔再撰写一部日记体的《雪鸿泪史》，加入了许多缠绵悱恻的诗词书札；出版单行本时，干脆将《玉梨魂》作为购买《雪鸿泪史》的赠品，以此法进行推销。

在文字上，当时正是一个尝试小说的"变格文体"的时期。林纾用史汉古文译小说，梁启超用他的新文体，何诹用文言散文体式写《碎琴楼》，徐枕亚则用《秋水轩尺牍》和《平山冷燕》的笔法写《玉梨魂》，开出一条四六骈俪体小说的路子。对《玉梨魂》骈俪体的流行，当时人陈小蝶与杰克(黄天石)均有所解释：

> 时林琴南用古文来译英国小说，一般读者都感觉艰深，对包天笑、黄摩西用白话来译小说，又感觉到太洋化，对于徐枕亚的四六文言，乃大起好感。尤其这种有妇之夫(此处有误，梦霞并非有妇之夫——引者)和一个寡妇热恋的故事，认为这是对旧礼教的宣战，于是《玉梨魂》便成了一种文派，效学他而后来著名的有吴双热、孙了青、程瞻庐、顾明道、程小青、李涵秋、周瘦鹃……所以有人替他们按上一个徽号叫"鸳鸯蝴蝶派"……[②]
>
> 那时候小说的作风，不是桐城古文，便是章回体的演义，《玉梨魂》以半骈半散的文体出现，以词华胜，确能一新眼界。虽然我前面说过，文格不高，但在学校课本正盛行《古文评注》、《秋水轩尺牍》的时代，《玉梨魂》恰好适合一般浅学青年的脾胃。时势造英雄，徐枕亚的成名，是有他的时代背景的。[③]

徐枕亚还有"状元女婿"之称。其实他与陈佩芬的小姑蔡蕊珠结婚后，非常恩爱。后蔡病逝，徐枕亚曾写悼亡诗百首，刊于报端，使一位爱读《玉梨魂》

---

① 郑逸梅：《我所知道的徐枕亚》，载(香港)《大成》第154期，1986年9月1日出版，第36页。
② 陈定山：《春申旧闻》，转引自《中国近现代通俗文学史(上)》，江苏教育出版社2000年版，第275页。
③ 杰克：《状元女婿徐枕亚》，载《万象》(香港)第1期，1975年7月1日出版，第43页。

的女读者更为之倾倒，一定要嫁给徐枕亚，这位女读者就是清朝末代状元刘春霖之女刘沅颖，结婚后由于性格与生活习惯的不相协，也并不幸福。刘沅颖亦早逝。徐枕亚在抗战初兴时，于故乡常熟贫病交迫而死。

在《民权报·文艺附刊》上与《玉梨魂》同时刊载的有吴双热的长篇哀情小说《孽冤镜》。

吴双热(1884—1934)，与徐枕亚同乡，原名恤，这"恤"是由"心"与"血"两字组成，所谓"双热"就是取其热心热血的意思。他在《孽冤镜·自序》中说："嗟乎！《孽冤镜》胡为乎作哉！予无他，欲救普天下之多情儿女耳！欲为普天下之多情儿女，向其父母之前乞怜请命耳！欲鼓吹真确的自由结婚，从而淘汰情世间种种之痛苦，消释男女间种种之罪恶耳！"这部小说很契合当时青年追求婚姻自由的社会热点，因此也风行一时。但是小说也深烙着当时的时代印纹。一方面他在小说中痛斥父母在儿女婚事上的专制，另一方面又乞求父母给予子女以自由结婚的恩赐。这种心情也是与徐枕亚的"宁紧毋松"是一样的。因为这些作者的儒家风范是从小就深受熏陶的，要他们彻底决裂，也是不容易的。他们总认为寡妇不能再婚是不合理的，但礼防也是必要的，否则就会淫欲横流，天下大乱了。子女应该有婚姻的自由，但父母的意志也是要遵从的，否则也要不成规矩，国将不国了。因此，吴双热在情节处理上，主要是否定父母以"钱"、"势"为婚嫁的准则，而不从子女的终身幸福考虑，这样的父母之命才能"痛斥"，而无"犯上"之嫌。王可青的父亲是两淮盐运使幕僚，先为儿子娶盐商之女，此女丑而悍，三年后病故。王可青好不容易又有了"自由之身"，自己在游常熟尚湖时邂逅薛环娘，由其友"双热"从中撮合。遂即双方赋诗证盟，环娘老母觉得未来的女婿颇为合意，欣然订婚。正要回苏禀告父母，孰料其父为高攀而于三天前为他聘定长官之侄女素娘，坚不同意薛环娘为儿媳，而且逼王可青与素娘成婚，又将其软禁在家中。素娘美而骄，将利欲熏心的公婆也不放在眼中，最后，竟挟其陪嫁之金箧田册自去。这时再去找环娘时，才知环娘听到王可青成婚之事，已触壁殒亡，她在病中的老母亦一命呜呼。王可青祭悼环娘之墓后，也自缢于墓旁。吴双热在小说中大声斥责："可青之父，专制之魔也。"

误煞千百辈青年儿女，父母之命，媒妁之言，实婚姻问题上之大恶魔也。晚近世人心不古，父母为子女缔婚姻，所注意者富与贵，媒介为两间作绍介，每信口天花乱坠，妄为撮合之山，宜乎十八九成恶姻缘也。

况晚近世欧风东渐，结婚竟尚自由。此风苟盛行，则爱情之交涉史上，当消灭几多罪案，亦当捐弃几多恨事，行间内无怨女，外无旷夫；自由之美果，不甚圆满乎？

这部《孽冤镜》“既痛斥父母专制，又乞怜于父母恩赐”，它的不彻底性显而易见，但它是一个“台阶”，使读者深恶父母专制婚姻的不合理，那么出路在何处呢？胡适的《终身大事》给了人们以响亮的回答：“此事只关系我们两人，与别人无关，你该自己决断”；“这是孩儿终身大事。孩儿应该自己决断”。[①] 这就又跨上了一级“阶梯”。正像读者在读了《玉梨魂》后，觉得梨娘面前难道只一条殉情的死路吗？在这个问号面前，鲁迅指出：“社会上多数古人模模糊糊传下来的道理”，组成了一个“无主名无意识的杀人团”。现在就是“要除去虚伪的脸谱。要除去世上害己害人的昏迷和强暴。……要人类都受正当的幸福”。[②] 于是中国人在节烈问题上的认识，又登上了一个新的平台。《玉梨魂》与《孽冤镜》连载于1912年，但《我之节烈观》刊于1918年，《终身大事》刊于1919年，从问题的提出，到响亮的答案皆在10年之间，就是在这10年中，中国的老儿女提出的问题，中国的“新青年”作了回答！我们能不看到这新老之间的连锁反应与默契传递！

李定夷的《賈玉怨》也是出于中国老儿女的“误读”而在婚姻问题上又构成了一出悲剧，与《玉梨魂》与《孽冤镜》形成了当时鼎足而立的三大哀情小说。

李定夷（1889—1964），江苏常州人。小说开端写男主人公刘绮斋在公园里听女主人公史霞卿与同学讨论对“不自由毋宁死”的见解：“自由在法律之中，固不容人之干涉；自由在法律外之自由，必戕害他人之自由，人人而咸得干涉之。……西哲所云，亦就法律以内而言之。”对这位既美丽又见解不凡的女郎，刘绮斋心生爱慕。但是他们在恋爱实践的过程中，却将“父母之命”误读成是一种“法律”，没有“父母之命”，情虽真而名不正。他们只是爱情的“坚贞者”，却是在爱的行动上的“懦弱者”。李定夷的《賈玉怨》与《玉梨魂》、《孽冤镜》皆连载于1912年，但《賈玉怨》是连载在《中华新报》上，到1914年7月才由国华书局发行出版，而且在连载之前，由《小说时报》第13号用一整页的篇幅较为详细地介绍了情节，介绍者是苕水、狂生。介绍文章的结尾说：“全书凡十万言，辞藻绮丽，文笔雅驯。吾友懰幻生所作也。尚未梓。”[③] 苕水、狂生，并非

① 胡适：《终身大事》，《中国新文学大系·戏剧集》，上海良友图书印刷公司1935年版，第8页。
② 鲁迅：《我之节烈观》，《鲁迅全集》第1卷，人民文学出版社1963年版，第244页。
③ 苕水、狂生：《賈玉怨》，《小说时报》第13号插页（无页码），1911年10月6日发行。

是两个人，而是赵苕狂一人的化名。赵后来也是作家与名编辑，与李定夷一起是南洋公学（交通大学前身）的同学。

以上这三大哀情小说与“五四”以后的作品有着时代与观念的差别。它们是新的一代人冲击封建罗网前夜的产物，代表了一个时代的思想的局限，但也预示着一个新的时代即将在这热点的激荡中诞生。

辛亥前夕至1917年的中国现代小说期刊*

一　正格、变格与雅俗载体之消长

小说自宋元以来，“以俗言道俗情者，正格也；以文言道俗情者，变格也”①。我们已在上一章考察了苏曼殊和徐枕亚的“变格”。在本章我们要进一步探讨的是，为什么从1909年起，雅俗载体消长的天平开始向文言变格倾斜。在1902—1907年的中国期刊第一波中，以白话为主要传播媒介工具的小说刊物，为什么从1909年起，不少期刊开始青睐“变格”，变成以文言为主要传播媒介工具。有人将这种现象说成是文言的“回光返照”，但这一结论未必就击中了这一言文的曲折起伏变化的实质。我们知道，19世纪末到20世纪初，之所以白话文开始突破文言占优的天下，是因为维新启蒙提到了当前急务的议事日程来之后，知识界中的先进分子就觉得白话是他们与普通老百姓沟通的重要工具。维新启蒙的迫切性愈强，白话报刊的创办数量就愈多，虽然这些士人掌握白话的技能还远远不及对文言的运用自如。朱自清曾中肯地指出：“原来这种白话只是给那些识得些字的人预备的，士人们自己是不屑用的，他们还是用他们的‘雅言’，就是古文，最低限度也得用‘新文体’，俗语的白话只是一种慈善文体罢了。”②在1902年，梁启超首创《新小说》时，是非常重视白话小说的，他自己写小说时就常常收起他运用得很得意的“新文体”。在他的刊物中，白话占了明显的优势，这与期望普及宣传他的改良政治观是有极大关系的。李伯元与吴趼人办刊物，为了将他们的谴责小说推到市民读者群体中去，当然看重白话这一传播媒介工具。李伯元在《绣像小说》中还以“讴歌变俗人”为笔名，写弹词、歌谣、时调、新剧等通俗作品。《绣像小说》中短篇本来不多，但它的一则一则的《天

---

* 本文选自《中国现代通俗文学史》第6章第1—3节，北京大学出版社2007年1月出版。

① 吴曰法：《小说家言》，《小说月报》第6卷第5号，1915年5月25日出版，第3页。

② 朱自清：《论通俗化》，《朱自清全集》第3卷，江苏教育出版社1996年版，第142页。

方夜谭》是用文言翻译的，因此，就数量而言，占了较大比例。不过当时的短篇，大多承袭笔记小说的传统，用文言写作的数量是不少的。但在《月月小说》中许多中长篇译作是用浅近文言的，这是由于它的总译述周桂笙惯用新文体的缘故。其他无特殊例外，白话在这几个刊物中，是较为通行无阻的。可是到了1909—1917年这一时段中，几个主要刊物，如《小说时报》、《小说月报》和《小说大观》等，无论长、短篇小说，往往多用文言著译，在《礼拜六》等刊物中，文言也占了相当比重。直到1917年的《小说画报》出现，面貌才有了改观。因此，在中国现代文学期刊第一波与第二波之间，有一个言文媒介工具上发生了重大变化的现象，值此我们作一番探讨。在分析原因之前，我们先来列表看一看统计数字：

项目分类 / 报刊类型	创作短篇		创作长篇		翻译短篇		翻译长篇	
	文言	白话	文言	白话	文言	白话	文言	白话
《新小说》(共24期)	1	0	0	9	5	3	2	4
《绣像小说》(共72期)	8	0	2	17	28	4	2	4
《新新小说》(共10期)	2	0	9	3	4	0	4	5
《月月小说》(共24期)	23	14	9	17	17	4	14	2
《小说林》(共12期)	13	5	1	2	4	0	6	4
《小说时报》(共33+1期)	43	8	5	5	68	17	24	13
《小说月报》(共72期)第3—8卷，恽铁樵主编时期	332	27	14	8	111	6	22	4
《小说大观》(共15期)	84	17	12	1	44	4	15	5

（统计、制表　阚洪敔）

这一表格的数字仅供参考，因为当时有些作品是创作还是翻译一时无法确定，而有的连载作品开始用的是新文体，写到后来就变了白话文了，所以这只是一个粗略的统计数字，但从中我们可以看出当时的一个总体倾向。

那么为什么从1909—1917年，文学办刊第二波，文言传播媒介工具会如此陡升呢？我认为大概有如下的五个原因：一是林纾的译作的影响日益巨大，在国内大受欢迎的程度日增。当时中国最大的民间出版机构商务印书馆为他出版《林译说部丛书》销路极畅，风靡一时。包天笑曾多次谈及林译盛况："这时候写小说，以文言为尚，尤其是译文，那个风气，可算是林琴翁开的。林翁深于史汉，出笔高古而又风华，大家以为很好，靡然成风地学他的笔调。”[①]如果说包天笑比较偏重于从市场行销角度看问题，那么胡适则从译学品格的视点高度评价了林纾的贡献：“平心而论，林纾用古文作翻译小说的试验总算是很有成绩的了。古文不曾做过长篇小说，古文里很少滑稽的风味，林纾居然用古文译了欧文与迭更司的作品。古文不长于写情，林纾居然用古文译了《茶花女》与《迦茵小传》等书。古文的应用自司马迁以来，从没有这种大的成绩。”[②]自从“可怜一卷《茶花女》，断尽支那荡子肠”之后，“林译说部丛书”逐渐地成为一种“文化畅销名牌产品”，不胫而走。

二是出版界经过一定的调查，拿出了较有说服力的统计数字，成为一种市场导向。如《小说林》的东海觉我（徐念慈）就曾做过此类有意义的工作，对文言小说和白话小说在社会上之流通作了下述的报告：“余约计今之购小说者，其百分之九十，出于旧学界而输入新学说者；其百分之九，出于普通之人物；其真受学校教育，而有思想，有才力，欢迎新小说者，未知满百分之一否也。所以林琴南先生，今世小说界之泰斗也，问何以崇拜之者众？则以遣词缀句，胎息史汉，其笔墨古朴顽艳，足占文学界一席而无愧色。”[③]这第一、二点的原因是有内在联系的。过去士大夫轻视小说，认为是“小道中的小道”，“俗而又俗的东西”。经林纾用很古朴雅致的笔调一译，也就变得非常适合士人的胃口，成了高雅艺术；林译似乎填平了雅俗的鸿沟；更何况旧学界想将自己的视野展宽，林纾的作品也就成了他们了解西方社会的中介，林纾在无意中真的将小说变为文学之最上乘。读小说的士人大大增加，而且有不少士人也学着写小说，认为这是科举制度废除以后的文人的出路之一，他们想通过写作找到自己在社会上的新的定位。林纾的朋友曾与林纾开玩笑，说他的书房等于是一间“造币工厂”和“铸钱车间”（大意，因为不知道当时有没有“车间”这个名词）。这也是士人非常欣羡的。既然小说要面向“旧学界而输入新学说者”，当然文言就成了一种时尚。而社会上的有识之士，如办《小说时报》的陈冷血与包天笑等人，他们过去也是在很多场合中使用白话为工具的，今天看到旧学界对小说的青睐，那么通过向士人灌输新知，再通过他们去做更广泛的宣传，也不失为一条

① 包天笑：《钏影楼回忆录·〈小说林〉》，大华出版社 1971 年版，第 325 页。

② 胡适：《五十年来中国之文学》，《最近之五十年——申报馆五十周年纪念》，上海书店 1987 年影印版，第 6—7 页。

③ 觉我：《余之小说观（续完）》，《小说林》第 10 期，1908 年 4 月出版，第 9 页。

普及的新路，也就自然加大了文言的分量。

三是1909年爱国知识分子的文学社团南社的成立，“南社是提倡旧文学的一个集体，虽然其中人物，都是鼓吹革命的，但他们的作品，还是固守着文言，不掺杂白话的”。[①] 当时上海的报纸杂志界，“也大都是南社社友的一统天下，柳亚子曾得意地开玩笑说：‘请看今日之域中，竟是南社的天下’”。[②]

四是在当时有一种“文白分工”论，流传甚为广泛。例如高凤谦在1908年撰文说：

> 文字有二，曰应用之文字，曰美术之文字。应用之文字，所以代记忆、代语言，苟名为人者，无不当习知之，犹饥之需食，寒之需衣，不可一人不学，不能一是或缺也。美术之文字，则以典雅高古为贵，实为一科专门学，……吾于是下一断语曰：欲文化之普及，必自分应用之文字与美术之文字始。[③]

高凤谦的这种意见不仅在当时有市场，即使到“五四”以后，在文学界还是很有影响的。例如蔡元培在《国文的将来》的演说中就说：“所以我敢断定白话派一定占优胜。但文言是否绝对的受排斥，尚是一个问题。照我的观察，将来应用文，一定全用白话。但美术文，或者有一部分仍用文言。”[④]在当时，那种以文言文写“美文”的认识与实践还是极为普遍的，如1918年，茅盾写《两月中之建筑谭》的绪言时说：“一方面要介绍科学技术，一方面也要文字优美，朱(元善)认为这一定要用骈体。《两月中之建筑谭》开头那段文字就由我来写”；“每篇前我都写有三四百字的绪言，完全用骈体”[⑤]。至于1918年鲁迅的《狂人日记·小序》也是用的文言，这好像是当时的一种约定俗成的习惯。包天笑1917年办通体白话杂志《小说画报》，要写个“前言”、“凡例”之类，还是用的文言。

---

① 包天笑：《钏影楼回忆录·集会结社》，大华出版社1971年版，第354页。

② 郑逸梅：《郑逸梅选集·第1卷·前言》，黑龙江人民出版社1991年版，第3页。

③ 高凤谦：《论偏重文字之害》，《东方杂志》第5卷第7期，转引自《辛亥革命前十年间时论选集》第3卷，三联书店1977年版，第11—13页。

④ 蔡元培：《国文的将来——在北京女子师范学校演说词(1919年11月17日)》，《蔡元培全集》第3卷，中华书局1984年版，第358页。

⑤ 茅盾：《商务印书馆编译所和革新〈小说月报〉的前后》，见《商务印书馆90年》，商务印书馆1987年版，第167、169页。

五是出于当时文人的一种“习惯势力”，总觉得文言文写来便捷、简洁、铿锵……这是我们今人不易体会的一种自小经过训练的老习惯。姚鹏图就曾表达过这种根深蒂固的“习惯势力”：

> 凡文义稍高之人，授以纯全白话之书，转不如文话之易阅。鄙人近年来为人捉刀，作开会演说，启蒙讲义，皆用白话体裁，下笔之难，百倍于文话。其初每请人执笔，而口授之，久之乃能搦管自书。然总不如文话之简捷易明，往往累牍连篇，笔不及挥，不过抵文话数十字、数句之用。固自以为文人结习过深，断不可据一人之私见，以议白话之短长也。①

因为不习惯于用白话，那时写出来的白话不可能是《水浒传》、《红楼梦》式的白话，虽然有些文人也曾熟读过这些书，但并没有去刻意模仿过，再说，那时的开会演讲和启蒙讲义也不能用“水浒”、“红楼”语言。那么在他们的笔下，往往是一种“写话”式的“大白话”，缺乏任何的“美感”。就简洁而言，鲁迅在1903年译《月界旅行》时选择文言为其语言载体就是着眼于此：“初拟译以俗语，稍逸读者之思索，然纯用俗语，复嫌冗繁，因参用文言，以省篇幅。”②再就铿锵而言，如陈独秀以“三爱”为笔名，在1904年9月11日出版的《安徽俗话报》上发表《论戏曲》一文，他写道：“戏园子是天下人的大学堂；戏子是天下人的大教师。”第二年，即1905年，他将这篇文章“译”成文言，在《新小说》第2卷第2期上发表：“戏园者，实普天下人之大学堂也；优伶者，实天下人之大教师也。”到今天读来，还是觉得文言铿锵有味，比他前一年所写的白话文“美”。当然在陈独秀的心目中不会存有想“回光返照”的念头的。因此，这是一种五大原因汇合起来的流行与时尚。在1912年这一年中出现苏曼殊的“变格”，出现徐枕亚、吴双热、李定夷们的“变格”就不足为怪了。

二　以“催醒”为目的的《小说时报》

我将中国现代小说期刊第二波定在1909年9月——以《时报》馆出版的

---

① 姚鹏图：《论白话小说》，载《广益丛报》第65号（1905），转引自《20世纪中国小说理论资料》第1卷，北京大学出版社1989年版，第135页。

② 鲁迅：《月界旅行·辨言》，《鲁迅全集》第11卷，人民文学出版社1973年版，第11页。

《小说时报》为启端。[①] 这本大型小说刊物是由陈景韩和包天笑联合(轮流)主编。他们一位是曾因白话著译得到过胡适盛赞的陈景韩,另一位是在1901年就办《苏州白话报》的包天笑。那么他们为什么会采取同一步调,将《小说时报》办成一个以文言为主要传播媒体的杂志呢?我认为他们同意东海觉我调查所得的结论,他们得为"旧学界输入新学说者"服务。也就是说,他们的刊物面向当时的士人,即为那些要求改变自己知识结构的知识分子提供精神食粮;既然要为这些人灌输新知,那么就应以翻译为主,而又要以他们所习惯使用的文言为主要语言载体。这本杂志在版式上采用16开本。过去在期刊第一波时的6种主要期刊都是32开本。这当然仅是杂志的外观。从内容来看,他们利用懂外文的优势,以译介名家名著为主,这也是一种输入新知的途径。林纾因为不懂外文,所以他在翻译时选择作家作品无法做到精严。陈、包虽不是什么能纵览外国文学整体全局的大译家,但在他们的刊物上毕竟介绍了一些世界文学中的一流大家。这本杂志共出版了33期加1期临时增刊,总篇幅为5 514页,翻译的量约占五分之四强,即翻译作品共计4 510页,而创作仅占1 004页。因此,这本中国期刊第二波的带头杂志在开本大小、文白载体、著译比重上都与过去的小说期刊有所不同,它面向士人,即中国的知识分子的主体。当时的杂志当然赋有启蒙的任务,但他们的启蒙不再是梁启超式的那种枯燥乏味的政治说教,而是代之以社会生活的鲜活摹写。我们将它视为中国现代小说期刊的第二波的带头者是据于上述的种种理由。它没有发刊辞,它的首期首篇小说是陈景韩自己创作的《催醒术》,也许这就是它的"发刊辞"。

《催醒术》写"予"(我)某日被一手持竹梢(笔管)的人一指,"予"就像脱胎换骨似的从此耳聪、目明、心敏、身捷,一切都变得"豁然开朗"。那时他才看清自己身上竟是满身尘垢,而世人也遍体积秽。他赶快清洗了自己,再帮友人们洗涤。他哀叹:"予欲以一人之力,洗涤全国,不其难哉。"可是朋友们根本看不到自己身上的污泥浊水,反而"群笑予为狂"。他听到屋外有可怜人的哀号,赶

① 出版在《小说时报》之前的有武汉发行的《扬子江小说报》,该刊在第2期中自称第1号"印工太劣",但这一期已很难找到,仅在芜湖市图书馆"阿英藏书室"看到一个残本。第2期是1909年6月18日发行的,该刊现能见到的第2—5期,主要的小说都还没有连载完,且此刊在当时影响也不大。1909年9—11月上海出版的《十日小说》为旬刊,我们能看到1—11期,这是《图画日报》的附赠品,除张春帆的《宦海》每期登4页(约1 200字)以外,其他许多连载小说每期只登2页(约600字),就像日报副刊上的容量,严格说来,不像一个正式的刊物。每期封面上都是"恭刊"什么《宣统皇帝、贤监国摄政王合影》和《德宗景皇帝遗像》以及某大员等之类的照片,令人觉得保皇气息十足。

去救助，可是友人们都听不到，不仅“众具愕然”，而且“窃窃私语曰：‘彼殆病神经’”。他痛感“何人人咸聋若此”？他闻到世界上“秽气触鼻”，到处是蝇、蚊、虱、臭虫、飞蛾吮吸着人们的鲜血，他就拼命去扑杀，可是人们却“安之若素”，谈笑自若。小说最后，写“我”叹息道：“我”原以为自己变得耳聪目明，心敏身捷，是自己莫大的幸福，哪里知道反而狼狈到这般地步，而且还不为人们所理解。这位“异人”既然要点醒人，为什么只催醒“我”一个？陈景韩用象征的手法，写出当时先进分子觉醒后，孤军奋战时的内心孤寂与苦闷。这是一种智慧的痛苦，世人反而嘲笑他是狂人，说他患了“神经病”。这自然使我们联想起鲁迅 1918 年所写的《狂人日记》及鲁迅的有关杂文。当然，《催醒术》远没有《狂人日记》的深度，艺术性也比《狂人日记》差。可是这是 1909 年所写的一篇“狂人日记”，在中国现代文学史的“狂人谱系”中也应有它的一席之地。

在小说的开端，陈景韩也陈述了他写《催醒术》的目的：“中国人之能眠也久矣。”他之所以要写《催醒术》是希望通过“催”，能使“伏者起，立者肃，走者疾，言者清以明，事者强以有力。满途之人，一时若饮剧药，若触电气，若有人各于其体魄中与之精神力量若干，而使之顿然一振者”。作者切望中国有这振奋的一日，这是他的理想，也是他想办这个杂志的期望。“催醒”即启蒙——这是他的代发刊辞，是一篇阐明启蒙宗旨的形象化宣言。在创刊号上还刊登了高阳不才子（许指严）的长篇理想小说《电世界》，其实是一篇科幻小说，也能在一定程度上开启读者的眼界。

第 2 期轮到包天笑主编，他发表了他的短篇代表作《一缕麻》。他就不像陈景韩那样高瞻远瞩，而是比较贴近生活的原始状态：某女士自小订婚，长大后才知道未婚夫是痴郎，这么一位“风姿殊绝”、“解书擅文”的“不栉进士”去嫁一个“臃肿痴呆，性不慧而貌尤丑”的男子，连女士的父亲也叹息：“一个掌中珠，今乃投诸粪壤中矣！”女士不仅痛不欲生，而且对欧西的“离婚之说”也有认同感；但在老父的“吾辈诗礼之家，又何能背此旧日之婚约”的劝说下，也只好举行了婚礼。时吴地流行疫疠，女士出嫁的第二天就染上凶猛的黑死病。连“妪婢辈举不敢入新妇房”，但痴郎却不回避，亲自喂汤药，照料一切。其父母强令其暂避，痴郎不听：“人人咸怕疫，疫者将听其死乎？昔我病，母之看护亦如是。我宁即死乎。”女士“心感其诚”。她的病日趋沉笃而昏迷数日，苏醒后转侧间觉得发根上有一物，“以手捋之，则麻丝一缕，已约香鬟”。痴郎在持疾时也受传染，家人告诉她，“我家公子已殓矣”，“痴郎当瞑目时，尚嘱父母，善视新妇”。女士大恸，感恩知己之泪泉涌，才知痴郎乃“志诚种子”。日后，虽有过去就仰慕她的有为青年数度来信，但她不为所动，“至今人传某女士之贞洁，比之金石冰雪云”。据包天笑说，这是他夫人所雇的“梳头妇”告诉他的。这个故事先是“控诉”盲婚，可是后来情节又急转直下，在痴郎的丑陋外表的内里，发现竟是一位“志诚种子”。他为她牺牲了生命，她决心为他牺牲青春。这是一篇服膺生活原型的“多主题”小说。一般的作家不会把一个“哀情”题材作这样的处理，结果是经过生死考验的“志诚”战胜一切，包括婚姻不美满的“哀情”。在哀情潮中作如此的处理，似乎别开生面；但又觉得它最后又有走向“终身不嫁”之类的老套嫌疑。但在包天笑脑子里根本不存在这些“条条框框”。在读者觉得难于评价时，戏剧家却多看好这篇小说：首先是梅兰芳将它改编为京剧，后来袁雪芬又将它搬上了越剧舞台，还有人将它改编成电影《挂名夫妻》。《一缕麻》因此而享盛誉。

在翻译方面，《小说时报》向读者介绍了普希金、托尔斯泰、契诃夫、雨果、大仲马、莫泊桑、狄更斯、王尔德等名家的多种佳作。

《小说时报》是《时报》的一个“子机构”。陈景韩、包天笑本身就是《时报》的主笔。它的成功与《时报》在当时的威望与风格是分不开的，与《时报》的总经理狄平子(楚卿)的支持是分不开的。为了不分割这两者的相辅相成的关系，这里摘引一段胡适的评价是一种在篇幅上很为经济的办法：

> 我于前清光绪三十年的二月间从徽州到上海求那当时所谓“新学”。我进梅溪学堂后不到两个月，《时报》便出版了。那时正当日俄战争初起的时候，全国的人心大震动。但是当时的几家老报纸仍旧做那长篇的古文论说，仍旧保守那遗传下来的老格式与老办法，故不能供给当时的需要。就是那比较稍新的《中外日报》也不能满足许多人的期望。《时报》应此时势而产生。他的内容与办法也确然能够打破上海报界的许多老习惯，能够开辟许多新法门，能够引起许多新兴趣。因此《时报》出世之后不久就成了中国知识阶级的一个宠儿。几年之后《时报》与学校几乎成了不可分离的伴侣了。
>
> 我那年只有十四岁，求知的欲望正盛，又颇有一点文学的兴趣，因此我当时对于《时报》的感情比对于别报都更好些。我在上海住了六年，几乎没有一天不看《时报》的。……我当时把《时报》上的许多小说诗话笔记长篇的专著都剪下来分粘成小册子，若有一天的报遗失了，我心里便不快乐，总想设法把他补起来。

> 我现在回想当时我们那些少年人何以这样爱恋《时报》呢？我想有两个大原因：
>
> 第一,《时报》的短评在当日是一种创体,做的人也聚精会神的大胆说话,故能引起许多人的注意,故能在读者脑筋里发生有力的影响。……《时报》对于这几件事都有很明决的主张,每日不但有“冷”的短评,有时还有几个人的签名短评,同时登出。这种短评在现在已成了日报的常套了,在当时却是一种文体的革新。用简短的词句,用冷隽明利的口吻,几乎逐句分段,使读者一目了然……这确是《时报》的一大贡献。我们试看这种短评,在这十七年来,逐渐变成了中国报界的公用文体,这就可见他们的用处与他们的魔力了。
>
> 第二,《时报》在当日确能引起一般少年人的文学兴趣。……那时的几个大报大概都是很干燥枯寂的,他们至多不过能做一两篇合于古文义法的长篇论说罢了。《时报》出世以后每日登载“冷”或“笑”译著的小说,有时每日有两种冷血先生的白话小说,在当时译界中确要算很好的译笔。他有时自已也做一两篇短篇小说,如福尔摩斯来华侦探案等,也是中国人做新体短篇小说最早的一段历史。……我们可以说《时报》的第二个大贡献是为中国日报界开辟一种带文学兴趣的“附张”。自从《时报》出世以来,这种文学附张的需要也渐渐的成为日报界公认的了。①

《时报》自 1904 年创刊,积 5 年之良好传统,有办文学“附张”的经验。当总经理狄平子觉得手中还有一个印刷力量很强、机械设备精良的有正书局应该发挥其作用时,就办了《小说时报》,以后还办有《妇女时报》。

《小说时报》是很提倡时尚的。我们今天看到它的创刊号的封面,可能会大惑不解,在“春风杨柳万千条”的淡绿色背景上,站着一个背向读者的女郎,似乎比“犹抱琵琶半遮面”还要羞涩。究竟这是什么意思？到第 2 期的插页中刊登《上海之时式变迁》时,我们才恍然大悟。在这一专页上,有“15 年前之装饰”、“10 年前之装饰”、“5 年前之装饰”、“现时之装饰”等照片。我们才知道这是当时最时尚的一种发髻。以后几期的封面都是妇女的时髦发式。接着要谈的就是《小说时报》登载不少妓女照片的问题。《时报》总经理狄平子也算是位老革命家了,早年全力投入维新运动,梁启超办《新小说》发表《新中国未来记》

---

① 胡适:《十七年的回顾》,《胡适文存》第 2 集,黄山书社 1996 年版,第 284—286 页。

时，每期给梁的小说配总评的就是他。维新运动失败后，他觉得要在舆论上发动群众，就到上海来办报。他恐怕也算不上风流名士，但他希望杂志办得时尚。而当时上海最顶级的时尚“展览橱窗”，要算高等妓院“长三堂子”了。无论是发式、服装，她们都是引领时代新潮流的。需要说明的是，当时的“长三”，或次一等的“幺二”，都不等同于现在的妓院的概念。现在的妓院是“性交易所”，那时的妓院首先是高级社交场所，是商人谈生意的地方，是朋友联络社交的地方，是名士诗酒风流的地方，是官场酬酢的地方；在男女禁隔的社会里，它甚至是找红粉知己的地方，它的功能是多方面的，当然其中也会有性关系的问题。狄平子要将杂志办得时尚，就得与这些妓女打交道。当时家庭妇女的照片是绝对不会刊登于杂志上的。那时的妇女不像现在的女性开通，杂志封面上的大美女皆是良家妇女、时尚明星。在晚清，媒妁为双方作媒时，恐怕还不会带一张玉照给对方一见真容；到结婚时，还得在脸上盖块大红布，新郎还不知道这位新娘的“庐山真面”。狄平子为了满足男性读者欣赏“异性美女”的愿望，还专门开了照相馆，送赠券给这些“大众情人”，吸引她们来拍照。后来《小说大观》的老板沈知方，也喜欢用“近世美人”吸引读者。而作为《小说时报》和《小说大观》主笔的包天笑，在贯彻老板们的意图时，也是非常卖力和发挥创造性的。在现在看来，这些将近一百年前的美女，不仅不美，简直有点丑得令人作呕；因此我悬想，再过一百年，今天的封面大美女们，恐怕也会令人有同样的感觉。时尚这东西是瞬息万变、稍纵即逝的，因此今天的“时尚们”，自我感觉也不必太良好了。我以为，当年刊登这些妓女照片是形成不了罪状的。不过它不属于陈景韩的“催醒”的宗旨，而是一种“包装”和“推销术”。而以后恽铁樵在编《小说月报》时，宣布“妓女照片虽美不录”。两种作派，我以为均属个人喜好范围。

可惜在 1912 年底就发动了将陈景韩挖到《申报》去的秘密谈判，此事狄平子是不知道的。到 1913 年竟成为事实。从此陈景韩长期做了当时中国第一大报《申报》的总主笔，对《时报》与《小说时报》的损失也是不小的。此后的《小说时报》就靠包天笑独立支撑了，脱期也严重。

三　包天笑独办的《小说大观》和《小说画报》

包天笑是一位十八般武器件件拿得起的多面手，各种体裁、题材几乎都能对付两下。当时的环境——初建的文化市场也需要有这种策略性的应对能力。因为既然文化市场已经形成，卖文为生的人就得要有几路笔墨，才能适应市场需求，才能在“迎适”中做到“适者生存”。包天笑并不一定精深，却能应付裕如。他曾很形象地自我描绘：“我有一个笔名，叫作染指翁，那是有人在什么近代文学史上写文章，以之讽刺我的。大致是在说我‘作品题材多样，长篇、短篇、话剧、电影、笔记、诗歌，无不染指’。读之不胜惭愧，但我又不能不承认此‘染指’两字……”[①]包天笑还有一个特长，就是很有点组织才能，这种才能又与他的文化经营策划能力相结合，因此他最懂得什么时候办什么类型的刊物。他的文化事业是从办（苏州）东来书庄开始的，近水楼台，批发来的新书他自己先读。曾孟朴、金松岑、杨千里等文化名人都是他书庄的老主顾，都觉得他是一位有深厚文化底蕴的书商。他赚了钱就办报刊。在20世纪初，苏州还没有印刷机构，他竟然请刻图章的刻字店为他办木刻版的杂志《励学译编》、《苏州白话报》。后来到了上海，印刷出版条件大好，他办得更起劲。据张静庐回忆：“那时候文坛的领袖者有两大巨头，一位是青浦王钝根先生，一位是吴门包天笑（朗孙）先生，而包天笑的势力似乎不及王先生，因为那时的王先生拥有《申报·自由谈》和《游戏杂志》、《礼拜六》周刊三大地盘，我们不能否认周瘦鹃、陈蝶仙（天虚我生）的成名，是经他推荐出来的。”[②]可是张静庐没考虑到，地盘虽是王钝根大，但包天笑的文名远比王钝根大。王自己动手写东西远不及包天笑多，而且包的地盘也不小，他除了一张《时报》和一本《小说时报》之外，后来还有《妇女时报》；在1915年他又创办了中国第一个文学季刊《小说大观》，在1917年又办了第一个通体白话的小说刊物《小说画报》。谈到包天笑更大的影响要从1909年起连续译著“教育小说”说起，他的《馨儿就学记》的片段进了小学教科书。当时中国正开始大办国民小学，这部书的单行本往往是学期结束时，小学校奖励优秀学生的奖品，发行量之大且不说，一位作家的作品能进入千万小学生的脑海，他的作品甚至能影响他们一生，其名望就简直无可限量了。而在20世纪20年代，他的那本以梅兰芳为贯串人物的民国开国史题材的《留芳记》也一度令人瞩目。后来由于开国时的当事人大多健在，当然还有其他种种原因，只发表了20回就中止了。因此，王钝根的地盘虽大，他的影响倒是不可与包天笑比拟的。现在我们再回到他办杂志所取得的成就上来，包天笑的开拓精神是实在令人钦佩的。

文学季刊《小说大观》的影响是很大的。他在“例言”中说：“此为季刊，

---

① 包天笑：《钏影楼回忆录续编·我与电影（上）》，大华出版社1973年版，第93页。

② 张静庐：《在出版界二十年》，上海书店1984年版，第34页。

……年分四集，每集字数在三十万以上，年合百万余言。”这种气魄是足以使人慑服的。有如此的“容量”，三五万字的中篇，便一次登完，叫读者读得过瘾；十万字以上当时就称长篇，也可在两期内登完。在期刊第一波中，短篇小说数量不多，质量好的更少，刊物主要是登长篇连载，一次登载一二章，一年也登不完一部长篇，我们真佩服当时读者的耐心；有时甚至会忘记前面的情节，只好自己责备自己的记忆力太差。包天笑有鉴于此，就有季刊之创意。他在“例言”中说：“所载小说，均选择精严，宗旨纯正，有益于社会，有功于道德之作。无时下浮薄狂荡诲盗导淫之风。”“无论文言俗语，一以兴味为主。凡枯燥无味及冗长拖沓者，皆不采。”“每集之首，有种种插画，如近世美人，各地之风俗，佳胜之风景，珍秘之名画，搜罗咸备，洵称大观。”在《小说大观·宣言短引》中，包天笑还对梁启超倡导“新小说”的功绩与缺陷提出了自己的看法：“向之期望过高者以为小说之力至伟，莫可伦比。……子将以小说能转移人心风俗耶？抑知人心风俗亦足以转移小说；有此卑劣浮薄纤佻媟荡之社会，安得而不产出卑劣浮薄纤佻媟荡之小说？”他在指出小说与社会的互动渗透关系之后认为，就小说作者的主体意识而言，一定要加强自己的社会责任感。如果作者自己“殆患传染病者，不能防护扑灭之，而反为之传染菌毒，势必至于蔓延大地，不可救药，人种灭绝而后止”。因此，他提出作者不能“自毒以毒人”。

这本大型季刊共出版了15期，除刊登狄更斯、莫泊桑、大仲马、普希金、马克·吐温等人的名作外，创作的成绩也比较高。如包天笑自己的《冥鸿》、《回忆》，叶小凤(楚伧)的《蒙边鸣筑记》、《如此京华》，曼殊的《非梦记》、姚鹓雏的《峨眉老人》等都具有时代水平。在刊物上，包天笑每期自任一种长篇连载，一个短篇之外，他夹袋中有他的主要作者班底：“叶楚伧、姚鹓雏、陈蝶仙(天虚我生)、范烟桥、周瘦鹃、张毅汉诸君，都是我部下的大将，后来又来这一位毕倚虹，更是我的先锋队，因此，我的阵容也非常整齐，可以算是无懈可击了。”[①]这一主要阵容中，他们皆各有所长，但总的来说是四著二译，都是当时的名牌；如果借用评弹界的称谓，可以叫作“响档”。我觉得《小说大观》是一个纯正的文艺刊物。以上这几位主要作者，有人虽曾被戴上过鸳鸯蝴蝶派的头衔，但是他们不过写过若干言情小说而已。也许我们听听蔡元培的话，会有助于我们作新的思考：“综观我国小说，强半多涉男女之情，其故由于我国男女之防素严，作小说者，往

---

① 包天笑：《钏影楼回忆录·在〈小说林〉》，大华出版社1971年版，第377页。

往多借文字以发泄其怀抱。”[①]蔡元培是从我国的特有国情所构成的民族心理，甚至是集体无意识来分析言情小说在我国形成了“题材侧重”的原因。对言情小说的出现是大可不必大惊小怪的。更何况在当时还是封建婚姻的羁绊束缚着很多青年男女的时候，他们写生活在这种“低气压”环境中的男女的痛苦，欲挣脱而不能的悲哀，向社会诉说自己的不幸，我觉得也不能说是脱离时代的一种“梦呓”。他们的此类作品也不是没有缺陷。但像周瘦鹃为了一个“紫罗兰”，竟如此终身执著，这精诚的赤热之心，也不能说不感人。我在研究鸳鸯蝴蝶派的过程中，对包天笑开出的上述名单中人的品质还是有一个基本的信任度的。除了包天笑夹袋中的主要阵容之外，为刊物写作的还有林纾、章士钊(孤桐、秋桐)、刘半农等名人。

1917年1月，包天笑又办了通体白话的《小说画报》。我认为包氏的开风气之先的敏感度是极高的，值得钦佩。他从1901年办木刻版的《苏州白话报》，到1909年办以文言为主要载体的《小说时报》，再到1917年办通体白话的刊物《小说画报》，并非信马由缰，走到哪里算哪里，而是根据时代的变迁，适得其时地抓住时机，引领潮头。这次他提出不仅用通体白话，而且是纯刊创作小说，不登译作。据包天笑回忆，1917年前后，译作不仅太多，而且质量下降，许多人外文还没有学好，本国文字也还没有学通，也译书以博取稿费。因此，不如多登创作，以示提倡。他把这个想法一说，文明书局老板沈知方“说着风，就扯篷”，要求包天笑即日筹办。沈当然是从新创意的“生意经”着眼，但包天笑的“标新立异”绝非偶然。他在《钏影楼笔记——白话文之始》一文中说：[②]

> 倡白话文，今人均知为胡适之。其实奔走南北，创国语研究会有远在胡适之前者。如吾乡陈颂平[③]先生即其一也。颂平先生……服官于教育部。当民国元年，即为提倡国语之运动。至沪时，首来访余。欲求于报纸上任宣传之责。故余之创《小说画报》，即秉此请。……故《小说画报》开风气之先，纯粹用白话也。时胡适之先生，方为章秋桐之《甲寅》杂志译短篇小说曰《柏林之围》，则纯用文言体；而创“她”字之刘半侬先生，佐余《小

① 蔡元培：《在北京通俗教育研究会演说词》，《蔡元培全集》第2卷，中华书局1984年版，第493页。

② 包天笑：《钏影楼笔记——白话文之始》，载《上海画报》，第115期，第3版，1926年5月27日出版。

③ 陈颂平与吴稚晖相约“不看中国书”主义，要将国故与“线装书”“丢在毛厕里三十年”，“再整理什么国故，毫不嫌迟”。吴稚晖：《箴洋八股代之理学》，晨报副刊1923年7月23日。

说画报》中撰一章回小说曰《歇浦陆沉记》也。数年来,诸公之思想,丕然一变矣。

当年,白话文之扎根是靠两方面的力量来完成的。一是民间倡导,19世纪末的白话文运动和众多的白话报刊以及胡适的《文学改良刍议》皆属民间倡导。还有一路是官方的合围,1912年教育部废止小学读经课。1916年8月“教育界有些人士又鼓吹文字改革,主张‘言文一致’和‘国语统一’,吁请教育部下令改‘国文’科为‘国语’科,所有这些都为后来的国语研究会的成立作了舆论准备”。同年10月,蔡元培等在北京成立“国语研究会”,“该会宗旨是:‘研究本国语言,选定标准,以备教育界之采用’。从此掀起敦促北洋政府公布注音字母和改学校‘国文’科为‘国语’科的运动”①。1920年1月教育部通令全国:“自本年秋季起,凡国民学校一二年级,先改国文为语体文,以期收言文一致之效。”并以部令修正《国民学校令》,将有关条文中的“国文”改为“国语”。4月份又发表通告,将已审定的文言教科书分期作废,规定到1922年年底截止,文言教科书全部作废,包括国语在内的各科教科书,改用语体文。连胡适也高度评价说:“这个命令是几十年来的第一件大事。他的影响与结果,我们现在很难计算。但我们可以说:这一道命令把中国教育的革新至少提早了20年。”②“政府一纸空文可以抵得私人几十年的鼓吹。”③民间与政府的合力才最终使白话扎下根来,文言文的根从普通教育中被拔掉了,即使略有文言课文,也只是给学生一些最起码的常识,文言文真正成了一种需要专门训练的学问。包天笑就是在民国初建、小学废止读经而后,在蔡元培等发起“国语研究会”的大背景下,觉得白话在报刊上再度唱主角的苗头崭露,再加之自1913年起,林纾的译作质量下降而远远不如以前的声势,他敏锐地感觉到办白话杂志此其时矣。巧合的是,《小说画报》的创刊与胡适在《新青年》上发表《文学改良刍议》同是1917年1月,我们不得不佩服包天笑的善于开风气之先的高度敏感性。

在《小说画报》连载完的长篇中最可注意的有姚鹓雏的《恨海孤舟记》。还有一部因停刊而未竟的值得一提的作品是春明逐客(毕倚虹)的《十年回首》,写他10年前16岁进京做官的许多经历。包天笑说:“可惜这书未写下去,那

① 费锦昌主编:《中国语言现代化百年记事(1892—1995)》,语文出版社1997年版,第27—28页。
② 胡适:《国语讲习所同学录序》,见《胡适教育论著选》,人民教育出版社1994年版,第122页。
③ 胡适:《国语运动的历史》,《教育杂志》第13卷第11号,1921年11月20日出版,第8页。

要比李伯元所写的《官场现形记》高明得多咧。”[①]短篇中也有不少佳作，1919年9月1日出版的第21期上发表了两篇侧面反映“五四”运动的作品，即包天笑的《谁之罪》和姚鹓雏的《牺牲一切》。在当时以小说形式反映这场运动的作品并不多见。《谁之罪》是写学生抵制日货，“处在这个乱世弱国之时代，和平之中时时寓着危险。忽然来了一个绝大风潮，说因为日本人欺侮中国，夺我青岛，全国人心愤激，一致抵制日货”。而《牺牲一切》是写一位东洋留学生在上海一家日本洋行工作，在“五四”爱国学生运动中，他虽为未来生活无着而有过思想顾虑，但在夫人的鼓励下，决心辞职；夫人也自己出外找到了工作，全家齐心准备共渡难关。

包天笑是中国文学期刊第二波中的一员健将。从1909年到1917年，他所办的《小说时报》、《小说大观》和《小说画报》各有特色（在1917年初，这三个刊物还同时并存），在中国文学现代化的进程中发挥过一定的促进作用。

---

① 包天笑：《钏影楼回忆录·在〈小说林〉》，大华出版社1971年版，第381页。

1916年“问题小说”的引进与“上海黑幕”之征集*

一 《小说月报》引进“问题小说”

《小说月报》于1916年引进国外的“问题小说”，发起者为恽铁樵与张舍我。在1916年的第6号上，刊登了一篇译作——问题小说《金钱与爱情》，译者是张舍我与恽铁樵。当时张舍我还只是一个初出茅庐的20岁的小青年。但作为一位无私嘉勉后进的敦厚长者，恽铁樵一定要将张舍我的名字排在自己大名之前。日后，张舍我在恽氏的鼓励下，也的确没有辜负他的期望，在通俗文坛的“问题小说”中闯出自己的一条路子来。在1916年第7号上，紧接着发表了美国“问题小说”的创始人施笃唐氏[①]的《妒之研究》（另一译名为《女欤虎欤》）。张舍我曾介绍说：

> 问题小说（Problem Story），创自美国之小说家施笃唐氏（Frank Stockton），其小说《女欤虎欤》（The Lady or The Tiger）。［某君译之为《妒之研究》，见《小说月报》第7卷，恽铁樵先生尝悬赏征文以论其究竟，颇饶兴味。］氏以二千金售之《独立周刊》，披露后极为一般哲学家与心理学家所称许，而氏之名亦遂大噪。问题小说之作，原由于哲学上或社会上之一种重大问题。著者以为非一二人所能武断解决，故演之于小说，以求社会上之共同研究与解决，意至善也。故今日欧美小说界中，从事于此种作品者渐多。首期之《父子欤，夫妇欤》一篇为社会的，此篇则为哲理的。

---

* 本文系《中国现代通俗文学史》之第8章，北京大学出版社2007年1月出版。

① 施笃唐（Stockton，Frank Richard，1834—1902），一译斯托克顿，美国很受欢迎的小说家，作品以短篇小说集《女士或老虎》（1884）最为有名。

然粗率疏散，无当大雅，原读者诸君有以教之。①

张舍我在这里指出，“问题小说”源自社会问题与哲理问题的推动与催促。看来《小说月报》之引进这种外国小说品种，恐怕已经开始蒙眬地意识到当时社会问题之日趋严重以及最终要在哲理上去进行探索，并寻求解决之路；而小说作者就应该介入这一过程中去。

施笃唐的《女欤虎欤》是直白地将问题置于广大读者面前，要求共同探索。这篇小说的故事并不复杂：一蛮族之王用一种特殊的方法来判决罪犯：在一个巨大的斗兽场内，将罪犯掷于场内，在看台上大庭广众的包围之中。在场内有两扇绝然相同的门，一扇里面是猛虎，一扇里面是美女。他令受判的罪犯开启其中的一扇。如果开了猛虎这一扇，就是证明他有罪，他被吞噬是罪有应得，老虎“扑取其人以膏饥吻，顷刻之间，赀骸都尽，则其人之罪案定，受刑当也”。如果开启了内藏美女这一扇门，则将美女嫁于此人，说明他是受了冤屈的，“盖以艳福赏卸冤之屈”。蛮族之王有一个女儿，乃是他的掌上明珠。可是她与宫中的一个仆役发生了爱情。皇帝非常震怒，要将这一少年送入斗兽场判刑。公主花了巨额贿赂，知道哪扇门内是猛虎，哪扇门内是美女。而且知道这美女就是公主的情敌，也曾与这少年眉目传情。当场，“罪犯”就单看公主的手势行事。公主举起了右手，少年就去开右边的那扇门……施笃唐写道：

> 扉启以后，其中为猛虎欤，美人欤？是皆出于公主之所赐。惟记者不欲更言，今当留此问题，经待慧心人之解决。诸君试一为思维，当觉答此难题至不易易也……使情人一入虎口，则死者不复生；一为情敌之夫，则往者不可谏。此后悠悠岁月，终为埋恨之光阴，即止地老天荒，此恨无极。一生一死终难两全，或生或死无非一散。然则公主胸中欲其所欢施身于何方乎？想其展转踌躇，魂梦缭绕，芳心一寸，回辘无穷。有时愿及所欢，将饱虎腹……碧血四飞，丰肌立尽……时或想情人，启门而睹彼美……欢也既庆更生，又偿夙愿，轻怜缓惜，笑见新人……凡此诸端，萦回不已。生生死死，两不能甘。而必择一以处，此情真到万难矣。或者欲长保郎情，毋为他人所夺，宁可玉碎，不为瓦全，冀他日冥冥之中，犹得欢聚于泉下，此亦未使非计也。然驱者置之死地，心或有不忍为，则留于有待，亦属人

① 张舍我：《博爱与利己·作者附识》，《半月》第1卷第5号，1921年11月14日出版，第62—63页。

情之常态。要之明人于此，当各自有会心，无烦余言之喋喋。诸君于茶余酒后，试各审思而裁度之，美人欤，猛虎欤？

小说是写得很不错的，用一种"非常态"的规定情景，将读者置于两难境地，可是也给了读者无限遐想余韵。它不可能有一个标准答案，但是又可让人们从心理和性格等多重空间去进行推理。恽铁樵也看出了这实际是一种智力测验，让读者从多侧面多角度去"言之成理"；甚至可以说它是一种游戏，让人们的心智在变幻无穷中得到乐趣。因此，恽铁樵在文后附言作悬赏征文："欧美盛行辩论会，常分团体为两组，拟题互诘。盖所以造就言语之才，备他日折冲之选。本题命意取义于此。爱读诸君，……对于本篇，定多隽论，倘录其往反辩驳之词见示，当择优刊录，以公同好。篇幅幸勿过长，以不逾六百字为合。刊录之后，赠张广仲先生书坑屏四幅。不录无赠，原稿恕不璧还。"可见，"问题小说"是有两种不同类型的，一种是智力测验，如果几个人在一起接受这一题目的"考究"，那么，五花八门的方案令人眼花缭乱，在互诘中的确能培养言语思维能力；另一种就是探索社会问题的解决途径，这就与人生问题会有若干关联。通俗作家的"问题小说"，是两方面皆兼而有之的。但它有一个发展过程：先是欣赏它的智力游戏功能，到后来也逐渐以社会问题为注意的重点，但他们关注的问题，又与知识精英文学作家有所不同。那就是在于他们的超党派性及其对政治问题的淡漠，谈的只是婚姻、家庭、伦理、教育、就业等问题，格局就显得小了些，虽然不完全是生活的琐屑。应该看到，像《女欤虎欤》这样的"问题小说"，虽然没有触及社会问题，但有哲理性与文学性，是一种智慧的结晶，这一路子，应该得到我们的肯定。但这样有哲理性与文学性的文章也不可多得，因此极大部分的"问题小说"，总是或多或少会涉及社会问题。

通俗文学界的提倡"问题小说"是先于"五四"以后的知识精英文学界的。而通俗文学界的"问题小说"渐渐侧重于对社会问题的关注，却又是受了知识精英文学界的促进与推动，尽管因为当时双方冲突比较激烈，而通俗文学界不愿公开承认这一点。例如《礼拜六》的复刊，很明显的是针对《小说月报》的革新与改组而采取的对策之一。在复刊后的第 3 期，即总 103 期上，记者就在《编辑室》中宣称："本刊小说，颇注重社会问题，家庭问题，以极诚恳之笔出之。"这也表明，在"五四"时代大氛围的烘托下，通俗文学界很想更新自己的面貌。而通俗文学界写"问题小说"的主干张舍我也就更注重社会问题的探索。

下面就张舍我的发展轨迹作一个大体的介绍。

张舍我(1896—?),名建中,字子方,江苏省川沙县人(今属上海市)。家清贫,父早逝,聪颖好学,15岁以第一名成绩小学毕业,家庭再无力供其上学。正巧有某报面向社会招聘访员(记者),张舍我去应试,居然被录取。从此他作为访员进入社会,奔波于各阶层之间,广泛接触生活,犹如进入了一所社会大学,这对他日后的写作生涯有极大的帮助。但报社支付的工资极低,几乎难于自活。他后来转而经商,又做过小学教员。直到他在商务印书馆找到一个校对的职位,才觉得这是他继续在学业上进取的好机会。白天从校对的书本中汲取知识,晚上又遨游在自己喜爱的读物之中。为了更上层楼,他又半工半读,进入了沪江大学高级预科班学习。在自我奋进中练习写作与翻译,渐渐能用稿费补学费之不敷。他向《小说月报》、《申报·自由谈》和《新申报》文艺栏投稿,得到恽铁樵与周瘦鹃等人的赏识。恽铁樵当年看了张舍我的长篇小说译稿,赞叹道:"真妙文也!"

他在《小说月报》上译介"问题小说"之外,还发表一些纪实性的文字,在我们今天看来是真人真事的报告文学,这是他的记者生涯使他善于在社会生活中发现积极的题材,说明他做记者时的路子还是比较正派的。例如他在《小说月报》第7卷第11号上刊发的《记程一善》,写程虽出身微贱,但在做校役时,偷学各种理化实验,刻苦钻研,大有成就,后办工业学校,倾家荡产,甚至只好请祖父做门房,父母一起做杂役,从校长至教员仅他自己一人承担。如此艰苦卓绝地奋斗,还自己开办工厂,用自己的发明生利,弘扬国货。最后张舍我写道:"今程尚健在,仍以一身兼学堂工厂之重务,双方事业,皆蒸蒸日上。而程于课余,犹研究理化,孳孳不倦。尝嵌'实业'两字,自集一联:'实事求是,业精于勤。'观此,亦可知其为人矣。"这样歌颂苦干实干、为社会培养人才的贫贱出身的知识分子,即使今天读来,也是极为感人的。在《小说月报》上,张舍我除了与恽铁樵有合作外,还与王蕴章、刘半农与颐琐等人有合作关系,或译或作,这几位作家都是在读者中有一定信誉的人。就以颐琐来说,也是商务印书馆中一位有学问的文士,他写的《黄绣球》也许可以说是《新小说》中写得最好的作品之一,不仅题材积极,而且人物形象也较生动,在《新小说》中,能连载完的作品也实在不多,而这部小说即使在《新小说》停刊后,所缺的几章,最后在出版单行本时也补全了。张舍我与这几位正派的作家有良好的合作关系,也映衬了他的为人为文的一个侧面。

张舍我大量写作"问题小说",是在《礼拜六》复刊之后。周瘦鹃作为复刊的主力，将《礼拜六》安顿好，又将自己的精力花在《半月》的创刊上，而张舍我也将“问题小说”的主阵地转移到《半月》上去。刊登在《礼拜六》第110期上的《五十封信》写一个用贿赂使自己飞黄腾达的贪官李庭卿，为了筹措“运动费”，让妻子黄芝丽为他到处借钱，连金银首饰也全部变卖了。但他做了大官后就花天酒地，生活糜烂，恶待妻子。他妻子只好又重回广东乡下去。后来李庭卿罪发而入狱，他写了50封信给妻子求援，可是没有一封回信。李出狱后在报刊上见一则报道：

> 女教育界的明星！……新任广东省立第三女子中学校长黄芝丽女士……本来是少年失学的，因后来为家庭问题，便奋志向学；入广东师范学校读书。毕业后即任番禺女子高等小学校校长。该校校务，顿见发达；学生从50名增至500余名。女士并且开办女子职业学校，以便那些来学的妇女，毕业了能谋自立，不要专事依赖男子……女士常说：“要男女平等必先女子要有学问，有职业，能够独立；这样可以使男子知道女子也是人，不是他们的玩物……”

这样的“问题小说”与当时讨论的“娜拉走后怎样”也是相通的。自立就是女子已经解决了自己的经济独立问题。“要求经济权固然是很平凡的事，然而也许比要求高尚的参政权以及博大的女子解放之类更烦难。天下事尽有小作为比大作为更烦难。”①因此，讨论这个问题也是十分切要的事。另外如《一个问题的两面观》中，张舍我提出了一个问题，即“贞操”为什么只用来苛求女子，而对男子来说，在这方面却没有任何约束。针对这些千年代代相传的不平等的道德陋规，向社会进行责问，也是有一定的积极意义的。

在《半月》第1卷第1期上的《父子欤，夫妇欤》，貌似要读者共同解剖一个“难题”，实际所得的却只是一个很浅白的答案：一个父亲到上海去“荒唐”了两年，与一个“雏妓”生了一个玉雪可爱的婴儿，带回家来。大概是给了那妓女一笔钱就算了事。后来他儿子到上海去求学，爱上了一位师范学校里的刺绣兼图画教员，就请父亲到上海来看看这位未来的儿媳。可是一见面：

---

① 鲁迅：《娜拉走后怎样》，《鲁迅全集》第1卷，人民文学出版社1963年版，第271页。

> 好似天空中起了一个霹雳，把他震得目定口呆，只觉得4年前的艳事，此时又一番一番的映在眼前了。日夜思念小孩子的母亲，竟在这里。我的小孩子的母亲现在竟和我的儿子同居，说是我儿子的妻子……
>
> 嫣娟见了老人，也想起了4年前的往事，什么？我和他生了孩子，现在我又和他的儿子结为夫妇。
>
> 老人和嫣娟，曾为一度夫妇。老人和乃谛，是父子的关系。现在乃谛又和嫣娟发生夫妇关系，父子欤？夫妇欤？到底如何解决，作者没有决断力，还请读者诸君一同思考，一同解决。

乃谛、嫣娟和在家乡的那个孩子应该都是无辜的，问题就出在那个荒唐的老父亲身上。当然，以后这个家庭成员之间的关系与其说是复杂，倒不如说尴尬更为准确。但它毕竟不是一个社会问题，也不是普遍的家庭问题，而是“这一个”家庭的家庭问题。如果乃谛与嫣娟之间的确是有爱情的，他们就去自立。舍弃这个“大家庭”，离开那个荒唐的老父亲，事情不就完了吗？原本嫣娟对这个不是爱情的产物的孩子早已“舍弃”了，甚至已不知孩子的下落。让那老父亲仍然与那孩子去相依为命好了。否则，如果乃谛仍然要这个荒唐老父，那嫣娟就舍弃乃谛。她与那老头脱离后，进了美术学校，终成一个自食其力的人。她有第一次的毅然决然，难道这“毅然决然”不能再重复一次吗？张舍我写的不是一个普遍存在的家庭问题，而是一个家庭的一个特例，其社会价值实在是不大的。

不过在小说中还有这么一个情节，往往会被读者所忽略。在乃谛离开家庭的前夕，他的父亲很郑重其事地对他说：

> 上海是个万恶的渊薮，你一举一动总要当心，切莫狂嫖滥赌。至于你前曾说过的，你要自由结婚，我也不阻止你。但须放出眼力，选择个好女子，切莫到妓院里去，妓女是万人中没有一个好的……

如此看来，这位“荒唐”老父还自认是一位受害者？现在的事实是嫣娟在张舍我笔下是位好女子，儿子乃谛也的确是放出了眼力去找自己心目中的好女子。现在在家乡的那个孩子，更无所谓好坏。那么他父亲的这段话又是什么意思呢？如果他真是出于“真诚”，那么他也是爱那雏妓的，只是雏妓欺骗了他，弃他而去；而不是乖乖地跟了他回到家乡去，安安稳稳、舒舒服服地做富翁的“如夫人”，反正那时的法律还不是一夫一妻制。张舍我在小说中露了这么一个“尾巴”，他的思想的“混乱”不也就暴露在读者面前了吗？这是张舍我想追求《虎欤女欤》的效果，结果是“画虎不成反类犬”。不去认真地探索社会问题，而是想去构成一幅无意中的“乱伦”图。以这样的问题供读者讨论，这反而暴露了自己小说的浅薄。

《博爱与利己》也是张舍我的“问题小说”的代表作。写胡汝刚误伤孙金标致死，其弟孙鸣歧誓为乃兄报仇，但苦于不知仇人的下落。逃到国外的胡汝刚受基督教义之感化回国传教。在孙鸣歧大难临头时，救其不死。后来孙鸣歧知道了这位牧师就是他多年要寻觅的杀兄仇人，他现在有机会于举手之劳中报仇雪恨。小说提出的问题是孙鸣歧是抱着“人若害我，我必取偿”的人类的利己主义去报仇呢，还是因人性本善，加之胡又有恩于他而用博爱主义去宽恕胡汝刚。张舍我在小说结尾时写道：“试问这结局到底是博爱思想战胜呢，还是利己思想占先？著者没有仔细研究过人类的心理，不敢下一个断语，还请读者诸君的赐教。”这样的提问当然是可以促成读者去思考问题，但是要读者下一个“断语”却是作者的苛求，试想在没有“既成事实”之前，标准答案是不可能产生的，因为上述的两种可能性均是存在的，世界的事态是复杂的，人的心理也是可以瞬息万变的，在失控之下，什么情况都是可能发生的。问题是作者希望读者分成“正方”与“反方”，喋喋不休地进行争论，让作者与他的作品坐收“渔翁之利”。

我们不能否定张舍我在他的小说中提出了诸如恋爱、婚姻、家庭、贞操、伦理、道德、教育、就业、生死、国家主权、宗教信仰等问题，但是那种马上要读者去拿出断语或答案来的做法，不过是要调动读者的兴趣，在“正、反方”的辩难中得到心智的开拓，也培养“折冲”的辩论人才，而对社会问题的深究是远远不够的。通俗文学对“问题小说”的倡导确实比知识精英文学的提出“问题小说”要早几年，可是就问题挖掘的深度而言，则远不如后者。究其原因，通俗文学的“问题小说”是走的施笃唐模式，而知识精英文学的“问题小说”走的是易卜生的问题剧的模式。通俗文学的“问题小说”虽然也受“五四”的影响而开始将目光注视社会问题，但它往往还舍不下那种让读者在辩难中得到乐趣的目的；而知识精英文学的“问题小说”是直奔社会存在的问题，激发读者的义愤，探求问题的解决的可能性及其途径，其力度毕竟是不同的。

二 《时事新报》对“上海黑幕”的征答

“都市化”原是一把双刃剑。就近代中国第一大都市上海而言，它既是接收与辐射先进生产力的聚散地，又是输入西方科学管理方法的展示厅，更是帝国主义侵略中国的登陆滩。因此人们往往怀着很复杂的感情形容这个充满“两面性”的上海：“富人的天堂，穷人的地狱；文明的窗口，罪恶的渊薮；红色摇篮，黑色染缸；冒险家的乐园，流浪汉的家园；帝国主义侵略的桥头堡，工人阶级的大本营；万国建筑博览会，现代中国的钥匙……”[①]上海有光明、先进的一面，也有罪恶、黑暗的一面。在上海刮起一阵揭露“黑幕”的旋风是毫不为怪的。始作俑者是《时事新报》。《时事新报》不是一家“下三滥”的小报，而是当时上海四大报之一，在文化教育界也有较高声誉，其副刊之一的《学灯》是当时倡导新文化运动的四大副刊之一。这家报纸的编辑以敢于创新版面著称。他们在发起征求“黑幕”时，肯定预感到这是一个很“叫座”的题目，但事先是否就估算到有如此大的反响，恐怕也未必。《时事新报》原有一个面向知识精英的副刊《教育界》，现在它要开辟一个通俗化的新专栏。它的“黑幕大悬赏”的征文启事，是一个兼顾“讨伐性”、“消闲性”、“趣味性”与“知识性”的大拼盘。开头是一阵义正辞严的讨伐：“上海五方杂处，魑魅魍魉群集一隅，名为繁盛之首区，而实则罪恶之渊薮，魔鬼之窟穴而已。……本报本其救世之宏愿，发为下列之问题，特备赏金，广征答案。世之君子，倘有真知灼见，务乞以铸鼎象奸之笔，发为探微索引之文。本本源源，尽情揭示。……共除人道蟊贼，务使若辈无逃形影，重光天日而后已。”[②]在这个“大盖帽”下面，开列十个“子目”：探警、游民、苦力、娼妓、拆白党、洋奴、烟界、赌徒、拐骗、匪徒等等“之黑幕”。每个“之黑幕”下面还有分门别类的提示，预示了这个栏目的自卫、消闲、趣味、知识等各“性”皆备。这则征稿启事从 1916 年 9 月 1 日首登，至 1916 年 10 月 10 日发表第一篇征答之前，一总重复刊登了 18 次，其声势之大为以前各类征文所未有，可见报社对此专栏期望值之高。第一篇征答文是《拆白党黑幕》，篇幅也只占综合副刊版《报余丛载》的三分之一弱。可是出乎意料的是来稿踊跃，在征文中又收到了一部长篇，作者庄天吊原打算出版一本《海上百面燃犀记》的黑幕书。巧遇征文，就根据征文的子目，略作调度——按题顺序作答，在专栏

① 熊月之：《上海通史 · 总序》，《上海通史》第 1 卷，上海人民出版社 1999 年版，第 1 页。

② 载上海《时事新报》1916 年 9 月 1 日第 3 张第 4 版《报余丛载》栏征稿启事。

开张的第6天就开始连载。作者名不见经传，除熟知黑幕中各种门槛之外，文字水平低下，由钱生可（专事负责黑幕的编辑）润文。由于社会反响强烈，报纸发行数量也因此激增。报社觉得大可作为读者的"看点"、报纸的"卖点"，因此，不仅收稿截止日期从9月20日延长至1916年年底，而且商业化操作手段也愈演愈露骨，由"小炒"而放手"大炒"。手法之多样，令人眼花缭乱：一、1916年10月30日，在头版头条发表《爱读〈上海黑幕〉者鉴》："从近日各处购报诸公，均欲自10日起补购。奈本报存积无多，无以应命……现订一特别办法，定于阳历11月半，将黑幕汇印一纸，以与16日以后之报相衔接。凡购阅本报，即附送一份。"这次一印就是四整版。原声明以后不再补送，可是这股势头据说刹不住车，由于要求补购者信函纷纷，"本报同人亦复不胜其烦"了，于是发展到每半月就重新将黑幕再版一次，奉赠订户。二、扩充篇幅：1917年1月26日，头版刊登《爱读黑幕与黑幕投稿诸君均鉴》：庄天吊的长篇连载3个月，"愈出愈奇，……而诸君短篇答案，积久盈尺"，于是决定"另辟《上海黑幕（二）》"，与"庄稿齐驱并驾。譬诸行军，庄君大队当先；诸君短兵相接，合力竞进，自有互相策应之妙。我知黑幕遇此劲敌，命运绝矣"。这种"开辟第二战场"时踌躇满志的口吻，实乃出于"炒作"之居心。三、运用"有利时机"，专题特别征答。1917年2月2日，头版发布《本报特悬重金再征上海黑幕短篇答案通告》："时值旧历新年，黑幕问题中之赌徒、拆白党两类妖魔又复乘时潜出，设局害人。本报嫉恶如仇，爰特更悬重金专征赌徒、拆白党两种短篇答案。"规定300字一则短篇，第一名奖金高达30元。于2月25日揭晓名单同时，宣布"黑幕长短篇……长期收稿"，俨然成了一个"永久性"栏目了。四、由赠送单张到赠送黑幕书：每半月固定赠送的单张，赠送至第7次后，于1917年3月16日起又在头版头条宣布，由于篇幅扩张，单张无法容纳，不便"携带传观"，现"本报第8次再版单张改装书本"。这其实是单行本"'黑幕'书"的起始。在貌似"热度一路攀升"中，稿件内容却每况愈下。揭露丑类，描绘犯罪细节；渲染情色，刺激读者感官。五、1917年5月1日从"扩张篇幅"发展到"扩大地域"，又刊载《本报征求北京之黑幕》的征稿启事。在开列的16个子目中，还颇具北京特色：官场、党派、政客、宫禁、旗人、遗老、帝制、老吏、相公、娼妓、求官、古董书画、会馆、门客、市侩、当差等等"之黑幕"。但是由于当时交通和传媒的现代化程度还达不到两地远程之迅捷交流，"北京之黑幕"一直没有开张。六、出版汇编合订本：在专栏开设一周年时（1917年10月10日），出版《〈时事新报〉上海黑幕一年汇编》（后报社简称"甲编"），篇幅达800页；在设专栏不到一年半时，即

1918年3月18日，又在头版头条刊出《本馆上海黑幕汇编第二编出版预告》(后报社简称"乙编")。这甲、乙两汇编，共约80万字。从上述的"第8次再版单张改装书本"到甲编出版之前，"'黑幕'书"已印了12册，俨然是一套"小丛书"了。而甲、乙两编，更是这些"'黑幕'书"的扩大汇编。我们现在批评黑幕时，总是拉出1918年3月出版的《绘图中国黑幕大观》来作为指控对象，因为这是我们目前最易找到的"靶子"，但《时事新报》的汇编本岂不就是《绘图中国黑幕大观》出版之前的"大观"?《时事新报》的每一篇黑幕征答，报上先刊一次，单张或"小丛书"再重复一次，一年汇编本再搜罗总汇一次，其中的流毒也更呈泛滥之势。而报社的滥用文化商品化的手法也越显露，它不再"不取分文"，而是明确宣布，汇编虽为赠品，但与订报挂钩。凡订满半年的订户，各赠一册。我们还可从这些汇编预告中知道一点该报在社会上掀黑幕狂潮的信息："但观近数月来，拾取黑幕名词诸书，纷纷出现……即可知本馆创始上海黑幕之价值矣。"这很有点"居功自傲"的样子。当时各报广告栏中的黑幕书籍的确达到了"铺天盖地"的程度。仅就1918年3—5月《申报》的广告栏中，就有《女子黑幕大观》、《全中国娼妓之黑幕》、《小姐妹秘密史》(又名《女子三十六股党之黑幕》)、《上海秘幕》、《绘图中国黑幕大观》、中华大黑幕《辱国春秋》、世界大黑幕《世界秘史》等等。更有一种叫做《上海妇女孽镜台》的广告，简直令人瞠目结舌、惊诧莫名。它讲授"苏扬帮老鸨教授妓女法、附京津老鸨教授妓女法"，而且还加添铜版精印百美图。读者们又不准备去做妓女，要学这一套献媚于嫖客的方法干什么？黑幕"盛"到邪恶之路上去，而且越走越进了死胡同，于是才有1918年9月15日发表的《教育部通俗研究会劝告小说家勿再编黑幕一类小说函稿》[①]，社会舆论对《时事新报》也极为不利。经过两年的黑幕"倾盆大雨"，物极必反。1918年11月7日，《时事新报》只好在头版头条发布通告《本报裁撤黑幕栏通告》。这则通告倒是值得全文照录，以供观览的：

> 黑幕者，本报本其改良社会之宏愿，特创之一种纪实文字也。两载以还，极承各界赞许。"黑幕"名词遂卓然成立。而最近各小书肆之投机出版物接踵并起，亦无不各有其黑幕。试就各报广告栏而一计之，不下百十种之多，以表面言，本报创之于前，各书肆继之于后，我道不孤，不可谓非

① 载《东方杂志》第15卷第9号，转引自芮和师、范伯群等编《鸳鸯蝴蝶派文学资料(下)》，福建人民出版社1984年版，第834页。

极盛。而孰知有大谬不然者，此类效颦之黑幕虽至多，试逐一按其内容，诲淫者有之，攻人隐私者有之，罪恶昭著，人所共见。黑幕二字，即其自身之评，尚何改良社会之有？揆诸本报始揭黑幕之宗旨，实属背道而驰，诚非本报之所及料也。呜呼！黑幕何辜，遭此荼毒。虽曰黑幕不负人，人自负黑幕。而本报以自我作俑，引咎自责。且认为循是以往，借假名义者日多，泾渭不分，或竟事与愿违，无益而反有害。爰特将本报黑幕一栏即日取消，暂以短篇小说为代。稍缓当别创一种记载，以答爱读本报黑幕诸君殷殷盛意。至于定〔订〕报赠品，仍赠黑幕乙编全部。特此通告。

眼看大势不佳，《时事新报》赶快以高姿态"主动"撤退，否则有损于报纸的整体声誉。"通告"肯定自己的"宗旨"是光明宏正的，仅是牵累于各小书肆的"挂羊头卖狗肉"的投机事业，使它这位首创者蒙了不白之冤，它只好为这些效颦的"东施"们"引咎自责"了。它"嫁祸于人"而洗清自己，其实，自己的黑幕内容也是愈趋低下，它难辞其咎。

以上就是"黑幕潮"的起步、发展与盛极而衰的过程。

三 "五四"前后对"黑幕"类作品的批判

关于《时事新报》的"黑幕大悬赏"开始发起时，动机也许是很好的。办报的人虽然将报纸的发行量看得很重，但发起这次"征答"也确想对种种黑幕进行讨伐，增强读者的识别力与自卫能力。可是这一专栏受欢迎的程度远远超出他们的预计，而发行量的激增更令办报人欣喜若狂。这时，在选稿的标准上再一放任，味道就会变异。而创办人在"发行量"与"讨伐性"的天平上，就会向"发行量"倾斜，以至于无法自持。于是大肆追求轰动效应，不计社会效果，进而发展到煽情"炒作"，掀起犯罪与色情文字大展览，是《时事新报》的"黑幕征答"专栏引领黑幕走向自我毁灭的道路。随着气味的日趋变质，从"弊大于利"而堕入了"流毒社会"的深渊。可见黑幕也是一把双刃剑。《时事新报》宣言要给黑幕以致命一击，结果却被黑幕之剑的刃口伤害了自己。

社会上对"黑幕征答"的看法也有一个认识的过程。创栏伊始，社会上各色人等都对它有很高的期望值。多数市民觉得这个专栏是给黑幕"曝光"，使其无处藏身。读了这些东西，就像学会了一种"防身术"。特别对大都市中的"新移民"来说，觉得自己对社会上的鬼魅，多了一种自卫的能力。因此，视黑幕专栏为"照妖镜"，以为这是帮助乡村移民"速成"进入城市文化圈的有效手段之一。有的读者觉得专栏能满足自己的“窥探欲”，可作茶余酒后之谈助，也就特别感兴趣。可是，这一个专栏连续办了两年有余，即25个月，而且“日无间断”。到了后来就进入了“走火入魔”的境界。“悬赏答案”愈写愈“细节化”，甚至夸大其辞，编排渲染，无中生有，绘声绘色，津津乐道。似乎社会上举手投足之间皆有黑幕，人生就在黑幕包裹之中，简直可怕极了。在这一过程中，叶小凤的反映是很有代表性的：

> 黑幕二字，今已成一诲淫诲盗之假名。当此二字初发见于某报时，小凤奉之若神明，以为得此慈悲广大教主，将地狱现状一一揭布，必能令众生目骇心惊，见而自戒。及见其渐近于淫亵，则喟然叹曰：洪水之祸发于此矣。果也，响应者，春芽怒发，彼亦一黑幕，此亦一黑幕，探基具相，则龌龊至于不可究诘……夫开男盗女娼之函授学校，则直曰开男盗女娼之函授学校耳；卖淫书直曰卖淫书耳，而必曰宣布黑幕也。彼以为如此，则可以诱惑读书之学生，可以逃官厅之检查，其计诚巧不可阶，总算一帆风顺，无往不利。学生之黑幕程度，继长增高，进而教之，且将与流氓拆白颃颉，而作俑者，于此亦可告一段落矣。①

叶小凤将“过程”与“责任”都说得很清楚。它开始时的确是得到读者的拥戴的。可是后来报上的内容“渐”近于淫亵，这个“渐”就是作俑者走下坡的过程。而当书肆群起响应，而且“探基具相”，也即“细节化”到可以作为犯罪教科书的程度，则可与教唆青年罪同论了。

因此，对这些文坛上的丑陋现象进行批判是必要的。当《时事新报》“撤栏”之后，在“五四”前夕，刚刚步上文坛的知识精英文学作家们发表了4篇后来很有影响的文章，对黑幕泛滥所造成的后果进行消毒。这4篇文章是钱玄同的《“黑幕”书》(载《新青年》第6卷第1号)、志希(罗家伦)的《今日中国之小说界》(载《新潮》第1卷第1号)、周作人的《论“黑幕”》(载《每周评论》第4期)、周作人的《再论“黑幕”》(载《新青年》第6卷第2号)。钱玄同在《“黑幕”书》中说：“‘黑幕’书之贻毒于青年，稍有识者皆能知之。然人人皆知‘黑幕’书为一种不正当之书籍，其实与‘黑幕’同类之书籍正复不少。如《艳情尺牍》、《香艳韵语》，及‘鸳鸯蝴蝶派小说’等等，皆是。”志希在《今日中国之小说界》中说：“第一派是罪恶最深的黑幕派。……第二派的小说就是滥调四六派。……我骂了以上两派的小说，把我的笔都弄污染了。”接着是周作人的《论“黑幕”》与《再论“黑幕”》等等。

---

① 叶小凤(楚伧)：《小凤杂志》，上海新民印书馆1935年再版，第31页。

这4篇文章均发表在1919年1—2月份。而在这之前则有1918年9月15日的《教育部通俗教育研究会劝告小说家勿再编黑幕一类小说函稿》。上述这些文章都对"黑幕"进行了义正辞严的批判,这在当时是非常必要的。在批判的过程中,又连带对鸳鸯蝴蝶派进行指责,论争是无可厚非的。可在这些"批判"与"劝告"中出现了两个概念:一、"'黑幕'书",二、"黑幕一类小说",也即"黑幕小说"。这两者是不能画等号的。所谓"'黑幕'书",开端于1916年9月1日上海《时事新报》所发起的"黑幕大悬赏"。它征集《上海之黑幕》,开列若干"问题子目","广征答案"。这些"答案"不属"文学作品",也不是黑幕小说。黑幕小说是在《时事新报》发起"黑幕大悬赏"前后就存在于文坛上的一种小说题材类别。而在那次批判与劝告中,知识精英文学家的一个通病是将"'黑幕'书"与"黑幕小说"混为一谈。教育部通俗教育研究会的《函稿》亦然。在一阵排炮轰击取得胜利以后,从此不分青红皂白,在文学史上也就一直混淆不清,将"'黑幕'书"与"黑幕小说"视为一物。对"黑幕小说"的评价问题,似乎就算是"盖棺论定"了。随着时间的流逝,有的文学史还张冠李戴地将《绘图中国黑幕大观》当作了"黑幕小说"的代表作加以批判,其实这本正续集4大册的"大观"也不属小说类。

什么是黑幕小说?当时国外的观点是非常宽泛的,而且并不带贬意:凡是具有"曝光"性质的小说,就称"揭黑小说"或"黑幕小说"。美国甚至将《汤姆叔叔的小屋》也划入揭黑小说的范围。杰克·伦敦认为这些小说"它披露了我们国家的真实情况:压迫与不公正的渊薮、痛苦的深渊、苦难的地狱、人间魔窟、充满野兽的丛林。……《汤姆叔叔的小屋》描述的是黑奴,那么《屠场》很大程度上是揭发今天的白奴制"①。按照这样的观点,那么《二十年目睹之怪现状》和《官场现形记》无疑可以划入黑幕小说类。张春帆写了一部《九尾龟》,是属于黑幕小说,受到鲁迅与胡适的批评。可是他写的《黑狱》与《政海》也是黑幕小说,却受到较高的评价。阿英说:"实则张氏所著之《黑狱》,其价值乃高过《九尾龟》十百倍,乃真可称……"《黑狱》与《九尾龟》前数册是同年发行的,"所描写的,都是鸦片输入后,在广东所造成的种种恶果,自官吏以至小民。此书之写实性甚强。即书中之事实,足见官民间因鸦片所引起的种种的纠纷之日趋严重,而必然引起大的'激变',此'激变',即清醒之官民,必有一日起而拒鸦片之再输入,而不惜以种种牺牲以完成之。读此册再阅其它鸦片战争小说,可知中英鸦片之战,其发生

① 转引自肖华锋《〈屠场〉与美国纯净食品运动》,载《江西财经大学学报》,2003年第1期,第93页。

实有悠久之前因。”[①]可见黑幕小说大体可分两种，一种是后来被鲁迅和胡适称为“嫖学教科书”、“嫖界指南”[②]之类，如《九尾龟》等；另一种则因其揭露而产生良好的社会效应的，甚至对历史的“激变”能起预示作用的，如《黑狱》等。因此我们常称张春帆是“两面人”。

包天笑在1918年7月1日发行的《小说画报》上也写过一篇名为《黑幕》的小说，形象而深刻地揭露出版业炮制黑幕犹如贩卖鸦片与吗啡，在小说结尾很幽默地说，他将这些黑幕“写了下来，自己读了一遍，不觉叫声阿呀，可怕得很。这黑幕是有传染性的流行病。我这篇东西，不很像讲的黑幕吗？”其实是包天笑很清醒地看到，黑幕小说大有好坏之分，不容一概加以抹煞。而孙玉声则写过一部《黑幕中之黑幕》的长篇小说，主要是告诉读者，租界中已有一种人，利用人们还不懂“西法”，趁此用各种不法手段钻法律空子，以欺骗钱财，敲诈勒索。这部出版于1918—1919年的6卷长篇小说，意识甚至是很超前的。因此，不能将批判《时事新报》所一而再、再而三地印行的“‘黑幕’书”汇编本与其混为一谈。“‘黑幕’书”臭了，城门失火殃及池鱼，“黑幕小说”也一概成为众矢之的。

“黑幕小说”与“‘黑幕’书”之所以易于混为一谈，还有一个原因是它们二者有时是“事实同源”。下面举一位以写黑幕小说闻名的作家朱瘦菊为个案，作简略的分析对比。

朱瘦菊（海上说梦人）的黑幕代表作是《歇浦潮》，“歇浦”即“黄歇浦”，也就是我们今天所说的黄浦江。朱瘦菊长于上海，善写浦江潮汐。小说连载始于1916年《新申报》，即与《时事新报》的“黑幕大悬赏”同年。前后连载了5年之久，1921年出版百回单行本。其中有些情节可与黑幕征答或《绘图中国黑幕大观》的内容相对照映衬。例如，在《绘图中国黑幕大观》的《优伶之黑幕》中有一则很拙劣的文字：“老大有结义妹曰老二，亦与新剧小生某甲昵（某甲即《新申报》所登《歇浦潮》小说中之胡士美）。……甲斯时与旧识某某妾亦名老二者重续旧好（此老二即《歇浦潮》中之无双）。”在这则黑幕中挑明书中人是小说中某某人的原型，可见《歇浦潮》的人物原型与《绘图中国黑幕大观》中的事实同源。但细细对照，那么《绘图中国黑幕大观》中只是将这种现象视为优伶的“性道德”的混乱，属揭人阴私。而《歇浦潮》则是借此说明文明戏之所以会很快地走

---

① 阿英：《国难小说丛话》，载《小说三谈》，上海古籍出版社1979年版，第1页。

② 鲁迅称其为“嫖学教科书”，见《鲁迅全集》第4卷，人民文学出版社1981年版，第292页；胡适称其为“嫖界指南”，见《胡适文存》第3卷，黄山书社1996年版，第367页。

下坡路，乃是文明戏演艺界混入了许多道德败坏的堕落分子。在《绘图中国黑幕大观》的《政界之黑幕》中有8则是写侦探的。这侦探并非是福尔摩斯式的破案故事，它们主要反映袁世凯手下的侦探四处密布，拘捕孙中山领导下的国民党内的革命派。《绘图中国黑幕大观》不过简单地交代了若干离奇的事实。而《歇浦潮》则一方面写革命党借租界以保存自己，开展工作，并逃脱袁政府的监视与拘捕。另一方面则是袁氏收买革命叛徒诱捕革命者，所谓诱捕就是一定要将革命者诱入华界，才能拘捕。因为从租界当局的资产阶级民主政治观看来，只要你革命党不私藏军火，不自制炸弹，言论是可以自由的，反袁是你应有的政治权利，不得干涉。小说以一定的篇幅写国民党人在袁氏的利诱下加速了内部分化。《歇浦潮》有声有色地反映了诱捕与反诱捕的较量。从相关情节中，一方面可以看到南北政治斗争的尖锐复杂性，另一方面也将当年租界的政治缝隙效应如实地写了出来。这正是租界两面性的具体体现，因此它可以作为反政府力量合法利用的政治空间。关于这一点，知识精英文学家是不大正面反映的，在民族感情的大前提之下，唯恐有“为虎作伥”的嫌疑，但通俗小说看重“存真性”，因此，朱瘦菊在小说中不回避这一点。在朱瘦菊的笔下，对国民党的“内中分子极其复杂”的描绘，也有一定的立体感，既有革命者，也有叛变者，还有一种甚至是将革命当“做生意一样，存的金钱主义。设如探知某人财产富有，又胆小怕事，便写封信给他，请他助些军饷”。这些党人以“讨逆司令部”名义到处敲诈敛钱，供其挥霍。作为一个黑幕小说的作者，他将这些情节看成“歇浦潮”中裹挟的浪花与泥沙。

朱瘦菊在小说中还善于写城市的新兴工商业者中的败类是如何施行新骗术的。《歇浦潮》中的主要人物之一钱如海，就是上海这个“海”中迎着歇浦之“潮”如鱼得水的新型冒险家。他开西药房卖假药起家，但总觉得这个局面太小，施展不开。后来听说，目前是外国人开保险公司最赚钱，他就与许多人合资仿办“富国水火人寿保险有限公司”，自己入股10万元，却用“监守自盗”的方法，用30多箱“假大土”向自己公司保险30万，然后放一把火将栈房烧毁，向公司索赔40万元。这也是“歇浦潮汐”有别于中国其他“海域”的特有的浪花。在他的笔下，新兴行业刹那间会畸变成食人的怪兽。这也是他的黑幕小说吸引力的特异磁场。朱瘦菊并不是站在时代制高点上的作家，小说中也存有不少缺陷；但“五四”知识精英文学作家对黑幕小说作一笔抹杀的结论，也是不能令人信服的。

四　为“揭黑”找一个同时代的参照系

“揭黑”是人类历史上应该一以贯之保持的优良传统。在人类的历史上，永远也少不了揭黑的清扫行动。在《时事新报》“黑幕大悬赏”的前几年，具体地说就是20世纪初到“一战”之前，美国掀起过一个以新闻记者和作家等发起的“揭黑运动”，唤醒社会良知，推动了进步主义改革浪潮，取得了显著的社会效果。

我曾想探寻《时事新报》的黑幕征答有没有受到此前美国“揭黑运动”的一点什么启示，因为20世纪初到“一战”前的“揭黑运动”与1916年9月1日发起的征答黑幕在时间上实在是太靠近了。结果我们没有找到任何蛛丝马迹。我们也想考证一番：周作人等作家是精通外文的，是否曾得到过这方面的信息，可是他们对这个在美国曾是轰轰烈烈的揭黑潮流也并非知情人。我们的“黑幕征答”与“批判黑幕”是在国内“孤立”地进行的，今天我们回顾历史，不妨将同是20世纪初的20年内发生的同类的事进行一番比较，看看能得出什么结论，倒是很有意思的。如果我们将黑幕征答与“揭黑运动”进行一番比较，如果将周作人等的批判与美国“揭黑运动”中的社会有识之士对运动的“有效引导”作一番对照，就能知道，我们会得出与“征答者”和“批判者”都不相同的结论，我们后人可以判定他们是“双错”。现今有一个很时尚的名词曰“双赢”。但是在“全球化语境”下，我认为，中国现代文学史中可能会出现若干批判者与被批判者的“双错”现象。在这中国现代文学的第一战役中，征集黑幕者与批判黑幕者，在事态的发展过程中皆走向了自己的反面，即为适例。《时事新报》征集黑幕，自述是出自良好的动机，开始所搜集的答案，还是可供社会学者作为研究对象的，在一定程度上也对善良的人们发出了警示；可是每况愈下，最后不少征答以煽情的笔调描绘犯罪细节和用情色刺激感官，以自己的行动将“黑幕征答”搞臭。钱玄同、周作人与志希等的批判文章对刹住这种煽情主义的流毒是发挥了一定作用的。但他们将“‘黑幕’书”与黑幕小说混为一谈，进而将批判“黑幕征答”扩大化，要将黑幕小说连根拔掉，使“‘黑幕’书”与黑幕小说都变为“过街老鼠”。从此在文学史上凡与“黑幕”两个字相关联就造成“人人喊打”的局面，同样也是走向了错误的方向。现在我们有将这一“双错”现象放在“全球化语境”中来加以廓清的必要。通过对照与了解美国的这一场“揭黑运动”，也许我们会进一步看到，文学作品与新闻报道对黑幕具有何等巨大的震慑力量。美国的“揭黑运动”虽然早已过去，可是“水门事件”之类不又是一次次的大揭黑？揭黑并不会过时。

在20世纪初，美国的"揭黑运动"并非没有煽情主义的色彩，可是它的主流却是针对政治腐败、官商勾结、非法垄断、劳工问题、食品医药卫生等城市工业文明综合征的主要病灶。美国在19世纪与20世纪之交，在经济迅猛而无节制的发展中，产生了成堆的问题。如何通过揭露这些问题而使社会在经济现代化、社会现代化和观念现代化方面有序前进，成为当时美国社会转型期的聚焦点。那时，一些志在改革的志同道合的民主斗士，以若干新闻记者、作家为主体，还包括大学教授、环境保护主义者、正直的官员，在报纸杂志上大胆揭露时弊，全力推动改革，以致形成了一个规模宏大的"揭黑运动"，在10年左右的时间内发表了2 000多篇揭发黑幕的文章。其中最为著名的有如下几篇美国"揭黑"的典范之作，在历史上被经久不息地传颂着，那就是林肯·斯蒂芬斯的《城市之丑》、大卫·G. 菲利普斯的《参议院的背叛》、埃达·塔贝尔的《美孚石油公司史》和厄普顿·辛克莱的《屠场》。

1904年出版的斯蒂芬斯的《城市之丑》是6篇同一类型的揭黑文章结集而成，这6篇文章矛头都是针对市政腐败的。他选择了6个城市，每个城市最集中地代表了某种腐败的典型。如选择圣路易斯是最能反映贿赂问题，钱权交易达到令人发指的程度；而明尼阿波利斯的警察贪污非常盛行，由于警察与罪犯的勾结，使大批的不法之徒纷纷向明尼阿波利斯啸聚，而一到该地，首先就去拜访警察，以便得到他们的保护。斯蒂芬斯的有计划有目的的系列文章都是经过实地考察，甚至是冒着生命危险写成的。他的每一篇文章简直曲折得像是一篇篇侦探小说，现实性、文学性、可读性极强。这一个个黑幕的被揭开，引起了全国的轰动与震撼。随着揭黑文章受到广大美国公民的拥戴，市政改革也同步地在美国的国土上艰难但也有成效地进行。斯蒂芬斯以一种大无畏精神宣称："我的特殊工作就是写美国贪污现象、贪污分子及总的政治不公正现象。"①

《参议院的背叛》的作者菲利普斯不仅是优秀的记者与编辑，他一生还写了26部小说，大部分都是以揭黑为题材。美国的参议院几乎是百万富翁俱乐部。他们都是由利益集团选出来代表那些托拉斯的利益的。菲利普斯将某些重要的议员指名道姓地揭露了一通，指责参议院是一个背叛美国人民利益的俱乐部，这引起了轩然大波。因为每揭露一个议员，就可能引起一场潜在的诽谤诉讼案。但是人民对这些存在的严重问题的热烈的自由讨论，还是使事态

① 转引自肖华锋的《林肯·斯蒂芬斯与美国市政腐败》，载《江西师大学报》2001年第1期，第4页。

向好的方向发展。在以后的选举中，许多被指名的参议员落选了。而这篇文章发表后最主要的连锁反应是在法律上把直选参议员的权力赋予了人民。

女性传记作家和历史学家塔贝尔的《美孚石油公司史》是揭露托拉斯的个案研究，也是她经过5年调查陆续写出的系列文章。她主要是暴露洛克菲勒集团的见不得人的发迹史：它在起家运作过程中的不道德手段，它对竞争者使用的最残酷的非法行径。这位非虚构文学作家严肃而富有学术味。她不仅显示了她的权威性，同时在细致的叙述中也富有启发性，以致不必去用什么煽情笔墨之类的下策，就足够调动读者的兴趣了。

信仰社会主义的作家辛克莱的《屠场》在美国文学史上也是赫赫有名的。他主要是揭露美国劳工的悲惨命运和屠宰业的极不卫生的、危及人民健康的现状。在劳工问题上他反映得如此深刻而尖锐，被称为"揭露工资奴隶制的《汤姆叔叔的小屋》"。而他对屠宰业内情的揭发，使美国人民更了解自己是重重黑幕下的受害者，结合日常生活中的不道德行为，如假药猖獗等现象，人民崛起为捍卫自己的权利而斗争，以致使政府出台了《纯净食品及药物管理法》和《肉食品管理法》。

这批"揭黑运动"记者与作家唤醒了人类良知，寻求社会公正，为推动美国的改革作出了贡献。可是他们不是革命者，而是美国社会的"补天派"，从事的是进步主义的改革运动。因此，揭露托拉斯的垄断不会去涉及社会制度问题，最后只能以洛克菲勒用慈善基金来补偿他的道德的沦丧。辛克莱是位社会主义者，他揭露的劳工问题当然得不到彻底的解决，虽然以通过两个法律而显示了《屠场》作者韧性的战斗精神。他颇有点自嘲地说："我原本想打击人们的心脏，没想到碰巧击中了他们的胃。"[①]他期望改善的劳工问题，并没有得到相应解决。但是这个揭黑运动与进步主义改革同步进行的新局面，毕竟使美国在经济现代化、社会现代化与观念现代化方面出现了大转机。

除了揭黑者的功绩之外，还有一位当时被美国人民称为伟大总统的西奥多·罗斯福也发挥了重大的作用。这是一位想有所作为的政治家，他与揭黑者之间是有一个磨合的过程的。他原来总想按自己的路子来进行改革，不希望由人家牵着他的鼻子被动地进行改革。因此，他被菲利普斯的《参议院的背叛》所激怒。他甚至在演讲时奚落那些揭黑者是"耙粪者"——眼睛死死地盯着地上的那些污秽，不停地耙着。可是第二天，撰写《城市之丑》的斯蒂芬斯去

---

① 转引自肖华锋《〈屠场〉与美国纯净食品运动》，载《江西财经大学学报》2003年第1期，第96页。

拜会他，并对他说："总统先生，你已把那些使你成功的新闻调查全部扼杀掉了。"①"耙粪者"的名字实在不光彩，但揭黑者们看到的是，总统为他们"加冕"的结果是有更多的人到处寻找他们的作品，然后津津有味地细读。经过磨合，罗斯福这位原本就会利用舆论力量的总统变成更会借揭黑文章为自己"制造公众舆论"，并为美国的进步主义改革开路，从而得到了"很能顺从民意"的好口碑。这实际上是扩大了他总统的权力，使美国当时所存在的种种问题得到了一定程度的校正。

简介美国的揭黑运动就是为了对比我们的"黑幕大悬赏"的档次和存在的问题以及我们对黑幕征答进行批判时所站的高度。首先，征答中所开列的"子目"，除了《探警之黑幕》外，大部分是针对黑社会的，如游民、拆白党、人贩、匪徒等，有一部分竟是针对下层民众的：如《苦力之黑幕》，写的是车夫的"敲诈"、丝厂女工"偷丝"之类。而娼妓类则是向写情色靠拢。还有的是涉及不良嗜好，如烟界、赌徒之类。其中有《洋奴之黑幕》，提示上只有"西崽等辈"，直到后来才添上"买办"字样。而讲到流氓为敲诈主动向路人寻衅时，有的作者只能开出"远色而忍气"（流氓在寻衅之前往往以色相勾引来制造借口）的处方。这里没有当时袁世凯称帝和张勋复辟的政治黑幕，而当时正是袁世凯"龙驾归天"不久。也没有多少与人民更为休戚相关的社会问题。上海是"万商之海"，但征文中连商业中的投机倒把、尔虞我诈的黑幕也不去涉及。因此与其说是揭黑，不如说是"猎奇"。而其主要篇幅是一幕"人渣大展览"，档次实在太低。他们把"征答"主要看成是一种文化商业拍卖行为，仅是扩大报纸发行量的一种廉价手段，更何况逐渐滑入煽情深渊，成为真正意义上的"耙粪"。而美国的揭黑倒并非没有夹杂"黄色新闻"，但因为有导向作用的重头文章，显示了一种理性批判意识的成熟，也就不容煽情风格向公众进行"狂轰乱炸"了。

其次，美国的揭黑运动的主体是一批志同道合的民主斗士，他们虽然没有自己的团体与行会，却有他们的默契与共同目标。像斯蒂芬斯、塔贝尔这样的人，几乎成了"专业"或"职业"的揭黑者。斯蒂芬斯平均每年只写 4 篇文章；而塔贝尔则 5 年也只写了 15 篇，一色是同一系列的。他们几乎是啃住了一个问题不松口。他们的杂志得为他们的奔波调查花很大一笔钱。可是他们的文章一发表，就能引起"社会地震"，杂志的销量当然可观，销量的飙升就意味着广

---

① 肖华锋：《西奥多·罗斯福与美国黑幕揭发运动》，载《江西师大学报》2003 年第 1 期，第 77 页。

告的页码加多,而与其他的报刊相比,每一页的广告费也昂贵得不可同日而语,但这走的是以质量取胜的正路。而"黑幕大悬赏"则是三流甚至是末流文人的"以文换钱",根本缺乏一种社会责任意识。

再次,美国的揭黑运动还得到了罗斯福总统的支持。揭黑者借助总统的权力来为改革铺平道路,而罗斯福又利用揭黑者为自己规划的政治改革大造舆论,以显示自己的顺应民心,也为他赢得连任的选票。而《时事新报》的黑幕征答正是在袁世凯身亡后的军阀们"你方唱罢我登场"的政坛"活报剧"时期,改革根本上是提不上日程的。

虽然黑幕征答以文章质量低下,社会效果极差,因影响恶劣而"撤栏",可是中国的黑幕小说也不是一无是处。像《官场现形记》和《二十年目睹之怪现状》等等轰动一时的作品,其实就是典型的"揭黑小说"。而像朱瘦菊的《歇浦潮》和张春帆的《黑狱》、《政海》等作品,所用的素材,在黑幕征答或《绘图中国黑幕大观》中也关涉不少。可见朱瘦菊、张春帆的这些作品,不是揭人阴私或丑诋私敌的"谤书"。夏济安读了《歇浦潮》之后,还觉得"美不胜收"[①];而张爱玲在谈及她的受影响的书目中,也还有《歇浦潮》的一席之地。因此,不能将黑幕征答、《绘图中国黑幕大观》[②]中若干内容低下的煽情之作与好的或较好的黑幕小说混为一谈,更不能一概加以否定。但在周作人、钱玄同和志希的文章中竟是一笔抹煞的。在周作人的《论"黑幕"》中,虽然也说:"我们决不说黑幕不应该披露,且主张说黑幕极应披露,但决不是如此披露。……做这样的事,须得有极高深的人生观的文人才配,决非专做'闲书'的人所能。"[③]这些意见是正确的。可是他在《再论"黑幕"》中,断然否定了黑幕与写实小说、黑幕与社会问题、黑幕与人生问题以及黑幕与道德之间的关系,从而将"黑幕"书与黑幕小说统统排斥了。他的结论是"黑幕是一种中国国民精神的出产物,很足为研究中

---

① 夏志清:《夏济安对中国俗文学的看法》,载夏志清《爱情·社会·小说》,纯文学出版社 1970 年版。

② 《绘图中国黑幕大观》是一部杂凑的东西,一共分 16 类,720 则,涉及作者 170 人。不能说没有某些作者在里面写了一些可看的内容,但大部分是内容和文字皆很拙劣的笔记之类。如《军事之黑幕》仅收了一篇内容拉拉杂杂的文章,因为没有这篇东西就缺了一大类。当时军阀横行,有在台上得势的,有已下台韬晦的,有在混战中命赴黄泉的,形形色色,黑幕遍地皆是。但这一类简直就等于空白,可见是拼凑的大杂烩而已。

③ 周作人:《论"黑幕"》,载《每周评论》第 4 期,转引自芮和师、范伯群等编《鸳鸯蝴蝶派文学资料(下)》,福建人民出版社 1984 年版,第 826—827 页。

国国民性社会情状变态心理者的资料；至于文学上的价值，却是‘不值一文钱’”[①]。将黑幕与国民劣根性联系起来当然是不错的，但我们认为，揭黑最终虽与国民性有关，但改造国民性也不一定是它唯一的或最直接的目的。揭黑的一个很重要的直接目的是为了改革社会。至于国民性，在改造客观世界的同时，也必然会相应改造人们的精神、观念与灵魂。要将国民性中的劣根性得到若干改造，恐怕最少要经过八代十代的努力不可。试想，美国当时贪污盛行，我国当时也贪污猖獗，这恐怕不光是国民性的问题，而是人性的异化所形成的一种“向恶的弱点”。周作人等人的批判文章曾被作为正确的理论在中国文坛上矗立着，黑幕小说在中国就像被宣判了死刑。这是“管状视野”者所得出的结论。“双错”为文坛留下了后遗症，再加上以后的“揭黑涉小论”、“干预生活”是右派言论等等之类“政治加码”，中国的“谈黑色变”愈演愈烈。其实，今天的若干纪实文艺，有不少都是很优秀的揭黑小说和揭黑影视；而一些反贪反腐小说也得到了领导的高度重视与肯定。可见揭黑在当前领导、人民、作家的心目中的重要性是具有一定共识的。至于美国当年的揭黑运动对其他国家或地区或某一时段是否有普适性，则问题复杂，因素多样，本书无法展开讨论。

① 周作人：《再论“黑幕”》，载《新青年》第6卷第2号，转引自芮和师、范伯群等编《鸳鸯蝴蝶派文学资料（下）》，福建人民出版社1984年版，第833页。

狭邪小说的“人情”、“人道”化[*]

一　从“溢美—近真—溢恶”的沿革谈起

狭邪小说的沿革与流变，在鲁迅的《中国小说史略》中有详尽的阐释，而狭邪小说的“学名”，也是鲁迅首创的。“狭邪”就字面而言是指“狭路曲巷”。古乐府有《长安有狭邪行》，讲述少年冶游之事，后因称娼妓所居为“狭邪”，那么写妓院生活或妓女行状的小说就称为“狭邪小说”了。其实，唐代长安的妓女聚居的里名为地处北门之“平康坊”。因此，古代就称妓家为“平康”或“北里”。“唐人登科之后，多作冶游，习俗相沿，以为佳话，故伎家故事，文人间亦著之篇章。”[①]大概以为才子高中以后，必要到秦楼楚馆中去风流倜傥、儒雅缠绵一番，才能留千古佳话，方显名士本色。如唐代孙棨的笔记《北里志》就是写妓女与进士交往的艳闻趣事，其中记载了不少知书能诗、追求人格尊严的妓女形象。那么鲁迅为什么不称为“平康小说”或“北里小说”，而称“狭邪小说”呢？这其中大概是有一定的倾向性，或要取其略含贬损之意，也是向走“狭路曲巷”的人的某种警示，尽管鲁迅在《中国小说史略》的行文中声明，妓女有“邪正”之分，狎客“亦有雅俗”之别。

清末，狭邪小说盛行一时，鲁迅是从小说史的流变去揭示此类小说兴起的必然性的。他指出，清代的人情小说以《红楼梦》之版行，达到了高峰。于是效颦者纷起，续作与翻案者连篇累牍，“直到道光年中，《红楼梦》才谈厌了。但要叙常人之家，则佳人又少，事故不多，于是便用了《红楼梦》的笔调，去写优伶和妓女之事情，场面又为之一变。这有《品花宝鉴》、《青楼梦》可作代表”[②]。那就是说，狭邪小说是人情小说的一种蜕变，说明那时的一些作者既想跳出《红楼

---

* 本书系《中国现代通俗文学史》第十章，北京大学出版社 2007 年 1 月出版。

① 鲁迅：《中国小说史略·第 26 篇·清之狭邪小说》，《鲁迅全集》第 8 卷，人民文学出版社 1963 年版，第 215 页。

② 鲁迅：《中国小说的历史的变迁》，《鲁迅全集》第 8 卷，人民文学出版社 1963 年版，第 351 页。

梦》的框范，却又脱不了《红楼梦》的窠臼，仅不过场面为之一变，将情场从大观园搬到了北里平康，到头来还是才子佳人模式。

陈森所著的《品花宝鉴》还并非纯粹的狭邪，它专写乾隆以来的北京的优伶。因为那时“国律既禁娼妓，官吏不敢犯令，以误前程”，于是“清代北京相公(指男妓——引者注)，由乾隆至光绪朝为极盛。当时士大夫群以狎女娼为耻，酒宴无歌郎不欢”。歌郎即指男色，而当时士大夫所狎男色，半为优伶：“光绪中叶，士大夫好此尤甚。韩潭月上，比户清歌。诚足点缀升平。”[①]但《品花宝鉴》一书，主要是写几个“用情守礼之君子”，又写几个“洁身自好之优伶”，正合《国风》中的“好色不淫”一句，因此主要还是一部别开生面的写情小说。清代杨懋建评论说：“《红楼梦》叙述儿女子事，真天地间不可无一、不可有二之作；陈君乃师其意而变其体，为诸伶人写照。”[②]据觉罗炳成考证，此书隐射了若干清代的名流巨卿，于是引起了人们的好奇心理，想从中窥探名人的私生活行状，因此，此书在写作过程中就有人借阅传抄。作者也是很有经济头脑的，他“挟钞本，持京师大老介绍书，遍游江浙大吏间，每至一处，作十日留，阅毕，更至它处。每至一处，至少赠以二十金，因时获资无算。半聋(觉罗炳成之号——引者注)少时，随父涮江粮道任，陈至，留阅十日，赠以二十四金，彼犹以为菲薄也”。[③] 这个有偿的“流动借书处”也算是稿费制度实行之前，文人收取脑力劳动的特殊支付方式。至于《青楼梦》，鲁迅认为不过是表达了一种封建文人的人生“大理想”。作者俞达，苏州人。他是取“吴中倡女，以发挥其‘游花国，护美人，采芹香，掇巍科，任政事，报亲恩，全友谊，敦琴瑟，抚子女，睦亲邻，谢繁华，求慕道’(第一回)之大理想”。在封建士人看来，这样的人生，什么都不缺了，最后竟还能“一人得道，鸡犬升天”，真可谓十全十美。所以鲁迅说它“所写非实”，文人的白日梦而已。鲁迅认为“然自《海上花列传》出，乃始实写妓家”。也就是说，正宗的狭邪小说是由《海上花列传》为开端的。鲁迅用他的史笔，对狭邪小说的沿革与流变作了最概括的阐述：

到光绪中年，又有《海上花列传》出现，虽然也写妓女，但不像《青楼

① 王书奴：《中国娼妓史》，三联书店上海分店 1988 年版，第 326—328 页。
② 杨懋建：《梦华琐簿》，转引自孔另境辑《中国小说史料》，上海古籍出版社 1982 年版，第 222 页。
③ 觉罗炳成：《郙罗廷室笔记》，转引自孔另境辑《中国小说史料》，上海古籍出版社 1982 年版，第 225 页。

梦》那样理想，却以为妓女有好，有坏，较近于写实了。一到光绪末年，《九尾龟》之类出，则所写的妓女都是坏人，狎客也像了无赖，与《海上花列传》又不同。这样，作者对于妓家的写法凡三变，先是溢美，中是近真，临末又溢恶，并且故意夸张，谩骂起来；有几种还是诬蔑，讹诈的器具。人情小说底末流至于如此，实在是很可以诧异的。①

这“溢美—近真—溢恶”的确是写法演变的高度浓缩。但是我们从《海上花列传》的内容来看，它已经是中国文学现代化过程中，通俗小说中的社会言情小说的萌发。它让我们看到了晚清现代大都市社会动态的若干生活面影；而《九尾龟》则表现了资本社会中金钱欲的恣睢，妓家更显得利欲熏心。也就是《人间地狱》中借人物之口所说的，在妓院风骚派战胜了恬静派，一切变得那么张扬与跋扈。不过在张春帆的笔下，被肆意地夸张而已。他是从狎客的视角写这部小说的。他感慨这些妓女们怎么连一点点的“职业道德”也荡然无存了。

可是到20世纪20年代，在毕倚虹笔下的《人间地狱》就不同了。《人间地狱》也是披着狭邪小说的外衣，但他眼中看到的是高等妓院也不啻是“人间地狱”。作品中的人物对那些变相地狱中的女子发生了真感情，但又时时感到自己无力振拔她们。应该说，这种初具人道光芒的小说，照亮了黑暗的地狱，狎客与妓女间的真情又能相互体察出人间的一点暖意。

而何海鸣其人是将娼妓问题视为一个社会问题去加以研究的，他的有些小说就是形象化的研究报告中的实例，因此人们称他为“倡门小说家”。在继承改良派中，是不大用“狭邪小说”这个鲁迅首创的学名的。“狭邪小说”这个名称是鲁迅于1920年至1924年在北京大学讲授中国小说史课程时才“启用”的；可是在此以前，继承改良派早就将此类写妓家的小说称为“倡门小说”。因此，既然在他们的圈子中已约定俗成，他们以后还是沿用这个名词。何海鸣的社会经历非常复杂，他笔下的题材也很多样，但他也承认自己是“倡门小说家”，在他的“倡门小说”中喊出了“妓女也是一个人”的呼声，人道色彩也就更为浓郁。

从毕倚虹与何海鸣这两位在倡门小说中有代表性的人物的作品中，我们已经看到20世纪20年代继承改良派在这一题材中的嬗变。

---

① 鲁迅：《中国小说的历史的变迁》，《鲁迅全集》第8卷，人民文学出版社1963年版，第351页。

二　在地狱边缘写尽人间纯情的毕倚虹

毕倚虹(1892—1926),江苏仪征人。他在15岁时,就随父赴京,捐班买得陆军部郎中之职,做起了清朝的小京官。他在自传体小说《十年回首》中写他离家前,祖母看他生得矮小稚弱,很为他担心:"你要上京到衙门的时候,穿上一双高底的靴子,靴子里面我再叫王妈替你做上一个棉垫。你走起路来腰杆子再挺一挺直。两边这一凑,岂不是有个大人的模样了么。"他自嘲道:"同戏上的花旦的踩跷差不多。"祖母答得好:"自古说得好,'官场如戏场',你们还不像唱戏的么?"他的这部长篇处女作就显示了他在通俗文学领域中的不凡的起点。小说连载于包天笑编辑的《小说画报》上,所用的笔名是春明逐客,春明即指北京。可惜因《小说画报》的停刊而未成完璧。

毕倚虹就这样成了"舞台小天地,天地大戏场"中的"戏子",但他短短35岁的一生演的却是一幕幕的悲剧。1911年,他作为随员,准备出使新加坡。岂料到了上海,武昌起义成功,他这个"春明逐客"就不再北上而弃官从学,入江湾中国公学法政科。这位春明冗职闲官,当起了民国的学生。当时他与正在编《时报》的包天笑结识,也由包天笑的推荐,过起了报人生涯。包天笑很深情地回忆道:如果毕倚虹不遇到他,毕倚虹也许不会与笔墨发生因缘,也许就会有另样的走上坡的人生道路,因此包天笑心中总是"横梗着一个念头,如果不遇着我,或者他的环境不同,另走一条康庄大道,也不至于如此身世凄凉,我对于他很觉一直抱歉似的……"[①]包天笑慨叹:"最初导娑婆生(毕倚虹发表《人间地狱》时的笔名——引者注)入文字地狱者,我也"[②];"灵山无分,相迟为地狱中人,则我之踉跄于前,而娑婆生颠顿于后"[③]。包天笑任《小说大观》主笔时,称毕倚虹是他得力的"先锋"。但毕倚虹的父亲畏三公却认为新闻界乃是非之地,逼他重回政界,并为他奔走了一个浙江萧山沙田局局长之职。这对毕倚虹来说,无异于回到像"精神沙漠"一样的官僚生涯中去。好在他带了江红蕉一起去上任,而年轻的江红蕉也受到他的熏陶成为了通俗文学作家。不久,毕倚虹父亲病逝,据说亏空公款甚巨,私人家产悉被充公外,尚不足抵债。按照中国的传统法律是父债子还,毕倚虹就被拘留起来,但他不是刑事犯,也不过被

---

① 包天笑:《钏影楼回忆录续编》,大华出版社1973年版,第43页。

② 包天笑:《人间地狱·序二》,《人间地狱》,自由杂志社1930年再版,第1页。

③ 包天笑:《人间地狱续集》,第61回。

软禁在衙门里而已。包天笑办《星期》周刊时，毕倚虹写了许多短篇小说，包天笑问他，这些题材是从哪里来的。毕倚虹说，是看守他的老狱卒给他讲了许多他闻所未闻的故事。而他的《人间地狱》的前几回也是在“监狱”中写成的。

说到倡门小说，毕倚虹曾写过为人称道的短篇名作《北里婴儿》[①]。雏妓蕙娟中了嫖客的圈套而怀了孕。鸨母素来是将出卖雏妓的“初夜权”作为敲嫖客一笔大竹杠的“可居奇货”。于是为失却了发财良机而残酷地对待蕙娟，迫着她挺了七八个月的大肚子还出局给嫖客唱曲子，有人说这未免太不人道了。鸨母冷笑道：“谁叫她自己寻开心，也叫她尝尝开心的滋味呢。”生养的第二天，鸨母就将一个玉雪可爱的男婴抱走了，说是她不能带孩子，只有送掉。产后不到一月，她又得重操旧业。四个月后，鸨母叫她到自己的“安乐窝”去，说是领养了一个孩子，叫他们以姐弟相称。蕙娟一看这个“假弟”就是自己的儿子，当时，咬着牙叫了声“弟弟”。心想，“我有真儿子可看，比较不知下落，瞧不见他总要好些”。她给孩子做各种衣着，表现了一颗慈母之心。不久，她正对镜理妆准备出局时，小丫头奉命急召她到鸨母家中，鸨母劈头对她说：

> “他死了，特为喊你回来，去瞧他一眼吧，就要送他出去了……”说着用手向房里一指。蕙娟这时昏了，赶忙走进去，只见她那亲生儿子，假称弟弟，已是直挺挺的睡在地板上，身上还穿着前天替他做的一套红点子盛泽纺的小衣裤，可是小眼睛已紧紧闭着，小嘴微微的开着……蕙娟正在哭个不住的时候，忽然有人将她拉了一把，蕙娟抬头一看，见是小丫头。小丫头道：“姆妈叫你不要哭了。院里有人来催你赶紧去，说有十几张局票到了，等着你去侑酒呢。快去吧，琵琶已经替你携来了。”

短篇戛然而止。多少读者为这篇小说一洒同情之泪。何海鸣读后立即写了《评倚虹所撰的〈北里婴儿〉》：

> 我偶然做了几篇小说，描写倡门中疾苦。瘦鹃说我做得还好，《半月》上从此要留意娼妓问题，替那些苦海中的苦女子请命。那种“请命”的作品，现已有倚虹的《北里婴儿》和民哀的《倡门之女》等等。不想我抛了一块砖，竟引起如今许多玉块儿来。我真喜欢得了不得。……《北里婴儿》

---

① 毕倚虹：《北里婴儿》，载《半月》第1卷第18号，1922年5月27日出版，第11—15页。

那篇煞尾，蕙娟儿子死了，哭还来不及，偏偏那狠心的鸨母，催她到妓馆去，有十几张局票和琵琶等着她咧。掩卷细思，这下面的情形，何等悲惨。然而倚虹一笔收住了，就留下无限凄惶，供阅者咀嚼。难怪寒云说倚虹的作品富于余味。[①]

如果说《北里婴儿》的结尾有无限余味，那么他的长篇《人间地狱》则实在起笔不凡：

话说天堂地狱这两个名词，原是佛教中劝惩人类的一句话。究竟天堂是怎样的快乐地狱是怎样痛苦……也没有游历回来的人做个报告书……有一个极顶聪明的人下了一个解释……天堂地狱的滋味也不必人到死后方能领略……凡世人所受用的苦恼即是地狱，快乐就是天堂。地狱天堂不过是一种苦乐的代名词。但其中也略略有个分别，有的明明是瞧着他快乐，仿佛如在天堂，不知人所感受的痛苦，比堕落在地狱中还要难受……即如最热闹的功名富贵也不知包含了多少铜柱油锅；最旖旎的歌阵酒场，也不知埋伏了多少刀山剑树；交际场中，也不知混杂了多少牛头马面；绮罗队里，也不知安排了多少猛兽毒蛇……因此，在下发一个愿心将这些人间地狱中的牛鬼蛇神、痴男怨女、狞狰狡猾的情形、憔悴悲惨的状态，一一详细地写他出来，做一幅实地写真。

《人间地狱》中的狎客是与《海上花列传》中的狎客有所不同的他们不是“万商之海”中的商人，而是上海的另一个群体。陈灨一曾用两句话就涵盖了这部50多万字的长篇的梗概，指出它是“以海上倡家为背景，以三五名士为线索”[②]，勾勒出一幅幅活地狱现形的写真。小说中的人物以苏曼殊（苏玄曼）、包天笑（姚啸秋）、叶小凤（华稚凰）、姚鹓雏（赵栖梧）和毕倚虹自己（柯莲荪——可怜生之谐音）等人为原型。《人间地狱》的主干故事，就是柯莲荪与姚啸秋等名士在青楼中竟对妓女动了真情；而妓女也以这些“恩客”为日后从良的终身依托。柯莲荪与秋波之恋，就不是企望肉欲的欢宴，而是纯精神之恋。姚啸秋与碧嫣的感情也从不来自色欲，而是讲究佛家所谓的一个“缘”字。这些名士

① 包天笑：《钏影楼回忆录续编》，大华出版社1973年版，第43页。
② 陈灨一：《人间地狱·序七》，《人间地狱》，自由杂志社1930年再版，第1页。

派雅客在秦楼楚馆中风流倜傥，妙语连珠。文人名士加上恬静派的倌人，使整部小说格调显得极其高雅。他们是在封建婚姻之外对红粉知己的一种感情宣泄。对这种高等的妓院的烟花地狱的本质的揭示，毕倚虹采取的是非常含蓄而深沉的刻画。不是写物质生活的匮乏、皮肉的痛楚，而着重写“人情”的被扼杀，“终身”的无依托，人生归宿的渺茫无际。当柯莲荪钟情于“小先生”（或称“清倌人”，即雏妓，处女也）秋波后，鸨母惋春老四这个心狠手辣的妇人，想在柯莲荪身上敲一笔大大的竹杠。这是中产之家的柯莲荪的经济能力所无法承受的。鸨母在表面上是温馨笑语，骨子里防柯莲荪如防贼，处处监视，也唯恐秋波的“情”之泛滥。作品妙在写出了无形的枷锁、心灵的监禁。在柯莲荪和姚啸秋眼中，直是瞧他们的红粉知己“在脂粉地狱里熬刑”。毕倚虹要读者在读作品时“大彻大悟”：这只用金丝编织的鸟笼是扑杀“人情”的阴曹地府，“悟来纸醉金迷地，正是烟花地狱场”。

《人间地狱》从 1922 年 1 月 5 日起连载于周瘦鹃编辑的《申报・自由谈》上，其时是毕倚虹的父债已由几位父执为他料理弥补。他重回沪上时，包天笑回忆道：“但是家已破了，财已尽了，房子早已充公，亲属亦且离散。”[①]于是只好卖文为生。那时他杂务缠身，文债山积，在“穷应付”中真是捉襟见肘。周瘦鹃曾谈及长篇连载时的情况：他“随作随付予，略无存稿。且日必迟至。往往《自由谈》余版皆已付排，而《人间地狱》未来。余每枯坐以待，或以电话相敦促，日以为常”。[②] 毕倚虹对这位文债的大债主是非常感激的：“去年来海上，事务较杂，每届黄昏，犹未著一字，赖周瘦鹃先生，频以电促，使余不能偷懒。是人狱之成，瘦鹃实第一功臣。”[③]此书毕倚虹只写到第 60 回，就因身体欠佳而暂告一段落。他在 1924 年 5 月 10 日的《申报・自由谈》上发表娑婆生启事：“春来多病，时有辍作，歉仄尤深，兹拟于 60 回后，暂告一结束，稍资休息。”在他生前，除 1925 年他又发表过将近两回的《新人间地狱》之外，直到 1926 年逝世，也未著一字。后来包天笑为此书续作了 20 回，算是他们友谊的又一结晶。问题是毕倚虹每天交稿如此逼促，他怎么会写出如此脍炙人口的一部长篇来的呢？这正是我们应该探索的“奥秘”所在。

原来这部长篇是毕倚虹在 1917 年就开始酝酿的，而且是与包天笑一起酝

① 包天笑：《钏影楼回忆录续编》，大华出版社 1973 年版，第 58 页。

② 周瘦鹃：《人间地狱・序五》，《人间地狱》，自由杂志社 1930 年再版，第 1 页。

③ 娑婆生：《人间地狱・著作赘言》，《人间地狱》，自由杂志社 1930 年再版，第 1 页。

酿的，因此，这部长篇也以他们两人为“主人公”。我们的证据是：只要读《小说大观》中的包天笑的短篇《回忆》（载《小说大观》第11集，1917年9月30日出版）、包天笑的短篇《天竺礼佛记》（载《小说大观》第12集，1917年12月出版）与毕倚虹的长篇《猩红》（载《小说大观》第14集，1919年9月1日出版），就可以知道，这3篇作品就是《人间地狱》中的重要片段。但经过毕倚虹的再次加工，我们简直惊服毕倚虹的艺术才能，他能将这些“初稿”改成通俗小说的“经典折子戏”，我们就可以知道所谓“艺术的升华”这几个字的分量了。柯莲荪与秋波之恋的促成者是苏曼殊。包天笑在《回忆》中写到当时的情况：

> 丁巳春（1917年——引者注）吾友曼殊大师自南海归。大师者，学佛而深于情者也。乃觞之于酒家，座仅三人。倚玉与焉。酒酣征歌。曼殊曰：“我于海上殊寥落。顷见一豸，颇娟娟可人，惟太娇稚耳。”余笑曰：“……以大师法眼如炬，宁有差错？”曼殊亦笑曰：“衲子心如沾泥，且为居士辈广结善缘耳。”笺召至。为一雏，翩然入室，乃无伴者。询其年，才十四耳。余私询倚玉曰：“美乎？”倚玉曰：“美无度也。”彼闻吾二人之议彼，则立垂其目。曼殊合掌曰：“善哉，善哉，是惟有情，乃成因缘。”于是令移坐于倚玉。倚玉口弗诺而心已许。是为倚玉与秋波良晤之始。
>
> 秋波之媚，其媚在目。目巨如星，双瞳点漆；其次则发，盛鬋覆额，黑光可鉴。玉躯娇小，着高底履，阁然有声。语微作吃音，期期然适增其娇憨之态。

小说中的倚玉当然是指毕倚虹。包天笑这篇小说倒像是实事的记叙散文。可是在《人间地狱》中毕倚虹作了很大的艺术加工。在长篇第20回，玄曼上人出场。在柯莲荪的眼中的玄曼上人是：“虽说是自称和尚，但见他诗酒风流，酒色不忌，性情孤洁，语言雅隽，并且文擅中西，诣兼儒佛，实在算得如今一位硬里子的名士了。”接着写玄曼上人在叫堂唱时点了秋波，于是写秋波第一次出场时的光艳照人了：“果然见一个十三四岁窈窕流丽的女郎，脸上含着笑容，带一半矜持，一半娇羞的样子，走了进来，一双晶莹如露如电的眼波，向四座一射，盈盈的向玄曼身边一坐，叫了一声苏老。”其时柯莲荪叫的堂唱谢翠红刚离席而去，苏玄曼就将秋波转介绍给柯莲荪。在毕氏笔下，竟是一段绝妙的精彩文字：

苏玄曼见谢翠红去了，忙对柯莲荪道："我看你快些将倚翠偎红的心思收拾干净吧。这一种翠，这一种红，谢谢吧。大可不必倚，不必偎呢！"莲荪听着也笑起来道："你简直在这里将谢翠红三个字，拆散了做文章呢。"玄曼说："谢翠红我也瞧得出不生问题了。老老实实一句话，秋波这孩子这般光艳明秀，确是出类的人材，我一见就赏识她。尤其好的是天真未凿，颦笑之间还夹三分稚气，两分憨态。这种稚气憨态，女儿家只有十四五岁的时候有。过此以往，光艳有余，娇憨渐去。这时候正是极好的时代，所谓好花看在半开时。不过有一件可虑与可异的事。她不幸在惋春老四（惋春老四为鸨母——引者注）的手底下讨生活，所闻所见全是浮滑轻佻，还学得出什么好样子？娟娟此豸，如不及早振拔，未免可怜可惜。我是衣钵云游，行踪飘忽，不能常常在此地。你既常在上海，可随缘调护，也不枉山僧饶舌。"

好一个"随缘调护"，这简直是大法师"点化"柯莲荪做了个"护花使者"，使那天然光艳之花不要为俗物淫风所摧残糟蹋。他要柯莲荪去呵护那天生的"美"质，这里哪容得风月场中的半点轻浮？这样的介绍，哪是"推荐"一个妓女，这是佛家的一种"振拔"，简直是要柯莲荪永葆她美的青春，青春的美！柯莲荪难道不知其中的分量吗？于是在《人间地狱》中就是写名士们的"清游风味"，是对美的鉴赏，也是对美的膜拜，在狭邪场中显示了他们的文雅风流，人情佳话。

毕倚虹自己写的《猩红》（《小说大观》中注明长篇，这是当时的标准，今天看来，只是一个短中篇也勉强——引者注）的情节是秋波患了极可怕的传染病猩红热时，鸨母怕传染，也不甚敢于多接近病人，柯莲荪则冒死救助。那篇小说中毕倚虹这一角色名为"忆秋"，而秋波则名曰"绿珊"。当友人问他，万一绿珊不治，又将奈何。忆秋回答道：

珊死，我之悲，为又一问题；为彼计，亦殊干净。归魂之棺，我任之。更请其母，乞以香骨付我，虽千金，所弗吝。嗟夫，我纵不能生致其人，但能死有其骨，天愿亦足……我意就西子湖头，西泠桥畔，拓一弓地，为彼埋香。春秋佳日，我与公等，荡舟湖上，偶一凭吊徘徊，殆亦不负伊人矣。

可是到了《人间地狱》中则又深了一层。毕倚虹是将这"歌阵酒场"、"旎旖风光”简直是看“透”了，看“穿”了，就在秋波九死一生时，柯莲荪在探病回程的马车上，在风丝雨片的悲凉中，他对姚啸秋说了许多痴情的话：万一秋波香消玉殒，他要向老鸨收买秋波的遗骨：

> 我觉得在青楼中买人，远不如在青楼中市骨。买人的结果，平添了许多烦恼……像我这买骨的痴想：我觉得一抔黄土，郁郁埋香。春秋佳日，冢次低徊，怀想其人，永远不能磨灭。脑筋里有些永久的悲哀，便存了些此恨绵绵之想，岂不甚好。那种意境，远在金屋春深，锦衾梦暖之上。

这是“情”的极致，也是对“情”的杀手的最悲愤的控诉。一切肉欲的皮相的东西，都会在这股情的激流的面前，自惭形秽。这“不能生致其人，但能死有其骨”，与“在青楼中买人，远不如在青楼中市骨”是两种很不相同的境界。人生阅历的深浅是不可同日而语了。

至于包天笑的《天竺礼佛记》是写“余”与“素”相约天竺礼佛还愿，这一情节也被纳入《人间地狱》。因此，可说《人间地狱》是毕倚虹与包天笑两人在1917年前后共同酝酿而在1922年由毕倚虹为主来完成的。更何况用毕倚虹的话来说是：“余撰《人狱》之旨，自信无多寄托，特以年来所闻见者，笔之于篇，留一少年时代梦痕而已。”[①]重要片段既有初稿，又经长期酝酿，再加上是自己亲身经历，喜怒哀乐，点滴皆在心头，因此烂熟于心，当然也就一挥而就了。

在毕倚虹逝世之前，他还在自己所办的《上海画报》上发表过近两回（连载32次）《新人间地狱》，主要是写另一妓女白莲花联合其他三个北里小姐妹逃离妓院，争取人生自由、婚姻自主的故事。我们并不以写不写反抗题材为衡量文学作品好坏的标尺。我们赞赏的是毕倚虹笔下写活了一个有决断、讲义气、办事周密、性格刚烈的妓女形象，这是一个与秋波不同类型的有个性有血肉的女性。用鸨母的话说，“讨人造反，这还了得！”因此也可以说，这是一个“了不得”的妓女。白莲花急于向学过法律的柯莲荪问道：“我先问你堂子里老鸨顶凶的就是捏着讨人的一张卖身契纸头，因此，讨人无论怎样凶，强不脱她的手掌。究竟老鸨捏着卖身契，要紧不要紧？”这就像祥林嫂对“我”的一问一样，也令人震悚。当然，白莲花的叛逆只能是在上海滩上找一位“护花律师”，保护自己作为人的起码权益。但是，在毕倚虹则能写出一个曾受封建愚民政策“污染”过

① 娑婆生：《人间地狱·著者赘言》，《人间地狱》，自由杂志社1930年再版，第1页。

的活生生的可爱的灵魂。在作品中，作者善于用细节刻画出这一形象的多侧面的“综合”的素质，令人叹服他有如此多的细节，足以表达他的人物的多面性：白莲花在逃离妓院时，为了怕鸨母诬她卷逃，一切金玉珠宝、贵重饰物皆不带，只穿了随身的旧衣裳出走。但她却在出走前夕，“处心积虑”地在半夜偷运出一个包袱来，待打开一看，柯莲荪等人都目瞪口呆，里面竟是几十双各色旧鞋子和一团平日梳头梳下来的头发。她说，潜逃后鸨母一定恨之入骨，一定要报复她们。而这些东西沾染了本人的人气与汗水，仇人拿去，连同时辰八字一起交给专门阴损别人性命的道婆，作起法来，迟则一二月，快则七天，便能伤人性命。一方面既写出了一个“色相女奴”的自发反抗，另一方面则又写出了她们身上受封建愚昧制约的沉重心理负担，勾勒出十里洋场这个半封建社会特有的民俗文化背景。在毕倚虹逝世后，包天笑为《人间地狱》又续写了 20 回（第 61—80 回），其中的一个重要成就，就是将白莲花写得更加有声有色，以致白莲花在作品中喊出了这样的声音：

> 我也不要别人帮忙。我早已打定了主意了，拼着一条小性命，给他们上一上。我先给他们一个脚底板看看。成功就成功，不成功我就向黄浦里一跳。本来我们这种性命，也不值什么钱，死了也只算死了一条狗。让她一万八千去讨价，看她可以得着一个大钱。

如此抱着必死的决心去与鸨母斗争，也就是她们必胜的资本了。

在《人间地狱》连载时和出版单行本后，好评如潮。它的第一个“读者”周瘦鹃用饱蘸深情之笔写道：“每写一人，尤能曲写其口吻行动，至于一一逼肖。掩卷以思，即觉其人跃然纸上，盖已极文章之能事矣。”①周瘦鹃还盛赞他的文字功力是上上乘的，由于他又以诗词见长，因此，在长篇中所制的回目尤有字里飞花之致，读者为之击节叹赏。周氏誉为“隽妙可喜”之佳品。严独鹤说：“予事甚冗，于报纸所载长篇小说，未暇一一浏览。独于《人间地狱》则逐日披阅，无或间断，其感人深矣。”②严氏对毕的结论是：“予与朋辈，恒推倚虹为文坛

① 周瘦鹃：《哭倚虹老友》，载《紫罗兰》第 1 卷第 13 期，《呜呼毕倚虹先生专号》，1926 年 6 月出版，第 7 页。

② 严独鹤：《人间地狱·序四》，《人间地狱》，自由杂志社 1930 年再版，第 1 页。

唯一健将。”[1]而袁寒云则誉毕氏为“今之小说无敌手”。[2] 通俗文坛前辈孙东吴则力称：“清末民初的社会小说，《孽海花》外，当推《人间地狱》可屈一指。”[3]毕倚虹自己也曾谈及读者给予他很多鼓励：“乃《申报》刊布后，友朋知好，盛加推许；艺林评论，时致褒词；更有友人辗转告语，谓时流席上，每以《人狱》为樽边谈片。余受兹宠，益不敢草草执笔。”[4]毕倚虹在当时全国读者中的确算得上著名作家了。1925 年 6 月 22 日，毕氏以《上海画报》记者身份在沪采访张学良。“张第一语即莞尔曰：‘吾与君虽第一次晤谈，然君之文字，已晤见久矣。’”张学良事后还题赠照片给毕倚虹，刊登在《上海画报》上。在毕倚虹逝世后，张学良通过《上海画报》送奠仪一千元。张氏的亲笔信写道：“芥尘先生：毕君倚虹，身后萧条，良闻之深为痛悼，特敬奠仪乙仟元，请转送其家属为荷，此颂，道安。张学良启。”[5]张氏与毕倚虹大概就是这么“一面之交”吧，但毕氏的文字，一定在张学良心中留下了深深印象，因此，这些奠仪也是代表一位读者的一瓣心香。

在包天笑续写了 20 回之后，在毕倚虹逝世将近 30 年之后，毕倚虹的一位老友——天虚我生陈蝶仙之子陈小蝶（定山）在台湾续写秋波之恋，直写到秋波之死，因为是毕倚虹的老友，又完全能贯彻当年毕氏写小说时之初衷。长篇中的另一条主线是写穆庸（以杜月笙为原型）的发迹史。陈定山笔下的秋波殉情情节乃出自作家的虚构。但读者读小说，有什么必要去追究情节的真假？读者满足的是包天笑的《人间地狱续集》未能有的结局，在《黄金世界》中按照人物性格的发展与情节的推进，得出了一结局，虽然是很悲惨的结局。陈定山写《黄金世界》，将秋波之恋作为小说的主线之一，这件事情的本身就说明，秋波还活在陈定山的心中，他还希望通过他的写作，让《人间地狱》也在人们的记忆中唤醒，让《人间地狱》这样一部优秀的通俗长篇小说活在读者的心中。

陈定山笔下的秋波，既有毕倚虹小说中的娇憨与天真，却又随着年龄的增长而多了一份刚烈。《黄金世界》中的柯莲荪与秋波为了预卜今生的缘分，到月下老人祠中求签，所得签书是第十上吉：“凤凰鸣矣，在彼高冈。”下面还有小

① 严独鹤：《挽毕倚虹》，载《紫罗兰》第 1 卷第 13 期，《呜呼毕倚虹先生专号》，1926 年 6 月出版，第 5 页。

② 转引自陈灨一：《人间地狱・序七》，《人间地狱》，自由杂志社 1930 年再版，第 1 页。

③ 转引自郑逸梅：《毕倚虹与臧伯庸》，载《大成》第 148 期，1986 年 3 月 1 日出版，第 54 页。

④ 婆婆生：《人间地狱・著者赘言》，《人间地狱》，自由杂志社 1930 年再版，第 1 页。

⑤ 张学良致钱芥尘信（亲笔信原件照相制版），见《上海画报》第 127 期，1926 年 7 月 3 日出版。

字:“行人至,婚姻成,失物得。”这当然是很好的预兆。可是柯莲荪却认为,“好是好,只是‘于彼高冈’这个‘彼’字有些费解”。陈定山的这个情节是沿用毕倚虹在《猩红》中的忆秋到杭州白云庵叩问月老“我与绿珊之究竟”,得到的签书是《西厢》中的两句:“风弄竹声,直道金佩响;月移花影,疑是玉人来。”别人都说是好签,可是忆秋(即《人间地狱》中的柯莲荪)推敲下来,觉及“曰直道,曰疑是,皆虚空想象之词,吾事或竟如镜花水月乎?”看来,陈定山为写这部小说是很想保持毕倚虹原有的小说风貌的。事态的发展竟是被柯莲荪不幸而言中。不久四川来了一个贩鸦片的军阀——曾兆凤师长,他愿出大价钱给鸨母惋春老四,为雏妓秋波“梳拢”,也即“开苞”,就是买下破她贞操的初夜权。贪财的惋春老四当然求之不得。秋波为此向柯莲荪求救。他们在尚公馆(尚宫保在书中是影射盛宣怀)的密谈被穆庸的亲信范森听得,义形于色地向穆庸求援。结果穆庸以黑社会老大的身份向曾兆凤打招呼,又出了一大笔钱给惋春老四,才得以使秋波冲出“重围”。他们将柯莲荪与秋波双双送到杭州。此时,柯莲荪虽然可以“合法”地享受秋波的灵与肉,但他将她的“处子美”视为神圣,认为似乎还应该有什么庄严的仪式或吉日良辰似的。谁知他们刚游览嘉兴到达杭州旅馆时,惋春老四已先期等在那里。后她趁柯莲荪出外时,就不告而别,携秋波而去。他们一到上海,就从火车站直奔十六铺码头,上了去武汉的长江轮船。秋波为了反抗作为色情女奴的命运,怨恨万分,愤然投江而死。惋春老四毒如蛇蝎,为了推卸罪责,托人在上海方面造谣,说秋波结识了同船去武汉的淮海海军副司令柯凤荪并要嫁给柯凤荪了。此人姓名与“曾兆凤”一样,其中有一个“凤”字,又似乎暗合了月老祠的签书“凤凰鸣矣”。其实这位同船的青年军官倒是一位南方革命党人的同情者,他不仅与秋波没有瓜葛,后来还趁出差之便,将秋波的灵柩运回上海,在兵荒马乱中找到了柯莲荪,倒是暗合了他“市骨”的夙愿。《黄金世界》就在这样的悲剧氛围中结束了。秋波至死还是一个处女,陈定山始终贯彻毕倚虹的“清游风味”,使这部“狭邪小说”始终满溢着人情和人道的韵味。

一个雏妓的形象被持续塑造了30年,小说起步于大陆,终结完成于台湾,而续写部分中的“秋波之恋”的情节片段后来又在香港《大成》杂志上连载,它真正涉及了两岸三地,凡此皆可作为文学界的佳话,经久流传。

三　在倡门小说中泛出人道之光的何海鸣

何海鸣有着非常复杂的历史。在辛亥革命前后，他曾叱咤风云，做过大将军和讨袁司令。他是一块搞政治的料子，可是他又有不凡的文才，因此，当政治上没有出路时，他就跳到文学这只船上来。正由于他的见解高于一般的通俗作家，他的作品也往往比一般的通俗作家高出一头。

何海鸣(1891—1945)，原名时俊，湖南衡阳人，笔名有一雁、衡阳孤雁和求幸福斋生、求幸福斋主等，生于九龙。7 岁时，英国强迫“租借”九龙半岛，激起幼年之何海鸣的义愤。“既长，辄嘘唏向人，谓不知今生尚能重见其复为中国疆土否?”[①]15 岁只身游鄂。清末投湖北第 21 混成协第 41 标 1 营当兵，参加群治会社，受革命思想的影响。因在军中谋起事，又常向汉口报纸投稿，受到警告处分。他自请退伍，任《汉口商业报》和《大江报》记者。因发表《亡中国者即和平也》短评，受到清政府严密监视。后又发表黄侃与之呼应之文章《大乱者救中国之妙药也》，《大江报》被封，何被判一年半徒刑。辛亥革命成功，即出狱。“革命同志派他陪伴黎元洪，费了一天一夜的唇舌，黎才说：‘只好跟你们小孩子拼上一拼。’”[②]何海鸣也出任汉口军政分府少将参谋长。癸丑之役，更使他名震一时。1913 年宋教仁遇刺案发，中山先生力主讨袁。7 月 15 日，先是黄兴入南京宣布独立，组织讨袁军。“29 日南京革命军总司令黄兴援绝遁走。都督程德全通电取消独立。8 月 8 日，何海鸣等据南京以讨袁军总司令名义宣布独立，旋被捕。11 日，驻南京第 1 师攻击第 8 师宣布独立，何海鸣任临时总司令。9 月 1 日，张勋率部攻南京，拔之，焚淫虏劫……”[③]在黄兴遁走时，何海鸣正寄寓上海《民权报》馆，撰文骂袁世凯，得悉南京空虚，即向中山先生请命，于 8 月 8 日抵宁起事，与张勋率领之北军鏖战 24 日。天堡城五得五失，直到狮子山炮声寂然，辫帅才敢入城。最后隔着一道城墙又交战五天五夜，浴血苦战至 9 月 1 日，南京才完全陷落。何海鸣回忆道：“癸丑秋，9 月 1 日，金陵城破，集败军战于雨花台，台陷，兵尽窜，炮弹如雨下，予憩于草地，倦极，歌声乃作，同辈力止之，此情此景，使人不忘。”他作为一位失败的英雄，浩天长歌，长歌当叹。不久东渡日本作亡命客。他自述其丰富的阅历时说：

---

① 赵苕狂：《海鸣小说集·本著者何海鸣君传》，大东书局 1924 年版，第 1 页。

② 贺觉非：《辛亥革命首义人物传(下册)》，中华书局 1982 年版，第 403 页。

③ 同上。

> 予生二十余年，曾为孤儿，为学生，为军人，为报馆记者，为假名士，为鸭屎臭之文豪，为半通之政客，为二十余日之都督及总司令，为远走高飞之亡命客；其间所能又经过者，为读书写字，为演武操枪，为作文骂世，为下狱就审，为骑马督阵，为变服出险，种种色色，无奇不备。①

这样丰富而扣人心弦的生活，使他的创作路子非常宽阔，使他敢于去触及多种多样的题材。他在《我作小说之经过》中说："颇思于社会小说上多费气力，间及于军事、言情、侦探诸作。如倡门小说，惟于主编指定征集时，始一为之，然世人始终以倡门小说家目我，我亦无如之何也。"②在这个做过"大将军"的人的头上冠以"倡门小说家"的徽号，他既不自辩，也不忌讳。这其中也有他自己的思想逻辑："予流落江湖二十年，惟妓中尚遇有好人。"所以当政坛矛盾纠结难解时，"乃又复纵情于北里"。他的沉湎倡门并非"纵欲"，而是苦闷时欲求解脱而"纵情"——贾宝玉式的纵情。他有一句"名言"："人生不能作拿破仑，便当作贾宝玉。"③这大概也是他的人生信条。他还据此发挥："流亡东瀛后，闲无一事，欲编一项羽传，名曰《楚霸王》，以少参考书而罢。一日抑郁甚，信口吟七律一，其词曰：'人生如梦复如烟，明日白头今少年。不向风尘磨剑戟，便当情海对婵娟。英雄儿女堪千古，鬓影刀光共一天。没个虞姬垓下在，项王佳话岂能传。'"④在何海鸣的心目中，拿破仑等于楚霸王。他以后的问题也就出在这样的人生观。但此人写倡门小说确是一把好手。他后来在自己为《海鸣诗存》起草广告时，索性自我介绍说："作者工于倡门小说。"⑤

《老琴师》是以美的毁灭为主题的倡门小说。它以一个老琴师的视角看北京八大胡同的"歌舞升平"中的无血的残杀。这是何海鸣早期的倡门短篇的代表作。他说：用白话体试作的《老琴师》刊出后，"颇得阅者赞许，即新文学家亦有赞可者。我遂决心为小说家矣！"⑥老琴师是八大胡同各清吟小班里教曲子最有名气的教师爷。3 年前在一家"南边班子里收下一个极有天赋的只有十二三岁的女徒弟。在老琴师的和蔼可亲的悠扬的琴声中，她肯尽心尽意地学"。

---

① 何海鸣：《求幸福斋随笔》，民权出版社 1917 年再版，第 24 页。
② 何海鸣：《我写小说之经过》，载《红玫瑰》第 2 卷第 40 期，第 6 页。
③ 何海鸣：《求幸福斋随笔》，民权出版社 1917 年再版，第 10 页。
④ 同上，第 1 页。
⑤ 何海鸣：《介绍〈海鸣诗存〉出版》，载《家庭》第 8 期广告版，1922 年出版。
⑥ 何海鸣致周瘦鹃信，载《半月》第 1 卷第 7 号，1921 年 12 月 13 日发行，第 1 页。

这个叫阿媛的女弟子的那种天然的美和为人的真，直打动老琴师的心，所以他格外喜欢阿媛，要将毕生的歌剧艺术传授给她。3年学成，老鸨给她的第一个人生的责任是出堂差条子在酒宴前唱曲子给人家听。这老态龙钟的老琴师则整日价颤巍巍地拿着胡琴跟在她身后。她虽不愿意唱给那些侮辱与玩弄她的俗物听，可是当她"高唱入云的时候，自己对自己得着一个很大的安慰。她唱得高兴，自然就会自己安慰自己，说这是唱给我自己听的，或者是师傅听的，再或者是邻座姐妹们听的，他们都道好，自己也觉得真不错"。但当她唱红了一年多以后，她的身体也出脱得更美丽。于是急色的嫖客们就"要在这盛名之下占有名妓的洁净的肉体"。"那位老领家妈妈不懂得什么叫做女子的贞操，更不懂得什么叫做艺术家的人格，她只知道娼妓卖身是法律上许可的商业买卖行为"，于是将这处女的贞操像拍卖一样给了一个出价最高的军阀；他"在那国库支出的兵饷内克扣了一笔，约莫有五千多银子，悉数拿出来孝敬那位老领家妈妈，便如冲锋陷阵、慷慨赴义一般，得了这注头标，足够北京全城政学军商各界冶游家，不约而同地发生一种羡慕与妒忌"。一夜蹂躏，这女孩子就倒了嗓，声音由清脆变成了浑浊："咳！这天生的女艺术家，给昨夜一宵轻轻地毁了。可怜她人生问题中两大部分——贞操与艺术，都被万恶的金钱断送给那军官大爷了。"而老琴师呕尽心血教成的女弟子从卖唱生涯一变而为卖皮肉的生涯了。当阿媛被摧残得病势沉重时，那军官大人硬逼着她高唱入云，她万分支持不下时，军官还暴跳如雷，准备唱死她。

> 阿媛刚刚唱了一句，在那尾音上一口气接不上来，心里一急，哇的一声吐出一口鲜血来。恐怕被人看见，一只手用手巾遮住嘴，一只脚便在地毯上乱擦，想擦碎那块鲜血。老琴师一清两楚地看在眼中，心里如刀割的一般，嘣的一声，——上帝呀，他看在上帝的面上，拿出一百二十倍的勇气，做出一种重大价值的破坏——是世界上公理、正义、人道所许可的——哎，这老头儿老泪交流，下了一个决心，把他恃为生活的一根琴弦，故意的弄断了……老领家妈妈急忙跑过来，叫了声："师父，快点儿接了弦再拉。"老琴师发出一种极悲惨的冷笑轻轻说道："这是要人性命的勾当，我老头子不干了。"把胡琴往地上一扔，立起来就走……老琴师跑出院中，还在那里痛哭流涕地直嚷，说他们在那里杀一个无罪的人，我救不了她，我也不能眼睁睁地看她死。完，完了！我不干这个造孽的事，不吃这门害人的饭了。说完就此出去，便没人知道他的下落……

这个短篇的确烙有“五四”时期初试白话时的印痕；也由于作者初试小说创作，自己站出来评论也稍多了些，可是这是一篇闪烁着人道光芒的小说。这是一篇描写真善美被毁灭的哀歌，是一篇金钱肆意残害艺术的血泪控诉，也是一曲老琴师用生命去与那些蔑视人的尊严的恶势力作抗争的颂歌。《老琴师》是作者用一种激越沉痛的声音、用自己的爱憎去镌刻的一篇力作。

在1926年，周瘦鹃为大东书局编辑出版了一本《倡门小说集》，共收11个短篇，其中5篇是何海鸣写的。除《老琴师》外，还有《从良的教训》、《倡门之母》、《倡门之子》和《温文派的嫖客》。其中《温文派的嫖客》挖掘得非常深刻。小说写一个文质彬彬的嫖客，不仅玩弄那妓女的肉体，而且还以玩弄妓女的真感情攫取快感。当她有了向上的心时却无情地扼杀了她的希望。何海鸣指出，他的残酷程度较之流氓拆白党嫖客尤甚，这是最不人道的“心灵的屠杀者”。

何海鸣的长篇倡门小说有《倡门红泪》（以今天的标准看仅是一个中篇）。这是一篇“研究”娼妓出路问题的小说，虽然主要情节颇为离奇，却是作者根据真实的事件有感而发的产物：

> 有粤妓二，姐妹行也。其姐适一银行买办，尝受种种之苛虐。其妹愤焉，立誓不嫁人；出资购一幼童，豢之别室，延师授之读，禁其出入。偶得暇，则就视之，嘱其呼己曰姐。为敬烟茶，执弟礼。拟俟其成人时，则以身嫁之。其未嫁时，则为候补与预选之丈夫。质言之，则为其主权所有之奴隶。如往古母系制度中所蓄之男奴。此妓之思想超越，真在寻常女子之上。欧洲学者，恒谓女子脑力弱，无发明心，然此妓发明此特殊丈夫制度，诚奇女子也。[①]

《倡门红泪》这部小说的女主人公是妓女春红二小姐，男主人公是一位被同行称为描写倡门疾苦第一圣手的作家。这也可以说是何海鸣自画成分很浓的小说。在这个人物身上也许能看出作家的某些气质，但绝不是他的自传的片段。这位男主人公是曾经有过夫人而现在独身的小说家，自称是一个“精神恋者”，他认为：“可怜中国的人男女社交不许公开，我是向来在平康队中寻些男女交际的乐趣。”他对妓女是“只尽义务，不求权利”。毕倚虹写的是“清游”，他在清游之外，还是一位“雕塑家”，他要将这位“出脱得十分浓艳，叫人越看越爱”的春红“雕

① 何海鸣：《求幸福斋丛话·第2集》，大东书局1922年版，第45—46页。

塑成一件艺术品”——他“一生心血爱情的结晶品”。春红万分愿意嫁他，他却由于种种原因不能娶她。什么隐衷，在作品中没有交代。他再三再四劝她择人而从，解决娼妓的人生头等大事——从良。从良是洗刷她们过去从事“贱业”的唯一出路，也是她们重获新生的标志。大概那时社会上不给予妇女以独立的地位，即使普通的妇女也有一个解决所谓终身大事的问题。她看中了一个外交官，要出嫁的前夕，她一再电召这位作家去为她送嫁，其实是临别时欲向他“献身”。

草草吃完，筵席自有散时候，我会了钞，便欲告辞。但是只有怎么一次见面了，多谈一会算一会，多看几下是几下，明天就是萧郎陌路，后会无期。我在此紧要关头，那里有这般勇气轻易舍割，一说便走呢？阿红的娘寻我开心，故意儿说道：“二少今天就不走了吧。”阿红也默默不语，含睇而立。我想了想道：“不可，我做了四年君子，要傻就应该傻到底，况且伊已是别人家的人了，我又何苦在这末一次的把晤中，去践踏伊，蹂躏伊，难道是怎么一次的自持，我竟办不到吗？”随即走向前与阿红握那末一次的手，说道：“阿红，我们就是这样散了吧。”阿红道：“老二……”可怜底下竟继续不出话来。我又道：“我们大家往后都保重些。”便又大胆无理的上前亲了一个末一次的热吻。恰好伊有点眼泪落下，我就将那滴泪咽在腹中，头也不回，就此走了，隐隐听着阿红的哭声，不知是伊不是伊……

可是妓女从良也不是一件易事，往往是得不到好结果。这存在着主客观的原因。一方面是社会的邪恶势力抱着一种玩弄的心态，或是社会上的惯性思想总抱着一种轻贱她们的思想，视她们为鬼，不允许她们重新做人；另一种是妓女受着奢华浮嚣的习气的熏染，使她们不习惯于“人家人”的正常人的生活。但结果却是一致的——最终成了逃妾，社会上不分青红皂白，统称之为“淴浴”。这“淴浴”的名称是很难听的，意思是妓女平日极为奢侈，欠下大笔债款，因此常用“从良”为借口，叫嫖客拿出大笔的钱为她赎身，为她还债，但做了很短一段“人家人”之后，就席卷人家大笔财产而逃。她们洗去的不是身上的污垢，而是大笔的债款，还能卷得许多首饰甚至其他的财物。阿红出逃是属于被丈夫逼走的一类，她丈夫还怀疑她与作家藕断丝连，因此阿红不想在北京存身。她孤身出走，流落到上海，连昔日的莫逆之交的作家也不知她的下落。在上海历尽险境，又飘流到济南、青岛、天津等地。她身上总背着一个“淴浴”的罪名，在社会上的人们总认为她是一个"含有毒汁而不可惹的人"。她休想再嫁人，难道她只配做妓女终其一生吗？她心有不甘。于是她在天津实行了一个"秘密"的计划。她要自己来培养一个"童养夫"，以完成她真正从良的目的。她要选择的培养对象须有三个条件：

> 一要无爹无娘并无六亲的孤儿，二是年纪不得超过 14 岁以上，三要资质聪敏多少读过些书。
>
> 唯有这种小孩子，年纪轻轻的天性全在。既因处境很穷，被我收留下来，将好吃的好穿的给他享用，容易感我的恩，领我的情。我一面把他的心买好，一面又施于教育，使他成为一个有学问有艺能的人。到相当时候，我嫁给他。
>
> 女人家的结果，无非是嫁人。溷过浴的妓女，没得好人要，只好自己费力特别制造一个好一点的人来做丈夫了。世界上有一种童养媳，你大概总知道的，我就仿这个法子，来找一个童养夫。

这个"秘密"计划，真是荒诞不经而又想得合情合理。于是她为他请了教书先生，又雇了老妈子，既是伺候他，又兼有监督他的用意，不让他在外面胡乱跑，她希望他不受社会上的恶浊氛围的熏染。这孩子开始时确有感恩之心，可是这种长期的封闭式的教育使孩子由反感乃至于叛逆，这种监狱式的生活，使他非采取革命式的行动不可。于是他不别而行，还留下了一封措辞很激烈的信。这伤透了她的心。她的"丈夫养成所"就这么垮了台。于是阿红几乎变态："从来女人们受男子的欺负，也不止一天了；我今天偏要弄一个男子来欺负欺负，替我们女子出出气。"这种想法倒有点近乎外国小说中的女性了。当时，阿红还有一条路可走，那就是有人劝她，买几个女小孩培养培养，将来自己做龟婆。但这条路阿红死也不愿意走。而外面传言，阿红违背人道，强占一个小孩做姘头，这使阿红几乎发疯，她大病了一场。作品的结局还是由这位与阿红重逢的作家来收拾残局。他承认阿红是经受了一次"有价值有光荣的失败"，并鼓励她自己"创造一个命运"。不是嫁人，更不是倚从嫖客的钱袋，而是要使自己有一种自立的能力，取得经济上的独立与自立。他们在西山脚下盖了草庐，买了意大利孵鸡器和法国葡萄树苗从事生产，过着一种"新村"式的生活。他们跳出世俗间的夫妻制度的框架，"红粉疗愁，青山偕隐"。这位"描写倡门疾苦的第一圣手"写道：

> 以名山胜水作背景，以旷野平原为舞台，比以前倡门斗室酒绿灯红歌筵

舞席上，那般局促杂乱，实不只天上人间的分别，简直是天堂地狱的异同。古人携妓东山，传为佳话，虽也是别有怀抱，但谢安所携的是妓女，我所陪伴的是女友；谢安心中有妓无妓，我虽不能断定，然而他总是带着浪漫派的色彩；我们却是精神结合，互相各自尊重自己的人格，在神圣重大的生存意义上，为此组织，并非仅为娱乐起见，自信可以说得上前无古人咧。

何海鸣就是听得那么一个故事，然后再加上自己的乌托邦的幻想，什么“青山归隐”之类；还配上自己的一点“倡门小说家”的气质，竟写出这样一篇“研究型”的小说来。这个计划如能实现，西山还容得下那么多“归隐”的妓女吗？但是我们不得不承认，何海鸣是在“思考着”，将妓女问题作为一个社会问题在“思考着”。不仅在小说中，在1922年，他还撰文“预测”《五十年后的娼妓》；1924年还发表《废娼之我见》等随感式的文章，皆是《倡门红泪》等小说的理论化。如他认为：“速行筹划女子生计，使女子生计均得安全后，然后才能为普遍之废止。”①

1929年《上海画报》第517期载文《何海鸣潦倒沈阳城》：

求幸福斋主人何海鸣，固曾以文字鸣于时也，惜以潘馨航之介，而识张宗昌，而为宣传部长……一朝堕落。宗昌失败，何乃转辗于青岛、大连。驯至赀斧不给，袱被于辽宁日站富士町五番地福兴和木器铺之小楼。自撰小启，求鬻文字，其启曰：“浮沉人海，年将四十，鬻字卖文，原我故业。况今天下承平，四民各安其生，不才既别无所能，亦惟有以鬻文字终老矣。”语意力求委婉，其遇弥可哀已。②

① 何海鸣：《废娼之我见》，载《半月》第3卷第16期《娼妓问题专号》，1924年5月4日发行，第3页。
② 惜惜：《何海鸣潦倒沈阳城》，载《上海画报》第517号，1929年10月15日出版。

民国武侠小说的奠基人与领军人物*

一　向恺然为民国武侠小说奠基

向恺然(1890—1957),名泰阶,又名逵,字凯元,笔名不肖生。祖籍湖南平江,故署平江不肖生。

> 1890年(清光绪十六年)2月16日出生于湘潭。祖籍素贫,其祖父在湘潭油榨巷开向隆泰伞店,积攒了一些家产,回籍居住。向恺然先生幼入私塾,因热爱武术,又从拳师学拳。14岁考入湖南高等实业学堂。1905年,同盟会员、湖南留日学生陈天华为唤醒民众反帝反封建意识,在日本大森海湾蹈海自杀。消息传到国内,群情激愤。次年5月,长沙举行公葬活动,向恺然先生作为高等实业学堂学生代表积极参加,被满清湖南当局勒令学校开除学籍,并令省内各校不得录取入学。向恺然先生流落上海,感国力日弱,列强环视,因此,回籍变卖家产,邀同学数人,于1909年东渡日本留学,寻求富国强民之道。1913年初从东京弘(宏)文学院毕业回国。……不久,"二次革命"爆发,湖南出兵北伐,向恺然先生任北伐第一军军法官,与拥袁的鄂军交战于城陵矶,湘军败。向恺然先生随第一军总司令程子楷逃亡日本,入日本中央大学学习经济。因习武的爱好,与日本柔术界、剑术界、射术界均有交往,互相切磋技艺。
>
> 辛亥革命的胜利果实被袁世凯窃取后,许多革命党人只能再度流亡日本,颓废情绪迷漫……①

---

* 本文选自《中国现代通俗文学史》之第11章第1节和第16章第3节,北京大学出版社2007年1月出版。

① 节选自《向恺然传略》,湖南省文史研究馆编《湖南省文史研究馆馆员传略(二)》,2000年,第76页。

向恺然就是在这样的背景下，写作他的《留东外史》的。包天笑为他作传时说：“据说向君为留学到日本，但并未进学校，却日事浪游，因此于日本伎寮下宿颇多娴熟，而日语亦工。留学之所得，仅写成这洋洋数十万言的《留东外史》而已。”[①]这段话与不肖生的自我陈述大致相近：“不肖生自明治四十年(1907)即来此地……用着祖先遗物，说不读书，也曾进学堂，也曾毕过业；说是实心求学，一月有二十五日在花天酒地中。近年来，祖产将罄，游兴亦阑，已渐渐有倦鸟思还故林之意，只是非鸦非凤的在日本住了几年，归得家去，一点儿成绩都没有，怎生对得住故乡父老呢？想了几日，就想出著这部书作敷衍塞责的法子来。”[②]人们往往用这段话来解释他为何自嘲，用“不肖生”为自己命名。但后来当有人问及他的笔名之由来时，他说：“天下皆谓我大，夫惟大，故不肖。”(天下人都称道伟大，伟大而不像任何一物样子。正是由于不像任何一物样子，所以才能够伟大)语出老子《道德经》。相信前一说的人认为，这是他成名后的“更正”，可能原意并非如此。这两种说法，姑且让它们并存。但有一点却可以肯定，这部《留东外史》的作者，自己也被这种迷漫的颓废情绪所浸润，以致他的笔墨总在这股潮流的前后左右打转。在第1章《说源流不肖生哓舌，勾荡妇无赖子销魂》中，不肖生介绍道：当时国人在日本的约有一万多人，可分4类，“第一种是公费或自费，在这里实心求学的；第二种是将着资本在这里经商的”，这两种“与不肖生无笔墨缘”。“第三种是使着国家公费，在这里也不经商，也不求学，专一讲嫖经，读食谱的”，这是不肖生最感兴趣的书中的主干。“第四种是二次革命失败亡命来的”亡命客。他所写的不是“仗着热心毅力，拚的颈血头颅，以纠合同志，唤起国民”的亡命客，而是“或分赃起诉或吃醋挥拳，丑事层见极端，恶声时来耳里”的害群之马。《留东外史》所记的是“从民国元年起，至不肖生离东京之日止。古人重隐恶而扬善，此书却绌善而崇恶”。包天笑也说这部小说“所记都是吾国留日学生的异闻艳迹。其中所述，有影射某人某事的，凡是日本老留学生，都能指陈其事”。[③] 因此，这实际上是一部搜罗“异闻艳迹”的纪实型小说，是一部连缀“话柄”的谴责性小说。由于《留东外史》一书影射的人很多，得罪了某些当权者，以致作者自日本回国后，一直坎坷潦倒，只好赋闲于上海卖文为生。谁知这种冷落倒反而造就了平江不肖生的民国武侠小说开山祖的地位。此事包天笑是起了“触媒剂”

① 包天笑：《平江不肖生》，载魏绍昌编《鸳鸯蝴蝶派研究资料》，上海文艺出版社1962年版，第505页。
② 不肖生：《留东外史》第1章。
③ 包天笑：《平江不肖生》，载魏绍昌编《鸳鸯蝴蝶派研究资料》，上海文艺出版社1962年版，第505页。

的作用的：

> 但有一个人，我必须在此提及，便是这位笔名平江不肖生先生了。向君留学日本，写了一部小说，名曰《留东外史》，回国售稿，却没有人要。后某君以极廉价购了，出版后，销数大佳，于是海上同文，知有平江不肖生其人。……但《留东外史》虽畅销，而向恺然其人则纵〔踪〕迹杳然，有人说已回湖南去了，有人说又到日本去了，莫衷一是。
>
> 有一天，我遇到张冥飞君，谈及此事。冥飞笑道："你们不知，我却知道向恺然仍在上海，但此君意气消沉，不愿多见客呢。"我急问其地址，我说："我以诚意访他，或可一见。"冥飞以向的地址告我，乃在新闸路一条极湫隘的弄堂里，名曰斯文里。……
>
> 到了明天下午4点钟，我便去访问他了。他住在一家人家的楼上，一踏进去，我便记得从前人家一副集句的对联，便是"垂帘不卷留香久，短笛无腔信口吹"。有一位少妇，不知是不是他太太，总之是他的爱人（按：据向恺然的长孙向晓光告诉笔者，这少妇是向恺然的继配夫人孙氏——引者注）。此外房间里还有一只小狗，一头猴子。他是刚起身，必须过了瘾方有精神，我就不客气就在他烟榻上相对而卧了。那天就谈得很好，我要他在《星期》上写文字，他就答应了写一个《留东外史补》，还有一种《猎人偶记》。这个《猎人偶记》很特别，因为他居住湘西，深山多虎，常与猎者相接近，这不是洋场才子的小说家所能道其万一的。
>
> 后来为世界书局的老板沈知芳所知道了，他问我道："你从何处掘出了这个宝藏者？"于是他极力去挖取向恺然给世界书局写小说，稿资特别丰厚。但是他不要像《留东外史》那种材料，而要他写剑仙侠士之类的一流传奇小说。这不能不说是一种生意眼。那个时候，上海的所谓言情小说、恋爱小说，人家已经看得腻了，势必要换换口味，好比江南菜太甜，换换湖南的辣味也佳。以向君的多才多艺，于是《江湖奇侠传》一集、二集……层出不穷，开上海武侠小说的先河。后来沈知芳索性把这位平江不肖生包下来。所谓"包下来"者，就是只许给世界书局写，而不许给别家书局写，就像上海戏馆老板，到北京去包了名伶来唱戏是一个典型。①

---

① 包天笑：《钏影楼回忆录》，大华出版社1971年版，第383—384页。

向恺然先为沈知芳的世界书局出刊的杂志写两部长篇连载，即从《红杂志》第22期起连载《江湖奇侠传》；从《侦探世界》创刊号起，连载《近代侠义英雄传》。前者属剑仙类，后者是侠士类。他满足了书局老板的要求，也凭这两部小说大红大紫。

就书商而言，是“投读者爱好之机”；就作家而言，这一题材的转向却非有深厚的功底不可。向恺然自幼仰慕游侠的豪放仗义，性喜习武。他的武侠小说畅销后，就不会住在湫隘的小巷中了，他的家就成了一个“武艺沙龙”：“与沪上名流、帮派头目、武林高手、各路好汉，无不交往甚密。宾客满堂，来去随意，很少一一介绍，只是在畅谈中相互拱手，自我介绍，走时也并不打招呼。有时同坐两三班不同的人，父亲谈笑风生，天南地北，古今中外，无所不及。他记忆力特强，听了别人的故事掌故奇闻后，选择性地印入脑海，到写书时，即可倾吐而出，一泻直下。”[①]他阅历既深，见多识广，江湖习俗、武林规矩、帮会门派，皆有所通晓。他生性诙谐，满腹轶奇，平日与友人娓娓道来，令人瞠目咋舌；侃侃神聊，使人惊诧莫名。他自述在独处时，“在下闲居无俚的时候，每欢喜将平昔耳闻目见、稀奇古怪的事情在脑筋里如电影一般的，轮回演映。事情亦是奇怪，演映的次数便越多。时常遇着演映好笑的事，不知不觉，就独自纵声大笑起来……随手写将出来，自觉比较普通由心造的小说，兴味还来得浓厚些儿”[②]。凡此种种，皆是向恺然创作题材转向的雄厚资本。

《江湖奇侠传》以湖南省平江、浏阳交界地居民争夺赵家坪之归属问题为主线，以昆仑、崆峒两派剑侠分头参与助拳为纬，带出无数紧张热闹生动有趣的故事情节。“因写湖南的乡风民俗甚多，湖南人读起来，倍感亲切。”[③]徐文滢也说过：“《江湖奇侠传》中除了飞剑道术外，据说大部分故事有着它们的来源，如清人笔记及民间的传说（杨继新及桂武二故事均采自沈起凤《谐铎》），其间浏阳平江的械斗以及张汶祥刺马，向乐山报仇等故事，至今还有七八十岁以上的老人们津津乐道。”[④]

《江湖奇侠传》将武侠小说神魔化。总结《江湖奇侠传》的武技设计，大致

① 向一学：《回忆父亲的一生》，原载《明报月刊》，转引自《江湖奇侠传·附录》，岳麓书社1986年版，第567页。

② 向恺然：《三个猴儿的故事》，载《红杂志》第50期，1923年6月14日出版，第24—25页。

③ 向一学：《回忆父亲的一生》，原载《明报月刊》，转引自《江湖奇侠传·附录》，岳麓书社1986年版，第567页。

④ 徐文滢：《民国以来之章回小说》，载《万象》第1卷第6期，1941年12月1日出版，第123页。

可分七个方面：一是辟谷导气，防身拳术；二是降龙伏虎，役鬼驱神，所谓学道的看家本领；三是法术类的呼风唤雨，倒海移山；四是奇门遁甲，诸般变化；五是飞剑杀人，吐气殪敌，所谓“一口剑，要练得倏长倏短，吐纳自如；一股气，要练得倏远倏近，神化无方”；六是驾云御风，烧鼎炼丹，即到了半仙的地步；七是养性修心，脱胎换骨……这些情节，除第一种还属于拳棒技击的武艺外，其余都属于神魔色彩的“怪力乱神”。但这在神魔小说中是完全允许的，因为它们本来就是一个超现实的想象中的“世界”，它们是为不肖生的“奇”字服务的。在《江湖奇侠传》第86回中说：“这部《奇侠传》却是以奇侠为范围，凡是在下以为奇怪的都得为他写传。”为了在“奇”字上不断升级，就必然会出现许多不可思议的东西。不肖生在行文中也承认：“这种说法，本是无稽之谈，只因全部《奇侠传》中，比这样更无稽的很多，这里也就不能因他无稽不写了。”这本来属于驰骋想象的东西，是从想象中产生小说魅力的情节，可是有时不肖生却又偏偏要读者去“信”，这其实是大可不必的。例如讲到峨眉山学道的孙癞子的历史，不肖生就发挥说：“他的历史，若说给一般富于科学头脑的人听，不待说必叱为完全荒谬，就是在下是个极相信天下之大，无奇不有的人，当听取传说孙耀庭历史的时候，心里也觉得好像是无稽之谈，直到后来阅历渐多，才知道孙癞子的事，绝对不荒谬，拿极幼稚的科学头脑，去臆断他心思耳目所不及的事为荒谬，那才是真荒谬。”这种指幻为真的说法就超越了神魔小说的阅读规则了。神魔在幻想小说创作中是允许的，但一定要读者再去“信”，就超越了神魔小说的“职权限度”了。也许人类的科学还不能认识某种超自然的力量，但人类的生活准则一定要建立在现有已经证实的科学规范之内，违反科学规律，就有撞得头破血流的危险。中国读者有接受神魔小说的传统习惯，如《西游记》就脍炙人口。但读者知道此是“幻”的世界，作者吴承恩也不会叫读者去“信”，那时科学并不昌明，也不会拿“科学头脑”去作对立面。不肖生大可不必“信誓旦旦”说神魔世界中的奇事并不“荒谬”，因为这实在有“制造”新“堂·吉诃德”的嫌疑。鲁迅《中华民国的新“堂·吉诃德”们》中说：“几个店家的小伙伴，看剑侠小说入了迷，忽然要到武当山去学道的事，这倒很和‘堂·吉诃德’相像的。但此后便看不见一点后文，不知道是也做出了许多奇迹，还是不久就又回到家里去了？以‘中庸’的老例推测起来，大约以回了家为合式。”[①]这些小伙伴

---

① 鲁迅：《中华民国的新“堂·吉诃德”们》，《鲁迅全集》第4卷，人民文学出版社1963年版，第279—280页。

大概想得道成仙，才能用神力扫平这个不平的世界，做出许多奇迹来。不过像这种突发奇想的“傻子”恐怕也不多，因此我们还是着重从另一个角度看武侠小说的吸引力之惊人。这部小说在市民阶层中的风行程度简直难以置信，这当然使沈知芳赚了个盆满钵满。郑逸梅说：“据友人熟知图书馆情形的说，那个付诸劫灰的东方图书馆（东方图书馆是在‘一·二八事变’中被日寇飞机炸毁的——引者注）中，备有不肖生的《江湖奇侠传》，阅的人多，不久便书页破烂，字迹模糊，不能再阅了，由馆中再备一部，但是不久又破烂了，所以直到‘一·二八’之役，这部书已购到十有四次，武侠小说的吸引力，多么可惊咧。”①这种可惊的程度因改编成电影《火烧红莲寺》而达到白热化的熔化点。

《江湖奇侠传》从第65回《思往事借宿入丛林，度中秋赏月逢冤鬼》中引出红莲寺，至第86回《张义士刺马报冤仇，郑青天借宿拒奔女》中，卜巡抚发令举火焚烧红莲寺，成了改编电影《火烧红莲寺》的情节主干。茅盾目击盛况而撰文《封建的小市民文艺》说：“《火烧红莲寺》对于小市民层的魔力之大，只要你一到那开映这影片的影戏院内就可看到。叫好、拍掌，在那些影戏院里是不禁的，从头至尾，你是在狂热的包围中，而每逢影片中剑侠放飞剑互相斗争时，看客们的狂呼就同作战一般，他们对红姑的飞降而喝彩，并不是因为那红姑是明星胡蝶所扮演，而是因为那红姑是一个女剑客，是《火烧红莲寺》的中心人物；他们对于影片的批评从来不会是某某明星扮演某某角色的表情那样好那样坏，他们是批评昆仑派如何、崆峒派如何的！在他们，影戏不是‘戏’，而是真实！如果说国产影片而有对于广大的群众感情起作用的，那就得首推《火烧红莲寺》了。”左翼文坛对这种“武侠热”进行了批评。茅盾认为：“一方面，这是封建的小市民要求‘出路’的反映，而另一方面，这又是封建势力对于动摇中的小市民给的一碗迷魂汤。”②而瞿秋白则认为这种武侠热会产生“济贫自有飞仙剑，尔且安心做奴才”的梦幻曲，“梦想着青天大老爷的青天白日主义者”③。这种批评主要是从政治斗争的角度出发，而排除其娱乐效应。另一方面又是从精英观出发，对市民群众中的正义感估计不足，而对蕴藏在群众中的“锄强扶弱”、“除暴安良”的民族美德缺乏足够的体认。

---

① 郑逸梅：《武侠小说的通病》，载《小品大观》，校经山房1935年版，转引自芮和师、范伯群编《鸳鸯蝴蝶派文学资料（上）》，福建人民出版社1984年版，第135页。

② 沈雁冰：《封建的小市民文艺》，载《东方杂志》第30卷第3号《文艺栏》，1933年2月1日出版，第17页。

③ 瞿秋白：《吉诃德的时代》，载《瞿秋白文集·文学编》第1卷，人民文学出版社1985年版，第376页。

《江湖奇侠传》也有许多缺失，最主要的是“宿命论”、“天命观”太浓烈。小说中时时用“命运”、“缘法”、“来历”、“因果”为这个“奇”字助阵。因此，有时往往用“天命”来解释这个“奇”字。例如，小说中若干人物的命运展开以后，该死的不死，不肖生就说：此人“命不该绝”、“此时死期未到”。可是遇有相反情况者，则说因他“恶贯满盈”，所以“鬼使神差”地掉了脑袋。对从小就受苦受难的人，他解释道：此人“命里合该出母胎即遭磨难”；有时小说中有“见危不救”的情节，则说“他的磨难更多，此时救他尚早”。总之，冥冥中皆由“命中注定”。与命运有关的另一个不可知论的东西曰“缘法”，所谓“人生遇合都是前缘”。为什么孙癞子等人能遇到奇人异士？能求仙得道？收录他们的师傅都异口同声说过，此人“与我有缘”。把这种缘法说得神乎其神，最终就成了“有缘千里来相会，无缘迎面不相逢”。既然遇合皆有前缘，那么小说就常常去追溯人物的“来历”：凡是仙家，一眼看去就会知道这个“凡人”“也是有些来历的人，将来也得成就一个女侠”，即所谓“慧眼识夙根”。从“来历”着眼，于是就有一个“前生冤孽”和“万事皆由前定”的宿命观点，还有就是“因果报应，历历昭彰”的“必然性”，归结到一点就是人要“畏天命”。因此，不肖生又反过来说，“侠”本领再大，但在天命面前就无能为力，即所谓“天命难违，拗不过来”，因此“只能尽人事以听天命，天机不可泄漏”。即使是神仙，也得听天命。他们虽然对“千里以外，吉凶祸福，一掐便知”，但也破译不了祸福的原委，因为“凡事不可理解，乃天数”；“大事天数，小事天数。一饮一啄，莫非前定”。人到了这个份上，只能成为天的附庸。我们人类在蒙昧时代，当然是畏天的，因为自然的伟力我们无法解释。后世的统治者，也喜欢继承这种“畏天命”思想而实行愚民政策。而道德说教者，每当“世风日下，人心不古”时，也无可奈何地想祭起这一“法宝”来，想用这冥冥之中的“天命”来震慑作恶者：你不怕恶贯满盈吗？不肖生作为一个有知识的留学生，也竟然继承这份糟粕式的遗产，是实在令人惋惜的。

就艺术性而言，《江湖奇侠传》在连载中“信马由缰”，几乎不去顾及作品的结构章法。作者自己也不得不一再承认自己的“小说的章法稍嫌散漫”（第86回），“在下也自知这枝笔太散漫了”（第98回）。有时为了某一人物的来历，就离开正在发展的情节主线，“抛荒正传，久写旁文”达十几回之多；有时一个“大岔岔开去，竟写了好几万字的闲文”。不肖生老是另起炉灶，一路预约许愿：一会儿说某人是书中的紧要人物，后文自有交代；一会儿又说某事是全书开合大关键，不久自会酿成一番奇观云云。说到后来，连自己也不知如何践约了。徐文滢也评论道：“《江湖奇侠传》没有写完，作者写到七八集时，已几乎完全忘记了开头时所布下的宏大的计划,到九集草草的结束了。以后由另一个人续写了胡说八道的数册,相形之下,方知写这样的梦呓的神怪小说原来也不是易事。”①

如果说《留东外史》是不肖生的处女作,他也为此在通俗文学界小有名气;那么,他的《江湖奇侠传》则是他的成名作,而且他的名声几乎是产生了轰动效应。在20世纪20年代末到30年代初,“上海明星电影公司将其中的章节改编成电影《火烧红莲寺》,观众如潮,创票房千万余元”②。制片商的腰包鼓了,生意兴隆的国产片电影院日子好过了,如何与原作者分润,我们就不得而知,但它一定会使不肖生的作品销路更好,《江湖奇侠传》更享大名,以致有点“遮蔽”他的代表作《近代侠义英雄传》。其实,《近代侠义英雄传》才真正是一部奠基作,它为民国武侠小说的开山奠下了一块磐石。

《近代侠义英雄传》几乎是与《江湖奇侠传》同步创作和同年发表的。《江湖奇侠传》取得了一定的成功,但也暴露了不肖生的若干不足。可是我们读《近代侠义英雄传》就可以知道,不肖生并不是一个思想平庸而颟顸的人。他的这两部小说是有明确分工的。《江湖奇侠传》侧重于神魔剑仙猎奇,在前人的笔记与民间传说的基础上发挥奇想;《近代侠义英雄传》则以武功技击为主干,在史实传奇和武林轶闻的基础上为英雄们树碑立传。前者暴露了他的一些局限,而后者则张扬了他的强势。

《近代侠义英雄传》以王五和霍元甲为贯串人物,以爱国的挚诚深情和民族的凛然正气为全书的魂魄,塑造了一代气贯长虹、铁骨铮铮的侠客义士、英雄豪杰的群像。长篇起笔不凡,第二回就写安维畯有胆有识,敢于弹劾朝廷大员李鸿章;又写“戊戌六君子”之一谭嗣同的绝命书和他的视死如归的气概。安维畯的义举使中外震惊,同时也引来慈禧的震怒,结果是要将他充军口外。满朝文武都怕牵连,没有一个敢去慰问。原本就穷得叮当响的安家,更是雪上加霜,像满门害了瘟疫一样。王五就敢跳出来去慰问,去护送。当有人劝他莫管此事时:

王五圆睁着一双大眼,望了这说话的人,咬了一咬牙根,半晌才下死劲呸了一口道:“我不问弹劾的是谁,也不管应该不应该,只知道满朝廷仅有姓安的一个人敢说话。就是说的罪该万死,我也是佩服他,我也钦敬

① 徐文滢:《民国以来之章回小说》,载《万象》第1卷第6期,1941年12月1日出版,第124页。

② 《向恺然传略》,湖南省文史研究馆编《湖南省文史研究馆馆员传略(二)》,2000年,第77页。

他。我不怕得罪了谁，我偏要亲自护送姓安的到口上，看有谁能奈何了我。”

安维畯这时正在诀别家人，抱头痛哭。……王五直走进安家，眼看了这种惨状，即向安维畯拱了拱手道：“恭喜先生，恭喜先生！这哪里用得着号哭的事。我便是会友镖局的双钩王五，十二分钦敬先生，这回事干得好，自愿亲送先生出口。我这里有五百两银票，留给先生家，作暂时的用度，如有短少的时候，尽管着人去我镖局里拿取，我已吩咐好了。”

两人的胆略与义举产生了轰动效应，于是“沿途的江湖人物、绿林好汉，认识王五的，便想瞻仰瞻仰安维畯，看毕竟是个什么样的人物，能使王五这么倾倒。不认识王五的，就要趁此结识英雄。”小说一开头，不肖生就展示了民间的道德标准，民族美德的“义”就形成了一股强劲的凝聚力。民间钦佩的是正义在他一边的勇者，民间拜服的是那些为正义的弱小者伸张正义而不惜自己身家性命的义士！王五的大义凛然的“义”就是民间豪杰的“敢管他人瓦上霜”的英雄主义。

王五与谭嗣同的肝胆相照也是建立在两人的侠风可鉴上。王五有救谭嗣同出险的侠义赤胆，而谭嗣同有殉道的侠义宏愿。他们持侠义之心相通相投：

王五本有关东大侠的声名，谭嗣同和他更是气味相投。谭嗣同就义的前几天，王五多认识宫中的人，早得了消息，知道西太后的举动，连忙送信给谭嗣同，要谭嗣同快走，并愿意亲自护送谭嗣同，到一处极安全的地方。谭嗣同从容笑道：“……安全的地方，我也不只有一处，但是我要图安全，早就不是这么干了。我原已准备一死。像这般的国政，不多死几个人，也没有改进的希望，临难苟免，岂是我辈应该做的吗?”王五不待谭嗣同再说下去，即跳起来，在自己的大腿上拍了一巴掌道：“好呀！我愧不读书，不知圣贤之道，得你这么一说，我很悔不该拿着妇人之仁来爱你，几乎被我误了一个独有千古的豪杰!”过不了几日，谭嗣同被阿龙宝刀腰斩了，王五整整的哭了三日三夜，不愿意住在北京听一般人谈论谭嗣同的事，独自带了盘川行李到天津，住在曲店街一家客栈里，这时正是戊戌年十一月。

这真是“风萧萧兮易水寒，壮士一去兮不复还”的永诀场面。古代臣子对皇帝有所谓“死谏”一说。可是谭嗣同是向我们老大民族进行“血谏”，以唤起民众。一个是改良派的谭嗣同，一个是蹈海自尽的革命派陈天华，都用这般的壮举，将生命作为弥天大夜中的火把，黑暗王国中的天灯。这两个湖南汉子都有这般的万牛也拉不回的犟劲。他们追求的就是以生命激情的乐章呼唤民族的凝聚力！谭的无畏慷慨，王的义肠侠骨，皆英气逼人。不肖生下笔时大概也回到了当年公祭陈天华时的气概与境界。

在长篇中，王五到天津是为了引出霍元甲。而王五在八国联军侵华时，被德国侵略军乱枪打死。向恺然写道："当时的人士，没有一个不为王五叹息，也没有一个不为霍元甲欣幸。"作者就是用这种手法，将王五与霍元甲两位民间英雄穿插起来推动情节的进展。直写到王五死于非难，才让霍元甲一人挑起了这部《近代侠义英雄传》的主角的重任。

长篇中写霍元甲也是襟怀豁达，大气磅礴。霍元甲的重头戏是写他以爱国精神为动力，敢于向轻视中国人的外国力士们挑战。他既捍卫民族尊严，又开拓中国人的强身之道。以这种精神为魂魄，小说中重点写出霍元甲的两个主要情节：摆擂台比武和创办武术学校，最终目的是为了要摘去我国的"东亚病夫"的徽号。先是俄国大力士在表演时，公然在演说词中说中国是"病夫国，全国的人都和病夫一般"。霍元甲拍案而起，给俄国大力士下了战表。他提出了三个方案供俄国大力士选择：第一个，和我较量，各人死伤自己负责；第二个，他即日离开中国；第三个，三日内登报取消他自夸的"世界第一"这四个字。俄国大力士选择了第二条，次日即动身到日本去表演了。霍元甲也并非恃武力夜郎自大，等俄国大力士离开中国后，他叹息道："我虽然一时负气把他逼走了，然他在演台上说的话，也确是说中了中国的大毛病。"他种下了要提倡中国武术的宏愿。但小说情节马上转到霍元甲以人道为本，保护无辜教民，而与义和团发生了严重的对峙。这个写了 5 回的精彩情节在 1984 年的岳麓版上完全被删除了。义和团的不分青红皂白，滥杀洋人和教民，是一种落后的狭隘的民族仇外心态的大暴露，实际上是为外国帝国主义疯狂侵略我国制造借口，它引狼入室难辞其咎。慈禧等昏庸的统治者与愚蠢、迷信的邪教的联盟，逞一时之快，将中国人民拖进了一场民族大灾难中，而最终是"亲者痛，仇者快"，帝国主义侵略者成为最大的受惠者。当义和团派说客要拉霍元甲入伙时，他一听到"刀枪不入"的什么"神拳"时，便马上知道来路不正。因此，不肖生的这一回的回目就叫做"诋神拳片言辟邪教"。霍元甲只微微一笑："……我生性愚拙，素来不知道相信有什么神灵，我学习拳脚，尤其是人传授的，不相信什么神拳。"眼见触目惊心的滥杀教民，甚至一人入教，全家受戮，杀到后来根本不必"坐实"，只要随意指认，就可登时打死。于是霍元甲贴出告白，先写了"天津信教者注意七个大字，接着往下写道，元甲并非信教之人，然不忍无罪教民，骈首就戮，特开放曲店街淮庆会馆，供无可逃之教民趋避，来就我者，不拘男妇老幼，我当一律保护之。惟每人除被褥外不能携带行李。下面填了某月某日霍元甲”。这和王五的保护安维畯一脉相承。他筑起街垒，严阵自卫。直到最后义和团准备用几尊红衣大炮来轰击淮庆会馆时，才半路夺炮，沉入深潭；并砍断邪教魁首双手，使其成为废人，天津义和团才烟消云散。

而长篇的后半，霍元甲与奥比音的比武谈判过程要比前面对付俄国大力士更为复杂。不肖生用引而不发的手段，在谈判过程中，在霍元甲周围逐渐形成了一个有凝聚力的爱国人士的骨干队伍，如农劲荪、彭庶白等，而后来的“精武体育会”也是在这个基础上筹建起来的。也就是在这过程中，不肖生一再强调霍元甲的武德高尚。他在上海摆擂台言明专与外国人比武，可是也有中国人来无理挑衅。霍元甲一再忍让，说明中国人不打中国人，但对方苦苦相逼。于是霍元甲在三步之内将其击倒。当霍元甲一只脚踏在此人胸脯上时还说：“我屡次劝你打消报复的念头，……你偏不信，定要当着许多外国人，显出我们中国人勇于私斗的恶根性来。你就把我打输了，究竟于你有什么好处？此刻若不因你是一个中国人，这一拳下去，你还有命吗？……”义正辞严而又语重心长。

不肖生的《近代侠义英雄传》以爱国深情与民族正气为魂魄，将这两者与武侠情节达到水乳交融的地步。不肖生对西方帝国主义的文化、“武化”侵略持坚决抗击的态度，但书中对于建立在实证科学基础上的西方文明，包括医学、体育、技击方面的科学成就，则予以肯定；作品反帝而不排外，肯定西学而不媚外；另一方面，对于中华民族传统武学中所浸润着的文化精神，作者并不满足于“武艺”表层的描述，而是从“道”与“艺”，“德”与“武”的辩证关系入手，深入揭示了作为“武艺”内核的深层文化内涵，把“武艺”提升到“文化”层次并在中西文化冲突中加以表现。

我们之所以说不肖生为民国武侠小说奠基，就是因为他跳出了清代的侠义公案小说的窠臼，真正为民国武侠小说自立了门户。清代的侠义公案小说“大概是叙述侠义之士，除盗平叛的事情，而中间每以名臣大官总领一切”。[①] 张恨水在《武侠小说在下层社会》中说：“人民的不平之气，究竟是要喊出来的。于是北方的说书人，就凭空捏造许多的锄强扶弱，除暴安良。可是，他们不知道什么叫革命。这八个字的考语，不敢完全加在侠客身上。因之在侠客以外，

① 鲁迅：《中国小说的历史的变迁》，《鲁迅全集》第8卷，人民文学出版社1963年版，第352页。

得另行拥出一个清官来当领袖。换一句话说，安定社会的人，还是吾皇万岁爷的奴才。因为如此，所以他们写出来的黄天霸、白玉堂之流，尽管是如何生龙活虎的英雄，见了施大人、包大人，就变成了一条驯服的走狗。……以侠客而当捕快，可谓侮辱英雄已极，作者自己，大概也难于自圆其说，只因他们是拥护清官，便又写了一批反贪污的强盗，也来投降当走狗。因之，他们的逻辑，是由反贪污当强盗，再由反强盗而当走狗，这才算是英雄。”[①]而不肖生所写的武侠小说则完全是排除了这种总领一切的名臣大官，掐断了一根传统的锁链，是以纯粹的民间立场作为小说的核心。不肖生以霍家的“迷踪拳”为渲染的主干而带出清末武林各门派之看家特色，为武林留下了一代英豪的列传；他担当得起民国武侠开山祖的角色，其作品堪称武侠小说的经典之作。

二　民国武侠第二波领军人物还珠楼主

天津《天风报》于1930年连载刘云若的第一部长篇《春风回梦记》，1932年又连载还珠楼主的《蜀山剑侠传》。在两年内，一张报纸挖掘出两位杰出的作家，为北方通俗文学的崛起推出了两位标志性人物，《天风报》社社长沙大风是这两位“新进”作家的约稿人，功不可没。如果说，民国武侠小说的奠基者是平江不肖生向恺然的话，那么还珠楼主则是中国武侠小说掀起第二波高潮的领军人物。

还珠楼主（1902—1961），原名李善基，后名李寿民，四川长寿人。其父李元甫在清光绪年间曾任苏州知府，因不满官场黑暗而弃官返里，以教私塾为业。李寿民在他的悉心教导下，3岁开始读书习字，5岁便能吟诗作文，7岁能写丈许对联，9岁作《“一”字论》，洋洋洒洒五千言，乡里均视其为神童。长成后兴趣广泛，多务杂学，诸子百家无不通晓，佛经道藏无所不窥，医卜星相无不涉猎。青少年时代，他还有一大乐事，那就是登山。“雄伟高大的泰山，奇拔险峻的华山，绵延千里的祁连山，横列如屏的点苍山，都留下过他的足迹。”特别是他在笔记中常提到自己“三上峨眉，四登青城”，流连忘返，前后曾与两山晤对18个月之久。更有他的一位家庭教师兼“导游”王二爷，给他以广博知识，也启示他无穷遐想：“攀峨眉，何处可望日出云海，何处可观奇花异卉，何处能赏朗月飞流，何处可沐林岚雾雨；上青城，何处揽胜最尽人意，何处探幽最饶野趣，何处驻足最富仙气……”王二爷都能如数家珍。每到一个名胜古迹处，王二爷都有一段“龙门阵”向他绘声

① 张恨水：《武侠小说在下层社会》，《周报》第11期，1945年11月17日出版，第19页。

绘色地畅叙美丽的神话与传说。在这两座大山的怀抱里，他“搜寻着，探访着，采撷着，终于有一天，把他从这里得到的全部收获载上想象的翅膀，于是读者便读到了《蜀山剑侠传》”①。但这《蜀山剑侠传》的问世，还与还珠楼主的一段颇有传奇色彩的婚事有密切关联。当年李寿民在天津大中银行孙董事长家做家庭教师时，与二小姐孙经洵结下师生之恋。董事长认为“门不当，户不对”，竭力反对。于是孙经洵毅然弃家出走。孙董事长就告李寿民“拐带良家妇女”。法院为此事开庭，竟成了轰动津门的一大新闻。就在法庭上，孙经洵在众目睽睽之下，挺身而出质问原告：“我今年 24 岁，早已长大成人，完全可以自主；我和李寿民也是情投意好，自愿结合，怎么能说‘拐带’？”他俩情深意合是成为夫妻的感情基础，可是这位夫人却是法庭“判”给他的。为此，贫困的李寿民要筹一笔结婚费用，而《天风报》则急于想有一部武侠长篇连载。经人介绍，李寿民就以还珠楼主的笔名为《天风报》撰写《蜀山剑侠传》。由于这部长篇连载，报纸发行量成倍增长，为了回报读者的厚爱，还珠楼主从此欲罢不能了，后来甚而至于从事专业写作。到 1937 年“七七事变”，还珠楼主已名噪京津。

日寇要还珠楼主出任伪职，他拒绝了。敌伪在老羞成怒下，给他扣上“涉嫌重庆分子”的帽子投入监狱，并受鞭笞、灌凉水之苦，甚至用辣椒面擦眼球。如此折磨 70 多日，但他的一颗“中国心”使他挺了过来。出狱后就流落上海卖字为生。此事为上海正气书局得知后，就约他续写《蜀山剑侠传》，由于眼睛在日本宪兵队受了损伤，就改由口述而由秘书记录。还珠楼主一天能口授两万字的稿子，两位秘书轮流记录，10 天可写成一集，一印就是上万册，但常常三四天即销售一空。上海街头的每个租书摊上都备有多部《蜀山剑侠传》，成为出租率最高的一部小说。上海掀起了一股“还珠热”。自 1932 年至 1949 年，他的 30 多部武侠小说中有本传《蜀山剑侠传》（正传 50 集，后传 5 集，共 329 回），还有前传《长眉真人专集》、别传《青城十九侠》和外传《青门十四侠》等，构成了一个庞大的“蜀山系列”。因此有人评论道：

> 在 40 年前的中国通俗文学界，还珠楼主的大名，真是妇孺皆知。他的读者，上至名公巨卿，下至贩夫走卒，莫不一卷在手，废寝忘食。即在今日，中年以上的“还珠迷”仍念念不忘他的成名作《蜀山剑侠传》，对其出入青冥的玄思妙想、如火如荼的魔幻笔力以及浩若烟海的博学杂识，在在拍

① 李观贤、李观鼎：《回忆父亲还珠楼主》，（香港）《大成》第 179 期，1988 年 10 月 1 日出版，第 37 页。

案叫绝，叹为观止。[①]

还珠楼主纵奇思、发妙想，写出了一个在“另一度空间”中的仙佛妖魔鬼怪鸟兽虫鱼混成的天外世界，属于奇幻仙侠派小说，但是却又用分正邪、明善恶而使小说具有入世的情怀。他将武侠、人情与神怪糅为一体，将哲理的精义融入作品。他的“上入青冥，下通九幽”的幻想无极，折服了广大的读者，甚至使一些知识精英作家也钦佩不已。例如白先勇读后曾发表感言：“还珠楼主的大著《蜀山剑侠传》，从头到尾，我看过数遍。这真是一本了不得的巨著，其设想之奇，气派之大，文字之美，冠绝武林，没有一本小说曾经使我那样着迷过。”[②]“杰作”也引出了若干“名评”，在 20 世纪 40 年代就有还珠楼主的老友徐国桢撰写过《还珠楼主论》。后来他又以眉子为笔名在香港《大成》月刊上重新发表，题名《论还珠楼主及其作品》的长篇连载论文，他在第 6 节《可以视作神话观》和第 7 节《从〈封神榜〉与〈西游记〉说起》中说：

……与其说是小说，不如视为神话。不过这种神话，并非古代流传下来，而是出于他的创造罢了。……

在还珠楼主的笔下：

关于自然现象者，海可煮之沸，地可撤之翻，山可役之走，人可化为兽，天可隐灭无迹，陆可沉落无形，以及其他等等；

关于故事的境界者，天外有天，地底还有地，水下还有湖沼，石心还有精舍，以及其他等等；

对于生命的看法，灵魂可以离体，身外可以化身，借尸可以复活，自杀可以逃命，修炼可以长生，仙家却有死劫，以及其他等等；

关于生活方面者，不食可以无饥，不衣可以无寒，行路可缩万里成尺寸，谈笑可由地室送到天庭，以及其他等等；

关于战斗方面者，风霜水雪冰，日月星气云，金木水火土，雷电声光磁，都有精英可以收摄，炼成功各种凶杀利器，相生相克，以攻以守，藏可

① 凌云：《记〈蜀山剑侠传〉作者：还珠楼主》，（香港）《春秋杂志》第 714 期，1987 年 4 月 1 日出版，第 26 页。

② 白先勇：《蓦然回首》，见《第六只手指——白先勇散文精编》，文汇出版社 2004 年版，第 53 页。

以纳之于怀，发而威力大到不可思议。①

《西游记》以唐玄奘为主要人物，《封神榜》以周武王灭纣为演述题材，虽然缺乏真实性，多少有些依附。还珠楼主的神怪小说，完全脱离正史，完全用他自己的玄想为主，海阔天空，无奇不有，随意所之，怪不堪言。用神怪的范围作比较，《封神》、《西游》犹属小神怪，《蜀山》、《青城》才是大神怪。看过《蜀山》、《青城》，觉得《西游》、《封神》，笔墨的运用不够肆畅，玄想的幅度不够广远，法宝阵势的应用和布置不够新奇；总而言之，有些拘谨的感觉。……还珠楼主真是大手笔，从他的作品文气而观，一口气就是数万言一泻而下，确有长江大河，怒涛汹涌，奔流激荡的阔壮姿态，奇中逞奇，险中见险。那种莽莽苍苍森森浩浩的气息，在别部章回小说中，是不大容易觉察到的。……②

眉子用高度浓缩的笔墨将还珠楼主的作品的神奇性及其气势概括了出来。在论述小说的思想主旨时，眉子又将作品的《儒释道三家的搓合》用形象的语言表达出来："本来是李耳、庄周一般的襟怀，可生就了释迦牟尼的两只眼睛，却是替孔丘、孟轲去应世办事。于是儒释道混成一体了！"③那就是说，小说中既有道家的散淡逍遥，又有释家的仁慈悲悯，还有儒家的知其不可为而为之的入世精神。

对武侠小说深有研究的台湾评论家叶洪生对还珠楼主也有若干名评。他说："持平而论，还珠楼主以其绝代才情、慧思妙语将中国儒、释、道三家思想融入武侠小说之后，乃把江湖或武林所描写的有限时空，扩展为宇宙或世界的无限时空，因而鸢飞鱼跃，一片天机！文字想象力与创作自由遂得发挥最大之余地，它不仅直接影响到30年代的武侠名家郑证因与朱贞木，更是抗战时期及其前后反映出乱世中国社会世态的一面盈盈宝镜：'说真便真，说假便假，随心生灭，瞬息万变。'"④在论及还珠楼主的作品的影响与文字技巧时，叶洪生又说：

① 眉子：《论还珠楼主及其作品》，载（香港）《大成》第9期，1974年8月1日出版，第35页。
② 眉子：《还珠楼主的写作论》，载（香港）《大成》第10期，1974年9月1日出版，第33页。
③ 眉子：《神怪小说的一个时代——还珠楼主的思想论与社会论》，载（香港）《大成》第11期，1974年10月1日出版，第52页。
④ 叶洪生：《论还珠楼主之小说观与生命哲学》，（台湾）《中央日报》，1988年15日—25日连载。

> 惟还珠楼主一出，众皆失色；民国廿年以降，“出世武侠”派乃成还珠一人天下。许多作家或封笔，或改为写“入世武侠”，亦即流行至今的武侠小说。……还珠楼主的文字是属于传统“中国式”的文白夹杂体，遣词用句，非常简洁，堪称是“文言的白话化”。一旦彩笔舞动则如魔如幻，变化无方。或清新婉约如涓涓细流，令人心旷神怡，兴出尘之想；或酣畅淋漓如长江大河，一泻千里，际天而下，势莫能挡；或奇峰突起，惊涛裂岸；或狂飙骤至，电漩星飞！……《蜀山剑侠传》一书初由俗世的江湖道入手，层层转进，越变越奇；终于脱去武侠形骸、别开神仙天地，却仍以“除魔卫道”为不变的小说主题。故就广义的武侠说部而言，还珠楼主实可称之为“超武侠”或“奇幻仙侠”派的代表者。①

以上这些评论都对还珠楼主的大作的内容与技艺作了高度的概括，对他在中国武侠小说史中的举足轻重的地位也作了精辟的品评。但是从本章的视角——北方通俗文学的迅速崛起的角度来体察，我们应该认定，还珠楼主的小说既是无法模仿的“绝唱”，又是承前启后、继往开来的“砥柱”。自他的《蜀山剑侠传》出，“‘出世武侠’派乃成还珠一人”，因此可以说是“绝唱”；可是他又是超越了平江不肖生的《江湖奇侠传》，成为民国武侠开山祖向恺然的继承者和新的一代的开拓者，是当之无愧的民国武侠小说第二波的领军人物。这是由于他将武侠小说提高了一个层次，开辟了一个新境界。他的领军作用不是要大家去学他的武侠小说“世外化”，而是要求武侠小说的作家有一种开拓意识、创新精神，要有一种自己独有的“品牌”意识，追求有自己个性烙印的“名牌”产品。就这一点而论，后继的北派武侠四大家都受他的启示而有了这种自我的独特追求。宫白羽的社会武侠小说、王度庐的悲剧侠情小说、郑证因的刚性技击小说、朱贞木的奇诡武侠小说，他们在还珠楼主的熏陶下都有了自己的“看家特色”，这是他作为第二波领军人物的不可低估的作用：他用人家无法模仿的“绝唱”来领军，要领的是一个各怀绝技的“特种兵军团”。

但是还珠楼主开始写《蜀山剑侠传》时，没有一个庞大的统筹的计划，李观贤、李观鼎曾说：“《蜀山剑侠传》连载后，《天风报》发行量成倍增长。本来父亲打算攒够了结婚费用即行打住的，现在欲罢不能了，热心的读者在天天等着看

---

① 叶洪生：《闲话一甲子以来的武侠小说》，载（香港）《明报月刊》第18卷第2期，1983年2月出版，第34页。

下文呢，不能以临时观点草率从事了。细心的读者会发现，《蜀山》共55集，后50集要比前5集谨严得多，那正是经过全面地调整和布置的结果啊。"[①]因此，他自己对前几集也是并不满意的。

我们从整体去读这部作品，也可以看出在他的"强势"之中也有他的"弱项"。例如，徐国桢就认为："《蜀山》、《青城》不无太不拘谨之感，不免有些芜乱。他那支写小说的笔，好比一匹怒马，是给谁加上了一鞭，那匹马一声长嘶，立刻舞动四腿，电一般快，向着千山万水的前程，猛冲过去，只觉得一路烟尘滚翻，尘头不住地向山高水深所在怒卷而去。……自《蜀山》、《青城》而下各部作品，虽然是章回体，可是章回迹象模糊得很，上回和下回，大都是硬生生地斩断，并无小作'关拦'之意。其实，一集可说等于一回，而形式上一集有好几回。"这就是说，有时一位作家的"强势"会在另一个侧面透露出他的"弱项"。读《蜀山剑侠传》有时也不免还有一种感觉，就是小说中门派分得太严太绝对，而某一门派又先天地代表正邪与善恶，其中的正派是以中国传统美德为基准的，讲究忠孝之义、师徒之序，而正反门派之间，在道德规范上往往截然对立，如正反两派的成员生就了善恶贞淫之别等等。讲到传统道德，还珠楼主认为"自来没有不忠不孝的神仙"。还珠楼主笔下的忠并非忠于政府、忠于皇上，而是站在明代遗民的立场上，与清廷采取不合作态度，如不求功名不为官之类，但是也并不以推翻清廷为目的。他所写的是一个化外的世界，如果要反清复明，那么化外世界就要受到"入世言行"的冲击与干扰了。因此，他笔下的清政府虽偶有出现，但不过是一个虚拟的形象，是一个邪恶的符号而已。《青城十九侠》中也提到过清廷文字狱的迫害，而主人公裘元才有了圆叙仙缘的可能。在还珠楼主的作品的道德规范中，往往还有其特定的内涵，例如"孝"是贯串于作品中的道德标准，可是在他的小说中还有其特殊性。因为要得道成仙，守童身往往是一个最起码的条件，否则就难上加难，甚至要将旧肉体"兵解"后再重新修炼，犹如凤凰之火焚自己才得以再生一样，因此得道成仙者少有后代。"孝"在他的作品中是脱胎换骨的剑仙们与他们"肉身提供者"的凡人父母之间的道德规范。

既然在还珠的作品中，将正邪、善恶、贞淫写成是不同门派的先天性的承传，泾渭分明的界线早已划好，门派间的不同的道德规范似乎是先天的与生俱来，正统与叛逆也早已注定，这未免就显得符号化，同时，也简单化了。因此

① 李观贤、李观鼎：《回忆父亲还珠楼主》，（香港）《大成》第179期，1988年10月1日出版，第33页。

《青城》中怪叫化凌浑就对此十分反感:"我只恨你们这些人专以正统自命,难道别派中就无能人?"这句话道出了峨眉派的缺点。那种唯我独尊的架势,使凌浑不快。还珠楼主用自己笔下的人物"一语道破"了自己构思时的"弱点"。因此,作品中的神仙本来也是应该有他们各异的个性的,但是问题在于门派有时成为桎梏,剑侠或妖孽的性格就易于丧失个性,显得板滞,甚至正统得作伪,没有矮叟朱梅和醉道人那样潇洒与诙谐。

除了忠孝之外,还有其独特的贞淫观。对剑仙说来,要得道成仙,就要珍守童贞。因此即使有仙缘,也只能是名义上的夫妻却不能发生两性关系,否则双方就等于自毁或互损自己的前程。在相处中只能两心相悦,而切忌以身相许,这样自然就潜在地表现了"性欲不洁观",作品中也难见赏心悦目的爱情描写。应该说,这种贞淫观是中国传统保守的、性心理不正常的一种特殊的表现形态。为延续后代,两性关系是必需的。但剑仙们不是靠自己相互繁殖后代,而是去发现凡人世界的"好苗子"加以重塑。因此,这就有了一种禁欲主义的嫌疑。相反,在邪魔这一面,几乎都是"性欲狂",特别是魔头,他们或是配有疯狂的性伙伴,或是在民间抢掠良家妇女来加以蹂躏,甚至进行性采补,以这种变态的淫乐无度,作为邪派的表征之一。在小说中禁欲与纵欲成了两个极端化的性观念。

在我们分析门派造成小说的局限之外,也应看到门派在还珠楼主的笔下发挥了其优越性的一面。峨眉派要靠新生代的"三英二云"承传衣钵,光大门派,于是这些新生代的人物传记就可以作为情节的轴心,写他们的成长过程和得宝经历;在正邪相克中,在"大破慈云寺"或"大战青螺峪"等情节中得到锻炼与考验。在这种门派的"大破"与"大战"中,剑仙们、邪魔们又以门派为依托,纷纷为决战而串连同门及友好,宛如一个大战役之前频繁地调动军队——能人与异士,用飞剑、法宝与妖术展开一场场大兵团作战,这比现代化的海陆空立体战争还要好看,因为有的斗法已经在宇宙的另一度空间中进行比拼。这时还珠楼主将门派的功能发挥到了极致,作品一浪一浪地轮番推进,就靠门派的大决斗使读者的心绪也在一张一弛中身不由己地被牢牢牵引。

除了以门派为指归的两面性之外,还珠楼主还要解决神仙的随心所欲与悬念迭起之间的矛盾。剑仙们既是超人,本可随心所欲、心想事成的,这必然就会失却悬念。于是作者就要给他们设置种种障碍,如在驱魔斩妖中总缺这样和那样的条件,要具备这样的条件又得花很大的力量去做多时的修炼,甚至要等待一个千载难遇的时机。如在《蜀山剑侠传》的第6集第5回中就描写了这种艰难的修炼与难觅的机缘："但是你妻子虽借兵解脱了二次雷劫，等到婴儿练成，第三次雷劫又到，只有壬寅年壬寅月壬寅日壬寅时生的一个根行深厚的人，才能救她脱难。……前缘注定，无可挽回。"于是就在这"魔高一尺道高一丈"或"道高一尺魔高一丈"的轮番消长中构成了一个个磨难，制造出一个个悬念。而在超人们要具备克敌制胜的条件时，就要出奇制胜地构想出一个比一个更绝妙的新法宝，去逾越一个比一个更难飞渡的天堑。就在这难题迭出、新招迭现的过程中，读者如置身山阴道上，应接不暇。

对神仙式的"超人"说来，可以掐算，于是就可以"前知"、"预见"。似乎一切都是透明的，在理论上是可以主动去避免许多"磨擦力"与"撞击力"的。在这种情况下，要制造悬念，作家就要动员出一个叫做"劫数"的东西去制约这种透明的滑行状态。但一动用"劫数"就得承认宿命论，即所谓"仙家却有死劫"，"一饮一啄，莫非前定，仙缘际合，各有来因"。于是"超人"们只可以在"前知"的前提中，又在"劫数"的制约下，尽一点扶弱抑强的"主观能动性"而已。神魔小说与剑仙小说，一般都要动用宿命论的劫数的，这是通例。但是即使是"超人"的"前知"与"预见"，也掩盖不了还珠楼主的善于层层设置悬念的无穷趣味性。例如《蜀山剑侠传》第 10 集第 5 回的《合群力同收青索剑，从众请初试火灵珠》，真是令读者叹为观止。他先写从远处看到光华，然后写从近处听到石壁中奔突的声音，又知只有此剑才能克制魔敌、从魔敌身上取得"温玉"，有了这块"温玉"才能救出被魔法冻僵了的余英男。可是青索剑的出世是有时辰的。直到时辰的前一刻，才由严人英送来醉道人的柬帖，知道收剑之法。可是还缺一个条件："尚少一人相助。"是谁？还是未知数。直到庄易出现，这哑巴写出"时辰已到，速照仙柬所言行事"，才能发动这一收剑的战役，而且事前又从敌人（妖尸）处降伏了二矮，先期得到了青索剑的剑囊。如此众多需要具备的条件，如此曲折复杂的情节，就是单等这精彩的一刻的到来：

> 那洞原本甚大，众人分配已毕，才将方位站好，便听地下隐隐起了异吼。众人俱聚精会神，目不旁瞬，觑准中心柬帖所指之处，一听地下声音越吼越近，一声招呼，除去英琼，余下四人，各将剑光飞起，乌光、银光与金蝉、笑和尚霹雳双剑的红紫光华，联成一团彩光圈，照眼生辉，笼罩地面。不一会，地皮震裂，渐有碎石飞起。英琼也连人带剑，化成一道紫虹，飞贴洞顶，注目下视，顷刻之间，石地龟折，裂纹四起，全洞石地，喳喳作响。忽然轰的一声大震，洞中心石地粉碎，宛如正月里放的火花神气，四下飞散，

地下陷了一个大洞,砂石影里,一条形如青虬的光,离土便要往洞外飞腾。当门一面,正是庄易、严人英,一道乌光,一道银光,如银龙黑蟒,双绞而上,拦住去路。只几个接触,便觉不支。恰好笑和尚、金蝉二人的霹雳剑也转瞬飞来,才行敌住。四口飞剑,纠缠这道青光,满洞飞滚了好一会,渐渐青光越来越纯,也不似先时四下乱飞乱撞,急于逃遁。轻云也飞身入穴,从二矮手中取来剑囊,估量时候已到,喊一声:"琼妹还不下手!"英琼早已等得不甚耐烦,闻言指挥紫郢剑飞上前去,才一照面,青光倏地在空中一个大翻滚,大放光华。挣脱原来四口飞剑,拨转头便往原来地穴飞去。轻云正用自己飞剑护着全身,口诵真言,使用收剑之法,一见青光飞来,方要手举剑囊,收剑入鞘,猛觉一股寒气,森人毛发,竟将自己剑光震开,刚喊一声不好,幸而人英飞剑追来,一见轻云危急,不顾厉害,飞身与剑合一,直穿过去。英琼剑光,也同时飞到。两下一合,将青光压住。轻云才觉站定,六人五道剑光,紧逼着这道青光缓缓归鞘,入了剑囊,才行停手。

可以想象,这几道剑光的光焰无极的色彩就令人眼花缭乱,蔚为奇观,这一场有声有色的收剑"战役"写得何等精彩。细细想来,还珠楼主就是借用收伏野马的过程来写青索剑的入鞘。先是桀骜不驯,几个青壮还笼不住它,刚跃上马背,又在跳腾中将驯马者掀翻跌地。直到六人合力,好不容易才将这无缰野马套上笼头,千里神驹才能为英武的骑师所用。在还珠楼主的小说中,此类场面在在皆是。在《青城十九侠》的第4回,写两个久渴迷路的旅人,觅到了股飞瀑,如果是一般性的描绘,那就是旅人急奔上前,捧水牛饮而已。可是还珠楼主却做出一篇极妙的写景又写旅游人之心的文章:

忽闻琤琮轰隆之声,宛如敲金击玉,洋洋盈耳,一股粗有碗口的水柱,从离地数尺高的岩壁缝中激迸出来,斜射到离壁丈许远近的一个石槽里面。那石槽是长圆形,想是日受急湍冲射而成……那水一经射落槽中,便激溅上来,再落到槽外地上,顺山形化作无数道大小匹练银蛇,往四下流去……石槽大小数尺,四面水气蒸腾,广有丈许。围着一圈,都是溅玉喷珠,星花飞溅,低昂如一。水气中那股山泉被月光一照,宛如半条银龙,笼以轻绡雾縠。那轰轰发发的瀑吼,水珠击石的碎响,与那草际里潺潺幽咽的繁声融成一片,又宛如黄钟大吕之中,杂以笙簧细乐。真是又好看,又好听。再加上寒泉清冷，人未近前，已有凉意；被水气一侵，不必牛饮而甘，已减去一大半烦渴。

这股泉水太美了。声、形、色、光、影之外，还有温度与力度，更有着心理医疗的效应。以致旅人们“耳听泉簌，目贪佳景，只喜得手舞足蹈，站在水雾外面不住叫好，也忘了此来作甚”。还珠楼主善于写景，再加上深山无人迹的“神仙洞府”中那么一股清泉，更是美不胜收。他写景时，还能启迪读者的联想。这是一种“文字蒙太奇”，通过作家的组合、剪辑，使读者在联想中出现一幅有声有色、似真如幻的动感图画。其实这就是要我们用中国古典诗歌中惯用的通感手法，如“大珠小珠落玉盘”的诗句，去想象这琵琶的悦耳动听的乐音。这股泉水在他的笔下，真是沁人心脾，使久渴烦躁的旅人得到了一种超自然的感应，不仅可以解渴，而且可以安神洗心。

的确，在奇幻仙侠小说中，大讲门派容易丧失成员的个性，写超人的神力会有碍于悬念的设置，崇童贞易于陷入禁欲主义，赞神仙的法力无边不得不搬来“劫数”等等。但我们也能感到还珠楼主也在祭起一个又一个“法宝”，来化解这些局限。而更主要的是他以横溢的才华写出汪洋浩瀚的另一度空间中的神奇的故事，他的瑰丽魔幻式的想象令读者心灵震撼，他的层出不穷的智光自如地驾驭人们无穷的兴会，而他笔下的雄俊幽深的自然风光与剑侠们的超自然的伟力，使我们联想到一部科幻般的宏大的交响曲，他的轮番滚动、奇招迭出的情节彩练似乎在向人夸耀，他可以写一部永不终篇的令人常看常新的“无极”长篇。如果没有这30年的通俗文学的断层，他的《蜀山剑侠传》还会继续与读者见面的。

北方的通俗文学作家，特别是张恨水与还珠楼主，他们起步于北方，然后南下扎营，使自己的作品传遍大江南北，轰动全国，也使20世纪30年代的通俗文学提高了一个档次。

既有可读性又具精品素质的通俗小说*

一　严独鹤笔下的晚清、辛亥“过渡镜”

目下要抹杀通俗小说的成就已是不可能的了，可是又有一说：“通俗小说无精品。”那么我们只能怪说这种话的人读的通俗文学还不太多，或者还对通俗文学有若干成见。关于这一问题，是只能用事实来说话的。《人海梦》这部通俗小说连载于1921年至1929年。1921年至1922年它曾在《新声》月刊上连载了10回，因《新声》的停刊而中断。直至1927年初起又在《红玫瑰》上续刊第11回，到1929年4月，连载至第33回告一段落，从头至尾已自成体系，虽然作者并未说此书已成“完璧”。将这部《人海梦》放诸20世纪20年代的所有长篇小说之中去评比，包括知识精英作家的长篇在内，将它排在优秀作品的行列，它毫无愧色。读了这部小说，或许还能有一个收获，那就是认识到知识精英作家所写的小说与通俗文学作家的小说实在是呈“互补”关系的。知识精英作家擅长的小说题材领域，通俗作家固然“望尘莫及”，可是，通俗作家擅长的题材，知识精英作家也无法望其项背的，说白了，他们所熟悉的生活面以及他们各自所取的视角都是有很大的不同的。

《人海梦》的作者是通俗文学界鼎鼎大名的严独鹤。他不仅是一位作家，而且是通俗文坛的组织者，也是一位很有成就的老报人。

严独鹤(1889—1968)，名桢，字子材，别号知我、槟芳馆主，笔名独鹤。祖籍浙江桐乡县乌镇，生于上海。14岁考中秀才，15岁进广方言馆学习英语及数理化诸科。1913年入中华书局任英文部编译员。1914年应聘进《新闻报》馆，直至解放。由于他编的是影响极大的副刊《快活林》，因此人称“快活之鹤”。他在《快活林》中每天要写一则《谈话》，所谈的内容是从国家大事、社会

* 本文分别选自《中国现代通俗文学史》第12章第3节，第13章第2节、第3节，第16章第2节；《中国近现代通俗文学史》第2章第11节。

聚焦,乃至日常生活趣闻剖析,长则六七百字,短则二三百言,要言不烦,机智俏皮,圆转含蓄,令人读后,常能会心微笑。他因成绩斐然而升任《新闻报》副总编,该报发行《新闻夜报》时,他兼任《夜报》总编,还主持副刊《夜声》。

编、译、著的成就使他成为闻人,也自然就是忙人。许多通俗文学期刊都要求他兼任主编或名誉编辑,如《红杂志》、《红玫瑰》、《侦探世界》、《中华》、《上海生活》等。但他也绝不是一个挂虚名而"心安理得"的人,仅就《红杂志》(周刊)而言,该杂志共出版了 100 期,他就在此刊物上发了 45 个短篇。由于他工作繁忙,他的长篇只有一部《人海梦》。

"一·二八"事变后,《快活林》停了约半年时间。意思是国难深重,无可快活了。后来该副刊复刊,改名《新园林》,仍由他主持。1941 年太平洋战事爆发,日寇接管《新闻报》,严独鹤以辞职表示自己的民族气节。他创办大经中学,自任校长。后因敌伪强令其向伪当局登记注册,他就以解散学校表示抗议。解放后,他被安排在新闻图书馆工作。"文革"中遭受迫害,1968 年 8 月郁郁病逝。

《人海梦》是一部优秀的长篇小说,可是过去一直未能受到应有的评价,最主要的原因是通俗文学的不被重视。但也有几个具体的原因:一是它首 10 回发表在《新声》上,这个杂志停刊后就没有人去关注这部小说了;1924 年这 10 回出版过一个单行本,可是有头无尾的作品是很难得到评价的。它直到 1927—1929 年再续刊了 23 回,全书共发表了 33 回。可是 1929 年由世界书局出单行本时只有 1 至 30 回,情节还是不完整的,也不会有人去评论。如果当时能印到第 33 回,那么全文虽未杀青,可是情节是能告一段落了:小说中写到辛亥革命胜利了,几位主人公在上海的革命都督府里担任了职务,这简直可以说是一个"大团圆"的尾声。至于他们以后还有什么发展,在作者肚子里是有数的,但读者暂且可以不管了。因此,这是一部作者认为还未完成的长篇,而读者则认为从某一视角看晚清如何过渡到辛亥革命这一历史时刻,它也算是有头有尾了。以下我们是将它作为一部完整的长篇来加以剖析的。

《人海梦》的第 1 回是一个梦,由梦作开端,由梦统领小说全局,是通俗小说常用的手法。但由于作者写了 10 回,停顿了约 5 年后再续写的,他有了新的构想,因此这个"梦"似乎已管不住后续的情节了,我们在这里就不再去"详梦"了。这部 40 多万字的小说大致可以分成两部分。前 18 回主要写国内生活,主人公华国雄与钟温如从宁波到上海来求学,写他们入学以及以后受革命思潮影响的过程。但后来被校方与政府当局侦知,华国雄在国内无法立足,第

19回开始写他出国到日本留学的情景，驻日公使想通过他拉拢留学生，而他却加入了同盟会，一心放在革命活动上。虽然有几回写华国雄的女友、革命党人蕊仙回国起事而被捕，国雄回国营救，但重心还是写留日学生的动态。作品的有些章节是很有传奇性的，但由于作者熟悉生活，有的境遇虽非亲历，但也通过间接材料而"了如指掌"，所以写得"传奇"而不"离奇"。读后很可能给我们这样一个感觉：呵，我们这个社会是这样过渡过来的！在历史书上是不会如此翔实描摹的，读了通俗小说，才真是开了眼界！

小说一开始就出现了像鲁迅在《肥皂》中所塑造的四铭一样的角色——华国雄的叔父华寿卿。他在上海道里充当书启老夫子，他见华国雄和钟温如到上海来读书，就发表自己对当时学校的看法，而且为他们推荐自己中意的学校。于是我们就能闻到一股酸味，开口就是"如今邪说朋兴，士风日坏"，闭口就是"绍古代之遗规，承先圣之道统"之类。连他的夫人也在旁说："你大约昨晚多吃了酸酒，所以早上一开口就酸气直冲。"但是他还是畅言他的酸腐不堪的观点。我们且将这个1921年塑造的华寿卿与1924年塑造的四铭的见解比较一下如何？

你们要知道上海的学校虽多，不是学生嚣张，就是教员放浪。还竟有昌言革命的，这种学校如何去得？……说有个正谊学校，是官办学校。学校里的监学王吉庶，是个候补道，在上海当着很阔的差使，这学校监督也是兼差。这位王观察我也久已闻名，是科甲出身，学问极好。平日专讲究保存国粹，提倡风雅，所以他这个学校，脱尽如下恶习，专重国学，旁参西籍，声光化电无所不包，算得是体用俱备的了。我想你们两人能进得这样的学校，不愁没有进步。今年恰好要招考……王观察对考试事宜十分认真，一切都按着科举的排场，你们须要小心。（第3回）

作品非常真实地描写了王观察要将"科举与学校冶为一炉"的宏愿，一场仿科举模式的入学考试，为我们留下了"过渡时期"的掠影，更不谈开学典礼上要学生行三跪九叩首的忠君大礼的滑稽戏了：

但见人头攒动，来考的倒也足有三四百人，都挤立在校门外。那两扇门却紧紧地闭着，门外有许多公差一般的人，在那里伺候。还有几面虎头牌挂在那里，牌上却写着不准抢替、不准怀挟等字样。等了好一会，里面

> 跑出一个戈什哈来说道："点名了。"顿时校门大开，有十几个人每人掮着一块高脚木牌，整整齐齐地走出来。每一块牌上写着30个名字，应考的人须自己认清名字在那一块牌上，就跟着那一块牌进去。唱名、接卷……就放炮封门。……只见大厅上设着公案，一个人蟒袍补褂红顶花翎，端端正正地朝外坐着……旁边站着一个人，戴着空梁红缨帽，穿着灰色布袍，在那里唱名。

这岂非科举制度用学校之名的借尸还魂吗？试题当然也是科举格局，只有一门"英文翻译"是"新"的，题目却是要学生将"古气磅礴"的《尔雅》原句译成英文。考生谁也译不出来。可是有一个学生却一挥而就，得了第一。据他介绍经验："教人翻译《尔雅》，明明是外行，我猜透了这层道理，便故意造了极长的字在中间，又随意加上些冠词和介词，看看好像是很深的文字，其实故弄玄虚骗外行罢了。"《人海梦》的前半部最有文化保留价值的是，用如绘的笔墨写出我国在废科举、兴学校的过程中，社会中竟还会出现如此的"中介怪物"。作品非常典型地为我们揭示了大大小小、有权无权的保古派的嘴脸。作者写道貌岸然的王观察作狭邪游的丑态，也是为我们补充了这类"恶毒妇"们在"咯吱咯吱"之后的放浪形骸。读了这一个一个真实的场面，或许我们会更形象地懂得四铭热衷于将他儿子学程"好容易给他进了中西折中的学堂"的实质。只要对比一下华寿卿的历数女学罪状，他与四铭的攻击女学的言论何其相似，我们就知道《人海梦》从通俗小说的视角反映文化历史进程的重要价值。

《人海梦》上半部最紧张的场面是突击搜查禁书。当时革命思潮汹涌，老师在课堂上教《十三经》，学生在堂下读禁书。省里来了通令，王观察就以迅雷不及掩耳之势进行夜间搜查。他自信学生忠君而品行端正；万一有不肖的学生，就必须从严究办，杀一儆百。而平时与学生为敌的舍监童千里，为了自己的饭碗，早将这一秘密行动透露给了学生，大家赶快"坚壁清野"。岂知华国雄这一寝室的4个人因各种原因都不在学校中，并未得到这个"情报"。王观察命校役将锁打开，开灯一看，"童千里惊得目瞪口呆，原来也不必搜，也不必查，在那书案上，纵横乱放着的就是些宣传革命的书籍和杂志。而且不必审阅内容，只那些封面上，已明明标着什么《党人魂》、《革命军》、《自由血》，都是很大的字"。于是案子闹大了，王观察要将华国雄送官府严办。结果还是那位翻译《尔雅》第一名的"智多星"去找了与王观察相好的妓女，得到她的同情，假装与王观察在园林僻静处亲昵的样子，而此生躲在树丛中偷拍了一张照片。事后威胁王观察要公开他的丑史，使“道貌岸然”的王吉庶非常害怕，不仅答应不追究华国雄，而且出了一千元的高价买回了“底片”，一场要掉脑袋的天大风波才算了结。小说写得生动、曲折与巧妙，也合情合理。作者顺便将当时印销禁书的渠道也融进了小说，成为推动情节的有机组成部分。

我们原以为当时一定有一批革命者，组织了地下印刷厂，而销售的渠道当然也是极端神秘的。哪知辛亥革命以前的“禁书”的印销与我们今天的想象完全不同。正如书中所说：“在上海发行的革命书籍固然也有真正革命党人做的，然而却是极少数。……断不会有什么大张旗鼓的革命书籍印刷所。”因为其时这些书销路最广，就有人做这种生意，几家小印刷厂暗地里印了，挂上一个根本不存在的出版书局的名字，就半公开地在茶馆之类的公共场所发卖，很能赚钱。书中写一个专门在茶馆里兜售小说之类的名叫“野鸡大王”的人，只要你暗中问他，要买什么禁书，他马上可以为你办到。《人海梦》关于这一情节也写得很为精彩，从许多资料中，我们知道当时实有其人，郑逸梅也谈过此人；但更详细的是冯自由的《革命逸史》中《野鸡大王徐敬吾》一节：“大王专以出售革命书报为业，是时各种革命书报虽受社会欢迎，但各书局制于官力，咸有戒心，不敢直接出售……大王恒挈其女公子宝妣出入于福州路青莲阁等茶馆，叫卖各著名犯禁之书报，如革命军、黄帝魂、驳康有为政见书、孙逸仙、沈荩、自由血、女界钟、俄罗斯大风暴、猛回头、警世钟、扬州十日记、孔孟心肝、苏报案纪事、三十三年落花梦、廿世纪大舞台等书，不下百数十种，行人趋之若鹜，至为畅销。”[①]作者也通过这个情节引出了书中的一个重要的女革命党人，那就是后来成为华国雄爱人的冯蕊仙（有时化名李悟非、王韵珠）。

情节的发展出现了内在的必然性：华国雄既无法在上海立足，就准备东渡扶桑。而钟温如因家境富有则准备赴美留学。当时科举已废，留学生的身价地位上升，俨然是洋举人与洋进士的资格。连书中被革命党冯蕊仙狠狠整过的南京方制台也对派送留学生有一套特有的理论：“第一条，留学的国度，以欧洲各国和美国为限，决不派日本留学生。他的理由，说日本留学界是个革命党的窝子。多派一个日本留学生，便是多制造一名党人，断断不可”；第二，是一定要省内道员以上各官员特保学生来参加考试，这样才不会有革命党夹杂在内，报考学生决不能来历不明。看来这就是方制台的“政审”；第三，考试时“重国文不必重西文”。此条一宣布很多幕僚都反对，说既然出洋留学，怎好不重

① 冯自由：《革命逸史・初集》，中华书局1981年版，第123页。

西文？方制台训斥道：

> 你们都是小儒之见，只知其一，不知其二。一个人假使连本国的文理都不通，就派他出洋留学，那么将来回国以后，便简直成了一个洋人，要他何用？所以非国文有根底的不可。至于西文，倒不妨差些。西文差了，到了国外天天见的是外国人，看的是外国字，自然可以补习。倒不比国文程度太低的，一到外洋满口爱皮西第，再也不会看中国书，势必格外抛荒了。

严独鹤作为广方言馆的学生，当年也是准备留学的，只因父亲去世而未果，但他是深谙当年留学考试录取标准的内情的，这样才能为我们写出这番道理来。

华国雄家贫，只能到日本留学，但在方制台这类官僚的控制下，日本官费已无望了。正好同舟去日本的有清廷驻日公使赵雨卿及其义子——恬不知耻的王孝先（自取日本姓名国光太郎），于是希望通过公使馆弄到公费。而赵雨卿也很看得起华国雄。国光太郎有他的一番理解："如今的时势不比从前，凡是当公使的人，也很怕那些留学生遇事生风，和他捣蛋，所以往往在有意无意之间，联络几个有才干的留学生，作为他的膀臂。"于是作品就将华国雄"联结"了两头，一面是他要设法弄公费，以便维持他的学业，而赵雨卿又想拉拢他，这样作家就可大写公使馆的这条线；一面华国雄在国内看了不少禁书，现在到了日本就走向了革命实践活动，加入了同盟会，这是作家进而写革命党人的这条线。严独鹤是用华国雄此人取得了一箭双雕之利。

作者将赵雨卿塑造成一匹天生的纯种洋奴，他在官场中直言不讳："你可知道优胜劣败是天演的公理？日本人能欺侮人，就是日本人的好处，中国人要受人欺侮，就是中国人的丑处，如何能不责备自己，反去怨恨别人？老实说，假使我做了日本人，也乐得欺侮中国人咧。"他的主要的职务倒是在日本侦查革命党人，可是一则他要花很多时间在声色犬马之中，难得去办他的"公事"；二则他实在无能，是个十足的酒囊饭袋；三则在异国的具体环境中他也奈何革命党人不得，他只能哀叹："我还接着政府里一个密电，说是据侦探报告，近来有大批革命党人，由日本回国，准备起事。教我暗地查察，并相机防范。我想这件事怎么查察得？又怎么防范得住？"华国雄听了他的哀叹，当时就向党人汇报，以后革命党人的行动就更处处谨慎。但官方在查察后还是注意了一个党内的中心分子、女革命党人冯蕊仙。

大概是由于有秋瑾这个为人崇仰的党中传奇人物，因此很多作家笔下写女党人时，常常也是带有传奇性的。冯蕊仙曾深入方制台虎穴，有过一番惊人的作为。由于她在日本留学生界特别活跃，又有惊人之貌，追求者甚众，收到的情书就有一大包。她如何来“解脱”，却又有一番惊人之举。她公然发请柬给每一位求爱者，邀请他们在某处相见。每人收到后以为只是约了自己一人，乐不可支，结果却是一个“大场面”。等到大家到齐（决不会有“迟到者”），她拿出一个大纸包来说：

> 老实告诉诸君，这纸包里面，便是我近来收到的许多情书。我觉得很侥幸，也很惭愧。像我这样一个人，尚在求学时代，自问毫无能力，毫无学问，不知怎样，都承大家见爱，一个个都要来向我求婚。我看了这许多信上的话，都说得非常诚挚，叫我这颗心不知怎样才好。如今我左思右想却想出一个最好的方法来了。今天特请诸位到来便是要宣布对于求婚者的意见，以及应付这许多情书的态度……（第21回）

她一一烧毁了这些情书，只留下一封，就根据她的调查，说出此人有一位患难之交的夫人，并责问他为何见异思迁。当场也有人以为她如此做法未免太奚落大家了，使大家的面子都扫尽了。她还是侃侃地回答道：“我今天不过是对诸位拒婚，并非对诸君宣布绝交。所以爱情虽谈不到，而友谊却依然存在，也许我的思想，将来有时改变了，仍在诸君之中，觅得位佳偶，也并非是不可能之事。再退一步讲，就是婚姻之说，从此休提，而诸位爱我，仍能和我长此结为好友，也未始不佳。”大家始而哑口无言，继而一哄而散，可是以后捧她的人中，还有一小半依然是以前被她拒绝过的人。作者这样渲染她的传奇色彩，还仅仅是为日后描写她的越狱成功作一伏笔而已。长篇的后半部一个重大情节就是冯蕊仙回国革命，被她的老对头方制军逮捕，而华国雄以同志兼爱人的身份，受命于组织，回国营救。方制军虽然逮捕她，但不敢亲自提审她，因为怕她当场揭出昔日方制军在她手中的把柄。只是交代侦探头子刘光汉择机将她在监狱中毒毙就算结案。但刘光汉却想通过救她而占有她，于是她利用敌人的幻想而又在不丧失革命原则的前提下，从中解脱了出来。前面“拒婚”的一场戏，就是为了她越狱成功所作的铺垫，作者想要读者信服，她确实具备这种处事不惊的灵活性。而长篇的高潮是华国雄等留日同盟会同志，趁武昌起义得手，决议占领中国驻日公使馆。赵雨卿从楼上乘了送饭菜的小小升降机逃下楼，又越墙而仆地，被日本邻居救起；而他的姨太太却只好躲在狗舍里。外交机构是不能随便“夺权”的，这要所在国政府承认方可，因此他们又有理有节地与公使谈判，每人得了回国的川资，就回国为革命作贡献了。华国雄等人在上海革命都督府当了科长，而以前引起他父亲抑郁而死的仇人也有了下落。小说就在这里与读者暂别了，严独鹤没有再续写下去，因此也是永远的告别。华国雄的父亲因“仇”抑郁而死，到底还不是什么血海深仇，读者也就不会去关心什么报父仇的下文了。长篇在这里告终也不能说不是“见好就收”。

《人海梦》在思想上、艺术上都很有可取之处。无论从文化递进的角度，还是从增加感性知识的角度，都给我们以有益启迪，以致我们不禁会问自己，为什么我们过去没有发现这样一部可以称得上精品的小说？

二　戏剧全才写戏子生活的杰作《歌场冶史》

汪仲贤(1888—1937)，学名效曾，字仲贤，别号优游，笔名陆明悔、UU。安徽婺源人，自幼生长在上海。他是创建中国新剧的元老之一，凡文明戏的编剧、导演、表演、理论、策划，件件皆拿得上手，人称“新剧界的全才”。又在演剧方面，生旦丑末无所不工。特别是生角更为擅长，朱双云评价他长于演潇洒小生：“翩翩年少，彬彬儒雅，吐属隽而不俚，举止放而不佻，是曰潇洒。汪优游是所擅也。”[①]1921年3月，他又与沈雁冰、陈大悲、徐半梅、熊佛西、张静庐、欧阳予倩、郑振铎等人组织民众戏剧社，以提倡艺术的新剧为宗旨。这是“五四”后第一个新戏剧团体，认真开展“爱美剧”的戏剧活动与理论研讨。汪仲贤在从事戏剧活动之余，还写通俗小说。他的小说情节生动，曲折有致，颇有戏剧性，可读性很强。而他的两部长篇小说《歌场冶史》和《恼人春色》都属成功的社会小说，其中又因《歌场冶史》是戏剧家写戏剧艺人的生活，而更为细腻入微，脍炙人口。海上漱石生孙玉声说他：“至于描写歌场事实，不特处处多行家语，且能曲曲传来，丝丝入扣，使书中之人，跃然纸上，令读者为之心折，时时急于欲看下文。”手法上又“纯以实地写真法出之……诚社会小说中之杰作也”[②]。据说作者所写的都是自己的亲历见闻，因此，读来能令读者恍如身临其境。

《歌场冶史》先是连载在《社会日报》上，1935年出版单行本。小说主要反

① 朱双云：《新剧史》，“派别”编第1页，上海新剧小说社1914年版。

② 孙玉声：《歌场冶史·序》，《歌场冶史》，春风文艺出版社1997年版，第321页。

映杨柳青与杨小红姐弟俩原是很有天分的演员，姐姐唱花旦，弟弟演文武老生，从烟台到上海来演出，大红大紫，却种下了祸根。杨小红马上被一群妓女与姨太太包围，视为猎物，她们争风吃醋，欲得之作为“禁脔”而后快；而姐姐杨柳青也使一些豪门达官垂涎三尺。可是杨小红属意志不坚，而杨柳青则属身不由己，但殊途同归，结果都跌入了旧社会设下的陷阱，被社会撕成碎片，吞噬于血盆大口之中。但不管怎样，他们都有一个堕落的过程。汪仲贤不仅深入到他们的内心世界，而且搜寻到他们灵魂的褶皱中，写得熨帖而传神。杨小红虽然意志不坚，但他毕竟还是一个单纯洁白的少年。当一个打辫子的可爱的小姑娘将一个纸团往他手里一塞，他一整夜睡不安稳，“闭了眼睛只在揣摩那小姑娘的两个酒涡儿”，好不容易睡熟，却又做了一个“驸马梦”——原来这个小姑娘竟是皇帝的女儿，于是他身上穿得活像《四郎探母》中坐宫的打扮。这真是一个少年“戏子”被撩拨之后初恋情绪的“骚动”，他做的梦也真合“戏子”身份，杨小红想入非非时也忘不掉他的“职业化”的一身“戏装”。可是第二天他赴约时，约他去的并不是那个俏丽的丫环，而是“昨晚坐在包厢里时常对自己眉目传情的那个半老佳人”——七阿姐。他的第一个反应是“既然弄错了，我就要走了”，要不是那猎人所放出的猎鹰的温情的“捕捉”，他的确“看不中她”而断然离去了。那温情的利爪将他献给了手握不见血的屠刀的妖魔。在这场灵魂的屠戮中，使杨小红“知道看戏的时髦女客可以陪着自己吃饭取乐的，上了台去也懂得用眼光去偷看美貌女子，于花楼上的一般妓女尤其特别注意”。他从服饰变起，直变到他的灵魂。作者写道：“此时的杨小红像了一条池中的鱼，这班妓女都是钓鱼的人，一个个手里拿着渔竿，备着香饵，都想引这条游鱼上钩，究竟不知哪一个渔翁得利？”《人海潮》中的鸨母说上海是只“漂白缸”，在我们看来，当时的上海是只“染黑缸”，杨小红从“误场”开始，直到误掉了自己的一条年轻的生命。杨小红先是被高青云等妓女作为玩物。用这个妓女的口吻说：“难道世界上只许男人嫖女人，就不许女人嫖男人吗？现在既是男女平等，我也要花几个钱嫖男人，替我们吃堂子饭的女人吐一口怨气。”后来又被七姨太的丈夫勾结巡捕房诬他为盗。他的年轻的生命只换得了报端的寥寥的几十个字：“监犯瘐毙：盗犯杨小红，夙染梅毒，前日在监毒发，倒地猝毙。”他的意志不坚是他致命的弱点，但是包围他的那些无耻的女性，却是那个腐朽社会的产物，一个曾是纯洁有灵魂的人被她们撕成碎片，象征着这个吃人不吐骨头的旧社会的兽窟的本质。但是另一个有把持的杨柳青又怎么被拉下水去的呢？杨柳青本像一朵出泥不污的莲花，她时时以警惕的眼光看着那个世界。

但她的第一着错棋是坏在一个贪财的母亲手中，她母亲叫她陪豪客打牌，看似不会失身，可是第一道防线是被打破了。开赌抽头，加上代牌，一个下午竟可得三几百元的可观收入。她母亲甚为得意地说："三百块钱，你在台上要忙一个月呢，现在一些力气不费，只陪他们玩了半天，也可以到手三百块钱呢。你还要想不开不愿意去，真是一个大傻瓜。"但杨柳青的回答还是清醒的："这个钱来得太容易了，只怕我们花了也不会安逸的。"因此对这种生活，她有时暗泣到天明。这种天然警惕的情绪一到弟弟杨小红受冤下狱时，她真的进入了一个"身不由己"的新阶段。老丑不堪的金八太爷乘人之危，虚情假意地答应救她弟弟出狱，条件是要嫁给他做第六房姨太太。于是她只好表明自己的矛盾的心迹："教我嫁给八太爷，我问心是十二分不愿意的。但是事到如今，被许多为难的事情逼到我身上来，我也只好牺牲我的一辈子的幸福，就去嫁给他吧。"直到她被玩弄够了，作为弃妾，又委身于一个"长线钓美人"的骗子林少云手里时，她的心志还是高洁的。直到林少云藏匿在妓院里，准备抛弃她时，那位"霸占"林少云的鸨母兼妓女的马四姑娘给她上了一课，她才大彻大悟。这个次要人物真是写得精彩绝伦。这是一位下层渣滓社会的天才哲学家，她能用非常通俗易懂的比喻，似是而非的道理，讲下层人渣社会夫妻相处的准则：

> 什么事情都要懂得诀窍，何况嫁丈夫是女子的终身大事，你把真心对待丈夫，就是不懂得做老婆的诀窍。因为男人娶老婆就像买一件新衣服一样，穿了几时就要厌的。就算是穷人，买了一件可以多穿几时。但是世界上没有冬暖夏凉的衣服，一年四季总要有一个时期被人干搁在一边的。何况你我都是人家的姨太太，更像时髦人的衣服一样，只有新做好的时候能近几天主人的身体，其余不是幽闭在箱子里，就把你送到当铺里去。所以古人说的妻子如衣服，这句话是一点儿都不错。
>
> 男人当我们是衣服，我们就把男人当作鞋子，就是踹在脚底下的鞋子……衣服穿旧了好换的，鞋子穿旧了也可以换。鞋子比较衣服容易旧，换起来也就更快，衣服穿旧了还能或卖或当，多少能值几个钱，鞋子穿破了送给人家也不要，一个大钱也不值。……我们嫁丈夫就如同买鞋子穿一样，穿得合适多穿几天，穿在脚上如果有一点点觉得不舒服，立刻就可以不要他，宁可多花几个钱买一双新的来穿。因为不合脚的鞋子，穿了要生鸡眼的。我问你，还是眼前换一双鞋子容易呢，还是将来除掉一个鸡眼

容易？妹妹，你想一想吧。

这番“宏论”将一个痛不欲生的杨柳青先是说得“把心里的悲伤渐渐的忘却”，直到后来，“杨柳青一肚子的忧郁，几乎被她引得笑了出来”。她的理论深奥，比喻浅显，侃侃谈来，而且是以她的生活经历中提炼出来的人生哲学作为教材，直说得杨柳青也觉得这个老妖精非常可爱。而且这位马四姑娘还真有一番义举，当她知道杨柳青身上没有盘缠，马上慷慨解囊，给了她回上海的路费，而且还是很丰裕的一笔钱呢。至此，马四姑娘“超度”了杨柳青，一个“贫贱不移”的杨柳青的人生观就改变了，“情义”两字就被她看得半文不值。马四姑娘的哲学虽富于“启发性”，可是在“方法论”上还显得太抽象。杨柳青一到上海，遇到了一位传授方法论的“老师”，此人就是过去一起搭过班子的亦伶亦妓、半伶半妓的花美倩。在她的“拉马”之下，欲得杨柳青这个美人的大有人在，面对这种形势，对一位过去规行矩步、凛乎难犯的杨柳青说来，只能承认“我是初出茅庐第一遭”，于是花美倩开始传授她的“方法论”的讲义了：

> 你这是爱钞呢，还是爱俏？等你打定了主意，我再跟你定三收三放的方法……我看呀，主顾多一个好一个，把他们俩都抓在手里要着玩儿，不过要人儿也要有些手法，要得不得劲儿，会把两个都要掉的。
>
> 最要紧的是第一回跟他下水时，斧子要砍得重。这个机会若是错过了，你就拉倒了。就像开井一样，泉眼要打得深，水才来得涌，反正做这种事情，胆子要大，心要细，眼眶子要睁得高，迷汤要灌得厚，钱要看得轻，手段要辣，心肠要狠，嘴里尽管仁义道德，肚子里不妨男盗女娼。妹妹，我把全部准纲准词的秘本子都传授给你了。

这样精彩的片段，大概写得作者自己也“洋洋得意”，他立即加了一段“评点”：“杨柳青也是绝顶聪明的人，经马四姑娘与花美倩两个常识兼优、经验丰富的良导师前后两番学术演讲，自能豁然贯通，领悟大道了。”杨小红的堕落是在于他的心志不坚，外因通过内因起了作用，而且他的下水，是姨太太和妓女们用一种生活方式上的“直观身教”，不过是一般地勾画出了社会这只黑染缸的害人不浅；可是进一步写到杨柳青的堕落，就是在更深层次上的戕贼。等到她山穷水尽，痛不欲生时，先后遇到了两位“绝处逢生”的“教师爷”，一个在人生哲学上予以点化，一个在方法论上加以开导，她过去路子越走越窄，立到了人生的断崖上，说得“抽象”一点，社会不容许一个正直的女艺人的自强生存，于是从大红大紫，到勉强糊口，生活略有好转时，为了不答应一个军阀司令的占有欲望，戏院与房间都被他派兵砸个精光，在大风雪中逃命，真算是死里逃生。直到在小小戏班子里，被同道视为“白虎”和“丧门星”。但是，当她受教于这两名师的门下，她的路却越走越“宽”。她与范慕淹在上海举行了盛大的婚礼，她进赌场豪赌，输赢进出动辄成千上万。在赌场里又姘识了绑匪柏湘九，最后被人诬为绑匪而入狱5年。当她出狱时，遇上了沦为乞丐的林少云，到那时，他们的人生观都共同信仰了一个“骗”字，于是“前嫌尽释”，于是一起吃鸦片，吞红丸，一起成为露天舞台的演员，一起讨饭求乞。林少云倒毙之后，她也在民国二十年一月十一日，在上海的一个特大冷汛中，成为一个冻毙的女尸，在一个小小的“燕子窠”边上的一条深巷里：

> 原来在一号门口的墙脚边，半横半竖地倒着一个女子，面孔上横七竖八地挂着几条冷晶晶的冰片，头侧垂在一边，眼角与嘴角下面挂着几根细冰柱……再细细看她，眉头虽然紧蹙，鼻窝里两条纹路往左右掀开，却微微地露着几分笑意。

也许是过去那种正气与天良又回到了杨柳青的身上，她为自己能离开这个世界而庆幸。至于验尸所的几句判词：“验得无名女尸一口，年约三十余岁，委系冻饿而毙，并无别情。查无尸属，饬堂掩埋。”她就无暇与他们争辩了。可是却有一位作家，大大地将“并无别情”这四个字批驳得体无完肤，用“别情”长长地写了一部小说，留在人间，以痛悼当时社会中的千千万万个被害的纯洁善良而又呼冤无门的灵魂。这《歌场冶史》的“冶”该不是烘炉冶炼的“冶”，而是把这姐弟俩放入焚尸炉里，冶为灰烬。那时的社会，不就是一只将活人化为死灰的通天炉吗？

戏剧家写“戏子”，使我们从中懂得了当时艺人的许多痛苦与戏界的许多规矩，这些恐怕都是今天的艺人所不能理解的了。例如杨柳青说的“唱戏虽是末等的职业，倒也能挣头等的钱”，就不为现在的“明星”们所理解。那时也有“追星族”吧，但追的是她们的肉体，而不是现在的出于崇拜。杨柳青又说：“吃得好是戏饭，吃不好是气饭。”豪门总是难服侍的。至于小时练功是如何的苦况，京剧演员的起居注，当时男女合演被认为有伤风化，非要有特别的“照会”不可，还有演出“打炮戏”的排场，戏演不下去，如何不遵守合同溜之大吉的“打瓜精”之类……真是可以作为戏剧志的参考文献。

结构也较为合榫而严谨。至于各色人等的语言往往惟妙惟肖。例如高青云与花月楼为杨小红而争风吃醋，说是花月楼“剪边”，花月楼三句话就使高青云“闷脱”：“你走你的桃花路，我上我的杏花楼”；“各人有三千年道行，大家白相白相罢了”；“看戏可以先定包厢，轧姘头没有预定的”。一张利嘴将高青云打成个“哑炮”。

汪仲贤所写的《恼人春色》也是一部出色的长篇，但其母题却是通俗小说家常用的富家子弟与平民女恋爱中发生的曲折多变的情节，其独特性就不及戏剧家写艺人之类的题材的富有特色了。因此，汪仲贤的小说代表作无可争议地应是《歌场冶史》。

三　被称为“天津张恨水”的刘云若

读者称刘云若为“天津张恨水”至少有那么两层涵义，一是因为张恨水成名在前，影响极大，现在将刘云若与大名鼎鼎的张恨水联系起来，当然是想“抬高”刘云若的声誉，为他“造势”；二是两位作家就题材而言都是社会言情小说大家，而在艺术成就方面也是完全可以媲美的。这是对刘云若的最简洁、最概括，也是最通俗的评价。可是有一位知识精英文学著名作家想打破这个“均势”，那就是郑振铎对刘云若的一番评论。据当时与郑振铎一起参与议论的徐铸成回忆：

> 1949年3月，在由香港赴解放区的船中，曾和郑振铎先生讨论近年出版的章回小说。他对刘云若的作品也极口推许，认为他的造诣之深，远出张恨水之上。我向他介绍所耳闻的关于刘的生活和写作情况，对于刘同时写几个长篇小说，而又如此仓卒写作，何以能情节、人物互不错乱，也绝少敷衍故事、草率成篇的痕迹，表示很惊讶。振铎先生说，这是首先由于刘对当时的下层社会，各个方面，有深刻的切身体会，在所遭遇的各色人物中，早已抽象出各种典型。……
>
> 振铎对刘的《红杏出墙记》最为赞赏，认为它是这一类小说中最出色的作品。①

---

① 徐铸成：《张恨水与刘云若》，载《旧闻杂记》，四川人民出版社1981年版，第100—101页。

郑振铎在对比张、刘时，认为刘的“造诣”不仅在张之上，而且远出其上。郑氏的评价的根据何在？是否确评？本节最终想说明的，就在这一焦点之上。但结论还应在分析了刘的作品之后才能得出。

刘云若(1903—1950)，原名兆熊，字渭贤，生于天津。在中学读书时，课余就喜填词赋诗，向报刊投稿，而对林译小说、野史、笔记也均有涉猎。后来他被聘为编辑，与他最相投的沙大风创办《天风报》并请他主持副刊编务，他的第一部长篇《春风回梦记》就刊发在副刊上，原不过“仅以游戏出之”，谁知一炮打响，从此欲罢不能，一生竟写了 40 多部小说。而沙大风为刘云若的《情海归帆》写序时也承认：《天风》因《春风》而风行，《春风》因《天风》而益彰。此稿一度曾因事而中断，读者“要求赓续之函，在数千封以上”①。作者是应读者之请，终于完成了这部处女作。《春风回梦记》叙写一个凄婉动人的恋爱悲剧。卖唱女郎如莲与富家公子陆惊寰相思多年，她为了能常与陆亲近而卖身妓院。陆在新婚之夜弃新娘而与如莲幽会，酿成轩然大波，善良的新娘替人受过，委屈成疾，饱尝凄苦。在新娘病重之际，如莲听从陆的表兄何若愚的劝说，为成全陆夫妻和好，忍痛施计割断与陆的关系。如莲既失所爱，痛不欲生，绝粒觅死。后陆得知如莲苦心，将她娶回家中，如莲旋即气绝，陆妻亦同时病殁。何若愚这时始知如莲竟是自己的胞妹。作品结构巧妙，情节曲折，文笔细腻沁人，作者在书写时也大动感情，狂挥痛泪，即所谓“一殡出双棺”的大悲剧。因此，在出版社给该书做广告时有“学士大夫与贩夫走卒同为刺激感动”等语，这也确是实情。接着作者继续出版了《换巢鸾凤》等作品，也深得好评，使他深知这种通俗章回体小说还是有它的强大的生命力的：“吾人曾时作故纸堆中的蠹鱼，习染很深，以后虽大受新潮激陶，仍然不能不恋旧时骸骨。常觉着举世诟病的死文字，固有它新鲜活泼的精神，精微深妙的运用，足以和新文学并存，不必偏废。”②刘云若一方面承认自己是受过“新潮激陶”，一方面也肯定章回体的通俗文学是完全可以和新文学并存的。在天津沦陷后，刘云若的心情可用后来他所写的《粉墨筝琶》中的翥青的话来表达：“我想不出什么好办法，当初本可以到内地去，已经把机会误了。现在做生意，不但没本钱，没经验，我也不愿发那国难财。做事情更不愿吃汉奸饭，受矮子气。就是当一个号称清高的教员，我不忍看着许多好青年去给日本人修飞机场，运军用品。”抗战时期他闭门写作，

---

① 见 1931 年 1 月 1 日《大公报》“出版广告”。

② 刘云若：《“神心”、“劲儿”与“味儿”》，载《北洋画报》，1935 年 8 月 8 日。

断绝外界交际，常常十天半月足不出户。他在1941年竟出版了6部小说，其中有《小扬州志》和《旧巷斜阳》这样的精品。其中80万字的《旧巷斜阳》更引起了巨大的轰动效应。它是以天津南市的女招待生活为切入点，反映当年广阔社会面貌的社会小说。璞玉是出身社会下层的贫家妇女，丈夫是失明的残疾人，为了他与两个未成年的孩子，只好去做餐馆女招待。她偶遇王小二，生风尘知己之感，几欲以身相许。她痛苦地徘徊于丈夫与情人之间，"几把芳心碾碎，柔肠转断"。她丈夫知道隐情后，为成全她与王小二而独自出走。但王小二也为此深深自责，忍痛南下。这时璞玉生活更是贫困，移居贫民窟后失身于地痞，被卖作暗娼。其时王小二回津做了官，两人再度重逢，由柳塘说项而成婚。可是好景不长，王小二因受牵连又亡命天涯。柳塘晚年发现妻子的不忠而厌世，后与王小二相携出家，只剩下璞玉与柳塘夫人相依为命，孤苦度日。当小说连载时，读者对璞玉的命运深表同情，在《新天津报》上一读者署名"一迷"发表《关心妇女生活者应大批营求璞玉》，由此也引起了作者的一番感慨：

> 而"旧巷"的主角璞玉，竟会引起了如许的善心人的惦念，除报端讨论文字不计，居然有些先生、太太生了幻觉，把她当作真的活人，直接间接，对我作拯救她的交涉。最可笑的是，有几位资产阶级的太太，竟使用贿赂手段，倘若在去岁年底能叫璞玉脱离苦海，我足可过个很肥的新年，连拙荆也许落一套日月团花袄，山河地理裙，可惜一时调不转笔头，以致失却发小财的机会。反而因璞玉则受了许多委屈，先生、太太、小姐们，把我摈出游宴团体，厉行绝交，宣付惩戒，或是写信斥骂，电话恫吓，以及吃饭合谋灌酒，打牌暗算输钱，又有若干人联名警告，限期救出璞玉，若再逾期，将全体拒看我写小说的报纸。真使我惊讶，璞玉何以人缘如此之佳，势力如此之大？她虽在书中受苦，然而能有这样际遇，可谓不虚此生。就因为她有这样的人缘势力，所以我至今写到她的切实归宿，一般关心礼教的先生，很多通函主张，使璞玉重归盲夫，宁可落寞以终，也要为世道人心之劝。我很想接受。但顾虑着另一面对她溺爱过深的慈善家们不允许，故而尚在踌躇难决，几乎愁白了头；真不知璞玉前世何修，今世何幸，得到这般幸运。①

① 刘云若：《旧巷斜阳·序》，见《旧巷斜阳》，百花文艺出版社1995年版，第2—3页。

刘云若笔下的这位善良、纯情的女招待的坎坷命运，她与盲夫的离散，她沦落烟花柳巷、红颜薄命、难逃茫茫风尘岁月的苦难生涯，竟能引起读者内心的巨大波澜，也算是民国通俗小说中的一段佳话了。但作者刘云若也并不因此沾沾自喜，他对自己提出了更高的要求。他在1941年的《酒眼灯唇录・序》中，回顾了以前的创作历程，提出了今后努力的方向："当初为此道，仅游戏出之，不谓倏忽今兹，竟以为资生之计。……然鄙陋之文，虽难言著作，妄灾梨枣，幸不为社会所薄，嗜痂日众。余既感读者爱护期许之殷，又复以此资生，宁敢不敬所业。乃更自课程功，求学养成旧集新篇，广阅乎人情世态，期能功力暗增，如春水日涨一蒿，渐臻佳境。虽不敢望张章回小说之军，亦庶得稍免纯盗虚声之诮。然数年刻苦，至境如何，尚不自知。……因知数年刻苦用心，绝非无益，且信境不限人，学无止境之言。余已逾中年，且工作日无暇晷，然得暇开卷，便有见贤思齐之思，殚心努力，或得颉颃时贤。然时贤之上，有古人焉，古人之外，又何年得比肩曹（雪芹）施（耐庵），而与狄（却尔斯・狄更司）华（华盛顿・欧文）共争短长乎。孜孜求进，犹恐不足，瞻望前途，弥觉辽远，且往贤名著，罗列当前，惭汗不遑，而何暇沾沾自喜也……"[①]从这一段话中，我们可以看到，刘云若是有奋斗目标的，是在暗中孜孜努力的。当时有许多关于刘云若的传说，讲他常常泡在小烟馆中，有的作品就在这小馆幽暗的烟灯下随便拉一张纸写成，写到最后一句，就将它撕下，这就是明日"连载"的开头一句。这些话大概多少有些根据，他也的确有烟霞癖。但透过这些表面现象，还应该看到，他在得暇开卷阅览中外名著，他在处处留心广阅人情世态，包括他在小烟馆等下层的集处场所。他在暗中孜孜努力，他要向"曹施狄华"学习与靠拢。一位了解他的朋友这样分析他的作品：

尤其是云兄小说的结构，差不多都是两个旦角，一个小生，一个花脸。如果细想起来，也是千篇一律，但他却能写一百个旦角是一百个旦角的言谈笑语行动坐卧，而用笔尖的灵感能够吸引人人都觉得每一组自有其每一组的特点。这决不是以前小说家写女性，一来就是"撮大堆"。而所以解释如此者，一方因由天才奇恣，一方也在体贴入微。而体贴入微又必经

① 刘云若：《酒眼灯唇录・序》，转引自张元卿《民国北派通俗小说论丛》，山西古籍出版社2001年版，第41—42页。

多验广,诚如云兄自己所说:谁说作小说是无本钱生涯呢?①

能说出写小说不是无本钱生意,就是非常有见地的话。其中要"广阅人情世态"就是本钱之一,那就是要处处留心体验生活;而对往贤时贤的作品要认真体察,如刘云若在李涵秋的作品中就学习到不少东西,他在1946年为《广陵潮》(百新版)作序时说:"此书取材于扬州社会情况,凡一切可惊可喜可愕可怒之事,悉穷形尽态,笔之于书;初犹病其境隘……洎余涉世日深,阅人日多,所遇之奇形怪状,滔滔者皆《广陵潮》中人也;若扩而充之,亦可言全社会之秦镜,不得以狭义而小之;……于是益服其笔锋犀利,刻画入微,慨然有继起之志,爰有《小扬州志》之作。"②

自从刘云若对自己的作品提出更高的要求,甚至希望自己要向"曹施狄华"高度进军时,他的作品的"准入线"就升高了。而他以后的《红杏出墙记》与《粉墨筝琶》也的确有上好的表现。

《红杏出墙记》这部80多万字的长篇以男主人公林白萍发现妻子黎芷华与自己的挚友边仲膺有苟合关系而离家出走为开端,直写到他三人都为"情"殉而告终。边仲膺是"投军觅死",林白萍是"落水身亡",而黎芷华是"堕楼自尽"。作者将林白萍的"出走"写得十分真实可信。他本来可以当场捉奸,而且可以其无上夫权去处置一切,但他却反而自动退让,一走了之。他有其特有的处世哲学:一个女人若嫁了甲,同时又爱了乙,则她在爱情上对甲已失去了妻的身份,不过对于乙也未取得妻的资格。但由于爱情的转移,甲已由丈夫的地位退出,乙却向丈夫的地位走进。这种处世哲学使林白萍"一走了之"。这并非是他的懦弱,而是他想毅然割断那种"丧失"爱情支撑的夫妻关系,落得个全身清爽,像个男子汉似的海阔天空去闯一番事业。一部《红杏出墙记》的情节的可信性,就是建筑在这一处世准则之上,尽管林白萍以后并无多大作为,这是由于作者要他闯进许多"说不清,道不明"的身不由己的境界之中去。而女主人公黎芷华知道丈夫亲眼看到她的出格丑行而愤然出走之后,她想尽一切办法要"赎罪",不光是向她丈夫表示自己的忏悔,而且是为了使自己的灵魂得到一个再也"问心无愧"的平静。她从有失检点始,走上了"求赎"罪愆的道路,

① 景孤血:《粉墨筝琶・序》,转引自张元卿《民国北派通俗小说论丛》,山西古籍出版社2001年版,第56页。

② 刘云若:《广陵潮・序》,见《广陵潮》,百新书局1946年改版第1版,第3页。

她也进入了自己的坎坷大半生的错综人生境界，不以人的意志为转移地走向人生的悬崖。她未能洗清这人生抱愧的污点，赎回自己的洁白的魂灵。直到边仲膺与林白萍都丧生殒亡，情节发展到顶点的是黎芷华的凄绝人寰的惨叫："死了，死了，全死了！只剩了我一个。我害死了他们。自己还活着，真是长命。"于是纵身一跳，骨折肌分。难道作者就是要我们懂得一个"一失足成千古恨"吗？或者要警惕什么"婚外情"吗？道理也对，但何需写那么80多万字呢。我们觉得作者写《红杏出墙记》是为了认识一个大千世界，认识大千世界中的"畸情"以及许多书中的"至性人"，如何认识与对待这些"畸情"的种种态度，此其一。其二是作者在这部长篇中恣意地精巧调度情节，充分设置与利用悬念的魅力，看它们对读者能发挥到何等的力度。前者是内容上的追求，后者是技巧上的探索。

从写《春风回梦记》始，刘云若就提出了他的一个塑造人物的原则："全书皆求近人情，故书中人无极善极恶。以世间人中和者多，难得极善恶也。又无完人，以世间本无完人也……因不必似罗贯中之写诸葛亮，聪明终其身；施耐庵之写李逵，卤莽毕其事。岂孔明终身不做卤莽事，李逵毕世未发一聪明语耶？人之个性，有时亦随思想境遇而偶变。刻舟求剑，于事当无着。"他的这一塑造人物的原则，在《红杏出墙记》中表现得最为充分。从写《春风回梦记》起，刘云若最喜欢塑造一种世间的"稀有人种"——至性人。"人或怪书中至性人太多，非今世所能有。曰：然。作者虽居闹市，如处荒墟。求人且不易，况于至性之人？故造作藏于书中，以供晤对。"①所谓"至性人"，当然是性情淳厚，一往情深，宁可苛待自己，也要成全他人者。而《红杏出墙记》中的黎芷华、林白萍、张式欧、张淑敏等都是这样的至性人。黎芷华在失足后就一再赎罪，但越赎越是满身还不清的"孽债"；林白萍甘愿退让，可是他愈逃愈是情丝缠身，直到被一路上的情丝缠到另一个世界去为止。一个是越还越是"债台高筑"，另一个是越逃越是"走投无路"，这全是至性人的大悲剧。如果像现在的某些人，不要说一夜婚外情，就是十夜婚外情，也不会酿成什么悲剧，反而会看成是自己的一种资本、一份潇洒。刘云若从民族的传统美德出发，为我们保存了一脉民族传统的高贵情谊。

要完成"越赎越是债台高筑""越逃越是情丝缠身"这几个"越"字，刘云若在技巧上追求精巧的情节调度和充分利用悬念的魅力。他好像有心去尝试学习"悬念大师"狄更司的艺术手段，他希望自己的小说在艺术上也有所开拓。

① 以上两段原文均见刘云若：《春风回梦记·序》，《春风回梦记》，人民文学出版社1989年版，第1—2页。

在《红杏出墙记》中往往更鲜明地展示了刘云若的小说是一种巧构小说。如果说，他的小说的内在结构都是“二生一旦”或“二旦一生”所组成的三角形，由于一角的出走，却又很快地身不由己地陷入另一个三角组合中去，小说常常是在三角套三角中展开情节。在这种情节的“循环纠结”中，由于交错渗透，还出现四个角色组成的平行四边形或梯形。例如三角中再加入一个祁玲，原以为不过是张淑敏的陪衬，谁知这个小配角后来会起调度全局的作用，可见作者伏笔之深，意图之隐蔽。到头来却由她以“清醒的局外人”自居，控制了两个四边形——一个平行四边形与一个梯形，她还有一份想扭转乾坤的热心，想按她的好心作人为的排列组合，结果却出现如此一场大惨剧。作者是最善于在情节的复杂的“循环纠结”中运用“误会”与“巧合”的能手，他常常用“鬼使神差”与“阴错阳差”这样的成语来为自己设置的误会与巧合作“辩护”，但刘云若确有这种本领去写“鬼使神差”和“阴错阳差”：看来根本不可能发生的事，偏偏在他笔下发生了；绝对有把握的事，在他笔下倏忽变成了大问题。他不是拙劣地编造，而是不合理中的近情理。由于他编织得精巧精致，读者在巧得不能再巧的难于置信中，却乐于接受他巧设的机关，在他的“铤而走险”的“险棋”面前，反说他别出心裁与妙趣横生。刘云若之所以敢走这样的“险棋”，是因为在“巧中又巧的巧合”中，蕴藏着作品中的人物的“真中又真的真情”，而这种“真情”又与读者的情感产生共鸣与共振。例如第 13 回，黎芷华突然来京，促成林白萍与张淑敏的结合这一场“戏”，真是令人感到“巧中之巧”，此情此景，白萍、芷华和淑敏的心中都掀起大波大澜的狂涛，随着人物的“五内摧伤”，读者也产生了共振共鸣的真同情。我们才不得不承认刘云若善于设置令人难于置信的巧情节，但更善于拨弄令人信服的真感情。刘云若笔下的情节的“循环纠结”、“阴错阳差”的巧合与误会以及运用“拨弄人情”产生心弦共振的手段，三者相得益彰，使读者回肠荡气，欲罢不能，随着主人公命运的大起大落，读者的同情之心与憎恶之情也此伏彼起。这是刘云若的《红杏出墙记》能成为“这一类小说中最出色的作品”的奥秘。

《粉墨筝琶》是刘云若“八年来饮恨切齿，郁不得伸之冤气，于此书以嬉笑泄之”[①]的“愤书”。作品以抗日战争时地下工作者暗杀敌伪政府副主席蔡文仲为主要情节线索，但作者想表现的是抗战的动荡年代中的人间大戏场中的离

---

① 刘云若：《粉墨筝琶·作者赘语》，转引自张元卿《民国北派通俗小说论丛》，山西古籍出版社 2001 年版，第 59—60 页。

合悲欢，写程翥青在人生际遇中与几个女性的难舍难分、欲罢不能的情谊：陆凤云的粉墨生涯，使她与程翥青离散；翥青陷入贫民窟后，与马五、林大巧儿结缘，与林大巧儿恋爱，从中发现林大巧儿等人的抗日工作，地下工作者的领导命大巧儿与翥青去看陆凤云的戏，以便伺机刺杀蔡仲文。失败后，程翥青撤退；敌伪命陆凤云在车站指认翥青，可是凤云明明看见翥青与大巧儿，却放他们过关……在几位女性的各人一份感情账上，程翥青只能徒呼“造化弄人”。《粉墨筝琶》因《一四七画报》停刊而永无续稿了，但他塑造的林大巧儿这一形象却会存留在文学史的栩栩如生的典型蜡像馆中。刘云若将一个从关外流落到天津的下层妇女大巧儿，描摹到如此令人叫绝的程度，没有一点通透下层社会的生活功底，不可能出现如此出神入化的笔墨。不仅是她的泼泼辣辣、风风火火的个性使读者如见其人，就是她的一言一动，也有妙趣横生的市井风情。她对翥青动了真情，而当翥青陶醉在她特有的爱情的韵味中时，她却捅出一句掏心窝的土得掉渣的市井话：“什么爱情，我不懂。我只觉得自己变成贱骨头了。”那种舍己忘我的情爱就扑面而来。大巧儿后来被日寇强征为“慰安妇”而又获救这一大段情节，也是当时其他小说中绝无仅有的日本侵华罪证。《粉墨筝琶》后来被搬上银幕，观众对大巧儿这一形象也连连拍手叫绝。据吴心云回忆，刘云若的一部小说被拍成电影，刘前往观看，病倒在剧场，归家即逝世。这部小说就是指的《粉墨筝琶》。刘云若逝世于1950年2月18日，时年47岁。刘云若作为一个人，他死得太早了；但作为一个通俗作家，也似乎死得其时，因为接下去就是通俗文学的30年断层，他也就无法发挥他的奇才，到通俗文学再度复兴时，他如活着，也已是耄耋之年，无法再创作出青壮年时那样优秀的作品来，只能徒呼奈何了。

但在刘云若这样一位杰出的通俗作家身上，我们还是能总结出若干经验与教训来。

他应该是北派崛起的中坚分子之一，他的作品不比张恨水的差，可是他没有张恨水的那份幸运。他独自在津门创作和发表小说，他有友人帮忙，却没有像上海的通俗文坛中的作家有那么多的机遇与广大的平台，不过他在天津也有一种集团的支撑的；他也不像在北京的张恨水，趁上海记者团中严独鹤的邀约，在上海大报上打开了局面，大红大紫。他到头来仅是津门文派中的佼佼者。他的作品也有在上海出版的。那是由于津门的一家出版社——励力出版社由天津迁往上海，因此在上海也有出版他的小说单行本的，但单行本与大报上的连载的影响是不可同日而语的。但是在津门地域而言，他所受到读者的拥戴是非常惊人的，可是这种拥戴也给他带来许多压力，那就是读者硬是要参与他的创作过程，有时编辑因要讨好读者，也参与了指挥。例如读者就璞玉的结局对他提出“强横”的要求；又例如因为大巧儿这一形象大受读者青睐，为了牟利，编辑就要作者用更多的篇幅写大巧儿这个人物。通俗作家，特别是在报上写连载小说的通俗作家，就要在他的自我设计与读者（作家的衣食父母）的期待视野之间走钢丝，找平衡，这在刘云若身上是可以深入解剖而得出规律性的结语的。

刘云若是最善于编织情节的作家。他喜欢也善于写下层市井的生活，在编织情节中刘云若最爱用的手段是“出走”。他的几部主要的作品无不以“出走”来拓展故事，将人物推到一个新的境界中去。《春风回梦记》、《小扬州志》、《旧巷斜阳》、《红杏出墙记》、《粉墨筝琶》皆与“出走”有关，不是男的走，就是女的走。这样就往往在刘云若的作品中显示了以“诡奇取胜”，因此，“如果说张恨水的小说风格得中和之美，那么刘云若的小说则以诡奇取胜。他们两个‘一正一奇’，双星闪耀，使民国通俗小说星光长明”①。

① 张元卿：《刘云若论》，载《民国北派通俗小说论丛》，山西古籍出版社2001年版，第113页。

两部产生轰动连锁效应的佳作*

——论《啼笑因缘》和《秋海棠》

一　论《啼笑因缘》

20 世纪 20 年代，知识精英文学在舆论上占据了中心与主流的位置，并与市民通俗文学发生冲撞，这时的市民通俗文学只能在相克中求得相生，但它像水银泻地般地深入城乡民间。虽然在媒体的舆论阵地中居于劣势，却在争夺读者的无形竞赛中取得了相持的平衡。特别是利用知识精英文学还缺乏优秀的长篇小说占领文艺市场的时机，运用中国民间对长篇章回小说的喜爱，在社会言情小说、武侠小说和侦探小说方面使自己占有一定的先机，而在中国早期的电影热与画报热中，也取得了很大的优势。知识精英文学在中国知识分子读者群中的地位是神圣不可侵犯的；而在中国都市市民中，市民通俗文学也保持着一个稳固而纵深的读者层；在广大的乡村中除了民间文学的流行之外，书面阅读群体还是以市民通俗文学为首选。知识精英文学只是占领了大中城市中的知识分子读者群。但就整体而言，读者的“边界”的相互蚕食是时时发生变化的。到了 20 年代末，以上海为中心的南方市民通俗文学渐趋定型化，也缺乏新作者的充实与锐进。这时北方的张恨水现象的诞生，为中国市民通俗文学注入了新鲜血液，在 30 年代初，“边界均势”产生了一个较为强烈的冲击波。当时的青年读者中就有人问：

> 为什么这些害人的旧小说还可以风行一时？为什么偏有许多人会入他们的迷途呢？譬如《啼笑因缘》，在目前出版界，依然是一部销行最广的

---

* 本文选自《中国现代通俗文学史》第 16 章第 1 节和第 18 章第 1 节，北京大学出版社 2007 年 1 月出版。

小说;难道是因为它的内容丰富?(当然不是的。)或者是因为它的技巧神巧?(也不见得。)照你们的看法,世界上的事,即使这样的小事,总也不该有所谓偶然的吧。[1]

从这封读者来信中,既可以看到当时知识精英文学对市民通俗文学批判的严厉,也可以看到《啼笑因缘》的出版所引发的"边界"震荡。若干知识青年读者层已受到新的冲击波影响,而知识精英文学的一部分"份额"已因新的冲击波而流失。

张恨水现象的出现,在北方酝酿已久。但是由于当时的交通相对阻滞,平面媒体的传播相对迟缓,因此张恨水的作品的发行网络还只限华北一隅。不过这仅是原因之一,张恨水还说了其他的一个原因:"我在北方,虽有多年的写作,而在上海所发表的,却是很少很少。上海有上海的一个写作圈子,平常是不容易突入的,我也没有在这上面注意。"[2]上述所说的原因也得到了南方作者范烟桥的证实:"北方的小说作者与上海的作者很少通声气的。北方的出版商和南方的出版商虽然发行上有交易往来,但出版的取材,是各走各的路,显然是'分疆划界'的。自从张恨水的作品在北方报纸披露,为读者所喜爱后,上海的出版商就移转了眼光,把他的作品和上海作者的作品等量齐观,兼收并蓄了。"[3]这造成南北交流频繁的触媒点则要归功于严独鹤了。1929年严氏参加上海新闻记者团北上,与张氏发生了"稿约因缘"。严独鹤在《〈啼笑因缘〉序》中说:"我和张恨水先生初次会面,是在去年五月间(指1929年——引者注);而脑海中印着'小说家张恨水'六个字的影子,却差不多有六七年了。……在近几年来,恨水先生所作长篇小说,散见于北方各日报;《上海画报》中,也不断的载着先生的佳作。……总觉得恨水先生的作品,至少可当得'不同凡俗'四个字。去年我到北平,由钱芥尘先生介绍,始和恨水先生由文字神交,结为友谊;并承恨水先生答应我的请求,担任为《快活林》撰著长篇小说。我自然表示十二分的欣幸。在《啼笑因缘》刊登在《快活林》之第一日起,便引起无数读者

---

① 夏征农/伍臣:《读〈啼笑因缘〉——答伍臣君》,转引自魏绍昌编《鸳鸯蝴蝶派研究资料》,上海文艺出版社1962年版,第63页。

② 张恨水:《写作生涯回忆·二十·〈啼笑因缘〉的跃出》,转引自张占国、魏守忠编《张恨水研究资料》,天津人民出版社1986年版,第42页。

③ 范烟桥:《章回体的社会小说(下) 张恨水:〈啼笑因缘〉》,载(香港)《万象》第5期,1975年12月1日出版,第34—35页。

的欢迎了。至今书虽登完，这种欢迎的热度，始终没有减退。一时文坛中竟有‘啼笑因缘迷’的口号。一部小说之能使阅者对于它发生迷恋，这在近人著作中，实在可以说是创造小说界的新纪录。恨水先生对于读者，固然要表示知己之感；就以我个人而论，也觉得异常高兴。因为我忝任《快活林》的编者。《快活林》中，有了一个好作家，说句笑话，譬如戏班中来了个超等名角，似乎我这个邀角的，也还邀得不错哩！”[①]严独鹤的一段话实际上也是说出了张恨水小说的“传播史”——由北到南的传播经历。张恨水的《春明外史》连载于1924年4月12日至1929年1月24日的北平《世界晚报》；他的《金粉世家》连载于1927年2月14日至1932年5月22日北平《世界日报》；在《啼笑因缘》出笼之前，他虽在《上海画报》上有连载小说（是转载沈阳《新民晚报》1928年9月20日起连载的长篇《天上人间》），但这张画报的发行量毕竟与《新闻报》是无法比拟的。这次上海新闻记者团北上，才由当时《上海画报》的编辑钱芥尘将张恨水介绍给严独鹤。于是，《啼笑因缘》连载于1930年3月17日至11月30日《新闻报》，同年12月由上海三友书社出版单行本。接着又改编成话剧、电影、各种地方戏曲和连环图画等等。在上海一炮打响之后，张恨水才成为一位有全国性影响的著名作家。1930年秋，张恨水到上海，世界书局总经理沈知方与他谈判，以4 000元代价买下了《春明外史》、《金粉世家》的版权；又预支稿费4 000元，邀他为世界书局写4部长篇小说，后来实际完成了《满江红》、《落霞孤鹜》和《美人恩》三部。这一过程说明了张恨水的通俗小说在北方崛起，他由北而南，乃至大红大紫于中国广大读者群中。张恨水自己也说：“我这次南来，上至党国名流，下至风尘少女，一见着面，便问《啼笑因缘》，这不能不使我受宠若惊了。”[②]

张恨水（1895—1967），安徽潜山人，原名张心远，1914年投稿时，从南唐李后主《乌夜啼》词“自是人生长恨水长东”句中截取“恨水”二字作为笔名，此后，恨水便成为他的正式名字。他幼年时好学，阅读了大量古今中外的文学作品，还能揣摩其中的“腾挪闪跌”的写作方法。1913年起他走南闯北，除求学外，他曾参加过演文明戏的剧团，也曾卖药浪游，直到1918年，任芜湖《皖江日报》编辑。1919年“五四”运动爆发，他渴慕新文化运动而北上，希望到北京大学读

① 严独鹤：《〈啼笑因缘〉序》，转引自魏绍昌编《鸳鸯蝴蝶派研究资料》，上海文艺出版社1962年版，第153—154页。

② 张恨水：《我的小说过程(6)》，载《上海画报》第674期，1931年2月12日出版。

书。可是沉重的家庭负担，使他一到北京就入了报界。作为一位报人，他在编报纸副刊时，要刊登自己所写的小说以充篇幅，却发现了自己创作小说的才能。他凭着丰富的社会阅历与逐渐精进的艺术技巧，作为一个"单干户"，在小说界闯出了自己的一片天地。他的《春明外史》和《金粉世家》情节生动，格调高尚，语言清丽，又老妪能解，在北方深得好评；他的《啼笑因缘》在南方，被视为异军突起，充满"京味魅力"，可说是家弦户诵。他上承中国古今小说传统，在沿着老百姓喜闻乐见的民族形式发展道路上，使通俗小说的现代化突进到一个新的水平，使轻视贱视通俗文学的某些知识精英作家也不能小觑这位通俗作家的存在，他是使通俗小说再度中兴的头号功臣。1963 年，他在回顾自己 50 年写作生涯时说："我这一生写许多小说，每日还要编报，写文章、诗词，曾有人估计，我一生大约写了三千万言。"[①]他是自觉地作为一位章回小说家出现于中国文坛的。1944 年，他 50 岁生日时，在大后方的重庆，许多朋友祝贺他创作生活 30 周年。事后他在《总答谢》中说：

> ……新派小说，虽然一切前进，而文法上的组织，非习惯读中国书、说中国话的普通民众所能接受。正如雅颂之诗，高则高矣，美则美矣，而匹夫匹妇对之莫名其妙。我们没有理由离弃这一班人；也无法将西洋文法组织的文字，硬灌入这一批人的脑袋。窃不自量，我愿为这一班人工作。有人说，中国旧章回小说，浩如烟海，尽够这一班人享受了，何劳你再去多事？但这里有个问题，那浩如烟海的东西，它不是现代的反映；那班人需要一点写现代事物的小说，他们从何处觅取呢？大家若都鄙弃章回小说而不为，让这班人永远去看侠客口中吐白光、才子中状元、佳人后花园私订终身的故事，拿笔杆的人，似乎要负一点责任。我非大言不惭，能负这个责任，可是不妨抛砖引玉（抛砖甚多，而玉始终未出，这是不才得享微名的缘故），让我来试一试。而旧章回小说，可以改良的办法，也不妨试一试。[②]

他言下之意就是表明自己写的是现实的生活，而所谓旧章回小说加以"改

---

① 张恨水：《我的创作和生活》，载《文史资料选辑》第 70 辑，转引自《张恨水研究资料》，天津人民出版社 1986 年版，第 97 页。

② 张恨水：《总答谢——并自我检讨》，载 1944 年 5 月 20—22 日重庆《新民报》，转引自《张恨水研究资料》，天津人民出版社 1986 年版，第 279—280 页。

良”,也就是沿着民族喜闻乐见形式的道路促其现代化的意思。他是用一种严肃的态度、用一种高雅的格调和高尚的情操去写通俗小说的。他的小说是“俗”的,是能与“匹夫匹妇”的思想感情与阅读习惯相“通”的;而他的格调是“雅”的,不是粗糙或粗俗的,在这个意义上说,他打通了雅俗,而不是向新小说上去“靠”,这才叫打通雅俗。

《春明外史》是一部百万言的力作,是张恨水的成名作,但不是他的代表作;《金粉世家》才是他的代表作,是他的百十部小说之巅;而《啼笑因缘》是他一生最享盛名的作品,它是张恨水的标志性的作品,一提张恨水,人们大多首先想到他是《啼笑因缘》的作者。

张恨水说:“《春明外史》,本走的是《儒林外史》、《官场现形记》这条路子。但我觉得这一类社会小说犯了个共同的毛病,说完一事,又递入一事,缺乏骨干的组织。因之我写《春明外史》的起初,我就先安排下一个主角,并安排下几个陪客。这样,说些社会现象,又归到主角的故事,同时,也把主角的故事,发展到社会现象上去。”[①]这也就是说,他是走的讽刺、谴责小说的路子,同时也尽量想克服“结构懒汉”的缺失;而他笔下的杨杏园比《二十年目睹之怪现状》中的“九死一生”的组织情节更有利,因为他是一位记者。“九死一生”有时到处要请人讲故事,甚至千方百计地去打听人家的“隐私”;可是作为记者,那是他的职业所要追根究底的一种职责,因此深入到社会政治的千奇百怪的新闻的内幕中去,也就显得非常自然。在主角的陪客中,在前 22 回有一位小鸟依人的纯情的风尘少女梨云;从第 23 回起又引出了一位能诗善赋的才女李冬青,但李因有暗疾而无法婚嫁,才又引出了李代桃僵的故事,寄人篱下的史科莲就浮出了情节的地表。因此,这部小说实际上是一部非常典型的社会言情小说。就社会怪现状而言,张恨水的主要抨击对象当然是军阀与官僚,具体内容我们在本书第十三章《都市乡土小说》的第三节《与“海派”迥然不同的“京味”》中就有所涉猎。但张恨水的视野是开阔的,他的《春明外史》所涉及的是三教九流、人情百态,而他的讽刺的笔触是“新旧兼顾”的。正如张友鸾所说:“对于《文学改良刍议》,虽然原则赞同,究竟不无保留。”[②]因此,张恨水除了讽刺旧事物之

① 张恨水:《写作生涯回忆·十五·〈春明外史〉(一)》,转引自《张恨水研究资料》,天津人民出版社 1986 年版,第 33—34 页。

② 张友鸾:《章回小说大家张恨水》,载《新文学史料》1982 年第 1 期,转引自《张恨水研究资料》,天津人民出版社 1986 年版,第 121 页。

外，也讽刺那些在他看来是“解放过度”的人，如第 13 回中出现的学生演剧筹款赈灾，闹出许多笑话来，终于一事无成；第 14 回描写的妇女解放组织，实际上是实行性解放；第 26 回中所写的爱美戏剧学校校风，实在乌烟瘴气；第 41 回中刻画的新诗社成员做了些胡诌式的“新诗”，两派还因对胡适的不同评价争吵起来，在辩论中只会怪叫“胡十枝、胡九枝”等无聊绰号。这些事都令书中的主角杨杏园嗤之以鼻。等到张恨水更成熟之后谈及《春明外史》的经验与教训时，他曾说：“有些地方，欠诗人敦厚之旨。换言之，有若干处，是不必要的讽刺。”因为这种写法会令人觉得新文化运动一无是处。但在写《春明外史》的当时，张恨水是箭在弦上，不得不发的。这是要将对新旧一律讽刺与他笔下的主人公杨杏园的塑造联系起来加以思考的。

杨杏园是一位正直的报人，他少年老成，洁身自好，清白自许。作为一个新闻记者，置身于旧社会的黑色大染缸里，能出污泥而不染，以不同流合污为其处世准则。但作为一个社会转型期的受过旧教育的知识分子，虽然知道社会改革的必要性，但却又时时警惕“不能解放过度”，于是他往往徘徊于新旧之间，希望自己能在“新旧合璧”中找到一个和谐合理的“度”。即使在自己的婚姻观中，他也与挚友何剑尘大谈应该找一个新旧“二者兼得”的妻子，才算“十足美满的婚姻”。可是在他的眼中，新的新得不可开交，旧的旧得莫名其妙，无论新新旧旧总是一般可笑。他在新旧的双重挤压中引起了内心巨大的失望。他看不到前路的辉煌，只能以“一律忍耐”来尽力克制自己，最后也就在“恬淡学佛”中追求道德上的自我完善：“如今悟得西来意，香断红消是自然。”他的《自挽辞》是“永别不须哀，大梦醒来原是客”。他对这个挤压他的世界并没有什么留恋。应该说，《春明外史》塑造了一个徘徊于歧路的知识分子的典型形象。有人说，杨杏园的原型就是张恨水自己。但张恨水一再否定自己是杨杏园的原型，我们当然应该相信他的自述；但无可否定的是，杨杏园虽不能等同于张恨水，可是却充满了张恨水的气质。也正因为张恨水有这般的气质，他的笔下才有杨杏园这般的人物，张恨水也才能成为有创作个性的作家张恨水，他的作品才能为“匹夫匹妇”的中国普通老百姓所接受并与他们休戚相关。张恨水在他的第一部成名作中出现的杨杏园气质，在他以后的作品中一直没有放弃，而是不断深化了这种气质。他笔下的冷清秋是一个女性杨杏园，他笔下的樊家树是一位富有的杨杏园，这一形象在不断深化和变通之中，最终成为张恨水对中国文学史的独特的贡献之一。

《金粉世家》是张恨水的扛鼎之作。它是写一个钟鸣鼎食的豪门之家，写一个豪门之家的“弃妇”，是豪门失宠的“弃妇”，却又不是豪门中的一般的可怜的弃妇，而是一只在烈火中主动弃家出走寻求再生之路的凤凰。

只要读了该书的“楔子”，就像有一股强劲的磁力，吸引着读者去关心这位才貌双全的少妇——飘茵阁主的命运，小说原本就是“命运学”，而张恨水也是最能拨弄人的“命运”的专家。小说的正文一展开，就写一位豪门子弟金燕西对一位小家碧玉的一场“豪追”。为了接近冷清秋，他想买下她家隔壁的大房子，结果是重价租下，并设法将两家之间的园墙推倒，真所谓要不惜一切达到“通家之好”的目的。这“豪追”就像一辆重型坦克，有碾碎一切障碍的气势；但回眸仔细一看，却是穿着黄金甲胄的白马王子，富有而多情。这种“霸气”加“柔情”的攻势，使那位不算没有定力的冷清秋也惊惶失措；意外的厚礼与馈赠，使原本深藏不露的虚荣心也冒出了头。公子哥儿在没有结婚之前，在女人堆里总是学着宝二爷，而在冷清秋面前，除了这一手之外，还要一再声明自己是毫无门第阶级观念的。所好金燕西的父母在这方面也较为开明，正如他母亲所说：“我们是娶人家的孩子，不是娶人家的门第。”于是这场“豪追”也就成功了，于是金燕西将冷清秋带进了豪门的女性“倾轧”的特种“战场”。在这种场合中“连说一句话走一步路，都得自己考量考量，有得罪人的地方没有？这样的富贵日子，也如同穿了浑身的锦绣，带着一面重枷，实在是得不偿失”（第90回）。而更可怕的是过去像宝二爷般多情的“豪追客”金燕西身上的“薛蟠”色素一天比一天加浓起来。这才开始触及了《金粉世家》的主旨：“齐大非偶。”在这个女人们倾轧的没有硝烟的战场上，她不同流合污，而是清白自许；面对薛蟠化的丈夫，埋藏在冷清秋内心的“人格力量”觉醒了：“我为尊重我自己的人格起见，我也不能再去向他求妥协，成为一个寄生虫。我自信凭我的能耐，还可以找碗饭吃，纵然，找不到饭吃，饿死我也愿意。”（第94回）于是她自闭于小楼学佛，在金府以一个“乳母”的身份出现，为了喂她的孩子，不再下楼，直到在一场大火中抽身隐去。正如作者所说：

> ……书里的故事轻松，热闹，伤感，使社会上的小市民看了之后，颇感到亲近有味。尤其是妇女们，最爱看这类小说。我十几年来，经过东南、西南各省，知道人家常常提到这部书。在若干应酬场上，常有女士们把书中的故事见问。这让我增加了后悔。假使我当年在书里多写点奋斗有为的情节，不是给女士们也有些帮助吗？而在现在情形中，这书是免不了给

人消闲的意味居多。①

但张恨水也曾很老实地说，他写这一二百人登场的大戏，穷于指挥，也顾不得“意识上的加重”了。不过问题是加得“重”了，就不是《金粉世家》了，而是一部“弃妇自强记”了。

既然人们要问，杨杏园是否就是张恨水；那么“这是人人要问的，《金粉世家》，是指着当年北京豪门那一家？袁？唐？孙？梁？全有些像，却又不全像。我曾干脆告诉人家，那家也不是，那家也是！”一向自谦的张恨水有点潜在的自豪：“老实说，这也就是写小说的一种技巧。我不敢说有羚羊挂角，无迹可寻的手腕，而布局之初，实在经过一番考虑的。……而我写《金粉世家》，却是把重点放在这个家上……”②金铨这位现任国务总理和一家银行的总董在小说中与政坛、商海的事迹几乎是一概不涉及的。我们只听到他说过：“我最反对日本人，和他们交朋友，都怕他们会存什么用意。”(第 66 回)他在家庭之外是什么样子，不得而知。我们只听到他与自己的姨太太“调情”时，那翠姨说：“我看见过你对着晚辈那一副正经面孔……大概你在衙门里见着你的属员，一定是活阎罗一样，可是他们这时在门缝里偷瞧瞧你这样子，不会信你是小丑似的吧？”但张恨水也不会在这方面去深揭他，作家不想去涉及政治与阶级意识，他主要是要写金铨在家中作为一个家长是否称职的问题。金铨是一位慈爱、公正的家长。金铨逝世后，冷清秋就觉得：“我想我这人太没有福气，有这样公正，这样仁慈的公公，只来半年，便失去了。我们夫妇，是一对羽翼没有长成的小鸟……”(第 78 回)这样的评价还是公允的。想到金铨在燕西、清秋的婚礼上的非常得体的主婚人的演说，他不仅说要打破阶级观念，而且说清秋学问好，实际上“燕西是高攀了”。想到他与丫环们还要讲讲平等，也不算没有人情味。可是作为一个“豪门的家长”，他没有称职，有时他也想由自己把持家庭的命脉，可是到了小辈们私下里都有自己的一套时，他等于被架空了，他也控制不了这个大宅门的局面了。他只是荫庇着这一门的“纨绔子弟”。但是金铨逝世时，最有代表性的感言却不是这些“纨绔子

① 张恨水：《写作生涯回忆・十九・〈金粉世家〉的出路》，转引自张占国、魏守忠编《张恨水研究资料》，天津人民出版社 1986 年版，第 41 页。

② 张恨水：《写作生涯回忆・十八・〈金粉世家〉的背景》，转引自张占国、魏守忠编《张恨水研究资料》，天津人民出版社 1986 年版，第 39—40 页。

弟”们说的，他们说不出这样深刻的话。说出这代表性的话的是金铨的二姨太：“你在世，你让我们享福，你陡然把我们丢开，我们享惯了福，干什么去呢？你是害了我们啦！”（第76回）金铨有时也知道他的子弟是些什么货色，他甚至写信给某次长，要将他的闹得最不像话的大儿子金凤举撤职。信是这样写的：

> 昨读西文小说，思及一事，觉中国大家庭制度，实足障碍青年向上机会。小儿辈，袭祖辈之余荫，少年得志，辄少奋斗，纨绔习气，日见其重。若不就此纠正，则彼等与家庭，两无是处。……将其部中职务免去，使其自辟途径，另觅职业，勿徒为闲员，尸位素餐也。铨意已决，望勿以朋友私谊，为之维护。……（第59回）

可是“豪门之豪”，不是一个家庭问题，而是社会也承认其“豪”，已经不以他的意志为转移了。凤举部里的职务是免了，可是反而升官，派他到上海去办外交了。张恨水这一笔是写得非常深刻与精彩的。豪门没有社会的支撑，在一个家中怎么“豪”得起来呢？在这一点上，张恨水在客观上是谈的社会制度问题。但就其主观而言，他笔下的金铨只是局限于家庭范围中的一个创业者，是一个“好家长”，作家根本不去涉及，也不想涉及他在政坛上有多少“反动性”或“局限性”；而他的子弟们，则用冷清秋的话说：“我不是说一句刻薄话，大概纨绔子弟四个字，你们贵昆仲，倒是货真价实。”因此，第75—76回金铨的逝世是一个非常重要的转折点，豪门子弟们从云端一下子坠落深渊；大树连根拔起，鸟雀就随之四方飘散了。

这是张恨水的一部为“匹夫匹妇”们所写的才华横溢的长篇，也是张恨水的代表作，他小说的峰巅。张友鸾介绍说：“接着发表了《金粉世家》，却又引起热烈的高潮，特别是有文化的家庭妇女，都很爱读；那些阅读能力差的、目力不济的老太太，天天让人念给她听。受欢迎的情况，可以想见。”①

《啼笑因缘》在上海《新闻报·快活林》上连载，轰动了上海，影响了全国。一直到现在人们还是这样认为，在上海“炒”热了的东西，马上会时尚流行，红遍全国。于是张恨水与《啼笑因缘》之间就画上了等号。作家自己也说：“所以

---

① 张友鸾：《章回小说大家张恨水》，载《新文学史料》1982年第1期，转引自《张恨水研究资料》，天津人民出版社1986年版，第122页。

人家说起张恨水，就联想到《啼笑因缘》。”[①]读者拥戴如此强烈，马上会在报纸的收益上产生连锁反应：谁知登了《啼笑因缘》，销量猛增；广告刊户，纷纷要求占领靠近小说的版面。“张恨水成了《新闻报》的财神，读者崇拜的偶像。”[②]

《啼笑因缘》叙述一个以樊家树为中心的多角恋爱故事，中间穿插了关寿峰父女扶弱锄强的武侠传奇。多角恋爱很容易使其中的主人公的品质受损，于是作家设计其中沈凤喜与何丽娜外貌酷似，构成了许多误会与巧合，连主人公自己也说，这种误会真是“错上加错，越巧越错”，而主人公樊家树却是个堂堂的正派青年。他不从“门阀观念”出发，也不以“权势金钱”为转移，他向凤喜表白“我们的爱情决不是建筑在金钱上”，而当凤喜失身于军阀刘将军后，他还是认为：“身体上受了一点侮辱，却与彼此的爱情，一点没有关系。”因此不仅故事有传奇性，他的现代性爱观也充满着人情味。作家又遵循报社的再三请求，在小说中加了两位侠客，加得也适可而止，恰到好处，这样就使言情、武侠与社会熔于一炉，增加了几多情趣。另外，过去南方作者反映的生活场景大都局限于沪、苏、杭、扬、宁，而这次张恨水献给南方读者的是北京风物的精彩画面，一种新的地域色彩使读者萌生了新鲜感，在交通相对不便的当时，读者得以能“卧游”天桥等北国风光，体会着与上海老城隍庙与苏州玄妙观各不相同的韵味。总之，作品情节的巧妙构思与北咸南甜的异样新口感，征服了广大读者。张恨水还说过：“到我写《啼笑因缘》时，我就有了写小说必须赶上时代的想法。”[③]因此作品中不仅揭露了军阀刘国柱的飞扬跋扈、穷奢极欲、仗势强占民女的种种劣迹，而且也加强了作品的反抗性，关寿峰父女的锄强扶弱、山寺除奸也大快人心。这种“意识”上的进步，在张恨水的抗战后的作品，如《八十一梦》、《五子登科》等作品中，有了更好的表现。但就作品的艺术性而言，却不及《金粉世家》与《啼笑因缘》了。

张恨水是因《啼笑因缘》形成强劲的冲击波后，才使广大南方读者再去注视他的《春明外史》和《金粉世家》的，这些通俗小说中的“瑰宝级”的作品以及他的高产达 110 部以上的作品量，使他成为一个全国最热门的通俗文学家，以致荣登了中国现代通俗小说的首席代表作家的宝座。

---

① 张恨水：《写作生涯回忆·二十·〈啼笑因缘〉的跃出》，转引自《张恨水研究资料》，天津人民出版社 1986 年版，第 44 页。

② 张友鸾：《章回小说大家张恨水》，载《新文学史料》1982 年第 1 期，转引自《张恨水研究资料》，天津人民出版社 1986 年版，第 123 页。

③ 张恨水：《我的创作和生活》，载《文史资料选辑》第 70 辑，文史资料出版社 1981 年版。

张恨水的《啼笑因缘》像一个信号，预示着北方有一批作家会继续显示他们的实力与成熟。中国的知识精英文学是由北京起步，而向南方拓展，终于使上海成为新文学的中心；而通俗文学则先以上海为发源地，从张恨水的出现，继之出现了“王气”北移的预兆。

二　论《秋海棠》

秦瘦鸥（1908—1993），江苏嘉定（今上海市）人，原名秦浩，秦瘦鸥是他的笔名，上海商科大学毕业。他初入文坛时，以翻译而得名。1933 年，他翻译了德龄的《御香缥缈录》。他在 1983 年回忆道：“在猎奇心理的驱使下，我即着手翻译，并通过文坛前辈周瘦鹃先生的推荐，于 1934 年 4 月中旬起，在当时上海《申报》的《春秋》副刊逐日连载。”①当时的《申报》是国内数一数二的大报，要在《申报》上连载小说，非要是名作家的著译不可，而秦瘦鸥的文名在当时还达不到这样一个档次，因此周瘦鹃作为《春秋》副刊的主笔，大力推荐是起了较为关键作用的，再加上《申报》总主笔陈景韩（冷血）也读过秦瘦鸥的部分译稿，在编辑部会议上也支持周瘦鹃的推荐。“最初刊登时，编辑部同人还有人认为秦瘦鸥不是小说名家，贸然刊出这一篇长稿，有损《申报》报格。不料连登了二十天以上，读者的反应良好，纷纷到报馆来补报，发行部、广告部都向报馆当局反映，最好能从每天刊载一千字，扩展到一千五百字左右，从此秦瘦鸥三字，一举成名。”②秦瘦鸥的译述工作是做得很严肃的。他发觉作者德龄对晚清历史知之甚少，加之长期侨居国外，她用英文写作给外国人看看尚可混得过去，可是给国内读者看就通不过了，“于是我就临渴掘井，搜来了赵尔巽等编撰的《清史稿》、黄鸿寿所著的《清史纪事本末》、胡思敬的《国闻备乘》、费行简的《慈禧传信录》、金梁的《四朝轶文》等一二十种旧书，匆匆进行了校阅……才使我有可能给德龄的原著，多少做了一些缀补和弥缝的工作。但我的加工毕竟改变不了《御香缥缈录》的原貌，说得更正确一些，我只是尽其所能，帮助德龄圆谎而已；甚至反而加强了这部书的欺骗性，使读者越发真假莫辨，心中无数……这类真伪参半的历史杂著的大量发行，必不可免地产生了一些不好的副作用。尤其是对于青年人，他们既没有足够的识别力，又得不到正确的辅导，难免玉石不分，造成思想混乱。大学历史系的学生在写论文时，竟有引用《御香缥缈

① 秦瘦鸥：《〈御香缥缈录〉及其作者》，载（香港）《大成》第 11 期，1983 年 3 月 1 日出版，第 49 页。

② 陈存仁：《秦瘦鸥的两部清宫小说》，载（香港）《大成》第 18 期，1957 年 5 月 1 日出版，第 20 页。

录》等书中的记叙作为依据而写毕业论文的，使我知道后极感不安”[①]。从这席译述者的自叙中，既看到他的译述工作是下了工夫的，但同时也看到在译述完毕的半个世纪之后，他还认真地回顾、剖析，甚至作自我检点，态度也是严肃而恳切的。正如秦瘦鸥所说，他当时的确是从“猎奇”的视角看中了这部历史杂著，至于其他可能产生的效果，估量是不够的。这倒使我们想起鲁迅在1936年写的一篇《“这也是生活……”》中对当时《申报》刊登《御香缥缈录》，“把清朝的宫廷讲得津津有味”[②]是不以为然的。然而鲁迅只是在文中旁涉，而没有进一步作正面的评价。

《御香缥缈录》的译述使秦瘦鸥“一举成名”，而《秋海棠》的创作更使秦瘦鸥在中国现代文学史上也有了很光彩的一席。他在创作长篇小说《秋海棠》时，态度也是很严肃的，“在我着手写《秋海棠》以前，至少已花了两三年的工夫从事于搜集材料，计划结构”。他原先是准备给《大公报》发表的，“可是‘八一三’的事跟着就爆发了，《大公报》和其他各报都临时加出号外，取消副刊，多登战时消息，于是《秋海棠》的事便搁了下来，不久《大公报》也整个儿的搬走了。可是我并不因此灰心，在后来的三四年里，更继续又把这个故事加以修正，并且不断向朋友请教。及至民国二十九年底，周瘦鹃先生来叫我给《申报》写长篇小说，这中间真不知道已给我惊动了多少朋友，甚至还找到不相识的人的门上去，例如老伶工瑞德宝先生，名小生叶盛兰先生，以及黄金、更新两大戏院后台的各位先生，都曾由于我的请求而借给了我不少资料”[③]。作者辛勤的耕耘，结出了相应的硕果。

当《秋海棠》于1941年2月至12月在《申报·春秋》上连载时，它所引起的轰动，不禁使人们联想起20世纪30年代张恨水的《啼笑因缘》在《新闻报·快活林》上连载的盛况。这两部长篇所引起的连锁反应惊人的相似。《啼笑因缘》除了立即出版单行本外，还被移植为其他的剧种，又被搬上银幕。《秋海棠》亦然，1942年7月，由金城图书公司发行单行本；8月，中国联合电影公司导演马徐维邦决定将其改编为电影，至1943年12月23日在上海首映；1942年12月至1943年5月，由原作者与顾仲彝共同改编为舞台剧本，由费穆、佐

---

① 秦瘦鸥：《〈御香缥缈录〉及其作者》，载(香港)《大成》第11期，1983年3月1日出版，第49页。

② 鲁迅：《“这也是生活……”》，《鲁迅全集》第6卷，人民文学出版社1963年版，第487页。

③ 秦瘦鸥：《〈秋海棠〉的题外之文》，载《小说月报》第28期，1943年1月1日出版，第31页。秦瘦鸥：《〈梅宝〉从连载到单行本》，载《小说纵横谈》，花城出版社1982年版，第199页。

临联合导演，参加演出的演员有石挥、乔治、英子、沈敏、张伐、穆宏、严雯、白文等，可谓阵容强大，历时凡4月有半，共演出150余场。在这些连锁反应中，如果一定要说有什么差异，那么《秋海棠》在摄制影片时，没有像《啼笑因缘》那样，还纠缠着一场讼案。那场官司，直打得“南北哄传”、“既啼又笑”。《秋海棠》虽然没有遭遇这种令人啼笑皆非之诉讼，但也道途坎坷。例如，在小说出版和话剧上演时，上海已非“孤岛时期”，敌伪的书报检查与剧本审查一再横加干涉。小说中有关抗日的词语荡然无存，甚至还不许台词中出现“军阀”二字。作品情节所受的肢解与损伤，可见一斑。

很有意思的是，《啼笑因缘》与《秋海棠》这两部长篇小说的格局大体相近。所谓格局相近是指它们基本上都属于“军阀、戏子、姨太太”题材，但它们又绝非津津乐道于风流韵事，而是以揭露封建军阀的荒淫暴虐、反对强权霸道为其骨架。沈凤喜被刘将军逼疯，秋海棠被袁大帅毁容，不仅反映了封建军阀的跋扈横行，而且从另一个侧面表现了艺人在旧社会所受的欺凌与屈辱。同时，两者在叙述被侮辱与被损害者时，都为他们设计了具有侠义心肠的友人的扶助。《啼笑因缘》有关氏父女，《秋海棠》有赵玉昆与袁绍文。这显示出作者们的同情是在弱者的一边的。它们的模式虽有类型化的问题，可是各各有自己独立的构思和时代的特色，因此，小说并不因为同属“军阀、戏子、姨太太”题材，而令人有雷同之感。20世纪20年代末至30年代初，通俗文学界有些人已经意识到非要追随时代前进不可。张恨水在写《啼笑因缘》时，已经有了这方面的明确的意识。到了40年代，这个要求更加为若干作家所看重。于是秦瘦鸥就不仅要着力去揭露封建军阀，而且从强烈的主观愿望出发，要加重抗日爱国主题的分量。

《秋海棠》是经过作家长期酝酿与不断更新构思的产物。根据秦瘦鸥的自述，1937年4月构成全书大意时，他仅不过是“以过去十余年内自己所看到，听到，以及熟知的(甲)军阀荒淫史，(乙)评剧伶人的私生活为题材……”[①]但待到1941年1月，正式动笔为《春秋》写连载小说时，“由于时代的转换与当前环境的剧变，发觉原结构不合处甚多，乃开始做局部的修改”，“决定以(甲)暴露民国十六年以前，北洋军阀蛮横无理，残害平民的罪行；(乙)用佛教中‘诸行无常’的看法，写出评剧伶人由盛而衰，由少而老的悲哀为全书的主题”。但在《春秋》连载时，“作者就从环境上得到觉悟，无论如何不该让这一部所谓‘长篇

① 秦瘦鸥：《〈秋海棠〉的移植》，载《秋海棠》，百新书店1945年版，第1页。

创作'跟时代离得太远,因此,决定再在原有的主题之外,加上那一种专为激励并慰勉沦陷区同胞的意义进去。那就是把秋海棠写成整个中华民族性格底影子——拉不断斩不断的韧性……"[1]这种在构思和写作的过程中,不断修改情节和深化主题的做法,在过去的通俗文学作家中的确是少见的。但这也会带来另一个问题,那就是作者在不断深化主题的过程中,他的情节的新调度与深化了的新主题是否对榫合辙的问题。看来秦瘦鸥对这个问题的解决还是较为理想的。

对一个有抱负的伶人,作者在其艺名上构想了一个极为重要的情节,主人公摈弃了科班中师傅为他所取的艺名吴玉琴,他想到祖国的地图像一张秋海棠的叶子,故将艺名改为秋海棠。他懂得"日本等侵略国家,便像专吃海棠叶的毛虫,有的已在叶的边上咬去了一块,有的还在叶的中央吞啮着,假如再不能将这些毛虫驱开,这片海棠叶就给他们啮尽了……"[2]他还画了张颇为工致的画:一片海棠叶和几条毛虫,并且还在角上写了"触目惊心"四个字,配上镜架,挂了起来。至于在"拉不断斩不断的韧性"方面,作者也透露了自己的构思意图:他让秋海棠身受"军阀的刺刀的宰割,破坏了他的秀美的容颜,切断了他的歌衫舞袖的生活,使他在极度苦难之中,走回农村去做一种我们中国人最应该做,而且又是最伟大的工作——耕田","一面含垢忍辱的抚养他仅有的爱女梅宝——我们的第二代,使她终于重见天日,回到她母亲的怀抱中去,而丑恶的一面,则终于自趋毁灭——秋海棠的自杀"。[3] 秋海棠在受到袁宝藩残害之后,身居乡间,生活十分艰苦,而且每况愈下,直至自己下田劳作,这当然是忍辱负重的韧性表现之一种。他要按照罗湘绮的模式把梅宝抚养成为一朵出污泥而不染的雅洁的荷花,他愿为此而含辛茹苦。但作者让秋海棠将梅宝送到了罗湘绮的身边后,就让他那种拉不断斩不断的韧性,化为一种对"美"的不屈的追求,为了这种追求已永难实现,毁坏的容颜不可能再有恢复和弥合的可能,于是他坚执地用一种"不全则无"的信条来了结自己——自杀!其实这是对"美"缺乏全局把握的一种误解。秋海棠的"姣好"的容颜曾是他的外在的美,这曾令邪恶的袁宝藩垂涎三尺,也使许多观众为之倾慕,也许这也是罗湘绮对他的第一印象产生好感的原因之一。但是,罗湘绮对他的爱绝不是盲目

① 秦瘦鸥:《〈秋海棠〉的移植》,载《秋海棠》,百新书店 1945 年版,第 1—3 页。
② 因上海金城版中有关抗日的词句均被删去,本文中引用的《秋海棠》原文都以 1944 年桂林版为准。
③ 秦瘦鸥:《〈秋海棠〉的移植》,载《秋海棠》,百新书店 1945 年版,第 3 页。

的。作者曾解释道:“他们在旧社会里,同是身受歧视与侮辱的被压迫者。胸中蓄积着无限的悲痛和仇恨,由同声相应、同气相求而一见钟情,也不算太突兀吧?”经历了三九严寒的考验后的秋海棠其实更显露了其内在的美质。但作为名旦的秋海棠将自己的“容”看成高于一切的“美”,或许他想留给罗湘绮的是一个“完美无缺”的秋海棠,让昔日的秋海棠的形象与印象永存在至爱的人的心中,一点也不受干扰地活在罗湘绮的心中——在他逝去之后,让罗湘绮在悲哀中更欣赏他的永恒的美。但用这样的“解脱”的方法,难道是最好的吗?是唯一的吗?

在1956年重印这部小说时,作者曾作了一些修改。可是正如秦瘦鸥在1980年再版时的“后记”中所说的:“我自己对本书的修改问题也是作过多次考虑的,甚至头脑里还有过很激烈的思想斗争,但最近还是放弃了大修大改的打算,……这部小说是早已定了型的,作为某一特定的历史环境中的特定的精神产品来看,也是烙印分明的,很难加以改变。”我们认为,作者的态度是实事求是的。如果硬要拔高,无异于在旧衣服上打上新的补丁。

在秋海棠的死这一聚焦上,作者是经过慎重的考虑的。《秋海棠》对男主人公的死有过3种写法,不妨称为它的3种版本。

《秋海棠》最早在《申报》副刊《春秋》上连载,从1941年元旦“开场”到1942年2月3日“收梢”,共332节段,可称为第1版本。1942年7月上海金城图书公司出版单行本,将《申报》连载的17章,增至18章。《申报》上的《归宿》扩大为《也是一段叫关》和《归宿》两个章节,可称为第2版本。1944年桂林版和1980年江西版,均大体与第2版本无异。1957年,上海文化出版社重印《秋海棠》时,作者曾作了小修补。如章节题目有变动,《归宿》改成《戏还在唱下去》等。在人物方面,对袁绍文与罗裕华这两个次要角色,做了某些调度,可称为第3版本。

值得指出的是,这3个主要版本的最大不同处是作品的结尾,也即是秋海棠的死因。质言之,第1版本是病故,第2版本是自杀,第3版本是累死。

《申报》连载时,作者在最后结尾写道:

> 湘绮直着双眼,在韩家父女和罗家母子的惊喊声中,勉强伸出右手去,在秋海棠的前额上抚摸了一下,更来不及哭出来,便也像梅宝一样的失去了知觉。

需要有一个永久归宿的人，已在他们没有赶到之前，得到他的归宿了，所遗憾的仅仅是他没有来得及再看到那张十几年来，天天伴着他的照相上的人。

四十六年尘梦，秋海棠！（全书完）

第1版中的母女相认写得比较简单，相认后即驰车探病，可是，秋海棠已一瞑不视了。这是非常生活化的结局，也是非常“老实”的结局，作者就是要制造这样一个悲剧性的结局，他不肯让秋海棠多留几分钟，尽管在母女没有相认之前，已经让他挣扎着活了十几年。这样的结局是一种作者的营造，也可说是生活的真实。

不到半年，秦瘦鸥在出版单行本时，已改变初衷，形成了比较艺术的第2版本，内容是秋海棠的陨楼自杀。作者是有自己的构思意图的，那就是他写尽了秋海棠的“韧性”与“美质”之后，当他确知爱女找到了湘绮之后，他所培育的“美的化身”有了归宿，而他自己却不愿将一个丑的外形、丑的躯壳献给罗湘绮，他毅然“自趋毁灭”。作者也许认为，“自杀”也是他的“美质”的一个侧面。所以话剧《秋海棠》上演时，著名演员石挥“在红氍毹上表演秋海棠临终的情状，记得他已受了重伤，却还能侃侃地说出‘血和泪’、‘人生的美’一番话来……”[1]这里除了悲剧的意味之外，作者似乎还想阐发人生的哲理。对比第1版本的“生活化结局”，不妨称第2版本为“艺术化结局”。1957年的第3版本，作者将结尾改成秋海棠累死在舞台上，这是演戏的舞台，也是人生的舞台。

“湘绮，瞧瞧我这张脸！”

……

“不……孩子，我要告诉你妈……就在这张丑脸上……”秋海棠自知生命已到了尽头，急须把自己要说的话说出来。“有……有着许多……东西，……军阀的枪杆，季……兆……雄的刺刀，……生……活……活的……的折磨……”说到这里，秋海棠的呼吸越来越急促了。

……

“湘绮，好好照顾梅宝！”

---

① 周瘦鹃：《新秋海棠·弁言》，《紫罗兰（后期）》创刊号，1943年4月1日出版，第189—190页。

作者让秋海棠控诉和托孤,可称为"政治化结局"。这 3 种结局有一个共同点,那就是秋海棠必须去死,"死"是作者为他预定的必然归宿。秦瘦鸥认为:"因为人生本是一幕大悲剧,惨痛的遭遇几乎在每一个人的生活史上都有,而骨肉重圆,珠还合浦等一类的喜事,却只能偶然在春梦中做到,所以连梅宝的得以重见罗湘绮已经也太 Dramatic,如何能让秋海棠死里逃生的做起封翁来呢?"如此看来,作者是只能 Dramatic 一步,让母女相会,但按照他对生活的见解,他是不肯再走第二步的——让夫妻团圆。所以他让母女赶到小旅馆的前一刻,"令"秋海棠病逝;或让母女赶到小旅馆的前一刻,"推"秋海棠陨楼。在作者看来,"生离死别"4 个字,能解决一半就已经很"宽宏"的了。于是,他让生离的母女会面,又让生离的夫妻死别。会面会使读者叹赏,死别又使读者惋惜。作者一再调度读者的感情。他认为走"一步"恰到好处,走"两步"索然无味。这是他的美学见解,也是他的美学追求,也应该得到读者的尊重。

周瘦鹃当时是《申报·春秋》的编辑,《秋海棠》之所以能"出笼",就是因为他先看了秦瘦鸥所寄来的 3 个故事梗概,被他选中了其中的一个,那就是日后大红大紫的《秋海棠》的毛坯。《秋海棠》的取得成功也有周瘦鹃的一份功劳——他有一双能识别有前途的小说的毛坯的慧眼,又通过他的发稿的"实权",使毛坯成为艺术的精品。但是,他带了家人一起欣赏话剧《秋海棠》后,他的孩子们不忍这样悲惨的结局,希望他"救活"秋海棠。周瘦鹃真的救活了秋海棠,让他跳楼未死,经过一番曲折真的做起封翁来了,那就是《新秋海棠》。但是,即使是《秋海棠》的培育者写的,秦瘦鸥也不肯保持沉默。直到 20 世纪 80 年代他还在说:"早年也有别人给《秋海棠》写过续集,但都失败了。我认为第一是他们不熟悉这类题材,第二是他们硬要把秋海棠救活过来,再当主角,这一情节缺乏真实感,所以读者接受不了。"①

① 秦瘦鸥:《〈梅宝〉从连载到单行本》,载《小说纵横谈》,花城出版社 1982 年版,第 199 页。

侦探小说为中国吹来“科学”与“人道”的新风*

一

谁都想象不到，早在“五四”运动的前20年，侦探小说的输入，不仅给中国读者带来了愉悦，而且为闭塞的中国吹来了一缕“科学”与“人权”的清风。可是它自己恐怕也想象不到，曾几何时，它忽然被打入了“冷宫”——被指认为鸳鸯蝴蝶派的“逆流”，这真是像股票跌停般的“掉价”。但它在莫可奈何中却感到中国的普通老百姓还对它并不冷漠，它在中国的特殊的国情下，在被“轻蔑”中扎下了根——20世纪20年代中国化的侦探小说终于“定格”。但我们不得不回忆，这位外国下嫁来的“公主”，怎么会落入中国的寻常“百姓家”的，这貌似不公道的“贬值”，其实也无损于它的身价。

自从美国作家埃德加·爱伦·坡在1841年发表了《莫格街血案》成为侦探小说之祖之后，此类小说在欧洲也得到响应，而到了1887年英国作家柯南·道尔创作《血字的研究》，塑造了他笔下的侦探福尔摩斯之后，侦探小说大行其道，可以说红遍了西方：

> 福尔摩斯故事在英美推出后，马上成为一个热潮，刊登这些故事的Strand杂志销量激增至每期50万本，而且持续多年不变。我们只要想想当年福尔摩斯“悬崖撒手”和“绛市重稣”引起的骚动，就可以知道侦探小说在西方读者心目中占有何等地位了。统计指出，1940年犯罪小说及侦探小说占美国全年小说出版总数四分之一，而一直以来这类小说受欢迎的程度从未减退过，时至今日，流行热潮仍然不散，足以证明它的确是“最

* 本文选自《中国现代通俗文学史》第15章第1节和第2节，北京大学出版社2007年1月出版。

受欢迎及最有持久力”的小说品种。……侦探小说本身既是个普及全球的品种，而清末倡议小说运动的人和小说出版商又都以普及为目标，那么译介英语侦探小说就顺理成章了。(1893 年柯南·道尔决定不再写福案，于是在小说中让福氏与匪首同归于尽，撒手人寰。西方有读者竟佩带黑纱表示哀悼，读者的强烈抗议声让柯南·道尔大感惊讶，世界各地读者来信不断，柯南·道尔终于在 1901 年让福氏重稣复生。——引者注)①

当然，侦探小说带给西方读者的主要是娱乐效应，但它总是被视为一种知识阶层的消闲文学，这是他们用来测试自己智力的一种高尚的游戏。可是当它传入中国时，对中国知识分子说来，好像突然感到眼前一亮，他们读出了另外一层意思。林纾说：“近年读海上诸君子所译包探案，则大喜，惊赞其用心之仁。果使此书风行，俾朝之司刑谳者，知变计而用律师包探，且广立学堂以毓律师包探之材，则人人将求致其名誉，既享名誉，又多得钱，孰者甘为不肖者！下民既免讼师及隶役之患，或重睹明清之天日，则小说之功宁不伟哉！”②他马上联想到改革清廷的司法制度问题。另一位翻译了许多侦探小说的著名翻译家周桂笙则说：“侦探小说，为我国所绝乏，不能不让彼独步。盖吾国刑律讼狱，大异泰西各国，侦探之说，实尝未梦见。互市以来，外人伸张治外法权于租界，设立警察，亦有包探名目。然学无专门，徒为狐鼠城社。会审之案，又复瞻徇顾忌，加以时间有限，研究无心。至于内地谳案，动以刑求，暗无天日者，更不必论。如是，复安用侦探之劳其心血哉！至若泰西各国，最尊人权，涉讼者例得请人为辩护，故苟非证据确凿，不能妄入人罪。此侦探学之作用所由广也。而其人又皆深思好学之士，非徒以盗窃充捕役，无赖当公差者，所可同日而语。”③在周桂笙的脑海中也马上出现了两个词语，那就是“人权”与“科学”——重证据的科学的“侦探学”。如果我们去对比一下 1915 年 9 月 15 日陈独秀在《青年》杂志(《新青年》之前身)发刊词《敬告青年》一文中所说的话，是耐人寻味的。陈独秀首先强调的是“科学与人权”的重要性，认为要摆脱蒙昧时代，国人就该“以科学与人权并重”。

---

① 孔慧怡：《还以背景，还以公道——论清末民初英语侦探小说中译》，见王宏志编《翻译与创作——中国近代翻译小说论》，北京大学出版社 2000 年版，第 92 页。

② 林纾：《神枢鬼藏录·序》，转引自阿英编《晚清文学丛钞·小说戏曲研究卷》，中华书局 1960 年版，第 237—238 页。

③ 周桂笙：《歇洛克复生侦探案·弁言》，《新民丛报》第 55 号，第 85 页。

中国最早引进侦探小说的是张坤德，1896年至1897年《时务报》上翻译了4篇福尔摩斯侦探案（当年他将福尔摩斯[Holmes]译为呵尔唔斯），这比日本翻译柯南·道尔作品时间（1899）早了3年。那么中国的读者是如何来欢迎这一新兴类型的小说的呢？他们读了之后又有何感受呢？吴趼人作过"调查"："访诸一般读侦探案者，则曰：侦探手段之敏捷也，思想之神奇也，科学之精进也，吾国之昏官、聩官、糊涂官所梦想不到者也。吾读之，聊以快吾心。或又曰：吾国无侦探之学，无侦探之役，译此者正以输入文明。而吾国官吏徒意气用事，刑讯是尚，语以侦探，彼且瞠目结舌，不解云何。彼辈既不解读此，岂吾辈亦彼辈若耶！"[①]这就是中国读者在当时的反应。奇怪的是当时的中国读者首先不是着眼于故事的新奇与巨大的吸引力，而是"科学之精进"与"输入文明"，对中国黑暗的甚至是地狱般的司法现状提出了严厉的质询。也就是说，中国读者并非对侦探小说的内容不感兴趣，可是他们最关心的还是社会的公平与正义。他们最迫切需要的是"人权"。其次，他们才受到这类小说的磁石般的强劲吸力的牵引，对它趋之若鹜。

1905年4月24日，清廷"从伍廷芳、沈家本等奏请，将律例内重刑凌迟、枭首、戮尸三项，永远废除，凡死刑至斩决为止"。4月25日，又"从伍廷芳、沈家本等奏请，禁止刑讯拖累，变通笞杖办法，并请查监狱羁所，以矜恤庶狱"[②]。可这仅是一纸空文而已，但至少也算是个"理论"上的"改进"。到了民国初年，侦探小说初期引进时的"光环"开始逐渐暗淡，人们开始淡忘它曾在"人权"与"科学"方面对我们的启蒙，而只是单纯从文学方面去对它作出估价。阿英曾对后期的侦探小说的风行作出过解释：

> 为什么到了后期，侦探小说会在中国抬头并风靡呢？其主要原因，当是由于资本主义在中国的抬头，由于侦探小说，与中国公案小说和武侠小说，有许多脉搏互通的地方，先有一两种的试译，得到了读者，于是便风起云涌互应起来，造就了后期的侦探翻译世界。与吴趼人合作的周桂笙（新庵），是这一类译作能手，而当时译家，与侦探小说不发生关系的，到后来简直可以说是没有。如果说当时翻译小说有千种，翻译侦探要占五百部

① 中国老少年（吴趼人）：《〈中国侦探案〉弁言》，上海广智书局1906年版，转引自陈平原、夏晓虹编《20世纪中国小说理论资料·第1卷》，北京大学出版社1989年版，第194页。

② 郭廷以编著：《近代中国史事日志（下）》，中华书局1987年版，第1126—1127页。

以上。这发展的结果，与谴责小说汇合起来，便有了后来“黑幕小说”的兴起。“黑幕小说”的来源，决非由于“谴责小说”的单纯影响。[①]

在阿英的这席话中，首先他将此类小说与资本主义制度联系起来，这是有一定道理的。随着清末民初中国大都市工商经济发展，新形态的社会必然要呼唤新的治安体系和新的治安手段，以保障新兴都市的肌体的康健和适应新经济的发展步伐。现代化的新型城市、现代化的经济规律、现代化的作案手段、现代化的侦破技术……是一个必然形成的、环环相扣的“社会生态链”，这是一种相辅相成的新的生态平衡的产物。可是这种“联系”也会生发出片面性来，如有些人就将这种小说当作资本主义的相应产物，这在当年的中国是个大忌，由此说明社会主义社会就不需要这类小说为读者服务。基于这种误解，社会主义国家其中的一个共同点就是“的确”没有侦探小说。另外，阿英又将这类小说与公案小说、武侠小说、谴责小说与黑幕小说相联系相比较，那么就将它与其他类别的小说等量齐观了，它初入中国时头上的“光环”已经黯然失色了。因为知识精英们是鄙视公案、武侠、黑幕小说的。阿英将它与公案、武侠小说相比，大概是说明它还有一定的吸引读者的“紧张”与“悬念”，至于说它又是黑幕小说的源头，那简直是有“教唆”的嫌疑了。

的确，自后侦探小说的地位日日走低，它原先是从外国下嫁来的“公主”，后来就一变而为资本主义的“老妖婆”。因为在知识精英文学的主流看来，我们所从事的神圣使命是推翻旧世界，而侦探小说的任务是维持资本主义社会的“秩序”，侦探不过是为百万富翁们看家守钱袋，于是将它去与鸳鸯蝴蝶派为伍。

1916年，中华书局出版了程小青等人翻译的《福尔摩斯侦探案全集》。刘半农为其写《跋》时，强调了它的启智作用，说侦探小说“则唯有以脑力为先锋，以经验为后盾，神而明之，贯而彻之，始能奏厥肤功。彼柯南道尔启发民智之宏愿，欲使侦探界上大放光明。……即言凡此种种知识，无一非为侦探者所可或缺也……一案既出，侦探其事者，第一步工夫即是一个‘索’字，第二步工夫是一个‘剔’字，第三步工夫即是一个‘结’字。……以文学言，此书亦不失为20世纪纪事文中唯一之杰构”[②]。但后人对这一翻译工程的评价是很高的：“1916年中华版的《福尔摩斯全

---

① 阿英：《晚清小说史》，人民文学出版社1980年版，第186页。

② 刘半农：《福尔摩斯侦探案全集·跋》，转引自陈平原、夏晓虹编《20世纪中国小说理论资料·第1卷》，北京大学出版社1989年版，第519—522页。

集》，就小说翻译的标准而言是一个里程碑，编辑与翻译态度之严谨应该得到评家注意。全集共12册，音译标准化，附有详尽的作者生平及三序一跋；作者生平中所有英文专有名词音译都附上原文；所有故事标题除中译外也附上英文；这当然说明了柯南道尔在世纪之交的中国译者及读者心目中地位崇高，但更重要的是，这套书建立了新的小说翻译、编辑及出版标准。虽然如此，论者谈小说翻译时却并没有提及这套书，原因大概就因为这是侦探小说。”①

正因为侦探小说在“五四”被划归为通俗小说，不受文坛主流的重视，身价大跌，已无昔日的辉煌。再加上侦探小说的创作也有它独有的规律，所以一般作家也只是偶尔为之，在客串的过程中备尝了它具有一定的难度，也就知难而退了。真正使侦探小说“中国化”的也只有程小青与孙了红两位代表人物，所以侦探小说在偌大中国是甚为寥落的。程小青曾对其来龙去脉作过一番概括的描绘：

> 侦探小说的发源地点是在欧美，欧美的历史既然这样幼稚，那么从欧美引渡而到我国的历史自然更比较幼稚了。在我国的故籍里面，如唐宋以来笔记小说等，固然也有不少记述奇狱异闻的作品，可是就体裁性质方面说，决不能算做侦探小说。他如流行民间的通俗小说，如《施公案》、《彭公案》和《龙图公案》等，虽已粗具侦探小说的雏形，但他的内容不合科学原理，结果往往侈述武侠和参杂神怪。这当然也不能算是纯粹的侦探小说。
>
> 要检讨侦探小说在我国出现的最早的历史，不能不推50多年以前梁任公所办的《新民丛报》上译载的福尔摩斯探案。据闻我国最先译福尔摩斯探案的，有一位李维格先生。自此以后，我国人对于侦探小说便引起了兴味。译述的人很多，像林畏庐，魏易，陈大麟，陈冷血，包天笑，徐卓呆等。又如小说林，商务书馆等，都曾出版过不少译述的侦探小说，如《聂卡脱探案》，《贝克侦案谈》，《多那文探案》等等。到了民国初年，中华书局又出版了严独鹤，刘半侬，陈霆锐和笔者等译述的《福尔摩斯侦探案全集》。过了几年，周瘦鹃等又翻译反侦探（以侠盗为主角）的《亚森罗苹全集》。民国十五年，笔者又重新把福尔摩斯的新旧作品一起搜罗拢来，约集了许多同文，用语体文重新译了一遍，出版了一部《福尔摩斯探案大全集》。除此以外，更有许多译述的长篇短篇侦探小说散见在各种杂志和日报上。

① 孔慧怡：《还以背景，还以公道——论清末民初英语侦探小说中译》，见王宏志编：《翻译与创作——中国近代翻译小说论》，北京大学出版社2000年版，第105页。

> 故而在那时期，翻译的侦探小说在我国文坛上一度到达了全盛时期。
>
> 说到我国创作的侦探小说，民国七八年间也曾有过一小页灿烂的记载，可惜是昙花一现。那时候除拙作《霍桑探案》以外，有俞天愤的《中国新探案》，陆澹安的《李飞探案》，张碧梧的《宋梧奇探案》，朱戬的《杨芷芳探案》，其他反侦探的，还有孙了红的《东方侠盗鲁平》，和何朴斋，俞慕古二人合著的《东方鲁平奇案》，其他还有许多作家，因着作品比较不多，不能尽举。此外还有陈冷血，刘复（刘君原名半侬，除译述的不算，在《中华小说界》上也曾发表过侦探创作），也都曾偶一为之。可惜这许多作家都是"乘兴而作，尽兴而止"，他们的努力不久便都变换了别的方向，不能始终其事。这是侦探小说界上的一种莫大的损失，也是我国通俗教育上的一种缺憾！①

程小青的这一席话就等于一部《中国侦探小说著译简史》，只是将《时务报》误为《新民丛报》，要说其他疏漏，也是不多的了。

二

程小青（1893—1976），出生于上海淘沙场（今南市）一个小职员家庭。16岁即入上海亨达利钟表店当学徒，边学艺边在补习夜校学习英语。1914年秋，上海《新闻报》副刊《快活林》举办征文竞赛，程小青的《灯光人影》被选中。程小青为其中的侦探取名"霍森"，但可能是"手民"的误植，而校对又没有改正，印出来时却变了"霍桑"。程小青也就以误就误，陆续写起"霍桑探案"来。1915年，程小青担任苏州天赐庄东吴大学附属中学临时教员，和教英语的美籍教员许安之（Sherejz）互教互学（程向许学英语，许向程学吴语），英语程度大进，并开始练习翻译文学作品。1916年，程小青和周瘦鹃等用浅近的文言翻译《福尔摩斯侦探案全集》，共12集，其中第6、7、10、12等集中均有他的译作。同年被聘为苏州景海女子师范学校语文教员。1917年，经人介绍，加入基督教监理会（后改为中华基督教卫理公会）。1919年，程小青创作的《江南燕》被上海友联影片公司拍成电影，由郑君里主演。1922年，主编《侦探世界》月刊（由世界书局发行），前后共36期。程小青曾先后加入南社、青社、星社等文学团体。1923年，因创作日丰，名声

① 程小青：《论侦探小说》，见《霍桑探案袖珍丛刊之三十·黑地牢（附录）》，世界书局1946年版，第205—207页。

日进，被重学历的东吴大学附中破格聘为语文教员，讲授写作课。同年，在苏州天赐庄附近的寿星桥畔购地营造房屋十多间，自题“茧庐”。1924年，受无锡的《锡报》之聘为副刊编辑。同时，通过函授在美国大学中进修“犯罪心理学”、“侦探学”等课程。1927年，与徐碧波等人合资创办了苏州第一家有发电设备的“公园电影院”。1930年，应邀再次为世界书局重新编译《福尔摩斯探案大全集》，这次全用白话文翻译。1931年，由文华美术图书公司出版《霍桑探案汇刊》1、2集，标示了他笔下的霍桑这一形象被公认为中国“第一侦探”的文学身份。程小青还先后为上海友联影片公司、明星影片公司、国华影片公司等改编电影剧本《舞女血》、《窗中人影》、《慈母》、《可爱的仇敌》、《国魂的复活》、《贤惠的夫人》、《夜明珠》、《杨乃武》、《董小宛》、《孟丽君》、《金粉世家》等。1938年，和徐碧波合编《橄榄》杂志。1946年，《霍桑探案全集袖珍本丛刊》陆续由世界书局出版，共计有30种：《珠项圈》、《黄浦江中》、《八十四》、《轮下血》、《裹棉刀》、《恐怖的活剧》、《舞后的归宿》(又名《雨夜枪声》)、《白衣怪》、《催命符》、《矛盾圈》、《索命钱》、《魔窟双花》、《两粒珠》、《灰衣人》、《夜半呼声》、《霜刃碧血》、《新婚劫》、《难兄难弟》、《江南燕》、《活尸》、《案中案》、《青春之火》、《五福党》、《舞官魔影》、《狐裘女》、《断指团》、《沾泥花》、《逃犯》、《血手印》、《黑地牢》等。这也是程小青最辉煌的时代。解放后，程小青任教于苏州市第一中学。

程小青的《霍桑探案》在中国侦探小说读者中确实可以算是一个名牌。他曾说：“我所接到的读者们的函件，不但可以说‘积纸盈寸’，简直是‘盈尺’而有余……他们显然都是霍桑的知己——‘霍迷’。”[①]在当时确有许多“霍迷”，说明程小青的作品对广大读者具有很大的吸引力。这正是程小青能严格地遵循福尔摩斯、华生模式所取得的必然结果。程小青在模式上是模仿的，这并非是他没有创造性，而是他认为他翻译过许多国外的侦探小说名家的作品，经比较，他认为在当时，福尔摩斯、华生模式是最佳模式。程小青曾说：“五年以前，我曾译过一部《世界名家侦探小说集》，便可略略窥见侦探小说的作风与体裁的演进的史迹。内中要算柯南道尔的努力最大，成绩最伟。”[②]程小青是“吃透”了这种福尔摩斯—华生模式的优越性的，他曾谈过学习中的心得与体会，自己为什么要采用霍桑—包朗主从搭档：

---

① 程小青：《霍桑探案袖珍丛刊之七 · 舞后之归宿》，世界书局1947年2月5日版，第1页。

② 程小青：《侦探小说的多方面》，芮和师、范伯群等编《鸳鸯蝴蝶派文学资料(上)》，福建人民出版社1984年版，第69页。

> 譬如写一件复杂的案子,要布置四条线索,内中只有一条可以达到抉发真相的鹄的,其余三条都是引向歧途的假线,那就必须劳包先生的神了,因为侦探小说的结构方面的艺术,真像是布一个迷阵。作者的笔尖,必须带着吸引的力量,把读者引进了迷阵的核心,回旋曲折一时找不到出路,等到最后结束,突然将迷阵的秘门打开,使读者豁然彻悟,那才能算尽了能事。为着要布置这个迷阵,自然不能不需要几条似通非通的线路,这种线路,就需要探案中的辅助人物,如包朗、警官、侦探长等等提示出来。他提出的线路,当然也同样合于逻辑的,不过在某种限度上,总有些阻碍不通他的见解,差不多代表了一个有健全理智而富好奇心的忠厚的读者,在理论上自然不能有什么违反逻辑之处的。
>
> 因此之故,有不少聪明的读者,便抱定了成见,凡为华生或包朗的见解,总是不切事实和引入歧途的废话,对于他的见解议论特别戒严,定意不受他的诱惑。假如真有这样聪明的读者,那我很愿意剖诚的向他们进一句忠告,这成见和态度是错误的!因为包朗的见解,不一定是错误的,却往往"谈言微中"。案中的真相,他也会得一言道破,他的智力与眼光,并不一定在霍桑之下,有时竟也有独到之处!但我既不愿把霍桑看做是一个万能的超人,自然他也有失着,有时他也不妨不及包朗。譬如那《两个弹孔》等案,便是显著的例证。读者们如果抱定了前述的成见,读到这样的案子,难免要怨作者的故作狡猾。那我也不得不辩白一句,须知虚虚实实,原是侦探小说的结构艺术啊。

小说就在这"定式不定"之间运行。通俗文学作家有模式并不是衡量他的创造性够不够的标尺。通俗小说并不避讳模式化,作家的本领就在于从模式的框架中,去制造故事情节最大限度的"陌生化"。因此,范烟桥曾评价程小青,他"模仿柯南道尔的做法,塑造了'中国福尔摩斯'——霍桑",而这个霍桑却"是纯粹的'国产'侦探"①。在中国写过侦探小说的作家不下半百,但能像程小青那样,罄毕生的精力与才智,从事这种兼有启智与移情于一体的推理小说,实在是不多的。姚苏凤曾说:"在这个寂寞万状的中国侦探小说之林中,他的'独步'真是更为难

① 范烟桥:《民国旧派小说史略》,载魏绍昌编《鸳鸯蝴蝶派研究资料》,上海文艺出版社 1962 年版,第 240—241 页。

能可贵。"[①]这句话在孙了红的小说还未成熟之前，是可以说大致不差的。

程小青是一位认真、严肃、正派的侦探小说家，他既反对描写超人式的英雄，又不渲染色情与暴力。他从自己的正义感出发，将霍桑塑造成近乎智慧的化身。他在作品中提出的种种疑窦面前，运用科学的方法与读者一起去观察、探究、集证、演绎、归纳、判断，在严格的逻辑轨道上，"通过调查求证、综合分析、剥茧抽蕉、千回百转的途径，细致地、踏实地、实事求是地，一步步拨开翳障，走向正鹄，终于找出答案，解决问题"[②]。程小青的《霍桑探案》总是采取多线索、多嫌犯的错综复杂的矛盾结构。总是在嫌疑与排除、矛盾与解脱、偶然与必然、肯定与否定、可能与不能、正常与反常的对立之中展开和深化情节，几经周转与反复，最后落实到似乎最不可能、最意外的焦点之上，令读者瞠目结舌。此时作者却为此作出无懈可击的逻辑与推理，使读者口服心服。侦探小说的结构规范就在于组织之严谨、布局之缜密、线脉之关合等技巧的自如运用。程小青在这方面是有一定的功力的。他的作品在"启智"的悬念中使读者进入迷宫，而在"山穷水复疑无路，柳暗花明又一村"中使读者出离疑窦，得以豁然开朗，在这一进一出之间，他培养了众多的"霍迷"。

程小青笔下的霍桑并不是万能的超人。书中人曾当面恭维他是"万能的大侦探"，但霍桑的回答是："什么话！——万能？人谁是万能？"程小青塑造的霍桑，是一位有胆有识的私家侦探，是程小青理想中的英雄。程小青曾为霍桑立传，写过《霍桑的童年》一类的文章。在《江南燕》等探案中，也着重介绍过他的身世。程小青将霍桑原籍设计为安徽人，与程小青的祖籍相同。设计包朗与霍桑在中学、大学同窗 6 年。后来包朗执教于吴中（这也与程小青任教于东吴附中暗合）。霍桑因父母先后谢世，"孑然一身，乃售其皖省故乡薄产，亦移寓吴门，遂与余同居"。并褒赞他学生时代具有科学头脑，对"实验心理、变态心理等尤有独到"，而且介绍他"喜墨子之兼爱主义，因墨家行侠仗义之熏陶，遂养成其嫉恶如仇，扶困抑强之习性"[③]。这种对人物早年习性之设计与其成为大侦探后蔑视权贵强暴、同情中下阶层的正义感，具有承袭关系。

霍桑这一形象及其品质有许多值得赞举的地方。他有着敏锐的明察秋毫

① 姚苏凤：《霍桑探案袖珍丛刊·姚序》（在这套 30 册的丛刊中，每一本书前，均有这篇《姚序》），世界书局 1946 年版，第 3 页。

② 程小青：《从侦探小说说起》，《文汇报》，1957 年 5 月 21 日。

③ 程小青：《霍桑探案袖珍丛刊之十九·江南燕》，世界书局 1947 年版，第 1—2 页。

的观察力，忠实而孜孜不倦的作风，搜集一切足资证明案件实情的材料，进行精密细致的求证。他认为只有具备科学头脑的人，才有"慧悟"的本领，有"察微知著"的"悟性"的智慧，才是侦探的最主要的素质。他从不指白为黑，更不冤屈无辜。恐吓的方法与他无缘，没有足够的证据，绝不下武断的结论。他说："我觉得当侦探的头脑，应得像白纸一张，决不能受任何成见所支配。我们只能就事论事，凭着冷静的理智，科学的方式，依凭实际的事理，推究一切疑问。因此，凡一件案子发生，无论何人，凡是在事实上有嫌疑可能的人，都不能囿于成见，就把那人置之例外。"①

霍桑的这种优良的办案作风又与他的敢作敢为、出生入死、百折不挠的精神紧密相连。霍桑常挂在嘴上的话是：希望是同呼吸一起存在的。绝望的字样在我的字汇中是没有的。程小青就是用这"智慧"与"意志"相结合的性格作为霍桑形象的基本品貌。

包朗这一"助手形象"在程小青看来是不可少的，在柯南·道尔的福案盛行而还没有一种新的模式与它争胜时，似乎这也成为正宗侦探小说所必需的"固定程式"。可是问题是在于包朗缺乏自己的性格特征。如果说霍桑是"主脑"型的，那么这位助手却成了作品中的工具，不仅霍桑要用他，更主要的是程小青要用他，因此，包朗近乎"工具"型。当作品中布置假线以便将读者引入迷宫时，在大多数情况下，包朗是将读者引入迷宫的"向导"。而使读者豁然开朗的则是"主脑"霍桑。在作品中，这位助手还有一个作用，就是成了霍桑制造悬念的"工具"，即往往由他从旁提出疑点，而霍桑又不愿当即坦率地作出回答，于是构成了悬念。有时霍桑说自己尚无把握；或者说，再等半小时，真相可以大白，读者当然只有穷追不舍地阅读下去。而一旦霍桑引领读者走出了迷宫，又少不得包朗从旁为读者做"注释"。因此，包朗既是霍桑的工具，更是程小青的工具，而且还派定他去做读者的工具。包朗在霍桑探案中凡"三用"，而性格却还不够鲜明。这是此类"主从结构"的侦探小说的一大难点。如果是"并列结构"，这个问题是较为容易解决的。程小青在这方面还不够深思熟虑。

上文提及，社会主义国家的一个共同点就是没有侦探小说，私家侦探在这个制度下是难于存活的。但是在程小青写作侦探小说的社会中，必然会碰到两个问题，一是怎么看待当时的法律问题，二是怎么处理与官方的警探的关系问题。如果说，以革命的立场彻底否定这两点，就等于否定侦探小说存在的必

---

① 程小青：《霍桑探案外集·窗》第3集第6编，上海大众书局1931年版，第74页。

要性。现在我们也看国外引进的侦探小说和侦探影视。我们看的是"猫捉老鼠"的曲折复杂的过程，我们不会去考虑它的背景的制度的合理性问题，是一种假设的正义战胜邪恶。而程小青作为一个清贫出身的知识分子，也是憎恨当时的社会不公的，但他也绝不是彻底推翻论者，他就是处在这种境地中的一位有正义感的侦探小说家。这在他的作品中时时有所反映。他要做一位认认真真的"社会剖析派推理小说家"。他在作品中常有所流露："我又想起近来上海的社会真是愈变愈坏。侵略者的魔手抓住了我们的心脏。一般虎伥们依赖着外力，利用了巧取豪夺的手法，榨得了大众的汗血，便恣意挥霍，狂赌滥舞，奢靡荒淫，造成了一种糜烂的环境，把无量的人都送进了破产堕落之窟……骇人听闻的奇案也尽足破历来的罪案纪录。"[①]程小青尽量地将社会问题与探案有机地结合起来，使鞭挞的寓意与惊险的情节相融汇。此类较为成功的作品有《案中案》、《活尸》、《狐裘女》和《白纱巾》等。在《白纱巾》中，霍桑与包朗对当时的法律也有自己的评价："在正义的范围之下，我们并不受呆板的法律的拘束。有时遇到那些因公义而犯罪的人，我们往往自由处置。因为在这渐渐趋向于物质为重心的社会之中，法治精神既然还不能普遍实施，细弱平民受冤蒙屈，往往得不到法律的保障。故而我们不得不本着良心权宜行事。"[②]那就是说，程小青对当时的社会和法律都提出了自己的质询，但是他又不是彻底的改造派。他有自己的进步意识，较清醒地站在正义的立场上处理社会不义与法律倾斜诸问题。

霍桑与包朗作为私家侦探，他们与官方警探的关系也存在着两重性。在作品中包朗说："现在警探们和司法人员的修养实在太落后了，对于这种常识大半幼稚得可怜，若说利用科学方泆侦查罪案，自然差得更远。他们处理疑案，还是利用着民众们没有教育，没有知识，不知道保障固有的人权和自由，随便弄到一种证据，便威吓刑逼地胡乱做去。这种传统的黑暗情形，想起来真令人发指。"[③]对官方的警探指责到这个程度，也就难能可贵了。但这些官方的警探也要与霍桑、包朗共事，而且他们的情况也各有不同，因此，有时也得到适度的肯定，即以汪银林为例："汪银林是淞沪警署的侦探部长……已担任了十二三年，经历的案子既多，在社会上很有些声誉"[④]；"汪银林的思想虽不及霍桑敏

① 程小青：《霍桑探案袖珍丛刊之二十九・请君入瓮》，世界书局 1946 年版，第 139 页。

② 程小青：《霍桑探案袖珍丛刊之十五・白纱巾》，大众书局 1936 年重版，第 83 页。

③ 程小青：《霍桑探案袖珍丛刊之二十九・血手印》，世界书局 1946 年版，第 3—4 页。

④ 程小青：《霍桑探案选》第 2 卷，中国文联出版社 1986 年版，第 148 页。

捷，关于侦探学上的常识，如观察、推理和应用科学等等，也不能算太丰富，可是他知道爱惜名誉，他的办事的毅力与勇敢……在侪辈中首屈一指”[①]。当然，在程小青笔下也有些许墨佣之流的警探，但主要还是写他们的“主观”与“争功”，草菅人命的事还不多见。但不管怎样，这些警探的出场是当时的社会结构使然，另外他们的最大职责就是为私家侦探作陪衬，以显示私家侦探的高明。这是侦探小说的又一固定模式。在社会主义国家这样的“贬损”或“陪衬”是绝不容许的，因此，侦探小说就得退出历史舞台，代之以智勇双全的官方警探也是必然的趋向了。

程小青对侦探小说的贡献不仅仅是在翻译与创作上的丰硕成果，他在侦探理论上也有一定的造诣。他对这方面的阐述虽还缺乏系统性，但与其他侦探小说作家相比，他的侦探理论的修养远超于其他人之上。如果要概括程小青在这方面的建树，则可用 12 个字加以描述：“叙历史，谈技法，争位置，说功能。”程小青对国外侦探小说的历史有较多的了解，这是由于国外的侦探小说也不过百年历史，而他在译介多位侦探小说作家的作品时，对他们的创作的历程及发展流变进行了一定的研究，这也就呈现了这类小说的历史进程了；而程小青把侦探小说介绍到中国来的经过，因为自己是亲历者，所以是了如指掌的。在侦探小说的多种技法的运用上，他也有自己的切身体会。例如他比较了侦探小说的“他叙体”与“自叙体”的不同的表达法，通过实践，他阐释自己为什么喜欢运用“自叙体”的原因。他也谈过侦探小说的命名与取材的技巧，怎样设计开端与结尾的技法，直至如何在生活触发中获取灵感，如何进行构思以及侦探小说的严谨密致的结构技法等等。

值得提出的是，程小青想在文学领域中为侦探小说争一席之地的愿望久久萦绕在他的心头，与此相关的是他多次谈及他的侦探小说的功能观。他想用侦探小说的功能从学理上说明它是在文学的疆域之中的。他在《侦探小说在文学上之位置》一文中指出：“其在文学上之地位众说纷纭，出主入奴，迄无定衡。”不少人还“屏侦探小说于文学的疆域之外，甚至目侦探小说为‘左道旁门’而非小说之正轨”[②]。侦探小说有大量的读者，竟在文学的户籍中报不上一个户口，他为此而焦急。于是他从想象、情感和技巧三方面来论证侦探小说的文学血缘。他认为任何文学体裁都需要想象，而侦探小说却更少不了想象这

---

① 程小青：《霍桑探案集》第 2 集，群众出版社 1986 年版，第 178 页。

② 程小青：《侦探小说在文学上之位置》，载《紫罗兰》第 3 卷第 24 号，1929 年 3 月 11 日出版，第 1—2 页。

一元素;他对有些人说侦探小说不能“诉诸情感”感到愤愤不平。他指出侦探小说能令读者的感情进入惊涛骇浪的境界:“忽而喘息,忽而骇呼,忽而怒眦欲裂,忽而鼓掌称快……”[①]在技巧上,程小青指出:“侦探小说写惊险疑怖等等境界之外,而布局之技巧,组织之严密,尤须别具匠心,非其他小说所能比拟。”[②]程小青是在国内较早地为侦探小说争文学地位的“先驱”之一。他的结论是:“侦探小说在文艺园地中的领域可说是别辟畦町的。”[③]程小青的所谓“别辟畦町”指侦探小说不仅有一般小说的“移情”作用,而且有它特有的“启智”功能:“我们若使承认艺术的功利主义,那末,侦探小说又多一重价值。因为其他小说大抵只含情的质素,侦探小说除了‘情’的原素以外,还含着‘智’的意味。换一句话说,侦探小说的质料是侧重于科学化的,它可以扩展人的理智,培养人们的理论头脑,加强人们的观察力、想象力、分析力、思考力,又增进人们辨别是非真伪的社会经验。所以若把‘功利’二字加在侦探小说身上,它似乎还担当得起。”[④]程小青反复地说明这些道理,他说得够多的了,可是却毫无用处。正如《霍桑探案丛刊·姚序》所说,“说起侦探小说,在我们的‘壁垒森严’的新文坛上仿佛是毫无位置的。一般新文学家既不注意它们的教育作用,亦无视它们的广泛的力量,往往一笔抹煞,以为这只是‘不登大雅之堂’的小玩意儿;于是‘宗匠’们既不屑一顾,而新进者们亦无不菲薄它们的存在”[⑤]。其实这样的小说是完全符合“文学为人生”的信条的,但是我们不得不怪程小青说得太早了,一旦无产阶级当家作主,就会懂得维持社会治安的重要性了,因此也有人出来承认程小青的侦探小说有一定的现实意义了。其次,程小青当时并不懂得无产阶级文学运动是文坛上唯一的运动,在这一元化的文坛上,侦探小说是争不到地位的,只有文学多元化的时代的到来才会有侦探小说在文学上的位置。

---

① 程小青:《谈侦探小说(上)》,载芮和师等编《鸳鸯蝴蝶派文学资料(上)》,福建人民出版社1984年版,第63页。

② 程小青:《侦探小说在文学上之位置》,载《紫罗兰》第3卷第24号,1929年3月11日出版,第3页。

③ 程小青:《霍桑探案袖珍丛刊·著者自序》,在多本袖珍丛刊中均有这篇《著者自序》,世界书局1946—1947年出版,第1页。

④ 程小青:《论侦探小说》,见《霍桑探案袖珍丛刊之三十,黑地牢(附录)》,世界书局1946年版,第210页。

⑤ 姚苏凤:《霍桑探案袖珍丛刊·姚序》,丛刊30册中每册皆有“姚序”,世界书局1946年版,第1页。

超越雅俗　融会中西*

在我国的古老的传统观念中，居乡者为乡民，城居者即称市民。但在现代意义上的“市民”与上述这一古老的传统概念是不同的，与“国际接轨”的市民的概念是指城市自由民或公民而言。从乡民或传统观念中的市民转变为城市自由民或公民，他们应该将世代繁衍的以家庭为中心的家族意识，转变到以社会群体为中心的公共领域中来。他们要有义务和权利的观念，例如市民要有纳税的义务，然后才能得到纳税人应该享用的权利；他们要投入到社会公共事业中去，要从家庭之私转变为社会群体之公，去参与市政，热心公益。为了有别于古老传统概念中的“市民”概念，我们称这种城市自由民或公民为“新市民”。新市民首先是在那些工商业兴盛的通商口岸萌发，正因为经济发达、市政管理皆参以西法，犹如一所没有围墙的社会大学，教授人们如何去适应新的社会环境，培育新市民意识。而在科举制度废除后，这些地区的新式教育又几乎一统天下。先进印刷术的引进，信息网络的密集，新学影响的扩大，人们的知识结构也发生了变化，声光化电等“实学”风行，西学成了“显学”，大众文化和通俗文学的云蒸霞蔚则成了向中下层市民开放的启蒙教科书。

这一切的一切都在促进都市谋生者的自身素质。而新市民的核心制导力量则是受过新式教育的新型知识者。以 1905 年的科举制度废除为界，受新式教育的学生人数激增：“从 1902 年的 6 912 人猛增到 1909 年的 1 638 884 人，到 1912 年更达到 2 933 387 人。”1916 年，根据教育部统计，“不包括川、黔、桂三省和未立案的私立学校，学生已达 3 974 454 人。1921—1922 年，‘中华基督教调查团’的报告表明，‘五四’文学运动前夕中国学生总数为 5 704 254

* 本篇首发于《西北大学学报(社科版)》2006 年第 6 期，人民大学复印资料《现当代文学研究》2007 年第 2 期转载。

人……北京聚集了中高等以上学生 25 000 人”[①]。到 1936 年抗日战争前夕统计，上海适龄儿童入学率为 59%，全国适龄儿童入学率为 30.88%。[②] 在 20 世纪三四十年代，一个在新型知识群体影响下的庞大的新市民阶层，不仅在大都会中形成，同时通过大都会的辐射，新风也影响和遍及中小城市。

这些新市民在生活方式、价值观念、伦理道德、审美情趣上亦会有所演进与更新。在他们的文化生活中，他们对新文艺是会有一定的倾向性的。但他们中的大多数还是将文学功能视为一种业余时间松弛自己神经的消闲品，或调节身心的高尚娱乐。既然是消闲与娱乐，往往会“唯兴趣是尚”，因此在他们的脑子里文学不分新旧，只要能与他们的价值观念、伦理道德、审美情趣产生感应交流的作品，他们都能接受。张恨水等人的作品颇合他们的胃口，而像巴金的《家》、《春》、《秋》等作品也在他们的视界之内。但是 20 世纪 40 年代文坛上又新出现了一种超越雅俗、融会中西的小说，犹如新文学的通俗版，或是引进外国通俗模式的洋为中用版，更使新市民们趋之若鹜。其中的代表作家就是出现在沦陷区上海的张爱玲，出现在重庆文坛的徐讦，和出现在西安文坛的无名氏。他们当年的作品皆可排在畅销书之首，出尽了风头。他们的成功经验是很值得总结的文学财富。

一

张爱玲最善于将古、今、中、外、雅、俗的文学味汁成功地调洽融汇在她的作品中，形成她小说的独一无二的情韵，使她能在中国现代文学中独树一帜。

许多新文学作家在童少时代也钟情于通俗小说，可是当他们逐渐成长时，当他们接触了外国的优秀小说与本国的新文学作品之后，就逐渐将中国的通俗小说看成是低档次，甚至是低级趣味的“垃圾”，从此断绝了“昔日的友情”，去做一个“高尚的人”。接踵而来的是产生一种“门户之见”，他们是不会像张爱玲一样带着自己的“两炉香”去拜访周瘦鹃的，即使是过去曾经找过，即使后来并不“不以为耻”，至少会将它看成是一种“童稚举动”。张爱玲的小说之所以与他们的作品有所不同，且形成自己的个性，其原因之一，是在于她“一贯”地“不耻下问”。她坦然地去找周瘦鹃，而且带着一种虔诚的敬意。她没有找错门。应该说，周瘦鹃是一个有眼光的编辑，也是第一个正确“评张”的评论

① 桑兵：《晚清学堂学生与社会变迁》，学林出版社 1995 年版，第 2—4 页。
② 熊月之主编：《上海通史 · 第 10 卷 · 民国文化》，上海人民出版社 1999 年版，第 135 页。

者。周瘦鹃是这样描写他对作品的读后感的：

> 当夜我就在灯下读起她的《沉香屑》来，一壁读，一壁击节，觉得它的风格很像英国名作家 Somerset Maughm 的作品，而又受一些《红楼梦》的影响，不管别人读了以为如何，而我却以为“深喜之”了。一星期后，张女士来问我读后的意见，我把这些话向她一说，她表示心悦神服，因为她正是 S. Maughm 作品的爱好者，而《红楼梦》也是她所喜读的。……如今我郑重地发表了这篇《沉香屑》，请读者共同来欣赏张女士一种特殊情调的作品，而对于当年香港所谓高等华人的那种骄奢淫逸的生活，也可得到一个深刻的印象……[①]

在这“第一位评张者”的笔下，不仅指出她作品所受中外古今的优秀文学作品的影响，而且还将“天才”、“高明”等高规格的评价词汇献给了这位刚想步上文坛的女性，而且看到了她的“别致”和“特殊情调”，为张爱玲的“一炮打响”发挥了推动力。张爱玲没有门户之见，她并没有因为自己有香港大学读书的背景、英文程度高明、读过许多外国小说而自以为“高人一等”，她除了喜爱优秀的新文学作品之外，对张恨水、朱瘦菊、毕倚虹等通俗作家的作品也是极为赞赏的。所谓“不耻下问”的“下”，并非低下，而是处处关注中下层的民情，深入地了解中国的市民社会。她甚至对知识精英往往不屑一顾、嗤之以鼻的小报也极感兴趣。小报被有些人视为是低俗不堪的东西，看此类媒体无疑是自跌身价。可是张爱玲却有不同的看法：“我一直从小就是小报的忠实读者，它有非常浓厚的生活情趣，可以代表我们这里的都市文明。……而小报的作者绝对不是一些孤僻的、做梦的人，却是最普通的上海市民，所以我看小报，同时也是觉得有研究的价值。我那里每天可以看到两份小报，同时我们公寓里的开电梯的每天也要买一份，我们总是交换来看。”张爱玲以为“读报纸的文字，是要在两行之间另外读出一行来的”。她发现小报有“研究的价值”[②]。

张爱玲对通俗作品和都市小报的喜爱和研究为她提供了丰富而有用的资源。王德威所说的“张爱玲即是自鸳蝴派汲取了大量养分”[③]的论断是很有道

---

① 周瘦鹃：《写在〈紫罗兰〉前头》，《紫罗兰》(后期)创刊号，1943 年 5 月出版，第 2 页。

② 唐文标主编：《张爱玲资料大全集》，(台北)《时报》书系(516)，1984 年版，第 292—293 页。

③ 王德威：《落地的麦子不死》，转引自子通、亦清主编：《张爱玲评说 60 年》，(北京)中国华侨出版社 2001 年版，第 373 页。

理的。而夏志清则有更进一层的发挥："可是给她影响最大的，还是中国旧小说。她对于中国的人情风俗，观察如此深刻，若不熟读旧小说，绝对办不到。……她受旧小说之益最深之处是她对白的圆熟和中国人的脾气的给她摸透。《传奇》里的人物都是道地的中国人，有时候简直道地得可怕；因此他们都是道地的活人，有时候活得可怕。"①的确，张爱玲笔下的小说大多是中国人的俗世的人生与俗世的故事。她的几篇最被"看好"的小说，如《沉香屑·第一炉香》和《金锁记》就是写梁太太和曹七巧的"性饥渴"的故事；而《倾城之恋》就是写白流苏"不能当女店员，女打字员，做'女结婚员'是她们唯一的出路"，白流苏从沪到港，长途奔波，就是想修一门"结婚专修科"。

可是如果张爱玲只是向中国古今的通俗小说学习，那么张爱玲还不能成其为张爱玲，张爱玲的本领与技巧是在于"俗事雅写"。时代已经进入了20世纪40年代，她觉得不能再用自己前辈那种"旧事旧说"的手法，向40年代的"新市民"去喋喋不休了。她融会了弗洛伊德的学说和西洋小说的技巧，去充实故事的内涵。关于这一点，早在1944年，迅雨（傅雷）在《论张爱玲的小说》中就指出了她熟谙西洋小说的技法：

> 特别值得一提的，还有下列几点：第一是作者的心理分析，并不采用冗长的独白或枯索繁琐的解剖，她利用暗示，把动作、言语、心理三者打成一片。七巧、季泽、长安、童世舫、芝寿，都没有专门写他们内心的篇幅；但他们每一个举动，每一缕思维，每一段对话，都反映出心理的进展。两次叔嫂调情的场面，不光是那种造型美显得动人，却还综合着含蓄、细腻、朴素、强烈、抑止、大胆，这许多似乎相反的优点。每句说话都是动作，每个动作都是说话，即在没有动作没有言语的场合，情绪的波动也不曾减弱分毫。……新旧文字的糅和，新旧意境的交错，在本篇里正是恰到好处。仿佛这利落痛快的文字是天造地设的一般，老早摆在那里，预备来叙述这幕悲剧的。②

迅雨将"文章本天成，妙手偶得之"这样的顶尖的评价，赠给了《金锁记》。

① 夏志清：《论张爱玲》，转引自子通、亦清主编：《张爱玲评说60年》，（北京）中国华侨出版社2001年版，第266页。

② 迅雨（傅雷）：《论张爱玲的小说》，转引自子通、亦清主编：《张爱玲评说60年》，（北京）中国华侨出版社2001年版，第60—62页。

张爱玲似乎也深知自己的受众面是很广的，但她用的是“正话反说”：“我的作品，旧派的人看了觉得还轻松，可是嫌它不够舒服。新派的人看了觉得还有些意思，可是嫌它不够严肃。”[①]所谓“不够舒服”，大概觉得书中的技巧太“洋气”了，但这些故事的确是他们所“熟悉”的；所谓“不够严肃”，大概觉得书中缺乏“主义”，但也不得不承认她刻画的深度。

张爱玲的成功不仅仅是知识结构与融会才情的问题，再一个不可或缺的是地域特色与接受群体的问题。张爱玲生长在上海，又曾到香港读书，后来又写“红”于上海。她作品中的地域特色就是“沪港洋场”，她的主要接受群体是有别于中国老儿女的“新市民”。她写小说时，脑子里时时想到“上海人”：

> 我为上海人写了一本香港传奇……写它的时候，无时无刻不想到上海人，因为我是试着用上海人的观点来察看香港的。只有上海人能够懂得我的文不达意的地方。
>
> 我喜欢上海人，我希望上海人喜欢我的书。[②]

张爱玲爱上海，也了解上海人。即使是香港传奇，其中的主角不少也是上海人。她善于写上海人，而她首先想吸引的读者群体是上海的“新市民”。因此，张爱玲以上海为她小说的地域特色。张爱玲的成名作《沉香屑·第一炉香》就写了一位在香港的上海小姐葛薇龙，而香港也是上海小姐眼中的香港。而她的姑母梁太太也是上海人的“底子”：“梁太太是个精明人，一个彻底的物质主义者；她做小姐的时候，独排众议，毅然嫁了一个年逾耳顺的富人，专候他死。他死了，可惜死得略微晚了一些——她已经老了；她永远不能填满她心里的饥荒。她需要爱——许多人的爱……”她是一个“性饥渴者”。如果与曹七巧并列，她们是可以成立一个“性饥渴协会”的。梁太太像饿过了头的“乞丐”，即使让她“狼吞虎咽”，那饥饿感还是像自己的影子一样挥之不去。但是经过香港豪门耳濡目染的梁太太的手面就显然是曹七巧这个戴着金枷的“大老土”所无法企及的了。梁太太这个小型“慈禧太后”，将她那个小朝廷中的车马炮棋子摆得好好的，各人发挥各人的作用，最后当然是供她“老佛爷”享用。曹七巧家的事虽然发生在上海，但他们是避兵灾逃到上海来的“寓公家族”，一副封

---

① 张爱玲：《自己的文章》，《张爱玲文集》第4卷，（合肥）安徽文艺出版社1992年版，第175页。

② 张爱玲：《到底是上海人》，《张爱玲文集》第4卷，（合肥）安徽文艺出版社1992年版，第20页。

建老旧家庭的规矩。到她自己单门独户成家后，姜季泽再来挑逗她，被她在暴怒中轰走了，可是她又性急慌忙地要赶到楼上窗口去再看他一眼。她恋恋不舍于金钱和季泽之间，她得有一个最后的抉择。她问自己："人生在世，还不就是那么一回事？归根究底，什么是真的，什么是假的？"问得好！作家在小说中，对这个问题竟重复了两遍。梁太太与曹七巧在"真"、"假"问题的回答上是截然不同的。曹七巧认为金钱是真的，为了"守"住她那用一生幸福换来的金钱，她宁可在"性饥渴"的煎熬下成了"性变态"，一直将自己煎熬到翠玉镯子可以"推到腋下"，骨瘦如柴像骷髅。她死了，她还能"守"下去吗？可是梁太太却控制着她的小朝廷，指令上下一齐出力，为解决她的"性饥渴"而总动员。她是"进攻型"的，她"活埋"了薇龙，还能叫她的"鬼魂"为她卖力。到底是香港高等华人圈中"混"出来的"大手笔"！张爱玲小说的地域特色是沪港洋场。她笔下最活跃的是上海世俗的市民，除了葛薇龙、梁太太，还有白流苏等等。可是她与前辈作家的不同是在于她将古老的"梁祝"故事，用小提琴协奏曲《梁祝》的形式表现了出来，因此新市民是狂热地欢迎的。她的《传奇》初版问世，4 天就脱销了。张爱玲的小说"谁都可以读得懂，但懂的深度不同。雅的糖块溶解在不透明的俗的咖啡中，这里已经分不清是谁征服了谁，可以说是雅文学的胜利，也可以说是俗文学的再生。如果注意到《金锁记》是在没有理论指导、没有集团约束的状态下问世的这一点，则似乎可以说明，新文学小说和通俗小说发展到各自的成熟期，两者在艺术上的结合，产生一批超越性的杰作，是一种自然的趋势，'五四'以来的雅俗对立格局，正发生着根本性的转变"①。

二

如果说张爱玲善于俗事雅写，那么徐讦的特点是他的小说有着很浓郁的异域情调，可以说是外国通俗文学的洋为中用版。他善于引进若干外国通俗小说的模式，并加以创造性地改造，形成了他独有的个性风格。他的融会中西的小说赢得了中国新市民的青睐。

1927 年徐讦毕业于北大哲学系，又进心理学系修业两年。1933 年加盟林语堂主编的《论语》、《人间世》等刊任编辑。1933 年赴法国留学，继续研究哲学。在法国写下了使他名噪一时的《鬼恋》等小说，被誉为小说界的"鬼才"。在国外他大量阅读外国小说，同时也关注中国的通俗文学的现状。这里还有

---

① 范伯群、汤哲声、孔庆东：《20 世纪中国现代通俗文学史》，(北京)高教出版社 2006 年版，第 249 页。

一段佳话:在20世纪40年代,徐订在国外的饭店里偶遇纽先铭将军,纽先铭就是张恨水《大江东去》中的人物原型。当时,徐订正在读《大江东去》,而纽将军正在读徐订的《风萧萧》。文学作品是他们之间最好的"介绍信",他们的相遇该有多么惊喜。

《鬼恋》写一个美丽绝伦的"女鬼"与一位翩翩少年的恋情,行文扑朔迷离、凄婉冷艳,神鬼境界与现实人生缠绵纠结,读来令人回肠荡气。这当然会使我们想到《聊斋》,但《鬼恋》的情节构思更貌似外国的哥特言情小说。"'哥特式'(gothic)这个词在英语里有多种含意。它既是一个文学词汇,又是一个历史术语,还可以用作建筑和艺术方面的专门用语。"[①]我们在外国的电影中常常看到一个阴郁的古堡中发生了神秘的事件,甚至悬疑有鬼魂的出没,恐怖而惶惑,令人紧张得毛骨悚然。这就是"哥特式"了。"哥特式"小说的"模式特征是,故事常常发生在遥远的年代和荒僻的地方,人物被囚禁在狭窄的空间和鬼魂出没的建筑内,悬疑与爱情交织在一起。惯常的悬疑手段有神秘的继承权、隐秘的身世、丢失的遗嘱、家族的秘密、祖传的诅咒,等等。到最后,悬疑解开,歹徒暴露,男女主人公的爱情障碍扫除"[②]。我们不能说《鬼恋》就是"哥特式"小说的翻版。它既不是在遥远的年代,更不是在荒僻的地方,代之以古堡的是上海近郊的一个村落,也没有暴徒在其间作祟,而是那位美若天仙的女主人公自称是鬼魂,那村落里她所住的古老的宅子有几分神秘感,于是展演了一场"悬疑与爱情交织"的故事,最后她终于吐露了她作为革命者的隐秘身世,却又飘然远行,不知所终,这倒有点像是一首"感伤型哥特式小说"的哀歌。徐订的《鬼恋》在鬼魂"出现"、悬疑丛生、身世坎坷和爱情忠贞等方面与"哥特式"小说有相通之处,它神秘而不恐怖,鬼气森森而回归现实。它不以揭露"暴徒"为其对象,而是使读者体认整个社会的罪恶与不义。小说所构成的一个核心哲理是:"鬼是一种对于人事都已厌倦的生存。"徐订的小说常常融汇着两种因素,一方面他是一位对人生有哲理思考的作家,因此,他的作品有深邃的一面;但另一方面,他常用自己编织的奇情与奇恋的故事叩击读者的心扉,产生强劲的磁场,使他们爱不释手,因此,他的作品又是极为通俗的。这就是徐订式的融会中西、超越雅俗。他让广大的读者享用"奇情"快餐,而让文学的"美食家"们品尝那位在北京大学和巴黎大学学过哲学的作家"镶嵌"在小说中的"精致"的人

① 黄善禄:《美国通俗小说史》,(上海)译林出版社2003年版,第41页。

② 同上书,第42页。

生哲理。

徐訏的40多万字的长篇《风萧萧》一直被公认为是他的代表作。这部作品动笔于1943年3月，完成于1944年3月。小说在报上连载时就形成了一股强劲的季候风，席卷了战时大后方，“重庆江轮上，几乎人手一纸”[①]，人人争相先睹为快。人们惊呼，1943年在文学领域中简直可以称为“徐訏年”。1944年10月由成都东方书店出版发行，在不到两年内就连印了5版，在大后方被列为“畅销书之首”。如果从题材而言，《风萧萧》该算是爱国重大题材，在抗日战争的年代中，歌颂为抗日献身的地下工作者，它可以是写成慷慨激昂的“严肃文学”，但是徐訏却将这一题材处理成一部通俗的畅销小说。实际上徐訏是借鉴了西方间谍小说的浪漫主义冒险模式，而且获得了相当的成功。

“西方间谍小说诞生于19世纪和20世纪之交，是当时西方资本主义世界内部各种矛盾进一步激化，军事、政治斗争持续加剧的产物。……一般认为，西方第一部严格意义的间谍小说是英国小说家厄斯金·查尔德斯（Erskine Childers，1870—1922）的《沙滩之谜》（*The Riddle of the Sands*，1903）。在这部长篇小说中，作者以高昂的爱国热情、惊险的故事情节和生动的人物形象，描述了两个英国业余间谍刺探德国海防情报的冒险经历。该小说在伦敦出版后，立即引起轰动，以后多次再版，畅销不衰。”[②]《风萧萧》是用一种奇情的形式展现的，是用一种不是恋爱形式的奇恋作铺垫的；而书中那位潇洒倜傥的男主人公自始至终只知道他是“徐”，这就有点西方派头了。小说开端就是写“徐”这位独身主义者周旋在三位美丽的女性之间，他掉进了脂粉漩涡，却过着一种“爱而不恋”的生活。这是三位极有品位的各有个性和独特魅力的未婚少女。作者不是一般化地去描写她们的天生丽质。每当他写那位百乐门的红舞女，既懂日语、又会英语的白苹时，总觉得有一种“银色的空气沁入了我的心包”，而白苹向他微笑时，他总感到这是“百合初放”。而那位母亲是美国人、父亲是生活在日本的华侨的梅瀛子，当时已是“上海国际间的小姐，成为英美法日青年们追逐的对象了”，可是她好像还不满足，她要征服所有的男性青年似的，“徐”每次将她比作红色的玫瑰，“永远像太阳一样光亮”。而富有音乐天才的海伦则是一片能“溶化独身主义的灯光”，在这雅致宜人的灯光中可以看见自己的影子。小说充满既抽象而又形象、机智而又令人心领神会的对话，在长

① 陈乃欣等著：《徐訏二三事》，（台北）尔雅出版社1980年版，第249页。
② 黄善禄：《美国通俗小说史》，（上海）译林出版社2003年版，第504—505页。

篇的第 1 至 18 节，作家就是写“徐”这位研究哲学的学者与这三位女性的“爱而不恋”的近距离的生活。有时那距离近到真令人感到“徐”这位独身主义者真是“坐怀不乱的柳下惠”。

徐订一直坚守的写作信条之一是：“两性问题的暴露与描写要有一定的限度才是艺术可以允许的。”[①]“为此，他不管是写爱情还是写婚姻，都与‘肉欲’无涉，甚至连性心理也不描写。他认为爱情小说重在表现‘情趣’……”[②]这种重“情趣”的爱情观也是国外通俗小说中的一个流派所遵循的，它在 19 世纪 70 年代到第一次世界大战之间流行，被称为“蜜糖言情小说”，以便将它与后来的赤裸裸的性描写的言情小说相区别。正因为是对那种“爱而不恋”的欣赏与爱慕，长篇从第 1 至 18 节就像抒情的小夜曲似的在琴弦上流淌飘逸，读者也像读一本言情小说，看他们在日常生活中高雅地交往着。不过从表面看来，有的女性似乎透露出一丝“醋意”，但这些女性“醋意”背后的潜台词，一直要到第 18 节之后，我们才能将她们这些间谍之间相互摸底的深层含义看透。

第 19 节，风云突变，“1941 年 12 月 7 日夜深时……我听见了炮声。那么难道是太平洋战争爆发了？我想”。小说于是从“谈情说爱”进入真正的“间谍生涯”。过去的平凡的常态生活，却全是出自间谍们的精心布局；表面上看来是“醋意”，实质上却是出于对对方的政治背景的怀疑。相互温馨的谈话背后，是瞪大了眼睛在看对方的破绽；两个女性亲密得联床共话，其实在梦中也无时无刻不绷紧那根警惕的弦。在太平洋战争爆发后，史蒂芬太太才正式与“徐”摊牌：她要他参加他们的情报系统，她给他 5 分钟时间考虑。徐订按照他自己的写法，这里没有慷慨的陈词，也没有激昂的表态。“徐”只是说：“如真是为了爱与光明，我接受。”当他告辞出来时，他感到愉快：“几年来，我想担任一点直属于民族抗战的工作，现在居然一旦实现了。”“我似乎失去了自己（他要把他的哲学文稿束之高阁了——引者注），我在发光，在许多发光体中发光，像是成群的流萤在原野中各自发光。所有的光芒都是笑。”从第 19 节起，小说虽然进入了一个新的境域，但在徐订的笔下，小说的风格始终是统一的。

徐订与专业的间谍小说作家相比，差距当然是很大的。他不可能像专门写间谍小说的作家那样去制造惊心动魄的紧张情节，他还是要让他的《风萧萧》自始至终在浪漫抒情的轨道上运行。“徐”虽然几乎付出了生命的代价，可

---

① 徐订：《门边文学·两性问题与文学》，（香港）南天书叶公司 1972 年版，第 3 页。

② 吴义勤：《漂泊的都市之魂——徐订论》，（苏州）苏州大学出版社 1993 年版，第 38 页。

是这血的代价终于使梅瀛子与白苹摸清了她们是同一条战线上的不同组织的地下工作者。她们从假想的“敌人”变成了真正的“战友”。“徐”也从受梅瀛子领导到他们三人联手开展重要的情报工作。他们争抢着要站到最危险的岗位上去，往往最后还得靠抓阄来解决相持不下的局面。结果由于东京新来的日本女特务宫间美子的介入而情势突变，白苹为此而壮烈牺牲，而梅瀛子也只能退居秘密状态。这位名闻“国际上海”的交际小姐不能再公开露面了，但她还是设法毒死了宫间美子。她终于用行动证实了“徐”对她的评价：“是一个肯为爱者复仇的女子。”而“徐”也只能撤退到大后方去。他留下一封长信给海伦，也依依不舍地向海伦的母亲告别：“战争总是暂时的，胜利和平就在前面，那时候如果海伦爱我的话，我自然马上会回来。”预示着这位独身主义者，到那时才有可能真正地谈他的恋爱。他“在苍茫的天色下，踏上了征途。有风，我看见白云与灰尘在东方飞扬。”这小说的最后一句话还是保持着徐讦的不动声色而又淡淡哀愁的抒情格调。

在徐讦的 18 卷本全集的小说部分，我们还能读到他的许多名篇，大多带着很强的融会中西的通俗性。我们可以将他的小说看成是新文学，但如果说它是带有欧味的通俗小说，也是完全可以成立的。“面目的模棱”正说明小说的超越雅俗的时代已经初露端倪。徐讦也成了这多元格局中与老前辈们不同的“新生代”，他成了新市民读者们的“宠儿”。

三

在战时和战后，有一位作家是与徐讦齐名的，那就是无名氏（卜乃夫）。无名氏的成名作是《北极风情画》和《塔里的女人》。司马长风在评价无名氏时转述了无名氏的兄长的话：“据卜少夫说，作者写《北极风情画》与《塔里的女人》两部爱情小说，‘他立意用一种新的媚俗手法来夺取广大的读者，向一些自命为拥有广大读者的成名作家挑战。’”[①]那就是说，无名氏是写通俗小说起家的，所谓“新的媚俗手法”也可以理解为新文学的通俗版，而他想取悦的当然是以新市民为主的读者群体。

1943 年 11 月 9 日至 29 日，当无名氏以每天 7 千字的速度赶写出 10 万多字的情感罗曼史《北极风情画》（当时题名为《北极艳遇》，在《华北新闻》上连载，至 1944 年 1 月载完），在西安迎来了一股“满城争说无名氏”的旋风与热

---

① 司马长风：《中国新文学史（下卷）》，（九龙）昭明出版社 1978 年版，第 103 页。

浪。无名氏的“挑战”成功了,他自己曾说:

> 当年,《北》在《华北新闻》连载时,无论我出去理发、沐浴,上饭馆、咖啡馆,进公园喝茶,到处都听见有人在谈论此书。从前谭叫天在北平走红时,有“满城争说叫天儿”的盛况,当时若说西安“满城争说无名氏”,一点也不夸张。难怪其时友人黄震遐远游甘肃归来,一见我就说:“从前拜伦写了《柴尔德·哈罗德》旅游诗,发现自己一夜之间,名满伦敦。足下现在正是当之。”他还用了一句洋文:“大家 Compare you and Ghuyu(拿你和徐讦相比)。”①

无名氏在踌躇满志的同时,还加了一个原注:“其实拙作风格与内涵和徐讦根本不同,但当时徐讦颇有名气,作品销路亦好,友人乃有此‘比’。”他的粗犷泼辣的文风与徐讦的温文尔雅的格调的确是不同的。可是在文学史上,人们一贯将他归入徐讦的浪漫一派。

《北极风情画》起首是怪客登临白雪皑皑的华山山巅,夜半高歌。接着从自述“错吻”开始,深情回顾,一下子就将读者锁定在它的情节链条上。林上校与奥雷利亚巧遇,从他们的友谊到热恋一直到他们的被迫分手,情节可谓是一气呵成。在这过程中,并没有多少事件作为情节的酵母,最多就是奥雷利亚的好友叶林娜的一度的小小干扰,其余就是靠无名氏的技巧发挥,抒写他们的“爱的步伐”的迅捷与“恋的炽情”的升华。

在“错吻”后,奥雷利亚原以为林上校对她是一种无赖式的“纠缠”,而林上校要与这位美艳的少女“套近乎”就得靠他的“巧舌如簧”(这里不带贬义),他不温不火、不卑不亢地取信于姑娘。林上校是中国抗日队伍中的韩国人,而奥雷利亚则是在苏联的波兰人。当他们在“亡国的切肤之痛”上进一步有了共同的语言时,他们的心更贴近了。可以说,林上校是靠着自己渊博的知识与高尚的文化修养,获取了一位在苏联中学里教文学的少女的欢心,他不是“骗取”而是“博得”。奥雷利亚甚至告诉林,他犹如“毒品”,她已经上“瘾”了。恋情已经到了策划以后如何随着大部队“混”出苏联国界,远嫁中国的程度了。从第 7 节到第 17 节,几乎就是“两人世界”的不倦的谈情说爱。而在第 17 节,他们举行了没有仪式的婚礼。如果说徐讦的小说是“与肉欲无涉”的蜜糖言情,那么无

① 无名氏:《跳蚤与〈北极风情画〉》,《无名氏代表作》,(北京)华夏出版社 1999 年版,第 374 页。

名氏却敢于写新婚之夜的性爱，我们可以称这大段描写是洁净的“绿色无公害的狂放”：

幸运的我们，却在享受着乐园。

一枝非常瑰丽的形体，从午夜深处升起，浮现于我四周。它以特有的胴体香味围攻我，使我沉没入一泓神妙境界。

可我更欢喜扭开灯，像一个画家，欣赏奥雷利亚的形姿，在长长的、薄薄的粉红色睡衣内的，那些半圆与椭圆，弧线与直线，新月与落日，三角形与海湾形，圆锥形与提琴体。一个西方女人形体的优美线条，是那样生动，富有曲折性，又如此充满大自然的弹力，对一个东方人说来，简直是极大的蛊惑。

我熄了灯。

这是一个真正的午夜。

一种神秘的节奏、韵律，像一阕奇妙的雅典竖琴演奏，从她的发、额、眼、鼻、嘴、颊、颈、肩、胸、腿、胫——足尖，雨点样洒向我，使我感到极度豪华的沉醉。这种沉醉，达到最高潮时，我简直是在倾听19世纪浪漫派大师斐里辽斯的《幻想交响曲》，一片极其魔魅的彩色旋律，正像它最后和乐章的巨大的钟声似的，无比深沉地，直敲到我的心灵底层。

无名氏不仅对这“真夜”作了“绝对美学的化身”的描写，还要通过林的枕边私语对古今文学作品中的某些“忌讳”和禁区进行一番讥评：“在人类历史上，人们曾有过万万千千次‘真夜’，却极少有人敢公开地坦白地谈它们。好像这种午夜，越封闭越好，这种诗情，埋藏得越深越好。而且，离任何文字语言，愈远愈好。其实，在那些‘真夜’中，疯狂的男人和女人们，谁没有疯狂地谈过呢？那是所有语言中最人性的、最不撒谎的。在未来的回忆中，这些时刻将像香料一样，给所有记忆的形象增添无穷蛊魅。没有这些香料，任何爱情只是一幅素描，缺少一份巨大的完整的魔祟。”读到这里，我们觉得在一部通俗言情中，它也可以包容着“纯文学”的节段，精英与通俗在这些节段中是“你中有我，我中有你”。在过去的通俗小说中，如果夹杂这么一段洋腔洋调，显然是不协调的。可是无名氏既然用的是“新的媚俗手法”，他本来就是新文学的通俗版，也就显得非常和谐了。而他的关于“真夜”的一段议论，当然是含有向中国前辈作家的“挑战”意识。

从第18节开始，小说从幸福的高峰跌入了悲剧的深渊。历史的、时代的、国家的、社会的、制度的现实，将这北极之恋无情地击个粉碎，直到女主人公的自我消亡。无论是开端的怪诞、中段的纯情、结尾的惨烈，都打动了当时青年们的心，说它是与抗战无关的言情之作吧，可是它却与当时的日本的、中国的、韩国的、波兰的、苏联的国情与疆界、历史与现状联系得如此紧密。这本来是一对全世界都可以欣羡的“跨国婚姻”，可是战争不仅毁灭了物质的世界，也毁灭了人的精神世界，包括纯洁的爱情。

在《北极风情画》取得成功之后，无名氏再接再厉发表了《塔里的女人》，但这篇小说显得比较做作。作品对聂赫留朵夫式的男主人公罗圣提的品质问题也有忽略不计的缺点，尽管作者写了他的忏悔。但小说仍然具有轰动效应。以后他还在《华北新闻》上连载过长篇《一百万年以前》，皆是当年的西北畅销书。

从1942年9月至1944年年底，无名氏在西安的“800个日日夜夜”带给他无比的成就。而从1943年起始，他在创作的间隙写下了一系列带有哲理思辨色彩的片段，以后用《沉思试验》的书名出版。这实际上是他为以后的270万字的《无名书稿》作准备。

《无名书稿》的6卷大书被誉为“长河型”的长篇小说，到1960年杀青，整整用了15年时间。这是一部从大文化视角探究人生问题和社会问题的巨著。这是一部用象征主义手法写成的精英文学作品，他笔下的人物“大都带有象征主义的色彩。他说：‘我的人物描写，带点魔幻的意味，都在虚实之间’”。[①]“即使文化修养很高的胞兄卜少夫，在看了《无名书稿》的前两卷——《野兽、野兽、野兽》、《海艳》——以后，也不禁摇头感叹‘看不懂’。”当然后来他是看懂了的，还“‘说了不少恭维话’。真诚地表示：‘他不只完全看懂了，而且身经创痛，他才深切感受且映证《无名书》所揭示的大时代内核真谛’”。[②]

这说明了在无名氏的笔下，写通俗小说也罢，写现代派的精英小说也罢，均有自己的特色而两者绝无鸿沟。过去人们将新文学与通俗文学看成是两个“世界”、两种“体制”；但是到了无名氏这一代人，就开始尝试着徜徉于这两个“世界”之间。他们用自己的创作实践宣布，他们已经练就了两副笔墨，他们在文学的“国度”里，他们是“一国两制”的拥戴者，不论是精英文学“体制”，还是

---

① 转引自汪应果、赵江滨：《无名氏传奇》，（上海）上海文艺出版社1998年版，第300页。

② 同上书，第291—292页。

通俗文学“体制”,他们可以“自由来去”。

从 20 世纪 40 年代的新市民小说代表作家张爱玲、徐讦、无名氏身上,我们已经看到了一种很好的预兆:超越雅俗、中西融合的谐和境界并非是可望而不可即的。在张爱玲的脑海里,中、外、古、今、雅、俗诸般文学是平起平坐的,它们都可以作为丰富的精神资源融谐在她的作品之中。在徐讦看来,外国的优秀的文学遗产都可以为“我”所用,可以由“我”进行创造性的改造。他的作品绝不会与新文学“绝缘”,但又有着浓郁的通俗韵味,他的若干名作也可以说是一种外国通俗模式的中国版。无名氏的《北极风情画》等畅销书则是新文学的通俗版,而他还愿意徜徉在文学的多元化的江湖河海之间。这种 20 世纪 40 年代的创新的趋势与氛围,不久曾一度中断;但是它是有生命力的,今天文坛上也正在出现超越雅俗、融会中西的态势,这是继 20 世纪 40 年代新市民小说之后的一种良性发展。

中国早期电影热与画报热*

（一）通俗文学与中国早期电影

说到中国早期电影，它纯粹是一种市民文艺，是一种都市娱乐。即使是到了20世纪20年代初，江苏也只10个市邑有发电厂（当时上海还属江苏省），广东有8个市邑，河北只有6个市邑。没有“电”哪来“电之影”呢？有了发电厂，还得有放映电影的机器与场馆，还要有一整套的摄制机械、摄制场地和专门的操作人才等等，可见电影不仅是一门综合艺术，还是一个文化产业。它要靠票房的盈余、资金的回笼，才有再生产的条件，否则电影公司只好关门大吉。因此，中国早期电影资金的“原始积累”就是要靠市民“掏钱”，靠市民将这个摇篮里的婴儿喂大。早期的中国电影尚在幼稚阶段，中国的知识分子对它还不感兴趣。而上海当时有一些影院是外国电影的“地盘”，知识阶层的观众常被它们所吸引。那时中国的早期电影工作者，就觉得出路在于与鸳鸯蝴蝶派文人合作，拍出符合市民兴趣的电影来，这样才能扩大受众面，降低经营风险，使刚起步的电影事业存活下去；在生存的基础上，才能有所发展。如果让刚呱呱坠地的婴儿断奶饿死，岂不只剩下一只空摇篮？——汉语词典中凭空留下“电影”这么一个词条。

电影初兴，正值文明戏因演职员队伍庞杂、素质趋低而迅速走向下坡之时，许多演职员就转而筹拍电影。一时，制片公司竟然泛滥至一百多家，但大部分带有粗制滥造的投机性质。郑正秋曾回顾道：“当中国影片初起的二三年间，制片公司竟然有一百余家之多，现在呢？继续不断地轮流出片的公司，只存寥寥的几家了。其余百分之九十吃尽当光，关门大吉。……粗制滥造的投机分子已经失败。”而他的制片公司——电影业龙头老大——明星公司则“确乎平平稳稳，蒸蒸日上，……明星公司的营业，一年超过一年……牌子越做越好，

---

* 本文选自《中国现代通俗文学史》第14章之第2节、第4节。北京大学出版社2007年1月出版。

越做越有信用哩”①。明星公司之所以成功，是公司的核心人物有事业心，并且组成了一个编剧、导演和经营人才的“黄金搭档”：编剧郑正秋，导演张石川，经营周剑云。这“黄金搭档”中的编、导的艺术观也不是没有矛盾的，“郑正秋坚持艺术应‘教化社会’，而张石川……‘处处惟兴趣是尚’”②。但郑正秋懂得，这矛盾也并非是一个“死结”，只要有好的剧本，剧本能引起观众的兴趣，也就符合了张石川的“兴趣是尚”；而有兴趣的题材也同样可以有教化作用。教化加兴趣，电影岂非更加完美？1924年，郑正秋改编了鸳鸯蝴蝶派“祖师”徐枕亚的《玉梨魂》，取得了一定的社会与经济效益。这是中国第一部将当代作家的作品搬上银幕的电影，由“张石川导演，王汉伦饰梨娘，王献斋饰梦霞……演来丝丝入扣，且请枕亚亲题数诗，映诸银幕上，女观众有为之揾涕”③。郑正秋改编时，着重表现旧礼教压迫下的梨娘的巨大痛苦和她复杂的内心活动中“情”与“理”的冲突，从而使该片具有了较深刻的社会批判意义。当时，有一篇《〈玉梨魂〉之评论观》写道：“此剧为一问题剧，问题即这‘寡妇是否可以（可以二字，是一种可能性，阅者请不误解）再嫁？’这个问题，非旧礼教的忠臣孝子，多承认有可能性了。此片虽没有直接说出‘寡妇再嫁之可能’，但在寡妇不得再醮惨状的描写内及旧礼教的吃人力量的暗示内，已把‘寡妇不得再醮’的恶制度攻击，间接的提倡与鼓吹‘寡妇再嫁’的可能了。（可能二字，是指寡妇欲再嫁的，尽可再嫁，不愿再嫁，那末只得尊重她与死人的恋爱了。）此种主义，合于新伦理，合于新潮流，合于人道的。有人说它‘提倡节妇’，未免近视了吗！……此剧为哀情，故多内心的动点。内心表演的感动力最大，感动力即为影片生命的生活素。”④也许是从这次的改编成功中得到了启发，郑正秋觉得要解决当时的“剧本荒”，就得去请教当时的作家们。他想起了包天笑与其所译的长篇《空谷兰》。可是当他去请包天笑“出山”时，包天笑说他是“问道于盲”，他不懂写电影剧本：

> 有一天，郑正秋便到我报馆里来了，他说：“明星公司要拜托先生写几部电影上的剧本，特地要我来向你请求。”我说：“你们真问道于盲了，我又不懂

① 郑正秋：《为中国有声影片告各方面》，载《〈歌女红牡丹〉特刊》，大东书局1931年4月出版，第5页。

② 郭华：《老影坛》，安徽教育出版社2004年版，第17页。

③ 郑逸梅：《我所知道的徐枕亚》，载（香港）《大成》第154期，1986年9月出版，第36页。

④ 冰心投稿：《〈玉梨魂〉之评论观》，《电影杂志》第1卷第2号，1924年6月出版，第（辛）1页。当时杂志刊登读者自发来稿时（即外稿）一般加“投稿”二字，而这位冰心也不是我们熟知的冰心女士，因为冰心女士1924年正在美国留学，所以可以肯定是一位“同名者”。

得怎样写电影剧本，看都没有看见，何从下笔？”正秋道：“这事简单得很的，只要想好一个故事，把故事中的情节写出来，当然这情节最好是要离奇曲折一点，但也不脱离合悲欢之旨罢了。”我笑说：“这只是写一段故事，怎么可以算做剧本呢？”正秋说：“我们就是这样办法。我们见你先生写的短篇小说，每篇大概不过四五千字，请你也把这个故事写成四五千字，或者再简单些也无妨。我们可以把这故事另行扩充，加以点缀，分场分幕成了一个剧本，你先生以为如何？”……这个所谓电影故事、电影剧本，我从来未写过，倘如现在郑正秋所说的，那真是简单不过的，也何妨尝试一下呢。我还未及回答正秋的话，他又说道：“明星公司同人的意思，请你先生每月给我们写一个电影故事，每月奉送酬资一百元，暂以一年为期，但电影故事可以慢慢地写，最好先把你的两部长篇小说《空谷兰》与《梅花落》，整理一下，写一个简要的本事，我们很想把你的两部小说拍为电影，想不见拒吧。”①

郑正秋提出的“情节最好要离奇曲折一点”，当然是张石川的“是尚”，这实际上也是吸引观众的“磁力”。《空谷兰》放映后，连连满座，使包天笑与明星公司均大喜过望。在包天笑“触电”之前，有的鸳鸯蝴蝶派作家已投身于电影事业，其中最有名的是《歇浦潮》的作者朱瘦菊（海上说梦人），他曾是大中华百合影片公司的总理，也编导过不少电影，后期的朱瘦菊是以专业电影工作者的身份出现的。但包天笑的《空谷兰》的成功在通俗作家中的影响是更大的，各影片公司因此就很欢迎通俗作家介入电影创作，到各影片公司去“客串”的为数真不少，计有程小青、周瘦鹃、姚苏凤、郑逸梅、严独鹤、徐卓呆、汪优游、顾明道、张碧梧、徐碧波、陆澹安、王钝根、施济群等等。他们用多种方式对中国的早期电影作出了贡献。

郑正秋与包天笑的一席谈话，实际上是包含着中国早期电影创作的一些规律性的问题。当时中国还在“默片”时期，电影还是一个“伟大的哑巴”。那时的编剧不过是“出”一个故事而已，它用不到什么台词对话之类，明星公司要包天笑提供的是一团“酵母”，这团“酵母”一是要有一个离奇曲折的吸引观众的故事，二是以上海市民为中心，要特别懂得他们的心理，“迎适”他们的口味，南甜北咸，各有自己习惯的美食口感，这一定要调适好，不能只是“叫好不叫座”。当时的“默片”电影，除编剧之外，还得有一个叫做写“说明”的人（有时是编剧兼说明）。“说明”就是写“字幕”。包天笑在《说字幕》一文中说：“影剧者，无言之剧也，于种种

① 包天笑：《钏影楼回忆录续编·我与电影（上）》，（香港）大华出版社 1973 年版，第 95—96 页。

表现中，失一语言之重大条件，于是欲以文字弥其缺，则谓之字幕。……盖字幕之优劣，有左右电影之力量，佳妙者平添无数之精彩，而拙劣者，减削固有之趣味。”[①]“说明”往往是对“编剧”所出的故事进行一次“再创造”。后来实践的结果，包天笑不仅能写故事，而且他的这支笔，也特别擅长于写字幕，于是当时明星公司郑正秋编剧时，又大多请包天笑写“字幕”。包天笑说得很“幽默”：“那些女明星，不过樱唇一动，而我们就要代她说出一句话儿来，并且这话儿一定要说得相当得体。我笑说，我们做八股文，人家说是‘为圣人立言’，现在做‘字幕’，却是为女明星立言了。”[②]包天笑与明星公司“订约”的一年中除《空谷兰》外，还创作和改编了不少电影故事。如《良心复活》是包天笑将托尔斯泰的《复活》改成一个中国化了的故事，又名《忏悔》，观众看了很受感动。一直到老年时，包天笑还念念不忘这部电影中的精彩片段，例如“追火车”这一场景：

> 为了有一场“追火车”的外景，明星公司已与上海火车站商量，得其同意，作实地映摄。那天的(杨)耐梅真卖力，一面追火车，一面作出颠跌之状，颈上的围巾，被风飘去也不管，直追至月台尽处，快快而归，满面失望悲哀之色，真演得入情入理呢。这还是无声电影呀！但这一场真是“此际无声胜有声”，大家一望而不觉得悲从中来的。……(托尔斯泰的)书名曰《复活》，我拟的剧名也是《复活》，但郑正秋一定要加上“良心”两字，这剧名叫做《良心复活》。这是他们的生意眼，怎么依你书生之见作主观呢？[③]

还有郑正秋也改编了包天笑创作的短篇《一缕麻》(片名改为《挂名夫妻》)。据包天笑说，这是阮玲玉作为主演，第一次上银幕。这个短篇确能算是名篇，之所以被称为名篇，是因为梅兰芳曾将它改为京剧，而袁雪芬、范瑞娟又将它改编为越剧，颇享盛誉。

《空谷兰》后来成为明星公司的保留片，也成了该公司的早期重要代表作。1934年又重新拍摄，改由“影后”胡蝶饰女主角。1935年2月，周剑云、胡蝶等组团赴苏联参加国际电影节，《空谷兰》一片也“随行”，以后在德、法、英等国公映，反响热烈。包天笑这部影片也是深得上海观众的喜爱的，他自己说过：“当时上

---

① 包天笑：《说字幕》，载《明星特刊》第5期，《盲孤女号》，大东书局1925年10月出版，第1页。

② 包天笑：《钏影楼回忆录续编·我与电影(上)》，(香港)大华出版社1973年版，第97页。

③ 包天笑：《钏影楼回忆录续编·我与电影(下)》，(香港)大华出版社1973年版，第103—104页。

海的观众，却喜欢看此种情节曲折的男女悲喜剧。”①明星公司靠他的剧本“迎适”都市观众时，也注意去挖掘剧本中的“教化作用”。郑正秋事后也提到，他在拍摄这部电影时思考的是自由恋爱与婚姻问题，大小家庭的优劣问题，亲子之爱与儿童教育这五个方面的教化问题等等。②

上述说的是以包天笑为代表的通俗作家与早期电影工作者在编剧和写字幕说明等方面的亲密合作，参与了这一庞大文化产业中的商业运行。可是还有一个很重要的例外，那就是纯粹想过把戏剧瘾，而又要尝试以电影这一种新兴艺术形式展现他们的才能；他们盈利意识淡薄，却出于对戏剧的热衷与爱好，此中最典型的人莫过于徐卓呆（半梅）与汪优游（仲贤）了。这两位在“文明戏”时期就能编能导能演的“全能”人才，又在小说创作中各曾有过不俗的表现。在20世纪20年代他们也看好电影，很想施展一下抱负而苦于缺乏资金。别人告诉他们一个电影公司起码投资十万，他们两人勉强只东拼西凑了五千。有一位自备电影拍摄机的摄影师愿与他们合作，于是他们就找了几位志同道合的合作者，自编自导自演，有时徐卓呆的夫人汤剑我也要参加扮演角色，一个以拍摄喜剧片为主的名叫“开心”的电影“厂”就这样开办了。他们的厂徽是猪八戒正在吞吃一枚钥匙，寓意着“开心”。欧阳予倩说汪优游是“生、旦、老旦、正派、反派、喜剧、悲剧都能演，而且都演得好”③的难得的人才，徐卓呆也是自称中国“卓弗林”的喜剧人才。他们的“厂”办得很节俭，有时要讲交情去借用人家的布景，或在人家即将要拆除的布景中赶拍，徐卓呆称之谓“拾香烟屁股”（对弃置废物的再利用），条件是拍好后“义务”拆除这堂布景。这种为电影艺术的执著精神是可贵的。在1926—1927年两年内，陆续拍了20多部电影，为中国早期喜剧电影作出了有益的探索。

除了编剧方面的贡献之外，通俗作家在影评上也有所建树——这批作者几乎包揽了20世纪20年代各电影杂志的评论文章。其实他们的理论水平从总体说来是较低的，他们对西方传入中国的一套文艺理论也相对比较隔膜。可是在那时，新文学界不屑介入这些杂志，那么他们就采取“包办主义”了。这种文章大致分为两类，其一是当时即期放映的电影评论。如中国第二部有声

---

① 包天笑：《钏影楼回忆录续编·我与电影（下）》，（香港）大华出版社1973年版，第99页。

② 详见郑正秋的《摄〈空谷兰〉影片的动机（上）》，载《明星》第6期《〈可怜的闺女〉号》，1925年11月12日出版，第1—2页；《摄〈空谷兰〉影片的动机（下）》，载《明星》第7期《〈新人的家庭〉号》，1926年1月1日出版，均为大东书局版，第1—2页。

③ 欧阳予倩：《谈文明戏》，载《中国话剧运动50年史料集》，转引自梁淑安主编《中国文学家大辞典·近代卷》，中华书局1997年版，第196页。

影片《如此天堂》公映后，在1931年10月出版了一期《〈如此天堂〉特刊》，程小青、程瞻庐、顾明道、范烟桥、天虚我生、张恨水、陈大悲、严独鹤、周瘦鹃都写了评论，一致赞扬了这部电影。该片的主旨是“上海的舞厅乃堕落之窟”。在当时中国的市民中，男女握手之礼还不普遍流行，现在忽然男女相拥、翩翩起舞，广大市民为之不解；更何况有了舞厅之后，又惹出许多骇人听闻的桃色事件来，本埠新闻中天天报道，更使有些人痛心疾首。因此，这些文章的基调是属于市民心态的道德评判。有的文章认为西洋的文明之风没有学到，怎么去学了“野蛮之风”，对都市的道德沦丧表示了极度的关心。而说得最到位的要算周瘦鹃：“其实跳舞并非坏事，欧美的上流社会，以跳舞为社交上必要之事；国家的庆祝大典中，也总得有跳舞之一项，并且是极庄严郑重的。不幸跳舞一到了上海，就被认为罪恶，实在也为的上海一般以营业为目的的跳舞场，大半为荡子妖姬所盘据。”①用现代的话来说，周瘦鹃的意见基本上能与“世界接轨”，而以传统道德观加以评判是有局限性的。举此为例是说明他们之间的眼光是有差距的，但从整体上看，其理论的着眼点较为陈旧。但是有一点却应该肯定，他们是有“道德底线”的，那种引诱人们堕落的东西为他们所憎恶。那些打着通俗娱乐的旗号、卖庸俗低下货色的勾当，也为他们所不齿。第二类理论文章是他们对若干“类型电影”中的问题发表了自己的看法，如周瘦鹃的《说伦理影片》，范烟桥的《武侠影片之摄制难》和《历史影片之价值》，包天笑的《历史影片之讨论》和《古装影剧之与剧本》，顾明道的《哀情影片之商榷》和《电影剧本采取旧小说之我见》，曹痴公的《我对于笑剧的感想》，等等，都或多或少发表了有益的意见。如范烟桥在《历史小说之价值》中认为，历史小说的最大价值在于“追述古代民族之兴亡”的教训，而现在则“专从情节离奇热闹”着眼，“未免舍精华而就糟粕”②。而周瘦鹃从《儿孙福》这部电影说到家庭伦理，指出二十四孝中的王祥卧冰、孟宗哭竹是“愚孝”，但他在否定“愚孝”的同时，理直气壮地提倡中国传统道德规范中的“孝道”。从中也使我们体会到，他们有些思想却是代表着我们民族的传统美德的。

郑正秋与张石川的明星公司在电影事业上取得成就后，就有志于做新的突破，其中一个重要的奋斗目标就是要试拍中国自己的有声电影。要做这一尝试，需要大量的投资；而这时的明星公司因摄制多集《火烧红莲寺》等影片，资金就

① 周瘦鹃：《发人深省的〈如此天堂〉》，载《〈如此天堂〉特刊》，大东书局1931年10月出版，第1页。
② 范烟桥：《历史影片之价值》，载《电影月报》创刊号，1928年4月出版，第1页。

相当雄厚了。说到1928年起，因《火烧红莲寺》的拍摄，在中国掀起了一股神怪片与火烧片的狂潮。“据不十分精确的统计，1928—1931年间，上海大大小小的约有50家电影公司，共拍摄了近400部影片，其中武侠神怪片竟有250部左右，约占全部出品的60%强，由此可见当时武侠神怪片泛滥的程度。”①这当然是有一定的消极作用的，但对《火烧红莲寺》这样的作品，还应采取一分为二的态度。当时某些精英作家曾因上海市民对这一连续影片的狂热，而批判它取悦于“封建小市民”，是一剂“迷魂汤”。其实“封建小市民”这个概念并不属于马克思主义的阶级分析法范畴。这仅仅是知识精英对他们看不惯的庸众言行的一种蔑称而已。这些市民虽有俗言俗行，可是这些言行的“主人”在里弄中是“小市民”，可是就他们的职业来看，可能是某纱厂的女工，或底子是来自乡间雇农的人力车夫，用阶级分析的“出身学”去衡量，他们最终还是革命的动力。这或许是源于高尔基所写的剧本《小市民》，剧中的主人公别斯谢苗诺夫是个庸俗而空虚的人，而我们又在“小市民”的头上冠以“封建”两字，作为一种狭隘、保守、自私、无聊、迷信的庸众的“代名词”。他们在观看《火烧红莲寺》时那种狂热的态度，也许是极可笑的，可是在不久之后的抗日战争中，那种支配他们在影剧院中狂呼的善、恶、邪、正的爱憎感，就是他们在前线战壕里义无反顾地献出生命的动力。在武侠小说和影片中，这种爱憎感只要表现得当，还是有可以肯定的因素的。而明星公司也就是用《火烧红莲寺》的收入甚丰的票房，作为昂贵的有声片的投资。

中国第一部有声片《歌女红牡丹》的拍摄成功，是郑正秋、张石川这些中国老牌电影人、进步的新剧艺工作者洪深与严独鹤等若干通俗作家等人的通力合作所取得的突破性的成果。在20世纪20年代，外国有声片特别是美国有声片大量倾销我国。当时就有人说我们中国的影片怎么能让它也“开口”呢？可是有人说，它像“一个未满周岁的小孩子一样，怎么叫他会开口呢？”“我们能好好地把这个孩子养大，等他到了三岁四岁，总要开口的。”其间有“一位法国的奶妈，她说可以用科学方法，能够使刚满周岁的孩子，提早开口，不过先要检验孩子的体格是否强壮，向来看培养他的保姆是否得当”②。后来就同那位法国“保姆”合作起来了。而明星公司与百代公司联合投资12万元，一百多演职员花了6个月的心血，没日没夜地苦干，历经4次失败，每次录音失准，不少演

① 范烟桥：《历史影片之价值》，载《电影月报》创刊号，1928年4月出版，第1页。

② 张石川：《〈歌女红牡丹〉的成功不是一椿偶然的事》，载《〈歌女红牡丹〉特刊》，大东书局1931年4月出版，第2—3页。

职员甚至失声痛哭，终于在第5次取得了成功，于1931年3月3日在光陆大戏院试片，3月15日在新光大戏院公映。这两个电影院原是外国有声片的地盘，当时真可谓扬眉吐气！关于此片的编剧，周剑云有这样的介绍：剧本用了"一位无名作者庄正平先生的大作，题名《歌女红牡丹》，庄先生写了一篇很详细的故事"。经讨论通过后，"交给洪深先生写对话"[①]。但据说，这庄正平就是洪深的化名，那么这就是周剑云的故弄玄虚了。不过，明星公司多次召开剧务会议讨论剧本修改却是事实，严独鹤回顾道："曾遍请文艺界同人，共同商酌。经过许多次的剧务会议，经过许多人的讨论修改，才将剧本决定，鄙人也是被邀参加会议的一分子。"[②]洪深在美国学习戏剧专业6年，剧中的对白写得十分精彩。《歌女红牡丹》写一著名坤角，因奉母命，所嫁匪人，无赖的丈夫使她坎坷一生，她最后"倒嗓"沦为三四流角色，但她却总是逆来顺受，委曲求全。全剧的最后一句话，是一位真正爱这歌女而又爱莫能助的青年发出的沉痛感慨："教育受得太少，老戏唱得太多。"真耐人寻味，能使观众反刍深思。电影公映时，周瘦鹃、程小青、严独鹤、戈公振等人都在特刊上盛赞这部电影在中国电影史上的划时代成就。

洪深在1935年撰文谈过一个很重要的问题，大意是说"陈义过高"有时也会脱离实际的："我觉得世界上有两种悲剧，一种是落在时代之后；……就是他的时代已经过去了，他该当死了，但偏老而不死。还有一种悲剧，是跑在时代之前；……他的时代还没有到，他所做的事情和所说的话，当时的人都不以为然；必须过了些时，才会觉得他是不错。"他举了一个自己在1922年说的话为例，然后得出一个结论："是的，这些话在1922年7月说，似乎太早了一点，如果能移后十来年，到1932年，1933年，1934年7月来说，自然就时髦了，所以，我的《冯大少爷》、《爱情与黄金》、《卫女士的职业》等批评人生的戏剧，在那时恐怕也是太早了一点罢。"[③]看来中国电影须经历一个1921—1931年的商业化经营"培育期"，使这个婴儿在从诞生到牙牙学语的过程中艰辛成长。鸳鸯蝴蝶派作家与早期中国电影工作者合作完成了电影幼年期的历史使命。虽然以后他们还在电影界发挥一定

---

① 周剑云：《〈歌女红牡丹〉对于中国电影界的供（贡）献及其影响》，（香港）大华出版社1973年版，第10页。

② 严独鹤：《国产有声电影第一声》，（香港）大华出版社1973年版，第20页。

③ 洪深：《我的打鼓时期已经过了么？》，载《良友》第108期，转引自程德培等编《良友人物》，上海社会科学院出版社2004年版，第174—176页。

的作用，如严独鹤编剧的《啼笑因缘》曾轰动一时[①]，以及张恨水的其他小说如《满江红》、《似水流年》、《欢喜冤家》等摄成电影也受到观众的欢迎。但时代总是在不断进步，加之1931年的“九·一八”和1932年的“一·二八”使民众群情激昂，促使我国的电影事业在国难声中很快步入了一个左翼电影主流期。那时郑正秋等人敦请左翼作家合作，而左翼作家也有进军电影界的愿望。但如果你要将左翼电影比作一位健全的青年，那么我们也不应否定他童少时代的“幼年期”，历史不容割断。空摇篮里变不出一个茁壮的青年小伙子。

二　20世纪20年代的“画报潮”

20世纪20年代的真正的所谓“画报热”是指那时出现了30种左右的3日刊画报。其发起者是毕倚虹，他首创的《上海画报》深受老百姓的欢迎，印数高达万份（在当时算是一个很大的发行量了）。于是效者纷起，可是不久却纷纷停刊，又只剩《上海画报》一家得以坚持。这一起得快、落得也快的“画报热”，也算是20世纪20年代上海文坛的一道特殊的风景线了。

1925年6月6日毕倚虹首创4开4页，以照相制版的相片为主的、图文并茂的《上海画报》。由于用道林纸印刷，图像清晰，画面生动，文字活泼，出版周期短，而使大众耳目为之一新。为什么要在6月6日出版？这是毕倚虹以此纪念自己的生日。可是在出版前夕，正逢“五卅”惨案，毕倚虹毅然调整创刊之初的几期版面，图文皆以报道“五卅”惨案、以控诉与揭露帝国主义的凶残面貌为主要内容。在1929年该刊纪念创刊4周年时，毕倚虹的友人回忆道：“4年前之五卅日，倚虹在天津路一室草创《上海画报》。是日下午，予道经南京路，适遇学生流血惨案。退访倚虹，且同至红十字分医院，视察伤员。《上画》第1期之图及文稿因大变动。”[②]《上海画报》创刊号及时反映了这一震惊中外之流血惨案，毕氏在编者按中说：“此次沪上发生空前之惨剧。南京路一带，戒备甚严。行人且不易通过，故摄影等事，无从着手。本社特请心心照相馆，于无可设法中，摄取数影付印，以供众览。”[③]从中可以知道，帝国主义者为了封锁消息，在南京路及其附近地区实行戒严，而心心照相馆虽开在南京路上，但也只

---

① 《啼笑因缘》因明星公司与某公司双方都拍摄了这部电影，而某公司注册在前，因此状告明星公司侵权，一场官司打得沸沸扬扬。后经调解，达成协议，明星公司赔偿某公司损失费9万元（一说赔偿10万），某公司放弃拍摄和放映权，明星公司大花血本、精心摄制的《啼笑因缘》才得与广大观众见面。

② 宝凤阁主：《四年前》，载《上海画报》第474号，1929年6月6日。

③ 编者：《感谢〈心心〉》，载《上海画报》创刊号，1925年6月6日。

能远远摄取几个镜头。这些摄影有《凄凉之南京路》、《南京路之西兵防守》、《学生在华界沿途自由讲演》、《学生大游行之一部》、《热心之学生捐募队》等，还有丁悚的揭露帝国主义暴行的漫画。文字则有毕倚虹自撰的《沪潮中我之历险记》，记述在惨案发生的当天，他险成"西兵"枪下之鬼。他写道："租界者，中国之土地，以条约之关系，租赁与外人者也。今租我土地者，对于土地之主人翁，如此之待遇，为主人者，其何能堪？思之，思之，夫何因而至于此耶？余个人之历险，一极渺小之问题。余不惮琐琐而记述者，俾世人因余一人之历险，可以推测当时上海租界中居民之恐怖耳。"①以后几期连续报道惨案之余波。如第2号，以首要篇幅刊登《约翰潮》②，报道圣约翰大学学生在爱国学生运动中与美国校长之争执。第3号则刊登大幅照片：《圣约翰大学及附中全体退学时之摄影》、《课堂中之激昂》、《出门时之一致》。③

《上海画报》创刊号的封面当时已来不及改换了，用的是《上海美术专门学校人体写生科摄影》，文字说明为"上海美术专门学校，为刘海粟氏创办。国中用模特儿，实习人体写生，亦为该校所创始。当时社会中腐旧之人物，颇加非难。刘氏不为淫言所摇动，毅然进行，使美术界上呈一种新气象，皆刘氏力也。顾外间不察，对模特儿一事，犹多怀疑，甚至造作种种谰言，致多误会者。本报记者，特请于刘海粟氏，将该校生徒，实习人体写生时，摄影刊布，俾明真相。高坐裸体者，即模特儿也。"图片与说明，格调也是不低俗的。到第2号刊头画才换上《群众在闸北大会集》，是一个万头攒动、旌旗招展的群众爱国义愤大场面。

在《上海画报》第7号(1925年6月24日出版)上有毕倚虹的《张学良氏与本报记者之谈话》一文，记述1925年6月22日访问张学良的经过。那天张学良下午2时要离开上海，但在这样匆忙中，得到通报毕倚虹来采访，就在12时10分与毕氏谈话：

欣然与余握手……张邀余就其案前沙发坐，张第一语即莞尔曰：吾与君虽第一次晤谈，然君之文字，已晤见久矣。余略谦逊。张氏又曰，惜君今日过我太迟，行色匆匆，不能与君多谈，为憾事耳。余曰，军长今日行乎。张氏曰然，余决今日行，非特余行，即余带来之军队，今日亦一律带

① 毕倚虹：《沪潮中我之历险记》，《上海画报》创刊号，1925年6月6日。

② 毕倚虹：《约翰潮》，载《上海画报》第2号，1925年6月9日。

③ 照片载《上海画报》1923年6月12日，第3号。

> 去。余曰，军长今次领军来沪，为保国卫民来，今遽北去，沪人似颇失望。张氏曰，余去，此间已委邢司令来（语时用笔写邢士廉三字于白纸上示记者）。邢有兵八千驻此也。语至此，张氏稍默然。余又曰，沪案之前途，军长之意见果何如？张氏毅然曰，余行矣，余不欲于此时间，有所发表（语时，似胸有成竹，面貌间，微露烦闷之状）。记者此时，亦不便再与张氏谈此重大问题。乃以近三期之本报，赠诸张氏。张氏笑纳。余曰：敝报愿得一军长之肖像，影印报端，张氏曰可。立呼从者，问余之行李，已上车乎，脱未上车者，余将取一照片。从者闻命下楼。移时报张氏，谓行李已运车站矣。张氏语记者曰，吾登车后，必取一奉赠，且署名于上。余曰甚感谢。此时张氏之从者，频频以函牍文书进，张氏与记者语，一面更裁夺诸事，而案上更有未披阅之函牍甚夥。余信此时为张氏最迫促宝贵之光阴，不能多留，乃起与张氏别。张曰今日行矣，恕不能共君长谈。记者亦以为国自珍祝张氏。张氏送至门首。张语记者曰，与君通信，即寄画报馆乎？余曰然。此时余要求张氏，请其今后择军队中可以发表之图画，时时见寄，敝报乐为披露，使群众明了真相。张氏欣然点首曰可，今后余当以照相续续贻君也。握手遂别。

在这段文字中，当然可以看到张氏的谦和与平易近人，但也能看到他是早就熟悉毕倚虹的文字而对毕倚虹也颇有好感与敬意，应该说是神交已久。事后张氏兑现了赠照之诺言，在两天后，亲题赠之照片已见报矣。而毕倚虹也为张学良留下了很精彩的一笔，其实张氏的那种“胸有成竹”的“微露烦闷之状”要到 1936 年“双十二事变”时才得以爆发。

毕倚虹创办《上海画报》实际上是他生命的最后一年，可以说，他也是“以身殉报”。周瘦鹃在《哭倚虹老友》一文中回忆道：“去岁创办本报，风行一时，编辑营业等事，以一身兼之，每出版之前一日，恒亲赴印刷所，俟阅大样，往往通宵不寐，况瘁可知。”[①]在钱炯炯的《呜呼毕倚虹先生》中也写到毕倚虹于“五卅案起，各报游戏文章停刊，独毅然发刊《上海画报》，力持正义，风靡一时，京津报房以电索报者踵相接，望风而起者达十余家。有‘画报热’之目。首创此体例者，则先生也。然先生终以此积劳而病，是先生无负于画报，画报有负于先生矣。……病益加剧，一再商恳，嘱为绍介，以画报归诸四合公司。愚告以

① 周瘦鹃：《哭倚虹老友》，载《上海画报》，转引自《紫罗兰》第 1 卷第 13 号《呜呼毕倚虹先生专号》，1926 年 6 月出版，第 7 页。

推周瘦鹃先生总编辑。先生笑曰,付托有人矣”[①]。

毕倚虹编《上海画报》大概只有80期左右。他在1926年1月2日在家中病榻上写了《余之新年回顾谈》,这篇“敬告读者”词也可视为毕倚虹的绝笔了。他回顾当画报初创时,“日售万页,为从来办报者所未有,老辈诧愕,惊为奇观,……每值出版之前夕,伏印刷所短案终宵,躬自校雠排比,天明日出,驱车始归,当时虽苦,今日回忆,正第一乐境”。一个月后,就有几位同事“高引”,有人自己去办3日画刊去了。最后只剩丁悚与他两人,而丁悚又就职于英美烟草公司,也只能于业余时间为画报尽心竭力。而报纸印到30—40期间,日渐模糊,于是又与承印商“奋拳抵几,舌敝唇焦”,他再三监督,弄得“人乃如鬼,报亦如牛头马面矣。嗟乎,余最痛心者,阅者以有用之金钱,宝贵之光阴,看我模糊不清之报,余之愧悚,为何如耶。每届报出,稍清晰者,为之释然;一片模糊者,揽之欲涕。吾无资力,以置印机,坐令承印者,将吾报优美文字图画,减色而又减色,减色而又减色,吾之愤懑,为何如耶? 天下事,愤懑于胸,不能发泄者,最能伤人,故于11月后,病乃日剧,两臂酸痛,不能执笔,属稿口授亲故为之……”他在文中几乎每写一段就徒呼一声:“余负报,余负读者!”而他也讲到稍稍可自慰者是“吾报未出以前,海上无独立三日刊之画报,吾报既出,效者踵起,规模格局,十九惟吾是式……”他终于不得不告别熟悉他的读者了:“改岁以来,余自信以余之精神,余之经济,余实无管理《上海画报》之可能,勉强为之,余病剧增,报益退化而已。余负报,余负读者更甚。余乃于最短期间,决心以简单条件,渡让有实力者,继续管理此《上海画报》,凡吾今日,感受痛苦诸点,后来者或能一一改良,如吾之最初希望,则余虽负报,而终不负报,虽负读者,而终不负读者。新年写此,顺祝读者健康。”

以后周瘦鹃不仅努力办好此报,而且此类3日刊之画报发展到了30家之多。在《上海画报》两周年之际,记者刊出一篇《画潮记》:

> 3日刊的画报,在中国是本报创始,毕倚虹先生的心血,大半消磨于此,所以本报同人不敢使它失败。倚虹先生在14年今日发刊本报之后,时仿效者达30余种,其间不乏青胜于蓝,尤以《三日画报》为最。可惜都先后停刊了。3日刊的画报,只剩本报一家。赞美本报者,就是鲁殿灵光,本报不但不敢以此自诩,倒觉得独立苍茫,大有沧桑之感呢。所望本报同

① 钱炯炯:《呜呼毕倚虹先生》,载《上海画报》,转引自《紫罗兰》第1卷第13号《呜呼毕倚虹先生专号》,1926年6月出版,第2页。

志和读者诸君，时时惠我文字摄影，使本报日有进步，感激还用说吗？左方28种画报报眉，是王削颖先生代为搜集，就我们所知道的，还少《小画报》和《图画美报》二种，将见觅到之后，作为补遗罢。①

为什么会在两年之内其他的小报皆纷纷倒闭，而只剩了《上海画报》一家的呢？这皆是市场经济规律在发挥作用。钱炯炯在《上海之小报潮》一文中为我们算了一笔经济账："何以画报日就衰落，小报则方兴未艾？斯盖经济组织上之难易不同也。试略举小报经济状况，印刷费1 000份连纸，只需8元，加印每1 000份加3元，至少以5 000份计，每次出版需资本20元，批发最低每张铜元一枚，5 000份得50千，以之抵印刷费，目前稍患不足，前此则有盈余。益以广告费可以支撑矣。画报则不然，较诸小报印刷纸张之费，超出10倍而强。"②如此，上海当时的小报又上升到20多家，如《晶报》、《大报》、《自鸣钟》、《金刚钻》、《上海滩》、《笑报》等等；而画报就只有《上海画报》一家在坚持了。一直到1930年，出到500期以上才停刊的。

毕倚虹在掀起画报热中是发挥了重大作用的。他也可以说是有敬业精神而"鞠躬尽瘁"。他于1926年5月15日逝世。有子女7人，还有一遗腹子在缪夫人腹中。缪夫人在他弥留时，先仰药殉情了，亲友们发现后急送医院救治。等缪夫人脱离危境回家时，毕倚虹已入殓，缪夫人只能抚棺一恸。包天笑在悼念文章中写道：

缪夫人以上午自医院归，则但见赫然一棺，不复见倚虹之面。抚棺一恸几绝。于是儿女辈均号哭失声，亲戚中之劝解者亦哭，家人仆妇亦哭，邻里亦哭，吊客之车夫亦垂泪不已，酿成一片眼泪世界。然则人类固亦为有感情之动物欤。倚虹撰小说，常能叙悲，而选题尤妙，如所谓《人间地狱》、《极乐世界》等等。抑知君之室中，乃有一哀情好小说曰《眼泪世界》。汝其起地下而一执笔乎。呜呼，我书至此，亦为眼泪世界之一国民矣！③

一颗通俗文坛的彗星就这样陨落了，时年34岁。

---

① 记者：《画潮记》，载《上海画报》，1927年6月6日。
② 钱炯炯：《上海小报潮》，载《上海画报》第125期，1926年6月27日。
③ 包天笑：《送丧记》，载《紫罗兰》第1卷第13期《呜呼毕倚虹先生专号》，1926年6月出版，第4页。

多元共生论

我心目中的中国现代文学史框架*

一

中国文学现代化的进程肇始于19世纪20世纪之交，这一时期中国文学取得的历史性成就远远超过20世纪21世纪之交的成就。因为前一个世纪之交正值中国文学的转型期，也即从古典型转化为现代型。这种划时代的成绩是显而易见的。可是后一个世纪之交，文学没有发生什么“质”的变化，也没有什么标志性的作品的出现，就这样平平稳稳（也许可以称作平庸）地跨过了庄严的世纪之线。可是前一个世纪之交是以“小说界革命”为龙头标志作腾越式前进。它的标志性文章是几道（严复）与别士（夏曾佑）发表在1897年天津《国闻报》上的《本馆附印小说缘起》。严复当时正翻译好《天演论》，而这篇“缘起”简直可称作《天演论》的文学版。严、夏二人是有世界性的视野的，也懂艺术规律。但是这样一篇连载了十多天的长篇大论的重要文章，竟用了这样一个“事务性”的题目，使我感到非常可惜。另外还有一点应该提及的，“本馆”究竟附印了哪些小说呢，查一查竟一篇也没有。梁启超在一则《小说丛话》中说：“天津《国闻报》初出时，有一雄文，曰《本馆附印小说缘起》，殆万余言。实成于几道与别士之手。余当时狂爱之。……《国闻报》论说栏登此文，凡十余日。读者方日日引领以待其所附印者，而始终竟未附一回，亦可称文坛一逸话。”①另一篇标志性的文章是梁启超于1902年写的，实际上是《新小说》的发刊词。我们不得不佩服梁启超，他不愧是一位宣传鼓动家。他的文章的题目实在叫得响亮：《论小说与群治之关系》。如果他也用《〈新小说〉发刊词》、《创办〈新小

---

* 2003年9月23日演讲于北京大学中文系“子民学术论坛”，首发于《深圳大学学报（社科版）》2004年第1期，《新华文摘》2004年第8期转载，收入《多元共生的中国文学现代化历程》，复旦大学出版社2009年8月出版。

① 梁启超：《小说丛话》，载《新小说》第7号，1903年9月6日版，第169页。

说〉缘起》之类,就没有现在的题目的效果了。这两篇标志性文章引进了外国先进的小说观,也强烈地提出了小说"新民说"。当然,梁启超说得过了头,好像小说是"万能"的,小说新民是"速成"的。另外他是位政治家,将小说与政治捆绑得太紧了,这对后代也产生了影响。但他的文章一经发表,国内的文学界业内人士都赞成他的这个说法。连远在广东的黄小配也响应说:小说乃"瀹导社会之灵符"[①]。而且梁启超不像严、夏二位,连一篇小说也不附。他很有魄力地办了一个《新小说》刊物,而且一印就是 7 000 册[②],真算得上开风气之先了。按照他的策划刊登了若干政治小说,还有若干政治性很强的历史小说。可是就连他自己写的《新中国未来记》在文学史上也是没有多少地位的。

这说明了一个问题,就是知识精英们的理论是超前的,但他们的创作干部队伍却远远跟不上。当时的情况是,他们提出了理论,可是缺乏创作实绩。而小说热潮的这把"火"倒是烧旺了,他们的锅子里无法烹调出鲜美的食物来。这把"火"对谁有利呢?我认为对通俗文学作家有利,也就是市民大众文学得了益。他们部分地吸收了梁启超等人的理论,同时也大量地发表小说。梁启超写小说是"专欲发表区区政见"[③],而他们是以强烈的谴责与讽喻对准清政府的官场与当时腐败透顶的社会现状,他们与鼓吹"新民"的梁氏也可算是同盟军了。他们的小说开始与传统的古典型的小说有所不同了,市民大众文学也在严氏、梁氏等人的理论的影响下改良自己。靠《新小说》成名的不是梁启超麾下的"小说家"们,而是吴趼人们和《二十年目睹之怪现状》等等谴责小说。接着,1903 年办了一个《绣像小说》,是李伯元主编的。1904 年办了一个《新新小说》,是陈景韩(即陈冷血,也许有人不熟悉这个名字,他后来成了名报人,从 1912 年起,他是《申报》的总主笔)等办的,后来包天笑也参与写稿。1906 年办了一个《月月小说》,是吴趼人与周桂笙办的。1906 年还出了一个《粤东小说林》,是在广州出版的;1907 年改名《中外小说林》和《绘图中外小说林》,迁往香港出版,是黄小配与他哥哥黄伯耀办的。1907 年上海办了一个《小说林》,是黄人与徐念慈(东海觉我)办的。除了梁启超一帮搞政治的人之外,黄人是东吴大学文科总教习,算是学院派(不过刊登的主要小说是曾朴的《孽海花》第

① 转引自方志强编著:《黄世仲大传》,夏菲尔国际出版公司 1999 年版,第 105 页。

② 数字根据《新串班本黄萧养回头全套》的台词,载《新小说》第 1 号,1902 年 11 月 14 日出版,第 171 页。

③ 饮冰室主人:《〈新中国未来记〉绪言》,见《新小说》第 1 号,1902 年 11 月 14 日出版,第 51 页。

21—25回等，也是谴责小说），其他办杂志的，基本上都是通俗文学作家，应该说，通俗文学在此期间是大繁荣。但他们在繁荣的同时，也在不断更新自己的面貌。

鲁迅的《中国小说史略》中提到了几部著名的狭邪小说，如《品花宝鉴》、《花月痕》、《青楼梦》和《海上花列传》。我认为《海上花列传》有着比较明显的都市通俗小说的特征。我在2001年第4期的《复旦学报》上，就提出过《海上花列传》是中国通俗文学现代化的开山之作。作者花也怜侬（韩邦庆）。他的小说的时代印记是突出了都市中的商人群体。这部狭邪小说中冶游上海花丛的主体不再是文人雅士，所以不是才子佳人模式。我在这里附带说明一点，在清末民初，上海的高等与二等的妓院，主要功能是公开的社交场所，当然也会有性关系，但这有一定的规矩，甚至要有一定的感情的。许多商业谈判都会在这种公开的社交场所举行。因此，在有的通俗小说中，将妓院与肉林是分得清清楚楚的，所谓"肉林"，那就是最低级的"野鸡堂子"，是名副其实的性交易场所。《海上花列传》的主角是"万商之海"中的大小商人，而文人在里面只是扮演清客的角色。重商观念已很明显，商品意识也较为强烈。小说的开端是写外乡人到沪落脚谋生的"移民"，那就是赵朴斋到上海投靠他的娘舅——参店老板洪善卿。以后许多通俗小说都采用了这条"文字漫游热线"，一开始就写乡下人进城，如《歇浦潮》、《黑幕中的黑幕》、《上海春秋》、《人间地狱》、《人海潮》等。这实际上是反映了上海这个移民城市的一大景观。小说主要写四对男女（女方都是妓女）的感情纠葛，甚至是忠贞不移的爱情生活。所以这是一部披着狭邪外衣的社会言情小说。韩邦庆是一位自视甚高的作家，我认为他"眼高手高"，很了不起。《海上繁华梦》的作者孙玉声劝他不要用吴语写小说，他说，曹雪芹能用北京话写小说，我为什么不能用苏州话写？孙玉声说，有的苏州话有音无字。他说，仓颉能造字，我就不能造字？他果然造了几个字，如"覅"、"朆"等，也通行了。他不仅小说写得好，也很有若干片段的精彩理论，写在他小说的《例言》与《跋》中（开始散见于《海上奇书》上）。例如，他一方面向《儒林》笔法学习，另一方面在结构上有自己独到的手法，以补《儒林》之不足。

> 全书笔法自谓从《儒林外史》脱化出来，惟穿插藏闪之法，则为从来说部所未有。一波未平，一波又起，或竟接连起十余波，忽东忽西，忽南忽北，随手叙来并无一事完，全部并无一丝挂漏；阅之觉其背面无文字处尚有许多文字，虽未明明叙出，而可以意会得之，此穿插之法也。劈空而来，

使阅者茫然不解其如何缘故，急欲观后文，而后文又舍而叙他事矣；及他事叙毕，再叙明其缘故，而其缘故仍未尽明，直至全体尽露，乃知前文所叙并无半个闲字，此藏闪之法也。①

所以胡适曾说过，《红楼梦》“在文学技巧上，比不上《海上花》”②等语。

我现在简单地介绍一下四位文学大师级的人物对《海上花列传》的高度评价。第一位是鲁迅，这是大家知道的。说它“近真”“平淡而近自然者”。胡适加过注释，大意说，这平淡而近自然是很高的评价，是不容易达到的境界。大概胡适对小说印象特佳，所以怕大家不理解鲁迅的话。其实鲁迅对作者的高度评价是“固能自践其‘写照传神，属辞比事，点缀渲染，跃跃欲生’（第一回）之约者矣”③。你看，韩邦庆的口气就是大，还没有写，就说自己的作品会如何如何好，而鲁迅则承认他是“自践其约”了。胡适不仅说小说是“吴语文学的第一部杰作”④，极口称赞，还为1926年的亚东版的《海上花》写了长篇《序言》，认真地考证了作者韩邦庆的生平。我们现在所知的生平不多，即使是这一点点，就有胡适的功劳在内。刘半农也写了长篇论文《读〈海上花列传〉》，盛赞他的人物形象写得好，是“立体”的，而不是“平面”的。作为一个语言学家，他说：“在语学方面，也可算得很好的本文。”⑤第四位是张爱玲。她在晚年花了10年时间，先将《海上花》译成英文，然后再将这部吴方言杰作译成普通话，即《国语本〈海上花〉》。这样，不懂吴语者也可读这部名著了。张爱玲在“二译”过程中，对《海上花》的每一个字都经过了几番斟酌、掂量，加上她的年龄段与当时的社会比较接近，她融会贯通，的确发表了一些“真知灼见”，对我们理解这部小说，有极大的启发。张爱玲用“禁果的果园”这五个字来概括《海上花》的主题。她认为在男女社交不能公开的情况下，盲婚使大多数的青年没有品尝过爱情的滋味，所以有的人就到妓院里去寻找“红粉知己”。

---

① 韩邦庆：《海上花列传·例言》，见《海上花列传·太仙漫稿》，百花洲文艺出版社1993年版，第1—2页。

② 胡适：《胡适〈红楼梦〉研究论述全编》，上海古籍出版社1988年版，第290页。

③ 鲁迅：《中国小说史略·第26篇·清之狭邪小说》，《鲁迅全集》第8卷，人民文学出版社1963年版，第224页。

④ 胡适：《胡适文存》第3集，黄山书社1996年版，第363页。

⑤ 刘半农：《半农杂文》第1集，北京星云堂书店1934年版，第247页。

盲婚的夫妇也有婚后发生爱情的，但是先有性后有爱，缺少紧张的悬疑、憧憬与神秘感，就不是恋爱，虽然可能是最珍贵的感情。恋爱只能是早熟的表兄妹（在新文学中经常描写的也是梅表妹们与觉新们、觉民们与琴表妹们之恋——引者注），一成年，就只有妓院这脏乱的角落还许有机会。再就只有《聊斋》中狐鬼的狂想曲了。

……“婊子无情”这句老话当然有道理，虚情假意是她们职业的一部分。不过就《海上花》看来，当时至少是上等妓院——包括次等的幺二——破身不太早，接客也不太多……女人性心理正常，对稍为中意的男子是会有反应的。如果对方有长性，来往日久也容易发生感情……①

但这毕竟是“禁果的果园”，如果为了恋爱的需求而敢到这个脏乱的角落里去作勇敢的冒险，为人一生，不甘以盲婚和无爱情的生活而被剥夺“人”的爱的权利，到这个果园内来偷尝禁果，保障“人”的“爱的权利”，大半是会有痛心的后遗症或造成终身抱憾的。小说在妓院这一公开社交场合中，展示了以商人群体为主的社会众生相。可以说这是一部有着现代气息的通俗社会言情小说。韩邦庆为这部作品与市民大众见面，设计了一种非常现代化的传播方式。1892年，他自办了一个个人文学期刊《海上奇书》，这大概要算中国第一本文学期刊了。先是半月刊，后来是月刊，每期以刊登两回《海上花列传》为主。此刊由《申报》代印代售，共出版了15期，也即刊登了30回。鲁迅说它“遍鬻于市，颇风行”②。除了市民大众读他的社会言情内容之外，此书还发挥了语言教科书的作用。在当时，上海上层社会都流行说苏州话。正如香港回归前非要懂英语，才是进入上层社会的必备条件一样。移民一到上海，就有一个过语言关而努力挤入上层社会的梦想。而吴语小说的出现就满足了这种人的需求。前几年于光远在《新民晚报》上发了一篇文章，读后颇有启发：

还有一个情况我小时候特别注意到了，在上层，特别在“知识分子”中喜欢说苏州话。我是上海人，我父亲当然更是上海人，家里来的客人我知道也是上海人。可是我父亲与那位客人谈话用的是苏白。这样的情景不

① 张爱玲：《国语本〈海上花〉译后记》，上海古籍出版社1995年版，第636页。

② 鲁迅：《中国小说史略·第26篇·清之狭邪小说》，《鲁迅全集》第8卷，人民文学出版社1963年版，第223页。

仅发生在我父亲身上，别人也常这样。后来读俄国小说看到两个俄国人喜欢说法国话，我就明白上海原来是个文化不发达的小地方，苏州是上邦。后来上海成了苏州的“上邦”，这种情况当然不会再有，而且也许没有人知道了。①

总之，《海上花列传》无论在内容和形式上，在市场营销上，都显示出现代意识的萌发。要选现代通俗文学的开山祖，恐怕就要选有现代性而又站在艺术水准制高点上的作品，才能当之无愧。正如选鲁迅的《狂人日记》为现代知识精英小说的开山之作一样。可惜这部小说在 1894 年出版的同一年，韩邦庆就逝世了，年仅 39 岁。在韩邦庆之后，还有 1898 年开始连载的《海上繁华梦》，但分量就不能相比了。要建立现代通俗文学的独立研究体系，我认为要以此为起点。现代通俗文学的起点早于“五四”约四分之一世纪。

现在要注意的另一个年头是 1903 年，也就是《新小说》创刊后的第二年，鲁迅所提到的“四大谴责小说”竟在同一年，好像相约好似的一起开始连载了，而且都能与上海挂上钩的。这 4 部谴责小说的现代气息是更浓了，实际上是中国通俗社会小说现代化的始祖。李伯元的《官场现形记》连载于《世界繁华报》。鲁迅说“《官场现形记》乃骤享大名”。据统计，从 1905 年到 1911 年，以“官”或“官场”命名的小说，至少有 16 部；而以“现形记”命名的小说，也至少有 16 种。吴趼人的《二十年目睹之怪现状》连载于《新小说》。鲁迅说：吴趼人“名于是日盛”，而这部小说“尤为世间所称”。某某怪现状之类也出版了不少。刘鹗的《老残游记》连载于《绣像小说》。而金松岑的《孽海花》作为政治小说先连载于留日学生的革命刊物《江苏》上，后来由曾朴续写，1904 年写了 20 回，1905 年 1 月出版。一两年内再版 15 次，印行了 5 万多册。它们同年出现，貌似偶然，但鲁迅回答了这个“偶然”中的必然：“特缘时势要求”，“以合时人嗜好”。只 12 个字说明了许多问题。当时“群乃知政府不足与图治，顿有掊击之意矣。其小说，则揭发伏藏，显其弊恶，而于时政，严加纠弹，或更扩充，并及风俗”②。清朝过去搞了多少文字狱，现在由于上海租界的缝隙效应，就可以大骂而特骂，有能骂会骂的人，有爱听骂的老百姓。听到这些“严加纠弹”的掊击，就觉得过瘾、舒畅，心头憎愤得以宣泄，以致成为一种“嗜好”。有了这种“嗜好”，市

① 于光远：《关于“闲话”的闲话》，见《新民晚报》2001 年 3 月 23 日。

② 以上鲁迅关于谴责小说的论述均见《中国小说史略・第 28 篇・清末之谴责小说》。

民就会主动买书来读，以过宣泄之瘾，文化市场中的文学这一市场，就是这样建立起来，并走向现代化的。当然，鲁迅也批评了小说的不足，“辞气浮露，笔无藏锋”，不过从另一个角度去看，这也是通俗小说一种“适俗”的需要，太含蓄的小说，老百姓不一定能领会，恐怕也无法成为他们的“嗜好”。至于《老残游记》和《孽海花》可说是第一流文学。胡适对《老残游记》与蔡元培对《孽海花》的评价都极高。胡适认为“《老残游记》最擅长的是描写技术，无论写人写景，作者都不肯用套语滥调，总想熔铸新词，作实地的描画。在这一点上，这部书可算是前无古人了”[①]。蔡元培说：“《孽海花》出版后，觉得最配合我的胃口了，它不但影射的人物轶事多，为从前小说所没有，就是可疑的故事，可笑的迷信，也都根据当时的一种传说，并非作者捏造的，加以书中的人物，大半是我所见过的，书中的事实，大半是我所习闻的，所以读起来更有趣。”[②]中国现代通俗社会小说在日益成熟中。

这个时期的一个很值得注意的现象是知识精英的开路，他们是栽树人，可是流行的却是市民大众文学，结硕果的是通俗作家。这是中国文学现代化起步时非常值得玩味的一个现象。不过在 1906 年到 1912 年之间，中国的文学也受到很大的损失。1906 年，李伯元逝世，时年 40 岁；1907 年，李伯元的合作者和助手欧阳钜源逝世，年仅 24 岁；1908 年，《小说林》的主要编者徐念慈逝世，时年 34 岁；1910 年，吴趼人逝世，时年 45 岁。梁启超是淡出文学界的了，后来黄人也在 1912 年突发疯病，并于次年逝世。而在南方，黄小配从 1906 年起，也写了不少通俗小说，如《廿载繁华梦》、《洪秀全演义》、《宦海潮》、《大马扁》、《宦海升沉录》等等，也主编期刊《中外小说林》，可是他在 1912 年被陈炯明枪毙了，时年 41 岁。在当年的办刊者中只剩下一个《新新小说》社的陈景韩，还有是给《新新小说》、《月月小说》和《小说林》撰稿的包天笑。中国现代第二个办刊高潮的带头人就是陈景韩与包天笑，他们在文友们的死死伤伤、“天不假年”中，在 1909 年创办《小说时报》，并轮流主编。

《小说时报》最引人注目的是翻译小说的量大得惊人。它一直从 1909 年 10 月办到 1917 年 11 月，出版了 33 期加 1 期增刊。我统计了一下，翻译的量约占五分之四。即翻译作品共占 4 510 页，而创作篇幅仅占 1 004 页。他们是懂外语的，不像林纾，自己没有选译外国作品的主动权。这个刊物中，外国名

① 胡适：《老残游记・序》，《胡适文存》第 3 集，黄山书社 1996 年版，第 407 页。
② 转引自魏绍昌：《〈孽海花〉资料》，上海古籍出版社 1982 年版，第 198 页。

家小说很多，如普希金、契诃夫、托尔斯泰、狄更斯、雨果、大仲马、莫泊桑等等。译者也较多，但以冷血、天笑、恽铁樵、周瘦鹃、张汉毅为主力，这些就是以后被归入鸳鸯蝴蝶派的作家。1912 年，史量才独资买下《申报》后，聘请陈冷血为总主笔，以后他很少有精力编杂志了。于是这第二个办刊高潮的主力就应该算包天笑了。当然还有别的杂志，如 1910 年王西神、恽铁樵办的《小说月报》；1914 年王钝根、周瘦鹃办的《礼拜六》等等许多刊物。但以包天笑贡献最突出，他于 1915 年 8 月至 1921 年 6 月，创办了大型季刊《小说大观》，每期 300 多页，30 多万字。这是中国第一个文学季刊，共出版 15 期。刊登的小说创作有短篇 100 篇，创作长篇小说 18 部；翻译短篇 50 篇，翻译长篇 26 部。其中叶小凤的《如此京华》，包天笑的《冥鸿》、《牛棚絮语》都较有名。更值得一提的是包天笑在 1917 年 1 月，办了一个通体是白话的《小说画报》。包天笑认为"小说以白话为正宗"，"盖文学进化之轨道，必由古语之文学变而为俗话之文学。中国先秦之文多用俗话，观于楚辞、墨、庄，方言杂出，可为证也。自宋而后，文学界一大革命即俗话文学之崛然突起"。所以他在《例言》中说："小说以白话为正宗，本杂志全用白话体，取其雅俗共赏，凡闺秀、学生、商界、工人，无不咸宜。"[①]《小说画报》创刊的同年同月，胡适发表《文学改良刍议》，而陈独秀则说："白话文学，将为中国文学之正宗，余亦笃信而渴望之。吾生当亲见其成，则大幸也。"(《文学改良刍议·跋语》)《新青年》是 1918 年 5 月才全部改用白话。陈独秀在北京写《文学改良刍议》的"跋语"时，他不知道在上海已出版了一个白话小说刊物。在《小说画报》的第 21 期上(1919 年 9 月 1 日出版)，刊登了两篇反映"五四"运动的小说，一篇是包天笑的《谁之罪》，一篇是姚鹓雏的《牺牲一切》。《谁之罪》是写爱国学生抵制日货的。在小说中他明确点出："俗语说的'闭门家里坐，祸从天上来'。处这个乱世弱国的时代，和平之中时时寓着危险。"《牺牲一切》是写日资洋行中一个职员在"五四"时期宁可生活无着，毅然辞去职务的爱国行动。你想，在 1917 年初，包天笑一个人手中有三个很有影响的杂志：一个以翻译为主；一个是大型季刊，有的长篇创作小说和长篇翻译小说，能一次登完；还有一个是通体白话刊物，你说他能不能算是第二个办刊高潮中的主力了？以上为什么只提通俗刊物，不提通俗小说单行本的成就？那是因为当时几部有名的小说，都先经刊物连载，才出版单行本的，谈刊物，就是谈若干当时影响很大的长篇小说。那时优秀的短篇小说不多，短篇小说集是很稀有的。

---

① 天笑：《小说画报》创刊号，1917 年 1 月出版，第 1 页。

最著名的短篇集是翻译小说集。在出版《小说画报》的两个月之后，即 1917 年 3 月，周瘦鹃在中华书局结集出版《欧美名家短篇小说丛刻》，分上、中、下三卷。鲁迅、周作人曾加以推荐，并加赞语："凡欧美四十七家著作，国别计十有四，其中意、西、瑞典、荷兰、塞尔维亚，在中国皆属创见，所选亦多佳作，又每一篇署著者名氏，并附小像略传，用心颇为恳挚，不仅志在娱悦人耳目，足为近来译事之光。"认为在当时实属"昏夜之微光"，"鸡群之鸣鹤"①。

我们说一句公平话，凡此种种举动，如此多多的成果，请问一下，他们究竟是作为 1917 年文学革命的对立物，还是一座步入"文学新世纪"的桥梁？许多现代文学作家那时还是少年，不少人是读着这些作品才开始知道外面还有一个广阔的世界的。据我的不完全统计，在"五四"前，这个通俗文学作家的圈子中(后来被称为鸳鸯蝴蝶派作家的)就有 34 人或多或少从事过文学作品的翻译工作。我认为这些通俗作家是为"五四"作过"隐性准备"的。文学的现代化是一个系统工程，通俗作家也作过或多或少的贡献。这是一条宽广的大道，而不只是少数人才能涉险而过的独木小桥，更不是新文学家的"专利品"。当然，通俗作家也有许多庸俗文字，那是我们应该指出的，应该去剔除和剥离的。可是也应该看到，庸俗文字也总是打着通俗文学的牌子出现的，在市场化的情况下，也不是他们可以控制得了的。但他们一般皆有儒家风范，怎么黄色下流，也是不大会发生的。至于说袁世凯称帝，政治上的反动，才使鸳鸯蝴蝶派"大行其道"，更是属于"政治过敏症"的论调。他们之中有许多人是"反袁斗士"，在"附刊"中刊登《玉梨魂》和《孽冤镜》的《民权报》就是因为反袁而被袁世凯当局封杀的。

在民初，在小说创作中最令人注目的是徐枕亚的《玉梨魂》、吴双热的《孽冤镜》和李定夷的《霣玉怨》。从这些当时的代表作中我们可以知道，男女的婚姻自由已经提到了辛亥革命前后的议事日程上来了。这三部作品的骈俪式的外壳固然使我们可以作为当时的一种盛行的形式去加以研究，但我更觉得有意思的是，看一看这些中国的"老儿女们"在挣脱封建的桎梏中是何等的艰难，他们不仅是渐进的，而且是拖泥带水的。哪有后来胡适在独幕剧《终身大事》中那么干脆：这是你我两人自己的事，你自己应该决断。这是孩儿自己的事，孩儿应该自己作主等等之类。这是一种受西方影响的知识阶层的解决问题的

① 见 1917 年 11 月 30 日《教育公报》第 15 期。此系鲁迅任"通俗教育研究会"小说股主任时，决定为该书授奖而写的评语，由周作人起草。

方式。可是在市民阶层中，或是没有受过西方思潮洗礼的中国老儿女们，就来了什么“发情止礼”啦，移花接木啦；既痛斥父母专制，又乞怜父母恩赐啦；女主人公明明宣布，“自由在法律之中，固不容人之干涉”啦，可是让她争取自由结婚，她却将父母之命“误读”为“法律之化身”。从这些作品中，我们可以看到另外一个“世界”的居民们的思想逻辑“法则”，充分说明挣脱封建罗网的艰巨与曲折。

在《玉梨魂》之前，公式化、概念化，千部一腔、千人一面的情况是比较严重的，如某生某女，一见倾心之类。这是一种小说的初期形态。可是我们也不能太怪罪他们的“一见倾心”，当时男女社交不能公开，偶然相遇于“后花园”，如不当机立断，机缘就会“稍纵即逝”，以后虽后悔莫及，也无法再予挽救。不“一见倾心”，这“爱情”就算完蛋了。当然，这些小说尚很幼稚，又不会写复杂的心理活动，难免有千篇一律之感。后来由于《玉梨魂》的畅销，另一类模式化的小说又大量涌现，那就是《玉梨魂》式的哭哭啼啼的哀情小说了。但这股势头很快得到了有力的批评与遏止，这位批评者就是《小说月报》的第二任编辑恽铁樵（鲁迅的《怀旧》就是由他签发的，他还加了许多评点赞语）。他在 1915 年 4 月 25 日出版的《小说月报》6 卷 4 期上发表了《答刘幼新论言情小说书》。他写道：“爱情小说所以不为识者所欢迎，因出版太多，陈陈相因，遂无足观也，去年敝报上几摒弃不用，即是此意。”他认为“多用风云月露绮罗等字样”，将几个乾嘉时期的骈文大家的典故翻来覆去，“以有涯应无涯，犹且涸可立待……而读者欲睡也”。他说，欧美言情小说很多，读者极为欢迎，原因在于“以意胜耳”。他又在 1915 年 7 月《小说月报》6 卷 7 期上发表《论言情小说撰不如译》。他写道：“外国言情小说层出不穷，推原其故，则以彼邦有男女交际而言，吾国无之。彼有自由结婚为法，我国还在新旧嬗蜕之时……是故欧洲言情小说取之社会而有余，我国言情小说，搜索枯肠而不足。”他也不是一概排斥国人创作言情小说，他提出：“言情不能不言社会，是言情亦可谓为社会。”他大力提倡社会小说，同时也为言情小说开启了一条宽阔的道路——社会言情小说。我以为，在通俗作家之中像恽铁樵这样的理论指导实在太少了。恽铁樵是为通俗文学作过多方面的贡献的。例如，1916 年在《小说月报》上与张舍我共同提倡“问题小说”，但他们的问题小说既学习外国的经验，同时又有中国通俗小说的娱乐性的特色，也是非常别致的一种文学样式，好像现在的大学的辩论会中也吸收了他们的这类问题小说的某些成分。

在这一段文学史的多种现象中，1916 年《时事新报》征求“黑幕小说”也算是一大事件,引起的争论也颇为广泛。但这要从多个视角去加以考察的。要看到事物的复杂性、两面性。黑幕写得低下当然会成为传播作恶法门的教唆者;但写得好,就叫作曝光,这在现在还是很时髦和有威慑力的。我认为蔡元培先生给《中国黑幕大观》编者的信中的审慎态度,是值得我们学习的。

这一时期,那些通俗作家实际上构成了一个现代文学中的"继承改良派"。他们直接承传鲁迅所指认的"狭邪小说"、"谴责小说",还有是"侠义公安小说"(后来侠义小说为武侠小说所取代,而公安小说则又因接受外来形式,就更注重侦探小说的探索,所谓包公与福尔摩斯的"交接班"),它们在渐进式的现代化的道路上改良自己。

二

时序发展到"五四"前后,一个崭新的情况发生了,那就是知识精英文学的创作队伍已经形成了,甚至有的人已达到了非常成熟的地步。《新青年》的整体水平也远远超过《国闻报》与梁启超的改良主义报刊的理论高度,虽然恐怕还找不出有像梁启超那样有宣传魅力甚至可以说有宣传魔力的人。鲁迅在《新青年》等刊物上所发表的小说,真可说发一篇是一篇。胡适的《文学改良刍议》提出了比梁启超的"新文体"更彻底的语言革命的纲领。在文学领域中,中国的一个"借鉴革新派"开始形成。这"借鉴"是指他们向世界文学的精华学习与吸纳,翻译并尝试创作,从而掀起了一个文学革命运动,使本民族的文学与世界接轨,并要使自己成为世界文学之林中的佳木。胡适的《尝试集》就是诗歌革新的初步尝试,而鲁迅的《狂人日记》是借鉴果戈理的作品的生态来针砭民族痼弊的革新之作,乃至成为新文学巨人起步的划时代丰碑。正如鲁迅自述《狂人日记》的创作过程时所说的:"大约所仰仗的全是先前看过的百来篇外国作品和一点医学上的知识,此外的准备,一点也没有。"①周作人也在1921年说:"中国现在文艺的根芽,来自异域,这原是当然的;但种在这古国里,吸收了特殊的土味与空气,将来开出怎样的花来,实在是很可注意的事。"②这些由知识精英组成的"借鉴革新派"对那些曾经在现代化的道路上"渐进"的人当然会

① 鲁迅:《南腔北调集·我怎样做起小说来》,《鲁迅全集》第4卷,人民文学出版社1963年版,第393页。

② 周作人:《在希腊诸岛·附记》,见《知堂序跋》,岳麓书社1987年版,第249页。

有若干非议。于是从周作人等指认他们是"《玉梨魂》派的鸳鸯蝴蝶体"[1]到钱玄同命名他们是"鸳鸯蝴蝶派"[2]。周作人在《中国小说中的男女问题》中说："近时流行的《玉梨魂》，虽然文章很是肉麻，为鸳鸯蝴蝶派小说的祖师，所记的事，却可算是一个问题。"[3]到后来指责与争夺更为剧烈，也就发生了《小说月报》的改组等等的实质性的变革。后来商务印书馆另组《小说世界》也引起了知识精英作家们的愤慨。其实在《小说世界》创办之前，《礼拜六》就是针对《小说月报》的改组而复刊的。在 1921 年 4 月出版的第 103 期上，《礼拜六》记者就在《编辑室》中宣称："本刊小说，颇注重社会问题，家庭问题，以极诚恳之笔出之。"（这显然是受了知识精英文学的影响，但由于双方的对峙，往往不会承认是受了对方的影响。）在同一个月出版的第 104 期上，以《各大报馆奖语汇刊》的形式，说出了为什么《礼拜六》要复刊的原因："《中华新报》谈善吾先生语：'《礼拜六》小说，当时颇得阅者欢迎。惜久停刊，盖以《小说月报》内容较为丰富故也。现《小说月报》改组，向之爱读《小说月报》者，不无另换一种心理，于是《礼拜六》复活，为王钝根、周瘦鹃君之力，而社会之欢迎，较前此尤甚。但观其内容益加丰富，则销行之广，正未可量耳，谨贡片言，即为介绍。'"与《礼拜六》复刊相连接的动作是周瘦鹃又新办《半月》。在《半月》上，也想以短篇小说——这个"借鉴革新派"的强项——作同类型小说之抗衡。具体的表现是何海鸣的《求幸福斋主人卖小说的话》：

> 我很想与小说界几个卖文的同志先将短篇小说认真地作几篇，成一种现代中国短篇小说的完成作品……慢慢地由于抬高现代中国短篇小说价值，紧挨上世界文坛上去……我们做小说出卖的人倘若肯大大地努力，将小说的价值抬高，国人知道这是一种重要的文学，人生都应该有这种东西来安慰……我既然想做小说努力向上的一分子，我此后的出品，第一，每篇有每篇的用意，不肯毫无所为而做；第二，不肯敷衍多凑字数。[4]

这当然是有一种与知识精英文学进行比赛的意思，因为与此同时，他还说

---

① 周作人：《平民文学》，载《中国新文学大系·建设理论集》，上海良友图书出版公司 1935 年版，第 293 页。

② 钱玄同：《"黑幕"书》，载《新青年》第 6 卷第 1 号，1919 年 1 月 15 日出版，第 74—75 页。

③ 周作人：《中国小说中的男女问题》，《每周评论》1919 年 2 月 2 日。

④ 载 1922 年 1 月 22 日出版的《半月》第 1 卷第 10 号。

过，不能让别人把我们看成“没心胸”的人。他的确写出了几篇我认为很有水平的小说，如《老琴师》、《先烈祠前》和《一个枪毙的人》等等，还有毕倚虹的《北里婴儿》，也可算是好的短篇，但毕竟数量不多，独木不成林，能写得水平较高的通俗短篇并不多，因为这不是继承改良派的强项。

在知识精英作家的批判声中，市民大众文学的作家一般总是采取守势，因为他们缺乏理论人才去阐明自己存在的必然性与必要性。1921年5月，《文学旬刊》创刊于北京，到1923年7月第81期时改名为《文学》，发表《本刊改革宣言》，其中说道：“以文学为消遣品，以卑劣的思想与游戏态度来侮蔑文艺，熏染青年头脑的，我们则认他们为‘敌’，以我们的力量，努力把他们扫出文艺界以外。抱传统的文艺观，想闭塞我们文艺界前进之路的，或想向后退去的，我们则认他们为‘敌’，以我们的力量，努力与他们奋斗。”这里所说的两点，前者是文学功能观上的分歧，后者是指传统文艺观的问题了。于是三顶帽子也扣上了市民通俗作家的头颅：一是封建思想与买办意识的混血种。二是半封建半殖民地十里洋场的畸形胎儿。三是游戏的消遣的金钱主义。封建思想是有一些的，如“从一而终”、“发情止礼”、“愚孝”之类，但也随时代的步伐而不断“冲淡”，以致建立新的道德观；而买办思想是没有的，他们非常看重民族大义与民族大节之类的操守。大都市的成型必然会兴起通俗热，而且他们是站在市民的立场上观察评判一切的，而不是站在帝国主义的立场上去为“畸形胎儿”接生的。至于第三顶帽子纯属文学功能观的不同，他们是中国第一代职业作家，所谓“金钱主义”乃指文学的“商品性”而言。可是他们讲不出这番道理，他们的对策是在论争中保持沉默，他们不争领导权或中心、主流等等；他们只争夺读者，保住自己的领地，只是“流自己的汗，吃自己的饭”。在知识精英文学还缺少成功的长篇，小说可以楔入市民读者层的时候，他们主要利用中国通俗传统小说的长篇章回小说的形式，去占领读者市场。

在20世纪20年代前后，他们拿出了《广陵潮》、《歇浦潮》、《恨海孤舟记》、《人间地狱》、《春明外史》、《上海春秋》、《金粉世家》等等社会小说或社会言情小说，《江湖奇侠传》、《近代侠义英雄传》、《奇侠精忠传》、《荒江女侠》、《山东响马传》等等武侠会党小说，这些作品的确占领了广大的市民读者市场。他们不仅以情节性取胜，而且在他们笔下的那些人物与生活事件，也是知识精英作家笔下所没有或是不熟悉的。就以《近代侠义英雄传》中的王五、霍元甲而论，知识精英作家不会去写他们，但又是活在市民大众心目中的英雄人物。这说明知识精英文学与市民通俗文学的互补性是确实存在的。《近代侠义英雄传》已完全跳出了清代侠义小说的窠臼，真正为民国武侠小说自立了门户。鲁迅曾对清代的侠义公安小说作评："这等小说，大概是叙侠义之士，除盗平叛的事情，而中间每以名臣大官，总领一切。"①那时的侠义与公案往往是孪生子，而挣断这根传统的锁链的平江不肖生可以称得上民国武侠的开山大师。这部小说中的民族革命观念和爱国主义精神与武侠情节达到了水乳交融的程度。更为可贵的是，它是第一部反映近代中西文化冲突的武侠小说。作者对西方帝国主义的文化、"武化"侵略持坚决抗击的态度，但对于建立在实证科学基础上的西方文明，包括医学、体育、技击方面的科学成就，则予以肯定，作品反帝而不排外，肯定西学而不媚外；另一方面，对于中华民族传统武学中所浸润着的文化精神，作者并不满足于"武艺"表层的描述，而是从"道"与"艺"、"德"与"武"的辩证关系入手，深入揭示了作为"武艺"内核的深层文化内涵，把"武艺"提升到"文化"层次并在中西文化冲突中加以表现与阐释，不肖生实为民国时期武侠小说史上的第一人。实例是很多的，如黄石屏针灸医生与德国医学家的"交流"，霍元甲、农劲荪与外国大力士较技"交锋"的情节等等。这部小说很生动地表现了不肖生的"现代意识"，这也是一部表现"现代"题材的不可多得的成功之作。不肖生的文学语言也几乎达到了"文体家"的水平，十分口语化，而又是十分纯正的书面语，不愧是"继承改良派"的一部力作。在知识精英作家中像朱自清那样真正看到了他们的继承性也是不多见的：

在中国文学的传统里，小说和词曲（包括戏曲）更是小道中的小道，就因为是消遣的，不严肃。不严肃也就是不正经；小说通常称作"闲书"，不是正经书。……鸳鸯蝴蝶派小说意在供人们茶余酒后的消遣，倒是中国小说的正宗。中国小说一向以"志怪"、"传奇"为主。"怪"和"奇"都是不正经的东西。明朝人编的小说总集有所谓"三言二拍"。"二拍"是初刻和二刻《拍案惊奇》，重在"奇"很显然。"三言"是《喻世明言》、《警世通言》、《醒世恒言》，虽然重在"劝俗"，但是还是先得使人"惊奇"，才能收到"劝俗"的效果。所以后来有人从"三言二拍"里选出若干篇另编一集，就题为《今古奇观》，还是归结到"奇"上。这个"奇"正是供人们茶余酒后消遣的。②

① 鲁迅：《中国小说的历史的变迁·第6讲·清小说之四派及其末流》，《鲁迅全集》第8卷，人民文学出版社1963年版，第332页。

② 朱自清：《论严肃》，载《中国作家》创刊号，1947年出版。

其实朱自清在这段文章中除了说明通俗小说的“继承性”之外，还说了一个大众化很重要的因素，就是“趣味性”。这是能否“大众化”的一个很关键的问题。我们讨论了多次大众化问题，谈了很多方案和方法，例如“旧瓶装新酒”等等，我们首先想到的是如何用通俗的形式让老百姓能接受我们要宣传的意识形态，可是从来不讲大众化首先要注意趣味性。鲁迅说：“说到‘趣味’那是现在确已算是一种罪名了，但无论人类底也罢，阶级底也罢，我还希望总有一日弛禁，讲文艺不必要‘没趣味’。”[①]“在实际上，悲愤者和劳作者，是时时需要休息与高兴的。”[②]这也就涉及文学的“休闲性”问题了。

市民大众文学作家笔下的生活的广阔性以及他们所关注的题材与人物，是与知识精英作家极具互补性的。我提出过“都市乡土小说”这个概念，就是想说明市民大众文学作家对中国现代文学的最大贡献是写出了我国都市的民间生活与民俗风貌。知识精英作家侨寓在大都市里，他们笔下的乡土文学是写自己故土的独特的民间民俗生活，可是他们与侨寓的大都会的民间民俗生活是并不贴近的。鲁迅在谈乡土文学时也委婉地指出了这一点。这一部分的生活正是由侨寓在大都会中的市民大众文学作家来完成的。关于互补性的问题，我在 2003 年第 1 期的《中国现代文学研究丛刊》中发表了《论新文学与通俗文学的互补关系》，在 2002 年第 3 期的《文学评论》上发表了《论都市乡土小说》。在这里我不再复述了。但是我觉得，要探索通俗文学的价值体系，就是要着重去研究这些都市乡土小说的价值，因为它“存真性”较强，原汁原味。而不像有的小说，能将一棵小苗按照作家对社会生活规律的所谓“预测”，有时也叫作“革命浪漫主义”，写成一棵参天大树。我担心，这种所谓的对人民产生指导作用的作品，到我们子孙手中是否会被淘汰，也许子孙们更想读一点当时原汁原味的作品，以帮助他们懂得他们的祖先是怎么生活过来的。我也不想举我们心目中巍巍高山那种作品为例，我就举梁启超的《新中国未来记》为例罢。他是展望 1962 年的什么万国大会，宪政的成就简直非凡。可是以我们的眼睛来看，简直近似儿戏，不及“存真性”极强的吴趼人的《二十年目睹之怪现状》，例如他写当年清朝一些官员的恐洋症简直到了如此可怜可笑的地步。虽然有些人看来这是“低层次的真实”，可是这是当年原汁原味的现实。而梁启超的《新中国未来记》的所谓“展望”，只能鼓舞它那个时代的相同政见者，与我们后

---

① 鲁迅：《集外集·〈奔流〉·编校后记》，《鲁迅全集》第 7 卷，人民文学出版社 1963 年版，第 187 页。
② 鲁迅：《花边文学·过年》，《鲁迅全集》第 5 卷，人民文学出版社 1963 年版，第 358 页。

代却没有多大关系了。因此,通俗文学提供了我们可以值得研究的东西。从社会学的视角去阅读这派的小说,我们能看到一幅清末民初社会机体急遽变革的画像,旧的机体正在以怎样的速度与形态无可挽回地衰朽着。我们若要研究清末民初的社会,在他们的作品中一定可以获得许多有用的东西。如果我们从民俗学的角度去窥探,我们可以得到许多民俗沿革的瑰宝,特别是欧风美雨东袭登陆上海与固有传统习俗相对抗相杂交时,民俗的细致的变异过程。凡是从研究文化学的视角透视通俗文学,就会发现它是一座蕴藏量极丰的富矿。我们还可以列举通俗文学的其他的价值。如从经济学的视角去衡定,它提供了若干中外"商战"的交锋和中国近现代经济结构变性的图像;从地域史的视角去追踪,我们会感到,要写上海、北京、天津、南京等大都会的历史,要写苏州、杭州、扬州等文化名城的地方史,编撰中国的租界史,而去阅读相关的通俗文学的小说,就会得到许多感性的知识。张恨水做了 5 年记者才开始写《春明外史》,以百万言再现故都在新旧流变中的社会众生相。李涵秋的《广陵潮》以鸦片战争至"五四"运动的许多重大事件为背景,再现 70 年间的稗官野史,使当时中下层社会的民间风情、闾巷习俗,跃然纸上。姚民哀则以优秀评弹艺人的身份混迹江湖,悉心研究江湖会党,成为以写会党小说著称于时的通俗小说家。而包天笑侨寓上海 20 年,长期的记者与主笔的生涯,使他积累了大量的生活素材,写成了长篇小说《上海春秋》,这是一部"十里洋场二十年目睹之怪现状"。市民大众文学就是靠这些作品,在知识精英的排炮轰击下,存续了下来,这个流派也得以保存。至于市民大众文学的局限性也是非常明显的,如果作品中有庸俗的因素当然应该去"剔除"与"剥离"。我以为知识精英作家对他们的若干批评的确是有道理的,只是将这一流派置于敌我矛盾上的总体估价是有偏差的。当然,由于这一总体估价的偏差,也会造成许多具体批评上的失误。

20 世纪 20 年代末 30 年代初,张恨水的《啼笑因缘》在上海的面世,其市场占有份额以及对新的读者层面的开拓,使知识精英文学界也为之震惊,许多知识青年也为其所吸引。无独有偶,1931 年刘云若的《春风回梦记》等作品的出现,后来竟然得到郑振铎的"极口推许,认为他的造诣之深,远出张恨水之上"[①],说明通俗文学的更上一层楼。《春风回梦记》与 1932 年还珠楼主的"蜀山系列"的冒头,是所谓"'王'气北移"的先兆。接下来就是宫白羽、王度庐、郑证因与朱贞木等所谓北派四大家的走红。刘云若的《旧巷斜阳》、《小扬州志》

① 徐铸成:《张恨水与刘云若》,载《旧闻杂记》,四川人民出版社 1981 年版,第 100—101 页。

和抗战胜利后的《红杏出墙记》、《粉墨筝琶》等作品的出现，说明盛况不衰。而在南方，《秋海棠》继《啼笑因缘》现象之后，又掀起了一个热潮。张爱玲、徐讦和无名氏的出现，构成了所谓“新市民小说”的又一个兴奋点，这是新文学、外国文学与通俗文学相融汇的崭新文学现象。

在知识精英文学与市民通俗文学的对峙中，20 世纪 20 年代最大的一次阵地争夺战是接编《小说月报》，可是商务印书馆又另办《小说世界》。20 世纪 30 年代最大的一次阵地争夺战是接编《申报·自由谈》，但报馆老板又另办《申报·春秋》。这种“接编——另办”的模式是极为耐人寻味的。其实道理也很简单，你知识精英文学领导时代新潮流，我就将很有名望的老牌阵地让给你办，以显示我并非逆时代潮流而动。可是那么一大批市民读者群我也不准备放弃，于是我就来个“另办”。每次“接编”时知识精英作家们往往得意洋洋，可是看到“另办”时觉得出版社和报馆又向旧势力“妥协”了。每次“接编”时，市民通俗作家总有点灰溜溜，可是“另办”时又觉得有了一点“安慰”，也安于这样的现状。这是出版社和报社的“有倾向性的走钢丝的平衡动作”。我以为这个“接编——另办”模式极具象征意义，以致可以用来“概括”20 世纪二三十年代以后的文学生态。

在 1930 年前后，现代文坛是非常热闹的。可是知识精英文学中的革命作家们自己分成了若干社团争斗了起来，以致鲁迅也有无穷感慨：“这些团体，都说是志在改革，向旧的堡垒取攻势的，然而还在中途，就在旧的堡垒之下纷纷自己扭打起来，扭得大家乏力了，这才放开了手，因为不过是‘扭’而已矣，所以大创是没有的，仅仅喘着气，一面各自以为胜利，唱着凯歌。旧堡垒上简直无需守兵，只要袖手俯首，看这些新的敌人自己所唱的喜剧就够。他无声，但他胜利了。”[①]看来“唯我独革”、“唯我独左”也不是“文革”中才有的。鲁迅所指的“旧堡垒”是包括那些在新文学营垒中与左翼抱不同观点的人。可是我们也可以体会到，在那时，市民通俗作家头上的压力也相对小得多了。

20 世纪 30 年代的“政治大介入”发展到了 40 年代的“政权大介入”，是很有许多话可说的。但限于篇幅，在本文中不说也罢。不过因抗日统一战线的建立，在文学上的对峙也有了新的松动。“我以为文艺家在抗日问题上的联合是无条件的，只要他不是汉奸，愿意或赞成抗日，则不论叫哥哥妹妹，之乎者

① 鲁迅：《二心集·我们要批评家》，《鲁迅全集》第 4 卷，人民文学出版社 1963 年版，第 189 页。

也,或鸳鸯蝴蝶都无妨。但在文学问题上我们仍可以互相批判。”[①]可是这个文学上的抗日统一战线并没有真正清算“敌我矛盾”的“情节”;或者说,还是没有懂得文学界的生态平衡问题,以致一旦权力在手,就可以动用行政手段。于是,在40年代末到50年代初,就以行政或半行政的手段中止了大陆通俗文学的发表权与流通权。以后那些以继承中国古代小说传统为特色的现代通俗文学只能在台港显示其生机,在大众读者视听的地平线上升起了如金庸、梁羽生、高阳、古龙、琼瑶等璀璨群星,在大陆的通俗文学发生断层期间,台港的通俗作家正在探索如何融汇新文学与西方现代主义的精粹,为“我”所用,在继承的前提下开启新思路,探索新模式,以更符合新的一代的读者大众的审美情趣。通俗文学理应沿着民族文学传统的道路进行自我革新的现代化进程中发展壮大自己。在20世纪70年代末到80年代初,大陆趁改革开放的大好时机,这些作品被引了进来,使深受八个所谓“样板戏”的统治而将人情与人性被榨干了的大陆文学,迎来了一个手不释卷、趋之若鹜的阅读热潮,而“引进热”使大陆的读者忽然醒悟,台港通俗文学的“根”原是在我们大陆,于是引发了一场清末民初通俗小说的“重印热”。这好像是一次“大循环”,却包含着一个极为深刻的历史教训,而对那些以斗、批、扫、堵、围为己任的“鲧”先生们也该对通俗文学的认识有一个大的飞跃了,应该知道对待通俗文学要以“因势利导”的“禹”的治水方法,使其走上“良性循环”的健康发展的道路。要以一元化的文学去满足全民的多元需求,这种想法本身就是不现实的。过去想将市民大众文学扫出文艺界,这是一种永远也不能成功的“无效劳动”。真正的出路在于利用我们今天的理论优势,去总结出一套通俗小说创作的规律,从《三国演义》、《水浒传》、《西游记》等“民间积累型”的通俗作品中,从后继的“文人独创型”的通俗作品中,包括近代韩邦庆们的作品中,现代张恨水、刘云若们的作品中,总结出他们成功的经验,也包括某些不足的教训,建立我们有中国特色的通俗文学理论体系,使通俗文学得以健康地发展。我们应该承认文学生态平衡的必要性。

以上就是我的知识精英文学与大众通俗文学双翼展翅翱翔的“两个翅膀论”的中国现代文学史观。

---

① 鲁迅:《且介亭杂文末编·答徐懋庸并关于抗日统一战线问题》,《鲁迅全集》第6卷,人民文学出版社1963年版,第433页。

开拓启蒙·改良生存·中兴融会*

——中国现代通俗文学历史发展三段论

在过去出版的若干"新文学史"或"现代文学史"中，往往一再强调中国新文学中的主流派别是紧跟中国现代时潮而与其取同一步调的，它随着时代的发展形成中国现代文学的一条主线；而一直被作为批判对象的现代通俗文学，却被形容为游离于时潮和文潮之外，受着"钱袋"的指挥，做着它的"白日梦"，或是炮制着仅供"有闲阶级"玩味的"消闲文学"。近年来由于学界对通俗文学也进行了初步的研究，开始觉察到过去对通俗文学的误解甚多，也逐渐不再将其视为现代文学史上的"逆流"；但在为其恢复名誉的同时，也还觉得现代通俗文学的"生产过程"随意性太大，因此很难找出它的发展周期与运行轨迹，既然无规律可循，那也就构不成一部有内在律动的发展史，它们仅是迎合市场需求的媚俗之作。因此在为其摘掉"逆流"帽子的同时，它还是脱不掉"不登大雅之堂"的"散兵游勇"的身份。这实在还是一种成见与误解在发挥着无言的责难。如果我们认真地对它进行一番考察，就能知道，中国现代通俗文学在受着市场"指挥"的同时，也时时会直接或间接地受着现代中国时潮和文潮的影响与制约，在时潮、文潮与市场的"合力"中，我们可以清晰地看到它的独特规律与发展线路，形成了它与新文学的主流派别各异却又互补的发展轨迹，构成了自己富有特色的"发展史"。

一、开拓与启蒙

随着现代化大都市的成型，中国通俗文学就顺应着时潮，在文学的领域里

---

* 本篇首刊于《文艺争鸣》2007年第11期，后收入《多元共生的中国文学现代化历程》，复旦大学出版社2009年8月出版。

开疆拓土，为建立现代化的文化市场，并肩负着启蒙中国的重担而发挥作用。那时，为中国开创新文学的“五四一代”作家大多尚在襁褓或童少时期，有的甚至还没有诞生，当然也还未能向外国文学“取经”。因此，揭开中国文学现代化的序幕的，责无旁贷地是由中国传统文人中能接受社会转型洗礼的作家们——即现在被我们称为通俗作家们来承担的。

首先，在 19 世纪末，中国通俗文学就已受到初萌的中国现代化媒体的促进，开始与这些新生的媒体共同创建现代化的文化市场。1892 年开始连载、1894 年正式出版的《海上花列传》是中国现代通俗文学的开山之作，它不仅最早以自己的广角镜反映了中国大都会的现代生活，它更是与中国的现代化媒体最早“联姻”的本土长篇小说。《海上花列传》的作者韩邦庆自创了图文并茂的个人文学期刊《海上奇书》，他请《申报》属下的一个出版机构“点石斋”代印，并在《申报》上大做广告，在杂志的封面上也标明由“《申报》馆代售”。它开创了一个中国自己的原创长篇在现代化媒体上分期刊载的先河。之后，自 1897 年始，上海兴起“小报”潮，有的小报也就学着连载小说，不过不是像《海上奇书》那样，每期刊载长篇小说两回，而是每天附赠石印的连载小说一页（即使在这一页上一句话还没有说完，也戛然而止，明日才从下半句续下去）。如 1898 年创刊的《采风报》在“本馆告白”中就宣布，随报赠送孙玉声所著的“石印绘图《海上繁华梦》，每日一页，蝉联而下……以酬诸君雅爱”。这也是一部现代沪人写现代沪事的长篇小说。而 1901 年创刊的《笑林报》则随报附送“海上剑痴”（孙玉声）的《仙侠五花剑》，亦为每日一纸。但这些小报只是将小说随报附送，它们还没有将小说作为报纸的一个内在的组成部分。直到 1903 年，李伯元才在他编辑的《世界繁华报》上连载《官场现形记》，于是连载小说就作为一个有机组成部分在小报上扎了根。在 19 世纪与 20 世纪之交，中国小说就是这样在现代化的媒体上开拓自己的地盘的。在这个过程中，知识精英梁启超也起了很大的推动作用，那就是他倡导“小说界革命”，并于 1902 年在日本横滨创办了《新小说》，在创刊号上就推出了 6 部连载小说；他与通俗作家联手合作，从《新小说》第 8 期开始，连载吴趼人的《二十年目睹之怪现状》等长篇。在《新小说》创刊的次年，也即 1903 年，在国内由商务印书馆出版的、敦请李伯元主编的《绣像小说》的创刊号上也刊出了 4 部连载小说和两个连载的传奇新戏（按当时的分类，传奇也在说部之中）。从此，中国初兴的现代化报刊媒体使长篇小说进入了一个“分期付款”的阶段，即作家的长篇小说可以在现代媒体上定期分段写作，读者也“必须”养成这种定期分段阅读的习惯。如果反应良好，日后就印成单行本，进入了某部长篇小说“零存整取”阶段。

办报纸与杂志的人当然会有自己的信念与宗旨，而在他周边也需要有一个有形或无形的集团或群体，才能支撑起这份报纸或杂志的定期出版。中国的作者随着现代文化市场的需求，除了仍属个体脑力劳动的性质之外，也必然会养成紧跟办报办刊人的宗旨，而走上集约化、群体化的道路。像韩邦庆那样办个人杂志的毕竟是个别的，也是难于持久的。这说明了中国媒体在现代化的途程中，也连带着使中国的小说生产方式开始告别“古典”，而作品的内容也与古典型的小说拉开了距离《海上花列传》反映了初具现代化雏形的上海滩的资本色彩，李伯元的《文明小史》对中国的维新运动进行了“极尽绘声绘色之妙”[①]的描述，梁启超的《新中国未来记》则带着强烈的现代政治理念，其他如《洪水祸》、《东欧女豪杰》、《泰西历史演义》等小说，也拓展了中国读者的世界视野；而像《海底旅行》等译作则引领中国读者进入了科幻境界。凡此种种，说明中国文学开始步入一个与现代化初级形态相适应的“现代型小说”的时代。

其次，在“五四”之前，通俗文学中的社会小说数量急遽上升。鲁迅在《中国小说史略》中所提及的 4 部谴责小说皆不约而同地在 1903 年开始粉墨登场。这是一种有别于古典型的现代通俗社会小说。胡适在同意鲁迅对谴责小说的艺术性极为粗糙的观点之后，还作了非常有见地的补充：

> 讽刺小说之降为谴责小说，固是文学史上大不幸的事。但当时中国屡败之后，政制社会的积弊都暴露出来了，有心的人都渐渐肯抛弃向来夸大狂的态度，渐渐肯回头来谴责中国本身的制度不良，政治腐败，社会龌龊。故谴责小说虽是浅薄，显露，溢恶种种短处，**然他们确能表示当日社会的反省的态度，责己的态度**。这种态度是社会改革的先声。……我们回头看那班敢于指斥中国社会的罪恶的谴责小说家，真不能不脱下帽子来向他们表示十分敬意了。[②]（着重号是原有的）

胡适的这一论点，实际上肯定了谴责小说的启蒙中国的因素。他强调的是现代通俗社会小说与中国社会意识形态现代化之连锁关系，同时也赞许了

① 阿英：《小说四谈》，上海古籍出版社 1981 年版，第 132 页。

② 胡适：《〈官场现形记〉序》，《胡适文存》第 3 集，黄山书社 1996 年版，第 393 页，第 384 页，第 392—393 页。

谴责小说的社会效应。胡适在为《官场现形记》定调子时，第一句话就说："《官场现形记》是一部社会史料。它所写的是中国旧社会里最重要的一种制度与势力——官。它所写的是这种制度最腐败，最堕落的时期——捐官最盛行的时期。"①胡适又说："其实当时官场的腐败已到了极点。这种材料遍地皆是，不过等到李伯元方才有这一部穷形尽相的'大清官国活动写真'出现，替中国制度史留下无数极好的材料。"②《官场现形记》和《二十年目睹之怪现状》标志着一种新型的通俗社会小说的诞生，是反映西方帝国主义势力入侵而清廷极端腐败的社会现状的通俗社会小说。鲁迅对谴责小说的评价是以《儒林外史》为标尺的。胡适则认为，《儒林外史》与"浅人社会"的关系是不大的："况且书里的人物又都是'儒林'中人，谈的什么'举业'、'选政'都不是普通一般人能了解的。因此，第一流小说之中，《儒林外史》的流行最不广，但这部书在文人社会里的魔力可真不小。"③在胡适看来，晚清如再出现一部《儒林外史》式的"婉而多讽"的小说，对"浅人社会"不可能有《官场现形记》那么巨大的社会影响。那时是需要火辣辣的、炙手可热的"掊击"与"纠弹"的小说。胡适认为，李伯元小说中也有像《儒林外史》式的篇章，"但作者个人生计的逼迫，浅人社会的要求，都不许作者如此做去。于是李宝嘉遂不得不牺牲他的艺术而迁就一时的社会心理……"④这的确是一部深入中下层社会，动员普通市民关心政局，为清廷掘墓的小说，起到了梁启超们倡导的政治小说所达不到的启蒙社会的效果。像李伯元的《官场现形记》和吴趼人的《二十年目睹之怪现状》之类的小说是中国社会转型期的产物，他们笔下的社会，和"三言二拍"小说中所触及的社会已大不相同了。帝国主义的炮舰打开了中国闭关自守的国门，那种"柔媚迎洋，衅不我开"的"恐洋症"已充斥了若干官员的脑门，一股甘愿被外国瓜分的颓败之气弥漫于官场。在《二十年目睹之怪现状》中，一个总理衙门的大臣竟说出了这样的话："台湾一省地方，朝廷尚且送给日本，何况区区一座牯牛岭，值得什么！将就了他罢！况且争回来，又不是你的产业，何苦呢！"这些内容都证明了

---

① 胡适：《〈官场现形记〉序》，《胡适文存》第3集，黄山书社1996年版，第393页，第384页，第392—393页。

② 胡适：《五十年来中国之文学》，《最近之五十年——〈申报〉馆五十周年纪念》，《申报》馆，1922年版，第16页。

③ 胡适：《五十年来中国之文学》，《最近之五十年——〈申报〉馆五十周年纪念》，《申报》馆，1922年版，第16页。

④ 胡适：《〈官场现形记〉序》，《胡适文存》第3集，黄山书社1996年版，第393页，第384页，第392～393页。

它们“零距离”地观照了转型期的中国社会，它们是最早以小说的形式在“浅人社会”中发挥着它们的启蒙作用。

第三，在西风东渐的过程中，社会在转型，人们的思想也随之嬗变，特别是当时青年们关心自己的“终身大事”。他们意欲冲击封建罗网时的思想阻障与心灵挣扎在写情小说与哀情小说中得到了充分的表现，于是稍后于谴责小说，又形成了一股写情小说与哀情小说的热潮。过去，在文学史上对通俗文学中的写情小说与哀情小说的评价是极低的，甚至是作为一种封建意识形态的反面文类来加以批判的。在我们今天看来，胡适的《终身大事》中所喊出的“此事只关系我们两人，与别人无关，你该自己决断”、“这是孩儿终身大事。孩儿应该自己决断”①等话语是天经地义的。可是在中国的老儿女们的思想中，还是有很大的顾忌的。过去我们总以为，这种思想上的颤栗，就是他们对封建戒规的投降。可是如果拿胡适在当时的行动作一番对比，可以发现胡适在这方面并不比中国的老儿女们高明多少。他在自己所写的独幕剧里说得如此响亮，可是自己的行动却是彻头彻尾的“妥协”。这位新文化反传统的领袖人物也是奉母命成婚的，他刚从美国留学回归，在1917年年底接受了由母命早就定下的一门亲事，接受了一位曾经缠足的姑娘——江冬秀。他在1918年5月2日给朋友胡近仁的信中说：“吾之就此婚事，全为吾母起见。故从不曾挑剔为难（若不为此，吾决不就此婚事。此意但可为足下道，不足为外人言也）。”②而鲁迅也为了同样的理由，牺牲了个人的幸福，于1909年与朱安结婚。他也是为不使寡居的母亲伤心。他曾自我解嘲地说，他接受了她母亲给他的“礼物”；可是与其说是母亲的赠与，倒不如说他接受这桩婚姻，是他赠给周太夫人的一件礼物——一个媳妇：儿子长年在外，就让朱安在您老人家身边代我尽孝吧。“早年因父母包办而结婚的还有李大钊、陈独秀、顾颉刚、郭沫若、郁达夫、闻一多、傅斯年、苏雪林等，他们都没有正面反抗。傅斯年15岁就听从母命与一位姑娘成婚。虽然其中有些人后来经过自由恋爱又重新结婚，但当初接受包办婚姻，确实说明传统的伦理道德观念对他们有极深的影响。”③他们都曾接受了封建的千年铁律的安排。如此说来，通俗文学中的写情小说与哀情小说，所反映的当时中国青年的种种裹足不前的思绪，还是当年中国青年内心的一种

---

① 胡适：《终身大事》，《中国新文学大系·戏剧集》，上海良友图书公司1935年版，第8页。

②③ 转引自严家炎：《论“五四”作家的西方文化背景与知识结构》，《上海鲁迅研究》第16期，上海文艺出版社2005年版，第15页。

真实的写照。这是西风东渐的初期，正如恽铁樵所说："外国言情小说，层出不穷，推原其故，则以彼邦有男女交际可言，吾国无之；彼以自由婚姻为法，我国尚在新旧嬗蜕之时。"①那么在我国的文坛上涌现一批哀情小说也是时代与社会的特殊产物。在这新旧嬗蜕之时，从1906年的《禽海石》起，中国青年就希望更定婚制，解决自己的切身问题。这部小说一开始就控诉"父母之命，媒妁之言"的千年铁律，甚至批判"亚圣"孟子：

> 看官，可晓得我和我的意中人，是被哪个害的？咳！说起来也可怜，却不想是被周朝的孟夫子害的。看官，孟夫子在生的时到了现在，已是两千几百年了，他如何能来害我？却不想孟夫子当时曾说了几句无情无理的话，传留至今。他说世界上男婚女嫁，都要凭父母之命，媒妁之言，否则，父母国人皆贱之。咦！他全不想男婚女嫁的事，以男女两面都有自主之权，岂是父母媒妁所能强来干涉的。……我真不解孟夫子这样一个专讲平权的人，如何一时心地糊涂，说出这几句无情无理的话来。自从有了孟夫子这几句话，世界上一般好端端的男女，只为这件事被父母的专制政体所压伏，弄得一百个当中倒有九十九个成了怨耦。不论是男是女，因此送了性命，到枉死城中去的，这两千余年以来，何止恒河沙数。（第1回）

至于像《玉梨魂》、《孽冤镜》和《霣玉怨》这一类小说，它们也将对婚姻不自由的怨恨表现得淋漓尽致。那种既控诉父母专制，以乞求父母恩赐的悖论心理，跃然纸上。我不知胡适与鲁迅在接受不自由的婚姻时的内心世界是否有如此强烈，但心态一定是极为矛盾的。我们应该看到，胡适与鲁迅对自己的上一代的态度是"东方式"的，对下一代的态度是"西方式"的。他们这些先"觉醒的人"，愿"各自解放了自己的孩子"，他们只能"自己背着因袭的重担，肩住了黑暗的闸门，放他们到宽阔光明的地方去；此后幸福的度日，合理的做人"②。因袭的重担和黑暗的闸门中，何尝没有不合理的婚姻制度在？写这些话时，鲁迅的内心想必是有难言的苦衷的。在当时，鲁迅还没有做父亲，但是他却写出了《我们现在怎样做父亲》；可是他一贯是一位"孝子"，他却不敢如实地写"我现在怎样做儿子"。因为，在新文学作家的笔下是讳言谈"孝"的。他们与通俗

① 铁樵：《论言情小说撰不如译》，《小说月报》第6卷第7号，1915年7月25日出版，第2页。

② 鲁迅：《我们现在怎样做父亲》，《鲁迅全集》第1卷，人民文学出版社1991年版，第140页。

作家的不同是，通俗作家直言其痛楚与矛盾，而他们只在私人信件中表达自己的不满，而且还希望收信人“不足为外人言也”；在他们的作品中则用一种积极的（我们今天叫做“向前看”）的态度说“这是孩儿终身大事。孩儿应该自己决断”。胡适回国结婚不久，他写了《终身大事》并参与翻译了《娜拉》，他似乎在对青年读者说，别问我的行动怎么做，我希望你们读我的著译作品，懂得你们应该怎么做。因此，通过对比，我们是否可以这样说：通俗作家的哀情小说写出了“我们现在怎样”，而精英作家写的婚姻问题的小说则是写出了“我们应该怎样”。这是一个问题的两个侧面。当然我们可以说，那些徐枕亚们是倡导“发乎情止乎礼”的，这不是封建思想的铁证吗？他们的作品中的确有封建思想在；但是还有另外一点，我们也应该顾及：如果不装上这类“门面话”，处处表白自己是童男贞女，作品在当时也是难见容于社会的。其实徐枕亚与梨娘的原型在生活中已冲破了“禁令”，他们在现实生活中已从“情的极致”发展到“肉的结合”。可是这一类作品却同样都采取了“绝欲”的态度，连勇敢控诉孟子的《禽海石》的作者也不得不撇清自己道：“其实我与纫芬彼时的交情，却是以情不以淫，在性情上相契，不在肉欲上相爱。”在当时，在“性”与“淫”之间是画上了等号的。那么，那些哀情小说并非没有积极的一面，它们的启蒙作用在于：使中国的老儿女们从认为“父母之命，媒妁之言”的婚制是天经地义的，青年只能俯首服从——过渡到1906年的《禽海石》中对孟子的责难，并对千年婚制进行了控诉；再发展到1919年胡适的《终身大事》中的反抗，或者像鲁迅笔下的子君所说的：“我是我自己的，谁也没有干涉我的权力。”这是一个一个的“阶梯”。写情小说与哀情小说也是一种“过渡”，是一个大“?”号，是一个“跳板”，使在陆上的人们借着它的过渡，跨到自由婚制之舟上去。胡适的《终身大事》与鲁迅的《伤逝》已不是一个大“?”号，而是一个大“!”号。写情小说与哀情小说显然也是有启发蒙昧的作用的。

上述所论及的三个方面说明了在“五四”之前的转型期中，通俗作家曾是中国文学现代化道途的开拓者，并且也承担着启蒙民众的任务，当然那时的“启蒙”与“五四”时期大规模的“启蒙运动”的广度与力度还是有相当差距的。

二、改良与生存

以“海归”派为主导的文学青年们在“五四”前后集聚了自己的力量，他们发动了一场“新文化运动”向中国的传统文化进行猛烈的攻击。他们形成了中国现代文学中的一个“借鉴革新派”，即借鉴外国文学中的某些精华，在中国开展一场“文学革命”，其意图是唤醒民众，同时要使中国文学与世界文学接轨。鲁迅在1923年说：“现在的新文艺是外来的新兴的潮流，本不是古国的一般人们所能轻易了解的，尤其是在这特别的中国。”[①]在1934年他又说：“小说家的侵入文坛，仅是开始‘文学革命’运动，即1917年以来的事。自然，一方面是由于社会的要求的，一方面则是受了西洋文学的影响。”[②]而在1936年，他在《“中国杰出小说”小引》中说得更加绝对：“新文学是在外国文学潮流的推动下发生的，从中国古代文学方面，几乎一点遗产也没摄取。”[③]终其一生，鲁迅坚持其“借鉴革新派”的立场。尽管中国文化传统中的许多精华也在他的血管中奔流，但这只是隐潜的。新文学家往往对中国小说中的“继承改良派”——也即通俗作家是采取彻底否定的姿态的。这些通俗作家继承中国古代小说的传统，并且随着时代的更新而进行了若干改良。在他们的某些作品中开始斥责“割股疗亲”是非人道的“愚孝”，通媒妁的“婚姻”是青年家庭幸福的杀手，“从一而终”的节烈观是封建的桎梏，等等。他们作为爱国者，作为中国早期的启蒙者，并不对“五四”青年爱国运动持反对的态度。但是若干新文学家对他们的敌我态势已经形成，在1923年，《文学旬刊》改刊更名为《文学》时发表《本刊改革宣言》说：“以文学为消遣品，以卑劣的思想与游戏态度来侮蔑文艺，熏染青年头脑的，我们则认他们为‘敌’，以我们的力量，努力把他们扫出文艺界以外。抱传统的文艺观，想闭塞我们文艺界前进之路的，或想向后退去的，我们则认他们为‘敌’，以我们的力量，努力与他们奋斗。”[④]这一宣言不仅否定了文学的娱乐功能，实际上也斩断了“寓教于乐”的后路；同时对传统文艺观也一概采取了排斥的态度。因此在这种形势之下，通俗文学进入了一个在外部文潮的严厉“相克”中是否能求得自己“生存”的阶段。也即是在外力的猛烈的批判声中，自己的“继承改良”是否能得到广大“受众”的承认。继承改良成功则生，失去广大受众则亡。

回顾这一“在相克中求得相生”的生存竞争的文坛旧案，是重写文学史的一个新课题。在清末民初，通俗文学曾是文坛的庞然大物，它们虽曾发挥过早

① 鲁迅：《关于〈小说世界〉》，见《集外集拾遗补编》，《鲁迅全集》第8卷，人民文学出版社1991年版，第112页。

② 鲁迅：《〈草鞋脚〉小引》，见《且介亭杂文》，《鲁迅全集》第6卷，人民文学出版社1991年版，第20页。

③ 鲁迅：《“中国杰出小说”小引》，见《集外集拾遗补编》，《鲁迅全集》第8卷，人民文学出版社1991年版，第399页。

④ 西谛：《本刊改革宣言》，《文学》第81期第1版，1923年7月30日出版。

期启蒙作用，但在“五四”以后，借鉴革新派高举“德先生”和“赛先生”的大旗，所用的武器比他们的先进得多，锐利得多，使他们感到望尘莫及；而从外国新引进的许多“问题”与“主义”，又是他们的知识库存中并不具备的东西。因此，在与新文学家争辩时，他们老是处于下风，在舆论面前他们老是被置于被告席上。在这时，通俗文学作家还是有自知之明的，他们的对策是不争中心、不争主流，更不争文坛的领导权，他们只争读者。对这一批中国最早的职业作家说来，“古国的一般人们”，特别是广大的市民读者是他们的衣食父母，而新文学却又是“特别的中国”的老百姓所不易看得懂的文艺。通俗作家在当时所要探索的是如何“迎适”广大市民读者的需求。通俗作家是在“改良”古代传统小说的基础上，要使广大的市民读者群体“喜闻乐见”于他们的作品。因此，在这一时段中，继承改良派在精英作家的严厉“相克”中要采取新对策——在这一文潮的新形势下，他们的当务之急是“练内功”，而所谓的“练内功”就是要如何改良自己，符合广大市民读者的需求。

通俗作家的“练内功”应该说是相当成功的。新文学作家要将他们“扫出文艺界以外”，可是当时新文学家仅仅是在短篇小说方面磨砺自己，鲁迅在《中国小说的历史的变迁》中也说：“至于民国以来所发生的新派小说，还很年幼——正在发达创造之中，没有很大的著作，所以也姑且不提起它们了。”①这是非常实事求是的评价。仅凭这些短篇要将继承改良派赶出文艺界，力量显然是不足的。因此，通俗作家虽在舆论中处于弱势，在作品传播上却是处于“默默的强势”。他们在与新文学相抗衡中，采取的是“你无我有，你弱我强”的策略。例如你侧重于短制，我则在长篇章回上下工夫；你面向知识阶层，我吸引市民大众……于是他们与新文学界形成了各有侧重点的读者群体。今天回顾，在文坛的“相克相生”中，竟使我们的现代文学在不自觉中形成了一个雅俗优势互补、读者各得其所的局面，颇有“歪打正着”之感。

其实通俗作家也是受着“五四”启蒙运动的影响的，不过他们在抗衡中不愿在口头上承认而已。他们在作品的内容上也努力改良自己。例如过去在狭邪小说的写作中，他们“先是溢美，中是近真，临末又溢恶”②，但到了 20 世纪

---

① 鲁迅：《中国小说的历史的变迁·第 6 讲·清小说之四派及其末流》，《鲁迅全集》第 9 卷，人民文学出版社 1991 年版，第 340 页，第 339 页。

② 鲁迅：《中国小说的历史的变迁·第 6 讲·清小说之四派及其末流》，《鲁迅全集》第 9 卷，人民文学出版社 1991 年版，第 340 页，第 339 页。

20年代初的毕倚虹和何海鸣笔下，他们抛开了过去的几种模式，却是加进了人情与人道主义的新因素，出现了像毕倚虹的《人间地狱》这样的优秀长篇。而在短篇方面，何海鸣的《老琴师》与《先烈祠前》也属此类中的翘楚。他们是将娼妓问题作为一个社会问题来加以研究的，喊出了“妓女也是一个人”①的呼声。通俗作家又为民国武侠小说奠基：1923年向恺然（平江不肖生）在《红》杂志上推出《江湖奇侠传》，同年在《侦探世界》上连载《近代侠义英雄传》。前者以它的奇幻性，为武侠小说赢得了大量的读者。据郑逸梅回忆，上海东方图书馆于1926年开馆，至1932年1月28日被日寇炸毁共约5年多时间，《江湖奇侠传》就连续被读者看“烂”了14部之多。而后者则侠风可鉴、义薄云天，是民国武侠小说的奠基之作。小说一开首就写王五对安维峻的义肠侠骨，写他与谭嗣同的肝胆相照、无畏慷慨。接着是写霍元甲的爱国深情，一股民族自卫自强的凝聚力跃然纸上。像王五、霍元甲这样的人物是新文学家所不熟悉的民间英雄，而通俗作家则以他们的爱国热诚与民族的凛然正气塑造了一代气贯长虹、铁骨铮铮的侠客义士。侦探推理小说是国外传入的文类，它在1896年传入中国，引起了巨大的反响，国人竞相译介。阿英说：“而当时的译家，与侦探小说不发生关系的，到后来简直可以说是没有。”②而周桂笙则被阿英称为“是这一类译作能手”④。可是周桂笙在译介时使他的心灵最为震撼的还不是小说的情节曲折起伏、跌宕多姿，而是侦探小说内蕴着尊重“人权”与重证据的“科学”的精神。他说：“至于内地谳案，动以刑求，暗无天日。”这与侦探小说的科学态度竟有天壤之别。“至若泰西各国，最尊人权，涉讼者例得请人为辩护，故苟非证据确凿，不能妄入人罪。此侦探学之作用所由广也。”⑤因此，侦探小说是在“五四”提倡“德先生”与“赛先生”之前，就为我国吹来的一缕民主、人权、科学、文明的新风。可是新文学在“五四”以后却不接受这一文类，认为侦探只是维护资本主义秩序的看家奴才。“五四”之后只有曾参与翻译过《福尔摩斯侦探案全集》的程小青等，花工夫将侦探小说“中国化”。他塑造了一个侦探霍桑的形象，出版过系列的《霍桑探案》，在读者中“制造”了一批“霍迷”。他笔下的霍桑从小喜墨子之兼爱主义，因墨家行侠仗义之熏陶，遂养成其嫉恶如

① 何海鸣所写的《倡门之子》中的人物语，见范伯群、范紫江编：《倡门画师何海鸣代表作》，江苏文艺出版社1996年版，第133—146页。

②④ 阿英：《晚清小说史》，人民文学出版社1980年版，第186页。

⑤ 周桂笙：《歇洛克复生侦探案·弁言》，《新民丛报》第55号，第85页。

仇、扶困抑强之习性。因此，他成为大侦探后，也蔑视权贵强暴，具有同情中下阶层的正义感。程小青认为侦探小说既有“移情”又有“启智”的功能，使他百思不得其解的是，侦探小说拥有如此大量的读者，那么为什么有不少人还要摒侦探小说于文学的疆域之外，甚至目侦探小说为“左道旁门”？另外在20世纪20年代，国产电影的生产量也日益增多，那时的电影剧本也几乎为通俗作家所占领(左翼作家到30年代才进入电影界)，它有助于通俗文学得到更多的受众。只要看《火烧红莲寺》的狂热，就可以知道电影与小说“联姻”所产生的巨大影响。徐枕亚的《玉梨魂》与包天笑的译作《空谷兰》，也由于被明星电影公司拍成电影而流行一时。而20年代，照相制版也开始普及，通俗作家在上海掀起了一股画报潮，也为通俗文学带来了助力。

历史告诉我们，通俗文学在巨大的压力下的改良与自强是成功的。新文学界要将通俗文学“扫出文艺界以外”，可是匪夷所思的是，他们却将老百姓最喜闻乐见的若干文类与题材，都推给了通俗文学。其实，武侠小说中的传奇性是可以为任何小说所利用的，侦探小说中的推理性也可以为任何小说增加其悬念性。可是新文学界看不起这些东西，很多作家只要思想性，忽视可读性。因此在舆论上通俗小说似乎被打倒了，但是它在“默默的强势”下却在“悄悄地流行”。

在20世纪20年代通俗小说家最可称的并非是上述这几种文类与题材，他们从文学的角度对现代中国的最大贡献是他们善于写“都市乡土小说”。我们之所以冠以“都市乡土小说”的名称，是强调它与一般的“市井小说”之间的差别。它们能将中国的大都会的民间民俗生活，包括这些城市发展的沿革与地方性，和盘托出于读者之前。这些是新文学界写乡土小说的作家所不熟悉的生活。鲁迅在论乡土小说时有一层意思往往为我们所忽略，他称这些乡土作家是侨寓者，他们来到了大城市“侨寓”，却写不出侨寓地的民间民俗生活，只能在回忆中写他们本乡本土的故事。由于新文学界的乡土小说的题材都是小城镇或乡村，以致后人误认为乡土小说就是写乡镇的小说。其实乡土是指地方性，纽约、伦敦、巴黎都有它们的地方性，上海、北京亦然。除了国民性之外，各个地方都有它们的地方性。

上海是十里洋场，北京则是个乌纱帽交易所，地方特色是大有区别的。而通俗作家极大多数是从外地流向大城市的“文字劳工”，但他们却能写出侨寓地的民间民俗生活及其发展沿革。就凭这一点，他们就可以与新文学中的社会剖析派小说构成互补的态势。张恨水、叶小凤、陈慎言、何海鸣都不是北京人，可是他们写出了《春明外史》、《如此京华》、《故都秘录》和《十丈京尘》等等充满京味的作品。在陈慎言笔下，满贵族、清遗老、阔伶官个个写得活灵活现；在何海鸣的说部中，一个董元惠、一个全豹卿、一个贡济川，就令你好像看一部“中国《死魂灵》”。包天笑与平襟亚不是上海人，但他们写出了《上海春秋》与《人海潮》。读了包天笑的《甲子絮谭》，你才会懂得叶圣陶笔下的潘先生一家出火车站时，怎么会挤散的，使潘先生掉下妻离子散的眼泪；你才会领会当时上海的军阀“拉民夫”时的惨状。通俗作家生活在广大的市民之中，他们生活的接触面很广，他们涉足的社会领域是复杂而多样的，因此，他们的作品有其民间民俗的丰富性。他们笔下的存真而传神的生活场景与人物，也为我们子孙留下了一份珍贵的文化遗产，供我们研究现代中国时，有着许多活生生的真实图像与画面。通俗作家经过不懈的努力，在改良中找到了许多新的生长点，生产出了系列成果，他们在文学领域中取得了无法撼动的生存权。

三、中兴与融会

经过 20 年代的改良与自强，一批南方的通俗作家仍然能保持其创作的势头，但也不免有定型化之嫌；这时一些北方作家却更能显示通俗文学创作的后劲。那就是张恨水、李寿民（还珠楼主）和刘云若等人的作品开始为人们所瞩目。特别是张恨水，不再仅在北方一隅有众多读者，他成了全国性的著名作家，竟使人们产生了一种通俗文学再次“中兴”的感觉。他的作品打破了原有的通俗文学读者的疆界，开始“蚕食”新文学的读者群的边境，“入侵”到知识青年读者中去了。在一封大惑不解的读者来信中，我们可以听到这种百思不得其解的惊讶声：

> 为什么这些害人的旧小说还可以风行一时？为什么偏有许多人会入他们的迷途呢？譬如《啼笑因缘》，在目前出版界，依然是一部销行最广的小说；难道是因为它的内容丰富？（当然不是的。）或者是因为它的技巧神巧？（也不见得。）照你们的看法，世界上的事，即使这样的小事，总也不该有所谓偶然的吧。①

而李寿民则是民国武侠小说第二波的领军人物，在他的作品的影响下，出

① 夏征农、伍臣：《读〈啼笑因缘〉——答伍臣君》，转引自魏绍昌编：《鸳鸯蝴蝶派研究资料》，上海文艺出版社 1962 年版，第 63 页。

现了北方的宫白羽、郑证因、王度庐和朱贞木等武侠小说作家群。其时，通俗文学不仅经得起外界的压力，而且与新文学形成了并驾齐驱和双翼展翅的局面。这里还有一个重要的因素，就是统一战线政策的提出，双方对立的态势也大大缓和。

在抗日战争中，一个可以从中得到启示的文学现象是值得我们进行再思考的：在沦陷区里的作者竟写出了一定数量的小说精品；而在大后方，一些新文学中的非主流作家所写的通俗性的作品，竟然使人们趋之若鹜，成为最畅销的读物。例如到现在还有争议的“张爱玲现象”（争论的焦点似乎是“是否热过了头”）。其实她的成功也不是偶然的。当时，身历其境的柯灵说出了其中的道理，但他说得很巧妙，要我们细细咀嚼，才会感到其中含蓄的回味：

> 中国新文学运动从来就和政治浪潮配合在一起，因果难分，“五四”时代的文学革命——反帝反封建；30年代的革命文学——阶级斗争；抗日时期——同仇敌忾，抗日救亡，理所当然是主流。除此之外，就都看做是离谱，旁门左道，既为正统所不容，也引不起读者的注意。这是一种不无缺陷的好传统，好处是与祖国命运息息相关，随着时代亦步亦趋，如影随形，短处是无形中大大削减了文学领地，譬如建筑，只有堂皇的厅堂楼阁，没有回廊别院，池台竞胜，曲径通幽。我扳着指头算来算去，偌大的文坛，哪个阶段都安放不下一个张爱玲；上海沦陷，才给了她机会。日本侵略者和汪精卫政权把新文学的传统一刀切断了，只要不反对他们，有点文学艺术粉饰太平，求之不得，给他们什么当然是毫不计较的。天高皇帝远，这就给张爱玲提供了大显身手的舞台……张爱玲的文学生涯，辉煌鼎盛的时期只有两年（1943年—1945年），是命中注定的，千载难逢，“过了这村，没有那店”，幸与不幸，难说得很。[①]

说白了，柯灵的意思是说，我们有些人缺乏容许“百川归海”的雅量。可是张爱玲自己却更言简意赅地说清了她的作品的长处。她说：“我的作品，旧派的人看了觉得还轻松，可是嫌它不够舒服。新派的人看了觉得还有些意思，可是嫌它不够严肃。”[②]觉得故事轻松而“不够舒服”者，大概是指它过于“洋气”；

① 柯灵：《遥寄张爱玲》，转引自《张爱玲文集》第4卷，安徽文艺出版社1992年版，第427页。
② 张爱玲：《自己的文章》，《张爱玲文集》第4卷，安徽文艺出版社1992年版，第175页。

认为有些意思而“不够严肃”，大概是指书中缺乏“主义”。这种新派旧派都想看、而又都不感到满足的况味，正表现了张爱玲善于融会中西、超越雅俗的本领。张爱玲将中外、古今、雅俗的文学都作为一种丰富自己、滋养自己的有用的资源，为她烹调自己的特色菜肴。她的“热”是有道理的，在融会与超越上，她的境界虽不能说是独步，可是能比肩的作家，恐怕不多。

在沦陷区还有另一类作家，他们不像张爱玲那样出尽风头，他们是环境的不合作主义者。如天津的刘云若，他闭门写作，有时十天半月也不出门一次，他用《粉墨筝琶》杀青的话为他代言：“我想不出什么好办法，当初本可以到内地去，已经把机会误了。现在做生意，不但没有本钱，没经验，我也不愿发那国难财。做事情更不愿吃汉奸饭，受矮子气。就是当一个号称清高的教员，我不忍看着许多好青年去给日本人修飞机场，运军用品。”他在1941年就写了6部作品，其中有像《旧巷斜阳》这样的精品。

现代中国的武侠小说作家更是以中国的传统美德作为自己作品的灵魂。宫白羽、王度庐这些写武侠小说的作家是非常重视民族气节的。宫白羽说：“昔逢时变，抱病闲居；创小学以宅心，鬻小说以糊口……”在抗战时期，他办“正华学校”，写武侠小说，决不与敌伪发生关系。而王度庐笔下的中国传统美德也令人叹为观止。在“鹤—铁系列”中的李慕白与俞秀莲这对恋人，在孟思昭逝世后，本可以结婚了，大家也这么劝他们早日成婚。铁小贝勒也说：“你也就无妨娶她……这也不算是什么越礼。”可是孟思昭是为李慕白而牺牲的，因此李慕白的回答是“礼上纵使勉强说得过去，但义气上太难相容”。俗话说“爱情是自私的”，可是在李慕白看来“义高于情”，他以义制情。中国传统美德中的“义”却能打破恋爱中的自私的坚冰。在现代中国，许多通俗小说为我们保存了一脉民族传统美德的高贵情谊。这是我们过去所忽视的，也是现在要特别强调的。另外我们还应该看到，像宫白羽、王度庐受新文艺的影响也是很深的，宫白羽一直感戴鲁迅与周作人对他的培养与教诲；而王度庐也有很高的新文学的修养。

中国的普通老百姓之所以爱读通俗小说，就是因为在鉴赏他们能理解的文艺作品时，还能在小说中得到一些生活的教训以及为人的基本准则。例如在张恨水的《春明外史》的主人公杨杏园身上，看到了他洁身自好、清白自许、出污泥而不染的品德。而《金粉世家》中的冷清秋则是女性的杨杏园，《啼笑因缘》中的樊家树是中产阶级，他是富有的杨杏园。当然，他们每个人都有他们的个性，也各有自己特定的品格，例如樊家树已建立了现代的性爱观。而冷清秋的生活道路则告诫我们:“齐大非偶。”在小说中还写出了她的对立面纨绔子弟,他们却是“金玉其外,败絮其中”。刘云若说过,他的小说中喜欢写一种“稀有人种”——至性人,他对“至性人”的解释是“性情淳厚,一往情深,宁可苛待自己,也要成全他人者”。这些都是为人的基本准则,在旧社会需要,在今天何尝不需要呢?当然,在现代中国光有这些品质是不够的,还需要新文学的主流派来进行完善,例如阶级斗争的概念。在中国的传统道德中并非没有斗争。在武侠小说中常常表现对友人“义”,对邪敌“惩”,而且在“惩”之前,往往有一番仁至义尽的“劝”,这才算是英雄本色,即使在除恶中也贯穿一个“仁”字。但是在过去的通俗小说中,“阶级”这个概念是不明确的。因此,在道德准则上也是需要精英文学与通俗文学相互补充的。

在抗战时期,还有一种值得关注的文学现象,那就是同样是爱国题材,同样具有精英文学的若干素质,却不用主流的精英文学的写法。他们借用新文艺的笔调,又借鉴外国通俗小说的模式,却得到了广大读者,特别是新市民读者的击节赞赏。其中的代表性作家就是徐訏和无名氏。徐訏的《风萧萧》是一个爱国题材。小说完全用的是精英文学的笔调,可是内容却是非常通俗的故事,他又融合了外国间谍小说的格局,而间谍小说又是在国外很流行的通俗模式的题材,可读性极强。这是一种“嫁接”的作品。小说在报上连载时,“重庆江轮上,几乎人手一纸”。因此,1943 年曾被称为“徐訏年”。无独有偶,在西安的无名氏连载《北极风情画》于报端时,他出去理发、沐浴,上饭馆、咖啡馆,进公园喝茶,到处都听见有人在谈论此书,形成了“满城争说无名氏”的盛况。对这些小说,我们简直不知道说它是精英文学还是通俗小说为好。这是一个超越雅俗、融会中西的良好的势头。小说能写到这个份上,得到多种类型读者的“热捧”,真可说是雅俗合流而又别开生面了。它们是爱国题材,却又走的是“畅销书”的套路。可是过去的文学史上对这些作家的评价是非常吝啬的,甚至是略去不计的。其实这是精英作家的一种尝试,也是通俗文学的一种更新。这是现代中国文学史上很值得关注的文学现象之一,是精英文学与通俗文学各自走向成熟时的一次合流,它们所生的“孩子”各取了父母身上的若干优点。可是由于政治大形势的影响中断了这种良好的尝试。从第三时段的双翼展翅、并驾齐驱进而双向合流、难分彼此,这是中国现代文学在现代化的途程中另辟蹊径,值得重视。

从 19 世纪 90 年代初到 20 世纪 40 年代末这 50 多年中,中国现代通俗文学经历了一个发展三段式。开始,他们曾是庞然大物,几乎是独家经营,为中国现代文学开拓新领地，并对“浅人社会”进行了初步的启蒙；在“五四”前后，他们风光不再，在“相克”的不利形势下，他们考虑如何通过改良，求得生存与自强，他们在“默默的强势”与“悄悄的流行”中有着自己广大的读者；在20世纪20年代与30年代的交错点上，出现了北方通俗文学家带来的“中兴”态势，而在新文学与通俗文学的相互嫁接中，又出现了融会中西、超越雅俗的新的生长点。通俗文学发展的历史经验与教训是值得、也应该好好总结的，它作为双翼展翅文学史中的一翼，大大丰富和拓展了中国现代文学的领土与疆域。

论新文学与通俗文学的互补关系*

现在，许多现代文学史的研究者都承认新文学与通俗文学不是敌对关系，而是互补关系。在这个大前提得到肯定之后，我们就应该进一步研究，它们有哪些“互补点”，也就是说，它们有哪些优长值得相互学习与借鉴；在学习与借鉴的过程中可以建立一种“新型的关系”。这种关系的建立必将对今后的文学创作产生深远的影响。

从各自独特的艺术规律看互补的可能性

新文学作家在写小说时，往往以塑造典型为他们的追求目标。阿Q是中国现代文学的“第一典型”，所以鲁迅的小说是伟大的。现代通俗小说中也有成功的典型人物，可是通俗作家并不以塑造成功的典型为其追求的目标。他们追求的是作品的“趣味性”，对读者能产生强大的磁场，要吸引读者达到痴迷的程度，然后产生作品的劝惩效应。读者中产生了“《啼笑因缘》迷”、“《金粉世家》迷”、“《霍桑探案》迷”，是他们的莫大荣耀。他们在故事性上下工夫，他们在生动的新鲜事物与令人拍案叫绝的细节上下工夫，无论如何要使读者“手不释卷”、“欲罢不能”，甚至“废寝忘食”。他们的作品除了故事性之外，也往往会渗出浓郁的文化味汁。总之，新文学崇尚“塑人”，塑造在文学史画廊中永不磨灭的典型；而通俗文学则偏爱“叙事”，叙能传之后代的奇事，这“奇”又往往与当年的“新”挂起钩来，而这种“新奇”之事，让后代可以从中看到文化的流变创新与民俗的渐进更迭。但是他们的这种努力与成就，在过去往往被新文学作家当作批判的对象。例如茅盾在《自然主义与中国现代小说》一文中就说：

---

* 本文原载《中国现代文学研究丛刊》，2003年第1期，后收入《多元共生的中国文学现代历程》一书，复旦大学出版社2009年版。

> 总而言之，他们做一篇小说，在思想方面惟求博人无意识的一笑，在艺术方面，惟求记账似的报得很清楚。这种东西，根本不成其为小说，何论价值？但是他们现在尚为群众的读物，尚为群众认为小说，所以我也姑且把他们放在"现代小说"题目之下……①

所谓"无意识的一笑"，大概是针对追求"趣味性"而言的。而"惟求报账似的报得很清楚"却正是通俗小说异于新文学的特点之一。它们的"精细的记述"正是文化味汁浓郁的泉源。而茅盾也不得不承认这是"群众的读物"，也被群众首肯为"小说"，也就是说这是老百姓喜闻乐见的民族形式的小说。

下面我想举实例来比较新文学与通俗文学的各自的特色。为了说明问题，对比二者在同一题材中的视角不同与写法的各异，是不失为能切实剖析其肌理的一种方法。叶圣陶的《潘先生在难中》与包天笑的《甲子絮谭》②同是反战题材，而且都是反映1924年江浙齐卢大战的小说。当年反映这场战争中苏州一带居民为逃避战祸而躲进上海租界的小说特别多。叶圣陶着眼点是要塑造小学教员潘先生这一"灰色小人物"的典型形象。

可是包天笑的《甲子絮谭》根本不重在塑造典型，但文化味汁特别浓厚。小说开端就写一位洞冥子对缥渺生的一席"泄漏天机"式的谈话，叙述一个三元甲子"转关"的神秘兮兮的话题，而且这"转关"正逢一个"劫数"。每逢甲年，中国多少总会闹些乱子出来。这1924年(甲子年)看样子也逃不过"劫数"了。那是一种古老的星相占卜术派生出来的预言文化。一席预言之后，作者才写江、浙、沪三地战事迫在眉睫的严峻形势。所谓"絮谭"就是作者与读者轻声细语而又滔滔不绝地"神聊"。因此，镜头不一定对准这场战争，即便是写战争与声讨军阀罪行，也绝不放弃这场战事中的一些奇闻与逸事。

包天笑将镜头转到黄渡乡下红桥镇一家殷实富户周云泉家中，周家怕战事一旦降临，他儿子原先已经预订好的婚事将可能拖得遥遥无期，他决心要赶在战前办好这件家庭大事，即使是草草成亲，也在所不惜。乾坤双方都同意吉期定在甲子八月初二，吉时是在夜半子时，结婚第二天便准备逃到上海租界这只"保险箱"中去避难。

---

① 茅盾：《自然主义与中国现代小说》，载《小说月报》第13卷第7号。

② 《甲子絮谭》收入范伯群编的《包天笑代表作》，华夏出版社1999年版。

新娘子轿子进门，照理是要放三个炮。这炮手，红桥镇还没有，却是从青浦带来的。他的火药格外的填得结实。加着秋高气爽，而且在夜深人静之中。那炮声分外的响亮。谁知这三声炮，却轰破了江浙和平空气，蔓延到了全国，影响了世界。

因为双方的士兵早已在战壕中荷枪实弹，专等敌方开第一枪，以便把挑起战争"祸首"的"帽子"戴到敌方头上去："衅由汝启，吾不得不自卫耳。"《甲子絮谭》第1章，就津津乐道、绘声绘色地写这战壕之外的三声"炮"响。这场必然要发生的战争，却由这根毫无关联的"导火线"引爆的。读来也实在令人感到偶然，也觉得其中有着必然，不过被他这么一写就变得饶有兴趣。包天笑这部长篇中，总是喜欢写此类"大背景"下的"小插曲"。至于"三元甲子"一说，也不是他一个人的"神乎其神"，我记得在张春帆的《政海》这部长篇中，江对山曾与陈铁舫谈论今后的时局时，陈铁舫也是从"三元甲子"说起的。可见这是当时民间盛传的一种带有迷信色彩的"推背图"式的预言。

再例如，军阀战争中的"拉夫"，是这两个作品共同描述的情节之一。叶圣陶是这样写的：

这就来了拉夫的事情：恐怕被拉的人乘隙逃脱，使用长绳一个联一个地缚着臂膀，几个兄弟在前，几个兄弟在后，一串一串牵着走。因此，大家对于出门这事都觉得危惧，万不得已时，也只从小巷僻路走，甚至佩有红十字徽章的如潘先生之辈，也不免怀着戒心，不敢大模大样地踱来踱去。

这当然也是为塑造潘先生这个人物服务的。可是在《甲子絮谭》中，包天笑还是通过周小泉（逃难到上海的新郎，周云泉的儿子）的眼睛将拉夫的场面，整整写了一章。这并不是为塑造周小泉服务的（最多写了周小泉是个有同情心的人），可是却看到当时的拉夫使许多家庭妻离子散的惨相。包天笑笔下的有些描写与叶圣陶作品中的情节完全相同，可见这是当时的实况。

这两天华界里凡是穿短衣服的，走路都有些危险。

果然见有三四十人一大串，手臂上都用草绳扎住，两个人一排，甲的左手与乙的右手一同扎住了。在马路上鱼贯而行。前面两个兵士荷枪而行。中间的两旁，还有兵士夹护。恐防他们逃出来。后面又有两个兵士押队。好像是押解俘虏一般。一路行来，直送火车站那个货栈铁房子里去了。

“昨天为了拉夫，已经有人写信到他们的什么司令部里去。司令部里说，我们并不要拉夫。我们因为缺乏夫役，叫当地招募四五百人，优给薪工，他们愿意的就去不愿意的就不去。”周小泉道：“这个法子就对啦，不是要他们自己愿意的吗？”那个人道：“可是说虽如此说，他们拉却尽管拉。”那老婆子忽然哭喊道：“我的儿子何尝情愿呢。可怜我只有一个儿子了。我的媳妇还有七个月身孕。倘若被他们拉去，战死在战场上，我的老命一条是不要的了。我的媳妇也要急死苦死了。她腹中的小孩子也不能生出来了。我的一家都完了。天杀的啊！你们要打仗，关我们什么事啊？你们自己要死就死便了，为什么要拉我的儿子去啊？”……这时一个警察站在马路中心。老婆子旁边的人便低声道：“你别骂吧，不要又吃了亏。”老婆子道：“不怕，不怕。我宁可他们枪毙了我，我也不要活了！”……周小泉跟着他们来的，看得出神了。心想：“这就叫做拉夫。生生的把人家夫妇母子拆开，惨酷极了。这都是那班军阀家的罪恶啊！”

读了包天笑的这些记述，我总存一份感激之心。《潘先生在难中》的潘先生的形象固然使我极为赞赏，可是我也在通俗文学中得到有益的认知。通俗作家的职能是传奇，海阔天空地记叙古今奇闻逸事，使“看官们”从中得到一种享受，写得好就更是一种艺术的享受，这是通俗文学不同于新文学的一种艺术规律；而且写得好也会出现典型人物，但它的最高境界应是令人目不暇接的传奇性。包天笑的《甲子絮谭》就使我们较为全面地了解了 20 世纪 20 年代齐卢大战时期的上海社会的许多畸形面。通俗小说的“奇”中也包括许多新鲜的事物，因此在当时它有一定的新闻性；而这“奇”，有时也对古代奇闻逸事进行钩沉，那是它的旧闻性。只要是经过艺术加工的，就有它的艺术味汁，也有它的浓郁的文化品位。因此，通俗小说的丰富性、存真性，乃至艺术性是绝不可低估的。就存真性而言，通俗小说对这一次齐卢大战的内因是“一语中的”的。包天笑借人物之口说：“上海地方，就是那不正当的营业容易发财……现在上海最时髦的就是贩土，其次就是办发财票，再次就是开赌，再其次便是卖假票欺骗人家，开游戏场引诱良家。你想这一次打仗，却是为什么打的？谁也不知道为了鸦片烟土的事，大家争一个鸦片地盘呢!”在其他的通俗小说中也是这个结论。如《江左十年目睹记》[①]中就说这次战争的起因是为争“十一太保”的利益。“十一太保”就是一个“土”字。鸦片俗称“土”。这个结论与《剑桥中华民国史》中讲这一次战争的起因是一致的[②]。讲到这“十一太保”，包天笑还在小说中写了它的危害已深入到下层社会，即使在军阀的部队中也有许多人沾染上了这种恶嗜：

今天又到了许多福建来的队伍，据说都是吸鸦片的。打起仗来说甚是勇猛咧……正在开火的当儿，他们却便正在过瘾，过足了瘾精神百倍，他便奋勇异常。你可知道，鸦片烟这件东西是个兴奋剂呀！……哪里有这许多烟枪烟灯？其实的确有许多鸦片器具，而且这些东西也都是他们夹带的，不过那种东西实在是简陋得可笑。我先讲他们的烟枪，他们的烟枪大一半自然是皮条枪，取其便于携带。一声令下，开赴前敌，他们将皮条枪向衣袋里一塞，跟着大家跑了，自然是最轻便。可是也有许多人是吸不惯皮条枪的，他们使用一种毛竹枪，制作是粗陋得很的嚧，也不能太粗太长，也要衣袋里搁得进。至于烟斗呢，有的果然像一只烟斗，有的你道是什么东西做的？倒也难为他们想得出，原来广东店里有一种卖青盐陈皮的黄沙小罐，牛奶色的，也和烟斗差不多大小。那底是尖的，他把那罐口磨光了，尖底的地方戳一个眼儿，装在枪上，便算是个烟斗子……他们块马口铁皮剪得园园作的，要不就是听头香烟里开出来的一个小圆盒儿也好，把半段洋蜡烛烧热了，沾在上面，再用一个鸭蛋壳敲破了两头，在那洋蜡烛上一罩，便成为烟灯了……他们把一些稻草在地下一铺，枕头是没有的了，只好把破衣服包上几块砖头，睡下来点上洋烛，罩上蛋壳，抽出皮条枪嗤嗤嗤的猛吸了几十口烟。那个时候，前面怎样的炮火连天，尸骸遍地，他也只好不管，闭着眼睛，扛着肩架，猛抽他的烟，便是一个炮弹飞过来，连人带他的烟具，一古脑儿都变成了炮灰，他也不管的了。只好付之天命。及至过足了瘾，把烟枪袋收好在身边，便精神抖擞的起来，呐一

① 姚鹓雏的长篇《江左十年目睹记》原书名《龙套人语》，用笔名龙公。1984年文化艺术出版社用《江左十年目睹记》的书名重印。

② 参见《剑桥中华民国史(上)》，中国社科出版社1993年版，第322—324页。

声喊，猛冲前去，让前敌的弟兄们退下来过瘾。这时候那种吸烟兵勇猛百倍，一以当十，好似一群野兽，那才厉害呢。这便像机器加足了油，橡皮管里打足了气一般。

把士兵吸烟的特制器具写得如此详细，把他们吸烟时的将生命置于度外的神态，写得如此逼真，也许这所谓"勇猛"却是疯狂。恐怕也只有通俗小说中能"记账似的报得很清楚"。可也不是纯粹的无聊笔墨，也不仅仅是供读者消闲。它将军阀部队的腐朽性，生动形象地勾勒出来，活像继承了八旗子弟兵的衣钵。这样吸大烟的士兵，必然会有极强的金钱欲，他们倒喜欢打仗。所谓"枪炮一响，黄金万两"，他们就可以扰民，可以奸淫掳掠。包天笑接下去就写军阀军队的扰民与敲诈勒索。

以上是从两部同一题材的小说对照其视角的不同与写法的各异，找出了规律性的东西来，从中看到两者之间互补的可能性。

特有的叙事传奇功能为新文学提供背景式的参照

通俗文学的详细的叙事特色，往往可以给我们许多感性知识，当我们去读新文学作品时，通俗小说常常发挥一种背景式的参照作用。这里举一个通俗小说对鲁迅的杂文作了极好补充的事例。鲁迅在他临终前，接连写了两篇有关章太炎先生的文章，其中有一篇是他逝世前两日搁笔的未完成稿，读后觉得鲁迅对章先生有一种"尊敬的贬意"。当我看到鲁迅对章太炎的"既离民众，渐入颓唐，后来的参与投壶，接受馈赠，遂每为论者所不满，但这也不过白圭之玷，并非晚节不终"的评语时，觉得鲁迅先生还是笔下留情的，不过此文与事实是稍有出入的。我也曾经老是想不通，这个章太炎也太离奇了，你去参加军阀孙传芳的那一套玩意儿干什么呢？关于这一公案，在《鲁迅全集》中有两个注释。一是讲孙传芳"盘踞东南五省时，为了提倡复古，于 1926 年 8 月 6 日在南京举行投壶古礼"。对"投壶"的注释是："古代宴会时的一种娱乐，宾主依次投矢壶中，负者饮酒。"又有一注说："1926 年 8 月间，章太炎在南京任孙传芳设立的婚丧祭礼制会会长，孙传芳曾邀他参加投壶仪式，但章未去。"1926 年我还没有出生，我也没有专程去查过 1926 年有关这方面的报刊。只是想象中觉得这是怪事一桩，或者说是一幕滑稽剧而已。而章太炎怎么会与孙传芳搞在一起的呢？鲁迅的文章中说："先生遂身衣学术的华衮，粹然成为儒宗，执贽愿为弟子者綦众……”[①]大概也不失为一种解释。可是我读了姚鹓雏的小说《龙套人语》(即《江左十年目睹记》),我觉得大有裨益。小说用了一章多的篇幅为我们详写了这幕复古活剧。那就是第18章的《乡饮投壶先兵后礼,大庠入彀偃武修文》。这样的生动详尽的描写,大概连报章上的报道也无出其右了。因为是写了整整一章有零,我就无法抄录了。但在这一章中有一段书中主人公魏敬斋与师孟的对话,说出了军阀们当年为什么会欣赏章太炎的道理。书中的魏敬斋倒是个“硬里子”的名士,颇有见地,又能诗善画。他们的这席对话,说出了鲁迅语焉不详的若干道理:

> 师孟道:“庄遁庵(即书中影射章太炎之名)近来在这班藩镇之间,红得不得了,真可以算是诸侯上客,但是他所讲究的‘国故’,并不是为帷幄运筹用的。他们请教他是些什么?我倒不懂。”敬斋道:“有甚不懂。我好有一比,比如我们卖书画的,人家说卖书卖画,简直可以说末等生意了。因为书画这一类东西,既非如粟米之疗饥,又非如珠钻之可贵,穷的人买不起,不消说了,稍为够过的,也不要买这类不急之物。至于大家巨阀呢,钱是有的,也尽有余暇来考究那些,可是他家里的古董书画,早已装满了几十个木箱,又无需我们的那种新鲜出品,算来算去,惟有那些暴发财的人家,骤然间有了钱,便要装潢门面,附和风雅,那便是我们这行买卖的惟一受主,可是在这惟一受主,暴发户的心目中,还要分几个等级次序。当他发了几十百万的财之后,要穷奢极欲起来,便先是锦衣玉食,次是娇妻美妾,到最后一着,方才是住的问题。于是乎必须盖新房子,以满足他住的奢欲。盖起房子来如果他盖的是洋式巨宅,还需要不到我们的这种东方艺术的书画。照此程序推算下去,第一步要他发财。发财之后第二步奢侈到衣食,衣食之后第三步到妻妾。妻妾之后第四步到洋房汽车。只在这四步之中,有一条小小岔路,便是希望那暴发户盖的是中国式的房子,这才有挂我们这些旧书画的余地。那才可以讲行情,论交易。还要人情熟练,应酬圆到,方可得到这‘惟一受主’之一顾。你想那种买卖难乎不难?这类职业可做不可做?可是现在那些大军阀、大将军,在金钱权势上,固然完全是一个大大的暴发户,论起他的知识来,又只想盖中国大厦,

---

① 以上鲁迅的杂文及其注释见《且介亭杂文末编》:《关于太炎先生二三事》、《因太炎先生而想起的二三事》,《鲁迅全集》第6卷,人民文学出版社1991年版。

而不想收罗'洋才',所以东方书画式的庄遁庵就值了钱了。现在那些大将军的地盘,便如新盖的中国式的大厦一般,那庄先生便是吴昌硕的一张花卉,康有守(影射康有为)的大字。东也要拿他去挂两天,西也要拿他去悬几日,以表示他们暴发的神气,礼贤的盛事,于是乎庄先生乃大红而特红。"(《龙套人语》第18回)

这样精辟的论述出现在魏敬斋这个人的口中是非常合乎身份而一点也不板滞的,但这席话是可以去补充鲁迅杂文中所没有写到的内容。鲁迅只写了章太炎的主观世界的一面:"既离民众,渐入颓唐。"但那些军阀大佬为什么如此大捧特捧章太炎,看了这段议论,于情于理,都能令人信服,更何况作品如此生动详细地描绘了"投壶"大礼的场面呢。姚鹓雏小说的这一章,简直可以作为鲁迅论述章太炎文章的"重要参考资料"去读。而且这部小说精彩处很多,真是令人感到美不胜收。因此我在《中国近现代通俗文学史》中称姚鹓雏为"不朽而被尘封的通俗作家"。①

对小说类别与题材的不同理解派生出百花齐放态势

新文学与通俗文学对某些小说的不同类别有不同的理解,而这种不同的理解将会导致创作的丰富多样性,从而使小说呈百花齐放、争妍斗艳的态势。这也是一种"有你也有我"的互补局面。例如,新文学与通俗文学皆有"问题小说"之目。周作人为新文学的"问题小说"作界定时,要读者分清"教训小说"与"问题小说"之不同。他说:"教训小说所宣传的,必是已经成立的、过去的道德。问题小说所提倡的,必尚未成立,却不可不有的将来的道德。一个重申旧说,一个特创新例,大不相同。"②也就是说,新文学的问题小说是要启迪读者探索未来应该建立的、有异于封建陈规的新道德。它重在探索,当然并不一定需要有答案。这是受易卜生的"问题剧"的影响。胡适在介绍《易卜生主义》时说:

易卜生把家庭社会的实在情形都写了出来,叫人看了动心,叫人看了觉得我们的家庭社会,原来是如此黑暗腐败,叫人看了觉得家庭社会真正

① 拙编:《中国近现代通俗文学史(上)》,江苏教育出版社2000年版。
② 周作人:《中国小说中的男女问题》,载《每周评论》1919年2月2日。

> 不得不维新革命——这就是“易卜生主义”。表面上看去，像是破坏的，其实完全是建设的，譬如医生诊了病，开了一个脉案，把病状详细写出，这难道是消极的破坏的手续吗？但是易卜生虽开了许多脉案，却不肯轻易开药方。他知道人类社会是极复杂的组织，有种种极不相同的境地，有种种极不相同的情形。社会的病，种类纷繁，决不是什么“包医百病”的药方所能治得好的。因此他只好开了脉案，说出病情，让病人各人自己去寻医病的药方。①

这就是新文学“问题小说”的祖师的观点，也就是新文学“问题小说”创作的路子。鲁迅也写过《娜拉走后怎样》的杂文，可是他没有开出什么药方来。他只说娜拉走后出路只有两条，一条是堕落，一条是回来。要不堕落，也不回来，就要自己解决“经济权”问题，可是怎么才能取得这种权柄呢？鲁迅也不知道，“单知道仍然要战斗”。② 这也不能算是一个答案。早期的鲁迅是与易卜生同调的。他在《我怎样做起小说来》一文中说：“所以我的取材，多采自病态社会的不幸的人们中，意思是在揭出病苦，引起疗救的注意。”③这几句话是很有分寸感的。他也不包治百病，而只是引起疗救的“注意”。他并不开药方。

通俗文学也有以写“问题小说”为标榜者，代表人物是张舍我。与他共同发起的还有《小说月报》的主持人恽铁樵。张舍我在小说《博爱与利己》的“作者附识”中说：

> 问题小说(Problem Story)，创自美国之小说家施笃唐氏(Prank Stockton)，其小说《女欤虎欤》(The Lady or The Tiger，某君译之为《妒之研究》，见《小说月报》7卷，恽铁樵先生尝悬赏征文以论其究竟，颇饶兴味)，氏以二千金售之《独立周刊》，披露后极为一般哲学家与心理学家所称许，而氏之名亦遂大噪。问题小说之作，原由于哲学上或社会上之一种重大问题。著者以为非一二人所能武断解决，亦非一二人之思想识力所能解决，故演之于小说，以求社会上之共同研究与解决，意至善也。故今日欧美小说家中，从事于此种作品者渐多。首期之《父子欤夫妇欤》一篇

① 胡适：《易卜生主义》，《胡适文存》第1集，黄山书社1996年版，第464—465页。
② 鲁迅：《娜拉走后怎样》，《鲁迅全集》第1卷，人民文学出版社1963年版，第271页。
③ 鲁迅：《我怎样做起小说来》，《鲁迅全集》第4卷，人民文学出版社1963年版，第393页。

为社会的，此篇则为哲理的。然粗率疏散，无当大雅，愿读者诸君有以教之。①

施笃唐氏在《女欤虎欤》中是将问题直白地置于读者面前。小说的内容并不复杂，但问题的回答则不是“非 A 即 B，非 B 即 A”那么简单。正如有人译为《妒之研究》一样，研究报告的结论是可以各执一词的。故事内容是写一蛮族之王一贯用一种特殊的方法来判决治下的罪犯：在一个巨大的斗兽场内，将罪犯置于大庭广众座前。在场内有两扇绝然相同的门。一扇里面是猛虎，一扇里面是美女。叫受判的罪犯自己去开启其中的一扇。如果开了内有猛虎的一扇，就证实他是有罪的，他被吞噬是罪有应得；如果开启了美女的一扇门，则就将美女嫁给此人，说明他是受了冤屈，现在以“艳福”补偿之。蛮王有一女儿，乃掌上明珠，可是她与宫中一个仆役相爱。蛮王迁怒于仆役，要将少年送入斗兽场判决。公主付出了巨额贿赂，知道哪扇门内是猛虎，哪扇门内是美女，欲以左右手向少年示意。可是公主又知道门内之美女乃她的情敌，此女经常与少年眉目传情。现在“罪犯”将等待公主之示意行事。公主举起了右手，少年准备去开右门。此时，施笃唐写道：

> 扉启以后，其中为猛虎欤，美人欤？是皆出于公主之所赐。惟记者不欲更言，今当留此问题，经待慧心人之解决。诸君试一为思惟，当觉答此难题非易易也……使情人一入虎口，则死者不复生；一为情敌之夫，则往者不可谏。此后悠悠岁月，终为埋恨之光阴，即止地老天荒，此恨无极。一生一死，终难两全。或生或死，无非一散。然则公主心中欲其所欢施身于何方乎？想其转辗踌躇，魂梦缭绕，芳心一寸，回辘无穷。有时念及所欢，将饱虎腹……碧血四飞，丰肌立尽……时或想情人，启门而睹彼美……欢也既庆更生，又偿夙愿，轻怜缓惜，笑见新人……凡此诸端，萦回不已。生生死死，两不能甘。而必择一而处，此情真到万难矣。或者欲长保情郎，毋为他人所夺，宁为玉碎，不为瓦全，冀他日冥冥之中，犹得欢聚泉下，此亦未使非计也。然驱爱者置之死地，心或有不忍为，则留以有待，亦属人情之常态。要之明人于此，当各自有会心，无烦余君之喋喋。诸君于茶余酒后，试各审思而裁度之。美人欤，猛虎欤？

---

① 张舍我：《博爱与利己》，载《小说月报》第 7 卷第 7 号。

通俗文学之“问题小说”有时也会涉及社会诸问题，但其重点不在于探索，而是热衷于“慧心者”进行一种智力测试，让他们经过巧思后作出“自圆其说”的答案。这是非常符合通俗文学追求趣味性的宗旨的。因此《小说月报》之编者恽铁樵在文后附言悬赏征文：“欧美盛行辩论会，常分团体为两组，拟答互诘。盖所以造就言语之才，备他日折冲之选。本题命意，取义于此。爱读诸君……对于本篇，定多隽论，倘录取往返辩驳之词见示，当择优刊录，以公同好。篇幅幸勿过长，以不逾六百字为合。”[①]在1916年就有此种刊登与提倡，可见通俗文学的“问题小说”的资格要比新文学的“问题小说”为老。但它们的构思的主要套路是不同的，在文坛上应该各有它们自己的位置。

由于新文学作家与通俗文学作家的写作目的不同，视角各异，在他们笔下的作品也必然会出现不同的风采。相比而言，通俗小说的纪实性更强。例如作为金融题材的小说，现在有人称为财经小说，有的新文学作家不过是取它为由头，然后将其政治化，例如《子夜》。它原本要说明一个重大的政治问题，也就是说中国想走资本主义道路是“此路不通”的，即便有像吴荪甫这样雄心勃勃、经过西方熏陶的资本家也无力回天；中国的殖民化是必然的，交易所金融市场不过是一个外壳。在中国现代文学人物画廊中，吴荪甫算得上一个典型形象。可是在通俗文学作家看来，金融小说就得反映中国的金融市场。例如江红蕉的《交易所现形记》[②]，要了解上海1921年的“信交风潮”，它是一份很可贵、很形象的参考资料。1921年初，上海有的投机商见交易所有利可图，先后集股开设了几家交易所和信托公司，以其本身所发股票，在交易所上市买卖，并暗中哄抬股票价格，获取暴利。当时，一般商人见“利润”可观，亦争相筹募投股，纷起组织。仅在1921年夏秋间几个月内，即成立交易所一百四五十家，信托公司十多家。一时股票大量上市，形成投机狂潮。不久市面银根日紧，股票价格暴跌，交易所和信托公司纷纷倒闭，酿成严重金融风潮。在风雨飘摇中，上海仅存6家交易所。江红蕉的《交易所现形记》就是反映了这场金融风潮的起始酿成及其最后结局。

---

① 张舍我：《博爱与利己》，载《小说月报》第7卷第7号。

② 江红蕉：《交易所现形记》，原连载于1922—1923年《星期》周刊，现收入《中国近现代通俗作家评传丛书》之7：《交易所真相的探秘者——江红蕉》之附录，南京出版社1994年版。

与新文学中的乡土小说、与社会剖析派小说互补的通俗文学“都市乡土小说”

在小说的民俗价值上，通俗文学是一座富矿。在这方面，即使是新文学中的乡土小说，也是望尘莫及的。新文学中的乡土小说是作家被自己的故乡放逐以后，当他们侨寓在大都市时，所写的怀恋乡土和忆及童年的活泼的民间生活的作品。可是他们对现在所侨寓的大都市的民间生活却是不甚了了的。而通俗作家所擅长的是反映大都市的民间生活与民俗文化，有些作家简直能把中国大都市上海和北京的民间民俗生活和盘托出，他们善于把上海、北京的民间生活作为“乡土小说”来写。在本论文集中，我专门有《论“都市乡土小说”——中国现代通俗小说对“文学大家庭”的重大贡献》一文。在上述这篇文章中，主要是以上海和北京的民间生活为例，说明南方与北方的民间民俗生活的差异性，当然它们之间的特色是较为容易分清的。在本文我想强调另一个问题，也就是在通俗作家笔下，能更为细致地写出南方不同城市的差异性，这种更为细微的地方个性，令人不得不感到他们观察乡土差别的敏锐程度。例如在苏州作家程瞻庐的笔下，常常能写出苏沪间的豪华与精致的不同的城市“个性”。讲到苏州，“一饮一啄，一茶一饭，却是掂斤播两，标新立异，一点儿也不肯将就。上海要算是繁华地方，任凭什么东西，应有尽有，然而在生活细节上就没有苏州这般顶真。上海茶寮里，只有红茶、淡茶；苏州茶寮里，便分出君眉、寿眉、雨前、雨霖、龙团、螺春，一逢夏令，不是泡一碗莲汤，定是泡一碗双花点汤的红龙镶。上海面馆里，也不过直截爽快的鸡面、鸭面、鱼面、肉面；苏州面馆里，花色便多了，名目便繁了，细针密缕，五花八门……”接着程瞻庐写苏州人是如何“点吃一碗面”的，读后才知道为什么苏州作家陆文夫之所以能写出脍炙人口的《美食家》来：

> 原来苏州面馆里，凡是佐面的鸡鸭鱼肉一律唤做浇头，一碗面堆着两样浇头，使唤做鸳鸯，堆着鸡鸭浇头，就是鸡鸭鸳鸯，堆着虾蟹浇头，便是虾蟹鸳鸯，又唤虾蟹糊涂。此外，又有小鸳鸯，大鸳鸯。把猪肉切成小方块，红汤煮熟了，唤做臊子肉，又唤作卤子肉。另把黄鳝丝镶做浇头，唤做小鸳鸯，又唤做鳝鸳鸯。前人吴门杂咏诗道：“红日半窗刚睡起，阿侬浇得鳝鸳鸯。”可以算得有诗为证。大鱼大肉镶配做浇头，唤做大鸳鸯，又唤做红两鲜。……还有轻面重浇，是说面要减少，浇头要加多；宽汤免青，是说

> 汤汁要宽些，葱蒜要免除；加红油，便是另加鱼油；做底浇，便是把浇头藏在面底。肉要硬膘大精头，是说拣选精肥各半的肉；不要瘦五花，是说不要一层精一层肥的五花肉。鱼要肚挡，是说拣选鱼肚上的肉；不要凫水，是说不要鱼尾巴。这一篇累累赘赘的话，比着鲁智深在状元桥买肉，拣精拣壮，拣寸筋软骨，还要加倍挑剔，加倍疙瘩。（以上所引的茶寮与面馆这两段均见《众醉独醒》第19回）

我们过去也许有一种思维定势，认为乡土小说主要是反映农村或小城镇的生活的小说，其实，乡土即地方特色，正如“乡土教材”不等于“乡村教材”一样，而是指某一地域的环境、物产、风土、人情的教材。与新文学的乡土文学相比，通俗文学侧重于写都市而不是侧重去写乡村与小城镇的生活。与新文学中的都市社会剖析派小说相较，它们的视角又各有重点，它比较侧重于都市的民间民俗生活。这就形成了可以互补的前提。通俗文学中的“都市乡土小说”就是显示这一都市的沿革与民间民俗传统特色。写这类都市通俗小说又何止反映上海、北京、苏州等地，刘云若的《小扬州志》等作品，戴愚庵的《沽上英雄谱》、《沽上游侠传》等“混混小说”就是写天津的都市乡土中的特殊一类人物，也就是鲁迅提到过的“青皮精神”。应该承认，这种“惟求记账似的报得很清楚”的现代通俗小说中的都市乡土文学，极具文学价值、文化学价值、民俗学价值和社会学价值，是我们现代文学中的瑰宝之一。

中国大陆通俗文学的复苏与重建*

一、将近一个世纪的争论，源于将“之一”夸大为“唯一”

我在《中国近现代通俗文学史》中，将“五四”新文学作者称为“借鉴革新派”，他们是借鉴了世界其他国家文学的优长而要对中国文学进行一场革命，使之与世界文学接轨。而走中国传统文学路子的通俗文学作家，则是继承我国文学的固有传统，并根据时代的发展而加以改良。其实是可以并行不悖的，但是却发生了近一个世纪的“恩恩怨怨”。我以为“五四”前后这两大派别之争，实质上是“文学功能观”之争；而在表现形态上则是反反复复地抢占阵地。前者是“载道的遵命文学”，后者是“娱心的休闲文学”。革新派在 20 世纪 20 年代的“阵地战”是革新《小说月报》，而继承派则另出《小说世界》。革新派在 20 世纪 30 年代的“阵地战”是抢占《申报·自由谈》，而继承派则另立《申报·春秋》。抗日战争开始后，表面上是搞统一战线了，但实质上对通俗文学的生存权仍然是存疑的。直至 50 年代初，以行政或半行政的手段彻底否定了继承派的存在。但是中国老百姓的先天的倾向继承派的审美情趣并没有在他们的“民族性”中被铲除。这种“民族认同感”在改革开放之后，以“引进热”——引进台港武侠、言情小说为契机，以“重印热”为爆发点——重印继承派的小说而再次肯定这些作品的生命力与生存权。

对于台港的武侠、言情小说的登陆，在被八个样板戏搞成的文化沙漠里干渴的老百姓们，马上觉得这是一股清凉的晨风，一泓人性的泉水。于是就有人想到这些台港作品的老根是出自大陆，在发黄的故纸堆中去发掘重印这些老祖宗的作品是一笔好生意。总之，他们的生命力与生存权是马上得到大陆老

* 本文于 2001 年 4 月在美国哥伦比亚大学东亚系主办的“对鸳鸯蝴蝶派的重新思考”国际会议上宣读。后发表于日本《清末小说》第 24 号，2001 年 12 月出版。

百姓的认同的。可是,文艺界与学术界却并不一定认可。从20世纪40年代末50年代初,到20世纪70年代末80年代初的整整30年的断层中,许多年轻的文艺工作者和文学史研究者,都没有读过这些作品。他们只是接触过老一辈革新派文学家对这些所谓“毒草”的批判的言论。而对这些继承派作品的真实面貌是知之甚少的。直到20世纪70年代末,改革开放的锣鼓已经敲响,当年批判继承派最力的茅盾在他的回忆录中还缺乏起码的自我批评,甚至没有一点点松动的余地。他说:

> 我偶然地被选为打开缺口的人,又偶然地被选为进行全部革新的人,然而因此同顽固派结成不解的深仇。这顽固派就是当时以小型刊物《礼拜六》为代表的所谓鸳鸯蝴蝶派文人;鸳鸯蝴蝶派是封建思想和买办意识的混血儿,在当时的小市民阶层中有相当的影响[《复杂而紧张的生活、学习与斗争(上)》,载《新文学史料》第4辑]。

经过考察与研究,我认为“借鉴革新派”与“继承改良派”的争论,长达大半个世纪,这是因为有些人想将“之一”变为“唯一”。一个文学流派往往会将自己的文艺观强加在别人的头上,往往觉得自己对文艺的信念是最正确的,他们其实只是文学大家庭中的“之一”流派,可是他们一定要将自己夸大为“唯一”,别人都得退出历史舞台。于是问题就来了,于是就争论不休,似乎变成了你死我活的决斗。在这一历史过程中,我对通俗文学作家的印象是较好的,他们只关心如何吸引读者,也即“争夺读者”,但不“争夺领导权”,不搞“自我中心”、“唯我独革”。可惜他们没有一支自己的理论队伍,能恰如其分地作出自我评估与进行必要的辩诬,因此它缺乏起码的自卫力量。老是被拉到被告席上,无言地听原告历数其“罪状”。

我认为在19世纪末和20世纪初,这批称为“鸳鸯蝴蝶派”的作家是作出了自己的贡献的。这批文人,在科举制度废除后,他们找到了一种新兴的职业——“文字劳工”。他们在中国新闻事业刚起步不久就办报办刊,当主笔,写小说,并且将频道锁定、镜头对准新兴的都市生活。他们既培育了为广大市民所欢迎的都市社会小说新类型,又掀起了使当时广大青年心灵为之震撼的“哀情小说”新热点。在他们的小说中折射出“乡民涌入大都市后处处非更新自己的观念不可,这才能改造成为现代市民阶层”的大量新信息。可见,他们面对经济转型、大都会兴建的全新形势,正努力寻求传统小说更新的对策。他们经过探索所得的答案是：继承中国民族形式的小说今后应以现代市民为主要读者对象，应走都市通俗小说的道路。他们既找到了维持自己生计的出路，也找到了立足于社会的“位置”。他们是中国第一代职业作家，他们引进了报刊的稿费制度；他们建立了一种适合现代都市运作机制的文化市场；再加上这一作者群体中在“五四”前就有30多位作者不同程度地涉足翻译领域，如果说林纾是不懂外语的当时最著名的翻译家，那么周瘦鹃就是当时最著名的懂英语的翻译家。凡此种种，皆是中国文学现代化进程中必经的驿站。由此我们作为中国现代文学史的研究者就应该确立一个新观念：为中国文学现代化这个系统工程，我们的前辈作过全方位的努力，是多方面军所作的各尽所能的贡献，并非是“革新借鉴派”文学家所专有。我们应该改变过去对“继承改良派”作家侧目而视的老观念，应该用“平等”的眼光审视“革新借鉴派”和“继承改良派”文学家们的成就。

二、我是怎样才去关注这股被称为“文学史上的逆流”的成就的

在我做“文艺学徒”时，一贯是在“借鉴革新派”观点的熏陶下成长的，也一直不问所以然地将“继承改良派”视为文学史上的“逆流”。但我对这些所谓“顽固派”的作品实在读得很少。直到20世纪70年代末，由中国社会科学院文学研究所牵头，要编一套《中国现代文学运动·论争·社团资料丛书》，分工给我们的课题是搞一本“鸳鸯蝴蝶派文学资料”，理由是许多鸳鸯蝴蝶派文人是苏州人。我这才在课余时间坐了3年图书馆，读了不少他们的作品和期刊。我觉得历史为他们所下的“文学史上的逆流”的结论是站不住脚的。在他们的许多作品中有不少有价值的东西。这是一片未开垦的生荒地，大有开垦的价值。我在《中国近现代通俗文学史》的《绪论》中说：

> 对纯文学的不少作家来说，“遵命文学”的写作目的往往侧重于强调了政治性与功利型；而对以“传奇”为目的，在消遣的前提下生发教诲作用的通俗文学来说，它们在客观上是强调了文化性与娱乐型。两者都在侧重地发挥文学的“之一”功能。我们认为两者是互补的，而不是你死我活的。这两大子系都给我们以及我们的后代留下可以承续和研究的东西。就纯文学中持革命态度的作家而言，他们崇尚“前瞻”，以改造世界为己任；在纯文学中还有一批膜拜艺术为己任的“为艺术而艺术”者，他们倾向

"唯美"而以"美的使者"自居;而通俗文学作家,在政治党派性上大多是"超脱"的,他们所考虑的是要使自己的"看官们"读小说时感到非常有兴趣,达到消遣的目的。因此他们非常愿意找一些社会众生相中的新异事物,使看官们读得津津有味,眼界大开,在描写这些新异事物时,并不想去为它们"定性",他们只想不偏不倚地去细致描摹,因此他们的作品往往"存真性"特强。

要研究中国文化,通俗文学是一个重要的宝库。即使是纯文学中的"乡土文学"也无法与它相比较。我在坐了3年图书馆,读了若干通俗文学作品之后,也执笔写过一些文章,如《试论鸳鸯蝴蝶派》、《再论鸳鸯蝴蝶派》、《鲁迅论鸳鸯蝴蝶派》等。但是后来我觉得这是一种"放脚体"的文章,就如同清末民初缠过小脚的中国妇女受到现代新风吹拂之后,丢掉了裹脚布,想将自己变成一双"天足"一样,走起路来总有点踉踉跄跄。可见受过思想禁锢的人要思想解放,是要有一个过程的。我想把研究工作的基础要打得坚实一些,先是要选出一些代表作,让大家看一看这一派别的概貌。我选了3套这样的作品:人民文学出版社的《鸳鸯蝴蝶—〈礼拜六〉派作品选(上下)》(1991年版),一共收了50多位作家的各种类型的中短篇作品;台湾业强出版社出版的《民初都市通俗小说丛书》(1992—1993年版,10册),介绍有代表性的10位通俗作家的代表作;江苏文艺出版社觉得业强版编得还可以,要我再增补作品,扩大篇幅,出版了一套我与范紫江合编的《鸳鸯蝴蝶—〈礼拜六〉派经典小说文库》(1996年版,10册),当然,这"经典"两个字是编辑为我加的,这样做可能会增加些发行量。另外,我将我的一些论文也收了一个集子,由人民文学出版社出版,书名是《礼拜六的蝴蝶梦》(1989年版)。后来台湾《国文天地》杂志社在1990年又为我印了一版,书名是《民国通俗小说鸳鸯蝴蝶派》。关于近代俗文学的编选,我为上海书店出版的《中国近代文学大系》编了两卷《俗文学集》。在这些选本与论文集的基础上,我又与我的同事和我的博士生一起编写了一套《中国近现代通俗作家评传丛书》(南京出版社1994年版,第一辑12册),共写了46位作家的评传,也附了他们的代表作。我所遗憾的是第二辑的34位作家评传及其代表作至今还搁浅而未与读者见面。46+34,这80位作家就基本上能代表近现代通俗作家的整体面貌了。在作品与作家的"家底"基本摸清之后,我就带领我的部分博士生建构《中国近现代通俗文学史》。

三、关于改革开放以来的通俗文学创作与研究的概况

改革开放以后，通俗文学"回归"文学大家庭，也进入了文学评论与文学史研究者的扫描视野。这是由于多元化与多功能的观念逐渐为人们所接受。这是一个比较宽容的时代，但由于有30年的断层，虽然有了复苏的机遇，开始的创作水平实在不高，这是必然的现象。下面我们想以通俗期刊为例，看看近年来量多而质较差的创作概况：有人称1980—1982年为通俗期刊发轫复苏期，如1981年创刊的《今古传奇》最高的发行量一期达270万份，但内容则是模仿传统型的通俗文学作品的烙印甚为明显。1983—1986年是发展高潮期，通俗期刊达到了270种，大量的报纸周末版还不在其内，周末即礼拜六，周末版就是供现代大众休闲的"礼拜六"派。兴旺发达是好事，但在高额利润的诱惑下，书商与写手会使通俗文学的格调降低。通俗小说的魂魄是侠的刚毅与情的缠绵。但只考虑牟取暴利，就会使侠的刚毅走入魔道而宣扬暴力，又使情的缠绵走入邪路而堕入色情。1987年后，通俗文学进入了平稳建设期，恶浊与低劣者遭到了淘汰，通俗文学期刊由1988年的190种下降到1990年的90种。从此，基本上进入了纯文学与通俗文学的生态平衡期，双方可以在文化市场上进行平等的竞争。通俗文学作者比较理智地探索如何更紧贴现实，从模仿传统型过渡到现代开拓型。同时为了吸引读者，作品的纪实性大大增强。在此期间，也出现过两个通俗文学评论刊物，那就是武汉出版的《通俗文学评论（双月刊）》和郑州《传奇故事》杂志社主办的不定期通俗文学理论丛刊《传奇百家》，可是以后由于经费的来源问题而相继停刊了。从总体上说，大陆通俗文学作品质量的提高是缓慢的。这与30年的断层是很有关系的。也是对30年来将通俗文学视为"专政对象"的一种报复，是我们必然会尝到的一个阶段性的苦果。台湾与香港没有这样的断层，在这30年间，他们继承和发展了民国通俗文学作家的优良传统，因此才会在大众文学的地平线上升起金庸、高阳、古龙与琼瑶等璀璨的群星。从20世纪50年代初到80年代初这30年中，台港的通俗文学作家正在融汇纯文学与西方现代主义的精粹，为"我"——通俗文学——所用，在继承的前提下，开启新思路，探索新模式，以更符合新一代的读者大众的审美情趣。这种沿着民族文学传统进行自我革新的现代化进程是值得大书一笔的，也是值得大陆的通俗文学作家认真学习的。大陆要迎来通俗文学的重建是任重而道远的。不过在大陆也有可喜的现象，由于文化市场这

根指挥棒的挥动，再加上许多纯文学的作家觉得有必要学习通俗小说的优长，因此，像邓友梅、冯骥才、唐浩明与二月河等作家写出了一些既注重人物塑造、又颇有民俗色彩与传奇性的小说，显示出雅俗合流的趋向。我觉得这是一个良性预兆。在这方面 20 世纪 40 年代的张爱玲是做得很好的。张爱玲的小说能将中、外、古、今、雅、俗融汇在一起，自成一家。可惜在当时她的创作经验没有人好好进行总结。如果不是夏志清教授发掘出这个“出土文物”，我们恐怕不会对她予以如此高度的重视。另外，大陆的现代文学史的研究专家们也普遍重视通俗文学创作的历史经验，我的老师贾植芳教授和钱谷融教授都给予通俗文学以极大的关注。而严家炎与杨义等专家在编撰文学史和小说史时，都给予通俗文学以一定的地位。对近 20 年来的中国通俗文学创作，我目前还实在没有时间与精力去研究它们。我目前的研究工作是想在两三年内主编出版一部《中国近现代通俗文学图志》。

1921—1923:中国雅俗文坛的分道扬镳与各得其所*

从19、20世纪之交的雅俗“蜜月”谈起

小说“身价”之飙升——从娱乐消闲之“玩偶”到启蒙新民之“利器”,是始于19、20世纪之交。如果说,1897年是这种新小说观的舆论发动年,那么1902年则是它的倡导实践年。在1897年,几道(严复)、别士(夏曾佑)、康有为和梁启超等维新志士从西方的经验中探知小说的“伟力”时,曾对他们心目中未来的“新小说”寄予厚望;但是他们当时在政治舞台上身兼数役,日无寸暇,还腾不出手来顾及创作实践。直到“百日维新”失败,流落异国时,梁启超才在1902年11月于日本横滨创办了《新小说》,实现他的“小说界革命”的宏愿。梁启超的《论小说与群治之关系》中的小说“觉世新民”观、小说乃“文学之最上乘”论,超越了当时革命或保皇的党派之政见,得到了广泛的响应。他不仅自己撰写《新中国未来记》,他的师兄弟和学生也著译《洪水祸》、《东欧女豪杰》和《回天绮谈》等政治小说,他们展望中国维新的前景,纵谈法、俄、英等国革命或改良的政治经验与教训。可是梁启超实际主持《新小说》的编务也仅仅只有3期,1903年2月,他赴美国考察去了。以当时的条件,要“遥控”一个刊物是不可能的。《新小说》月刊的第3与第4期之间竟脱期5个月之久。如果仔细去掂量第4至第7期的《新小说》的内容,拿它们与前3期相比,就显得捉襟见肘了。为《新小说》“救场”的是通俗作家吴趼人。从第8期起,直到《新小说》终刊的第24期,由吴趼人创作、改写和衍义的作品,每期几乎占了一半以上的篇幅。为什么梁启超有如此“雅量”将自己搭建起来的舞台,让给吴趼人们去唱

---

* 本篇首刊于《文学评论》2009年第5期,《新华文摘》2009年第23期转载,收入《多元共生的中国文学现代化历程》,复旦大学出版社2009年8月出版。

戏呢？因为在他看来，通俗作家吴趼人等的作品是他启蒙民众的“同盟军”。作为维新政治家，梁启超对“通俗”是并不反感的。他在1897年所写的《变法通议·论幼学》中就提倡：“今宜专用俚语，广著群书：上之可以借阐圣教，下之可以杂述史事，近之可以激发国耻，远之可以旁及彝情，乃至宦途丑态，试场恶趣，鸦片顽癖，缠足虐刑，皆可穷极异形，振厉末俗。其为补益，岂有量耶！”[①]吴趼人等人的作品正好与他的倡导是近似的。因此，他在1903年10月，从美国返回日本，也只参加《小说丛话》的撰写，而大量的篇幅还是让吴趼人、周桂笙等人去挥洒。

此时在国内民间最大的出版机构商务印书馆也步《新小说》之后尘，请出通俗作家李伯元创编《绣像小说》。这本通俗刊物共出版了72期，刊登了晚清的若干著名的小说；但它只绝无仅有地发表过一篇理论文章，那就是别士（夏曾佑）的《小说原理》，文中写道：

> 综而观之，中国人之思想嗜好，本为二派：一则学士大夫，一则妇女与粗人。故中国之小说亦分二派：一以应学士大夫之用，一以应妇女与粗人之用。体裁各异，而原理则同。今值学界展宽（注：西学流入），士大夫正目不暇给之时，不必再以小说耗其目力。惟妇女与粗人，无书可读。欲求输入文化，除小说更无他途。[②]

与梁启超一样，别士作为知识精英，他在文中对通俗小说也予以充分的关注。凡此都说明了在清末，一方面有一批知识精英在理论上倡导开路，另一方面则有一批通俗作家能以创作实践体现这些理论的倡导，雅俗关系之融洽就不言而喻了，说是“蜜月”期并不过分。

在清末民初还有一些作家，很难将他们定性为通俗作家，如《小说时报》的主编陈景韩（冷血）、《小说月报》的先后主持人王西神（蕴章）与恽铁樵（焦木），但他们所办的刊物都能兼顾都市市民读者的需求。陈景韩有着深刻而新颖的思想，他在《小说时报》创刊号上发表的《催醒术》可以说是“1909年所发表的一篇‘狂人日记’”，而他笔下的“催醒”实际上是“启蒙”的代名词；而他与通俗作家包天笑的合作关系是相当默契的，他们甚至常常合用一个笔名：冷笑。王西

---

① 梁启超：《变法通议·论幼学》，《时务报》第18册，光绪二十三年(1897)1月21日出版，第1页。

② 别士：《小说原理》，载《绣像小说》第3期，1903年6月25日出版，第4页。

神是位辞章大家，1910 年主持《小说月报》。恽铁樵也长于古文，他在 1912—1913 年之交接替王西神，编辑《小说月报》时，发了鲁迅的第一篇小说《怀旧》，并以编者身份加以盛赞；恽曾写长信与叶圣陶讨论其小说的得失；他也曾鼓励过张恨水的创作。因此，后人谈及恽时称他为“慧眼伯乐”。王西神与恽铁樵主持的前期《小说月报》不能以“顽固堡垒”目之。特别是恽铁樵编刊时期，更有良好的业绩，将刊物办得“雅驯而不艰深，浅显而不俚俗，可供公余遣兴之需，亦资课余补助之用”[①]。他兼顾娱乐性与教育性，并重视审美功能，使《小说月报》成为一个纯正的、不断改进的、悉心培养青年新进作者的、没有门派观念的、较有全国性影响的文学公共园地。在刊物中除了发鲁迅、叶圣陶的作品之外，也培养了徐卓呆、程瞻庐和程小青等一批通俗作家。在新文学诞生之前，中国的雅俗文学的门户是并不森严的。

《小说月报》半革新时的通俗作家动向

《小说月报》从第 9 卷（1918 年）起至 11 卷（1920 年）为止，又自恽铁樵手中交还给从国外归来的王西神。这是《小说月报》逐年走向下坡的时期，读者也不断减少，其原因是多方面的：《新青年》杂志的创办、“五四”新文化运动的兴起，对进步青年产生巨大的吸引力和影响力，相形之下，《小说月报》虽是一个纯正的文艺刊物，但缺乏相应的改革力度，这必然会流失了一部分青年读者。王西神想挽救发行数减少的局面而采取的对策之一是，从第 9 卷第 4 期起开辟“小说俱乐部”。他的宗旨是：“鼓励小说家之兴会，增进阅者诸君之趣味。”在刊物上搞游戏性的征答，甚至竟出现了“金鱼图谱”、“花谱”、“竹林新谱”（麻雀牌的一种新玩法）等，将一个文艺刊物搞成了不伦不类的杂货拼盘。从主观上他想增加刊物的发行量，可是这些对策无异于缘木求鱼。

商务印书馆的高层领导决心实行改革，第一个措施就是划出一定的篇幅请茅盾主持一个“小说新潮”的栏目。“小说新潮”的“新”是体现在它主要是刊登白话翻译小说，将国外的新兴思潮介绍给国人。开辟“小说新潮”栏目虽然展示了商务印书馆上层要改革《小说月报》的初衷，但这一措施并不能解决发行量下滑的趋势，因为《小说月报》并未改变大拼盘的整体面貌。例如其中的“文苑”栏，在这一卷的 12 期中，刊登文章 13 篇，内容为序跋、传记、碑记、祝寿、祭文和墓志铭等；古体诗 133 首，词 58 首。因此在对比中，知识青年仍然

① “《小说月报》·特别广告”，载《小说月报》第 4 卷第 1 号（封 2），1913 年 4 月 25 日出版。

觉得太暮气，而市民读者却又觉得“小说新潮”太洋气。到第10期，销量下降为2千册。“冶新旧于一炉，势必两面不讨好。当时新旧思想斗争之剧烈，不容许有两面派。果然像王莼农(即王西神)自己所说，他得罪了‘礼拜六派’，然而亦未能取悦于思想觉悟的青年。而况还有不肯亏‘血本’的商务当局的压力。王莼农最怕惹麻烦，而且他也无意恋此‘鸡肋’，结果他向商务当局提出辞职。”①这就迎来了《小说月报》全面革新的契机。

在这半革新的一年中，有两位具有代表性的通俗作家的动向是很值得注意的。一是周瘦鹃。他在“小说新潮”栏中翻译了7个短篇和一个多幕剧，即易卜生的《社会柱石》，这个多幕剧连载了8次才刊登完毕。那么也就是说，在12期“小说新潮”中，周瘦鹃的名字出现了15次。在这一栏目中，他可以说是一位“主干”。或许他是完全自认为是这股“新潮”的拥戴者，但是茅盾却并不这样认为。在稿源不足时，他只能用周瘦鹃的稿件，但他对周的稿件是有意见的。直到1979年，茅盾还旧事重提：在半革新的第1期“小说新潮”栏内，除了茅盾自己的《小说新潮栏宣言》外，“只有周瘦鹃译的法国G.伏兰(Gabruel Volland)的短篇小说《畸人》。……《畸人》之所以被周瘦鹃选中加以吹嘘，正因为其内容是‘礼拜六派’一向所喜爱的所谓‘奇情加苦情小说’(‘礼拜六派’喜欢把男女关系的小说分类为艳情、奇情、苦情等等，以期吸引一般以读小说为消遣的小市民的注意)”。茅盾的分析是带着他对所谓“礼拜六派”作者的偏见的。这篇小说是写一位老学者娶了一个年轻娇媚的妇人(他雇用的誊写人)。那女子奢华无度，还“享受”她那“不正当的自由”。老学者为了避免破产，坚决搬到自己乡下的旧宅中去住，结果与夫人发生了大冲突。第二天老学者命令老园丁与他一起埋葬一只大箱子。老园丁以为老学者已杀了他的夫人，箱内是夫人的尸体；但他又不敢去报警。直到老学者逝世，老园丁才找来警察掘起那箱子，“只见箱中装满的都是些美丽脆薄的东西，分明曾经偎贴过美人儿玉肤的，却并不见甚么死尸。……这一件事人家哪里想到这个被妻抛弃的可怜人并不把死尸装入箱中，却是葬他爱情上的一片幻影。那些殉葬礼品物，就都是引起妇人虚荣的成绩品”。女人抛下了老人“出奔”了，老人痛苦之余埋葬了他的爱情的残痕与他遇人不淑的悔恨。周瘦鹃在介绍作者时说：“他那一支笔，真是蘸着墨水和眼泪一起写的。”而这篇译文的最后一句也是哀叹：“唉！他到底是个畸人。”作品对这位可怜孤单的畸人是满溢着深厚的同

① 茅盾：《革新〈小说月报〉的前后》，《新文学史料》第3辑，1979年5月出版，第70页。

情！这篇小说好像与廉价的"奇情加苦情小说"应该有所区别吧！周瘦鹃在半革新的一年中，是积极的；他翻译易卜生的《社会柱石》就更应该值得称赞。他是竭力想向革新的一面"靠拢"的，起码他是有做"同路人"的资格的，是有被"团结"的可能性的。可是他对"小说新潮"栏的那份支持，并没有改变茅盾对他的看法，这看法一直保留到1979年茅盾写回忆录的时候。

值得注意的第二位通俗作家是胡寄尘（怀琛）。他在"文学新潮"中的一首新诗《燕子》曾得到茅盾的赞许，认为"胡怀琛的《燕子》很有意思"。胡寄尘是一位小说家、诗人、学者，还是一位善写通俗文艺论文的评论家。有人曾说他的《燕子》写得比胡适的《蝴蝶》好。全诗抄录如下："一丝丝的雨儿，一丝丝的风，/一个两个燕子，飞到西，飞到东。/我怎不能变个燕子，自由自在的飞去？/燕子说：你自己束缚了自己，怎能望人家解放你？"他在这首诗后面加了一段长长的跋语，这里只能抄他自认的"得意之笔"：那就是在"雨"字之后所加的一个"儿"字，他以为极有讲究："第一行里的一个'儿'字，似乎可以不要，岂知不要他便不谐。因为'儿'字上的'雨'和'儿'字下的'一'字，同是一声，读快了便分不清，读慢些又觉得吃力，所以用个'儿'字分开，读了'雨'字之后，稍停的时候，顺便读个'儿'字，毫不费力，且觉得自然好听，这也是天然音节的一斑，不懂这个，新体诗便做不好。"胡寄尘是很重视新诗中的炼字炼句的，因此他还曾发表过若干诗论。胡寄尘曾说："胡适的《尝试集》出版而后，我很诚恳、很公平、很详细的批评了一下；因此打了半年多的笔墨官司。"①他为胡适的《尝试集》改诗，就像给中学生改作文一样，搞得胡适很无奈，只好不理他；而他却再撰文逼胡适"表态"。这是文坛上的一桩很有趣的公案。茅盾对胡怀琛的《燕子》诗的按语也发表了很长的意见：

> 胡怀琛这番话，有积极意义。第一，他承认如要反对新体诗，必须自己做过新体诗；第二，自己做过以后，才知道新体诗决不易做，不是脱不了词曲的旧套，便是变了白话文，都不叫新体诗；第三，他又提出天然音节问题，承认是"很难"。……甚至在六十年后的今日，也还没有完全彻底解决。胡怀琛的《燕子》诗最后一句"燕子说：你自己束缚了自己，怎能望人家解放你？"意味深长，是这首诗的警句。但我们研究胡怀琛之为人及其诗文，觉得《燕子》诗这个警句实在为他自己写照。胡怀琛自己束缚自己，

① 胡寄尘：《〈大江集〉自序》，《大江集》，上海梁溪图书馆1924年第3版，第2页。

思想越来越“不解放”。①

茅盾在60年之后写回忆录时，评价胡怀琛“自己束缚自己，思想越来越‘不解放’”，是因为在《小说月报》全面革新之后，胡寄尘与茅盾也有过几次小小论争。其实像胡寄尘这样的人既懂点新文学，同时又能写通俗作品，他对新文学的若干意见并非是恶意的，也有其值得参考的价值，但茅盾却认为胡的站到通俗文学的一面是“自己束缚自己”。

周瘦鹃、胡寄尘这两位有代表性的通俗作家在《小说月报》的半革新过程中，他们是有“趋新”的良好表现的，这表明他们有向“新潮”靠拢的动向，也显示了“五四”新文化运动对他们是有所触动的。但是作为先锋派作家的新文学家却早有了潜在的界限与定见，这预示着双方的分道扬镳的决裂是迟早会发生的事。

《新声》的创办与《小说月报》的全面革新

在《小说月报》半革新时，部分通俗作家也在筹备一个类似的半革新的刊物，以表示自己在“五四”思潮启迪下的新体悟。那就是1921年1月出版的《新声》——在新思潮的推动下自己也应该发出一种“新的声音”。这个刊物的创办者是施济群与严谔声。施济群是一位医生，但他热衷于文艺，很想自己来办一个杂志，但办杂志是需要相当数量的周转资金的。“他是一个学医的，没有钱，但在邑庙附近有两间祖传的市房，他就毅然把它卖掉来作资本。”②编辑部就设在严谔声家中。严谔声是一位“雅俗两栖”的文化人。他在办《新声》之前就为《时事新报·学灯》写稿，说明他对新文化的修养也是有一定的基础的。这个杂志也的确有一部分很新的内容。最突出的是创刊号至第3期上开卷第一个栏目——“思潮”栏，主要刊载政论与杂文。作者大多是当时政坛与报界的著名人士，例如邵力子、廖仲恺、朱执信、吴稚晖、叶楚伧、沈玄庐、戴季陶等等。其中邵力子、叶楚伧、戴季陶曾是创办与主持过著名的《民立报》、《民呼报》和《民国日报》的名报人。这些作者大多是同盟会会员，也即是国民党的元老级人物。这是由叶楚伧(叶小凤)出面敦请这批人参加撰稿的。当时国民党还是在孙中山先生领导之下的革命政党，因此在该刊中所发表的文章也颇有

① 茅盾:《革新〈小说月报〉的前后》,《新文学史料》第3辑,1979年5月出版,第69页。
② 郑逸梅:《新声杂志》,载魏绍昌编:《鸳鸯蝴蝶派研究资料》,上海文艺出版社1962年版,第326页。

新思潮的光芒，对“五四”新文化运动也予以高度的评价。在第1期中严慎予的《新思想发生的源泉——“思维”》一文的开端就写道：

“五四”以后，中国的思想界、学术界，突然开辟了一个新纪元。一切旧制度旧习惯，统统有“立不定”、“站不住”的趋势，破产的时期也快到了。可是旧制度、旧习惯的本身，并没有变化；是因为“人”对于这种制度、习惯，仔细观察，觉得非常怀疑，非常惊骇，于是现出一种不安的状态，有了脱离这些制度、习惯的要求。这一点“怀疑”，便是旧制度、旧习惯、旧思想破产；新制度、新习惯、新思想建立的发源和根据。

当时，即使是在新文学的杂志中，像这样热情地歌颂“五四”，也极少见；虽然文中把除旧布新的道路看得太平坦了些，可是这种乐观的精神实在是非常感染读者的。当时还是共产党员身份的沈玄庐则写了一篇杂文《解放》：

现住的世界，是什么世界？是已经觉悟的世界。觉悟点什么？觉悟“解放”的要求。觉悟了，能够不解放么？

家属要求家长解放，女子要求男子解放，工人要求资本家解放，农夫要求地主解放。那班做家长、男子、资本家、地主，解放不解放，诚然有一种肯与不肯的问题；但是家属、女子、工人、农夫，是要求定了。

在这些文章中说得最深刻的是朱执信的遗著《睡的人醒了》。发表此文时，朱执信已被桂系军阀杀害，因此在文中还刊登了朱执信的遗像。他是从“睡狮论”谈起的：

你如果说中国睡了几百年，我是承认的；说中国现在醒了，我自很希望的；说中国没有睡以前，是一个狮，所以醒了之后，也是个狮，我就不敢附和了。

一个国对一个国，一个人对一个人，要互助，要相爱！不要侵略，不要使人怕！不要做狮子！……我只可再说一声，睡的人——要醒了！

朱执信在文中正确地指出，“睡狮论”有时是很符合外国侵略者的需求的，它能为侵略者制造借口：“醒了！这是最好没有的事。不过为什么醒了不去做人，却要去做狮子？他们要侵略中国的，像俾斯麦、威廉一辈的人，自然提起中国来，便说：'这是狮子，他醒了可怕，将来一定有黄祸，我们赶快抵御他。'"文中说，中国是一个爱好和平的民族，在历史上是一个处处防御侵略的国家，而"他们欧洲人拿蒙古代表中国，因为蒙古侵略过欧洲，所以讲起中国，就想起蒙古，凭空想出'黄祸'这一名词，就是未曾了解中国的凭据"。像朱执信这样的文章，不仅在当时与新文学所倡导的"人的文学"是相通的，即使到今天，也还有它的现实意义。现在看到中国"醒了"，在国际上不是又有人在炮制"黄祸论"，妄图抵制"醒了"的中国吗？我们过去没有发现过《新声》的"思潮"栏的有关资料，这一栏中的有些文章是值得大书一笔的。

《新声》的"新"还表现在胡寄尘对"新派诗"作了一些探索性的尝试。他在这一刊物上首发了他的《大江集》。《大江集》是胡适出版《尝试集》后中国的第二本新诗集子。胡寄尘对自己的"新派诗"是有一套理论的，他认为诗是"偏于情的文学，能唱的文学"；"偏于情不能唱，不能算诗；能唱，不偏于情不算诗"。他给新诗下了一个定义："极丰富的感情，极精深的理想，用很朴质的、很平易的(便是浅近)，有天然音节的文字写出来。"①他的《大江集》的第一首诗是《长江黄河》："长江长，黄河黄，/滔滔汩汩，浩浩荡荡。/来自昆仑山，流入太平洋，/灌溉十余省，物产何丰穰，/沉浸四千载，文化吐光芒。/长江长，黄河黄，/我祖国，我故乡。"胡寄尘自我介绍说："它的好处在于对偶和押韵的地方，完全是天生成的，没一字是人工做成的。"②在我们今天看来，倒是很有点爱国主义情愫在其中。这首诗是胡寄尘视为他的新派诗的"样板"。其实他是想写成一种可哼、可吟、可唱的，具有民族形式的新乐府式的白话诗，这未始不是一种新尝试、新探索。

《新声》中还有标明是"新小说"的小说若干篇，以胡寄尘写的为多，白话，新式标点，但没有什么精彩的篇章。不过严独鹤的长篇《人海潮》倒很值得称赞，可惜只连载了10回就因停刊而暂时中断了。

《新声》原想编成一本像《小说月报》一样的半改革的杂志，用以说明通俗文坛也能编这样的新文学与通俗文学"合璧"的刊物。可是它是一本"迟到"的半革新刊物。在它创刊后的10天，《小说月报》就彻底改组与全面革新了。《小说月报》的全面革新说明了中国的新文学作家已在大城市结聚，形成了一

① 胡寄尘：《诗学讨论集》，上海新文化书社1923年第3版，第23页。

② 胡寄尘：《文学短论》，上海大中书局1934年第7版，第112页。

股文学界的新生力量，要使中国文学与世界文学接轨。正如茅盾所表达的："我敢代国内有志文学的人宣言：我们的最终目的，是要在世界文学中争个地位，并作出我们民族对于将来文明的贡献。"[①]这又是《新声》所望尘莫及的。因为从他们的文学观与知识结构来说，他们最多也只办出拼盘式的刊物，更何况其中最精彩的政论杂文部分还是外稿呢。

《新声》的那些新的声音并没有引起新文学界的注目，相反，在批判许多通俗刊物时，它也常常被点名，列在其中。而《新声》第1至第3期中的新的声音，也受到了通俗文坛中的部分作家的责难，郑逸梅在记载中提到"那'思潮'是谈新文化的，后来觉得有些新旧不调和，也就把这一栏取消了"[②]。《新声》处在两面不讨好的尴尬局面。从施济群、严谔声办这个刊物来说，未始不是一种"趋新"的表现，表示通俗文学界也有人受"五四"的影响，要显示自己也有革新的需求。可是却没有达到办刊者的预期效果，出版了10期之后，于1922年6月宣布停刊。但施济群的办刊热情与才能倒是被世界书局发现了。于是世界书局请严独鹤与他去主持一个通俗文学周刊——《红》杂志。在《新声》的《本杂志结束通告》中，不无遗憾地说：编者未曾辜负读者的盛意，但在这种局面下也只好"急流勇退"了。也许他们还是回到通俗刊物的路上去，更显得驾轻就熟。一场"迟到"却又是很有"诚意"的"半革新"的演出也就此谢幕了。

《文学旬刊》对通俗文学的严厉"拒斥"

《小说月报》的全面革新在中国现代文学史上是一种新局面的开创，这也是在商务印书馆总体规划中的一个组成部分。当时，商务印书馆除了改组《小说月报》之外，《东方杂志》、《教育杂志》、《妇女杂志》和《学生杂志》等刊物也都先后进行了革新，编辑也都进行了"换马"。"改组的《小说月报》第1期印了5千册，马上销完，各处分馆纷纷来电要求下期多发，于是第2期印7千，到第1卷末期，已印1万。"[③]这是脱离了拼盘式的面貌后的"立竿见影"的结果，有了针对性的读者群——在喜爱新文学的知识青年中当然会受到意想不到的欢迎。

但是对习惯于读传统小说的读者来说却有着不同的反应。这种种的反应

---

① 茅盾：《我走过的道路（上）》，人民文学出版社1981年版，第187页。

② 郑逸梅：《新声杂志》，魏绍昌编：《鸳鸯蝴蝶派研究资料》，上海文艺出版社1962年版，第327页。

③ 茅盾：《革新〈小说月报〉的前后》，《新文学史料》第3辑第75页。

都是用“看不懂”这三个字作为抵制的挡箭牌的。所谓看不懂，这是因为它与民族阅读习惯之间有一定的差异。但除了的确有“看不懂”的读者之外，有些人主要是“看不惯”，但他们也高喊“看不懂”。一位笔名为东枝的人事后也撰文分析道：“凡是一种新思想新文艺的初次介绍，必有一个时期是与国人心理格格不相入的。”他接着报道了两个信息：“第一件是年来小书坊中随便雇上几个斯文流氓，大出其《礼拜六》、《星期》、《半月》、《红》、《笑》、《快活》，居然大赚其钱。第二件是，风闻该馆又接到前 11 卷《小说月报》的读者来信数千起，都责备《小说月报》不应改良。”[①]说周瘦鹃、严独鹤等人是“斯文流氓”当然是一种诬蔑，从中也可以看到当时的“门户”之见的森严。但从数千封（这个数字可能是夸大了的）“呼声”中，书商们却觉得大有可为了。你商务印书馆不要市民大众读者，这笔大生意我们来做。而从周瘦鹃、胡寄尘等过去的（前期）《小说月报》的台柱们看来，既然你们将我们排挤出商务刊物的阵地，我们可以用自己的“多余的创、编、译的精力”去自立门户。王钝根、周瘦鹃的“复活”《礼拜六》也就成了必然会采取的对策；而胡寄尘则将自己的“创作剩余精力”用到《红》杂志和以后创刊的《小说世界》中去了。

《小说月报》是 1921 年 1 月改组的，《礼拜六》同年 3 月复刊。周瘦鹃在《礼拜六》第 103 期（即复刊第 3 期）的《编辑室》中写道：“本刊小说，颇注重社会问题、家庭问题，以极诚恳之笔出之。”以表示自己过去有“趋新”的表现，现在也不想“倒退”；而作为编者，他也希望作者能多撰写这方面的稿件。他在第 102 期中发表的《血》、第 106 期上的《子之于归》和第 114 期上的《脚》等，就是他关心社会问题与家庭问题的小说。但是周瘦鹃在复刊后的《礼拜六》中只负责了很短一个时间，就被大东书局“挖”了过去。而严独鹤也几乎在同期，被世界书局聘去主持刊物。这也就是东枝所谓的“小书坊”雇“斯文流氓”的那回事了。

过去一直有一种说法，商务印书馆编译所储备的人才可与当时北大中文系的教师阵容相媲美。它也曾有雄心请胡适来主持编译所。其他的书局当然无法与它抗衡。可是它现在将市民读者这一块“大肥肉”让出来，上海门槛“贼精”的书商马上觉得有大利可图。世界书局与大东书局的老板过去是从事古旧书买卖的，现在看到商务的“革新”，正中他们下怀。他们也从事新书业了：你打“知识精英”牌，我们与你比“市民大众”牌。它们分别请出上海的“一鹃一

---

① 东枝：《〈小说世界〉》，载《晨报副刊》1923 年 1 月 11 日。

鹤”为他们主持若干市民大众文学的期刊。世界书局请出严独鹤与施济群办《红》杂志周刊。它先备足了4期稿子，事先印好，才开张发行。以后也每每备4期“存货”，它宣称是个不脱期的刊物。《红》杂志共出版100期，严独鹤几乎写了近40篇短篇小说，颇有可读之作；长篇主打平江不肖生的《江湖奇侠传》，真可谓“红”极一时。《红》杂志的延伸就是著名的通俗期刊《红玫瑰》。与办《红》杂志同时，严独鹤等又办《侦探世界》，连载不肖生的《近代侠义英雄传》，大刀王五、霍元甲跃然纸上，这位霍元甲至今还在影视上一再被传颂。世界书局又请江红蕉办《家庭》月刊，请李涵秋办《快活》旬刊。而大东书局将周瘦鹃从《礼拜六》中挖出来，为他们办《半月》、《游戏世界》。后来《半月》的延伸是著名的通俗期刊《紫罗兰》。而周瘦鹃又以他个人的号召力于1922年夏创办了他的个人杂志《紫兰花片》。大东书局又请出通俗文坛老将包天笑办《星期》周刊。《小说月报》改组后虽然发行量有所上升，可是这大批的通俗期刊的销量相加却更为可观。

《小说月报》主要是刊登小说，它不便于作短兵相接的战斗；于是茅盾与郑振铎就在1921年5月创办了《文学旬刊》(附在《时事新报》中发行)，作为文学研究会的机关刊物。应该肯定，这个刊物发表了不少好的文章，但本文着重要谈的是“分道扬镳”的过程与责任。可以说，这个先锋文学刊物也担负着过于繁重的战斗任务。它四面树敌：首当其冲的当然是针对刚于3月“复活”的《礼拜六》及其他被他们称为鸳鸯蝴蝶派的通俗文学期刊；其次是南京东南大学的《学衡》派；第三，与创造社的郭沫若和成仿吾也有公开论战。还有是针对南京高师的一些学写古体诗的青年学生展开了关于“骸骨的迷恋”的批判。本文只能介绍它与通俗文坛的交锋。这个刊物是过去精英话语一统天下时的现代文学史上的“权威结论”展示平台，其实是应该通过具体的分析作出再评价的。

首先，《文学旬刊》的某些编、作者对通俗文坛的批判缺乏以理服人的态度，对部分通俗作家有“趋新”和“靠拢”的表现也不予理会，采取的是以“痛斥”为主要手段的“严拒”。该刊的“记者”在回答读者来信时说：

> 《礼拜六》那一类东西诚然是极幼稚——亦唯幼稚的人喜欢罢了——但我们所不殚劳的再三去指斥，实是因为他们这东西，根本要不得。中国近年来的小说，一言以蔽之只有一派，这就是“黑幕派”，而《礼拜六》就是黑幕派的结晶体，黑幕派小说只以淫俗不堪的文字刺激起读者的色欲，没有结构，没有理想，在文学上根本没有立脚点，不比古典派旧浪漫派等等

尚有其历史上的价值，他的路子是差得莫明其妙的；对于这一类东西，惟有痛骂一法。[①]

把先锋文学之外的常态文学"一股脑儿"都归入黑幕派本来就已很成问题了。而对待此类东西，"惟有痛骂一法"，更令人感到只是简单地"扣帽子"，而缺乏理性的分析。因此在文章中经常出现"文丐"、"文娼"、"狗只会作狗吠"等诬蔑性的谩骂，认为通俗文坛已"无可救药"。而对周瘦鹃的表示要关心"社会问题"与"家庭问题"的回音，则是斥为"什么'家庭问题'咧，'离婚问题'咧，'社会问题'咧，等等名词，也居然冠之于他们那些灰色'小说匠'的制品上了。他们以为只要篇中讲到几个工人，就是劳动问题的小说了！这真不成话！"[②]究竟不成什么话呢？语焉不详。这其实是一种"不准革命"的翻版——"不准进步"！

在"痛骂"通俗作家之外，还有一个缺点就是"迁怒于读者"。在他们看来，中国的读者们不仅仅是幼稚的问题，"说一句老实话罢，中国的读者社会，还够不上改造的资格呢！"[③]它是个"懒疲的'读者社会'"[④]，"现在最糟的，就是一般读者，都没有嗅出面包与米饭的香气，而视粪尿为'天下的至味'"[⑤]。总之，在《文学旬刊》的某些编、作者看来，"一般口味低劣的群众正要求着腐烂的腥膻的东西"，是"不生眼睛的'猪头三'"[⑥]。

不过我们也应该看到，在《文学旬刊》的编、作者中，除了上述的很激愤地"痛骂"所谓"灰色小说匠"和"懒疲的'读者社会'"者之外，也有另一种经过思考的较为清醒的声音，那是以叶圣陶和朱自清等为代表的具有建设性的意见：

呼号于码头，劳作于工厂，锁闭于家庭，耕植于田野的，他们是前生注定与文学绝缘，当然不会接触新文学。有的确有接触的机会，但一接触眉就皱了，头就痛了；他们需要玩戏的东西，新文学却给他们以艺术，他们需要暇闲的消磨，新文学却导他们于人生，所得非所求，惟有弃去不顾而已。

---

① 记者：《通讯》，载《文学旬刊》第13期，1921年9月10日出版。

② 玄（茅盾）：《评〈小说汇刊〉》，载《文学旬刊》第43期，1922年7月11日出版。

③ 西谛：《杂感》，载《文学旬刊》第40期，1922年6月11日出版。

④ 西谛：《新文学观的建设》，载《文学旬刊》第37期，1922年5月11日出版。

⑤ 西谛：《本栏的旨趣和态度》，载《文学旬刊》第37期，1922年5月11日出版。

⑥ 玄：《评〈小说汇刊〉》，载《文学旬刊》第43期，1922年7月11日出版。

于是为新文学之抱残守缺者，止有已除旧观念，幸而不与文学绝缘，能欣赏艺术，欲深究人生的人；这个数目当然是很少了。就是这少数的人，一边提倡鼓吹，一边容纳领受，便作潮也不能成其大。看看成效是很少，影响是很微，奋勇的心就减了大部；应说的已经说了，其余的还待创作，还待研究，于是呼声低微了，或竟停息了。现在的情形就是这样了。……重新鼓起新文学运动，向多方面努力地运动！……我们不愿听“就是这样了”，愿新文学一天有一天的发展与进步！①

在《文学旬刊》的第26、27期的《民众文学的讨论》专刊中，叶圣陶提出，现在没有可能去培养民众读新诗与新小说，而是要“就他们（指民众）原有的种种以内，加以选辑或删汰，仍旧还他们以各人所嗜好的；这是一。或者取他们旧有的材料，旧有的形式，而为之改作，乘机赋以新的灵魂；这是二。创作各种人适宜的各种文学；这是三。不论改作或创制，第一要于形式方面留心的，就是保存旧时的形式”。而朱自清在那次讨论中也赞成叶圣陶的意见，认为就创作与搜辑相比较，搜辑民众文学比创作更为重要，在搜辑后应该作内容上的修改，但“也只可比原意作进一步、两步，不可相差太远。——太远了，人家就不请教了”；“民众文学底目的是享乐呢？教导呢？我不信有板着脸教导的‘文学’，因为他也不愿意在文学里看见他教师底端严的面孔”。因此他认为要保留“趣味性”与“乡土风”，应该用“感情的调子”对他们“稍稍从理性上启发他们”，以发挥“‘潜移默化’之功”。这些意见在当时都是难能可贵的诤言，可惜以后也很少有人去做那种“搜辑”而又加以“修改”的工作。

在当时这批通俗刊物的内容中，当然也有叶圣陶和朱自清等所提到的低俗的东西，有的甚至是“俗不可耐”的趣味。典型的如在1921年5月28日的《申报》中登载了一则《礼拜六》的广告，且是用王钝根的“墨宝”制版，格外醒目：“宁可不娶小老姆，不可不看《礼拜六》。”这实际上是继1914年王钝根发表《〈礼拜六〉出版赘言》，将读小说代替“平康买笑”的“代用品”的恶性发展。叶圣陶立即写了《侮辱人们的人》：“我从不肯诅咒他们，但我不得不诅咒他们的举动——这一举动。无论什么游戏的事总不至于卑鄙到这样，游戏也要高尚和真诚的啊！”②因此，我们一方面不赞成“惟有痛骂一法”的简单化；但另一方

① 斯提（叶圣陶）：《杂谈·就是这样了吗?》，载《文学旬刊》第18号，1921年11月1日出版。
② 叶圣陶：《侮辱人们的人》，载《文学旬刊》第5号，1921年6月20日出版。

面也应该肯定，对庸俗低下的东西也需要进行必要的批判。在这方面，《文学旬刊》也曾发挥了一定的作用。

《小说世界》的创刊与雅俗文坛各得其所格局之形成

世界书局与大东书局办了这么一大堆通俗刊物，生意兴隆，俨然有向出版界的“龙头老大”挑战的意味。不久，商务印书馆也发现自己的“改刊”策略虽然赢得了声誉，却未见得赢得了实惠。把老牌的阵地让给新文学是顺应时潮之举，但市民读者也不能放弃，否则正合“世界”与“大东”的“胃口”，犹如为渊驱鱼。这时在1922年7月3日的《晶报》上出现了几首打油诗，其中一首是：“看客双眉皱不停，《疯人日记》忑懵腾。股东别作周刊计，气煞桐乡沈雁冰。”下有小注云：“桐乡沈雁冰先生，新文化巨子也，主任商务之《小说月报》，务以精妙深湛自炫，销路转逊于前。商务主人，乃别组《小说周刊》，为桑榆之收焉。《疯人日记》，《小说月报》中篇名也。”[①]这大概是较早传出的一个信息：商务要另办通俗小说刊物了。

在商务改组《小说月报》至创办《小说世界》，其中隔了整整两个年头。有的中国现代文学史往往将《小说世界》看成是杀回商务的“还乡团”，是那批通俗作家向商务施加了“压力”才得逞的“复辟”，事实并非如此。试想：鸳鸯蝴蝶派向商务施压，“压”了整整两年，才如愿以偿，他们的力气也太不济了；商务老板“顶”也顶了两年，终于顶不住了，“英雄本色”丧失殆尽，实在可怜可悯。是这样吗？非也。其实要办一个通俗小说刊物，最着急的不是那些通俗作家们，因为世界书局与大东书局已经给了他们广阔的地盘，况且周瘦鹃手中还有《申报·自由谈》，严独鹤手中还有《新闻报·快活林》。问题的症结在于商务要将世界书局和大东书局抢占去的市民读者的份额夺回来，至少自己也要分一杯羹。对通俗作家而言，当然是阵地多多益善；再说还能挽回被商务逐出的面子，因此谈不上是因《疯人笔记》小说引起了一场“另办风波”。

《小说世界》从1923年创办到1929年终刊，共出版264期。先后由叶劲风、胡寄尘编辑。如果不以成见看问题，这个刊物还是经得起评价的。这个刊物的灵魂人物是被茅盾称为“自己束缚自己”的胡寄尘。在264期中除他写的

---

① 清波（毕倚虹）：《稗海打油诗（半打）》，载《晶报》1922年7月3日。《小说周刊》乃指后来（1923年1月）出版的《小说世界》周刊。《疯人日记》系冰心的小说《疯人笔记》之误，刊于《小说月报》第13卷第4号，1922年4月10日出版。

《编辑部报告》之类的文字不算，他的作品足足在 200 篇以上。而写稿较多的几位是徐卓呆（约 70 多篇，他的长篇《万能术》连载 16 续，译话剧《茶花女》连载 14 续，均算一篇）、程小青（约 40 余篇）、范烟桥（约 30 多篇）、何海鸣（近 30 篇）。这几位作家在他们各自的"强项"中皆有自己的特色。徐卓呆在民初《小说月报》上发表的《卖药童》、《微笑》等，在那时就是第一流的短篇，而在《小说世界》时期，他的小说向幽默滑稽的格调上发展，被称为"东方卓别林"。而何海鸣在 20 世纪 20 年代初，在《红》上发表的《一个枪毙的人》、在《小说世界》上发表的《先烈祠前》、在《半月》上发表的《老琴师》等短篇绝不在新文学家的优秀短篇之下；而他在《半月》上连载的长篇《十丈京尘》的若干片段，直可令人拍案叫绝，颇有果戈理的《死魂灵》风；程小青的侦探小说、范烟桥的文化掌故等虽非独步，但也可算佼佼者之属。由于新文学的某些刊物的门户把守较严，因此，有些外稿也会流到《小说世界》中来。这里只举一部连载了 8 续的长篇（以现在的标准系中篇小说）《恋爱与义务》，作者是罗琛女士。小说前有一蔡元培写的"叙"。限于篇幅，这里只录一小段：

> 罗琛女士，华通斋先生之夫人也。原籍波兰，长于法国。兼通英德俄诸国语及世界语。工文学。居北京既久，于治家政外，常尽力于慈善事业；尤喜为有益社会之小说。近日以新著《恋爱与义务》小说汉本见示。余方养病医院，受而读之，心神为之一振。其叙事纯用自然派作法。……1921 年 12 月 31 日蔡元培叙。[1]

罗琛女士嫁给一位留法的中国高级工程人员，久居北京。曾译过鲁迅的《阿 Q 正传》。她的小说既能了解中国的伦理规范，又参之于外国的道德准则，故事既曲折，人情又练达，读了令人既感动又信服，真是难得的好作品，无怪连蔡元培也要"心神为之一振"。其他的外稿这里就不能一一介绍了。

当时，在文坛上有两个事件是具有标志性的。一件是商务既出版新文学刊物《小说月报》，又另办以通俗小说为主的《小说世界》；在商务的上层看来，这两本面向不同的读者群的文艺刊物应该"各得其所"。第二件事是《文学旬刊》改版为《文学》周刊，发表宣言说"认清了我们的'敌'和'友'"：

---

① 蔡元培：《〈恋爱与义务〉·叙》，载《小说世界》第 1 卷第 6 期，1922 年 2 月 9 日出版。

以文艺为消遣品，以卑劣的思想与游戏态度来侮蔑文艺，熏染青年头脑的，我们则认他们为“敌”，以我们的力量，努力把他们扫出文艺界以外。抱传统的文艺观，想闭塞我们文艺界前进之路的，或想向后退去的，我们则认为他们为“敌”，以我们的力量，努力与他们奋斗。①

在当时，也有人一再提出“新旧文学的调和”的问题。例如黄厚生就写过《调和新旧文学谭》、《调和新旧文学进一解》②等。但《文学旬刊》在刊登黄厚生文章的同一期上，就发了西谛的《新旧文学果可调和么?》、《血和泪的文学》两篇文章予以批驳。其实“调和”的确是有困难的，但“并存”却是可能的，也是应该的。在若干中国现代文学史中，总是将1921—1923年出了那么多的通俗文学期刊，说成是“鸳鸯蝴蝶派”对新文学的一种反扑。这种论调是值得商榷的。

在中国文学史中，市民大众往往是具有巨大导向性的动力源。鲁迅在谈到宋代的志怪、传奇时，对当时文人的此类作品颇有微词，但对市民中兴起的“另类”的鲜活的文艺却大加赞赏：“宋一代文人之为志怪，既平实而又乏文采，其传奇，又多托往事而避近闻；拟古且远不逮，更无独创之可言矣。然市井间，则别有艺文兴起。即以俚语著书，叙述故事，谓之‘平话’，即今所谓‘白话小说’者是也。”③而郑振铎在日后撰写《中国俗文学史》时也谈及古代的“变文”与“讲唱”，“愚夫冶妇乐闻其说”④。章培恒、骆玉明主编的《中国文学史新著(增订本)》对市民在文学史上所产生的导向性作用也特别予以强调：“唐宋的俗文学主要是适应市民的需要而产生的，随着市民在社会上的日益壮大，这类文学也越来越显示出它的生命力，并扩展其影响于士大夫阶层；当然同时也从士大夫的文学中吸取营养。……总之，由于唐代俗文学的兴起，一方面为宋词的繁荣奠定了基础，另一方面又为宋代以后的通俗小说和戏曲的发达直接或间接地提供了条件。”⑤可是“五四”了，向外国文学学习了，中国市民也就被某些新文学家所蔑视，嘴里一口一个“封建小市民”。不可否认，当时有了新的导向性的动力，那就是对我们颇有启示的外国文学，但市民的导向作用并没有从此消

① 西谛:《本刊改革宣言》，载《文学》第81期，1923年7月30日出版。
② 厚生:《调和新旧文学进一解》，载《文学旬刊》第6号，1921年6月30日出版。
③ 鲁迅:《中国小说史略·第12篇·宋之话本》，《鲁迅全集》第9卷，人民文学出版社1981年版，第110页。
④ 郑振铎:《中国俗文学史(上)》，上海书店1984年版，第191页。
⑤ 章培恒、骆玉明主编:《中国文学史新著(增订本·中卷)》，复旦大学出版社2007年版，第7—9页。

失。特别是在19、20世纪之交,中国社会转型之际,上海等新式大都会的建成,华洋杂居的新世态,乡民急需转化为市民的迫切的要求,凡此种种,都必然会对文学进行一次大导向——也就是说,在新形势下,市民又会站出来对文学进行一轮新导向,也就必然会形成中国的现代通俗文学的兴旺与流行。某些知识分子蔑视它,可是市民大众需要它。鲁迅说:"现在的新文艺是外来的新兴的潮流,本不是古国的一般人们所能轻易了解的,尤其是在这特别的中国。"[①]这是很实在的话,但古国的一般人总要有自己看得懂的文艺。新文学作品不仅探求人生,优秀的小说还研究"国计"——作"中国向何处去,中国要不要经过资本主义历史阶段等等之类"解——例如茅盾的《子夜》。可是老百姓还没有达到研究"国计"的高度,他们关心的是"民生"——直白地解释:就是"我们要吃饭"。在新文学家中好像也只有朱自清懂这个道理。他认为古人从实际政治中懂得了"民以食为天"的道理,直到现在,我们的老百姓也还只认那"吃饭第一"的理。朱自清认为,相对老百姓而言,知识分子有时还不太认识到"吃饭问题"的严峻性,或者他们愿意为自己的理想去忍受暂时的饥饿,"不像小民往往一辈子为了吃饭而挣扎着"[②]。想当年,天灾人祸将许多难民灾民或其他想找饭吃的人驱进了像上海这样的大都市。但正如包天笑所说:"都市者,文明之渊而罪恶之薮也。觇一国之文化者,必于都市。而种种穷奇梼杌变幻魑魅之事,亦惟潜伏横行于都市。"[③]通俗作家就是应老百姓之需,告诉他们在这个五光十色、千奇百怪的冒险家的乐园里,老老实实的乡民们要随时警惕暗处潜藏着的陷阱与捕机,千万不能踩上"路边炸弹",以免被炸得"粉身碎骨"。再进一层,就是关心乡民进城以后如何从乡民转型,融入市民社会的问题了。乡民市民化也是一项现代化的工程,也需要"启蒙"。从如何解决吃饭问题到如何进行角色转型,这对老百姓来说是一个"安身立命"的大问题。应该说,帮助乡民懂得此类问题也是一种人文关怀。也许在当前的所谓"乡下人进城"的热潮中,我们更加会感到"乡民转化为市民"工程的重要性与迫切性;由此反观,也会联想到当年知识精英文学与市民大众文学的确有"并存"的必要。在这里,我们还是来听听熟悉上海发展沿革的历史学家的声音吧。那些写《上海通史》的历史学家们在自己的史书中高度评价了通俗文化对市民的

① 鲁迅:《关于〈小说世界〉》,《鲁迅全集》第8卷,人民文学出版社1981年版,第112页。

② 朱自清:《论吃饭》,《朱自清全集》第3卷,江苏教育出版社1996年版,第155页。

③ 包天笑:《上海春秋·赘言》,漓江出版社1987年版,第1页。

“启蒙”作用:“有人说,晚清上海的市民意识是‘读’来的。……各种大众化的艺术样式就是市民文化。就其功能而言,主要体现在两方面:一是娱乐消遣,丰富市民的闲暇生活;二是以市民喜闻乐见的形式有效地灌输近代意识……其实,云蒸霞蔚的大众文化,并不仅仅具有娱乐功能,对绝大多数城市民众而言,它更是近代市民意识萌生与滋长的触媒,或者说是近代市民的启蒙教科书”;“问题的另一面是大众文化的兴盛又意味着文化向中下层社会的全面开放,它在一般性地满足中下层社会的娱乐消费需求的同时,又从多方面改变和塑造着中下层社会,是上海人从乡民转变为市民的又一座‘引桥’”[①]。这就充分估价了通俗文化的历史使命,通俗文学在这一现代化工程中是发挥了自己的积极作用的。

在“五四”以后,通俗文学作家曾在“趋新”中希望“靠拢”新文学文坛,得到它们的承认。可是在《文学旬刊》等刊物的猛烈的批判声中,他们才懂得“趋新”是应该的,但“靠拢”是“靠不拢”的。不过,他们得到了市民大众的无言无声的拥戴,这就够了。我们从《文学旬刊》的多篇文章中,也能从另一视角看到通俗文学在市民读者中的影响,同时在这些文章中,也不时地透露出某些新文学家深感在市民读者中的“寂寞”的身影:

> 他们似乎对于供消遣的闲书,特别欢迎。所以如《礼拜六》《星期》《晶报》之类的闲书,销路都特别的好。[②]
>
> 我亲见有许多人,他们从来不关心时事,从来不看报纸里的新闻记载,但因为他们要看《自由谈》,要看《快活林》,要看李涵秋的小说,要看梅兰芳的剧评,所以都要买一份报纸看看。[③]

这给我们一个总的印象是,在当时,舆论的评判上主要是由新文学掌控的;但通俗文学却也是在“悄悄地流行”,他们拥有大量的读者,倒是处于“默默的强势”之中。事实上,祈愿梁启超式的“雅量”是不现实的。“蜜月”本来就是短暂的,蜜月是不能年年、月月、日日、常常过的。从1921—1923年的岁月之

① 熊月之主编,周武、吴桂龙著:《上海通史·第5卷·晚清社会》,上海人民出版社1999年版,第387、394、395页。

② 西谛:《杂感》,载《文学旬刊》第40期,1922年6月11日出版。

③ 化鲁(胡愈之):《中国的报纸文学》,载《文学旬刊》第44期,1922年7月21日出版。

中，分道扬镳是定局的了，但《小说月报》与《小说世界》等通俗文学刊物的“并存”，的确是一个标志性的事实，说明了新文学与通俗文学是“各有受众”的，它们正在“各尽所能”，在未能达到“超越雅俗”的高水准的融会之前，必然也会“各得其所”的。这样的局面在某一时段中就如此“定格”了。

附　注　本文中所提及的先贤们，在日后是各有其发展的。如西谛（郑振铎）写出了可以传世的《中国俗文学史》等；但本文论及的是仅限于 1921—1923 年的一场具有历史关节性的文坛的论争。它不像过去所说的是一方的“凯旋”与另一方的“淡出”，而是在某一历史时段中，双方各有自己侧重的读者群体与各自发挥自己作用的相对“定格”。

论“都市乡土小说”*

——中国现代通俗小说对“文学大家庭”的重大贡献

一

“乡土文学”作为一个新文学流派是在“五四”以后自发形成的文学景观。1923年，周作人就提出应重视“乡土艺术”，作家要“把土气息泥滋味透过他的脉搏，表现在文字上，这才是真实的思想与文艺”①。1928年，茅盾也曾论及作品的“地方色彩”，认为“地方色彩是一地方的自然背景与社会背景之‘错综相’，不但有特殊的色，并且有特殊的味”②；但他们皆没有谈及中国是否有一个“乡土文学”的流派的问题。直到1935年，鲁迅在为《中国新文学大系·小说二集》作序时，才正式提出“乡土文学的作家”这一群体概念，在剖析作品时，将蹇先艾、斐文中、许钦文、王鲁彦、黎锦明等青年作家的作品作为“乡土文学”的示范标本。自此，文学史家才沿用鲁迅的指认，将他们视为文学上的一个流派。有许多文学研究者则指出，鲁迅小说笔下的未庄与鲁镇就是一个具有象征意义的文化符号，开了“乡土文学”之先河。

鲁迅在《中国新文学大系·小说二集·序》中说：“凡在北京用笔写出他的胸臆来的人们，无论他自称为用主观或客观，其实往往是乡土文学，从北京这方面说，则是侨寓文学的作者。”鲁迅指出，他们是“被故乡所放逐，生活驱逐他到异地去了”，于是他们在从事文学创作时，就“将乡间的死生，泥土的气息，

---

* 本文发表于《文学评论》2008年第3期。

① 周作人：《地方与文艺》，见《永日集》，岳麓书社1988年版。

② 茅盾：《小说研究ABC》，见《茅盾全集》第19卷。

移在纸上……","活泼的写出民间生活来"①。鲁迅的主要意图是对这批青年作者加以揄扬与褒赞,但我认为其中也隐含着对他们的有分寸的批评:他们是一批寄居都市的游子,在都市中是无根的浮萍,他们缺乏对都市生活的较为深入的了解,因此他们一拿起笔来时,就只能动用自己的"原始积累"——熟悉的故乡的生活经历。也就是说,他们"胸臆"中的储存也仅仅是"乡土"中携来的货色,他们不约而同地选取了这唯一可行的创作通道,他们是靠着"回忆"在做作家;鲁迅既非常爱护、又很含蓄地指出他们的局限:"侨寓的只是作者自己,却不是作者所写的文章,因此也只隐现着乡愁,很难有异域情调来开拓读者的心胸,或者眩耀他的眼界。"②他们身居都市却写不出活泼泼的都市民间生活的广阔画卷来。

"乡土文学"流派的贡献是在于用知识精英的目光,看故乡的民间民俗生活,以人道主义与民主主义的现代眼光重新估价沉滞封闭的古老乡村生活,写出两种文化碰撞中的民族文化的积淀以及他们自己内心的悲愤与哀愁。他们写乡风旧俗,如水葬、冥婚、典妻、械斗、冲喜、拜堂……但他们不仅是为了揭示僻壤奇闻,他们还能在字里行间作犀利的文化批判,窥视人们的精神异化。有些乡土文学作家也是想使自己演化转换成"都市社会剖析派"的小说家的,但当他们要拓展题材时,往往只能用既定的概念框子去分析他们眼中的都市生活,大多显得板滞而带有说教味。看来以知识精英的姿态与目光去注视都市的民间生活,有时是会显现出格格不入的扭曲和居高临下的疏离。

但是,除了知识精英文学中的"乡土文学"之外,从另一个与之并列的文学创作的大系统中——即"大众通俗文学"中去进行一番考察,我们就能发现,还有一种可以称之为"都市乡土小说"的文学作品。目前,文学史研究者们正在逐渐取得共识,认为"鸳鸯蝴蝶—《礼拜六》派"是一个现代都市通俗文学流派,而本文要进而论证的是,这一都市通俗文学流派的作品中的最精华部分乃是它的都市乡土小说。

二

也许精英文学的评论家们在分析"乡土文学"作品时,往往只举那些描绘乡村或小城镇的生活风味的小说为例,于是形成了一种思维定势,似乎乡土文学就是写乡村或小城镇生活的地方特色的文学;但是当他们在作理论性的阐

①② 鲁迅:《中国新文学大系·小说二集·序》,见《且介亭杂文二集》。

述时，“乡土文学”这个概念是既包括乡村，但又绝不单单是指乡村。或许有人从周作人的“土气息泥滋味”等语句中得出结论：“乡土文学”就是“乡村文学”。但我觉得还是应从这些评论家们对乡土文学的总体界定中去作全面的理解。当周作人在论述“乡土文学”这个概念时，其第一层面当然是指某一乡村的独特的地域特色在文学中的反映；可是他在为“乡土文学”作界定时，还有第二层面的含义，那就是泛指以文学为载体的反映某一地方居民的特殊的“风土的力”。周作人在1923年提出“乡土艺术”之后，就在同一年，他还说过：“不过我们这时代的人，因为对于褊隘的国家主义的反动，大抵养成一种‘世界民’(Kosmopolites)的态度，容易减少乡土的气息，这虽然是不得已却也是觉得可惜的。我仍然不愿取消世界民的态度，但觉得因此更须感到地方民的资格，因为这二者本是相关的……”；“我于别的事情都不喜欢讲地方主义，唯独在艺术上常感到这种区别。……风土的力在文艺上是极重大的”①。在这里，他的“乡土”气息的对应概念是指“世界”共性。正如茅盾的文章中也认为乡土文学是泛指镌刻着某一地方的“地方色彩”的作品。茅盾说：“民族的特性是不可忽视的，比民族的特性范围小而同样明显且重要的，是地方的特性。湖南人有湖南人的地方特性，上海人也有上海人的……”②这就是我们提出“都市乡土小说”这个概念的理论依据。

上海是国际型的大都会，但它有自己的鲜明的地方特色：它与异民族的大都会纽约、伦敦、东京相比，除了大都市的共同点之外，它们各有自己独特的“民间面容”；而与本民族的大都会北京、天津相比，它们除了民族共性之外，也各有自己的“错综相”。上海从一个滨海渔村起家，到宋代设镇，元代建县，而在清末它还是松江府治下的一个普通县城，其发展是渐进的。可是，自1843年开埠以来，在不到一百年的历史瞬间，它从一个只有十条街巷的“蕞尔小邑”一跃而成为“东方巴黎”，成为远东第一大都会。那时的东京、香港等城市与它相比，皆不在话下。也就是说，在近代的1843年到现代的20世纪30年代，上海的巨变真是令人惊诧不已。它不像世界上有些大城市是台阶式的发展，它简直是坐上了直升机。

直到1843年上海开埠时，城北李家场一带仍是典型的自然经济下的

① 周作人：《旧梦·序》，载《自己的园地》，人民文学出版社1988年版。

② 茅盾：《小说研究ABC》，见《茅盾全集》第19卷。

田园风光。时人这样描述道:“最初的租界是以黄浦江、洋泾浜和今北京路、河南路为四至边界的150亩的地盘,这里的土地上大部分是耕作得很好的农田,部分是低洼沼泽地。许多沟渠、池溏横亘其间,夏季里岸柳盖没了低地,无数坟墓散缀在这里。”([美]卜舫济:《上海简史》,第3页)谁也没有想到,短短几年后,这块一直供养几十户人家的土地的价格,会几百倍、几千倍地暴涨,并导致整个社会以一种全新的观点来看待土地的价格和商业的地位。①

这就有它自己的特色了:从雏型、兴建、伸展、建成乃至建成以后,它固有的农本主义文化积淀在两种文化冲撞中所激起的浪花;在它的都市现代化系统工程中的丰富多彩的民间民俗生活流变与平民百姓们价值取向的演进以及他们心态的波荡,这些动感的图画都应在文学作品中得到充分的反映。这里不仅是物质上的飞跃,而且还有精神上的巨变。作为一个以农本经营为主的小县,除了它自己的本土居民之外,还有大量外来的移民(据说当时上海每6个居民中有5个是外来移民),他们的思想观念是怎样更新成为现代市民的?这就是“都市乡土小说”的取之不尽、用之不竭的大好题材。有一位通俗作家就敏锐地感觉到上海有着林林总总的书写不完的都市生活的素材:

有钱的想到上海来用钱,没有钱的想到上海来弄钱,这一个用字和一个弄字,就使斗大的上海,平添了无数奇形怪状的人物……高鼻子的骄气,富人的铜臭气,穷人的怨气,买办的洋气,女人的骚气,鸦片烟的毒气,以及洋场才子的酸气。②

在这位作家所提及的许多生活面中,都可显示出浓重的乡土性。大量的用钱与弄钱的人涌进上海,也就有了一个移民的乡民观念有待都市市民化的问题;洋人骄气十足却又人地生疏,他们是要靠买办的媚气来支撑的,而上海的买办先是从广州输入的,然后才由本土自培,或就近取材,这里又有许多乡土故事;女人的骚气是只指那些供人玩弄的卖笑女子而言的,她们是如何从四面八方汇集到这个“人肉超市”中来的?这里又有多少乡土血泪?而科举的废

① 熊月之主编:《上海通史·第5卷·晚清社会》,上海人民出版社1999年版。
② 张秋虫:《海市莺花》,春风文艺出版社1997年重印版。

除，又使多少“士人”要到洋场来找寻新的安身立命的“位置”，从传统的士人变成洋场才子是需要大大拓宽自己的思维空间的，这里有着一个全新的调适过程。而反映上述诸种题材，特别是要在一个“变”字上做足文章，这是都市乡土小说的强项。从总体上看，它的确写出了在这片烂泥滩上，如何榨出了亿万资产；也写出了乡民心态、移民心态在经历了渐变后的新的价值观念。都市乡土小说不仅较为忠实地反映了这一过程，还因为它具有符合大众欣赏习惯的优势，作为一种向社会中下层全面开放的文学作品，它又能反过来成为乡民与市民的形象教科书，成为从乡民到市民的“潜移默化”的引桥。

另一个与知识精英文学的“乡土文学”的不同点是，知识精英是侨寓在北京、上海而写作家本乡本土的民间生活，而都市乡土小说的作家中当然也有北京或上海的本地人，但大多数乃是“外来户”，他们却善于写异地的大都会生活。例如写《海上繁华梦》的孙玉声是上海人，而写《海上花列传》的韩邦庆是松江人，但当时上海乃松江府所辖的一个县治，因此也算他是本地人吧。可是写上海“都市乡土小说”的作家，大部分不是上海本地人，那么他们怎么会没有“侨寓”感，他们怎么会不与现代都市生活产生隔膜，而是如鱼得水似地写出“异地”的“都市乡土小说”？这里有主客观的原因。从客观来说，他们虽不是本地人，但这些“士人”都是在科举废除后到上海来做“文字劳工”的，在中国人自己的新闻事业刚起步不久就参与办报办刊，成了大都市中的“报人”，通过办报办刊，他们熟悉了这个客居的异乡社会。且不说孙玉声，他既是本地人，又是与《申报》齐名的《新闻报》的“本埠新闻编辑主任”。另一位有代表性的重要作家——苏州人的包天笑，作为客籍“报人”，他开始任职于上海第三大报《时报》，他在《上海春秋·赘言》中说：“上海为吾国第一都市，愚侨寓上海者将及二十年，得略识上海各社会之情状。随手掇拾，编辑成一小说，曰《上海春秋》。”而作为安徽潜山人的张恨水也在北京做了五年记者，才开始动笔写《春明外史》这部长篇小说的。可见他们都有很好的客观条件。就主观而言，他们是完全融入了市民生活中去的。他们是以市民的目光看市民的喜、怒、哀、乐，从而去反映他们的动态生活。他们没有像知识精英文学的作家一样，习惯于以“封建小市民”这个概念来框范都市民间的许多生活现象，动辄嗤之以鼻。其实“封建小市民”这个概念并不属于马克思主义的阶级分析范畴。这仅仅是一个蔑称或是一顶帽子。例如在上海过去的里弄中，知识精英们可以看到许多“封建小市民”的言行，可是这些言行的“主人”可能是某纱厂的女工，或底子是乡间雇农的人力车夫，用阶级分析的“出身学”去衡量，他们最终还是革命的动力。或许是源于高尔基所写的剧本《小市民》,剧中的主人公别斯谢苗诺夫是个很庸俗而空虚的人。而我们再在"小市民"的头上冠以"封建"两字,作为一种狭隘、保守、自私、无聊、迷信的庸俗之辈的"代名词"。你看他们在"观赏"《火烧红莲寺》时那种狂热的态度,也许是极为可笑的,可是在不久之后的抗日战争中,那种支配他们在影剧场中狂呼的善、恶、邪、正的基本爱憎感,就是他们在前线战壕里义无反顾地献出生命的动力。知识精英容易以一种踞高的视角"俯瞰"市民的生活情趣,可是都市乡土小说作家则往往取"平等"的态度去淋漓尽致地摹写他们的社会价值取向,是站在市民阶层当中去反映他们的"社会流行价值观"。所谓"通俗",即是与"俗众"相通。这种以"平视"的态度写出来的作品,历来被某些文艺批评家视为只能反映出一种不加修饰的"低层次"和"爬行"的真实,但它们却为我们存留了当时的照相般的真实画面,在今天,研究这种不走样的客体,另有很高的学术价值。"这些畅销书是一种有用的工具,我们能够透过它们,看到任何特定时间人们普遍关心的事情和某段时间内人们的思想变化。"①

如此说来,我们是否排除了知识精英文学的社会分析派小说的"乡土性"?问题似乎不能提得如此绝对。周作人在谈知识精英文学时说过:"中国现在文艺的根芽,来自异域,这原是当然的,但种在这古国里,吸收了特殊的土味与空气,将来开出怎样的花来,实在是可注意的事。……若在中国想建设国民文学,表现大多数民众的性情生活,本国的民俗研究也是必要的,这虽然是人类学范围内的学问,却与文学有极重要的关系。"②我认为,相对而言,我们的都市分析派小说的作家,是站在"世界民"的角度思考"普遍性"和"共同性"的问题的时间与机会比较多,作为"人类一分子"去思考社会的改革的步调与途径比较多;而对都市民俗的地方情趣的考察就比较少,对民间的三教九流的芸芸众生接触得比较少。因此不能简单化地说他们的作品里没有乡土性,但相对而言,却没有都市通俗小说流派的作品中的民间民俗味那么浓。这是可以从都市乡土小说中的大量实例来回答这个问题的。

三

1894 年出版的《海上花列传》的第一章,作者韩邦庆无意中写了一个很有

---

① 苏珊·埃勒里:《畅销书》,见《美国通俗文化简史》,漓江出版社 1988 年版。

② 周作人:《在希腊诸岛·附记》,见《谈龙集》,岳麓书社 1989 年版。

意思的开端，乡民赵朴斋到上海来找自己娘舅，谋求糊口生机。上海虽相传是“淘金之地”，可是大马路上是没有黄金可拾的。这位移民在四处碰壁之后，只好脱下长衫，以拉人力车为生。某日被他的娘舅看到，以为是坍了他的台，就叫自己店里的伙计押着赵朴斋上回乡的航船。待店伙回去复命，赵朴斋就在航船将要离岸的一刹那间，一跃又上了“上海滩”。据鲁迅在《中国小说史略》中说，此人乃真人真名，后来他事业有成，在上海闯出了个世界，真所谓“英雄不怕出身低”！不知是否是受了韩邦庆的影响，以后许多通俗小说都以外乡人来沪作为小说的开端。例如孙玉声的《海上繁华梦》就是写谢幼安与杜少牧从苏州到上海，以各种诱惑对他们进行的考验作为这部劝惩小说的引线。而后来孙玉声又写了一部《黑幕中之黑幕》，开头就是写崇明人到上海从事商业等多种活动，其中有不少篇幅写到他们在商海中与各类外国人的瓜葛。接着是包天笑的《上海春秋》，以写苏州人到上海为开头，中间也写扬州人到上海安身立命。毕倚虹的《人间地狱》的开端是写杭州人到上海讨生活。严独鹤的《人海梦》是写宁波人到上海，而平襟亚的《人海潮》共有 50 回，前 10 回写苏州，而后 40 回写的是前 10 回中出现的苏州人纷纷到了上海，演出了一幕幕的人间活剧。中外小说中写“乡下人进城”的题材不乏其例，但中国现代通俗小说将外地人到上海作为“文字漫游热线”，主要是反映了当时上海这个新兴城市对周边破产农民的吸引力；同时也因为资金投向租界，不受国内政局与战事的影响，所以有许多内地的有钱人挟巨资到上海来落户。这的确如张秋虫所说，一类是来弄钱的，一类是来用钱的。当然也有些例外的，如严独鹤笔下的主人公华国雄是到上海来求学的，而姚鹓雏的《恨海孤舟记》中的主人公赵栖桐从北京到上海受聘参加办报。这两部小说后来皆涉及主人公参加了辛亥年间的有关革命活动。在小说中作家大多将上海比作是一只漆黑的大染缸，可是有人偏偏说它是“染白缸”。在平襟亚的《人海潮》中，写一户苏州农村的赤贫人家逃荒到了上海，在极度无奈中将女儿银珠送进了妓院。那老鸨先是施以“安心教育”，然后又灌输“前途教育”：

> 你心里定定，不要胡思乱想，一个人看风驶篷，运气来，春天弗问路，只管向前跑。太太奶奶又没有什么窑里定烧的。一样是泥坯子塑成功的。你现在是个黄毛小丫头，说不定一年二年后，喊你太太奶奶的人塞满屋子，你还不高兴答应咧。

上海地方堂子里真是你们一只漂白缸，只要有好手替你们漂，凭你黑炭团一般，立时立刻可以漂得天仙女一般，可惜你们心不定，有了这只漂白缸不肯跳进去漂。阿囡啊！像你这副样子，漂一下，一二年，一定弗推板。现在呢，现在呢，还讲勿到生意上种种过门节目，只要你一定心，我会得一桩一件教导你，学会了种种诀窍，生意上就飞黄腾达，凭你一等一的大好佬，跳不过你如来佛的手心底。你将来正有一番好戏在后头。

日后，银珠果然漂成了明丽焕发、娇艳无比的红妓凌菊芬。她遇见同乡沈衣云，不仅没有半点骄气喜色，反而微微喟叹："我吃这碗饭，也叫末着棋子。养活爷娘是顶要紧。当初爷娘弄得六脚无逃，我没有法想，只得老老面皮，踏进堂子门，平心想想，总不是体面生意经。结蒂归根，对不住祖宗，没有面孔见亲亲眷眷。……想我这样一个小身体，今生今世，再也没有还乡日子，几根骨头将来不知落在谁手里咧。……我见同乡人，真像亲爹娘一般。"后来她被卖给一个军阀做小妾，可是在新婚中，她的"丈夫"就被暗杀了。像这样反映民间移民命运的小说，在都市乡土小说中俯拾皆是。

上海既是特大的移民城市，在衣食住行中，当然以住房为最紧张。历史上，上海有几次移民高潮，特别是战争时期，租界地区似乎成了一只保险箱。如太平军三次攻打上海，上海的房地产业，热得几乎发了狂。而包天笑的《甲子絮谭》则反映了 1924 年江浙军阀齐卢大战时的种种社会动态，其中涉及上海的房荒问题，写了一幢一楼一底的石库门，住了 11 户人家。这实际上是为上海的"建筑民俗"留下了珍贵的一页：

"把前门关断，专走后门，客堂里夹一夹，可以住两家。灶间也取消，烧饭吃只好风炉的风炉，洋炉子的洋炉子。灶间腾出来，可以住一家。楼上中间，像我们这里一夹两间，可以住两家。至多扶梯头上搭一只铺，也可以住一家。有亭子间的至多也住两家。算来算去，也只好住八家，怎么能住十一家？"

"我告诉你，他们在扶梯旁边走上去的地方，搭了一层阁楼，这阁楼就在半扶梯中间爬进去的。这里可以住一家。楼上扶梯头上也可以搭一个阁楼，也好住一家，并了你所说的八家不是已满十家了吗？还有一个方法，在晒台上把板壁门窗一搭，也可以住一家。这不是十一家了吗？"

"不差，我从前看见过一篇短篇小说，叫做《在夹层里》，就是讲的那种阁楼，在楼上楼下之间的，这真是太挤了。”

这是长篇中人物的一席对话，让我们看到在难民潮中上海老百姓的居住状况。可是“从前看见过一篇短篇小说，叫做《在夹层里》”的，又是谁做的呢？也是包天笑。如果上面所引的是写难民潮，那么《在夹层里》①写于1922年，却是反映移民城市中的贫民窟的拥挤。他写一个医生在为贫民义诊时，看到的民居条件极端恶劣的种种“惨况”。作品的结尾是很沉痛的：

“上海房子本来是有夹层的，就是地板与天花板之间。后来工部局为防鼠疫起见，把所有人家的天花板拆除了，教鼠子没有容身之地。现在你所瞧见夹层楼，是人住的，不是鼠子住的，当然没有鼠疫发生，无庸拆除。可惜穷人的身体，还是和那些富人一般大小，要是穷人身体小的和鼠子一般大小，这个一楼一底的房子，可做好几层夹层咧。”

与之对比的是乌目山人所写的《海上大观园》，上海当时首富的房地产——哈同花园（小说中为罕通）的情景，这简直是豪宅中的豪宅了。这个取名“爱俪园”的，“总计园中共有楼八十，台十二，阁十六，亭四十八，池沼八，小榭四，十大院落，九条马路，七乘桥，大小树木，约八千有奇，花数百种，真是洋洋大观”。而园内“朝西那条马路，名曰‘广学路’。曲折以达，一乘大桥临前，桥上造起牌楼，题‘西风东渐’四字”。在爱俪园的“围墙之外，即后买之一百余亩，拟开辟‘罕通路’，作为官路，路西造数十条弄，拟取名‘民德里’，约有千余幢房屋出租，中间造小菜场，此是外面之布置，容后再述”。这是靠炒地皮和贩鸦片起家的英籍犹太人哈同大兴土木，造了两年又五个月才完工的私家花园的鸟瞰以及他作为当时上海最大的房产主的简略的写照。

在都市乡土小说中，对普通老百姓的生活起居的反映当然是很详尽的，如果要谈到衣着的时髦，小说中是存留着大量的民间民俗描写的。特别是女性的时尚沿革，即所谓晚清学妓女，民国学明星。在上海开埠以后，那种农本经济时期的美德，开始被视为落伍者所遵行的生活规范，如视“节俭乃无能者的寒酸”；相反，在努力向财富表示敬意的同时，崇尚一种炫耀式的消费观念。人们在日常生活中，拚命地花钱是为了拚命地赚钱，因为越是表现自己有钱，自

① 《甲子絮谭》与《在夹层里》均可见《包天笑代表作》，华夏出版社1999年版。

己的商业信用度也就越高。所以在这些小说中对茶馆、酒楼、戏园、堂子、赌场等炫耀式消费场所的民俗描写是很充分的。于是,社交不再是一种单纯的休闲,而是一种谋生的必需。这些丰富的民间民俗的嬗变内容,我们不可能在这篇文章中去一一列举了。但过去有一种误解,认为都市乡土小说只是津津乐道一些民间的不登大雅之堂的琐事,无关宏旨的茶余酒后的谈助,其实也不尽然,都市乡土小说的题材是极其广阔的。如写中外商战的有姬文的《市声》,写中国最早的交易所及上海"信交风潮"成因的有江红蕉的《交易所现形记》,写民初政坛风波及军阀混战的有张春帆的《政海》,他还写过鸦片战争的起因的《黑狱》。因此,对这位写《九尾龟》的作者,也不能因为胡适说《九尾龟》是"嫖学教科书"而认为他仅给文学造成了负面影响。

都市乡土小说较为集中地写上海,是非常必要的,因为在国内外不少学者认为上海是开启现代中国的一把钥匙。但都市乡土小说写北京与天津的都市面容,也是极为出色的。张恨水的《春明外史》,陈慎言的《故都秘录》,叶小凤的《如此京华》,何海鸣的《十丈京尘》,皆是较为优秀的北京都市乡土小说。而刘云若的津门小说脍炙人口,戴愚庵的《沽上游侠传》、《沽上英雄谱》等使他成为写天津"混混小说"的专业户,通过他的小说我们可进一步懂得鲁迅杂文中所提及的"青皮精神"。

如果说张秋虫用一个"钱"字概括近商的上海,那么叶小凤以一个"官"字来概括北京的"特种商品":

> 自古政府所在的地点,原不异官吏贩卖的场所。试睁着冷眼向北京前门车站内看那上车下车的人,那上车的,车从煊赫,顾盼谈笑里边,总带着一脸旌旗,此去如入宝山的气概;那下车的望门投止,有如饥渴,总带着几分苏子入秦不得不已的神情,这就可以略识政治界的结构哩。

而陈慎言在《故都秘录》的《序》中说:"故都有三种特殊人物:'满贵族'、'清遗老'、'阔伶官'。"他这部长篇就是写民初特殊环境中的三种北京的特有土产的。他的小说中北京社会转型期中的若干特色是非常鲜明的。例如钱柏明做寿的场面就是一个北京官僚绅商所谓高层社会的缩影:

> 钱宅门前,汽车、马车,把一条胡同完全塞满。来宾可说是无奇不有。单就服装说来,有戴珊瑚顶穿团龙马褂的王公贝勒,有朝珠补褂拖小辫子

的遗老，有挂数珠穿黄马夹红长袍的嘉章佛，有戴顶帽佩荷包的宫门太监，有光头黄僧衣广济寺的和尚，有蓄长须阔袖垂地的白云观的道士，有宽袍阔袖拿大折扇的名流，有礼服礼帽勋章灿烂的总次长，有高冠佩剑戎装纠纠的师旅长，有西装革履八字小髭的官僚，济济一堂，奇形怪状，盛极一时。至于女界方面，福晋、格格、老太太、太太、小姐、少奶奶，一切服装，更是光怪陆离，说也说不尽。若把他们聚在一堂，尽可开一个古今服装博览会。

莫看这是服装打扮上的一番热热闹闹的描写，实际上是民国初年的各种政治社会势力的大聚会，平日里幕前幕后，钩心斗角，今天却趁钱府寿期，打恭、作揖、合十、军礼……汇流在一起来了。这样的场面在上海是看不到的。

在都市乡土小说中不仅有许多关于上海、北京、天津等大都市的五光十色、琳琅满目的民间民俗生活的仿真写生，而且对南京、苏州、杭州、扬州等文化名城亦留下许多珍贵的文字瑰宝。就以写南京为主要反映地域的姚鹓雏的《龙套人语》而言，他自谓此小说是“记载南方掌故，网罗江左轶闻”。而戏剧界的老前辈，也是通俗小说家的冯叔鸾，虽不认识作者，也乐于为其写序，以为此书的内容“更廿年后，必将无人能悉，且无人能述”。此书在解放后，根据柳亚子的三卷手抄本得以重印，改书名为《江左十年目睹记》。作为儒将的陈毅是深知此人的，姚鹓雏经陈毅的推荐，当选为解放后松江县的第一任县长。

《子夜》与《包身工》这些都市社会分析派的小说固然重要，但也需要都市中生动活泼的民间民俗生活与之相互补，才能视野更宽广地了解都市，了解中国。那些认为通俗小说是一堆垃圾的“因袭思想”，它本身就是人们头脑中一堆垃圾，应该掷进历史的垃圾箱中去。

四

有些评论家认为，都市乡土小说所反映的生活面的确广阔，可是这些“都市乡土小说”作为一些社会学的资料尚可，作为文学作品，其文学艺术性实在欠缺。其实，就内容与艺术而言，知识精英文学与大众通俗文学这两类文学中皆有上、中、下品之分，皆有自己的优秀或拙劣的作品。这是不言而喻的。

就以我们上文所提及的《海上花列传》为例，它是被鲁迅归入狭邪小说门类的。但是有四位文学大师级的作家，对它推崇备至，褒扬有加，那就是鲁迅、胡适、刘半农与张爱玲。人们通常认为鲁迅对这部作品的评价是“近真”、“平淡而近自然”。其实鲁迅对它的最高评价是“固能自践其‘写照传神，属辞比事，点缀渲染，跃跃如生’之约者矣”①。这16个字是韩邦庆的自评，但鲁迅首肯他已“自践……其约”了。胡适不仅认真地考证了韩邦庆的生平，而且说它是“吴语文学的第一部杰作”②。刘半农称赞作品中的人物不是平面的，而是“立体”的，就像站在你面前一样真切。可见它的人物塑造也是一流的。作为一位语言学权威，他认为在“语学方面，也可算得很好的本文”③。而张爱玲在晚年花了十年时间，先将它译成英文，还将这部吴语小说“译”成普通话本，并说它是自《红楼梦》后，“填写百年前人生的一个重要空白”④。这部现代都市通俗小说的开山之作，就艺术性而言，可与知识精英文学的任何一部优秀的长篇小说相媲美，而它的都市“乡土性”也是极为浓重的。都市乡土小说作家中是有一批而不是一两个，其作品的艺术性都达到了较高的水准。

还应该认识到，知识精英文学与都市乡土小说的艺术性的评定标准是应该按照它们的不同特色有着不同的要求。知识精英文学以塑造典型为其追求目标；而大众通俗文学中也有写得成功的典型人物，不过这类小说主要以“传奇”为其目的，作品只要对读者产生强大的磁场，如出现了“《啼笑因缘》迷”，出现了“霍迷”（《霍桑探案》迷），这在他们看来，才算莫大的荣耀。这才达到了“传奇”的目的。因此，知识精英文学崇尚“塑人”，塑造在文学史画廊中永不磨灭的典型人物；而大众通俗文学则偏爱“叙事”，能叙出传诸后代的奇事。而他们笔下的“奇”，又往往与都市中出现的“新”字挂起钩来。他们以写大都市民间民俗中的新鲜生动的故事来吸引读者，从中看到文化的流变创新，民俗的渐进更迭，有时还重彩浓墨地写出城市成型的沿革，而都市小说中的“乡土性”也赖以流露其间。因此，艺术性的评定标准是应该各有不同的。而在过去这种有特色的叙事功能，往往被知识精英文学作家作为批评的对象，认为“在艺术方面，惟求记账似的报得很清楚。这种东西，根本上不成其为小说……”⑤其实，“惟求报账似的报得很清楚”却正是通俗小说异于知识精英文学的特点之一，它们的“精细的记述”正是文化味汁与乡土性浓郁的必有条件。例如在孙玉声的《海上繁华梦》第2集第5回中，他“报账”似的记录了1893年11月“上

① 鲁迅：《中国小说史略·第26篇·清之狭邪小说》。

② 胡适：《海上花列传·序》，见远东图书公司《胡适文存》第3集。

③ 刘半农：《读〈海上花列传〉》，《半农杂文·第一册》，星云堂书店1934年版。

④ 张爱玲：《国语本〈海上花〉译后记》，皇冠杂志社1983年版。

⑤ 沈雁冰：《自然主义与中国现代小说》，载《小说月报》第13卷第7号。

海开埠50周年纪念大游行”，让读者看到欧风美雨登陆后的上海滩，在民俗方面的“中西合参”：

> 耳听得一阵西乐之声，恰好洋龙会已来，冲前几个三道头西捕，两个骑马的印捕，一路驱逐行人让道。后边接连着十数架龙车，那龙车是扎着无数个绢灯彩，每一架有一班救火西人，一样服式，手里高擎洋油火把，照耀得街上通明，内中有部龙车，扎成一条彩龙，舞爪张牙，十分夺目。又有几部皮带车，装点着西字自来火灯，并有西人沿途施放炮竹取乐。后随着几部食物车，满载洋酒架非（即咖啡）茶等，预备会中人沿途取食，车上也扎有彩灯，真是热闹异常……

如果参看吴友如的《点石斋画报》为开埠50周年庆典所画的9幅图画，更能形象地看到中西合参的味道。外国救火车上，扎了一条地地道道的长长的中国龙灯，前面还有一个水龙戏珠的大火球光芒闪烁。因为在当时的上海，这西式的救火会是非常先进的东西，犹如今天的游行队伍中出现了新式的导弹一般，所以作了重点描写。下面不妨再来看一则中国的科举制度虽已废除，但西方的教育制度引进上海的初期，也竟有人借此使科举借尸还魂的。那是严独鹤的《人海梦》中写华国雄从宁波到上海来求学，他参加新式学校的入学考试竟与科举考试一般无异：

> 但见人头攒动，来考的倒也足有三四百人，都挤立在校门外。那两扇门却紧紧的闭着，门外有许多公差一般的人，在那里伺候。还有几面虎头牌挂在那里，牌上却写着不准抢替、不准怀挟等字样。等了好一会，里面跑出一个戈什哈来说道：“点名了。”顿时校门大开，有十几个人每人掮着一块高脚木牌，整整齐齐的走出来。每一面牌上写着三十个名字，应考的人须自己认清名字在那一块牌上，就跟着那一块牌进去。唱名，接卷……就放炮封门。……只见大厅上设着公案，一个人蟒袍补褂红顶花翎，端端正正的朝外坐着……旁边站着一个人，戴着空梁红缨帽，穿着灰色布袍，在那里唱名。

试题当然是科举格式的，只有一门“英文翻译”是“新”的，题目却是要将“古气磅礴”的《尔雅》原句译成英文。考生谁也译不出来。可是有一位学生却一挥而就，得了第一名。据他介绍经验："教人翻《尔雅》明明是外行，我是猜透了这层道理，便故意造了些极长的字在中间，又随意加上些冠词和介词，看看好像很深的文字，其实完全弄玄虚骗外行罢了。"这就是当时的所谓"将科举、学校冶为一炉"的"一时矜式"。

这种"记账式"的小说，为我们记下了我国现代化过程中的一环一节一链，我们就是通过这环环相扣、节节相连，构成了现代化工程进度的长链，可以看到转型期中的一串蹒跚的步履足迹。社会的进步靠几个抽象的概念或许可以概括，可是能概括并不等于能真正懂得创业维艰的曲折进程。现代化的历史或许可以说是乡土性的逐渐冲淡而世界一体化的共同点的不断增强，但淡出并不等于民族特点和地方色彩的泯灭。知识精英文学有它自己的优长，但不能因此一笔抹煞大众通俗文学存在的必要性。只有读了都市乡土小说的若干代表作，才知道它的广博的内容和有自己特点的艺术性皆不容小觑。它不仅与知识精英文学中的社会剖析派小说相互补，而且还能与中国近现代史相互补。古代的历史偏重于帝王将相，改朝换代；现代的历史则写阶级搏斗的大势，以及政局的更迭。而都市民间民俗生活则配以老百姓的凡人小事，以及他们备尝的酸甜苦辣，最终来解开大势更序的民间的深层动因，岂不是微观与宏观相辅相成、相得益彰吗？我以为这就是都市乡土小说对中国文学宝库的独特贡献！

移民大都市与移民题材小说*

——论清末民初上海小说中的移民题材中长篇

一

在传统社会中，城市社会结构的变动往往只是静态的微调。可是在鸦片战争后的强迫开埠过程中，沿海沿江的一些小县城甚或小渔村——上海、天津、青岛、大连、汉口等地，都开始在城市化的过程中脱颖而出，纷纷跃升进入都市的行列。青岛原先不过是个荒岛——黄海之滨、胶州湾上的5个小村；大连也仅是个60户人家的半农半渔的村庄；汉口，明清时曾是镇的建制，属江夏县治；天津在1860年开埠后，城市面积竟超过了旧城厢的8倍；上海开埠前是一个属于松江府的仅有10条街的县城，可是它很快取代了广州的地位，成为中国最大的外贸中心，并一跃而为中国第一大都会。据1927年统计，人口超百万的中国都市依次是上海、武汉、北京和天津，除北京是老人帝都外，其他都雄踞于江海要津，特别是上海已经拥有人口260万，它在中国的都市化中更具典型性，值得作为移民城市中的一个"精品"加以解剖。

所谓"都市化"实际上就是在工商业发达的大背景下移民潮所形成的人口爆炸——都市里的新式企业创造了数以万计的工商就业职位；而在中国的农村与小城镇中，人们又往往饱经连年战乱和灾荒的煎熬，但在清末民初的太平天国、中法战争、八国联军、日俄战争、辛亥革命、江浙战争中，上海的租界当局都以中立的姿态出现，在内地的滚滚硝烟中，租界仍然在风平浪静中生息繁衍。于是在国人的心目中，上海就成了避难所与淘金场，大量的投资者、手工

---

* 本篇首刊于《江苏大学学报(社科版)》2007年第6期，收入《多元共生的中国文学现代化历程》，复旦大学出版社2009年8月版。

业者和农民纷纷涌入上海，上海成为国内最典型的一座移民城市。当时上海的租界沿袭西方城市习尚，没有户口登记管理制度，人口流动更是频繁。统计数字惊人地告诉我们，1885 年，移民约占上海人口的 85%，1930 年占 78%。[①]我们今天俗称的“乡下人进城”这个概念还不能概括“移民潮”的全部内涵。因为在当时“难于计数的逃难者，投资者，冒险者，躲债者，亡命者，寻找出路者，追求理想者，有文化的，没文化的，富翁，穷汉，红男，绿女，政客，流氓，都向上海涌来。上海成了容纳五湖四海各色人等的人的海洋”[②]。以上所列举的均属国内移民，可是在这个国际大都市中，还有数量不少、能量超群的国际移民。这些国内、国际的移民使上海处于不间断的裂变之中，酿成种种惊天奇观，对它的了解，不仅要靠经济学、政治学、社会学等一系列科学著述去勾勒其面容，而且也需要文学作品对它作形象的反映。与其他的大都市相比，上海这个特大的移民城市似乎有着更丰厚的积累——在清末民初的文学中有着大量的反映当地移民题材的通俗小说，特别是众多的长篇，将当年的移民生活图景“定格”成一道永不消逝的风景线。但是这份丰厚的宝藏却长期被忽视、轻视，甚至被蔑视。我们从来没有从移民的角度去开掘这座富矿，提炼出对我们今天也极有参照意义的借鉴。

最早反映这股移民潮的是 1892 年开始连载、1894 年出版全书的长篇小说《海上花列传》，它的第 1 回就是《赵朴斋咸瓜街访舅，洪善卿聚秀堂做媒》，写的是赵朴斋这一“乡下人”进城，而他的舅舅洪善卿则是一个久居上海的商业移民。小说中有众多的移民形象：投资经商者，为官为吏者，文人清客，流落海上的娼妓……形形色色，不一而足。从此，写移民生活成了通俗小说的一条文字热线。《发财秘诀》写广州人到上海，《海上繁华梦》、《人海潮》和《甲子絮谭》写苏州人进上海，《恨海孤舟记》写北京学生南下上海，《人海梦》写宁波人到上海，《人间地狱》写杭州人到上海，《市声》写扬州人、无锡人进上海，《上海春秋》除写苏州人到上海之外，扬州人到上海也占了相当的篇幅，而《上海大观园》和《黑幕中之黑幕》则写了国际移民的多种面目。这些人到上海或投资办厂、经商，或做买办、通事，或避难躲灾，或读书而后又将上海作为留洋的跳板，或办报办学传播知识，或挥金如土浪游纵乐，当然极大多数是成为出卖劳动的苦力，甚至沦为卖笑的娼家。应该说，这些通俗小说家抓住了对城市发展至关重

① 邹依仁：《旧上海人口变迁的研究》，上海人民出版社 1980 年版，第 112—113 页。

② 熊月之：《上海通史》第 1 卷，上海人民出版社 1999 年版，第 72 页。

要的移民生活，通过这一具有典型意义的窗口，读者看到了当年上海的众生相。我们还应该看到，有些通俗小说家并非是与这一重要题材偶然相遇，相反，他们对反映移民生活有着很强的自觉欲望。在网珠生（平襟亚）的《人海潮》中有着一段“论述”写作社会小说（包括移民题材小说）的重要性的对话，对话的双方是两位乡村知识者——一对恋人。少女湘林称赞狄更斯的一支笔仿佛一面显微镜，能把社会上的一针一芥放大几千倍，描摹刻画入木三分。由此他们谈到社会小说的作者非要有阅历，有胸襟，有文采，要读万卷书、行万里路，能深刻洞悉社会者才能胜任。湘林说：写社会小说在乡村街坊有三处材料总批发所，那“便是小茶馆、小酒店、燕子窠（鸦片馆——引者注）”。可是她的男友沈衣云说出了一番更有见地的话：

> 我有一处人们注意不到的小说资料，要比你说的三处地方来得有趣味、有统系，写出来一定有刺激性，能够哄得人笑啼并作。……这块地方小虽小，却是流动的，普遍在各乡各镇，便是一条驳船。这驳船每天清晨开往塘口，接上海小轮上的搭客，驳送到各乡镇；垂晚又把各乡镇往上海的搭客，驳到塘口小轮，每天满载一船。这其间，男女老幼，哭的、笑的、叹的、忧的，千态万状，哀乐不齐。哭的，无非夫妻勃豀、母女口角，一时气愤，遁迹海上；笑的，赢获巨金，衣锦还乡；叹的，入得宝山，赤手空回；忧的，身怀私货，中心彷徨。这是现面的事，细究内幕，更不少伤心黑暗的资料。（《人海潮》第 8 回）

这席话说明当时的一些通俗作家已经自觉地意识到“乡下人进城”这一题材有着不少深刻的社会内容可供开掘。作家看到了这一条条小驳船使上海周边的乡镇与中国第一大都市发生了千丝万缕的联系，它满载着乡民们的喜怒哀乐，从中可以探索他们在上海的种种遭遇，进而深究上海的种种社会内幕。平襟亚的这部《人海潮》共 50 回，前 10 回写苏州农村，后 40 回写这些苏州的各色人等到上海的种种际遇，有的定居下来成了上海移民，有的带着心灵的创伤又乘着这条驳船回到了农村，这样的构思，确实有着它的独到之处。

二

当通俗作家的小说中出现大批农村劳动者流向城市时，他们能清晰地反映出这些下层移民的窘况：那就是他们在城市中几乎没有任何可以利用的社会资源；而他们的农业耕作技术在大都市已无用武之地，他们缺乏城市所需的技能与职业培训，除了自己的体力之外，别无长物。于是他们只能在城市里从事苦力劳作，妇女则成为家庭佣工。即使是只能出卖劳力，他们中的有些人也还觉得心满意足了。如清末上海周边的农村“妇女贪上海租界佣价之昂，趋之若鹜，甚有弃家者，此又昔之所未见者”①。这种前所未见的情况，在《人海潮》中就有所反映：“现在乡间女子，真不比往前了，只要心中稍受委屈，便走这条路，上海商埠，仿佛专为她设的。自从有了上海，丈夫父母便不好责备妻女，否则便是驱雀入渊。等到身入繁华之地，简实没有还乡之望。”但是农村移民除了“劳力”这点资源是远远不够的。《人海潮》中写乡村小皮匠小春到上海后沦为乞丐，难道他不能仍旧靠做小皮匠的技能为生吗？但是，在上海随便做什么是要有自己的“地盘”才能立足的。小春说得好：“上海地方来寻饭吃，倘使只该一双空拳，不识字、不熟路、没力气、没荐保，简直乞丐公会里好预定一个位置；不走这条路不行。除非‘亏得’两字，亏得朋友……，亏得亲眷……，亏得女儿……，亏得妻子……，平空可以发财。”那意思就是说，识字者，找职业的路子要比文盲宽些，道路熟至少可以去拉车，有力气才能干苦力活，而随便去做何种职业，都得要有“殷实铺保”。小春即使做乞丐也是拜了师傅的，他在乞丐师傅的荫蔽下才有了一块可以乞求的“地盘”。从他的一席话中我们可以知道，这些下层的移民除了他们的体力之外，也只有亲戚、朋友、族人、同乡作为他们的社会资源了，所以他说了这么许多“亏得”。而亏得“女儿”和“妻子”可以“平空发财”，那就是可怜到只能靠出卖妻女的肉体作为资本了。所以除了体力之外，肉体就成了一些女性可怜的“资源”。在《人海潮》中，衣云有这样的议论：“一乡只要出一个在上海青楼做鸨母的，一乡中的优秀女子，便断送她一人手中。鸨母回乡，能够轰动合村的虚荣心，她安坐在家里，魔力比大学、中学登报招生还大。入她那所无额学校好在不须试验，大批满载而去。”毕倚虹《人间地狱》的开端，就是写鸨母兰阿奶，从杭州将薇琴带到上海从事淫业，在兰阿奶的嘴里是：“上海的日子好过，比杭州要便当得多了。你在杭州随便怎样做，老实说人是糟掉，一辈子也不能出头。我帮你到上海来，只要你……”鸨母回乡“招生”，抹掉女性的羞耻心，加固女性的虚荣性，发扬女性不劳而获的精神，然后将这些女性推入火坑，过着万劫不复的“人间地狱”的生活。

但有的女子沦为娼妓，并非是由于鸨母的“勾引”，她们是被生活所胁迫，

① 黄苇、夏林根：《近代上海地区方志经济史料选辑》，上海人民出版社1984年版，第336页。

在走投无路中只好饥不择食。《人海潮》中的银珠就是生活胁迫与父亲金大的“亏得”的合力所塑成的娼妓。银珠曾很沉痛地叙述:“我吃这碗饭,也叫末着棋子。养活爷娘是顶要紧。当初爷娘弄得六脚无逃,我没有法想,只好老老面皮,踏进堂子门,平心而论,总不是体面生意经。结底归根,对不起祖宗,没有面孔见亲亲眷眷……”她逃荒刚到上海时,进了妓院做大姐(佣工),她不是妓女却也要受无耻嫖客的调戏。于是就去做刺绣女红,绣了四整天仅得了四毛钱,被她嗜酒的父亲金大讨去只够吃了一顿酒。金大眼看女儿手上被绣花针刺出的鲜血,他一边喝酒一边流泪,觉得对不起女儿。他盘算了一夜,“亏得”两字冒上了头:“女儿面貌身材也不差,做手工总弄不好,自己酒又不能不喝,拿她手工钱喝酒,委实不忍。非替她计划一番大事业,让她吃一碗省力饭不行。”其实银珠以后的生活才是血泪的生活。

《人海潮》的开端第1回就写乡村赤贫者金大到小镇上千方百计想赊酒吃,到“亏得女儿”才使这位嗜酒的醉汉有酒吃。而小说的末一回写银珠“衣锦还乡”探亲,她的父亲金大已阔极,屋宇连云、呼奴使婢了。这种笑贫不笑娼的观念使小说中的主人公沈衣云惋叹不止,也算是这部小说写善良的移民——失意者沈衣云的生活时,与之对比的一条线索。

通俗作家惯写移民中的娼妓生活,也与他们接受狭邪小说的传统有关。但娼妓生活却又是女性移民挣扎在死亡线上的血泪写照。据1920年工部局的调查统计,上海娼妓总数为60 141人[①],而据《第一次中国劳动年鉴》统计,民国初年上海的人力车夫却只有50 000人。娼妓的人数竟然比整天在大街小巷中辛劳奔波、几乎遍地皆是的黄包车夫还多,岂不令人惊悚!

通俗作家在涉及下层移民题材时,除了指出他们几乎不占有任何社会资源之外,还非常客观地强调,这个孤苦无告的群体也必然会带来一个严重的后果——城市中出现一支庞大的失业大军。而在无业群体的无序膨胀的“流向”中,如果“流幅”与“流速”失控,就会导致严重的城市社会问题。这个问题在清末民初的通俗小说中反映得最为典型的是自然灾害时的灾民与战乱时期的难民“潮涌”,随之而来的是城市不安全因素大增。包天笑的长篇小说《甲子絮谭》就是反映1924年江浙战争时的难民潮。流向是非常集中的——弹丸之地的上海租界,其流幅之宽,流速之快,使租界无法有序消化。包天笑首先反映的是“房荒”,但他没有止步于这个浮面的层次上;接着他写了上海的下层移民

① 王书奴:《中国娼妓史》,上海生活书店1934年版,第331页。

被军阀拉去作“民夫”的惨相。但包天笑重点指出的是,“流幅”、“流速”的失控,无业游民的激增,使租界变成了盗匪横行的世界,偷窃抢掠随时发生,百姓财产与生命安全也缺乏保障。小说第6回“棘地荆天坦途匪易,枪声灯影广市不宁”写出了“越货伤人成惯技,可怜群盗正如毛”的都市混乱局面。第18回《掌上失明珠竟成恶谶,眼前留匪窟大有疑踪》与第19回《驱驰逆旅肉券赎娇儿,挥斥家财泪珠抛阿母》就是写租界上的绑票案。

三

在描写下层移民居于都市受苦受难的惨状时,有些作家很容易犯的一个片面性,就是坠入“城恶乡善”的模式而不能自拔,片面地只强调城市是罪恶的渊薮。可是也有不少通俗作家在当年就自觉地舍弃了这个片面模式,而是全面看待城市在国计民生中的重要地位与作用。正如包天笑在《上海春秋》的“赘言”中非常有分寸感地指出的:“都市者,文明之渊而罪恶之薮也。觇一国之文化者,必于都市,而种种穷奇梼杌变幻魍魉之事,亦惟潜伏横行于都市。”他认为中国最大的都市上海在这两方面都是极具代表性的。

1904年,欧阳钜源在写长篇《负曝闲谈》时就指出上海是维新派的根据地:

> 原来,那时候上海地方,几乎做了维新党的巢穴。有本钱有本事的办报,没本钱有本事的译书,没本钱没本事的全靠带着维新党的幌子,到处骗骗,弄着几文的,便高车驷马闹得发昏,弄不了几文的,便筚路蓝缕,穷得淌屎。他们自己跟自己起了一个名目,叫做“运动员”。(《负曝闲谈》第12回)

他的小说侧重于揭露假维新派的“运动员”们的丑陋面目。在1907年吴趼人所写的中篇《上海游骖录》中,从乡下来的政治避难者辜望延一心想到上海找革命党:“上海租界上革命党最多,我何妨先到上海去访问革命党。”他到了上海读了许多新书,包括当时的禁书《革命军》,可是辜望延在生活中并没有找到革命党,遇见的只是“谭味辛”(空谈维新者)之流。于是他想到日本再去进一步求索:“那几个谈革命的行为,倘与他们同了一党,未免玷污了自己。左想也不是,右想也不是,且待到了日本,看看那边中国人的人格再定主意。”

在欧阳钜源与吴趼人的笔下,只是提及了上海是维新派与革命派在国内的大本营,也是一个大造革命舆论的中心。但是在他们的小说中并没有出现真正的革命者形象。尽管当时像蔡元培、章太炎、邹容、吴稚晖等革命派作为外地的移民汇聚在上海，办起了爱国学社，在张园频频举行爱国集会，鼓吹反清革命。

通俗小说中正面反映辛亥革命前后革命党的种种活动的是姚鹓雏的《恨海孤舟记》。小说反映的是知识移民，其中有不少革命党人或革命的同情者，汇聚在上海，利用租界的"缝隙效应"，从事舆论宣传，策划革命暴动，直至掌控辛亥以后的革命政权。小说中的不少出场者都是实有的历史人物，如陈髦公(陈其美，浙江湖州人)、张樵江(宋教仁，湖南桃源人)、庄乘伯(章太炎，浙江余杭人)、花吴奴(叶楚伧，江苏吴县人)、杨平若(柳亚子，江苏吴江人)、赵栖桐[其中部分事迹是作者自况，江苏松江人(现属上海市)]……小说是以写北京大学生南下上海为开端：辛亥年八月十九日，北京风声鹤唳，说是当晚要严闭内城搜杀汉人，而且要从已经剪辫子的人杀起。京师大学(北大前身)和译学馆当然首当其冲，纷扰得学校只好停课，学生也相继离校回家。赵栖桐到了上海，还未返里，就被《东海日报》的花吴奴聘为编辑："请你替我编两版中央要闻吧，带做一个时评。磬磬大才，只好暂屈。我今日便说定了。"在上海没有成为大都市之前，它的文化底蕴是并不深厚的。但在开埠之前，特别是科举废除之后，中国的士人们为了要找寻新的出路，在社会上为自己重新定位，就纷纷到上海做"知识劳工"：

> 上海在开埠以后二三十年中，已逐渐形成一个新型知识分子群。这些人主要分布在出版、教育、新闻等文化事业中，到戊戌维新时期，上海新型知识分子已颇具规模。戊戌政变以后，各地知识分子纷纷汇聚上海，如容闳在政变后逃出北京来到上海；张元济因参加维新被革职而南下上海；蔡元培在政变后辗转来到上海。1900年北方战乱，又驱使一批新型知识分子进入上海。……据估计，到1903年，上海至少汇集了3 000名拥有一定新知识的知识分子。……这批人中产生了许多中国杰出的教育家、出版家、翻译家、名记者、国学大师、文学大师、小说家、诗人、律师、政治家等。[①]

外来的知识移民在1903年已有约3 000人，何况是在1905年科举废除之后呢。《恨海孤舟记》就是在一定程度上反映了外来的知识移民对上海成为文化中心与革命前哨所作出的贡献，特别是在反对袁世凯吞噬革命成果、妄图恢复称帝时，上海的革命党人的英勇斗争与献身精神。小说中反映了袁世凯在

---

① 熊月之：《上海通史·第1卷》，上海人民出版社1999年版，第23页。

1913年和1916年先后阴谋刺杀革命党领袖人物宋教仁与陈其美的两大事件,为历史留下了形象化的史料。当然他也用了很大的篇幅续写谢柏山(蔡锷)如何逃脱袁世凯的软禁,到云南高揭反袁义旗。《恨海孤舟记》打破了那种浅薄的"城恶乡善"的模式,显示了在清末民初上海这个城市发挥着文明新知的重镇与"二次革命"中的堡垒作用。姚鹓雏后来对自己这部小说是一再表示不满的,这是因为他用了很多的篇幅去叙述赵栖桐接连两次在妓院坠入情网;作为一个知识者,他在找不到出路时,消极颓废,遁迹空门,不知所终。但这部小说写了那么多的历史事件与历史人物的活动,还是有其一定价值的。

比《恨海孤舟记》更进一层的是严独鹤的《人海梦》,它的视野更为阔大。小说的主要定位是将上海作为一个传播新知、培养革命者的摇篮,并将青年送出国门,使他们成为反对清廷的健将,也为辛亥革命输送了干部。小说以写宁波人进上海为开端,主人公华国雄与表兄钟温如到上海求学,进入了假道学的官僚所开办的腐败的正谊学校读书,看到学校中形形色色的怪事;但他们却是追求正义与真理的青年。一天学校当局以迅雷不及掩耳之势,突袭搜查学生有否私藏革命书刊,查出他们的宿舍里有《党人魂》、《革命军》和《自由血》等禁书,学校当局"竟要一面通禀上宪,一面将他们送往上海县中拘押起来,听候治罪"。以此事为契机,华国雄去日本留学,加入了同盟会,步入了他的职业革命生涯。在辛亥革命成功后,国内正急需革命骨干时,立即回到上海,成了沪军都督府的一位科长。小说除了涉及他们的故乡宁波之外,主要写上海、日本、南京这三处地方,而写南京则又是华国雄及其女友——也是一位革命奇女子冯蕊仙,与两江总督方制台之间的多次机警智巧的斗争。

在这些清末民初的通俗小说中,上海被描写成反抗清政府和北洋政府的进步人士的活动基地,也在它的移民中培育了大批革命中坚分子,大大树立了上海的正面形象。

四

上海既是帝国主义侵略中国的桥头堡,也是中国人民反帝反封建斗争的前沿阵地。这不仅表现在政治斗争中,同时也表现在经济斗争和文化斗争等多个方面。在清末民初的通俗小说中,将这个以商兴市、以港兴市的上海描写成民族资产阶级与帝国主义及买办势力进行商战的主要战场。为了反映这一经济领域的鏖战,也就必然会写出若干商业移民的面貌。这里既有帝国主义的代理人,也有民族资产阶级的代表人物。在清末民初的移民小说中,也的确有值得一读的作品。

在鸦片战争之前，清朝不仅实行海禁，而且严格规定"一口通商"，即一切外贸皆以广州入关为限。在鸦片战争失败后订立了《南京条约》，五口（广州、福州、厦门、宁波、上海）通商使上海在1843年正式开埠。由于地理条件优越，加上当时主要出口商品生丝、茶叶、棉纱产地皆就近于上海港口等等原因，上海很快超越了广州的贸易额而跃居全国外贸的龙头老大地位。于是"一批野心勃勃、富有对华贸易经验的洋行大班，挟巨资先后踏上了黄浦滩；'通事'与'买办'亦尾随他们而来"①。最初在通俗小说中比较集中反映这批买办移民的是吴趼人在1907年发表的中篇小说《发财秘诀》（又名《黄奴外史》）。从这个"又名"中，读者就可以知道作者是怎样为这批特殊的商业移民定性的。

《发财秘诀》一共10回，前5回主要是写这批黄奴在广州的活动，他们起初不过是洋行中的听差一类的人物，他们用自己的"奴性"为洋大班忠心耿耿地效劳，以博得外商的信任。在第5回中，他们已开始嗅到洋大班要移师上海的行踪，如能被带到这个新开辟的商业战场上去，是他们升迁的极佳机会。

> 秀干忽对庆云道："方才我听见说大班日间要到上海，不知可曾对你说起。"庆云道："我也听见说，不知确否。"又园插嘴道："倘使连家眷一起去，只怕你兄弟两个，都要去了。"秀干道："阿枢（庆云的小名——引者注）总不肯留心，须知我们既然得了这种好事，总不宜轻易丢了。我已经和女东家说过，求她是必带我们两个。"

陶秀干以黄奴的敏感，觉得非抓住这个千载难逢的开拓新机不可，他很怪老弟庆云的迟钝。可是陶庆云却很得意洋洋地说："这是家兄瞎操心。老实说，敝东和我就同一个人一般。凭他到上海、到下海，怕他少得了我？我们这样人，老实说，谁见了谁欢喜。你看和我们一辈的人，那一个不是一年换两三个东家。顶了不得的做了一年也要滚蛋的了。我从在澳门跟着敝东，直到此时，足足三个年头了，哪一天他不赞我两句？……你想他能离得了我么？"这说明了他是一个"质量上乘"的"黄奴"。在第6回中，我们看到他的确成了上海的商业移民。通过旁人之口介绍，我们已知，"同乡到上海的，陶庆云得意的最快了。……此刻是台口洋行的副买办了。东家信用了他，只怕不久要升正买

---

① 熊月之：《上海通史·第4卷》，上海人民出版社1999年版，第225页。

办呢!”请听陶庆云自述的从洋行佣工一类的角色爬上副买办高位的“黄奴经”:

> 老实说,像兄弟这几年,倘不是说话灵通,任凭东家怎么好,也到不了这个地位。对了洋人,第一要会揣摩他的脾气;第二要诚实;第三也轮到说话了,倘使说话不能精通,懂了以上这两层,也是无用的。我此刻虽算是东家赏脸,然而也要自己会干、会说话,才有今天啊!

会揣摩脾气,当然是黄奴善于逢迎拍马的必备条件;这诚实当然不是对所有的人诚实,而是只对东家一个人“诚实”;陶庆云还一再强调“会说话”这一点,他非常注重学外语,当时,像他这类买办精通外国文字的很少,但是他们的口语,特别是商业口语能力是很强的,陶庆云在广州时,一直强调要学好“杂话”,也就是后来上海称为“洋泾浜”式的外语。初期的买办是在中外相互悬隔的夹缝中滋生起来的社会力量,他们不仅懂商业投机,而且凭着他们能与外国商人在语言上交流的“强势”,从中获取最大的利益。王韬曾说:“沪地百货阗集,中外贸易,惟凭通事一言,半皆粤人为之,顷刻间,千金赤手可致。”[①]正因为他们能在顷刻间可以“无本万利”,所以在上海开埠初期的商人移民中,就形成了如此有势力的“广潮帮”。但这些人在中外贸易之间,主要不是赚洋商的钱,而是设下许多陷阱,为虎作伥,残酷剥削中国商人。这在《发财秘诀》中有着很深刻的反映,请听陶庆云与花雪畦的一段对话:

> 庆云道:“……要靠赚外国人的钱,可就难了,纵然发财也有限得很。”雪畦听到这里,不觉愕然道:“听说办洋装茶是专作外国人生意的,请教不赚外国人的钱,还赚谁的钱呢?”庆云道:“赚外国人的钱是有数的,全靠赚山客的钱。”雪畦道:“甚么叫做山客?”庆云道:“山客是从山里贩茶出来的,到了汉口,专靠茶栈代他销脱。要赚他们的钱,全靠权术。他初到的时候,要和他说得今年茶市怎样好,怎样好,外洋如何缺货,洋行里如何肯出价。说得他心动了,把货捺住,不肯就放手。一面还向洋行里说谎话,说今年内地的茶收成怎样好,山客怎样多。洋行自然要看定市面再还价了。把他耽搁下来,耽搁到他盘缠完了,内地有信催他回去了,这边市面

① 王韬:《瀛壖杂志》,上海古籍出版社1989年版,第8页。

价钱却死命不肯加起来，闹得他没了法子。那时候却出贱价钱和他买下来，自然是我的世界了。”雪畦道：“这样一办，那山客吃亏大了。”庆云道：“岂但吃亏，自从霭兰这样一办，那山客投江的、上吊的、吃鸦片的，也不知多少。那个管他，须知世界上不狠心的人一辈子也不能发财。”

这就是他们“千金赤手可致”的手段。他们匍匐在洋东的脚下，啃着同胞的尸体连骨头也不吐。他们的奴性已达到了数典忘祖的境界，上海有利洋行买办魏又园的人生座右铭是：“我家叔时常教我，情愿饥死了，也不要做中国人的事。这句话真是一点也不错。依我看起来，还是情愿做外国人的狗，还不愿做中国的人呢！”吴趼人在描摹这些人物时，真是“怒眦为之先裂”。这些黄奴的确有他们的“发财秘诀”，吴趼人借知微子之口总结了这一秘诀：把“本有的人心挖去，换上一个兽心”。

如果说吴趼人较好地反映了上海商业移民中的买办一类的人物的话，那么姬文的《市声》则写了一心想与外国资本进行商战的中国民族资本家们。小说连载于 1905 年的《绣像小说》，该刊于 1906 年停刊时，小说发表到第 25 回中断，1908 年 3 月由商务印书馆出版全本 36 回的单行本。

过去，评论者只提及这一题材在当年小说中属凤毛麟角，当时中国很少有商业题材的小说；但由于这部作品结构比较散漫，许多事迹也描绘得较为抽象，因此就很少有人对它进行较为详细的剖析。不过我们如果了解从 1901 年至 1910 年上海华商界通过自强而与洋商抗争的史实，就会知道《市声》这部小说中所描写的事实皆有若干现实的“影子”，它不仅是与上海商业移民所做的事是“同步”的，有的甚至是“超前”的。作者写出了这类商业移民正在为中国的民族工商业的振兴发挥自己的智与力。小说的艺术性差是不能原谅的，但能与生活同步甚或超前的作品存有若干缺陷，至少是可以被理解的。

小说的第 1 回写一位商界的“忧时豪杰”名叫华兴的宁波商人，他一心“要合洋商争胜负”。他挟巨资来到上海，可是他经营失败，“生生把百万家私，折去九十多万”。现在他只好收了摊子回老家宁波去。他的账房以为失败的根子就在于“与洋商争胜负”：“东翁，你开口闭口，要合洋商斗胜负，这是个病根。如今洋人的势力还能斗得过么？”但华兴却有东山再起的豪气：“报上载的，我们京城里开了什么工艺局，还有什么实业学堂，只怕我们经商的也要学学才是……我回家去，倒要拼几个财东，开个商务学堂才是。”在商业移民中，宁波商人在沪上是很有实力的，他们也各有成败，如 1902 年沪报载，宁波旅沪巨商周某所开的兴泰号突然倒闭，沪市为之震动。姬文写的不一定是周某，但这些事实是可以使他在现实生活中得到启发的。可惜这个华兴在以后的作品中没有发展下去。从第 1 回“折资本豪商返里”至第 5 回，这一线索没有得到发展，这几回小说只是将蚕茧、棉纱、茶叶这三项出口商品的情况作了一个概貌的介绍。小说在《绣像小说》上连载到第 5 回以后，作者停顿了 3 个月才发表第 6 回，他决心另起炉灶，于是另一位扬州豪商在小说中“出世”了：“扬州府豪商出世，上海滩茧市开盘。”因此，这部小说从第 6 回至 36 回实际上是作者考虑了 3 个月之后的重新开张。这位豪商叫李伯正。作品介绍说：“如今扬州府出了一位大豪商，家私有个几千万两，诚心合外国人做对，特地放出价钱收买茧子。自己运了西洋机器来，纺织各种新奇花丝绸等类，夺他们外洋进来的丝布买卖。”此人的祖宗是靠盐商起家的，他自己考了一个当时的“商籍秀才”，平时喜看新翻译的书刊，很有些华兴所没有的新气质，他一到上海经商，开口就气势不凡：“我的做买卖，用意合别人不同。别人是赚钱的，我是不怕折本。我这收茧子，难道不吃亏么？原要吃亏才好，我这吃本国人的亏，却教本国人不吃外国人的亏，我就不算吃亏了。……我所以开茧行，替中国小商家吐气，每担只照市价加五两收下，我有用处。”作者心中不一定有他的模特儿，但当时上海确有从丝业起家的巨贾。1903 年 12 月，报载丝业巨贾莫某创业初见成效，独资开设丝厂十多家，执缫丝业之牛耳。小说中李伯正投资兴建南北两大丝厂也是有现实的影子的。

除了李伯正之外，小说还重点写了无锡商业移民范慕蠡与从外国学成后归国的南昌技术移民刘浩三。他们不仅与李伯正联手，而且购地兴建校舍，开办高等实业学堂。他们创建的尚工学堂，不收学费。刘浩三还叫范慕蠡开办劝业公所，“将来学堂里制造出器物来，就归劝业公所发售”。他们团结了一位日本留学归来的杭州商业移民杨必大，三位实业家抱成团体。杨必大还建议成立工品陈列所，建立工业负贩团：“我说这个工业负贩团，就合工品陈列所相附而行的。负不起的东西，在陈列所替他们销售，负得起的东西，等他们苦业界中的人负着贩卖，只不过替他们提倡个结团体的法子。……我所以望二位拼着几间房子，作为负贩团的住处，并替他们预备下饭食，只从自己同乡中招来。那些没本业的人见有这样现成的衣食，那个不愿来呢？等他们货物售出，便结算一次，还我们房金饭费，他们也自情愿。”其实他们所提的种种“维新事业”在 1905—1908 年的上海还是相当“超前”的设想。清政府在 1903 年设立商部，鼓励绅商创办工商企业。1905 年袁世凯在任直隶总督时，为了表示拥戴清政府的新政，开通风气，在天津设立了工艺总局。1905年商部又在北京设立劝工陈列所，并要求各省设立高等实业学堂。在上海，1905年，南洋公学(交通大学前身)改名为高等实业学堂，设电报、轮船、铁路工程、税务等科。《市声》中范、刘创办的尚工学堂，就算是当时的新事物。又如1908年6月在上海法租界开办中国商品陈列所，前往观展者极为踊跃。这是作品出版3个月以后的事，作者在小说中就写了上海当时还没有的新事物，那是他将北京、天津的一些做法，先搬到了上海。至于负贩团是从日本学来的方法，当时，日本的负贩团十分发达，还组织"东来负贩团"到中国贩货，贩卖仁丹、胃活之类的东西，甚至深入穷乡僻壤。从上面的史实看来，《市声》所反映的"维新事业"在上海皆是萌芽时期，为了振兴民族工商业，上海的商业移民们作出了重大贡献。

五

清末民初的上海小说中出现过一些外国移民的形象。通俗作家从爱国的立场出发，对帝国主义的侵略是义愤填膺的，可是他们一般不从狭隘的民族主义的立场出发，一味去丑化外国人。中国的一些小说家当时就已经跳出了"洋恶中善"的模式。如在李伯元的《文明小史》中就有非常好的传教士，拯救被清廷迫害的一群文士，然后以负责到底的精神将他们送到上海租界，摆脱了清廷政治迫害的魔掌。

在孙玉声的《海上繁华梦》中已出现了外国侨民，但只是在堂子里看到他们的身影。在他的《黑幕中之黑幕》中却进而出现了多种类型的外国移民。孙玉声为小说中的人物取名时，往往使你一眼就可以看出这个人的性格，如毛藻人，此人的性格就非常急躁；而钟厚丞则是个很地道的忠厚人，如此等等。因此他笔下人物的性格常常显得单一而类型化。他为外国移民取名时，也用同一种手法。如这部小说中出现了佛立哥、麦克麦克、麦乃来和毕的生斯等4个外国人的形象，其实都是用当时上海的"洋泾浜"英语的音译。其中毕的生斯是个没有国籍的无业流氓，不仅品德恶劣，而且与中国的骗子相勾结，靠着一张白种人的面孔，到处胡作非为。毕的生斯就是英语中的 Empty cents，即不名一文的穷光蛋。当甄朗之在上海开珠宝店时，几个中国骗子怂恿他请一个外国人做"出面东家"，此人不要出什么资本，只领一份干薪，但店里遇到麻烦时，就要仗着他是外国人的势力从中吓唬对方。当时上海有些新闻媒体也请外国人做出面东家，在舆论上触犯了清廷时也往往可作"保护伞"之用。可是毕的生斯却存心不良，珠宝店开业不久，他就伙同中国骗子到店里来"鸠占鹊巢”,以开业广告上曾刊登他的名字是“东家”为根据,就将甄朗之等中国投资人强行赶出店门。当时外国骗子在中国横行,是很普遍的事,下面是外国人自己的一个调查数据:

> 据工部局1864年9月的报告,英美租界内有360名“下流的外国人”,其中260个没有任何职业。他们除了机智和冒险精神外,别无长技和财产。他们蔑视一切法律和权威,来上海的唯一目的就是尽快发一笔横财,然后离开。① ……一位在上海发迹的外国强盗说:“我爱上海,甚至超过我的祖国。”其原因就是“上海使我成为一个体面的绅士,而在故乡我只是一个一文不值的坏家伙”。②

这样的骗局在通俗小说中是司空见惯的。《市声》的第26回至30回,就是写中国各地军阀为培植自己的武装势力,纷纷到上海采购军火与军装。广西和直隶来采购军火与军装的大员在中外骗子的合谋下,都上了钓钩,二品衔直隶候补道鲁仲鱼一下子就被外国骗子穆尼斯骗去银子5万两。

当然,在孙玉声的笔下,正派的外国人也是有的。如甄朗之被毕的生斯逐出店门后,就只能诉诸法律。他们先找到名律师佛力哥,这是英语中 Very good 的音译。孙玉声写道:“说那佛力哥的历史,为人刚方正直,矩步规行,先前在外国曾做过法部大僚……在上海律师里头可算是铁中铮铮,庸中矫矫。”他听了甄朗之的陈述,认为他证据不足,必败无疑,不愿接这个案子,尽管甄朗之愿意付大笔律师费。后来改请麦乃来,麦乃来是“钱”的音译,这个律师只要你肯付钱,什么案子也肯接,当然他是无法胜诉的,只是以拿原告的钱为目的。最后甄朗之只好向外国商人麦克麦克求助,那也是英语 Make make 的音译,表示赚钱很多颇为富有的意思。甄朗之走投无路时,有人为他想到了一个与他们曾有杯酒往还的麦克麦克:“他正是光明正大的洋商,与毕的生斯大不相同,从来说正能克邪,况且同是外人,可与他讲外邦法律。”后来麦克麦克激于中国常说的“侠义”之心,为甄朗之出场。麦克麦克先是怒斥毕的生斯:“好个不要脸的毕的生斯,人家拿出资本,请你做出面大班,你公然喧宾夺主,竟把公司占为己有,我们外国人的体面,被你削尽了。今夜我正为此事而来。你若稍

---

① 爱狄密勒:《冒险家的乐园》,包玉珂,编译,上海文化出版社1956年版,第12页。

② 同上,第214页。

有羞耻之心快把公司依旧让还朗之……若有半个不字,可与你法律相见。”毕的生斯哪有羞耻之心,而且他也知道对方没有法律上的证据,他请麦克麦克不要多管闲事。后来还是麦克麦克说甄朗之开公司的钱是向他借款的,他有告他的权利,并且以“驱逐”他出境相威胁,使毕的生斯不得不考虑后果。经过讨价还价后,赔偿麦克麦克五千两银子的“损失”。麦克麦克将这笔钱如数交还了朗之,分文不受报酬。他算是外国正派商人中的佼佼者了。孙玉声笔下的上海外侨虽然写得较为类型化,但至少出现了外侨中的各色人等,也反映了上海当时的若干现实。

在通俗小说中,也有写外国名人行状的长篇,如 1924 年出版的乌目山人的《海上大观园》就是写当年上海首富犹太人哈同(Silas Aaron Hardoon,1849—1931)的发迹史。小说没有用真名,男主人公名为“罕通”,写他如何从一个低级职员到成为上海首富的暴发简史。小说写他娶了罗迦陵(螺蛳姑娘)后,时来运转,专做“地皮烟土,土价日涨,罕通年年赚钱,地皮亦然。果真娶了螺蛳,天然配合,日渐发迹”。为了加入英国籍,他独资修某大马路:“‘路固归我修,我可要从此入籍,算英国人了。’合局赞成……罕通从此为英国籍,且为公共租界领袖董事。”小说中一再颂扬罕通是位忠厚长者,写他对螺蛳唯命是从。他热心慈善事业,也大力支持罗迦陵的各种善举和推动文化事业的举措。小说用大量的篇幅写他出资 80 万元,由乌目山僧黄宗仰(书中名慧眼山僧)设计建筑规模宏大的海上大观园(即爱俪园)。在较为详细地写了园中整体的格局后,又突出“一乘大桥临前,桥上造起牌楼,题‘西风东渐’四字”。

> 总计园中共有楼八十,台十二,阁十六,亭四十八,池沼八,小榭四,十大院落,九条马路,七乘桥,大小树木,约八千有奇,花数百种,真是洋洋大观。
>
> 围墙之外,即后买之一百余亩,拟开辟“罕通路”,作官路,路西造数十条弄,拟取名“民德里”,约有千余幢房屋出租,中间造小菜场……

罕通俨然成为上海房地产巨商。书中的种种情节有一定的纪实性,也为外国侨民兴建“海上大观园”——爱俪园留下了形象资料。可惜小说以罗迦陵为第一主角,她的事迹写得非常详尽;相比之下,罕通的经商与生活实录却显得不足。这恐怕与小说作者在爱俪园中所担任的角色有关。作者乌目山人被有些人误认为是鼎鼎大名的黄宗仰,其实乌目山人与乌目山僧虽只有一字之差,却完全是两个不同的人。据香港《大成》杂志上载文考证,作者乃郭某,是园中所办学校中的一位国文教员。因此,他对办学过程、成立“广仓学会”、为考试而设“广仓文会”、行古礼、奏古乐、耆老会等事写得较为详细。但从小说中我们也可以看到,罕通虽花了大量金钱委托罗迦陵资助中国文化事业,不过复古的气息实在太浓,且有姬觉弥(书中名周儒檀,号意君)的不懂装懂和好大喜功的成分在内。不过有人在《大成》杂志上评论说:“书中描写的,也许有一半以上是近乎事实的。”[①]清末民初小说家的视野还是宽阔的,他们不仅反映了中国移民的生活,也兼及了外国侨民在上海的行状。

六

通俗小说再现了上海早期的移民生活,它们得到了当时广大移民的喜爱。其中一个重要的原因是它们能告诉移民们,上海虽然是“文明之渊”,可是千万不要忘记它也是“罪恶之薮”,种种魑魅魍魉都潜伏横行于其间。移民到了这个新兴的大都市中,若想安身立命,就得有一双火眼金睛,要能识破各种鬼蜮伎俩,切莫踩上那些骗子们预先埋下的“路边炸弹”,否则不仅不能安身立命,反而会遭到粉身碎骨的厄运。因此不少通俗小说写了大量的陷阱与骗局,例如在孙玉声的《海上繁华梦》中,包天笑的《上海春秋》中,朱瘦菊的《歇浦潮》中,张春帆的《九尾龟》中……真可谓不胜枚举。不少小说均指出酒色误人,赌局翻戏、人口贩子等等皆是坑人的陷阱,再加上什么“仙人跳”、“放白鸽”之类的“专用名词”,简直层出不穷。关于这类小说历来是有争论的。一种意见认为这些乃是“罪恶教科书”、“嫖学教科书”。这种意见也是有一定道理的,如果一些作恶者想从中学到骗人的法门,或是对付妓女的手段,岂非就会成了教唆工具。但是从另一个角度去观察,对广大的民众说来,他们并不想去学那些犯罪作恶的歪门邪道,他们只想从中学到自卫和防范的必要警惕,那么这些小说就会发挥积极的效果。因此应该用两分法去看待这些小说,如果作者以炫耀为能事,也许消极作用会大些。但是有些作品,如我们上面所提到的孙玉声的《黑幕中之黑幕》,在盲目地反对“黑幕小说”的中国,名声是一直不大好听的。可是这是一些没有看过这部小说的人的想当然的“先验”结论。其实这部小说写了一个非常有超前意识的好题材。它是写在租界内,一些中外骗子会利用中国居民缺乏法律意识的弱点,钻空子实行连环的骗局。例如先用女色勾引

---

① 以上两处提到《大成》杂志的材料,均见该刊第 225 期哈同邻的《罗迦陵与姬觉弥》一文。

甄朗之，发展到赁屋同居的热度，买了高档家具，骗去了不少首饰，然后女方的“丈夫”出现了，双方诉之法庭。“丈夫”在法庭上出示事先准备好的结婚证书，女方还保留了买家具的发票。在租界的法庭上是重证据的，于是甄朗之人财两失，反受牢狱之灾。接下来就是问他要不要“取保候审”，又要被骗去不少金钱。取保候审未果，继而为他设计，要不要装病取得“保外就医”的机会，于是又伙同滑头医院与医生进行骗财的种种机巧。

总之，他们以法律程序的种种规章制度，一步一步从中捞取大量不义之财。除了这种连环骗局被称为“黑幕中之黑幕”之外，还有的就是“螳螂捕蝉，黄雀在后”，也是一种黑幕背后还有黑幕的写法。应该说，上海居民的法律意识要比其他中小城市的居民略高，这与上海的这种客观环境以及这些通俗小说的教育是有关系的。

> “有人说，晚清上海的市民意识是‘读’来的。”[①]“除报刊、出版和学堂之外，晚清上海还拥有众多贴近民众的，更为通俗化、大众化的大众艺术样式，如画报、戏曲、小说、电影、曲艺等等，它们以自己独具的魅力吸引读者和观众的视线，成为他们增长见识和休闲解闷的另一渠道。……不少学者认为各种大众化的艺术样式就是市民文化。就其功能而言，主要体现在两方面：一是娱乐消遣，丰富市民的闲暇生活；二是以市民喜闻乐见的形式有效地灌输近代意识……其实，云蒸霞蔚的大众文化，并不仅仅具有娱乐功能，对绝大多数城市民众而言，它更是近代市民意识萌生与滋长的触媒，或者说是近代市民的启蒙教科书。”[②]“问题的另一面是大众文化的兴盛又意味着文化向中下层社会的全面开放，它在一般性地满足中下层社会的娱乐消费需求的同时，又从多方面改变和塑造着中下层社会，是上海人从乡民转变为市民的又一座‘引桥’。”[③]

从这一新视角来观察问题，我们应该对这些上海移民题材小说刮目相看，就它们的主流而言，它们应该得到这样高度的评价而当之无愧。

---

① 熊月之：《上海通史》第5卷，上海人民出版社1999年版，第387页。

② 同上，第394页。

③ 同上，第395页。

市民大众文学——“乡民市民化”形象教科书*

一

在明末，农本社会中的城市更趋繁荣，而市民意识的影响也呈扩张之势。在这种情况下，古代的大都会苏州出了一位通俗文学大家冯梦龙。他继《三国志通俗演义》和《水浒传》之后，使白话小说，特别是短篇白话小说更趋成熟的态势；并且对通俗文学的理论也有所突进。他不仅提出要以“情教”替代“名教”，而且强调文学应该更好地为市民大众服务：“话须通俗方传远，事必关风始动人。”①那就是说，只有通俗，才能使作品的受众更为广泛，为更多的市民群众所看得懂；而“关风”当然是指要有自己的道德规范，发挥移风易俗的教化作用，表现了他对“人性”的关怀，这才能与市民感情产生共鸣。他的“拟话本”鲜明地站在市民大众的立场上，重视向当时的民间“说话人”学习。他在《喻世明言·叙》中说：

> 大抵唐人选言，入于文心；宋人通俗，谐于里耳。天下之文心少而里耳多，则小说之资于选言者少，而资于通俗者多。试今说话人当场描写，可喜可愕，可悲可涕，可歌可舞……怯者勇，淫者贞，薄者敦，顽钝者汗下。虽小诵《孝经》、《论语》，其感人未必如是之捷且深也。噫，不通俗而之乎？②

---

* 本文脱稿于2012年9月，直接选入本自选集。

① 语见冯梦龙《警世通言·卷十二·范鳅儿双镜重圆》。

② 冯梦龙：《喻世明言·叙》，人民文学出版社2007年版，“叙”第1页。

他倡导作品要“娱心”与“教化”作用相结合。而他搜集、整理、改编和创作的“三言”显示了市民力量壮大以后，他们除了在“瓦子”听说话人的表演之外，还需求有纸质的“话本”，好让他们在闲暇时作案头的阅览，于是就出现了冯梦龙们的文人“拟话本”，因此，市民实质上也是“拟话本”的“动力源”。鲁迅在《中国小说史略》中也确认“话本”的“动力源”是出于“市井”的需求，而“拟话本”这个学术名词乃鲁迅之首创：

> 宋一代文人之为志怪，既平实而乏文彩，其传奇，又多托往事而避近闻，拟古且远不逮，更无独创之可言矣，然在市井间，则别有艺文兴起，即以俚语著书，叙述故事，谓之“平话”，即今所谓“白话小说”者是也。……后人目染，仿以为书，虽已非口谈，而犹存曩体，小说者流有《拍案惊奇》《碎醒石》之属，讲史者流有《列国演义》《隋唐演义》之属，惟世间于此二作，渐不复知所严别，遂俱以小说为通名。①

在这段话中，鲁迅追溯到宋代民间“平话”乃白话小说的肇始期，他肯定“市民”是“平话”发生的“动力源”，而文人仿以为书的“拟话本”《拍案惊奇》等也不再与“话本”严别，通名为“小说”了。明清两朝也成了小说的丰收季节。清乾隆以降，通俗文学遂成一统天下的局面。

如果明末是中国自身近代化的启端，那么，鸦片战争后 1843 年上海的开埠则是加速了中国的“被现代化”。过去是建立在农业文明基础上的古代城市，而现在由于“被现代化”，正在逐步成为西方工商义明类型的现代都市。这是一次重大的社会转型，它的巨大变化简直可以说是从中世纪的农本社会向现代化的资本社会的大跨越。经济基础与物质生产的变革，带来了令人头晕目眩的变化。特别是上海这个“一市三制”（指清政府、公共租界与法租界管辖区）的半殖民地格局，更是行政多元、法律多元、人口多元，于是在上层建筑也就必然文化多元和道德多元，从较为封闭的沿海县城一跃而为国际化的大都会。自从华洋杂居起，在租界中，华人没有离开国土，却生活在西方文明的背景下，人们急需扩大与延伸自己的“知识半径”，掌握这个日新月异、五光十色的陌生社会的发展规律。于是上海也就率先成为了一个现代化信息网络异常发达的社会。在民间，影响逐渐扩大的“新闻纸”是 1872 年创办的《申报》，同

① 鲁迅：《中国小说史略》，《鲁迅全集》第 9 卷，人民文学出版社 1981 年版，第 110 页、117 页。

年，它还出版了《瀛寰琐记》月刊，刊登文人墨客的文艺性的来稿；在 1876 年 3 月附出文字更通俗的《民报》，但为时不长；而影响很大的是 1884 年它附刊的通俗画报《点石斋画报》(旬刊)，直至 1898 年才停刊。而文人要以文学作品反映这个“一市三制”的错综复杂的大都会，也需经过一个较为漫长的认识体验过程。过去冯梦龙反映的是农本社会下的市民意识；而现在，冯梦龙的继承者们要反映的是工商并举的现代化的市民意识。这批文人如韩邦庆、孙玉声、李伯元、吴趼人和曾朴等能以长篇小说反映这个社会，是直到 19 世纪末和 20 世纪初才实现的。但世纪初出现的面向上海市民大众的通俗作家，后来被新文学家命名为鸳鸯蝴蝶派的，却没有得到冯梦龙般的幸运。冯梦龙在中国文学史上还有一席之地，是颇有口碑的中国通俗文学大家。他倡导的“情教”之作，在文学史中还属“正面形象”。而冯梦龙的通俗文学后继者们却没有这样的风光了。他们受到了新文学家的猛烈的批判，说是围攻也是不过分的。例如创办《文学旬刊》的目的之一就是为了商务印书馆太“胆小”，在改版的《小说月报》上无法批判鸳鸯蝴蝶派，于是在《时事新报》上另辟《文学旬刊》，“我们在它上面发表文章就不必存什么顾忌了，首先，我们对于鸳鸯蝴蝶派就可以正面攻击”①。当时，创造社与文学研究会也正在论争与龃龉中，但对这一通俗流派的批判却是同仇敌忾的：

> 先生攻击《礼拜六》那一类的文丐是我所愿尽力声援的，那些流氓派的文人不攻倒，不说可以夺新文学的朱，更还可以乱旧文学的雅。……攻击哟！攻击哟！用着二十四生的大炮去攻击哟！我不久也要来助战了。②

1843 年上海开埠使社会与经济进入转型期；一批“潜在”的通俗作家需要自己先去初步认识这个社会，才能从“潜在”状态进而正式“上岗”，撰写通俗文学作品；而在“五四”前后，新文化运动的勃兴则相当于一次文化上的“转型”，通俗文学作家却成了“革命对象”。《文学旬刊》于 1923 年 7 月 30 日第 81 期发表了西谛的《本刊改革宣言》，明确表示：“我们则认他们为‘敌’，以我们的力量努力将他们扫出文艺界以外。”其实这仅是“知识精英文学”与“市民大众文学”之争，并非敌我矛盾。在 1923 年，鲁迅说：“现在的新文艺是外来的新兴潮

---

① 茅盾：《复杂而紧张的生活、学习与斗争(上)》，《新文学史料》第 4 辑，1979 年 8 月出版，第 8 页。
② 郭沫若：《致郑西谛先生信》，《文学旬刊》第 6 号，1921 年 6 月 30 日出版。

流，本不是古国的一般人们所能轻易了解的，尤其是在这特别的中国。”[①]在1936年鲁迅再一次确认：“新文学是在外国文学潮流的推动下发生的，从中国古代文学方面，几乎一点遗产也没有摄取。”[②]鲁迅终其一生抱着精英观点，一再指出新文学思潮的“外来论”。这是鲁迅对“动力源”的明显的变化。从古代的市井动力源，变而为外国动力源。他曾解释为什么有这种变化，在1934年的《〈草鞋脚〉小引》中他说：“小说家的侵入文坛，仅是开始‘文学革命’运动，即1917年以来的事。自然，一方面是由于社会的要求，一方面则是受了西洋文学的影响。”[③]这里的“小说家”当然是专指新文学作家而言的；却排除了《中国小说史略》中的小说家们，而原因就是“由于社会的要求”（其实，冯梦龙时代的“话本”与“拟话本”也是由于当时社会的需要而侵入文坛的）。茅盾也曾有相似的看法：“那个时候是一个学术思想非常活跃的时代，受思潮影响的知识分子如饥似渴地吞咽外国传来的各种新东西，纷纷介绍外国的各种主义、思想和学说。大家的想法是：中国的封建主义是彻底要打倒了，替代的东西只有到外国找……这样地热心于19世纪欧洲各派文艺思潮，在今天看来，似不可理解。但在当时，大家有这样的想法，既要借鉴于西洋，就必须穷本溯源，不能尝一脔而辄止。我从前治中国文学，就曾穷本溯源一番过来，现在既把线装书束之高阁了，转而借鉴于欧洲，自当从希腊、罗马开始，横贯19世纪，直到‘世纪末’。”[④]当时激进的新文学主流一族，虽然一味臧洋否中，或重洋轻中，但他们毕竟自小读过许多中国书，因此，中国传统中优秀的东西还是会在他们的血管中隐性地循环回流的。这些当年的彻底的“借鉴革新派”，激情洋溢的“封建罗网冲击者”，还没有实施“投鼠忌器”的本领，在今天看来，不能不说是有些偏颇了，因此有些华裔学者也就有所批评了：“及到20世纪以降，国人软媚成风，连学者教授、文坛健将，也俱崇洋畏洋，回首自侮本国祖先所遗，固有文化一概鄙弃不顾，则以效法西洋为时髦。”[⑤]由此可见，追根溯源，新文学的推手是外国文艺思潮，而通俗文学继承的是中国古代冯梦龙们的传统。

其次，我们还应该看到在“人口多元”的情况下，文学必然会出现“分层现象”。正如有的历史学家所指出，多元、混杂乃大城市文化的共性：“世界性与

---

① 鲁迅：《关于〈小说世界〉》，《鲁迅全集》第8卷，人民文学出版社1981年版，第112页。
② 鲁迅：《“中国杰作小说”小引》，《鲁迅全集》第8卷，人民文学出版社1991年版，第399页。
③ 鲁迅：《〈草鞋脚〉小引》，《鲁迅全集》第6卷，人民文学出版社1991年版，第20页。
④ 茅盾：《回忆录（二）·商务印书馆编译所生活之二》，《新文学史料》第二辑，1979年2月出版。
⑤ 王尔敏：《中国近代文运之升降·自序》，中华书局2011年版，第9页。

地方性并存，摩登性与传统性并存，贫富悬殊，高度分层，这使得近代上海市民文化呈现驳杂奇异的色彩，有中有西，有土有洋，中西混杂，现代与传统交叉，都市里有乡村的内容与基因。多元、混杂，这就是近代上海民众文化的特点。”[①]新文学的主要受众是知识分子。茅盾在1928年7月时也说过，尽管“六七年来的‘新文艺’运动虽然产生了若干作品，然而并未走进群众里去，还只是青年学生的读物；因为‘新文艺’没有广大的群众基础为地盘，所以六七年来不能长成推进社会的势力”[②]。那么从另一方面看，在清末民初，一群通俗文学作家——后来被称为鸳鸯蝴蝶派的——他们继承“三言二拍”的传统，在社会新的转型期中，开始尝试着反映此类新型都市的面影，探索着现代市民意识的形成，在他们笔下诞生了上海早期的都市文学。这种文学我们应该命名为现代“市民大众文学”。

二

在中国，对“市民”的界定是相当模糊而宽泛的，它泛指住在城市里的本国居民。如此宽泛的概念，也必然可以将各类文学，不论精英或通俗都可包括在“市民文学”的“一揽子”大筐之中。但我们所说的“市民大众文学”，指认的却只是通俗文学。茅盾批判过“封建的小市民文艺”：《江湖奇侠传》的片段改编的《火烧红莲寺》是封建小市民文艺；而《啼笑因缘》则是半封建的形式，“这部小说的读者大部分是小市民层中的成年人”[③]。如此看来，我们所称谓的“市民大众文学”与茅盾所说的“小市民文学”是可以画上等号的。如果这个推断是不错的，那么，我们应该先弄清的是“小市民”到底是属于都市中的哪些阶层或人群。华裔历史学家卢汉超的著作《霓虹灯外——20世纪初日常生活中的上海》中对“小市民”的解释很可供我们参考。所谓“霓虹灯外”，就是指霓虹灯的闪烁的光芒照不到的地方，那就是上海的普通里弄和棚户区。他研究的是20世纪上海日常生活中的中下阶层：

> “小市民”是一个统称，通常用来形容城市中那些位于中等或者中下阶层的人们。这个形容其实不见得准确，就好像我们习惯上给社会各个

① 姜进主编：《都市文化中的现代中国》，华东师范大学出版社2007年版，第26页。
② 茅盾：《从牯岭到东京》，转引自李何林编《中国文艺论战》，东亚书局1932年版，第378页。
③ 茅盾：《封建的小市民文艺》，载《东方杂志》第30卷第3号，1933年2月1日出版。

阶层分类一样。“小市民”的含义比较模糊，很难说清哪些人属于这一类而哪些人不包括在内。位于社会顶层的精英和处于社会底层的穷人们从来不会被称为“小市民”，它仅仅用来指称那些位于这两个阶层之间的人们。……当人们用“小市民”来形容一个人时，经常的含义是“此人来自普通的街坊”。旧时曾经有一个类似的词语来形容普通的城镇居民——“市井之辈”……石库门是上海小市民的家。在这座城市里，“石库门里的小市民”是一种经常的提法。[①]

卢汉超指出，在20世纪早期，这类里弄石库门是上海最普通的小市民居所。他认为各类职员是小市民的主体，根据调查统计资料，他告诉我们，20世纪30年代，职员及其家属的人数占上海总人口的40%。小市民的另一个主要部分是工厂工人，这些工人大多来自农村。他们最初的落脚点当然是棚户区，但他们的一个强烈的愿望是早日“逃离棚户区”。当他们有了稳定的工作和掌握了一定的技术后，他们就能实现“逃离”的愿望，初步融入了上海的市民社会，走上了“乡民市民化”的途程。虽然一幢50平方米单开间的石库门，平均要住4户人家、拥挤着24人之多，这种情况是常见的现象，显示了上海“寸土寸金”的昂贵租金。外国历史学家曾拿出证据来说明，“产业工人是一个高度分化的群体，他们因个人的出身、工作的种类和自身的性别而有种种层次与差别。……住在石库门房子里的工人家庭与那些处于社会底层的‘阶级兄弟’——临时工、长工、各类没有技术的劳力有很大的不同。后者因为贫困，只能在城市边缘聚居，被住在石库门而心满意足的小市民轻蔑地称为乡下苦力或‘乡巴佬’。”[②]当然，在特定时期或阶级利益一致的时候，他们也会团结起来去进行斗争，但在平时，这种“层次差别”感，又会在日常生活中显现。例如在女工中，有许多姐妹会，由于苏南的女工分到的往往是技术含量比较高的工种，而苏北的只能从事最脏、苦、差、累的繁重工种，因此双方的对立情绪也较为明显，阶级姐妹就像“陌生人”一样，迎面连招呼也不打。她们之间岗位的稳定性就会有差别，而工资收入也就会有差距，文化水准也有高低之分，其中还有不少文盲，于是一部分人就能成为石库门的居民，而另一部分人则蚁居在棚户区。而在20世纪二三十年代的小市民则是鸳鸯蝴蝶派的忠实读者。通俗文学虽然受到

① 卢汉超：《霓虹灯外》，上海古籍出版社2004年版，第48—49页。

② 同上，第50—51页。

新文学家的超强火力的批判，可是读者数量却远远超过新文学的受众。只是由于小市民还没有文化水平能在媒体上为通俗作品造势，因此它们只能在霓虹灯光照不到的里弄里“悄悄地流行”，构成了“默默的强势”。

新中国成立后，由于政治上的原因，需要颂扬无产阶级如何步上和占领文艺舞台的丰功伟绩，在大学汉语言文学系新设了一门二级学科——中国现代文学。在教材中将与共产党风雨同舟的新文学主流一族视为正统，有的教材则将鸳鸯蝴蝶派视为“逆流”，至少是作为被批判的反面教员，影响所及，这种思想的残余至今在文学界还有一定的惯性作用。但是中国的历史学家对市民文化进行研究时，却对鸳鸯蝴蝶派持基本肯定的态度。他们是基于对历史的认真考察，发现鸳鸯蝴蝶派的作家作品在上海的发展建设中曾作出过贡献。例如，鸳鸯蝴蝶派作家周瘦鹃，曾是《文学旬刊》上的“中矢之的”，可是他们却肯定他是“优秀的文人与作家”。[①] 文学界与历史学界之所以有较大的分歧，主要是文学界对鸳鸯蝴蝶派的认识有几个误区。

首先，他们仅仅看到这一流派作品的娱乐性，而在当时娱乐性几乎被某些新文学家排除在文学的职能之外，认为这是玩物丧志的东西。因此宣称：“以文艺为消遣品，以卑劣的思想与游戏的态度来侮蔑文艺，熏染青年头脑的，我们则认他们为‘敌’。”[②]历史学界则认为这些作品固然有消遣娱乐性，但历史学家还看到这些通俗作品“对绝大多数城市民众而言，它更是近代市民意识萌生与滋长的触媒，或者说是近代市民的启蒙教科书”。我们应该承认，新文学家的探求人生的作品是优秀的文学，但对中下阶层人民来说，则不易理解其“真谛”，也不大符合民族的欣赏习惯，于是“曲高和寡”。但通俗文学是全面向中下层民众“开放”的作品，它们主要用平易近人的讲故事的形式为艺术媒介，贴近普通百姓的日常生活体验，通俗地与俗众相通。历史学家认为这“是上海人从乡民为市民的又一座‘引桥’”。[③] 那些通俗文学中的世情小说，在中下层市民闲暇消遣之时，形象地向他们讲述都市文明习俗、市民应享的权利与该承担的义务，了解市政设施与管理概略、灌输公共意识、解释新的价值观、熟悉工商生产的内在规律……这才是真正的“寓教于乐”，在消遣中潜移默化地传授知

---

① 熊月之主编，许敏著：《上海通史·第10卷·民国文化》，上海人民出版社1999年版，第195页。

② 西谛：《本刊改革宣言》，载《文学》第81期，1923年7月30日出版。

③ 熊月之主编，周武、吴桂龙著：《上海通史·第5卷·晚清社会》，上海人民出版社1999年版，第394—395页。

识，这是使乡民能在不知不觉中融入都市生活的渠道之一，也就成了中国庞大的现代化工程中的一种形象化的启蒙教材。在当年也没有什么电视与网络，即使进三流影院，由于经济原因，也只好偶一为之；但小市民也需要娱乐，在当时上海的里弄里有小小租书摊，这是最廉价的买得“娱乐”的地方，据上海《社会日报》1917 年调查，这样的租书摊上海市区就有 3 721 个。从那里出借的书，当然良莠不齐，我们所说的是指好的或较好的通俗小说或连环画。

其次，在辛亥革命前，“中国小说写作的动机不外三种，愤政治之压制不得不作，痛社会之混浊不得不作，哀婚姻之不自由不得不作。……两性私生活描写的小说，在此时期不为社会所重，甚至出版商人，也不肯印行”[①]。阿英所作的这一估价是基本正确的，于是有些文学界的人就据此推断：鸳鸯蝴蝶派是辛亥革命以后、袁世凯搞复辟时，某些文人意志消沉、自甘堕落的产物。这又是一个误区。其实在革命的高亢期过后，人们总要回到正常的日常生活中去；但辛亥革命以后，许多旧道德、旧观念并没有多大的触动，这些涉及老百姓的民生问题也需要作家去面对。例如 1912 年发表的《玉梨魂》提出的是寡妇再嫁问题，直到 1924 年拍摄成同名电影时，还引起人们的强烈共鸣；在 1917 年 1 月，包天笑创办通体白话的《小说画报》时，就在刊物上试图探讨新道德、新观念、新价值、新伦理，传播新知识和新的生活方式。最初“闯上海滩”，求生存与发展的几乎都是男性，尤其是青年为多数。当年上海居民中的男女比例严重失调，通常在 130∶100 以上，有时竟高达 141∶100，狭邪小说之多与这种社会现象是有关联的。但是随着不少男子闯上海滩的成功，在上海站稳了脚跟，他们就将家乡的妻子接出来，那时就从家乡的大家庭制变为小家庭的格局，于是产生了两个问题：一是小家庭内应如何相处，才能成为和谐的小家庭；二是如何对待留在家乡的大家庭中的其他成员。当时，鸳鸯蝴蝶派作家朱瘦菊编了一部电影《儿孙福》，在上海引起过轰动，他就是触及了这些上海市民关心的家庭与民生问题。至于像《上海春秋》和《歇浦潮》一类的作品，一方面可让乡民了解上海的错综复杂的社会，另一方面是希望乡民进城之后，要提高警觉，上海有许多陷阱与骗局须时时留心提防。一家一姓的福祉平安以及由商品社会、世俗功利所造就的个人利益及其保全意识，也总是小民百姓最基本的诉求。既然探索“为人生”的课题对那些“新来乍到的乡民”太深奥，那么为新移民的安身立命着想，就成了通俗作品常常关涉的题材，而关心民生问题，该是

① 阿英：《晚清小说史》，人民出版社 1980 年版，第 3 页、第 5 页。

作家应有之义。这种对新移民的人文关怀却被某些人视为不值得一提的“鸡毛蒜皮”,是“茶壶”里的风波。马克思说:“现代人首先是一个‘独立的个人’,‘利己的市民’和‘法人化的公民’。”[①]市民虽是利己的,但也应该跳出家庭或家族小圈子而有社会公共意识。

有些新文学家完全从政治观点出发,将鸳鸯蝴蝶派的生成与袁世凯称帝硬性联系起来;他们中的有些人关心政治大事、阶级较量是正确的,但忽视对小市民的日常的民生题材的关注,以致成为习惯性思维。而历史学家却提醒我们要从另一个视角历史地看问题:

> 如果我们不是以政治上的褒贬来评判鸳鸯蝴蝶派,不是先验地把鸳鸯蝴蝶派作为一个贬义词,那么,用鸳鸯蝴蝶派来概括民初上海文坛上出现的这种新的小说倾向,也未尝不可。作为民国以后上海最早出现的文学现象,应当说鸳鸯蝴蝶派文学努力在建立一种适合现代都市商业运作机制的文化形式……小说作为一种文学形式受到社会人士的广泛关注,却是由民初的鸳鸯蝴蝶派逐渐造就的形势。而且,由民初职业文人所建立的报刊、小说、戏剧、电影之间的共同关系,对于文学传播和扩大影响产生了良好的效果。实际上,阅读的趣味,从某种程度上来说,是作者和读者共同创造的。就这个意义而言,鸳鸯蝴蝶派小说是创造了上海城市的阅读趣味。作为现代都市文学的滥觞,我们应该看到鸳鸯蝴蝶派在民初上海文化上的广泛影响。[②]

这样的提醒在现代文学界同行中也不是没有。在拙编《中国近现代通俗文学史》出版后,现代文学研究资深专家樊骏写了一篇题为《能否换个角度来看》的文章,对我进行了提醒。我的理解是他对我的“雅俗两个翅膀论”并没有否定,但他希望能更辩证地看问题,只注意现代文学史中的雅俗对立是不够的,还要历史地看它们是否有内在联系。樊骏毕竟是中国现代文学研究学者中的大手笔,他具有深邃的史家的眼光:

> 在20世纪中国的文坛上,“鸳蝴派”和新文学诚然是不同的流派,有

---

① 马克思:《论犹太人问题》,《马克斯恩格斯全集》第1卷,中央编译局1985年版,第443页。

② 熊月之主编,许敏著:《上海通史・第10卷・民国文化》,上海人民出版社1999年版,第76—77页。

> 明显的区别；但在实际的历史进程中，在不少的具体事例中，又往往是你中有我、我中有你，相似相通的。……在中国文学从传统向现代的历史性转换中，比之“五四”新文学，它在好几个方面(比如文学的平民化，世俗化，文学作品的商品化等)，倒是个先行者。从这个意义上说，把它称为“前现代(化)文学”、“前新文学”，也不为过，至少是得风气之先，在新文学之前作过一些探索，取得若干成就，起了无可替代的历史作用。这是“鸳蝴派”在近现代文学史上的主要建树和历史地位。……“五四”之前，“鸳蝴派”应该说是当年文坛上一个最有影响的新的流派。在中国文学现代化的进程中，就文学的写作传播等环节而言，现代报刊出版事业—现代稿酬方式—作为自由职业者的专业作家“三位一体”体制的确立，起了决定性的作用。……如果说“鸳蝴派”原是依靠这种新的写作传播体制，才得以存在发展；那么这种体制又何尝不是通过“鸳蝴派”作家的广泛实践，才得以确立壮大起来？在这方面，新文学步的是“鸳蝴派”的后尘。①

樊骏与上文所引的历史学家的观点是基本相类的，但他是现代文学的专业研究者，因此，比历史学家说得更具体而全面。

三

既然这些通俗文学流派的作品是近代市民的启蒙教科书，那么就意味着它们也播种了文明。上海许多民间媒体为播种文明是作出过贡献的。如果没有 1872 年创办的《申报》、1893 年创办的《新闻报》和 1904 年创办的《时报》，清末的上海市民能有这样的文明程度吗？能够如此具有世界性的眼光吗？申、新、时是清末上海的民间三大报，它们不仅使上海市民的素质有了大大的提高，而且随着发行网络的不断延伸，周边城市受到了辐射，乃至在全国也有一定的影响。在民国时期的报纸上，经常可以看到这样的标题，“北平社会的上海化”(见《晶报》1920 年 11 月 3 日)，“上海化之南京市面”(见《晶报》1932 年 10 月 22 日)，“上海化的苏州”(见《晶报》1928 年 8 月 28 日)……这些信息透露出上海生活方式对全国的示范作用和影响。② 应该说，这些报纸在清末就为

① 樊骏：《能否换个角度来看》，《中国现代文学研究丛刊》2001 年第 2 期。

② 以上资料引自熊月之主编，罗苏文、宋钻友著《上海通史 · 第 9 卷 · 民国社会》，上海人民出版社 1999 年版，第 181 页。

提高国民素质发挥了积极的作用，这实际上也是中国的现代化工程的一个不可或缺的组成部分。鲁迅在日本时常探讨“什么是最理想的人性”，那么提高市民的文明素质与培养理想的人性是否有关呢？如果有关联，那么与改变国民性是否有帮助呢？随着文明程度的提高，是否能“拔出‘人性’中的萧艾，培养‘人性’的芝兰”呢[①]？这是一个很值得我们去深入探讨的好课题。

就《申报》而论，在1877年2月10日《论本报之销路》一文中说：“余尝闻之售报人所言，皆谓阅报之人市肆最多。我等亦询诸店肆友君等，何以众皆喜阅《申报》？肆人应曰：《申报》文理不求高深，但欲浅显，令各人一阅而即知之。购一《申报》，全店传观，多则数十人，少则十数人，能识字即能阅。既可多知事务，又可学演文墨，故自《申报》创设后，每店日费十余文，可以有益众友徒，亦何乐而不为哉?”《申报》从1912年起至1934年——它的“老板”史量才被国民党特务暗杀为止，是“史量才主政时期”。他在编报的理念上是“强调《申报》要独立自主，无党无派，保持客观公正的报道态度。史量才把报纸看作是现代的《史记》，在这样的理念指导下，《申报》与当时盛行的一些党派社团报纸的面貌迥然不同，成为当时公认的、比较客观的公共媒体”[②]。有人说史量才的政治态度稳健而不失正义，这样评价是恰如其分的。蒋介石政府也想控制这张全国出版最久、影响极为广泛的报纸，想方设法对其进行威胁利诱，蒋介石甚至亲自出马找其谈话。蒋介石曾对他说：你得罪我可以，但我手下几百万的大军是得罪不起的。史量才回答道：“蒋委员长，您的大军得罪不起，可我报纸的千百万读者更加得罪不起。”因此有“虎胆文人”之称，以致被蒋帮下了毒手，在1934年11月13日派特务暗杀了他。《申报》曾为市民提高文明素质作出了贡献，但也因为它们没有党派性而往往“两头不讨好”。不过市民的文明素质愈高，说明这个社会有了群体性的进步，无论哪种势力占据了上海，左也好，右也罢，由于市民的较高素质，无论哪种政权在无形中都能得益。这个道理是很容易明白的。当然，抗战胜利后，国民党接收了这个报纸，周瘦鹃等也被排挤出报馆，《申报》成为国民党掌控下的所谓“民间报纸”，终于在1949年5月27日停刊。

我们为《申报》画出一个总轮廓后，就可以进而勾勒文艺性副刊的面貌了。在抗战前几个大报的副刊都是由鸳鸯蝴蝶派作家主编的。《申报·自由谈》是

---

① 茅盾：《最理想的人性》，载《中苏文化》第9卷第2、3期合刊。

② 熊月之主编，许敏著：《上海通史·第10卷·民国文化》，上海人民出版社1999年版，第240页。

周瘦鹃,《新闻报·快活林》(抗战时改名"新园林")是严独鹤,《时报》是包天笑、毕倚虹。不少现代文学研究者只研究黎烈文编的自1932年12月起《自由谈》革新到1934年黎氏去职时为止。其实编《自由谈》最久的是1919年至1932年近13年之久的周瘦鹃,后来他又主编《申报·春秋》副刊约6年,直到抗战爆发时才终止。严独鹤自1914年起就一直主持《新闻报·快活林》。当时,周瘦鹃编的《自由谈》和严独鹤编的《快活林》也是颇有人气的。这从新文学家的言论中也可以为它作反衬:"我亲见有许多人,他们从来不关心时事,从来不看报纸里的新闻记载,但因为他们要看《自由谈》,要看《快活林》,要看李涵秋的小说,要看梅兰芳的剧评,所以都要买一份报纸看看。"①这说明了《申报》和《新闻报》销路如此之广,是与他们的副刊的受欢迎也是有一定关系的。至于读李涵秋的小说与看梅兰芳的剧评也是正当的娱乐。胡适也曾说过,自从李伯元、吴趼人逝世后,这时代的小说只有李涵秋的《广陵潮》还可读。从正面赞扬这些大报的副刊的则有郑逸梅:市民读者"爱看附刊的小文章(当时往往将'副刊'称作'附刊'——引者注),其时《申报》号称日销十五万份,《新闻报》号称日销二十万份。所以有这样的销数,还是靠着附刊的号召与吸引。因此报社的主持者,一般都注重附刊,以迎合读者。附刊的编者,也绞尽脑汁采用连载的作品,如小说、笔记等,使读者如看连台戏一般,一本一本地看下去不肯中辍,那报刊的销数也就蒸蒸日上。销数多,自然招徕了许多商品广告,广告费成为大宗的收入,真所谓'财源茂盛达三江'了。附刊的编辑的地位因而日益提高,外界往往不知道报纸的总主笔为谁,而附刊编辑却成为家喻户晓的著名人士。这时差不多把周瘦鹃作为《申报》的代表,严独鹤成为《新闻报》的代表,这种错觉是有理由的"②。例如当时的《申报》总主笔陈冷(景韩),肯定没有周瘦鹃名气大。周瘦鹃和严独鹤在所办副刊中其实也发表了大量的短小的政论与杂感,站在市民大众的立场上发出正义的呼声,使那些不大关心国家大事的读者在他们所写的几十或几百字的政论杂感中,感知自己应该站在正义的一边,知道自己应持的态度与立场。但这些"小杂感"、"小言论"似乎没有引起后来的研究者的重视,倒是他们组来的一些可读性特强的作品一直为后人所津津乐道:20世纪30年代,严独鹤组来了张恨水的《啼笑因缘》;40年代周瘦鹃组来了秦瘦鸥的《秋海棠》,使报纸销量大增,商家纷纷要求自己的广告靠

① 化鲁(胡愈之):《文学旬刊》第44号,1922年7月21日出版。

② 郑逸梅:《回忆六十年·严独鹤与快活林》,(香港)《大成》第195期,1991年4月1日出版。

近连载小说的版面。真所谓"财源茂盛达三江"了。周瘦鹃和严独鹤自己的作品当然还不能算是第一流的通俗文学,但是他们在现代通俗文学大本营——上海,是第一流的通俗文坛的组织者。他们除了在两大报中主编副刊之外,周瘦鹃曾短期主编过(后期)《礼拜六》(但他的供稿之多,算得上是《礼拜六》的台柱),他还受大东书局之聘,主编《半月》、《紫罗兰》、《紫兰花片》、《新家庭》等期刊;而严独鹤则为世界书局办《红》杂志、《红玫瑰》、《侦探世界》等期刊。我们的一些现代文学的研究者,有的是研究过这些杂志的,觉得它们的娱乐性太强,消闲味太重。但是我们的研究工作者往往没有认真去查阅他们所编的大报副刊,这些副刊是每天与市民见面的,而且像周瘦鹃编《申报》的副刊《自由谈》和《春秋》长达十八九年,而严独鹤也自始至终是《快活林》(包括《新园林》)的主编,长达数十年之久。那真是面广量大,要去研究这些副刊得花多大的时间与精力。但最近几年,有的博士、硕士研究生正在下工夫,研究这些大报的副刊,对这些鸳鸯蝴蝶派作家的评价也就会更全面了。大报副刊除了小说、笔记、娱乐性和知识性短文之外,它是不可能与政治和社会问题"绝缘"的。因为它是大报的一个组成部分,它们要配合报纸主体版面的调子,包括重要的时事与社会新闻。周瘦鹃可以说是踏着"五四"的鼓点进入《申报》"见习"的,虽然是"练习生",但实际上他从1919年5月下旬起就掌控了《自由谈》。大约经过了将近一年的考察,他的成绩极佳,在1920年4月1日正式受聘为《自由谈》主编。在拙作《周瘦鹃论》[①]中,我详述过他在"五四"与"五卅"时的良好表现。他在1919年5月31日,作为编者发表第一篇文章《小说杂谈(一)》,列举了众多的外国著名作家,然后总结说:他们"心血所凝,发为文章,每一编出,足以陶铸国民新脑。今日欧美诸邦之所以日进文明,未始非小说之功也"。他还连续发表了15篇《影戏话》(那时电影在中国尚称为"影戏"),这是中国最早的系列影评。他在《影戏话(一)》中开宗名义提出:"盖开通民智,不仅在小说,而影戏实为一主要之锁钥也。"1919年6月3日上海爆发了学生罢课、工人罢工、商人罢市,响应北京学生的爱国运动。周瘦鹃从6月4日至28日,以"五九生"为笔名,写了14篇《见闻琐言》,主要报道上海学生罢课、工人罢工和商人罢市的壮举。在6月8日的报道中说:"上海竟罢市了。华界租界中大大小小的商店,都一起关上了门,停止营业。……医学家说:病人临死的当儿,神经昏乱了,往往要发一种死物狂。……我说眼前北京政府的举动不是很像死物狂么?

① 拙作发表在《中山大学学报(社科版)》2010年第4期,收入《周瘦鹃文集》,文汇出版社2011年版。

一日间平白地拿了一千多个热心爱国的好学生，似乎要坑死他们才罢。”6月9日：“罢市已一连三天了。昨天我见许多商店的门上都在贴着‘不去国贼不开门’，‘不诛国贼不开市’的纸条儿。……我听说几天来北京学生因为拿得太多了，没有这大监狱容纳他们，就把个大学法科做一临时监狱。我说何不把个北京城改造一所天字第一号的大监狱。先把北京学生和附和学生的小百姓一齐拘禁了起来。第二步就把通国罢课的学生、罢市的商人也一网打尽，都去关在这大监狱中，四面用二十万兵马团团围住，绝他们的饮食，瞧他们生生饿死，岂不爽快？只可惜没有这个魄力罢了。”他对当时的军阀政府予以辛辣的讽刺和投以蔑视的一瞥。6月11日，周瘦鹃在《申报》上发表题为《晨钟——为北京幽囚之学子作》的短篇小说，声援被捕学生。开端小序中非常郑重而恳切地以“同学”的身份，向他们致敬：“夜深寂坐，悲愤煎心。起草斯篇，聊以自慰。北望燕京，祝诸君无恙，并遥致最诚挚之敬礼于诸君之前。七年前之上海民立中学学生周国贤敬识。”他觉得用他自己的学名向北京学生致敬，更为隆重。他将北京的爱国学生比作“晨钟”，这“晨钟”是“少年中国的福音，唤大家牺牲一切，救这可怜的中国……我们少年精神不死，中国的精神永永不死。”陈建华在《读〈周瘦鹃文集〉》一文中写道：“其实我们再看看周氏的两部日记（指《亡国奴日记》与《卖国奴日记》——引者注），都用白话写的，像《卖国奴日记》恐怕是最早最及时反映‘五四’运动的小说，至少有点历史价值。从这一点说，作为‘五四’作家的还应该有点难为情。”[①]由于《卖国奴日记》言论激烈，没有出版社敢印，而是由他自费出版的。在女师大事件中，周瘦鹃也声援学生的正义斗争，他在1925年8月29日的《自由谈·三言二语》专栏中写道：

> 章士钊为了女师大女生厮守着学堂不肯走，他一时倒没有法儿想。这也是他福至性灵，斗的计上心来，便召集了三四十个壮健的老妈子，浩浩荡荡杀奔女师大而去。末了儿毕竟马到成功，奏凯而归。这种雷厉风行的手段，我们不得不佩服他。但是女学堂不止女师大一所，起风潮亦在所难免，照区区愚见，不如组织一个常备老妈子队，专为应付女学堂风潮之用，免得临时召集，或有措手不及之虞……但不知密司脱章可能容纳我这条陈么？

---

① 陈建华：《读〈周瘦鹃文集〉》，上海《书城》月刊2011年5月号。

在“三一八惨案”后，周瘦鹃在 1926 年 3 月 26 日的《自由谈》中又写道：“我看了北京惨案中死伤的调查表，不禁吓了一跳，想段大执政的手段，委实可算得第一等辣了。任是那震动中外的‘五卅惨案’，也没有死伤这样多的人啊！唉，外边人要杀，自己人又要杀，这真是从哪里说起？”除《自由谈》的编者后记《自由谈之自由谈》之外，周瘦鹃的短论与杂感有一千多篇。我们不能因为对他们冠以了鸳鸯蝴蝶派的名称，就以为他们只写些卿卿我我的小说。鸳鸯蝴蝶派的文人不少是兼为报人的，有的是以报人为主要身份的。他们也写许多政论与杂感，但是由于我们对他们所办的报纸，还研究得不够，因此对他们的这方面的表现还缺乏评价。

无独有偶，严独鹤在《快活林》中经常有《谈话》一栏。在《文学旬刊》中也曾对其进行贬斥，我们当然不能说严氏所写的《谈话》篇篇的观点是正确的，有时也只涉及一些民生的小问题，左派文人是不屑一顾的。但在郑逸梅的《记严独鹤》一文中，曾为这些文章不能印成单行本而深表惋惜：“独鹤主要的作品是《谈话》……所谈的都是针对当时的社会与政局，……独鹤晚年也深感耗了一辈子的心血在《谈话》上，迄今成为废纸，为之追悔。”①幸亏现在能有机会让《严独鹤杂感录》出版了（上海远东出版社 2009 年 11 月版），读后会感到他的确为我们留下了许多历史的足印。我读了周瘦鹃们和严独鹤们的杂感，深感我们不能以一般地研究了他们所编的杂志为满足，还应该去研究他们在报上的言论，包括他们的小政论与小杂感。他们的这些几十或一两百字的小文章，或许没有左派作家的政治性那么强，那么激烈；可是不乏机智与正义感。人们可以去指认他们为鸳鸯蝴蝶派，但他们在所谓的“软性”与“娱乐性”之外，还有另一面，作为报人，他们还有“社会良知，市民喉舌”的一面。通俗文学之中的优秀作家是冯梦龙的正统传人。

中国的知识精英们有他们的文学，过去大多被称为“资产阶级”或“小资产阶级”的文学；中国的工农兵也有自己的文学，毛泽东发出号召，动员作家深入工农兵，从而写出歌颂工农兵的文学，被称为无产阶级的文学。但唯有中国的市民大众文学或市民大众文化没有受到某种政治力量的支持。左面批判它，至少冷淡它，说它太保守；右面也不看重它，甚至动用暗杀手段来对付它。那倒真是“两间余一卒，荷笔独彷徨”了。但虽然像压在大石头下曲折成长，可是

① 郑逸梅：《记严独鹤》，原载香港《大成》杂志第 129 期，转引自《严独鹤杂感选》，上海远东出版社 2009 年版，第 453—454 页之附录。

只要有庞大数量的中下层市民大众，就会有市民大众文学。市民大众文学是永恒存在的。新文学的主流作家有许多优点，可是有些人却不懂得“水至清则无鱼”的道理，他们很容易将“一元化”重新请回来，关门主义不光是“左联”曾经有过。在有些学者看来，“上海作为现代中国西化的橱窗这一形象经常遮掩住了‘小市民’日常生活中传统的持续性。……尽管西方的影响从表面上看是城市的主流且被中国的上层社会所渲染夸大，在遍布城市的狭隘里弄里，传统仍然盛行。……如果说，中西文化在上海这个交汇之地谁都不占优势，那么，这不是因为两种文化的对峙而导致僵局，而是因为两者都显示了非凡的韧性，对很多人来说，这个城市的魅力正是来自这种文化交融结合。”[①]精英与通俗不是简单对立的关系，它们不过是为了人口多元化的分层人群的各自需求而存在。但可惜的是，解放之后，这一通俗文学流派的作品竟被断层了 30 年。今天，随着市场经济的逐步回归，一个多元化的市民社会又开始复苏，于是通俗文学又大行其道；由于按字数计算稿费的做法退场，而版税制盛行，作品是否畅销，成了作家获取稿费多少的市场法则，因此作家会希望市民大众也成为他们作品的读者，于是雅俗合流的趋势也正在日益明显。网络作品更受到市民大众青睐，据 2011 年年末统计，全国网络文学用户达一亿九千四百万，网络文学作者有一百多万人。一些在市民中受宠的作品，随着在网上巨量的点击率而“网而优则纸”，再由出版社印行；或者“网优而‘触电’”，在屏幕上热播。市民大众文学的动力源仍来自“市井”。这些作品中几乎全是类型化的通俗文学，很有点昔日的鸳鸯蝴蝶派文学的味道。我们总不能在这个广泛而深入民间的文学现象面前，采取“驼鸟政策”。冯梦龙　鸳鸯蝴蝶派—网络类型文学，是一个从古至今的市民大众“文学链”。但正因为它的通俗性，因此，广大农民才从中得到了认识城市生活、认识广阔外在世界的启示。这个文学链可说是居于社会中下层所共有的精神财富。2009 年以后，中国作协对网络文学的关注也明显加强，并组织从事纸本作家与网络作家“结对”相互学习，取长补短。而 2011 年，中国的城镇人口已首次超过乡村人口，市民大众文学也必然方兴未艾。而要展望市民大众的未来，这与总结过去的通俗文学——鸳鸯蝴蝶派的经验教训也有相应的关系，特别是农民工大批进城，“乡民市民化”的问题又成为现实的重大课题，而昔日被称为这方面的形象化“启蒙教科书”的市民大众文学，在今天有哪些值得参考？在今天，有些地方“城乡一体化”的问题已提

① 卢汉超：《霓虹灯外》，上海古籍出版社 2004 年版，第 274 页。

到议事或实践的日程上来，那么昔日乡民步上都市文明“引桥”的通俗文学作品的经验是否值得学习？仅仅有一套精英文学的评价标准，已不够当代文学发展的运用，多元共生体系的评价标准又如何建构？凡此种种，都可以去作进一步的反思与探究。而我们所期望的是文化商品化而又不庸俗化的佳作的涌现，以迎接一个繁荣而高质的新市民大众文学的大潮的到来。

19世纪末20世纪初中国小说期刊现代化之历程*

中国小说期刊现代化的滥觞是1892年韩邦庆出版的个人杂志《海上奇书》。它每期连载韩的长篇《海上花列传》两回，作为刊物的“主菜”。这部长篇无论是在题材内容、人物设置、语言运用、艺术技巧等方面都显示了中国小说正从古典型向现代型过渡，而且他的出版发行渠道也是由现代传媒《申报》为他代印代售。这样，他获取脑力劳动的报酬就与正在形成的现代化的文化市场挂起钩来了。如果说《海上花列传》是现代通俗小说的开山之作①，那么《海上奇书》应该算是中国小说期刊现代化的萌发。

一

真正掀起中国小说期刊第一波现代化浪潮的是梁启超1902年创办的《新小说》。它学习和参照了国外文学期刊的格局，开始与国际经验接轨，是中国小说期刊的第一燕。曾有一种论调，说梁启超的《新小说》是日本1895年出版的《新小说》的翻版，但这一判断并不准确。梁启超也许吸取了日本《新小说》和其他国外杂志的经验，但他的创办《新小说》是有他自己的宗旨的。日本《新小说》是一本以小说为主的期刊，可是它有时甚至刊登有关相扑技巧的文章。而梁启超的《新小说》，是要将中国对小说的传统观念来个大翻身，要将小说从“茶余酒后”的消遣品改造为醒民救国的利器，小说不再是“小道”，而是“文学

* 本文发表在《中国现代文学论丛》第1卷第2期，南京大学中国现代文学研究中心主编，2007年1月上海人民出版社版。

① 详见拙作《〈海上花列传〉：现代通俗小说开山之作》，《中国现代文学研究丛刊》2006年第3期。

之最上乘”。这一观念上的转变应该视为小说期刊现代化的重要标志，使20世纪中国文坛几乎成了“小说世纪”。他的刊物以政治小说和历史小说为重点：“政治小说者，著者欲借以吐露其怀抱之政治思想也。”历史小说则是一个纵览世界各国兴衰历史经验教训的窗口；而他办刊的宗旨是“专在借小说家言，以发起国民政治思想，激励其爱国精神……”①他自撰的《新中国未来记》就是实现他的宗旨的“样板”：“专欲发表区区政见。”（《新中国未来记·绪言》）梁启超有大气魄，创刊号就印了7 000册。在日本横滨出版的期刊，却在国内产生了巨大的影响。据“天津《大公报》光绪二十九年三月初五日（1903年4月2日）[时事要闻]‘探悉外务部奉旨封禁小说报馆，以息自由、平权、新世界、新国民之谬说，并云该报流毒中国，有甚于《新民丛报》，丛报文字稍深，粗通文学（字）者尚不易入云。’……说到了横滨的‘小说报馆’，那就只有《新小说》社了。在横滨编辑发行的《新民丛报》、《新小说》，被大量运往大陆，这些影响是清朝政府无法忽视的”②。

《新小说》虽率先跨越了中国小说期刊现代化的门槛，功莫大焉，可是它也有很明显的不足之处。梁启超办小说期刊的骨干是他的一套搞政治宣传的班子，他们不熟悉小说创作规律，只会图解一些政治概念；再加之他们是一批“身兼数役”、“日无寸暇”的大忙人，刊物上的小说连载是时断时续的，其中的几篇重点推出的政治小说和历史小说都没有完篇，包括他自己酝酿了5年之久的《新中国未来记》。实际上，梁氏对这一刊物也只认认真真地办了3期，以后他自己就到美国考察去了。第4期至第7期的内容就有较为明显的拼凑痕迹。从第8期开始，他请来吴趼人为刊物挑大梁。自此，与吴趼人有关的小说（包括他创作、改写、扩写和评点的小说）常常要占刊物的一半篇幅。吴的长篇《二十年目睹之怪现状》就是连载于《新小说》而成名的。而吴趼人的好友、翻译家周桂笙也在刊物上大显身手。

受《新小说》的影响，在国内首先创办的小说刊物是商务印书馆的《绣像小说》。在《本馆编印〈绣像小说〉缘起》中说：它“远摭泰西之良规，近挹海东之余韵”。表明了它一方面要学习外国创办文学刊物的经验，另一方面也是受惠于梁启超的影响。阿英曾称《绣像小说》是“最纯正的”的小说期刊。它刊登了晚清的许多著名小说，虽不能说是晚清的“小说宝库”，也至少是囊括了晚清较为

① 《新小说》报社启事《中国唯一之文学报〈新小说〉》，《新民丛报》第14号，1902年7月15日。

② [日]樽本照雄《清末小说丛考》，（日本）汲古书院2003年版，第274—275页。

优秀小说的半壁江山。其中分量最重的一篇小说是李伯元的《文明小史》。这部60回的长篇，在《绣像小说》中连载至第56号为止。《文明小史》虽不享《官场现形记》般的盛名，但阿英认为它的评价应该在《官场现形记》之上："李伯元的《文明小史》在维新运动期间，是一部最出色的小说。……《官场现形记》诚然是一部杰作，但就整然的反映一个时代说，《文明小史》是应该给予更高的估价。"[①]"要想整个的看到清末社会的各方面，《文明小史》是优于为人所称的《官场现形记》。"[②]而刘鹗的《老残游记》也是先发在这一刊物上的。《绣像小说》的许多作品都有一股探索革新的锐气。

至于《月月小说》虽然是1906年11月创办的，其实它早已"借体寄生"于《新小说》。因为从第8期起，吴趼人与周桂笙就成了《新小说》的台柱。吴为《新小说》写稿时，并不公开反对梁启超的"专欲发表区区政见"的办刊主张，可是他并不执行这个方针。当他自办《月月小说》时，他就公开强调他的"趣味说"了："读小说者其专注在寻绎趣味，而新知识实即暗寓于趣味之中。故随趣味而输入之而不自觉也。"[③]在晚清小说期刊中办得最琳琅满目、多彩多姿的，当属《月月小说》。吴趼人《上海游骖录》、《劫余灰》、《发财秘诀》皆是著名中篇。特别是《发财秘诀》更是写出了在中外悬隔的特殊时段，中国买办们趁机崛起，成为一个具有垄断性的社会阶层，其时代意义、社会意义和艺术性皆不容忽视。周桂笙作为刊物的总译述，以他的译作对读者产生了强劲的磁力。他思想新颖，中西文皆是上乘，向读者灌溉了许多新知。《月月小说》也是晚清自撰短篇小说最力的刊物，一再作为征集的重点，颇有倡导之功。

《新小说》是改良政治家办的，《绣像小说》、《月月小说》是通俗社会小说家办的，而《小说林》是两位学者型的编辑所主持的。黄人是东吴大学文科总教习，徐念慈（东海觉我）在江苏教育界亦享盛名。他们并不反对梁氏的小说界革命，可是也非常有见解地提出："小说者，文学之倾向于美的方面之一种也……征论小说，文学之高格可循者，一属于审美之情操。"[④]"所谓小说者，殆合理想美学、感情美学而居其上乘者乎！"[⑤]他们已经引进黑格尔等人的美学思

① 阿英《文明小史——名著研究之一》，《小说四谈》，上海古籍出版社1981年版，第131页。

② 阿英《清末四大小说家》，《小说三谈》，上海古籍出版社1979年版，第163页。

③ 吴趼人《月月小说·序》，《月月小说》第1号第4页，1906年11月。

④ 摩西（黄人）：《小说林发刊词》，《小说林》第1期，1907年2月。

⑤ 觉我：《小说林缘起》，《小说林》第1期，1907年2月。

想。这在当时不啻是一帖清醒剂，希望小说创作不再做政治的传声筒，而要回到文学的本体上来。

上述4种杂志，曾被称为“晚清四大小说期刊”，我觉得这一提法不甚妥当。你是“大”，那么其他杂志就被变“小”了。我则认为晚清有6种小说期刊值得重视。一种是紧跟着《绣像小说》出版的《新新小说》(1904年9月在上海创刊)，由陈景韩(冷血)等编辑；另一种是在上海《小说林》之前创刊的《粤东小说林》(从现存的第3期算起是1906年9月出版于广州，1907年迁往香港，改刊名为《中外小说林》，后又改为《绘图中外小说林》)，是黄世仲(小配)与他的兄长黄伯耀合办的。与上述4种刊物的主持者的身份不同，这陈景韩与黄世仲皆是老同盟会员，黄世仲的加入同盟会还是孙中山亲自监誓的。

《〈新新小说〉叙例》中说：“有小说支配社会之能力，近世学者论之綦详……欲社会之日新，必小说之日新。小说新新无已，社会之革新无已，事物进化之公例……吾非敢谓《新新小说》之果有以优于去岁出现之《新小说》也，吾惟望是编乙册之新于甲，丙册之新于乙；吾更望继是编而起者之尤有以新之也，则其有裨于人群岂浅鲜哉！”[①]编者希望期刊生生不已，面貌新新不已。但是如果比较《新小说》与《新新小说》的主旨，那是有很大的不同的。梁启超是改良派，他在《新小说》中提倡“无血革命”；而陈景韩的《新新小说》倡导的是一种革命精神，有时还不得不采取暴力手段。因此，陈景韩也许认为《新小说》并不新，他编的是比《新小说》更新的《新新小说》。他既同意梁氏所说的小说有至伟的社会作用，同时又对梁氏的改良主义并不苟同，因此以“新新不已”的追求目标来自励。创刊号上的第一、二、三篇分别是政治小说《中国兴亡梦》、社会小说《侠客谈》和历史小说《菲律宾外史》(皆是连载小说)，好像放排炮似的宣告该刊编者有一种变革现状的迫切愿望。在第2期中，首页就发表了《法文马塞尔士原词第1章》、《汉译法兰西大革命国歌第1章》，也即陈景韩译的《马赛曲》，还附上五线谱与简谱。梁启超的《新小说》中写法国革命的小说题名《洪水祸》，而陈景韩却大唱《马赛曲》。他宣称刊物第一年的主题是“任侠好义、忠群爱国”。但他对这个“侠”字有自己的解释，他的“侠”并非是中国武侠小说中的“侠”的概念，其内核应是革命与反帝思想的

① 侠民：《〈新新小说〉叙例》，《大陆报》第2卷第5号，转引自陈平原、夏晓虹编《20世纪中国小说理论资料第1卷(1897—1916)》，北京大学出版社1989年版，第124—125页。

结晶。他的“侠主义”的第一层次的含义是要建立一种无视现政府的独立不羁的权力系统，用铁腕建立一个理想的国中之国，与此同时，还要改造国民的精神与体质，革除一切传统陋习。他的“侠主义”的第二个层次是要民众学习外国人民的革命精神、叛逆精神和反抗侵略与压迫的精神。如果我国人民没有这种民族的魂魄，那就真有亡国的危险。他的“侠主义”的第三个层次才是传统美德中的“劫不义之财以解贫民之困”。这本刊物只出版了10期，因陈景韩忙于《时报》总主笔的工作而无疾而终。但《小说林》只出版了12期就可以称“四大之一”，《新新小说》在一片改良氛围中异军突起，为什么不应受到重视呢？

创办《粤东小说林》等三个“小说林”的黄小配是南方的名报人，而且是才华横溢的民主主义革命小说家，又是资产阶级民主革命的实践家。他的主要著作有《洪秀全演义》、《廿载繁华梦》、《大马扁》、《宦海潮》、《宦海升沉录》等。阿英曾在《人民日报》上撰文称他是“辛亥革命时期最可称的小说作家”，他的小说“在当时都收到了很大的政治宣传效果，从艺术造诣上说，也是放之晚清第一线作品中而无愧色的”[①]。黄小配的三个“小说林”皆鼓吹民族民主革命。在1906年9月19日出版的《粤东小说林》第3期上的大樨的杂文《演时务》中指出，时代的俊杰是要“顾住同胞四万万”，“共大逆无道的皇帝开战”，“共保护虐主的大臣对敌”。在1908年，为配合甲申265周年纪念，在3月20日出版的《绘图中外小说林》第2年第8期中，刊登杂文《祭大明皇帝崇祯帝殉国文》（并附录《哭崇祯帝文》），直接提出“腥膻异族，谁扫胡妖”，也就是公开提出了同盟会革命的宗旨：“驱逐鞑虏。”黄小配办的三种“小说林”的格局皆是一分为三：前面约30页是一篇“外书”，即阐释小说理论的专文，接下去是黄小配的两个长篇连载《宦海潮》与《黄粱梦》。第二部分是约30页的翻译小说。最后是约20页的粤方言通俗文体作品，如粤方言白话、谈风、班本、粤讴、南音、谐文、木鱼、龙舟歌等。“外书”是刊物的特色之一，是几乎每期不缺的小说理论文章。我们可以将这种文章大致分为四类：一类是强调小说文体的重要性的，如《文风之变迁与小说将来之位置》、《小说之功用比报纸之影响更为普及》、《学堂宜推广以小说为教（科）书》、《小说发达足以增长人群学问之进步》、《普及乡间教化宜倡办演讲小说会》、《小说与风俗之关系》等等；第二类是指导人们如何阅读小说以及什么样的小说才是好小说，

① 阿英：《黄小配的小说——辛亥革命文谈之四》，《人民日报》1961年10月30日。

如《论小说文字何为佳品何为劣品的比较》、《淫词惑世与艳情感人之界线》、《小说之支配于世界上纯以情理之真趣为观感》等等；第三类是某一特定门类或题材的小说的特殊功能及相互之关联，如《探险小说最足为中国现代社会增进勇敢之慧力》、《历史小说东周列国演义与时局进化之关系》、《改良剧本与改良小说关系于社会之轻重》等等；第四类是对中国古代著名小说的评价，如《文言小说〈金瓶梅〉于人情上之观感》、《〈水浒传〉于转移社会之能力及施耐庵对于社会之关系》、《著〈水浒传〉之施耐庵与施耐庵之著〈水浒传〉》等等。特别是对《水浒传》及其作者施耐庵，黄世仲敬佩有加，五体投地。说施是“大豪杰大英雄”，能启发人们对“民权民主之政体”的向往，提倡人各有“自主之权”、“自立之用心”，“水浒者小说中空前之最上乘也”。[①] 不仅从内容上赞颂《水浒》，而且对它的艺术性也进行了分析。黄小配如此赞美《水浒传》，是因为在他看来当时的革命就需要一种梁山精神，所以他甚至说：“吾知中国自今而往，不可一日无‘水浒’矣。”[②]这些外书都是黄氏兄弟所写，黄伯耀执笔的要多于黄世仲。

《绘图中外小说林》因黄小配在辛亥革命前革命实践活动过于紧张而不得不停刊。

以上，我认为是中国小说期刊现代化历程的第一波。

从 1906 年到 1912 年之间，中国小说界受到很大的损失。1906 年，李伯元逝世，时年 40 岁；1907 年，李伯元的合作者和助手欧阳钜源逝世，年仅 24 岁；1908 年，《小说林》的主要编者徐念慈逝世，时年 34 岁；1910 年，吴趼人逝世，时年 45 岁。梁启超是淡出文学界的了，后来黄人也在 1912 年突发疯病，次年即逝世；而在南方，黄小配在 1912 年被陈炯明枪毙了，时年 41 岁。在当年的办刊者中只剩下一个《新新小说》社的陈景韩，还有是给《新新小说》、《月月小说》、《小说林》撰稿的包天笑。陈景韩与包天笑，他们在文友们的死死伤伤“天不假年”时，创办了《小说时报》。紧接着是王蕴章和恽铁樵编辑的《小说月报》问世，中国小说期刊的第二波就是由这两个杂志掀起的。

---

① 次世郎：《〈水浒传〉于转移社会之能力及施耐庵对于社会之关系》，《粤东小说林》第 3 期，1906 年 9 月 19 日。

② 《著〈水浒传〉之施耐庵与施耐庵之著〈水浒传〉》（该“外书”未署作者名），《绘图中外小说林》第 2 年第 8 期，1908 年 3 月 20 日。

二

我将中国现代小说期刊第二波定在 1909 年 9 月——以《小说时报》为启端。① 这本大型小说刊物是由陈景韩和包天笑联合(轮流)主编。他们一位是在 1901 年就办了《苏州白话报》的包天笑;另一位是《时报》主笔陈景韩,陈主笔的《时报》因内容与格式的新颖、率先在大报上刊登白话著译小说,而曾得到胡适的盛赞。《小说时报》在版式上采用 16 开本。过去在期刊第一波时的 6 种主要期刊都是 32 开本。这当然仅是杂志的外观。从内容来看,陈与包都因懂外文的优势,以译介名家名著为主,这也是一种输入新知的途径。林纾因为不懂外文,所以他在翻译时选择作家作品无法做到精严。陈、包虽不是什么纵览外国文学整体全局的大译家,但在他们的刊物上毕竟介绍了一些世界文学中的一流大家。这本杂志共出版了 33 期加 1 期临时增刊,总篇幅为 5 514 页,翻译的量约占 4/5 强,即翻译作品共计 4 510 页,而创作仅占 1 004 页。因此,这本中国期刊第二波的带头杂志在开本大小、文白载体、著译比重上都与过去的小说期刊有所不同。他们赋予杂志以鲜明的启蒙任务,他们的启蒙不再是梁启超式的那种枯燥乏味的政治说教,而是代之以社会生活的鲜活摹写。我们将它视为中国现代小说期刊的第二波的带头者是居于上述的种种理由。它没有发刊词,它的首期首篇小说是陈景韩自己创作的《催醒术》,也许这就是它的"发刊词"。

《催醒术》写"予"(我)某日被一手持竹梢(笔管)的人一指,"我"就像脱胎换骨似的从此耳聪、目明、心敏、身捷,一切都变得"豁然开朗"。那时他才看清自己身上竟是满身尘垢,而世人也遍体积秽。他赶快清洗了自己,再帮友人们洗涤。他哀叹:"予欲以一人之力,洗涤全国,不其难哉。"可是朋友们根本看不到自己身上的污泥浊水,反而"群笑予为狂"。他听到屋外有可怜人的哀号,赶去救助,可是友人们都听不到,不仅"众具愕然",而且"窃窃私语曰:'彼殆病神

---

① 出版在《小说时报》之前的有 1907 年 11 月出版的《竞立社小说月报》,但只出版了两期,影响不大;还有 1909 年武汉发行的《扬子江小说报》,该刊在第 2 期中自称第 1 号"印工太劣",但这一期已很难找到,仅在芜湖市图书馆"阿英藏书室"看到一个残本。第 2 期是 1909 年 5 月 1 日发行的,该刊现能见到的第 2—5 期,主要的小说都还没有连载完,影响也不大。1909 年 9—11 月上海出版的《十日小说》为旬刊,我们能看到 1—11 期,这是《图画日报》的附赠品,除张春帆的《宦海》每期登 4 页(约 1 200字)以外,其他许多连载小说每期只登 2 页(约 600 字),相当于日报副刊上的容量,严格说来,不像一个正式的刊物。每期封面上都是"恭刊"什么《宣统皇帝、贤监国摄政王合影》和《德宗景皇帝遗像》以及某大员等之类的照片,令人觉得保皇气息十足。

经'"。他痛感"何人人咸聋若此"？他闻到世界上"秽气触鼻"，到处是蝇、蚊、虱、臭虫、飞蛾吮吸着人们的鲜血，他就拚命去扑杀，可是人们却"安之若素"，谈笑自若。小说最后，写"我"叹息道：我原以为自己变得耳聪目明，心敏身捷，是自己莫大的幸福，哪里知道反而狼狈到这般地步，而且还不为人们所理解。这位"异人"既然要点醒人，为什么只催醒我一个？陈景韩用寓言象征的手法，写出了当时先进分子觉醒后，孤军奋战时的内心孤寂与苦闷。这是一种智慧的痛苦，世人反而嘲笑他是狂人，说他患了"神经病"。这自然使我们联想起鲁迅 1918 年所写的《狂人日记》及鲁迅的有关杂文。当然，《催醒术》远没有《狂人日记》的深度，艺术性也比《狂人日记》差。可是这是 1909 年所写的一篇"狂人日记"，在中国现代文学史的"狂人谱系"中也应有它的一席之地。在小说的开端，陈景韩也陈述了他写《催醒术》的目的："中国人之能眠也久矣。"他之所以要写《催醒术》，是希望通过"催"，能使"伏者起，立者肃，走者疾，言者清以明，事者强以有力。满途之人，一时若饮剧药，若触电气，若有人各于其体魄中与之精神之力量若干，而使之顿然一振者"。作者切望中国有振奋的一日，这是他的理想，也是他想办这个杂志的期望。"催醒"即启蒙——这就是他的发刊词，是一篇以启蒙为宗旨的形象化宣言。

可惜在 1912 年年底就发动了将陈景韩挖到《申报》去的秘密谈判，从此陈景韩长期做了当时中国第一大报《申报》的总主笔，此后的《小说时报》就靠包天笑独立支撑了，脱期也严重。《小说时报》至 1917 年 11 月才停刊。它的脱期严重还有一个原因，就是包天笑的"战线"拉得太长。他在 1915 年办了中国小说期刊的第一个大型季刊，而在 1917 年 1 月又办了一个通体白话的《小说画报》。这两本杂志都为中国小说期刊的现代化作出过一定的贡献。

文学季刊《小说大观》每期约 30 万字。包天笑在"例言"中说："所载小说，均选择精严，宗旨纯正，有益于社会，有功于道德之作。无时下浮薄狂荡诲淫诲盗之风。"在《小说大观·宣言短引》中，包天笑还对梁启超倡导"新小说"的功绩与缺陷提出了自己的看法："向之期望过高者以为小说之力至伟，莫可伦比。……子将以小说能转移人心风俗耶？抑知人心风俗亦足以转移小说；有此卑劣浮薄纤佻媟荡之社会，安得而不产出卑劣浮薄纤佻媟荡之小说？"他在指出小说与社会的互动关系之后，就小说作者的主体意识也发表了自己的见解：小说作者一定要加强自己的社会责任感。如果作者自己"殆患传染病者，不能防护扑灭之，而反为之传染菌毒，势必至于蔓延大地，不可救药，人种灭绝而后止"。因此，他提出作者不能"自毒以毒人"。包天笑在把关的过程中基本上是实践了他在"例言"和"宣言短引"中的承诺的。

1917年，包天笑创办《小说画报》，说明他的开风气之先的敏感度是很高的。1916年8月"教育界有些人士又鼓吹文字改革，主张'言文一致'和'国语统一'，吁请教育部下令改'国文'科为'国语'科，所有这些都为国语研究会的成立作了舆论准备"。同年10月，蔡元培等在北京成立"国语研究会"，"该会宗旨是：'研究本国语言，选定标准，以备教育界之采用。'从此掀起敦促北洋政府公布注音字母和改学校'国文'科为'国语'科的运动"[①]。1920年1月教育部通令全国："自本年秋季起，凡国民学校一二年级，先改国文为语体文，以期收言文一致之效。"并以部令修正《国民学校令》，将有关条文中的"国文"改为"国语"。4月份又发表通告，将已审定的文言教科书分期作废，规定到1922年年底截止，文言教科书全部作废，包括国语在内的各科教科书，改用语体文。胡适曾高度评价说："这个命令是几十年来的第一件大事。他的影响与结果，我们现在很难计算。但我们可以说：这一道命令把中国教育的革新至少提早了20年"[②]；"政府一纸空文可以抵得私人几十年的鼓吹"[③]。民间与政府的合力才最终使白话扎下根来，文言文的根从普通教育中被拔掉了，即使略有文言课文，也只是给学生一些最起码的常识，文言文真正成了一种需要专门训练的学问。包天笑就是在民国初建、小学废止读经后，在蔡元培等人发起"国语研究会"的大背景中，觉得白话在报刊上再度唱主角的苗头崭露，他敏锐地感觉到办白话杂志此其时矣。巧合的是，《小说画报》的创刊与胡适在《新青年》上发表《文学改良刍议》同是1917年1月。在当时，包天笑除编《时报》外，手里掌握着《小说时报》、《小说大观》和《小说画报》三个各有其特色的刊物，作为一个早期启蒙主义者，他的确可算是中国小说期刊现代化第二波的健将之一。

继1909年《时报》馆创办《小说时报》之后，1910年商务印书馆创办了《小说月报》。它的宗旨是"移译名著，缀述旧闻，灌输新理，增进常识"。第1—2卷、第9—11卷编者为王蕴章（西神），第3—8卷编者为恽树珏（铁樵）。这一时段的《小说月报》被称为（前期）《小说月报》，以便与茅盾接编后的《小说月报》相区分。[④] 茅盾在1979年说，从1920年《小说月报》第11卷"半革新"起，"十年之久的一个顽固派堡垒终于打开缺口而决定了它的最终结局，即第12

① 费锦昌主编：《中国语言现代化百年记事（1892—1995）》，语文出版社1997年版，第27—28页。
② 胡适：《国语讲习所同学录序》，《胡适教育论著选》，人民教育出版社1994年版，第122页。
③ 胡适：《国语运动的历史》，《教育杂志》第13卷第11号，1921年11月20日。
④ 茅盾：《我走过的道路（上）》，人民文学出版社1981年版，第155页。

卷起的全部革新”(前期)。《小说月报》被他定性为“顽固堡垒”,于是在现代文学史上一直被认为是鸳鸯蝴蝶派刊物。其实这个定性是很不妥的,这是现代文学史上的一个冤假错案。茅盾评价王蕴章时曾说王“不是鸳鸯蝴蝶派”。[①]那么我们先将王蕴章暂时放在一边,不妨重点来“审查”恽铁樵。

恽铁樵(1878—1935),名树珏,字铁樵,以字行,别署焦木、冷风、黄山民。江苏武进人。幼承家学,长于古文。1903年,考入南洋公学(交通大学前身),其间熟练地掌握了英语,以在《小说时报》上翻译长篇言情小说而得名。他在1912—1913年之交接任《小说月报》编辑时,正值新文学的酝酿期,许多后来成为新文学健将的作家虽还未冒头,但已进入了练笔期。而那些被称为“鸳蝴派”的作家也趁民国初建时,正在题材与体裁上找寻新的“生长点”。恽铁樵掌握了这个大刊物后,以他的敬业精神,甘为他人作嫁衣裳,他不论“门派”,特别重视培养青年新进,使《小说月报》真正成为了一个文学作者们的“公共园地”。最可称的是他对鲁迅小说“处女作”的高度赏识。他为《怀旧》作了10则夹注式的批语,还加了一则总评。总评说:“实处可致力,空处不能致力,然初步不误,灵机人所固有,非难事也。曾见青年才解握管,便讲词章,卒致满纸饾饤,无有是处,亟宜以此等文字药之。”[②]他是把《怀旧》作为青年作文的典范来加以表彰与推荐的,认为小说达到了“用笔之活可作金针度人”的境界。虽然他至死也不知道,现代文坛巨人的第一篇小说是经由他的手发出的。新文学大家叶圣陶也回忆道:“《旅窗心影》原来是投给《小说月报》的,当时主编《小说月报》的是恽铁樵。恽铁樵喜欢古文,有鉴赏眼光,他认为有可取之处,可是刊登在《小说月报》上还不够格,就收在他主编的《小说海》里。”他还写了一封长信给叶老,谈论这篇小说的道德内容。[③] 张恨水也曾向《小说月报》投稿,那时他还是苏州蒙藏垦殖学校的学生。“四五天后,一个商务印书馆的信封,放在我寝室的桌上。我料着是退稿,悄悄的将它拆开。奇怪,里面没有稿子,是编者恽铁樵先生的回信。信上说,稿子很好,意思尤可钦佩,容缓选载。我这一喜,几乎发了狂了。我居然可以在大杂志上写稿,我的学问一定很不错呀!我终于忍不住这阵喜欢,告诉了要好的同学,而且和恽先生通过两回信。”[④]后来文

---

① 茅盾:《我走过的道路(上)》,人民文学出版社1981年版,第155页。

② 恽铁樵:《怀旧·总评》,《小说月报》第4卷第1号,1913年4月25日。

③ 吴泰昌:《艺文轶话》,安徽人民出版社1980年版,第197页。

④ 张占国、魏守忠:《张恨水研究资料》,天津人民出版社1986年版,第21页。

章虽然没有发表，但对张恨水的鼓舞作用还是很大的。恽对新进的作者态度从这三个事例中得以充分地表露。他给叶圣陶是写的长信，回复张恨水的信也只隔四五天，周作人代寄鲁迅稿是 1912 年 12 月 6 日从绍兴发出，12 月 12 日就收到复信，予以肯定，28 日就收到稿费 5 元(当时只要决定用，就先付钱将稿子买下)。处理之神速也反映了恽的敬业精神。

恽铁樵是在《小说时报》上翻译言情小说而成名的，可他编《小说月报》时却很少刊登言情小说。因 1912 年徐枕亚的《玉梨魂》出版以后，风行一时。于是"东施效颦"者纷起，形成一股写"哀情小说"的潮流，而且愈写愈雷同。恽铁樵对此很表不满。他说："爱情小说所以不为识者欢迎，因出版太多，陈陈相因，遂无足观也。去年本报上几屏弃不用，即是此意。……多用风云月露、花鸟绮罗等字样，须知此种字样有时而穷。试取清乾嘉时骈文大家如北江、瓯北诸集为精密之分析，其所引典故，也不过洋装两厚册而止。今之小说，层出不穷，即尽以两厚册装置胸中，以有涯应无涯，犹且涸而可待。……宜乎换汤不换药，如一桶水倾入一桶水，而读者欲睡也。"[①]他甚至提出"言情小说撰不如译"的观点："外国言情小说，层出不穷，推原其故，则彼邦有男女交际可言，吾国无之；彼以自由婚姻为法，我国尚在新旧嬗变之时。……是故欧洲言情小说，取之社会而有余；我国言情小说，搜索枯肠而不足。"但是他也并非一概否定言情创作，而是积极为它开拓新路，提出了"社会言情小说"这个概念："言情不能不言社会，是言情亦可谓为社会。"[②]他将那些搜索枯肠、陈陈相因的所谓"纯情小说"引向社会言情小说的广阔天地中去。我认为恽铁樵是当时真正懂得文坛上言情小说千篇一律的病根的人。

恽铁樵有自己的一套编辑方针。在第 4 卷第 1 号上，他借刊登"特别广告"征稿的机会，强调刊物要"雅驯而不艰深，浅显而不俚俗，可供公余遣兴之需，亦资课余补助之用"。也就是说，刊物的内容与形式"惟雅洁是取"，重视审美，娱乐性与教育性兼顾。因他在一定程度上强调小说的教育功能，所以有的文艺界的朋友说他是将《小说月报》当成"大说月报"来办。但恽氏一方面提出小说要有教育作用，另一方面也不是板起面孔教训人，而是要求教育作用是在"近理著情"的前提下，做到"使之有味"、"委婉曲折"、"引人入胜"、"寓褒贬于

① 铁樵:《答刘幼新论言情小说书》,《小说月报》第 6 卷第 4 期，1915 年 4 月 25 日。
② 铁樵:《论言情小说撰不如译》,《小说月报》第 6 卷第 7 号，1915 年 7 月 25 日。

言外”，[①]就是要使教育功能与文学的优美性有机结合。

仅就上面这3点，他就不是一个“顽固堡垒”，也不属于鸳鸯蝴蝶派。恽铁樵编《小说月报》，出于文心，重视质量，把关甚严；也出于公心，从来没有什么门派观念，特别热心扶持文学青年，悉心指导，真正使《小说月报》成为一个有全国影响力的大刊，作为一个公共领域开放门户，欢迎八方文学来客。将（前期）《小说月报》划为“鸳蝴派”刊物是极不公正的偏见。当然，用今天的眼光看来，即使是“鸳蝴派”刊物，也应作具体分析。那种以“鸳蝴派”为政治帽子的时代，已经一去不复返了。但“不是就是不是”，在这一问题上我认为不应有含糊的余地。

恽铁樵对“五四”青年爱国运动是积极响应的，1919年6月，他还上街散发罢课公启，被人告到商务印书馆高层领导处。高层领导倒也很开明，认为这是个人的自由，不予干涉。但在1920年前后，他已感到在文学界已不再适合于自己的生存了。他渐渐被视为“顽固派”，至少也是个“保守分子”。所以恽铁樵还是走得好。他在编刊时，曾利用业余时间钻研中医，于是就正式悬壶济世，颇享盛名，被誉为“神聋医”（恽耳朵失聪）。但恽的最大的贡献是，他是改革中医的先锋人物。他长于古文，对中国古代的医典心得特深；又懂英文，善于吸取西医之长。他留下了几百万字的一部8卷本的《药庵医学丛书》和1册《国医馆与恽铁樵往来之文件》；他办中医函授学校，从者如云；他办《铁樵医学月刊》，留下了24期很有研究价值的月刊。他被誉为“我国医学革命之创导者”，[②]“诊余著述甚勤，晚年所著尤多。学说多折中中西，凡所发明，皆有实验。形能之说，卓然成一家之言，近年来国医日处于风雨飘摇之中，同人咸知革新以应潮流。先生实为之先导，一介寒儒，卒成医林一代宗匠，不亦伟哉！”[③]我想，一个文学界的“顽固派堡垒”，能突然到医学界去放一异彩，倒是很难想象的。我觉得，在民元、二年，与“五四”前后的文学的整体水平是不同的。鲁迅的《怀旧》与他的《狂人日记》之间是有一段差距的。叶圣陶的《旅窗心影》与他“五四”后的名篇也是有差距的。当时整体水平使然，就差那么几年，这不能不说是“五四”促成的一次飞跃。不过，恽铁樵也会感谢文学对他的启发与熏陶，

---

① 编者《答某君书》，《小说月报》第8卷第2号，1917年2月25日。

② 何公度：《悼恽铁樵先生》，《铁樵医学月刊》第2卷第8号《恽铁樵先生哀挽续号》，1935年10月15日。

③ 章巨膺：《恽铁樵先生年谱》，《药庵医学丛书・第1辑・文苑集》，新中医出版社1948年版，第17页。

他的勤于著述、办中医函授学校、创办医学月刊，其中都是将若干文学界的方法，移植到医学界去，他会觉得没有在文学界白走一遭。

本文将恽铁樵的事迹多说几句是为了要说明《小说时报》与（前期）《小说月报》也在推动中国小说期刊现代化的过程中发挥了一定的作用。陈景韩、包天笑、恽铁樵等在中国小说期刊现代化的第二波中，作为一个环节，是有着承上启下的贡献的。

三

1920 年，《小说月报》经过一年的半改革尝试后，从 1921 年 1 月的第 12 卷起，进行全面改革。这是商务印书馆对自己出版的多种刊物全面革新的一个组成部分。当时商务印书馆所属的《东方杂志》、《教育杂志》、《学生杂志》和《妇女杂志》等都先后进行了革新，编辑也进行了“换马”。这是商务印书馆随着时潮而动的改革行动。但要改组刊物，也有一个客观条件是否成熟的问题。在半改革时，《小说新潮》专栏的稿件还是很紧缺的，其中周瘦鹃还发表了不少著译，如翻译了易卜生的剧本《社会柱石》等，而胡怀琛也发表了《燕子》、《明月》等新体诗。从整体来说，变革的面貌并不显著。文学研究会在北京的成立是客观条件成熟的一个重要因素。《小说月报》改组，是中国的新兴知识精英作家的第一次大聚集的醒目标志，文学研究会这一文学社团是《小说月报》全面改革所以能成功的强大支柱。当然以后还有创造社的大聚集等等。也就是说，中国的继承改良派在推动小说期刊现代化的同时，在中国文学的地平线上又出现了一个崭新迹象，那就是在“五四”运动的催生下，中国文学中的借鉴革新派也凝成一股强大的力量，要在中国文学领域里掀起一场轰轰烈烈的文学革命。

“借鉴革新派”的名称是完全能够成立的。鲁迅说：“现在的新文艺是外来的新兴的潮流，本不是古国的一般人们所能轻易了解的，尤其是在这特别的中国。”[①]他又说过：“一方面是由于社会的要求，一方面则是受了西洋文学的影响。”[②]有时鲁迅说得更加绝对：“新文学是在外国文学潮流的推动下发生的，从中国古代文学方面，几乎一点遗产也没有摄取。”[③]其实中国古代文学的精华是

① 鲁迅：《关于〈小说世界〉》，《鲁迅全集》第 7 卷，人民文学出版社 1963 年版，第 308 页。

② 鲁迅：《〈草鞋脚〉小引》，《鲁迅全集》第 6 卷，人民文学出版社 1963 年版，第 16 页。

③ 鲁迅：《“中国杰出小说”小引》，《集外集拾遗补编》，人民文学出版社 1993 年版，第 393 页。

潜流在知识精英作家的血管中的。从鲁迅的这些话中,可以看到一个不争的事实是,中国的知识精英主流作家是以借鉴外国的文学精华为主的,而其继承则是隐潜的。而通俗文学作家,是以继承为主,但并非说他们是拒绝借鉴的。据我的不完全统计,在"五四"之前,通俗作家中已有34人用多种方式进行过外国文学的译介,有人是精通外文的,有人则是林纾式的翻译。

我认为以梁启超的倡导中国小说期刊现代化始,中经陈景韩、包天笑和恽铁樵等人的过渡,到茅盾则是"完成"了中国小说期刊的现代化的大业。茅盾掀起了中国小说期刊现代化的第三波高潮。所谓"完成大业",并非是万事大吉,而是说中国既有了继承改良派的小说期刊现代化,也有了借鉴革新派的小说期刊现代化,在"品种"上是基本齐全了。文学现代化是一条宽广的大道,不是少数人才能跨越的独木小桥。更何况如鲁迅所说,精英文学"本不是古国的一般人们所能轻易了解的,尤其是在这特别的中国"。那么中国总应该有一种"一般人们"看得懂的小说,那就是通俗文学与通俗期刊,因此这类期刊也是需要不断地现代化的。

在1921年,施济群等办起了《新声》之后,世界书局将《新声》改刊为《红》杂志,请严独鹤主持,后又出版《红玫瑰》与《侦探世界》等刊物,严独鹤还有一个影响更大的副刊《新闻报·快活林》。周瘦鹃则被大东书局请去,编《半月》、《紫罗兰》等,又请包天笑编《星期》。周瘦鹃也还有一个影响更大的副刊《申报·自由谈》。因此,上海当时的通俗文坛有"一鹃一鹤"之称。但我在这里却要重点说说《小说世界》的事情,因为办这个刊物曾引起轩然大波。

商务印书馆在1921年1月将《小说月报》改组,到1923年1月创办《小说世界》,其间整整两个年头。中国现代文学史上总是说,鸳鸯蝴蝶派向商务印书馆上层施加种种压力,而商务印书馆上层终于向他们妥协了……事实恐怕并非如此。鸳鸯蝴蝶派向商务老板施压,"压"了整整两年才如愿以偿,他们的力气也实在太不济了;商务老板"顶"也顶了两年,终于顶不住了,两年的"英雄本色"丧失殆尽,可怜!可怜?其实,刚改版时,通俗作家群肯定会觉得不舒服。可是他们在世界书局和大东书局已找到了自己的位置。他们办的杂志也不止一个,而是一大"堆"。当然,地盘是越大越好,越多越好。可是也不见得像文学史上以充满阶级搏斗和派别摔跤的眼光去解释历史,将"鸳鸯蝴蝶派"看成"人还在心不死"的凶恶的样子,非要反攻倒算不可,好比是回到商务的"还乡团"似的。茅盾在谈钱玄同的愤激态度时曾引用《〈小说世界〉与新文学》一文:"不但把《小说世界》第1期出现的那些牛鬼蛇神,骂了个狗血喷头,也把商务当局冷嘲热讽，看得一文不值，说他们刚做了几件像人做的事，就不舒服了。'天下竟有不敢一心向善，非同时兼做一些恶事不可的人！'"[1]这种谩骂式的文章与(前期)《小说月报》的作风就大不同了。恽铁樵在刊物上宣称："本报宗旨，不主张骂人，含沙射影，尤为深戒。"[2]

商务印书馆是否要办一个像(前期)《小说月报》类似的刊物，最着急的不是那些通俗作家，因为世界书局和大东书局已经给了他们广阔的地盘。这两个后起之秀的书局是绍兴帮，他们过去在经营旧书业中占有绝对优势，现在他们进军新书业，同样也显示出咄咄逼人的气势。商务印书馆的龙头老大的地位受到他们的挑战。原本这些市民读者的份额是商务印书馆的，(前期)《小说月报》最后两年在王蕴章手中办得不如人意，销数减少。《小说月报》改组后，销量上升，杂志有时还要再版。殊不知在世界书局与大东书局手中，在"一鹃一鹤"的操作下，杂志办得也非常兴旺，也常常需要再版、三版。可见，通俗文学的读者需求量仍是很大的。因此，真正着急的是商务印书馆的上层经营者。问题的症结在于要将世界书局、大东书局所抢占的市民读者的份额夺回来，至少自己也要分一杯羹。商务老板将名牌阵地《小说月报》让给知识精英作家，无非是表示自己能顺应时代的潮流，但大量的市民读者我也不能放弃，现在眼看世界书局与大东书局要与他们成鼎立之势，两年的出版界形势的风云变幻使他们惊醒，他们要办一个面向市民大众的刊物，也就势所必然了。

《小说世界》1923年1月创刊，第1卷至第12卷编辑为叶劲风，第13卷至第18卷由胡寄尘编辑，至1929年12月终刊，共出版264期。如果不以成见看问题，这个刊物基本上还是经得起评价的。《小说世界》的灵魂人物是胡寄尘，这264期中，胡寄尘的文章除了《编者的报告》之类外，足足在200篇以上。胡寄尘(1886—1938)，名怀琛，号寄尘，南社社员，早年思想新颖，有排满革命之志。辛亥革命起，助柳亚子编《警报》，有金兰之交。他是一位学者，写诗亦新奇可喜，善作小说，并曾译西洋名歌为七言律诗。柳亚子对他的诗的评价是"味在酸咸外，功参新旧中"。胡寄尘在《小说世界》上的稿件类型多种多样，有小说、诗歌、民间文学、滑稽故事、学术理论文章等等。除胡寄尘之外，给该刊投稿最多的是徐卓呆(约70多篇，他的长篇《万能术》连载16续，译话剧《茶花

① 茅盾：《我走过的道路(上)》，人民文学出版社1981年版，第215页。

② 恽铁樵：《某三·编者跋语》，《小说月报》第6卷第7号，1915年7月25日。

女》连载14续，均算一篇）、程小青（约40余篇）、范烟桥（约30多篇）、何海鸣（近30篇）。像这4位作家可以说在几个方面代表了当时的较高甚至最高水平。徐卓呆、何海鸣在19世纪末至20世纪20年代，可以代表通俗作家中写短篇小说的最高水平。在民国初年的（前期）《小说月报》上，徐卓呆的短篇《卖药童》、《微笑》等，算得上当时第一流的小说；如果将它们放在"五四"后的知识精英小说中比较，可以说毫不逊色。而在《小说世界》中他逐渐向滑稽幽默方向发展，这也是他的个性使然，也奠定了他享有小说界的"东方卓别林"的声誉的地位。而何海鸣在《小说世界》上发表的《先烈祠前》等小说，也堪称通俗短篇第一流。《先烈祠前》是揭露民国新军阀——某镇守使对缔造民国的先烈们的大不敬，也告诉读者军阀们是怎样起家的。当年民国法令规定每逢10月10日"双十"节各地均要举行祭奠先烈的典礼，可是这位反革命起家又一字不识的镇守使对姨太太说："说了半天，原来说的是革命党，我生平最讨厌这种人，有好几次在前敌上，也不知由我杀的多少。今天叫我去祭他，配吗？"这位能文墨的姨太太是他在倡门中买来的，全衙门的笔墨，外靠师爷，内就仰仗这位姨太太做读公文的机器。用他的话说："没有你，我这个官简直做不来。"可是这位姨太太却是烈士之女，就因父亲为革命牺牲后，才被逼沦落倡门。她再三解释饮水思源的道理，但所得的回答是："你真是迂夫子，你猜政府果真尊重什么先烈吗？如今做大官的，哪一个没有杀过革命党！"但当他知道自己的岳丈也是先烈时，他惊讶了一阵后说："看你的份上，我丈人总不能不认，明天，我一定准去磕几个头，尽一尽我当女婿的孝心。"可是他带着列队的士兵到了先烈祠前，有烈属请愿要求抚恤，他又像疯狗一样咆哮："卫队们，拿刺刀和枪托子开这些东西！"经他的姨太太劝说，并愿变卖自己的首饰去周济遗孤时，他又理解为做好、积功德，说不必变卖首饰，由他来拨款，并要大家高呼"谢太太恩典"，出尽了洋相后：

> 镇守使特跑到神座前，撑起那昏花老眼，向那一方方的牌位细细寻找，又喃喃自语道："她姓李，那个李字我还认识。这里有三四座姓李的牌位，究不知那一位是我真正的岳丈。"她在旁听明白了这句问词，瞟了她丈夫一眼，微微苦笑道："你不要发痴了，我虽已认出来，却断断不能告诉你。我还要替我那做烈士的父亲留一点面子，不愿叫人家听了当笑话说呢。"

读这篇小说，往往使我们想起鲁迅的《头发的故事》中的话："他们都在社会的冷笑恶骂迫害倾陷里过了一生；现在他们的坟墓也渐渐在忘却里平塌下去了。"更可悲的是，他们抛头颅、洒热血换来的民国，它的不少统治者竟是仇杀他们起家的反革命刽子手。何海鸣的这篇小说是思想内容的深刻性与艺术的完整性兼顾的。他虽被人称为"倡门小说家"（这篇小说中的"姨太太"来自倡门），但民国期间的这类小说是受到人道主义的光照的，是社会问题在小说中的反映与探求。

程小青在侦探小说的著译方面为《小说世界》作出了贡献，他是侦探小说中国化的宗匠，他还在刊物上写《英美小说杂志之一瞥》这样的文章。范烟桥以其文史掌故著称，他的《评话家柳敬亭》、《女说书之源流》、《祝枝山考》等文章皆为刊物增色。《小说世界》还开辟电影专栏《银幕上的艺术》，据郑逸梅说："'银幕'两字，目下成为普通名词，可是在当时，还是编者叶劲风所独创哩。"[①]在译介外国作家和作品方面，对莫泊桑、契诃夫、泰戈尔等名家均有介绍。

应该说，《小说世界》的大多数作品还是受到市民大众喜爱的，但因为市民文化水平低，他们的拥戴是无声的。"一鹃一鹤"所编的杂志，也包括《小说世界》一类刊物，在知识精英作家们的批判声中，在市民大众的无声的拥戴中，站稳了自己的脚跟，随着形势的发展，与知识精英作家共同投入到全民抗击侵略者的斗争中去。

对中国现代小说期刊现代化的发展历程，我作如是观：我认为中国现代文学史的重写要时时警惕"合群的自大"，要以发掘原始资料为基础，作出公允、公正的评断。

---

① 郑逸梅：《民国旧派文艺期刊丛话》，魏绍昌《鸳鸯蝴蝶派研究资料》，上海文艺出版社 1962 年版，第 346 页。

新文学与通俗文学的各自源流与运行轨迹*

一

在追溯新文学的源流时，鲁迅的三段话特别引起我的注意：一是他在 1923 年写的《关于〈小说世界〉》中所说的："现在的新文艺是外来的新兴的潮流，本不是古国的一般人们所能轻易了解的，尤其是在这特别的中国。"①二是在 1934 年的《〈草鞋脚〉小引》中他又说："小说家的侵入文坛，仅是开始'文学革命'运动，即 1917 年以来的事。自然，一方面是由于社会的要求，一方面则是受了西洋文学的影响。"②这里的"小说家"当然是专指新文学作家而言的，并不包括《中国小说史略》中的小说家们。三是 1936 年，他在《"中国杰出小说"小引》中就说得更加绝对了："新文学是在外国文学潮流的推动下发生的，从中国古代文学方面，几乎一点遗产也没摄取。"③终其一生，鲁迅始终坚持新文学源流的"外来论"。鲁迅有关此类的言论是很多的，甚至可以构成一个系统。例如在创作实践中，当他谈到《狂人日记》的创作经历时曾说："大约所仰仗的全在先前看过的百来篇外国作品和一点医学上的知识，此外的准备，一点也没有。"④创作如此，而在阅读方面他又告诫青年人："我以为要少——或者竟不读中国书，多看外国书。"⑤我想能讲这种话的人至少可以得出一个反证，那就是

---

* 本文发表在《河北学刊》2011 年第 3 期。

① 鲁迅：《关于〈小说世界〉》，《鲁迅全集》第 8 卷，人民文学出版社 1991 年版，第 112 页。

② 鲁迅：《〈草鞋脚〉小引》，《鲁迅全集》第 6 卷，人民文学出版社 1991 年版，第 20 页。

③ 鲁迅：《"中国杰出小说"小引》，《鲁迅全集》第 8 卷，人民文学出版社 1991 年版，第 399 页。

④ 鲁迅：《我怎样做起小说来》，《鲁迅全集》第 4 卷，人民文学出版社 1991 年版，第 512 页。

⑤ 鲁迅：《青年必读书》，《鲁迅全集》第 3 卷，人民文学出版社 1991 年版，第 12 页。

他自己读过很多中国书，否则他怎么能断然地劝青年人少读或竟至不读中国书呢？我觉得鲁迅的这些一贯性的观点是很容易使人产生"'五四'断裂论"的错觉的。那么就新文学而言，中国文学的"古今演变"似乎也就无从谈起。当然，宽泛地说，"演变"也是有的，因为即使是"断裂"也是"演变"形式之一种。但我们所说的"古今演变"是侧重于研究现代作家和理论家如何受古代文学的影响，是从继承和弘扬方面着眼的。

在新文学界与鲁迅持相同观点的人是不少的。例如周作人也说过："中国现在的文艺的根芽，来自异域，这原是当然的，但种在这古国里，吸收了特殊的土味与空气，将来开出怎样的花来，实在是很可注意的事。"[1]他似乎还有点担心这异域的文艺传到中国来很可能会变味变质。综上所引，我们可以得出或可以引申出如下的几个论点：首先，就新文学的源流而言，的确是来自国外的思潮，而鲁迅等人所引进的当然大多是先进的思潮。不过它们要在中国立足，必定要有一个过程，因为它"不是古国的一般人们所能轻易了解的"，这就不仅要花大力去启蒙，而且要经历一个艰苦和持久的"被接受"的过程。那么在这个"古国"或称之为"特别的中国"里，何种人能首先接受这种新兴的思潮呢？当然是那些在清末民初接受过也是从外国引进的新教育体系所培育出来的新式知识分子。新文学面向新型知识分子是必然的，因为我们本可以将他们称作为"同源体"。第二，由于"古国"的一般人不能轻易了解这些新兴思潮，而新文学家又希望广大的人群能早日接受这种新兴的思潮，从而缩短中国的改革与更新之路，因此，他们对表现较为迟钝的反应或有所抗拒的阻力，往往容易产生"怒其不争"的峻急或焦躁——甚至是严厉的反感情绪。于是有时会不惜用一种"片面的深刻"对"古国"中固有的传统采取过度否定的态势，也可能会受到"矫枉过正"的思维模式的统制，更严重的是有的人还曾将固有的传统"妖魔化"。第三，他们为了扩大这种外来的先进思潮的受众，为建设一个新世界而愿作"决裂者"，"决裂"并不等于"断裂"。因为从他们的另一些言行中可以证明他们并不是"断裂者"。例如鲁迅曾钩沉过不少古小说与古代典籍，著作过足能传世的《中国小说史略》和《汉文学史纲要》等著作，其中对许多优秀的古典文学如吴敬梓的《儒林外史》和曹雪芹的《红楼梦》等均加以盛赞，他怎么可能是"断裂论"者呢？而周作人也讲过"今次的文学运动，其根本方向和明末

---

① 周作人：《在希腊诸岛·附记》，《淡龙集》，岳麓书社 1989 年版，第 43 页。

的文学运动完全相同”[①]的话，说明了古今还是有相仿相通之处的；而他在某些散文中则更表现出他受传统思想之深。对周氏兄弟等人，我一直以“借鉴革新派”相称。我认为新文学家是我们现代文学史上的“借鉴革新派”，他们侧重于借鉴外国文学之精华，要在国内进行一次文学革命，使中国的文学能成为世界文学之林中的佳木；他们并不排斥继承中国古典文学中的民族优良传统。不过应该注意的是，在“五四”时期的一些新文学作家在理论和实践中往往也是“矫枉过正”者，对传统中的精华与糟粕他们一时难以分清，就“勇往直前”地对传统进行掊击。例如在“打倒孔家店”声中，我们不能为他们辩解说，他们否定的仅仅是被历代统治者所歪曲了的“伪孔子”。他们在当时的水准还无法做到“一分为二”的精当。我们应该肯定他们作为革新者的功绩，但不必为他们“文过饰非”。我们应该承认他们在为宣扬新兴思潮、扩大新文学的影响时，作出了战斗的姿态，对其他文学流派曾有过激的攻击；对一时还不能接受新文学洗礼的“古国”的人们也曾笼统地扣上“封建小市民”之类的帽子。如果说这是一个时代发展中必经之“坎”，那么也应该承认，这也是他们引领时代前进时尚存的局限性。第四，“五四”时期的那批文学革新者们，自小是读过不少“中国书”的。应该说，中国书中的精华早已化为他们的血液，在他们的血管中奔流，他们在精神气质上也仰仗着这些奔流的血液在为人为文和处世，但他们的肉眼有时体察不到这些鲜红的液体的涌动，还以为仅仅是仰仗外国新兴思潮的影响，对古代的遗产几乎一点也没有接受；也就是说，他们是靠着那些“潜移默化”的“幼功”在对民族的优秀文化传统进行继承与弘扬。因此，可以说他们的承传与弘扬有着一定的“不自觉性”，或者说他们是“隐性”“潜在”地承传与弘扬我们优良传统的甘饴。第五，我们在考察和研究他们的继承与发扬的过程中，应该将他们的“古今演变”的继承与他们热衷的“中外交流”一起加以关注和研究。他们认为“古”与“中”就是他们移植新兴思潮过程中必然会接触的“土味”与“空气”，而这又会发生怎样的“化学反应”或“嫁接变异”呢？周作人认为这还是一个未知数。茅盾的一席自述很典型地流露了这批革新者在“五四”时期的心态：

那个时候是一个学术思想非常活跃的时代，受新思潮影响的知识分子如饥如渴地吞咽外国传来的各种新东西，纷纷介绍外国的各种主义、思

① 周作人：《中国新文学的源流》，江苏文艺出版社 2007 年版，第 57 页。

> 想和学说。大家的想法是：中国的封建主义是彻底要打倒了，替代的东西只有到外国找，“向西方国家寻找真理”。……我那时所以对尼采有兴趣，是因为尼采用猛烈的笔触攻击传统思想，而当时我们正要攻击传统思想，要求思想解放：尼采也攻击市侩哲学，而当时的社会，小而言之，即在商务编译所本身，市侩思想与作风就很严重。……这样地热心于19世纪欧洲各派文艺思潮，在今天看来，似不可理解。但在当时，大家有这样的想法：既要借鉴于西洋，就必须穷本溯源，不能尝一脔而辄止。我从前治中国文学，就曾穷本溯源一番过来，现在既把线装书束之高阁了，转而借鉴欧洲，自当从希腊、罗马文学之研究……我认为如此才能取精用宏，吸取他们的精萃化为自己的血肉；这样才能创造划时代的新文学。我的同时代人，大都是有这样的抱负……①

“重西轻中”在当年这批同类的作家中具有共同性。从他的这席话中，我们既能感到他们一往直前的革新愿望；同时也感到他们那种峻急的心态难免不会出现“擦枪走火”的误伤。而从前曾经穷本溯源过的“线装书”已束之高阁，他们恐怕是不会主动去思考如何对古代文学中的优良传统进行继承与弘扬了。这就带给今天的研究者若干困难，在阐释现代作家受古典文学的影响时，要做更多更细致的挖掘探究与烛幽探微的工作。但像茅盾这些作家毕竟不是“断裂论”者，他们有时也会做一些“显性”的承传的工作。例如在1925年，茅盾做过《淮南子（选注本）》和《庄子（选注本）》等很有价值的工作，他毕竟也曾为研究中国传统文学“穷本溯源”下过一番苦功，当然就会有这继承与发扬的“本钱”。应该说，新文学作家中的情况是多样的，类型也是多种的，但本文以上所涉及的作家是指茅盾所说的“我的同时代人”，他们后来无可争议地成为了新文学作家的主流一脉。

二

与中国新文学家相比，中国现代通俗文学家在“古今演变”的继承和发扬中也有他们的运行轨迹。首先他们在内容和形式乃至思想上都有所承传，当然也有所改良与弘扬。其次，他们在文学史观上就没有新文学主流作家的那种“一元独生”的“霸气”。也许是在论争时他们处于劣势，他们希望自己在文

① 茅盾：《我走过的道路（上）》，人民文学出版社1997年版，第149—151页。

学界有一席之地，也就必然会承认文学流派的“多元性”。他们中的许多人也并非不懂外国的优秀文艺作品，但是他们在学习外国的经验的同时，还是回到自己的民族传统中去，还是去面向那些“古国的一般人们”，去创作普通老百姓所能“了解”的文学。像刘半农那样的“跳出鸳鸯蝴蝶派”的人并不多。例如周瘦鹃就说：“小说之作，现有新旧两体，或崇新，或尚旧，果以何者为正宗，迄犹未能论定。鄙意不如新崇其新，旧尚其旧，各阿所好，一听读者之取舍。”①这是周瘦鹃在《申报·自由谈》上的论调。他提出的那种“多元共存”的想法，是当时现实的客观存在。不过既然“多元”可以共存，本就不必争论谁是“正宗”。新文学与通俗文学的服务对象是不同的，那么各自的运行轨迹也必然会有差别。新文学侧重于为“同源体”的新型知识分子服务，而通俗文学作家则主要面向那些“古国的一般人们”的广大的普通市民。其实他们作品的发行量是远远超过新文学的，但普通市民限于文化水平，也不会将他们读了这些作品的感受与得益广布于报刊，因此就通俗文学当时读者数量而言，与新文学相比，实际上是处于“默默的强势”与“悄悄地流行”状态之中。我们可以再看另一位市民大众文坛的代表人物严独鹤所阐明的办副刊的宗旨。他提出如下四点：

> (一) 新旧折中　今之主张极端者，每曰世间事物，有新则无旧，新旧之间，不容模棱两可。此其谈固至痛快，然或不免偏于理想，而远于事实。盖新旧递嬗，实为凡事不易之原理，所谓过渡时代者是也。在此过渡时代，不谋新自无从进化，然必尽弃旧者以言新，则新亦失其依据。故新旧调和之说，颇为当世学者所容纳。国中文学家于新旧之争，实至剧烈。编者于此，未敢为左右袒。但就个人之眼光以观察之，觉与其趋于极端，不如折中之为愈。快活林所记载之作品，未尝皈依新化，亦不愿独弹古调，殆取其适中而已矣。
>
> (二) 雅俗合参　文艺之作，宜取高雅，此固正当之论第。就报纸之性质以言之，则陈义过高，取材过雅，皆似不适于普通读者。盖报纸之功用，舍传播消息主持舆论外，亦可目为通俗教育之一种利器，与其他艺术专书、文学著作，只供通人研究者不同，若一编既出，而不能得一般人士之了解，则已失其报纸之效用矣。故快活林之文字，颇取通俗，求适于群众，

---

① 周瘦鹃：《自由谈之自由谈》，《自由谈小说特刊第 11 号》，《申报》1921 年 3 月 27 日第 14 版。

但浅薄无味或鄙俚不可卒读者，亦概不阑入，冀其俗不伤雅也。[①]

第三点他提出“不事攻讦”，第四点则是“不涉秽亵”。严独鹤貌似在新旧间保持其平衡与公正，其实他基本上是与周瘦鹃同调。他们二人，在上海的两个影响最大报纸上主掌两个最有影响的副刊。他们两人的英语都很好，也翻译过不少东西，对外国文学皆有一定的知识，但他们有他们的“面向”，这“面向”就决定了他们是中国现代文学中的“继承改良派”。

通俗文学家的作品从内容到形式，大多是继承中国古代白话小说的优良传统，并加以改良的新型作品。因为他们所面向的再也不是农耕时代的小农经济制控下的读者，而是涌进初具现代规模的上海、正在由乡民转化为市民的广大群体。在当时能为上海的“现在正在进行时”的“乡民市民化”的群体服务，也就基本上能适应全国普通老百姓的需求，就能引领这一广大群体缓缓地适应正在逐步现代化的社会。例如徐枕亚的《玉梨魂》提出了“寡妇再嫁”的问题，能这样提出问题，在当时也就不算是顽固派了。林纾所译的《茶花女》主要是在知识分子中流传；而徐枕亚创作的《玉梨魂》却进入了普普通通的市民阶层，向当时的市民提出了一个妇女在婚嫁后常见的切身的“现实问题”。新文学家批评周瘦鹃有“从一而终”的封建思想，而周瘦鹃后来则写了《娶寡妇为妻的大人物》：“娶寡妇为妻，在我们中国是一件忌讳的事，而在欧美各国，却稀松平常，不足为奇。”[②]他列举了美国国父华盛顿、前总统威尔逊、法国怪杰拿破仑、英国大儒约翰逊和海军第一伟人奈尔逊等人为例，他们都是娶寡妇为妻的。他接着说，在中国一定要去除娶寡妇不吉利的迷信思想，寡妇才能有自由再嫁的可能。以此文表示自己在“节烈观”上已不存在“从一而终”的问题了。新文学家批评他有“愚孝”的旧思想，周瘦鹃则撰文说“我们做儿子的不必如二十四孝所谓王祥卧冰、孟宗哭竹行那种愚孝，只要使父母衣食无缺，老怀常开，足以娱他们桑榆晚景，便不失为孝子”[③]，表白自己也在更新自己的观念。另一位通俗作家代表人物包天笑说过“提倡新政制，保守旧道德”[④]。但在他的作品中也看不出有多少迂腐的封建思想，他的所谓“旧道德”主要还是指中华的传

① 严独鹤：《十年中之感想》，《〈新闻报〉三十年纪念册（1893—1923）》，新闻报馆 1923 年印行。
② 周瘦鹃：《娶寡妇为妻的大人物》，《上海画报》1926 年 5 月 10 日第 3 版。
③ 周瘦鹃：《说伦理影片》，《儿孙福》专号，大中华百合影片公司 1926 年印行。
④ 包天笑：《钏影楼回忆录》，香港大华出版社 1971 年版，第 391 页。

统美德而言的。应该看到,包天笑著译的大量“教育小说”乃是在我国传扬新教育思想的初露端倪,他是我国早期的启蒙主义者。我们今天或许会奇怪,为什么他们当年甘心于以“旧派”自居,这顶“旧”字的帽子戴在头上岂非自贬?其实那时做“旧派”是并不难为情的,反而还有点自豪感,就像我们今天称自己是“中华百年老店”一样抬高自己的身价。直到解放后,范烟桥写《民国旧派小说史略》时,这个“旧”字才表示了他的自贬。

在形式上他们也继承了中国古代白话小说的章回体和笔记体的范式,但也加以改良。例如《玉梨魂》就是改良章回体。而即使用章回体,他们也在许多写法上运用外国短篇小说的“横断面”的手法。例如平江不肖生向恺然的《近代侠义英雄传》开端写大刀王五护送安维峻至关外以及他和谭嗣同之间的生死之交等等的情节,皆显示了“义薄云天”的传统美德,但小说里都是用的“横断面”的手法。徐枕亚在《玉梨魂》出版后写了它的姐妹篇《雪鸿泪史》,就用的长篇日记体。通俗作家在民初常写“哀情小说”,为新文学家所鄙视,但他们的“哀情小说”则与中国传统文艺中喜用的“大团圆主义”已大异其趣了;而“哀情小说”乃是希冀打破“父母之命,媒妁之言”的千年婚制的铁律,在当年也有一定的进步意义。总之,通俗作家各自在继承的前提下显示了自己具有的改良意向。在作品的形式上,他们也有着自己的“继承改良”的运行轨迹。

在道德评价层面上,新文学家与通俗文学家的侧重点也有所不同。新文学家侧重于暴露国民的劣根性,而通俗文学家则侧重于弘扬民族美德。这也显示了运行轨迹上的各异和并行不悖,因为这两个侧面是“互补”的,也是缺一不可的。例如对有关“孝”的传统美德问题,通俗作家尤为颂扬。当然,新文学家并非是“非孝者”,但是他们在作品中一般是不敢言孝的。冰心是用颂扬“母爱”启发人们的爱母孝母之心;朱自清以写《背影》流露他对父亲的深情,这份深情就是孝思的“变奏”。鲁迅与胡适都是孝子,但是他们作品中都不涉及言孝的内容。胡适作为反传统的领袖人物,他一方面写他的独幕剧《终身大事》①,通过剧中人喊出了:“此事只关系我们两人,与别人无关,你自己决断。”“这是孩儿终身大事,孩儿应该自己决断。”可是另一方面,(他那时刚从美国回来)就奉母命与一位曾经缠过足的姑娘结了婚。他给好友写信说:“吾之就此婚事,全为吾母起见。故从不曾挑剔为难(若不为此,吾决不就此婚事。此意

① 胡适:《终身大事》,《中国新文学大系·戏剧集》,良友图书公司1935年版,第1—9页。

但可为足下道，不足为外人言也）。”[①]鲁迅也于1909年奉母命回国与朱安结婚，一切按照他母亲的布置与安排。他当时的心情或许就像《孤独者》中的魏连殳：“都可以的”，“他却只是默默地，遇见怎么挑剔便怎么改，神色也不动”[②]。事后他曾解嘲地说，这是他母亲送给他的一件礼物。其实应该反过来说，这是他送给他母亲的一件礼物：儿子在国外闯荡，就让这媳妇代我尽孝吧。鲁迅与胡适，对长辈是采用“东方式”的礼仪，而对自己的下一代则采取“西方式”的道德标准。所以鲁迅只能写《我们现在怎样做父亲》，而不会去写《我们现在怎样做儿子》，因为新文学家是不言孝的。鲁迅只是说：“没有法，便只能先从觉醒的人开手，各自解放了自己的孩子。自己背着因袭的重担，肩住了黑暗的闸门，放他们到宽阔光明的地方去；此后幸福的度日，合理的做人。”[③]这“黑暗的闸门”中就包括要他与朱安结婚这样的不合情理的“东方式礼仪”在。至于胡适还在1919年8月写过一首诗，刊在第33号《每周评论》上，题名《我的儿子》：“我实在不要儿子，/儿子自己来了。/‘无后主义’的招牌，/于今挂不起来了！/譬如树上开花，/花落天然结果。/那果便是你，/那树便是我。/树本无心结子，/我也无恩于你。/但是你既然来了，/我不能不养你教你，/那是我对人道的义务，/并不是待你的恩谊。/将来你长大时，/这是我所期望于你：/我要你做一个堂堂的人，/不要你做我的孝顺的儿子。”这首诗发表之后，在《每周评论》第34号和第35号的通信栏里，胡适和汪长禄就“孝”的问题进行了一来一往两回的商榷和探讨。汪长禄指出，“为父母的单希望他做他俩的儿子，固然不对。但是照先生的主张，竟把一般做儿子的抬举起来，看作一个‘白吃不回账’的主顾，那又未免太‘矫枉过正’罢？”其实胡适的这种“父子无恩观”不过是显示一种高级知识者的“开明”罢了，他的经济条件用不到中国传统的“养儿防老”意识去“保障”。对普通劳动者说来，是无论如何也无法接受的。当社会的全民保障体系没有完善之前，他们在自己丧失劳动力时，是需要自己的后代供养的。在通俗文学作家笔下，对中华传统美德是理直气壮地加以颂扬的。如程瞻庐刊登在《小说月报》第8卷第10至12期上的《孝女蔡蕙弹词》。程瞻庐将“孝”看成是一种人类应该共同遵循的美德，他还以外国孝女耐儿等为例，

---

① 转引自严家炎：《论“五四”作家的西方文化背景与知识结构》，《上海鲁迅研究》第16期，上海文艺出版社2005年版。

② 鲁迅：《彷徨·孤独者》，《鲁迅全集》第2卷，人民文学出版社1991年版，第88页。

③ 鲁迅：《我们现在怎样做父亲》，《鲁迅全集》第1卷，人民文学出版社1991年版，第130页。

指出当年中国有些所谓“新派”女性对中华传统美德的误解:“一般巾帼效西欧,设解文明与自由,观念不离新世界,家风摒弃旧神州。”他认为不应该否定一切传统中美好的道德规范,应该是:“孝思到处人崇拜,不问中华不问欧。”孙中山先生在《民族讲义》中也说:“一般醉心新文化的人,便排斥旧道德,以为有了新文化,便可以不要旧道德,不知道我们固有的东西,如果是好的当然要保存,不好的才可以放弃。”“讲到孝字,我们中国尤为特长,尤其比各国进步得多”,“所以孝字更是不能不要的。”①应该说,通俗作家就在“古今演变”的源流中继承了传统美德的若干精华,他们在新文学家尚不知对传统道德如何“一分为二”时,在扬弃了“愚孝”与“节烈”等的糟粕后,就上升为中国传统美德的忠实“守护人”。这是通俗作家在古今源流演进中所遵循的原则之一;他们也并非不接受新道德,但是他们在扬弃封建糟粕的同时,也理直气壮地宣扬传统美德,他们的作品就是沿着这一轨迹运行的。

耐人寻味的是,运行轨迹与所从事的职业居然会有极大的关联。新文学作家中的佼佼者都能登上大学的讲坛,主要就因为他们的借鉴革新观是新教育制度的“同源体”;而通俗作家中却走的另一个路子,他们出了不少名报人,他们能登上大学讲坛的极少,大多只能在没有围墙的“社会大学”中驰骋。这种职业(或者说兼职)的不同,也就使二者出现了不同的运行轨迹。当时上海最有名的三大报——所谓“申、新、时”的副刊都在通俗作家手中,那就是1872年创刊的《申报》、1893年创刊的《新闻报》和1904年创刊的《时报》。这些大报的文艺副刊主要是面向市民大众的,而这些副刊的主编们在20世纪二三十年代所办的《红》杂志、《半月》、《红玫瑰》、《紫罗兰》等刊物也很畅销。雅俗文学的源流不同,不仅关涉到他们的职业,甚至还会影响他们作品的结构。通俗副刊上有若干在市民大众中“叫得响”的连载小说,这些小说的结构大多是“串联式”或称“集锦式”的——现代文化生产机制使长篇小说就像现在银行的“零存整取”一样,长篇小说并不需要一气呵成;这就使通俗作家的小说容易写成集缀型的,其结构是由多个故事拼接而成,就好似一串串香肠;而读者也不一定是报刊的长年订阅者,看到其中的一段“香肠体”的小说也就品尝得“津津有味”了。其中有的写得好的连载小说,如在《侦探世界》上连载的向恺然的《近代侠义英雄传》,它本身就是列传体的;其中有些人物就像闪光珍异,丰神奕奕,如写大刀王五、针灸医生黄石屏、伤科专家秦鹤岐等等的传奇人生,真是精

① 孙中山:《民族讲义·第6讲》,《孙中山选集》,北京人民出版社1984年版,第681页。

彩纷呈，更不用说是写霍元甲这根主线了。而从总体上看这部小说，就会感到那种气贯长虹的爱国至诚与民族正气扑面而来，塑造了一代铁骨铮铮的侠客义士、英雄豪杰的群像，堪称民国武侠小说的奠基之作。因此，我们读其中片段犹如精致小酌，读整部长篇更似开怀畅饮。通俗文学中的这类优秀的作品，看得出是受了《儒林外史》结构的影响。这也就成为报章中通俗长篇小说的一种常见的模式。当它们从连载发展到印成单行本时，就会感到它们的结构是较为松散的"香肠体"。通俗小说家擅长的是叙事，即所谓"传奇"。当然叙事叙得好、"传奇"传得好的也就出现了典型人物。《水浒传》也是一段段地叙事，一个一个英雄好汉出场，然后让他们齐聚到梁山泊中去。但因为它叙事叙得好，林冲、鲁智深、武松就栩栩如生地站在读者面前了。向恺然的《近代侠义英雄传》也有霍元甲等人物，至今还在人们的传颂中。而那种运用"集缀型"但相对写得差的作品，也往往成为某些通俗小说的通病，或者称其为常见的"顽症"。但新文学家就不大有此类的缺点，因为他们不会满足于"叙事"，而是着眼于塑造"典型"，西方小说往往以"人"为中心，因此结构上就不采用"集缀型"的结构。老舍的《骆驼祥子》也是连载小说，但却使读者觉得有一气呵成之感。在"叙事"与"塑人"上，雅俗作家也有他们各自的侧重点。

通俗作家与新文学作家不同的还在于创作的"目的论"，他们既不像新文学作家中的一派，提出文学是"为人生"的，也不像新文学作家的另一派，是"为艺术而艺术"的；他们就是为了给"看官们"消遣与把玩的，趣味性是通俗作家所看重的。这往往成了他们的一种罪状。其实这正是继承了中国古代小说的传统。在新文学家中独一无二的只有朱自清说过这样的话："鸳鸯蝴蝶派的小说意在供人们茶余酒后消遣，倒是中国小说的正宗。……《拍案惊奇》重在'奇'很显然……但是还是先得使人产生'惊奇'，才能收到'劝俗'的效果……《今古奇观》，还是归到'奇'上。这个'奇'正是供人们茶余酒后消遣的。"①正因为通俗作家的主要读者是市民大众，更需要在"传奇"上下工夫。如果他们的作品能做到"寓教于乐"，也就不失为是承继了古代小说的"劝俗"的传统。鲁迅也曾说过："说到'趣味'那是现在确也算一种罪名了，但无论人类底也罢，阶级底也罢，我还希望总有一日弛禁，讲文艺不必定要'没趣味'。"②鲁迅还说过：

① 朱自清：《论严肃》，《中国作家》1947年创刊号。

② 鲁迅：《〈奔流〉编校后记・五》，《鲁迅全集》第7卷，人民文学出版社1991年版，第168页。

“在实际上，悲愤者和劳作者，是时时需要休息和高兴的”[①]。因此，即使是单纯给读者一些高兴，一种健康的娱乐，也是文艺的功能之一，无论如何是不可能据此而予以“定罪”的。但是新文学家往往认为通俗文学的趣味是低级的或庸俗的。的确，这趣味也是分层次的。主流的新文学作家大多是革命者，他们的读者也以阅读“要求改变现状”的作品为“趣味”，他们认为作品能给予他们“深思”，启发他们如何去改变社会的现状，才更符合他们的胃口。例如，鲁迅也需要娱乐，他的休息方式之一是看电影，但他从来不看当时普通市民青睐的国产片，而喜爱看外国片，对俄罗斯名著改编的电影尤为热衷，因为它们既有思想性、艺术性，又有娱乐性。通俗作家的作品一般不会提出革命的要求，他们考虑的是如何改善普通市民的生活现状。“目的”的不同，往往就产生了“趣味”的层次。新文学家认为“趣味”与“消闲”之间是不宜画上等号的。通俗作家在“寓教于乐”中只希望能使“乡民市民化”，使乡民改掉身上的小农习性，能在城市中安身立命；而新文学的主流作家却认为“寓教于乐”是为了使“市民革命化”。通俗作家承袭了“小说供人们茶余酒后消遣”的传统，而只是将它“改良”为使涌进大都市的乡民能适应都市的市民生活方式，使他们融入都市；通俗作家所赋予他们的现代意识是使他们进入安居乐业的境地，这当然也不失为一种人文关怀。而新文学的主流作家是要灌输一种更为激进的意识，也即“改变现状”的革命意识。“为人生”与“为生活”虽然只有一字之差，但显示了他们之间的“目的论”是不同的，这也会使他们在运行轨迹上有所差异。但不论是“为人生”或是“为生活”，都应该艺术地反映生活，概念化或图解生活都是为文学作品所不取的。

三

所谓“轨迹”，当然是指有规律性的运行路线；而我以上的论述仅是“断想”而已，不过是在思考这一问题时“挂一漏万”的若干“碎片”。想“抛砖引玉”的是，希望能引起同行与读者诸君进而共同探讨文学史中的两个重要的问题。一个是文学的“古今演变”的源流问题。自从我们的课程将“古代文学”与“现代文学”设置成为两个“二级学科”之后，“各立门户”的结果就产生了“各自为政”，甚至形成“不相往来”的局面；于是我们很少去考虑古今的承传与演变，古和今是如何从量变到质变的，其临界时段是如何过渡的等等文学史上必须回

---

① 鲁迅：《过年》，《鲁迅全集》第5卷，人民文学出版社1991年版，第449页。

答的问题。章培恒曾指出:"中国古代文学研究与现代文学研究至今仍被作为两个并立甚或平行的学科……实在是害处多而并无好处的,当前已到了必须填平鸿沟的时候了。"[①]于是在教育体制没有改变之前,他提议并得到教育当局的同意,开设了一个"古今演变"专业研究方向,为"填平鸿沟"而研究"古今贯通"的问题,最终去填平这道现存的鸿沟,使中国文学史从古到今成为一个内在有机的整体。在研究的过程中,当然也会涉及中国现代文学的生发时,外国新兴思潮与中国古代文学传统是否各自都有所"担当"。另一个重要的问题是根据晚清民国的文坛实际情况,是新文学"一元独生"的,还是多种文学派别"多元共生"的呢?过去的"现代文学史"是否存在偏颇?雅俗是彻底对立的,还是可以共存而互补的?"古国的一般人们"是否有享受文学作品的权利,而他们过去所享用过的文学作品是否都是庸俗的,必须将它们赶出文学史而后已?我在上文的一些"断想"中,企图说明,雅俗文学的服务对象是各有重点而可以互补的,在暴露国民的劣根性与弘扬民族传统美德方面也正好是互补的;而吸取外国的新兴思潮,借鉴革新,与承传民族的优良遗产,加以必要的改良,也是互补的。我认为应该填平过去文学史上存在的另一条鸿沟,也即是雅俗之间的鸿沟。我在字里行间还贯穿着一个论点,那就是雅俗作家都有各自的优长与局限性,他们各有自己的成长与成熟的过程。我认为,进一步去深入地研究雅俗的各自源流与运行轨迹,就是为了解决文学史上的"古今贯通"与"多元共生"这两个大问题,否则我们即使承认应该"重写文学史",可能还是会停留在原点上踏步,而不是具有前瞻性地向前"开步走"。

---

① 章培恒:《不应存在的鸿沟——中国文学研究中的一个问题》,《文汇报》1999年2月6日《文艺百家》专栏。

中国近代文学大系·俗文学卷·导言*

一

“俗文学”对中国现代读者来说，是一个既熟悉又陌生的名词。

说“熟悉”，是因为“文学分雅、俗两大家”已成普通常识，尽管不一定报得出雅、俗两家的“家谱”。

说“熟悉”，是因为人人都自小就耳濡目染，经常接触俗文学。有的老百姓虽没有进过正规的学校，但却无人不进演义、弹词这个“学校”的。明代袁宏道等人就认为老百姓的历史知识都是从演义这个“学校”里来的。

说“陌生”，是因为俗文学受正统雅文学作家的歧视和冷落，为不少学士大夫所鄙夷，被拒之于“大雅之堂”之外，也跨不进文学史的门槛。这种不予理会的态度，自然不会再去深究和阐释俗文学的发展历史和它应占的地位。老百姓虽然与它“面熟”，但又毕竟“陌生”。

其实，雅文学倒是吸取俗文学的乳汁长大的。《诗经》中原有不少作品就是古代的民歌民谣，经过收集、删订、编纂而升格为雅文学，成为诗之源、诗之巅。《楚辞》的一小部分也是来自民间。五言诗最初是从民间生发的。汉代的乐府、唐五代的词、元代的杂剧等称誉千秋万代的新文体莫不是萌生于民间的。唐宋的讲经、讲史、说故事的“说话”话本，在庙宇、瓦子流传许久，是小说体裁的远祖。中国文字史上的“拟”字，就带有学习、仿效之意。乐府之于拟乐府、话本之于拟话本、弹词之于拟弹词，就意味着吸取民间大地的养料而脱胎的新品种，所以有人称俗文学是“文学的不登大雅之堂之母”。一旦雅文学以

---

* 本文首发于台北《中国文哲研究所通讯》第2卷第2期，1992年6月出版；后收入《中国近代文学大系·俗文学集》，为该卷导言。该导言由金名先生和我一起讨论后，由我执笔。

正统自居，就免不了傲视俗文学，但也不时会有俗文学的作家写出影响广远的传世之作，雅文学到了无法不予正视的地步时，往往采用“怀柔”的政策，招来并使之安宁，而将大量同类的俗文学仍排斥在文学史研究客体之外。升格与学习是正常的，怀柔是无法持久的，因此另一些有真知灼见的文人就在文学史之外，另写《白话文学史》、《俗文学史》，以补原文学史之不足、之缺失，希冀“陌生”者经过介绍而变为“熟识”者。

说“陌生”，还在于俗文学的家族太大了，大到难于说清楚的程度。

与雅文学相对它是俗文学，与纯文学相对它是杂文学。纯文学有诗歌、小说、散文、戏剧等几大主要体裁，而俗文学不能相应地简单化地纳入这些主要体裁中去。它门类众多，外加民族或地域等种种复杂因素，自有其独特性。例如，随着民间的喜好和时尚的变化，在迎合过程中会派生变异性；随着各门类之间的相互渗透和交配而出现四不像的新品种，会派生出两可性；还有在历史上若干门类的远祖仅存其名而作品散佚，在溯源中不能一味靠假设推断，而允许保留“存疑性”……因此俗文学的难度在于，一是很难“界说”，二是即使能“说”也往往“界”不清。真可谓“剪不断，理还乱”了。

但纵观俗文学这一大家族的现状，我们认为客观上存在如下三大分支。一支是当前被称为“通俗文学”的分支，主要是指不属于纯文学之列的长、中、短篇通俗小说，《中国近代文学大系・小说卷》中有不少作品属之，而当前研究者通常提及的近现代的“通俗文学”流派，就是指继承中国古代白话小说模式的通俗作家群体。严格说来，应称之为“通俗小说”（包括历史演义）分支。一支是当前被称为民间文学的分支，指民众集体口头创作，经口头流传，并不断地集体修改、加工的文学。《中国近代文学大系・民间文学卷》的作品属之。一支是当前被称为“俗文学”的分支（与雅文学相对应的俗文学大家族相比，这里的俗文学是狭义的俗文学）。这种狭义的俗文学主要是指曲艺文学，或叫做讲唱文学、说唱文学。这种曲艺文学是古代民间说唱艺术经过长期发展演变而形成的一种独特的艺术形式，是民间艺人口头创作和部分文人的拟作、创作互相结合，互为提高的曲艺说唱底本，这些“本文”的语言往往具有相当高的文学价值。当底本通过艺人的演唱诉诸人们的听觉时，能产生艺术的享受和娱乐的效应。

通俗文学、民间文学和狭义的俗文学这三大分支，都与“俗”字有关，皆是俗文学大家族客观存在的合法成员。本文以下所论述的俗文学除注明者外，均是指狭义的俗文学而言。

二

若论俗文学的起源，可以追向远哉遥遥的古代，但不少学者认为有文献可考的中国最古老的民间曲艺应从先秦说唱歌谣“成相”算起。“相”是一种击节乐器，可见是伴以原始简陋乐器的说唱艺术的形式。《汉书·艺文志》中提及的《成相杂辞》11篇早已佚亡，我们只能从《荀子·成相篇》中看到这种歌辞的体制。清代谢墉曾作推测：“审此篇音节，即后世弹词之祖。”俗文学之萌发于先秦是有据可考的。曲艺作为一种艺术活动，学者们往往溯源至隋唐以前宫廷中的“俳优谐笑”，演出者大概是来自民间的艺术能手，也不排斥有显贵者的偶尔“客串”。但在这种格局中，说唱艺术还无法在大众或俗众（市民与农民）中形成热火的气候并找到生发的土壤。

俗文学的讲唱伎艺成为一种独立的艺术形式自唐代中叶始。从经济层面考察，安史之乱没有使盛唐经济上伤元气。乱后图治，还有过一番振作中兴、革除弊端的业绩。于是江南地区有了进一步的开发，税收与财政也作了相应的改革，手工业与商业一度呈直线上升，对外贸易得到迅速的恢复与发展，这一切都为中唐增添了一派春色。经济的升腾，促进了文化的繁荣。中唐文坛的显著特色是思想内容上谋求改革，艺术形式上崇尚创新。俗文学从萌芽期转入兴起期，就是在这一经济、文化背景上铺开的。

“长安风俗，自贞元（德宗）侈于游宴，其后或侈于书法图画，或侈于卜祝，或侈于服食。……京城贵游尚牡丹三十余年矣，春暮车马若狂，以不耽玩为耻。”唐李肇的《国史补》为当时的宴席文学的产生勾勒了生动的图景，并指出了活跃于宴筵中的各种俗文学样式及其冒尖的代表人物：“初，诙谐自贺知章，轻薄自祖咏，䫻语自贺艺广、郑涉。其后，咏字有萧昕，寓言有李纾，隐语有张著，机警有李舟、张彧，歇后有姚岘、孙叔羽，讹语影带有李直方、独孤申叔，题目人有曹著。”以上皆属宴席著词、杂嘲、合生的具体门类。唐诗人薛能在诗中描绘了“著词”的流行：“筵停匕筯无非听，吻带宫商尽是词。”（薛能《舞者》）点明了宴会歌舞中附带有“词”，“著”即附带之意。就像后代戏曲中的插科打诨、说噱逗唱，把“著词”看成近代相声的远祖是毫不过分的。

这种游宴文学的盛况，在《全唐诗》中也有相当的反映：“著词暂见樱桃破，飞盏遥闻豆蔻香”（韩渥《袅娜》）；“三百内人聊袖舞，一时天上著词声”（张祜《正月十五夜灯》）；“旧曲翻调笑，新声打义阳，名情推阿软，巧语许秋娘”（白居易《江南喜逢萧九彻夜话长安旧游，喜赠五十韵》）。

在唐代的寺庙中还兴起了俗讲，俗讲是从僧侣唱经演变而来的。俗讲是面对俗众开讲，俗讲的底本叫“变文”，文体是散文与韵文相间，除了讲唱经文外，还说唱佛经故事，乃至历史故事和民间故事，以招徕香客得到布施为目的。为了使俗众听得悦耳，又俯就新声，移植民间曲调到寺庙俗讲的讲坛之上。这样，从内容以至曲调都有了新的开拓和新的变异。为了增加布施财源，经济的诱惑力使有的寺院“开放”得成为百戏杂陈的戏场和变场。寺庙成了僧侣俗讲伎艺与民间艺人说唱伎艺的交汇争胜的场所，成为俗文学面向俗众的大舞台。“变场”这个名词始见于唐代段成式《酉阳杂俎》，是指艺人们固定的演出场地。《酉阳杂俎》中还记载了观看“市人小说”的情景。唐代的“市人小说”即宋代“说话”伎艺的前身，说明唐代民间艺人已向俗众来讲说故事，相当于近代的说书。

宴席文学、寺院俗讲、转变、市人小说、文人传奇、俗赋……标志着俗文学进入了兴起期，其时已有“变场”作为俗众享受俗文学伎艺的固定场所。俗文学的兴起是与市民文艺联系在一起的。

三

如果说先秦是俗文学的萌芽期，中唐是俗文学的兴起期，那么俗文学则是繁荣于两宋，大盛于明清。

宋代至元代有清官调、唱赚、货郎儿、鼓子词和陶真等俗文学的流行形式，而宋代的“说话四家”与诸宫调则代表了两宋俗文学的成就高峰。“四家”即“小说”（又称银字儿）、“说公案、说铁骑儿”、“说经、说参请”和“讲史”。“小说”是有说有唱的，别称“银字儿”，是指用银字笙等乐器作伴奏的；“说铁骑儿”是指“士马金鼓之事”；“说经”指佛经故事，而“说参请”是讲参禅悟道；而“讲史”是演说历代争战兴亡之事。如果说宋代的“小说”是以唱为主，那么“讲史”则是散说与唱词并重，它对后代白话章回体长篇小说的形成有深远的影响。

明代进入大盛期的标志，不仅是新形式层出不穷——词话、平话、弹词、鼓词、宝卷等重要伎艺初创并立足生根，还孕育了杰出的说书名艺人柳敬亭等大家，进入了俗文学理论的启蒙时期。

清代的俗文学枝繁叶茂，鼓词和弹词红极一时。以满族为主体的八旗子弟首创子弟书，脍炙人口，出现了罗松窗、鹤侣、韩小窗等著名艺人。八角鼓也由于旗籍官兵在西北、东北驻屯而广泛流传。少数民族的曲种加入了俗文学的大合唱，形成了南北俗文学曲种大交流的新局面。

至此,我们可以描写一下近代俗文学的一片兴旺景象了:

一、从明代的数以十计的曲种发展到近代的近四百种。

二、"直把杭州作汴州"的诗句可以改作为填充题,东南西北都有曲艺中心的"汴州"。文人笔记与地方志兴味冲冲地记载着苏、扬、京、津等地俗文学的"暖风熏得游人醉"的盛况,还描摹蜚声全国的名家演出使听众如痴如醉的场面。南方更是流派纷呈,评话、弹词艺技精进,炉火纯青。

三、俗文学的诸般讲唱样式相互渗透,地域间相互交流融汇,相互促进提高,如演义之于评话、评书,评话、评书之于相声、弹词,相声、苏滩之于江南独脚戏等等。

四、民歌与唱本大融合。几百年戏曲中心的吴语地区,河船田畦、山冈湖滨,赛歌传唱,涌现出许多长篇新吴歌、新唱本。白蛇、梁祝、牛郎织女、董永七仙女、孟姜女等著名故事经过戏曲、曲艺、故事三管齐下的取长补短,达到了雅俗共赏的艺术神品境界。

五、少数民族迎头赶上,各民族的说唱,特别是满族曲艺,在近代蔚为大观,产生了第一流的作家与长篇佳制。

六、俗文学的勃兴吸引了文人方家,直接从事俗文学的创作与改编,著名的有冯梦龙、贾凫西、蒲松龄、方成培、罗松窗、韩小窗、文康、马如飞、李伯元、吴趼人、黄遵宪等。

七、各大城市形成了自己的"天桥",加之戏园、茶楼、堂会、画舫等多种俗文学演出场所的相应发展,进一步刺激了俗文学的艺术生产力。

八、经济、政治的影响。国内外的几次大规模的战争,沿海人民的出洋经商或向外移民,都为俗文学开拓了更宽宏的新题材,增加了俗文学的时闻性,进一步强劲了交流民心民意的活力,成为繁荣俗文学的有力新因素。

以上勾勒了俗文学发展史中的两次潮汛,特别是近代大潮的壮观掠影;再加上唐代俗文学的初兴,实是中国俗文学的三次涨潮期。如果说唐代是春潮乍起,方兴未艾,那么宋代和明清这两次是颇有蓬勃奔腾之势的。称宋代为繁荣期,明清为大盛期,直可当之无愧。清代虽有丁日昌等以"大禁淫词"之名,对俗文学大加残害之实,但正如郑振铎所说:"俗文学在暗地里仍是大为活跃。她是永远的健生着,永远的不会被压倒的。"(《中国俗文学史》)清代的俗文学如野火之燎原,如水银之泻地,活跃在中国的城镇乡村,循环于市民、农民的血脉之中。

四

简述俗文学的三次潮汛之后，还值得向读者介绍的是唐宋以来俗文学的作者。

俗文学的作者主要是四路“军马”：僧道、歌妓、文人和职业艺人。俗文学的作者群自有其一定的独特性。

僧侣是“俗讲”、“转变”的作者，从讲解经文、唱诵经文，到不唱经文原文，而讲唱佛经故事，谓之“经变”。为了故事的完整性，僧侣既是改编者，又是创作者。古代将这类俗讲的底本称为“变文”。在说唱“变文”过程中，又从“经变”转化为“俗变”——说唱历史故事和民间故事。由于追求情节性和技艺性的讲唱效果，有的僧侣成了古代的艺术家——出家的名艺人。唐代艺术造诣最高的著名俗讲代表人物是文溆法师。文溆和尚俗讲时，据说“听者填咽寺舍，瞻礼崇奉……教坊效其声调以为歌曲”（赵璘《因话录》），其魅力与影响可见一斑。

道观中亦然，唱道情就是源出于唐代道教在道观中所唱的“经韵”。道教也有自己的“俗讲”。

僧道作为唐、五代的俗文学作者群中的一彪“军马”是可信的。宋代开国不久，皇帝降旨严禁讲唱变文，说唱变文之风才衰歇收敛；但对明代的宝卷（明代白莲教、红阳教曾作宣讲教义的经典）和清末流行的宣卷不无影响。

说到历史上的娼妓，人们容易与“性”发生关联，其实是不能一概而论的。在古代，俗文学作者的另一路“军马”是歌妓。在游宴中，她们有时演唱文人的作品，有时则自编自唱。在宴席这种场合中，在饮酒行令之时是会诱发创作欲的。“著词”的“词”可以在文人一言、歌妓一语的逗乐中闪光。如元代京师名妓一分儿（王姓）在陪丁指挥宴饮时，由丁出题，王即席作“散曲”。

> 丁曰：“此《沉醉东风》首句也，王氏可足成之。”王应声曰：“红叶落如龙退甲，青松枯怪莽张牙。可咏题，堪描画。喜觥筹席上交杂答刺。苏频斟入礼厮麻。不醉呵，休扶上马。”一座叹赏，由是声价愈重焉。（《青楼集》）

歌妓最喜用伎艺翻新使自己门庭若市，以争更多的“缠头”。例如“唐代娼妓，因其能‘做诗’，能‘诵诗’，能‘解诗’的缘故，中唐以后新文体词的产生，妓女有绝大功劳。胡适说‘我疑心依曲拍作长短句的歌调，这个风气，是起于民间，起于乐工歌妓’（详见胡适《词的起源》）。胡氏这几句话是很对的……”在唐代，西凉乐、龟兹乐以及“胡夷里巷之曲”纷纷传入中原。整齐的五七言绝句为了要去适应这种流行歌曲，文人与歌妓就合作将诗句中的字作必要的增减，再加上民间曲子的不绝如缕，如春来野草，杂言的长短句兴。散曲是金元俗文学时调小唱，而“元妓能作‘散曲’的很多，擅‘杂剧’者亦有其人如珠廉秀、顺时秀、解语花等皆是表表者”。以上两个例子均引自王书奴的《中国娼妓史》。王书奴的结论是：

> 我看古今最不守旧，随时代风气为转移者，莫如娼妓。时代尚诗，则能诵诗，作诗；时代尚词，则能歌词，作词；时代尚曲，则能歌曲，作曲。我看了唐宋元诗妓、词妓、曲妓，多如过江之鲫，乃知娼妓，不但为当时文人墨客之赋友，且为赞助时代文化学术之助。我们还忍心以贱隶婢子待遇他们吗？

历史上有关这类记载，屡见不鲜，如唐《北里志》曾介绍歌妓中多“能知书、言话者”，即能说历史故事的人。

歌妓是俗文学的作者和演唱者是毋庸置疑的。

在本文前面我们已指出俗文学备受正统雅文学作家的歧视，为不少学士大夫所不屑，这是从大体和主流而言的；但并不排斥还有一些“别具只眼”的文学大师“别出机杼”地对俗文学大加青睐。冯梦龙所谈的理论，虽仅以山歌为例，但各类俗文学均可作为参照系：山歌虽“诗坛不列”“荐绅学士不道”，但却是“田夫野竖知寄兴之所为”，出自真情实感；所以“但有假诗文，无假山歌，则以山歌不与诗文争名，故不屑假。苟其不屑假，而吾借以存真，不亦可乎？”（《叙山歌》）同样，历代有些文学大师以拭目洗耳广求人间真诗真文的气度，对俗文学大加褒赞。他们或登高鼓吹，或亲自仿作，或整理编选，或慧眼点评。青史名标的艺术家、作家、诗人，也有在“俗”坛上各领风骚的，如诗僧寒山，乃是僧侣兼文人的俗文学作家，而刘禹锡等人根据民歌改作新词竹枝和董解元的《诸宫调西厢》，则是典型的文人之作了。若干文人在俗文学发展中的地位是令人信服的。

在俗文学作者的四路“军马”中，职业艺人是起着主力作用的。俗文学的职业艺人不仅是底本的演出者、传播者，而且是底本的改编者和创作者。莫看是父子、师徒代代口口相传，这里有个精益求精和千锤百炼的过程，也是一个接力攀登炉火纯青的艺术巅峰的历程。而优秀的改编者有时就是成功的创作者。例如，《水浒》中仅有五百个字的交代，王少堂却扩充成上万字的《斗杀西门庆》。在名艺人的口中，详言并非冗言，铺叙不见赘笔。那些扣人心弦的悬念，跌宕起伏的情节，绘声绘色、庄谐妙趣的人物，都是改编者的精心杰作，整回书热闹得如一台戏。正如金圣叹所说的“狮子玩球”之法，球在狮子左右上下，并不死咬在口里，若即若离。王少堂凭借前辈的传授，调动丰富的人生阅历，以娴熟的艺术技巧，集人情、武侠、公案、黑幕各流派之长，铸造锤炼俗文学的合金。中国之所以要成立“王派水浒学会”，是因为王少堂作为艺术家、文学家、语言大师，为我们留下了一笔丰厚的俗文学遗产。

明代李日华称赞艺人博学赛学士是不无道理的。再追溯至宋代罗烨，曾在《醉翁谈录》中对小说、讲史艺人的广博知识、敏捷才思、高超技艺，都有精到的评点：“夫小说者，虽为末学，尤务多闻”，而优秀艺人则能“开天辟地通经史，博古明今历传奇”。他们能滔滔不绝地“只凭三寸舌，褒贬是非，略咽万余言，讲论古今”。而在技艺方面则能“曰得词，念得诗，说得话，使得砌”，“砌”即善于施展插科打诨的幽默讽刺的才具。

在俗文学的作者群中，兼具创作才能的艺人作为主力骨干，肩负着俗文学发展的历史重任。

五

俗文学为我们留下了一个大文化宝库，是一部值得查考的反映历代人民生活的百科全书。换言之，俗文学又是我国国民的文化学校，中国国民没有不进俗文学这所没有围墙的广大学校的。正因为它是中华民族的文化大宝库，所以俗文学又是外国人民了解我国民族性和民族文化的橱窗。有的外国人说：“宁逛天桥，不逛故宫。”似乎片面了些，应该是既逛天桥，也逛故宫，从多视角多侧面认识中华民族。至于先逛天桥，或先逛故宫，则是各人所好了。俗文学也是我国民俗人情的展览中心。透过俗文学的三棱镜，我们可以分解、探究中国历代民间的人生价值观的形成或演变，文化沉淀物的堆积或荡涤的微妙复杂的“化学反应”。俗文学是国民大众按照自己的思想意愿、善恶美丑、是非曲直的标准和审美情趣，选择自己喜闻乐见的题材和形式，表现方法和风格，去建构的说唱文艺的大厦，因此文学的战斗、教育、认识、审美和娱乐功能，就像宫、商、角、徵、羽一样，是“五音俱全”的。

中国的历代英豪与民族脊梁，在俗文学中得到了充分的表现和崇高的位置，俗文学几乎可以为我们报得出一张古代的英雄榜。诸葛亮、穆桂英、杨家将、岳家军、武松、于谦、史可法、文天祥……在俗文学中都是传颂千秋万代的民族精英。《三国》、《水浒》是谙熟政治军事的启蒙教科书，例如张献忠就“日使人说《水浒》、《三国》诸书，凡埋伏攻袭皆效之”（刘銮《五百瓠》卷五）。而俗文学中也蕴蓄着丰富的历史地理知识，《都城纪胜》中写道：“最畏小说人，盖小说者能以一朝一代故事顷刻提破。”“提破”即“一语道破”。而讲史则能“称评天下浅和深”（《醉翁谈录》）。在近代，广东的俗文学反映三元里斗争、禁烟运动，天津、山东的俗文学反映了洋教案，闽粤的俗文学的“过番”、“南洋记”是写华工越洋过海、飘泊异乡的生活惨状。至于民俗方面的珍贵资料，更是不胜枚举。在一方面，无论是雅文学、纯文学、新文学……都无法与它比拟。随着时序的流转，历史拉开了与今人的距离。现代人，特别是青年要了解历朝历代的民俗流变，只有到俗文学（这里可以理解为广义的）中得到大量丰富的感性知识。如果轻视民俗流变，就不可能真正摸透传统心态在现代人的血液中所含的成分及其继承革新的轨迹。

论历史学家对鸳鸯蝴蝶派的评价*

作为中国近现代的一个重要的通俗文学流派——鸳鸯蝴蝶派，是中国近现代都市文学的蘖萌，它以描摹中国近现代初兴的市民社会为主要对象。上海是这一通俗文学流派的大本营，也是中国近现代通俗文学的出版中心。中国近现代通俗文学往往可以与中国近现代的上海史相互映照，因此，要较为深入地研究都市通俗文学，就要多读甚至熟读上海史。而研究上海发展史的史学家也必然要对这一具有地方特色文化的重要组成部分作出自己的评价。在世界范围内研究上海的历史学家已在自己的研究领域中形成了一门"上海学"，从而也将反映上海都市建成沿革及其移民城市特色的市民文学作为自己的考察对象，于是，对鸳鸯蝴蝶派在上海文化史上所发挥的作用，在"上海学"中也必然会给予客观的定位。这些研究"上海学"的历史学家对鸳鸯蝴蝶派的定位与结论，与我们过去的中国近现代文学史对这一流派的评价有相当明显的差距，这正是本文试图要探讨的问题。

一

在"上海学"史家的笔下，清末民初的转型期中，鸳鸯蝴蝶派在文化领域中是与上海的经济繁荣和上海市民社会初兴同步发展的"正面形象"，是中国"现代都市文学的滥觞"：

> 如果我们不是以政治上的褒贬来评判鸳鸯蝴蝶派，不是先验地把鸳鸯蝴蝶派作为一个贬义词，那么，用鸳鸯蝴蝶派来概括民初上海文坛上出

---

* 本文发表于《现代中文学刊》2010年第4期。

> 现的这种新的小说倾向,也未尝不可。作为民国以后上海最早出现的文学现象,应当说鸳鸯蝴蝶文学努力在建立一种适合现代都市商业运作机制的文化形式,它的类型化操作(小说人物、故事、道德以及形式的类型化)使得它比较容易找到固定的消费者。同时,通过尝试,它实际上已经建立起某种形式的文化市场;一定的写作者与一定的阅读者之间的良好的供求关系。从这层意义上来说,晚清的传统文人在民初通过这一形式,完成了自己谋生方式的转变,都市生活也由此创立了新的文化形式。小说对于改造社会所能起到的影响,绝不像关于"小说革命"言论中所说的那样骇人,但小说作为一种文学形式受到社会人士的广泛关注,却是由民初的鸳鸯蝴蝶派逐渐造就的形势。而且,由民初职业文人所建立的报刊、小说、戏剧、电影之间的共同关系,对于文学传播和扩大影响产生了良好的效果。实际上,阅读的趣味,从某种程度上来说,是作者和读者共同创造的。就这个意义而言,鸳鸯蝴蝶派小说是创造了上海城市的阅读趣味。作为现代都市文学的滥觞,我们应该看到鸳鸯蝴蝶派在民初上海文化上的广泛影响。同时,我们也不应当把这种历史的影响无限推衍,毕竟小说和文学都在不断地成长和发展,上海的文学成就和文化,是众多文化人共同的心血结晶。[①]

华裔历史学家卢汉超在他的著名的《霓虹灯外——20世纪初日常生活中的上海》中也评价道:到了民国时代,"海派"这个词开始与文学联系起来,鸳鸯蝴蝶派小说是最早的"海派文学"。[②] 他还指出,海派风格的小说讲求娱乐性,以凄楚动人的爱情故事为主线,虽然头脑清醒一点的读者也能从中发现某种社会和道德价值。鸳鸯蝴蝶派的作品在民国早期的上海文学界处于主导地位。

从中外历史学家的论述中,我们就会感到,其中含有若干可以深入探讨的评价性问题。例如,为什么说鸳鸯蝴蝶派是当时上海出现的一种"新的小说倾向",它为都市生活创造了一种"新的文化形式"?为什么这种新的文化形式是适应了"现代商业运作机制",从而创建和开拓了上海的文化市场?为什么说这种类型的小说与报刊、戏剧和电影能共同协力繁荣上海的文化市场,具有广

---

① 熊月之主编:《上海通史·第10卷·民国文化》,上海人民出版社1999年版,第76—77页。
② 卢汉超:《霓虹灯外——20世纪初日常生活中的上海》,上海古籍出版社2004年版,第47页。

泛的影响力，而在传播媒介上产生了良好的效果？这种新的小说和新的文化形式既使晚清文人完成了自己的谋生方式的转变，又使他们找到了自己谋生所系的固定的读者，这些固定读者究竟是何种群体？总之，在历史学者的笔下，鸳鸯蝴蝶派是清末民初在上海出现的值得肯定的一种新的文化载体。当然，他们在充分肯定下也不无保留，也即是不能将这种“历史的影响无限推衍”。以上历史学家的评价我们将在下文中一一加以阐释与论证。现在我们先要来关注卢汉超所说的：海派风格的小说虽然讲求娱乐性，以凄楚动人的爱情故事为主线，但是“头脑清醒一点的读者也能从中发现某种社会和道德价值”。那就是我们惯常所最关注的作品的内容问题了。

在《上海通史》中，历史学家所举的实例过去也许是很少被新文学界所注目的一个刊物——1917年1月创刊的《小说画报》。这个杂志连权威的工具书《中国近代期刊篇目汇录》中也没有它的刊名，那就当然更不会收录它的详目了。但是近年来研究鸳鸯蝴蝶派的学者却多次提到它。这本杂志是胡适发表《文学改良刍议》的同年同月在上海出版的一本通体白话小说刊物，仅就这一点而言，它就有一定的文学史意义了。

民初上海文坛向公众推出了通俗文学期刊《小说画报》（1917年1月—1919年8月，计出22期）……他们选择以“闺秀学生”为主要对象，以小说形式输入新道德、新观念，“所撰小说均关于道德教育、政治科学等，最益身心、最有兴味之作”（第1期《例言》），折射出有关上海女性观念更新的信息。

《小说画报》婚恋小说的基调，已不是《点石斋画报》欣赏的对婚姻敢怒敢弃的俗妇，而是“郎才郎貌，女才女貌”对等结交的良缘。青年男女对理想配偶的标准已逐渐接近。相貌、性情、才学，是青年学人选择配偶的要素。而理想姻缘的模式则是一对青年男女，双双出自洋学堂，中英文俱佳，不仅彼此一见钟情，连父母也深感合情合礼，美满无憾。作为佳人，她们的新道德观首先是婚恋自主（《小说画报》第15期[1918,8]，第6期[1917,6]，第22期[1919,9]）。这种通俗文学作品中的女学生形象，对诱发读者的心灵震撼和示范效应是前所未有的，反映了社会对女性审美眼光的变化调整，由单一转向多元。……这些小说的视角反映作者对民初都市女性命运的关注、思考，和对重塑女性形象的参与。……作者将女学生作为表现新女性的代表，侧重展示她们的婚恋观、贞操观、职业观，实已

> 触及民初上海女性面临的挑战。《小说画报》通过小说中的新女性，向生活在上海的女学生提出如何选择人生的问题。其中传递了女性婚恋自主、男女择偶标准的趋同、小家庭的理想以及女子职业的发展等信息。到30年代，这些问题已成为上海女性面对的现实选择。①

历史学家还指出，《小说画报》中的美女形象，已不是《点石斋画报》和《飞影阁画报》中的妓女的图像，“该刊的女性造型选择女学生为模特，着力展示她们活泼健美的魅力”②。其实《小说画报》并不完全如史学家所说的以“闺秀学生”为主要对象，因为该杂志的《例言》开宗名义第一条即宣称：“小说以白话为正宗，本杂志全用白话体，取其雅俗共赏，凡闺秀、学生、商界、工人无不咸宜。”它内定的读者面是非常宽泛的。但它的确如《上海通史》上所说的，非常关心女性面对的现实选择问题。主笔包天笑在杂志的第一年就分4期刊登了4篇同名为《友人之妻》(一)至(四)的系列小说。在这4篇小说中，3篇都是写留学生回国后的择偶条件问题，另一篇的主人公虽然不是留学生，可是也是写一位维新教育家的婚姻问题。在《友人之妻(一)》中，男主人公回国后为他作媒的人很多，但他首先宣布了他的择偶三条件，不合此三条者“免谈”，这三个条件是：

> 第一件要天然足，这天然足不是那种似放非放的假装大脚，鞋子里塞了许多棉花，是要一种从来不曾缠过的。因为那时候天足的风气，还没有大开，所以才有这一条。第二件要懂得些普通英文，这也有个意思，因为吾这位友人他学的是政治科，难保将来没有外交公使之望，到得交际场中，不至于做哑旅行了。第三件倒也好笑，说是身体要高高儿，要是种娇小玲珑的美人儿，他一概谢绝，至少只能比他自己短半个头。自从这三个条件披露出来了，他的定婚却便有个归纳法，倒省了许多烦杂。

紧接着，作者在书中感慨道：“向来小说书中，总是说郎才女貌，其实郎才女貌在现今时代中，算什么奇。此刻委实是郎才郎貌，女才女貌，才算得是美满咧！”这些条件与感慨实际上反映了科举制度的寿终正寝，使留学生变得身

---

① 熊月之主编：《上海通史・第9卷・民国社会》，上海人民出版社1999年版，第270—272页。

② 同上，第293页。

价十倍，而在婚恋中他们理想的终身伴侣也只有在女学生中去物色了。而在系列小说《友人之妻（二）》中，这位虽然不是留学生的维新教育家在结婚时，“依着他的意思，竟要仿照欧美各国的办法，叫做文明结婚起来，也要请了有名的人来做证婚，也要请新娘子不遮方巾，披上白纱，不用跪拜等等”。因此，像《小说画报》这样的鸳鸯蝴蝶派刊物，在清末民初，至少在“五四”之前，已在试图倡导新道德、新观念、新价值、新伦理、新知识和新的生活方式。历史学家选择像类似《小说画报》这样的刊物说明鸳鸯蝴蝶派小说为都市大众流行文化之一种新形式是具有一定说服力的。这种大众流行文学已经走出了文人的圈子，而进入了上海市民的视线。历史学家还肯定了《玉梨魂》与《孽海花》在社会上的广泛传播产生了良好的效果。“如果说，《茶花女》在晚清的影响主要还是集中于知识分子和文人中间，那么，作为民国初年最流行的小说《玉梨魂》的读者，则更加广泛，这是因为时代发展的关系。……而新学和新式教育从某种意义上来看实际是教育普及的过程，是为适应近代化城市经济文化而培养城市市民的过程。……在如此氛围下，《玉梨魂》这类小说的影响也就走出文人圈，在一般社会中激起反响。曾朴的《孽海花》在晚清上海是一部很畅销的小说，‘不到一二年间，竟再版 15 次，销行至 5 万部之多’。而《玉梨魂》，据研究者称‘它的读者以百万计’。近代城市大众媒体的建立和完善，也是《玉梨魂》流行的重要原因。……《玉梨魂》开创了民国上海都市文学史上流行小说的成功模式，同时也建立了一种流行小说的类型，即哀情小说（鸳鸯蝴蝶派）。这种类型几乎同时在上海其他文艺形式如新剧的家庭伦理戏、电影的悲情伦理片中也逐渐形成。”[①]《玉梨魂》所反映的是“寡妇再嫁”的问题，小说不仅激起了巨大的反响，进入了广大市民的视野，建构了流行小说的成功模式，而且启示了其他的文艺形式对家庭伦理剧等题材的连锁响应。仅就《玉梨魂》而言，就被郑正秋改编为同名电影，取得了很大的成功。正如当时的一位评论者所说：“此剧为一问题剧，问题即这‘寡妇是否可以（可以二字，是一种可能性，阅者请不要误解）再嫁？’这个问题，非礼教的忠臣孝子，多承认有可能性了。此片虽然没有直接说出‘寡妇再嫁之可能’，但在寡妇不得再醮惨状的描写内及旧礼教的吃人力量的暗示内，已把‘寡妇不得再醮’的恶制度攻击，间接的提倡与鼓吹‘寡妇再嫁’的可能了（可能二字，是指寡妇欲再嫁的，尽可再嫁，不愿再嫁，那末只得尊重她与死人的恋爱了）。此种主义，合于新伦理，合于新潮流，合于

① 熊月之主编：《上海通史·第 10 卷·民国文化》，上海人民出版社 1999 年版，第 66—67 页。

人道的。有人说它'提倡节妇',未免近视了吗!……此剧为哀情,故多内心的动点。内心表现的感动力最大,感动力即为影片生命的生活素。"[①]由此看来,小说《玉梨魂》与电影《玉梨魂》对启发人们去探索新伦理发挥过一定的作用。而当时那些有影响的鸳鸯蝴蝶派畅销小说又往往为电影或其他地方剧种改编演出,广受市民观众的欢迎。在大众文化的"大家庭"中,小说和其他文艺形式也是往往相互发挥着启迪作用。

历史学家曾为我们提出一个具有讽刺性意味的现象:

> 在"五四"时期的新文化运动人士眼里,鸳鸯蝴蝶派主要是指民初的艳情小说(这里所说的艳情小说即指哀情小说——引者注)。他们对鸳鸯蝴蝶派小说的批判主要是基于道德上的,认为这类小说"贻误青年"、"陷害学子"。对于民初艳情小说,一些保守的人士早在新文化运动以前就提出了批判,他们认为艳情小说是"青年之罪人":"近来中国之文人,多从事于艳情小说,加意描写,尽相穷形","一编脱稿,纸贵洛阳",青年子弟"慕而购阅",结果"毁心易性,不能自主"。艳情小说造成了"今之青年,诚笃者十居二三,轻薄者十居七八"。新旧人士一样反对艳情小说,只是新文化人士认为那是复古的祸害,旧派人士认为那是趋新的弊端。[②]

这是一个很耐人寻味和值得深思的悖向同归问题。这种新旧人士都"同声相应"的现象,对保守人士说来,他们对时代的新发展无法理解;而对革新人士而言,他们对在时代发展中的某些事物缺乏历史唯物主义的正确定位。那么,怎样才能作出正确的定位,那就是要研究鸳鸯蝴蝶派形成的历史原因,以及在某种历史机遇中,上海近现代的社会怎么促成这种文化机制的转型,使它得以具有广泛的影响。因此历史学家认为,"其实对于研究历史的人来说,对鸳鸯蝴蝶派的评价已经不是一个重要的问题,有意义的是通过对于鸳鸯蝴蝶派形成的历史原因的探究,真正认识近代上海的文化机制是如何形成与运作的,并从中发现一些人所未见的东西。"[③]

---

① 冰心投稿:《〈玉梨魂〉之评论观》,《电影杂志》第1卷第2号,1924年6月出版。当时杂志刊登读者来稿(即外稿)时往往加上"投稿"字样。此"冰心"非我们熟知的女作家冰心,因为其时冰心在美国留学。

② 熊月之主编:《上海通史·第10卷·民国文化》,上海人民出版社1999年版,第61页。

③ 同上,第77页。

二

在探究鸳鸯蝴蝶派形成的原因时，历史学家认为鸳鸯蝴蝶派文学是与清末民初社会的转型、现代市民社会的初兴同步发展而生成的。

> 上海小说的繁荣始于晚清，这个过程实际上同近代上海城市市民社会的兴起密切相关，近代小说的读者就是那些近代城市中正在成长的新市民。整个社会经济结构的变化，必然造成社会中人们文化趣味的变化。晚清上海小说的发达，正是新的文化趣味的表现之一。有人认为是戊戌变法时期维新派对小说的鼓吹，造成小说较高的社会地位。其实正相反，是小说在一般市民中日益蔓延的流行趋势，使得梁启超等人产生利用小说进行政治思想宣传的愿望。……20世纪初年的政治小说，只是满足了当时人们高涨的政治热情，并没有对社会也没有对文化提供更多的新东西。世纪初的亢奋过去后，上海社会又回到原来的正常生活中，小说重新成为人们文化生活的一项内容。不过，社会心态很明显地发生了变化，人们对小说的欣赏也跟着起了很大的变化。从晚清到民初小说风格的变化中，我们还可以得到一个明显的信息，民初上海的文化消费者比晚清要年轻得多。晚清上海流行的狭邪小说、谴责小说，在民初已经渐失影响，取而代之的是哀情小说。这表明晚清的小说读者大多数还是旧文人，到民初，小说读者已经有了大量的学生（包括女学生）。①

随着上海工商经济的大发展，各方的移民的大量涌入都市，现代化的市场经济促进现代市民社会的形成，而新市民的文化生活中阅读者小说成了他们休闲需求最省俭和最有兴趣的内容。过去的狭邪小说较为符合文人雅士的情趣，而谴责小说又是老百姓对清廷腐败政府由愤慨转为极度蔑视嘲讽的发泄洪流，当清廷被推翻，市民又回到原来的正常生活中时，他们的情趣是否发生了变化？历史学家的回答是："一般市民的文化兴趣也同晚清时有了明显不同，无论是小说还是戏剧，哀情缠绵的东西比以前更受欢迎。鸳鸯蝴蝶派小说、家庭伦理新剧等在这个城市中有了更多的爱好者，当然这种情形和正在变

① 熊月之主编：《上海通史 · 第10卷 · 民国文化》，上海人民出版社1999年版，第59—60页。

化着的市民结构也有莫大的关系。”[①]在当时，虽然清廷被推翻，但社会上的旧道德、旧观念并未有多大的触动。对年轻人来说，他们希望更改婚制等切身的要求也并未得到满足，这种哀情小说能直接或间接地表现他们要求冲破千年铁律的愿望。另外，就市民们而言，对“一家一姓的福祉平安以及由商品社会、世俗功利所造就的个人利益及其保全意识，总是小民百姓最基本的诉求”[②]。在市民追求新的生活方式时，他们就急需新的家庭伦理观的指导，因此，当时的鸳鸯蝴蝶派式的新家庭伦理剧也得到了广大读者的拥戴。《玉梨魂》和《孽冤镜》等小说在民初能得到如此的流行与畅销，与市民的兴趣所向是极有关系的。不仅是小说，当电影市场的票房产生危机感时，郑正秋就祭起家庭伦理新剧《孤儿救祖记》为“法宝”，赚得盆满钵满。当年的“申曲”在革新时，创作了家庭伦理新剧《离婚怨》，屡演屡满，甚至影响了沪剧的发展史。因此，哀情小说与家庭伦理小说在市民社会的一定的历史发展阶段中必然要扮演重要的角色。它们是市民用自己口袋中的钱币去购买世情、舆情、价值共识和娱乐消遣所培育的一股“人气”，是众人拾柴火焰高的必然反映。于是“上海学”史家们得出一个有悖文学史家们的大胆结论，他们认为：“由改良群治、教化社会为号召的小说革命，在民初的上海所体现的实际文化成果，就是鸳鸯蝴蝶派小说。实际上，鸳鸯蝴蝶派小说是民初的上海文人为适应变化了的社会的一种尝试，也是小说这一文化形式在现代上海社会这样的都市里找到自己生存位置的努力。它所建立的文学类型化趋势以及所找到的同读者之间的关系，包含了许多作为现代都市商业文化中一些特征性的东西。因此，对于民初鸳鸯蝴蝶派文学的研究，将会是一个很有意思的课题。”[③]

对民初上海通俗作家的文士们的结构，历史学家也作出了自己的判断：“从19世纪后半期起，上海就成为中国近代新型知识分子的集结地。最早一批新型知识分子主要从上海和江南一带的旧文人、士绅转化而来的……这些人进入上海后，谋食于城市新式的文化事业机构，以传播西学或者从事城市大众文化事业为主要职责。”[④]应该说，这些旧文人或士绅是最早从旧卵中破壳而出的自由职业者。他们已具备较新的知识结构，也不再苟同于传统士大夫的

① 熊月之主编：《上海通史·第10卷·民国文化》，上海人民出版社1999年版，第5页。

② 徐甡民：《上海市民社会史论》，上海文汇出版社2007年版，第247页。

③ 熊月之主编：《上海通史·第10卷·民国文化》，上海人民出版社1999年版，第75页。

④ 同上，第1页。

人生价值观，不再把做官作为荣宗耀祖的途径。他们已经不是庙堂御用文人，而是属于民间社会的自由人。凭着自己的知识技能，或独立谋生，或服务于新式的文化教育机构，从事新闻、出版、教育、西书翻译、画师、作家、技师、医疗、律师等职业，像李伯元、徐枕亚和包天笑就属于这类自由知识分子。李伯元拒绝了清廷的经济特科的考试，他作为一位作家和报人在上海的新闻、出版界找到了发挥自己才能的位置，实现了自己的人生价值。而包天笑、徐枕亚也像李伯元一样，作为报人和作家，不仅受许多“粉丝”——忠实的读者的敬仰，而且有相当丰厚的收入。

有一批中国早期的自由职业者成为作家，有广大的新市民作为他们作品的主要读者，他们之间以商业经营机制构成了供求关系。对这些新的作者与新的读者而言，“写作成为职业，阅读成为消费”[①]。当然，写作者要向阅读者传导一定的新的信息，如新的价值观、新的伦理观和新的生活方式等等，而对阅读者说来，也要对作者所传导的新的信息感兴趣。商业经营机制的最初触媒就是建筑在这“兴趣”之上。阅读的兴趣在某种意义上来说是作者与读者共同创造的，而鸳鸯蝴蝶派与上海的新市民共同创造了清末民初上海的阅读趣味。《玉梨魂》与《孽冤镜》受到年轻化的读者群为主的广大市民的兴趣，而《歇浦潮》、《人海潮》和《上海春秋》却引起了广大新移民的兴趣，它们告诉新移民在上海要谨防各种魑魅魍魉的陷阱。在商业经营机制的激励下，对有兴趣的题材，其他作者也就闻风一拥而上，直到粗劣的作品叠出，让读者倒了胃口才罢休；于是再共同去创造新的热点。上海的现代化文化市场就是靠一个一个新热点构成而逐渐走向成熟的。

城市社会构成人员不同了，这个城市的主要文化诉求也就变样了。正像一般市民逐渐成为上海剧场的观众的主体一样，中国第一代作家也与新市民建立了良好的供求关系，在文学领域中逐渐有了广泛的影响，成为大众流行文化的有机组成部分。从建构现代文化市场的观点出发，又从上海新市民冲破旧的士大夫的特权文化和培育自己的阅读习惯着眼，历史学家对后来被新文学家痛批的《礼拜六》周刊也予以一定的好评。他们称周瘦鹃是“优秀的文人与作家”，[②]而“《礼拜六》是一本依靠市场发行生存的小说类杂志，因此它的商

① 熊月之主编：《上海通史·第10卷·民国文化》，上海人民出版社1999年版，第59页。
② 同上，第195页。

业性倾向是毋庸置疑的"①。"由于王、周两位主编的尽心,《礼拜六》周刊在民初众多的小说刊物中脱颖而出,成为民初最成功、最流行的杂志……'每逢星期六清早,发行《礼拜六》的中华图书馆门前,就有许多读者在等候;门一开,就争先恐后地涌进去购买。这情况倒像清早争买大饼油条一样。'……实际上,无论是'鸳鸯蝴蝶派'还是'礼拜六派',都是从当时论争的需要出发,并不是从研究的出发去命名的,带有很大的随意性。"②其实不光是在民初,即使到20世纪40年代,张爱玲对市民读者的评价,还有许多值得我们探讨的余地。她对自己作为作家的职业,有自己的理解:"苦虽苦一点,我喜欢我的职业。'学成文武艺,卖与帝王家';从前的文人是靠统治阶级吃饭的,现在情形略有不同,我很高兴我的衣食父母不是'帝王家',而是买杂志的大众。不是拍大众马屁的话——大众实在是最可爱的顾主,不那么反复无常,'天威莫测';不搭架子,真心待人,为了你的一点好处会记得你到五年十年之久。"③她还是非常看重她与普通市民读者的关系,甚至自己也站在市民的立场上去思考问题,去撰写自己作品中的"人生":"每一次看到'小市民'的字样,我就局促地想到自己,仿佛胸前佩着这样的红绸字条"④;"世上有用的往往是俗人,我愿意保留我的俗不可耐的名字,向我自己作为一个警告,设法除去一般知书识字人的咬文嚼字的积习,从柴米油盐、肥皂、水与太阳之中去寻找实际的人生"⑤。从张爱玲的自述中我们可以知道,即使是在20世纪40年代,大众流行文学的作家对上海市民读者也有所期待,更何况是在民初的上海呢?我以为历史学家对民初上海的文化生态的把握,在今天的文化多元价值观的关照下是符合辩证的历史唯物史观的。

三

以上主要是论述清末民初上海文坛的情况,可是从"文学革命"开始,特别是"五四"以后,新文学在文学界发挥了巨大的作用,历史学家是如何评价雅俗文学的呢?这就要从他们对雅俗文坛的对比说起了。

有学者认为:"新文学是一种由西方'启蒙'论述和大学文化资本相结合的

---

① 熊月之主编:《上海通史·第10卷·民国文化》,上海人民出版社1999年版,第71—72页。

② 同上,第70—71页。

③ 张爱玲:《童言无忌》,《张爱玲散文全编》,浙江文艺出版社1992年版,第97页。

④ 张爱玲:《必也正名乎》,《张爱玲散文全编》,浙江文艺出版社,第46—47页。

⑤ 张爱玲:《童言无忌》,《张爱玲散文全编》,浙江文艺出版社,第98页。

强势话语。”[①]这一判断是有根据的。首先，鲁迅曾一再说过：“现在的新文艺是外来的新兴潮流，本不是古国的一般人们所能轻易了解的，尤其是在这特别的中国。”[②]在1934年鲁迅又说：“小说家的侵入文坛，仅是开始‘文学革命’运动，即1917年以来的事。自然，一方面是由于社会的要求，一方面则是受了西洋文学的影响。”[③]而在1936年，他说得更加绝对：“新文学是在外国文学潮流的推动下发生的，从中国古代文学方面，几乎一点遗产也没摄取。”[④]从鲁迅这三处言论中，关于新文学是受“西方‘启蒙’论述”而诞生的这一点是得到了充分的佐证；但从鲁迅这些论述中，也应该想见，既然新文艺不易为中国的一般人们所轻易了解，那么，中国的一般人们是否需要一种可以比较容易了解的文艺呢？这也是可以肯定的。另外，鲁迅也没有将1917年之前的小说列入中国的文学之中，他完全是站在新文学的精英立场上说这些话的。其次，关于“大学文化资本相结合”的论点，大概是从新文学的多数作家的文化学历而言的，加上许多新文学作家又具有“作家兼大学教员”的身份。一般说来，少数通俗作家虽然也曾有大学的学习经历，甚至是留学生，但是能站到大学讲台上去的却是凤毛麟角。历史学家在对比雅俗作家的文化背景时，指出通俗作家大多是“报人兼作家”的身份。的确，通俗作家虽然爬不上大学讲台，但是他们在没有围墙的“社会大学”中却扮演着重要的角色，他们大多数是“报人”，面对的是整个社会；他们的创作主要又是面对着中下层民众。历史学家对清末民初的报人的评价是很高的，同时也指出了他们的局限性。例如在《海外上海学》一书中，王敏就较为详细地介绍了季家珍(Joan Judge)的专著《印刷与政治：〈时报〉与清末改革文化》。季家珍指出：19世纪末20世纪初的上海，是一个印刷品开始与政治发生密切关系的时期，其标志是戊戌维新时期的《时务报》，而1904年6月狄葆贤创办的《时报》比《时务报》的时间更长，影响更大。这些政治性出版物同西方“市民社会”中的“公共空间”有可比性。《时报》周围聚集着一批具有新思想的知识分子，而《时报》的主干就是报人兼作家的陈景韩(冷血)和

---

① 陈建华：《岂止“消闲”：周瘦鹃与1920年代上海文学公共空间》，载姜进主编《都市文化中的现代中国》，华东师范大学出版社2007年版，第227页。

② 鲁迅：《关于〈小说世界〉》，载《集外集拾遗补编》，《鲁迅全集》第8卷，人民文学出版社1991年版，第112页。

③ 鲁迅：《〈草鞋脚〉小引》，载《鲁迅全集》第6卷，人民文学出版社1991年版，第20页。

④ 鲁迅：《“中国杰出小说”小引》，载《集外集拾遗补编》，《鲁迅全集》第8卷，人民文学出版社1991年版，第399页。

包天笑等人。陈景韩写的《催醒术》就是一篇1909年发表的"狂人日记",这是他和包天笑共同主编的刊物《小说时报》创刊时的"代发刊词"。作为报人,他们是政治改革和社会转型的主动参与者,又是下层民众的启蒙者,要使专制国的"子民"、"臣民"成为现代的公民、国民,担负的是"新民"塑造者的角色。另一方面,他们作为作家,又能够将思想家的思想,转换成可以让民众接受的社会话语,以便进一步提高国民素质。[①] 如陈景韩在创刊号中的"代发刊词"式的小说,他宣称自己这个刊物的宗旨就是为了"催醒","催醒"在这里就是"启蒙"的同义词。他希望催醒以后的中国民众能"伏者起,立者肃,走者疾,言者清以明,事者强以有力。满途之人,一时若饮剧药,若触电气,若有人各于其体魄中与之精神力量若干,而使之顿然一振者"。谁为民众的体魄中去注入"精神力量"呢?当然是像他自己这样的报人和作家,而注入这些精神力量后的民众当然就是他希望于中国未来的"新民"。季家珍认为,像狄葆贤、陈景韩这种人"他们又不同于'五四'新文化运动时期同传统彻底决裂的激进知识分子"。他们在要求立宪时期,扮演的是民众的启蒙者,政府的督促者,也希望成为民众与政府之间的沟通者。但是他们也是失望者,"随着第四次请开国会运动被清政府拒绝,报人们也疏离了清政府","新闻报业最终敲响了清政府的丧钟",因此才有包天笑在辛亥革命后很坚决地作出"拥护新政制"的表态。

历史学家在关注"五四"之后的文化史时,对民国文坛究竟是应该坚持一元化还是倡导兼容并包的多元化这一问题发表了自己的史学见解。熊月之在《乡村里的都市与都市里的乡村——论近代上海民众文化的特点》一文中指出:"上海是世界性与地方性并存、摩登性与传统性并存、先进性与落后性并存,贫富悬殊,是个极为混杂的城市";"上海的移民,往往是离土未离根,身离魂未离"。对家乡与上海抱着一种双重认同的态度。多元、混杂是上海民众文化的特点:中西混杂,现代与传统交叉,是个"十景拼盘",因此,他特别强调"民众文化的分层性"。[②] 而另一位历史学者又提出了上海文化还存在着分区性的现象,商人的地域分区:北四川路、武昌路、天潼路——广东人集中行商居留地;旧城南市小东门外的洋行街——福建商人较为集中;南市内外咸瓜街的商

---

① 以上论述均摘引自熊月之、周武主编的《海外上海学》中王敏所写的《印刷与政治》一文,上海古籍出版社2004年版,第217—226页。

② 熊月之:《乡村里的都市与都市里的乡村》,载姜进主编《都市文化中的现代中国》,上海文汇出版社2007年版,第11—26页。

号——基本上是宁波人在经营。[①] 于是在各自为多数的区域内说家乡话，吃家乡菜，听家乡戏，守家乡风俗，形成一种相对的区域文化，也增强了乡土文化在上海的生命力。在这个意义上，近现代的许多上海人也同时生活在都市的乡镇里。

不仅如此，就上海的更宏观的范围中去研究，它是一市三治，除了中国政府的管辖区外，还有公共租界与法租界，因此，多元性是必然会在一切事物中得到充分的表现的：行政多元、法律多元、人口多元、文化多元、道德多元。这些“多元”皆处于共时性中，而不是历时性的。在这种具体的环境里，再加上新史学思潮所提倡的研究动向是“由上而下”、“由高而低”、“由贵到贱”，于是里弄文化、民间的通俗文化与下层社会的关系就成为这些历史学家重点关注的对象。卢汉超就指出：“就像城市中被摩天大楼遮蔽的无数的里弄房子那样，在城市精英投射出的令人晕眩的光影之下，普通百姓的生活显得模糊不清，然而，正是这些为数众多而又地位微贱的‘小市民’编织着城市经纬中最丰富多彩的部分。”[②]因此他认为，如果缺少了对里弄的研究，上海的社会史或文化史都会显得不完整，而研究上海的里弄文化也是研究近现代中国市民文化不可缺少的一个环节。在这一研究过程中，他甚至注意到了上海里弄中的小书摊，将它视为民间的流动图书馆，这些街头读物，正是寻常百姓获取历史知识与文学兴趣的初级课本。而对于鸳鸯蝴蝶派小说在普通老百姓中的影响当然也不容忽视：“上海小市民是20世纪早期（尤其是在20年代）在全国极具影响力的‘鸳鸯蝴蝶派’小说的主要读者，……邻里之间的暧昧故事是他们阅读的爱情小说的生动再现。”[③]在民国时期，可以说，再也没有其他城市像上海那样出版自由，而新文学与通俗文学都在这样的环境下共同繁荣。他认为，用新文学去遮蔽鸳鸯蝴蝶派在当时的影响是人为地制造出来的一种假象：“上海作为现代中国西化的橱窗这一形象经常遮掩住了‘小市民’日常生活中传统的持续性。……尽管西方的影响从表面上看是城市的主流且被中国的上层社会所渲染夸大，在遍布城市的狭隘里弄里，传统仍然盛行。……如果说，中西文化在上海这个交汇之地谁都不占优势，那么，这不是因为两种文化的对峙而导致僵局，而是因为两者都显示了非凡的韧性，对很多人来说，这个城市的魅力正是

---

① 徐牲民：《上海市民社会史论》，上海文汇出版社2007年版，第41页。

② 卢汉超：《霓虹灯外——20世纪初日常生活中的上海》，上海古籍出版社2004年版，第274页。

③ 同上，第208页。

来自这种文化的交融结合。”①传统与现代不是简单对立的关系。从这种“两者都显示了非凡的韧性”的“城市魅力”出发，历史学家也就指出了一些新文学家对通俗文学的作用缺乏认知的局限性。

新文学家中抱定文学“一元观”的人是不在少数的。虽然在新文学内部也有不同观点的对立，可是在对待鸳鸯蝴蝶派的态度上是却是比较一致的，以至于这种情绪发展到解放后的文学史著作中，就给它们扣上了“逆流”的帽子。卢汉超在他的专著中，分析了当时作为新文学作家中的部分“亭子间作家”的思想状态：“这类作者的特点是：敏感，自负，看不起周围的一切但又无法超然世外……”②这些住在亭子间中的文人四周都是普通老百姓，可是他们却将这些邻居们视为庸俗的小市民：

> 如同金字塔一样，这些生活宽裕的作家们位于塔的顶端，而塔的下部则是许许多多刚刚来到上海的青年知识分子们，他们多数以当自由撰稿人为生。从经济角度而言，这些年轻作家可能还无法跻身社会精英的行列，他们写作的收入并不比一般的技工或者店主来得高。为了人生理想而奋斗的他们住在上海弄堂的“亭子间”里，与平民为伍的同时维持着精神上的精英状态。……考雷(Cowley)关于20世纪二三十年代一群逗留巴黎的美国作家的描述同样可以用于几乎同时期居住在上海的作家们：“他们中的一些人成了革命家，另一些人在纯粹的艺术中寻求精神安慰；但是他们所有人都追寻着能够令他们满意的现实世界，在这个世界中，尽管他们周围是木匠们和店员们，他们仍然可以悄然地怀有贵族般的心态。”③

对考雷的评价值得补充的是，这些“亭子间作家”中的有革命思想的人，他们在理论上是尊重工农大众的，也知道“劳工神圣”的道理，或许他们还会主动到工厂或工人夜校中去接近他们，写起文章来也是头头是道。可是在里弄里，“大众”也必然有这样或那样的流俗的毛病，那么同样是一个具体的工人，在里弄里就被他们视为庸俗的小市民了。这种“二元”的矛盾心态在他们身上，往

---

① 卢汉超：《霓虹灯外——20世纪初日常生活中的上海》，上海古籍出版社2004年版，第274页。

② 同上，第158页。

③ 同上，第48页。

往自己也是不自觉的。例如上海的娱乐场所的“分层性”是很明显的。在高级的电影院里，观众当然是很文明的；可是在那些三流的电影院里，观众在看电影的时候，例如看《火烧红莲寺》，在“正邪斗法”之际，当以正压邪时，观众就会鼓掌狂呼，这其实也是观众发自内心赤诚的爱憎感，可是这种举止就会被视为是“封建小市民”的不文明的表现。其实这些观众中是不乏工人群众的，但是那时的工人在他们的脑中就变成了“引车卖浆”的不入流之流了。

有的历史学家还对此类“一元论”的思想根源进行了剖析，认为在清末，眼看日本明治维新的成功，戊戌变法的失败，人们深深地感到失望，再加上清廷的所谓立宪不过是一纸遥不可及的空头支票，觉得改良路线无异于“与虎谋皮”。这时为了国家政制的革新与民族的富强，“就直接导致了激进主义的蔓延与高涨，并且由此开启了中国近现代激进主义的先河”。“由于文化激进主义而导致文化集权与文化专制，将为思想政治的专制强权的形态破坏多元价值，以致是粗暴地进入私人领域，诸如个人爱好、恋爱婚姻、亲情友情，甚至情绪性格横加干涉与管束，提供理论与方法的依据。”因此，“文化激进主义所做的，恰恰是将‘一元论’重新请回来”①。于是，上海市民社会的许多现代性内涵，也就下意识地被这些激进的作家所漠视。这种对市民社会认识的空缺就使他们对鸳鸯蝴蝶派进行了彻底的否定。就此而论，这也是某些新文学家的历史局限性。

研究“上海学”的历史学家从研究近现代上海的社会史和文化史的过程中，以辩证法和历史唯物主义为指针，对近现代的一个重要通俗文学流派——鸳鸯蝴蝶派作出了自己的评断，对这一流派在上海市民社会的形成和发展中所作出的贡献予以了客观的估价：

> 有人说，晚清上海的市民意识是‘读’来的……除报刊、出版和学堂之外，晚清上海还拥有众多贴近民众的，更为通俗化、大众化的大众艺术样式，如画报、戏曲、小说、电影、曲艺等等，它们以自己独具的魅力吸引读者和观众的视线，成为他们增长见识和休闲解闷的另一渠道。……不少学者认为各种大众化的艺术样式就是市民文化。就其功能而言，主要体现在两方面：一是娱乐消遣，丰富市民的闲暇生活；二是以市民喜闻乐见的形式有效地灌输近代意识……其实，云蒸霞蔚的大众文化，并不仅仅具有

① 徐甡民：《上海市民社会史论》，上海文汇出版社 2007 年版，第 280—281 页。

> 娱乐功能,对绝大多数城市民众而言,它更是近代市民意识萌生与滋长的触媒,或者说是近代市民的启蒙教科书。①
>
> 问题的另一面是大众文化的兴盛又意味着文化向中下层社会的全面开放,它在一般性地满足中下层社会的娱乐消费需求的同时,又从多方面改变和塑造着中下层社会,是上海人从乡民转变为市民的又一座"引桥"。②

历史家对他们的贡献既作了充分的肯定,同时他们也非常中肯地指出,他们不是决裂者、革命者、旧社会的摧毁者,这是他们的局限性。但是历史不能否定他们在"乡民市民化"的现代化工程中所发挥的积极作用。相应地,历史学家在肯定新文学家的同时,也指出了他们的不足与局限,那就是将近现代文学史上的一个多元化的兼容并蓄的文坛"遮掩"成一个"一元化"的文学界,一度还将这些有一定贡献的力量"推划"到敌对力量的一边,造成了文学史上的一个错案。不过,历史学家在谈及新文学家对鸳鸯蝴蝶派的批判时,也说了一段富有"弹性"的话:

> 作为新出现的文学形式,鸳鸯蝴蝶派小说还有许多粗疏的地方,如果从这一方面去批评它是完全合理的。"五四"时期在粉碎旧文化,创立新文化的理想下,对于鸳鸯蝴蝶派的情趣之类进行批判,也是理所当然的。因为,从情理上来讲,鸳鸯蝴蝶派并没有提供多少新的东西,看看"五四"时期对于传统文化的无情抨击,那么鸳鸯蝴蝶派所遭受的并不是太过分。③

鸳鸯蝴蝶派的作品当然也是分层的,而且他们的作品中的粗疏与粗糙的东西也是不少的。有的作品情趣也并不高尚,指出他们的不足处当然是合理的。而且这个流派在清末民初时期虽然作为启蒙者,但是他们提供的新的思想与观念,例如"寡妇再嫁"、"缠脚与天足"、"文明结婚"、"男女社交公开"等问

---

① 熊月之主编,周武、吴桂龙著:《上海通史·第5卷·晚清社会》,上海人民出版社1999年版,第387、394页。

② 熊月之主编,周武、吴桂龙著:《上海通史·第5卷·晚清社会》,上海人民出版社1999年版,第395页。

③ 熊月之主编:《上海通史·第10卷·民国文化》,上海人民出版社1999年版,第77页。

题毕竟是一些阶段性的问题，随着社会的发展与前进，不断地提出新的问题的能力，他们与新文学的“强势话语”相比当然是不足的。因此说他们“并没有提供多少新的东西”也是言之成理的。至于新文学家对他们的批判当然是过分的了。但历史学家认为新文学家对不应该全盘否定的中国传统文化尚且进行“无情抨击”和彻底的否定，以致“几乎一点遗产也没摄取”，那么他们以为像鸳鸯蝴蝶派这样的“不登大雅之堂”的东西，当然是“等而下之”予以痛斥了，因此也不必觉得太“委屈”的。我以为，对鸳鸯蝴蝶派的批判也“并不是太过分”与上下文相联系，是能作多种的理解的。如果不作“完全应该”去解释，那么从这些话中还是能体会出它的“分寸感”的。

我们应该看到过去上海的市场经济培育了上海的市民社会的“多元”文化。而今天，当我们在以经济建设为中心时，在改革开放的大潮中，市场经济的逐步回归，一个市民社会的正在同步发展，市场经济与市民社会本来就是一个命运的共同体，它们之间有着一根“脐带”的相联。因此，对鸳鸯蝴蝶派的重新评价也在这个社会大背景下作出了必要的反省。没有这个大背景，这种反省也是根本不可能出现的。我们如何去总结过去鸳鸯蝴蝶派的经验与教训，从而对历史作出交代；同时也循此对现实中许多新的市民文学的现象予以探讨和解释，这已成了我们急切需要去应对的问题了。正因为这样，我们应该向那些研究“上海学”的历史学家们学习，冲破思想观念的禁忌，拿出自己的新的、厚重的研究成果来，去指导今天的文学创作实践。

论中国现代文学中的“继承改良派”*

——中国文库《鸳鸯蝴蝶派作品选》(修订版)序

一

当20世纪90年代初,在编选《鸳鸯蝴蝶—〈礼拜六〉派作品选》时,还正处于中国大陆的通俗文学的复苏期,而有关的理论建设方面,更是处于摸索阶段。现在,当我们跨进21世纪的门槛而要为该作品选再版时,情况就有所改观,对通俗文学的创作和研究工作,也在有序地深入展开。对历史上的新文学与通俗文学之争的看法,也正从片面走向全面,从主观走向客观,因此,在对待通俗文学的态度上,也正从过去的蔑视到今天的正视。

在研究中国文学的现代化的进程中,我们知道,在19世纪末到20世纪初,中国文学中的诗歌、小说、戏剧和文体都经历了历史性的变革,也即从古典型向现代型转化。在这历史的转换途中,一部分作家以自己的文学功能观和对文学事业的信念构成了一个“借鉴革新派”。这“借鉴”是指按照他们的功能观和文学信念向世界文学的精华学习与吸纳,翻译引进并尝试着自己进行创作,从而掀起一个文学革命运动,使本民族的文学与世界文学接轨,并要使自己成为世界文学之林中的佳木。胡适的《尝试集》就是诗歌革新的初步尝试,而鲁迅的《狂人日记》是借鉴果戈理作品的生态来针砭本民族痼弊的革新之作,乃至成为新文学巨人起步的划时代丰碑。而另一部分作家,亦按照他们自己的文学功能观和对文学的信念构成了一个“继承改良派”。所谓“继承”就是承传中国古典小说中的志怪、传奇、话本、讲史、神魔、人情、世情、讽刺、狭邪、

* 本文选自“中国文库”《鸳鸯蝴蝶派作品选〈修订版〉》序言(一)—(四),人民文学出版社2011年4月版。

侠义等小说门类和品种，加以新的探索和开掘；而他们的“改良”则是在社会现代化的过程中，尝试通俗文学的现代化，他们瞄准大都市民间社会的形形色色的变异，构成了一种以反映大都会生活为主轴的，又以娱乐消遣为主要功能的“都市通俗文学”。从中国现代广大读者的多样需求来看，我们认为借鉴革新是必需的，这些作家要力争使我们的民族文学为世界文学增色；而继承改良也是必要的，有一批作家去继承弘扬民族古典小说的传统，从而记录下都市民间民俗生活的现代化社会步态，以满足中下层读者的精神消费，也是文学义不容辞的职责。中国现代社会对文学的需求是多方面与多层次的，既需要生产知识精英们所渴求的精神食粮，也需要提供市民大众所需的日常精神消费品。只要举一个生活中的最普通的例子就能使我们想象，这两种产品皆有其广阔的生存空间。在鲁迅的书信与日记中，有他多次给母亲周太夫人邮寄张恨水、李涵秋和程瞻庐的小说的记载，这就说明，对他母亲这样一位读者而言，她对《呐喊》、《彷徨》并不感兴趣，但这绝不因此而贬低了鲁迅小说的伟大的价值。文学的功能是多样性的，广大读者对文学的需求也是因人因时因地而异的。胡风在他的回忆录《鲁迅先生》一文中写道：“走进了他的房里的时候，他正包扎好了几本预备付邮的书。他告诉我，这是《啼笑因缘》，寄给母亲看的。又补了一句：‘她的程度刚好能读这种书。’接着笑了笑：‘我的版税就是这样用掉的……”①且不说其他，就单单以“程度”而言吧，中国有如此广大的人民处于如此的程度，这个通俗流派的存在的必然性与必要性，它的不以人们意志为转移的客体性，也是无可争议的。

我们过去将借鉴革新派称为“新文学”，以表示其有异于我们固有文学的“新质”，但这并不等于民族固有的文学就是“旧文学”；于是在文学术语上也有用“纯文学”、“严肃文学”等等为其命名。可是这种称谓又有将继承改良派作品视为“杂文学”和“玩世文学”之嫌，因此也是并不妥当的。而且我们的“纯文学”就未必见得“纯”，例如，此类作品有时带有如此强烈的政治意图，因此，它们也并非就是“纯文学”；“严肃文学”的尺度更难于作界定，至于“旧文学”、“杂文学”与“玩世文学”等名词本身就带有一种贬义，似乎有一概加以否定之意。那么我们是否有更为“科学”的称谓加以替代呢？我们认为借鉴革新派的作者大多是崇尚革新精神的知识精英们，它的作品的读者层面也主要面向知识阶层；而继承改良派侧重于传统的继承，并摸索新的通俗途径，它的作品则大多

---

① 胡风：《鲁迅先生》，载《死人复活的时候》，中国青年出版社 1999 年版，第 323 页。

面向市民大众。因此，前者我们可称其为“知识精英文学”，后者的表现形态主要是“都市通俗小说”，则称其为“市民通俗文学”较妥；在我们今天，这种通俗文学的题材已大大扩展了，不再限于“都市通俗小说”了，我们觉得应称其为“市民大众文学”。时段不同，称谓可以略异，但我们认为其内质却是基本相同的。

就知识精英文学而言，他们中的主流倾向是以“遵命文学”为写作目的的，往往侧重于强调政治性与功利型；而以“传奇”为目的，在消遣的前提下生发教诲作用的市民大众文学，它们在客观上侧重于文化性和娱乐型。两者都在侧重地发挥文学“之一”功能。两者是应该互补的，而不是你死我活的。知识精英文学与市民大众文学都给我们以及我们的后代留下了可以承续和研究的东西。就知识精英文学中持革命态度的作家而言，他们崇尚“前瞻”，以改造世界为己任；在知识精英文学作家中，还有一定数量的以膜拜艺术为己任的“为艺术而艺术”者，他们倾向“唯美”而以“美的使者”自居；而就市民大众文学作家而言，在党派性上大多是“超脱”的，他们所考虑的是要使自己的“看官们”读小说时感到非常有趣，达到娱乐消遣的主要目的。因此，他们非常愿意找一些社会众生相中的新异事物，使看官们读得津津有味、眼界大开。在描写这些新异事物时，他们并不想去为其“定性”，他们只想进行细致的描摹，因此他们的作品往往“存真性”很强。这种“存真性”在过去往往被斥为“低层次的真实”，但这种“低层次的真实”不会将一棵幼苗按照社会发展规律而去写成“参天大树”，它留给子孙们的倒是“存真”的原汁原味的历史原貌。我们的子孙所欢迎的大概是“存真的历史原貌”，当他们将自己周边的现实与祖先按社会发展规律所描绘的“参天大树”相比，有时或许会哑然失笑，觉得祖先们绘制的未来的“蓝图”颇有点“差之毫厘，失之千里”，这可能就是我们“前瞻”中的失误与局限。正像解放初期，有些人“前瞻”社会主义就是“楼上楼下，电灯电话”一样，这种理解，今天听了令人觉得幼稚可笑。我们的子孙倒需要祖先们只提供当时生活的真实，用不到“画蛇添足”。如此看来，“前瞻”性的作品仅仅是鼓舞我们自己前进的精神动力，而子孙后代会用他们周边的现实，更准确地去阐明历史的经验教训。

既然中国文学在现代化的途程中有了雅俗文学的“分道扬镳”，那么现实的论争总是会产生的。都市通俗文学作家群被称为鸳鸯蝴蝶派，这个“派名”就是知识精英作家为它命名的。周作人于 1918 年 4 月 19 日在北京大学演讲时就提及：“现代的中国小说，还是多用旧形式，就是作者对于文学和人生，还是旧思想,同旧形式不相抵触的缘故。”他在举例时,提到了“《玉梨魂》派的鸳鸯蝴蝶体”。[①] 稍后,在1919年1月9日,钱玄同在《“黑幕”书》一文中指出:“其实与‘黑幕’同类的书籍正复不少,如《艳情尺牍》、《香艳韵语》及‘鸳鸯蝴蝶派的小说’等等。”[②]接着在1919年2月2日,周作人在《中国小说中的男女问题》一文中说:“近时流行的《玉梨魂》,虽文章很是肉麻,为鸳鸯蝴蝶派小说的祖师,所记的事,却可算是一个问题。”[③]至此,这个“派名”及其“祖师”都定了下来。可是,鸳鸯蝴蝶派作家平襟亚却讲了另一个《“鸳鸯蝴蝶派”命名的故事》[④],说是在1920年某天,他们在某酒楼聚餐,席间行酒令时,规定每人要背诵一联诗,内中要嵌有“鸳鸯”、“蝴蝶”者,其时“隔墙有耳”,以后就有人指认他们是“鸳鸯蝴蝶派”云云。我们不排斥平襟亚所说的是事实,可是这是1920年的事,它不能“抹杀”1918—1919年知识精英作家的演讲和所写的“白纸黑字”。“鸳鸯蝴蝶派”之名出自知识精英们口中与笔下,是带有贬义的,但还是承认《玉梨魂》所记的事,“却可算是一个问题”,也就是说还没有“一概否定”。可是后来的调子越升越高,直到革新的《小说月报》之后的另一文学研究会的刊物《文学旬刊》创刊,对鸳鸯蝴蝶派的批判就越来越集中与猛烈了;这其中当然也不乏正确的意见,可是在1923年7月《文学旬刊》改名为《文学》时发表的《本刊改革宣言》,就出现了“势不两立”的“决一死战”的情绪:

> 以文学为消遣品,以卑劣的思想与游戏态度来侮蔑文艺熏染青年头脑的,我们则认他们为“敌”,以我们的力量,努力把他们扫出文艺界以外。抱传统的文艺观,想闭塞我们文艺界前进之路的,或想向后退去的,则我们认为他们为“敌”,以我们的力量,努力与他们奋斗。至于其他和我们在同路上走的人,即使他们的主张与态度和我们不同,我们还是认他们为“友”的。[⑤]

---

① 周作人:《日本近三十年小说之发达》,载《中国新文学大系·建设理论集》,良友图书公司1935年版,第243页。

② 钱玄同:《“黑幕”书》,载《新青年》第6卷第1号。

③ 周作人:《中国小说中的男女问题》,载《每周评论》1919年2月2日。

④ 魏绍昌编:《鸳鸯蝴蝶派研究资料》,上海文艺出版社1962年版,第127—128页。

⑤ 《文学旬刊》创刊于1921年5月,1923年7月30日第81号起更名为《文学》,发表了西谛的《本刊改革宣言》。

这种用“扫出”和与之“奋斗”的严厉的批判态度，将论争拉入了一个“不共戴天”的境域，实际上是将通俗文学视为洪祸逆流，而坚决采取了“鲧”治水时的“围堵”办法，却缺乏“禹”治水时的“疏导”的措施。其中有若干的历史教训是值得今天总结与记取的。

二

《文学·本刊改革宣言》是打着彻底反传统的旗号出现于文坛上的，而要将“传统的文艺观”扫出文艺界的主要手段是对其进行严厉批判。归纳起来，知识精英文学中的某些批评家给市民通俗文学作家缝制了三顶尺码并不合于他们头尺寸的帽子：其一是说他们代表了封建阶级（或曰垂死的地主阶级）和买办势力在文学上的需求，是遗老遗少的文学流派，因此是一股文学史上的逆流；二是认为这是半封建半殖民地的十里洋场的畸型胎儿；三是游戏的消遣的金钱主义文学观念的派生物。而这些结论又被后来的一部分现代文学史的撰写者辗转“传抄”，形成“众口铄金”的态势，其实这些现代文学史的编撰者并不一定看过这个流派的作品，这三个“权威”结论本身就使这些文学史编撰者对该派作品产生了“先天性的厌恶”，于是也就“不屑一顾”，先验地将这种结论视为“众口一词”的“定论”。其实这些结论是一种“历史性的误导”，它愈“权威”，误导性就愈强。

反帝爱国思想是这个通俗流派作家一贯具备的主要品质，在“五四”前后是这样，在抗日洪流中也是这样，他们讲究民族大义与民族气节，但这也恰恰是我们民族美德的一个重要的组成部分。他们之中的一位代表性人物包天笑曾谈及他的写作宗旨是：“拥护新政制，保守旧道德。”这说明他对孙中山的反清廷、反帝制、反民族压迫的民主主义革命是拥戴的。包天笑于民国元年至七年（1912—1918）编了一套五册《新社会——共和国宣讲书》，在第1集第1章就开宗明义地说：“诸位先生，在下是个乡下人，一向住在乡间，世界上种种的事情，都没有开过眼儿，今天偶然进得城来，只觉得眼前庄严灿烂，飞扬飘荡，都挂着五色旗，一望过去，真变成了一座锦绣城池。”包天笑是抱着欣喜的心情，为共和国的老百姓编写普及读物的。而第2集第9章是《国民自由》，书中提出国民有十大自由，即身体自由、家宅自由、产业自由、言论自由、出版自由、集会自由、书信秘密自由、迁徙自由、信教自由、诉讼自由。这虽然不是文学作品，但说明了包天笑的“拥护新政制”并非虚言。而这一套启蒙读物的销路也很畅，第1集在民国元年12月出版的当月就再版了一次。文坛上一直有一种看法，认为鸳鸯蝴蝶派是袁世凯称帝、民意消沉时所产生的"颓废文学"，殊不知他们之中的大多数皆是反袁的斗士，这是因为袁世凯欲称帝，已经是新政制的死敌。在副刊上发表《玉梨魂》和《孽冤镜》的《民权报》，当时被称为鸳鸯蝴蝶派的大本营，就是因为反袁激烈，而袁世凯的手又伸不进上海租界里去查封报纸，最后只能限制它在租界之外发行，办报经费就难以为继，被迫停刊。不过此派人对传统道德的过分依恋，使他们的作品既有封建性的糟粕，也有民族美德的精髓；但类似"苦节"、"愚孝"之类的思想，也随着时代的前进步伐已逐渐为他们所唾弃。他们不是地主阶级的孝子贤孙，他们是站在都市市民的立场上去观察事物的作者群体。包天笑还在1917年1月主编出版了《小说画报》，他在卷首写道："盖文学进化之轨道必由古语之文学变而为俗话之文学，……自宋而后，文学界一大革命即俗话文学之崛然特起。"在编者《例言》中第一条即提出："小说以白话为正宗，本杂志全用白话体，取其雅俗共赏，凡闺秀、学生、商界、工人，无不咸宜。"他还带着自我检讨的口吻说："近世竞译欧文而恒出以词章之笔，务为高古以取悦于文人学子。鄙人即不免坐此病。"此后，包天笑就用白话译述，而被当时有些人认为太"洋化"了。这本全用白话体的刊物的创刊与胡适的《文学改良刍议》的发表正好是同年同月，这说明包天笑并非受胡适文章的影响，他不过是继承中国古代白话小说的传统而加以光大之。在我们的词典中一直将"改良"作为一个贬义词，这大概始于近代。那时的革命派与改良派的斗争是很剧烈的，"君主立宪"一旦得逞，那么就不会有民主共和国的诞生。但是也不能因为这两派有这么一次决定国家命运的交锋，就将"改良"这个词打入了十八层地狱，永世不得翻身。其实革命一旦胜利，革命派掌握了政权，他们也就喜欢"改良"，在现政权的基础上，作一点修订改善，会有利于现政权的巩固；不过他们忌讳用"改良"这个词罢了。"改"的目的是为了"良"，在特定的时间与空间也不失为前进的一种方式，它与激进的"革"是为了要对方的"命"的方式，有时是可以轮流、互补或参照运用的。对不同的时代与不同的对象可以也应该采取不同的方式而获得相同的前进效果。将今天的"改革开放"看成是在坚持社会主义制度的前提下的"改良开放"有何不可？"改良开放"就是为了"学习国外的有用经验使我国的社会主义制度更加完美"之谓也。

所谓"半封建半殖民地十里洋场的畸形胎儿"也是一个"冤假错案"。如果以世界文学的发展规律来烛照这一文学现象，是可以很客观地剖析这个问题的。在英国，与鸳鸯蝴蝶派风格相差无几的通俗小说也曾随着工业革命的兴起而大量产生,也曾随着工业主义之帆传到欧洲的其他国家并漂洋过海登陆美洲;在东亚,日本的东京与大阪,最初也出现了新兴都市阶层为消遣而翻译和模仿英法的通俗小说。为什么大都会的兴建总与“通俗热”会联系在一起呢?这是由于工业的发达使印刷术和造纸工艺都达到了比较先进的水平;而大量的移民进入大都会后,对五光十色的社会现象深感眩目费解,迫切需要有报刊增大其信息量并指导他们的行止;同时,在高速的机器运转中,他们脑中的弦也绷得太紧了,在业余的闲暇,他们也需要放松被绷得太紧的脑弦;而在1905年废除科举制度后,大批文士失去了借以平地飞升、荣宗耀祖的习惯性通道,他们要寻找新的安身立命的“社会位置”。他们中的一些才子也涌进大都市,在那里既需要“体力劳工”,同时也需要“文字劳工”,他们就在“绞脑取酬”的队伍中扮演了新的社会角色。如此,物质基础(原料)、读者需求(买方)、作者队伍(卖方)诸条件都已具备,通俗文学怎么能不兴旺呢?他们把自己的“镜头”对准大都市是因为读者需要他们帮助解释这个飞速运转、千奇百怪、瞬息万变的社会中的许多令人不解的现象,这就形成了一个特定的“都市通俗小说”的热潮,但反映何种生活绝不等于是何种势力的产物;写十里洋场绝不等于是这一温床培植的毒菌;就像藤本植物“爬山虎”,以它的卷须吸附于墙壁或岩石上,即使是爬满了整个墙面与岩体,它的根还是深深植扎于土壤中。近现代通俗文学主要是继承传统白话小说的章回体形式,去反映大都市生活的“琳琅满目”,但它是从都市的“市民视角”观察外部世界的,而不是以殖民者的视角去解释这种社会结构的合理合法性。它并非是什么“畸形胎儿”,而是中国小说传统在现代化律动下的探索与应对。

至于“游戏的消遣的金钱主义”,则更能为我们今天的读者所理解了。这里首先是文学功能观之争。新文学社团有它们自己的追求,如文学研究会在宣言中宣告了自己的文学信念:“将文艺当作高兴时的游戏或失意时的消遣的时候,现在已经过去了。我们相信文学是一种工作,而且又是人生很切要的一种工作;治文学的人也当以这事为他终身的事业,正同劳农一样。”这一段话历来被认为是针对鸳鸯蝴蝶派的一种批判。文学研究会的文学功能观是无可厚非的,但文学流派易犯的毛病是往往将自己信仰的“之一”文艺观夸大为“唯一”文艺观。流派是以自己的文学信念与文艺风格为其特征而存在的,也因对这一文艺观的坚信而产生排他性的偏颇。文学的功能是非常宽泛的,例如有战斗功能、教育功能、认识功能、审美功能和娱乐功能……我们不能一般地反对文艺的娱乐功能和趣味性,而娱乐功能和趣味性又是通俗文学的本色之一。

不过优秀的通俗文学作品，也会包蕴“寓教于乐”的教化功能。

“金钱主义”也是当时的通俗文学的本色之一。我们对“金钱主义”的理解当然是局限于通俗文学的商品性。在过去，知识精英文学作家是不屑于把自己的作品“沦为”商品的。他们往往是文学领域中的“志愿军”，他们是为了事业而献身的，有的革命作家甚至为革命文学而献出了宝贵的生命。但是通俗文学界就有所不同，他们是文学领域中的“职业兵”。对他们说来，文学是一种职业，他们实际上也是中国的第一代职业作家。用张恨水的话说就是，流自己的汗，吃自己的饭。以作品之本，求生存之利，“文字劳工”就意味着卖文为生，按质论价，靠收稿费抽版税吃饭。这个道理对今天的知识精英文学作家来说，也是非常容易理解的，根本不可能作为一种罪状来加以罗织。

这三个误导性的结论，具有极大的指控性，也往往作为政治帽子扣在通俗文学作家头上。这种视“传统的文艺观”——“继承改良派”为“敌”的情绪，促使他们去“努力把他们扫出文艺界以外”，“努力与他们奋斗”。80 多年已经过去了，但这个“扫出”的“奋斗”的结果，是愈来愈渺茫了。

在辩诬之后，我们就可以也应该给近现代市民通俗文学作一界定：中国近现代通俗文学是指以清末民初大都市工商经济发展为基础得以繁荣滋长的，在内容上以传统心理机制为核心的，在形式上以继承中国古代小说传统为模式的文人创作或经文人加工再创造的作品；在功能上侧重趣味性、娱乐性、知识性与可读性，但也顾及“寓教于乐”的惩恶劝善效应；基于符合民族欣赏习惯的优势，形成了以广大市民层为主的读者群，是一种被他们视为精神消费品的，也必然会反映他们的社会价值观的商品性文学。

三

在当年，这“扫出”与“奋斗”的具体行动，除了对其进行批判之外，就是阵地的争夺战了。争到一个阵地，就是“扫出”的一次胜利。阵地当然是可以争夺的，因为按当时的认识，对方是“敌”，就应该去争去夺。即使在今天已经不以“敌方”论处了，但至少还有一个“竞争”的问题。在 20 世纪 20 年代最大的一次“扫出”是茅盾接编《小说月报》，把这块通俗文学作家的重要阵地给争夺过来了；30 年代最大的一次“奋斗”是黎烈文接编《申报·自由谈》，可是结果又如何呢？商务印书馆在《小说月报》之外，另办《小说世界》；《申报》当局在《自由谈》之外，另辟副刊《春秋》。这种“接编—另办”的模式只能说明一个问题：不管你承认不承认，客观上还是受市场规律的制约。书局和报社的老板一方面表示顺应时代潮流，打出“进步时尚”的招牌，拓宽报刊在知识界的影响；另一方面，他们也不能丢掉广大市民读者，这是重要的财源之一。

知识精英文学对市民通俗文学的批判，除了正面的效应之外，也存在负面的缺失。我们认为根本性的缺失就在于将“继承改良派”看成是敌人，犯了战略上的方向性的错误；而其他的许多战术性的批评或许是对的，或许是由于战略方向性的定位错误而影响了它的精准性。作为一个以市民为主要读者对象的文学流派，它自身是存在着若干缺陷的，在内容上、艺术上、格调上都有许多需要改进的方面。另外，通俗文学界自身也缺乏一支理论队伍，这就既无法为自己定性以作自我保护，也无法检点自己的不足以自律提高。不过在知识精英文学界也有对鸳鸯蝴蝶派定位准确的作家，例如朱自清，他的“鸳鸯蝴蝶派倒是中国文学的正宗”的论点是很有道理的：

> 在中国文学的传统里，小说和词曲（包括戏曲）更是小道中的小道，就因为是消遣的，不严肃，不严肃也就是不正经；小说通常称为“闲书”，不是正经书……鸳鸯蝴蝶派小说意在供人们茶余酒后消遣，倒是中国小说的正宗。中国小说一向以“志怪”、“传奇”为主，“怪”和“奇”都不是正经的东西。明朝人编的小说总集所谓“三言二拍”。“二拍”是初刻和二刻《拍案惊奇》，重在“奇”很显然。“三言”是《喻世明言》、《警世通言》、《醒世恒言》，虽然重在“劝俗”，但是还是先得使人们“惊奇”，才能收到“劝俗”的效果，所以后来有人从“三言二拍”里选出若干篇另编一集，就题为《今古奇观》，还是归到“奇”上，这个“奇”还是供人们茶余酒后消遣的。

这是朱自清在《论严肃》一文中说的话。此文发表于1947年，主要目的是告诫那些“一味讲究正经”的作家，“只顾人民性，不管艺术性，死板板的长面孔教人亲近不得，读者恐怕更会躲向那些刊物里去”①。像这一类的告诫，鲁迅在生前就有过阐述：“说到‘趣味’那是现在确已算一种罪名了，但无论人类底也罢，阶级底也罢，我还希望总有一日弛禁，讲文艺不必要‘没趣味’”②；“在实际

① 朱自清：《论严肃》，《朱自清全集》第3卷，江苏教育出版社1996年版，第141页。

② 鲁迅：《集外集·〈奔流〉编校后记(1—12)》，《鲁迅全集》第7卷，人民文学出版社1963年版，第187页。

上，悲愤者和劳作者，是时时需要休息和高兴的”[①]。这些话是与《论严肃》同调的。其实鲁迅与朱自清都在讲一个“大众化”的重要的原则，那就是要大众化，首先就要使老百姓感到“惊奇”、“有趣”，这才能达到“劝俗”的效果；而不能简单化地理解为我们怎样用通俗的形式与通俗的话语使老百姓来接受我们的“政治概念”。那就不是发挥“文学”的潜移默化的功效，而是讨论“宣传品”如何发挥作用。可见，通俗文学中蕴藏着“文学大众化”的宝贵经验；朱自清发现了这个道理，但他的话并没有引起知识精英文学界的重视。

知识精英文学将通俗文学视为“敌”而进行严厉的批判，主要是在“五四”时期，后来，“鸳鸯蝴蝶派似乎也打倒了”[②]，论争就没有像过去一样激烈。那是由于通俗文学作家抱着一种“井水不犯河水，各有各的读者”的态度，说是“公好馒头婆好面，各有各的胃口罢了”[③]。这些“职业兵”缺乏理论上应战能力，只能埋头于写作，“流自己的汗吃自己的饭”去了。而知识精英文学作家们也忙于自我内部论战，也就无暇去顾及对通俗文学界的持久攻击了。

直到党的抗日统一战线政策的提出，知识精英文学作家主动表示了团结抗日的愿望。鲁迅所说的一席话最具有代表性：

> 我以为文艺家在抗日问题上的联合是无条件的，只要他不是汉奸，愿意或赞成抗日，则不论叫哥哥妹妹，之乎者也，或鸳鸯蝴蝶都无妨。但在文学问题上我们仍可以互相批判。[④]（着重号是原有的——引者注）

市民通俗文学作家在抗日战争中的表现，在民族气节上是经受住考验的，在文学创作上也是有所进步的。例如张恨水的作品和其他作家的“国难小说”皆取得了一定的成绩。可是知识精英文学界一方面执行了抗日民族统一战线的政策，另一方面却并没有就过去的战略性的方向错误作一次清算，因此，注定这种联合是暂时性的或策略性的，甚至觉得这是一种恩赐。一旦抗日取得胜利，这种联合战线是否还能得以巩固，就是一个问题了。事实也正是这样，在20世纪40年代末到50年代初，在大陆，以行政或半行政的手段，终结了这

---

① 鲁迅：《花边文学·过年》，《鲁迅全集》第5卷，人民文学出版社1963年版，第358页。

② 鲁迅：《集外集·〈奔流〉编校后记（1—12）》，《鲁迅全集》第7卷，人民文学出版社1963年版，第187页。

③ 听潮生：《精神……原质》，载《最小》报第23期，此报均无注明出版年月日。

④ 鲁迅：《且介亭杂文末编·答徐懋庸并关于抗日统一战线问题》，《鲁迅全集》第6卷，人民文学出版社1963年版，第433页。

一流派的继续存在;这一作家群体中的个人也许还写些文章,但作为一个流派,已经不复再有所作为。

这使中国大陆上的通俗文学创作中断了30年,直到粉碎“四人帮”之后,情况才有所突变。随着我国的改革开放的大好形势,台港的通俗文学,特别是其中的武侠小说与言情小说登陆大陆,在大陆掀起了一股“通俗热”。这股热浪的掀起,有其复杂的原因:八个“样板戏”的大普及使大陆成为了一个文化单色调的枯燥乏味的荒凉沙漠,民众的文化饥渴感使通俗文学有了潜在的生机;市场经济与开放政策将台港的一些所谓政治上“无害”的作品,开放了进来,使与通俗文学久违了的民众读得津津有味,那就是我们所谓的“引进热”。“文革”使一部分人对政治产生了疏离感以及经济大潮的快节奏皆呼唤文艺的娱乐功能,“文化大革命”革掉了一代人学习文化的机会,造就了只能接受浅近的通俗文化的青年一代;通俗文艺通过大众传媒(主要是电视的迅速普及)闯进了千家万户,当然也包括高雅知识分子的客厅与卧室,使有些认为通俗即庸俗的知识分子也对通俗文艺有所接触,开始对其价值判断有新的理悟……上述种种原因,在大陆形成了一个“反弹的合力”,使沉寂了30年的通俗文学在“一夜间”就“大行其道”,使那些对它曾不屑一顾的人也惊呼:文化市场被通俗文学占领了。知识精英文学一度成了大众通俗文学汪洋中的岛屿。那时知识精英文学一部长篇印数一般只有几千,而台港的通俗小说动辄百万以上。在“引进热”中,大陆的读者在深感兴趣的同时,也发现这些台港的通俗文学作品的“老祖宗”原来就在大陆,于是又将20世纪二三十年代乃至40年代的可读性强的通俗小说翻了出来,大陆的出版社又掀起了一股“重印热”。

在20世纪二三十年代把所有的通俗文学不加分析地视为“洪水猛兽”的“鲧”先生们,在40年代末和50年代初,以为已经完成了他们的治水大业,谁知一夜间大堤被“引进热”和“重印热”两股大潮给冲塌了,眼前是一片汪洋。1983—1986年,大陆上的通俗期刊达到270种,有的刊物的最高发行量竟高达270万份;这还不算报纸副刊中大量的“周末版”。周末即礼拜六,周末版就是供现代大众休娱的“礼拜六”周刊。记得台湾出过一本通俗文学的评论集《流行天下》,这是很耐人寻味的书名。通俗文学就像水一样,在民间到处流动,抽刀断水水更流,堵得不好是要出问题的,那就是洪水泛滥。

30年沉寂,30年断层,“通俗热”陡升高温。这断层带来的严重影响又必然会暴露无遗。一是老一代通俗作者大多谢世,即使活着也不大可能创作出今天所需要的通俗小说,大陆不存在一支现成的训练有素的通俗文学作者队伍，在人才匮乏的现状下，高温必然带来了“量多质差”的矛盾；二是新上阵的作者不懂通俗文学有异于知识精英文学的创作规律，既不知道哪些题材宜于写通俗文学作品，又不知道对这些题材应掌握在什么尺度之间。于是武侠的走火入魔就堕入暴力，而言情的失控下坠就滑向色情。于是“鲧”先生们又有口舌了，他们这次是可以扮演现代卫道士的角色。殊不知这正是大家在尝着30年沉寂、30年断层的苦果。

但是历史的教训应该记取：大众所喜闻乐见的通俗文学是无法“消灭”的，除非你先“消灭”大众；即使一度用行政或半行政的手段使其沉寂了，但它总有着潜在的生机，一有风吹草动，它又会破土拔节。堵，则形成水患；导，则共享水利。只能用大禹的“因势利导”的办法，我们应该懂得共建通俗文学“水利工程”的重要性。怎样才是“导”呢？老一辈的通俗文学作家没有为我们用理论的形式总结过通俗文学的内在的创作规律，他们当时崇尚“儒家风范”，在他们的作品中色情之类的东西是没有的，但“儒风”会带来某些封建思想的残余。取其精华，弃其糟粕，进一步总结他们的创作经验，正本清源是“导”的一个重要方面。过去，知识精英文学的理论家们只是注重“批”、“扫”、“斗”、“堵”，其实如果真是懂得“大众化”，真想要“大众化”，就应该有那种气魄：用自己的理论优势，总结出一套通俗文学的创作规律，从《三国演义》、《水浒传》、《西游记》这类“民间积累型”的作品中，从后来的《红楼梦》、《儒林外史》等“文人独创型”的作品中，从冯梦龙、蒲松龄的短篇作品中，包括近代韩邦庆(《海上花列传》作者)们的作品中，现代张恨水、刘云若们的作品中，总结他们的成功经验，建立我们有中国特色的通俗文学理论体系。这才是大禹式的“因势利导”的根本。应该以天下为己任，将通俗文学也包容到我们的文学研究视野中来。有了这种大气魄，才会拥有我们健康的多样化的、真正为群众喜闻乐见的通俗文学。

四

鸳鸯蝴蝶派从总体上来说，是继承古代白话小说的传统，但在与近代的血缘关系上，他们是直接承传晚清的狭邪小说、侠义公案小说和谴责小说的衣钵，同时也引进了西方的侦探小说并加以中国化，使古代通俗小说中的英雄、儿女、神魔三元素，发展为现代通俗小说中社会、言情、武侠、侦探四大主要门类。

狭邪小说就是写妓院的小说。今天的读者一听到“妓院”这两个字就马上会联想到“性交易”一类的低级色情场所。今天的读者已不大知道，在清末民初，大都市中的一些高等妓院，不过是一种“公开的社交场所”而已，虽不能说其中没有“性关系”，但是这在高等的妓院的“书寓”、“长三”和略次一等的“幺二”中，是有当时的规矩与尺度的。只有最末一等的“野鸡堂子”才是赤裸裸的“性交易所”，有的通俗小说中称它为“肉林”，以表示与妓院的区别。高等妓院中的常客中有官绅商贾，他们视妓院为权钱交易、交谊应酬、商业谈判的场所；文人雅士则作为诗酒风流，找寻灵感和唱和之地；在辛亥革命前后，也有革命者作为筹划举义之密室，当然也不排斥他们之中有些名士根性，不免表露才子本色的又一个侧面，总之，它有社交场合的实用价值的一面。不过，也会有纨绔子弟之流挥霍大把白花花的银子求得性欲的发泄。上述种种狎客展示了都市中的较为广阔的生活面，因此，狭邪小说已初露了现代社会小说的端倪。张爱玲又认为反映妓院生活的《海上花列传》的主旨是写“禁果的果园”中的种种爱情生活。在男女社交不能公开的封建社会里，盲婚造成了许多没有感情基础的夫妻，于是有些人是到妓院里去找一位宣泄感情的“红粉知己”，有些狎客以“缠绵见长”，欣赏温情软语的“清游风味”，而不尚肉欲的追求。“当时至少在上等妓院——包括次等的幺二——破身不太早，接客也不多……女人性心理正常，对稍为中意的男子是会有反应的。如果对方有长性，来往日久也容易发生感情……”①但张爱玲又看到另一面，妓院毕竟是一个“脏乱的角落”，到这种地方去谈恋爱，有时简直就像到“禁果的果园”中去摘果子，不能说没有危险性。不过从她的一番话中，我们也能体会到，狭邪小说也是现代言情小说的先声。端倪也好，先声也好，总之，晚清狭邪小说的价值也不能低估。鸳鸯蝴蝶派的言情小说就是继承了《红楼梦》和晚清《海上花列传》的衣钵。

有一个文学现象很值得注意，那就是在1903年，鲁迅在《中国小说史略》中所提到的四大谴责小说在同一年开始在报刊上连载，它们真好像是事先约定好了似的。这个偶然的巧合说明了什么？答案是中国通俗社会小说已经启动了它们的马达，以它们的隆隆声宣告，在转型期社会中，社会小说将成为最受关注的通俗小说四大门类之首。鲁迅因它们与《儒林外史》的艺术性有高下而命名为“谴责小说”，但实际上，它们是中国现代通俗社会小说之萌发。即使像《官场现形记》和《二十年目睹之怪现状》，在艺术上是较为粗糙的，可是鲁迅

---

① 张爱铃：《国语本〈海上花〉译后记》，《张爱铃文集》第4卷，安徽文艺出版社1992年版，第343—344页。

提到它们能“特缘时势要求”“以合时人嗜好”[1]，其实这两点是很高的评价，所谓“特缘时势要求”，就是当“细民”都喜听平叛武功时，李伯元和吴趼人扭转了他们的习惯性思路，使老百姓知道“政府不足与图治”，一同起来对腐朽的清政府进行“掊击”、“揭发”与“纠弹”。就在《官场现形记》发表之后，受其影响，小说用“官场”字样为题者，至少有 16 部；而袭用“现形记”命名者，也至少有 16 部，可见此书影响之巨。因此，鲁迅说：“《官场现形记》乃骤享大名。”吴趼人的《二十年目睹之怪现状》等作品“名于是日盛……为世间所称”。所谓“以合时人嗜好”，就是当时有的民众很想看、很想听痛诋腐败清政府的小说或言论，以宣泄胸中之愤懑；李、吴诸人利用上海租界的“缝隙效应”，敢于痛斥而“显其弊恶”。于是想看、想听的“需方”和敢说、敢骂、敢写的“供方”，这“供”、“需”两个方面凑到了一起，形成了一股浪潮，对这股浪潮清廷却又是“管不着”、“没奈何”。也许这种“笔无藏锋”更能为“细民”所理解，以致成了一种“嗜好”。所谓“嗜好”，犹如嗜烟嗜酒，是有瘾的。我们不能完全以“迎合”论处，只是说明吸引力是强劲的。因此，我们首先应该看到“李伯元、吴趼人的小说出现于这个时候，恰好顺乎民心，就连他们那‘夸张过甚’也正是民心之所需，不如此，不足以泄民愤，不如此，读者读了便感觉不痛快。尽管后人批评他们‘夸张过甚’，但在他们那时却是恰得其当，这就是他们得享盛名的根本原因”。[2] 对这些小说有了“瘾”，再加上李、吴等人所办的多种小报，这些小报既“为俳谐和嘲骂之文”，又“记注倡优起居”，还“载诗词小说”，因此，“殊盛行”。这些小说与小报虽有局限性，但在实际上却为大都市建构现代机制的文化市场，贡献了自己的一份力量。至于对《老残游记》与《孽海花》，鲁迅的评价是尚可的，而胡适对前者、蔡元培对后者，均有比鲁迅更高的评价。胡适认为：“《老残游记》最擅长的是描写技术；无论写人写景，作者都不肯用套语滥调，总想熔铸新词，作实地的描画。在这一点上，这部书可算是前无古人了。”[3]蔡元培说：“《孽海花》出版后，觉得最配合我的胃口了，他不但影射的人物轶事多，为从前小说所没有，就是可疑的故事，可笑的迷信，也都根据当时的一种传说，并非作者捏造的。”[4]鲁迅与胡适、蔡元培都是超一流的学者，他们对这两部小说的评价是有高下的。

① 鲁迅：《中国小说史略·清末之谴责小说》，《鲁迅全集》第 8 卷，人民文学出版社 1963 年版，第 239—241 页。

② 张赣生：《民国通俗小说论稿》，重庆出版社 1991 年版，第 94 页。

③ 胡适：《老残游记·序》，《胡适文存》第 3 集，亚东图书馆 1930 年版，第 407 页。

④ 蔡元培：《追悼曾孟朴先生》，转引自《〈孽海花〉资料》，上海古籍出版社 1982 年版，第 198 页。

鲁迅取名为谴责小说是含有贬义的，意即写讽刺小说而技巧上又不合格者，就别谓之"谴责小说"。如果这样来理解，那么《老残游记》和《孽海花》是不应列入谴责小说范围的。而对《官场现形记》和《二十年目睹之怪现状》"则其度量技术之相去亦远矣"[①]，说明技巧上有缺点，但在评价时也应将此类作品在"细民"中形成"嗜好"而掀起热潮的作用估计进去，这对打造现代文化市场机制也是一个重要的方面军。鸳鸯蝴蝶派的社会通俗小说，就是接过谴责小说的接力棒而受到市民的宠爱。包天笑就曾明确地说过，他能写出《留芳记》和《上海春秋》这样的作品，前者是受了曾朴、后者是受了吴趼人的影响。

在侠义公案小说方面，鸳鸯蝴蝶派对晚清的侠义公案小说既有继承，更有远大的发展。"侠义小说之在清，正接宋人话本正脉，固平民文学之历七百余年而再兴者也。惟后来仅有拟作及续书，且多滥恶，而此道又衰落。……《三侠五义》为市井细民写心，乃似较有《水浒》余韵，然亦仅其外貌，而非精神。……故凡侠义小说中之英雄，在民间每极粗豪，大有绿林结习，而终必为一大僚隶卒，供使令奔走以为宠荣，此盖非心悦诚服，乐为臣仆之时不办也。"[②]历来的统治者都认为《水浒》是反政府的，但老百姓却喜见乐闻，因此统治者指责它是"诲盗"，必欲设法取而代之。于是出现一种外貌似"水浒"式的英豪，而内里却叫"名臣大官，总领一切"，反叫"水浒"式的英雄去帮助政府"除盗平叛"。这种作品就丧失了"水浒"精神。于是在民初就有叶小凤等革命派人物，在写作武侠或武侠型小说时，在作品中烙下资产阶级民族、民主革命思想的印记，以表示对"名臣大官，总领一切"的侠义公案小说之反动。而到了平江不肖生笔下，他一方面通过《江湖奇侠传》一洗晚清"隶卒风尚"，将武侠小说定位于娱乐型，发挥"悦目娱心"功能；另一方面又通过《近代侠义英雄传》用武林异人的传奇故事，使民族革命、爱国思想与武侠情节融会在一起，达到了水乳交融的程度。平江不肖生掌握了反帝而又不"排外"的分寸，把捉住既吸纳"西学"而又不"媚外"的尺度；辩证地看待武艺中的"道"、"艺"与"德"三者之关系，把武艺提升到"文化"层次并在中西文化冲突中加以表现与阐释。平江不肖生不愧为民国武侠小说的开山祖。至于公案小说则与引进的外国侦探小说合流，

---

① 以上所引鲁迅对《官场现形记》和《二十年目睹之怪现状》之评论均见《中国小说史略·第28篇·清末之谴责小说》，《鲁迅全集》第8卷，人民文学出版社1963年版，第239—250页。

② 鲁迅：《中国小说史略·第26篇·清之狭邪小说》，《鲁迅全集》第8卷，人民文学出版社1963年版，第215—226页。

出现了包公与福尔摩斯交接班，而由程小青、孙了红等人又将其中国化。

至此，我们已论述了鸳鸯蝴蝶派与晚清狭邪、侠义公案和谴责小说的直接承传关系。但作为“继承改良派”，他们也不仅仅只依样画葫芦，他们生在现代大都市兴建和中西交流的时代里，他们还将视野扩展到国外去。鸳鸯蝴蝶派作家不是“三家村”的学究和私塾里的“冬烘先生”。据不完全的统计，他们这个作家群体，在辛亥革命之前，至少就有 34 人从事各类文艺作品的译述工作。而从 1901 年起到 1919 年“五四”时为止，他们翻译的单行本小说就有 121 部，发表的单篇翻译小说有 369 篇，这 369 篇中有 77 篇是用连载的形式，可见篇幅也是相当长的。其中的一个有代表性的翻译家就是周瘦鹃。他在当时翻译界的地位仅次于林纾，但林纾是不懂外语的早期翻译家，而周瘦鹃则是独立译作的。他在 1917 年 3 月结集出版了《欧美名家短篇小说丛刊》，分上、中、下三卷，内收 46 家的 50 篇小说，其中包括 14 个国家的作品，而意、西、瑞典、荷兰、塞尔维亚五国的作品是首次介绍到中国来的，也有人说周是中国最早翻译高尔基作品的译者。鲁迅当时正在教育部工作，他与周作人共拟了一个嘉奖的评语，并由教育部颁发奖状：“用心颇为恳挚，不仅志在娱悦俗人之耳目，是为近来译事之光。”认为这是“昏夜之微光，鸡群之鸣鹤”。[①] 而在刊物方面，包天笑曾与陈冷血（景韩）联合主编《小说时报》，这本 1909 年创办的刊物，简直就像一个以翻译为主的期刊。在 33 期 + 1（临时增刊第 1 期）中，翻译的量约占 4/5 强，即翻译作品共计 4510 页，而创作仅占 1004 页。包天笑 1915 年主编的中国第一本大型季刊《小说大观》，共出版 15 期，发表短篇创作 100 篇，短篇翻译 50 篇，长篇创作 18 部，长篇翻译 26 部。包天笑个人的译述工作始于 1900 年，他与杨紫麟合译的《迦因小传》于 1901 年 4 月开始连载。而陈冷血则于 1903 年在留日学生所办的《江苏》上连载他的译作《明天的战争》。同年同月，鲁迅在留日学生刊物《浙江潮》上译述《斯巴达之魂》。周作人则于 1904 年，在《女子世界》上翻译《侠女奴》（即《天方夜谭》中的《阿里巴巴和四十大盗》）。胡适于 1906 年 12 月在《竞业旬刊》上翻译《暴堪海舰之沉没》。周氏兄弟与胡适是起步很早的知识精英作家，但相对而言，继承改良派的作家的平均年岁要比知识精英作家大 10 至 20 岁，他们略早登上文坛。他们在继承的前提下，通过翻译也学习外国的小说技巧，如包天笑较早尝试写系列小说、书信体小说，周瘦鹃则较早地创作独白

---

① 载 1917 年 11 月 30 日《教育公报》第 4 年第 15 期，此系鲁迅在“通俗教育研究会”任小说报主任时，决定为该报授奖而写的评语，由周作人起草。

小说、心理小说、日记体小说等等。可以说，有些后来成为知识精英作家的人最早还是从他们的译作中知道国门之外，有着那么大一个广阔的世界的。

鸳鸯蝴蝶派的作家既在1917年就出版了白话刊物（当时《新青年》还不是一个纯白话的杂志），又较早地进行译介工作，在1917年的这场文学革命中，到底是不是一定要把他们划到对立面中去呢？难道就因为他们继承民族传统并接受文学的娱乐功能观，就成了“扫”、“批”、“堵”、“斗”的对象？我们认为他们是一批摸索着前进的先行者，他们发挥了文学步入“现代文学新纪元”的桥梁的作用。

鸳鸯蝴蝶派作家在中国新闻出版事业刚起步不久就涌进大都市做“文字劳工”，办报办刊，特别是创办文艺刊物，当主笔，写小说，他们培育了广大市民所欢迎的都市社会通俗小说新类型，又鉴于广大青年男女婚姻的不自由，他们开始反映这种心灵的痛苦而试图在作品中触及这个问题，虽然他们的反抗是软弱的，但也在当时掀起了使青年为之共鸣、为之震撼的“哀情小说”的新热潮。在他们的小说中还折射出“乡民涌入大都市后处处应更新自己的观念才能改造成为现代都市市民”的大量新信息。可见他们面对经济转型、大都市兴建的全新形势，正在努力寻求传统小说的更新的对策。他们经过摸索所得的答案是：继承中国民族形式的小说今后应以现代市民为主要读者对象，应走都市通俗小说的道路。作为第一代职业作家，这一新定位，使他们既找到了维持自己生计的出路，也找到了自己的主要服务对象。这些“文字劳工”又将报刊的稿费制度引进中国。在这方面，他们也作了多方的尝试。例如《海上花列传》的作者韩邦庆，他在作品写作过程中，就在1892年自办《海上奇书》这本文学刊物，连载自己的这部长篇，每期刊登两回，再配以自撰的短篇小说，由《申报》馆代印代售，刊物一共出版了15期。鲁迅在《中国小说史略》中说他“遍鬻于市，颇风行”[①]。看来韩邦庆是有“收获”的。而到20世纪初，则又引进了“某一等稿件千字×元”的分等计量稿费制，这是一种符合现代化文化市场运行规律的制度。

以上的这些办报办刊，以孵化乡民在新环境中顺利地蜕变，使市民意识从胚胎中得以破壳出土；大量译介外国文艺作品以拓展读者视野，从封闭内向到具有世界性的广角全景；引进稿费制度，从此，他们不再是庙堂的御用文人，而是民间社会的自由职业者，使言论不再受统治阶层的支配……凡此种种皆是中国文学现代化必经的驿站。因此，中国现代文学史的研究者应该确立一个

① 鲁迅：《中国小说史略·第26篇·清之狭邪小说》，《鲁迅全集》第8卷，人民文学出版社1963年版，第215—226页。

新观念:中国文学的现代化是一个系统工程,为构筑这个浩大的工程,我们的前辈曾作过全方位的努力,是多方面军所作的各尽所能的贡献;奔赴这个工程的前路是一条宽阔的大道,不是只有几个先进分子才能跨越的“独木小桥”,也并非是革新借鉴派“承包”的专利;“继承改良派”在这个工程中也有他们的份额。我们应该改变过去对“继承改良派”侧目而视的老观念,应该以平等、公允的态度审视革新借鉴派和继承改良派各自的成就。

古代与现代市民文学的内在联系与嬗变

一

在章培恒、骆玉明主编的《中国文学史新著》(以下简称为《新著》)中论及古代小说时，总是要在小说中人物或事件的背后去发现随着时序的推进，人性美与艺术美是否在作品中刻上了新的烙印。例如在志怪小说中就突出了当时有违背礼教而在斗争中获取幸福的“个人意识的初步觉醒”；而在唐传奇中则认为成就最高的是关于男女之情的作品，从中已显示了“一种新的男女之间的关系”，也即是对于“违背封建礼教的恋情加以肯定”。宋代以后城市经济的发展，手工业和商业的发达，市民意识在文学中有所增强，致使近世文学的文学语言也有所变化，而从元代开始出现了用口语——白话——写作的文学作品；那些有别于传统文人的异端型的作家群体——不登大雅之堂的通俗文艺工作者——也相继萌生。在元末明初迎来了我国小说创作的第一个高潮，出现了以“民间积累型”的小说《三国志通俗演义》和《水浒传》为最高成就的代表作。《新著》论证了《三国志通俗演义》“第一次比较集中地反映出当时的市民意识。当时市民意识的主要特点是重功利、重个体、重个人能力。《三国志通俗演义》写英雄不重个人的道德品质，而重视其个体能力、建树与个人的情感”。《新著》认为这种市民意识在《水浒传》中得到了进一步的发展：《水浒传》所写的“英雄们对物质欲望的追求，享乐的意识，不甘受束缚的自我要求，以及较强烈的反抗精神，都不见于《三国志通俗演义》；因而，其所反映的市民阶层的愿望和理想都较《三国志通俗演义》强烈”。而后来的“文人独创型”的小说《金瓶梅》则已显示出在明代万历年间资本主义萌芽产生时期，“由于注重于对普通人的生活及人生欲望的描写，这种市民意识得到了更集中更真实的展现”。至于明末的“三言二拍”等小说，更渗透着李贽的“好货好色”异端思想，将它作为正常人的欲望加以肯定：“不必矫情，不必违性，不必抑志。直心而动，是为真佛。”李贽在《焚书·卷二》中的这种强烈呼号，袁宏道在《叙小修书》中的“独抒性灵，不拘格套，非从自己胸臆流出，不肯下笔”的名言与“三言”的编纂者冯梦龙的文字生涯遥相呼应。冯梦龙大胆地直言，要“借男女的直情，发名教之伪药”。他搜集、整理、改编与创作的许多故事都是围绕着男女婚恋与财富追求的情节展开的；而“二拍”的作者凌濛初则肯定冯梦龙“所辑的《喻世》等诸言，颇存雅道，时著良规，一破今时陋习”，并在冯梦龙成就的基础上，进一步揭示出人性与封建道统的矛盾，较鲜明地突现了明代中后期的市民意识。因此在《新著》中论述古代小说时，处处不离开一根“中轴线”，那就是看当时作为先进生产力的代表——市民阶层的影响是否愈来愈明显地在作品中运转：不仅是内容的大胆新颖，而且在美学的层次上也有所探索与递进。关于以往的其他一些中国文学史中，虽然对市民阶层所发挥的作用也有所阐释，但相比较而言，《新著》将市民意识作为小说发展的原动力和关键的促进因素处处加以强调，市民意识在明代资本主义萌发期扮演了启蒙思潮主角的论点，在《新著》中就显得格外鲜明与突出。①

中国古代的白话小说发展到“三言二拍”时，可以说步入了成熟阶段。这和当时的经济基础的演进是有莫大的关联的。冯梦龙是苏州人，苏州是当时经济最发达的区域。晚明的江南被后代学者认为是中国自身近代化的开端之地。而苏州也正成为日趋繁华的大都市，农业、手工业产品的商品化程度之高也处于领跑的地位，市民意识的强劲当然也居于前茅。在这一地域背景下，冯梦龙也开风气之先，他以市民的新兴意识为利器，冲破封建礼教的硬壳，让被封建道统异化的人性在小说的改编与创作中有所复归。他以异端作家的面貌出现，立“情教”以对抗“名教”；他对明代及以前的宋、元小说进行搜集和整理时，以符合他的“情教”教规和美学上的追求为标的，以市井百姓的人情好恶和伦理道德为准则去改编和创作“三言”。他既继承了《三国志通俗演义》的传统，又遵循《金瓶梅》“世情小说”的路子，对“通俗”两字有更深刻的理解与阐发，他用自己对世情的解释去与俗众相通。而他的突出的贡献是在晚明就对“通俗小说”有了一套比较成熟的理论建构。他在《喻世明言·叙》中说：

> 大抵唐人选言，入于文心；宋人通俗，谐于里耳。天下之文心少而里耳多，则小说之资于选言者少，而资于通俗者多。试今说话人当场描写，

① 上文的引用皆出于章培恒、骆玉明主编的《中国文学史新著》（增订本，上、中、下卷），复旦大学出版社 2011 年第 2 版，页码恕不一一注明。

可喜可愕，可悲可涕，可歌可舞……怯者勇，淫者贞，薄者敦，顽钝者汗下。虽小诵《孝经》、《论语》，其感人未必如是之捷且深也。噫，不通俗而之乎？[①]

在这席话中，他首先站在市井小民的立场上，说明小说应与俗众相通，冯梦龙认为只有使自己的小说贴近市民的生活与意识，才能拥有更广大的受众。其次，他以民间“说话人”为楷模，要使自己编纂和创作的小说的艺术感染性也达到深入读者肺腑的渗透力度。这也应该看作他改编和创作小说时的美学追求，“三言”诸篇因此成为成熟的古代通俗白话小说。他在《警世通言·卷12·范鳅儿双镜重圆》中有两句非常重要的话：“话须通俗方传远，语必关风始动人。”[②]“方传远”就有了关注“大众化”的意思；而他虽然冲破了封建道统的桎梏，可是他也有自己的道德底线，“关风”就是他的“风化观”，说明他的小说既“娱心”，同时也有“劝戒”的教化作用。他认为艺人的说话，其感人的力量有时远胜于《孝经》和《论语》，“而通俗演义一种，遂足以佐经书史传之穷”。[③] 冯梦龙在解释他“三言”的题名时，也并无偏废地指出：《喻世明言》，“明者，取其可以导愚也”；《警世通言》，“通者，取其可以适俗也”；《醒世恒言》，“恒则习之而不厌，传之而可久”。他的结论是：“三刻殊名，其义一耳。”他能将传播的广度、深度、艺术性与社会效益联系起来，一并加以考虑。

至于凌濛初，他的“二拍”中的自我创作的成分当然比“三言”的比例大得多。在冯梦龙的影响下，他作品中的商品性有了进一步的显露。冯梦龙在他的《喻世明言·叙》中说道：“茂苑野史氏，家藏古今通俗小说甚富，因贾人之请，抽其可以嘉惠里耳者，凡四十篇，畀为一刻。”[④]冯梦龙与当时的出版商已经有所来往，而且是应出版商之请，开始他“三言”的搜集、整理、改编与创作的。当然没有出版商之邀，他也会进行此项有价值的事业，但出版商总是起了促进的作用。而出版商也正因为冯梦龙的作品的畅销，才会去“挖掘”凌濛初的“潜力”：“肆中人见其行世颇捷，意余当别有秘本，图出而衡之……因取古往今来杂碎事可新听睹、佐谈谐者，演而畅之，得若干卷。”[⑤]至于《二刻拍案惊奇》，则

① 冯梦龙：《喻世明言·叙》，人民文学出版社2007年版，“叙”第1页。
② 冯梦龙：《警世通言·卷12·范鳅儿双镜重圆》，人民文学出版社2007年版，第154页。
③ 冯梦龙：《警世通言·叙》，人民文学出版社2007年版，“叙”第1页。
④ 冯梦龙：《喻世明言·叙》，人民文学出版社2007年版，“叙”第1—2页。
⑤ 凌濛初：《拍案惊奇·序》，人民文学出版社2007年版，“序”第1页。

是商人尝到甜头之后的再三请求了:“贾人一试而效,谋再试之。……意不能恝,聊复缀为四十则。”①从冯、凌二位的自叙中,我们就能看出当时文化事业的商品化已相当成气候了。

在“五四”新文化运动中,新文学家对晚明时代的公安派与竟陵派是表示重视与肯定的,因此,冯梦龙在中国文学史中有其重要的地位。在现代文学的文坛上也有一派继承冯梦龙衣钵的市民大众文学在繁衍与发展,那就是现代都市通俗文学的流派。

(二)

如果晚明的江南是中国近代化的开端,那么晚清的上海则是中国“被现代化”的起点。清末民初,随着开埠、大都会的初具雏形与逐步成型,商业的繁荣与现代工业的兴起,投资者发现了新的乐土;又为就业者提供了大量的工作岗位,于是新移民就像一股洪流涌入了新兴的大都会。在上海出现了买办、资本家、工人与苦力四大市民群体,一个有别于古代城市市民类型的新市民阶层正在形成。就古代的城市而言,这个新市民阶层是建立在农业文明的基石之上的。而1843年开埠的上海,由于帝国主义的侵略,是在“被现代化”的工商贸易的基础上建立的。中国古代的城市主要是农产品与手工业产品的商品化的势头猛增的产物,冯梦龙们的作品就产生在这种商品化之下;而上海开埠后主要是受到以工业产品为主的商品化的渗透。冯梦龙的继承者们,在清末民初的上海也掀起了一个新的转型期中的通俗文学高峰,他们所反映的是新型的现代都市文化。在小说创作上出现了《海上花列传》、《海上繁华梦》、《官场现形记》和《二十年目睹之怪现状》等古代无法想象、也创作不出来的新型现代化都市小说。

“乡村”是农户散居的共同体,而“城市”是大量人口集中在一个有限的空间。中国古代的城市也是由农民迁入而扩建的,但古代的城市的变化是“微调型”的,乡村移民进城,城市可以将他们自然消化吸纳。冯梦龙的家乡——明代苏州,是个全国瞩目的大城市,也是时尚之都。明代王士性在《广志绎》中曾写道:“苏人以为雅者,则四方随而雅之;俗者,则随而俗之。”苏州在当年,俨然成了左右天下时尚的风向标。而那时从农村迁入城市的乡民往往有一技之长,这些优秀的乡民是“乡而优者城”。研究明史的专家将这种明代的农民转

① 凌濛初:《二刻拍案惊奇·小引》,人民文学出版社2007年版,“小引”第3页。

为工商者而称他们是“农工互动”型，他们“较早地适应了商品化的发展变化，改变了传统农作而转为经营化的农户，成为首先富裕起来的人”；“这很容易使我们联想起‘三言二拍’中那些城市小商贩和手艺人的生活情况。随着城市生活需求日益加强，他们在城市中的生活也就逐渐稳定下来”。[①] 可是现代的上海的人口流动量则大不相同了，它往往呈“爆炸”型：战乱与天灾促成了移民洪流般的奔涌。由于太平军的严重破坏，冯梦龙的故乡苏州城一落千丈。太平天国攻陷苏州时，无数船舶覆盖了黄浦江面，都是苏州一带的难民，逃往上海避难。而上海的租界，在多次兵燹之灾中挂着中立的招牌，战乱波及不到租界，除了帝国主义的倾销之外，国内的大量游资投向了上海，开埠后的上海一跃而成为中国的第一大都会。它既成为难民的逋逃薮，也成为投资者的“乐土”。而当移民人口达到超饱和状态时，就业的竞争就非常残酷，“得业则生，失业则死”，弱肉强食，优胜劣汰。在都会的超负荷情况下，必然引发交通拥堵、住房紧张，环境污染、社会骚乱、失业贫困、犯罪率上升等种种现象。而对数量如此之多的贫苦移民的“人海潮”，正如《人海潮》的作者平襟亚笔下的一位沦为乞丐的手工业者——小皮匠小春所说的：“上海地方来寻饭吃，倘使只该一双空拳，不识字、不熟路、没力气、没保荐，简直乞丐公会里好预定一个位置，不走这条路不行。除非‘亏得’两字，亏得朋友……亏得亲眷……亏得女儿……亏得妻子……凭空可以发财。”他的意思是识字者比文盲找职业的路子稍宽，路熟可以去拉车，有力气或许可以去做苦力。但随便哪种职业都要有“保荐”——殷实铺保。如果有较硬的社会关系，例如朋友、亲眷等社会资源，也许还有活路；否则只能靠妻女去出卖肉体，沦为娼妓。他是皮匠，可是在上海某弄堂口想摆一个皮匠摊也不行，因为上海随便什么地方都有一个“地盘”问题。他后来即使做乞丐，也是拜师父的，只能在师父的地盘里乞讨。而小皮匠所说的“亏得女儿”是指他的同乡金大，金大的女儿银珠后来在上海成了名妓，金大“凭空发财”，就成了“屋宇连云，呼奴使婢”的财主。但其实名妓银珠也有一本血泪账。她曾沉痛地自述：“我吃这碗饭，也叫末脚棋子。养活爷娘是顶要紧。当初爷娘弄得六脚无逃，我没有法想，只好老老面皮，踏进堂子门，平心而论，总不是体面生意经。结底归根，对不起祖宗，没有面孔见亲亲眷眷……”后来她被一个军阀霸占，刚进门，那个军阀就被政敌暗杀了。《人海潮》就是写苏州衰落、农村水灾，不少农村移民到上海的悲惨生活。因此，这些涌进上海过着

① 商传：《农工互动：晚明城乡新现象》，载《博览群书》2012 年第 4 期。

地狱般的生活的新移民如何在上海立足生存，怎么才能让他们在上海安身立命，如何使他们早日融入上海社会，也即如何使“乡民市民化”，如何提高这些新“市民”的素质问题就成了一个迫切的现实课题。谁来发挥新风俗的教化职能，使传统的乡民成为现代市民，就成了一个迫切而现实的重要课题。新文学家“探求人生”，对乡民来说是太深奥了。鲁迅曾说过：“现在的新文艺是外来的新兴的潮流，本不是古国的一般人们所能轻易了解的，尤其是在这特别的中国。”[①]新文学的主要读者是知识分子。那中国的普通老百姓总该有自己的文艺，有自己可读的东西。这个任务就非由冯梦龙的继承者来完成不可。

自从1905年清廷废除科举制度之后，知识生产者也大量集中到上海，来找寻自己的新的社会定位；而极大多数的移民，毕竟是破产的农民，因此精英文化与大众文化的分层现象也必然会随之而出现。只要我们去读读历史学界对通俗文学的评价，他们对通俗文学，也即对所谓鸳鸯蝴蝶派是基本肯定的。因为从历史学家们研究的角度而言，这一通俗流派对上海市民的文明素质，的确起了推进作用。而新文学家对这一通俗流派却大加挞伐，这是由于通俗作家没有“归化”成为新文学作家。从历史进化的角度而言，通俗文学对“乡民市民化”的现代化工程是作出过贡献的。从客观上说，这是他们对乡村流入城市的新移民的一种“人文关怀”：

> “有人说，晚清上海的市民意识是‘读’来的”，“除报刊、出版和学堂之外，晚清上海还拥有众多贴近民众的，更为通俗化、大众化的大众艺术样式，如画报、戏曲、小说、电影、曲艺等等，它们以自己独具的魅力吸引读者和观众的视线，成为他们增长见识和休闲解闷的另一渠道。……不少学者认为各种大众化的艺术样式就是市民文化。就其功能而言，主要体现在两方面：一是娱乐消遣，丰富市民的闲暇生活；二是以市民喜闻乐见的形式有效地灌输近代意识……其实，云蒸霞蔚的大众文化，并不仅仅具有娱乐功能，对绝大多数城市民众而言，它更是近代市民意识萌生与滋长的触媒，或者说是近代市民的启蒙教科书”。[②]

问题的另一面是大众文化的兴盛又意味着文化向中下层社会的全面

① 鲁迅：《关于〈小说世界〉》，《鲁迅全集》第8卷，人民文学出版社1991年版，第112页。
② 熊月之主编，周武、吴桂龙著：《上海通史·第5卷·晚清社会》，上海人民出版社1999年版，第387、394页。

> 开放,它在一般性地满足中下层社会的娱乐消费需求的同时,又从多方面改变和塑造着中下层社会,是上海人从乡民转变为市民的又一座“引桥”①。

历史学家能看到这一点是很可贵的。因为在过去,我们文学界一再声讨这个通俗文学的流派,也一再指认他们只是以庸俗的小说娱乐那些小市民,而在当时,娱乐似乎已经被排斥在文艺的职能之外。但历史学家则指出:这些冯梦龙的继承者们的作品不仅仅是发挥了文艺的娱乐功能,而且也“灌输近代意识”,换句话说,他们也播种了“文明”——提高市民的现代性素质;历史学家甚至将这些小说看成是“近代市民的启蒙教科书”。这一观点,应该对我们文学界有所启发,甚至可以提高到对某些一贯否定冯梦龙的继承者们的文学家们的一种“启蒙”。

当冯梦龙在整理、辑录、改编和创作“三言”白话小说时,他并没有忘记这些小说的教育功能,“话须通俗方传远,语必关风始动人”。他除了强调“人性”的“真情”以冲破封建道统之外,还是有他的道德规范的。不过从市民意识出发,他的义利观中,就不是一般地宣扬“重义轻利”,而是倡导一种“既重义也不轻利”的新兴市民道德观。但是冯梦龙的继承者们——现代通俗文学作家就随着时代的前进而有所发展。他们在小说中一方面是“保持传统自我”,另一方面是“接纳外来世界”。他们的通俗文学新课题是告诉新移民:如何适应这个与过去乡间完全不同的生存环境。因为这个新的环境是充满竞争的世界,只有调适观念,才能立足生存,进而图谋发展。他们当然主要也是通过小说进行“关风”,可是他们的主要“工具”却是冯梦龙所无法想象的“新式利器”,那就是现代传媒——报纸与期刊。在报纸、期刊上连载的优秀作品或可读性最强的作品,印成单行本的机会最多,传播的速度也最快。这些通俗小说也就成了中下层市民的“社会大学”。如果没有1872年创办的《申报》、1893年创办的《新闻报》和1904年创办的《时报》,上海市民的文明素质决不会提高得那么快。“申”、“新”、“时”是上海早期的三大报。即以《申报》为例,它虽是英国人安纳斯托·美查所创办,但他制定的宗旨是“此报用与华人阅看”。1877年2月10日《论本报之销路》一文中说:“余尝闻之售报人所言,皆谓阅报之人市肆最多。我等亦询诸店肆友君等,何以众皆喜阅《申报》? 肆人应曰:《申报》文理

---

① 熊月之主编,周武、吴桂龙著:《上海通史·第5卷·晚清社会》,上海人民出版社1999年版,第295页。

不求高深，但欲浅显，令各人一阅而即知之。购一《申报》，全店传观，多则数十人，少则十数人，能识字即能阅。既可多知事务，又可学演文墨，故自《申报》创设后，每店日费十余文，可以有益众友徒，亦何乐而不为哉?"《申报》从 1912 年起至 1934 年——它的"老板"史量才被国民党特务暗杀为止，是"史量才主政时期"。他在编报的理念上"强调《申报》要独立自主，无党无派，保持客观公正的报道态度。史量才把报纸看作是现代的《史记》，在这样的理念指导下，《申报》与当时盛行的一些党派社团报纸的面貌迥然不同，成为当时公认的、比较客观的公共媒体"①。有人说史量才的政治态度稳健而不失正义，这样的评价是恰如其分的。但当时左派往往认为《申报》比较保守，而蒋介石妄想控制这张全国影响最大的报纸。他曾威胁史量才说：把我搞火了，我手下有一百万兵。可是史量才回答说：我手下也有几百万读者。因此有"虎胆文人"之称，以致被蒋帮下了毒手。它们是为市民提高文明素质的报刊，但也因为它们没有党派性而往往"两头不讨好"。但是不论哪种势力占据了上海，左也好，右也罢，由于市民的素质的提高，它们无形中都能得益。这个道理是很容易明白的。

在史量才主持报纸的大背景下，我们就可以回过头来谈谈冯梦龙的继承者们是如何办"文艺副刊"的了。当时新文学的主流作家对《申报》、《新闻报》的副刊有许多批评，但他们也知道，在小市民心目中，这些副刊是更具吸引力的。化鲁在《中国的报纸文学》中写道："我亲见有许多人，他们从来不关心时事，从来不看报纸里的新闻记载，但因为他们要看《自由谈》，要看《快活林》，要看李涵秋的小说，要看梅兰芳的剧评，所以都要买一份报纸看看。"②说明了当时副刊在一些大报上的重要地位。郑逸梅的文章也从另一视角证实了这一估价：市民读者"爱看附刊的小文章(当时往往将'副刊'称作'附刊'——引者注)，其时《申报》号称日销十五万份，《新闻报》号称日销二十万份。所以有这样的销数，还是靠着附刊的号召与吸引。因此报社的主持者，一般都注重附刊，以迎合读者。附刊的编者，也绞尽脑汁采用连载的作品，如小说、笔记等，使读者如看连台戏一般，一本一本地看下去不肯中辍，那报刊的销数也就蒸蒸日上，销数多，自然招徕了许多商品广告，广告费成为大宗的收入，真所谓'财源茂盛达三江'了。附刊的编辑的地位因而日益提高，外界往往不知道报纸的

① 熊月之主编，许敏著：《上海通史·第 10 卷·民国文化》，上海人民出版社 1999 年版，第 240 页。
② 化鲁(胡愈之)：《文学旬刊》第 44 号，1922 年 7 月 21 日出版。

总主笔为谁，而附刊编辑却成为家喻户晓的著名人士。这时差不多把周瘦鹃作为《申报》的代表，严独鹤成为《新闻报》的代表，这种错觉是有理由的”[①]。例如当时的《申报》总主笔陈冷（景韩），肯定没有周瘦鹃名气大。他们在所办副刊中其实也发表了大量短小的政论与杂感，站在市民大众的立场上发出正义的呼声，使那些不大关心国家大事的读者在他们所写的几十或几百字的政论杂感中，感知自己应如何站在正义的一边，知道自己应持的态度与立场。但这些“小杂感”、“小言论”似乎没有引起后来的研究者的重视，倒是他们组来的一些可读性特强的作品一直为后人所津津乐道：20 世纪 30 年代，严独鹤组来了张恨水的《啼笑因缘》；40 年代周瘦鹃组来了秦瘦鸥的《秋海棠》，使报纸销量大增，商家纷纷要求自己的广告要靠近连载小说的版面。真所谓“财源茂盛达三江”了。周瘦鹃和严独鹤的作品当然还不能算是通俗文学的一流作家，但是他们在现代通俗文学大本营——上海，是第一流的通俗文坛的组织者。周瘦鹃在《申报》主编《自由谈》与《春秋》两个副刊 18 年，严独鹤自 1914 年起就一直主持《快活林》（抗战后曾改名《新园林》）、《红杂志》。周瘦鹃除曾主编《礼拜六》之外，还受大东书局之聘，主编《半月》、《紫罗兰》、《紫兰花片》、《新家庭》等期刊；而严独鹤则为世界书局办《红玫瑰》、《侦探世界》等杂志。正因为他们在通俗文坛上作为组织者的缘故，所以也首当其冲地受到新文学界的攻击，如周瘦鹃几乎成了众矢之的，有的新文学家说，“对于这一类东西，惟有痛骂一法”[②]。“所来小书坊中随便雇上几个斯文流氓，大出其《礼拜六》、《星期》、《半月》、《红》、《笑》、《快活》，居然大赚其钱。”[③]但是历史学界却另有评价，认为周瘦鹃是“优秀的文人与作家”。[④] 因为像周瘦鹃、严独鹤这类文人曾为适应现代化的城市经济文化，为培养提高市民素质作出过贡献；他们让自己编辑的副刊走出了文人圈而在中下层市民中激起反响，使新移民——大多数是乡民——融入了市民群体。像包天笑这类通俗作家还不愧是中国早期的启蒙主义者。他在胡适发表《文学改良刍议》、倡导白话文的同年同月，就在上海出版了一本通体白话的《小说画报》。《小说画报》在“五四”之前，已在试图倡导新道德、新观念、新价值、新伦理、新知识和新的生活方式。一些小说已涉及婚恋自主、男

---

① 郑逸梅：《回忆六十年·严独鹤与快活林》，（香港）《大成》第 195 期，1991 年 4 月 1 日出版。

② 玄：《评〈小说汇刊〉》，载《文学旬刊》第 43 期，1922 年 7 月 11 日出版。

③ 东枝：《小说世界》，载《晨报副刊》1923 年 1 月 11 日。

④ 熊月之主编，许敏著：《上海通史·第 10 卷·民国文化》，上海人民出版社 1999 年版，第 195 页。

女新的择偶标准、小家庭的理想和女子职业的拓宽等题材。那时，在辛亥革命的亢奋期过后，生活又回到了正常的轨道上来，而一些旧道德、旧观念，并未有多大触动，对市民而言，一家一姓的福祉平安与商品社会中个人利益的保全等民生问题当然会提到日程上来，而通俗作家们关注这些民生问题就普遍地得到了市民们的欢迎。像徐枕亚的《玉梨魂》、吴双热的《孽冤镜》、朱瘦菊的《歇浦潮》、包天笑的《上海春秋》等小说的问世，既有对旧事物、旧观念的揭露，又有预防上海恶势力陷阱的警示，还带有探索新道德的启发，都在当时起到了提高市民素质的作用。而像孙玉声《黑幕中的黑幕》对上海"一市三制"的不同的法律体制的揭露、张舍我的"问题小说"提出的各种社会问题、江红蕉的《交易所现形记》所反映的当时信托公司和交易所中的种种弊端，无不大大拓展了市民头脑中的知识半径，这是冯梦龙时代所无法想象的国际化都市中的一些复杂状况。通俗小说中所提及的种种问题不仅仅使上海的市民得益，也通过行销数以万计的《申报》、《新闻报》、《时报》辐射到了周边省市，乃至全国。人们在民国时期的报纸上，经常可以看到这样的标题："北平社会的上海化"（见《晶报》1920 年 11 月 3 日）、"上海化之南京市面"（见《晶报》1932 年 10 月 22 日）、"上海化的苏州"（见《晶报》1928 年 8 月 28 日）。……这些信息透露出上海生活方式对全国的示范作用和影响。①

在历史学家的笔下，清末民初的转型期中，鸳鸯蝴蝶派在文化领域中是与上海的经济繁荣和上海市民社会初兴的局面同步发展的"正面形象"，是中国"现代都市文学的滥觞"：

> 如果我们不是以政治上的褒贬来评判鸳鸯蝴蝶派，不是先验地把鸳鸯蝴蝶派作为一个贬义词，那么，用鸳鸯蝴蝶派来概括民初上海文坛上出现的这种新的小说倾向，也未尝不可。作为民国以后上海最早出现的文学现象，应当说鸳鸯蝴蝶文学努力在建立一种适合现代都市商业运作机制的文化形式……小说作为一种文学形式受到社会人士的广泛关注，却是由民初的鸳鸯蝴蝶派逐渐造就的形势。而且，由民初职业文人所建立的报刊、小说、戏剧、电影之间的共同关系，对于文学传播和扩大影响产生了良好的效果。实际上，阅读的趣味，从某种程度上来说，是作者和读者

① 以上资料均引自熊月之主编，罗苏文、宋钻友著：《上海通史・第 9 卷・民国社会》，上海人民出版社 1999 年版，第 181 页。

共同创造的。就这个意义而言，鸳鸯蝴蝶派小说是创造了上海城市的阅读趣味。作为现代都市文学的滥觞，我们应该看到鸳鸯蝴蝶派在民初上海文化上的广泛影响。①

同样的观点在现代文学界也不是没有，只是未受到现代文学研究界的重视而已。例如资深的现代文学史研究专家樊骏就有与历史学家相类似的观点：

在20世纪中国的文坛上，“鸳蝴派”和新文学诚然是不同的流派，有明显的区别；但在实际的历史进程中，在不少的具体事例中，又往往是你中有我、我中有你，相似相通的。……在中国文学从传统向现代的历史性转换中，比之“五四”新文学，它在好几个方面（比如文学的平民化、世俗化、文学作品的商品化等），倒是个先行者。从这个意义上说，把它称为“前现代（化）文学”、“前新文学”，也不为过，至少是得风气之先，在新文学之前作过一些探索，取得若干成就，起了无可替代的历史作用。这是“鸳蝴派”在近现代文学史上的主要建树和历史地位。……“五四”之前，“鸳蝴派”应该说是当年文坛上一个最有影响的新的流派。在中国文学现代化的进程中，就文学的写作传播等环节而言，现代报刊出版事业—现代稿酬方式—作为自由职业者的专业作家“三位一体”体制的确立，起了决定性的作用。……如果说“鸳蝴派”原是依靠这种新的写作传播体制，才得以存在发展；那么这种体制又何尝不是通过“鸳蝴派”作家的广泛实践，才得以确立壮大起来？在这方面，新文学步的是“鸳蝴派”的后尘。②

以上这席话是樊骏在2001年写的。可以这样说，我们中国现代文学研究界，对樊骏是极为尊敬与景仰的，但这席话在不少现代文学研究界的同仁中并未引起重视。那只能证明我们这门学科是新中国成立初期因政治的需要而创建的独立的二级学科，我们的新文学权威性“情结”太根深蒂固了，而对“鸳蝴派”的一贯持批判态度也成了学科的惯性轨迹之一。

我们应该看到，从冯梦龙到鸳鸯蝴蝶派对通俗文学的定性是一脉相承的。

---

① 熊月之主编：《上海通史·第10卷·民国文化》，上海人民出版社1999年版，第76—77页。
② 樊骏：《能否换个角度来看》，《中国现代文学研究丛刊》2001年第2期。

我们对冯梦龙在文学史上的地位是充分肯定的，但是对他在近现代文学时段的继承者却进行了严厉的批判，以至于到今天，有少数人还“立场坚定”，也还有若干人只对它们羞羞答答地承认。应该看到，市民群体在古代文学中是一个“动力源”，鲁迅在《中国小说史略》中写道：

> 宋一代文人之为志怪，既平实而乏文彩，其传奇，又多托往事而避近闻，拟古且远不逮，更无独创之可言矣，然在市井间，则别有艺文兴起，即以俚语著书，叙述故事，谓之“平话”，即今所谓“白话小说”者是也。[①]

在这段话中，鲁迅肯定“市民”是“动力源”。章培恒在《中国文学史新著·近世文学复兴期·概说》中也强调：在明代弘治、正德时期，“市民阶层的力量也随之复苏和进展，并日益作用于文化（这里指狭义的文化）。……总之，从弘治到晚明时期的文化发展中，市民的影响显然是重要的促进因素”。再一次证实了市民意识是文化发展的重要“动力源”。可是到了现代，新文学是来自外国的新兴思潮，这种“拿来主义”当然是必需的，引进外部的“动力源”是必要的；可是与此同时，却丢掉了我们本土的一个“动力源”。应该看到，“上海以开放的姿态迎接来自各地的移民，又以近代商业精神、生产方式和生活方式塑造着来自各地的移民……晚清上海人正是在这种新的经济关系与高度商业化的社会环境之中，开始告别传统，并完成向近代市民的转变”[②]。移民艰辛缔造了上海这座大都市，也完成了自己从乡民转化为新市民的蜕变；而且将这种影响向上海以外辐射，难道他们不是本土新的“动力源”之一吗？中国的新文学正如茅盾在 1928 年 7 月时分析的那样，“六七年来的‘新文艺’运动虽然产生了若干作品，然而并未走进群众里去，还只是青年学生的读物；因为‘新文艺’没有广大的群众基础为地盘，所以六七年来不能长成推进社会的势力”[③]。因此，我们往往将这种文艺说成是“小资产阶级”的文艺；在延安时期，我们又大力倡导工农兵文艺，取得了可观的成就。在中国大概只有市民文学是不受重视的，而且是受到严厉的批判的。但是它们却在上海的里弄里“悄悄地流行”；在广大的城乡，它们与新文学相比，是处于“默默的强势”。它们继承了冯梦龙的传统，

---

① 鲁迅：《中国小说史略》，《鲁迅全集》第 9 卷，人民文学出版社 1991 年版，第 110 页。
② 熊月之主编，周武、吴桂龙著：《上海通史·第 5 卷·晚清社会》，上海人民出版社 1999 年版，第 387 页。
③ 茅盾《从牯岭到东京》，转引自李何林编《中国文艺论战》，东亚书局 1932 年版，第 378 页。

而加以发展，不仅在思想内容上与时俱进，而且与古代的城乡关系不同，通俗作家们将新移民和全国的读者们领进了一个国际化大都会的新空间，而且通过他们的小说知道了世界的风云变幻。这种传播的广度，是利用科技赐予的新媒体，使通俗小说的推广速度和渗透力如虎添翼；而稿费制度的建立，使上海一地的通俗作家就有一百多位，数量为冯梦龙、凌濛初时代所不能企及；而中国第一批专业作家的诞生也用不着像冯梦龙一样再去参加科举，最后还得去做一个小官。文化市场商品化的程度使他们可以靠写作品生活。樊骏在文章中提出的这些嬗变，大概是冯梦龙时代所无法想象的。不幸的是，冯梦龙的继承者们老是被主流作家批判，老是处于被告的席位上，在过去的若干文学史中，硬是要把他们钉在耻辱柱上。可是，在今天，我们的惯性思维应该有所变化了，随着市场经济的回归，一个市民化的社会又开始复苏，通俗文学又大行其道；由于按字数计算稿费的做法退场，而版税制盛行，作品是否畅销，成了作家获取稿费多少的市场法则，雅俗合流的趋势也正在日益明显。恐怕今后研究现代通俗文学作家的学者也会随之增加，以适应文化商品化而又不是庸俗化的新课题，得出他们新的研究成果，以利于迎接一个繁荣的新市民文学世纪的到来。

学 术 自 述

过客:夕阳余晖下的彷徨*

一

近年来,每当出席什么学术会议时,主持者总将我排在"老一辈"学人的行列,这使我震悚。好像做学问的摊子才刚刚铺开,却已经预告我将到"收摊子"的时候了。同样的感受是,通知我退休时,我也十分讶异,刚工作不久,怎么就要退休了?我想类似的感受我的同龄人都会有的。我刚懂事时就遭逢日寇侵略,从小就没有一个安定的学习环境,"幼功"本来就练得不好;待到进入大学,迎面就遇到"三反"、"五反"和思想改造,停课闹革命;而大学临近毕业,又在半空中掉下一个"假想敌"——"胡风反革命集团",我躬逢其盛。从此,老是过着一种"油漆未干"的日子,叫人贴近不得。一言以蔽之,在"运动"、"检查"和"交心"之类的"超度知识分子原罪"的仪式里浪掷的时间太多了。这其中也能"抢"发点文章,如1957年"反右"前夕,我与同窗好友曾华鹏合作在《人民文学》上发了一篇《郁达夫论》,不在这"前夕"抢发,还不知要等待到何时呢;在"文革"之前,又与曾华鹏合作,在《文学评论》上"抢发"了一篇《论冰心的创作》。曾有人告诉我,当时何其芳看到这篇稿件时说了一句:"什么时候了,还在论冰心?赶快给他们发掉。"这所谓"赶快"就是"抢"。他已经闻到"文革"的火药味了。其实文学史,它既然是历史,那应该是"硬邦邦"的客观存在;但我们那时的文学史,一个运动一来,一个晚上就可以少掉一批作家。文学史成了一个"十八岁的小姑娘",你爱怎么打扮就可以怎么打扮。这哪里还谈得上什么"史笔"呢?因此,我以及我的若干同龄人,一直到"文革"这幕荒诞剧闭幕才开始铺开摊子做学问。当时,我也"二进宫",回到高校,去"好为人师"了。今天回顾,一大把年纪,实际只安定下来做了20多年的学问,走了大半辈子冤枉

---

* 本文首发于《东方论坛》(青岛)2004年第3期,收入《多元共生的中国文学现代化历程》,复旦大学出版社2009年8月出版。

路，就这么懵懵懂懂地进入了“老一辈”的行列，心里实在有点不甘。如果一定要我说说自己在这匆匆20多年中做了点什么学问，我只能借用我并不欣赏的什么“样板戏”中的一句唱词，聊以自嘲：“提篮小卖拾煤渣”而已。也就是说，由于客观上的若干原因，再加以自己主观上的蹉跎，局面做得太小，零零碎碎，也缺乏耀眼的闪光点。这大概可以说是我在谈感悟之前的一点感慨，也就算做感悟之一吧。

二

感悟也者，既非“灵感”，也非“触发”。它好像与“顿悟”式的“豁然开朗”不同。它是由“文火”煨成；或许也像发酵，要慢慢地“捂”，因“捂”而逐渐生“感”，因“感”而有所“悟”。它不靠速成，而像孵小鸡一样，有一个“漫漫”的温暾过程，才能破壳而出。

先讲讲“教”与“学”中的“捂”。我有几十年的教龄，中学、本科、硕士、博士阶段的教学工作，我都有过接触与尝试。后来主要精力花在研究生教学之中。可是我自己从来也没有做过研究生，别说博士，连硕士的门槛也没有进过。我们读书时，还不流行这一套。叫我招研究生，我有点犯愁。我除了将必修的课程开出来之外，我也“盘点”了我的研究的“库存”。我在读本科时，我的恩师贾植芳给我们几个学生出的毕业论文的题目是“作家论”：《郁达夫论》、《朱自清论》、《王鲁彦论》等等。告诉我们，对这些作家要从处女作读起，直读到他们的最后一篇作品。我们就到处找材料，尽量做到一篇不漏地研读原作。从这次实践中知道了“作品论”是“作家论”的基础。可是贾先生来不及看我们的初稿，更来不及写评语，就因戴上了“胡风反革命集团骨干分子”的帽子而进了不该进的地方去了，我们的论文后来只好请“社会”来鉴定了。当先生出狱后又重登讲坛，那时有一个出版社约我编一部《中国现代文学社团流派》。我就请先生主编，由曾华鹏和我协助先生，担任了副主编，同时也参与写作。在编撰工作中，我体会到要把握一个流派，就得去研究一个既有共同之处、又各有个性差异的作家群体；特别是这一群体中的若干主要作家，才能使这一流派的特色基本见底。可见，从作品论到作家论再到社团流派（有时也会涉及思潮）是三个不同的层次。研究者最好在实践中去逐级攀援，这就叫“循序渐进”。在编了这部书以后，我又受国家自学考试委员会之约，具体地说，是受徐中玉先生与钱谷融先生两位师辈之托，协助另一位师辈吴宏聪先生编一部全国自学考试本科段的教材：《中国现代文学史（1917—1986）》。我又在实践中学习了一次纵览某一断代文学史的编纂工作。那时就需要我将过去研究过的作品论、作家论、社团流派思潮论的本领都搜括起来,而且要加以提升和尽可能站在“居高临下”的视角去俯瞰。这应该是第四个层次了。这“阶梯四层次”一步一步走来,对我很有帮助,才悟到“拾级攀登”是一个驾驭研究课题的最稳健的途径,每一层次的上升皆有一种受用不尽之感。

我在“教”中学、“研”中学、“撰”中学、“编”中学的过程并没有到此止步。我自己承担的一个国家社科重点课题“中国近现代通俗文学史”,使我涉猎到若干近代文学时段的作家、作品与期刊,于是我也不知不觉地加入了当时一班同行们开始关注近代文学与现代文学承传关系的热潮。我做文艺学徒时,研究现代文学是与近代无关的。例如探索“国民性”,就以鲁迅为启端。那时,我们是“‘十月革命’一声炮响”派。自从接触了一度并“不吃香”的近代文学以后,才知道学习和研究现代文学,如果不去更远地“上溯”,那么,至少要将近代、现代、当代“三点连一线”,否则现代文学是无根之花、无源之水。

在同行与同事的帮助与扶持下,我实在感到自己的治学视野需要不断地拓宽。例如,朱栋霖有一个国家项目邀我参加,那是一个“影响比较”的课题,在教研室的部分老师与研究生通力合作下,我们完成了一部《1898—1949中外文学比较史》,这使我对中国现代文学时段的中外交流的历史又有了比较系统的梳理。而朱栋霖又组织同事与研究生完成了一个“文学新思维”的课题,那是将十种方法论进行比较系统的阐释。我虽然没有参与,可是在教研室的研讨中,也受益不少。

在这样一个长期“海绵吸水”的过程中,我体会到,作为一个现代文学的学习或研究者,至少应该在“阶梯四层次”、“三点连一线”之中有自己的“操作实践”,在几个“两条腿走路”方面:即“古与今”、“中与外”、“雅与俗”和“传统方法和新方法”方面有自己较为宽阔的“知识疆域”。我自己是这样去努力的,而且对自己的本科生与研究生也有这样的要求。一些“知识疆域”的基本功是应该在本科段与硕士段完成的,这样才能在博士阶段中,在某一层次选一个课题,进行“专精”的深入研究,以便向学界展示自己的学术“奠基作”——博士学位论文。如果在本科段与硕士段没有宽广的学术视野,光有博士段的“专精”,“博”士就成了“窄”士。如果迟至博士段再去拓宽知识领域,那么又会有什么“精品”呈现于学界同行之前呢?

三

上面说的是我在学、教、研三者相互促进方面的体会。意犹未尽，我还想就我的科研方面的选题问题谈谈我自己的感受。有的同行对我从20世纪80年代起，选择通俗文学作为研究课题觉得不易理解：一个搞新文学出身的研究工作者，怎么会去青睐鸳鸯蝴蝶派？在台湾的《国文天地》杂志上，也曾谈及，当我将研究重点转移到近现代通俗文学研究上去时，“这使当时鄙视通俗小说的学界哗然”。但是随着时间的推移，开始“引起学界的兴趣与重视，重新评价通俗小说”①。在科研选题方面，我的确有些自己的想法。例如，我的恩师贾植芳为我们选择“作家论”作为本科毕业论文选题时，在当时的确很有新鲜感。因此，在1957年《人民文学》第5、6期合刊上发表《郁达夫论》时，《人民文学》的副主编秦兆阳在《编后记》中说：“作家论是我们期盼很久的……我们愿以发表《郁达夫论》作为一个开始，望有志于此者，能够对我国现代以及当前的许多作家进行深入研究。”这说明，在20世纪50年代中期，我们老师所定的选题是具有一定开拓性的。在粉碎“四人帮”后，《文学评论》复刊。在复刊后的第4期上，也即1978年第4期上，才“重新”第一次发表研究鲁迅的论文，那就是曾华鹏与我合作的《论〈药〉》。编辑部告诉我们，当时收到的有关论鲁迅的文章，大批判味道太浓烈，他们觉得第一篇“论鲁”的文章，最好是一篇学术论文，结果就用了我们的《论〈药〉》，这应该归功于我的亲密的合作者曾华鹏，在构思格局与讨论提纲时，他就坚持文章的学术性思路。这些都使我体会到，选论题与定思路，是大有讲究的。也有人曾说过，选好题目是论文成功的一半。但好题目不会从天上掉下来，有人启发和指导当然是很幸福的，但无论如何自己总要掌握选题的本领。我觉得选中一个好题目，自己至少要有一个认识过程，也即一个学术探索的酝酿过程。打个比方，我们乘飞机到敦煌去，要飞越大沙漠。我们认为它是不毛之地，可搞地质勘探的人却知道这里可能有许多宝藏；我们觉得上海这样的老工业基地，已经拥挤得没有拓展的余地了，但是提出了开发浦东，就变得“全盘皆活”，大有可为了；我们以为在海洋里只能捕鱼，可是有人就能在大陆架上钻探出石油来。要发现就要有一个认识的过程，我们先得去作学术“勘探”和“考察”。只有经过了这样一个思考与酝酿的过程，选题才有广阔的开拓空间和具有一定的学术价值。

---

① （台湾）《国文天地》1997年5月号《编辑室・卷首语》，第1页。

我们选择研究鸳鸯蝴蝶派这个课题,作为一个较长时期的研究重点对象,是有一个过程的,谁也不是"未卜先知"。研究鸳鸯蝴蝶派不是从乱点"鸳鸯谱"开始的。20世纪70年代末至80年代初,文学研究所牵头要编一套《中国现代文学运动·论争·社团资料丛书》,指定我们编一部《鸳鸯蝴蝶派文学资料》。理由是鸳鸯蝴蝶派中苏州籍作家最多,你们研究地方文史资料责无旁贷。我们对这个课题并无积累,于是教研室的几个人进行了分工,有的找新文学批判鸳鸯蝴蝶派的资料,有人搞他们的作品目录,而我是分工看他们的刊物与作品。我至少坐了两三年图书馆,在大量阅读过程中,我觉得他们还有若干好的和比较好的作品,这个流派不能一概否定,更不能定性为"逆流"。觉得对这个文学史上的"案子",除了将"资料"罗列之外,还应该做一点更为细致的工作,于是就扩大了课题组。例如,要选出他们的代表作,才能使过去没有读过他们作品的人对他们有所了解;要进行初步的理论建设,除了撰写论文之外,最好能写出一本《通俗文学概论》;要研究他们的主要作家,写出对主要作家的作品论、作家论和作家评传;要试写分类题材史直到写《中国近现代通俗文学史》。也就是说,既然抓住了一个比较有挖掘意义的课题,就应该争取系列化。写到这里,也许有同行以为我上面说的"提篮小卖拾煤渣"是自谦之词,其实这还是做的将煤与矸石分开,或让未燃尽的煤第二次发火。文学史上有成千上万的课题,我不过拾了一些煤,供烧"一餐饭"而已。格局实在是不大的,我不过持之以恒,不断地去"拾"罢了。

四

我期望我这一生能在科研上完成一个"三部曲"。我这大半生的科研途程,第一步是"起家"。我是从研究新文学起家的,研究知识精英作家的生活和创作道路,如鲁迅、郁达夫、冰心、叶圣陶、王鲁彦、蒋光慈等作家。可是由于偶然的机遇,我开始走第二步,那就是将重点"转移"到研究通俗作家身上去,这一"转移"就花去了20年间的主要精力。当我刚着手研究时,也不知其中究竟有多少工作量,就贸然"转移"了阵地。待到进入角色,才知道自己跳进了一个永远也游不到头的海洋,但我一点也不后悔,这20年还是花得值得的。20年的一个总结性成果是集体撰写了一部《中国近现代通俗文学史》。此书的出版应该作为走完第二步的标志,我应该跨入第三步中去了。这第三步我想取名为"回归"。那就是我应该"回归"到整体的现代文学史的研究领域中去,也即应该将雅俗双方合起来加以综合的通盘思考。从"起家"、"转移"到"回归",我不希望这“三部曲”是在同一“平面上的循环”，但愿是一个“螺旋形的上升”。因为我花了20年时间审视了过去被视为“另类”的文学，也许我“回归”到新文学研究中去时，能提出一些“另类的观点”，供同行们质疑与批评，和同行们探讨与切磋。我认为，过去那种强求“舆论一律”的文学史编纂模式应该为今天的“多元化”的文学史观所取代。而多元化往往起步于不同观点的互相商兑，这才能真正体现出“百家争鸣、百花齐放”的宽阔坦荡的胸襟。没有那种“胸襟”，嘴上说得再好听也是“鸣”不起来、“放”不起来的；那也就没有通过商兑后的前进了。

我在研究通俗文学的过程中有一个较深的感观：中国现代文学史主干的母体是分叉为“雅”、“俗”两大支干的。就现代“俗”文学作家而言，他们在19世纪与20世纪之交时形成了一个“继承改良派”，韩邦庆是其中优秀的社会言情小说家，而李伯元、吴趼人则是文学现代化途程中早期重要的通俗社会小说家。他们继承《三国》、《水浒》、《西游》、《红楼》、《儒林》、“三言二拍”和《聊斋》的传统，在19世纪末至20世纪初，试图描绘以新兴大都会生活为主轴的五光十色的画卷，从而达到认识、劝惩和消遣的多重目的。他们代表了大都市中的市民大众的情趣。他们的后继者是徐枕亚、包天笑、向恺然、张恨水、刘云若等等。在“五四”前后，“雅”文学的主流作家，代表文学界的知识精英，他们构成了一个“借鉴革新派”。这借鉴是指他们向世界文学的精华学习，从而在本民族掀起一场文学革命运动，以便使本民族的文学与世界文学接轨，并争取成为世界文学之林中的佳木。鲁迅的《狂人日记》就是这种借鉴革新的产物：“大约所仰仗的全是先前看过的百来篇外国作品和一点医学上的知识，此外的准备，一点也没有。”①在这个问题上说得最明确的是周作人：“中国现在文艺的根芽，来自异域，这原是当然的；但种在这古国里，吸收了特殊的土味与空气，将来开出怎样的花来，实在是很可注意的事。”②有的同行提出了质疑：难道鲁迅等作家没有“继承”吗？而包天笑与周瘦鹃等人曾翻译过不少外国作品，他们难道就没有“借鉴”吗？有的，都有的。知识精英作家自幼就吸取这“特殊的土味与空气”，他们是从中国文化的优良传统中“熏”出来的，自然有着一种血缘的相亲，怎么会与继承绝缘呢？但当时他们的侧重点是放在天平的“借鉴与革新”这一侧。而那“继承改良派”，在“五四”之前，据我的不完全统计，就有34位，

① 鲁迅：《我怎样做起小说来》，《鲁迅全集》第4卷，人民文学出版社1981年版，第512页。
② 周作人：《在希腊诸岛·附记》，见《知堂序跋集》，岳麓书社1987年版，第249页。

以多种方式从事翻译，他们在这种实践活动中，当然也会借鉴，可是他们也自有鲜明的侧重倾向。

一位我所尊敬的作家，在评论我们这个课题组所出版的《中国近现代通俗作家评传丛书》时，用了一个形象化的比喻：《找回另一只翅膀》①。从此，就有人将我的这一观点称为“两个翅膀论”。也就是说，中国现代文学应该造成一个知识精英文学与市民大众文学双翼展翅翱翔的大好局面，这才是一个生态平衡的文学天地，也才能发挥文学的多种功能，满足全民的多种与多重需求。也有同行对此“引申”提出商榷，认为我是想使这两者在文学史上“二一添作五，平分秋色”。我并不觉得应该将今后的多元化的文学史写成50％对50％。这不是一场篮球赛，双方都要出5名运动员。哪些作家应进入文学史，是有一个客观标准的。但绝不能像过去一样，往往将通俗作家略而不论，更有甚者认为是“逆流”。因此，在这个认识基点上，我认为过去的若干现代文学史是“单翅”的文学史。

我很感激同行们友好的平等的论辩。但我深深感到，我在形成这些不成熟的论点时，最大的阻力，或者说最大的论敌是我“自己”。我在这20年的研究中多次改进、补充过我的观点。我曾这样形容自己：“虽然我时时告诫自己，要站在客观公允的学术立场上去进行考察。但像缠过足又放足的‘解放脚’一样，走起路来与天足相比，总显得摇摇晃晃，歪歪扭扭。……但愿《中国近现代通俗文学史》日后问世时，既不像孩提的学步，也不似‘解放脚’的别扭，而是像一双成人的天足跨出了稳健而平正的步履。”②这是我研究了通俗文学近10年后的“自画像”；又经过了10年，我主编的《中国近现代通俗文学史》总算艰难地“诞生”了（不说“难产”就很客气的了），是不是如愿地“稳健而平正”呢？实在心中还惴惴不安的。我只能说与过去相比，自信心增强了，语气也比较的理直气壮了一点。大概从我读大学中文系起吧，我学会了指责古人和外国人，动辄就来一个“局限性”，此也“局限性”，彼也“局限性”。在这20年中，我逐渐体会到，局限性最大的是我自己。我们被那些七横八竖的条条框框，束缚得无动弹的余地；而历次“运动”，又使我们患有“杯弓蛇影”症。我不能以此概括我们这一代，但我起码能这样自责。“自我封闭”，将自己隔离在“全球化语境”之外是很可怕的。不仅新锐的观点无法形成，即使外面有一阵清风吹来，也还会战

① 艾煊：《找回另一只翅膀》，见《扬子晚报》1995年2月9—10日第8版。

② 范伯群：《民国通俗小说——鸳鸯蝴蝶派·自序》，见（台湾）国文天地杂志社1990年版，第4页。

战兢兢去嗅嗅，这清风里有没有毒素。不妨名之曰“悲哀”。

说到这里，我还没有将我的第三步路说清楚。我所谓的“回归”是什么意思？要达到什么目标呢？我想，我既然是从学习新文学“起家”，参与主编过一部《中国现代文学史(1917—1986)》，又参与主编过一部《1898—1949 中外比较文学史》，又花了 20 年时间，重点研究中国近现代通俗文学。那么，所谓“回归”，就应该在此基础上再加以提炼与升华，编一部“雅俗双翼展翅，中外双向交流”的《中国现代文学史》。至此，也许能脱离“提篮小卖拾煤渣”的境界了。可是虽有此愿望，恐怕已经没有这实力与条件了。我大概是老了吧，在这个目标中该有多少工作量呵！再说退休以后，原来的“合作班子”也散掉了，这其中有我的若干过去的学生。我们的师生情谊是很深的，但他们现在是教授、是博导，他们也自成系统了。这些中青年学者比我忙得多，我也不忍心再去“拉”他们了。那么怎么能达到这一愿望呢？也许学术“回归”还来不及回归，另一种肉体的“回归”却已经不请自临了。人生大概总要留下些遗憾吧，我真是处于不安与不甘之中，无可奈何得莫可名状。

五

退休的确使我爽然若失……

我可以到国内外一些著名的学府去讲我的通俗文学的研究成果，就国外而言，通俗文学研究已成了一门“显学”；而在国内，也成为被关注的“热点”之一，可是我在自己的本单位却是“无声”的。我才体会到，我已成为一种“民间资本”。这使我感到纳闷。有一次，在看电视时，偶然看到北大的乐黛云女士在长沙岳麓书院讲学，她谈及季羡林先生对她的一番“开导”，大意是说不要为退休而思想上有什么不快，他读的许多书、写的许多著作，不少是在 70 岁以后才看的、才写的，过去在工作岗位上就没有许多时间看书和写作。这席话对我大有启迪。

我退休以后，原也不想“等死”。我想把我的研究工作继续下去，作为一种“智力游戏”。就像儿童热衷于游戏机一样。有事做，生活充实乃长寿之道。听季羡林先生这么一说，他从 70 到 90 岁高龄，除休养之外，他在退休后，至少有 20 年用在手不释卷和笔耕不辍的勤奋中。20 年就是 5 倍于大学本科学习的时间，他就又进了 5 次“季羡林自修大学”；就研究而言，他就等于做了 20 年“季羡林研究院”的专职研究员。这大概是世界上档次最高的大学与研究机构了。这所大学只招一名学生，这所研究院，也只有一个编制。别说远在北京的季先生，就在我们本单位，不久前以96岁高寿驾鹤西去的钱仲联先生，他的许多重要著作，也是70岁到90多岁之间完成的。

我好像还可以有所作为……

由于我提出了中国现代文学中有一个“继承改良派”，我的母校复旦大学中国古代文学研究中心的“古今演变”方向与我订了“合同”，聘我为该中心的专职研究员。我以为中国文学的古今打通，的确是一个重大课题。这古今文学的演变途径也是多元的。新文学家有他们自己的继承革新的演变路径，而通俗文学作家也应该有他们自己的继承改良通道。将我的个体研究投入这个“研究中心”的“古今演义”方向中去，大概是并不勉强的，那么我应该不存在“彷徨”的问题了。

但我还不免时时“彷徨”。我完成了这个“合同课题”之后，我还能为我那个“雅俗双翼展翅，中外双向交流”的格局与心愿做些什么呢？我虽然无法想定，“但要赶快做”[①]这个想头是已经有了的。不过我有时也会冒出另一种念头：这一段文学史，恐怕得要有一种新的力量来进行一次“大刀阔斧”，大概不需要我再去做点什么“小修小补”了。但我还想在学术之路上“再爬一个小坡”。这个声音时时在我的耳边回响，并催促我去订出新的规划；但我的年龄问我自己：我能走完这“回归”路之后再回归吗？在“回归”路上，我是孤身一人，“独自远行”，我还能走多远呢？今天我所庆幸的仅仅是不像《影的告别》中的“影”那样“彷徨于无地”，但不能不说我是在“夕阳余晖下的彷徨”。

2004年1月21日农历除夕之夜于苏州

① 鲁迅：《死》，《鲁迅全集》第6卷，人民文学出版社1981年版，第610页。

附　　录

反思的历史　历史的反思*

——为《中国近现代通俗文学史》而序

贾植芳

苏州大学范伯群教授主持的国家“七五”重点项目——《中国近现代通俗文学史》终于完工而且要出版了，他来信要求我为之作序。伯群是我50年代的老学生，1955年“反胡风”时，他和其他同学因我的关系受了不少牵累，而几十年后的今天，我又是他主持的这个项目的成果鉴定小组的负责人，深知这个项目的重要价值和意义，因为这两层关系，作序也就成了我义不容辞的责任，所以我就愉快地接受了。

在这个项目刚立项时，我就认为这是一个好题目，是做着一件前人忽略了的工作，对某一段文学史进行梳理和挖掘，对某些在文学史上作过一定贡献的作家，给予公允的历史的和美学的评价，是一件功德无量的事，因此，在这个项目进行过程中，我也非常关心和不断进行鼓励。当《中国近现代通俗作家评传丛书》出版后，我曾在1995年8月3日的《人民日报》上写过推荐文章《开掘通俗文学的研究宝库》，还在1995年5月10日的《新民晚报》上发表过题为《一项开创性的学术工程》的评介文章。我在这两篇文章中说：范伯群与苏州大学中文系的同事们以及他指导的专业硕士、博士研究生们，倾注全力投入近现代通俗文学研究与教学，最终要将这一领域整合进我国近现代文学史的范畴，以便使我们的近现代文学史的反映面更丰富、更完整、更符合历史的实际。正像伯群在本书的“绪论”中所说，他们做这个项目是有感于“现有的中国现代文学史是一部残缺不全的文学史”，“这‘残缺’的程度严重到我们过去只研究了半部中国现代文学史”。由于某种历史的“误解”与“误导”，我们的文学研究曾经自觉地将俗文学这一支系排除在现代文学研究的视野之外，即或偶尔提及，也是

* 本文为《中国近现代通俗文学史·序》，江苏教育出版社2000年出版。

当做文学史的逆流来批判的。这种误解出于一种偏见,偏见导致无知,而无知又进一步加深了偏见。要破除这种偏见和无知,就不能不采取一种研究的态度。范伯群们现在做出的成果,其意义正在于为中国现代文学史"找回另一只翅膀"。

中国人一向瞧不起通俗文学,历史上一贯把小说笔记这类文学作品称为"闲书",由此,从晚清到1949年以前,也就是通俗文学作品大量涌现于文化市场的旺盛时期,当时那些被称为"鸳鸯蝴蝶派"或"《礼拜六》派"的通俗作家,也自认不讳地把自己的作品看成是供读者茶余酒后消闲解闷的东西,是一种"游戏文学";也因此遭到了新文学家的迎头痛击,斥之为"文丐"、"文娼"等,连同他们的作品一起,遭到严厉而彻底的批判。此后几十年,这一重要的文学门类被排斥在20世纪中国文学史的研究范围之外,以致今天的读者对他们已经相当陌生(最近几年有些改变)。然而从文学史研究的角度来看,完全忽视这些作家作品作为一种文化现象的存在,却是甚不科学的。这类作品也总或多或少、或强或弱地反映了一定社会生活的内容和时代信息,有其一定的历史认识价值。例如,新文学作家由于其出身教养和生活世界的局限性,他们的作品的取材面也显得比较狭小和单薄,从所反映的生活场合与人物类型来看,最成功的往往是知识分子与农民这两大类形象,对于范围广阔、结构复杂的中国社会的各式各种生活领域,由于接触面不广不深,留下了许多空白之处;而通俗作家却是另一类人,他们出身教养和求职谋生手段的复杂性和多样性,正像他们所涉足的社会领域的复杂性和多样性一样,这就为他们的作品取材开拓了广阔的领域,因此,他们笔下出现的生活场景和人物形象的多样性、丰富性和复杂性往往为新文学作家所望尘莫及。即便是他们的文学观点,我认为也反映了某种文化价值观念:它看重文艺的欣赏价值和娱乐性质这种艺术功能,从市民文化的角度对传统文学中占统治地位的儒家"文以载道"、"诗以言志"的正统文艺观加以否定,这正是中国社会由长期的封闭状态走向开放这个历史特征的反映,也是商品经济社会开始出现后的一种标志。我去年在《〈鸳鸯蝴蝶派散文大系〉再版感言》一文中说过:"应该看到,这派作家虽然在思想意识上有较为沉重的封建性的历史负担,但是作为职业作家,他们摆脱了在封闭性的农业经济社会里知识分子对官府由人身依附到人格依附的附庸地位,成为具有独立人格的自食其力的社会个体,这是历史的进步。他们以普通人的心态,用普通人的语言,写普通人的生活,着重文学的欣赏娱乐作用,从市民文化的角度对传统文学中占统治地位的'文以载道'的正统文艺观加以否定,在使文学由庙堂走向民间、从知识分子精英走向普通大众方面也具有积极意义。况且，他们的作品也从不同的角度和方面反映了近代中国社会的文化、社会现实，具有一定的文献和资料价值。这一文学流派的出现和流行本身也是中国社会由封闭走向开放、由传统走向现代的反映，其中包含着丰富的文化、历史信息，值得认真对待和研究。”到现在，在这一问题上我的看法仍然没有改变。

因此，在我看来，伯群主持的这一项目，其意义不仅在于填补了中国近现代文学史上的空白，它还完善了文学史研究的科学体系，更新了文学史研究领域中的某些观念，改变了现代文学史的编写格局。同时，它对近现代文坛上的一个主要通俗文学流派——“鸳鸯蝴蝶—《礼拜六》派”予以客观公允的评价，指出它是一个继承中国古代白话小说传统的、在近现代大都市成型的过程中繁荣滋长的通俗文学流派，既肯定了它的历史真价，也指出了它的历史局限。此外，这部专著也是较为全面和真实地反映了中国近现代通俗文学的基本面貌的。它涉及了通俗文学的“四大金刚”——社会、言情、武侠、侦探，同时还涉及通俗文学的两个重要品种——历史演义和滑稽幽默，面广量大的通俗期刊和通俗戏剧也在他们的视野之内，而“大事记”则更能一目了然地了解通俗文学的重要发展事态，将来还可以与纯文学的“大事”进行对比，从中找出若干规律性的东西。总之，这一项目的终期成果历史线索梳理清楚，视野开阔，涵盖面大，能使读者对中国近现代通俗文学的历史有一个较为全面的体认与思考；对当今的通俗文学创作，也具有一定的参考和启迪的意义。

这部《中国近现代通俗文学史》本来是国家“七五”重点项目，因工程的工作量大，曾向江苏省社科规划办公室和中宣部社科规划办公室提出延期结项申请，得到了正式批准。从现有的中期成果和终期成果来看，成绩斐然，可见在期限上宽延，是很有必要的。现在的这部专著，是在相当丰富扎实的中期成果的基础上写出来的。在这些中期成果中，不仅有作品选、作家评传，而且也相当重视有关通俗文学的理论建设。其中引人注目的是1996年6月1日至3日在台北举办的“百年来中国文学学术研讨会”上范伯群发表了长篇论文《都市通俗小说流派生存权与发展态势》，反响强烈。台湾《中央日报》为此发了题为《文学女神双翼——纯俗齐飞》的报道文章。它的学术版《长河》，用9天连载了这篇近两万字的论文。1996年10月29日至11月6日，《文汇报》在“名家专栏”中分6次发表了他的《近现代通俗小说漫话》，他引述了朱自清的“其实鸳鸯蝴蝶派倒是中国小说的正宗”的观点，发挥了他自己的见解，提出了“打破思维定势，纠正历史误导”、“鲧的围堵与禹的疏导”和“半部现代文学史决非文学全版图”等尖锐的意见，引起了学术界的重视。这些见解有助于改变与更新现代文学史的编写格局，也说明这个项目的终期成果是在慎重的资料清理与理论思考的基础上写出来的优质工程，绝非现在时有所闻的学术界的“豆腐渣工程”所能及于万一。据说，现在还有博士生在范伯群的指导下撰写《通俗文学概论》，我想，如此有计划地进行理论建设，定会反过来促进通俗作品的研究深度。

这部专著能够顺利完成也有赖于一个比较团结的科研集体。《中国近现代通俗文学史》课题组作为一个科研群体，在搜集资料、进行调研、集体探讨的基础上，完成这一重大课题，学风是细致踏实的，更可喜的是其中的成员，极大部分是35岁左右的青年学者，在中老年学者的“传帮带”过程中，已经能独立或参与主持较为大型的科研项目。课题组负责人也能有条不紊地通盘规划，组织所有的成员共同搞好这一项目，建成了一支能打大仗、团结一心、善于攻克大型科研项目的研究群体，这是难能可贵的。我所期望于这一科研群体的是，在这部专著出版后，再接再厉，写出一部由纯文学和通俗文学为两翼的、中外文学双向交流影响的《中国现代大文学史》，因为他们在研究纯文学与通俗文学两方面，都已有了一定的积累，而且出版过《1898—1949中外文学比较史》，因此，完全有条件能写出这么一部大文学史来。

我祝愿他们百尺竿头，更进一步，在科研上取得更多的成果。

1999年6月中旬于上海寓所

中国现代通俗文学史·序二*

李欧梵

记得2005年春，我在苏州大学见到范伯群教授，他十分激动地把一张恽铁樵[签发鲁迅首篇小说《怀旧》的《小说月报》(1912—1917)主持人]的照片给我看，说是从一套医学丛书中觅到的，兴奋之情溢于言表，并且把新买不久的一个照相机拿出来，告诉我这是专门拿来作研究之用的，只翻拍书刊的封面、插图和通俗作家的照片。我听后也十分激动，更自惭形秽。范先生退休以后依然如此勤奋，到处奔波找资料，特别是搜罗通俗作家的照片和与此有关的图像，全力做他的《中国现代通俗文学史》，而我等后辈学人岂有他的如此执著的精神和丰硕的研究成果？现在这本巨著终于完成了，范先生索序于我，却之不恭，只是这份荣幸岂可由我一人承受？这篇小序，只能算是我代表海内外研究中国通俗文学的学者向范教授表示由衷的敬意而已。

一

在本书的"代后记"——《觅照记》中，范教授把他的"觅照"经过写得十分详尽，真可谓"上穷碧落下黄泉"。本书中所有作家的照片，只差了韩邦庆等极少几家的小像，殊属不易。在海外深受西方文学理论影响的学者一定会说："作者已死"，文本至上，为什么还花这么大的工夫把这些通俗小说的作者的相片印出来？目前在美国学界讨论最热的题目"视觉形象"(visuality)，似乎独缺对作者肖像的研究，甚至提倡"作者已死"的福柯，也没有人把他的相片大量地印出来作研究，或者大谈他的光头和欲望的关系。原因无他，在西方现代文化和文学传统中，作者(author)是一个根深蒂固的观念，几乎和"主体"放在一个语意系统，所以要把这个"主体"打掉。而在中国并没有单独的"作家"传统，直

* 本文系《中国现代通俗文学史·序二》，北京大学出版社2007年1月出版。

到"五四"新文学诞生，才有"作家"或"作者"这个名称和职业——说是职业，也还要打个折扣，因为即使在"五四"时代的作家也是"两栖动物"，往往兼任教授或做出版社编辑之类的工作，很少有专业作家可以靠写作谋生计，鲁迅是个例外。

我在早期拙作《中国现代作家的浪漫一代》的第一章中，故意用"文人"这个称号，与之和"文坛"的兴起相呼应。"文人"可以衍变为作家，但含义更广，而且自古有之。我心目中的现代"文人"的雏型，就是范教授所研究的通俗作家。自晚清到民国，他们的社会地位向来不高，既不能跻身于士大夫之列，又遭"五四"新文学作家的排斥，即使像张恨水这样的作家，拥有大江南北极为庞大的读者群——包括鲁迅的母亲——其地位也比不上"五四"以降的"新文化"知识分子和新文学作家。

这个现象，看似平常，在当年文坛上也司空见惯，但仍然值得重新探讨，因为有些通俗作家根本无"主体性"可言，而他们的作品大多在报刊（有的是自己编的）上连载，在当年（19 世纪 20 世纪之交）的印刷文化环境之下，也无所谓完整的"文本"可言，即使是在《绣像小说》之类的晚清著名杂志上，也因篇幅或排版关系而被任意腰斩，前一期中的故事讲了一半，甚至人物的对话只说了半句，就因版面限制而中断了，必须等到下一期再续刊。所以当年读者的阅读过程也和现在不同，不求故事的完整，而只求一期一期地读下去，时断时续，长时间阅读后才逐渐看出情节的来龙去脉。这种小说的"作者"似乎也成了"牵线人"：这里安排一个人物，那里安排一条"伏线"，或制造一个悬宕，再逐渐把几条线拉在一起，制造高潮，但往往还不到最后结尾就匆匆了事。可能作者又忙于去写其他小说，拉其他的线去了；或者由于其他外在原因，如杂志的停办，或报纸的改版等等，不及完工。这些外在的问题，在现代西方文学理论中一概不提，一切以（抽象的）文本以及文本以内的"作者"为依归，只有研究文化史或印刷史的理论家——如法国的罗杰·夏蒂埃（Roger Chartier）——才会关心这些文本制作或实际阅读习惯的问题。

福柯和罗兰·巴特把"作者"（author）"处死"，其实是解构了作者的"主体性"，其目的是作为反思或颠覆西方启蒙主义以降的"人本主义"。然而在中国适得其反，"五四"新文化运动的内涵之一就是建立一种作家的"主体性"，并以此角度启蒙社会大众。但在这个社会和文化的转型过程中，晚清民初的一大批通俗文学"作家"都成了牺牲品，非但不受社会尊重，而且也自愿默默无闻，躲在各种笔名和化名之中。然而写多了又不甘寂寞，开始仿效古代文人"唱

和”起来，互相题字题诗，相互标榜。范教授在本书中描述得很清楚。然而对于像我这样的“外来人”或初入道者，仅是寻觅作者的真实姓名就要煞费周章，何况身世和背景，更没有想到“肖像”。换言之，通俗作家的形象一直是模糊的，似乎不外是头戴瓜皮帽，身穿长袍马褂，面目保守；如果穿上西装，则犹如假冒时尚，令人难以置信。和“五四”的新作家如郁达夫、徐志摩、茅盾等相比，真有天渊之别，即便是喜穿长袍的鲁迅，在无数的照片中也留下了他独特的标记——他的胡须。试问，谁还知道张恨水、刘云若或还珠楼主长得是什么样子？毕倚虹和周瘦鹃的长相有何不同？我记得有一次和专门研究周瘦鹃的陈建华说（当然是半开玩笑）：怎么鸳鸯蝴蝶派的作家都喜欢“瘦”（瘦鹃、瘦鸥），更喜欢作禽鸟（如鹃、鸥、鹤）？因此我们心目中的作者形象更模糊了，毫无个性可言。

范伯群教授花了惊人的工夫，把这些现代文学史中名不见经传的人物“还原”，而且把他们的照片一个个找了出来，让我们得窥其“真相”，仅此一招就已功德无量。然而在当前的“图像时代”是否又会显得吃力而不讨好？因此我不得不绕了一个大圈子，为他的图像还原工作找到一点理论依据。我的目的是想把他们的“主体性”稍加复原，还其真面目，也把他们的形象放在晚清民初印刷文化的传统和“脉络”(context)中来重新探讨。

二

通俗文学的兴起本来是和印刷文化分不开的，中西皆然。然而，抽象或理论式的文本阅读往往把文本制作的过程“抽”掉了。在中国文化的传统中，文本更非独立存在（此处不能细述），和“作者”身份并非单独存在一样。如果我们换一个角度，把当前的“文化消费”理论“历史化”一点，就会发现早期的图像和“视觉文化”是和印刷的普及连在一起的。

谈起印刷文化，学问大矣，但在现今视觉媒体挂帅的时代似乎又有点过时，即使一般年轻学子看这本《中国现代通俗文学史》，也不见得会对书中的“插图”感到特别的兴趣，最多不过是增加些许阅读的趣味而已。然而在历史上情况却更复杂，文学本身更直接与文化修养（或曰 literacy）有关，识字多少是鉴定教育水平的唯一标准，否则就是文盲。中世纪以来，中国人的识字水平远较法国为高，在 19 世纪以前的法国，非但一般农夫不会拼写自己的姓名，甚至酒店招牌都不见得用文字，有时甚至以酒器或动物图像代替，因为识“字”的人实在太少了。

如何用文字书写出来，将知识传给广大群众，在中外历史上都是个大问题。印刷术发明以后，书本的流通也成了文化生产的重要部分，而知识也不完全由少数人（会识字、写字，又拥有手抄本者）所垄断。在中国，宋明以降，印刷文化大盛，地方上（如江南和福建）的印刷业更发达，因此增加了类似作家（而非士大夫）的“文人”们的地位和名声。汤显祖的《牡丹亭》非但可以演出，而且剧本印出来后流传甚广；《红楼梦》先是手抄本流通，后来竟然有妇女“闺中红学”的“时尚”，则完全是靠印刷文化之赐。据研究明清印刷文化的学者说，小说戏曲的流传因素之一，就是印刷的版本中图像越来越多，这一个“小传统”直接影响到晚清的《绣像小说》之类的插图杂志。但在这一个传统中，图像永远是做陪衬（illustration）的，而文学依然是阅读的重心。现在不同了，年轻人看通俗报刊，主要是看“形象”——特别是明星照片——而文字则成了陪衬。其原因当然是视觉媒体本身有了变化，摄影（照相）和电影成了 20 世纪文化最重要的新发明，特别是电影，就本雅明（Walter Benjamin）而言，几乎可以说是为“大众”而设的，也和大众的集体心理相互印证：双方都不能“专注”或“集中”，而时常“意乱”（distraction），甚至“狂乱”。近年的好莱坞电影更是如此，连《达·芬奇密码》这类源自宗教的娱乐片都拍得“迷乱”异常。所以我才认为这一代年轻学子可能连阅读习惯也改变了，更无法体会范先生所下的巨大工夫。

然而从历史的角度来看，我认为任何研究通俗文学和印刷文化的学者，都必须注重图像，因为“通俗”普及的工作就是靠印刷出来的图像，单凭文学语言——不论是文言或白话——都不够。所以这本《中国现代通俗文学史》也应该是文字与“插图”并重。我是希望范先生的这本书中的图片五花八门，多多益善，除了照片外还应有绘图。我并非夸张，而是有某种学理上的依据。

据美国普林斯顿大学的名学者罗伯特·达恩顿（Robert Darnton）的研究，在法国大革命之前，各种书籍和印刷品流传渐广，甚至连 18 世纪末的“启蒙运动”也变成了一种印刷“商业”，由各地书商连成运销管道，包括最赚钱的地下管道，专卖“禁书”，而这些禁书并无雅俗之分，书商往往把启蒙大师如卢梭的著作和普通言情小说或讽刺宫廷的黄色小说混在一起卖！换言之，启蒙运动之能广为流传，往往得益于这种印刷和销售业的普及。我没有看过这些法国 18 世纪的通俗小说，猜想内中也不乏图片，甚至还有“春宫”画，这又和明末颇为相似，但明末并无西方式的启蒙运动，文人文化却非常兴盛，也形成了一种与官方——包括儒家——文化不尽相同的“另类”文化。

到了清朝末年，在内乱外患交迫之下，知识分子的启蒙运动已经展开，梁启超虽一度成为舆论界的领军人物，但把他的学说发扬光大并在民间流行的还是一些身兼报人和文人两种身份的通俗作家。梁氏虽开创了民间报业，但集大成的不是他，而是西方传教士——如傅兰雅（John Fryer）和美查（Ernest Major）——和一批涌入上海以此谋生的文人，内中当然包括本书中的不少作家。据我所知，目前还没有人把清末文人的“启蒙工业”和18世纪末法国的“启蒙工业”（达恩顿在其巨著中称之为“The Business of Enlightenment”）相提并论，因为两国的历史环境毕竟不同，中国的辛亥革命也不能和法国大革命的影响相比。然而更重要的因素是“五四”新文化运动——这一个新的运动，却把晚清的“新学”一股脑儿取代了，至少也把晚清以降的通俗文学“边缘化”，而垄断了启蒙的主导地位。

范教授认为这些通俗作家虽脱离不了传统的价值观，但思想意识中（包括在作品内）却有若干新的因子，周瘦鹃就是一个最好的例子。而不少侦探小说家也谈科学、人权和民主，甚至以英国的私家侦探福尔摩斯和中国的“动以刑求”的黑暗讼狱制度作对比，要呼唤出一种新的都市人和理性推理的“科学”人生观来。如果我们继续从现代视觉媒介的角度探讨，则会发现最早喜欢电影和宣传西方电影的人也殆半是通俗小说家，否则好莱坞的“言情片”不会有如此诗情画意的译名，例如《魂断蓝桥》和《翠堤春晓》。在这一方面，通俗作家反而是“视觉文化”的急先锋，“五四”作家瞠乎其后。鲁迅喜欢看电影，却很少评论电影。然而周瘦鹃却是最早称赞美国大导演格里菲斯（Griffith）的名片《一个国家的诞生》（*The Birth of a Nation*）的中国作家，并撰文推荐。这一段文化因缘，陈建华教授正在研究中，不日将有专著出版。

三

综观本书的目录，最值得注意的特色（除了图片外）有二：一是对印刷文化的大幅描述——上海的小报潮和现代文学期刊的三波高潮，刚好构成了现代文学的基础背景；二是将现代通俗小说“开山之作”定为韩邦庆的《海上花列传》，并以20世纪40年代的三位作家——张爱玲、徐讦和无名氏——收尾，把整个50多年的轮廓勾画得十分清楚。从《海上花列传》到张爱玲这条线，显然是受到近几年“张爱玲热”的影响。我曾多次提过作家阿城的一个观点，他认为中国现代文学的面貌和传统，本来就是通俗的，“五四”反而是一个“另类”，直到张爱玲才拨乱反正，重振这个主流传统。这个说法，在研究“五四”新文学的正统的专家学者眼中，当然十分离经叛道，连我和王德威二人也受到株连，被认为把“五四”贬低了，甚至打破了新文学由“五四”开始的正统说法，而将之推至晚清。我承认后者，原因除了上述印刷文化之外，我也认为“新文学”并非自天而降或完全从西方取经而来，而是从传统转化到现代，所以晚清这个“转型期”十分重要。至于晚清文化如何在内容和形式上转型，则有待进一步的研究，王德威教授的学术巨著《被压抑的现代性》已首开风气，以严谨的文学分析方法研究了大量的晚清小说，从我的观点（较重历史角度）看来，仍有待进一步把文本和历史以及文化情境合在一起探讨，试问：如果没有清政府想学习西方的“船坚炮利”的意向（外加《点石斋画报》中的大量飞船和潜艇的图片），如何会产生像吴趼人的《新石头记》中“贾宝玉坐潜艇”的情节？包天笑等人所写的科幻小说也非纯属空想，而是和当时的思想潮流与历史环境有关。这个历史上的文化环境如何探测？我认为最重要的资料来源就是民间报刊——从晚清的几大小说杂志和大小报纸直到民初的文艺报刊，后者在“五四”后变成了新文学的主要园地，内容也从文化新知变为新文学和新文艺，反而是像《东方杂志》这类的刊物仍保持了文化刊物的面貌和风格。我们更不能轻视上海的小报，因为它也直接源自晚清报刊，我早在另一篇专文《批评空间的开创》中已经讨论到晚清报纸——如《申报》——副刊中所谓“游戏文章”中的社会批判功能。

当然在本书中范先生讨论的内容更广，除上述各章之外，尚有历史演义（第 7 章）、武侠小说（第 11 和 17 章，包括最近因影片《卧虎藏龙》又被重新肯定的王度庐，苏州大学的徐斯年教授刚有专著出版），更有一章（第 14 章）专门讨论 20 世纪 20 年代的电影热和画报热。这些丰富的材料和内容，都为后学者提供了不少新的研究领域。

我绝不——也从未——贬低“五四”新文学的价值和贡献，只不过对其中暗含的精英主义和意识形态提出质疑，因为我从来不把新旧对立，也从不服膺任何文化的霸权。在海外研究中国现代文学，不像在国内那样被视为重点研究项目，而且一向是挂靠在古典文学之后，直到最近才有所改观。当然，也从来没有近—现—当代的分期，更无雅俗之分。近年来在“文化研究”理论冲击之下，似乎更看重通俗文学和视觉文化（如电影），甚至有点矫枉过正。对我个人而言——我本来是学历史出身——文史哲一向不分，而文学史和文化史之间也不必划清界限，在这样的“宏观”视野之下，“文学”本身的定义也更宽泛，遑论新旧文学。然而，我又觉得写文学史的“基本功”是把文本与作家放在文化史的脉络里，并研究其互动的关系，因此形式和内容的衍变并重，而此二者之间也是互动的，其“辩证”关系有待仔细分析和“细读”。

即以通俗小说为例，内中不少作品是可以细读的。我在哈佛任教时曾用范教授主编的《中国近现代通俗作家评传丛书》中所选的晚清民初通俗小说代表作作为教材，与研究生在课堂上详细讨论某些“文本”之中的形式创新，甚至包括其中都市的空间意识和叙事者的视角，周瘦鹃的短篇小说——《阁楼小屋》（即《对邻的小楼》）——被我们视作此中“经典”，甚至还有东欧某学者视此为中国现代小说艺术的开端！我认为更重要的是这些小说对于都市日常生活的大量描述，像是一个万花筒，其本身就是一个巨幅图像（panorama），《海上繁华梦》是此类小说的祖师。

我觉得这是一种近代文化转型期的写实小说，其地位和文学贡献虽不能与巴尔扎克的作品相比，但至少可以将其当作中国式的尤金·苏（Eugene Sue）看待。既然马克思可以批判式地指出尤金·苏的重要性，为什么我们不能研究包天笑和周瘦鹃？但关键在于用什么方法和态度来研究。我甚至认为，研究此类通俗作品比研究新文学更困难，除了资料难寻外，还牵涉到其他各种因素——包括“文本”内外的文化因素——因而问题也就更为复杂。正因为它流传较广，所以除了文本本身的形式因素外，还要考虑到娱乐、消闲等“接受学”的层次。有学者把这种研究当作“文学社会学”，但我仍然认为内中的文学因素也不能忽视，只不过在语言和技巧的创新上没有“现代派”作品那么突出。然而“转型期”小说的一个特点就是承袭了原来的某种叙事形式，却把内中的某些细节成规改变其艺术功能［这是意大利小说理论家弗朗哥·莫瑞狄（Franco Moretti）的观点］，例如晚清小说中出现的大量叙事者和不同的叙事方法，这在韩南（Patrick Hanan）教授的近著《中国近代小说的兴起》一书中有精辟的讨论。

从晚清小说到现代通俗小说是一脉相承的，但到了“五四”以后似乎出现了断层，其实并不尽然，范教授的这本巨著是个明证。20 世纪 20 年代以后通俗小说家人才辈出，从毕倚虹、向恺然、严独鹤、平襟亚、徐卓呆、程小青、孙了红，到张恨水、王度庐和秦瘦鸥，直到 40 年代末新中国的成立才告一段落。本书中所提到的作家，其中不少人皆曾由范教授及其门生做过个案研究，并出版选集。在此基础上，这次又挖掘了大量的新资料，被选入的作家的面也更广泛了，如第 17、18 两章中三四十年代的武侠小说和社会小说家及作品，有些作家和作品我从来没有听说过，这次得以大开眼界了。更妙的是在第 19 章中，范教授把张爱玲、徐訏和无名氏同章讨论，这三位作家既通俗又现代，而且在海外早已如雷贯耳，但在中国却似乎刚被发现，张爱玲“热”过了头，但尚未见“徐讦热”或“无名氏热”。这两位作家在世时我都见过，我想他们绝对不会承认自己与“五四”的新文学传统绝缘，他们作品中的洋味和“异国情调”更与早期的通俗作家大相径庭，换言之，在这三位的作品中，新旧传统早已熔于一炉。如果说，张爱玲依然心慕鸳鸯蝴蝶派，徐讦和无名氏的言情小说则与之大异其趣，而成了新文学的通俗版，但的确在当年都很畅销，出尽风头。徐讦来港后，在浸会大学教书糊口（我的妻子曾是他的学生），虽创作不辍，但意态消沉，郁郁而终。在1993年，范教授的高足吴义勤出版过专著《漂泊的都市之魂——徐讦论》，近年也有香港学者在研究他。至于无名氏，在270万字的《无名书稿》杀青之后，也不写小说了，到了台湾还写些散文。我认为继承他的风格而更上一层楼的作家是木心，他的作品最近才在中国内地走红。

如果再写下去，香港的金庸和倪匡则更当仁不让，现已有专家研究，想范教授不必操劳了。金庸既然被北京的学者尊为奇才，上了中国现代作家的“排行榜”，与鲁迅、巴金等齐名，如此则彻底打破了雅俗之分，也不必斤斤计较“新文学”的传统了。此是后话。

范伯群教授数十年来苦苦耕耘，务期将通俗文学从“逆流”的地位挽救出来，为之“平反”，并积极倡导雅俗文学“比翼双飞”的研究前景，令我钦佩万分。这篇小文，内容拉拉杂杂，匆匆写就，实在不成体统，勉强算是一篇半学术性的序言。

2006年5月27日于香港

范伯群教授的新追求和新贡献*

——《多元共生的中国文学的现代化历程·序》

陈思和

范伯群先生在他的治学感言《过客:夕阳余晖下的彷徨》中有一段话,诉说了他暮年的学术理想:

> 我期望我这一生能在科研上完成一个"三部曲"。我这大半生的科研途程,第一步是"起家"。我是从研究新文学起家的,研究知识精英作家的生活和创作道路,如鲁迅、郁达夫、冰心、叶圣陶、王鲁彦、蒋光慈等作家。可是由于偶然的机遇,我开始走第二步,那就是将重点"转移"到研究通俗作家身上去,这一"转移"就花去了20年间的主要精力。当我刚着手研究时,也不知其中究竟有多少工作量,就贸然"转移"了阵地。待到进入角色,才知道自己跳进了一个永远也游不到头的海洋,但我一点也不后悔,这20年还是花得值得的。20年的一个总结性成果是集体撰写了一部《中国近现代通俗文学史》。此书的出版应该作为走完第二步的标志,我应该跨入第三步中去了。这第三步我想取名为"回归"。那就是我应该"回归"到整体的现代文学史的研究领域中去,也即应该将雅俗双方合起来加以综合的通盘思考。从"起家"、"转移"到"回归",我不希望这"三部曲"是在同一"平面上的循环",但愿是一个"螺旋形的上升"。因为我花了20年时间审视了过去被视为"另类"的文学,也许我"回归"到新文学研究中去时,能提出一些"另类的观点",供同行们质疑与批评,和同行们探讨与切磋。我认为,过去那种强求"舆论一律"的文学史编纂模式应该为今天的"多元化"的文学史观所取代。而多元化往往起步于不同观点的互相商兑。这

* 本文系《多元共生的中国文学现代化历程·序》,复旦大学出版社2009年8月出版。

才能真正体现出“百家争鸣、百花齐放”的宽阔坦荡的胸襟。①

范先生这段话表述于2004年，转眼又是5年过去了，范教授在前年（2007年）出版了他独立撰写的《中国现代通俗文学史（插图本）》，可以说是20世纪中国文学史研究中的一个里程碑式的著作。这部著作的意义不仅在于对通俗文学的史料整理，它还是范伯群教授治学生涯中“回归”步骤的第一步。在整整20年时间的“上穷碧落下黄泉”的搜索、寻找、整理、编辑、研究、出版等一系列大规模的学术活动中，范教授和他亲自培养起来的学术团队已经完成了对中国近现代通俗文学研究的基础性工作，使通俗文学这一被遮蔽、被遗忘的黑暗世界整体性地浮出了学术界的水面。在这部文学史著作中，范先生胸怀全局，着眼于通俗文学如何“回归”20世纪中国文学史的整体思路，他不仅从通俗文学的自身特点出发，提出了“中国现代通俗文学在时序的发展上，在源流的承传上，在服务对象的侧重上，在作用与功能上，均与知识精英文学有所差异”的观点，要求现代通俗文学必须以自己特有的风貌进入文学史，与主流的“五四新文学”传统共同构成一个多元共生的新文学的全貌；而且，为了把通俗文学融入20世纪中国文学史，恢复它应有的文学史地位，范教授在文学史理论和观点上进行了系统的探索，并具有多方面的突破。就在撰写这部现代通俗文学史的前后数年，范教授陆续写出了一批资料丰富、论据扎实、观点新颖的学术论文，计有20多篇30多万字，既有文学史理论的创新探索，也有具体作家作品个案的分析；既有对于国外学术界前沿成果的引进和介绍，也有与国内同行的针锋相对的学术争鸣。这些学术上的创新成果，部分被吸收到文学史著作中加以阐述，也有一些尚未完全融入文学史的写作，因此，这些论文比范教授的文学史著作更加集中地体现了他的学术创新精神，也比文学史著作更加接近整体性地“回归”20世纪文学史的理论建设。

现在，复旦大学出版社要范伯群先生把这批论文结集为《中国文学的现代化历程》出版，范教授嘱我为之写序。我是范先生的晚辈，范先生1955年毕业于复旦大学，是恩师贾植芳先生在复旦大学任教的早期学生，听章培恒教授说过，范先生在他们这一辈师长中最为年长，也就是说，范先生是贾先生门下最为年长的学长，他的嘱托我是一定要做到的。但是又觉得为长者写序，实在是一种冒犯，所以我还是希望读者把这篇文章看作是我在认真学习了范先生的

① 范伯群：《过客：夕阳余晖下的彷徨》，原载《东方论坛》（青岛）2004年第3期。

论文集后所写的读后感，既不全面也不到位，但于我来说，每一句话都是刻骨铭心的体会。

记得我在读大学的时候，中文系主任是朱东润先生。老先生当时80多岁了，身体还是非常健朗，常常拿了手电筒一个人跑到学生宿舍里与学生谈话。有一次，说到了编写文学史的问题，朱先生说，有两种编写文学史的方法，一种是书桌上先放着6本别人写的文学史著作，然后你就编写第7本。意思是说，你可以东抄西抄，观点全是别人的。还有一种方法是你要一个朝代一个朝代地研究，写出自己的心得，那就没有这么容易了。老先生说到这里，轻轻地摇摇头。我到现在还记得他说话的神情。编写文学史要有自己独特的体会，用鲁迅的话说，关键就是要有史识，而不仅仅做一个文学史料长编。这话说起来容易，做起来是何等的困难。我本人就有很深的体会。从1988年发起“重写文学史”、探讨战争文化心理对当代文学的影响，到1999年主编出版《中国当代文学史教程》，前后10年多的时间，虽然还是不圆满，也未必准确，但至少是建立初步的当代文学的史识。何况范老师所要做的工作，是对“五四”以来的新旧文学之争的大是非进行重新评定，是对王哲甫以来的所有现代文学史的基本叙事方法的颠覆。我知道范先生为了做这么一件改变历史的工作，已经做了20多年的理论准备，耗费了由壮年到老年的全部的生命精力。他从朱自清先生关于“鸳鸯蝴蝶派意在供人们茶余酒后的消遣，倒是中国小说的正宗”的见解出发，及时吸收了艾煊先生的“两个翅膀”论并且运用在文学史理论上加以发挥。在本论文集中，他在《我心目中的现代文学史框架》、《论中国现代文学史起点的“向前移位”问题》、《开拓启蒙·改良生存·中西融会》、《1921—1923：中国雅俗文坛的分道扬镳与各得其所》等一批论文里，非常具体地探讨了20世纪以来通俗文学与新文学在各个历史阶段的关系问题，建立起比较成熟的雅俗相融的文学史理论框架，并且对于一系列具体个案（如黑幕书与黑幕小说，《催醒术》与《狂人日记》，新旧文学之争和争夺市场等等）都提出了合情合理的解释。在解决了诸多的理论问题之后，他才撰写并完成了《中国现代通俗文学史（插图本）》，提出“现代文学史的多元共生新体系”的文学史理论新见解。我不知道别人怎么看范先生的学术创新工作，我认为，范先生的工作是极为严肃的，丝毫也没有要故意标新立异的意思，恰恰是他从长期的史料研究出发，碰触到现代文学史理论中的基本要害问题，然后从实际出发，发现问题，提出问题，解决问题，都是站在学术立场上不得不为之，也不得不投入他自己近乎大半生的生命。从1988年学术界提出“重写文学史”以来，20年过去了，我们现代文学史第一次遇到了认真的“重写”的挑战。解决通俗文学与新文学的文学史关系，不是个别人的一时冲动，自从提出“20世纪中国文学”的大文学史概念，贯通了近现代文学的文学史视野以来，就是一个不得不面对并且给予解答的问题。国外汉学界先走一步，提出了“没有晚清，何来‘五四’”的质问，其实晚清与“五四”的关系也就是范先生所要着力解决的通俗文学与新文学的关系问题，把原来文学史书写为尖锐的敌我斗争的新旧文学冲突，融化为新旧并存、多元共生的文学格局，实在不是一个局部的文学事件的重写，而是对现代文学史叙述的基本策略的改变，这是一个方面；另一个方面，当中国文学发展到20世纪下半叶，尤其是我们把台湾、香港文学综合起来考察的话，我们怎么解释台港地区的通俗文学与纯文学构成的文学史关系？随着90年代以来网络文学的崛起以及中国大陆本土的流行文学、网络文学、影视文化的发展，我们怎么解释这些现象与当代文学史的关系？当代“80后”文学基本上成为一种媒体操控下的娱乐性的文学现象，我们怎么给予准确把握并进行沟通？我以为，从古到今再到未来，从来就不可以排除通俗文学在文学史上的地位和影响，为什么独独现代文学要排除通俗文学，抹杀它在文学史上的影响而造成今天20世纪文学史视界的狭隘、偏颇、贫瘠的局面呢？

当然，这个局面不完全是由我们不认同通俗文学造成的，我们的现代文学史实际上只是一部不完整的“新文学”史。从上世纪30年代开始，从王哲甫到王瑶，他们的文学史都是明确冠上“新文学”史，也就是站在新文学立场上讲新文学历史，文学史观是明确的。但是50年代以后，“新文学史”易名为“现代文学史”，并且建设成一门与古代文学史相并立的二级学科，研究的对象和范围非但没有摆脱原来的新文学范畴，而且更加狭隘，更加偏颇，以至于后来随着政治思想斗争的需要不断减缩文学史内容。在文学史叙事方法上也基本延续了战争文化的心理诉求，强化了“五四”新文学初期就存在的斗争意识。比如叙说新文学的产生，重点就是反对复古保守主义逆流的斗争，于是所谓的鸳鸯蝴蝶派、林琴南、学衡派、章士钊（为了危言耸听和夸大战果，故意强调为“甲寅派”）都成了保守复古的代表；叙说左翼文艺运动，是一场又一场的斗争，新月派、民族主义、“自由人”和“第三种人”、林语堂（同样为了夸大战果，捏造出一个“论语派”）等等都充当了新文学的敌人；到了抗战时期，为了继续强化斗争叙事，国统区就轮到批判梁实秋、沈从文和《战国策》，延安就轮到王实味和丁玲倒霉了。这样一种斗争叙事模式建立起来的文学史观念和文学史理论，当然不是说全部都错，但至少会生出许多冤假错案，歪曲了文学史事实，把本来虽然存在过争论（这本来就是思想文化多元共存的特征），但事过以后可以心平气和地给予分析，判断是非，吸取来自双方的经验教训的文学史现象，粗暴地解释成为文学史上的几大“斗争”事件，并且无端构成了敌我矛盾，把新文学运动塑造成令人恐怖的唯我独尊的权力文学。这样一种文学史的权力叙事方法，自然不可能体现出丰富的文学内涵。权力叙事长期遮蔽了通俗文学、旧体文学、沦陷区文学、潜在写作等，明明是为政治服务的权力叙事在操控文学史写作，阻碍了对文学史丰富性和真实性的认可；但从表面上看，却要把这个责任推到“五四”新文学的头上，似乎是为了维护新文学传统，才不承认通俗文学的地位，却回避了新文学史和现代文学史之间本身就有根本区别的事实。简要地说，新文学运动在发展中允许会有极端性和片面性，但文学史叙事不应该没有宽容性和全面性。范先生提出多元共存的文学史体系，我的理解包括了两个方面，一个方面是我们要允许有各式各样的文学史，如中国新文学史、左翼文艺运动史、通俗文学史、旧体文学史等，可以并存于学术研究领域，各讲各的文学史；另一方面我们还是需要有学者从文学史理论的角度来探讨什么是真正的中国现代文学史，它应该包括哪些领域哪些方面。即使我们认为现代文学史应该体现现代性，也不能否认新文学以外还有其他种类的文学同时反映了现代性的某些特征；即使我们要确立新文学传统为现代文学的核心价值，也不能狭隘到除了新文学以外其他文学现象统统被排除在文学史以外，否则我们至少不能解释台湾的沦陷区文学，不能解释香港的殖民地文学，不能解释大量作家（包括新文学作家）创作的旧体诗词以及民间创作，也不能真正沟通话剧与传统戏曲、新文学与通俗文学、新诗与旧体诗词的关系。按照那种狭隘的文学史观来研究现代文学，我们不仅面对的文学史残缺不全，就连面对的作家整体的创作，也往往残缺不全。这与作为一门学科所需要的科学性、全面性、连贯性的特征是相违背的。

这些想法，长期盘旋在我的头脑里，思考了大约有 10 来年。前年我在一篇文章里谈过这个问题，我引用了我们学科的前辈学者樊骏先生的话，他曾经呼吁现代文学应该像其他现代文艺领域里尊重传统戏曲、民族音乐、国画书法等艺术门类一样，来认真对待现代文学领域的旧体文学和通俗文学①。但是他的呼吁从 20 世纪 90 年代发出，一直没有获得响应。我记得 90 年代有一次我

① 请参考樊骏《我们的学科：已经不再年轻，正在走向成熟》，收入樊骏《中国现代文学论集》（上），人民文学出版社 2006 年版，第 502 页。

去福建师大开会，与樊先生不期而遇，在闲聊的时候他突然问我：你的《中国新文学整体观》和黄子平他们提出的20世纪中国文学有什么不一样？我没有思想准备，也没有意识到这里有什么两样。樊先生笑笑，接着说，还是不一样的，你是从新文学出发，他们讲的是现代文学，从晚清文学出发的。显然，那个时候樊先生已经在认真思考新文学与现代文学的关系了。不过，我刚才说樊先生的呼吁没有人响应是不准确的，那时候范伯群先生已经在埋头做大量艰苦的研究工作了，一场悄悄地重写文学史的工作已经开始了。经过十几年以后，范先生才完成了文学史新体系的思考。

接下来，我们似乎可以讨论范先生的文学史理论中，哪些是值得我们重视的见解。这本来是一个丰富博大的领域，我学疏才浅未必能够全部领会，我只能结合自己正在进行的文学史研究和写作的实践，来体会范先生的学术思想对现代文学史研究领域的新贡献。

第一，关于现代文学史的起点前移问题。本来，从1985年学术界提出20世纪中国文学史的概念，已经包含了关于现代文学起点“前移”的探讨。过去的现代文学史研究并没有故意排斥20世纪初的文学，但文学史的叙事起点是从新文学运动开始的，清末民初文学只是为新文学作铺垫和准备。这自然也是一种文学史理论的体系，因为从新民主主义革命的角度来叙述文学史，只能是以“五四”运动(1919年)为文学史的起点。20世纪中国文学史的提出，首先是在现代性的视域来叙述文学史，当时好像有学者把文学史起点置于1894年甲午战争的失败，现代危机就是这么产生，导致了士大夫公车上书，鼓吹变革的热情；也有学者将文学史的起点推向晚清的戊戌变法失败，因为变法失败使士大夫绝望于庙堂，开始脱离朝政，朝着民间的岗位转化。我曾经倾向于这一种起点，依据是戊戌变法失败以后，严复专注于翻译、介绍西方学术思想，为现代启蒙运动之滥觞；张元济、蔡元培等人转向了现代出版、教育等领域，开始确立了知识分子民间岗位的价值取向，开始了古代士大夫向现代知识分子的转型。但是我阅读了范先生的《论中国现代文学史起点的“向前移位”问题》，马上就意识到他的理论非常有说服力。我们都是从士大夫阶级的觉悟或转型来解释文学史，基本上还是着眼于思想决定文学的思路，而同样是着眼于现代性，范先生则不一样，首先他从日本学者樽本照雄《清末小说研究集稿》中的一个发现，分析了晚清作家们的经济收入以及由此产生的身份变化。樽本从李伯元、吴趼人辞朝廷经济特科不赴的材料，推出结论说：“对于知识分子来说，当时在上海除了做官以外，还有别的方法、别的世界可以维持生计。李伯元和吴趼人选择了新闻界。他们大概在新闻界已经做了很多事情并且充分体会到生活的价值。不用说他们也是在经济上独立的。事已至此，他们完全不想到北京去投考。李伯元和吴趼人不去投考经济特科这件事，也象征着新闻界在上海已经形成了。”[①]我们有理由进而推论：李伯元等作家在新闻界的立足本身就是现代知识分子形成的证明，因为他们在民间确立了自身的工作岗位以及为社会所能做的贡献，已经不需要通过科举或者庙堂来实现自身的价值了。范先生充分重视樽本提供的新材料，同时又在这个基础上分析了包天笑相似的经济收入状况，综合起来考察了晚清作家群体的形成：“如此看来，李伯元、吴趼人根本不想去考特科，也不是他们的清高。一方面，他们经济上有较丰厚的收入；另一方面，他们在新闻工作中看到了自己的人生的价值。”进而，范先生就提出了形成推动晚清文学的现代转型的三种力量：

> 到 1898 年前后，我国的知识分子对文学的现代化的推进就开始进入自觉状态了。这一初具自觉状态的群体大约由三部分人所组成：一是早期的海归者，二是戊戌失败后的流亡者，三是中国的早期的自由职业知识分子。

这里所指的第一种人的代表就是严复，第二种人的代表是梁启超，第三种人的代表就是李伯元、吴趼人等通俗作家。前两种人主要贡献于思想文化，这是公认的，但把通俗作家也列入启蒙者的行列作为现代文学的推动力量，那是范先生的独创的见解，他把文学史的主体从一般的知识分子思想启蒙拉回到作家的创作身上，更多地还原了文学史的本来面目。他高度评价了第一批自由职业的通俗作家：

> 我们强调这批自由职业者的重要性是为了说明清末已有一批新型的知识分子正从旧卵中破壳而出。他们所写的小说中已有着明显的现代性。在当时，还没有后来所称谓的“新文学作家”；但是这些后来被称谓为“旧文学作家”的人已在传统小说的外壳中显示了自己作品的新质，那就是时代的启蒙精神。他们兼报人与作家于一身，以启蒙中下层民众为己任。

① 转引自范伯群《论中国现代文学史起点的“向前位移”问题》，原载《江苏大学学报（社科版）》2006 年第 5 期。下面几处引文均出于该文。

我认为范先生的这个见解与他把《海上花列传》列为现代通俗文学的开山之作一样，都是从文学史自身的规律出发的。尤其是他在分析《海上花列传》的现代性时，除了用“六个率先”无可争辩地奠定了小说的开山地位以外，还特别强调韩邦庆未必有现代转型的自觉。他认为这正好说明了这样一个事实：

> 它还说明了一个重要问题：那就是中国文学的现代化是中国社会推进与文学发展的自身内在要求，是中国文学运行的必然趋势。它证明了中国文学即使没有外来文艺思想的助力，我们中国文学也会走上现代化之路的，尽管当时像韩邦庆等作家对文学现代化的推进尚处于不自觉状态。

从《海上花列传》不自觉地成为现代文学之滥觞，到李伯元等通俗作家自觉担当起启蒙的责任，范先生令人信服地叙述了现代文学的起点向前移位，不仅仅依据了思想文化的进步或者外来思想的推动，而且强调了文学自身的特征和规律，以及文学史的研究归根结底是对作家作品的研究，只有从文学自身运动中寻找其发展规律，才能最贴近文学史本身的真相。我们从范先生的研究中可以看到，一种传统的用思想取代文学的文学史描述思路发生改变了。

范先生的这一文学史观点，我是很赞同的，可以说是不谋而合。多年来我一直在断断续续地主持一部《中国现代文学史教程》的编写，体例与《中国当代文学史教程》一样，以作家作品带出文学史知识，但是在目录编写上曾经几次反复。最初根据编写组成员的讨论，决定第一章介绍四位近代思想文化大师：章太炎、王国维、梁启超、严复，然后引申出上世纪初的文学。初稿写出来了，但是我心里一直犹豫着，觉得这样一种文学史的编写思路仍然是由思想带出文学，与传统的文学史理念没有大的变化，于是就想到第一章先介绍文学作品，那么，哪一部作品放在第一篇呢？翻来覆去地掂量推敲，几经商议，最后还是把《海上花列传》列为文学史的第一部作品，虽然从文学史的上限来说“起点”略微提早了几年，但实在是非《海上花列传》莫属。但是，新一稿写出来后，我还是在犹豫，因为以《海上花列传》为首篇的现代文学史叙事，就是沿着文学自身的现代商业性、现代都市性、传统继承与变革等文学自身因素一路写下来，一部文学史的叙事策略发生了很大的改变，就会导致现代文学整体性的叙事发生变化。为了解释这个变化的合理性以及维护重新阐述“五四”新文学运动的合法性，我从理论上阐述了“先锋”与“常态”两个系列并存的文学史发展规律，才把现代文学史的运行重新说通。我举这个例子是要说明，我在文学史实践中确实感受到范先生的学术见解是正确的，有生命的，值得我们给予充分的重视。

第二，关于通俗作家与新文学作家的文学史定位问题。要建构多元共生的文学史新体系，势必要打破过去一元独断的文学史话语霸权，采用多元的价值标准来衡量作家和评论作家。这个问题不仅仅适用于通俗小说作家，如果深入讨论下去，可能会贯穿现代文学史的诸多领域。比如，如何对待台湾日据时代的文学创作？殖民地与半殖民地文学的价值标准是绝对不一样的；钱基博先生的《现代中国文学史》是从近代主流文学发展而来，以旧体文学创作为主，新文学仅添末尾章节聊备一说，这也不失为一种文学史的叙事策略，但新旧文学的价值标准也是绝对不一样的。总之，探讨的宗旨，是要说明多元格局下的文学史各派文学的不同的价值取向，是如何共生并行以及互相影响的复杂关系。在新旧文学冲突的文学史叙事中，过去一向是以新文学立场去批判旧文学，这样就无法真正客观公正地呈现通俗文学。范先生新建构的文学史体系的叙事改变了这一思维定势，他把新旧文学的对立方解释为两种平行的不同价值取向的作家群：

> 所谓这一时期，那些通俗作家实际上构成了一个现代文学中的"继承改良派"。他们直接承传鲁迅所指认的"狭邪小说"、"谴责小说"，还有是"侠义公安小说"（后来侠义小说为武侠小说所取代，而公安小说则又因接受外来形式，就更注重侦探小说的探索，包公与福尔摩斯的"交接班"），它们在渐进式的现代化的道路上改良自己……
>
> 在文学领域中，中国的一个"借鉴革新派"开始形成。这"借鉴"是指他们向世界文学的精华学习与吸纳，翻译并尝试创作，从而掀起一个文学革命运动，使本民族的文学与世界接轨，并要使自己成为世界文学之林中的佳木。[①]

范先生在回答袁良骏提出的责难时，进一步定义两派作家所代表的文学的不同标准：

① 范伯群：《我心目中的中国现代文学史框架》，原载《深圳大学学报》（社科版）2004年第1期。

与通俗文学相对应的，都用“纯文学”或“严肃文学”这样的名称。虽习以为常，但又觉得不甚贴切。因为我们的所谓“纯文学”也不一定“纯”；而朱自清在《论严肃》一文中也曾说，严肃有时会使人误解为板起面孔教训人，叫人亲近不得。我觉得以称“知识精英文学”较好。一是指他们大多是知识精英，各流派以他们各自的人生观与文学观对文学事业有所追求，以自己的敬业精神为自己的文学信仰奋斗不息；二是他们的作品主要是在中国的知识阶层中流布。而现代文学时段中的通俗作家，并非说皆不是精英，但他们当时大多是站在都市市民的认识基点上，去表达市民大众的喜怒哀乐，以市民大众的情趣为自己的作品的底色与基调。因此相对“知识精英文学”而言，它是一种“市民通俗文学”，或称“大众通俗文学”。它们都是文学母体分叉出来的支干，怎么硬说是“异质”呢？它们不过是文学的功能观各有所侧重，服务对象也各有所侧重而已。难道在你看来，通俗文学的“出身”低微，就应该打入“另册”？①

显然，在范先生的文学史体系里，文学母体分叉出两支：借鉴革新派——知识精英文学 VS 继承改良派——市民通俗文学，构成了文学史上两个叙事系统，并且以非常细致具体的论述，来解释两者之间的复杂关系。我以为，范先生关于这两派作家、两种文学之间传承关系的描述是他的文学史框架中最有创新价值的部分。如在晚清文学中，范先生将梁启超等知识精英大声疾呼“小说界革命”与李伯元等市民通俗作家的文学创作结合起来考察，指出：

知识精英们的理论是超前的，但他们的创作干部队伍却远远跟不上。当时的情况是，他们提出了理论，可是缺乏创作实绩。而小说热潮的这把“火”倒是烧旺了。他们的锅子里无法烹调出鲜美的食物来。这把“火”对谁有利呢？我认为对通俗文学作家有利，也就是市民大众文学得了益。他们部分地吸收了梁启超等人的理论，同时也大量地发表小说。梁启超写小说是“专欲发表区区政见”②，而他们是以强烈的谴责与讽喻对准清政府的官场与当时腐败透顶的社会现状，他们与鼓吹“新民”的梁氏也可算

---

① 范伯群：《“两个翅膀论”不过是重提文学史上的一个常识——答袁良骏先生的公开信》，原载《文艺争鸣》2003 年第 3 期。

② 饮冰室主人：《〈新中国未来记〉绪言》，见《新小说》第 1 号，1902 年 11 月 14 日出版，第 51 页。

是同盟军。他们的小说开始与传统的古典型的小说有所不同了，市民大众文学也在严氏、梁氏等人的理论的影响下改良自己……这个时期的一个很值得注意的现象是知识精英的开路，他们是栽树人，可是流行的却是市民大众文学，结硕果的是通俗作家。①

范先生认为“这是一个中国文学现代化起步时非常值得玩味的现象”。关于这个现象，以前文学史可能也做过相似的描绘，但范先生第一次把梁启超、严复等知识精英与李伯元等通俗作家做了区分，所谓值得玩味的，正是范先生有意识地描绘了晚清时期的知识精英文学与市民通俗文学之间亲密联手、互相支持的关系，即范先生解释为“雅俗蜜月”的时期。应该说这也是一种叙事策略，按照这样的叙事发展下去，两派作家两种文学发展到“五四”以后逐渐分道扬镳，就有了前后的因缘关系，同时也为抗战以后再度融汇做好了铺垫。过去单一观念的文学史只写新文学的发展演变，而范先生的心目中，理想的现代文学史至少是双轨的，两派作家两种文学的分分合合，就形成了一部新型的文学史的雏形。

当然问题还不会那么简单。一部现代文学史的形成，正因为建立在权力叙事的基础上，它才显示出单调而划一的叙事秩序，一切仿佛都是安排好似的，就是一部“五四”新文学——左翼文学运动——延安解放区文学的严密逻辑的发展史；如果一旦在通俗文学领域打开了缺口，单线叙事变成了双轨叙事，那么，还有更多的因素都会相继打开遮蔽的禁区，闯进文学史的研究视野。我们如何来整合台湾文学、香港文学与大陆文学之间的三位一体关系？如何来整合殖民地形态下的台湾日据时代文学、伪满洲国文学与半殖民形态下的中国现代文学的关系？以及如何整合不属于通俗文学范围但又是明确不属于新文学创作的旧体文学（如旧体诗词）？等等。所罗门的瓶子一旦打开，我们就要有驾驭各式“魔鬼”的勇气和智慧，而不是再把它们重新关进瓶子里的胆怯与小智慧。

而且，以我个人的理解，范先生提出来的继承改良派与借鉴革新派的概念，在定义上似乎还不能准确概括这两派作家的特征；但是知识精英文学与市民通俗文学两个概念大致是可以概括上世纪 20 年代到抗战爆发之前的文坛

① 转引自范伯群《论中国现代文学史起点的“向前位移”问题》，原载《江苏大学学报（社科版）》2006 年第 5 期。下面几处引文均出于该文。

情况的。但是如果再进一步考究，市民通俗文学似乎也不能简单涵盖清末民初的所有小说和抗战爆发后的现代流行小说。而对于徐讦、无名氏和张爱玲的小说作为现代通俗文学的殿军来结局，我至今还是有些犹豫的，尽管范先生把他们定义在新市民小说，并在《中国现代通俗文学史（插图本）》里有详细的解说。我也理解这样的大结局圆满了范先生关于现代通俗文学与新文学之间的多元共生的关系，但是从文学史整体的发展来看，抗战以来的文学，不仅有通俗文学向新文学“回归”的倾向，还有新文学向通俗文学“回归”的倾向，两者的关系更加复杂了。抗战以来的中国文学，似乎又回到晚清知识精英呼吁“欲新民，先新一国之小说”的状态里面，不同的是，晚清知识精英是在被逐出庙堂、开始建立知识分子启蒙的空间和确立民间的岗位时，提倡并推行现代通俗文学的，所以现代通俗文学与知识精英文学都是在庙堂的对立面上自由发展起来，终于酿成了后来的新文学运动；而抗战以后的文学反过来因为宣传民族救亡走向通俗，最终是知识精英文学与市民通俗文学又回归到新的庙堂权力的操控之下，成为新的政治权力建构中的一部分，现代通俗文学也同样是走向了自我消亡或者自我逃亡的道路。这样的变化和结局，樊骏先生在 10 多年前论述学科规划时也隐约提到过①，但也没有进一步的阐述。我现在把这些问题一股脑儿地提出来，作为芹献，供范先生进一步撰写多元共生的文学史时作参考。

范先生关于建立多元共生的文学史新体系的学术思想，既是他长期研究通俗文学，并且又建筑在扎实的新文学研究的基础之上的两者结合的必然结果。他的学术思想的丰富内涵绝不是我这篇文章所能够概括的。我举出上述两点，仅仅想说明我所深切感受到的范先生对中国现代文学学科的重要贡献，也是对传统的现代文学史理念的巨大冲击。在重写文学史的道路上，范先生宝刀不老，远远走在我们后辈的前面。前几年，范先生从苏州大学的教授岗位上退休后，受聘于复旦大学古代文学研究中心，不顾七旬高龄，独自奔波于京沪苏皖各地的图书馆，搜集图片资料，撰写出一部厚厚重重的《中国现代通俗文学史（插图本）》。但他没有停止自己的脚步，他还要往前走，以求最后完成

---

① “特别是在抗日战争爆发、延安文艺座谈会、新中国成立以后，随着新文学工作者采用、改革传统形式、旧文艺工作者学习新文艺，创造出‘旧瓶装新酒’的作品，再加上文艺界统一战线的不断扩大，思想上艺术上多有交融与汇合，原先区别‘新’‘旧’的界线有了明显的变化，至少以文体形式划线的区别大大淡化了。”参考樊骏《我们的学科：已经不再年轻，正在走向成熟》，收入樊骏《中国现代文学论集》（上），人民文学出版社 2006 年版，第 502 页。

他理想中的综合了新文学与通俗文学的多元共生的文学史，我想我不能不说几句切合实际的话，作为本文的结语：

一、范伯群先生纵然身体极其健康，也已经是78岁的老人了。他长期从事研究工作，学术思想已经充分成熟，到了喷薄而出的最后阶段。

二、范先生理想中的文学史框架完全成熟，他收载于本论文集中的多篇论文，已经是论述相当精彩、创新意识非常强烈的文学史章节。这部文学史如果完成，对于当今学科的大踏步发展，会有极大的推动。

三、范先生这项正在进行中的工作是别人无法取代的，现在要找一个在通俗文学和新文学两方面都有深刻理解力，而且精通全部过程，有过大量阅读文本的资深学者，无人可企及范先生。因此，这项工作不仅仅是范先生个人的著述事业，而且是关乎学科建设的集体性的大工程。

四、为了完成这项大工程，我们有责任为范先生建搭起他的研究团队，尽可能地创造良好的工作环境，依靠集体的能力，使范先生丰厚的知识积累和理论构想尽快地转化为实际的学术成果。

如上的几点，在今天的学术环境下，要真正做到也不是很困难的事情，但是需要我们集体来关心。为了学术，为了学科，也为了我们老当益壮的学术前辈。

2009年2月23日于岭南校园

填平鸿沟　开疆拓土*

——记范伯群教授学术研究的开创性历程

冯　鸽

一

在台湾《国文天地》1997年5月的"大陆焦点学人"栏中，栾梅健教授为他的导师范伯群先生写了一篇推介：《让文学女神双翼翱翔——记范伯群教授》。该刊的"编者按"说："长期被学者否定与批判的鸳鸯蝴蝶派小说，在近年来逐渐受到学界的重视，这其中一位功臣便是苏州大学中文系的范伯群教授。80年代中期开始，范先生把对现代文学研究的重心转移到近现代通俗文学中去，这令当时鄙视通俗小说的学界哗然。然而他却默默地开始搜集并着手整理资料，进行理论的建设。经过十年的研究与探索，终于取得丰硕的成果，引起学界的兴趣与重视，重新评价通俗小说。"①这番按语，不仅对范伯群先生的研究工作给予了公允的评价，而且也勾勒出他在中国现代文学研究中工作"重心转移"的历程。

此前，范伯群在学界之盛名源起于他与同窗好友曾华鹏先生长期合作研究中国现代作家论与作品论等一系列富有创新性的研究成果。他们于1957年的《人民文学》5、6期合刊上联袂发表了4万字的《郁达夫论》，轰动一时。当年该刊的副主编秦兆阳在"编后记"中写道："作家论是我们期盼很久的，文中对于郁达夫的生活道路与创作道路是有独到见解的。我们愿以发表《郁达夫论》作为一个开始，望有志于此者，能够对我国现代以及当前的许多作家进行深入的研究。"接着他们又于1964年的《文学评论》第1期上发表了《论冰心的

---

* 本文发表于《文学评论》2008年第3期"学人研究"专栏。

① 《编辑部报告》，载《国文天地》第12卷第12期（总第144期）首页（无页码），1997年5月1日出版。

创作道路》等一系列现当代作家论。应该说,他们在这方面的研究在新中国成立后的现当代文学研究界是有率先启动之功的。

“文革”后人民文学出版社出版了他们的《鲁迅小说新论》、《冰心评传》和《现代四作家论》等专著。当年,研究者对郁达夫和冰心等作家的评价偏重于他们的政治身份与社会角色的认定,而对作品的文学艺术性却不甚关注,范、曾二位却能对他们的作品进行细致的分析,从而对他们在文学史上的地位,予以客观的、令人信服的评价。这些令人耳目一新的研究成果显示出两位研究者扎实丰厚的学术积淀和以文学为本位的文学史观,也表现出严谨科学的学术风格和堪称楷模的学术素养,受到现代文学史研究界的广泛关注与好评。

《鲁迅小说新论》对鲁迅小说的解读,将在“文革”期间被政治功利化误读的小说文本还原为文学作品,充满了新锐的创新精神和严谨的学术风范。“文革”后,1978 年《文学评论》复刊后的前三期,都没有刊登“论鲁”的论文,直到第 4 期才发第一篇,那就是他们两人合作的《论〈药〉》。当时该刊收到不少以大批判笔调所撰写的“论鲁”文章,但富有学术理想的编辑们希望首发一篇研究鲁迅的学术性论文。在这篇文章中,他们不仅大胆地指出鲁迅写《药》的原意是“因群众的愚昧而来的革命者的悲哀”,并且深入地阐释了《药》的结尾中鲁迅所说的“安特莱夫的阴冷”等等的学术问题。《新论》对鲁迅小说的解读,是将在“文革”期间曲解的谬误加以拨乱反正,具有正本清源的效应,其结论的科学性和客观性体现出研究者从文本出发、重视材料和事实的研究风格,这对当时的学术研究起了一定的示范表率作用。

多年良好默契的研究使他们得到了“文坛双星”和“最佳双打选手”的美誉[①]。他们如果对新文学的作家论的研究再进一步走下去,肯定会有更令人瞩目的成就。可是在 20 世纪 80 年代初,这对“双打选手”并非分道扬镳,却是各人开始为各自的“集体项目”忙碌了。以曾华鹏为学术带头人的课题组在参与注释《鲁迅全集》之后,全力投入了《野草》的研究,取得了令人欣羡的成绩;而以范先生为领军人物的课题组则为编写《鸳鸯蝴蝶派文学资料》而到处搜集材料。这所谓的“重心转移”就是范伯群先生研究通俗文学的开端。

---

① 古平:《学术界的一对“双打选手”——曾华鹏和范伯群》,《瞭望》周刊 1987 年第 28 期(7 月 13 日出版)。

二

范伯群先生与通俗文学“偶遇”于20世纪70—80年代之交。其时中国社科院文学研究所牵头编写《中国现代文学运动·论争·社团资料丛书》，分工给范先生所在的江苏师范学院（今苏州大学）现代文学教研室的课题是编纂一本《鸳鸯蝴蝶派文学资料》。当初他面有难色，觉得教研室里大家对这一流派并不熟悉，最好能换一个更易受到学界重视的题目。可是得到的回答是：鸳鸯蝴蝶派中不少作家是苏州人，这个与你们地方史料有关的课题，你们不搞谁搞？他想想也觉得有理，于是就与同事们下决心“泡图书馆”。在参编过程中，他分工看鸳鸯蝴蝶派作家的代表作与该流派的主要期刊，工作量大得惊人。他上午、晚上一般是用在课务上，下午就坐定在图书馆中，长篇小说是要一部一部读的，期刊是要一期一期看的。整整三年的阅读，在接触了大量材料之后，他坚定地认为应该重新去思考和评价这批作家和作品，更不能一言以蔽之曰“逆流”。如果将他们的优秀或较优秀之作加以定性，应该称它们为中国现代通俗文学，他们主要的读者对象是都市市民大众。

尽管当初学界对此项研究有不屑与哗然之声，甚至说，他们是在研究一堆垃圾。但是范先生则坚信：垃圾？你看我怎样“变‘废’为宝”。他“泡”了三年图书馆，大量的资料和自己的学术感知给他充足的信心。他认为：谁掌握了大量的有价值的原始资料，谁就有更多的发言权，谁就有不可撼动的论点和论据，谁的“底气”就足！他已经预感到，这块研究领域蕴藏着一座富矿，中国现代文学史将因他与同事们的开掘而增添一个很大的新分支——中国现代通俗文学。

范伯群先生以客观理性的科学态度与严谨的学术规范，用过去研究新文学的严肃态度去研究通俗文学。早年，他与曾华鹏教授合写作家作品论，合撰作家评传；后又在恩师贾植芳的掌舵下，编著《中国现代文学社团流派》专集；亦曾与朱栋霖教授联合主编《1898—1949中外文学比较史》；又与吴宏聪教授合作主编《中国现代文学史（1917—1986）》，在多年的积累中，他掌握了一套扎实而富有成效的专业研究方法与程序。他认为，作品论—作家论或作家评传—流派与思潮论—文学史是四个逐步扩大和提升的循序渐进的层次。范先生对通俗文学的研究工程，也同样是这样一个一丝不苟、逐步递进的程序。他一开始就不是简单地要做什么“翻案文章”，而是看准了这是一个“长线课题”。如果只是为了翻案，那么只要写几篇文笔犀利、论点尖锐的文章就可以了；而所谓“长线课题”就是有计划有步骤地从一点而全面开花，产生出令人瞩目的系列成果来。他深感自己“偶遇”这一课题是一个极好的“机缘”，问题在于如何善于抓住这个机遇，不是“小题小做”，而是可以“大题大做”，它甚至能牵动中国现代文学史的整体格局，产生结构性的新变革。当然，为其“正名”，摘掉“逆流”的帽子是它的第一步；但随后要将“盘子做大”，构成一项浩大的费时费力的研究工程，那就必须按照研究文学史的学术规范有序而脚踏实地、锲而不舍地推进，直至得到学界多数人的公认。

首先，他从基本的作品介绍做起。因为过去现代文学界并不很熟悉鸳鸯蝴蝶派的作品，不少人是根据以往的“权威结论”而为这个自己并不熟悉的流派定性的。所以范先生要做的第一步就是精选作品，让大家了解其创作的基本面貌。他为人民文学出版社编选了一套《鸳鸯蝴蝶—〈礼拜六〉派作品选(上、下)》，为台湾业强出版社编选了一套《民初都市通俗小说丛书》(10 册)，内容是 10 位有代表性的通俗作家的中、短篇小说选；这套书在大陆也由江苏文艺出版社出版简体字版，在介绍了通俗作家的代表作之后，鉴于他们作品的产量较多，而且有些作家的确有自己的特色，因此，范先生进而组织课题组成员进一步写作家论，由他主编出版了一套《中国近现代通俗作家评传丛书》，共 12 册，涉及 46 位通俗作家的生平与作品评价，并分别附有其代表作。从李欧梵教授的有关文章中我们就可以知道，这套丛书的影响极大：“我在哈佛任教时曾用范教授主编的《中国近现代通俗作家评传丛书》中所选的晚清民初通俗小说代表作作为教材，与研究生在课堂上详细讨论某些‘文本’之中的形式创新，甚至包括其中都市的空间意识和叙事者的视角。”①除了这套评传丛书之外，范先生又组织课题组的成员撰写通俗小说类型史。如由汤哲声撰写“侦探小说史略”、“幽默滑稽小说史略”和“通俗期刊史”等，陈子平撰写“宫闱、历史演义小说史略”，徐斯年、刘祥安合撰“武侠、会党小说史略”，芮和师编写“近现代通俗文学大事记”，而他自己则在“社会、言情小说”类型上多下工夫。在这些集体工程中他运筹帷幄，而这个“长线课题”也像滚雪球一样，越滚越大，最后经过近 20 年的奋斗结出了一个丰硕的“大果子”——《中国近现代通俗文学史》。当这部 140 万字的巨著由江苏教育出版社在 2000 年出版时，现代文学研究界

① 李欧梵：《中国现代通俗文学史・序二》，载范伯群著《中国现代通俗文学史(插图本)》，北京大学出版社 2007 年版。

引为盛事。贾植芳教授以《反思的历史,历史的反思》[①]为题给这部专著写序。北京大学严家炎教授称誉它是一项“不寻常的拓荒性学术工程”,是做了一件“功德无量的事”:“读范先生主编的这部著作,我真有豁然开朗、别有洞天之感。它用大量实实在在、经过鉴别的史料,富有说服力地得出了许多令人耳目一新的结论。”[②]杨义研究员对这部著作也鼓励有加:“这无论是对近现代文学整体研究格局、学术领域的开拓,还是我们文学观念的宽容性和开放性上,都是非常重要的。……它从一个独特的角度切入我们现代文学整体工程中去,做了我们过去没有做的东西。”他在肯定这一工作做到了“无以复加的详尽”的同时,也提出了对这一工程的更新更高的要求,那就是还要做到“无以复减的单纯”,即所谓“繁华落尽独精纯”[③]。这当然有待于范先生今后作进一步的努力。范先生主编的这部著作在学界获得了多种荣誉:2003 年荣获“第三届中国高校人文社会科学研究优秀成果一等奖”、2006 年中国现代文学研究会“第二届王瑶学术奖优秀著作一等奖”。不仅仅是学术界对他的这些研究成果表示了肯定,就连作家也对他的研究作了非常形象化的评价。江苏省作家协会原主席、著名散文家艾煊在《中国近现代通俗作家评传丛书》出版时,就以《找回另一只翅膀》为题,用散文的笔法写道:“粗砂中有闪亮的黄金,矸石中有发光发热的煤,和阗河的乱石堆中有昆仑美玉,需要细细地淘拣,才能得到黄金与美玉。范伯群是有心人,花了十年时间,在清末民初的文学长河中淘金拣玉。”他谈及范先生与苏州大学十来位同道,“构成了中国通俗文学研究开创性的第一代学者,第一代研究群体。……先是泛读大量作品,对一个个作家进行研究,写作家评传,将在这个基础上,写出一部有扎实内容的中国近现代通俗文学史。然后,再扩而大之,研究这一时期严肃文学与通俗文学相互间的影响,写出一部严肃与通俗比翼共飞的现代文学史。范伯群的研究成果,用一句简括的话说,那就是为中国现代文学史找回了一只翅膀”[④]。所谓“比翼共飞”也就是要写出一部多元化的生态平衡的中国现代文学史。从此,“另一只翅膀”成为文学史界的一个热门话题。

三

要写出一部被学界肯定的多元化的中国现代文学史,在研究作家作品的

① 贾植芳:《反思的历史,历史的反思》,载《中国近现代通俗文学史》,江苏教育出版社 2000 年版,第 1 页。
② 严家炎:在“《中国近现代通俗文学史》国际学术讨论会”上的发言,载《中华读书报》2000 年 9 月 20 日。
③ 同上。
④ 艾煊:《找回另一只翅膀(上)》,载《扬子晚报》1995 年 2 月 9 日。

同时,还要进行多元化的文学史理论建设。范伯群先生在开始进入通俗文学研究时,还是用以往传统的一元化文学史观的框框去观照这些作家的作品,往往过分地指责这些通俗作家的"局限性"。但是随着研究的深入,他不断地进行反思。这种反思大概是从1988年底他写成《对鸳鸯蝴蝶—〈礼拜六〉派评价之反思》[①]一文开始表露的。在1990年1月为台湾版《民国通俗小说鸳鸯蝴蝶派》一书作自序时,他用这样的文字表达了自己过去的思想轨迹:"虽然我时时告诫自己,要站在客观公允的学术立场上去进行考察与探究,但像缠过足又放足的'解放脚'一样,走起路来与天足相比,总显得摇摇晃晃,歪歪扭扭。这本《民初通俗文学鸳鸯蝴蝶派》就时时露出此类缠而初放的步态。我想,这拓荒式的'第一部'难免不像孩提的学步……我正在主持一个科研项目,写一部《中国近现代通俗文学史》……或许会比本书的观点有所长进。但愿《中国近现代通俗文学史》日后问世时,既不像孩提的学步,也不似'解放脚'的别扭,而是像一双成人的天足跨出了稳健而平正的步履。"[②]范先生所提到的这一科研课题就是被列入"国家社会科学'七五'重点项目"的一项工程,也是苏州大学文科争取到的首个国家社科重点项目。实际上,范先生的确实践了他的诺言,他在《中国近现代通俗文学史》的撰写与主编过程中,以多元化文学史观去研究通俗作家作品及种种文学现象,同时将它们提升到理论的高度,认真总结经验与教训。范先生这种对多元文学史观的不倦的探索和实践,得到了学界很多同仁的认可,陈思和教授就认为:"我们的学科,虽然称作中国现当代文学,但它是严格地从'五四新文学——左翼文学——解放区文学'的发展逻辑上建立起来的一套意识形态的话语体系,通俗文学(当时笼统称为旧文学、鸳鸯蝴蝶派文学等)从一开始就被置于'五四'新文学的对立面,作为批判的对象。……在精英知识分子与通俗作家之间确实存在着很深的鸿沟。虽然,后来学者们也常常做一些不伦不类的修补……而范伯群教授近20多年的学术活动就是在做填平这道鸿沟的工作。他之所以放弃简单的文学史拼凑,而将通俗文学单独拨出来,作为一个自成体系的文学史来研究,就是要弄清楚:现代通俗文学'在时序的发展上,在源流的承传上,在服务对象的侧重上,在作用与功能上,均与知识精英文学有所差异'。而如果我们看不到这一点,那么,'现代通俗文学的特点就会被抹杀,它只

① 范伯群:《对鸳鸯蝴蝶—〈礼拜六〉派评价之反思》,载《上海文论》1989年第1期,1989年1月20日出版。

② 范伯群:《民国通俗小说鸳鸯蝴蝶派·自序》,载《民国通俗小说鸳鸯蝴蝶派》,台北《国文天地》杂志社1990年版,第4页。

能作为一个附庸存在于现代文学史中’。这是范教授对于现代通俗文学研究的一个重要突破。”陈思和教授也认为，只有像范先生那样，首先将中国现代通俗文学作为一个独立自足的研究体系来加以透彻地研究，“在此基础上继续做下一道工序：‘探讨如何将它整合到中国现代文学史中去。’在范教授的学术计划里，这是一个严密规划的工作日程表，不能不引起我们的重视”①。也只有如此严密地规划，现代通俗文学才不再是中国现代文学史中的“陪客”。

在理论建设的过程中，范先生首先是为研究对象“正名”，接着他为“通俗文学”在现代文学史中“报上了户口”，提出严肃文学与通俗文学是中国现代文学史上的两大支干：严肃文学侧重于借鉴革新，是中国现代文学史中的“借鉴革新派”；通俗文学是侧重于继承改良，是中国现代文学史中的“继承改良派”。通过长期的研究，范先生认为严肃文学大多数作家是“以自己的文学功能观和对文学事业的信念构成了一个‘借鉴革新派’。这借鉴是指按照他们的功能观和文学信念向世界文学的精华学习，翻译引进并尝试创作，从而在本民族掀起一个文学革命，使本民族的文学与世界文学接轨。胡适的《尝试集》就是诗歌革新的初步尝试，而鲁迅的《狂人日记》则是借鉴果戈理的作品生态，针砭本民族痼弊的革新之作，乃至成为新文学巨人起步的划时代丰碑。近现代通俗文学就其整体而言，它决不是什么‘逆流’，而是作出过它自己的历史贡献：通俗文学作家的大多数构成了一个‘继承改良派’。所谓继承改良就是承传中国古典小说中的志怪、传奇、话本、讲史、神魔、人情、讽刺、狭邪、侠义、谴责等小说门类和品种，加以新的探索，在 19 世纪末至 20 世纪初，反映以大都市生活为主轴的，又以消遣为主要功能而杂以劝惩目的的文学作品。……而从中国近现代文学发展的具体情况来看，我们认为借鉴革新是必需的，但继承改良也是必要的。有一批作家去继承弘扬民族古典小说的传统，从而满足广大读者的阅读要求是好事而决不是坏事”②。范先生在这篇“绪论”中对中国近现代通俗文学也作了“界定”：“中国近现代通俗文学是指以清末民初大都市工商经济发展为基础得以繁荣滋长的，在内容上以传统心理机制为核心的，在形式上继承中国古代小说传统为模式的文人创作或经文人加工再创造的作品；在功能上侧重趣味性、娱乐性、知识性与可读性，但也顾及‘寓教于乐’的惩恶劝善效应；基于符合民族欣赏习惯的优势，形成了以广大市民层为主的读者群，是一种被

① 陈思和：《插图本中国现代通俗文学史》，载《文汇读书周报》2007 年 9 月 21 日。

② 范伯群：《中国近现代通俗文学史 · 绪论》，江苏教育出版社 2000 年版，第 6—7 页，第 18 页。

他们视为精神消费品的，也必然会反映他们的社会价值观的商品性文学。”[①]既然新文学不是中国的一般老百姓所能轻易看得懂的，那么中国广大的老百姓总应该有自己能够看得懂的通俗文学作品。在《中国近现代通俗文学史》中，我们看到范先生用了“新文学”、“纯文学”和“严肃文学”这样的文学术语，但是他又时时感到不甚妥帖。新文学的对立面就是旧文学，但通俗文学不应被贬之为旧文学；而将新文学称为纯文学，它也未必见得“纯”；至于严肃文学的对面好像有“玩世文学”之嫌。因此他在为高教出版社写的一部20世纪通俗文学史教材（与汤哲声、孔庆东合作）中指出：“本教材中，提出了‘知识精英文学’与‘市民大众文学’两个称谓，称新文学界的作品为知识精英文学有两层含义：一是新文学各流派的作家大多是时代的知识精英，他们以各自的人生观与文学观，对自己所从事的文学事业有所追求，以自己的敬业精神为自己的文学信仰奋斗不息；二是他们的作品主要是在中国的知识阶层中广泛流传。对现代通俗作家而言，我们并非说他们是‘非精英’，但在20世纪二三十年代，他们大多是站在都市市民的认识基点上，去表达市民大众的喜怒哀乐，以市民大众的情趣为自己的作品的底色与基调。”[②]范先生不仅从大处着眼，高屋建瓴地对多元文学史观作理论建设，而且对“纯文学”、“严肃文学”等学术术语的是否贴切，也铢称寸量。

《中国近现代通俗文学史》荣获第2届王瑶学术奖优秀著作奖一等奖时，吴福辉研究员执笔的该奖项评委会的评语是：“范伯群教授领导的苏州大学文学研究群体，十几年如一日，打破成见，以非凡的热情来关注、钻研中国近现代通俗文学，显示出开拓文学史空间的学术勇气和科学精神。此书即其集大成者。皇皇百多万字，资料工程浩大，涉及的作家、作品、社团、报刊多至百千条，大部皆初次入史。所界定之现代通俗文学的概念清晰，论证新见叠出，尤以对通俗文体类型（小说、戏剧为主）的认识、典型文学现象的公允评价、源流与演变规律的初步勾勒为特色。而通俗文学期刊及通俗文学大事记的史料价值也十分显著。这部极大填补了学术空白的著作，实际已构成对所谓‘残缺不全的文学史’的挑战，无论学界的意见是否一致，都势必引发人们对中国现代文学

① 范伯群：《中国近现代通俗文学史·绪论》，江苏教育出版社2000年版，第6—7页，第18页。
② 范伯群：《20世纪中国通俗文学史·绪论》，高等教育出版社2006年版，第13页。

史的整体性结构性的重新思考。”[①]正是这种多元化的探索，重新审视了中国现代文学史的书写，开启了新的研究思维范式，超越了简单化的政治性评价标准，质疑了多种惯性认知，凸显了单一研究方法的局限，研究者借此可以关注到以往文学史叙事模式中被掩盖忽视的众多作家作品，重新比较客观地理解并阐释复杂的文学现象，为学科发展开拓疆域。由以范伯群学术研究为代表的通俗文学研究，一方面填平了以意识形态为标准所划定的类型鸿沟，另一方面也开拓了与之相关的更为广阔的学术“处女地”，比如对晚清文学与现代文学的关系的考察，对众多通俗作家作品的研究，对中国现代文学现代性发生的研究等等，这将大大释放本学科的研究潜能，从而使现代文学学科充满了新鲜的学术增长点。因此，范伯群先生“填平鸿沟、开疆拓土”的通俗文学研究对现代文学学科发展具有深远的影响和重大的意义。

四

2001年1月，范伯群教授“下课”（实际上是退休，但他常戏称自己是像运动场上的教练“下课”）了。当时，复旦大学古代文学研究中心主任章培恒教授独具慧眼，聘请范先生为该中心的专职研究员，从事该中心承担的教育部人文社科重点研究基地重大项目《中国文学古今演变研究》的相关子课题，并为其提供了继续进行文学研究的客观条件，包括研究经费的资助，从而成就了他的一个学术之梦：以他近30年的积累，独撰一部通俗文学史专著。他曾对恩师贾植芳教授说：“大家虽肯定了我和我的合作者们做了一项拓荒性的学术工程，可是拓荒不过是在研究领域中开垦了一片空白的处女地，它往往是粗放型的，还有待于精耕细作。我退休后没有别的什么能耐，但我成了‘时间富裕户’——‘光阴大款’，‘时间就是本钱’，我可以将‘本钱’投资到精耕细作的二期工程中去。”[②]他要努力地向杨义研究员所提出的“繁华落尽独精纯”的目标奋进。积5年的不倦努力，范先生终于完成了独著的78万字的《中国现代通俗文学史（插图本）》。贾植芳教授赞扬他的新著时说：“伯群在70岁以后，还兢兢业业地从原始资料的深挖做起，在此基础上酝酿新论点，构想新格局……

① 吴福辉执笔：《第2届王瑶学术奖获奖评语·〈中国近现代通俗文学史〉（条）》，载《中国现代文学研究丛刊》2007年第3期。

② 贾植芳：《中国现代通俗文学史·序一》，载《中国现代通俗文学史（插图本）》序，北京大学出版社2007年版，第2—3页。

我以为他的这部新书，资料更充实了，论点更深化了，历史脉络梳理得更为清晰，发展周期的升降起伏的勾勒也显得全局在胸，了如指掌，他还为现代文学史的一个不可或缺的组成部分留下了一份丰富的图像资料。”他的恩师给他这份“作业”打了高分：“如果以这部新著与5年前的《中国近现代通俗文学史》相比，我只想说一句话：‘这是设计精巧、施工精心的优质二期工程。’”①的确，范先生为了完成这本新著，仅搜集新资料，就跑了许多图书馆，特别是近现代资料馆藏最丰富的上海图书馆，几乎就是他的研究的“根据地”。《晚清民国时期上海小报》一书的作者李楠可称是一位目击的证人：“我认识范伯群先生，知道他在辛勤地赶写这部插图本通俗文学史，大约是在4年前。那时候，我天天到位于淮海中路的上海图书馆去翻阅小报，常常会碰到他在阅览室里正襟危坐，埋头研读发黄变脆的旧报刊。……他借阅资料数量大，又抓得紧，为了节省从复旦大学到上海图书馆每天来回奔跑的这点儿时间，索性住到附近一家廉价的某招待所，白天钻进‘故纸堆’里翻腾，晚上回到旅社整理资料，乐此不疲。看上去，从外观到内在的气质、心劲，他根本不像一位70多岁的老人。”②范先生5年前主编的《中国近现代通俗文学史》由于是多人撰作，笔调杂陈，而且是一种横向“板块式”结构，侧重于类型研究。执笔者各人分割一块，分成“社会言情编”、“武侠党会编”、“侦探推理编”、“历史演义编”、“滑稽幽默编”、“通俗戏剧编”、“通俗期刊编”和“大事记编”等八大块。每一块的内部，不能说没有历史发展的线索，但就总体而言，现代通俗文学纵向历史发展周期和各种文类在特定时期的升降起伏就显得不甚清晰明了，而这本独著的新作却构建了一个完整的新体系，弥补了上述的缺陷。

在新著中，首先，他以史家的目光清晰地勾画出中国现代通俗文学的发展周期与运行轨迹，精确地绘制出了中国现代通俗文学的历史蓝图，其史的线索与脉络在他的梳理下，有条不紊地呈现在读者的眼前。“范教授在这部通俗文学史里做了大量有创见的理论工作，从论证韩邦庆的《海上花列传》，为现代通俗文学的开山之作，到张爱玲、徐訏、无名氏（卜乃夫）作为现代通俗文学的压轴作家，完成了一个自成体系的现代通俗文学发展逻辑。”③其次，范先生的这

① 贾植芳：《中国现代通俗文学史·序一》，载《中国现代通俗文学史（插图本）》序，北京大学出版社2007年版，第2—3页。

② 李楠：《钻进“故纸堆”，不知老之将至》，载《中华读书报》2007年3月7日。

③ 陈思和：《插图本中国现代通俗文学史》，载《文汇读书周报》2007年9月21日。

部独著虽然名之曰《中国现代通俗文学史》，但在写作过程中，在他的脑子中时时有一个知识精英文学的巨大的身影，笼罩着20世纪二三十年代的通俗文学，在这与通俗文学"相克"的过程中，也迫使通俗文学寻求"相生"之路。他既看到了它们的冲突，也写出了它们之间的互补；指出了它们在壁垒森严中错综复杂的相互影响。在知识精英作家的批判声中，通俗作家别出心裁地找寻新的生长点；而通俗作家的作品在大众中，以"默默的强势"而"悄悄地流行"时，知识精英作家也开始考虑"旧瓶装新酒"的问题……另一个值得注意的特点是，在这部新著中，范先生发掘了大量的原始资料，而且以丰富的图像资料重现了几近湮没的通俗文学作家作品的原貌。这与他在文字中的新见妙语，相得益彰。这一发掘过程在"代后记"——《觅照记》中有详述。这300多幅插图是他花了20多年时间，不断搜集的结果，用这个"觅"字真是十分传神地道出了其中的甘苦。出版过《创刊号风景》一书的藏书家谢其章先生谈及他自己的这本书中的创刊号图片常被大"扒"而特"扒"。他说，他对范先生"书中的300多幅照片一一查证，我彻底服气了"。范先生没有"扒"他的一张照片，而是利用公共图书馆的资料，作为觅照的来源。范先生"有他'觅照'的原则——取之有道。之所以对图片问题如此计较，实在是因为图片已不再是一本书的附庸，它的地位在往上升(与文字平起平坐亦非妄谈)"[①]。夏志清教授见到这部"插图本"后，来信说："连序文尚未读，先看全书照片、插图，真是美不胜收。……也要向兄道谢，给不知多少年轻读者看到了当年作者、刊物、小说的形象。"[②]范先生的这部新著出版后，多种报刊已发了20多篇评价文章，也可谓是好评如潮了。

范先生常说，他的大半生的研究工作大致可以分为三段，第一阶段是"起家"，他是从研究知识精英文学起家的；第二阶段是"转移'，将自己的研究工作的重点转移到通俗文学领域中去；第三阶段是"回归"，他要将对通俗文学的研究成果，带回到整体的中国现代文学史的研究中来，与同行们共同书写雅俗双翼展翅的中国现代文学史。这种学术理想正在一步一步地被范先生勤勉地实践着。他的生命的历程已和他的学术研究道路融合在一起了。

---

① 谢其章：《〈中国现代通俗文学史〉"觅照记"读感》，载《中国图书商报》2007年6月27日。

② 笔者摘自夏志清教授来函原件。

后　记

这本“自选集”的能出版，完全是出于王尧教授对我的关心。他作为文学院院长，有一天忽然对我说目前院里科研出版经费有点松动，问我有什么要求。我一时也想不出具体的要求，只是表示感谢他的盛意。于是他主动说，那就给你出一本自选集吧。正好江苏教育出版社的一位编辑室主任章俊弟编审也在座，王尧就说，就请你做这本书的责任编辑吧。章俊弟过去就是我主编的《中国近现代通俗文学史》的责编，可说是老熟人了，一下就答应下来了。这件事我当然是乐于去认真完成的，但是我真的不习惯要院方为我花钱出书，颇有点歉意。我过去出书一般说来都是出版社的约稿，至少是我自己有一个出书的意念，而出版社又愿意承接，不仅不出钱，我还心安理得地拿稿费。现在反要付给出版社一笔钱，这固然是组织上的关心，但我却有点“难为情”之感，好像“掉了身价”似的，不过“恭敬不如从命”，我应深表感谢才是。大概由于我曾为江苏教育出版社得过几个省部级的一等奖，因此，他们只要了些成本费，谈不上赢利，可算是特别“克己”。熟悉行情的人听了这个价，都说是“便宜的”。现在出版社都是自负赢亏，我的书也不是什么“畅销书”，我似乎应该改变自己的“习惯”了，应该认识到付钱出书是今天的一件“理所应当”的事，出版社不能叫编辑饿着肚子编书啊。这本书大概是从上级给文学院里的“211”科研经费中支出的。因此，我除了感谢王尧教授的主动提议之外，还要感谢组织上对我的关怀。

在编这本书时，我也要感谢我的合作者曾华鹏教授和金明先生，还有我们教研室的同事以及和我合作过的同学们，因为其中也有他们付出的劳动。我的编选原则是凡是我独立撰写的作品我可以选入之外，由我作为“执笔人”的，我也向他们提出要求，容许我选入自选集中去，在写作过程中他们所提供的资料或若干很有启发性的思想，就被我“掠美”了。只有金明先生由于中断了20年的来往，我无法联系上他，而选集中的《中国近代文学大系·俗文学卷·导言》是我们二人讨论后，由我执笔写成的。

编选的过程，必会回首几十年的写作经历。有的小文章倒也会引起若干感慨系之的回顾，例如选《冰心评传》的第一、二章，篇幅虽较长，但心情是很平静而自然的；倒是选《我爱我的祖国，我爱我的母亲——重读〈寄小读者〉新感》时，想起那时的战战兢兢的情景。在“文革”之前，对冰心作品中的母爱、自然、童心的歌颂是采取否定态度的，认定是资产阶级的思想感情，是超阶级的非无产阶级的感情。可是“文革”之后，想为此“翻案”，只有这样，写《冰心评传》才能顺畅，因此先想放一个“气象气球”试探一下，先找一个不大引起人们注目的刊物，估计轩然大波是不会引起的。发表后，等到《新华文摘》转载了，才证实了“气候”开始回暖了，于是觉得《冰心评传》这本专著也可以下笔了。至于《鲁迅小说新论》先是属于一种“地下写作”。在“文革”中只能学“毛选”和“读点鲁迅”，于是就将《鲁迅全集》带到“五七”干校中去。我记得当放松对我的监督劳动时，星期天允许自由行动了。我所在的连队是驻在镇江六摆渡蚕种场，就下个决心借辆自行车从六摆渡骑到镇江码头，买张船票过江到六圩码头上岸，再骑车到扬州师院，与华鹏悄悄畅谈今后我们研究鲁迅的计划。在缺乏参考书的情况下，决定将鲁迅的《呐喊》、《彷徨》中的25篇小说各写一篇作品论。我们开始时是几乎每写一篇作品论，就得带着对这篇作品读后所思考的问题，去读一遍《鲁迅全集》，旁及这篇小说有关的鲁迅日记和书信，以及同时代人的若干可靠的回忆录等等，从而去探求鲁迅写作这篇小说的原意；即使以后慢慢对鲁迅的作品比较熟悉之后，也要经常去翻阅“全集”的相关篇目。我们认为只有探求鲁迅作品的原意，才能看穿那时的御用写作班子对鲁迅作品的歪曲：老是九斤老太和赵七爷的辫子的含沙射影的那一套。我们相约开设一个文章的“地下工厂”，写好以后，就压在屉斗里。我们虽不能预知这些学术性的论文能不能发表，何时才能发表，但我们在苦难中生活得实在太乏味了，我们需要有自己的“精神生活”和“智能训练”。在粉碎“四人帮”之后，我们几乎同时寄出了10多篇文章，在10多个刊物上发表。我们前后断断续续大约用了10多年时间，才完成了这25篇作品论，在1986年结集为《鲁迅小说新论》，由人民文学出版社出版，以我们的微力参与鲁迅逝世50周年纪念。今天当选到这些文章时，禁不住想起那时的监督劳动既然能使自己的身体结实得能骑车在大江南北两个城市中“穿梭”；而现在从镇江站下车，扬州大学文学院派车来接站也得一个小时的车程，才能抵达瘦西湖校区的专家楼。屡次坐在车中，往往会回忆起当年的此情此景。至于开始转向研究通俗文学时，用台湾《国文天地》的编者所形容的是用了“学界哗然”这样的词语。是啊，当时有人惋叹，何必去研究一堆“垃圾”呢？但是我读了若干资料之后，还是有些“底气”的，知道我们的研究不会白忙一场。总之，通过编“自选集”，回望过去的道路，也觉得磕磕绊绊地走过来了。唯一觉得遗憾的是从 1951 年进大学起，到 1976 年粉碎“四人帮”止，人是从各种运动的跌打滚爬中过来的，没有一张平静的书桌可以供人做学问，浪费了青春的大好光阴。那时只能在运动之余的喘息间隙中拾些零星的时间，去看书或写些东西。而在接下去的另一场运动中，组织上会派人用显微镜来寻觅你写的文章有没有这样或那样的问题。直到“耳顺”之年以后，才能相对安心地搞自己的业务。如果不浪掷那青春年华的“半个世纪”，我们这一代人也许能做更多的事情。现在到了人生的第四季度，回想前三季度的若干颠簸，常常惋叹生命不可能再重新来过一次，只能认命而无后悔药可吃的。那么还是抓紧现实，在人生的第四季度再勉力去争取爬一个小坡……